目　录

上

中

海河码头

上

陈守信 著

天津出版传媒集团
天津人民出版社

图书在版编目(CIP)数据

海河码头：全三册 / 陈守信著. -- 天津：天津人民出版社, 2023.6
ISBN 978-7-201-19551-3

Ⅰ.①海… Ⅱ.①陈… Ⅲ.①长篇小说—中国—当代 Ⅳ.①I247.5

中国国家版本馆CIP数据核字(2023)第112769号

海河码头：全三册

HAIHE MATOU: QUAN SAN CE

出　　版　天津人民出版社
出 版 人　刘　庆
地　　址　天津市和平区西康路35号康岳大厦
邮政编码　300051
邮购电话　(022)23332469
电子信箱　reader@tjrmcbs.com

责任编辑　岳　勇
装帧设计　明轩文化·王　烨

印　　刷　北京虎彩文化传播有限公司
经　　销　新华书店
开　　本　710毫米×1000毫米　1/16
印　　张　64.75
插　　页　3
字　　数　700千字
版次印次　2023年6月第1版　2023年6月第1次印刷
定　　价　198.00元(全三册)

下

千年万载，潮起潮落，大海给渤海湾送来一片广袤的沃土。这里地势低，华北大地千百条溪水河流顺势归拢成三条河，在这里的三岔河口汇在一起，流入大海。

在三岔河口建立的这座城市，就是天津。

流入大海的这条河，就是海河。

连接海内外的海河码头，就是天津兴旺繁荣的起点。

第一章

清光绪十三年(公元1887年)腊月二十九，大雪纷飞。天津北门外三岔河口的北大关，沿街商铺都挂了彩绸，马路两边卖年货的摊贩，在简陋的棚子底子下扯开嗓子大声吆喝：

"大红的绒花、年画儿，过年求个喜兴啊！"

"福字儿、对联儿、吊钱儿！福到、运到、财神到！"

"刘海牌儿的梦葫芦(空竹)！十二响的！"

"鲤鱼、拐子(鲫鱼)、鲢子鱼，都是活的！连年有余！"

卖鞭炮的摊儿上，有人用两个手指捏着"两响"(二踢脚)，一只手拿着点燃的香，把炮捻子点着，"嘣"！一声巨响，炮芯子崩到半空中。"啪"！又一声巨响，另一个炮芯子崩在地下。

"好——"看热闹的人们大声喝彩。

天津人最看重过年。家里再穷，到年根儿也恨不得把攒了一年的钱都花出去。当地有句俗话"当当借钱，也得过个好年"。尽管雪越下越大，但买年货的人们依然熙熙攘攘，兴致很高。

鞭炮和喝彩声中，一辆蒙着苫布的马车，冒着大雪出了估衣街，往东拐到北门外的石板路上。赶马车的中年汉子，方脸盘，毡帽上、肩膀上落着一层雪，辫子盘在脖子上，穿着带补丁的棉衣棉裤，摇晃着鞭子大声吆喝牲口。

车辕上坐着个中年人，头戴风帽，身穿青布棉袍，骆驼鞍棉鞋，辫子拖在背后，怀里抱着拜匣，疲惫地低着头昏昏欲睡。

马车走在石板路中央，“咕隆”一声车轱辘撞到一块突出的石板上。驾辕的马猛地一惊，嘶叫着把两个前蹄抬起老高。车厢猛地翘起来，车辕上坐着的中年人慌乱中两臂一张跳下车。“噗”的一声，抱在怀里的拜匣掉在雪地里。

“吁——吁——！”赶车师傅紧张地瞪着眼，一只手拽紧马笼头，大声喊着。

那匹马前腿着地，惊慌地连连后退。车也跟着向后滑动。赶车的嘴里还在喊：“吁——吁——”

这时雪地里突然跑出个头顶麻袋片儿，虎头虎脑、满脸通红的男孩儿，边跑边喊：“杜大爷！”

“虎子！后边打个掩儿！”赶车师傅扭头朝着他喊。

“哎！”那孩子应了一声，从路边搬起一块石头，在马路中间躲闪着来往的车辆，过去就把石头塞到向后滑动的车轱辘底下。接着又搬来一块顶住另一边的轱辘。

车不动了，驾辕的马也安静下来。

孩子站在马车后边喘着粗气。

戴风帽的中年人惊魂未定，站在那儿看了看孩子，问赶车师傅：“怎么回事？”

“没事，车轱辘碰上块石头，颠了一下。”赶车的伸手擦着脑门儿上的汗说：“虎子！再推一把！”

“哎！”孩子答应着，两手搭在车厢板后沿上。

赶车的喊了声：“听我的，走——！”

他拽着马笼头使劲往前拉，孩子在后边低下头使劲一推，“呼隆”一声，马车轮子碾过突出的石板，驾辕的马停在马路上。

“掌柜的，赏他几个子儿吧。”赶车的松了口气，朝着戴风帽的中年人扬了扬下巴。

戴风帽的中年人赶紧从怀里掏出几个铜钱。

孩子从车后绕过来双手接过赏钱，趴在地下磕了个头：“谢谢掌柜大爷！”

赶车的师傅说：“没事了，走吧！”

马车启动了，戴风帽的中年人紧走两步，又跳上车辕。

头顶麻袋片的孩子站在路中央，看着马车走了，弯腰去搬打掩儿的石头。

忽然发现雪地里有个长方形的扁木匣。他意识到这是戴风帽的那位大爷怀里抱着的东西，捡起来朝着往前走的马车大声喊："哎！大爷，您丢东西了！"

喊声淹没在卷着雪花的狂风里，马车走远了。他把小木匣塞进身上的破棉袄里，把那两块石头放回马路边。抬头再看，那辆马车早已经在风雪中走得无影无踪。

雪越下越大，马车冒着大雪拐到东马路，继续往前走。

"刚才真够悬的。"坐在车辕上戴风帽的中年人叹了口气。

赶车师傅抱着鞭子跟车，边走边说："常有的事。"

"那孩子平时就在那儿盯着？"戴风帽的中年人问。

"北大关这几条道，坑坑洼洼、沟沟坎坎的地方，他都去。爹娘都没了，就靠在这几条道上给人打掩儿、推车、拉小套儿挣几个小钱儿。"

"这么大的孩子，干这个真够悬的。他家里是干什么的？你认识吗？"

"认识，他爹姓成，叫成二，是我磕头弟兄。人挺仗义，他在码头上扛活儿，媳妇给人缝穷，两口子拼死拼活也养活不了一家人。那年闹瘟疫，他俩传染上没几天，人就没了。这孩子才几个月，就靠我们同院儿邻居养活他。"

戴风帽的看着他："就这么把他养大的？"

赶车的说："可不容易呢。起先就在我们家炕上养着，家家都穷得叮当响，哪有嘛吃的？这孩子命大，跟着吃糠咽菜，饥一顿饱一顿，长得还挺结实。虎头虎脑的，人们就叫他虎子。"说着纵身坐上车辕。

"后来呢？"

赶车的说："他一会走，我家里看不住他，同院儿的尚奶奶就把他接过去了。到现在还在尚奶奶屋里。"

戴风帽的点点头："我看你们对这孩子教育的好，能吃苦，还挺懂事。"

赶车的说："都是尚奶奶教的。别人哪行？侯家后大杂院儿，是脚行苦力扎堆儿的地方，都是睁眼儿瞎，成天累个贼死，哪有工夫教他。除了尚奶奶，别人想教也教不了。"

"尚奶奶家还有谁？"

赶车的说："她就是个孤老太太，没别人，一个人靠拾破烂儿活着。可人家识文断字，行五做六都特规矩。跟邻居们处的也挺好。"

戴风帽的感叹地说："怪不得呢。真难为那孩子。还不到十岁吧？"

赶车的说:“八岁,过年就九岁了。命苦,就得这么挣,是人都一样。我这不是趁年根儿码头上没活儿,车行牲口、大车都歇了,赁个便宜车,拉脚挣点儿钱嘛。”

戴风帽的说:“您也不容易。”

赶车的说:“我家里的是个病秧子,不挣点儿过了年就揭不开锅。我看您也不易,大年根儿底下,冒着大雪还得出来。”

戴风帽的叹了口气:“是,我这是给柜上办事。到年底了,柜上置办的年礼,得给天津几位银号掌柜挨家送去。我们老掌柜订的规矩,年货不能送早了,也不能大年三十儿才送。”

说着他忽然发现抱着的拜匣没了,赶紧喊:“师傅,停车!停车!”

赶车师傅赶紧抖了抖缰绳,喊了声:“吁……”

马车停了下来。

赶车的问:“怎么回事?”

“我怀里的拜匣掉了!礼单在里边呢,没礼单怎么给人家送啊!”戴风帽的着急地看着他。

赶车的说:“沿着路这条道往回找吧,您是一天的活儿。反正咱也没往别处去。”

他跳下车拢着牲口喊:“嘚!嘚!”连喊带拽,马车调了头就往回返。

雪还不住地下。马车慢慢往回走。戴风帽的两眼盯着这条道。拐进北马路,远远看见那个头顶麻袋片儿的孩子,冒着大雪还在那儿站着。

戴风帽的指着他说:“你看,那孩子还在那儿呢!”

赶车师傅把马车赶过去停在路边,戴风帽的跳下车问:“小兄弟,有个拜匣掉这儿了,你看见了吗?”

“大爷,是这个吗?”顶着麻袋片儿的孩子从怀里掏出那个小木匣。

戴风帽的接过拜匣激动地说:“是它,就是它!小兄弟,你可帮我大忙了。你一直在这儿等着我们?”

孩子点点头:“刚才我喊您,车都走远了。”

戴风帽的这时才发现,这个孩子浓眉大眼,身上穿的破棉袄、破棉裤都飞了花,脚上的鞋露着脚指头。心疼地问:“孩子,你冷吗?”

“不,不冷。不冷!”孩子小脸冻得通红,顶着麻袋片,两手抱着肩。

戴风帽的中年人眼圈儿红了,掏出一块碎银子说:“过年了,买身厚实的棉衣穿吧。”

“不要，我不要。”孩子瞪着那双大眼，不住地摇头。

戴风帽的问：“你帮了我这么大的忙，给这点儿银子怎么不要呢。”

孩子说：“我奶奶说，帮人忙是善心善行，不能要钱。”

戴风帽的一时不知道说什么好。这时赶车的已经把马车调了头：“先生，走吧！这孩子就收打掩儿、推车的钱。别的钱一概不收。”

戴风帽的摇摇头，很无奈地把银子收起来。

赶车师傅吆喝着把马车往回赶。戴风帽的坐上车辕，打开拜匣看了看：“谢天谢地，这东西总算找到了。”

“不就是送礼嘛。没它，不照样送。”赶车师傅坐在另一边车辕上。

戴风帽的叹了口气：“那可不行。匣子里的拜帖、礼单，是掌柜亲自写的。哪家送什么、送多少，都得按他写的送。别说丢了，弄褶了都不行。丢了它非砸我饭碗不可。”

赶车的摇了摇头，没再说什么，马车还在冒雪往前走。

“那孩子姓什么？”戴风帽的问

赶车的说：“我刚才不说了嘛，姓成。”

“那位尚奶奶，就一个人住在这儿？”

“是啊，听说她家里没人了，才到天津来的。”

“这孩子几岁了？”

赶车的说：“八岁。我不说了嘛，过了年九岁。”

“才八岁！虎头虎脑的。多机灵，多懂事！”戴风帽的自言自语。

赶车的看了看他，笑了笑。

戴风帽的说：“我真想见见那位尚奶奶。”

赶车的说：“这好办。我跟她住一院儿。就在侯家后，估衣街后身儿。办完事我陪您去。”

“那就麻烦你了。师傅，您贵姓？”

赶车的说：“免贵，我姓杜。北大关码头您一提杜石头，都知道我。您贵姓？在哪儿发财？”

戴风帽的说：“我姓韩。在关外锦州元亨钱庄做事。”

“我看您准是账房先生。年根儿底下让您办这事，屈才了。”

韩先生说："我跟天津的几家银号、钱庄都熟。去年就是我来的。今年轮上我休年假，掌柜让我顺路来办完这事再回山西老家。省得再派人来。"

"你们掌柜真够抠的。"杜师傅笑着说。

"钱庄花钱也是能省就省啊！"

两个人都笑起来。

天黑了，三岔河口的侯家后大街，显得异常昏暗。

历史上元、明、清三朝，运粮的漕船、各种商船都在北大关停泊卸货，船家、水手和商人上岸消费，侯家后便逐渐形成商贸、餐饮、住宿、娱乐等各行各业的闹市。在码头谋生的穷苦劳工，大都聚居在繁华街市背后的大杂院里。

过年了，大杂院里一座座简陋的土坯房门窗上，都贴了大红的福字和吊钱儿，从远处看红彤彤的一片。这是天津的风俗，也是天津过年特有的气氛。

昏暗的屋子里，尚奶奶在油灯下抚摸着虎子身上的棉衣："虎子，这是为你过年赶出来的。我还怕大了呢，穿上正好。"

虎子高兴地拍打着这件有补丁的棉衣："这么好的新衣裳，赶明儿出去干活儿可不能穿。"

尚奶奶说："明天是大年三十儿，咱不出去了。你今天捡着东西等着人家，这就不错。赏你的那几个大子儿，你就留着过年花吧。一会儿咱煮饺子吃。"

这时窗外有个女孩小声喊："尚奶奶，我在到北大关码头捡了点儿劈柴。我娘让给您送点儿过年烧，省得虎子哥再捡去。给您搁门口儿了。"

"是秀芹吧，大雪天儿还出去捡劈柴。谢谢你娘。进来暖和暖和吧。"尚奶奶在屋里答应着。

女孩说："不进去了，还得帮我娘干活儿呢。"

女孩刚转身，韩先生两手提着东西过来问："姑娘，尚奶奶住哪屋？"

尚奶奶听到外边有人问，"噗"的一声把油灯吹灭。

女孩回头见尚奶奶屋里灯灭了，摇摇头说："不知道，您到别处打听去吧。"

她两眼盯着韩先生，示意让他快点儿走。

韩先生转身要走，回头又问："赶车的杜师傅在这院住吧？"

"您找姓杜的？"女孩瞪眼看着他。

“对，我找杜石头杜师傅。”韩先生也看着她。

女孩问：“您认识？”

“是韩先生吧。”杜师傅从对面屋里出来，不好意思地说：“韩先生，这是我闺女。秀芹，这位是韩先生。”

“韩先生。”秀芹低头鞠躬叫了一声。

杜师傅抱歉地说：“孩子是怕生人打搅尚奶奶。她就住那屋。”说着接过韩先生提着的包袱，喊了声：“尚奶奶！”

尚奶奶打开门：“杜爷，这位是……”

天津人不论穷富，对熟悉的成年男人都称“爷”，已婚女人都称“奶奶”。自己家里也这么称呼。区别就在于尾音向上挑是尊重，向下坠是随意，故意拖长就有点玩笑的味道了。

杜师傅说：“这位就是白天雇我车的韩先生。”

尚奶奶明白了：“韩先生，您是稀客。请屋里坐。”

韩先生、杜师傅走进昏暗的屋里。这是个里外间，尚奶奶冲里屋喊：“虎子！韩先生来啦，把灯点着。”

虎子出来点着八仙桌上的油灯，赶紧给这两位鞠躬说：“韩先生！杜大爷！”

韩先生这才看清尚奶奶也就是五十开外，慈眉善目，灰白的发髻梳在脑后，身穿平整合体的灰棉袄、青棉裤，裤腿扎着腿带子，一双没裹过的天足穿着棉鞋，显得干净利落。虎子也穿着整洁的新棉衣。

尚奶奶把板凳擦了擦说：“二位请坐。虎子，给客人倒茶。”

韩先生站在那里说：“您别客气。”双手把提着的点心盒子递给老人：“尚奶奶，过年了，这是我的一点儿心意。”

尚奶奶接过去说：“不敢当。您到家来就抬举我了，还让您破费。”

韩先生说：“这是应该的。”接过杜师傅手里的包袱，放在八仙桌上说：“过年了，这是给虎子买的棉袍棉裤，不知道合身不合身。”

尚奶奶解开包袱看了看说：“您真是好心人。虎子，还不谢谢韩先生。”

虎子说：“谢谢韩先生。”跪在地下给先生磕了个头。

韩先生伸手搀起虎子说：“不用谢，不用谢。”

说完才在尚奶奶对面坐下。

尚奶奶说:“虎子,去里屋把新棉衣换上,让韩先生看看。”

虎子抱起包袱进了里屋。

“尚奶奶,虎子捡拜匣的事准跟您说了。韩先生还没办完事就想来看您。韩先生,您跟老太太说会儿话。过年了,家里事多,我得回去看看。”杜师傅说着就要往外走。

尚奶奶招手说:“你等会儿。”站起身来把那盒点心打开,从柜橱里拿来个碟子,把点心分出一半,那半盒递给杜师傅:“这是韩先生的心意,我借花献佛,给秀芹娘儿俩带点儿。快回去吧,要不家里也不放心。”

杜师傅接过去说:“谢谢奶奶。一会儿让虎子送韩先生回估衣街山西会馆。韩先生,回见!有事您找我。”

说完就走了。

尚奶奶坐下说:“杜爷是个热心人。白天的事,虎子都跟我说了。孩子做得对。他在那儿等着把东西交给您,是应该的。”

韩先生说:“我是觉得这么大的孩子,就懂得吃苦挣钱,胆大心细会办事,还这么有礼貌。您对孩子的教导真了不起。我就是想见见您。”

“您太抬爱了。”尚奶奶笑着说:“不是我教导他,是这孩子的父母都心善。我跟这孩子也有缘,生下来我就喜欢他。父母都没了,他也会走了,大伙儿看不了,我就把他接过来。一晃七八年了。刚懂事我就给他讲故事。书里的、戏里的,凡是大仁大义的故事,我都给他讲。”

韩先生感慨地说:“有您的熏陶,是他的造化。我看这孩子身子骨也挺结实。”

尚奶奶说:“我们院里家家的日子都紧巴,可在吃上没亏了他。没什么好的,也总是紧着他吃。”

正说着,虎子穿着黑色的新棉袍、新棉裤从里屋出来了。穿上这身新衣裳就像换了个人。韩先生两眼盯着他,越看越喜欢。

尚奶奶见韩先生真喜欢他,就说:“虎子,给韩先生打趟拳看看。”

虎子脱下棉袍交给奶奶,露出里边的白布褂子,就在八仙桌后边狭小的空间,注目凝神,拉开架势打了一趟六合拳。

韩先生看了连连称赞说:“不错、不错,赶紧把棉袍穿上。你这是谁教的?”

第二章

虎子刚要张嘴,尚奶奶说:“这里的街坊都会练几手,没事谁都教他。咱也不为别的,就为身子骨结实。我不让他跟着我拾破烂儿。在马路上推车、打掩儿、拉小套儿,是男人干的活儿,没点儿力气也不行。”

韩先生说:“您这么教出来的孩子,才有出息。”

“您这话对。”尚奶奶高兴地说:“我就是想让孩子有出息。他爹娘是闹瘟疫走的。他们住我隔壁,我把这堵墙开了个门,拿石灰过了一遍,熏了几天。我们娘儿俩住着也宽绰点儿。没事我就教他认字、写字、打算盘。”

尚奶奶见韩先生两眼一直盯着虎子,笑着问:“韩先生,您台甫是……?”

韩先生欠身说:“我叫韩继善。”

尚奶奶问:“府上是哪儿?”

“山西汾阳南马村。”韩先生说。

尚奶奶点点头:“汾州府是好地方,汾酒有名气。您在哪儿发财?”

“关外锦州。”韩先生说。

“宝号做什么生意?”

“是钱庄,我在账房做事。”

尚奶奶问:“宝眷也在关外?”

韩先生说:“我内人常年闹病,一直在老家。这次就是她病重加上过年,我也轮上年假,掌柜让我路过天津把本地几位掌柜的年礼送去再回老家。”

尚奶奶笑着说:“送年礼把拜匣丢了。这不就跟当官儿丢了大印一样嘛。”

韩先生尴尬地说:“真惭愧。我从锦州赶到天津,路上就挺累的。昨天一到,在会馆跟几位同乡喝了点儿酒,今天坐在马车上就犯困。”

尚奶奶点头说:“真是实诚人。您贵庚?”

韩先生说:“四十三。”

尚奶奶问:“跟前有几位少的?”

韩先生摇头说:“我没孩子。”

尚奶奶又问:“府上还有什么人?”

韩先生说:“父母前几年走了,家里就是我内人,有个内侄女照顾她。做生意的哥哥也去世了,寡嫂跟侄女在城里单过,生活由我照应。”

尚奶奶说:“肩上挑着两副担子,厚道人呐。虎子,去把你写的仿给韩先生看看。”

虎子转身进里屋拿出一沓他写的毛笔字。韩先生接过去看了看,问他:“虎子,这是你写的?”

“是。”虎子认真地点点头

尚奶奶说:“虎子,你把笔墨纸砚端出来,给韩先生写几个字看看。”

虎子从里屋端出盛着文房四宝的盘子。就着油灯把墨研好,拿起毛笔想了想,就在纸上端端正正地写了“业精于勤荒于嬉”几个大字。

韩先生真没想到大雪天顶着麻袋片儿,在大街上打掩儿、推车的苦孩子,能写出这么一笔好字。看着虎子感慨地说:“在店铺学徒练三年,也写不到这个程度。”

尚奶奶说:“虎子,去把算盘拿来,给韩先生打个斤秤流法。”

虎子从里屋拿出个旧算盘,站在桌前嘴里念着,手里打着:“一退六二五,二一二五,三一八七五……”噼噼啪啪,干脆利落地把“斤秤流法”从一到十打了一遍。

算盘打完,虎子抬起头放下手站在那儿。

“斤秤流法”是旧日用十六两一斤的秤算账的简便办法。如一块钱一斤,一两就是六分二厘五,二两是一毛二分五厘,三两是一毛八分七厘五,以此类推。

韩先生看他打完,没说话,只是若有所思地在想什么。虎子看着奶奶,尚奶奶也没说话,满面笑容地看着韩先生。

这时外边突然“嘣”!“啪”! 两声炮响,把韩先生吓了一跳。

尚奶奶笑着说:“侯家后的老光棍儿,过年没吃没喝也得买几个两响放。这不,没到年下就放开了。”

韩先生站起来:“尚奶奶,我告辞了。明天把会馆的账结了,就得往老家赶。”

“到年根儿了,哪有在路上过年的。您明天别走了,咱们老少三个,在我这儿过个年吧。”尚奶奶站起来，两眼盯着他。

韩先生本来就想在这儿多待两天，赶紧说：“那好，明天我带点儿吃的来。”

尚奶奶摆手说：“什么也别带，我这儿吃的喝的都现成。明天您办完事来就行。”

“恭敬不如从命。”韩先生给尚奶奶作了个揖：“明天我准来。”

“虎子，送送韩先生。侯家后黑灯瞎火的不好走。别穿小胡同，走北马路，把韩先生送到山西会馆再回来。”

尚奶奶嘱咐完，虎子就领着韩先生往外走。院子里一片漆黑。走出大杂院，在侯家后黢黑的街道上，韩先生问：“虎子，要到外地学本事，你愿意去吗？”

虎子说：“愿意。我奶奶说过，好男儿志在四方。人不能光窝在一个地方。”

“尚奶奶真是个明白人。”韩先生感慨地说。

大年三十儿天都黑了，侯家后的鞭炮声此起彼伏，响个不停。韩先生提着一坛汾酒、一个红纸盖着的蒲包，走进尚奶奶家。

尚奶奶接过酒坛子，高兴地说：“十斤的酒坛子多沉，让您这么费心。虎子，把里屋的煤油灯点着，咱到里屋吃去。”

里屋的灯点着了。尚奶奶挑起门帘，韩先生一看不由得大吃一惊。只见这屋里明亮的灯光映照着洁白的粉墙，迎面墙上贴着一张写“善心善行”四个大字的红纸，落款是“尚娴书”三个字。桌子上的香炉里插着一支檀香。轻烟袅袅，屋子里弥漫着清幽的香味。

墙上挂着一把带鞘的宝剑。柜子上放着一盆盛开的水仙花、一张古琴和一摞古书。窗户上挂着厚厚的窗帘。炕上铺着干净整洁的褥子，炕桌上摆了三副碗筷和几样干鲜果品。

韩先生很奇怪，这么破烂的大杂院，居然还有这么温馨古雅的房间！

尚奶奶见他看得出神，微笑着说：“这间屋子是我收拾出来的。外人谁也没进来过。韩先生，您炕上坐。”

韩先生听了不禁心头一热，把提着的蒲包放到炕桌上，自己欠身坐在炕沿上。尚奶奶把蒲包打开，里边是几个荷叶包的小包儿。包里是切好的烧鸡、卤鸭、熏鱼、酱肉、松花、小肚、海蜇、腊肠，都是下酒的凉菜。一打开屋里顿时香气扑鼻。

尚奶奶笑着问："韩先生，这是在北大关买的吧？"

"是，别处没这么全。"韩先生笑着说。

"您真是有心人。北大关的熟货做得讲究，不光味道好，颜色好，切得也地道。"尚奶奶说着从柜子里拿出两个瓷盘，把这些下酒菜分别摆到两个盘子里，"这叫四四拼盘儿。用天津话说，也叫事事如意。"

"大地方讲究就是多。"韩先生点着头说。

尚奶奶高兴地看着他："什么叫讲究？看起来很平常，说出来有名堂，这就叫讲究。"说着自己倒笑起来，跟虎子说："去把外屋的灶火挑开。水开了咱煮饺子。"

虎子答应一声，赶紧出去了。

尚奶奶坐下说："昨天跟您一见面，我就觉得您是靠得住的人。"

韩先生脸一红说："您过奖了。我在钱庄做事，可我看不起那些光认钱的庸人。从虎子身上，我就看出您是知书达理的前辈。我敬重您，只要您不嫌弃，往后粗茶淡饭我养活您"。

"有您这句话我就知足了。"尚奶奶看了看外屋，压低声音说："韩先生，我求您一件事，您收下虎子这个徒弟吧。"

韩先生小声说："这孩子我是真喜欢。我也有这个想法，可是钱庄收徒我做不了主，是掌柜说了算。"

尚奶奶说："您是他的贵人。不当徒弟，就让他当您的干儿子，跟着伺候您还不行吗？"

韩先生笑着说："我哪有这么大的福气？"

尚奶奶说："行，我看就这么办。今天大年三十儿，正是好日子。虎子，水开了吗？"

虎子在外屋说："刚挑的火，还没开呢。"

尚奶奶说："没开就好。把火压住，去叫你杜大爷，就说韩先生来了，有事请他过来。"

虎子答应了一声，开门出去了。

尚奶奶站起来："咱到外屋说去。这孩子命苦，连个亲人也没有。这事得让杜爷作主。杜石头跟他爸爸是把兄弟。杜爷是老大，他爸是老二，还有个老三叫陈傻子，在河东住。"

说着她把韩先生让到外屋，把韩先生带来的酒和菜也都端出来摆在八仙桌上。刚摆好，杜师傅进来了。

杜石头进门就说："韩先生来了！您在尚奶奶这儿过年？"

韩先生笑着点了点头。

尚奶奶说："昨儿个我就跟韩先生说定了。酒、菜都是韩先生带来的。叫你过来喝两盅，还有个事跟你商量。你先坐下吧。"

"有嘛事？"杜石头坐下问。

"打昨天韩先生就说喜欢咱虎子。"尚奶奶说着，看了看问，"哎？虎子怎么没回来？"

杜石头说："在我那儿跟秀芹娘儿俩说话呢。"

尚奶奶说："这孩子眼看就大了，老跟着我也不行。我想求韩先生把虎子收下，认个干儿子，把他带走学点儿挣钱养家的本事。您说呢？"

杜石头激动地说："这可太好了！孩子老跟着咱在侯家后糗着，出息不了。韩先生就是虎子的贵人。我得替我死去的兄弟谢谢韩先生！"说着站起来就给韩先生作揖。

韩先生赶紧拦着他："您别这么客气。这孩子人品太难得了。我是敬重尚奶奶抚育他的一片苦心。去钱庄学徒我作不了主，先认个义子，到时候还得掌柜的认可。一旦学徒，就得按钱庄的规矩，八年不准回家。您二位看……"

尚奶奶两眼看着杜石头，没说话。

杜石头自言自语地说："八年，过年他九岁，出师是十七，都大老爷们儿了。"

尚奶奶说："是啊，那时候我还不定在不在呢。"

韩先生满面笑容看着尚奶奶："您别这么说。虎子有了出息，您还得跟着享福呢。"

尚奶奶说："托您吉言。我看就这么办吧。孩子光有小名也不行。我给他想过个大名，叫成祥。是盼着他日后能逢凶化吉，遇难呈祥。不知道合适不合适。”

杜石头说：“合适，我看挺合适。”

韩先生说：“成祥这个名字好，叫起来也顺口。”

尚奶奶说：“就这么定了。杜爷，把虎子叫回来吧。”

杜石头打开门大声喊：“虎子，你回来！”

虎子在对面答应了一声就跑回来了。

尚奶奶说：“虎子，刚才我跟你杜大爷作主，让你跟韩先生认个干亲。拜韩先生为义父，带你去关外锦州钱庄学八年徒，让你学会挣钱养家的本事。你乐意吗？”

虎子瞪着两眼说：“乐意。”

尚奶奶说：“你光有个小名不行。我给你起了大名，叫成祥，你乐意吗？”

虎子点头说：“乐意！”

尚奶奶说：“成祥，咱现在就行礼。你当着我跟杜爷的面，给韩先生磕头，改口叫义父。”

韩先生摆手说：“往后孩子跟我在一个钱庄共事，在外人面前还是叫先生为好。”

尚奶奶说：“成祥，你听见了吧。往后在外人面前叫韩先生，心里要装着义父。记住了吗？”

虎子点头说：“记住了。”

尚奶奶站起来，把板凳摆在桌子前边：“韩先生，您坐这儿。成祥，给韩先生磕头，行认父礼。”

虎子赶紧跪下说：“义父，我给您磕头了。”说完给韩先生磕了三个头。

韩先生点点头说：“孩子，起来吧。”站起来搀着尚奶奶坐在自己坐过的板凳上，又说：“成祥，给尚奶奶磕头，感谢奶奶对你的养育之恩。”

虎子跪下抬头看着尚奶奶，流着泪说：“奶奶，谢谢您养育了我。”说完给尚奶奶磕了三个头。

尚奶奶泪流满面，站起来哽咽着说：“你别起来。杜爷您坐这儿。成祥，你要记住杜爷跟院里长辈们的恩情。给你杜大爷磕几个头。”

“杜大爷，谢谢您跟我大娘，还有院里的叔叔、大爷，婶子、大娘。”虎子流着泪说完，又给杜石头磕了三个头。

杜石头说：“好啊，好。孩子，到哪儿也别忘了你是天津码头工人的后代。”

韩先生说：“尚奶奶，您对成祥有什么要嘱咐的，也说说吧。”

尚奶奶眼含热泪说：“成祥，往后一定要听你义父的话。记住我跟你说过的，这一辈子不管在哪儿，也不管你干什么，对人对事都要有善心善行。”

虎子眼泪汪汪地说：“奶奶，我记住了。”

除夕夜，外边的鞭炮声越来越大。

杜石头说：“该接财神了。您听这放炮的，越放越欢。咱房顶上都是茅草，溅上火星子就着，哪年过年都得出几档子事。我出去看看吧。”说着就要走。

尚奶奶问：“你不陪韩先生喝几盅？”

杜石头说：“不陪了。韩先生，咱哥儿俩有缘。见面才两天，办了件多好的事！我这人心里搁不住话，得回去跟我家里说说去。过年的饺子您就在奶奶这儿吃吧。天津过年比哪儿都热闹，您多住几天。”

韩先生说：“家里有病人，得赶紧回去。”

杜爷问：“带上虎子吗？”

韩先生说：“我正要跟尚奶奶商量呢，我是想带他回老家认认门。”

尚奶奶说：“带上他好，也让义母看看他。”

“我送你们去吧。”杜师傅想了想说。

尚奶奶说：“韩先生是回山西，你去得了吗？”

“去得了。马车还没交柜呢。去山西那条道我认得。走霸州、保定府，奔正定府、井陉，过娘子关就到山西了。”杜石头没明说，过年钱都花光了，他想多挣点儿。

韩先生说：“对，就是这条道。把我们送到娘子关就行，那边就好雇车了。明天一早走行吗？”

杜师傅说：“行啊。这一趟来回七八天。我回去准备带的衣裳。赶明儿一早我就去套车，找柜上要个车棚子，带够草料。咱再买点儿路上吃的干粮就齐活。”

尚奶奶说：“大过年的，跟芹他娘好好说，日子是多点儿。这是咱自家的活儿。”

杜石头说:“是得跟她说清楚,我这就回去。”

韩先生说:“杜爷,您先别走。”说着掏出二两银子递给他:“走之前把家里安顿好。”

杜石头接过银子,看着尚奶奶:“这合适吗?”

尚奶奶说:“合适,怎么不合适。出去七八天,家里不留点儿钱哪行。”

杜爷掂着手里的银子说:“这够多的。谢谢韩先生,回见!”说完开门就走了。

尚奶奶见他出了门,笑着说:“有他送你们我就放心了。这点儿银子给的好,要不他家里就该揭不开锅了。其实这趟活儿也少不了他的。虎子,把里屋的灯点着,菜端进去,咱到里屋吃去。”

虎子把外屋的两盘酒菜端进里屋,高兴地说:“奶奶,咱家今年的年夜饭比哪年都好。”

尚奶奶笑着说:“还不是沾了你干爹的光。韩先生把北大关的下酒菜都买全了。你就吃吧,奶奶就稀罕看着你吃。外屋锅里的水开了,我去下饺子。”

尚奶奶出去了。韩先生把屋里的摆设看了又看,指着墙上贴着的四个大字问:“成祥,这四个字是谁写的?”

虎子说:“我奶奶写的。”

韩先生看着上边的落款:“尚奶奶叫尚娴?”

虎子点点头。

“这字写得真好,她常写吗?”

“不常写,我奶奶常看书。”

“看什么书?”

虎子刚要说,尚奶奶端着热气腾腾的饺子进来说:“我看的都是闲书。吃饺子吧,这就是一年到头吃的那顿饺子。”

“咱老祖宗就是聪明,‘一年到头’既指的是大年三十儿,也可以说是一整年。真有意思。”韩先生也来了兴致。

“这句话谁都会说,有心人才能琢磨出它是什么意思。成祥,你趁热吃。韩先生,咱俩就着饺子喝一口。饺子就酒,没饱没醉;饺子就酒,越吃越有。”说着她自己先笑了,韩先生也笑了。

尚奶奶把坛子里的酒倒进酒壶里,两个人边喝边聊。夜深了,远处的鞭炮声一阵紧似一阵。虎子已经吃饱,躺在炕上睡着了。

酒逢知己千杯少。韩先生家在酒乡汾阳,尚奶奶是见过世面的豪爽女人,不一会儿两个人竟喝干了十几壶。

“我看出这孩子有出息,没想到机会来得这么快。”尚奶奶带着几分酒意,指着韩先生:“我不把你当外人,有件事我得告诉你。”

“您请讲。”韩先生认真地看着她。

“其实我不姓尚。”

韩先生瞪大眼睛很惊讶。

“我姓夏。”尚奶奶眯缝着眼,看着韩先生。

第三章

打开心里尘封已久的闸门，尚奶奶含着悲愤的热泪说："我叫夏尚娴，是山西寿阳夏家寨的人，从小就跟我父亲练武。我丈夫是我父亲的徒弟。他凭着一身武艺，在南方一个府当守备。带兵守城、剿匪缉盗，在当地很有威望。"

她看了看韩先生："他生性耿直，看不惯贪得无厌的赃官，喝醉酒就指名道姓地骂他们。知府买通他手下，在酒里下了毒，害死他还诬告他和山贼有勾结。为报仇我夜里潜入府衙，杀了赃官，烧了他的衙门，改名换姓在外漂泊了十几年才落到天津。"

韩先生激动地说："您是将门虎女！"

尚奶奶拿起酒杯一口喝干说："你说得对。我祖上是前朝大明的武将，归隐山林在寿阳创立门户，江湖人称夏家门。我本想把成祥带进夏家门，可是力不从心。遇见你真是他的缘分。"

"对，我们爷儿俩是有缘。"韩先生拿起酒杯一口喝干。

尚奶奶说："寿阳夏家寨，姓夏的是大家族，我父亲跟前就是我们姐弟二人。我叫夏尚娴，兄弟夏尚义，人们叫他夏子川。你路过寿阳，带着成祥见见子川，把孩子的事跟他说说。"

韩先生问："去夏家寨？"

尚奶奶说："他不常在家，夏家的人好找，出娘子关大路上的旅店、饭馆都是夏家开的。见了夏家的人就能找到他。"

韩先生说："我每次回家路过寿阳，就住夏家老店。"

尚奶奶笑着说："寿阳县城外的大道上，夏家店是独一份儿，子川也常在那儿。"

韩先生问："还有别的事吗？"

尚奶奶说："把成祥交给你，我就没事了。"正说着忽然想起一件事："还有，孩子是天津人，把他培养成人，还是让他回天津为好。"

韩先生问："虎子说您告诉他好男儿志在四方，怎么又让他回天津？"

尚奶奶说："天津挣钱的活路多。海河码头不光做各地的买卖，还跟外国通商。天津人讲义气，不笑贫、不仇富、不欺生，有本事就能挣饭吃。孩子在天津人熟地熟，总比在外地好。”

韩先生点头说：“我明白了。”

“我这儿有给他成家立业留的一笔钱，也交给你吧。”尚奶奶说着从炕上的被阁子里摸出一张银票：“孩子长大成人干什么都得有本钱。他没家没业，等他出师看准要办的事再给他。”

韩先生接过去看，是大德通的银票，纹银一千两！

尚奶奶说：“你在钱庄，给他存点儿钱也方便。躺在炕上歇会儿吧。我给他收拾带的衣裳。”

韩先生把银票装进衣袋说：“给他带上棉衣就行，别的缺什么我给他置办。”

大年初一，杜石头早早地就去车行把那辆大车扫干净，牵出牲口套上车。往车上放了两个大草袋子，一个料袋子，两块挡雪的苫布，又拿出一根枣木棍子塞到车底板下边，准备完就赶着大车出了车行。

韩先生和成祥一觉醒来，尚奶奶已经熬好一锅小米粥。他俩洗漱完，尚奶奶说：“我听见杜爷早就出去了，你们喝点儿粥，他就把车赶来了。”

韩先生说：“我还得去山西会馆拿我的褡裢。”

尚奶奶说：“一会儿坐上车去吧，省得来回跑。”

两个人喝完粥，尚奶奶让成祥穿上新做的棉袄棉裤，从柜顶拿下一个纸盒，里边有两顶皮帽子。一顶黑的，一顶灰色的。把黑皮帽子给成祥戴上，指着炕上的包袱说：“韩先生买的新棉衣，给你包在包袱里了。快到寿阳再穿，省得路上弄脏。”

“哎。”成祥高兴地点头答应。

“往后你得用心伺候你义父。多想、少说、勤动手，不懂的就问。”尚奶奶说完眼圈儿又红了。

韩先生和成祥拜别尚奶奶，背起包袱就走。

尚奶奶说：“成祥，今儿个是大年初一，见了长辈别忘了作揖鞠躬，问过年好！”

成祥回头说：“奶奶，我记住了。”

尚奶奶把他俩送出家门，就没往外走。这也是天津人的规矩。大年初一大清早女人尽量别出门，避免见生人。

两个人走出大杂院，杜师傅已经在那儿等着了。

成祥爬上车就靠着草袋子坐下。韩先生坐上车辕回头看了看："杜爷，带的草料可不少。"

杜石头说："我是按来回半个月备的。"

杜师傅把车赶到北马路估衣街口，韩先生带着成祥去山西会馆取东西。不大工夫成祥提着几个礼品盒，韩先生背着装得鼓鼓囊囊的褡裢出来了。

他俩往街口走，身后墙角闪出两个鬼鬼祟祟的人。

一个小声说："看见了嘛，有货，这趟没白来。"

另一个说："跟上他。我就说这里头的老西儿是'火点'（有钱的）。"

两个歹徒在后边悄悄跟着他俩。

韩先生和成祥走到估衣街口，把背着的东西放在车上说："我去买吃的。"

说着就去不远的早点铺，买了十几个芝麻烧饼和棒槌果子。用手捧着放在车上说："成祥上车，杜爷，咱走着吃吧。"

杜师傅扬起手里的鞭子，喊了声："驾——"那匹驾辕的马踏着石板路上满地红红的碎炮皮子，轻快地走起来。

两个歹徒一溜小跑跟上去。

坐在车上的成祥，一手拿着烧饼，一手举着果子。坐在车辕上的韩先生说："杜爷，你也吃点儿。"

跟着车走的杜石头拿起个烧饼，用手捏开夹进一根果子，看着成祥说："爷们儿，成套的烧饼果子，夹着吃才香呢。"

成祥也把烧饼夹上果子，兴高采烈地吃起来。

杜石头看了看韩先生："看见了嘛，咱家孩子早起拿块棒子面饽饽就是好的，没这么吃过。"

韩先生笑着说："有个笑话，说有个村里的穷老汉进了一趟城，回去逢人便说，你们知道嘛，皇上他老爹，烧饼果子都是一套一套地吃。"

说得三个人都笑了。

马车一直沿着城墙往西走，到城角石板路就没了。从西北角往南拐，挨着城墙有些草席搭的窝铺，不少难民就在这里住。高高低低一片杂树林子中间，有条坑坑洼洼的土路。

年三十儿那场大雪没化完，这里遍地泥泞。坐在车上的成祥依着草袋子睡着了。韩先生躺在他身旁。杜石头坐在车辕上赶着马车绕过大大小小的泥坑慢慢往前走。

突然从窝铺里蹿出两个蒙面的歹徒，拦着路大声喊：“站住！”

杜石头吓了一跳。韩先生睁眼坐起来。成祥还睡着，好像没听见。

杜石头抖了一下缰绳，喊了声：“吁——”车停下了。他跳下车辕抱拳拱手说：“二位辛苦！这是恒顺车行的车，我们东家跟咱道儿上的瓢把子有交情。”

韩先生躺在车上听着劫匪的动静。

矮个儿的蒙面人说：“没你们车行的事。我们哥儿俩过年点儿背塌了窟窿，跟您借点儿钱花。”

杜石头说：“这好办。我跟车上的客人言语一声，给二位凑点儿，把窟窿堵上。”

另一个蒙面人说：“别废话了！把他的褡裢留下，你们想去哪儿去哪儿。”

杜石头从车底板下抽出那根枣木棍。韩先生知道是自己让这俩匪徒盯上了。悄悄坐起来，想跟杜师傅一起对付他们。

有个匪徒见赶车的没反应，忽然从背后抻出单刀，冲着杜爷喊：“听见没有！爷动手可就没你们的好儿了！”

杜石头见劫匪亮出刀来，心想绝不能让他过来！心一横瞪着两眼，咬牙切齿地骂了声：“我干你妈！”举着枣木棍跑过去就要跟他俩拼命。

两个匪徒站在那儿咋呼，为的就是激他离开那辆马车。这时一个匪徒举刀要砍杜师傅，另一个提着刀就往马车这边跑。

韩先生见匪徒过跑来，他怕伤了成祥，顾不得赤手空拳跳下马车就要迎上去，刚往前跑就听身后有人低声说：“别过去！”

话声没落一个穿黑斗篷、戴灰皮帽的身影，旋风似地从他身后飞过去，一把抓住劫匪的肩膀，手腕一拧那匪徒立时扔掉手里的单刀，捂着膀子疼得在地下打滚儿。

旋风般的身影转眼间飞到杜师傅身前，抓住那个劫匪的肩膀，把那个劫匪拧的撕心裂肺地喊了声：“哎呀——”，甩开那把刀，捂着胳膊摔倒在地，疼得喊叫着直打滚儿。

穿黑斗篷的那人背对着杜石头说:“快走!”闪身进了树林,转眼踪迹不见。

杜石头没看清是谁,捡起匪徒的两把单刀,看了看车上的成祥,招呼韩先生赶紧上车,赶着马车就往前跑。

韩先生把这件事看得清清楚楚。心想那顶灰皮帽子、中等身材和麻利的身手,这不是尚奶奶嘛!

奔跑的马车把成祥颠醒,迷迷糊糊地坐起来问:“车怎么跑起来了?”

马车一直跑上通往西南的官道,才慢了下来。惊魂未定的韩先生,坐在车辕上还在念叨:“灰皮帽子……”

成祥说:“我奶奶就有一顶灰皮帽子。那回下大雪奶奶让我戴上,那毛儿可滑溜呢,连雪也落不上。”

刚过年官道上车马行人很少,杜师傅赶着那匹大汗淋漓的马,不紧不慢地往前走。

偶尔过来一帮走村串巷玩儿花会的,穿得花花绿绿,提着龙灯架子、扛着高跷腿子、背着锣鼓家伙,说说笑笑从大道上走过。成祥头一次出门,看得很奇怪。他问:“韩先生,他们是干嘛的?”

韩先生说:“这是村子里过年办的花会。庄稼人一年到头好不容易歇几天,好热闹的人们就自己排练龙灯、旱船、高跷、地秧歌、狮子滚绣球这些玩意儿。走街串巷,到人多的地方去表演。让大家开心,自己也开心。”

成祥自言自语:“我真想跟他们去玩儿一回。”

又走了一会儿,韩先生忍不住小声说:“救咱们的那位义士,来无踪去无影,就像风一样。动作真快。”

杜师傅自言自语:“那人真不含糊。身子那么轻,我看像个女的。”

韩先生心头一怔:“人家一只手就把那俩劫道的制服了,胳膊好像折了吧。”

“折不了,是给他卸了环儿了,找个剃头的就能安上。这就是武德。他没伤咱们,人家也没伤他,就是教训教训他俩。”

经过这场意外,杜爷跟韩先生的话也多了。天津的黑道儿,关外的胡子,各地的风俗,什么都聊。白天在路上聊,晚上住店也聊。两个人无话不谈,唯独不提尚奶奶的事。

他俩无论聊什么，成祥在一旁都听得津津有味。

杜石头赶着车走了三天，快到娘子关了，韩先生说："杜爷，你家里有病人，咱在娘子关就别停了。到了寿阳夏家老店您就往回走。"

杜石头高兴地说："行啊，这就又能赶出一天来。"

杜石头走这条道是轻车熟路。来到寿阳城外夏家老店，伙计崔三见韩先生坐着马车进了大门，迎出来作揖说："韩先生，您过年好。"没说别的就张罗着卸车。

崔三是夏家店的老伙计，三十多岁，老实能干。老掌柜很器重，店里的事他能当一半家。

韩先生朝店房看了看："店里这么冷清，还没开张？"

崔三说："初六开张，今天才初四。人们还在家过年呢。店里就我一个人。"

韩先生告诉成祥："这是崔三叔。"

成祥赶紧给他作揖："崔三叔，您过年好。"

崔三作揖说："不敢当，小少爷过年好。韩先生，上房单间儿现成，您跟小少爷就住那儿吧。"

韩先生指着杜石头小声说。"那位师傅你照应着点儿。"

崔三看了看，点头说："您跟小少爷在账房歇会儿。我带这位爷到后院卸了车，把牲口饮上。房间就安排在您隔壁。回头我把那两间的炕烧热，舀上热水您几位洗把脸，我再弄吃的去。"

韩先生说："我们不是外人，你带杜师傅先卸了车，把牲口伺候好。烧炕、打水的事我们爷儿俩干。"

崔三说："得嘞，就这么办。您几位多担待。杜师傅，咱卸车去。"

几个人不大工夫就把眼前的事办完。崔三在厨房做了一锅热汤面，出去买了四斤大饼、二斤酱牛肉。柜上有烧酒。几个人吃饱喝足，天也黑了。成祥跟杜师傅睡了，韩先生到账房问崔三："老掌柜在家吗？"

崔三支支吾吾地摇头："我不知道。"

韩先生凑过说："天津的尚奶奶找他。"

崔三瞪着眼问："您见着她了？"

韩先生悄悄说："我在她那儿过的年。"

崔三朝外看了看："老掌柜去五台山了，有位得道的高僧约他去的，恐怕十天半月回不来。老姑奶奶有事？"

韩先生说："我带的孩子是你们老姑奶奶抚养大的，想让老掌柜看看，入了夏家门再跟我到关外学徒。那位赶车师傅是她同院儿的邻居，把我俩送到，明天就回天津。"

崔三说："我明白了，要不您也先回去，老掌柜回来我禀告他。您多暂回关外？"

"在家住个把月就回去。"

崔三说："现在还算年下，您就早点儿回去吧。住个十天半月老掌柜就回来了。"

"好，明天一早我就往回走。你们老掌柜多大岁数？"韩先生问

崔三说："六十大几，快七十了吧。"

韩先生吓了一跳。老掌柜都快七十了，他姐姐有多大？最少也得七十岁。怎么尚奶奶看上去才五十来岁？路上见她收拾劫匪就像一阵风，神龙不见首尾，下手稳、准、狠。这位奶奶得有多大的功夫！想起来真让他佩服得五体投地。

第二天一早，崔三到后院帮杜石头套好车，往车上放了一袋小米，一口袋红薯、土豆、倭瓜、白萝卜，跟他说："这都是山里产的，您回去吃个新鲜。"

又去跟韩先生说："老掌柜不在，老姑奶奶的人来了，让人家空着手回去，有点儿过不去。我拿了点儿山里的土产给他装车上了，还想给他十两银子，可又怕给出麻烦来。"

"你想得挺周到。"韩先生说："尚奶奶跟夏家的事，别人都不知道。平白无故给他十两银子，还真说不清楚。把银子交给我，用尚奶奶的名义给他，你也好交代。"

"这事您就费心吧。"崔三把银子交给了韩先生。

三个人把赶着车的杜石头送到大门外。

韩先生过去跟杜石头说："杜爷，临来尚奶奶交代，这趟活儿别亏待你。这十两银子你拿着，咱什么也别说了，路上小心。"

杜石头接过银子，感动得泪都要出来了。揣起银子问了句："还有事吗？"

韩先生想了想:“我问问你,成祥他爸爸是哪儿的人?”

杜石头说:“天津南郊咸水沽的。”

“他家没别人?”

“我跟陈傻子都去找过,真没人了。”杜石头认真地说。

“明白了。孩子的事你跟陈爷打个招呼。”

杜石头点点头:“我是得跟他说说。”

韩先生说:“没事了,你路上小心。”

“我走了。”杜石头说了完扬起鞭子吆喝了声“驾”,赶着车就走了。

当天崔三找来一辆骡拉的轿车,往车上装了一袋白面、两只鸡、半扇羊肉和一些倭瓜、红薯之类,送韩先生和成祥走上回家的路。

轿车上有半圆的车篷,车厢里铺着厚厚的褥子,还预备了棉被、毛毯、枕头、靠垫,比坐马车舒服多了。寿阳到汾阳是下坡路,两天就到了汾阳城。

韩先生说:“成祥,进了城咱得先去大娘家拜年。”

成祥问:“我还有大娘?有大爷吗?”

韩先生说:“有,你大爷叫韩继德,从我记事他就在外地钱庄学徒。八年出师就挣钱养家。后来在城里娶了媳妇生了闺女。我学徒出师,他帮我娶的亲。十几年前我父母病故,他也走了。”

成祥瞪着眼问:“我大爷去哪儿了?”

“十几年前他就去世了。”韩先生沉痛地说:“他去世后你大娘跟他女儿就住在汾阳城里。我每年回家都得先去她那儿。”

成祥问:“是先去看大娘?”

“不光是看她。”韩先生说:“我大哥是家里的长子,祖先牌位放在他家。是先去祭拜祖先。”

“什么时候也不能忘了祖宗。家家都得讲这个老礼儿。”赶车的插话说。

刚九岁的成祥听不懂他俩说的这些话,只知道回韩先生家之前,得去大娘家一趟。

第四章

轿车在南门里的小巷口停下，韩先生和成祥下了车。

韩先生说："师傅，你在这儿等会儿，我俩进去拜个年。"两个人背起包袱，提着袋子，走进巷子里的一个小院。

韩先生进去就喊："大嫂，我给您拜年来了。"

一个十五六岁的姑娘迎出来说："二叔，可把您盼来了。您过年好！是从外边回来的吧，还带了这么些东西"姑娘接过韩先生手里的东西，见他身后还有个孩子，大声说："二叔，您还带着个小伙计！"

韩先生正要说话，屋里有个女人喊："桂兰！你哪这么多话！大冷的天，快把你二叔接进来！"姑娘赶紧挑起棉门帘："二叔，快进屋吧。"

成祥跟着韩先生走进去，见外间墙上贴着福字，八仙桌上摆着牌位、香炉和供果。左手是个套间，炕上坐着个挽着发髻、干净利落的中年女人。

韩先生说："大嫂，您过年好，我给您拜年。"说着就要跪下。大嫂王氏赶紧下炕说："别磕了，话到礼到。"韩先生说："成祥，这是你大娘。"成祥跪下说："大娘，给您拜年。"磕了三个头。

王氏看笑着说："起来吧。这孩子虎头虎脑的，真让人稀罕。你几岁了？"

成祥说："九岁。"韩先生说："他叫成祥，是我在天津认的义子。他爹妈去世了，也没个亲人，就跟着我来了。"

听说孩子是个孤儿，精明的王氏脑子里立即闪出个念头，笑着说："初一你媳妇来拜年，说你柜上有事得耽误几天，祖先牌位我就没撤。今天初七，你就先拜祖先吧。"

王氏说完韩先生就去外屋磕头。祭拜完进里屋解开放在炕上的包袱说："大嫂，这是我给您带的东西，也不知道买什么好。这是给您过日子的四十两银子。"韩先生双手把银子递给大嫂。

王氏接过去看了看说："买的这些东西我都稀罕，银子也够花的。我们娘儿俩就靠你接济了。他二婶儿这些天就盼着你回去呢。没事你就早点儿回去。"说着把成祥搂在身边："让孩子在我这儿待两天吧。"

韩先生瞪着眼问:“您是说……”

“我跟孩子没稀罕够,让他住几天不行吗?”

韩先生赶紧说:“行,行。他的包袱还在车上呢。”

桂兰说:“我跟您去拿。”

韩先生看着成祥:“你在大娘这儿住几天,听话,别惹大娘生气。”成祥嘴里答应:“哎。”眼巴巴地看着韩先生走了出去。

韩先生走了,王氏把成祥搂在怀里问:“孩子,这些年你是跟谁长大的?”

成祥说:“尚奶奶。”

王氏问:“他家还有别人吗?”

成祥摇头说:“没有,就是我跟奶奶俩人。”

“也是苦命人哪。”王氏看着成祥:“你有奶奶,没有妈。我就当你妈吧,行吗?”

成祥瞪着两眼看着她,不知道说什么好。

王氏在他脸上吻了又吻:“孩子,我喜欢你呀。我当你的妈,疼你、爱你、把你当我的心头肉。行不行?”

成祥这些年也没受过这么热情的拥抱,点头说:“行。”

王氏说:“好孩子。在你名字上按个韩字,叫韩成祥,你就是我儿子了。在家这么叫,出去还叫成祥,好不好?”

成祥说:“好。”

“孩子,咱去外屋拜祖宗。”王氏拉着成祥的手,在外屋给韩家祖宗上了三炷香,磕了三个头。

韩先生坐在轿车里,想起这次回家,意外的事一件接一件。带着干儿子回家,还让嫂子留下了,真是不可思议。

轿车停到家门口,妻子许氏和内侄女苗苗听到动静赶紧迎出来,忙着搬东西、打水饮牲口。韩先生把赶车师傅请到堂屋,擦脸、喝茶、吃了晌午饭,临走又给了他二两银子。

那时一两银子能买一百二十斤白面。赶车师傅受宠若惊地说:“韩先生,别这么客气。我这辆车就是老掌柜接送客人用的,后晌去接小少爷吗?要不我再跑一趟。”

韩先生摆手说：“不用了，他今天不回来。”

“那我就回去了。”那位师傅说完就赶着车走了。韩先生往回走，许氏在后边问：“怎么还有个小少爷？”

“进屋再说吧。”回到屋里，韩先生就把在天津送礼丢了拜匣，巧遇虎子，结识尚奶奶和收义子这些事，都告诉了许氏。

听说大嫂把孩子留下了，许氏哼了一声：“咱这位大嫂，准能做出那种事。”

韩先生问：“什么事？”

许氏说：“认儿子呗！”

韩先生问：“你怎么知道的？”

许氏说：“她跟我一样，有块心病！”

韩先生一再追问，许氏才说，当地有个风俗，出嫁的女人没生育，死后不能入婆家的坟地。只生女孩儿，棺材只能在坟地里垒个砖罩，也不能入地。王氏认下成祥，也算有儿子了。

“不见得吧，她想认就能认？”韩先生很疑惑。

许氏说：“大嫂是韩家长门媳妇，祖宗牌位就在她那儿，让孩子磕了头就算进了韩家，这有什么难处！”

“她没跟我说这事呀！”韩先生遗憾地摇摇头。

“人家是大嫂，跟你说不说都一样。”许氏看着他：“你放心，我不在乎这个。往后还不一定怎么样呢。”

王氏让成祥在外屋祖先牌位前磕了头，心里特别痛快。当天晚上烧了一锅热水，就给成祥洗澡。一边洗一边说：“孩子，往后这就是你的家，妈疼你、爱你，姐姐也疼爱你。你叫我一声。”

成祥看着她叫了声：“妈。”

“哎——”王氏高兴地答应了一声。

成祥洗完澡，红扑扑的脸上容光焕发，王氏越看越喜欢。她的愿望实现了，说话搂着他，吃饭守着他，睡觉把他放在自己被窝里，一时一刻也离不开这个宝贝儿子。

第二天王氏买了些炉食点心，雇了一辆轿车，带着成祥先在城里看了韩家的远门叔叔，又去三泉镇看了娘家哥哥。把自己有了儿子这件事，告诉了所有的亲戚。

正月初八杜石头回到天津。这趟活儿先后收了十二两银子。回来的路上揽了点儿零活儿，又赚了两吊铜钱。这是往常拼死拼活一年也挣不来的一笔大财，心里非常痛快。

回到侯家后，交了车、付了车行的份子钱。怀里揣着银子，扛着一麻袋倭瓜土豆，提着一袋小米儿，高高兴兴往回走。他想先去尚奶奶家说一声，一进大杂院儿他就愣了。尚奶奶住的两间房，光剩下一堆黢黑的碎土坯，全塌了！

杜石头进门就问："尚奶奶那屋是怎么回事？"

秀芹娘说："着火了，秀芹初一早起给奶奶拜年，就没叫开门。不大会儿火就着起来了。"

杜石头瞪着眼问："尚奶奶呢？"

"烧死了呗。"秀亲娘说："扒了半天也没扒出尸骨，兴许烧成灰上天了。"

杜石头叹了口气问："秀芹呢？"

"北大关码头拾柴火去了。打过年没吃的、没烧的，炕都是凉的。"

杜石头问："留下的钱呢？"

"给救火的了。"秀芹娘说："消防队来了七八个人，喷了一箱子水，完事就逼着要钱。院里谁拿得出来呀。那块银子也破不开，我就给他们了。给了还不走，嫌少。耗了半天，有个瘦老头说，哥儿几个别耗着了。大杂院儿拿出块银子就奇了怪了，再耗三天三夜也挤不出几个大钱来。"

"嘿，真有明白人。"杜石头摇了摇头："那二两银子就算发送尚奶奶吧。"

秀芹娘说："你说得轻巧！这几天心疼得我都睡不着觉。"

"这不又来了嘛。"杜石头从怀里掏出那十两银子放在炕上："咱花点儿钱挪个地方吧，给你租两间不漏风的房。"

秀芹娘说："我乐不得呢。闺女大了总糗一间屋也不行。"

杜石头说："搬了家，你把病治好，再给我生个小子。"

"那有嘛，"秀芹娘笑着说："你就烧高香去吧！"

正月初九韩先生来了，王氏指着成祥笑着说："他二叔，我认了个儿子，他给咱韩家祖先都磕了头。你别当他干爹了，就当他师父吧。"说着把成祥搂在怀里。

韩先生心想，媳妇真猜对了。嘴里说：“好，这么办好。”

王氏说：“他在咱韩家叫韩成祥，出去还叫成祥。跟着你去钱庄学徒，八年出师让他养活我，就不麻烦你了。我死后让他给我摔盆儿、打幡儿，把我埋进韩家坟地。”她问成祥：“你说行不行？”

成祥点头说：“行。”

韩先生苦笑着说：“好，这么办好。今天我带他去南马庄认认门吧。”

王氏点了点头。

回南马庄的路上，韩先生说：“成祥，到家见了你师母，别说你认亲的事。”

成祥问：“为什么？”

韩先生说：“这事说多了，让她伤心。”

成祥似懂非懂地跟着韩先生回到家，走进上房见一位身穿紫色棉袍，发髻梳在脑后，面容有些憔悴的中年女人，心想这就是师母。跪下叫了声：“师母。”规规矩矩磕了三个头。

许氏见成祥果然是眉清目秀，笑着说：“起来吧，孩子。这也是你的家，别那么拘束。”

苗进来了。韩先生说：“成祥，这是你苗姐。”

成祥给她鞠了个躬，叫了声：“苗姐。”

许氏说：“苗，你是姐姐，带他玩儿去吧。”

苗说：“知道了。走，跟我喂鸡去。”拉着成祥就出去了。

两个孩子走了，韩先生说：“你猜得真准，大嫂果然把他认了个儿子。”

许氏说：“她是心想事成，咱还过咱的日子吧。”

苗比成祥大一岁，高高的个子，俊俏的模样，生性开朗。她把成祥带到后院问：“成祥，你喂过鸡吗？”

成祥说：“喂过，我们院里就有养鸡的。”

苗问：“是哪个院里？”

成祥说：“天津那个院里。”

苗问：“你奶奶特有本事，对吧。”

成祥点点头。

“你大娘家好吗？”

成祥问：“你认识我大娘？”

苗说：“认识。初一还给她拜年去了呢。大娘对你好吗？”

“我大娘挺疼我，对我好。可对我姐挺厉害。”

“她怎么厉害？”

成祥说：“我也不知道。说话挺厉害。我就有点儿怕她。”

从那天起，她俩每天一起喂鸡、扫院子、抱柴禾、拉风箱、刷锅洗碗什么都干。晚上还一起写字、打算盘，总有说不完的话。

成祥觉得在师父家比在大娘家快活。在南马庄住了几天，韩先生又把他送到城里大娘家。两家倒着住，不知不觉半个月就过去了。

这些日子王氏母女都在赶着给成祥做衣裳。单的、夹的，背心、裤衩，还做了两双袜子、一双鞋。

成祥问：“妈，怎么给我做这么些衣裳？”

王氏说：“你得穿好几年呢。有新棉衣，再给你添几件单的、夹的。大舅妈还给你做了一双鞋。这两双新鞋，一双你在路上穿，留一双到锦州临进钱庄再把它换上。脚上没双新鞋，让人家笑话。”

那天韩先生来了：“大嫂，我跟成祥该走了。

王氏问：“怎么这么早就走？”

韩先生说：“临来在天津耽搁了几天，带着他也不能太赶落，按日子也该走了。”

“这是正事，你定日子吧。”王氏沉下脸来说。

“要没别的事，我想明天就走。”

王氏没说话，点了点头。

当天王氏让桂兰买回不少鸡蛋。

成祥问：“怎么还买这么多鸡蛋？”

王氏说：“这是给你烙石头饼用的。鸡蛋麻油和面，烙出来吃着酥软，带些日子也坏不了。别问了，明天你就该走了。”说着眼圈儿都红了。

韩先生雇了辆大车，带着成祥赶到寿阳，天快黑了。车把式把车赶进夏家老店，有个伙计迎出来说：“韩先生，您回来了，往里请。”

韩先生问:“老崔在柜上吗?”

伙计说:“在,这两天他总念叨您跟小少爷。进去吧,上房给您留着呢。”

韩先生说:“我得把车钱付了。”

伙计说:“您跟小少爷进屋歇着。老掌柜有话,车钱的事我来办。”说着背起韩先生的褡裢,走进店房就喊:“崔三爷,韩先生来了。”。

韩先生说:“车上还有两坛酒呢。”

伙计把韩先生师徒送进客房,崔三进来说:“韩先生,那天我们老掌柜回来,听说您来了,恨不得当时就见您。为等您这些日子也没往远处去。”

韩先生问:“在柜上吗?”

崔三摇摇头:“老爷子成天到处溜达,不知道去哪儿了?”

韩先生说:“成祥,你躺会儿吧。我出去看看。”

成祥毕竟是个孩子,走了几天虽说是坐车,也是又累又乏,躺下就睡着了。

当天晚上吃完饭,老掌柜还没回来。韩先生带着成祥在院子里转了转,回到屋里问他:“你觉得寿阳比汾阳怎么样?”

成祥说:“冷,寿阳比汾阳冷得多。”

韩先生笑着说:“对,寿阳就是冷。俗话说冷寿阳、热获鹿。寿阳地势高,又是风口,冬天特别冷。往东下了太行山,就是直隶获鹿。那地方三面是山,夏天特别热。”

成祥听了不住地点头。

师徒俩说了会儿话,韩先生躺下歇着,成祥到院里找厨房去打开水。有个小伙计正在那儿蹲着,看见成祥就问他:“你到这儿干嘛?”

成祥说:“给我师父打开水沏茶。”

小伙计说:“原来你是个学徒。”

成祥说:“是啊。”

小伙计说:“都以为你是小少爷呢,你几岁啦?”

成祥说:“九岁。”

小伙计问:“你叫什么?”

成祥说:“我叫成祥,你呢?”

小伙计说:“我叫夏七宝,比你大三岁。你跟韩先生去关外?”

成祥点点头。

夏七宝问:“怎么来的?坐车,还是走着来的?”

成祥说:“坐车来的。”

夏七宝问:“你都经过哪儿了?”

成祥说:“文水、交城、榆次,就到你们寿阳了。”

夏七宝问:“你说,寿阳再往前是哪儿?”

成祥说:“过了平定就该进直隶省了。大清国南七北六十三省,这儿是山西省。出直隶省,进盛京,就快到锦州了。”

夏七宝羡慕地说:“行啊兄弟,你知道这么多事。”

成祥说:“这都是我师父教的。他说十里一乡风。哪个地方说话、办事、吃的、穿的,风俗习惯都不同。把这些东西记在心里,这就叫见识。”

夏七宝说:“我看你就够有见识了。里边水开了,我给你灌一壶,小心点儿,可别烫着。”

成祥提着开水壶,吃力地撩开棉门帘走进店房。就见大炕上有位老人,花白的辫子拖在脑后,穿着黑粗布的棉袄棉裤,绑着腿带子,白布袜子,实纳帮靸鞋。身边搁着一只空碗,眯缝着眼躺在那儿。

成祥提着壶走到老人跟前轻声说:“爷爷,喝点儿开水吧。”老人睁开眼,看着成祥给他碗里斟满水,又把眼闭上。

成祥回到客房韩先生已经睡着了。他轻轻地给师父盖上被,自己下午睡了一觉,还不困。觉得屋里冷,就悄悄走到院子里,活动身子取暖。

成祥正在抡胳膊跺脚,就听身后有人说:“这哪能热了身子!”转身一看,原来是大炕上躺着的那位老人。

老人问:“你在这儿干什么?”

成祥说:“我觉着冷,出来活动活动。”

老人问:“你练过拳吗?”

成祥说:“练过。”

老人问:“练过什么拳?”

成祥说:“六合拳。”

老人说:“你打一趟我看看。”

成祥站稳脚跟,拉开架势,一招一式地打了一遍。

老人满意地点点头:“谁教你的?”

成祥说:“我奶奶。”

老人忽然警觉起来,盯着他问:“你奶奶姓什么?”

成祥说:“姓尚。”

老人瞪眼看着他,很兴奋,伸出双手把孩子的肩、背、胸、腰、胳膊、大腿,浑身上下都摸了一遍,高兴地说:“好,是个好材料!我教你一套健身的八段锦吧,一共是八句口诀。”

老人说着伸双手摆出一个架势:“这叫双手托天理三焦。”

成祥跟着做完问:“爷爷,什么叫三焦?”

“问得好。三焦是指人体内的脏器。”老人指着成祥的前胸说:“胸上部的心、肺是上焦;中间的肝、脾、胃、肾是中焦;下边的膀胱、大肠、小肠是下焦。这些往后你就懂了。”

老人又做了一个动作:“这是第二句,五劳七伤往后瞧。五劳七伤是指人过度劳累,久坐、久卧、久站、久看跟大惊、大喜、大悲、大怒这些精神上引起的各种疾病。你记住是病就行。”

成祥点点头,按着老人摆出的架势认真地做了。

老人又把其余的六句口诀都教了一遍:

调理脾胃单举手,双手攀足顾肾腰;
怒目攥拳争气力,左右开弓似射雕,
摇头摆尾去心火,背后七颠百病消。

把每个动作在哪里呼吸,在哪里使劲,都仔仔细细地告诉了成祥。

第五章

第二天一早，韩先生和成祥洗漱完吃了早点，回到房间刚坐下，崔三带着一位老人进来了。

成祥看见就喊：“爷爷！”

韩先生站起来抱拳问：“老先生，您是……”

崔三忙说：“韩先生，这就是我们老掌柜。”

韩先生赶紧作揖说：“您是夏老前辈，失敬、失敬。您请坐。”

老人说：“不敢当，我是夏子川。幸会、幸会。”

韩先生说：“我叫韩继善，是从汾阳来的，半个月前……”

老人摆手打断他的话：“那些事我知道，昨天我就看见成祥了，这孩子跟我有缘。”

韩先生很奇怪：“成祥，你怎么没跟我说？”

成祥说：“昨天我睡得晚，在院里见的爷爷。爷爷还教我练了一套拳呢。”

崔三说：“韩先生，您要办的事我都跟老掌柜说了。可我拙嘴笨腮也说不清楚。您再跟老掌柜说说。小少爷，我去沏壶茶，跟我去后院玩玩？”

韩先生说：“成祥，你跟崔叔去吧。”

成祥说：“爷爷，您坐会儿。”跟着崔三就走了。

老人坐下问：“韩先生，这孩子是我姐姐抚养大的？”

韩先生说：“是，我也是年前才知道。”接着就把年底怎么遇见虎子，大年三十儿磕头认义父，直到半个月前来寿阳，都跟老人说了一遍。

老人平静地听着，好像并没感到意外。

韩先生看着老人说：“这孩子就是尚奶奶的心血。尚奶奶想把他领进夏家门。让我带他来寿阳，就为请您看看。”

老人想了想说：“夏家门是我祖上几代相继传下来的，是独门的武艺，也是一整套行事做人的规矩。历代都是选材施教，夏家寨的族亲也不都是夏家门。我看这个孩子气质很好。”

韩先生说：“这都是尚奶奶给他打的基础。”

老人说:“我收下他吧。孩子年纪小,短时间很难传授多少东西,还是把基础打扎实为好。你们还要待几天?”

韩先生说:“东家给了我两个月的假。从大年初一算起,已经一个多月了。刨去回程,还能待十来天。”

老人说:“日子别掐这么紧。我带孩子去后山住几天,你在店里等着,耽误不了你们到锦州。”

韩先生说:“行,这事都听您的安排。”

当天老人就带着成祥走了。

韩先生很奇怪,有这么多买卖的老掌柜,怎么穿得这么寒酸?成祥的事好像他都知道,是谁告诉他的?他说去后山住几天,像是早就有安排,那是什么地方?

第二天韩先生忍不住问崔三:“老掌柜带孩子去后山,那是什么地方?”

崔三说:“我光知道那儿有座古庙,老爷子摊上事就去。究竟是什么地方,我也不清楚。反正对孩子有好处。老掌柜有交代,您的吃住店里都安排好了,您就在这儿等着吧。”

第八天,店外一阵急促的马蹄声,老掌柜带着成祥骑着马回来了。韩先生见成祥好像黑了、瘦了,那双大眼更亮了。翻身下马的劲头儿,就像个熟练的骑手。

老人说:“韩先生,等急了吧。你们明天就可以走了。”

韩先生说:“走不忙,成祥该给您磕头了吧。”

老人笑着说:“我是他爷爷,还磕什么头啊。”

韩先生说:“不磕头拜师,我跟尚奶奶没法儿交代呀。”

老人说:“那就让崔三安排吧。就咱几个,别惊动旁人。”

当天晚上,崔三在账房墙上挂了一幅关老爷像,香炉两旁点了两只红蜡烛,摆了一桌酒席。夏子川老人红光满面,穿了一件紫红缎子棉袍,镶金边儿的黑缎子坎肩儿,花白胡子梳得整整齐齐,俨然一位尊贵的长者。

韩先生和成祥也是洗了脸,梳理了辫子,换上新棉袍。成祥激动得小脸通红。崔三也穿得整整齐齐。

走进账房,崔三问:“老掌柜,现在就行礼吧?”

老人点了点头。

崔三大声说："上香！"

老人在桌子上拿起三炷香，在蜡烛上点燃插到香炉里。跪在地下恭恭敬敬向关老爷像磕了三个头，站起来坐在桌案前。

崔三大声说："行拜师礼！"

成祥双手捧着一杯茶，走过去恭恭敬敬递给老人，跪在老人面前磕了三个头。

崔三大声说："礼成！"

韩先生走过去向老人作揖："老爷子，给您道喜！"

崔三也给老掌柜作揖："给您道喜！"

老人说："同喜，同喜。成祥，向两位长辈道谢。"

成祥跪下说："谢谢二位长辈。"向韩先生和崔三磕了三个头。

崔三说："拜师礼完了，咱就开席吧。老掌柜请上座。"

老人坐在上手位置上："都坐下吧，成祥，你给二位斟酒。"

韩先生说："我先给您满上。"拿起酒壶先给老掌柜斟满。

老人说："韩先生，你看出来了吗？我跟崔三商量了，成祥是我孙子，不能叫我师父，还得叫爷爷。可这个孙子辈分不小，你说是吧。"说完自己哈哈大笑。

韩先生伸出大拇指："老爷子，您想得真地道。"

老人说："我在外地收徒，孩子小，我就让他叫爷爷。男孩儿女孩儿都有，往后你们见了就知道了。韩先生，我可没把你当外人。"

韩先生站起来说："老爷子，您可别叫我先生，往后就叫我继善。我敬您一个。"

说着端起酒杯一口干了。

老人笑着端起酒杯一口喝干，诧异地说："这酒入口绵软，味道也好。崔三，不是咱自己酿的吧。"

崔三笑着说："老掌柜，您的嘴真行。这是刚开封的陈年汾酒，是韩先生专给您从汾阳带来的。够您喝的，两坛子呢。"

老人高兴地说："那一坛子可别动，我得给几位老朋友留着。"

崔三说："我给您留着。韩先生，吃菜，这几样菜是按老爷子吩咐做的，山鸡、野兔、驴肉、狍子肉、鹌鹑蛋、凉拌山菜、猪肉炖粉条,还有玉米面疙瘩汤。”

老人笑着说:“兔子肉是上讲究的。山里人有句话,要吃飞禽,鸽子鹌鹑;要吃走兽,兔子狗肉。”说完自己哈哈大笑:“别光坐着,吃菜,多吃点儿肉。野鸡肉、狍子肉你俩准没吃过。”

崔三给孩子夹了块肉说:“这就是狍子肉。”

成祥这才拿起筷子大口吃起来。

俗话说“酒越喝越厚”,韩先生陪着老人喝酒,几轮酒喝下肚话也多了。

韩先生喝得不少脑子还清醒,故意问:“老掌柜,我问您个不该问的事。”

老人说:“你问吧,自己人有什么不该问的。”

韩先生问:“老姑奶奶本事这么大,怎么住在天津那么寒酸的地方?”

老人说:“她那是不得已。”

“她老人家那点儿事过去多少年了,早没人问了。怎么还不得已?”

“江湖上的恩恩怨怨,盘根错节,说不清啊!谁知道什么时候要出事!”老人看着他说:“继善,我托你一件事,往后别让成祥跟江湖扯上。学本事好好做生意、孝顺老人,比什么都强。”

“是,是,我一定按您嘱咐的办。”韩先生恭敬地说。

“小少爷,再来块野鸡肉。”崔三说着给成祥夹了一块。

成祥见盘子里的野鸡翅膀那儿露出个窟窿,大声说:“这是奶奶飞镖打的那只野鸡!”

老人沉着脸瞪了他一眼。

成祥低头不敢吱声了。

吃完饭老人说:“继善,江湖险恶,咱们的事都装在心里吧。明天你们该怎么走还怎么走。往后有事就找崔三。明白吗?”

韩先生说:“老爷子您放心,我全明白。”

老人问:“崔三,你明白吗?”

崔三赶紧说:“明白,我什么也不知道。”

“继善,明天我不送你们了。”老人说着站起来就走了。

崔三说:“韩先生,带两匹马走吧,小少爷也会骑了。这是老掌柜吩咐的。”韩先生点点头。他又说:“再带点儿野鸡肉、狍子肉,天还不热,坏不了。”

第二天一早，吃完饭夏七宝来了："崔三叔让给你们备两匹马。给小兄弟雇个对槽驴骑吧。好骑，特有意思。"

成祥问："什么叫对槽驴？"

夏七宝说："从我这儿雇个驴，你骑上它只管走。打尖、住店都不用管它。骑一天才五十个大子儿，也便宜。"

成祥渴望地看着韩先生。

韩先生说："你给挑个老实点儿的吧。"

夏七宝拉来一匹鞍韂齐全的马和一头光屁股驴。抱出一条褥子搭在驴身上，又搭上绳子栓的两个脚蹬。拍了拍这头驴："韩先生，您看行吗？"

韩先生苦笑着点点头。

崔三过来问："七宝，让你牵两匹马，怎么拉来一头驴？"

夏七宝说："少爷想骑着玩儿。"

崔三指着他："准是你出的主意。"

韩先生和成祥回客房把褡裢、马褡子抱出来。夏七宝赶紧接过去搭在马背上拴好。

韩先生掏出一把制钱递给他："多出来的给你当酒钱。"

夏七宝高兴地说："谢谢先生！"

韩先生说："成祥，我先骑这头驴吧，压压它你再骑。"接过缰绳就骑到驴背上。

成祥牵着马正想找个高台儿骑上去，老掌柜从背后过去把成祥举到马上，顺手把一根白色的翎毛插在马鞍上。

韩先生把老人的这个异常举动看得清清楚楚。

成祥在马背上说："谢谢爷爷。崔叔再见！七宝哥再见！"

夏七宝大声喊："先生一路平安，回来还住这儿啊。成祥，你在马上坐稳了，可别摔着。"

夏家老店出门就是山路。韩先生骑着驴走在前边。成祥在马上说："寿阳这地方真好。"

韩先生说："这一带练武的人多，老爷子就有一身好功夫。"

成祥问："您看出来了？"

韩先生说："老掌柜精神矍铄，二目有神。一举一动都显出身上的一副好筋骨。"

成祥觉得很遗憾："我真舍不得离开老人家。"

"这就是你跟他的缘分。"韩先生看着远处说。

寒冬的山路荒草凄凄，冷气袭人。绕过一处山坳，前边是个岔道。那头对槽驴走到岔路口，毫不犹豫地照直走了下去。

成祥看着那头驴说："先生您看，它还认路呢。"

韩先生笑着说："这是专门调教出来的犟驴。专走这条道，谁要硬把它往别的路上牵，它就尥蹶子，又踢又咬，还大声吼叫。附近村里的人听见，就知道有人要偷驴，都跑出来抓偷驴的。"

成祥听得笑起来。

韩先生说："这一带都是山路。山高林密道路很窄，常有劫道的歹人出没。要遇见这种人你别害怕，也别说话，由我来应付。给他们点儿钱，说点儿好话。咱破财免灾。"

成祥点头说："是，我不说话。"

韩先生说："往后遇见生人也别多说话。记住，不说话为金，少说话为银，多说话为土。遇到生人，遇到不懂的事，你什么也别说。不然哪句话说得不对，就得坏事。"

成祥说："是，我记住了。"

山路上空荡荡，走着走着，忽然前边不远处窜出两个人来。韩先生说："有劫道的，你别怕。"

这时一个大个子突然蹿过来，抓住毛驴的笼头，恶狠狠地大声说："朋友，该打尖了吧！"

韩先生一怔，急忙从驴背上跳下来。

后面过来个瘦子，抬头看见成祥马鞍上插着的白翎，赶紧大声喊："放手，别吓着骑马的孩子！"

大个子也看见那根白翎了，尴尬地赔着笑脸说："先生，这驴该喂了。"

韩先生笑了笑："二位辛苦。"

成祥在马上说："原来你们是管喂驴的呀。"

大个子过去把成祥抱下马。

韩先生问:“这儿有打尖的地方吗?”

大个子说:“前边不远就有个小酒馆儿。”

那个瘦子狠狠地瞪了他一眼。

韩先生说:“有酒馆儿就好。走,我正好想请二位喝酒呢。”大个子拉着马,领着成祥走在前头。韩先生拉着驴和瘦子在后边跟着,说说笑笑走到路边的酒馆门前。

大个子说:“您把驴撒开,让它自个儿吃草去吧。”说着把马栓到门前的桩子上。卸下马鞍,喂上草料。又把褡裢和马褡子搬进酒馆,放在凳子上。

这时韩先生已经在酒馆要了腊肉、熏鸡、猪头肉,摆到桌子上。大个子坐下就和瘦子撕开熏鸡,狼吞虎咽地大嚼起来。

韩先生端起酒碗:“我一看就知道二位是自己人。别客气,请。”说着喝干自己碗里的酒。

瘦子也端起酒碗喝干:“先生这么抬举我们,我俩可承受不起呀。”

大个子喝干碗里的酒说:“这两年我爷爷不大爱发令了。这白令更是轻易不动。我没看见,是我叔看见的,真对不起。”

瘦子又瞪了他一眼。

成祥突然问:“你们都认识爷爷?你叫什么?”

大个子说:“我叫夏四宝。”

瘦子咧着嘴,又瞪了他一眼。

韩先生示意成祥把他俩的酒倒满。自己端起碗来说:“没出正月,还算是过年。我还寻思见不着弟兄们呢。”

瘦子说:“我们爷儿俩,跟您爷儿俩有缘。有老爷子的白令,在太行山一带您就放心走吧。出不了事。”

韩先生说:“那你们二位可得喝痛快。”

大个子说:“喝、喝。”

成祥眼睛盯着他俩,只见大个子喝着喝着身子一歪,大襟底下露出一把明晃晃的钢刀!瘦子也在不停地又吃又喝,不一会儿这两个人就醉得趴在桌子上呼呼大睡。

韩先生站起来掏出一块银子放在桌子上:“小二,这是酒饭钱。一会儿他俩醒了,给他们带些馍馍回去。剩下的钱归你。”

小二接过银子揣到身上:“谢谢先生。我给您备马去。”

韩先生说:“把那头对槽驴给我找回来。”

小二答应着:“好嘞!”

师徒二人出了酒馆,韩先生骑马,成祥骑驴。走在山路上,韩先生问:“成祥,刚才的事,你看明白了吗?”

成祥说:“看明白了。这两个带刀劫道的,跟寿阳店里的夏七宝是一家子。他们都怕夏爷爷。可他们说的白令是什么呢?”

韩先生说:“白令就是夏爷爷在你骑的马鞍上插的白翎子。”

成祥很奇怪:“我怎么没看见?”

韩先生说:“他是在抱你上马的时候顺手插的。你坐在马上怎么能看见?你看,现在还在这儿插着呢。”

成祥回过头,果然见韩先生的马鞍上插着一根白翎子。惊讶地问:“这就是白令?”

韩先生说:“我听说过江湖上有白令、红令。这也是头一次见到。”

成祥问:“还有红令?”

韩先生说:“白令、红令,只有大当家的才有资格下。白令是给亲戚朋友和敬重爱戴的人插的。本帮派的人见了白令,都要关照、保护。谁敢违令,大当家就非收拾他不可。插了红令的,那就是仇人。谁见了都得杀了他。放走插红令的,也就相当跟大当家的结了仇,那还好得了?”

“爷爷给咱插了白令,您怎么还请他俩喝酒?”

“咱们是生意人,遇到这些人,只要不是成心跟咱作对,都要以和为贵。”韩先生说:“多个朋友多条路,多个冤家多堵墙。先想到和,有过节也能想办法化解。人生在世,还不就是求个顺当。”

成祥瞪大眼睛认真地听着,好像也听懂了。

第六章

师徒二人走到娘子关，韩先生说："老爷子的白令在这儿还管用，下了山就得收起来。到了别人地盘儿上，插着它弄不好还会惹麻烦。好在上了直隶官道，路上人多，大伙儿搭着帮走，也就没什事了。"

刚出娘子关，成祥骑的那头驴，果然怎么打也不走了。

韩先生从马上下来："你也下来吧，对槽驴只能走到这儿。让他回去吧。"

成祥从驴背上下来，拍了拍驴屁股，这头驴调头就往回走。眼巴巴地看着驴走远了，成祥问："先生，就剩一匹马了，咱怎么办？"

"咱爷儿俩倒替着骑吧。对槽驴只能到娘子关，夏七宝把它拉来我就想到了。"韩先生说："光图眼前不想以后，就得遇上这种麻烦事。在这儿也雇不到走远路的车，你骑马吧。"

韩先生把马鞍上的白翎拔下来，交给成祥："这是你进了夏家门的见证，一定把它保存好。"

成祥接过白翎，装进自己贴身的衣袋，对师父说："您骑马我走着，也让我记住这件事。"

韩先生说："咱俩拉着马走吧，累了再骑它。"

师徒二人边走边聊，累了就倒替着骑马，这样走就慢多了。一天成祥忽然想起一件事，走在路上问师父："先生，什么叫钱庄呀？"

韩先生看着这个聪明的孩子，认真地说："钱庄就是存银子和借银子的地方。有的人银子花不了，就来存。有的人要办事，自己的银子不够，就来借。来存的一个月给他二厘利息。来借的一个月要他五厘利息。钱庄赚的就是这三厘银子。"

成祥说："存银子的多、借银子的也多，钱庄赚的就多吧。"

韩先生笑着说："是啊。钱庄就是要凭自己的诚信，让存钱的人觉得有利可图，都来存钱。还要让借的人感到方便，到时候愿意连本带利还回来，这样才能赚钱。这里头学问可多了。"

师徒二人走到保定才雇上一辆马车。他俩坐在车上，把那匹马拴在车后跟着走。赶到天津住进北大关估衣街山西会馆。

有位刘先生问:“韩先生,带上徒弟了。”又问成祥:“你几岁了?”

成祥说:“九岁。”刘先生感慨地说:“这么大就出来学徒。当年我也是这么来的。真可怜!”

韩先生说:“我去把牲口拴到马棚饮上,你给安排个住处。趁天没黑我俩还得出去一趟。”

刘先生说:“行,这么着急是假期快到了吧?”

韩先生点点头,把褡裢、马褡子卸到柜房门外,赶紧拉着马去了后边的马厩。

成祥跟着刘先生进去找了个房间,刚把行李放下,韩先生进来说:“成祥,咱俩去趟侯家后。”

他俩赶到侯家后,走进大杂院就见迎面尚奶奶住的两间房都没了,那里成了一片烧焦的灰土。

韩先生莫名其妙,想去问问杜石头。过去一看,他家屋里空空荡荡一个人也没有。邻居说,尚奶奶家大年初一着了火,房烧塌了,老奶奶也没了。杜家搬走一个多月了,住在哪儿也不知道。

成祥见住过的房子烧塌了,杜家也不知道去了哪儿,差点儿掉了眼泪。

回会馆的路上,韩先生说:“成祥,离二月底没几天了,见不着杜家的人,下回来再说吧。”

成祥没说话,点了点头。

晚上和刘先生一起吃饭,韩先生说:“前几天我俩骑一匹马,路上走的慢,误了些日子。离月底还有五天了,还是这一匹马,路上有点儿麻烦就按时回不到钱庄。真没法儿见人了。”

刘先生想了想说:“我倒有个办法。你雇一辆马车,带上你那匹马。路上就敞开了跑,驾辕马跑累了,就换上你那匹马。这叫歇驴不歇磨。这样就能多赶出一天的路程。”

韩先说:“好,就用你的办法。你给我雇辆车吧。”

第二天韩先生和成祥坐着一辆车,带着两匹马,从天津出发一路狂奔,过唐山、出山海关,不到四天就赶到关外辽宁建在高坡上的锦州城。

锦州是一座有千年历史的商贸重镇,是连接关内、关外,辽东、辽西的交通枢纽，也是奉天（沈阳）到京城的必经之地。锦州南门外，马路两旁商贾云集，交易繁忙。元亨钱庄就是这里数一数二的老字号。

眼看就要到了，韩先生指着远处钱庄的幌子告诉成祥："那就是咱们元亨钱庄。"成祥一听，赶忙把身上的尘土扑打干净，换上大娘妈妈做的新鞋。

回到元亨钱庄，韩先生把那匹马交给打杂的伙计，让成祥先在柜房门外等着。见了金掌柜，寒暄了几句就把在天津遇到成祥的前前后后说了一遍。他说："这孩子家教好，诚实机灵，身子骨结实。我看是学生意的料，就把他带来了。"

钱庄的账房先生，相当于业务经理。韩先生在元亨钱庄，说话是有分量的。金掌柜听他说完就表示："这样的孩子真不多见，叫他进来吧。"

韩先生向门外喊："成祥，进来吧，见见金掌柜。"

听见先生招呼，成祥赶紧撩起门帘进了柜房。

韩先生说："这位就是金掌柜。"

成祥叫了声："金掌柜。"赶紧跪下磕头。

金掌柜说："好，好。站起来让我看看。"

成祥站起来，金掌柜见这孩子浓眉大眼，五官端正，长得也结实。就问："你多大了？"

成祥说："九岁。"

金掌柜问："学徒要吃八年的苦，家里人乐意吗？"话一出口自己就后悔了。这是收学徒常问的一句话，这孩子没家，问他这个干什么！正要改问别的，就听成祥说："乐意。母亲就盼着我学本事，养家糊口呢。"

金掌柜知道，成祥说的母亲是韩先生的嫂子，就叹了口气说："进钱庄通常要有人保、铺保，还要试用三个月才能定下来。韩先生说你不错，那就收下你。从今天起你就算进了元亨钱庄。文书契约，家长画押，都请韩先生给你办。在柜上干什么都要循规蹈矩，按章程办事。学徒八年，谢师一年，这是不能含糊的。"

韩先生说："这些规矩路上我都跟他讲了，进了钱庄他事事都得从头学起。"

金掌柜喊了声："来福，你进来！"

有个十来岁、胖墩墩的孩子进来了。金掌柜说："他叫张来福，比你大两岁。早来了两年，是你师哥。往后干活儿学生意，都跟他在一块儿。来福，你带他去后院，把他的住处安顿好，给他说说要干的活儿。”

成祥给金掌柜鞠了一躬，张来福把他领到后院学徒住的那间屋。这间屋不大，进门是个大炕，三个人睡的位置，只放着一套铺盖。

来福说：“咱俩就住这儿，一会儿我去找管庶务的先生给你要一套铺盖。”

成祥问：“钱庄还管被褥？”

来福说：“学徒的被褥管，别人都是自己的。咱要干的活儿可多呢。早晨起来先得去给掌柜和先生倒夜壶……”

成祥赶紧问：“给哪个先生倒？”

来福说：“给教你的先生。我原来管金掌柜和韩先生两个人的事，往后你就管韩先生，我管金掌柜。”

成祥问：“还有什么活儿？”

来福说：“打洗脸水、漱口水。到水房打开水，再兑点儿凉水……”

成祥问：“兑凉水干什么？”

来福说：“让先生洗脸呐！完事再叠被、扫床、擦桌子、扫地。先生洗漱完出去遛弯儿，咱就开窗户透透气，再去账房擦桌子、扫地。到账房可不能乱动东西，尤其不能翻账本儿。吃完早饭去前堂擦柜台、扫地，给先生沏茶……这些事你会干吗？”

成祥说：“有的会，有的不会。到时候你教教我吧。”

当天晚上，韩先生把成祥叫到自己屋里说：“从你进钱庄起，随时随地都有要学的东西。要记住看、听、问、记这四个字。看人们怎么待人接物，怎么做生意；听人们怎么说；不懂的就要问，好的、赖的、对的、错的，都要先记住，再仔细分析。”

这四个字就是韩先生给成祥开蒙的第一课。

钱庄学徒非常严格，要站有站相，坐有坐相，干什么都有规矩。成祥从早到晚不光伺候掌柜和各位先生，干各种杂活儿，还要请师傅开蒙学本事。

韩先生给成祥开蒙后，抽空就给他讲解钱庄业务的秘诀，成祥心地聪慧，学业长进很快。每天除了干活儿、学业务，晚上还要练几趟拳脚。钱庄的人们都喜欢这个好学上进的孩子。

学徒六年，十五岁的成祥已经长成小伙子了。虽然还没出师，他对钱庄业务和所有的规矩，都已烂熟于心。加上他向来待人热情，办事认真，接待客户、记账、计息，在钱庄伙友里已经崭露头角。

一天晚上，钱庄的先生们和学徒一起在柜台对账。连打了几遍算盘，总账和分账的钱数就是对不上茬，总是差十五两六钱银子。时间很晚了，韩先生见金掌柜很着急，就说："大伙儿歇了吧，让成祥仔细核对一下两本账上的钱数。"

韩先生为的是别让金掌柜跟着熬夜，也没想让成祥一个人把这宗乱账查清。成祥心想，既然让我核对，我就要查出个究竟。他想这十几两银子像是一个月的利息，是不是哪笔账目在日期上出了差错？

他把总账和几本分账逐一对照，果然查出是把二月份存入的一笔银子，写成了三月。他更正了日期，重新算出利息数目，核对了几遍都准确无误。

成祥到账房悄悄跟韩先生说："那笔错账对出来了，是分账上把二月存入的一笔款子，写成了三月，少算了一个月的利息。"

成祥查出的这笔银子，是一家俄国皮货商存的，老板叫别林斯基。那天他来钱庄说，圣诞节快到了，想提点儿银子过节。韩先生告诉他，这几个月的利息就有百八十两，提出来也许就够用了。结果差错就出在这笔利息上。

查出了差错，金掌柜依然怒气不息。韩先生说："明天让成祥把少付人家的利息送上门去。备一份礼品表示歉意，我看也不至于损害咱钱庄的信誉。"

金掌柜说："事已至此，就这么办吧。"

第二天，成祥按照韩先生的指点，带了几样礼品，就去锦州城里给别林斯基去送这笔少付给他的利息。别林斯基听说元亨钱庄的人是来送少付给他的十五两六钱银子。笑着说："这点儿银子还让你跑一趟？韩先生是我的朋友，银子就送给你吧。"

成祥说："别林斯基先生，钱庄最要紧的是信誉。这次是前柜出了差错。银子不多，您还是收下为好。把它送给我，会让您的朋友觉得很没面子。掌柜让我带来些礼物，就是给您赔礼道歉的。"

别林斯基很奇怪："你带来的是道歉的礼物？太有意思了。烟、酒、糖、茶，这是中国人的最高贵的礼物吗？"

成祥说："这几种礼物是高贵的，但不算是大礼。大礼要系上红带子，装在盒子里抬着送来。这是送给朋友的礼物。韩先生说，这也是送给您的圣诞礼物，祝您全家圣诞快乐。"

别林斯基高兴地耸了耸肩膀说："太有意思了。是韩先生告诉你的？"

成祥说："是的，韩先生是我的义父和师父。"

别林斯基看成祥很年轻，问他："你多大了？"

成祥说："十五岁。"

别林斯基说："太好了，我的儿子也是十五岁。"说着就喊："伊万，你快来，我给你介绍一个朋友。"

满头黄发的伊万跑进来问："爸爸，您要给我介绍朋友？"

别林斯基指着成祥说："他也是十五岁，是我朋友的义子和徒弟。你们俩做朋友不是很好吗！"

伊万高兴地握着成祥的手："你叫什么名字？"

成祥说："我叫成祥，见到你很高兴。"

别林斯基高兴地说："和乐少，你们都是诚实的孩子。今后就做好朋友吧。我这里还有一笔货款子。喏，就是这张一千两银子的汇票。你和成祥一起去元亨钱庄交给韩先生，请他替我存在钱庄。巴辛！你跟他们一起去。"

成祥谢过别林先生，跟着伊万走出来。两个少年在大街上边走边聊，仆人巴辛跟在后边。

成祥问："你爸爸刚才说的'和乐少'是什么意思？"

伊万说："就是俄语很好的意思。我们俄国人非常高兴的时候，才说'和乐少'。你的名字叫成祥，是什么意思？"

成祥说："成是我的姓；祥，是美好的意思。我们中国祝福对方，常说吉祥如意，就是很美好，很幸福。还有'逢凶化吉，遇难呈祥'。就是遇到危难也能变好。这是奶奶给我起的，我很喜欢。

伊万说："真伟大，祖母送给你一个美好的名字。"

成祥问："你的名字叫伊万，是什么意思？"

伊万挠了挠头说："没什么意思。我的名字叫伊万诺维奇，正式称呼还要加上父称和姓，说起来很长。伊万是简称，也是爱称。咱俩已经是好朋友了，以后你就叫我伊万吧。"

成祥说:“好。以后我就叫你的爱称,伊万。”

两个少年高高兴兴聊了一路。成祥带着伊万和巴辛回到钱庄,把别林斯基收下那笔利息还要再存一千两银子的事,告诉了师父。韩先生非常高兴。办完存款手续,送走伊万,又把这件事告诉了金掌柜。

成祥能把这么尴尬的事办圆满,金掌柜对他的办事能力有了新的认识。从此对他另眼相待,韩先生也是满心欢喜。

元亨钱庄对面有个只有一间门脸儿的烟铺,成祥常去给先生买烟叶儿,认识了烟铺学徒吕又宾。他比成祥小两岁,山东日照人,是烟铺掌柜的外甥。那年老家闹灾荒,舅舅带出他来找生路。成祥和他不久就成了无话不谈的好朋友。

旧日钱庄每逢过年,银子入窖、店堂封门,掌柜和先生都回老家。只留下学徒、伙计和请来护院的镖行师傅。成祥回不了家,对面烟铺里只留下又宾一个人,两个孩子就互相做伴儿。每到正月,就是两个苦孩子一年中最快乐的日子。

那年进了腊月,韩先生打点包裹准备回家。成祥拿着一些散碎银子进来说:“师父,把这些银子给我妈带回去吧。”

韩先生看了看说:“你省下这点儿剃头洗澡的钱,也不容易,留着过年花吧。孝敬你妈的钱我给你准备。这些日子见伊万了吗?别林斯基先生说,伊万跟你交上朋友,比过去懂事多了。知道孝顺父母,听父母的话了。”

成祥说:“我跟伊万也学了不少东西。他教我说俄国话,送给我钢笔,还教我用钢笔写洋码子呢。”

韩先生说:“咱们生意人,就得广交朋友。多个朋友多条路,多个冤家多堵墙。看好的朋友就多来往,往后都用得着。”

张来福学徒期满,跟韩先生一起回山西。

成祥说:“师哥,拜托你路上好好照顾韩先生。”

来福瞪眼看着他说:“那还用说。出来八年了,学到的很多东西都是韩先生教的。这次回家要不跟着先生,我还不知道怎么走呢。你再有两年就能回家了吧?”

成祥说:“还有三年,谢师还得一年呢。先生,您告诉我妈,让她老人家放心。我就不写信了。”

韩先生点头说:“你好好待着,别忘了练字、练功。”说完就拉着马和张来福一起走了。吕又宾跑过来问:“你师父他们回家过年去了?”

成祥点点头。吕又宾神秘地说:“你知道吗,来福哥跟我说,他这次回去就不回来了。”

成祥瞪大眼睛:“他不回来了?”

第七章

吕又宾见成祥很惊讶,凑过去说:“来福哥说他们老家平遥新开了几家票号。在钱庄学过徒回去就能干。这儿离家太远,路上也不平静。他说有个亲戚,回家路上让土匪劫了钱,命倒是保住了,可人吓傻了。家里给他捎信儿,不愿意让他在这儿干了。”

成祥听着,心里很不是滋味。

又宾问:“你不是说,你跟韩先生也遇上过劫道的吗?”

成祥应付着说:“是,我师父有办法。遇上劫匪怎么说话、怎么对付,他都有一套。那回他就让我别说话,都是他一个人对付的。”

又宾说:“你师父就是有本事。过几天铺子关了门,咱俩到城里广济寺庙会玩儿去吧。那儿买年货的、演杂耍的、打把式卖艺的,什么都有,可热闹啦。”

成祥说:“咱叫上伊万一块儿去。”

又宾不屑地说:“叫个老毛子干嘛!”

成祥说:“他也是咱的朋友啊。”

韩先生年底回到汾阳,第二天就带着捎来的东西去看嫂子王氏。一进门王氏就从屋里迎出来说:“他二叔,一进腊月我就想,你该回来了。”

韩先生笑着说:“大嫂,您哪是想我,是想您的宝贝儿子吧。”

王氏说:“我都想,说不想他也是假的。”

两个人进了屋,韩先生把东西放在炕上说:“成祥总惦着您,临来还要把他攒的那点儿钱给您捎来,我说留着你过年花吧,孝敬你妈的钱,我都给你准备好了。”

王氏问:“他还有专为孝敬我的钱?”

韩先生说:“年前钱庄有笔外国人的钱对不上账,让他查出来了。这事办得很圆满,掌柜私下赏他十两银子,我没告诉他。我作主把它孝敬给您。”说着拿出那十两银子,双手递给了王氏。

王氏感慨地说:“真没想到,这才几年我就得上孩子的济了。”

锦州广济寺庙会,是多少朝代传下来的盛会。过了腊月十五,庙里庙外到处都是年货摊儿、吃食摊儿、杂货摊儿和卖艺的场子。远近各县、十里八乡的人们,年前都要到这儿烧香逛庙置办年货,人山人海特别热闹。

成祥、吕又宾叫上伊万、巴辛来逛庙会。四个人在熙熙攘攘的人群里挤来挤去。走到一处练把式的圈子,伊万看见架子上插着刀枪剑戟,就停了下来。这时圈子里一老一少两个卖艺的,正在招揽观众。

老的说:“在场的老少爷们儿,老汉这里有礼啦。我们爷儿几个初来贵宝地,人生眼拙,不知道在场的哪位是武林的高手,练把式的行家。我们爷们儿练这个,为的是养家糊口,不到的地方求您多多指教,多多包涵。”说着不住地作揖。

少的说:“我们爷儿俩今天给您练一套单刀破花枪。常言说,刀是兵刃之祖,枪是兵刃之魂。舍命的刀,救命的枪。您就看看我爸爸这杆枪是怎么扎,我是怎么豁出命去,用这把单刀搪他。要是看我敢豁出命去,您就叫声好,算是捧捧我。”

老的说:“您看着好,就给我们爷们儿撂下几个钱。住店要店钱,吃饭要饭钱。上有青天,下有板凳,我们作艺的官私两面儿都有花销。您给我们撂钱,我们全家都念您的好处。我们撂地作艺的就怕这种人……”

少的问:“哪种人?”

老的说:“他早也不走,晚也不走,咱这儿招式一收,力气都使完了,刚想要点儿钱,他扭头就走。不光不给钱,还把想掏钱的主儿带走了。”

伊万小声问:“他们是在演讲吗?”

成祥悄悄说:“这叫亮‘拴马桩’。怕有的人看完了不给钱。”

伊万还不明白:“他们还练不练?”

成祥说:“他们说完这些话,就该练了。”

他俩正说着,一老一少就练起了单刀破花枪。两个人舞动手里的兵刃,一招一式,一来一往,越来越快,让人看得眼花缭乱,非常精彩。

伊万高兴地喊:“和乐少! 和乐少!”

两个人练到这儿,一个穿破棉袄的年轻人,拿着笸箩过来敛钱。伊万把手里的一把铜子儿撒进笸箩。敛钱的人看着他点头致谢,成祥不由得一愣。

心里说,这不是夏七宝吗!

这时夏七宝也认出了成祥。俩人不动声色地用目光示意,敛完钱到圈子外去见面。

卖艺的父子见钱敛得不少,再练起来更卖力气了。伊万、巴辛和又宾,站在那里看得津津有味。成祥和夏七宝蹲在人群后面悄悄地聊起来。

成祥问:“七哥,你怎么上这儿来啦?”

夏七宝说:“四宝打伤王爷家的人惹了祸,夏家寨跟夏家老店都让官军抄了!”

成祥问:“爷爷呢?”

七宝说:“听说进了山,可谁也没看见。夏家寨被烧光了,夏家的人被打死十几口子呢。”

成祥问:“四宝呢?”

七宝说:“就是他惹的祸。听说让官兵抓走了。人家官军是骑着马来的,人多,拿的都是火枪。抵挡不住啊。嗐,他是自作自受。成天为非作歹,人家还不收拾他!”

俩人都没话说了。

待了一会儿成祥问:“你一个人跑出来的?”

七宝说:“嗯。除了死的,都让人家抓走了。家没了,亲人也没了。我东躲西藏在外头待了好几个月。受苦我不怕,就怕遇不上好人。想来想去,就到关外找韩先生跟你来了。”

成祥正要说什么,忽然听到伊万喊:“你们要干什么!”

就见两个地痞把伊万拉出圈外说:“干什么?问你呀。这儿是你们老毛子来的地方吗?”

巴辛挺身护着伊万,地痞伸手推搡。伊万伸手给了他一拳,另一个地痞抡拳就打。

夏七宝见是和成祥在一起的朋友,挺身上前护着伊万,地痞这一拳正好打在他身上。挨了打的七宝,依然赔着笑小声说:“弟兄们有话好说,别搅了场子”。

地痞见七宝服了软儿,痞劲儿更大了。有个歪戴帽子的说:“老子管教管教这个毛子,让他懂点儿规矩。你是干嘛的,狗拿耗子多管闲事!”

七宝沉下脸来，用手背把这两个人的胳膊碰了一下，低声说：“朋友，兄弟是撂地吃饭的。非逼着我破盘儿不可？那咱就出去开鞭！”

两个地痞被碰得整个膀子都麻了。听他这么说，知道这是道儿上的人，见势不好，悻悻地走开了。

七宝故意赔笑：“二位慢走啊。”

场子里的人还在给练武的一老一少叫好，谁也没看到这一幕。

伊万拉着七宝的手：“谢谢你帮助了我们。”

七宝指着成祥说：“咱不是外人，他是我兄弟。”

伊万惊讶地问：“是吗？”成祥点头说：“是。”掏出一把铜钱递给七宝说：“七哥，我先送他们回去。你收了场子洗个澡、剃剃头，到南门外元亨钱庄后门找我。准去啊。”

七宝含泪点头，回到场子里去了。

走出广济寺，伊万问成祥：“他是什么人？”

成祥说：“是我同乡哥哥。”

又宾插进来问：“从山西来的？”

成祥点头说：“对，家里受了灾，死得就剩他一个人了，只好到关外来投奔韩先生跟我。”

伊万问：“他就在这里工作？”

成祥摇摇头：“就是临时帮工。光管饭，没工钱。要不然他连饭也吃不上！”

伊万想了想说：“我家里正要雇个喂马、赶车的，他会吗？”

成祥眼睛一亮，赶紧说：“他是喂牲口的好手，调教出来的驴，还认识路呢。”

伊万说：“那太好了，他愿意来吗？”

成祥说：“他正想找个落脚的地方，一定愿意。不知道别林老爷能不能收留他。”

伊万高兴地说：“为什么不能收留？他是你的弟兄，也是我的弟兄。我喜欢他，我爸爸也会喜欢他的。巴辛，你说呢？”

巴辛点点头说：“他是热心人，好人，又有本事，老爷会喜欢他的。”

当天晚上，夏七宝洗了澡、剃了头、穿了件青布棉袍儿，就像换了个人。

找到元亨钱庄后门，成祥和吕又宾正在那儿等他。

成祥和吕又宾把七宝带到附近的小饭馆。

伙计过来问：“几位用点儿什么？”

成祥说：“二斤馒头，一盘猪头肉，一盘炒豆芽儿，再来三碗粥。快点儿上。”

伙计大声喊：“二斤馒头，猪头肉、炒豆芽儿各一盘儿，马前（快）着点儿！”

三个人坐下，成祥问：“七宝哥，你在锦州有什么打算？”

七宝说：“我在这儿除了韩先生跟你，谁也不认识。哪有什么打算！”

成祥说：“刚才你见过的那个俄国人，他家想找个喂马、赶车的，你愿意去吗？”

七宝说：“这么好的地方，我还不愿意去！喂马、赶车我都行。连看家护院、打扫场院，都给他包了。”

成祥说：“这可是我师父跟我的朋友家，咱可不能来别的。”

七宝郑重地说：“你放心，我一定把他那儿当成自己的家。现在我都成了这样儿了，人家还待见我。咱要再想别的，还算个人吗！”

成祥说：“行，咱就这么定了。”他小声问：“七哥，白天在庙会上，你跟那俩痞子说的是什么话？”

七宝故意打岔：“我说什么了？”

成祥压低声音说：“你说要破盘、开鞭，怎么他们一听就跑了？”

七宝笑了：“那是黑话，你小孩子家问这个干什么！”

成祥急了：“我是小孩子？你才比我大几岁！”

又宾问：“七哥，你比我成哥大几岁呀？”

七宝说：“大三岁。那两句是江湖黑话，你们知道就行，可别到处说去。道儿上的人，最恨假装江湖的半拉子。”

成祥说：“我们不往外说。”

七宝说：“破盘儿就是翻脸。到外边开鞭，就是找个地方，真刀真枪地拼命。”

又宾问：“他俩要跟你开打，你怎么办？”

七宝把眼一瞪：“那就得去！咱说的话，绝不含糊。”

光绪二十年(公元1894年),中日爆发甲午海战,渤海湾炮声隆隆,清军在两国战舰的交火中失利,日军趁势在朝鲜上岸,一直打到鸭绿江边。

那几天锦州元亨钱庄门前,一队队清兵接连不断地往西去。成祥和几位钱庄同人站在店堂里向外看。前柜孙先生自言自语地说:"看样子咱大清国又为朝鲜的事,跟日本人打起来啦。"

正说着来了个衣着鲜亮的青年,要把一笔银子存到元亨钱庄。成祥请出韩先生,来人说:"我叫刘寿兰,这是给毅军筹的饷。"

韩先生没听明白:"给毅军筹的饷?"

刘寿兰说:"大清国跟日本国水师在渤海湾开战,日本击沉咱的军舰,还要上岸抢占地盘儿。朝廷急调各路兵马到九连城堵截。宋庆将军带着紧急招募的毅军,也往九连城赶。朝廷的粮饷一时拨不下来,就得先找乡绅们募捐。"

韩先生点头说:"这笔款是募捐来的。"

刘寿兰说:"是啊,银子是乡绅们为毅军捐的。我给他们尽义务。锦州是奉天到丹东的交通要道,存到这儿用着方便,就到你们钱庄来了。"

韩先生心想,朝廷出了这么大的事,可不能袖手旁观。就问:"刘先生,您想怎么办?"

刘寿兰说:"这笔银子暂存在这儿。到时候用多少取多少,别误事就行。"

韩先生说:"我看可以,不过这事还得跟掌柜的说说。"

刘寿兰说:"行,你说去吧,我在这儿等着。"

韩先生跟金掌柜商量完,回来告诉刘寿兰:"我们掌柜的说,毅军的事谁都该出力,存在敝号的银子,我们义务保管,随用随取,免收一切手续费用。"

刘寿兰是满族官宦人家子弟,平日读书习武,热心助人,涉世不深。见元亨钱庄这么慷慨,他也激动不已。坐下来说:"我是看日本鬼子欺人太甚,一时冲动才答应为他们办事,可我不会理财,往后这方面还请您多多指教。"

韩先生也是血性人。见刘寿兰这么坦率,便说:"这有何难。记账、理财的事,让我徒弟帮你。"

说着就叫成祥过来和刘寿兰见面。韩先生说:"这位是毅军的刘义士,往后他财务上的事,你就帮着干。"

成祥见刘寿兰二十多岁,身材魁梧,方脸盘、丹凤眼,神完气足,身上有一股豪情。双手抱拳说:“我叫成祥,刘义士有什么事就请吩咐。”

刘寿兰见成祥浓眉大眼,淳朴机灵。一看就是个很有教养的年轻人。站起身来抓着他的手说:“往后你就是我的左膀右臂,咱俩就是哥们儿啦。”说罢哈哈大笑。

成祥也觉得跟这个人共事,一定痛快。就说:“韩先生是我师父,他答应的事我全力以赴。有什么要办的您就说。”

刘寿兰听他这么说,非常高兴。从怀里掏出一卷纸递给成祥:“这些都是捐款的条子,我想整理清楚,也不会弄。兄弟你先帮我建个账吧。”

成祥接过来看,这些纸大大小小,上边写的有横有竖,非常潦草。想了想说:“咱就建个收支账吧。我给您先把这些账单理出来,咱就拿它建账。”

刘寿兰说:“行,咱就这么办。”

成祥去整理账单,建立账目,韩先生把刘寿兰让进柜房,询问打仗的事。刘寿兰见有人帮他管账,也放心了。叹了口气说:“这回又是朝鲜惹的事!上次是他们皇上宠了个妃子,后宫里闹得乌烟瘴气。日本人想干涉,咱大清国派提督带兵过去给摆平了。”

韩先生问:“那次是袁世凯去的吧?”

刘寿兰说:“是啊。这回是日本人抢先派兵进了朝鲜。日本军舰也来闯咱的黄海。北洋水师上去迎敌,从德国买来的定远、镇远号都出动了。这场海战咱一败涂地。水师提督丁汝昌被革职,济远号管带方伯谦就地正法,北洋大臣李中堂也自请议处。”

韩先生问:“这都是这几天的事?”

刘寿兰说:“可不是。日本军队占领了朝鲜的平壤,又占了安州、定州。眼看就要渡过鸭绿江直奔咱辽东来了,朝廷这才急调旅顺提督宋庆、大连提督刘盛休、黑龙江将军依克唐阿三路出兵,到九连城一线防堵日本。让宋庆总管各路人马。宋庆的卫士张作霖是我朋友,这都是他跟我说的。要不我怎么会给他们帮忙?”

到饭时了,刘寿兰要请韩先生外边吃饭。成祥捧着崭新的账簿走了进来。刘寿兰接过去,见封面上用正楷写着“毅军筹金,收支明细”八个字。

刘寿兰看着成祥:“你都弄好了?”

成祥点点头。打开账簿,就见按照每人捐助的时间顺序,捐了多少银子,都记得清清楚楚。最后的小计还没填上。成祥说:“等把银子过了数,弄清楚再填。往后有什么开支,也都记在这本账上。”

刘寿兰看到这本账,真是喜出望外。拍着成祥的肩膀说:“兄弟,真有你的。我正为难的事,让你一会儿就办妥了。”

韩先生看了这本收支明细账,心想钱庄的账目都是只记客户的本金和利息,这种随进随出的收支账,他是从哪儿学的?不由得也对自己的徒弟刮目相看。

从这天起,刘寿兰和成祥就成了莫逆之交。凡是毅军的账目,都归成祥经管。近处的乡绅聚会,也请成祥参加。有些催要的款项,就让他帮着去办。时间不长,十五岁的成祥就成了刘寿兰最得力的助手。

第八章

那年秋天，每天都从金州、旅顺、大连一带，跑过来不少受伤的清兵和逃难的百姓。他们说日本鬼子太残暴了，旅顺口的人都被小鬼子杀光了，只留下三十几个人给他们掩埋尸体。

成祥听了，恨得咬牙切齿。一有空就叫上烟铺的吕又宾去南门外大道上救助那些受了重伤的人。吕又宾说："祥哥，咱别去了。那么多受伤的，救也救不完。"

成祥说："那都是咱大清国的同胞，能救就得救。没事待在店里不去救人，我心里难过。"

一天傍晚店铺上了门板，成祥约吕又宾到大道上去照顾伤兵和难民。走到岔路口，见一位血迹斑斑的老人，一动不动地趴在路边。成祥和又宾蹲下来呼唤："老大爷、老大爷。"

老人艰难地睁开眼，见是两个少年，指了指自己的后背，又闭上了眼睛。他俩借着黄昏的光线一看，见老人背上有好几个刀劈的伤口，不住地往外渗血。成祥吓了一跳，他看了看又宾，两个人谁也没办法。

成祥说："咱俩把老爷子背回去吧。"

又宾问："背到哪儿？"

成祥说："先背到你们隔壁大车店，找个地方给老人的伤口上点儿药再说。"

两个人慢慢把老人扶起来，成祥背上就往回走。把老人背到大车店，天已经黑了。叫开店门，提着灯笼的小伙计吴三见成祥背来个血人，急忙把他们领到后院的空屋里。点上油灯，才看出是一位老者。

吴三说："成祥，我当你又救了个毅军呢。"

成祥顾不得跟他多说，叫他赶快找点儿止血的金疮药来。那时年年打仗，兵荒马乱，大小店里都预备这种东西。吴三把药拿来，三个孩子七手八脚给老人敷上。

成祥问："有米汤吗？要热的。"

又宾说:“我那儿有。”不一会儿端来一碗热米汤,给老人灌了下去。

平时晚上成祥常在大车店后院教又宾和吴三打拳,逢年过节有点儿好吃的,也拿到这儿三个人分着吃。今天的事,三个人约好谁也别说出去,想办法找点儿钱让老人住下,养好伤再说。

第二天一早,成祥叫上又宾来看那位老者。老人已经能伸开腿躺着了。这时他俩才看清楚,老人前胸、后背、臂上、腿上,到处都是伤。成祥跟又宾说:“这么多伤口,咱可弄不了。你快去伊万家把七宝哥找来,他也许有办法。”

又宾把夏七宝带来,成祥迎上去说:“七哥,你先看看老人的伤。”

夏七宝上炕看了伤,摇摇头说:“真够厉害的。这是跟日本人恶斗了一场啊。”他从怀里掏出一块老参:“这是我跟别林老爷出去收山货捡的,熬点儿参汤,一会儿给老爷子灌进去。”

吴三接过老参出去了。夏七宝又掏出棉花和白布,用棉花蘸着碗里的水,给老人清洗伤口。他说:“我跟爷爷学过治红伤,可没见过伤这么厉害的。好在都是新伤,还没伤着筋骨。”

他轻轻脱掉老人的长袍,发现腰里别着一把短剑:“你们看,老爷子是练武的。”

成祥说:“怪不得他身上这么多伤呢。”

夏七宝把老人大大小小的伤口包扎好,吴三把熬好的参汤端来了。成祥一点一点给老人喂进去。老人轻轻地哼了一声,夏七宝这才长出了一口气:“好啦,老人家算是活过来了。”

说着他从怀里掏出一小块儿银子:“给你。”

成祥问:“给我银子干什么?”

夏七宝说:“这么重的伤,十天八天养不好。住店要店钱,吃饭要饭钱。我知道你俩拿不出钱来。这是别林老爷前几天赏我的,正好用上。”

吴三在旁边说:“还是七爷想得周到。我们掌柜的就认钱。把店钱给了他,往后就好说了。”

成祥说:“救老爷子的事,咱谁都别往外说。”

夏七宝说:“成祥说得对。老人家是什么人,谁也不知道。往后咱谁也别问他。能让老爷子悄悄地在这儿把伤养好,比什么都强。”

成祥说："对，咱都听七哥的。"

夏七宝见老人安稳了，告诉成祥有空就过来看看。说完就赶紧回去了。成祥想，老人家伤这么重，光上药，吃不上好饭食也不容易好，还得想办法弄钱才行。没过两天，刘寿兰来了。

刘寿兰走进钱庄柜房，没好气地说："毅军在九连城被打散了。咱们就用募捐来的银子，救助伤亡的毅军跟乡勇，给他们办善后吧。"

韩先生问："咱大清国这么多军队，怎么就顶不住日本兵呢？

一提清兵刘寿兰就来气，他看着韩先生说："军队多有什么用？几路人马，带兵的统领都光顾自己，不管别人。日本军队抓住咱的弱点各个击破。宋庆能耐再大也没辙。听说毅军打得最惨烈。现在倒好，毅军垮了，宋统领也不知道哪儿去啦。"

这时外边有人喊韩先生。

"刘义士，您先坐会儿，我出去看看。"韩先生走出去，成祥凑过来说："刘义士……"

刘寿兰一听就瞪起眼来："往后你别叫刘义士，叫我大哥！"

成祥赶紧说："刘大哥，昨天我们在大道上救了个逃难的老人，身上的伤挺重。我把他背到对门大车店住下了。住店治伤都得用钱，我想从募捐来的银子里支点儿，把老人家治好。这也是救人一命。"

刘寿兰听了也没多问，随口就说："救助负伤难民也是正事。钱你就掂量着用，花多少记在账上就行。"

有刘寿兰这句话，成祥心里踏实了。抽空出去买来些细米白面，又拿了点儿散碎银子交给吴三，让他弄些鱼肉之类补养东西给老人吃。

这天晚上，负伤的老人慢慢睁开眼。吕又宾看见了，高兴地大声喊："老爷子醒过来了。"

成祥过去小声说："爷爷，您醒过来啦。"

又宾说："您都昏迷三天了。"

老人的眼神里很想动一动，可浑身一点儿劲也没有。成祥端过碗来说："老爷爷，您醒过来就好，别着急。来，再喝几口参汤。"

经过三个孩子悉心照顾，老人的伤势越来越好，身体也慢慢恢复过来。这一天，成祥扶着老人走出小屋，到院子里晒太阳。

老人问:“今天你怎么来得这么早?”

成祥说:“兵荒马乱的,钱庄就开半天门,上了门板我就过来了。您觉得好点儿了吗?”

老人微笑着说:“好多了。你们几个孩子,到底从阎王爷那儿把我拽回来啦。”

又宾跑过来惊讶地叫着:“老爷爷,您都能出来啦!”

老人说:“都快两个月了吧。伤治得好,参用得好,吃的也好。是谁给治的?”

成祥说:“是我七宝哥。他是跟他爷爷学的。”

老人问:“他是干什么的?”

又宾说:“给人家喂牲口、看门儿。”

老人点了点头,跟成祥说:“你给我找笔墨纸砚,我开个方子抓点儿药,也许能好得快点儿。”

成祥说:“那就太好了。”赶紧找来笔墨纸砚,让老人开了药方,就去城里抓药。

老人吃上自己开的药,伤势果然好得更快了。成祥心想,快过中秋节了。天一凉,老人身上只有这件破袍子哪行?就悄悄按照老人的身材,买布找城里的裁缝做了件青布夹袍。

那天成祥去城里给老人取衣裳,路过广济寺,见大庙里人头攒动,香烟缭绕,钟磬齐鸣。就夹着包袱跟着人流进了大庙,正往里走,伊万和七宝从大殿里走了出来。

七宝问:“成祥,你怎么来了?”

成祥说:“我到城里裁缝铺取衣服,看见人们都往庙里走,就跟着进来了。大殿里在干什么?”

伊万说:“这里正在悼念死去的毅军将士和一个叫宋庆的统领。人们非常虔诚,我很感动。”

七宝说:“听说中日两国议和,不打仗了。这两天法源寺做大法事,给阵亡的毅军将士超度亡魂。锦州百姓都来烧香,伊万要来看,老爷就叫我陪他来了。”

成祥问:“有人说是俄国公使仗义执言,直接跟日本交涉,才让他们打消了霸占东北的念头。是这样的吗?”

伊万气愤地说:“日本人想霸占整个辽东半岛,那怎么行！这里有我们俄国的利益,不光俄国,德国、法国也不答应。”

七宝说:“真要不打仗了,老百姓能安安生生地生活,咱就阿弥陀佛。成祥,这是给谁做的衣裳?”

成祥说:“给那位爷爷做的。他那件袍子实在穿不得了。快过八月节了,我们给他做件新的。伊万,我七宝哥在你们家干活儿还可以吧?”

伊万说:“很好啊。他不光会喂马、会赶车,还懂得山货呢。皮货、山参、蘑菇,他都懂。跟我爸爸去收山货,能帮很大的忙。我爸爸说,往后生意上的事情,就让他跟着一起干。”

七宝说:“别林斯基老爷对我真不错。挺信任我,给我好几回赏钱呢。”

成祥羡慕地说:“真不知道你懂得这么多,往后我也跟你学学。”七宝说:“这些山里的东西,咱山西都有。你要想学,就跟我们老爷学,别林老爷看皮货可真内行。什么皮子到他手里,一抓、一摸、一吹,就能知道是什么成色。这上头学问可大啦。”

成祥天真地问:“伊万,你爸爸能让他教我吗?”

伊万认真地说:“我看能,他挺喜欢你的。”

成祥拿着新做的袍子回到大车店,高兴地说:“爷爷,您试试这件袍子。”

老人惊讶地问:“新做的?”

成祥说:“是啊。按您那件袍子的尺寸,我找城里裁缝铺做的。”

老人问:“你还会量尺寸?”

成祥说:“那年来锦州我妈给我做衣裳,就是这么量的。”

老人穿上这件新袍子,脸上露出了笑容:“真合适。孩子,你真是有心人哪。”成祥说:“明天就是中秋节了。我想让您穿上新袍子,跟我们一起过节赏月。”

老人想到自己在这里的时间已经不短了,感叹地说:“是啊,眼看就到八月中秋了!”

明月高悬。锦州南门外大车店后院,成祥、又宾、吴三和老人围坐在小桌前,吃着月饼、水果,非常高兴。

老人剃了头,梳理了花白的辫子,穿上新夹袍,花白胡须飘洒胸前,精神矍铄，气宇轩昂，显出一种不凡的风度。看着老人，成祥立刻想起了寿阳的爷爷。他抬头看着一轮明月，心想爷爷这时候在哪儿呀？

老人问：“成祥，你在想什么？”

成祥赶紧说：“我没想什么。爷爷，给您暖了一壶酒。您喝几杯吧。”

老人高兴地说：“好。”端起酒杯就干了。他手捻银须，眼望着明月说：“我给你们吟一阙词吧：

明月几时有？把酒问青天。
不知天上宫阙，今夕是何年。
我欲乘风归去，又恐琼楼玉宇，高处不胜寒。
起舞弄清影，何似在人间？
转朱阁，低绮户，照无眠。
不应有恨，何事长向别时圆？
人有悲欢离合，月有阴晴圆缺，此事古难全。
但愿人长久，千里共婵娟。

老人吟完问他们：“孩子，你们知道这是什么词吗？”

三个苦孩子哪知道这个？你看我，我看你，都不住地摇头。

老人说：“这是宋朝文豪苏轼写的《水调歌头》。‘千里共婵娟’，写得多好。就是不管你在哪儿，即便是在千里之外，你和家里人看到的是同一个月亮。明白吗？成祥，你家在哪儿？”

成祥说：“在天津。父母都去世了，我是孤儿，没家了。”

老人叹了口气：“又宾，你家是哪儿？”

又宾说：“山东日照。”

老人问：“家里有什么人？”

又宾低下头：“没人了，父母都死了。”

吴三说：“我跟他俩一样。”

老人眼里一热，看着眼前的三个孩子说：“咱不说这些了。举杯邀明月，把酒问青天。这个中秋节我特别痛快。我教你们一套六合拳吧。”

老人站起来：“六合拳是少林拳的一个门派，以精、气、神相和为内三合，手、眼、身相随为外三合，统称六合。练这趟拳，要讲究眼与心合、心与气合、气与身合、身与手合、手与脚合、脚与胯合，这也是六合。”

老人说着把袍子下摆掖到腰间，行云流水般打了一趟六合拳。拳似流星，脚如疾风，闪展腾挪，连绵不断。打完之后，老人有些气喘：“嗐，身子还是不行啊。”

成祥赶紧过去扶着老人：“爷爷，您可别累着。”

老人坐下说：“你们摆个样子我看看。”

三个孩子站在那里，学着老人刚才的动作，摆了个姿势。老人看了一眼就问：“成祥，你练过吧？”

成祥说：“收养我的老奶奶教我练过。我练不好，往后您就一招一式地教我们吧。”

老人微笑着点点头。

“您请坐，我再敬您一杯。”成祥又给老人斟了一杯酒。

老人接过酒杯，一口喝干。

又宾和吴三也说：“我也敬爷爷一杯。”

老人激动地说：“你们小小年纪，有这么好的心肠，我都心领了。”几杯酒老人都一饮而尽。跟孩子们说：“时候不早了，你们回去吧。”

吴三说：“你俩回去吧，这儿我收拾。”

成祥和又宾恋恋不舍地走了。

吴三把小桌搬进屋里。老人说：“把它放炕上吧。”吴三说：“爷爷，您天天都写。今天这么晚，就别写了，赶紧睡吧。”

老人摆摆手：“我睡不着，你睡去吧。”

“您还是养伤要紧。给您把茶放这儿。可别太晚了啊。”吴三无奈地说完就走了。

夜已深了，老人把油灯放在炕桌上，取出笔墨纸砚，奋笔疾书。从这天起，每天晚上老人都教他们打六合拳。成祥有基础，学会六合拳，老人又教他一套六合刀。

一天，老人家把成祥叫到跟前说：“这几个月你们三个孩子为照顾我，操心费力，遇到不少难处，我都看在眼里。如今我的伤势痊愈，身体好多了，我也该走了。教给你们这点功夫，就算我留下的一点心意吧。”

成祥一听，急得眼泪都出来了："爷爷，这几个月从来没听您说过家在哪里，我们就想在这儿孝敬您。有您在，我们几个没家孩子心里都特别踏实。您别走，我们舍不得离开您。"

老人也激动地含着泪说："我也舍不得离开你们。可有些事必须我亲自去办。本想不告诉你们就一走了之，想来想去觉得还是跟你说了好，免得你过于伤心。"

成祥说："您一定要走，我想办法给您买匹马吧。"

老人叮嘱他："买马可以，先别跟那两个孩子说。"

成祥在钱庄学徒，头两年没有任何收入，从第三年起才给些剃头洗澡的零花钱。每逢韩先生回家，成祥总是把攒下的银子，托师父带给王氏。现在两手空空，想给老人买马，谈何容易？没办法，他还是跟刘寿兰说了。

刘寿兰是爽快人，成祥一提这件事就说："救人救到底，送人送到家。买马的钱就从救助毅军的款项里出吧。"

成祥给老人买了一匹马，配齐笼头鞍鞯，交给吴三悄悄喂养起来。老人临走那天，寒风瑟瑟。成祥牵着马把老人送到岔路口，依依不舍地说："爷爷，我知道您不是一般的人，受伤后隐姓埋名。可我想做您的徒弟，您看行吗？"

老人说："这件事我想过。你正直、诚实、热心，也有主意。我喜欢你，这你也知道。其实你已经是我心目中收山的徒弟了。"

老人这么说，成祥也就不再提这件事了。走了一段路又问："爷爷，您要走了，能把真名实姓告诉我吗？"

老人听了立刻显得非常激动，叹了口气说："爷爷不是不想告诉你，是没脸说呀！"这时老人仰望天空，脸上已是老泪纵横。

又走了一段，老人背过身去解下别在腰间的短剑："孩子，这把贴身的短剑传给你，也算给你留个纪念吧。"

成祥接过短剑，忽然发现剑柄上清晰地刻着两个字——宋庆！他惊讶地瞪大眼睛："您就是宋庆？"

第九章

老人见成祥已经认出他是谁，坦率地说：“对，我就是毅军统领、皇上钦定辖九连城各路兵马的宋庆。在九连城，我冒死拼杀突出重围，就是想活下来把前线的实情禀奏皇上。想把毅军英烈们誓死效忠的壮举，昭示天下。你们救了我，也成全了我。可我这一去吉凶难料。拜我为师，也许会给你招来凶险。你明白吗？”

成祥立即跪在老人面前：“爷爷，我明白。”

老人又把叠好的那件旧袍子递给他：“这是我贴身的战袍。身为武将，死后不管怎么装殓，都要把战袍盖在身上，生死不离。我是死过一回的人了，这件战袍就是见证。留给你。日后遇到我的旧将，他们会认识的。”说罢搬鞍上马就要启程。

成祥拉住马头说：“爷爷，您再嘱咐我几句吧。”

宋庆看着这个诚实聪明的孩子说：“你少年老成，可骨子里是火爆脾气。我赠你一个字，子和。期望你待人处世，要以和为贵。我的字是祝三，记住我的字，以后就会知道我在哪儿。”

听到老人的话，成祥激动地哭了。宋庆心里也挺难过，想了想又说：“再告诉你一个人。他叫张作霖，字雨亭。是我贴身的侍卫。我们俩背靠背杀出九连城。往后你也许能碰上他。孩子，送君千里，终有一别。早点儿回去吧。”

说到这里老人两腿一夹，鞭子一扬，那匹老马沿着大道飞驰而去。

成祥流着泪送走宋庆，把他留下的短剑和那件带血的征袍，作为无价之宝珍藏起来。

光绪二十一年(公元1895年)一进腊月，王氏就在院子里用簸箕簸麦子。女儿桂兰问她：“咱过年用磨这么多麦子吗？”

王氏说：“你兄弟要回来了，还不给他多预备点儿白面？”

桂兰算了算说：“成祥是那年二月里走的，离八个年头，还差几个月呢。”

王氏说："在店铺学徒期满，掌柜看你顶用，就会在年前预支几个月的工钱，让你回家过年，过了年一准儿高高兴兴回去给他干。看你不顶用，就可丁可卯把你用到出师那天，给点儿盘缠，打发你回家另找出路。你二叔每年回来都说他干得不错。眼看八年了，掌柜的还能不让他提前回家过年？"

桂兰这才明白："要说也是，成祥今年都十七了。"

王氏说："是啊，明年就是十八岁的后生，也该给他说个媳妇了。我托付过说媒的冯嫂，前两天她说北郭村雷家有个闺女十六了，性情、长相、活计都不错。"

桂兰心想，这几年二叔回来，总要带着二婶和苗来看母亲。苗是二婶的内侄女，比成祥大一岁。模样好，脾气也好，母亲挺喜欢。原以为母亲会跟他家提亲，怎么又出来个北郭村雷家？

成祥学徒还没到期，金掌柜就提前给他办了谢师礼。给师父韩先生、金掌柜和柜上各位先生磕了头，成祥就算出师了。掌柜按钱庄伙友的待遇预支他半年的薪水和三个月假期，安排他跟韩先生一起回家探亲。

学徒八年成祥第一次离开锦州回"家"。这一年分段修筑的直奉铁路，有的路段已经通车。搭乘一段火车，就比骑马、坐大车快多了。

韩先生带着成祥坐火车到天津。想去侯家后看看，又觉得想看的人有的不在了，有的找不着，就从天津转乘火车到保定，雇轿车走了几天到了汾阳。

师徒二人直接回到南马庄。成祥上前敲门，开门的是十八岁的苗，见了他俩就说："呀，先生回来了，你也回来了。"赶紧大声喊："姑，姑父跟成祥回来了！"

在苗的记忆里，成祥还是九岁的孩子，现在已经成了高大英俊的小伙子。成祥想象中的苗，还是当年带着他干这干那的小姐姐，这时却成了亭亭玉立的大姑娘。两个年轻人正是含苞待放的花样年华，一见面脸就红了。

成祥跟着韩先生走进屋里，见了许氏叫了声："师母您好。"跪下就磕头。

许氏扶起成祥，高兴地说："起来吧孩子。都长这么高了！还没回城里吧，你大娘要看见你，该有多高兴啊。"韩先生说："把我送到家，你就早点儿去吧，进城还有十几里地呢。"

成祥从褡裢里掏出一件皮货，双手托着说："这件皮筒子，是我孝敬师母的。"许氏接过去，摩挲着那块皮子说："这么好的皮子呀。"

韩先生说:“这是上好的羔儿皮,穿上又暖又轻。他这两年学了不少看皮货的本事,给柜上做成好几笔大生意。”

许氏说:“这孩子,可真有心。”

成祥又拿出一样东西:“苗姐,这是送给你的。”苗瞪大眼睛看着姑父。韩先生说:“拿着吧。这是俄国毛线织的披肩,咱这儿的人还没见过呢。”

苗接过披肩,脸又红了。

成祥又坐了会儿就告辞出来,背着褡裢大步流星地往城里赶。天还没黑就来到王氏住的院子,进去就喊:“妈,我回来了!”

王氏见到学徒八年的成祥,真是百感交集。这些年王氏盼的就是成祥学徒出师,能挣钱养活她。可他毕竟不是自己亲生的,是从二弟那里强要来的儿子。虽说亲亲热热地在一起待了十几天,这八年他的感情变了没有?自己一点儿把握也没有。

成祥进屋叫了声:“妈。”跪下磕了三个头。

王氏伸手扶起儿子说:“快起来吧。看你都长成大小伙子了。”高兴地流了泪。

成祥问:“妈,就您自己在家?”

王氏说:“你姐姐出嫁了。她家离这儿不远,这几天总来看你回来没有。刚才还在这儿呢。”

成祥从包袱里拿出一件皮袄说:“这是给您买的皮袄。”把带来的银子双手递到她手里说:“这些银子是柜上预支的,给您过日子用。等我挣了钱,给您买一处宽敞的院子。”

成祥这句话,说得王氏泪流满面。儿子没变心,她心里踏实了。这些年她埋在心里最大的愿望,就是有朝一日自己有一处像样的院子。八年前跟儿子说过,他居然还记着。

王氏下厨给儿子做了一碗打卤面,端进来说:“这是下马面,吃了一切都平平安安。”

吃完饭王氏把儿子带进东屋,成祥这才发现,原来的两间房已经改成三间。中间是堂屋,西屋母亲住,东屋没人,但炕上的被阁子、炕桌,地下的条案、桌子、椅子、凳子、大柜、小柜都很齐全。炕上铺着新褥子,放着新被子、新枕头。

王氏和成祥坐在东屋说:“孩子,我掐着日子算你该回来了。这是给你准备的新房。你过年十八,也该成家了。妈给订了一门亲,是北郭村雷家的闺女,过年十七岁。模样好,人品好,手也巧。我想你回来就把亲事办了。你看行吗?”

成祥听说这事,当时就懵了。学徒八年经历的事不少,可这件事他从来没想过,也没人跟他提过。男人要娶亲他知道,人家都是父母、长辈给张罗,谁给他操这份心?王氏提到这件事,他觉得像是一股热浪冲上心头,不知道说什么好。

王氏见成祥没说话,以为他是犹豫,接着说:“为你的亲事,这两年我托人找过好几家,挑来选去就数这家好。他家是种菜的,几辈人都老老实实。那闺女也是百里挑一,都说谁家娶了她,真是有福气。你还犹豫什么呢?”

成祥从来没想过这件事,但他脑子里朦朦胧胧地一直有个女孩儿的影子,那就是苗。刚才见了苗,他的心动了。路上还在想,不知道苗对他怎么样。大娘妈妈突如其来提出这件事,他真是措手不及。

他犹犹豫豫地坐在那儿思来想去,忽然想到婚姻大事听父母之命,媒妁之言。大娘妈妈想得这么周到,连新房都准备好了,自己还犹豫什么!激动地红着脸说:“妈,我听您的。您说怎么办就怎么办。”

王氏这才放了心。

第二天,王氏雇了辆轿车,带着成祥去南马庄韩先生家,为儿子出师表示谢意,也把给成祥说的这门亲事,告诉二弟和弟媳。

来到韩家,王氏和韩先生夫妇说了些赞扬成祥的话。聊起了家常,成祥就到厨房帮苗姐做饭去了。

王氏提起给成祥成亲的事,韩先生真没想到,连声说:“好,好。孩子的婚事是该办了,我赞成。”

在一旁的许氏却觉得像有块东西堵在心里,很不痛快。从那年丈夫带成祥回来,她就觉得这孩子跟苗,像是天生的一对。几次想给他俩定了亲,一直没找到机会,觉得等成祥出师再说也不迟,没想到又让大嫂抢了先!

王氏见许氏脸色阴沉没说话,知道她是为苗的事生气。苗长得好、性情好,她也很喜欢。可是觉得如果成祥和苗成了亲,两家人成了一家人,岂不把自己甩到一边了！也就断了这个念头。

苗正在厨房烧水，见了成祥就问："你回来，你妈高兴坏了吧！"成祥说："那可不，我妈正盼着我回来呢。她特别高兴。"苗说："儿子能挣钱了，妈还不高兴。"

正说着水开了。苗沏了壶茶说："我给他们送过去。"提着茶壶就去了前边，一进屋王氏正说给成祥娶亲的事。苗脸一红，给她们斟了茶，回到厨房就问成祥："你妈给你找媳妇了？"

成祥正在洗菜，看着她说："是啊，我正想告诉你呢。"

苗问："是哪儿的？"

成祥说："好像是北郭村，我也不清楚。"

待了会儿，苗又问："你在外边想过这事吗？"

成祥摇头说："没想过，从来没想过。"

苗问："你想过家里的人吗？"

成祥说："想过。"

苗问："你想谁？"

成祥说："师母跟你。还有我妈，我姐。"

苗叹了口气，没再说什么。

王氏回到家，就找媒人去北郭村雷家换庚帖、挑日子，准备办喜事。

雷家是菜农，比一般农家生活富裕。听说成祥是个有出息的孩子，也知道他在钱庄假期有限，没提过多要求就把吉日定下来。

王氏是要强的女人。守寡多年，办事最怕有人挑毛病。她把成祥的婚事安排得非常细致，该有的都有，该办的都办。尽管参加婚礼的亲戚只有韩先生、王大舅两家，也请了汾阳城里手艺最高的厨师，两桌喜宴荤素凉热七碟八碗，都很讲究。

婚礼办得各家都很满意，成祥也非常高兴。

苗悄悄跟他说："成祥，你媳妇不错。大大方方的，我喜欢她。"

雷家姑娘彩芹，眉清目秀，生性随和，聪明贤惠，家务活儿样样都拿得起来。新婚之后，处处都如人意。回门时彩芹和成祥在娘家住了几天。雷家对这个姑爷也很喜欢。每天都带着成祥到菜园子采集新鲜蔬菜，天天都给他做些没吃过的美味。

回到家里，小两口成天耳鬓厮磨，恩恩爱爱。新婚蜜月过得非常惬意。彩芹抽空飞针走线，给丈夫做了一双新鞋和几件换洗的衣裳。一个月后，虽然成祥假期未满，可韩先生该回去了。

临走那天晚上，王氏把成祥叫到她屋里："孩子，从你去学徒我就把心拴在你身上了。如今你娶了亲、有了家室，我给你立两条家规，一是不能在外娶小纳妾，这也是你们钱庄票号的规矩；二是不能在外买房置地，要把心拴在家里。你能做到吗？"

细心的彩芹在东屋听得惊心动魄。

成祥瞪眼看着王氏："妈，您放心，我能做到！"

第二天成祥辞别母亲和媳妇，就去南马庄接上师父一起返回锦州。

回到钱庄，成祥被正式聘为伙友。除了按月发给薪水，还破例给了他二厘身股。在当时这就是钱庄最优厚的待遇。金掌柜鼓励他要好好干，嘱咐他一定要遵守山西钱庄共同约定的"七不准"：

一、不准带家眷，二、不准娶小纳妾，三、不准宿娼赌博，四、不准自开商店，五、不准沾染恶习（指酗酒、吸鸦片），六、不准蓄私放贷，七、不准借（款）与亲友。

金掌柜谆谆教导和对他的厚爱，给成祥很大激励，拿出学到的全部本领，一心一意地为钱庄做生意。

一天，夏七宝骑着马，押着几辆满载山货的马车，从元亨钱庄门前经过。成祥见了赶紧跑出来，大声说："七哥，老远我就看见你骑着马过来了。"

"停下！"七宝喊了一声，几辆马车都在路边停住了。他跳下马来问："成祥，你什么时候回来的？"

"回来一个多月了。"成祥说："那天我去看你，伊万说你跟别林老爷收山货去了。"

七宝问："家里都好吧？"

"都好。"成祥小声说，"我成亲了。"

七宝问："你娶媳妇了？"

成祥抿着嘴点了点头。

七宝低声问:“我家的事,你听说了吗?”

成祥说:“路过寿阳,我跟韩先生特意去了你家店房。房子都空着,没见着人。问了邻居,都说这几年也没见你家的人。”

七宝眼含着泪,没说话。

成祥说:“我知道,你担心家里摊上的事究竟完了没有。眼下时局这么乱,寿阳县的官员换了好几茬,没人再纠缠你家的那些事了。”

七宝听了这才放了心。

成祥问:“最近别林老爷的生意怎么样?”

“他可抖起来了。”七宝说:“中日议和,日本人想把咱东北这一大片都夺走,俄国人给大清国说了话,辽东半岛就是他们生给要回来的。现在俄国人在各个关口都吃得开。这不,一批一批的皮货,都从营口上船往外发。生意火着呢。”

“这么多货就你一个人押车?”成祥指着长长的车队问。

七宝说:“我把他们送出城,前边有镖行护送。到营口有个俄国人接货。别林老爷提到你,总是不住地夸奖。那天打听你回来没有,还想让你带着伊万少爷,去营口结算货款呢。不说了,我该走了。”

说罢吆喝前边的大车,赶紧走了。

这天晚上成祥一个人在柜台对账。忽然听到一阵马蹄声在门外停了下来,接着就是急促的敲门声。打开门板上的窗口,是满头大汗的刘寿兰。

钱庄的规矩,当天上了门板就不准再打开。成祥见刘寿兰急匆匆地赶来,知道到他准有急事。赶紧收拾起账本,从后门绕到前门,指了指对面的烟铺:“咱到那儿说吧。”

“靠得住吗?”刘寿兰看着他。

成祥点头:“靠得住。”

这几天烟铺掌柜回山东趸货去了,铺子里只有吕又宾一个人。成祥敲开烟铺的门:“又宾,我俩在你这儿说会儿话。”

吕又宾见是刘寿兰,赶紧出来帮着从马背上取下马褡子。接过缰绳把马牵到隔壁大车店后院,让伙计吴三给喂上草料。

烟铺的油灯若明若暗。两个人刚坐下,刘寿兰就指着马褡子说:“有笔银子存在你这儿。”

“又是哪儿捐的?”成祥问。

刘寿兰小声说:“是我朋友做买卖叼的。”

听他说“叼”,成祥就知道这是来路不明的一笔钱。问他:“这是多少?”

包袱里有多少银子,刘寿兰心里也没准谱。想了想说:“大概有四百两。”

成祥笑着说:“大概怎么给你记账?还是称称吧。”

成祥让吕又宾取来称烟叶儿的秤。刘寿兰从马褡子里拿出个包袱挂到秤上一称,是二十五斤四两。当年是十六两一斤。刘寿兰说:“我说大概是四百两吧,多出来的归你。”

“我哪能白要你的。还没吃饭吧?”成祥让又宾带刘寿兰到前边饭铺吃饭。自己赶紧提着包袱回柜上去写存单。

成祥回到钱庄,在灯下先看了银子的成色,仔细重新过了数,是四百零六两四钱。写好存单,盖了印章。银子放进钱柜锁好,拿着存单就去找刘寿兰。

来到饭铺,刘寿兰和吕又宾正喝得兴高采烈。看见成祥就说:“这么快就回来了,给我办好没有?坐下喝两盅。”

成祥不喝酒,掏出存单递给他。

刘寿兰就着灯亮见存单上写着:“刘寿兰存足色白银四百零六两四钱。”还盖着元亨钱庄的大红印章,当时就发了脾气。

第十章

刘寿兰最见不得不按他的意思办，皱着眉头说：“我不是告诉你零头儿归你吗！”成祥说：“这是钱庄的规矩。你是我的客户，哪能随便要你的银子？”叫伙计拿来两盘馒头说：“大哥，吃饱了就早点儿回去，路上可不太平。”

刘寿兰觉得成祥说得有道理，气也消了。把存单掖进内衣口袋，跟吕又宾说：“成祥这个人就是够朋友，托他办什么事，绝不含糊。咱哥儿俩都得学他。”想了想又说：“你看咱们三个人结拜好不好？”

吕又宾说：“好啊，我早就把你们当哥哥了。”

成祥知道刘寿兰是讲义气的人，也想跟他结拜。就说：“这是你喝了酒说的话，能算数吗？”

刘寿兰大声说：“我再喝半斤烧刀子也不糊涂。我说的话，都是板上钉钉，当然算数。光说不行，得好好排一下。我比你们大几岁，我是老大。成祥你是老三，又宾是老四。”

吕又宾不明白：“咱三个人结拜，怎么没老二？”

“这你就不明白了。”刘寿兰得意地说，“说谁是老二，就是埋汰他。几个弟兄结拜，都得把老二越过去。”

他掏出一块散碎银子，让饭铺伙计在后院备好香案。三个人焚香磕头，还杀了一只公鸡，喝了血酒。

结拜之后，刘寿兰才跟成祥小声说：“实话告诉你，这笔钱是张作霖当胡子劫来的外财，怕存在奉天不牢靠，拿出这几百两银子托我找个可靠的地方存起来。我心目中最可靠的就是你。连夜赶到锦州，办的就是这件事。”

听到张作霖三个字，成祥不由得心里一动。想到那年宋庆老人临走前提起过这个人，就问：“张作霖是什么人？”

“最初他是毅军统领宋庆的卫士。”刘寿兰说。

成祥问：“后来呢？”

“毅军在九连城被打散，他就当了胡子。他们跟没人性的胡子不一样。不干伤天害理的事，就是收拾赃官，劫富济贫。我最恨那些赃官。要不是他们,咱大清国绝不能让小鬼子占了便宜。”

听他这么说,成祥心里这才踏实。

吃饱喝足刘寿兰就要往回赶,吕又宾想留大哥住一宿。刘寿兰说:“路上还有人等我呢。”

吕又宾把马牵过来,刘寿兰上马说了声:“来日见!”啪地一鞭子,那匹马飞也似的跑远了。

吕又宾看着刘寿兰的背影,激动地说:“成祥哥,能跟你俩结拜,往后我就有出头之日了。”

别林斯基给钱庄韩先生捎信,要请成祥带伊万和七宝去一趟营口。韩先生和金掌柜商量,觉得客户邀请成祥帮忙,是为钱庄赢得声誉的好事,当时就满口答应。

伊万一身中国打扮和夏七宝一起牵着马来接成祥,三个人骑着马边走边聊。

成祥问伊万:“什么人在营口给你们家发货?”

伊万说:“是我爸爸新认识的俄国人,叫马基内。他说在营口码头和海关、商船都很熟悉。货到港口,很快就能办好手续,装船发出去。”

成祥问:“这个马基内有自己的公司吗?为什去钱庄结算?”

伊万说:“就他一个人跑生意。说营口泰来钱庄就是替他收款付款发的财。现在专为他服务。”

“你说在营口码头接货的那个人,就是他吧。”成祥问七宝。

七宝说:“就是他。我看他不像个正经买卖人。两批货款催了好几次,总是推来推去,就是不给结。”

伊万也觉得马基内有点儿不对劲:“他挺能吹牛,有些话我听着都好笑。我爸爸说,他亲自去营口码头看过,也觉得这个人靠不住。打算把这笔货款结清,就用火车往天津发货。听说天津的码头比营口大得多,办出口的公司也多。成祥,你要是能去天津,那就太好了。”

伊万说起天津,成祥心里顿时激动起来:“天津是我老家!我哪有那么好的机会。”

伊万惊奇地问:“你是天津人?”

七宝说:“我以为你是山西人呢。”

成祥说:“我父母是天津人,我生在天津。父母都不在了,是山西的奶奶收养了我。如果有机会,我肯定去天津。伊万,我出师回汾阳养母的家,在那儿成家了。过几天请你们喝喜酒。”

伊万问:“成家了？是不是结婚了?”

成祥点了点头。

伊万问:“新娘子漂亮吗?”

成祥笑眯眯地又点了点头。

伊万看着他:“你一定很满意,对吧?”

七宝看着他俩:“那还用说,一定很满意!”

三个人说说笑笑来到营口泰来钱庄。成祥跟钱庄掌柜说:“我们是从锦州来给别林斯基先生提那两批货款的。”

“嘿,你们来的正是时候。”掌柜的说:“马基内这两天催着要把这两批货款提走,我正发愁货主要是来结算,可怎么办呢。”

成祥问:“他为什么把该付给货主的货款都提走?”

掌柜的小声说:“这个俄国人是跑码头的老油子。本来就是做小买卖的。在这儿接货发货纯粹是骗局。他把货款拿到手,先存到我这儿,货主来收款能推就推,能躲就躲,不等结算提上款就溜了。货主找不着他,就来找我们。您说,他在这儿存的银子,手里有存单,咱哪能不让他提！可他取走银子,又让货主来找我们,这不是把我们往火坑里推嘛!”

成祥问:“这个人叫马基内?”

掌柜的说:“是啊,就是他!”

成祥问:“他这么坑骗,货主怎么不去官府告他?”

掌柜的说:“他是俄国人,归俄国领事管。官府哪管得了？再说,官府也是多一事不如少一事,能推就推,能拖就拖。货主们实在没办法,也就认倒霉了。”

听到这儿成祥赶紧问:“这个人走了吗?”

掌柜的说:“还没走。前些天他租了条船,弄了个窑姐儿在船上鬼混。货主来要货款,他开船就跑。简直就是个无赖!”

成祥问:“别林斯基先生的货款还在吗?”

掌柜的说："在。现在还在，您要晚来两天，说不定就让他提走了。他前两天就要走，因为看上个窑姐儿，要带走。给的钱少，老鸨子不干。这两天他正跟老鸨子讨价还价呢。"

成祥问："我们是带着他的收据来的，在您这儿提款行吗？"

掌柜的说："那可不行。存单在他手里，您取走货款，他再找我要，我上哪儿弄银子去？"

成祥想了想："现在他还住在船上？"

掌柜的点了点头。

成祥问："是什么船？"

掌柜的说："插着俄国旗的。在营口码头，他是蝎子巴巴独一份儿。他这两天正急着卖东西，把手里的毛毯、皮货处理完，就不打算回来了。"

成祥跟掌柜说："谢谢您，呆会儿我把他带来，您就给我们当面把账清了。"

掌柜的说："您别谢我。您要能把他找来，我还想跟他把账清了呢。"

成祥、伊万和七宝赶到营口码头，远远看见停泊在码头的不少商船中间，有一条挂着俄国旗的小船特别显眼。来到岸边，还能听见小船上传出男女嬉笑的声音。

三个人交换了眼色，伊万和七宝闪在一旁。成祥站在岸上喊："马基内先生，您这儿还有毛毯吗？"

一个大胡子俄国人走出船舱看着成祥，用蹩脚的中国话问："你打算要多少？"

成祥说："价钱要合适，你有多少我全要。"

听说买主要包圆儿，这个俄国人跳上岸来："你要全拿走，价钱好说。你给多少？"

没等成祥答话，七宝过来一把抓住他的胳膊："你说给多少？你还是先把别林斯基先生的货款结算清楚吧！"

马基内见是给别林家送货的夏七宝，不由得大怒，两膀用力一扭，竟把七宝甩到一旁。成祥伸手抓住他的肩膀，大声说："别动！货款结不清，你就别想走！"

马基内疼得呲牙咧嘴，突然用俄语大声喊："我是俄国公民，你没有权力限制我!”

伊万走过来也用俄语说:“你这个无赖!不还货款,今天就把你带到领事馆去讲理!”

这时船上出来两男一女。那个女人跳上岸来大声喊:“他是俄国老板,你们敢惹俄国人,不要命啦!”

两个地痞上来就要抢人。

七宝迎上去拦住他俩:“俄国人的事,你们管不着!”

伊万突然被提醒,猛地摘下帽子,露出一头黄发:“我就是俄国人。我们之间的事,不用你们管!”

两男一女吓得站在那里不敢动了。围过来看热闹的人们,也都愣了。

马基内慌了,大声问:“你们是什么人?”

成祥说:“这是别林斯基先生的公子。欠债还钱,天经地义。要把你抓到领事馆,就没你的好处了。还是乖乖地把人家的货款结了吧。”

马基内说:“我领你们到钱庄去结账。”

成祥问:“存单带了吗?”

马基内无奈地看着他:“带上了,就在我口袋里。”

成祥推着他:“走吧!”

码头上看热闹的人们,指着这个无赖拍手称快。七宝忽然发现,成祥抓马基内,用的很像夏家门的独门绝技鹰爪力。夏家门除了爷爷和老姑奶奶,谁也没有这么好的功夫。难道他受过两位老人的传授?

成祥和伊万、夏七宝揪着马基内来到泰来钱庄,掌柜的一见,赶紧给三位让座沏茶。拿到马基内的存单,一会儿工夫就把别林家的货款结清。趁着成祥他们在场,把几笔旧账也跟这个无赖结算清楚。

马基内耷拉着脑袋走了,成祥他们才起身告辞。掌柜的千恩万谢把这三位客人送出店门。

拿到结算的货款,成祥和伊万的心情特别舒畅,高兴地在营口大街上边走边谈,七宝拉着三匹马跟在后边。

成祥说:“营口的码头还不错。我头一回看见这里的大海,真是一望无边啊。”

七宝说:“你看码头上的那些船,大大小小都能装不少东西。想去哪国去哪国,在海里走起来也快着呢。”

“我去过天津,那里的码头才漂亮呢”伊万说着忽然想起一件事:“我原以为能把货款取回来就不错了,怎么还多算出不少银子?”

成祥说:“这就是钱能生财的道理。马基内把该给咱的货款放在钱庄,钱庄就要按月付给他利息。他拖的时间越久,拿的利息就越多。咱们把货款应得的利息都要回来,合情合理。”

伊万问:“为什把那个无赖轻易放掉?”

成祥说:“他把应付的货款和利息付给咱,双方的交易就结束了。咱这一方没受到损失,没抓到他别的犯罪证据,领事馆也没办法惩治他。那位掌柜的也不愿意再跟这种人纠缠,只能放了他。”

伊万说:“成祥,泰来钱庄那位掌柜的很佩服你。”

七宝说:“照我的性子,就凭他马基内干的那些事,非揍他个半死不可。”

伊万笑着说:“怪不得我爸爸非要请成祥跟咱一块儿来。要是只靠咱俩,不光货款取不回去,也许还要惹出事来呢。”

走着走着,成祥看见前边有个大德通票号营口分号的招牌。跟他俩说:“我还没见过票号是什么样呢。我进去看看。”

伊万说:“那好。我们俩在前边饭馆儿等你。”

成祥走进大德通分号,抱拳打招呼:“先生们辛苦!我是锦州元亨钱庄的,路过贵宝号,特意进来拜访。”

有位站柜的伙友说:“请进,请进。”赶紧让坐待茶,进去就把分号掌柜请了出来。

成祥说明来意,分号掌柜就把怎么接款、怎么开票、银票上有什么记号和凭票取款的办法,都告诉了他。

成祥问:“贵号的汇票有期限吗?”

分号掌柜说:“没有。您就把汇票当存单放着,存多少年都行。什么时候,在什么地方,随时都可以到就近的大德通分号兑现。如果汇票数额比较大,票据存放的时间比较长,取款的时候需要在汇票上加盖一家钱庄或银号的担保印章。”

成祥明白了票号是怎么运作的,起身拱手告辞说;“谢谢掌柜指教!”

分号掌柜赶紧说:“您别客气,敝号在锦州也有业务,届时也请贵庄多多指教。"亲自把他送到门口，一再给他作揖："往后请多关照！"

回锦州的路上，成祥觉得大德通票号真了不起。这么有名的票号，对一个没有业务关系，又素不相识的年轻人，都这么有问必答，以礼相待。

成祥回到钱庄，把在营口办的事都跟师父说了。韩先生赞扬了他逼马基内还款的机智，对他主动去票号拜访非常满意。金掌柜听了感慨地说："咱钱庄几十年也没出过成祥这样的人才！"

伊万从营口回来，把成祥设计抓住马基内，拿回全部货款和利息的事如实告诉了父亲。这件事让别林斯基对成祥更加钦佩。他把这件事告诉自己的老朋友日本商人山口。不久，山口亲自登门把生意上的银钱往来，都委托给成祥经管。

一次成祥和刘寿兰闲聊，刘寿兰说："上次我回去，张雨亭看见你把几两几钱银子都写在存单上，很佩服你，说你这人可交，愿意跟你交个朋友。"

成祥知道张雨亭就是张作霖，就说："那你就告诉他，我也愿意跟他交个朋友。"

刘寿兰摇头说："现在又见不着他了。前些日子他让老胡子金寿山打惨了，至今也不知道去了哪儿。"

这年冬天，锦州城里大广济寺住持僧人收到一封陌生人送来的信。拆开一看，是一篇有关甲午陆战的记录，翔实地记载了开战起因、详细经过、战斗场面以及毅军将士奋勇杀敌，可歌可泣的壮举。还附录了毅军战亡人员的数字。

这篇文章字体工整，激情四射，文采飞扬。所披露的事迹，可谓惊天地泣鬼神。老住持读后泪如雨下，不由得哽咽着大声赞叹："悲哉！壮哉！"

老住持往下仔细一看，文章落款署名赫然写着"宋庆"两个字。

原来失踪已久的毅军统领宋庆，还活在人间！住持老僧悲喜交加，赶忙把这篇奇文报送官府。几经传送，一直上奏给朝廷。不久圣旨下来，命锦州知府为甲午陆战抗敌毅军建造一座昭忠祠，把这篇奏章刻成碑文，以兹纪念。

光绪二十四年(公元1898年)，锦州大广济寺内奉旨建造了一座纪念毅军的昭忠祠，立起一座一丈多高的石碑。碑首题铭"敕建昭忠祠碑"六个大字。碑文二十四行，一千五百二十九字，全名为《大清敕建锦州毅军昭忠祠碑记》，落款是毅军将领宋庆撰。

甲午战后日本人占领了东北的九连城、安东、金州、大连、旅顺、海城、复州、盖平。铁蹄下的东北百姓,几乎家家都有屈死的冤魂。男女老少积聚着满腔悲愤,血海深仇,祈望毅军神威保佑,把入侵中国的日本鬼子彻底扫荡干净。

大广济寺建立昭忠祠和这座丰碑,激起锦州百姓对毅军将士的无限崇敬。一时间锦州城里和附近百姓扶老携幼,纷纷带着香烛纸马到昭忠祠和这座碑前拜祭。

当年毅军将士惨死沙场的心灵创伤难以抹掉。刘寿兰心灰意冷,不愿意在东北待下去,专程到锦州找成祥和吕又宾,打算叫上他俩进关去做生意。

刘寿兰说:"小鬼子在东北横行霸道,让人咽不下这口气。在这儿实在待不下去了,咱哥儿仨进关做买卖去吧。"

"反正我在烟铺也没待头,去哪儿都行。"吕又宾首先表示赞成。成祥说:"现在钱庄生意也不行了。我师父想告老回乡,如果柜上准了他的辞呈,我把老人家送回山西,才能干别的。"

三个人商量,进关做买卖的事,还是等成祥回来再说。

韩先生那年六十多岁了,体弱眼花,在钱庄管账已经力不从心。那时钱庄的先生要离开本柜,必须亲自给掌柜写辞呈。韩先生写了辞呈当面递给掌柜。

金掌柜说:"您在钱庄兢兢业业干了这么多年,岁数也大了,告老还乡也是应该的。可当下柜上找不到合适的人,还是再干一年吧。"

第十一章

第二年东北时局越来越乱。韩先生心想，一旦困在锦州，不能叶落归根，再后悔也来不及了。又给掌柜写了一封情词恳切的辞呈，盼望让他及早返回故里。

金掌柜见留不住这位老人，给他结算了二百两银子，让成祥换成汇票带在身上，护送韩先生回家。爷儿俩坐火车、雇马车，半个月就到了汾阳。

成祥把师父送回南马庄，跟师母说："让先生好好歇息吧，过几天我再来看您二老。"许氏含着泪水点头说："苗，你去送送成祥。"

苗一出屋就说："赶快回去给你媳妇找个大夫看看吧，别把人家耽误了。"

成祥疑惑地问："彩芹病了？"

苗泪汪汪地看着他："还不是想你想的！"

天都黑了，成祥背着褡裢心急火燎地走在进城的大道上，埋怨自己这么长时间也没给家里写封信。婚后离家前母亲让把心拴在家里，回到钱庄怎么就忘了！彩芹是不是想我想病了？

他迈开大步，急急忙忙赶回自家小院，"嘭嘭嘭"地敲门，桂兰披着衣裳出来问："谁呀？"成祥说："姐，是我"桂兰把门打开，成祥进来问："姐，妈睡了吗？"

桂兰还没说话，王氏在屋里说："别问了，进来吧。"成祥进去把褡裢放在炕上，二话没说就问："妈，彩芹病了？"

王氏见儿子半夜突然回来，不知道出了什么事，问他："出什么事了，你怎么回来了？"

成祥说："我师父告老还乡，我送他回来顺便回家看看。听说彩芹病了，她得的是什么病？"

王氏这才放了心，叹了口气说："谁知道她得的是什么病。大夫看了，说是经血不调，也没说还有别的病。可她越来越瘦。究竟怎么不好，问她也不说。"

姐姐说："你媳妇干活儿麻利，手脚勤快，心还特别细。有点儿什么事，把一家老小都想到。亲戚朋友婶子大娘都夸她。小小年纪也太累心。”

“这孩子成天不识闲，总是抢活儿干。我跟你姐姐都怕累着她，可她还是得了病。”王氏看着成祥说：“究竟怎么回事，你去问问她吧。”

王氏说着拿起褡裢递给成祥，指了指对面屋里。

成祥推门进了东屋，屋里黑黢黢地没点灯。彩芹穿着衣裳迷迷糊糊在炕上躺着，听到动静坐起来，见是成祥，莫名其妙地睁大眼睛看着他问：“你怎么回来了？”

成祥过去把油灯点着，坐到她身边，细声细语地说：“我送师父回来，顺便回家看看。你病了？”

彩芹倚在丈夫身上：“谁病了？我身上日子不准，怀不上孩子，急的。我给你做饭去。”说着就要下地，忽然头一晕，顺势倒在丈夫怀里。成祥赶紧抱住她：“你怎么了？”

彩芹慢慢睁开眼，泪水止不住流了下来。

成祥说：“你才二十岁，急什么？咱俩还怕没孩子！”

彩芹哭了，伏在成祥肩上说：“我得的是绝症。”

成祥紧紧搂着她，眼含着泪水安慰她：“胡说，你能得什么绝症！”

彩芹轻轻地说：“干血痨。”

听到这三个字，成祥惊讶地看着彩芹：“谁说的？”

彩芹说：“我自己知道。”

成祥问：“你知道什么？”

彩芹难为情地说：“我有好几个月没来了。”

成祥小声问：“妈知道吗？”

彩芹摇摇头。

成祥问：“你还告诉谁了？”

彩芹说：“苗姐。那天她跟师母进城，顺道来看妈。两个老人在妈屋里说话，苗姐到我屋里来，见我黄皮寡瘦的就问我哪儿不舒服。我跟她说了，她吓了一跳。说要不赶快找大夫看，就耽误了。她让我给你写信，我不识字，找谁写呀。”说着把头扎到成祥怀里哭了起来。

成祥问：“有几个月了？”

彩芹说：“这是夏天的事，有两三个月了。”

成祥说:“你放心,我去请大夫。咱赶紧治。”

第二天,成祥就把汾阳城里最有名的大夫请到家里。问了问彩芹,给她诊了脉,从东屋出来坐在堂屋椅子上想了想,从他的药箱里拿出纸笔,开了个药方。

王氏问:“先生,您看她得的是什么病?”

大夫说:“像是气血两亏。”

成祥赶紧问:“先生,这病能治吗?”

大夫笑着说:“这是常见病,怎么不能治。先吃几服药看看。三分药,七分养。是病都就得好好调养。小夫妻,常回来看看就好得快。”

成祥给大夫付了出诊的脉礼,跟着大夫去药铺抓药。路上小心地问:“先生,我媳妇是干血痨吗?”

大夫摇头说:“不是,就是月经不调,气血两亏。”

成祥问:“这病好治吗?”

大夫说:“你媳妇年轻,只要心情好,吃几服药就管事。不过你得常回来。你们常年在外经商的,家里人就容易得这种病。”

成祥似懂非懂地点点头,心想我别急着回钱庄,在家多待几天吧。

彩芹连着吃了几服中药,人有了精神,脸色也好多了。

成祥问:“吃了这些药,身上觉得好些吗?”

“打你回来我就觉得好多了。”彩芹说。

成祥说:“大夫嘱咐了,是病就得三分治、七分养。你一定得好好养着。病没好利索,就别总抢着干活儿。”

彩芹说:“这几天我就想给你赶双鞋带着。”

成祥问她:“为一双鞋再把你累着,值吗?”

彩芹说:“怎么不值?穿我做的鞋,你就天天想着我。”

成祥装作生气地问:“不穿你做的鞋,就不想你啦?瞎说!”

彩芹笑了,低声问他:“过几天你去看看韩先生,就得走了吧?”

成祥点点头。

彩芹说:“我知道你是为送韩先生才回来的。要不是给我看病,也许早就回你们钱庄了。不给你带上点儿什么,总觉得心里过不去。”

成祥搂着她问:“有什么过不去的?”

彩芹偎依在丈夫身旁说:“这就是咱俩不常在一块儿的过。苗姐说,韩先生跟师母就是这样,嫁给他几十年,总是两三年才回来住个把月。师母一直没怀过孩子,对他又想又恨,还留下一身的病。”

成祥瞪大眼睛问:“这都是苗姐跟你说的?”

彩芹说:“是啊。她是个苦命人。说是师母的内侄女,其实是她家从小就把她卖给韩家当丫头。师母一不高兴就拿她出气。可她还挺可怜师母。说师母成天守活寡,命也苦。你说,往后咱俩是不是也跟她们一样,一年到头总不在一块儿?”

成祥摇摇头说:“不,我才不这样呢。这趟回去,我就想另找地方干。不管到哪儿,只要站住脚,就把妈和你接出去,咱们一家人成天在一起。”

彩芹问:“你想去哪儿?”

成祥说:“天津。”

彩芹问:“你去过天津吗?”

成祥说:“我生在天津,从小在天津长大。住在北大关侯家后,这次回去,我就想在那儿住两天,好好看看。”

彩芹问:“你看什么?”

成祥说:“我想看看海河的码头,往后就在那儿找事干。”

彩芹难过地说:“我病成这样,还能赶上跟着你去天津过好日子?”

成祥把妻子紧紧地搂在怀里:“你胡说什么!治好病就是为过好日子。不为和你在一块儿过好日子,我拼命挣钱有什用?”

彩芹眼含泪水,脸上却露出了笑容,看着自己的丈夫说:“我是胡说哩。男人在外边把自己管好,不惹事、会挣钱就行。家里的事交给女人管,别总想着家。总想家的男人办不成大事,我就不稀罕满脑子家务事的男人。”

成祥听到这些话,紧紧搂着心爱的女人,眼里含着泪,却放出了激动的光。

转眼一个多月了。成祥放不下彩芹,心里又惦记着刘寿兰说的那件事。去北郭村岳丈家,托付了照顾彩芹的事,就准备启程。这时彩芹已经给丈夫准备好新做的衣衫鞋袜。那天晚上夫妻俩偎依在一起,向往着未来的幸福生活,一直说到半夜。

临行前成祥再次去南马庄看师父。韩先生问:“下一步的事,你都想好了？”

成祥说：“想好了，我跟刘寿兰、吕又宾去天津。”

韩先生问：“到天津干什么？”

成祥说：“我在营口看到码头上的生意门路很多，想在天津海河码头找个事干。”

韩先生问：“资金怎么筹措？”

成祥说：“刘寿兰手里有一张四百两的银票，是在东北当胡子的张作霖存的。他说那人不在了，这笔款他就能用。”

韩先生摆手说：“咱不用他的钱。那笔银子用它干别的，做生意用咱自己的。”说着从褥子底下拿出个信封递给成祥：“你看看这个。”

成祥接过去，从信封里掏出一张大德通的汇票，是纹银一千两。

韩先生说：“这是当年尚奶奶给你留下的。她告诉我，等你出了师，有了创业的项目再给你。回去加盖个钱庄的担保章，在天津就能兑现。”

成祥手里拿着这张汇票，热泪盈眶地说：“奶奶这么惦着我，在天津干不出个样子，我就对不起她老人家！”

回到城里，成祥把这件事悄悄告诉了彩芹，还让她看了看这张汇票。

彩芹说：“哎呀，你可得藏好它。”

成祥说：“丢不了。有了它我想在天津干的事，一准能成。到时候你去天津吗？”

彩芹笑着问：“你想让我去？”

成祥说：“那当然，你可得好好养你的病。”

彩芹说：“有你这么疼我，我就是死了也高兴。”

成祥瞪着眼：“你又胡说了！”说着把她紧紧地搂在怀里。

彩芹抬起头来看着他：“我看妈不是跟着你到处跑的人。苦熬苦挣地盼着你出师能挣钱养家。你把我接出去，把她撇在家，让人怎么看你？这两年我知道不少事，你不是她生的，也不是本地人。你成了气候，能拴在她身上吗？会不会连我也不要了？要不为什么总不来信？”

成祥听得眼都直了，真没想到自己柔弱的妻子，竟然想得这么多……

彩芹说：“那些日子，我总想这些事。白天想夜里想，吃不下饭睡不着觉。想不通就觉得活着真没劲，还不如死了好。身子越来越不济。苗姐劝我也听不进去。你回来说开了,我就好了。你说怪不怪。”

“都怪我,成天忙着钱庄的事,把你也忘了。真对不起。”成祥紧紧地搂着她:“你说得对,妈不会跟我去外地。往后我就常回来。”

彩琴看着他:“人家说在钱庄、票号干事的,三年才能回来一趟。”

成祥说:“我不在钱庄干了!”

回锦州的途中,成祥在天津山西会馆住下。刘先生见了他就问:“韩先生到家了? 他身体怎么样?”

成祥说:“都安顿好了。他挺好。”

刘先生感慨地说:“你这个徒弟没白收,他是落叶归根了!”

第二天早晨,成祥直接去了海河的繁华地段英租界。这里街道整齐,环境清洁,尤其是海河里来来往往的轮船,码头上堆积如山的货物和装货卸货的繁忙景象,让他看得如醉如痴。心想,这才是生意人大显身手的好地方!

那天他在海河码头附近的饭馆吃饭,见几个码头工人边吃边聊,有个人说:“哥们儿,你看咱大清国,跟日本国订了《马关条约》,跟德国订了《租界条约》,还跟俄国订了《租地条约》,这条约也忒多了点儿吧。”

另一个说:“这个权、那个权,让人家要走不少呢。俄国要了东北的铁路权,英国要了山西的开矿权。”

一个大嗓门儿说:“外国人还跟咱玩儿租借。租威海卫,租香港。把天津卫连人带买卖都租出去得了。这是人干的嘛! 真不够揍儿。咱大清国怎么这么怂! 都是那帮小子变法变的吧。”

有个人扯开嗓子喊:“吃你的吧! 臭脚行管那么多干嘛! 反正海河里有的是船,码头上有的是货,饿不着咱。你管得宽,挣不了钱,没棒子面儿,你娘们儿照样数落你!”

这几句话顿时引起人们一阵哄笑。

忽然有个人说:“听说山东扶清灭洋的义和团闹起来了。没准儿让他们一闹,能把洋鬼子的气势给压下去。”

话音未落,从外边走进一个大汉:“治洋鬼子,就得靠义和团!”

这个人满脸黢黑,头上青布包头,身穿青袄青裤,腰里系着褡包,扎着腿带子,脚下是实纳帮靸鞋,一眼就能看出是义和团的打扮。他找了张桌子坐下说："咱天津卫的义和团也不软，这两天独流的堂口可热闹啦。"

成祥不知道独流是哪儿，就问在一旁吃饭的："大哥，独流是哪儿？"

那个人说："就在西南不远的运河边儿上。堂口的大师兄叫张德成，那可是条汉子。听说憋着劲儿要收拾天津卫的洋人呢。"

那个义和团打扮的人说："咱义和团有老佛爷跟端王爷撑腰，想打哪儿打哪儿！"顺口念出一套咒语："弟子同心苦用功，遍地草木化成兵；凡人之体仙人艺，定把洋人一扫平！"

成祥听得很兴奋，吃完饭就沿着海河码头一直往南走下去，心想要在天津做买卖，还得找生意人打听。走到一家店铺门前，见牌匾上写着"谈记山货庄"几个字。进了店堂，里边陈设简陋，冷冷清清。

有位先生迎过来问："您手里有山货？"

成祥笑着说："我是从东北来的，想跟您打听，那边儿的山货过来，您这儿能往外出口吗？"

那位先生说："能啊。您的货一到，验了货，谈好价格，帮您找洋行、订合同。有船就能走，没船就得等些日子。"

成祥问："货卸在哪儿？"

那位先生说："附近的住家户就有空房、空地，按天给钱。"

成祥问："货到了，得等多少日子？"

那位先生说："那就得看您跟洋行的大写熟不熟。船什么时候来，大写都有谱儿。"

成祥又问："大写是什么人？"

那位先生刚要说，就听里屋有人喊："吴二！你瞎白话嘛！"那位先生回头冲着屋里说："掌柜的，有位客人打听往咱这儿发货的事。"

屋里的人说："有货说货，别扯那些个没用的！"

成祥还想问，那位先生伸出手指举到嘴边，示意掌柜的正在里边抽大烟。他把成祥拉到门前小声问："您想干这一行？"

成祥点头说："想干。"

那位先生把成祥拽到门外："您在哪行发财？"

成祥说："钱庄。"

那位先生压低声音说："您要转到这一行，太得势了。一会儿这儿关了门，咱找个地方聊聊？”

成祥听到屋里的人喊他吴二，小声说：“行。吴先生，我在前边找个饭馆等您？”

吴先生眨着眼点了点头。

成祥转身往回走，打听到这里是德租界的刘庄。见路边有个小饭馆，里边乱糟糟。进去找了个靠边儿的饭桌坐下，不一会儿吴先生就来了。

吴先生在成祥对面坐下说：“让您久等了。您贵姓？”

成祥说：“我姓成，成子和。”

“子和”是那年老恩师宋庆临走送给他的“字”。他觉得到天津做生意，叫这个名字为好。

“您台甫怎么称呼？”成祥欠欠身问。

“我叫吴庆同。”吴先生微笑着点点头。

成祥说：“这地方我不熟，吃什么您就点吧。”

这时吴先生摆手把伙计叫过来，小声吩咐了一遍。伙计回头大声喊：“松花、香肠、爆三样、熬黄花鱼，烫壶老白干儿！”

吴先生说：“成掌柜，听您的口音，可不像东北人。”

“我就是本地人，在东北钱庄学的徒。”成祥笑着说。

吴先生叹了口气：“我原来在老家山东烟台的洋行做事。前几年打仗逃难来的。您府上还有谁？”

“父母都没了。内人在山西，我还在锦州。您府上？”成祥小声问。

吴先生说：“内人、孩子都跟来了，在刘庄租房住。”

他俩正说着，有个精瘦的年轻人走过来，大声问：“吴爷，有买卖啦？”

吴先生赶忙笑着说：“这位是同乡。四爷，您一块儿喝点儿？”

这时远处饭桌上站起个妖艳的女人，朝着这个年轻人喊：“刘四！快过来呀，这一桌还等着你了事呢。”

刘四斜着眼看了看她：“吴先生，您请吧，我那儿有一桌呢。”说完就过去了。

成祥问：“这是什么人？”

吴先生摇摇头，不屑地说：“刘四，是个混混儿。”

成祥问：“看他岁数不大，身子这么单薄，也是混混儿？”

吴先生说:“码头上的混混儿不论年纪,也不是光凭力气说打就打。就有这种嘴把式,净干缺德事的混混儿。”

成祥想起刚才的事:“您那位掌柜姓什么?”

“姓谈,叫谈七,本地人。谈记山货庄就是他开的。”吴先生摇了摇头:“这人什么也不懂,成天抽大烟,就靠几个混混儿给他拉买卖。”

第十二章

要的酒菜上来了,成祥给吴先生把酒斟上:“我不会喝酒,陪不了您。请您自便吧。”

“我就不客气了。”吴先生端起酒杯喝了一口:“您打听什么来着?啊,洋行大写。那是懂外国话,又会做买卖的那类人。大写上头是买办,就是洋行管事的。”

成祥问:“大写管什么事?”

吴先生说:“买卖谈成了,买办点了头,大写起草合同,中文洋文各一份。卖方跟公司签完合同按时来货,用不了几天就能装船。”

成祥问:“海河码头都走什么货?”

吴先生说:“那可多了。皮、毛、猪鬃,牛骨、羊角,棉花、土布,什么都往外走。东北的山货,也都出口。”

成祥问:“海河码头哪个洋行靠得住?”

吴先生说:“要讲靠得住,德国人新开的兴隆洋行就不错。他们推销德国颜料、杂货,也干出口。开张还不到一年,比别的洋行规矩。这家洋行就在海大道巴克斯道口儿上。”

成祥问:“这儿不就是海大道吗?”

吴先生笑了:“海大道可长了,从东南角一直通到海口。听说乾隆年间就有这条大道了。”

成祥问:“那家洋行离这儿不远吧?”

吴先生点头说:“不远。”他探过身来小声说:“要想干,就别像谈七这么穷凑合。筹足本钱,先把货吃进来,再跟洋行讲价钱、订合同。能拿对半儿利。”

成祥觉得该问的事都问到了,拿起酒杯说:“吴先生,我敬您一个。谢谢您指点,往后也许还来麻烦您。”

吴先生痛快地说:“这没什么,您有事就找我。我乐意跟着您干。”

两个人碰了杯,一饮而尽。

成祥回到山西会馆,收拾行囊结算了房钱就赶紧上路。到了锦州,见满街都是俄国人。元亨钱庄大白天上着门板。他敲开门进去问:“这是怎么回事?”

人们说:“八国联军打到北京,老佛爷带着皇上往西边跑了。俄国人趁机占了奉天,不定还要出什么事呢。”

过了两天刘寿兰来找成祥,俩人一起去了烟铺。

刘寿兰问:“成祥,进关做买卖的事想好没有。”

成祥说:“想好了。世道都成这样了,谁在这儿待着。这回去天津打听出不少门道。”

吕又宾问:“咱到关里做什么买卖?”

成祥看着他俩说:“这几年我跟几位老客户学了些经营山货的门道,我看咱就干这个买卖。这回我在天津打听了,干这个有钱赚。”

刘寿兰说:“做买卖我不懂,又宾也不行。你要有把握咱就干这个。你说咱去哪儿好?”

成祥说:“去天津。外国军队打进来天津租界都没事。咱就在那儿落脚。英国租界有码头,不少外国洋行都在那儿。直奉铁路修到天津,跟东北也能连上。咱货源、买主两头儿都够得着,在那儿做买卖准行。”

接着就把天津吴先生说的那些事告诉了他俩。

刘寿兰一拍桌子说:“去天津,干出口山货的买卖。就这么定了,把那四百两银子取出来,咱这就走!”

光绪二十六年(公元1900年),刘寿兰、成祥、吕又宾从锦州坐了一夜火车,进山海关、过唐山,一大早到了天津老龙头火车站。

刘寿兰甩着手,成祥、吕又宾背着褡裢、提着行李从出站口走出来,见站前上火车、下火车的人特别多。

刘寿兰说:“真是大地方,火车站就这么多人。”

“三哥,咱住哪儿啊?”吕又宾站住问。

成祥指着前边说:“往前走过了桥,沿着海河往南不远有个仁和店,咱们就住那儿。”

刘寿兰说:“老三,合着走哪儿、住哪儿你都打听好了。走,咱就去那儿。”

三个人兴高采烈地来到仁和店，找了间房住下。在店里吃了早点，成祥说："坐了一夜车，你俩躺下睡吧。我去刘庄找吴先生，看他能不能给咱在附近租个合适的铺面。"

刘寿兰说："他要能跟咱一块儿干，就更好了。"

成祥刚要走，想起一件事："大哥，那年有位高人给我起了个名字，叫子和。咱在天津做买卖，我把名字也改过来吧。"

刘寿兰说："行，这个名字不错。"

二十一岁的成祥，就在天津正式启用了"成子和"这个名字。

谈记山货庄的吴先生见子和来找他，满心欢喜。把他拉到门外悄悄说："成掌柜，我正等着你来呢。怡和道路口对着的海大道上，有个杂货铺关张了。那儿过马路不远就是怡和码头，是兴隆洋行斜对过儿。要干山货庄，那地方就挺合适。"

听到这个消息，子和真是喜出望外。赶紧说："能租到这个铺面，那太好了。我来找您不光是租房子，还想请您跟我们一块儿干呢。"

吴先生说："我早就不想在他这儿了。您住哪儿，赶明儿我就跟你们一块儿看房去。"

子和说："我们住在怡和码头不远的仁和店。明天我在店里等您，不见不散。"

吴先生点点头："不见不散！"

子和回到仁和店，把吴先生的话告诉了刘寿兰和吕又宾，三个人又是一通高兴。

刘寿兰说："我也打听了。找到地方，咱的买卖就得到英租界工部局注册。老三，你就起个名字吧。"

子和说："天津的店铺洋行特别多，起名字不能太随意。跟别人一重，麻烦就大了。"

又宾说："三哥准想过，你就说说吧。"

"我是想过，山货庄最好起个三个字的店名，每个字都得喜兴。"子和看着他俩："你们看，用美丰厚这三个字怎么样？"

又宾说："行啊，美丰厚，念起来多顺溜，就叫它吧。"

刘寿兰一拍大腿："好！咱就叫美丰厚山货庄。"

第二天一早，天还没亮子和就悄悄起来，趁着凉爽的晨风，走出店门，来到海河边。看着滔滔的河水，心旷神怡，自己打了一套六合拳。忽然发现有位西方老人目不转睛地看着他。子和礼貌地向他点头说："早上好。"

老人用中国话回答："早上好，年轻人，你打的是什么拳？"

子和说："六合拳。"

老人问："你能再打一套别的拳吗？"

子和想了想，又打了一套动作幅度较大的小洪拳。

老人看得很满意，问他："你一直住在这儿？"

子和说："我是昨天才来的。"

老人说："很好，你的拳打得很好。"

吴先生辞了谈记山货庄的事，就到仁和店来找成子和。几个人见面，互相做了介绍。吴先生说："咱们要租的铺面，就在眼前这条怡和道对面。穿过前边的中街，再往前走到那个路口，过马路就到了。"

中街（解放路）临近老龙头火车站（天津站）和海河码头。西方资金雄厚的银行，豪华的酒店、饭店和经营古玩玉器、家具地毯的高档商店，都聚集在这条街上。

走到中街，吕又宾看着这些高楼大厦，惊讶地说："多阔的人才能住这种地方！我看着都瘆得慌。"

外国人在他们霸占的租界地，都是先选择交通方便的地方，盖驻军和管理部门住的房子，然后引进投资者在这里经营、发展。

当年英国人沿着海大道选中靠近海河的上百亩土地，盖了一座英军和工部局共用的大楼，四角都是碉堡，空地建成花园。这是工兵中尉戈登设计的，通称戈登花园。投资者聚集在工部局和海河之间，就逐渐形成那条中街。

吴先生带着他们在中街过马路，走到前边路口，指着马路对面海大道路边荒地里的一座房子说："就是那儿。"

这是一座坐西朝东的店铺。前边是摆着柜台、货架的店堂，后边是个院子。有一排住人的平房，库房、厨房、柴禾棚、马厩、大车棚，还有一眼井。

刘寿兰说："不错，有做买卖的地方，也有住人的地方。收拾一下咱就住这儿，省得花店钱。”

吕又宾说：“后院养两头牲口，我伺候它。这里挺荒凉，夜里我给你们打更。”

子和前后都看了看，问吴先生：“房主您认识吗？一个月的租金得多少？”

吴先生说：“这是我老乡盖的。原先他在工地干杂活儿，后来在这儿搭了个棚子卖茶水、卖吃的。海大道来往的人马车辆多，挣得也多，就把老婆孩子接来，盖了个门脸儿卖杂货。前边小营门盖房的人多了，他又去那儿做买卖，就不在这儿干了。”

吕又宾说：“天津的钱真好挣。”

刘寿兰问：“吴先生，我看咱别租了，把它买下来行不行？”

“行啊，”吴先生说：“房主就想卖了它。”

子和问：“得多少银子？”

“我看最少也得四十两。”吴先生想了想说。

刘寿兰说：“咱就给他四十两！你跟他说去吧，能行咱明天就搬过来。”

子和问：“吴先生，这得去工部局备案吗？”

吴先生点头说：“是得备案。在工部局备案，这地方就保住了。花点儿钱受他们保护，也值得。”

子和问：“您看这事能办成吗？”

吴先生说：“我跟他说去，能办成。”

子和高兴地说：“走，咱回仁和店把山货庄该办的事，好好商量一下。”

吴先生辞了山货庄的事，惹得谈七老大不满。当天晚上刘四到谈七店里蹭酒喝，进来就问：“七爷，怎么一个人喝上了？”

谈七忿忿地说：“姓吴的跟关外来的那小子干去了。”

刘四瞪着眼：“敢从您这儿跳槽，买卖都让他带走了？他不想活了吧！”

谈七是八旗子弟，有个堂叔在天津当海关道的道台。依仗堂叔的势力在刘庄开了个山货庄，还在他家院里代客户存货。这人别的能耐一点儿没有，就会仗势欺人。刘四这么一说，把他心里的邪火点着了。

谈七看着刘四：“你给我教训教训他？”

刘四撇着嘴：“那还不是张飞吃豆芽儿，小菜儿！”

“来，走一个。”谈七端起酒杯一口喝干。

刘四见谈七敬他酒，就像得了狗头金，端着酒杯："您就赌好儿吧！"也一口喝干了。

吴先生在仁和店跟成子和、刘寿兰、吕又宾商量开办美丰厚山货庄的事。谈到分工，刘寿兰说："我不愿意当掌柜的。当个挂名的东家，有事出面应酬应酬。逢年过节去天津那些个衙门走动走动。就蛮好。"

吕又宾说："这也是大哥的长处。三哥，还是您当掌柜吧。"

商量了一番，最后确定刘寿兰当东家，成子和当大掌柜，吕又宾当二掌柜，吴先生当账房兼总管。买房的事定下来，由吴先生去工部局备案。

吴先生说："到英租界工部局备案、领执照，还得验明山货庄自有资金是多少。"

刘寿兰说："就拿那四百两银子验去吧。"

"不是验咱的银子。"吴先生直摇头："是要本地银行或是钱庄出具的证明。"

子和说："当年尚奶奶给我存着一千两银子，让我出师创业用。临来韩先生才给了我，是一张大德通票号的银票。就在我这儿，您看行吗？"

说着从内衣口袋里掏出那张银票。

吴先生看了看说："行，您先交给我，让他们看看就行。咱美丰厚山货庄的账上，头一笔资金，就写成子和纹银一千两。"

刘寿兰说："你把买房的四十两银子也带上吧，交了钱咱就踏实了。"

"天快黑了，回去的路上可得多加小心。"子和说："要不我送您回去吧。"

"没事。"吴先生把银票揣进内衣口袋，四十两银子掖在夹袄口袋里，又把腰带扎紧，"这是租界的大马路。我走了好几年，从来没出过事。"

当晚吴先生沿着海河岸边那条马路往回走。路上没人，路灯很亮。深秋的晚风带着一丝凉意，他想自己辞了谈七的事，跟这几位说话办事都挺痛快的年轻人在一起，真走了好运。一千多两银子，二话没说让他带在身上，这是多大的信任！

他越想越高兴，越走腿脚越轻松。刘庄街上没路灯，走进街口一片黢黑。借着路边果子铺里微弱的灯光，吴先生小心翼翼地往前走。忽然觉得身后有动静，还没转过身，一根棒子狠狠地打在他腿上，"哎呀"一声他摔倒在地。

劫道的！他下意识地低下头双手紧紧抱在前胸。身边有个人影小声说："让你小子跳槽！"他忽然发现，是刘四！一抬头，人影没了。他想站起来，右脚一使劲，那条小腿钻心似地疼。腿被打折了！

吴先生忍着剧痛向路边爬了几步，抬手敲了敲果子铺的门。正在和面的王掌柜打开门，就着灯光一看："这不是吴先生嘛！"两只沾了面的手刚要搀他，吴先生摆着手痛苦地说："腿让人打折了！"

王掌柜明白了，没说话转身跑进胡同里。不一会儿吴嫂跟着跑出来，两个人把他抬回家。王掌柜赶紧走了。吴嫂着急地问："怎么回事？"

吴先生疼得咬着牙说："我辞了谈七的事，刘四打的。"说着从身上掏出那四十两银子。"天亮你把这些银子送到下瓦房许大哥家，就说我没替他拆那几间房，给他卖了四十两银子。"

吴嫂说："行，还有什么事。"

吴先生疼得皱起眉头说："让顺子去怡和码头仁和店，找成子和，告诉他我腿折了，今天去不了啦。"说完闭上眼就晕过去了。

吴嫂轻轻地解开他的腿带子，撩起裤腿看，右腿肚子上有条又红又紫，正在往外渗血的大口子。心想这就是被打折的伤口。她没敢动。她听丈夫说，要跟关外来的成掌柜做生意。天亮让儿子去找的，准是这位成掌柜。有他做主，丈夫的事就好办。

天刚亮，有个孩子急匆匆走进仁和店，要找关外来的成掌柜。

子和起得早，正在院子里活动，过来问："谁找姓成的？"

孩子说："我爸爸，他叫吴庆同。"

子和立即警觉起来，问他："有急事？"

孩子说："他让人把腿打折了。来不了啦。"

子和大吃一惊："他在家吗？"

孩子点点头。

子和赶紧说："你别动，等一会儿。"回到客房把刘寿兰、吕又宾叫起来："吴先生出事了，我得去看看。"

刘寿兰问："什么事？"

子和说："被人把腿打折了，我看跟咱有关系。"

吕又宾站起来:“我跟你去吧。”

子和摇头说:“不用。你们在这儿等着,哪儿也别去。”说完就走了。

好在仁和店院子里就有拉脚的轿车。子和雇了一辆,让车把式赶紧套上牲口,叫上孩子就往刘庄赶。

路上子和问:“孩子,你叫什么?”

孩子说:“我叫吴顺兴。”

“多大了?”

“十岁。”

“上学了吗?”

“就在刘庄念私塾。”

“谁把你爸打了?”

“刘四,我妈说好像是谈七让他打的。”

子和明白了。做买卖最怕有人抢生意。谈七干的是山货,吴先生一走,可能带走他的客户,就会受影响。尽管如此,也不能下这么狠的毒手!

顺子带着轿车在吴先生门前停下,子和进屋见炕上躺着的吴先生,闭着眼,脸煞白,看上去一点儿血色也没有。

吴嫂过来问:“您是成掌柜吧。”

子和眼盯着吴先生,点了点头。他撩起吴先生盖着腿的薄被,见腿上的伤口向外裂着,渗出的血水结了痂,周围肿得发亮,已经成了黑紫色。

吴嫂在一旁说:“他折腾了一宿,刚闭上眼。就为不在谈七那儿干了,让人堵在路上下了毒手。他不让我跟外人说,就想告诉您,强龙斗不过地头蛇。让您忍下这口气,无论如何先把咱的买卖戳起来。”

子和说:“他说得对。您带上两床被,给他铺车上。咱先去治伤。”

吴嫂麻利地上炕拽出棉被,顺子抱起来就往外跑。她看着子和:“成掌柜,您搭把手,咱俩把他抬到炕沿儿,我把他背出去。”

子和上炕两手伸到吴先生身底下,慢慢地把他端起来:“大嫂,您扶着他的腿,别碰着。”

把吴先生挪下炕,吴嫂背起他来就走。

顺子已经把棉被铺在轿车上。吴嫂把吴先生背出来,赶车师傅跟子和接过去,轻轻地把他顺进车厢。吴先生躺在车上没睁眼。吴嫂说:“我去把门关上。”跑回去转眼出来上了车，赶车师傅喊了声：“驾！”轿车就启动了。

轿车出了胡同慢慢往前走，子和跑到果子铺买了一大包烧饼果子放在车上：“嫂子、顺子、师傅，你们都吃点儿”。

刚出刘庄，子和忽然皱起眉头说了声：“你们别停下。”转身就往回跑。

早晨正是人来人往的时候，谈七店里却冷冷清清。子和闯进去，谈七正在柜台里伸着脖子往外看。他知道昨天晚上刘四教训了吴庆同，不知道打得怎么样了。

子和把谈七拽出柜台，抓着他的肩膀大声说：“姓谈的！有事你找我成子和，欺负吴先生干什么！今天我为吴先生教训教训你！”手指刚要使劲，忽然脑子里冒出吴先生的那句话，忍了这口气，先把买卖戳起来！

他手指略微动了动，谈七疼得蹲在地下哇哇乱叫。子和松开手，一阵风似地跑了出去。

拉轿车的那头驴“嘚嘚嘚”地迈着小步走在大道上，子和跑过来继续跟着车往前走。车上的吴嫂问：“找谈七去了？”

第十三章

子和看出吴嫂很精明，点了点头，没说话。

吴嫂轻轻地叹了口气："昨天夜里他吃了点儿止疼药，强撑着跟我说，就怕您年轻气盛，为这事纠缠起来耽误了正事。我不知道您的正事是什么，可我知道这是庆同早就盼着的事。"

子和没说话，走了会儿说："今天您别回去了，把铺面收拾出来，您跟顺子就住那儿吧。"

吴嫂说："我是没打算回去。上哪儿给他治伤？"

子和问："师傅，市里哪个医院治红伤好？"

"马大夫医院。"赶车师傅说，"那是外国人开的，都是外国大夫。多重的伤都上那儿治去。那儿就是贵。"

"咱就去那儿。远吗？"子和问。

"不远，"赶车的说，"就在前边大道上。"

刘四睡醒，已经是日上三竿快到中午了。昨天夜里打了吴二一棒子，躲在黑地里看见他倒在地下爬不起来，一直着到吴嫂和果子铺掌柜把他架走，这才志得意满地回家睡觉。一觉醒来，下了炕就去找谈七表功。

走进山货庄，见谈七坐在地下，手捂着肩膀疼得龇牙咧嘴。刘四问："七爷，大早起唱的是哪一出？"

气得谈七直骂他："傻货！你瞎了！没见我疼得要命嘛！"

刘四看着他："怎么回事？"

谈七想起刘四是个碎嘴子，不能跟他说实话，咧着嘴说："喝高了，肩膀碰门框上了。"

刘四心想，人再混也不能跟门框玩儿命啊！嘴里说："找个大夫看看吧。"

谈七说："这才像句人话。"

刘四请来一位接骨的医生，问了问病情，解开衣裳见他肩膀又红又肿。摸了摸说："骨头没事。热敷几次，贴上膏药，吃几服治跌打损伤的成药就行。"

谈七给了一两银子的脉礼。刘四把医生送出门，悄悄地问："这是让人打的吧？"

"我看门框撞不成这样。"医生摇摇头，"这是他又得罪人了。打人的也是手下留德，不然起码把他的肩胛骨捏掉了环儿，再使劲能把骨头给他捏碎。"刘四吓得半天说不出话来。

海大道这家医院，是1861年英国军队在天津开设的。1880年英国医生马济根接管，改名英国伦敦会施医院，天津人就叫成了马大夫医院。

轿车赶到马大夫医院门前，吴嫂背着昏迷不醒的吴先生上台阶走进医院，就像走进一座白色的宫殿。雪白的房间，男男女女都穿着白衣、戴着白口罩。桌椅家具都干净得发亮。

英国医生、护士把吴先生接进去，仔细检查，采取了急救措施。吴先生慢慢睁开眼，见妻子和成掌柜站在一旁，眼含热泪难过地又把眼闭上。

接诊大夫通过翻译告诉子和，病人是小腿外伤性骨折，伤口肌肉绽裂，局部充血造成急性肿胀，需要住院治疗。

子和问："用留个人照顾他吗？"

翻译说："不用，病人住进来，你们就什么也别管了。"

吴嫂问："换洗的衣裳呢？"

翻译说："进病房都得穿医院的病号服，几天换一次。身上的衣裳也不让往病房带。"

子和问："费用怎么付？"

"先交五十两银子押金，出院再结账。"翻译说。

子和摸了摸身上，不够五十两。吴嫂说："他身上带的四十两银子交给我了。"把银子掏出来，都给了子和。

这时吴先生抬起手，哆哆嗦嗦地掏自己的内衣。吴嫂明白了，伸手从他贴身内衣口袋里，把那张银票掏出来，看了看递给子和问："这是您给他的吧？"

子和叹了口气，把银票装进自己的衣袋。

交了押金，办完住院手续，护工用担架车把吴先生推进住院部。等了会儿，护工抱着一包衣裳出来问："哪位是吴庆同先生的亲属？"

吴嫂过去把衣裳接过来说:“谢谢。”

吴先生住院的事就办完了。

子和带着吴嫂和顺子没回仁和店,坐轿车直接去了海大道那个关了张的杂货铺。到了才发现,刘寿兰、吕又宾雇了两个临时工,四个人把店铺前边都打扫了一遍。

刘寿兰、吕又宾见子和来了,都急着问:“吴先生怎么样了。”

子和说:“住马大夫医院了。这位就是吴大嫂。”

刘寿兰说:“大嫂,让您受惊了。”

吴嫂见这两位先生也对丈夫这么关心,对她这么客气,赶紧笑着说:“都是自己人,别这么客气。”

刘寿兰毕竟是见过世面的人,问她:“吴先生住的医院,您看合适吗?”

吴嫂说:“花那么多银子,住那么好的医院,他这辈子也没想过。还有什么不合适!”

子和说:“大哥,咱今天就这儿住吧。让吴嫂跟顺子也住这儿,从这儿去看吴先生也近便。”

吴嫂说:“行,往后咱在一块儿干,住一块儿也方便。这地方我熟悉。刚来那年我就在这儿给他们帮忙,买菜做饭都是我的事。顺子也能帮着干点儿杂活儿。”

刘寿兰说:“这就太好了!刚才我跟老四还商量吃饭的事呢。大嫂一来,这就妥妥的了。”

吴嫂说:“我看天还早着呢,您给我雇辆大车,回去我把租的房退了,把我们的过日子的锅碗瓢盆、被褥家具都搬来。今天晚上就能起火做饭。往后咱缺什么再置办什么。”

子和笑着说:“大嫂,您也是个急性子,真跟我们是一路人。”

吕又宾说:“三哥,这事我去吧。我跟大嫂坐轿车回仁和店,再从那儿雇辆大车去刘庄。”

顺子说:“我也去。”

子和说:“行,你们去吧。这儿剩下的活儿,我跟大哥带着那两个人干。”

几个人兵分两路,当天就把店堂后院也收拾干净。四间住房刘寿兰占一间，子和、又宾占一间，吴先生一家占一间，空出一间当客房。吴嫂、又宾、小顺子把刘庄的东西搬来，当天晚上生火做饭，即将成立的美丰厚山货庄，就在这里安了家。

吴先生在马大夫医院住了五天就架着双拐、拖着那条打了绷带的腿出院了。一来是伤不太重，英国大夫医术高超两天消了肿，第三天把小腿骨头接上，缝合了伤口。伤腿垫上木板，用绷带包扎好。观察了两天，架着拐走路没什么问题了。

二来是吴先生惦着山货庄注册、验资、办执照的事，惦着收拾杂货铺的房子和往那儿搬的事，惦着老婆孩子在刘庄会不会受欺负。尤其是怕花钱太多，说什么也待不下去了。

子和雇了辆轿车，和吴嫂一起去接他出院。最后结算又补交了三十两银子。前后八十两银子，让吴先生夫妇看到这弟兄三人金子般的心，发自肺腑地感激他们，发誓一定要和他们同甘共苦，一起干下去。

吴先生回来，当天就架着双拐坐着轿车把山货庄注册的事办完。第二天几个人正兴高采烈地往店铺门楣上挂"美丰厚山货庄"的牌匾，就听远处吵吵嚷嚷，好像出了什么事。忽然有两个外国人慌慌张张跑到店铺门前，用不大清楚的中国话说："先生，能让我们进去躲一躲吗？"

子和心地善良，没多想就说："赶紧进去吧。"

两个外国人刚进去，一大帮义和团举着刀枪，呼呼拉拉跑了过来。子和站在门前双手抱拳说："各位师兄辛苦！"

刘寿兰、吕又宾和架着拐的吴先生也都抱拳招呼："师兄们辛苦啦！"义和团的人正要往店铺里涌，子和拉住一个黑脸大汉说："师兄，您不认识我了？定把洋人一扫平！"

黑脸大汉看着子和挺面熟，听他这么说，举手招呼跟在身后的人："兄弟们，这是咱的人，到前边找鬼子去！"

义和团的人都跑过去了，子和他们走进店里赶紧把门关上。两个洋人惊魂未定，正坐在椅子上发愣。子和过去说："他们都过去了。您二位喝碗茶，定定神。"

年轻洋人站起来鞠躬，用中国话说："谢谢！你们这里是什么买卖？"

刘寿兰说："我们是美丰厚山货庄。这是我们掌柜的，成子和。"

年纪大的外国人用德语说："没有你们帮助，我们两个人的生命就完了。"

刘寿兰问："他说的是什么？"

年轻的用中国话说："他说，没有你们的帮助，我们两个人就可能被他们杀掉了。"

刘寿兰说："是够悬的。你们是得谢谢成掌柜。"

年轻人用德语告诉那位年长的，两个人都看着子和，不住地向他点头致意。

子和用手势请他坐下，亲切地问："你们住在附近？"

年轻的说："我们就在前边不远的怡和道兴隆洋行。这位是经理吉勃里，他是我岳父。我叫毕尔福。"

子和问："你们是德国人？"

毕尔福说："是啊，你怎么知道的？"

刘寿兰扯开嗓子说："我们是做山货生意的，今天刚开张。听说你们兴隆洋行买卖做的规矩，正要去拜访你们呢。"

子和说："这位是我们山货庄董事长刘寿兰。"

毕尔福用德语告诉岳父吉勃里。

"这位是我们山货庄的总管，吴庆同。"

吉勃里惊讶地看着架双拐的吴先生："他受伤了。"

毕尔福告诉吉勃里："他们是这个的山货庄的负责人，正准备去拜访我们呢。"

吉勃里哈哈大笑，用德语说了几句话。毕尔福告诉子和："我岳父说，没想到我们倒先来拜访你们了！"

刘寿兰哈哈大笑："咱们这就是有缘千里来相会。今天我请客！"

吉勃里问："毕尔福，他在说什么？"

毕尔福用德语告诉他："这位董事长先生说，有缘的人才能这样会见，他今天邀请我们共进午餐。"

吉勃里高兴地用德语说："我们是有缘的，不光要在一起吃饭，还要在一起做生意，在一起合作。

美丰厚山货庄开业了。子和当天就给别林斯基这些老客户发电报，告诉他们山货庄开业的消息。几天后别林先生就派夏七宝送来一批山货。

别林斯基送来的山货成色好，要价也高。吴先生架着拐，带着子和去和兴隆洋行订合同。和毕尔福洽谈了半天，谈成的价格，比原来的要价还高，头一笔生意就让别林斯基赚了一百多两银子。美丰厚山货庄也从中赚了几十两。

做成这单生意，子和给韩先生写了封信，告诉师傅他和刘寿兰、吕又宾在天津英租界海河码头开办了美丰厚山货庄，第一笔生意很不错，所以非常感激师傅对他的培养，最后请苗姐进城时转告母亲和彩芹。

别林斯基继续往天津发货，锦州的客户也都往天津美丰厚山货庄发货。每次发来山货，子和都要找地方存放，也碰了不少钉子。子和心想，自己要有个存放的地方就好了。

忽然想到自己周围这一大片荒地，跟吴先生说："如果能从工部局手里买几十亩改造成货场，不就方便了吗！"

吴先生说："这个主意好。海河码头存货，都是住房当堆房、院子当货场。还没有咱这样平地起的货场呢。"

子和、吴先生又和刘寿兰、吕又宾商量。

刘寿兰说："老三，买荒地建货场我赞成。咱要干可不能凑合。要建就得建成海河码头从来没有的，最好的货场。"

吕又宾也是这么说。

吴先生说："要这样我就去工部局找人谈谈。"

美丰厚山货庄离工部局大楼很近，吴先生架着拐去谈这件事，工部局的英国人根本没把这些长满蒿草、坑洼不平的盐碱荒地当回事。听说他们要改造利用，收了一百两银子，就签发了一份美丰厚山货庄改造利用这一百多亩荒地的执照。

子和找人在山货庄后边搭了两个席棚。招民工、买工具、租了两辆马车，拉土垫地，从海大道路边垫一片、夯实一片。

干了几天效果不错。究竟怎么建货场，子和心里也没底。吴先生说："老龙头火车站有货场，可以去看看。"子和叫上吕又宾就去了。

河东老龙头火车站货场四周有围墙，铁皮大门，地面有枕木，存货盖着芦席，旁边搁着下雨、下雪盖的苫布。货位排列整齐，垛位上有标签，凭货单出货。子和、吕又宾一边看，一边向货场的师傅请教，真是大开眼界。

看完回来，子和就有了底。他说：“咱们的货场，大门在海大道，后边达文波路开个西门，四周修围墙。把应用的枕木、芦席、苫布备齐，订几条进货、出货和管理的规矩，选一批可靠的工人，把要干的事、要守的规矩讲清楚，都准备好再开张进货。”

吕又宾说：“我看货场工人就从现在干活儿的人里选，往后我就管货场。”

刘寿兰、吴先生都很赞成。

子和说：“吴先生，我看把建货场的开支跟山货庄分开，日后也好算账。”

吴先生点头称是。

刘寿兰说：“往后还得再盖几间仓库，存贵重东西。专门雇几个人看着，让它万无一失。”

子和说：“不怕贼偷，就怕贼惦着。货场开张，存货多了，说不定会把贼引来。咱们都得看着点儿。”

吴先生见这三个年轻人意气风发，自己也觉得这件事大有干头。他把这些年在山东、天津作外贸生意的经验和建货场的想法，全都告诉了子和。一连几天他俩都聊到半夜。

一天晚上，子和在工人住的席棚里，推心置腹地跟他们说：“现在咱们干的事，是要建一座存放进出口货物的货场。离怡和码头最近，防损设备最好，保管措施最完善，在海河码头是头一份，在咱大清国也绝无仅有！”

工人们听得都很兴奋。

“我想让你们先学点儿货物保管的知识，货场建成后愿意在这干的就留下，货物都归你们管，进货、出货搬搬扛扛都是力气活，挣的钱比现在要多一半儿！”

工人们都瞪大了眼。

“我是码头工人的儿子，绝不亏待你们。我还希望你们多介绍几个可靠的人来，要年轻的，老的我可养活不起。”说得大家都笑了。

从那天起，他和吕又宾白天跟工人一起干活，晚上听吴先生讲验货、进货、保管、出货的办法。大家都想早早地接货，很快就平整出一片土地，置办了设备、器材。没过几天就又来了一批年轻人。

清光绪二十七年（公元1901年）秋天，美丰厚山货庄货场四周砌了围墙，西半部继续拉土垫地，靠近海大道的这一半，地面砸得平平整整，摆上一排排枕木，一旁放着崭新的芦席、苫布，选定的保管人员也作了充分的准备。

货场开张的前两天在大门外贴了一张“货场敬告”：

美丰厚山货庄货自办货场初步建成，现将接货条件公告如下：

一、只接出口物品，长期与暂时存放物品一概不接；

二、只接合格出口物品，残损霉变等次品一概不接；

三、只接货主自理物品，代存、代办物品一概不接。

特此敬告，勿谓言之不预。

这篇“敬告”贴出来，立即受到出口商的关注。开始营业当天，就有不少商户来存货。尽管收费比本地的场院、堆房较高，来存货的依然源源不断。

从开始接货，子和就紧张起来。看着一垛一垛的货物，心想哪一垛也值百八十两银子，稍微有点闪失，就得承担责任。每天除了关照山货庄的生意，从早到晚所有时间都在货场跟着忙活。

一天早晨，子和带着几个工人在货场门前打扫。马路上过来个西服革履的外国青年，黄头发高鼻梁蓝眼睛，看上去很文静。见这里尘土飞扬，掏出手绢捂着鼻子站住了。

见人家嫌脏，子和抱歉地说了句英语：“Sorry（对不起）。”

外国青年忽然说了句中国话：“没关系。”

子和很奇怪，礼貌地问：“您会说中国话？”

外国青年说：“我是在天津出生的。”

第十四章

子和一向好交朋友，高兴地握着他的手说："见到你很高兴，要不要里边坐坐？"

外国青年点点头说："好。"

子和把他领进自己那间屋，外国青年就觉得这里和一般中国人的房间大不一样，陈设不多，干净整齐。桌子上摆着墨水瓶、吸墨器，笔筒里还插着蘸水钢笔。

外国青年指着钢笔问："您也喜欢用钢笔？"

子和说："我是在关外跟俄国朋友学的。"

有了共同点，两个青年很快就聊到一起。子和这才知道这位外国青年叫查理，是英国驻天津总领事的公子，才从英国大学毕业。

查理问："这个货场是你的？"

子和说："是我们四个人开办的，我是经理。"

查理说："前几天我就注意到你这个货场位置很好，生意也很好。可是要建成新型的货栈，还得有合理的布局和一定的设备才行。"

子和没听说过"货栈"这个词，就问："什么是货栈？"

查理说："货栈就是专门为客户存放物资的企业，难道你们不是这样的吗？"

子和说："这是美丰厚山货庄的货场，我对建成新型的货栈很感兴趣。"他诚恳地说："查理先生，您能帮我规划一下吗？"

刚从建筑系毕业的查理，正要找个施展本领的舞台，马上就说："当然可以。我可以给你画一张货栈布局的草图，提出一份添置设备的计划。"

子和高兴地说："那太感谢了。请您在我这儿用早餐，可以吗？"

查理点头说："好。"

子和让又宾去英国面包房买面包，让吴嫂煮鸡蛋、热牛奶。从自己的柜子里拿出一套西式餐具，对查理说："你给我的货栈里设计个西式的厨房和小餐厅，往后就可以在我这儿吃西餐了。"

说着，两个年轻人哈哈大笑起来。

汾阳南马庄韩家的苗姑娘到城里给先生抓药，顺便来王氏家告诉她成祥在天津开办美丰厚山货庄的事。

苗说："先生让我给您捎话儿，往后成祥从天津回家看您，就方便多了。"

王氏笑着说："谢谢二叔这么惦着我，你去跟彩芹说说吧。"苗从王氏屋里出来，就进东屋去看彩芹。走进屋里见彩芹正低着头做活儿。

苗问："彩芹，你没听见我来了？"

彩芹说："怎么没听见，你跟她说的话我都听见了。"

苗坐在她身边说："你那人想接你去天津呢。"

彩芹问："你听谁说的？"

苗说："我是猜想的，他准有这个意思。"

彩芹说："我知道他的心思。"

苗用指头点着她的脑门儿说："你真是能掐会算，是不是又梦见他啦？"

彩芹说："他说过钱庄不让带家眷，回去就离开锦州那个钱庄。不管到哪儿，只要站住脚，就把我跟他妈接出去。不能再像韩先生跟师母那样，大半辈子都不在一块儿。"

苗这才郑重地告诉彩芹："韩先生也说，他想接你去，你就拉上他妈一起去。别任着性子伤了他的心。"

彩芹郑重其事地点了点头。

这几天义和团和清兵跟八国联军打得不可开交，通向京城的一条路上，一队清兵在战壕里和八国联军紧张地对峙。带领这支队伍的，正是老统领宋庆。

自从朝廷搞清了甲午陆战毅军血战九连城的真相，宋庆就官复原职了。不久被派任山海关统领。八国联军入侵，军情紧急，又调这位年近八旬的老将，进京担任武卫军统领，率队到天津北仓抵御联军。

八国联军凭着洋枪洋炮，吼叫着向清兵冲杀。宋庆指挥部下隐蔽在战壕里，待鬼子们冲到跟前，跳出战壕用大刀、长枪和鬼子拼杀。老将军身先士卒，手里的大刀上下翻飞。大批联军死在他的刀下。怎奈鬼子的枪炮不断地远射，苦战的清兵一个个倒在密集的枪炮下。身负重伤的老将军宋庆，手持滴血的大刀，站在烈士们的尸体旁仰天呼喊："苍天，皇上！我宋庆九死一生，今天为大清国战死疆场，死而无憾了！"

一声枪响，白发苍苍、银髯飘洒的这位老人，倒在血泊里。

谈记山货庄的谈七，看到成子和在怡和码头不远开办的货场，还没建成就接货，生意还很火，越想越别扭。一天，他到天津东门外海关道衙门找他叔叔谈道台。

见了他叔就说："咱谈家在刘庄开办山货庄这么多年，哪有过对手？英租界来了个姓成的，刚开了山货庄，又买地建货场，没几天就火得不得了，我真不服气！您是海关道道台，跟下边说句话，收了他的执照，让他也知道咱谈家不是好惹的。"

谈道台看了看自己的这位亲侄子，苦笑着说："老七，你怎么这么糊涂。人家在租界做买卖，归外国人管。这叫治外法权。我海关道办的是各国通商事务，哪管得了租界里的事？你说人家买地开货栈，你就不会把咱家的空房、空地修修，办个货场加堆房。值钱的东西谁不愿意存到房子里？这不就能把他压下去吗？"

谈七听叔叔说的还真有道理，点头说："叔，没想到您还有一套生意经！行，回去我就这么办。可您在后头戳着我点儿。跟那些外国商人说说，有货就存到咱谈家。"

道台说："你这个混小子。我是大清国的官员，哪能那么明目张胆地给你揽买卖？有机会给你递个话，也就够你吃的了。"

谈七笑着说："要不咱家顶数您官儿大有学问呢。反正有您这句话，我心里就踏实了。"

夏七宝来天津送货。他这次是先火车托运，到天津再雇大车送到海大道美丰厚山货庄。

吕又宾见了，赶紧迎出来说："七哥您看，这是咱们的货场。刚夯实的地面儿，新买的枕木、苇席，用草帘子垫底儿，上边还有盖垛的苫布。比他们那些堆货的院子强多了。"

七宝说:“咱自家的地方,比哪儿都强。找人卸车吧。”

子和迎出来问:“七哥,伊万来了吗?”

七宝说:“来了。他在河东俄国租界买了座小洋楼,看房去了。还说要在天津办喜事呢。”

子和问:“别林太太不是也要给你找个媳妇吗?”

七宝红着脸说:“人家就那么一说,伊万还让我务必请你去河东看看他的新房呢。”

子和说:“验完货我就跟你去看看。”

吴先生带人给他验完货,开了存货单。子和就跟着七宝去了河东。

子和刚走,日本商人山口带着几辆马车来到美丰厚山货庄货门前。看门的工人迎上去问:“先生,您是来送货?”

山口问:“成掌柜在吗?”

工人说:“成掌柜出门了,您稍等,我去找别的掌柜。您贵姓?”

山口说:“我是日本人山口。”

工人仔细一看,才发现这个穿中式衣裳的人,脑后居然没辫子。他赶紧去后院找刘大爷。

刘寿兰问:“你说什么?来送货的是日本人?”

看门工说:“是他自个儿说的。他叫山口,是从锦州来的。我看他后脑勺儿是没辫子。”

吴先生听见了,过来说:“我听成掌柜说过,锦州有位叫山口的日本客户也许要来送货。”

刘寿兰摆了摆手:“我不愿意跟小鬼子打交道。你去办吧。”

吴先生架着拐来到门前问:“您是锦州来的山口先生?”

山口点点头:“我是山口,成掌柜没在?”

吴先生说:“成掌柜有事出去了。”

山口犹豫地说:“那我到别处去吧。”

吴先生赶紧说:“成掌柜交代过,说您最近要来送货,让我们好好接待,一定按跟别林斯基先生成交的办法给您办。”

山口问:“能在几天内办好?也能让我把货款带回去?”

吴先生说:“能,就按我们跟别林先生商定的办法。验完货定级、定价,过数之后，最多三四天就能把货款结算回来。您在天津休息几天这事也就办完了。两不耽误。”

山口问：“你贵姓？”

吴先生说：“我姓吴，是这里管事的先生。”

山口说：“那好吧。吴先生，我和成掌柜是朋友。他不在，这事就拜托你了。请卸完货，把我带来的车也安排一下。车老板的店钱、饭钱，牲口的草料钱我都照付。我去日租界住，明天再来。”

吴先生说：“您放心吧。这些事都能给您办好，您进屋歇会儿？”

山口说：“不进去了，明天我再来。”说完坐上轿车就扬长而去。

子和从河东回来，天都快黑了。走到货场门前，见远处工人们还那儿在拉土垫地，砸夯的号子声，此起彼伏，心里非常高兴。

货场的人们见掌柜回来了，都跟他打招呼。吴先生从柜房出来说：“成掌柜，你回来了！”

子和说：“伊万一再拉着我在他那儿吃饭、喝酒。今天没事吧？？”

吴先生说：“听说刘庄谈七也在扩大货场，还收拾出不少空房，在码头上贴出广告，备有堆房，以防日晒雨淋，价格不变。往后外地的货也许往他那儿的不少。”

子和说：“谈七有生意也省得跟咱较劲了。”

吴先生说：“锦州的山口先生今天送货来了。”

子和问：“是他亲自来的？”

吴先生说：“是，听说您不在，他还不大放心。”

子和问：“我大哥没见他？”

吴先生说：“大爷不愿意见小鬼子，是我接待的。跟他说也按别林斯基先生来货的办法，他才放了心。送来的皮货成色不错。我看兴隆洋行也会满意，价钱也错不了。”

子和说：“这就好。往后一定别慢待了这些老客户。”

吴先生说：“做买卖就得这样，两利才能长久。从现在看，咱办货场这步棋走的也真好。现在英租界的荒地，贵得都没谱儿啦！”

八国联军打进天津，奸淫烧杀，无恶不作。官宦人家、殷实的富商都到租界买地盖房，地价几十倍地往上翻。海大道马路两边的盐碱荒地都被抢光。美丰厚货场两旁都盖了房子。几个月前买的这一百多亩地，让子和尝到了果断决策的甜头。

一天七宝来送货，晚上刘寿兰、吕又宾想在一起喝顿酒。刘寿兰说："咱几个好些日子没在一块儿痛痛快快地喝了。"

他们叫上子和，让吴嫂备了些酒菜，四个人就在货场的小屋里喝起来。吴先生说："大爷高兴归高兴，别喝醉了。租界里可不许酗酒。"

刘寿兰听着挺扫兴，大声说："这外国租界，怎么什么都管？

吴先生说："您看外边墙上的告示，租界内禁烟馆、禁娼妓、禁乞丐、禁聚赌、禁酗酒、禁斗殴、禁路上倾倒灰土污水、禁道旁便溺、禁攀着树枝、禁上树捉鸟、禁驴马车随意停放、禁骑马飞跑。您没觉出来？英租界就是比别的地方管得严。"

刘寿兰忽然想起一件事："子和，有个事忘告诉你啦。八国联军往北京开，在天津北仓跟大清国的武卫军打了一仗。你猜领兵的是谁？"

子和问："是谁？"

刘寿兰说："宋庆！"

子和很奇怪："宋庆？他老人家快八十了，还能领兵打仗？"

刘寿兰说："听说是他自己请命，朝廷才派他来的。京报上说他死得壮烈，可战场上没见他的尸首。"

几个人都沉默了。

忽然又宾小声说："货场进人啦！"从墙上摘下单刀就往外走。七宝也抄起刀跟了出去。吴先生探身把煤油灯捻拧小，屋里顿时暗了下来。

子和小声问："这儿夜里不安定？"

刘寿兰不屑地说："小毛贼，怕什么。"

子和站起身也拿了一把单刀走了出去。

这时货场垛位中间闪过两个黑影。又宾跟七宝使了个眼色，他俩从两边包抄过去。子和走出房门纵身跳到货垛上，看到远处货垛中间，冒出几个火星。大喊一声："有人放火！"飞身从垛上跑了过去。

两个毛贼慌慌张张从垛位夹道里跑出来，正好撞到又宾面前。又宾抬腿踹倒一个，另一个要往外闯，被赶来的夏七宝一刀背打倒在地。子和跳下垛来，跟又宾一人提着一个，进屋把这两个毛贼扔到墙角。

吴先生把灯拧亮，和刘寿兰坐在一边，看子和怎么处置。

子和见是两个衣衫褴褛的年轻人，就问："你们是哪儿来的?"

一个年轻的说："逃难的。"

子和问："黑更半夜，到这儿来干什么?"

另一个说："看看。"

又宾大声问："这儿有什么好看的?"

两个人不说话了。被惊醒的工人跑出工棚围了过来，有个人大声说："这儿除了皮子就是山货。有什么可看的?年纪轻轻的干什么不行，偷鸡摸狗，有嘛出息!"

子和盯着这两个毛贼的眼睛："你们干什么来了!"

两个人被子和犀利的目光逼得惊慌失措，不由得捂住身上的口袋。子和示意又宾去搜，果然从他俩口袋里掏出火镰、火绒、硫磺取灯之类引火的东西。

刘寿兰大声喊："妈巴子!你们到这里放火来了!"吴先生一见，吓得出了一身冷汗!

两个毛贼趴在地下就磕头。

子和厉声问："谁让你们来的!"

一个说："是刘庄的一个瘦子。他给我们一人二十大子儿，叫我们溜进来点着芦席就跑。说是要吓唬吓唬你们。"

子和问："那人姓什么?"

他俩说："我们都是刚逃难来的，不知道。"

吴先生听说是个瘦子，心想准是刘四。又觉得没把握，就没说出来。

子和说："这里是英租界。你们干这种事，送到英国巡捕房，按罪过就得枪毙。"

两个毛贼吓得不住地磕头："大爷，您行行好吧，我们上有老下有小，可别往巡捕房送啊。"

子和说："你们家里有老有小，怎么就出来干这种为非作歹，见不得人的勾当?你们对得起跟着你们逃难的爹娘和一家老小吗?"

这几句话，让两个毛贼羞愧得满脸通红抬不起头来。

又宾气得看着他们喊："二十个大子儿就给人家来放火，你们的命就这么不值钱！一把火烧了货栈，有多少人跟着倒霉？你们知道吗！"

子和说："好在我们发现得早，还没出大事。今天的事就到此为止了。记住，往后要凭自己的能耐本事吃饭，别干这种蠢事了。走吧！"

在外边围着看的工人，有的挺奇怪："这事就完啦？这小伙子说话算数吗？"

有的说："这是咱美丰厚的大掌柜！"

有个大个子问："他多大岁数？"

有人小声说："听说才二十二。"

问话的那人挑起大拇指大声喊："三爷！你可真行！"

这些工人议论了一番，回屋接着睡觉去了。

刘寿兰小声说："吴先生，我看老三说话处事可沉稳多了。"

吴先生说："三爷这就叫善心善行，以理服人。这俩人起码近两年不会再干坏事了。"

这两个人被放回去，到哪儿都说美丰厚掌柜的武艺如何高，待人如何好，在海河码头越传越神。此后果然没人敢到美丰厚货场来闹事。这件事后，子和让又宾安排住在货场的工人，轮流值班守夜。管一顿饭，还加一份工钱。工人们都很满意。

安顿好眼前的事，子和就去找查理。一见面查理就问："你去哪儿了？怎么这么长时间没看到你？"

子和无奈地说："货场刚接货，有些事非办不可。这些日子我忙得昏头涨脑。没来看你，非常抱歉。"

查理笑着说："这没什么，你太忙了。"

说着赶紧把子和领到自己屋里，展开画好的一幅货栈布局图，俩人兴奋地边看边聊，谈了一上午。看着这幅图，子和脑子里浮现出戈登花园那座大楼。心想，英国人十年前能盖这座大楼，我一定能把新货栈建起来！

第十五章

子和带着查理画的这幅图，回到山货庄把刘寿兰、吕又宾和吴先生找到一起，边看边议。

子和说："查理告诉我，国外有专门经营货场的买卖，叫货栈。他给咱们画的这份图，就是按货栈设计的。"

刘寿兰说："往后咱也开个货栈！"

再看这幅货栈布局图，真是大大出乎他们的预料。

查理按照子和的意图，把这一百多亩地，分成东西两大块。两边各开一个门。靠海大道这一半是露天的东货场。靠达文波路那一半，一侧是三层楼的立体库房，一侧是大型龙门吊和地泵房、打包房。东西货场中间是经理室、柜房、账房、大厨房。

单是这个总布局，就显得非常高明。

几个人都赞叹查理构想得真地道。

吴先生说："图上这些设备，咱都没见过。美丰厚货栈要按这个图纸建成了，在天津码头真是独树一帜。别的地方我不知道，渤海湾的几个大码头，哪儿也没有这么好的货栈。"

又宾问："按这张图建起来，连工程带设备，得花多少银子？"

子和说："如果咱同意这么建，查理就给咱起草一份添置设备的清单，做一份整个工程的预算。"

刘寿兰激动地说："不管花多少银子，咱也得这么干！手里的银子不够，咱就一边挣，一边儿按这个图建。人活一世，干不出点儿出色的事，就算白来一趟！也对不起自己。这张图就是咱的奋斗目标。我看大不了有个三两年，准能建成。"

又宾也激动地攥紧拳头砸在桌面上："咱豁出命也要照这个目标干！"

子和说："按这份图纸建货栈，咱就定下来吧。该怎么建，添什么设备，都听查理的。我这后半辈子，也就交给这个货栈了。"

刘寿兰说："有了目标，往后就得有长远打算。工程上的事，听这位查理的;生意上的事,听吴先生的;老三管全盘,咱就齐心协力干!我打算最近回去一趟,你嫂子乐意,就把她接来在天津住下去了,省得来回跑。”

又宾说:“你们有家的,该回去就回去,我在这儿盯着。”

子和说:“货栈干不出样儿,我是不回去。”

吴先生摇头说:“常言说男子无家心不稳。你新婚不久就出来了,家里怎么样心里准得惦着。你心里不踏实,咱美丰厚就不踏实。咱们干的是长远的买卖,总这么着哪行!我看你也得把家搬来。”

刘寿兰说:“对,老三,你得把家搬来。最好让你妈跟你媳妇一块儿来。”

吕又宾说:“对,最好一块儿来。我不在院子里住,大娘跟三嫂来了,住那两间房正好。”

子和心想,吴先生说得对,我不能心里总不踏实。我不在钱庄干,为的就是不能像韩先生兄弟俩那样,几年不回家,让媳妇守活寡。是该把家搬来了。他想了想说:“大哥要把家眷接来,还得买一处房子。吴先生,您看在哪儿好?”

吴先生说:“咱货栈在租界,最好在租界买房。我看马场道就不错。那儿清净,马路两边都是小洋楼。”

刘寿兰问:“那得花多少银子?”

子和说:“这你就别管了。要买就买好点儿的,花多少都从咱柜上出。”

大家说好,刘寿兰、成子和回去接家眷,山货庄和货场的事都由吴先生作主。子和临走前把成立货栈的事定下来,请查理按这份图尽快搞出设计方案。

转天一早,子和就去找查理。

查理见了子和就问:“你们研究得怎么样?”

子和说:“都夸奖你规划得太好了。这份布局图就是我们美丰厚货栈的奋斗目标。盖成什么样,还得请你设计。怎么建、添什么设备,我们都听你的。”

查理没想到他们居然有这么大决心,激动地说:“我太高兴了。这是我毕业后单独承担的第一个工程。施工之前,我会把各个部分的设计图纸画出来,再搞一份设备和施工的预算。按这个规划图建起来,也许开支会相当大。”

子和说:“开支大不要紧,即便我们现在力量不够,分段完成也要按你的这份图把货栈建起来。你按规划上的位置,先设计出一间大房子,找建筑工人盖好就当你的工作室。需要什么工具、用品请告诉我,今天就去置办。”

查理说:“好,咱就从今天开始。”

子和诚恳地问:“你为我们做这么多工作,报酬该怎么付?”

查理也很诚恳地说:“我刚从大学毕业,你们把我第一次单独规划、单独设计的图纸变成新式的货栈。通过施工,我能积累不少经验,还有了自己规划、设计,自己组织施工的标志性建筑。这不就是最好的报酬嘛!”

美丰厚货栈正在筹备施工,伊万来了。子和向伊万介绍:“这是我们的工程师,英国朋友查理先生。这是我的俄国朋友伊万。”

查理伸出手:“伊万先生,你好。”

伊万握着查理的手:“你好,查理先生。子和是我在锦州的老朋友。这里变化真大,还准备建成这么大规模的货栈,真了不起。子和,你太忙了。”

子和说:“我现在的确忙。我打算最近就把在山西的母亲和妻子接来。七宝怎么没来?”

伊万说:“他回锦州进货去了。”

子和说:“七宝要在,我想请他跟我一起回去一趟,可以吧。”

伊万说:“当然可以。他很快就送货来了,来了你们就去。”

没过几天,七宝就来了。子和早已经做好准备,七宝一到,把货交代清楚,就和子和动身回山西。这时义和团和八国联军的战乱已经平息。他俩坐火车到保定,付押金租了两匹马骑到娘子关,夏七宝说:“子和,到寿阳别停,办完你的事再说吧。”

回到汾阳正是晌午。子和在城里一家旅店给七宝订了房间,两匹马委托店家照看。两个人洗了脸,在街上买了些应时的点心就回了家。见到王氏,子和放下提着的点心,磕了头告诉母亲:“这是常照顾我的大哥,夏七宝。”

七宝说了声:“婶子您好。”赶紧跪下磕头。

王氏见子和突然带着七宝回来,不知道出了什么事。问他:“不年不节的,你怎么回来了?”

子和说:“我想接您跟彩芹去天津。”

王氏说:“你有这个心,我就知足了。我大半辈子都没出过家门,舍家撇业地去那么远的地方干什么？把你媳妇接去就行了。你俩没吃饭吧？彩芹！给你男人跟这位大哥做碗面吃。上马饺子下马面，这是咱汾阳的规矩。”

彩芹走进来，看着七宝点了点头就出去了。

子和见媳妇眼里汪着泪水，没说话，拉了拉七宝说：“咱东屋坐吧。”

七宝走进东屋悄悄说：“你妈真是明白人。”

子和悄悄说：“我预料她就不肯去。不行明天咱就把彩芹接回去。”

七宝问：“还去看你师父吗？”

子和说：“去！吃完饭，买点儿东西就去。你躺下歇会儿，我去厨房看看。”他走进厨房，搂住彩芹亲了又亲。两眼看着她：“你怎么哭了？”

彩芹说：“我是高兴。听见你回来，就知道是接我来了。”

“你怎么知道的？”子和很奇怪。

“苗姐告诉的。”彩芹擀着面说：“她还说，你师父给你妈捎信儿，让她顺着你的意，来接就跟着你去，别驳你。我知道妈不会去。她这么大岁数，除了回娘家，哪儿都没去过，不愿意出远门。桂兰姐这些年都靠妈接济。她要去你那儿，桂兰姐一家就没法儿活了。还有……”

“还有什么？”子和问。

“她也怕到了天津，咱俩不听她的。”说着就笑起来。

子和点头说：“这也难怪。”

彩芹切着面说：“咱要走，也得给她个说法。”

子和问：“什么说法？”

彩芹说：“过日子的钱，你得给够了。”

“一年给她六十两？”子和自言自语。

彩芹说：“钱不在多少，得让她放心。你找个可靠的人，让他每个月都来送钱，就比你师父一年给一次强。”

“找谁呢？”子和在汾阳除了师父一家，没有别的朋友。

彩芹说：“我听说你师父有个亲戚，叫郝子润。也是他最好的朋友。在小南关点心铺当管账先生。人挺厚道，妈也认识他。你把银子放在他那儿，给他点儿好处，让他每月来一趟，连送钱也看看妈。有事就让他转告你，妈准满意。”

子和听着就笑了：“这事你怎么想得这么周到？有人给你出主意吧？”

彩芹笑着说:“你猜是谁?”

子和说:“苗!除了她还有谁?”

小两口儿搂抱在一起开心地笑起来。

子和、七宝在堂屋吃完这顿打卤面,站起来就要走。王氏看着他:“撂下饭碗就走,是去看你师父吧?”说着从柜子里拿出个纸包:“苗有十来天没来了,你师父也不知道怎么样,我也想看看他。这是我腌的咸鸡蛋,烙的石头饼,你给他带去吧。这一阵他病得不轻。家里没个男人,有事你就给他办。别急着往回跑。”

这几天韩先生病情加重,整天昏迷着,一阵明白一阵糊涂。许氏急得坐在他身边哭着说:“你的病越来越重,叫成祥回来一趟吧。”

韩先生摇摇头,吃力地说:“别叫他。他又不是大夫,回来也没用。”

苗在一旁说:“他是您徒弟,又是儿子。您病这么重还不该回来看看?”

韩先生一字一句地说:“你说得轻巧。回来一趟少说也得一个月,耽误多少事?千万别叫他。他在天津创业,难处多着呢。盼着他早点儿成了气候,比什么都强。”

子和、七宝赶到南马庄,天都快黑了。

这时韩先生面无血色,气喘吁吁,连口稀汤都喝不下去了。许氏说:“你都这样了,还不把成祥叫回来,有什么话好跟他说说呀。”

韩先生说:“别叫,他心里有我,就该来了。”

正说着门外传来一阵叫门声:“苗姐,开门!”

许氏一听,流着泪说:“啊?这孩子真回来了!”

苗把门打开,见子和身后还有个人,就问:“那是谁?”

子和说:“是我七哥。你俩把马拉后院喂上吧。”

他把手里的缰绳递给苗,大步走进屋里,径直扑到骨瘦如柴的韩先生面前,跪倒在地,泪流满面:“先生,师父,您怎么瘦成这样了?我来得太晚了!”

韩先生蜡黄的脸上顿时露出喜色,喘着粗气说:“不晚。咱爷儿俩能见上面,怎么会晚?孩子,你坐到我这儿来。这些天我真想你呀!”

先生说着,老泪已经顺着脸颊流了下来。

许氏哽咽着说:“他这不是来了嘛,有事你就说吧。”

子和赶紧说:“先生,有什么要嘱咐我的,您就说吧。”

韩先生拉着他的手说:“我这一生,想来想去最得意的事,就是收了你这个徒弟。如今你还在商道上,一定要恪守我跟你说过的,诚信为本,礼让为先。什么时候也别有非分之想。永远记住尚奶奶告诫你的,什么时候都要有善心善行。我想你,就是想再嘱咐嘱咐这几句话。”

子和流着泪说:“先生,您放心,我永远忘不了您跟奶奶的教诲。”

韩先生伸出两只手,颤颤巍巍拉住子和的手说:“往后你师母和苗,就托付你了。”

子和赶紧说:“七哥,你进来看看先生吧。”

七宝进来就跪下给先生磕头,刚叫了声:“韩先生!”眼泪就流了下来

韩先生有气无力地说:“七宝,成祥这趟回来,又让你辛苦啦。”

七宝怕自己哭出声来,赶紧说:“我也想来看看先生。您爷儿俩说话吧。”

说完就出去了。

子和说:“先生,我俩都是您看大的孩子。七宝现在是别林先生在锦州做生意的掌柜,也出息了。”

许氏听到这句话,赶紧说:“七宝跟苗都二十大几了。他俩年龄相当,人也不错。你看……”

韩先生脸上再次露出笑容:“好。这也是我放心不下的一件事。苗配了七宝,合适。你去问问苗,这是她的终身大事,看她愿意不愿意?”

许氏点头出去了。不一会儿,苗跟着许氏进来,跪下哭着说:“先生,您跟我姑就是我的父母,我的婚事全凭二老做主。”

子和赶紧走出去,跟七宝说:“七哥,我师父家这位姐姐,是师父、师母的掌上明珠。我想给你俩做媒,师父、师母都同意,你看怎么样?”

七宝一听立刻涨红了脸,结结巴巴地说:“这,这么好的事。我能说、说什么。谢谢你呗。”

子和说:“这就好。快进去吧,你跟苗姐一起给二老磕头。”拉着七宝就进了屋。

苗看着一表人才的夏七宝,七宝看了一眼亭亭玉立的苗,两个人跪在地下给韩先生和许氏磕了头。

子和趴在韩先生耳边说:“师父,有儿子、女婿照顾您全家,您就放心吧。”

韩先生枯黄的脸上绽出笑容,张了张嘴,像是还要说什么。

苗和七宝站起来。苗悄悄抻了七宝一下,两个人出去了。

韩先生使出仅有的力气,断断续续说:“成祥,我、打听过,你父亲、叫成二,天津咸水沽人,家里、没人了!”

他闭上眼吃力地摇了摇头,眼里流出几滴泪水,溘然而逝。

子和喊了声:“师父!”就大哭起来。

好在装裹棺木早已备好。子和、七宝、许氏和苗,给先生用净水擦脸擦身,干干净净地穿好装裹入了殓。子和跪拜之后,让七宝陪着许氏和苗守灵,连夜进城给母亲送信儿。

王氏是明白人,听说韩先生去世,一再嘱咐子和,务必尽到人子的孝道,把师父的后事办好。第二天一早,子和赶紧返回南马庄,把发丧的事安排的头头是道。

出殡那天,成子和披麻戴孝走在灵柩前,七宝身穿重孝跟在他后边。王氏陪着许氏和穿着重孝的彩芹和苗,坐在轿车里。纸扎的金山银山、童男童女,念经的僧人,送葬的执事,一应俱全。

围观的村民羡慕地指着送殡的队伍说:“看人家韩先生,哪像没儿没女的?”

料理完师父的后事,子和跟师父的好友郝子润见了面。谈好给他一百两银子,存入钱庄利息归他。让他每月取五两银子送到王氏手里,有事直接跟子和联系。郝子润当时就满口答应。

子和回家跟王氏说:“我师父临终给七宝和苗订了婚。七宝打算把我师母和苗接到锦州。我也想把您跟彩芹接到天津,跟我去享享福。”

王氏当时就把脸沉下来:“我不是跟你说了嘛,我去干什么?人家没儿没女,家里没人跟着女婿走了。你姐姐在汾阳,你大舅跟老街旧邻都在汾阳。我去天津干什么?要接你就把彩芹接走。”

子和说:“今后郝子润每月给您送五两银子过日子。有什么事让他转告我就行。”

王氏叹了口气说:“就这样吧。彩芹比你小,没出过门,到天津你得好好待承她。”

第二天子和带着彩芹回北郭村向岳母告别。雷家的人听说彩芹要跟着丈夫去天津,都非常高兴。岳母问:“成祥,你把彩芹接出去,你妈答应了吗?”

成祥说:“答应了。还说彩芹比我小,没出过门,让我好好待承她。”

岳母说:“这就对了,你妈是明事理的人。彩芹,天津是大地方,礼数多。你去了就得跟人家好好学。”

这一天家里做好吃的,邻居们来看她,小姐妹们都来跟她说悄悄话。全村都觉得有个闺女去天津,是很光彩的事。

七宝帮着许氏和苗收拾东西。许氏把准备带走的衣裳,包了两个大包袱。金银首饰之类的细软,装进随身带的手包。苗和七宝,把屋里、院子里带不走的东西,该入柜的入柜,该归堆的归堆。

苗见七宝干活儿不偷懒、很细致,觉得他是个实在、可靠的人,心里很感激韩先生师徒给她找了个好女婿。

第十六章

临走那天，子和雇了一辆轿车，先去南马庄接师母和苗。轿车停在门外。七宝把两个大包袱装上车，又去牵那两匹马。许氏和苗恋恋不舍地上了车，七宝和子和上了马，一起走出南马庄。

进了城来到王氏家巷口。子和去接彩芹，许氏和苗也要去和王氏告别。走进小院，许氏进了王氏住的西屋，妯娌俩一见面就拥抱在一起。王氏含着泪说："听说你要跟他们去锦州，我就寻思临走准要来看看我。"

许氏说："大嫂，咱俩先后到韩家几十年，虽说你在城里我在村里，逢年过节你看我、我看你，从来没离开过。这回我去关外，也许就老在那儿了。"

王氏赶紧说："你去那儿好。跟着闺女、女婿，到哪儿都亲亲热热的。成祥也要接我去呢。我没那么好的命，还是守着这个家吧。你是跟他们一块儿走吗？"

许氏说："一块到天津，我们再去关外。"

王氏压低声音说："路上你让苗，好好嘱咐成祥。彩芹的病还没好利索，让他照顾着点儿，别累着她。小两口那些事，别那么勤。"

许氏认真地点点头。

彩芹那屋的东西什么也没动。光带了几件衣裳。子和带着她过来向母亲辞行。夫妻俩跪在地下说："妈，我们走了，您多保重。"给王氏磕了三个头。

子和站起来说："妈，有事您就去找郝先生。我姐没过来？"

王氏说："她知道怎么也留不住你们，在家哭哩。"

许氏、苗和彩芹坐在轿车上，子和、七宝骑着马，沿着汾州古道向东走去。苗和彩芹没出过远门，看见什么都新鲜。

子和很高兴，骑在马上故意打趣："苗姐，这么多年我也不知道你姓什么。"

苗说："知道姓有什么用！"

七宝说："我也想问问呢。"

苗瞪了他一眼："人家不问，你也不问。"

许氏说："她跟我一样，姓许。从小我叫她苗，总这么叫，也就不带她的姓了。"

子和故意自言自语："许苗，这个名字真好听。"

苗嗔怪地瞪着他："许苗是你叫的嘛！我是你嫂子，往后你得老老实实地叫我嫂子。"

子和说："我改不过口，就叫苗姐还不行吗？"

苗得意地仰着头："这还差不离儿。"

他俩逗得彩芹直笑。

苗朝着骑在马上的七宝喊："哎，往后你要管我姑叫妈。听见没有？"

子和在马上伸手捅了捅七宝："说你呢。"

七宝问："是说我？听见了。我早就想叫妈了。"

子和趁势逗他："你现在就叫一个。"

七宝看着车上的许氏喊了声："妈！"

许氏答应一声："哎！"一双笑眼里闪烁着泪花。

走了两天，过了祁县、太谷、榆次，子和在马上低头说："师母，前边到了寿阳，咱们在夏家店歇会儿，打个尖。"

许氏点了点头。

苗问："什么是打尖？"

子和说："就是让你们歇会儿，吃儿点东西。"

走到寿阳山路上一家旅店门前，子和让车把式把轿车停在路边："这就是夏家老店。"

苗明白了，搀着许氏下车往里走。

七宝没说话，站在院子里呆呆地看着。

子和问："都到柜房歇会儿？"

七宝点点头。

简陋的柜房里，只有一张记账的小桌和几个凳子。苗和许氏抱着随身的小包，跟着子和进来坐下。七宝走进来，站在那儿看墙上发黄的老年画。

子和喊："掌柜的，我们在这儿打打尖。"

一个五十多岁的人进来问："客官，您吃点什么？"

子和问："你是掌柜的？"

他点点头。

子和问:“你们的驴肉火烧还有吗?”

“有,有。”掌柜不住地点头。

子和说:“拿几个驴肉火烧,再来点儿热粥,馒头、小咸菜儿。给车把式也拿几个。”

掌柜的答应着出去了。

子和问:“七哥,你看变样儿了吗?”

七宝眼含泪花,摇了摇头。

掌柜的和一个小伙计端来饭菜。

子和问:“掌柜的,你贵姓?”

“免贵,我姓张。”掌柜笑着说。

子和问:“你们这儿还有能认路的对槽驴吗?”

张掌柜摇摇头:“没啦!那是原来夏家老店饲养的。夏家的人没了,没人会侍弄,对槽驴也就没了。”

子和故意问:“夏家的人怎么没了呢?”

张掌柜摇摇头:“说起来话就长了。”

子和拉过个板凳说:“您坐下,慢慢说。”

张掌柜坐下,叹了口气:“那年有个王爷带着家眷路过,在咱这店里打尖。夏家的四宝见有个丫头长得挺标致,说了句‘这小妞儿真不赖’,就让王府的随从暴打了一顿。这小子性子爆,不服气,王爷家眷的轿车走出不远,就带人追上去,把那几个随从打了。他出了气,可给夏家惹了大祸。没过几天,太原府的火枪队来了。说咱店里出了乱民,捣毁了夏家老店,血洗了夏家寨。全寨子的人,死的死,逃的逃。从那年犯事,夏家的人就跑光了。”

苗、许氏和彩芹聚精会神地听着。

七宝坐在她们身后,泪流满面。

子和问:“张掌柜,你怎么接了这个店?”

他说:“这里是寿阳县的交通要道,没个客商歇脚的地方哪行?里长跟乡亲们让我在这儿看着店,做点儿生意,也是怕它荒废了。”

子和看了看七宝,又问:“近两年见过夏家的人吗?”

伙计正要插嘴,张掌柜说:“夏家的人东躲西藏,躲还躲不及呢,谁还看得见他们?”

夏七宝端起碗闷着头喝粥,眼泪滴滴答答掉进碗里。苗和彩芹看得真切。许氏专注地嚼着驴肉火烧,喝着热粥,也没在意。

几个人在夏家店歇了歇,就继续沿着山路往前走。

路边一处山洼的树丛里,有几个人探头探脑。一个蓬头垢面的头目说:“那辆轿车过来,看准要是空子(普通人),我动手你们就动手。盯着金银财宝,首饰衣裳,抢上就跑你们的,千万别伤人,别给我找麻烦。”

轿车越走越近。

“这儿的饭食真难吃。”苗在车里说。

许氏说:“先生不是说过嘛。汾阳人走遍天下,什么都能习惯,就是吃不惯外边的饭。咱汾阳的饭食就是讲究。”

“七宝哥,你就享福吧。”子和附和着师母,“往后你天天能吃上我们汾阳饭。”

浸沉在悲伤中的七宝,脸上露出一丝笑容。

突然“嘭”地一声,车上的人都吓了一跳。仔细一看,有只飞镖钉在车篷上!

车把式听见响声,拉住牲口把轿车停了下来。

七宝抬头看见扎在蓬顶的那只镖,压低声音说:“有人劫车!”

苗和彩芹吓得紧紧靠在许氏身上。

七宝从马上跳下来,伸手从轿车底下抽出一把单刀,回头对子和说:“你守着车,我过去看看。”

子和也下了马,赶车的递给他一根棍子。

夏七宝手持单刀冲到树丛前大喊:“合字儿的(江湖的)! 在下夏家寨老七。哪路朋友,出来道个蔓儿(姓名)!”

蓬头垢面的头目突然从树丛里窜出来:“你是老七?”

七宝仔细一看:“四哥?”

弟兄俩跑到一起,抱头大哭。

夏四宝问:“车上有谁?”

七宝说:“我的家眷,还有天津的朋友成子和。”

四宝问:“你娶媳妇啦?”

七宝说："刚定了亲，还没成礼。"

四宝说："你到前边寨子住下吧，哥有事。"说罢回身跑进树丛，转眼就没了踪影。

七宝擦干眼泪，提着刀回到车前："没事了，走吧。"

子和提着棍子上了马。

七宝把单刀插进轿车底下，纵身上马，轿车又走起来。

苗在车上问："你认识他们?"

七宝说："这地方的穷人，就靠过路的给口饭吃。"

走到夏家寨路边，一个店家拦住七宝的马头："您是夏七爷吧，里请吧，房间都给您预备好了。"

七宝和子和跳下马，伙计把两匹马牵走。

店家指给赶车的，把轿车一直赶进后院。

店家说："四间上房都腾出来了，打了洗脸水，被褥也都换了干净的。"

七宝问："谁安排的?"

店家在他耳边说："四爷，还给您布置了一间新房呢。"

进了客店上房，苗和许氏住一间，子和、彩芹住一间，七宝住另一间。

子和洗了把脸，走进七宝屋里低声问："遇见夏家的人了?"

七宝说："是四宝。"

子和惊讶地看着他："他还在?"

七宝坐在那儿"嗯"了一声，什么话也没说。

不一会儿店家进来说："七爷，有人找您。"

夏四宝梳洗得干干净净，穿着长袍走了进来。

七宝站起来说："四哥，这是成子和。"

子和赶紧站起来："四哥，我见过您。那年韩先生带着我路过这儿，还请您跟你叔喝过酒呢。"

四宝看着他说："哦，想起来了。你就是那个挺机灵的孩子? 坐下，坐下。七宝，你是怎么活下来的?"

七宝说："那年我逃到直隶，实在没办法，又去了关外锦州。多亏子和兄弟给我找了个地方，这些年总算待住了。又给我说了个汾阳媳妇。你是怎么回来的?"

四宝说："我让他们押在太原死囚牢里。那年八国联军打进北京，皇上跟太后跑到太原。往前走，没人敢在前边给他们趟道。官家问我敢不敢保着皇上走小路去陕西。我说敢，他们就让我穿山越岭在前边探路。几次遇上野兽、恶人，都是我先去拼命。两条肋骨一条腿，就是那段路上伤的。到了西安，太后听说有个不怕死的在前头给他们开路，就要看看我"。

子和问："你见到太后了？"

四宝说："见到了。他们让我叫她老佛爷。她问我犯了什么罪。我说，我打了王爷家的人。她问，你为什么打人家？我说，我看他家的丫头长得俊，说了一句，他们就暴打了我一顿。她说，一报还一报，你有什么罪？我说，他们不光给我定了罪，还杀了我们家的人，烧了我们夏家寨。她说，这帮奴才就会欺负人。她努了努嘴，李大总管就赏了我一百两银子。她让皇上再赏给我个功名，皇上就给我写了个条儿。"

子和问："给你写的什么？"

四宝从怀里摸出一张皱巴巴的纸条。

子和展开一看，上边写着："授夏四宝七品侍卫，着山西巡抚毓贤办，钦此。"下边还盖着个小红章。

子和说："这是皇上给你封官的圣旨！"

四宝不屑地说："封个毬！让我活着跑回来就不错了。回到家，夏家寨成了一片碎砖烂瓦。祸是我闯的，凡是夏家寨的人，我就磕头祷告地求他回来，拿银子给他们先把房盖上。银子花光了，没盖下几处房，吃的又没了。我就盼着能找到你们呀！"

说到这儿，四宝已经泣不成声了。

七宝也难过地说不出话来。

四宝说："老七，你哥是个浑人，闯下这么大的祸，真没脸见你们。"

七宝说："四哥，过去的事就别提了。往后我养活你，咱别干这营生了。"

四宝歪着头说："我不想干这个。可是乡亲们实在没法儿活，一家老小都饿着，真是没法子呀。"

子和掏出一张银票递给四宝："这是三十两银票，四哥你拿上。先别让乡亲们饿着。往后你找人收几车成色好的牛皮、羊皮、核桃、大枣，送到天津我给你卖，这不就有财路了吗。"

四宝听他这么说，急得眼泪都出来了：“我哪敢出去呀！”

子和说：“你是皇上亲封的七品官！跟寿阳县太爷一般大。谁要抓你，就把皇上的圣旨给他们看看。往后你把它裱好，带在身上。官家就没人敢找你的麻烦了。”

四宝无奈地说：“咱这寨子里都是一帮穷汉，连个识字的、认称的、记账的人也找不见。”

七宝说：“你收他们的山货，记个数还不行？事在人为。安分守己做生意，日子就能越过越好。”

四宝说：“行，往后咱就这么办。今天哥有个心愿。刚才我让他们在后院摆了喜堂，你们在咱夏家寨拜了堂再走。咱家老人都没了，这也是我这个当哥的一点儿心意。你看行吗？”

七宝刚要说话，门帘一挑苗进来说：“四哥，您的话我都听见了。行，我跟七宝今天就在咱夏家寨拜堂。您给我们主婚。”

七宝赶紧说：“四哥，这就是你弟媳妇，她叫苗。”

四宝局促地站起来说：“弟妹，苗，你四哥是个混人、窝囊人，没想到你这么通情达理。咱夏家有救了。夏家兴旺起来，传宗接代，就指望你们两口子了。今天我主了你们的婚，也算我在祖先面前赎了点儿罪过。往后你四哥什么事都听你俩的。”

苗说：“我看您先把咱家的店房要回来。那地方地势好，做买卖方便。店里开个夏记山货庄，既住人又做买卖。有这么好的地方，还怕咱夏家发不起来！”

子和插话说：“苗姐真有见识。”

苗说：“这都是韩先生教的。”

七宝说：“四哥，韩先生没了。韩师母就是我俩的妈，在对面屋里歇着呢。”

四宝一听，站起身就往对面屋里走。进了屋跪下就磕头：“婶子，我是夏四宝，是七宝的哥，也是韩先生的晚辈。您成全了七宝跟苗的婚事，我们夏家永远忘不了您的恩德。”说完又磕了几个头。

许氏伸手把他扶起来：“她四哥，快起来。往后咱们就是一家人了，可别这么说。”

子和说:“今天四哥想在这儿给他俩办喜事。”

许氏说:“老话说,有父从父,无父从兄。她四哥说怎么办,咱就怎么办。”

四宝高兴地说:“我这就去张罗。”

夏家寨旅店后院正房堂屋里,迎面贴着大大的双喜字。桌子上摆着香烛供果。两支大红蜡烛把屋里照得喜气洋洋。

几个从村里找来吹鼓手,在门前起劲儿地吹打。

夏家寨很久没这么热闹过了。店里的伙计们和附近村里的乡亲们,满满当当地站了一院子。兴高采烈地等着看夏七宝和新娘子拜堂成亲。

七宝换了长衫,苗穿了一身新衣服,头上顶着红盖头,七宝手里拉着一条红布,引着彩芹搀着的苗,一起走进喜堂。

店家把牵新人的红布接过去,开始赞礼:“一拜天地!”

一对新人跪在供桌前磕了三个头。

店家喊:“二拜高堂!”

子和把许氏搀到正座,俩人跪下磕了头。

接着子和又把四宝拉到正座上,俩人跪下磕了头。

四宝激动得热泪盈眶。

店家喊:“夫妻对拜!”

夫妻俩再次跪下对拜之后,店主又把那条红布递给七宝和苗,扯开嗓子高喊:“入洞房喽!”

七宝用红布拉着苗,被乡亲们拥簇着走进新布置好的洞房。

洞房里红烛高照,门上、窗户上都贴着喜字。炕上铺着大红被褥,上面洒着核桃、红枣、栗子、花生。桌子上也放了一堆花生、大枣儿。

彩芹扶着苗坐在炕沿上。七宝拿秤杆儿把苗的盖头挑下来。跟着进来的伙计和乡亲们大声笑着、闹着,把桌子上的花生、红枣抢了个精光,喜庆仪式就这样结束了。

闹洞房的人们都走了。四宝从怀里掏出个物件递给苗说:“弟妹,四哥没什么稀罕的,这是皇上赏给我的,当个见面礼儿你留下吧。让它保佑你们夫妻平平安安,早生贵子。”

苗说:“谢谢四哥。这是您拿命换来的,这个见面礼儿比什么都贵重。我要好好收着,传给咱夏家的子孙。”

四宝眼含热泪点了点头，说了句：“一会儿咱一块儿吃顿团圆饭。”转身就走了。

苗抬手仔细看，发现这是个小巧精致的羊脂玉观音。

当天晚上，夏家寨旅店掌柜亲自下厨，炖了一锅羊肉，找来些山鸡、野兔、蘑菇、土豆、鸡蛋、鸭蛋、鹌鹑蛋，煎炒烹炸，为夏家喜事做了一桌五花十色，香气四溢的喜宴，还摆了两瓶自酿的高粱酒。

子和、彩芹和这一家人围坐在一起，兴高采烈地又说又笑。

第十七章

子和见七宝非常高兴，笑着说："七哥，我看伊万在天津结了婚，也不想回锦州了。往后你就在锦州开个夏记山货庄得了。"

七宝说："我识不了几个字，连个账也不会记。"

苗说："我会呀。识字、看秤、打算盘、记账，我都会，都是我姑教的。我姑可精着呢，让我姑给咱当先生。"

许氏说："这都是当年先生教我的。我十几岁就跟了他。年轻时候两三年才见一次面。回家一个月俩人没事干，他就教我认字、打算盘、记账这些事。说起来，那就是耍哩。教一个月，我记两三年。想他，就认他教我的字。"

说着，许氏擦起了眼泪。几个人静静地听着。

许氏说："我嫌他教的字少，他怕教多了我记不住。后来想出个办法，买唱本儿教我。记住了唱词儿，再一个一个地去对那个字。几十年了，再笨也能认不少字。男人在外经商，把家眷放在家里，过的就是这种日子。"

子和听着眼里泛出了泪花。彩芹却从许氏说的这些话里听出了另一番滋味。她想，到天津我也得下功夫认字。

几个人喜气洋洋吃着、喝着、聊着。苗和彩芹从来没这么高兴过。四宝喝得酩酊大醉，趴在桌上就睡着了。

第二天一早，子和、七宝一行从夏家寨上路，下太行山经井陉、获鹿、正定，到保定送还那两匹马就上火车。

许氏、苗和彩芹第一次坐火车，惊奇、新鲜、舒适、得意的感觉，让她们非常惬意。快到天津了，子和想留师母和苗在天津住几天，逛逛这座城市。

七宝说："我们带的东西多，上下车不方便。这次就不麻烦你们了。"没下车，直接去了锦州。

子和背着包袱带着彩芹在天津老龙头火车站下车。他俩随着出站的人们走出车站，彩芹指着站前的那些人问："还没到年下，怎么有这么大的集？"

“这不是赶集。都是上火车、下火车、做小买卖的。天天都这样。”子和说着,看了看彩芹的两只小脚,“咱雇辆车吧。到咱那儿有好几里呢。”

“我走得了。”彩芹看着前边,“我去姥姥家,走过十几里地呢。跟前坐着人,那是卖什么的?”

子和看了看:“是卖馄饨的,咱去买两碗,垫补垫补。”拉着彩芹走到馄饨摊前坐下,说:“掌柜的,来两碗,再来俩烧饼。”

彩芹看着那人从锅里盛馄饨。子和把包袱抱在怀里,忽然发现彩芹手里那个小包不见了。赶紧问:“彩芹,你的小包包呢?”

彩芹指了指自己的腰小声说:“夜里我就栓在腰里了。我妈说的,要紧的东西,捆在身上最保险。”子和这才放了心。

两个人吃完馄饨就往海河铁桥那儿走,过了海河走进高楼林立的中街。彩琴问:“谁家把楼盖的这么高?”

子和说:“这都是外国人盖的。”

彩琴问:“是哪国人?你认识吗?”

子和说:“英国、法国、德国、俄国、美国,好多国呢。跟我们做生意的,我就认识。”

彩芹看着丈夫说:“我就不知道这些事,你真了不起。”

子和说:“你不出门,就不知道外边是什么样。”

“我妈说过,去的地方多,见识就多。”彩芹得意地看着他。

子和说:“你妈就是圣人。”

彩芹说:“那可不,我妈什么都知道。还说你准有出息呢。”

子和看着她笑了笑,小两口走进怡和道,子和指着路口对面的货场:“那就是咱住的地方。”

彩芹说:“那么大的院子,得好几亩地吧?是谁家的?”

子和说:“一百多亩,我买下的。”

彩琴问:“你哪有那么多钱?”

“是尚奶奶给我留下的。我八岁认的韩先生,尚奶奶给了他一千两银子,让他等我出师创业再给我。”子和含着热泪,“直到我打定主意来天津,韩先生才把这事告诉了我,银票也给了我。”

“咱可不能忘了尚奶奶跟韩先生。”彩芹也是热泪盈眶,“我妈说女人别管男人的事，让我照顾好你。可这事我得管，咱俩都不能辜负尚奶奶跟韩先生。”

子和觉得，看似柔弱的妻子忽然高大起来，恨不得紧紧地抱住她，亲她几口。他带着彩芹过了海大道，见货场四周已经垒起围墙，里边垛位整齐，人来车往。不由得停住脚步，站在货场门前欣赏货栈这些天的变化。

又宾跑出来说：“三哥，这么快就回来啦。”

子和说：“先生去世了。办完丧事，又给七哥办了喜事。”

又宾：“七哥的喜事这么快就办啦！他人呢？”

子和说：“怕给咱添麻烦，直接回锦州了。”

“是怕喝他的喜酒吧，回来也饶不了他。”又宾看了看子和身后的彩芹：“这是三嫂吧？”

彩芹的脸“腾”地红了。她见这个人年纪也许比自己还大，不知道该怎么称呼。

子和说：“是你三嫂。”回头告诉彩芹：“这是吕又宾，咱四弟。”

又宾笑着说：“你们进去歇着吧。后边工地有点儿事，我去看看。”

子和问：“查理在货场吗？”

又宾说：“在。他当设计室的那间大房子也盖起来了。每天出来进去总在那儿弄他的设计。我进去了。”又宾摆了摆手就进了货场。

子和领着彩芹走进美丰厚山货庄，柜台里的吴先生架着拐站起来，高兴地大声说：“成掌柜，这么快就回来了！这位是三奶奶吧。”

彩芹回头看了看，不知道他说的三奶奶是谁。

有个伙计把子和背的包袱接过去，吴先生架着拐出来说：“去后边叫我内人过来。”

伙计背着包袱进了后院，子和指着柜台前的椅子说：“坐下歇会儿吧。”

彩芹刚坐下，吴嫂风风火火地从后院走出来：“三爷，你回来了！”

子和站起来喊了声：“吴嫂！”

彩芹跟着站了起来。

吴嫂见这位年轻媳妇，身材苗条，秀眉大眼，一头青丝，满脸稚气。大红夹袄镶着黑边儿，青裤子下面的小脚，穿着一双黑绒面儿绣着红花绿叶的小鞋。虽然远道而来风尘仆仆，却毫无倦意显得非常精神。

吴嫂高兴地走过来拉着彩芹的手:“妹子,你跟三爷真是天生的一对呀!”

彩芹对这位爽快利落的吴嫂也非常喜欢,笑着用想象中的天津话说:“大嫂,子和早就跟我说,来天津的头一件事就是跟着你学。”

吴嫂笑着说:“学什么呀,还不就是做饭洗衣裳。走,到后院看看咱们的窝去!”拉上彩芹就走了。

子和看着吴先生:“您的腿伤好些了吧。”

吴先生说:“好了,马大夫医院医术就是高。上次复查了一回,又两个多星期了。前几天去医院看了看,断的地方长得蛮好,还得再养一个月。”

子和说:“伤筋动骨一百天,没三个月不行,您就慢慢养着吧。生意怎么样?没大事吧?”

“生意蛮好。”吴先生说:“几家大公司进口的东西也要往咱这儿存。我跟四爷商量,没敢驳人家。要价涨了点儿,人家也没说什么。有些成箱的进口机器,动不动就是几百斤,光靠人力太费劲了。”

子和点头说:“还得进设备。效益怎么样?”

“好!”吴先生压低声音说:“刨去开销,哪天也有上百两的进项。”

子和问:“大爷的房子找好了吗?”

“看好马场道的一座两层楼,独门独院,挺不错。等你回来看看再定。”吴先生看着子和,“四爷想给你也买一座。”

“大爷的你们看着好就行,我就别介了。”子和说:“我得守着货场。这么多东西,撂给谁我也不放心。”

子和在自己那间屋把彩芹安顿好,就去货场看查理。

查理在他的工作室,把一块又长又大的绘图板架在桌子上。子和走进来,他正聚精会神地趴在图板上绘图。有人站在身边都没发现。

子和轻声说:“查理,你辛苦了”。

查理抬头见子和回来了,紧握着他的手:“子和,你回来了。事办完啦?我正等着你商量工程上的事呢。”

子和说:“咱俩不是说好,工程上的事都由你做主吗?”

查理说:“所有房子的外壳一旦完工,下一步要用水泥抹墙面。进口水泥太贵了。我想等几年用你们国产的水泥。如果这样,货栈职员就要在没抹墙面的房子里办公了，真不好意思。”

子和说：“那有什么！我们现在的房子不都是这样的吗？盖好就先搬进去，等几年买来水泥，再搬出来一间一间地抹，不也很好吗？”

查理认真地点头：“能这样就没问题了。”

子和说：“查理，等房子盖完，腾出一段时间你休息休息。我跟吴先生也把生意上的事清理一下。”

查理说：“我利用这段时间，还可以帮你从英国把该添置的设备买回来。”

子和说：“那咱们的货栈就更出色了。”

查理说：“走，我陪你到工地看看去。”

来到货栈办公区工地，正在干活儿的工人们，都热情地跟子和打招呼：“成掌柜，您好啊！”“成掌柜，您回来啦！”

查理问：“子和，我真不明白，你在他们心目中，怎么有这么大的魅力。”

子和诚恳地说：“我是码头工人的儿子，我把每个工人都看作是兄弟，是朋友。”

两个人又看了几个地方，查理说：“你走之后我突然想到，天津用电、用自来水的日子也不远了。在设计这些建筑的时候，我都预留了电线和自来水管道。一旦有了电和自来水，马上就能接进来。我想你是不会反对的。”

子和很高兴：“我太赞成了。咱要建就建成最先进的货栈。不光在天津，在大清国也要出类拔萃。现在建筑费用供得上吗？”

查理说：“供得上。吴先生的眼光跟你一样，工程上所用的材料，都买最好的。”

子和说：“吴先生是难得的人才，我向他学了很多知识。”

走进一栋还没完工的房子，查理说：“这是你的经理室。图纸上的办公室、卧室、厨房、小餐厅和储藏间、卫生间，框架都起来了。我看往后长期在这里办公的就是你。刘先生现在不常来，以后来的时间也不会多。”

“他和我们不一样。”子和说：“他要常和天津政府的官员联系，常在外边应酬，哪能总盯在这儿。”

看完工地，查理回到他的设计室，子和到工人的住处看了看。这时货场工人和建筑工人都住在席棚里。

子和忽然想起一件事。把吕又宾找来说：“冬天一上冻，工程可以停工。

货场停不下来。货场几十个工人住席棚怎么过冬！我看眼前的一些工程可以停下来，靠北墙赶紧建一排工人住的房子。你说呢？”

又宾拍着自己的头：“对呀，我怎么就没想到！”

子和说：“你去跟查理商量，就说这排房子也要和整个货栈一样，样式要好，质量也要好。东、西两个货场的工人住房盖起来，这里还可以当客房。请他设计一下。”

吕又宾说：“我这就去办。”

子和回到自己的房间，对彩芹说：“刚才我去工地看了看，咱们的货栈很快就要建成了。”

彩芹不明白：“你们现在干的不就是货栈嘛？”

子和忽然想到，对呀！现在货场存了那么多出口、进口的货物，拉货的大车、小车成天出来进去，挣的都是货主的钱，这不就是货栈嘛！

彩芹从到天津那一天，就抱定什么事都向吴嫂学。吴嫂干什么，她就跟着干什么。吴嫂怎么干，她就怎么干。一有空彩芹就找吴嫂还问这问那。吴嫂嗔着她说：“放着你老公这个现成老师你不找，我懂什么！”

彩芹说：“我先跟你学，把你的本事学完，再找他去。”

吴嫂打心里喜欢这个单纯、执着的妹妹，随时随地带着她把自己怎么想的、怎么做的告诉她。没几天彩芹就把给山货庄的人做饭，给掌柜、先生沏茶，收拾柜台上的东西，招呼伙计刷碗、扫地、上门板、落门板这些事都学会了。

刘寿兰给吴先生来信，告诉他回来的日期。带着妻子和儿子回到天津那天，吕又宾带着大车，把刘寿兰一家直接送到马场道。一家人对那座小洋楼非常满意。听说子和半个月前就带着家眷回来了，第二天，刘寿兰来到美丰厚山货庄，见了子和就问：“你怎么这么早就回来了？家里好吗？货场生意怎么样？”

子和说：“家里不错。货场的生意也不错，有些公司的进口货也往咱货场送。”

刘寿兰问：“山货庄呢？”

子和说："也不错，哪个礼拜都有几档生意。"

刘寿兰说："真辛苦你了。你知道吗？张作霖又到官府当巡警马队的统带了。"

子和问："他让官府收编了？"

刘寿兰说："是啊。金寿山把他打垮后，他先是投奔了八角台的张景惠，当了团练。今年八国联军闹的各地官府都吃紧，奉天军队收编了不少胡子。他带着人去了，还让他当了个带兵的官儿。"

子和问："你见他了？"

刘寿兰说："见啦。我把咱在天津开买卖的事跟他说了。雨亭说你有真本事，运气也好，一再嘱咐咱做买卖别跟官府走太近。办事要讲分寸，这年头儿千万别捅大娄子。"

子和听了连连点头。

刘寿兰说："我路过锦州，看见夏七宝了。他让我告诉你，他在锦州的家都安顿好了，你师母也挺好，让你别惦记。"

子和说："我就惦记着师母。老人没出过门，去那么远，也真不容易。"

刘寿兰问："你也不容易。我回来了，你歇几天吧。"

"我放不下工程上的事。"子和说："咱要办货栈，还有不少事呢。"

刘寿兰说："不就是盖房子嘛。工程上有查理，我跟老四都管着点儿。买卖上有老吴盯着。没那么多事。你就踏踏实实歇几天。"忽然又想起一件事："别林斯基当了俄国驻锦州的领事了。"

子和问："他当领事，还做生意吗？"

刘寿兰说："做呀！当领事也挣不了多少钱。听说按条约规定，俄国军队今年该退出东北。可他们沙皇不让退兵，反倒又来了不少。最近他们把营口也占了。别林斯基说，要再打起来，他全家就搬到天津。"

子和问："七宝跟着来吗？"

刘寿兰说："看别林的意思，是让七宝给他们守住锦州的买卖。七宝说，别林一家要往天津搬，他也不想总在锦州待着，想到天津跟咱们一块儿干。"

子和说："他们一家要来天津，我心里也踏实了。"

美丰厚山货庄的生意越来越火，尤其是听说成子和原来是码头工人的儿子,谈七特别不服气。想到吴庆同被打折一条腿,一家人都搬出刘庄,心里又有点儿嘀咕,生怕再找他的麻烦。他无声无息地待了两个月,看着自己的谈记山货庄冷冷落落,没人上门了,把刘四找来说:“老四,美丰厚火得把咱的财路都堵死了,你说这口气咱怎么出?”

刘四说:“七爷,您肚子里多宽绰。您画个道儿吧。”

谈七看了看他:“看见美丰厚折腾成什么样儿了吗?成子和是北大关脚行(搬运工)的后人,哪儿来的这么多钱?咱是不是得刨刨他?”

刘四向来是顺着杆儿爬,赶紧说:“咱是得刨刨他。”

谈七说:“咱先得捯捯他后边有谁,是谁戳着他这么干。弄清楚咱再下笊篱。”

刘四说:“这事就交给我吧。”

没过几天,刘四来找谈七,进门就说:“七爷,我真捯出点儿美丰厚的底细。成子和后边有个从奉天来的旗人,叫刘寿兰。他爸爸是奉天的大官儿,朝里有人,在天津卫也交了不少当官儿的朋友。成子和管他叫大哥。”

谈七心想,怪不得成子和那么横呢。没敢轻举妄动,只好再等机会。

查理对给货场工人盖过冬的房子,非常赞成。考虑到日后用它当客房,就设计成十几间能放三张单人床的房间。一头是锅炉房,靠墙砌烟道可以驱寒气还可以当暖墙。外边加走廊可以挡寒风。屋里不用生火,用上下两层的木板床,一间住六个人也就够用了。

子和看到这份既实用又美观的设计图,非常满意。跟又宾说:“房子建成后入住,每人配一套铺盖。要跟他们说清楚。住进去一要守规矩,二要讲卫生。绝对不许糟蹋房子、干不文明的事。违犯规定的,一律开除。”

听到他这些话,查理非常佩服:“你这么管,货栈才能越办越好。”

第十八章

查理告诉子和:"最近工部局给租界内主要街道,拉上了电话线,沿途住户都可以安电话。我把货栈、山货庄和刘大爷家都安上了。货栈的电话安在准备作账房的房间里。现在你就可以去试试。"

他俩来到刚盖的那间账房,见墙上挂着一部电话机。查理握着摇柄给子和示范:"先摇这里,拿起话筒等总机问你,要二百三十四号,就是马场道刘大爷家。"

听到子和的电话,刘寿兰高兴地哈哈大笑:"老三,你也会打电话了。我这些日子,一直在跟各个衙门交朋友。对,都是奉天老乡。有电话就方便多了。咱们都回来了,在一块儿聚聚吧。好、好。"说完就把电话挂了。

子和放下话筒:"有个电话真方便。跟各个洋行能直接通话吗?"

查理说:"可以。只要他那里安了电话,知道他的号码,就能接通。"

子和问:"再远的地方呢? 像锦州,能通话吗?"

查理说:"不管什么地方,只要那里接通电话线,知道号码,就可以通话。"

子和高兴地点点头:"有了电话,以后做生意就更方便了。可是跟洋行的外国人通话,还要有懂外语的人才行。"

查理说:"你可以到水师学堂去找。我有个朋友在那里教英语。听说有的学生不适于在军舰上当指挥官,毕业后可以另谋职业。如果能到你这里来做贸易,他们也是求之不得呢。"

子和高兴地点点头。

西货场三层的库房楼,框架也起来了。查理站在院子里说:"你看,这是电梯、卷扬机和龙门吊的位置。这些设备在你们国内定做也来的及。"

子和说:"我还是那句话,这些事由你做主。银子不够找我,货栈建不好我就找你。至于机器设备,我看还是用进口的为好。国内定做就怕工艺技术上还不行。"

查理笑了起来:"你这个统帅太厉害了。我赞成,不过我也有个条件。等货栈建好,你要把它介绍给天津各界人士,展示我的设计水平和建筑水平,给我未来的建筑设计公司做个广告。”

子和说：“行，咱就一言为定。

当天晚上，子和跟吴先生畅谈了美丰厚事业的发展：“咱们要在海河码头发展，还需要添些会外语、懂专业、善管理的人才。这些人不能光靠招聘。有能力，跟咱不是一条心也不行。还是挑选一些出身贫苦的孩子，自己培养为好。”

吴先生说：“这样的孩子倒是有。光绪四年北方大旱，天津商家士绅捐钱在东门外开了个广仁堂，收养天津、河间两地的孤儿和贫苦节妇。后来在西门外又盖了不少房子收养孤儿，也叫广仁堂。那里边有个蒙养所，专挑品貌端正，聪慧好学的孤儿，请教师教他们读书习礼。”

子和说：“好啊，咱从蒙养所领养几个十来岁的孩子，在柜上培养。往后美丰厚的生意，也就有人继承了。”

吴先生说：“对，货栈工程一完，生意马上就要上来。将来要把美丰厚这块牌子保住，最要紧的就是要有可靠的人管。不早做准备，往后真应付不了。”

子和说：“选人要有识人的眼光，这可不是谁都能干的。这件事就由您亲自办吧。现在咱美丰厚的总盘子是多少？”

吴先生说：“从开业到现在，刨去工程上占用的，连本带利，总盘子有三千七百多两。这些银子都在生意上滚着。每月的开支是四百多两，其中大爷是一百两，其他人都是按月支薪。您跟四爷可还没按月支过呢。”

子和说：“咱从开业就没定规矩。等工程告一段落，咱把账目仔细盘盘，也把该定的规矩商量妥当，尽快定下来。”

两个人一直聊到半夜。

吴先生的腿伤过了一百天，再去马大夫医院做检查，已经痊愈了。英国人的医院办得很绅士，治疗收了八十两银子，此后的复查概不收费。骨伤痊愈，拆了绷带，医院还送了一束鲜花表示祝贺。

子和见吴先生行动自如了，就按刘大爷的想法，张罗聚餐的事。他在蓬莱春饭庄给马场道刘家订了一桌酒席。当天下午雇了两辆轿车，吴嫂、彩芹和顺子坐一辆，他和吴先生、吕又宾坐一辆，一起去刘家赴宴。

两辆轿车沿着海大道往南走，路过英国菜市、戈登花园、开滦矿务局大楼，彩芹看得眼都直了。经过小白楼，吴嫂说："彩芹，咱住的这一带，就是小白楼有几家卖日用百货的铺子。赶明儿我带你来看看。"

彩芹来天津两个多月也没出来过，看着小白楼街上的店铺说："我还奇怪呢，怎么天津净是大楼，连个卖东西的铺子也没有。"

来到刘大爷家，大奶奶拉着彩芹和吴嫂，亲热地问这问那，大家欢聚一堂非常高兴。

蓬莱春饭庄给刘宅送酒宴的两个伙计，提着两个大食盒来了。刘家楼下大房间里摆了个圆桌，伙计铺上桌布，放好杯盘碗筷，摆了一圈凉菜，两小坛汾酒。

子和见这两坛汾酒，想起当年韩先生和尚奶奶、和夏爷爷喝酒的那些事，不由得心里有些惆怅。

大家刚坐下，蓬莱春的伙计说："各位爷先喝着，热菜在炉子上热着呢，咱随喝随上。"

彩芹把在座的人们的杯里斟满了酒。刘大爷说："弟妹，今天咱们三家跟又宾兄弟在一块儿聚聚，这就叫有缘千里来相会。我们家是辽宁的，吴先生一家跟又宾是山东的，子和一家是山西的。"

彩芹说："我们家是天津的。"

刘寿兰说："对、对，子和一家是天津的，咱几千里地的人聚在一块儿，不容易呀。"

吴先生说："没有美丰厚，咱也聚不到一块儿。"

刘大爷说："对，咱为美丰厚干一个！"

几个人举起酒杯都喝干了。

彩芹又给大家斟满。

子和说："咱这次聚会，既是美丰厚山货庄创办人的聚会，也是庆祝吴先生腿伤痊愈，还是为我大哥温居贺喜。三件喜事凑一块，是三喜临门！"

刘寿兰大声说；"还是老三说得好，今儿个是三喜临门！咱都干一个！"

几个人举起酒杯又都喝干了。

这时饭庄的两个伙计轮流往上端热菜，葱爆海参、油焖大虾、糖醋鲤鱼、坛子肉、四喜丸子，香气扑鼻，热气腾腾一会儿就摆满了一桌子。

彩芹看得目不暇接，没想到吃顿饭还能这么热闹，。

刘大奶奶说："别看着了，这么好的菜赶紧吃吧。"

女人跟孩子都拿起筷子吃起来。

刘寿兰吃了几口说："我看最该敬的是吴先生。没有吴先生，光靠咱三个支不起这么大摊子。"

吴先生说："最关键的是三爷。咱办的这些事，都是从他那儿来的。劳心劳力，他都占了。"

刘寿兰抢着说："我们三爷是干将，我是甩手掌柜的。"说完哈哈大笑，"吃吧，这是蓬莱春的鲁菜，山东风味儿的。"

在座的人们都笑了。

吕又宾借着酒劲大声说："今天吃得太痛快了。告诉你们吧，我三哥肚子里的货栈都成型了，房子盖完，外国设备来了，咱就是大清国头一个码头货栈！"说完哈哈大笑。

人们见四爷是真痛快了，都跟着他笑，连两个孩子也跟着笑。彩芹不知道他说的子和肚子里有什么，也跟着笑。

子和心想，又宾都把这事看准了，查理规划的货栈肯定能建成！也大声笑起来。

夏四宝听了子和的话，在寿阳山里收了不少兽皮、羊毛、核桃、蘑菇之类的山货，装了四辆大车，到天津来找子和。刚进路口，就碰上等在这里的刘四。

在谈七手下混事的刘四，平时干的就是仗势欺人、坑蒙拐骗的勾当。自从谈七盯上美丰厚，他也嫉恨得不得了，总想找个机会，使个阴招儿治治美丰厚。

那天刘四在进津路口给谈记揽生意。见有人带着四辆装得满满的大车走过来，过去问他："这位爷，您车上是想往外国走的山货吧，什么货？"

四宝说："是啊。皮子、羊毛、核桃，都有。"

刘四问："您贵姓？从哪儿来？"

四宝说："我姓夏，从山西寿阳来。"

刘四说:“夏先生,您往外国走货,最好往刘庄的谈记货庄拉,那儿有堆房、有货场,收货的价钱比别处都高。”

四宝说:“不行,我这些货都是给美丰厚成掌柜送的。人家有言在先,不往那儿送说不过去。”

刘四一听是给美丰厚送的,就故意激他:“不给成掌柜送就怎么啦?你怕他?”

四宝不耐烦地说:“这事一句半句说不清。你说怕也行,反正我得送到他那儿。”

刘四再怎么说,他也听不进去。问他住哪儿,他说海河码头仁和大车店,说完就带着车走了。

当天晚上,刘四来到谈记山货庄:“七爷,这回我可抓着美丰厚姓成的把柄了。”

谈七问:“什么把柄?”

刘四说:“姓成的仗着势力,把外地供货的商户都吓唬住了,让人家非往他那儿送货不可。这是西边儿来送货的老客,亲口跟我说的。”

谈七问:“那个送货的是什么人?”

刘四说:“是山西寿阳姓夏的。”

谈七问:“人呢?”

刘四说:“住海河码头仁和大车店了。”

谈七想了想说:“现在咱的买卖也不错了,别找事了。”

刘四说:“七爷,您别不当事!他强买强卖,凭这事就能治治这小子。这可是收拾他的好机会。”

他跟谈七如此这般说了一通。

谈七笑着说:“行,咱就看他怎么现眼吧!”

夏四宝带着四辆大车来到海大道美丰厚山货庄,天都快黑了。

子和迎出来说:“四哥,你来的够快呀。”

四宝说:“你这地儿真难找。我绕了那么大个圈子,才找到这儿。”

子和问:“你是从哪条道来的?谁给你指的路?这个人准使坏了。把车赶进货场吧。”

四辆大车赶进货场大门,有人领着走了。

四宝问:“有人给卸车吗?”

子和说:“有。他们给你卸了车,验了货、定了级、过了数,别的你就不用管了。在天津歇几天,去热闹地方看看,就给你把货款结清了。你住在这儿就行,晚上我请你吃馆子。”

四宝说:“货都卸下来了,我跟车马都住仁和店吧,离这儿也不远。”

子和说:“那也行。抽空我去仁和店找你。”

那天天津县衙接到一张状子。当天晚上师爷拿着这张状子来找知县:“大人,这儿有张状子,告的是美丰厚山货庄掌柜成子和。”

清末天津卫有直隶总督府、兵备道、海关道、天津府、总兵府、守备府,大大小小几十个衙门,还有不少关、厅、行馆。天津县衙是其中等级最低的衙门。知县管的就是打架斗殴、偷鸡摸狗这类官司,有人向他状告货栈掌柜,他都觉得稀罕。

知县见状子上写的是美丰厚山货庄成子和强买强卖、欺行霸市、仗势压价。想了想说:“这种事倒该管管。美丰厚山货庄在哪儿啊?”

师爷说:“在英租界。”

知县把状子拍到桌子上:“师爷,你这人怎么越活越回楦儿啊。租界里的事,咱能管吗!”

师爷悄悄说:“这可是个大买卖。经手三分肥,要派人把他请到衙门来,吓唬吓唬他,还能榨不出点儿油水?”

知县心想,对呀。平时没枣儿的树还打几杆子,送上门的肥肉,还不动动他!就问:“原告呢?”

师爷说:“原告住在海河码头仁和大车店,到时候叫来就行。”

知县点点头:“那你就想个法儿把姓成的传来吧。”

第二天早晨,有个天津县的衙役拿着一张请柬来到美丰厚山货庄。伙计刚落门板,正在扫地,衙役问他:“成掌柜在吗?”

伙计说:“还没来呢。”

衙役说了句:“我们老爷请他去一趟。”把请柬放在柜台上就走了。

伙计怕误事,拿着请柬到后院去找成掌柜。子和看了看,就去问吴先生:

“天津县衙在哪儿?”

吴先生说:“县衙门在城里鼓楼东。有事?”

子和把请柬递给吴先生:“人家请我去一趟。”

吴先生看了看:“为赈济灾民事,今日请来县衙一叙。美丰厚在英租界,天津知县怎么能找咱?”

子和说:“我看就是想让咱捐点儿银子。”

吴先生问:“您打算去?”

子和说:“我没跟天津的地方官打过交道,这又是赈济灾民,去见见也好。”

吴先生说:“您带个人去吧。”

子和摆摆手:“不就是城里嘛。雇个车,我一个人去就行。”

当天他就去了。

成子和走进县衙,有个衙役过来问:“您贵姓?”

子和掏出请柬:“我姓成。”

衙役问:“您就是成子和成掌柜?”

子和点头说:“是。”

衙役大喊一声:“成子和到——!”

在大堂站班的衙役一齐喊起了堂威:“威——武——”

子和不知道是怎么回事。正在犹豫,衙役过来推了他一把:“县太爷正等你哪,还不快进去!”没容说活,就把他推进大堂。

天津知县从屏风后边出来,一落坐就板着脸说:“成子和,见了本县为何不跪!”

子和举着手里的请柬:“知县老爷,不是请我来谈赈灾的事吗?”

知县抖动着手里的状纸厉声说:“有人在本县告你强买强卖、欺行霸市,坑害乡里。你还不知罪!”

两旁衙役大声喊:“跪下!”

有个衙役过去按着子和跪在大堂。

子和抬着头问:“请问县太爷,是谁告的我?”

知县一字一句地:“山西寿阳的夏四宝,你认识吧!”

子和一听,顿时气得浑身发抖:“太爷,别人告我也许情有可原。寿阳的夏四宝,昨天晚上我俩还在一块儿吃饭喝酒。他绝不能告我。请太爷明察。”

知县把脸沉下来:“白纸黑字,状纸上写得清清楚楚。你不招认,是要逼着本县动刑吗?”

子和大声说:“要是夏四宝告的,我请求当堂对质。”

知县喊了声:“来人,带夏四宝。”

师爷过来说:“原告夏四宝递了状子就走了。要不先把被告羁押在案,找来被告再当堂对质?”

知县说:“也好,把成子和当堂收押。”

两个衙役拽起子和,把一根铁链子套在他脖子上。推推搡搡把子和推进牢房,铁门“砰”地一声关上了。

牢里的犯人围上来,七嘴八舌地问:“哎,你什么案子?花案儿?杀人灭口?”

有个花白头发的老犯人坐在那儿,眯缝着眼说:“看你穿得这么体面,是得罪了谁,还是有人想要敲你一把?”

子和听他话里有话,赶紧凑过去说:“我没得罪谁呀?老哥哥,县太爷用请柬把我叫来,上了堂硬说有人告我,莫名其妙就把我关进来啦。您说这是怎么回事?”

老犯人问:“你是做买卖的吧?”

子和点点头。

老犯人笑了:“那就非敲你不可。”

子和小声说:“老哥哥,您帮帮我,我想找人给报个信儿。”

老犯人提高嗓门儿喊了声:“二子!”

过来个狱卒隔着铁栅栏问:“秦爷,有嘛事?”

秦爷说:“给这位爷跑一趟。”

子和掏出一锭银子递给二子:“你到英租界海大道美丰厚货栈报个信儿,就说姓成的让天津县关起来了。把这儿的地点告诉他们。回来给老爷子跟大伙儿买十斤大饼、五斤酱肉,剩下的归你。”

叫二子的狱卒乐着就走了。

秦爷问:“你姓成,台甫怎么称呼?”

子和说:“成子和。”

秦爷问:“来过这儿吗?”

子和苦笑着说:“我哪来过这儿啊。”

秦爷说:“有句话,衙门口儿朝南开,有理没钱别进来。这就是要钱的地方。等会儿吧,人家正‘蹲’你呢。过两个时辰就有人来找你了。”

第十九章

过了晌午，县衙的师爷走进牢门就喊："谁当班儿？"

有个狱卒过去说："师爷来了，您有嘛事？"

师爷在牢门口的桌子旁边儿坐下："你把新来的成子和提到这儿来。"

狱卒点点头："您稍后。"转身喊了声："提成子和！"

里边的狱卒把子和带出来，师爷说："哎呀成掌柜，委屈您了，请坐。"

子和在大堂上见过他，故意问："这位是？"

狱卒说："这位是咱天津县衙门里的师爷。"

子和拱拱手："师爷。您叫我过来，有何见教？"

师爷说："成掌柜，您这个案子，是昨天有人递的状子。说他就能把您从租界里请过来。可到现在也没见这个告状的。刚才我跟县太爷说了，您要能给县里出个具结，咱明天升堂把这个事做个了断，也说得过去。"

子和问："怎么具结？"

师爷说："我在文案上写个'事出有因，查无实据'您在上面画个押。太爷批个取保候审，也就行了。不过，您多少也得出点儿。"

子和问："出多少？"

师爷说："这就得您看着办了。不过照您这样的身份……"

刚说到这儿，送信儿的二子回来了。进门就喊："秦爷，大饼、酱肉来啦！"

师爷把脸一沉，大声说："成何体统！这是监狱，你们管牢房的怎么当起小跑儿啦！"

老犯人秦爷在铁栅栏里边大声说："师爷，您别这么说。今儿我过生日，打算请请大伙儿，让二子给跑一趟，您就连这个面儿也不给？别忘了，他是我干儿子。你是怕刚要煮熟的鸭子跑了吧。我也看着悬。成爷，里边吃来吧。大饼凉了，再夹酱肉就不出油儿啦。吃着发艮，也没嚼头儿。师爷，你说呢？"

师爷气得站起来狠狠地瞪了他一眼，小声嘟囔："老不死的，还这么爱管闲事。"

另一个狱卒进来说："师爷，外边有人来看成子和。"

师爷气呼呼地说："真不像话，这么快就走了风！"说着赶紧就走，却正和刚进来的吴先生打了个照面。

师爷低着头走了。

吴先生压低声音说："成掌柜，您受惊了。我打听了，是有人假借夏四宝的名义告的。听说来递状子的人个儿不高，挺瘦。我看八成是谈七手下那个刘四。大爷到知府衙门和总兵衙门托人去了。海关道谈道台是谈七的叔叔，打算把他也请来。明天让他们一块儿听您跟夏四宝对质，也让他们看看究竟是怎么回事。"

子和说："刚才县衙里的师爷想用晚上放我出去敲我。我也不打算出去了。就在这儿睡一宿，好把近来有些事的前前后后仔细想想。你告诉大爷跟四爷，让他们别着急。把货栈照看好，别再出岔子。"

吴先生说："我也是这么想。今天晚上大爷、四爷都在柜上盯着。"

子和问："夏四宝那儿，还去人看看吗？"

吴先生说："我看别去，很可能有人在那儿盯着呢。不去省得让他们抓住把柄。"

两个人说了会儿话，吴先生就走了。

子和回到号子里，老犯人秦爷和号子里的犯人，都在吃大饼卷酱肉。老人看着子和说："成掌柜，我可给你请客了。我看你还真能沉住气。多大了？"

子和说："二十三。"

秦爷问："不是本地人吧？"

子和说："我是本地人。我爸爸是北大关码头的搬运工。我从小在锦州学徒，刚回来两三年。"

秦爷感慨地说："你干得不错。咱天津这地界儿干什么都讲混。干活儿叫混饭，做事叫混事由儿，当官儿叫混官面儿。这个混字，就是把什么都不当回事儿。咱就说那位师爷，一听就知道，他对你这个案子心里没底。要心里有底，说出话来能直杵你心窝子。不出血他可饶不了你，还有工夫到这儿跟你商量？"

子和说："秦爷，我真不明白。衙门办案怎么就不打听打听？有人递个状子，不问青红皂白把人弄进来，先关在这儿。我越想越冤。"

秦爷说："嗐，到这里头先别想冤不冤，就想怎么跟他们斗就结了。在大堂上你辩不出个子午卯酉，再有理也白搭。想出去也好办。天津卫的衙门公署，馆、道、厅、局有二十多个，哪个衙门官儿都比天津知县大。花钱找个人说说就管用。”

子和听了不由得从内心里佩服这位老人，赶紧说：“您说的在理。我看牢里的人都敬佩您。”

秦爷说：“我是个教书的。那年河东闹事，打死了外国传教的，天津县衙门抓了好几十人，找不出元凶人犯，几个月结不了案。外国人不依不饶。抓进去的都是上有老下有小，仗着他养家糊口，谁也耗不起。我就给他们扛了。打那儿起，判了我本地人不干，不判我外国人不干。干脆就把我撂这儿，也没人管啦。”

子和问：“秦爷，您有什么事？我出去给您办。”

秦爷看着他：“好兄弟，你这句话就全有了。你够仗义。我没事。你当我老在这里头待着？我要想出去，找个碴儿就出去几天。没事才在这里头歇着呢。你在天津遇上嘛事，就提我是你哥，兴许就管用。”

说罢，老人哈哈大笑起来。

当天晚上，可把彩芹急坏了。从她到天津那天就知道丈夫很忙。白天忙晚上也忙。不是人找他，就是他找人。有时在柜上，有时在货场，在家总也待不住。开始彩芹还问他去哪儿，后来也就不问了。

每天晚上彩芹都给他预备好热水，等他回来洗把脸、烫烫脚再睡。饿了就去厨房给他做点儿吃的。这天一直等到很晚，子和还没回来。彩芹挺着急，就

去问吴嫂，顺子睡了，吴先生没回来。

彩芹问：“吴先生去哪儿了？”

吴嫂正坐在炕上缝补衣裳，低着头说：“听说是到城里县衙门看三爷去了。”话一出口，就觉得不对，赶紧说：“我也没问，谁知道他去哪儿了。”

彩芹赶紧问：“你不是说看三爷去了嘛！他怎么了？”

吴嫂见瞒不住了，这才说：“听说早晨县衙门来人送请柬请三爷去，到那儿就把他关监牢里了。”听到这句话，彩芹吓得突然晕过去。吴嫂还在说：“有人来送信儿，老吴跟刘大爷就都去了。”

吴嫂听彩芹没说话，一抬头才发现她晕倒在炕上了。吴嫂跳下炕抱起她来就喊："彩芹！彩芹！你怎么了？"

彩芹轻轻哼了一声，睁开眼有气无力地说："吓死我了，他怎么让人关起来了？"

吴嫂说："你也吓死我了！胆子这么小，我还没说完呢你就吓晕了。老吴跟刘大爷都找他去了。人家是吓唬他，想从他身上诈一笔钱。你男人是好惹的嘛！"

吴嫂斟了碗水，彩芹喝了一口问："您是说，子和没事？"吴嫂说："三爷能有什么事!别看他跟谁都和和气气，我可见过他急了是什么样。"

彩芹问："他急了是什么样？"

吴嫂说："那年老吴为跟三爷他们一块儿干，辞了刘庄谈七的活儿。当天夜里老吴从三爷那儿往回走，谈七手下的刘四，从背后照着他腿上就是一棒子。转天三爷知道了，亲自带着车去接我们，一出刘庄就见他忽然脸上冒出一股煞气……"

彩芹急着问："他要干什么？"

吴嫂说："他瞪着眼，转身一阵风赛的跑回去……"

正要往下说，吴先生进来了。

吴嫂说："你回来了，见三爷了吗？"

吴先生说："见着了。"

彩芹问："他不是让人关监牢了吗？"

吴先生说："关进去也没事。县衙门想敲诈点儿钱，大爷把人都找好了，绝不能让他们得逞。"

彩芹问："他怎么没回来？"

吴先生笑着说："三爷不想回来。说要在里边好好想想这事的前前后后。"

彩芹问："那里边没难为他？"

吴先生说："三爷是什么人，谁难为得了他！才半天他就在那里边混熟了。我进去他正请里边的老老少少吃大饼卷酱肉呢！"

这句话把吴嫂都逗笑了，彩芹这才放了心。

吴先生跟吴嫂说："你过去陪弟妹睡一宿吧。"

彩芹拉起吴嫂笑着说:“走吧大嫂,咱上我那屋,我还想问您那天他跑回刘庄干嘛去了?”

转天卯时早上七点刚过,天津知府就来到县衙。知县挺纳闷儿,没请知府,他怎么来了?小心翼翼把知府迎进大堂,深深打了一躬说:“知府大人,没听说您要来,恕卑职未曾远迎。”

天津知府说:“听说你这儿今天要审英租界码头上欺行霸市的案子,这我可得听听。总理事务衙门一再嘱咐咱天津,跟外国人做买卖要小心谨慎。出了欺行霸市的事,那还了得!”

知县吓得赶紧说:“是是是,卑职接到这个案子,就想把他弄个水落石出。”话还没说完,衙役大声喊:“总兵大人到!”

知县又是一愣,怎么总兵也来啦?赶忙过去打躬:“总兵大人,您也来啦。”

天津总兵气不打一处来,瞪着眼说:“怎么我也来啦,我不该来吗?天津商埠出了欺行霸市的恶霸,我总兵衙门要是不闻不问,这头上的顶戴花翎,还想不想要啊!”

这时衙役又喊:“海关道道台大人到!”喊声一落谈道台已经大步流星地走了进来:“天津县,这就是你的不是了。怎么海河码头对外贸易出了欺行霸市的,就不跟我海关道说一声?这事要让上头知道,不就把我这个专管各国通商的海关道,撂中间儿了吗!”

这时候天津知县真是哑巴梦见娘,有话说不出来,吓得满头大汗,不知道说什么好,嘴里不住地念叨:“这是卑职的不是,是卑职的不是。”

知府问:“两造都带到了嘛,贵县就升堂吧!”

知县说:“大人在此,哪有卑职的座位。恭请大人升座。”

知府冲着总兵和海关道台说:“你们看这位县太爷,到时候啦,他倒想把咱们往前边推。”转过脸来说:“这是您的大堂,我们是来学尊驾您审案子的。您就请吧!”

这时县衙门口已经围了不少人。

这位知县和师爷你看我,我看你,不知道怎么好了。

那位知府看着他俩大声说:“什么时候了,还这么磨磨叽叽的!”

师爷向知县努了努嘴。知县赶紧喊:“衙役们！给各位大人看座。”

衙役搬来三把椅子,放在公案的右首。知府、总兵、海关道依次坐下。知县才敢坐到公案后边的位置上喊:

“带原告被告上堂!”

夏四宝懵懵懂懂地让人带到堂上,忽然看见子和身带铁链,被衙役带了上来,赶紧过去问:“子和,你怎么也来啦?”

子和没说话,抬头看见刘四在大堂外边站着。

刘四见三爷看着他,赶紧躲进人群里。

这时刘寿兰、吴先生也来了。他俩挤到人群前边,看着大堂里的动静。

审问开始了,衙役们朝着子和跟四宝喊:“跪下!”

他俩都跪下了。

知县拍了一下惊堂木,大声问:“夏四宝,你是哪里人,到天津来做什么,跟各位大人和本县讲清楚。”

四宝说:“我是山西寿阳人,到天津来卖牛皮、羊毛跟那些山货。”

知县问:“你是状告成子和欺行霸市吗?”

四宝一听就急了:“没有的事！我做买卖的本钱,还是子和兄弟给的呢。”

大堂外的人们都笑了。

堂上的几位官员听了,诧异地交头接耳窃窃私语。

知县说:“昨天你递上来的状子,明明写着成子和强买强卖、欺行霸市,强迫你把运来的山货送到美丰厚山货庄。成子和压价收货,使你连本金也难以收回,要本县与你做主。这些事情不是你写的吗?”

四宝猛地站起来,大声说:“放屁！这是谁伤天害理、胡说八道,糟蹋我子和兄弟!”

大堂内外又是一片哄笑。

知县的脸红了:“夏四宝,不准你咆哮公堂！你说,这状子不是你写的,是谁写的?”

四宝说:“状子在你那儿,我大字不识,谁知道是哪个混账王八蛋写的?”

堂上堂下又大笑起来。

知县尴尬地看着师爷,师爷过去悄悄说:“问问成子和有什么说的?”

知县沉下脸来问:“成子和,你有什么说的?”

子和拿出请柬说："昨天早晨有人给美丰厚山货庄送去一封天津县衙的请柬。上面写着，为赈济灾民请到县衙一叙。我来到县衙，就被县太爷以莫须有的罪名押进牢房。从昨天到今天，我也想不出我在哪些地方强买强卖、欺行霸市、仗势压价。美丰厚山货庄紧靠海大道，离码头近，外地客商来做生意的不少，都是多年的老客户。请问县太爷，我强买了谁的货？欺了哪个行，霸了哪个市？仗了谁的势，压了谁的价？"

知县壮着胆子问："这个夏四宝你认识吗？"

子和说："不但认识，我们还是多年的好友。两个月前我路过寿阳，见他生活拮据。给了他三十两银子，让他收些山货往我这儿送，替他卖个好价钱，这能算强买强卖、欺行霸市吗？四宝是个老实农民。庚子年间护驾有功，皇上写了谕旨，封他为七品侍卫。我敬重他，怎么敢欺负有功之臣？"

知县惊讶地问："你有什么凭据？"

子和转过身来说："四宝哥，把皇上的亲笔谕旨拿出来给他看看！"

四宝从怀里掏出裱好的那张纸条，衙役接过去递给知县。知县一看，赶紧供到公案上，走下堂来跪在地下，高呼："万岁！万万岁！"不住地磕头。

旁边坐着的知府、总兵、海关道，也赶紧站起来看了圣旨，跪下就磕头，嘴里念叨："万岁！万万岁！"

知府站起身来，两眼瞪着天津知县："贵县，你干的这是什么事！明明是护驾有功的功臣，你听信不法之徒冒名诬告。明明是心地善良、依法经营的商人，你不问青红皂白，硬说人家强买强卖、欺行霸市。你说，这案子该怎么了结？"

总兵也说："天津县，你这事动静闹得挺大，整个却是个糊涂官司！唉，夏四宝，你是好样儿的。皇家有难你挺身而出。圣驾回銮，你不要功名，不吃皇粮，自个儿做买卖。了不起呀！"

谈道台说："这些事都出在生意人身上。同行是冤家嘛。可无论如何也不该拿打官司闹着玩儿。这种人真真的可恶。"

知县无可奈何地低着头说："请各位大人明示。"

天津知府说："到现在你也不知道这起诬告是谁干的？"

子和说："那位大人说得对，这些事都出在同行的生意人身上。在小民看来，知县大人要查，准能查个水落石出。"

大堂外混在人群里的刘四，听到这句话吓得赶紧溜了。

这时谈道台赶紧打圆场说："尽管如此，这件事我看就算了吧。租界上的事，你天津县本来就不该插手。海河码头出了事，你有什么资格查人家？天津县，这个事是你办的太冒失了。今天来的这几位大人，谁要参你一本，还能有你的好儿？"

知县赶紧跪下说："下官的确冒失，请各位大人开恩。"

谈道台说："你给夏义士、成掌柜赔个礼吧。"

知县站起来向子和、四宝不住地拱手："二位请起，我给二位赔礼，我给二位赔礼。"

子和、四宝都站起来。

总兵说："成掌柜，我看你也是咱天津卫响当当的人物。往后有事，到总兵衙门来找我。"

子和赶紧施礼："草民谢谢各位大人。"

四宝冲着知县喊："哎，你把那张圣旨还我，我还带着它辟邪呢。"

看热闹的人们又都跟着笑起来。

这场官司就这么糊里糊涂以当堂释放结束了。

子和走出大堂，围观的人们忽然拥过来，簇着子和不住地称赞。刘寿兰挤过去说："老三，好样儿的。走，找个饭馆，我跟吴先生给你压惊。"

吴先生在刘寿兰身后四处张望。

子和问："四宝呢？"

吴先生说："我也正找他呢。刚才还在这儿，人一乱他就不见了。"

刘寿兰说："咱们找个饭馆先吃饭，回去再找吧。"

人们拥簇着他们在东马路走了一会儿，也就逐渐散开了。

子和问："他的货款结了吧？"

吴先生说："这你放心，给他结了一百二十两银子，路上跟住店的挑费都给他付了。"

子和点头说："这还可以。"

经过这件事，子和结识了在牢房里住的秦爷。打听到这位天津奇人家在河东，逢年过节总要带上礼物去看望。秦爷很赏识子和，把他当作忘年之交。

秦爷手下没有不敬重美丰厚成三爷的。

夏四宝气呼呼地出了衙门一直往东走。一帮看热闹的兴高采烈地跟着他。有人说:"夏爷,您行啊。七品官儿愣不露,拿出圣旨把他们都镇了!"

有人说:"那些官儿,都白给!知县是嘛玩意儿,砂锅炒菜,怯勺!"

跟着的人们又是一阵哄笑。

四宝跟他们说不上话。心想这回来天津的生意,本来很不错。拿制钱收的东西,卖了上百两银子,这么好的买卖最后弄了这么一出戏!真对不起成子和。想着想着出了东门,往前一看,怎么不认识了?

他记得来时是从海大道一直往北走,只拐了一个弯就到了。眼前马路两边,卖这卖那的店铺一家挨一家,海大道在哪儿?他瞪着眼找那条路。有人问:"四爷,您找嘛?"

四宝说:"海大道。"

几个人都说:"您跟我走吧!"

人们把他带到海大道,四宝惦着放在店里的银子,闷着头往前走,越走越快。跟着的那些人也就都散了。回到仁和店,四宝见银子还在这才放了心。他原打算在天津歇一天就往回走。四个车把式领了钱搭伴儿逛去了,自己待在屋里想这件事。

是什么人打着他的旗号告了成子和?谁能说出强买强卖这句话?这个人还知道他是寿阳人,住的是仁和店。想来想去,他想到了在路口拦车的那个人。

第二十章

夏四宝这些年历尽苦难，接触过不少事，他想冤有头、债有主，这个人准是成子和生意上的对头。忽然想起那人说过刘庄谈记山货庄！难道他就是这家

山货庄的人？正想着，吴先生和成子和来了。

子和说："四哥，您受惊了。走吧，咱外边吃饭去。"

吴先生说："我真不知道，四爷还是当今封过的官儿呢。走吧，前边有个鸿福楼不错，咱那儿吃去。"

夏四宝跟他俩去了鸿福楼，叫了几样菜，喝了不少酒。

四宝问："刘庄有个谈记山货，你们知道吗？"

子和说："知道，吴先生就是从他那儿来的。"

四宝问："兄弟，咱跟他有过结？"

子和说："就是吴先生打他那儿出来，谈七很不乐意……"

吴先生怕四宝惹事，赶紧抢过话头说："谈七是不乐意，他人不怎么样，咱跟他没过结。"

四宝看了看吴先生，冷笑了一声就接着喝他的酒，没再说别的。

那天夜里，夏四宝手持钢刀，找到刘庄谈记山货庄门前。从门缝里看到瘦小枯干的刘四，正在跟肥头大耳的一个人说天津县衙审成子和的事。

四宝心想，那个人准是掌柜的谈七！

就听谈七问他："成子和怎么能把知府、总兵跟我叔，都叫出来？"

刘四说："没跟您说吗，他们东家是旗人，哪个衙门都熟，叫他们还不容易。"

谈七问："那个山西人就没咬他一口？"

刘四说："姓夏的说成子和是他恩人，做买卖的本钱都是成子和给的。"

谈七瞪着眼问："那你怎么说，姓夏的是怕成子和，才往他那儿送货？"

刘四满脸无奈地说："他是山西话，我听不大懂，就觉着能给姓成的栽赃就行。"

谈七大声说："刘四啊，刘四！你小子怎么就不想想，成子和是好斗的吗！事没弄清就到衙门告状，你不是找倒霉吗！"

听到这些话夏四宝抑制不住满腔怒火，正要往里闯，忽然想起弟媳妇苗嘱咐的话"别惹祸！"宰了这两个人，再给子和惹一身祸，那还算人嘛！"当啷"一声把刀扔下，转身走了。

门外这声响，吓得谈七、刘四魂飞天外。他俩缩着脑袋等了半天，外边没动静了，刘四过去轻轻把门打开。见门外一片漆黑，四下无人。正要关门，忽然发现脚下有把明晃晃的钢刀！

第二天子和去仁和店看四宝，店家说："夏掌柜一大早结了账，就带着那四辆大车走了。"

经过这一番波折，美丰厚货栈平静下来。一天晚上吴嫂悄悄跟吴先生说："有个事你得跟三爷说说，他媳妇的病一直没治好，身子太弱了。"

吴先生问她："你怎么知道的？"

吴嫂说："三爷没回来那天，彩芹问我他去哪儿了，我说走了嘴，一说让人家押在牢里，她就吓晕过去了。紧喊慢喊才喊醒她。那天夜里她才说，她的妇科病没好利索，就跟着三爷来了。到现在月经都没准头，来的也不多。"

吴先生说："怪不得看她气色总不那么好。女人得了这种气血两亏的病，治不好麻烦就大了。"

吴嫂说："那几天我就想告诉你。看你们都忙，也没得空说。哪天你跟三爷说说，赶紧给彩芹找大夫看病，千万别耽误了。"

吴先生说："我这就跟他说去。"

刘寿兰跟吕又宾都搬出去了，美丰厚山货庄后院的四间房改成两个里外间，就住着吴先生跟成子和这两家。吴先生在院子里轻轻喊了声："成掌柜。"

子和从屋里出来问："吴先生，有事？"

吴先生把他拉到一边，小声说："你内人的病，该找大夫治治了。"

子和瞪眼看着吴先生，觉得很奇怪。

吴先生就把吴嫂说的话，都告诉了他。跟他说："彩芹的身子太弱了，你就没看出来？"

子和这才如梦方醒，懊悔地说："前几年她得病我知道。满以为治好了，我就再也没想过这件事。实在太不应该了。”他问吴先生：“吴哥，您知道哪儿有好大夫吗？”

“好大夫得到城里打听去。”吴先生说：“这事我办吧。女人得了这种病，既得治也得养。彻底好也得一年半载。找个好大夫，让我内人陪着她去。我内人干这种事行，您就别操心了。”

“就让嫂子为她操心、受累吧。”子和说：“嫂子跟彩芹都没怎么出去过。我看在仁和店给她俩定辆轿车，出去看病、逛街、买东西，打发伙计去叫就行。”

吴嫂带着彩芹进城看了几次病，吃了几服药，彩芹的气色就好多了，身体也好多了。这姐妹俩除了一起去看病，还去逛了小白楼和梨栈大街、南市、东马路、娘娘宫、官银号。彩芹的心情越来越好。她心里暗暗盼着的一件事，就是早点儿怀上孩子。

货栈工地上的活儿快干完了。刘寿兰说：“老三，最近没什么大事了，让老四回去说个媳妇吧。”

子和点头说：“又宾不小了，是该有个媳妇。让他回老家找，他说家里没人，不愿意回去。在天津找，他说怕合不来，也不愿意。”

刘寿兰说：“一晃他都二十五了。年当二十五，衣破没人补。老光着也不行。我跟他说去，老家没亲人，亲戚总还有吧。这回说什么也要让他娶个媳妇回来。”

子和笑着说：“娶媳妇得看缘分，哪能说娶就娶回来？”

刘寿兰说：“我看带够了银子，娶个媳妇也不难。想在山东安家，就在那儿买房。想来天津，在这儿给他买房。老三，你是不是也在天津买所房子？”

子和说：“我就在柜上住着吧。跟吴先生住一块儿，有事早晚都能商量。住外边总不如在柜上方便。”

正说着夏七宝背着褡裢走进来：“大爷、子和，你们都在呀。”

子和见七宝兴冲冲地进来，就问：“七哥，送货来啦？家都安顿好了吧。”

“安顿好了。我在东家附近找了个独门独院，苗跟岳母把里里外外收拾得干干净净。”七宝高兴地说：“会过日子的女人就是能干……”

刘寿兰站了起来：“七宝兄弟，你们聊着，我去找又宾说个事。”说着就走了。

子和问七宝:“货都卸了吧。”

七宝说:“正卸着呢。我刚回锦州,东家就催我赶快往这儿送货。市面不安定,一直拖到现在。这是苗给你做的鞋。”

说着从褡裢里掏出两双鞋。

子和问:“怎么还做了两双?”

七宝说:“一双是她在汾阳给你做的,那年临来没顾得给你。一双是到锦州做的。她心里有你。”

子和接过去,没说什么。

七宝说:“听说我四哥给你送山货,挣了不少钱,也给你惹了不少麻烦。”

“那不是他的事。”子和摇摇头:“是天津同行冒充他给美丰厚使绊子,想敲诈我。四哥还好吧。”

七宝眼含着泪花说:“他走了。”

“他不在了?”子和吓了一跳:“怎么干得好好的,说走就走了?”

七宝说:“他心里窝囊。听乡亲们说,他怎么也没想到那个叫刘四的坏蛋,竟然用他说的话给你栽赃。那天夜里他带着刀去找他们拼命,刚要闯进去,想到要出了人命还得连累你。回到店里一夜没睡,一大早叫起车把式就走了。”

子和说:“怪不得那天我去找他,店家说天还没亮他就走了。后来呢?”

七宝说:“回到家他把这一趟挣的银子给山里供货的农户都分了。山里人哪见过这么多银子?人们盼着他快把山货庄办起来,好多挣点儿。可他成天不出门,也不说话。心里的话说不出来,就光喝闷酒,生生把自己灌死了。”

说着就哭起来。

子和也掉了泪,问他:“四哥临死前说什么了?”

七宝哭着说:“他说,就是对不起你。”

子和低下头,半天说不出话来。

七宝说:“人就怕心里总有说不出来的话。我这趟来,也是想跟你说说,锦州的事恐怕干不长了。”

子和问:“为什么?”

七宝说:“俄国人跟日本人总闹摩擦。市面上人心惶惶。都说这两家早晚得打起来。别林先生不愿意当领事了，让我赶紧出去抓货，能抓多少抓多少。他是想早早离开锦州。”

子和说：“他走你也走。他们总不能把你撇下吧。”

七宝说：“他们要回俄国，我就来天津。可是苗有了身孕，这时候走远路，不大方便。”

子和高兴地问：“苗姐怀上孩子啦？”

七宝点点头：“彩芹怀上了吗？”

子和摇了摇头。

清光绪三十年(公元1904年)，日、俄双方在我国东北境内开战。枪炮轰鸣，战火纷飞。战场附近的城市乡村，到处房倒屋塌。七宝带着一辆大车，跟逃难的百姓一起躲在沟壑里。

赶车的抱怨：“俄国人跟日本人在咱大清国打仗，这叫啥事啊？”

难民们说：“不管谁胜谁败，倒霉的都是咱中国老百姓。”

有人问七宝：“这么乱的世道，您还出来干嘛呀？”

七宝说：“我是给东家出来收山货。你说这两国在咱这儿打仗，朝廷就没人出来管管？”

有个难民说：“您没听说吗？咱大清国谁也不敢得罪。发表了个中立宣言，说是绝不偏向哪一方。他们中立，咱老百姓可让人家糟蹋苦了。”

大炮不响了，七宝好不容易跑回家，伊万跟他说：“这场日俄战争，俄国是打不下去了。”

七宝问：“为什么？”

“我们俄国闹起了暴乱，仗还怎么打！”伊万懊丧地说：“我爸爸说，俄国眼看就要战败，锦州是待不下去了，打算趁早去天津。你跟我们一起走吧。”

七宝很为难：“我媳妇这两天就要生孩子，上路怕有危险。我还是等她生了孩子再走吧。”

“这也好。我们先走，在天津河东俄租界给你找一处房子。你到天津就去找我。”伊万说：“给你留点儿银子吧。生孩子、去天津都要用的。”

七宝问：“去了天津，咱还能接着做山货买卖吗？”

伊万摇头：“这两天我和父亲也在商量。到了天津，以什么谋生呢？我们俩谁也没想出办法来,去了再跟子和商量吧。”

别林一家刚走,苗就要分娩了。那天七宝冒着枪炮声找来接生婆,许氏帮着,才把孩子顺利地生下来。屋里传出新生婴儿的啼哭声。接生婆挑起门帘说:“夏先生,给您道喜,太太生了个胖小子。”

七宝满脸喜悦,进去就说:“妈,苗,这小子是玉佛保佑平安降生的,就叫玉生吧。”

火车已经不通了。玉生还没满月,七宝雇了一辆轿车,带着一家人从锦州逃出来。苗坐在车里抱着孩子说:“这倒好,出关是三个人,再进关又添了个臭小子。七宝,咱在天津住的地方,离成祥不远吧?”

七宝说:“不远,咱住河东,他住河西,中间就隔着一条海河。”

许氏问:“是海还是河?听说海可大着哩。”

七宝说:“是河。它连着海,就叫海河。”

七宝一家来到天津,子和刚听说就去河东看他们。

许氏见子和来了,抱起玉生说:“你看看吧,这是苗生的大胖小子。”

子和见苗的儿子又白又胖,喜欢得又摸又亲。

苗在一旁问:“彩芹有了吗?”

子和摇了摇头。

许氏忽然想起一件事,跟子和说:“那年从汾阳临来,你妈告诉我,彩芹的病还没彻底好,没怀上也许还是病的过。现在她好些了吗?”

子和苦笑着说:“好多了。又找大夫看了几次,吃了几服药。大夫说这种病一时半会儿难好利索,慢慢治吧。”

按照查理的设计,货栈应建的房屋已经全部建成。准备安装机械设备的房间,留出了搬运设备的豁口,其余都安了门窗。根据又宾的建议,一部分建筑工人留下当了货场保管员,由吴先生对他们进行了培训。

货场新建的厨房、食堂、东西货场的工人住房和客房都派上了用场。二十来岁的蔡师傅当了厨房的领班,吴嫂协助他管伙食还兼管客房。工人们有了自己的住处,货场和山货庄的员工,一日三餐都由食堂免费供应。

员工改善了生活条件,受到这么好的待遇,一个个情绪饱满,热情很高。货栈的经营管理日益规范,整个业务水平又上了一个台阶。

美丰厚货栈离居民区的几个学校都很远，吴先生担心顺子上不了学，耽误了孩子。和吴嫂商量，托回山东的老乡把儿子带回老家，让爷爷管着他念书，也让他照顾年迈的爷爷。夫妻俩合计好，就把顺子送走了。

清光绪三十二年（公元1906年），唐山启新水泥厂正式投产。子和得到消息就派人去订购了一百吨。这年夏天，一车车从唐山来的水泥运进货场。

刘寿兰高兴地说："咱定的水泥一到货，再一开工，整个货场用不了多久就变样了。查理，就看你的了。"

查理也很高兴："那当然。离咱们预定的目标，已经不远了。"

从这天起，美丰厚货栈分片腾空东货场，查理指挥工人们把黄土地面逐步改造成水泥地面。逐步腾空厨房、食堂、客房和办公用房，里外墙壁都抹上水泥。

在英国订购的设备也陆续到货了。查理带领着工人们打开一个个进口的木箱，对照着说明书，把一件件机械设备安装到位。前后两个货场，顿时焕然一新。

新货场还没正式启用，许多新老客户就前来存货。有的客户不会用钢笔填写商品明细，不知道怎么办出口，子和就让业务室的职员帮助他们，这个办法很受客户欢迎，最后发展到代办出口手续。只要把出口的货物跟订好的合同交给货栈，回去等着结算货款就行。不久这个办法就形成代理进出口的服务项目。来美丰厚存货的本地、外地客户，就更踊跃了。

水泥地面的货场，两层的保险库房，龙门吊、地泵、叉车等配套的设备，还能代理进出口，使美丰厚不光成为海河码头最受欢迎的新型货栈，在全国各地也是独树一帜。

那年大清国外务省会办大臣那桐，去日本参观经济建设刚回来，正在天津下船休息。听说天津码头也有了新式的货栈，就想来看看。

刘寿兰听到这个消息，就跟子和商量："老三，听说那王爷要来看咱的货栈。咱在他来的那天办个开业典礼，让他给咱剪个彩，你看好不好。"

子和说："好是好，大清国管外事的王爷，这么大的官儿，能上咱这儿来吗？"

刘寿兰说："事在人为。这是给天津出彩儿的事。我去找天津海关道的谈道台，让他给咱说说。”

刘寿兰跑了一天，这事还说成了。

第二天，海河码头美丰厚货栈张灯结彩，举办开业典礼。来贺喜的各界宾客络绎不绝。人们正在门外等着，远处几名护卫拥簇着一辆轿车缓缓地向这里走来。

轿车停在门前，一位身着便装的官员，满面春风下了车。他头戴青缎子瓜皮小帽，白净的脸上飘着几绺黑胡须，青缎子长袍，银灰色方大襟的背心，脑后一条带红穗的辫子，脚下是青缎子云花便鞋，手拿一把折扇，显出一派儒雅的风度。

早已迎候在这里的衙役们齐声高喊：“大学士、户部尚书、外务省会办大臣那桐大人到！”

在门前恭候的官员、士绅们一齐施礼：“参见那大人！”

那桐笑着说：“免啦、免啦。我是刚从日本国回来在这儿歇两天。这个货栈还真不小，是谁干买卖的呀？”

天津海关道谈道台躬身答话：“回大人，是本地商人成子和等人干的。”

谈道台的话音刚落，子和赶紧过去跪在那桐面前：“草民成子和参见大人。”

那桐说：“罢啦罢啦。起来吧。成掌柜，你们的买卖干得不小啊。”

子和低着头说：“大人夸奖。”

那桐见眼前这个货栈掌柜，也就是二十几岁，中等身材，浓眉大眼，穿着一件青布长袍，黑亮的大辫子垂在脑后，像个忠厚朴实的生意人。笑着说：“好啊，一会儿你就陪着我看看吧。”

这时有两个穿戴整齐的员工，站在货场大门两旁，在大门中间拉着起一条长长的红绸子。

谈道台两手作揖大声说：“恭请那王爷剪彩！”

门外的吹鼓手，立刻吹打起来。在门外看热闹的，已经把海大道这一段堵得水泄不通。彩芹站在远处往这边看，除了人们乱糟糟地挤来挤去，什么也看不见。

第二十一章

鼓乐声中,那桐笑嘻嘻地从员工托着的盘子里拿起一把崭新的剪刀,把那条红绸子剪断。谈道台、成子和以及站在那里的官员、士绅齐声欢呼:"谢谢那王爷!"

那桐满面笑容走进货场,见眼前是平整的水泥地面,干净整齐的垛位;远处是高低错落的库房、站台、龙门吊。转脸对子和说:"不错。你们有眼光,这个货栈设计得好,也真舍得花钱。"

子和说:"这是一位英国朋友设计的。"

那桐问:"水泥是英国货?"

子和说:"我们买不起英国货。这是咱唐山水泥厂的头一批产品。"

那桐一听更高兴了:"好啊。四年前老佛爷让我去日本看博览会,我特地去看了他们的码头。开商埠没有好码头不行,码头上没有好货栈周转货物也不行。要不然那些外国洋行谁愿意往咱们这儿发货呀。"

谈道台赶紧跟着奉承:"还是那大人见识广。"

那桐看着周围的人们说:"老佛爷让我管外务,不出去看看哪行?这儿虽说是租界,可做买卖挣钱的,还有咱们大清国的子民吗。"

人群里一位士绅小声问站在身旁的侍卫:"这位大人来头不小啊?"

侍卫小声说:"敢情,满洲镶黄旗、老佛爷的本家,兼理总理各国事务衙门,管过工巡局,去年晋了大学士,眼下是外务省会办大臣,正跟着六王爷办外交呐。"

那桐仰着头问:"这儿是英租界,他们的领事来了吗?"

子和说:"回大人,总领事今天没来。这位是总领事的公子,查理先生。这个货栈就是查理设计的。"

查理走到那桐面前鞠躬说:"那大人好。"

那桐见这个英俊小伙儿,也就是二十来岁。握着查理的手问:"你还会说中国话?"

查理说:"我是在天津出生、长大,在英国大学毕业又回到天津。"

那桐看着查理："你岁数不大，就设计出这么漂亮的货场，才学不错啊。我这个外务大臣，就乐意跟你们西方有真才实学的年轻人打交道。"

查理说："您也很年轻。您在北京主持新修的马路，东安市场和金鱼胡同的那府花园，很有名气。"

那桐听了哈哈大笑："你过奖了。天津是九流汇海的福地，开商埠就要舍得在码头、货栈上下本钱。走，你这个设计师带我到里边看看。"

查理高兴地领着那桐边走边说："这里是东货场。整个水泥地面中间高、两边低。货垛下面垫上枕木，下雨不会存水。垛底通风好，雨后不返潮，货物也不容易霉烂。很适于露天存货。"

那桐说："很好。这种水泥地面儿的货场，在天津是第一家吧。"

谈道台说："回大人，在咱大清国也是第一家。"

那桐说："好啊。成掌柜，你给天津码头争了个第一，也是大功一件哪。"

人群里有个老板悄悄说："美丰厚的成子和，在咱天津码头储运业可算拔了尊啦。"

有的人悄悄说："人家根子硬，肯下本钱，往后咱在后边跟着干就够吃了。"

有的故意小声问："谈七爷，您说呢？"

穿着阔气的谈七撇着嘴说："那可不一定。三十年河东，三十年河西。咱们骑驴看唱本儿，走着瞧！"

官员士绅们跟着那桐看完东货场，就要往西货场走。那桐兴致勃勃地东瞅西看，成子和往后拽了一下查理，悄悄问："英国宝石号货船该到了吧？"

查理小声说："昨天晚上他们就到了塘沽，这时候也该到了。"

这时英国宝石号货轮，已经到了美丰厚对面的怡和码头。码头工人正忙着把成箱的机械设备卸下来，装上马车。

船长大卫站在岸边问："这是英国的租界吗？码头还是挺不错的。"

英国职员说："是英国租界，码头设施都是英国模式。"

大卫掏出怀表看了看："时间不早了，卸下来的货物赶快给查理送去吧。"

英国职员说："是要赶快送去。查理先生让送到码头对面的美丰厚货栈。那里正在举行货栈启用仪式，还等着用这批货展示他们的机械设备呢。"

吕又宾带着满载货物的几辆马车正往怡和道走，刘四带着十几个彪形大汉把车拦住。

吕又宾问：“这是往美丰厚送的货，你们凭什么拦路？”

刘四说：“我告诉你，打今儿个起，凡是这个码头上卸的货，都得先往刘庄谈七爷那儿送。七爷的货场满了，才轮得上你们。把车往刘庄赶！听见没有！”

混混儿的心态就是越显眼的事，越得去搅和，搅和不成他不舒服。碰了钉子，变着法儿还去碰。刘四就是这种人。听说有位王爷要去看美丰厚货栈，他就跟谈七夸下海口，找了几个亡命徒到码头搅和来了。

吕又宾不认识刘四，听他这么说，火气腾地冒了上来：“这是英租界的怡和码头，谁不知道海大道美丰厚货栈今天开业，敢在这儿截货，瞎了你的狗眼！”

刘四打量着吕又宾：“你是什么人？”

又宾说：“我是美丰厚二掌柜。今天是美丰厚的好日子，你别找倒霉！”

刘四说：“哼，明告诉你吧，刘庄谈七爷就看上这个好日子啦。你小子别不含糊。上！给他点儿颜色看！”那几个壮汉过来就要动手。

吕又宾唰地一声抽出腰里缠着的链子鞭：“别动手，你先道个蔓儿！”

刘四说：“我告诉你，我叫刘四。哥们儿，咱也亮家伙！”

又宾见他就是刘四，心想打伤吴先生、雇人放火、诬告美丰厚都是你这个无赖干的，瞪着眼抡起链子鞭就要打。

“你打呀！”刘四指着自己的脑袋：“有种你往爷这儿打。”

美丰厚的伙计看着打起来了，赶紧跑回去给柜上送信。

英国职员跑过来，朝着刘四大声喊：“你们是什么人？这里是英租界，不许你们在这儿妨碍交通！”

刘四斜着眼看了看：“英租界怎么了？我们谈七爷有大清国的皇封，你能把我们怎么样？这是我们两家生意上的事，您管不着！”

英国职员也不示弱：“什么生意上的事，你们堵住路口，不让别人过去，这是生意上的事吗？”

刘四梗着脖子就是不听。

这时又宾向前跨了一步，举起链子鞭搂头就打。刘四这些混混都是嘴把式，见四爷真要拼命，吓得转身就跑。又宾见这些怂蛋跑了，招呼车把式把大车赶进怡和道。刚穿过中街，忽然见这些混混横躺竖卧，把怡和道堵住了！

那桐跟着查理走到东西两个货场中间。见这里是几排造型别致的平房。就问："这是什么地方？"

查理说："这边是经理室。里边有经理的办公室、卧室、会客室、厨房、小餐厅和卫生间。"

那桐笑着说："谈大人，这位成掌柜的公事房，比你的道台衙门也不差吧。"

谈道台忙说："那是，人家是洋派儿的嘛。"

查理接着介绍："那边是厨房和员工食堂。"

正说着，刘寿兰从厨房出来大声喊："那尚书，中午在这儿吃吧。这儿有西餐厨子，我再给您来个小鸡儿炖蘑菇，咱西餐中吃。"

那桐见这人穿着绸子衣裳，腰里系着围裙。看着挺纳闷儿。对他大声说："好啊，我听你的。这些客人呢？"

刘寿兰说："有从聚庆成请来的厨子伺候他们。"

那桐说："聚庆成可是你们天津卫'八大成'之首，大菜馆子。我两边儿都想吃。"

刘寿兰说："那咱就来个老虎坐席，通吃。"

那桐和跟着的人们都哈哈大笑。

刘寿兰也站在那儿咧着嘴笑了

那桐问："怎么听你是关外口音？"

刘寿兰说："我是奉天人，我三弟成子和是天津人，四弟吕又宾是山东人。"

那桐说："嗬，你们这是桃园三结义呀！"

跟着的人们又都笑了起来。

谈道台凑到那桐跟前说："这位叫刘寿兰，是咱们旗人。"

这时，报信儿的伙计喘着粗气跑过来小声说："三爷，刘庄的人堵在前边路上，不让咱的车过来。四爷都要跟他们拼命啦！"

成子和看着一旁的谈道台："谈大人，您看怎么办？"

谈道台沉下脸来,吩咐跟着的衙役:“去几个人,把他们轰走!”

刘四和几个大汉,横七竖八地躺在怡和道上,死活不让大车过去。吕又宾急得没办法了。

刘四躺在那儿得意地说:“哥儿几个,沉住气。咱就在这儿躺着,谁轰也别起来。美丰厚的车憋在这儿,他们就得出丑。”

有个人说:“四爷,美丰厚成掌柜挺仁义,咱点到为止吧。”

刘四刚要说话,几个英租界巡捕房的印度巡警跑过来大声呵斥:“你们这些流氓! 赶快起来,走!”

刚才说话的那个人一见印度巡警来了,坐起来就喊:“巡捕房来人啦! 逮着就枪毙,跑吧!”

大汉们爬起来一哄而散,就剩刘四一个人躺在那儿。

海关道的两个衙役跑过来,看见横躺在马路上的刘四,抡起鞭子就打:“滚开!”

刘四坐起来看着这两个衙役,大声喊叫:“你们打嘛,我是谈七爷的人!”

衙役拿眼瞪着他,扬起鞭子喊:“是谈道台让撵的! 滚!”

刘四赶快爬起来跑了。

那桐在厨房那儿跟刘寿兰说了几句话,查理陪着他走进西货场。这时吕又宾带着几辆大车正从西门进来。

成子和赶紧过去说:“大人,您看这边是地磅。货车进来,先在这儿连人带车一块儿过磅。卸完货再回来,把押车的和空车过一遍,刨去人车的重量,货有多重的就清楚了。”

那桐点点头:“这就省事多了。”

货车赶到装着轨道的龙门吊前,查理介绍:“这是英国制造的龙门吊。成箱的货用吊链吊起来,放到平板车上,再往库房里拉。库房里还有电瓶叉车,起货、摆货都很方便。”

轰隆轰隆,货场里的机器设备都动起来,整车的货物都是按流程走,场面非常壮观。

那桐高兴地说:“码头上跟洋人做买卖,没这些东西是不行的。”

查理说:“现在只能用电瓶,成本比较高。以后能用电厂发的电,就更好了。”

子和说:“前边还有打包房,外地的散货、棉花、羊毛、生药材,都能在这儿打包。再用中文、英文刷上品名、规格、数量。我们还设了个服务部,替客户填单子,办报关、商检各种手续,代办短途运输。客户出口货物,就更方便了。”

那桐感慨地说:“让他们挣大钱,你也挣钱,这于国于民都是大好事。咱大清国就缺你这样的人才。你懂英文吗?”

子和说:“生意上常用的能说几句。”

那桐问:“你们的客户多吗?”

子和说:“本地、外地和国外经营进出口的,都有一些。”

那桐见来宾里有几个金发碧眼的外国人,就问:“那几位都是你的客户?”

子和说:“都是老客户,也是我的老朋友。”

那桐很惊讶:“哦?你给我介绍介绍。”

子和说:“这位是俄国朋友伊万先生。”

伊万过来点头示意:“那大人好。成子和先生是我在锦州认识的朋友。他办事诚实认真,很有办法。”

子和说:“这位是德国的毕尔福先生。”

毕尔福说:“那大人好。我是代表我岳父兴隆洋行经理吉勃里先生来的。义和团闹事那年,成先生救过我们,是我们的恩人。我们也非常愿意和美丰厚做生意。”

那桐点头说:“这关系就深了。”

子和说:“这位是日本商人山口先生。”

山口给那桐鞠了一躬:“参见那大人。我在锦州做生意。认识成子和先生多年了,他很年轻的时候就是诚实精明的商人。这次我就是从锦州送货来的。”

“成掌柜,你的信誉不错,交往也不少。”那桐笑着说:“海关道,我看你们这个美丰厚货栈,往后能把全天津的进出口生意带起来。”

谈道台说:“那是,那是。大人说的是。成子和干得不错。”

成子和赶紧低头说:“草民不敢当。这都是朋友们帮助、海关道台衙门扶持才办成的,我们也就是出了点儿力气。”

那桐说："我看天津这块地方是越来越兴旺了。往后我隐退下来，就搬到天津来住，也沾沾你们的光。"

谈道台说："那大人，您要能来天津，那可是我们这一方的福气。百姓都得沾您的光啊。"

人们哄笑着跟着那桐，七嘴八舌地恭维这位朝廷重臣。

谈道台把谈七拽到一边小声说："老七，你光听人撺掇，老跟人家斗。这些年你斗出什么来啦？看你今天干的蠢事，差点儿当着那大人的面儿，把我搁这儿！"

谈七嘟囔着说："那不是我干的。我真没想到成子和不光手眼通天，还弄出这么多名堂！"

参观完毕，酒足饭饱的那桐和客人们都走了。

当天晚上，子和弟兄三人和吴先生，兴高采烈地在经理室的小餐厅请查理吃饭。刘寿兰喝得酒酣耳热，跟查理说："这回我们美丰厚的牌子，在天津卫就算戳起来啦。"

查理说："我看这位那大人，在你们大清国可能是最开明的官儿了。"

刘寿兰说："这个姓那的不就是出国长的见识嘛！人要是出过国，见过世面，看事、办事就活泛。哎？要说也不是，你看我们老三，办的这些事都挺漂亮。美丰厚要没他，办不成这个样儿。他也没出过国呀？"

查理说："子和有文化，有修养，有魄力。"

喝得满脸通红的刘寿兰说："我们老三叫成祥，子和是他的字。他是个苦孩子，没上过学。能把美丰厚办成现在这个样儿，真不易呀。"

子和听到这些话，想起自己苦涩的人生，止不住眼里的泪水，慢慢流了下来。

那天晚上，刘寿兰、成子和、吴先生、吕又宾和查理都喝得有点儿高。

吴先生说："总理事务衙门那大人、天津海关道谈道台跟这么多码头上的同行都来捧场，美丰厚在天津码头，可算拔了头筹。"

刘寿兰兴奋地说："美丰厚成了今天这个样儿，查理可是立了大功。你可是我们的开国元勋啊。就像咱大清国的铁帽子王一样，朝廷什么时候都忘不了你。"

吕又宾说:“把货栈办成这样儿,我想都没想过。”

子和跟查理说:“你给我们规划设计了全套的图纸,进口了全部机械设备,前前后后在工地上忙了四年,我一直想回报你。新货栈建成,你大展才华的机会也该来了。”

查理瞪大眼睛听着他的话。

子和说:“你在美丰厚西门外达文波道上,办个查理建筑设计公司。你设计图纸,在我这里找个可靠的工人去当领班,找些工人承担建筑施工。这里用过的工具、模板、脚手架都能派上用场,用不了多久,你的设计和这个建筑公司就能火起来。”

刘寿兰拍着大腿说:“这个主意真好。这就叫人尽其才,物尽其用。光英租界有多少地方要盖房啊。办公司的资金我们出,开头注册公司、搭架子的事我给你办。”

子和说:“公司是你自己的产业,办成之后由你经营。这是我们送给你的礼物,也是对你的报答。”

查理听到这里,感动得几乎掉下泪来,诚恳地说:“真是太感谢你们了。子和,你办事情总是想得很长远,我的事业就从这里开始。如果办起这个公司,我用的建筑材料都由美丰厚采购。我信得过你们,也给你们再增加点儿业务。”

吴先生说:“建筑材料是专门的行业。要这么干,美丰厚跨行业经营起来,真是如虎添翼。”

刘寿兰举起酒杯,开怀大笑:“哈哈,这又成了互利互惠的事了。来,为查理的建筑公司,为咱们未来的合作,干杯!”

第二十二章

紧挨着美丰厚货栈西门的查理建筑设计公司开业了。公司大门上方装饰着漂亮的浮雕。门楣上用英文刻着“查理建筑设计公司”的字样。在租界居住的英国绅士、英国领事馆的官员和天津各界名流,都来祝贺。

英国驻天津总领事亲自来为儿子的公司剪彩。看到公司门前聚集着这么多头面人物,非常高兴。

查理对父亲说:“这都是我的好朋友成子和先生的创意。”

这位英国老领事握着子和的手用英语说:“谢谢成经理和美丰厚货栈各位先生,你们为查理施展才华提供了机会,我非常感激。”

刘寿兰听了翻译,高兴地冲着老领事喊:“这没什么,查理帮了我们,我们帮了他,好朋友嘛,这是应该的。”

总领事对子和说:“我们以前见过面。那时你还是刚到天津的年轻人,中国拳打得很好。后来常常听到查理谈起你。你的聪明才智很了不起。”

子和用英语对老领事说:“谢谢总领事先生。查理给我们带来很多先进的理念。他非常优秀,既有智慧,又能实干。我很佩服。”

总领事说:“谢谢你对他的夸奖。”

人们惊讶地看着成子和用英语和总领事交谈,非常羡慕。

几年之后,天津英租界出现了多处查理建筑设计公司承建的新式建筑。连那桐在天津的别墅,也是查理设计的。

刘寿兰非常感慨:“子和,你看这些年英租界这几条大道上,漂亮的建筑,差不多都是查理设计施工的,这个人真了不起。”

子和说:“听说英国女皇因为他对天津租界建设的贡献,还要授给他爵位呢。”

新型的美丰厚货栈建成后,所有员工都非常兴奋。一天子和跟彩芹说:“人生一世,干成像美丰厚货栈这样的大事,也就知足了。”

彩芹说:“你这就知足了?我还有一件让你知足的事呢。”

子和瞪着眼问:“还有什么事?”

彩芹搂着他的脖子悄悄说:“我怀孕了。”

子和高兴地站起来:“你怀孕了? 几个月了?”

“有三个多月了。头两个月我那个没来,大嫂带我去找大夫。人家摸了半天脉,说是喜脉。”彩芹笑咪咪地说:“大嫂乐得当天就要告诉你。我没让她说,就想自己当面告诉你。”

子和高兴地抱着媳妇亲了又亲:“这可是天大的好事呀! 那年你闹病,妈就说保住你的性命就阿弥陀佛了。没想到你还真的怀上了! 这是老天爷眷顾我们成家。过几天咱买个大蜜供,去娘娘宫烧香还愿。”

彩芹问:“你怎么知道我是在娘娘宫许的愿?”

子和说:“我猜的。那天你跟吴嫂去娘娘宫,我就想你准是许愿去了。”

彩芹偎依在丈夫怀里,指着他的脑门儿说:“就你灵!”

夫妻俩正卿卿我我地缠绵在一起,突然“噹! 噹! 噹!”一阵锣响,有人大声喊:“货场起火了!”

子和大吃一惊! 抓起衣裳跳下炕,穿上鞋就往外跑。后院去货场有个小门。他摸着黑跑出去,纵身跳上货垛,就见西南角的的垛位上,火苗呼呼地往上蹿!

他从垛上三跳两跳赶过去,见救火的人们有的泼水,有的举着铁锨不住地扑打。

吕又宾抡着一把大铁锹,边打边喊:“看准火苗子! 看准了! 打一下灭一个! 消防班来了吗?”

有人喊:“来了,正压水呢!”

吴先生喊:“对准起火的地方喷!”

子和从垛位上纵身跃上了南墙。外边是一片工地,有个黑影在他眼前一闪就不见了。下边的人看见墙上有人,大声喊:“墙上有人! 准是放火的! 抓住他!”

子和在上边说:“是我。”说着纵身跳到货垛上。

救火的人们没想到三爷有这么大本事,一个个张开的嘴都合不上了。

这时消防班的水箱灭火机,已经把那两排垛上的火扑灭。黑影里吴先生说:“守夜的点两盏马灯! 就着亮赶紧把着火的那几垛扒开,里边别留下火星子！”

子和从垛位上跳下来，双手抱拳说：“谢谢各位！来得快、灭得快。这股火让它着开就麻烦了！”

有的人说：“谁的夜班儿？大伙儿要不出来得快，这火就着起来了！”

三爷说：“这回当班的有功，要不是他敲锣报警，咱损失就大了。”

那天夜里当班的工友，本来吓得不敢出声。三爷一发话，都感动得掉了泪。

人们正七手八脚把那两个垛扒开。山货庄伙计慌慌张张跑来说：“三爷，快回去吧，三奶奶出事了！”

子和一听就愣了。吴先生说：“你快回去吧！”

三爷跟着伙计沿着一排排垛位，摸着黑往回跑。快到通往山货庄后院的小门，伙计说：“三爷！小心点儿，地下有血！”

子和低头借着微弱的光线一看，前边地下果然有一摊鲜血！

他脑子里嗡地一声，难道这是彩芹的血？

回到屋里，见灯光下脸色苍白、气息奄奄的彩芹躺在炕上。从地下到炕上，到处是点点滴滴的血迹。

坐在炕沿上的吴嫂，两眼含着泪看着子和，摇着头小声说：“小产了！货场出了事，她也急着想要去看看，黑咕隆咚一出小门摔了个跤。我出去，她在地下趴着。出血过多，晕过去了。”

子和这时脑子里一片空白，瞪眼看着她：“你说怎么办？”

吴嫂跳下炕：“叫车，去马大夫医院！”

子和赶紧叫醒伙计：“去仁和店叫辆轿车！快去！”

轿车来了。吴嫂往车上铺了一条棉被，跟子和把昏迷的彩芹架上车，就去了马大夫医院。连夜办完入院手续，吴嫂跟着进了病房。子和抱着换下来的衣裳，坐上轿车悻悻地回到美丰厚。

吴先生和吕又宾处理完货场的事，天也亮了。他俩看见地上的血迹，心想这事不小。走进小院见点点滴滴的血迹通向子和的屋里，才发现坏了，是彩芹出事了。

两个人往屋里看了看，子和还在睡着。去前边问伙计，才知道三爷和吴嫂半夜把彩芹送马大夫医院了。

吴先生说:"四爷,你两头都照应着点儿,我去医院看看。"

又宾点点头:"你去吧。"

吴先生赶到医院,彩芹已经醒过来了。

吴嫂说:"夜里挺吓人的,连三爷都慌神儿了。进来大夫就给打了强心针。说她身子太虚。孩子掉了,血亏了,眼下没什么事,回去得好好补身子。"

吴先生问:"眼下没事了?"

吴嫂说:"女人怀孕掉了孩子,坐几天小月子也就得了。大夫说,明天就能出院。"

吴先生回到货栈就去看三爷。

子和坐起来:"货场的事弄完了?"

吴先生说:"我跟四爷让他们把前后两垛都扒开了。烧了的按品名、数量作了记录,业务室查出货主,按照进场的估价赔偿。湿了的,都摊开晾上了。"

子和说:"赔偿货款宁多点儿,别少了。一定让人家满意。"

吴先生点了点头。

子和压低声音:"是有人往里扔的火种。我在墙上看见墙外有个人,一见我就跑了。也许还是那个老冤家。咱先别说。"

吴先生点了点头:"我去医院看了看,彩芹没大事。孩子掉了,出血多、身子虚,回来得好好养。医院让明天出院。"

"明天就出院?"子和想了想:"还得找个人伺候她。"

吴先生说:"我内人就行。"

"食堂离不开她。"子和说:"我去河东把师母或师姐请来帮几天忙吧。"

"今天就去?"吴先生问。

"现在就去。"子和说:"她家有孩子,提前告诉也好有个准备。货栈的事你让又宾盯住了。"

吴先生说:"我跟他说了,吃点儿东西雇个车去吧。"

"路上买点儿吃吧。"

"坐摆渡过河就到了。"子和说着就走了。

子和在摆渡口吃了个芝麻烧饼。苗说她就爱吃天津的麻酱芝麻烧饼,又买了十几个带上。来到七宝住的院子,苗正在院里洗衣服。

子和说:“苗姐,你可真忙啊,大早晨起来就洗衣裳。”

苗见子和来了,坐在那儿没动:“你怎么来了?”

子和把一包烧饼递给她:“芝麻烧饼,还热着呢。”

苗在围裙上擦了擦手,接过去打开纸包拿了一个,咬了一口说:“就是好吃。”

子和问:“七宝呢?”

苗说:“别林家有辆马车,我们搬来他就把车把式辞了。七宝白天拉着老爷去办事,晚上拉着少爷去跳舞。成天不识闲。”

子和问:“师母呢?”

苗说:“到河边儿去啦。奶奶就爱带着孩子到海河边儿,看着大船又唱又闹。可开心了。”

子和低着头:“我妈就不会开心,彩芹也是。”

苗看他脸色不对,问他:“你有事?”

子和说:“彩芹出事了。”

苗问:“怎么回事?”

子和说:“夜里摔了一跤,出了好些血。”

苗问:“怎么还出血?”

子和说:“孩子掉了!”

苗急得站起来:“这么大的事你还吞吞吐吐的!现在呢?”

子和说:“住马大夫医院了。人家说没大事,就是得好好养着。明天就出院。”

苗问他:“你是想让我妈,或是我去照顾她,对不对?”

子和还没说,七宝赶着车回来了。一进院子就喊:“子和,你来了!等我把车卸了。”

说着把车顺到墙边,马卸下来拉进马棚饮上。走过来问:“你怎么今天有空?”

子和没说话,苗说:“彩芹小产了,他想让我去照顾几天。”

七宝说:“那就赶紧去吧!”

子和说:“不着急,她明天才出院。”

七宝叹了口气,坐下说:“你也有烦心的事。”

子和问："你过得不顺心？"

七宝说："别林一家来天津，生意做不成，开销还蛮大。两口子常闹别扭。太太话里话外嫌养活我们一家不上算，想给我一笔钱，让我回寿阳收山货，继续给他家做生意。"

子和说："回寿阳做生意是条路。咱不要他的钱，我拿三百两银子，你回去把夏家店接过来，还做咱的山货生意。"

苗说："对呀，咱收回夏家店，连开店再干个夏记山货庄，从寿阳往天津发货，不跟从锦州收山货一样吗！省得跟俄国人糗在一块儿。他们倒霉，咱也倒霉。"

七宝看着她说："我这不正要跟子和说嘛。"

苗说："听说最近他们俄国老家闹得厉害。别林老爷想回去看看，伊万跟他妈死活不让去。他们往后该怎么办还不一定呢，咱干嘛跟他一棵树上吊死？外国人靠不住，就该跟子和一块儿干。你俩说好咱就走。"

七宝说："这几天你还得照顾一下彩芹。"

苗说："坐小月子，几天就能缓过来。我明天去，你在家跟妈把东西收拾好。我回来咱说走就走。"

子和问："孩子还吃奶，你行吗？"

苗说："他什么都能吃了。奶奶哄着他，喝几天奶粉也行。"

师母抱着孩子回来了。

小玉生看见子和就喊："三叔！三叔！"

许氏笑着说："成祥，你看孩子就稀罕你。"

苗说："人家叫子和了，成子和。"

许氏说："我记不住，我就知道他小名叫成祥。"

苗说："成祥才是大名呢。子和是他的字。要按说书先生说，就是姓成名祥字子和。"

几个人都笑了。

许氏问："你还没吃饭吧？"

子和说："我正想吃您擀的面呢。"

许氏笑着说："这就叫来得早不如来得巧。我和好的一块面，正醒着呢。"

第二天子和一早就带着轿车去接彩芹。他刚走七宝就把苗送来了。他俩在货场找到吕又宾，又宾是第一次见苗，张嘴就说："七哥、七嫂，我还没吃你俩的喜酒呢。"

苗说："你是锦州来的老四吧。我早就听说有个你。我跟你七哥、三哥都是苦孩子出身，你也是。往后别叫我嫂子，叫苗姐吧。我把你当兄弟，这多好。"

几句话把吕又宾说得心里热乎乎地："好，我三哥叫你苗姐，我也叫你苗姐。"

夏七宝说："行，领你苗姐去你三哥那儿吧。我回去了，还得给人家出车呢。"

七宝走了。又宾带着苗去子和住的地方。

苗看着货场："这才几年，你们把买卖做的这么大。"

又宾说："这都是我三哥的。"

走进子和住的房间，苗说："这屋里除了一铺炕，里里外外什么也没有，哪像个住家户啊！你们就让他住这儿？"

又宾问："苗姐，你说该怎么弄？"

苗说："外间这铺炕扒了。在墙角盘个做饭的锅灶，把里间那铺炕挪到向阳的窗户下边，冬天做饭能把里间的炕烧热。"

又宾点点头。

苗说："里屋炕上添个被阁子，添个炕桌。屋里添个立柜、柜橱、梳妆台。外屋摆个八仙桌跟椅子、凳子。放个碗柜、案板、摆油盐酱醋的架子，再添个水缸。一句话，得像过日子的样子。"

又宾说："这都好办。我今天就给他置办去。"

苗出去看了看吴先生家，见这四间屋子都是迎面一个炕，别的什么也没有。她问："这是谁住的？"

又宾说："货栈的吴先生。"

苗说："置办东西，把这一家也带上。别让人家说闲话。"

又宾说："买两套不就行了嘛。"

正说着，子和、吴嫂扶着彩芹回来了。

彩芹见了苗，叫了声："苗姐！"当时就流了泪。

苗说："别哭，你这不是好好的嘛。"

子和说:“吴嫂,这就是苗姐。”

苗说:“吴嫂,我妹妹给您添麻烦了。”

吴嫂说:“我听他三叔说了,您要来几天。彩芹就像我亲妹妹,照顾她也是应该的。你们说话吧,我去食堂看看。”

又宾说:“我跟您一块儿走吧。”

说着两个人都走了。

苗说:“这小伙子不错。我把你们两家该添的东西都跟他说了,你们就晴好吧。”

彩芹也没问添什么,眼含着泪问:“苗姐,我的事你都知道了吧?”

苗说:“你的什么事?不就是怀的孩子掉了吗!这是常有的事。我听说还替你高兴呢。你能怀上孩子,这是多大的喜事!有的女人一辈子也怀不上。你黑灯瞎火地往外跑,摔了个跤孩子掉了。我看你们货场了,那么硬的洋灰地,就是铁打的也得摔掉了!”

彩芹被她说愣了,瞪着两眼看着她。

苗还要说,几个泥瓦匠提着工具进来了。有个师傅问:“是拆这屋的炕吗?”

苗说:“是。拆炕、垒锅灶,挪里屋的炕。对吧?”

那位师傅说:“对,您把屋里的东西挪挪吧。”

子和这时才明白,这都是苗安排的。赶紧去前边叫伙计来帮着挪东西。

“彩芹,我不光照顾你,还得帮你把家收拾的像个家。”苗指着隔壁:“你上那屋待会儿去。”

伙计把屋里的东西挪开,就去食堂叫吴嫂。

吴嫂回来,就知道是怎么回事了。跟苗说:“我在这儿住了好几年,也没想到这么改一改。这一改确实像个家了。”

几个工匠一天时间就把这两家的活儿干完了。下午吕又宾拉来一大车家具,按苗的支派分别摆放到两家屋里。彩芹和吴嫂把自己的被褥衣物安放好,这两家顿时都变了样。

苗说:“缺什么小物件,你们自己添置齐全,住在这儿多舒坦哪。我这两年住了两个地方,到哪儿都想把家安顿好,就是没条件。过几天全家再往寿阳搬,一定先把住处收拾好。”

彩芹问:“您全家要去寿阳?”

苗说:“七宝光靠赶车养不了一家人,子和资助我们回寿阳开店去。”

彩芹听说她们要走,不免有些留恋。心想苗姐真能干,她要帮着子和做生意,那就太好了。

当天苗给彩芹做了一天饭,帮着把那两间住房收拾利索,晚上不光有点儿累,一天没喂孩子,奶胀得难受。她跟彩芹说:“给我找个吃奶的孩子,把我的奶吃几口。”

彩芹说:“货栈都是大老爷们儿,哪有吃奶的孩子呀!”

苗说:“我胀得难受,你给我嘬几下。”

彩芹拿嘴试了试,嘬不出多少,还觉得不是味儿。想了想说:“叫子和回来试试吧。”

第二十三章

子和在前边柜房休息，听见彩芹喊他，赶紧回来问：“有事？”彩芹说：“苗姐的奶胀得难受，你给她嘬两口。”子和当时脸就红了。还没说话苗就催他：“快来吧，都胀死我了。”

毕竟是从小一起长大的，苗露出两个雪白的乳房，子和红着脸弯腰就去给她嘬。苗嫌不舒服：“去外屋坐凳子上嘬吧。”

他俩去了外屋，彩芹在里屋听苗大声说：“你用手把着点儿。”想起他俩干的事，自己脸都红了。心想，她俩从小就是青梅竹马，两小无猜，才是天生的一对。

苗照顾了彩芹三天，七宝就来了。他告诉子和：“今天我跟别林老爷说了想回寿阳做山货生意的事。别林老爷说他眼下花销大，拿不出现钱。我说朋友借给我三百两银子，别林老爷当时就翻了脸，让我带上家眷马上就走。”

苗听到这话，气得她说：“走就走！你跟妈把东西收拾好了吗？”

七宝说：“收拾好了。我收拾完才跟他说的。”

苗说：“我回去咱就走。”

七宝说：“妈也挺生气，说这人一点情面也不讲，抱着孩子就要走。”

“我师母是要强的人。”子和说着看了看苗：“你们一家在我这儿住几天。”

“要走就走，一天也不住！”苗赌气地说。

子和说：“我叫辆车去接师母。”

七宝说：“我妈抱着孩子、带着东西在门外车上坐着呢。”

“那就赶紧走吧，别让老人家着急。”子和说着掏出一张银票递给苗：“这是大德通票号三百两的银票，在寿阳就能兑现。我让伙计去给你们买火车票。”

1907年正太铁路就通了车。夏家老店就在寿阳火车站附近。七宝一家抱着孩子、背着包袱下了车，走出站台就看见夏家店的烟囱了。

七宝高兴地说：“终于回到家了。”

许氏说："水流千遭归大海。回到咱山西，我就再也不想出去了。"

走进夏家店，老张掌柜颤颤巍巍迎出来说："七少爷，您一家可回来了。这是小少爷吧，谢天谢地，老天有眼，夏家有后了。"说着竟激动地流了泪。

七宝说："我们就先住客房吧。"

张掌柜说："有地方，有地方。我把当年老掌柜的住处腾出来，收拾干净了。您一家住正好。"

七宝知道，那是客房后身一个僻静的小院子。三间一明两暗的北房，靠墙有间仓房。对面是厨房、炭房，墙角有个茅房。院子里方砖墁地，葡萄架、石榴树、花坛应有尽有。这是当年爷爷自己的住处，谁也不敢进去。

张掌柜把七宝一家带进小院，苗把许氏安排在正房西屋，她俩带着孩子住东屋。带的东西不多，放下就妥了。她见两个屋里被褥都是新的，堂屋桌子上茶壶、茶碗也是新的，觉得有些蹊跷。在堂屋问这位老掌柜："这没人住的屋里，怎么都是新被褥？"

张掌柜说："火车一开通，来住的客人多了。挣了点儿钱，就置办了点儿东西。"

苗说："您请坐。您知道我们要来？"

"是四爷告诉的。"张掌柜坐下说："那年他就说，七爷寻了个好媳妇，跟一位姓成的年轻人做生意去了。干得好就得回来整顿夏家的产业，干不好也得回自己的老家。"

七宝问："我四哥在店里待过？"

"四爷就是在这儿走的。"张掌柜擦了擦眼泪说："那年他拿着成掌柜给他的银子，办了些山货送到天津，成掌柜给他结了一百多两银子。回来就给卖给他山货的人家都分了点儿。"

七宝说："我四哥就这样，只要给他点儿好处，他总惦着。"

苗说："人家卖给他山货，他付了钱。怎么把卖了的钱，还分给人家？"

"他没做过买卖嘛！"张掌柜说："村里有的人眼窝浅，见夏四宝给卖山货的人家分钱，就来找他要。四宝脸皮薄，不愿意驳他们，谁来要就给点儿。这一来不要紧，不光夏家寨家家找他要，外村的远亲旧邻也来找他要。"

许氏在屋里说："这就叫善门难开！"

苗说："这哪是善门，这是糊涂门！"

“没几天四宝就把这一百多两银子散光了，可有的人还来要。没钱给他们，那些人就骂他没良心，指着鼻子说他的良心让狗吃了！”张掌柜叹了口气：“四宝没地方说理去，就到店里找我说。他说，成掌柜让我再收些山货送过去，我拿什么收呀！”

七宝气愤地说：“他就是个不明事理败家的货！”

“那天他喝了不少酒，嘴里不住地说他对不起成掌柜，对不起你们夫妻，对不起韩家婶子。”老掌柜哽咽着：“我陪着他到仓房给老掌柜的牌位点了几支香，磕了几个头。他就……”

说到这里，老掌柜已经泪流满面，泣不成声了。

苗瞪着眼：“他就一头栽在哪儿了？”

张掌柜点了点头。

苗问：“他的后事都是您办的？”

张掌柜说：“我把他埋到夏家寨后山，就等着你们来了，好有个交代。我把夏家店支撑到现在，也算仁至义尽了。实物、账目都清楚，雇的厨房大师傅、店房伙计都在这儿，明天你们就接手吧。”

苗问：“张掌柜，您家里有事？”

张掌柜苦笑着说：“我老伴没了，儿子、儿媳在外地，闺女嫁出去了。家里就我一个人，能有什么事。”

苗说：“那您就别走了。这个店是您一手扶持起来的，里里外外都熟悉，您就接着管吧。我跟七宝打算在这儿办个山货庄，您看行吗？”

张掌柜想了想说：“按说咱寿阳这片山区，出产的山货是不少。东边的平定、盂县，北边的忻州、定襄，也都能收不少山货。火车一通，买卖就更好做了。就是……”

苗说：“您是想说我四哥没打好底子吧？”

“就是。”张掌柜说：“做买卖凭的是信誉，他把事情办砸了，弄的山里人都不知道山货生意是怎么回事，以为这是个聚宝盆，走一回货全村都分钱。这种买卖谁还能干成？”

苗说：“咱往远处去收还不行吗！”

张掌柜笑了笑，没说话。

七宝问：“张掌柜，你刚才说，仓房里有我爷爷的牌位？”

张掌柜点头:“有,是四爷摆上的。那年他听人说老掌柜在后山庙里故去,就去了一趟,回来说老掌柜跟姑奶奶都是在庙里坐化的。去世后也是按佛家的规矩火化的,连骨灰也没留。他让我在仓房腾出地方,摆上桌子,把两个牌位供奉在那儿。”

苗问:“姑奶奶也在寿阳?”

张掌柜说:“那几年姑奶奶常回来。老人家总是夜间高来高去,回来就住在这儿。老掌柜让我给打水、送吃的,别人都不知道。”

七宝说:“我得去拜一拜、磕个头。”

苗说:“我也去拜一拜。爷爷是子和的师父,姑奶奶是子和的大恩人。”

张掌柜带着七宝和苗来到仓房门前,打开门里边黑黢黢,还有股潮气。借着门外的亮光,见靠墙有个兵器架,上边插着刀枪剑戟,地下散乱放着些石锁、石墩子,石担子。墙角有个小桌,上边摆着两大一小三个牌位。

苗走过去盯着牌位仔细看,一个写着“先祖父夏尚义之灵位”,一个写着“先姑奶夏尚娴之灵位”。另一个小牌位上写着“成子和先生万福”。她伸手把成子和的牌位扳倒:“别这么供他,折他的寿。塞灶火里烧了吧!”

张掌柜不知道这位七奶奶跟这位成子和是什么关系。看她生气了,也没敢说什么。

苗和七宝给这两位祖辈先人上了香、磕了头,走出仓房说:“祖先牌位都放在长门。我们韩家祖先牌位就在大伯家。”她问张掌柜:“夏家的长门是哪一家?”

张掌柜说:“夏家的人大部分都在夏家寨,别的村也有。长门是哪一家,我真不知道。”

苗说:“我看无论是哪一家,也轮不到我四哥跟七宝头上。立这两个牌位,是夏四宝对两位长辈的尊敬,他不在了,这两个排位也该撤了,留着它往后谁也说不清楚。”她看了看七宝:“你说呢?”

七宝点了点头,没说话。

张掌柜看了看七宝:“我拿到灶上烧了它吧。”

苗说:“不用,待会儿我做饭就把它烧了。”

张掌柜说:“对了,我让伙计给您送点儿米面调料来。”

七宝说:“我出去买吧。车站那儿就有卖的。这儿离县城也不远。”

苗说:“店里事多,七宝也熟,让他买去吧。”

张掌柜没再说什么。

苗胆大心细,敢作敢当,像个豪爽的汉子。嫁给老实厚道的七宝,遇事能给他掰扯清楚,七宝对她言听计从,她也就当了七宝的家。这时她问张掌柜:“我四哥收山货的大车跟牲口,是谁的?都在哪儿?”

张掌柜说:“咱店里有一辆大车、一辆轿车,喂着三头牲口。四爷置过两辆大车、两头牲口,都在夏家寨的人手里。夏家寨村口小酒馆有一辆大车。四爷走了,我就没过问这件事。要也没人给我。”

苗说:“要干山货庄,这都是少不了的。让七宝找他们吧。我想把后院收拾一下,整几间存货的库房,再弄个晾晒山货的地方。您看前院店堂、客房有什么要收拾的,您做个预算,费用由我出。”

张掌柜点头说:“有些地方是该维修了。我合计一下再跟您说。”刚要往外走,忽然停住脚步说:“有件东西还得交给您。”

说着他返回仓房,在供桌上的缝隙里抻出个纸包递给苗:“这是四爷临终交给我的。让你们好好保管,世世代代传下去。”

苗打开纸包,见是一张裱过的纸条。写的是什么,她也看不明白。

张掌柜说:“这是光绪皇上封四爷当官儿的手谕。”

苗说:“四爷把这么珍贵的东西托付您,是没把您当外人。往后我们也要靠您扶持,把您当自己的老人对待。您放心,我说到做到。”

没过多久,夏家店里外收拾得焕然一新,大门外挂出两块牌子,一个是“夏家老店”,一个是“夏记山货庄”。

苗伺候了彩芹三天,说了两天知心话,让彩芹如梦方醒。苗几句话就让她明白了怀孕是自己一件喜事,掉了孩子是自己不小心,马大夫医院没检查出病来,证明自己身体好,也是值得高兴的事,心情顿时就好起来。

苗告诉她,汾阳、天津两次出事,子和都急得不得了。这说明他在乎你,疼你、爱你。自己也得让他看出你是疼他、爱他。你妈让你一心一意把他照顾好,这是千真万确的,你就得这么办。

苗还说,女人气血两亏,得自己好好保养。除了心情要好,按顿吃饭,还得吃点儿补品。身子见好,也别急着怀孕。只要经期准,就能控制怀孕的时间。还教给她控制孕期的办法。

彩芹和苗在老家就是无话不谈的好姐妹，也是和苗同一天出来的。可是苗现在知道的这么多，为什么自己没什么长进呢。想来想去还是自己跟外边接触得少。子和常说，处处留意皆学问，自己就没动过脑子。

苗走后她就像变了个人，每天都高高兴兴地照顾丈夫，一日三餐都让子和吃得可口。身上的衣裳勤洗勤换。晚上给丈夫温水烫脚。回来得晚，就预备好夜宵。小两口常说体己的话，子和感到自己和彩芹在一起的日子，从来没这么甜蜜。

彩芹二十九岁了，觉得自己该要个孩子了。她打听到小白楼达仁堂药铺有位坐堂的周大夫，医术高明。她让柜上的伙计把轿车叫来，自己就去小白楼找那位周大夫。

周大夫是位白发苍苍的老人，问了问她的病情，笑着说："听口音，您像是山西来的吧？"

彩芹说："我是山西汾阳人。"

老大夫笑着说："我是晋南临汾的，咱还是老乡啊！"

彩芹说："大伯，您跟我说说气血两亏，该吃什么补品？"

老大夫说："市面上补品很多，要用还得对症。我给你号脉开个方子，抓出药来再让柜上给你制成小蜜丸儿。多花几个钱，吃起来方便。"

彩芹说："这太好了，我得好好谢谢您。"

老大夫号完脉，开了药方，又加上"研制蜜丸"四个字。彩芹拿上方子到柜台算了药费，加上制作费一并付清，还给老大夫留下二两银子的脉礼。

走出达仁堂，彩芹让轿车在后边跟着，自己走进挨着的百货线店看了看，又到小营市场买了些肉、菜和时鲜水果，这才上轿车回了货栈。

子和下班回家，见桌子上放着水果，就问："谁来了？"

彩芹笑着说："没人来。我去小白楼转了转。"就把去达仁堂找大夫，逛百货店，到小营市场买东西，都告诉了丈夫。

子和高兴地说："你一个人敢出去，这可是好事。走出去就知道天津有多大，商店里的东西多么多了。"

彩芹对到家里来的人，都很客气。不管是掌柜、先生还是工人，她都笑脸相迎，以礼相待。人们都说，三爷那位太太，真是贤内助。

美丰厚货栈运营有了规模，人手不够的矛盾越来越突出。子和想起到广仁堂挑选孤儿的事，就和吴先生说："美丰厚货栈的长远发展，确实需要有一批咱自己培养的业务骨干。要从孤儿里挑选可培养的苗子，还得提出咱的条件。"

吴先生笑着说："看来需要什么条件你都想好了。你就说说吧。"

子和说："我想一要人品好，老实可靠，没坏毛病。二要身体好，体格健壮，没慢性病。三要脑子好，爱钻研，有悟性。四要长得好，五官端正，身体匀称，不难看。"

吴先生说："好，这四条我都赞成。培养德才兼备的骨干，选苗子就得严格。这件事您还得亲自出马。"

"明天咱俩一起去吧。"子和说，"要选就选十一二岁的。太小生活不能自理，不好管。太大心眼儿多了，有坏毛病了，也不好管。"

吴先生问："你想选几个？"

"选十来个吧。"子和想了想："选回来先让他们当杂工，干几个月熟悉了，老实聪明的就放到财务室、业务室跟着学。他们不懂的，您给讲一讲，我看有几年就能顶用了。"

子和跟吴先生带着二百两银子的捐赠，去西门外广仁堂接洽。那里的负责人当时就满口答应。他俩按照条件仔细挑选，带回十四个孩子，找了个老实厚道的员工照应他们。按照预定计划，一步一步地培养。

美丰厚货栈越干越红火，刘庄的谈七坐不住了。他跟刘四接连用了几个损招，都没撼动美丰厚的生意。那天夜里，刘四隔着墙往新建的货场扔火种，听说烧了他们两垛山货。可人家还照常开门做生意，不理这个茬儿，也没别的动静。

谈七左思右想，把他叔叔谈道台的那句话想起来了。打算按照美丰厚的路子，把自家的场院改造一下。他没脸去请教，找了两个刘庄附近的同行，去美丰厚面见成子和。

两个人来到美丰厚货栈，见了子和就说："成掌柜，我们谈七爷也打算按您的路子，弄个新式的货场。找那位英国人给设计，张嘴就是几百大洋。我们哪扛得起这个价儿啊。让我们俩来看看，就是想照猫画虎，您怎么弄的，我们回去就怎么弄。这个面子,您准得给吧。”

子和说:“这有什么。我找个人陪着二位,里里外外看哪儿都行。”说着叫来一位员工,带着他俩到处看了看。

这两个人回去说:“成三爷真给面子,前前后后都让我们看了。美丰厚前后一百多亩地,俩货场,连设计带施工,四年才弄成。扔进去两千多两银子,前后用了四百多人,现在的员工都是从建筑工、搬运工里挑出来的。咱哪家也干不了。”

谈七一听就泄了气。

1911年10月10日(清宣统三年),武昌爆发革命党人领导的辛亥革命。1912年2月12日,正是辛亥年腊月二十五,大清王室发布清帝退位诏书,清王朝覆灭。

消息传到英租界海河码头,子和跟美丰厚的员工都特别高兴。因为不久前北方革命党人发动武装起义,打到三岔河口的直隶总督衙门,因人单势孤被清军镇压下去。策动起义的司令部,就在离美丰厚不远的小白楼。

王朝覆灭,朝廷的官员也失业了。天津海关道改编成海关处,谈道台自动解职当了百姓。租界里的男学生争先恐后地剪掉脑后的辫子。女学生到处宣传男女平等,小脚女人要扔掉裹脚布,解放小脚。社会上乱乱哄哄,谁也不知道世道会变成什么样。

彩芹自从吃上周大夫开的药,精神和身体越来越好。常和货栈的人们交往,知道的事情也多了。听说天下大乱,她也有点儿沉不住气了。她跟子和商量,世道这么乱,不知道家里怎么样了,很想回去看看。

第二十四章

彩芹自从跟着子和来天津，从来没提过任何要求，时局动乱想回家看看，也是人之常情。寒冬腊月海河封冻，正是生意的淡季，子和想趁此机会，去看看苗和七宝一家。他把货栈的事全都托付给吴先生，就带着彩芹去刘寿兰家辞行。

刘寿兰这两年，除了去南市看落子戏，就是下馆子吃饭，在澡堂子泡澡，很少过问山货庄和货栈的事。子和见他把辫子铰了，留着半脑袋齐脖子短发。笑着问："大哥，您的辫子也铰了。"

刘寿兰说："住租界的老爷们儿好像都铰了。你都剃光了！"

两个人都笑起来。

刘寿兰问："快过年了，你这趟来准有事吧？"

子和说："世道不平稳，彩芹想回家看看。"

"你也早该去看看了。"刘寿兰说："放心吧，生意上有吴先生，货场有老四管，没事，哪天动身？"

子和说："您要没别的事，我打算明天就走。"

刘寿兰说："明天就腊月二十七，到家就年根儿了！要走就别耽搁，有夜车就坐夜车走吧。"

彩芹一进门就到楼上去看大嫂。听说她要回老家，刘大嫂说："回去看看好。这么好的闺女几年没见面，你妈还不定多想你呢。"

彩芹说："这几年大年初一我们都在您家吃饺子，这个年就来不了啦。"

"哪年的饺子不都是你包的。"大嫂笑着说："你大哥总嫌我包的不像样。今年就让他吃不像样的吧！"

说完她俩都笑了。

彩芹平时就给母亲、婆婆、桂兰姐和两家的孩子，买了些布料和零碎儿，加上随身换洗的衣裳，包起来就是两大包袱。当天晚上夫妻二人就坐夜车走了。

苗和七宝跟张掌柜在柜房盘账。腊月二十九了，过年该来的、该走的客人，都走光了。店里只留下一个伙计，别的伙计连厨房大师傅也回家过年去了。每年都这样，到这一天盘完账，里里外外门上贴了封条，到来年正月初五才开张。

老掌柜正在打着算盘，苗说："怎么今年这日子还有客人？"

七宝抬头，见两个背包袱的进了大门，正往里走。

苗说："这俩人怎么这么眼熟？"

七宝站起来："这不是三爷跟彩芹嘛！"说着就跑出去接过他俩的包袱："眼看都过年了，怎么这么晚才往回走。"。

苗腆着大肚子和张掌柜迎出来："都过年了，你俩怎么说来就来啦？子和，你怎么剃了个大光头，辫子铰了？"

子和笑着说："大清国倒台那天，天津租界的男人差不多都铰了。我看寿阳好像还没动静呢。"

七宝说："都想铰，就是没人敢带头。"

张掌柜说："这位就是成掌柜吧，那年见过您。"

子和说："老掌柜，您还在这儿。"

七宝说："走吧，我们一家在后边小院儿住。"他俩领着子和、彩芹就往后院走。

彩芹小声说："苗姐，你又有了！"

苗笑着说："趁着还能生，就再给他生一个吧。"

子和说："你们真是发了，院里晒着这么多皮子，生意不错啊。开着店又做买卖，忙得过来吗？"

七宝说："店房还是张掌柜管着，我们俩张罗生意。"

子和问："师母呢？"

苗说："后院还晒了一院子货，奶奶正收拾呢。"

七宝说："奶奶做饭、带孩子、帮着照看山货，忙着呢。"

几个人来到后院，忽然跑来三个孩子，前边两个男孩儿大声喊："三叔来啦！三婶儿来啦！"

后边一个女孩儿光跟着跑，瞪眼看着他俩，不认识。

七宝跟孩子们说："别缠着三叔、三婶儿。玉生，带着他俩玩儿去吧。"

子和笑着问:“这俩孩子叫什么?”

苗说:“男孩儿叫玉安,女孩儿叫玉珠。”

子和见地上摊着不少兽皮、羊毛。师母正在用藤子棍儿轻轻敲打。

“师母!”子和远远地叫了一声。

许氏抬起头:“成祥!你回来啦,家里有事?”

子和说:“没事。过年了,我跟彩芹来看看您。”

彩芹过去说:“师母您好!”

许氏拍打着身上说:“好,店里都没人了,我给你们做饭去。”

苗过来说:“妈,子和又不是外人,您忙什么。”

子和笑着说:“我就爱吃师母亲手做的抿尖儿,多暂也吃不够。”

许氏笑着说:“你听见了吧,他爱吃这一口儿,我不做谁做?”说着高兴地进了小院。

彩芹说:“我跟您做去吧。”也跟着走进小院。

七宝背着俩包袱也进去了。

子和看着老人的背影,感慨地说:“看样子师母在这儿过得挺舒心。”

苗说:“她心气儿高着呢。每天干那么多活儿,还教那两个大的认字、写字,还想带着孩子搬到城里学堂附近住,非让几个孩子都念书不可。”

“这可是正事。孩子不念书哪行。在城里找房了吗?”子和着急地问

苗说:“七宝托人正在找呢。”

子和问:“有合适的吗?”

苗说:“他看了一处,离学堂也不远,就是要价贵点儿。”

七宝出来说:“子和,进去歇会儿吧。坐两天两夜的车,也够累的。”

子和走进这座小院,见收拾的非常干净。站在那儿感慨地说:“那年正月,天也是这么冷。夜里爷爷在场院教我一套八段锦,带我来到这个小院,进屋给我沏了一碗油茶喝。临走抬手给我作了个手势,我不懂,心想准是不让我跟别人说。”

“这事我们谁也不知道。”七宝说,“这就是你比我们聪明的地方。爷爷没看错你。”

“一晃二十四年了。”子和叹了口气:“我的一切都是尚奶奶跟爷爷给的。”

苗看了他一眼,心想子和一沾夏家的事就特别上心,这也是缘分。指着

靠墙那个仓房说:“夏四宝还在那屋供过爷爷跟姑奶奶的牌位呢”

子和问:“两位老人葬在哪儿了?”

七宝说:“听说他俩都是在后山庙里坐化的。那里的人把他们火化以后葬在哪儿,没人知道。”

许氏从厨房出来喊:“你们别在那儿说了,把孩子们叫回来,进屋一块儿吃点儿吧!”

吃饭的时候,子和问:“七哥,听说你在城里找了房子?”

七宝点点头。

子和说:“下午也没事,咱俩去看看吧。”

“别着急,坐了两天车,睡一觉再说。”苗说:“一会儿让孩子们在奶奶屋里睡。彩芹在我屋里睡。你俩去前边找间客房睡去。”

子和在客房睡了一觉,醒来见脸盆里已经打了水,刚洗了把脸,张掌柜进来问:“您睡好了?”

子和说:“睡好了。咱这儿还挺暖和。”

张掌柜说:“都说咱这儿是冷寿阳。其实咱煤不缺,冬天屋里比别的地方还暖和呢。”说着拿出一张银票递给子和:“这是七爷两口子让给您的。说您借给他们三百两银子做买卖,这几年生意不错,连本带利还给您五百两。”

子和笑着说:“那是我给他们的,还还什么!”

张掌柜说:“生意上的事,还是清楚点儿好。他俩不好意思说,您就收下吧。”

子和把银票揣进怀里:“听说七宝在城里看下一处房子?”

张掌柜说:“是哩,那房子不赖。”

子和说:“还不到晌午。您叫上七宝,咱去看看。”

当天下午,子和就跟七宝和张掌柜去寿阳城里看了那座小院儿。

这是一座独门独院儿,在寿阳城里位置居中,离学堂近,离大街也不远。正房、厢房、柴房都挺齐全。院子里还有口井。子和连连说:“不错,不错。”

七宝说:“要三百两银子呢,价也够高的。”

子和说:“孩子们上学,师母买菜买东西,你跟苗姐来往店里也都方便。师母想办的事给她办了,我心里也踏实了。就买下吧。你让中人找个铺保,咱们今天就写字据。来得及吗?”

张掌柜说:“来得及,寿阳小地方找谁都方便。”

当天就找来中介和房主,把房款、房契跟所收的费用谈清楚。中人去找了铺保,请张掌柜给写了字据。

子和掏出那张五百两银子的银票说:“张掌柜,您从这里取出三百两付房款,这座院子就算我给师母送的礼。再拿几两银子请这几位吃顿饭,给各家买一份年礼。剩下的交到咱柜上做买卖。我看咱就这么办吧!”

没几句话,就把这个事办了。

回到店里,师母听说给她在城里买了房子,乐得嘴都合不上了。苗说:“您这个儿子没白疼吧。”

子和说:“我就是为老人家高兴,孩子上学也方便。玉生、玉安上学的事,可不能耽误啊。”

七宝说:“你心里总惦着让我们夏家兴旺起来。”

子和笑着说:“苗不是说过吗,我除了自己家,就是师母跟你们,还有什么亲人?看着你把买卖干起来,我打心里高兴。再看咱这几个孩子,个个眉清目秀,聪明伶俐,跟我这么亲,我怎么能不惦着他们?”

他没明说的是,这也是他为夏爷爷、尚奶奶应尽的孝心。

谈起生意上的事,苗说:“山里乡亲们送来的皮子、羊毛,越来越多。这些东西有的也不错,就是脏兮兮、皱巴巴的,我们奶奶总得再拾掇一遍。没想到经过拾掇的那些货,不光咱货栈稀罕,洋行也愿意出高价收,我们还能多挣点儿。”

子和说:“我师母就是会做生意。”

七宝也说:“这些日子我就想,要是洋行那边儿要什么货,咱这儿就收什么货,那就好多了。要是能告诉乡亲们怎么收拾这些山货,送来的东西不用再拾掇一遍,直接运过去,中间省些事,让他们也多挣点儿。”

子和说:“这两件事都不难。我回去就跟他们说,咱就这么办。货的成色高了,少费点儿事,大伙都能多挣点儿钱,谁也高兴。夏家寨的乡亲,都愿意给你们送货吧。”

“我不跟他们打交道。”七宝说:“夏家寨的人不讲理,卖山货收了钱,看我四哥挣了钱,他们还来要。不光卖家要,没卖过山货的也来要。我四哥就是让他们逼死的。”

子和听了心里咯噔一下，觉得这事有些不对，一时又理不清，也就没说什么。

第二天是大年三十。子和早晨起来就跟七宝说：“你备两匹马，咱俩去后山庙里看看。”

七宝说：“那儿我没去过，不认识路。”

“我认识路。”子和说：“来回也就四五十里地，咱吃点儿东西，早去早回。”

一大早西去的路上一个人也没有，他俩骑上马一出店门就飞跑起来。跑上山路，子和把马放慢高兴地说：“这一气跑得真痛快。”

七宝说：“心里的事都放下，没牵没挂就痛快了。佛家就劝人要放下。”

子和看了看他：“我没什么可牵挂的，你还有放不下的事？”

七宝说：“我没别的，就怕干不好，辜负了你帮我这些年的一片好心。”

子和说：“我心里想的跟你一样。你姑奶奶、你爷爷，两位老人家把心血都浇灌到我身上了。我干不出个样来，对不起他们，对不起你们夏家。”

两个人骑在马上边走边聊，在山坳里七拐八拐，终于找到那座荒草凄凄、破败不堪的关帝庙。

子和说：“那年我来的就是这儿。”

他俩把马拴在庙门外的一棵树上。见庙门已经被蜘蛛网封住了。七宝撅了一段枯树枝，挑掉蜘蛛网，迈步刚往里走，黢黑的门洞里突然扑扑棱棱飞出不少蝙蝠。再往里走，到处都是半人高的枯草。迎面的大殿，空空洞洞连门窗都没了。

佛龛里那座关圣帝君像，虽然蒙着厚厚的一层尘土，却依然庄严威武地凝视着参拜他的信徒。

子和顾不得香案前拜垫上的那些泥垢，虔诚地赶紧跪下给关老爷磕了三个头。七宝跟着磕完头，站起来说：“子和，到了这儿你就达到目的了吧。”

子和摇摇头：“走，咱俩到庙后看看。我想找到埋爷爷、奶奶骨灰的地方。”

七宝跟着他从围墙豁口走出去。庙后的一片空地也布满了枯黄的蒿草。子和指着一段低矮的石墙说：“那年爷爷在那儿搭了个很矮的席棚，让我跟他和尚奶奶住在里边。爷爷说这叫结庐而居，好让我牢牢记住那次受到的教育。”

说着他已经泪流满面。

找了半天也没找到埋骨灰的地方。子和说：“两位老人在庙里坐化，这种事总会留下些痕迹吧。咱再到大殿里看看去。”

两个人回到大殿，发现神像后边有个砖砌的香案，上边摆着有不少蒙着一层尘土的木头牌位。有的已经腐朽的剩下半面了。子和拿起一个仔细看，模模糊糊能看出“施主×××之神位”的字样。

有希望！子和顿时来了精神。飞扬的尘土呛得他喘不过气来，仍然一个个掸掉尘土仔细看。七宝也冒着尘土跟他一起找。看了不到一半，居然看到一个写着“老英雄夏尚义之神位”的牌位。子和高兴地大声说：“找到了！我找到爷爷了！”

他不顾一切地继续找、继续看，终于又找到写着“老英雄夏尚娴之神位”的牌位！

子和抱着这两个牌位哭着说：“奶奶、爷爷，我可找到你们了！”

他用袖子把两个牌位掸干净，恭恭敬敬地依然摆在砖砌的香案上。跪在地下，流着泪对着两个牌位说：“奶奶、爷爷，我成子和今生今世一定牢记您的嘱咐，弘扬夏家门的宗旨：与人为善、善心善行、惩恶扬善！”

说罢郑重地磕了三个头。

七宝也跪下说：“爷爷、老姑奶奶，夏七宝一定跟着子和走，做好事不做坏事！我全家子子孙孙都不忘您的教训！”

说完也郑重地磕了三个头。站起来问：“子和，咱把这两个牌位带走吧？”

子和摇头说：“不能带走。庙里供了多年的牌位，还放在原来的位置吧。”

两个人把牌位放回原位，眼含热泪依依不舍地走出大殿。出了庙门，谁也没说话，上了马就往回赶。天上飘起了雪花，子和这时才觉得寒冬的太行山，峰峦起伏，白雪皑皑，有一种庄严肃穆的美。

回到夏家老店，天都快黑了。大门外已经挂上两个点着蜡烛的大红灯笼。孩子们见了他俩就喊：“我爸回来了！我三叔回来了！”

当天的年夜饭是张掌柜安排的，烧木炭的铜火锅里填满炖好的鸡汤，把猴头、香菇、煮熟的山鸡肉、野兔肉、狍子肉、牛肉、羊肉切成片，加上炸豆腐、鸡蛋、鹌鹑蛋,整齐地码在火锅里,小火煨着。

在小院堂屋摆了两张桌子,中间是火锅,周围是煎炒烹炸的鸡鸭鱼肉、土豆、胡萝卜等各种蔬菜,满满当当摆了两桌子。子和、七宝、张掌柜和店里的伙计坐一桌,许氏、苗、彩芹和三个孩子坐一桌。

张掌柜说:"三爷、三奶奶来了,七爷让我张罗今天这顿年夜饭。咱小地方没啥拿得出手的,我就把咱山里的土产弄了个火锅,起了个名字,叫'八珍火锅'。这可不是书上写的那八珍,是咱夏家老店的。"

人们听着都笑了。

铜火锅的小烟筒,直往外蹿火苗。几个孩子高兴得眉开眼笑。

许氏说:"年夜饭就是团圆饭。子和跟彩芹来了,我觉得这顿饭才是真正的团圆饭。"

子和激动地说:"我真没想到,大清灭亡、民国成立,我剪了辫子跟彩芹赶到寿阳,跟师母和苗姐、七宝一家一起过年,还找到我朝思暮想的奶奶和爷爷。尚奶奶亲手把我抚养大,那天也是大年三十儿……"

说到这里他已经泪流满面,泣不成声了。

彩芹在一旁眼里也泛起了泪花。

苗的眼圈儿也红了,赶紧说:"张大伯亲手给咱做了这么多好菜,桌子上有酒,你们能喝的就喝点儿,别喝醉了。一会儿还得包熬夜的饺子呢。火锅里的汤都开了,快吃吧!"

第二十五章

正月初一，苗跟彩芹早晨起来梳洗完毕，就去许氏屋里给她拜年。许氏说："别拜了，早点儿吃完饭，带着孩子们去城里看看成祥给咱新买的房子，就手打扫干净，收拾收拾咱就搬进去。"

苗笑着说："我就知道您从那天心里就长上草了。"

许氏说："早点住进去，也让成祥跟彩芹看看咱住进新房是什么样啊！"

一大早就有人来夏家店拜年。多数是做山货生意的，在柜房跟七宝说几句拜年的话就走。有几个夏家寨的人，指明要找成三爷。

子和走进柜房，见是几位年长的老人。他不认识，只好笑着作揖："过年好！恭喜发财。"

一个老人问："你就是天津来的成掌柜、成三爷？"

三爷点头说："是我。几位长辈，您请坐。"

老人们都坐下，一位说："那年夏四宝从天津回来，就跟我们念叨你。说你是我们夏家的恩人。"

另一位老人看着子和问："成掌柜，你是我们老掌柜收山的关门徒弟？"

子和说："不敢当。老掌柜是我恩师。"

"老掌柜的眼真毒！"那位老人说："他没看错你。听说你在天津的买卖做得不错，还记着接济我们。不像夏七宝，做上买卖就不认我们夏家寨的人了！"

七宝坐在一旁，赌气把头扭过去。

子和一时想不起该怎么解释这件事，几位老人站起来说："四宝说他对不起你，嘱咐我们，见着你要道声谢。听说你来了，寨子里推举我们几个来看看。见着你我们心里就踏实了。谢谢你，成掌柜。"

说着给子和鞠了一躬。

子和感动地含着泪，不住地作揖："各位前辈，夏家对我的恩情，我一辈子也报答不完。四宝、七宝都是我的好哥哥，我为夏家做什么都是应该的。"

"好啊，你是好人，你说得好。"几位老人说着就走了。

送走这几位老人，子和问："七哥，崔三爷还在吗？"

七宝说："在。他是坡底村人，七十多了，听说腿脚不大方便了。"

"我想看看他。"子和说："你跟我去一趟。"

"坡底离咱这儿就三四里地，走着去吧。"七宝说："我招呼张掌柜来照应着。"

去坡底村是下坡路，很快就到了。年老的崔三见夏七宝领着人来看他，眯缝着眼仔细看了看："这位是当年老掌柜认下的成少爷吧？"

子和高兴地说："三爷，您真是好眼力。就是我，成祥。"

崔三说："老了，早年的事都忘了，可就是忘不了老掌柜认下你那件事。老姑奶奶跟他都看上你了。姐弟俩到后山亲自传授你八天。你拜师那天，我激动得心直跳，那是老夏家从来没有的事啊。韩先生还在吗？"

子和难过地说："不在了。"

崔三说："他要在也九十多了。你把她闺女说给七宝，这可给他办了件大好事。要不谁管他内人？"

子和说："我当时想的就是我七哥跟苗姐年纪相当，都没结婚。没想那么多。"

崔三说："办好事，不是想好了才办的，是有善心。你们夏家门讲的善心善行，指的就是有了善心才能有善行。"说着看了夏七宝一眼。

子和说："三爷，我拜师那年岁数小，爷爷说的话有好些都听不懂。当时我爷爷说我什么了？"

崔三老人笑了笑说："你那年过年才九岁，老掌柜的有些话，怕你听不懂，他就跟韩先生说。我记得当时他就说，江湖险恶，让你今后好好做生意，别跟江湖往一块儿扯。"老人叹了口气："我当时就觉得，这真是他切身感受的至理名言。"

子和问："我爷爷的这句话怎么是至理名言？"

老人说："寿阳夏家祖上是明朝的将领，明朝覆灭他回归乡里，习武授徒，祖祖辈辈形成了夏家门。历代的掌门人，都教导徒弟要有善心，不能干坏事。讲究与人为善，善心善行，遇上坏人坏事要敢于惩恶扬善。"

子和聚精会神地听着，七宝不住地点头。

老人说："传到老掌柜这一辈，他和姑奶奶姐弟俩当了掌门人。老姑奶奶亲手把你抚养大，把她的期望都寄托在你身上了。她让韩先生带着你来见老掌柜，就是想让老掌柜看看你，想让他开山门收你为徒。老掌柜对你很满意，这才带着你去了后山。”

七宝说：“后山不就是那座关帝庙嘛，腊月二十九我俩去了，还看见我爷跟老姑奶奶的牌位了呢。。”

老人问：“是成祥要去的吧？”

七宝点点头。

“这就对了。后山关帝庙有位道长，是老掌柜跟姑奶奶的同门师兄。他们走得很近。”老人看着子和：“把你带到后山，八天也教不了什么，就是为让你知道他俩的良苦用心。回来拜师那天，老掌柜有些话怕你听不懂，就告诉韩先生，让他日后嘱咐你。”

子和热泪盈眶地点头说：“这我都记得。”

老人说：“老掌柜人在江湖，可他痛恨江湖上的一些人拉帮结派、胡作非为。所以他说，往后让你好好做生意，别跟江湖扯在一起，就是怕你走到邪路上去！”

听了崔三老人这番话，子和心里很不平静。他诚恳地说：“三爷，谢谢您。我永远忘不了您对我的教育。”

大年初一，彩芹帮着师母在新买的房子里收拾了一天。下午，七宝让伙计把奶奶炕上的被褥送过来，许氏就打算带着两个孩子在这里住下了。晚上，子和、七宝、苗带着女儿玉珠，来新房看老人。一进屋就觉得暖烘烘的。

苗说：“妈，您这屋里烧得真暖和。”

许氏高兴地说：“新房还不烧热点儿，这就叫人财两旺！”

几个人都笑起来

彩芹说：“我跟师母又学了一样。”

子和笑着说：“你就好好学吧，师母的学问多着呢。”

“我看你气色、精神和身子骨，比那几年强多了。”苗悄悄地告诉彩芹：“该要个孩子了。”

“我想过了年就怀上。”彩芹红着脸小声说。

子和这个年过得非常高兴。这是他第一次放下货栈的事，愉快地在外地过年。想看的人看到了，想办的事也办到了。彩芹也很高兴。她和师母、苗、三个孩子一起生活的这几天，亲身体会到家的温馨，有一种难舍难离的感觉。

正月初三，七宝安排店里的轿车送子和夫妇回汾阳。他说："路上慢点儿走。遇上闹红火的，就停下来看看。到汾阳车给你留下用，走时把你送上火车再回来。"

初五赶到汾阳城里王氏家巷口，赶车师傅从车上取下一口袋吃的说："三爷，这是夏掌柜给您家的。车上还有一袋是给您丈人家的。"

子和笑着问："你住哪儿，夏掌柜说了吗？"

赶车的说："说了，就在您家巷口不远。您放心吧。"说完扛起袋子跟着子和就往巷子里走。

王氏在屋里看见他们走进院子，赶紧喊："桂兰，成祥回来了。快去把东西接过来。"

桂兰从屋里出来高兴地说："可把你俩盼回来了。"说着接过车把式肩上的口袋就扛进屋里。子和、彩芹照例先进西屋，把包袱放在王氏炕上，跪下就磕头："妈，给您拜年。"

王氏说："起来吧，那个扛东西的师傅呢，让他进来歇会儿。"

子和说："那是七宝店里的车把式。那辆轿车留下让我们用，他去巷口找个店住下。"

正说着桂兰进来说："带的东西真不少，有牛肉、羊肉、野兔、蘑菇、山药蛋、胡萝卜，还有宰好的几只鸡。"

"你们是从哪儿来的？"王氏问。

"我俩在寿阳下的车，看了看我师母，在她那儿过的年。七宝跟苗都问您好呢。"子和说。

桂兰问："苗有孩子了吧？"

"这几年她生了仨孩子，两个男孩儿一个闺女。"子和说着，见母亲的脸忽然沉了下来，就没再往下说。

彩芹从包袱里拿出几块布料："妈，这是几块洋布料、一块礼服呢，给您做衣裳、做鞋面儿用。年前我俩听说朝廷出了事，不知道咱家怎么样了，当天就往回跑。没给您买什么。这都是我平时买下的，给桂兰姐也带了几块。"

王氏说："回来就好，用不着带东西。头过年郝子润送来十两银子，这个年我们两家过得都挺富裕。洗把脸去你们屋里歇会儿吧。一会儿让桂兰给你们煮饺子吃。”

子和、彩芹提着包袱走进东屋，见屋里炕上地下都干干净净，连被褥都铺得好好的。

彩芹问：“桂兰姐，您知道我们俩回来？”

“这几年一到过年，妈就让我把这间屋收拾干净，等着你俩回来。”桂兰说：“今天你们不回来，明天我就得把被褥放进被阁子，炕上用大单子蒙上，谁也不让进来。年年都这样。”

子和、彩芹听了，心里热烘烘的。

在堂屋吃完破五饺子，王氏说：“有辆轿车供你们用，明天你俩想去哪儿就去哪儿吧。”

子和说：“回去还有事，别的地方就不去了，就想去给我师父上上坟，再去彩芹家看看。”

王氏没说话，扭头回自己屋里去了。

桂兰悄悄说：“你俩去哪儿告诉郝子润。他会办事，买什么就让他给办，准错不了。一会儿我就让天佑找他去。”

子和问：“天佑怎么样？”

桂兰说：“早成家了，孩子都三岁了。”

子和、彩芹回到东屋，关上门，两个人拥抱着躺在热炕上。子和感慨地说：“那年咱俩说一块儿去天津，还以为是多远的事呢。没想到一去就住了十年。”

彩芹懊丧地说：“那年我二十二，今年都三十二了，连个孩子也没有。”

子和说：“会有的，老天爷忘不了咱们。”

当天晚上郝子润就来了，在堂屋跟子和说：“成掌柜，您回来怎么不给我捎个信儿，好接您去呀。”

子和说：“我没打算回来，是听说世道要乱才赶回来的。”

郝子润说：“明天上坟不能去太早，得等太阳出来。”他看了看子和小声说：“这是忌讳。您要赶时间，咱上完坟就直接去北郭村吧。”

子和点点头。

郝子润走了，子和进屋告诉彩芹：“郝子润说明天上完坟，咱就直接去你家。”

彩芹说：“明天看看我妈就回来，咱后天就走。”

子和问：“那合适吗？”

彩芹说：“合适。我看你惦着回货栈，早就等不及了。”

子和紧紧地抱着彩芹，在她耳边说：“你最了解我。”

第二天子和、彩芹和郝子润坐着轿车，在城南韩先生坟前祭拜之后，进南门穿过南北大街，出北门去了北郭村。轿车赶进雷家院子，郝子润大声喊：“雷奶奶，您闺女、女婿看您来了！”

彩芹哥哥出来高兴地说：“彩芹，过年没见你们的信，原来你俩回来了。”

嫂子抱着孩子也出来了，告诉孩子：“叫姑姑、姑父！”

雷奶奶在屋里说：“外边怪冷的，别说了，快进屋吧。”

彩芹哥接过车把式手里的大口袋：“师傅，进屋坐吧。”

郝子润提着包袱领着子和、彩芹进了屋，他俩跪下就给老人磕头：“妈，给您拜个晚年。”

雷奶奶笑着说：“起来吧，这年拜的不晚。人们说这个年比往年红火，我还纳闷呢。原来应在你俩身上了。”

彩芹站起来说：“妈，人家说红火，是大清国皇上退位，朝廷散了，改民国了。我们俩算个啥。”

雷奶奶说：“你俩是我的宝贝疙瘩！”说完自己哈哈大笑起来。

郝子润说：“我头一回见奶奶这么高兴。”

嫂子说：“我们奶奶教孙子说话，头一句就是姑姑。”

雷奶奶乐得擦着泪说：“我就是想闺女。彩芹，我看你气色不错。”

彩芹说：“这两年我是挺好的。”

彩芹哥哥说：“奶奶见着闺女是真高兴。成祥兄弟带来一大块羊肉，咱包饺子吃吧。”

彩芹说：“你先别说吃。”说着从包袱里拿出几块洋布料和一双小脚鞋：“妈，这是给您带的布料。这是我在天津给您做的鞋。”

雷奶奶接过这双鞋，看了又看：“闺女回娘家，带一双亲手给娘做的鞋，这就是把心拴在娘身上了。”说完看着子和：“成祥，你头上光秃秃地，怎么把辫子铰了？”

子和说:“大清国散了,城里的男人都把辫子铰了。哥,你们怎么没铰?”

彩芹哥说:“初二我进城掏粪,看见不少年轻的绞了辫子。没人说跟咱说,我也不敢铰。咱就随大流吧。村里有人铰,我立马把它铰了。”

彩芹拿起包袱说:“嫂子,这是给你跟我哥带的布料、鞋、香胰子,给孩子带的绒帽子,小玩意儿,连包袱都给你吧。”

嫂子接过去:“还是姑姑惦着我们。”

彩芹说:“我们这次回来,是听说朝廷出了事,子和把那摊子事撂下,拔腿就走。我想见见你们就回去。”

雷奶奶说:“我听郝掌柜说了,成祥在天津干的不错,买卖做得挺大。撂下就出来,谁也不放心。女人就得想着男人的事。看看就回去吧。他干的是正事。你们不放心,我也不放心。”

子和说:“妈,我们回来看您,也是正事。”

雷奶奶笑着说:“是正事。彩芹,帮你嫂子把面和好,把馅儿拌好。两个屋的灶火都烧旺,一个锅下饺子,一个锅烙馅儿饼。咱一家跟郝掌柜、赶车师傅,美美地吃一顿。”

当天下午吃完饭,子和、彩芹告别母亲就往外走。嫂子跟出来悄悄说:“彩芹,你身子不错了,该要个孩子。妈惦着这事,没好意思说。”

彩芹说:“我也想要。告诉妈,我这次回去就怀上。”

轿车赶出北郭村,郝子润说:“三爷,我跟这位师傅商量了,您要赶时间,咱就去太原上火车。太原到京城有一趟小站不停的快车,能赶出大半天的时间。”

子和说:“好,咱就坐那趟车。这位师傅回去跟七爷说一下,我们就不去寿阳了。”

赶车师傅说:“行,我们夏掌柜也愿意让您走得顺当点儿。”

子和是在钱庄学的徒,办事周到细致,丁是丁、卯是卯。见郝子润办事能领会他的意图,不由得喜欢上这个肯动脑子的年轻人。

过了一会儿,郝子润说:“三爷,我也想做点儿山货生意。”

子和说:“好啊,汾阳的核桃、大枣都很有名,你收上来把烂的、次的捡出去,估个价钱,打包送到寿阳夏掌柜那儿就行。”

郝子润说:“这次往回走,我就去寿阳见见夏掌柜。”

子和说："做山货生意，夏掌柜也是从小到大一步一步学会的。向他请教，有你的好处。"

辛亥革命推翻闭关锁国的清王朝，打开对外贸易的大门，海河码头来往的货船也多起来。1913年津浦铁路全线通车，天津成了北方最大的商贸城市。那年海河第四次裁弯疏浚工程竣工，几十万吨的货轮可直达海河码头，进一步推动了天津的繁荣。

美丰厚货栈的生意更火了，满载的车辆在货场出来进去。

吴先生带着那些少年实习生，教他们验收各类山货的方法。验货是收货的关键。验不准，估价高，一旦出事赔偿过多货栈受损失，估价低，货主不干，就会吵起来。

吕又宾在货场里指挥车辆进出，看着工人装车、卸车。要求无论什么货物，卸车码垛必须在指定位置对正码齐，绝对不许有凸有凹，高低不平。装车必须按顺序拆垛。违犯规定的，带班工长和搬运工都得解雇。

各大洋行来办事的先生和大宗生意的老板，都由子和在经理室接待。有些作生意的外国朋友，更是他那里的常客。这一阶段美丰厚的生意真可谓蒸蒸日上，日进斗金。

那天子和下班回家，走进自己那间小屋，彩芹已经把晚饭做好。他见桌子上摆着一碟肉末豆腐，一碟切得整整齐齐的青萝卜丝、胡萝卜丝和土豆丝，一瓶黄酒。还有个扣着碗的碟子，掀开一看，是一碟热气腾腾的过油肉。

子和笑着问："今天准是吃抿尖儿吧，都是我爱吃的呀！"

"做的就是你爱吃的。"彩芹神秘地说，"还有你爱听的呢。"

子和问："有好事？"

彩芹趴在他耳边悄悄说："我怀孕了！"

第二十六章

子和听说彩芹怀孕了，瞪大眼睛喊：“你怀孕了！”伸手就把妻子抱起来。

彩芹笑着推开他：“我怕没把握，今天特地去马大夫医院做检查，大夫告诉我，确实是怀孕了。”

子和问：“你一个人去的？”

彩芹点点头。

“你真行。”子和高兴地说，忽然又摇摇头：“咱住在货栈，你生孩子就不方便了。先吃饭吧，我看着就馋了。”

彩芹说：“锅里的水一直开着呢。我这就给你做。”

抿尖儿是典型的山西面食，把和得很松软的白面、豆面掺在一起，放进布满小圆孔的金属盘里，手持特制的木柄，把面挤压到锅里。就像一个个蝌蚪，见水就熟。拌上做好的肉菜和菜丝，非常好吃。

夫妻俩吃完饭，子和说：“你别动，我去刷碗。”

“我就不愿意这样。”彩芹故意板着脸：“我一有点动静，就把你缠住了。刚两三个月，就不能干活儿了！”

“有了身孕就该照顾。”子和笑着说，“下一步该怎么办，是该考虑了。”

彩芹说：“在货栈生孩子是不大合适。那天我跟吴嫂提起这事，她说有人给四爷说了一门亲事。吴先生有意在附近找一处独门独院儿，把咱两家和又宾搬到一块儿住。”

“对，这么办就好了”子和点头说，“最近是有个工友给老四介绍了一位老姑娘。家在西头，他爹是卖苦力的。娘有病，一直靠她伺候。把娘送走，她也二十五六了。老四请媒人跟她父女吃过一顿饭。人家什么也没要，这事就算定下来了。”

彩芹说：“我就同情这样的女人。”

子和说：“我让吴先生尽快办。连搬家带给老四娶媳妇，两件喜事放一块儿，双喜临门！”

第二天子和正跟吴先生商量这件事,服务生进来说:“三爷,有两位乡亲要见您。”

“请他们进来吧。”子和跟吴先生说,“找房的事你就照咱商量的办吧,三家住一块儿。租也行、买也行。”

吴先生点头走了。

不一会儿服务生领进两位中年人。子和站起来说:“二位请坐,贵姓?有什么事?”

这是两位汾阳人,一个叫贾一杰,一个叫刘耀三。

那些年西方国家的化学颜料,硫化青、海昌蓝、阴丹士林,大量销到中国。天津就是这些颜料的集散地。颜料业有很大发展,熟悉颜料生意的贾一杰,很想干这个买卖,就是苦于没资金。

贾一杰和刘耀三谈起这件事,刘耀三说:“我在山西会馆听说汾阳的成子和成三爷,在英租界开的美丰厚货栈,生意很红火。他手头富裕,会跟外国人做买卖。求他出资金合伙干,不是一举两得嘛。”

贾一杰觉得有道理,他俩商量好就来找成三爷。

子和听说这件事也很感兴趣。就问:“你们想在哪儿干?”

贾一杰说:“我们想请您去上边看看。”

老天津的地域概念,是以海河说事。海河上游老城区统称上边儿,租界以南海河下游统称下边儿。

旧时天津商界在上边儿谈生意,多选两种地方。一种是艺妓所在的茶楼书寓。房间里摆上烟茶果品,叫来酒菜,吃喝玩乐都有艺妓相陪。气氛渲染足了,事情也好谈成。另一种就是烟馆,用鸦片招待,吞云吐雾之间说话也方便。

贾刘二人在北马路北海茶楼订了个房间,把成三爷请过来,谈筹资开办颜料庄的事。子和来到说:“有事一块儿商量就行,何必这么破费。”

贾一杰说了些客套话,小心翼翼地说起筹资的事。

子和问:“需要多少?”

贾一杰眼珠一转说:“有四千大洋就够了。”

刘耀三吓了一跳。明明商量的是两千,一千大洋租门脸儿置办家具,再有一千进货,留点儿流动资金也就够了。怎么转眼成了四千?说这么大,还不把事办砸了！

没想到三爷坐在那儿想了想："你们是想进西洋颜料吗？"

贾一杰点头说："是。"

三爷说："跟洋人打交道，干进口生意，不光要把买卖看准，流动资金还得足。只要货款搁在那儿，没有干不成的。"又问："地方找好了吗？"

贾一杰说："咱要干最好就在北马路。这地方靠近估衣街，商户多，会馆也多。南北客商都在这儿做买卖，上下货也都方便。"

估衣街西起三岔河口的北大关，沿海河南岸向东伸展。地理位置得天独厚，很早就是华北地区绸缎布匹、呢绒皮货的集散地。元代就传说，天津是先有一条街，后有一座城。这条街指的就是南北通衢的估衣街。

子和对他们选择的地方挺满意。当下就说："行。"站起身来掏出怀表看了看："不在这儿吃饭了。明天到美丰厚柜上拿银票吧。"没等贾一杰往下细说，这件事就谈妥了。

出了北海楼，子和叫了辆洋车回了英租界。

有了这四千块大洋，贾一杰在北马路买了个四间门脸儿的铺面，又在户部街买了一栋存货和谈生意的栈房。所用的柜台家具，从里到外都是新式样。这样的店面，在天津颜料行也算拔了头筹。对这些三爷都没过问。

颜料庄大体筹备就绪，贾一杰特地到美丰厚请示成三爷，说颜料庄的字号，打算用永源和三个字。意思是要让同人们永远记住，这个颜料庄的起源是成子和先生。子和听罢点了点头，也没说什么。

开张之前，贾一杰去请三爷亲自来检查，看看还有什么问题。子和来到到北马路店址，前前后后看过之后，突然跟他说："把你们两位的住处也看看吧。"

这句话把贾一杰吓出一身冷汗。原来他和刘耀三在操办颜料庄的款项里，都为自己买了一所房子。

成三爷见过多少世面，眼里哪能揉进他们这点儿沙子！看了看他俩的房子，点头说："不错。"再也没提别的。

这俩人知道三爷没说破，是给他们面子。回去之后，悄悄地把这两处房产，也记到永源的账上。

永源和颜料庄开张营业以来，顺风顺水。这两位掌柜不得不佩服成三爷的气魄。三爷不常来,来了也是跟掌柜和伙计们聊聊家常。虽说是东家,并不是汾阳人,他跟这些人相处得就像朋友。

吴先生在怡和道找了一处房子,跟美丰厚货栈仅隔着一条马路,是北房三间,东西厢房各三间的独门独院。房主只租不卖。交了租金,美丰厚去人把里里外外收拾利落,三爷和吴先生两家就搬进去。三爷一家住上房,吴先生一家住西厢房。东厢房留给吕又宾结婚用。

一天刘寿兰来怡和道看三爷的新住处,听说吕又宾订了亲,感慨地说:"那年我就说他,年当二十五,衣破没人补。老四今年快三十了吧。"

子和说:"三十二了。"

刘寿兰说:"是啊,三十二找上个大姑娘,就算不错了。这也是缘分。人家不是有个老爹嘛,我看一块儿来吧。给老头儿安个差事,就给这个院看门吧。每月给点儿生活费,跟闺女一块儿过,蛮好。"

"您这个办法好。"子和也很感慨,"又宾也是苦孩子,跟老人、媳妇在一起,也算有个家了。"

这次工友给吕四爷介绍的这家,老人姓戴叫戴有,女儿叫戴玉华。父女相依为命,正是又宾想找的人家。亲事定下来,子和就让伙计把东厢房收拾干净,买了全套家具。彩芹把两间屋的被褥都备齐。

办婚事的前一天,子和、彩芹和又宾雇了一辆轿车去西头戴家,彩芹接上玉华姑娘就坐轿车返回,子和给戴老交够房钱退了房,又把他欠粮店、煤铺和饭馆的钱都还清。又宾带岳父去洗澡理发,子和去成衣铺为他买了衣服鞋袜。

戴老洗完澡剃了头,换上一身新衣裳,立刻容光焕发。子和雇了三辆洋车,回到美丰厚货栈把老人交给吴嫂,安排他先在客房住下。

彩芹带着玉华回到家,先让她看了看为她俩准备的新房。玉华感动得不知道说什么好,眼含热泪说:"三奶奶,我长这么大也没想过能住这么好的房。"

彩芹说:"我是你三嫂,往后你就叫我彩芹姐吧。"

"我就叫您姐姐。"玉华说,"姐,我从小就是捡破烂的,什么也不懂,什么也不会,往后干什么都得靠您教我。"

彩芹说："我来天津也没几年，咱都慢慢学吧。明天你就结婚了。咱烧锅水，你在我屋里先洗个澡。我给你买了几件衣裳，洗完澡穿上试试。"

玉华感动地说："哎，我都听您的。"

第二天上午，刘寿兰夫妇来了。进了院子往里走，就见东厢房堂屋挂着红彩绸，迎面墙上贴着大红双喜字。八仙桌上摆着苹果、石榴、橘子、香蕉四盘鲜果。中间有个香炉，两边是两支红蜡烛。南屋里窗户上贴着喜字，挂着红窗帘。

刘寿兰大声说："老四的新房布置得不错呀！"

彩芹头戴红花，穿着鲜艳的衣裳从上房迎出来："大哥、大嫂，您来得够早啊！"

"这都是你帮着弄的吧！"刘大嫂走过去拉着她的手："听说你怀孕了？"

彩芹笑着点点头。

"几个月了？"大嫂小声问。

"四个月了。"彩芹小声说。

刘寿兰问："三爷他们呢？"

"来了，来了！"子和在门外进来说，"这位就是老四的岳父。"

刘寿兰冲着进来的戴老作揖说："您好啊，我是又宾的大哥，不周到的地方您多包涵。"

戴老爷子赶紧作揖说："爷，爷。都挺好，都挺好。"

吕又宾进来了，刘寿兰说："老四，我看你这新房弄得不错。"

又宾说："都是我三哥、三嫂跟吴先生、吴嫂弄的。我是头一次进这个院儿。"

刘寿兰说："嘿，都说我是甩手掌柜的，你也是大甩手啊！"

在一旁的子和夫妇都笑了。

吴先生、吴嫂进来说："大爷，给您道喜！"

刘寿兰夫妇笑着说："同喜，同喜！"

子和说："人都到了，咱就举行婚礼吧。"

吴嫂说："不行，我还得换件衣裳呢。"说着就进了西厢房。

彩芹说："天津人办喜事，女人都得戴红花。"

刘寿兰笑着说："彩芹这是入乡随俗，学得够快的。"

不大一会吴嫂换了一身鲜亮衣裳，戴着一朵红花出来了。

彩芹也给大嫂戴上一朵红花。

吴先生小声问："婚礼该进行了吧？"

子和点点头。

吴先生大声说："搀新人！"

彩芹和吴嫂走进上房，把穿着红袄红裙红绣鞋、蒙着红盖头的玉华姑娘搀出来。

站在院子里的人们都进了东厢房。

彩芹和吴嫂搀着新娘子站在八仙桌前，让又宾也站好。

吴先生把桌子上的两支红蜡烛点着，拿起三炷香在烛火上点着，插进香炉里。转身大声说："吕又宾先生和戴玉华女士的婚礼，现在开始。一拜天地！"

新郎、新娘跪下磕了三个头，站起来。

吴先生喊："二拜高堂！"

彩芹把戴老推到八仙桌前，新郎、新娘又跪下磕了三个头。两个人刚站起来，又宾说："还得给我大哥大嫂、三哥三嫂磕头呢。"

吴先生说："该磕，该磕。你们几位站这儿吧。"

刘寿兰说："老三，咱两家当他的主婚人。"说着四个人都站在八仙桌前。

又宾、玉华恭恭敬敬地给他们磕了三个头。刚站起来吴先生又喊："夫妻对拜！"

彩芹扶着玉华转过身，又宾站在她对面。两个人磕了三个头。

刘寿兰说："互相对拜，就是这一辈子都得互敬互爱！"

吴先生大声喊："礼成！"

这时彩芹小声说："四爷，掀盖头！"

又宾伸手把玉华头上的红开头掀开，顿时眼都直了！

只见玉华漆黑的头发在脑后盘成一个圆髻，上边插着两支通红的大绒花。浓眉大眼，白皙的脸庞，显得分外漂亮。大红缎子夹袄，戴着一串雪白的珍珠项链。红缎子百褶裙下露出一双红鞋。高高的个儿，笑眯眯地看着在场的人们。

戴老爷子瞪眼看着自己的女儿，好像不认识了。

彩芹指着刘寿兰夫妇说："这是大哥大嫂。"

玉华鞠躬叫了声："大哥，大嫂。"

大嫂掏出一卷银圆："这是大哥大嫂给你的见面礼！"

玉华双手接过去，又鞠了一躬："谢谢大哥大嫂！"

看得出这是一百块大洋。

彩芹指着吴先生夫妇："这是吴先生、吴嫂。"

玉华鞠躬叫了声："吴先生、吴嫂。"

吴嫂也掏出一卷银圆："这是我们送的贺礼。"

玉华双手接过去鞠躬说："谢谢吴先生、吴嫂！"

看得出这是五十块大洋。

彩芹说："大哥、大嫂、吴先生，进新房看看吧。一会儿咱一块儿吃一顿喜面。"

刘寿兰说："好，老三，你们两口子辛苦了。赶明儿我请你们登瀛楼吃一顿。"说着走进新房看了看。

戴老爷子在新房里看了又看，擦着泪说："我这闺女，跟着我净受罪了，没享过这么大的福啊。"

刘寿兰说："你也跟着享享福吧。我跟他们说了，货栈按月支给你生活费。你就跟你闺女、女婿住一块儿，在这儿给他们看看院子，帮他们干点儿零碎活儿。行吗？"

老人激动地说："大爷，我太谢谢您了。哪儿找这么好的事去呀！"

当天几个人在办喜事的这间屋吃了一顿几个碟儿的打卤面，吕又宾的婚事就这样办完了。

吕又宾和戴玉华都是苦孩子，夫妻俩都很珍惜这份难得的婚事，从成亲那天起就百般恩爱。他俩都知道，子和夫妇是他们的贵人。又宾在货栈拼尽全力当好三哥的助手。玉华全心全意照顾彩芹这位怀孕的三嫂，所有家务活儿都让她包了。

戴老爷子除了每天把院子里打扫得干干净净，各家买粮、买煤、掏炉灰之类的重活儿，都由他来干。小院里呈现出一片宁静和谐的气氛。

国民政府从成立那天，就成了各路军阀争权夺势的目标。称为“国父”的总理被赶下台，大总统袁世凯搞了一场称帝的闹剧。接着张勋复辟，几任总理、大总统，你方唱罢我登场，上上下下没一个有好下场，天津的租界就成了他们的庇护所。

搂足下台的军阀政客、怀揣金银的前清遗老、发了财的中外商人，都在租界买地盖房。昔日的宣统皇帝带着他的皇后爱妃、宦官近臣，也在这里开辟了一片天地。无论在此隐居还是暂避一时，他们的生活都是奢侈至极。

海河码头的外国商船还是那么来来往往，非常兴旺。海河两岸的仓库、堆房、山货庄，都赚得脑满肠肥，同行之间的明争暗斗也少了。美丰厚货栈的生意还是那么火，成子和还是那么忙，心情却平静多了。

彩芹预产期快到了。谁都知道三十多岁的女人生孩子，是一件很危险的事。熟悉的女人替她担心，三爷也是疑虑重重。彩芹却有自己的想法。

那天晚上，子和夫妻提起了这件事。彩芹说：“我吃了几年达仁堂周大夫的药，为的就是生孩子。我从怀孕每个月都去医院检查，为的就是保住这个孩子。我相信马大夫医院，即便保不住我，也要给你保住这个孩子。”

子和猛地坐起来说：“不行！孩子可以不要，我不能没有你。”

第二十七章

子和着了急，彩芹感动得掉了泪。她叹了口气："你躺下吧，我知道你的心思。你说过，韩先生告诉你咸水沽成家没人了。你想让成家从咱这一辈兴旺起来，可我一直就怀不上。我自己总觉得对不起你，那年就得了一场大病！"

子和轻轻地叹了口气。

彩芹说："来到天津，天天和你在一起，我居然怀上了。没想到遇上那件事又流了产。我气急败坏地埋怨自己。苗姐安慰我，说能怀上就是大好事，我一下子明白了。他告诉我只要月经正常了，自己就能控制孕期。我这才找到周大夫……"

子和说："我明白了，你这次怀孕就是有安排的。"

彩芹说："我连怎么坐月子都想到了。原来我想到时候请桂兰姐来。从嫁给你她就照顾我，她是我最亲近的姐姐。玉华来了，我发现这个妹妹心好、热情、不怕脏不怕累，什么都能干，跟我比亲姐妹还亲，我就靠她了。"

子和说："对，玉华是天津人，办事方便。"

"我把我想到的都告诉你。"彩芹搂着丈夫认真地说，"如果我生的是女孩儿，一断奶就把她送到汾阳，交给妈和姐姐抚养。她俩准把咱的孩子当心肝宝贝。过几年我再给你生个男孩儿！"

子和惊讶地看着她，真不知道说什么好了。

转年春天彩芹在马大夫医院生了个女孩儿。这次医院破例让戴玉华穿上白工作服，进病房照顾产妇。彩芹在医院住了半个月，出院时孩子又白又胖，彩芹脸色苍白，精神还不错。

三十五岁的彩芹生了个可爱的女儿，亲朋家的女眷都来贺喜，三爷也非常高兴。老例儿有个说法，成群的孩子好养活。苗和七宝的女儿叫玉珠，子和跟彩芹商量，给女儿起名叫玉珮。小名叫珮珮，叫起来也很亲切。

彩芹奶水不足，玉华每天都备好牛奶、蛋糕，一点一点喂孩子。子和非常喜欢珮珮，货栈多忙多累，回来看到自己的女儿，顿时就觉得浑身畅快。

珮珮刚满周岁，彩芹就催着子和写信，让姐姐来把她抱走。郝子润陪着桂兰来天津，住了几天就把玉珮带回汾阳。奶奶王氏果然把这个宝贝孙女当作掌上明珠，倾心呵护。佩佩生来聪明伶俐，在奶奶家不哭不闹，见人就笑，亲戚朋友都很喜欢。

女儿玉珮越长越可爱，母亲王氏的年纪越来越大，都让子和很不放心。好在火车往返很方便，子和每年都要去两趟汾阳，顺便也去寿阳看看。

那年在汾阳临走，有小伙子来求他，想跟他一起去天津。小伙子叫吕福生，个子不高，光头圆脸厚嘴唇，人挺憨厚。三爷想往天津带些汾酒、甘草、核桃之类的特产，还缺个帮手，就答应回去把他带上。

吕福生自幼没了父母，从小就在汾阳酒坊里干力气活。作坊里又潮又热，为挣口饭吃，福生也跟那些壮年汉子们一样，只穿一条短裤，抡着大铁锨翻糟上甑，还学了些酿酒的本事。

那年他十六岁，想凭自己一身力气到外边闯闯。上门去求三爷，果然就答应了。吕福生到了天津，山西会馆的乡亲把他介绍到杨柳青万顺酱坊。没几年就出落成精明强干的小伙子。

酱坊掌柜老两口没儿没女，把他认了干儿子，还想给他娶个媳妇，好给自己养老送终。老太太听说独流镇老秦家的闺女二喜十八九了，还没找到婆家。托人去说媒，老秦家当时就答应了。

二喜过门第二年就生了个胖小子，接着又生了俩闺女。老掌柜两口享尽天伦之乐，不久相继去世。吕福生和二喜尽了孝道，也继承了这份家业。

1917年7月下旬，华北地区连降暴雨，山洪暴发。永定河、大清河、子牙河、南北运河、潮白河等几十条大小河流相继漫水或决堤，京汉、京奉、津浦铁路中断，受灾范围遍及直隶全境，天津受到很大威胁。

美丰厚货栈紧急动员全体员工，封大门、垒堤坝、装沙袋、堵水口，把东货场的贵重货物往西货场楼上搬。吴先生带着实习生转移账目、表册、保险柜。三爷和又宾在前后两个货场跟员工一起防洪。

不久天津南运河被洪水冲破河堤，梁王庄至杨柳青一线河堤决口十余处。洪水涌进市区，天津西、南部全部被淹，水深处竟达三米多。低矮的土坯茅草房全都坍塌。海大道成了泄洪主干道,英租界的水深也将近一米。

美丰厚货栈尽管采取了许多防洪措施,洪水还是从大门缝隙涌进来,东货场大部分存货泡在水里,西货场的泵房、打包房、龙门吊、叉车,都被水淹了。只有为装卸卡车设计的一米多高的站台露在水面。

从开始防洪有的员工就不来了。洪水涌进来,留下的员工除了躲在高处的,都聚集在这座高站台上。

子和记得当年查理告诉他,不久肯定会引进装载几吨货物的卡车运货,这座高站台就是为卡车准备的。没想到卡车还没引进,高站台倒用上了。

第一次洪峰过后,大雨还在下。厨房蔡师傅、吴嫂带人在高台上架起铁锅,给大家烙饼吃。没有干净水,吴嫂用几个盆接雨水慢慢澄清,用它和面,也烧开让大伙喝几口。

子和让又宾清点一下现在还有多少员工。又宾趟着洪水到处看了看,回来说:"财务室、业务室、东西货场、楼上库房,连厨房在内,还有六十四个人。货全淹了,就等着赔吧!"

听到这个赔字,子和忽然想到,货场里都是粮食、棉花、布匹、皮革、药材之类怕湿怕潮的东西,让水一泡就全完了。存货合同上写着"货物损失照价赔偿",如果全都照价赔偿,美丰厚这十几年可就白干了!

他上楼去找吴先生,见他蹲正在库房一个角落,跟两个实习生翻着账本像是在找什么。

子和问:"你们这是干什么?"

吴先生说:"想从进货账上查一下现在货场里究竟存着那些东西。"

子和问:"能查清楚吗?"

吴先生说:"应该能。咱每一笔进货都把存货人、品名、数量、估价记在账上。出货场,要凭进货登记交清费用、开出货单,同时就把这笔货注销。从账上一笔一笔查,能倒出货场还有哪些存货。"

子和把吴先生拉到一旁,悄悄地问:"按这个数赔,咱攒下的家当都得赔出去吧?"

"也许还不一定够。"吴先生看着他说,"要赔,还定个比例吗?"

"还定什么比例,咱就照价赔偿呗。"子和叹了口气,"是多少,就得赔多少。你说呢?"

“那数目就太大了。”吴先生为难地说，“恐怕把咱美丰厚的家底儿都搭上，也打不住。”

子和说：“刚才我就想，美丰厚货栈在海河码头的信誉，来之不易。遭了灾咱认倒霉，不能为舍不得赔偿，把咱的牌子砸了。”

吴先生点点头：“这倒也是。”

子和感慨地说：“赔光家底儿，大不了从头再来。我师父跟我说过，遇到多大挫折，只要心气儿不倒，再困难也能缓过来。现在咱还有六十多人，货栈还在、货场还在，这就是咱从头再来的本钱。”

吴先生佩服子和的魄力，想了想说：“如果咱决定要照价赔偿，水一下去就把告示贴出去，让货主尽早来办手续。还得想办法把这些过水的货，尽早卖出去，腾出地方赶紧做生意。咱受了灾，海河码头的商船照样来往。这就是咱的机会。”

三爷说：“对，咱就这么办。我跟老四打招呼，你就照这样做准备。”

大雨还在下，海大道下泄的洪水，拧着旋涡往下冲，水面上横七竖八漂着上游冲塌房屋掉下的木料，撞上人必死无疑。子和、又宾几次想去怡和道家里看看，实在过不去。

怡和道院子里只有彩芹、怀孕的玉华和戴老爷子三个人。洪水没过了炕沿，屋里的桌椅板凳都漂到院里。北房地势较高，彩芹在东屋炕上架起一块板子，让玉华上去歇着。好在家家缸里还有些能喝的水。把煤球炉子搬到炕上，点着火就能熬粥喝。

这场水灾使得天津与外界水陆交通全部中断，全市数十万民众颠沛流离，栖食无所，工商贸易也无法进行。

洪水泛滥了一个多月。水刚下去，美丰厚货栈门前就贴出了告示：货栈所存货物俱被水淹，本栈将按照合同约定照价赔偿，望货主尽早来办手续。

人们听说美丰厚货栈贱卖过水货，当天就有人来打听。没几天过了水的棉花、布匹、粮食、药材就被人买走不少。有些实力雄厚的客户见货栈也受了这么大损失，就放弃了赔偿。有的把自己被淹的货拉走，也就算了。

美丰厚的员工昼夜加班清理货场、维修设备，半个多月就恢复了营业。美丰厚灾后复苏，在海河码头又拔了头筹。

尽管如此，货栈还是伤了元气。老底子基本赔光，流动资金只能勉强维持。玉华就要临产了，彩芹主张去马大夫医院，又宾说："去那儿生孩子，少说也得几百大洋。柜上拿不出这么多钱，还是找个接生婆在家生吧。"

玉华记得西头有位邻居会接生，又宾叫上岳父赶紧去预约。走到西门外，就见远处那一大片低矮的土坯房，全都泡塌了。四周空空荡荡，连个人影也没有。谁也不知道这里的人都去了哪儿。

彩芹去小白楼达仁堂打听有没有接生的。柜上的先生说，对面首善街有位信基督教的白奶奶，把接生当善事，自带用具不要钱。产妇家里按她的吩咐配合就行。

彩芹问起当年坐堂的周大夫，那位先生说，老大夫年纪大，经受不住这次水灾的折腾，已经去世了。

彩芹买了些水果去见白奶奶，介绍了玉华的情况，善良的白奶奶非常同情。告诉彩芹，临产那天来车接她就行。

戴玉华在家生了个男孩儿。孩子像他妈，大大的眼睛，人见人爱。吕又宾请三爷给儿子起了个名字，叫吕洪生。戴老爷子乐的合不上嘴。彩芹整天照顾玉华坐月子。玉华身体好，奶水足，小洪生长得挺结实，怡和道这座小院也显得生机勃勃，喜气洋洋。

全额赔偿这件事大大提升了美丰厚货栈的声誉，新老客户都来美丰厚存货，货场门前又再现了车来车往、熙熙攘攘的局面。有些带着货物来的客户，把货存到这儿，却不知道去哪儿找能出口的洋行，该办哪些出口的手续。吴先生把这事看在眼里，跟三爷商量："有些货成色不错，价钱也不错，咱就把它收了吧。"

子和说："行，用山货庄的名义把货收下，咱去办出口。客户方便，咱也有点儿赚头。"

"也许赚头还不小呢。"吴先生笑着说。

"咱有人办这事吗？"子和问。

吴先生说："咱培养的实习生，有几个业务能力蛮不错。就让他们办吧。"

子和说："他们要行，就把山货庄的牌子再戳起来，名正言顺。您来牵这个头。"

吴先生说："行，我先兼着。我看许南生挺精明，人品也好，洋行、海关、码头上的事，都挺熟悉。往后可以让他把这一摊顶起来。”

子和点头说：“我知道他。话不多，心里有数，办事也稳当。您带着他干一段再看看。业务室的薛继承、财务室的范斌也不错，都是您带出来的，他们身上都有您的影子。”

经过这次水灾的洗礼，美丰厚货栈各个岗位上，都出现了关键时刻能顶事的骨干。生意越做越顺，子和也觉得轻松了不少。他很想抽空去山西看看闺女。彩芹给母亲、婆婆、师母、桂兰和苗姐都准备了礼物。她不愿意出远门，让三爷自己去。

彩芹说：“你回去告诉桂兰姐，过几年我生个儿子，让她抱回去给我养着。”

子和知道，彩芹这几年一直小心翼翼地保养身体，就是为好实现她的心愿。他感激她，也为她担心。但这件事总也拗不过她，也就自己去了。

那些年军阀混战，国内局势动荡不安。政府腐败，学生罢课、工人罢工风起云涌。背后总有些外国势力、外国思想在作祟。1919年爆发五四运动，1921年中国共产党成立，政治形势发生了根本性改变。

这时四十二岁的彩芹再次怀孕了。刚两个多月，她就头晕腿软，什么也吃不下，闻到点儿特殊的味道就想吐。子和、吴嫂和玉华都为她担心，彩芹自己心里却有个老主意。她相信西医有办法，相信无论出什么事，马大夫医院能让她转危为安。

几年前生珮珮，她就经历过这种危险。那年是一位有经验的英国大夫给她做的剖腹产手术。在腹部下端切了个半圆形的刀口，缝合后一点痕迹也看不见。那时一般人都认为剖腹产是奇怪的、不吉利的。这件事除了玉华，谁也不知道，她连子和也没告诉。

彩芹非常感激那位老大夫，几次当面向他道谢。

“剖腹产是常见的一般手术。”那位老大夫通过翻译对她说，“但是我不赞成你这样的年纪，这样孱弱的身体，再次怀孕做这样的手术。这是很危险的。”

她记住了老大夫前边的那句话，“剖腹产是常见的一般手术。”想通过手术实现她给成家生个男孩儿的愿望。但是忘记了后边的那些话，忘记了它会带来的危险。又怀了孕才发现，这次的感觉和几年前那次怀孕，已经大不一样了。

从彩芹怀了孕，玉华就什么活儿也不让她干了。五岁的小洪生和两岁的女儿都让老爷子带着，做饭、洗衣、收拾屋子都是玉华干。这几个月，彩芹每天除了在院子里溜达，就是在炕上躺着。想吃什么玉华就给她做什么。子和也常给她带些稀罕的吃食。

这样小心翼翼地过了七个月。天热了，一天晚上子和在堂屋通风的地方给她搭了个小床，扇着扇子陪着她聊天儿。彩芹忽然觉得下身有点儿沉，伸手一摸床都湿了。她吓得脸都白了，紧张地说："子和，快叫辆车，送我去医院。"

子和赶紧出屋喊："老四，快去仁和店叫辆车，送你三嫂去医院！"

又宾听见喊声就跑了出去。

玉华、吴先生、吴嫂都出来了。

玉华跑进上房，见彩芹斜倚在床上，地下流了一滩血！

面色苍白、奄奄一息的彩芹被送到马大夫医院，当时就进病房抢救。子和、又宾、吴先生在医院走廊里焦急地等待，玉华和吴嫂进了病房，只能靠墙站在那儿看着医生、护士不停地忙活。

过了会儿听到彩芹轻轻哼了一声，一位护士转身说："人活过来了，你俩请出去吧。"

玉华和吴嫂擦着眼泪走出病房。吓得子和瞪大着眼问："她不行了？"

吴嫂说："抢救过来了。"

玉华说："我们什么也没看见，就听见我姐哼了一声。"

吴先生叹了口气说："好歹总算活过来了。子和，你得做最坏的准备呀！"

又宾去交涉，想把玉华留在病房。院方不同意，说这样危重的病人，需要上特护。家里人留下也只能在病房外待着。这是医院的规定。

这时已经是半夜了。吴先生去住院部交了押金，留了货栈的电话，几个人才坐车往回走。

吴先生说："玉华，你回家看着孩子吧。我们回货栈。有事派人给你送信儿。"

玉华流着泪,点了点头。

当天夜里彩芹睁开眼,见自己躺在医院病床上,知道她是被抢救过来了。病房的大灯熄灭了,昏暗的灯光下,她见病床前坐着一位正在打盹的中年女护士。

彩芹轻声问:“大姐,您贵姓?”

女护士忽然醒来赶紧说:“我姓方。您多暂醒的?”

彩芹有气无力地说:“我刚醒。方护士,我有件事想拜托您。”

方护士看着她:“您说吧。”

第二十八章

彩芹喘着粗气说:“我是为生个男孩儿,才这样的。”她喘了几口气,又问:“我肚子里的孩子,还行吗?”

方护士说:“刚才为抢救你,什么措施都用上了,你心脏跳动的声音还很弱、很弱。孩子的心音,好像一直没听见。”

彩芹懊丧地说:“我心里有数,孩子是没救了。”说着,她吃力地从贴身衣裳的口袋里,掏出一张钱票:“方姐,咱姐儿俩有缘。这是一百块大洋,你收下。”

方护士吓得直往后躲:“给我这么多钱干嘛?”

彩芹枯黄的脸上露出了笑容:“到我死的那天,你找个刚出生的男孩儿交给我丈夫,就说是我生的。”

方护士说:“我上哪儿找去呀!”

彩芹说:“我早打听好了。你们产科常有私生的,不行就去育婴堂要一个。要结实点儿,漂亮点儿的。我一半天死不了,等着你给我办呢。”

方护士感动得眼圈儿都红了,接过那张钱票:“姐姐,真没见过你这么死心眼儿的。你放心,我给你办。”

第二天子和来看她,见彩芹脸色苍白,正闭着眼在病床上躺着。听到声音睁眼见是子和来了,嘴角微微一翘像是笑了笑,吃力地悄悄说:“我就知道你准得来。”

子和俯下身子小声说:“你这么大动静,我能放心吗?”

彩芹说:“我没事,就是把衣裳、鞋袜都弄脏了。咱柜子里有我做的一身浅蓝的裤褂,没穿过的,你明天把它带来,还有新鞋、袜子。我出院穿。”

子和点点头。

彩芹说:“这间女病房不让男的进来。明天你进不来交给外边的护士就行。”

子和说:“刚才我就说了不少好话呢。”还要往下说,有个护士过来摆手让他赶紧出去。

彩芹说:“你回去吧。放心,我没事。”说着,眼泪流了下来。

转天子和带着彩芹要的衣服鞋袜再去看她,她已经昏迷不醒,全靠打针、输液维持了。方护士接过子和带的东西,把他带到病房门外,含着泪说:“您太太昨天夜里醒过来,让我转告您,她要给您生个男孩儿,如果死在产房,柜上挺忙的别办丧事,埋在天津就行。也别惊动她妈,让您赶紧找个合适的女人娶进门,把孩子看好,别让孩子受委屈。”

子和明白了,彩芹是无论如何也要给他留个儿子!

彩芹又昏迷了两天,就与世长辞了。

子和带着玉华赶到马大夫医院,方护士两眼红红地把抱着的婴儿递给他:“这是您太太生的孩子。”说着还递给他两瓶鲜牛奶。

玉华接过孩子问:“这是谁给的?”

方护士说:“是他妈给买的。”说完扭头就走了。

子和流着泪说:“玉华,你把他抱回去吧。”

玉华直埋怨:“她也不说是男孩儿还是女孩儿。”

三爷看也没看:“是男孩儿。”

马大夫医院有个规定,去世的患者遗体可以在太平间存放两天。子和到太平间看到妻子,脸上很从容,浅蓝色的衣服穿得整整齐齐,鞋袜也都是新的。难过地流着泪说:“彩芹,你想到的都办到了,可为什么撇下我就走了呢!”

子和回到货栈就给郝子润发了一封电报:“我妻难产去世。请与我姐来津把孩子抱回抚养。”接着就和吴先生商量了彩芹入葬的事。当天晚上,孩子在玉华屋里,三爷躺在炕上看着彩芹睡的地方,流着泪一遍一遍地想彩芹这件事,这么好生生地一个人,就这么走了?折腾了一夜也没合眼。

第二天吴先生去八里台公墓给彩芹买墓地,三爷非去不可。两个人看好墓地,订了棺材,谈好在殡仪馆入殓的事,回到家他昏昏沉沉躺下就起不来了。吴嫂给他熬了粥,三爷眼泪汪汪一口也喝不进去。吕又宾和玉华来劝他,除了陪着哭,也没别的办法。

第三天吴先生带人去八里台公墓做准备,三爷和吴嫂带着被褥,雇了一辆轿车去医院太平间接彩芹。遗体用被子裹上抬上用褥子垫好的轿车,吴嫂坐在一旁陪着她,一路上三爷的泪就没停过。

到了公墓,在殡仪馆有人把彩芹的遗体入了殓,有人把棺材抬到墓地,安葬完毕在墓前立了碑,上面刻着“雷彩芹之墓”几个大字。这都是吴先生半天时间安排的。

吴先生说:“死者为大,咱们给彩芹行个礼吧。”

几个人站成一排向彩芹的坟墓鞠了躬,大家围着它转了一圈,这才扶着子和走出公墓,坐上轿车。回到他们住的小院,郝子润带着桂兰和一个女人已经到了。

子和见了姐姐,刚说了声:“彩芹……”就哽咽地说不下去了。

桂兰含着泪说:“这事就别再说了。我给孩子找了个奶妈,也跟着来了。”

抱回来的孩子玉华用牛奶喂了两天,子和接过来把孩子交给姐姐:“我实在没办法,还是您把他抱回去吧。”

桂兰把孩子递给奶妈,回过头来说:“你给孩子起个名字吧。”

子和脑子里很乱,这件事还没考虑过。他想用仁义礼智信这几个字,觉得成仁、成义都不好听,就说:“叫成礼吧。”

在场的人都说这个名字起得好。子和跟郝子润说:“郝掌柜,麻烦你给我岳母送个信儿,告诉她彩芹难产去世了。我实在顾不过来,两个孩子都在放奶奶家。说得委婉点儿,让老人家别太难过。”

郝子润说:“您放心,老人家不是想不开的人。您可要节哀,多多保重”

小成礼吃上奶妈的奶,不哭不闹,很让人喜欢。桂兰、奶妈和郝子润,带上孩子住了一宿就回去了。

子和睡在货栈经理室,再也没回怡和道那个小院。

东北的张作霖几年前时来运转,武昌起义他起兵勤王,受到清廷破格升赏。袁世凯当了洪宪皇帝,封他为盛武将军,督理奉天军务。袁世凯死后,北京政府又任命他为奉天督军兼省长。

1922年张作霖带兵进关,被直系军阀吴佩孚打得一败涂地,只好撤回东北。

成子和每天除了处理货栈和山货庄的事,就在经理室套间的卧室里待着，哪儿也不去。彩芹去世对他的打击太大了。二十五年的恩爱夫妻，彩芹对他无微不至的关怀，点点滴滴都印在他脑子里，只要闲下来，眼前就会出现彩芹的影子。

一天刘寿兰来看他，进门就说："老三，你总这么待着可不行，还得出去转转。你听说了吗，这回张作霖可真栽了。让吴佩孚打得落花流水，回去就闹起了东北自治，还宣布自己是东三省保安总司令。他真是割地为王了。"

子和说："我去哪儿都觉着没劲。看吧，往后他还得接着闹。咱在租界做买卖，他再闹也闹不到咱头上。"

1924年张作霖发动第二次直奉战争，打败直系军阀，控制了北洋政府。他坐镇天津，把司令部放在英租界的皇宫饭店。跟着大帅的奉军首领们个个腰缠万贯。钱捎不回去，就打起了歪主意。

一天奉军的几个师长在皇宫饭店西餐厅开洋荤，有个师长说："吃西餐用的刀子、叉子，咱就使不惯。"

有个在这儿吃饭的中年人说："找他们拿双筷子不就结了嘛。"

有位师长问："这位先生，听您的口音不像本地人，您也是外来的吧。"

那个人说："我原先在天津海关道做事，老家是东北的。"

那位师长问："您是大清的官员吧？您贵姓？"

那人说："我姓谈，是原先海关道的道台。"

那位师长顿时来了兴趣："您是天津海关的谈道台。失敬，失敬！我想问问您，如今在天津，干哪行能发财？"

谈道台想了想问："您想怎么干？"

那位师长说："哪行挣钱来得快，我把钱搁进去，让它给我挣钱。"

谈道台说："要说来钱快，还是码头上的货栈来得快。谁把货存到他那儿，他就能挣钱。"

那位师长觉得有门儿，凑过去问："您看钱往哪家货栈投合适？"

谈道台说："当然是美丰厚货栈哪！美丰厚货栈在海河码头财源滚滚，名声在外。东家就是咱东北人，找他去就行！"

第二天几位奉军师长要请刘寿兰吃饭。刘大爷觉察到可能跟货栈的事有关，子和也该出去活动活动，就把子和也带了去。酒席宴前几位师长提出要在美丰厚货栈入股。

刘寿兰说:“这事好办。可是酒桌上的话不算数,过几天咱们单说吧。喝酒、喝酒。”

刘寿兰本想几句话把这件事搪塞过去。突然那位师长拔出手枪对着他:“你以为我们不知道?你发了财,弟兄们沾点儿光都不行?”

刘寿兰见他来横的,猛地把吃饭的桌子掀翻:“你撒泡尿照照,你个小毛孩子还敢跟老子叫板!”

那位师长还想动手,有位叫李铮的师长赶紧过来又拉又拽,把他和刘寿兰劝开,这件事才算过去。

回到美丰厚,刘寿兰问子和:“你看今天的事有什么蹊跷?”

子和说:“我看他们是有备而来。咱做的是生意,他们图的是挣钱。要是这些军人掺和进来,往后的事就不好办了。他们的钱是拿命换的。挣了钱,跟着分红。赔了呢?还不跟咱玩儿命?”

刘寿兰觉得他说的有道理。心想如果让这几个人在美丰厚入了股,别的师长、旅长都来入股怎么办?这些军官都是朋友,怎么能驳他们的面子?想来想去,也想不出好办法。

子和说:“我看要想让他们打消这个念头,非请张大帅说话不可。”

这句话突然打开了刘寿兰的思路:“老三,事不宜迟,咱俩找张雨亭去。”说罢两个人就直奔张作霖住的皇宫饭店。

草莽出身的张作霖,对自己的朋友向来不摆架子。见刘寿兰突然来访,笑着迎出来说:“你小子是无事不登三宝殿,说吧,找我有什么事?”

刘寿兰说:“我干的货栈挣了点儿钱,让你们那些老总看上了,几个师长都想入股。他们要掺和进来,我可招架不住。”

张作霖笑着说:“这小子们弄点儿钱不容易,捎不回去又怕毛了,可不就打你的主意呗。”

子和这时插话说:“老总们入股,挣了钱大伙分也好办,就怕弄不好赔了,我们可就对不起人家了。”

张作霖没见过子和,问刘寿兰:“这人是谁?”

刘寿兰说:“哎呀,我忘了跟你说啦,这就是当年在锦州给咱存银子的成祥。现在他叫成子和,在我们货栈当经理。”

张作霖说："银票的事就是他呀。老弟，你可是我最敬重的那种人。"忽然他想起一件事，问子和："甲午年兵败，咱毅军的人都是从东边跑回来的，你听说过宋庆这个人吗？"

子和说："是我把他老人家从大道上救回去，藏到大车店的。"

张作霖突然站起来问："是你把他救了？"

子和点点头。

张作霖问："后来呢？"

子和说："老爷子养好伤就走了。"

张作霖问："他就在你那儿猫着？"

子和说："伤养好以后，还教给我一套六合拳跟六合刀。"

张作霖疑惑地说："兄弟，我不是不信你说的这些话。他留下什么东西没有？"

子和说："给了我一把短剑，那件带血的战袍也留给我了。"

张作霖立刻喊来副官："你快跟这位兄弟去把短剑跟战袍取来！"

子和跟着副官坐上大帅的雪佛兰轿车，不一会儿就把短剑战袍拿来了。张作霖抚摸着这把短剑，两手捧起那件战袍，眼含热泪，半天说不出话来。

他忽然问："大广济寺的碑文是他什么时候写的？"

子和说："他老人家伤好了以后，每天都写字。每次说起毅军的事，他都掉眼泪。八月节那天，我们跟爷爷一起过节，他特别高兴。听说那天他就写了半夜，那篇碑文也许就是那天夜里写的。"

听到这里，张作霖泪流满面，已经泣不成声了。他抬起头来大声喊道："宋统领，我一直找不到你呀，你老可受委屈啦！"

过了一会儿，张作霖又问："他是怎么走的？"

子和说："入冬之前他觉得伤已经好了，说要回老家。我找寿兰大哥要的钱，买了一匹马送他走的。"

刘寿兰赶紧说："我可不知道他就是宋庆啊。"

子和说："我也是直到老人家临走才知道的。他临别说，送你一个字吧。我现在叫的子和，就是他老人家送给我的。"

张作霖叹了口气说："那就是他看上你了！"

刘寿兰问："他到底去哪儿啦？"

张作霖摆摆手说:“宋统领这个人,他要去哪儿绝不告诉别人。我听说他写的毅军浴血记,是朝廷里的人递上去的。要不怎么能让皇上御批,在锦州立碑!他八十多岁还有股血性,带兵在北仓跟八国联军打了一仗!”

说着话张作霖已经恢复常态。对刘寿兰说:“你们说的这事就交给我吧。他们手里有钱怕毛了,自个儿开买卖不就截了!我不让这帮小子跟你们掺和。往后你们有事就来找我。子和兄弟,我可是欠了你的大情啊。”

子和赶紧说:“大帅这么说,我可担当不起。”

张作霖喊:“徐副官!告诉司机老刘,把我那辆雪佛兰,连车带人都送给他们!一会儿你们就坐着它回去。赶明儿我请客。寿兰,上你们家吃去。别忘了,小鸡儿炖蘑菇!”

第二天,张作霖带着嫡系师长们,来到天津英租界马场道刘寿兰家。师长们正往楼里走,刘寿兰拽住他熟悉的师长李铮,小声问:“老李,跟我叫板的那小子怎么没来?”

李铮说:“昨儿后晌总司令听说那小子要抻家伙收拾你,当场就给他个嘴巴,还踹了他一脚。今儿个就没让他来。看样子要开了他!”

刘寿兰心想,怪不得张雨亭昨儿晚上给我打电话,非让我摆个香堂不可呢。

张作霖走进楼里就问:“香堂摆好啦?”

刘寿兰说:“还是按咱老规矩摆的。”

俩人说着走进摆成香堂的大客厅。只见靠北墙摆着一个硕大的香案,两支明晃晃的红烛,映照着墙上的关老爷坐像。香案上摆着干鲜供果,还有个大香炉和一把香。香案前放着个大蒲团,两旁各摆了一排椅子。

先来的师长们都识趣地站在那里。

张作霖说:“这个香堂是我让刘寿兰摆的。自打这回进关打了胜仗,我就觉着咱这些老弟兄们,还没个说话的地方。往后就来这儿吧。咱的家法呢?”

刘寿兰从香案后拿出一根一头红一头黑的粗木棍,双手递给张作霖。

张作霖说:“我先上香。”说罢,双手把这根木棍举过头顶,摆到香案上。拿起三柱香,在烛火上点燃,插进香炉。跪在蒲团上向关公神像磕了三个头。回身坐到香案右手的主位上。

师长们依次过来,恭敬地磕了头,分坐在两边。

最后磕头的是刘寿兰,磕完头坐到最后。

张作霖郑重地说:“咱们这回占了关里的大片地界儿,我还管着北洋政府。可我总觉得屁股底下坐不稳当。咱毕竟是草头王,不像人家文人出身,有一套治军治国的本事。怎么办?兵随将令草随风,就得先把你们这些带兵的管好,管得严点儿。没别的,还是咱在东北的老法子,立个香堂,用咱的家法管。从今天起,刘寿兰就是咱在天津的堂主。打仗的事他不管,别的他都管。谁要仗着手里有枪,动不动就要横,欺负老实人、踹寡妇门、刨绝户坟,那就得动家法。来,寿兰你坐这儿。”

刘寿兰走过来,坐在香案左手笑着说:“我就是给雨亭打个下手。”

张作霖问:“寿兰就当咱们在天津的老大。你们说行不行?”

师长们应声回答:“行!我们在天津,就归寿兰大哥管。”

张作霖说:“寿兰,你听见了吧。从今往后,他们这些师长旅长的在天津抽大烟、逛窑子、打架斗殴、为非作歹,仗势欺人,你都得管。他们这些鳖犊子出了事,我拿你是问。”

刘寿兰装作愁眉苦脸地说:“那我不就成了给他们垫背的啦。”

大伙儿一阵哄笑。

张作霖说:“他当大哥,今儿个就是他请客,小鸡儿炖蘑菇。”接着就是一通哈哈大笑。

这些师长们见大帅高兴,也都放开嗓子大笑起来。

第二天刘寿兰到美丰厚货栈告诉子和:“张雨亭为咱的事真动怒了。在我那儿立了个香堂,让我当他们在天津的老大,专管这些师长旅长。反正都是跟着雨亭出来的,这些人我管得了。”

子和说:“你也别太大意。管他们这些事,麻烦少不了。”

刘寿兰点点头:“要说也是。你说他们在天津能待长吗?”

子和说:“这很难说。他们待多久没准儿,咱可离不开天津。你总得给自个儿留点儿后路”。

刘寿兰越想越对:“要不我找你商量呢。”

子和说:“有位爷爷嘱咐我,好好做生意,别跟江湖扯到一块儿。我看官场、军队也是江湖,还是别跟他们扯一块儿为好。”

“你说得对。”刘寿兰不住地点头。

美丰厚货栈还是那么忙忙碌碌。刘寿兰见子和总是郁闷，跟他说：“眼下的事有吴先生盯着，你回去看看那俩孩子吧。”

子和摇摇头：“不年不节的，我走不大合适吧。”

刘寿兰瞪了他一眼：“咱自己的买卖，你怕什么！这些年你白天关照货栈，晚上对山货庄的账，哪天不熬到后半夜？又宾成了家，孩子都有了，就你还是白天晚上都在柜上盯着。回趟家还怕这怕那，太说不过去了！”

子和见他说得很恳切，这才跟他说：“老四管管货场这一摊儿还行，生意上总上不了路。”

刘寿兰说：“他跟你比不了，可办事还行。你就放心吧。有我跟吴先生在这儿，天塌不下来。”

见大哥说到这个份儿上，子和就启程去了汾阳。母亲见了他非常高兴。他看了女儿珮珮，看了桂兰姐从天津抱回来的儿子，两个孩子都很乖，他也很高兴。

王氏说：“你不是总惦着给我买个宅子嘛，我托郝子润给找了一处，听说还不错。趁你回来，叫郝子润带你去看看吧。”

子和觉得是该给母亲办这件事了。找上郝子润，就去看要买的那座宅子。

这座宅子坐落在北门街养济巷。坐北朝南，前后三进院子，还有三个跨院儿。里院正房是五间砖砌的窑洞，房顶有个风水阁楼。东西两侧是一明两暗三间厢房。二院东西也是一明两暗三间房。前院东面三间房，南面是两间房和一个门洞。大门朝南开，门前有个门楼。西北角是个书斋小院儿。三个跨院是柴房、磨房和茅房，整个宅院布局大方得体。

第二天雇了一辆轿车，接上母亲再次去看。王氏里里外外仔细看过，非常满意。站在院子里说：“阿弥陀佛！谢天谢地，我要能住上这座宅院，这辈子也值了。”

三爷请中人和房主三方在过户的契约上签字画押，以两千六百六十块大洋，为母亲买下这座院落。办完手续，拿到房契，王氏带着子和去福慧庵焚香跪拜。流着泪告诉观音菩萨，儿子兑现了当年的承诺，圆了她的梦。

那几天王氏想到自己有了这么好的宅院，非常兴奋，总是笑得合不上嘴。

子和把这座院子的修缮事宜，都托付给了郝子润。办完这件事，就去北郭村看望岳母。雷奶奶见了女婿，想起女儿，跟子和痛哭了一场。

第二天子和就辞别母亲返回天津。

也是王氏乐极生悲。子和离开汾阳不久，她竟一病不起。没等搬进新居，就驾鹤西去了。

三爷接到噩耗，马上又回来奔丧。见到灵柩，想到养母的愿望刚要实现就离他而去，心里很难过。他把王氏的灵柩移到新买院落的正房堂屋。给刘寿兰拍电报，说自己要为母亲守灵，暂时回不去了。

远亲近邻纷纷到养济巷的新宅，给王氏烧纸吊唁。来的人多，说法也多。有的说王氏福浅命薄，儿子刚买下这么好的房子，她倒走了。有的说她心愿已足，在西天也同样高兴。还有人说她家抱回来的孙子，不像爹、不像妈，生让这个孙子给方死了？

子和在外闯荡多年，从来不信佛、不信教，也不迷信。听到这些话，对从医院抱来的这个孩子，也有些异样的感觉。

第二十九章

王氏的丧事办得很隆重。请福慧庵的尼姑来念经，灵前点了常明灯，扎了金山银山、纸人纸马，出殡时请了全套的执事，棺木罩着大红的棺罩。子和披麻戴孝把王氏的灵柩埋在韩家祖坟。她几十年前向往的这件事，终于实现了。

办完王氏的后事，子和累得精疲力尽。桂兰抱着成礼，拉着玉珮，郝子润陪着子和，回到养济巷宅院上房。

桂兰流着泪说："成祥兄弟，你对妈尽了孝，跟韩家的渊源也就到头了。往后就别再惦着我们了。"

子和说："姐，你别这么说。你永远是我姐姐。佩佩跟成礼还得你帮我带着。你全家跟他俩就住在这个院子里。忙不过来，就雇个人。一个不行就雇两个。还像过去一样，让郝掌柜关照你们。"

郝子润说："三爷你放心，有什么事找我就行。"

子和无奈地说："我对不起的就是这俩孩子。子润，你替我在孩子身上多操点儿心。帮我姐管严点儿，别惯着他们。"

美丰厚货栈的日常事务，一向是子和亲自料理。三爷回家奔丧，就由吴先生和吕又宾主事。又宾喜欢热闹，每天下班没事就跟工人们一起扔沙包、举墩子、摔跤打闹。

旧日天津脚行每天都得练练功夫。活动开筋骨，干搬运活儿才能避免受伤。练功的场子，也是他们互相联络的地方。大伙在一起嘻嘻哈哈，神侃八说，都挺高兴，干起活儿来也特别痛快。

那天下午，货栈门前让人扔了一堆垃圾。西瓜皮、炉灰、烂菜帮子，脏乎乎摊了一大片。看门的工人不知道是谁干的，站在门外直骂街。这时来了两个印度巡警，指着美丰厚货栈的牌子，让负责人出来。

有人跑进去告诉四爷。几个工人跟着又宾走出来，门外已经围了一群看热闹的。看门的工人告诉两个巡警，这位就是负责人。印度巡警气呼呼地用英语说:“门前马路弄得这么脏,快点儿收拾干净,不然你们要受罚的。”

吕又宾听不懂他说的是什么。看热闹的人群里有个尖嗓子说:“他说你们不讲卫生,把马路弄得这么脏都没人管。要罚你们钱。”

吕又宾说:“这不是我们弄的。打扫干净可以,罚钱不行。”说着回头叫工人们拿扫帚来,把门前打扫干净。

那个尖嗓子故意用英语跟这两个巡警说:“他说这不是他们弄的,让你们两个黑鬼赶快滚蛋,不然就叫人揍你们。”

两个印度巡警一听,当时就急了。有个巡警瞪着眼过来就要抓四爷。吕又宾闪身躲开,想找那个会说英语的跟他们讲理。再看那个人已经不见了。他忽然觉得,那个人好像在哪儿见过。

吕又宾正在犹豫,印度巡警嚷嚷着伸手又要抓他。又宾再躲也来不及了。伸手抓住巡警的手腕顺势一拽,那个巡警踉踉跄跄差点儿没趴下。

两个印度巡警都急了,上去就打四爷。几个工人见巡警俩打一个,怕四爷吃亏,七手八脚就把这两个印度巡警揍了个鼻青脸肿。

挨打的印度巡警回去报告英租界工部局巡捕房,英国警官勃然大怒。租界里的中国人竟敢明目张胆打巡警,这是他们最不能容忍的事,带了一帮警察就到美丰厚抓人。

听说英国警察来抓人,东货场几十号工人摩拳擦掌跑了出来。吕又宾怕出事,跟那位警官说:“我是货栈的负责人,你们的人是我打的。要抓就把我带走,没他们的事”。

英国警官也怕把事闹大,没再说别的就把吕又宾带走。聚集在货场门前的员工吵吵嚷嚷不知道该怎么办,拉货的车辆也堵在门前出不来、进不去了。

业务室的薛继承听说后,赶紧到门前大声喊:“各位师傅,回去干活儿吧。三爷没在家,吴先生病了没上班。这事该怎么办,我给董事长打电话。”

工人们见有人出来管这事,也就都回去了。

刘寿兰接到薛继承的电话,当时就说:“我马上就去!”坐上张作霖送给的雪佛兰轿车,很快就来到货栈。

听了薛继承的汇报,刘寿兰觉得打了租界的巡警,这事非同小可。要把吕又宾救出来,还得找张作霖出面,坐上车就去了皇宫饭店。

这时张作霖是第二次带兵占领天津,听说这件事,他问:“让人家抓起来的是什么人?”

刘寿兰说:“是货栈副经理。”

张作霖问:“原来是干什么的?”

刘寿兰说:“是锦州烟铺的伙计。”

老奸巨猾的张作霖心想,为这个人让我跟英国人说好话,这不是埋汰我嘛!跟刘寿兰说:“你们不懂租界的规矩,打了人家的警察,就得让人家该打就打,该罚就罚。这种没理的事还让我出头!”

刘寿兰说了半天,张作霖也没答应出面调解。刘寿兰没办法,一着急回到家就病倒了。司机老刘给薛继承打电话,告诉他刘大爷去皇宫饭店的结果。薛继承找货场带班的搬运工陈昆商量,无论如何也要稳住员工别出事。又跟厨房掌勺的蔡师傅说了,三个人分头嘱咐大伙,千万别再惹事,该干嘛干嘛。

三个人两天两夜没合眼,货栈进货、发货,收款、付费都没耽误。第三天三爷回来了。

子和回到美丰厚货栈,人们见了他都说:“三爷,您可回来了。”他发现员工都有些紧张,也没见吴先生和吕又宾。就到业务室问:“出什么事啦?怎么没见吴先生跟四爷?”

薛继承站起来说:“吴先生病了。前几天咱货栈门外出了点儿事,几个工人打了印度巡警,吕四爷让租界巡捕房带走了。”

子和见他好像还有话说,问他:“究竟是怎么回事?你到我那儿再说说。”

薛继承跟着三爷来到经理室,就把那天出的事和怎么给董事长打的电话。董事长去找张大帅,回来也病了。以及他跟陈昆、蔡师傅商量的事,都跟三爷说了一遍。

薛继承是三爷和吴先生从广仁堂选来的孩子,这些年一直为山货庄收货、管账。他聪明好学,为人厚道,办事踏实。这次货栈出事,他敢出头维持局面,三爷非常满意。心想真没白培养他,但又觉得这件事有些蹊跷。

三爷说:“继承,你告诉大伙,吕经理的事由我来办,货栈生意千万别耽误。这两天你就在我这儿盯着。”

三爷当天就去了马场道刘家。刘大爷正在床上躺着,见到子和就说:“三弟,你可回来了。”接着就说起又宾被抓的事。

其实刘寿兰也没弄清楚这件事的来龙去脉,就觉得这个事连张大帅都不愿意管,实在太难办了。

三爷安慰了他几句:“我接着办这件事,您就别着急了,养病要紧。”

三爷回来就把出事那天在场的几个人叫到经理室,陈昆也来了。三爷说:“我想请你们仔细回忆一下那天的情况,想想有什么可疑的地方。”

有个大个子说:“那天在门口看热闹的里头,有个人看着面熟,好像就是那年放火的。”

陈昆说:“我看那个翻译有点儿不对劲。四爷说的话挺和气,怎么经他一翻,那两个印度巡警就急了呢?”

几个人说来说去,都觉得那天的事,是有人下的套儿。

这时三爷心里已经有数了。

当天晚上他去怡和道看了吴先生和玉华。这是他从彩芹去世几年来第一次进这个院。吴先生见三爷来看他,遗憾地说:“那几天我感冒发烧,浑身疼。在家歇了两天,就出了这个事。”

三爷说:“这不怪你。有人成心给咱下套儿,谁也难预料。”

吴先生很吃惊:“有人下套儿?难道又是刘庄谈七他们?”

三爷说:“很难说,现在咱还没证据。您踏实歇着吧,好利索再上班。”

那天晚上四爷没回家,玉华就有些担心。想到三爷出了远门,吴先生又病了,也许货栈有事回不来。光顾照顾孩子,也没去柜上看看。没想到竟出了这么大的事。

三爷说:“玉华,你放心,四弟的事我来办。英租界巡捕房也不能随便处置人。我找人跟他们讲理,你把孩子跟老爷子照顾好,千万别再出事。”

第二天一早,三爷告诉薛继承:“吴先生不在,你就把货栈的日常业务管起来。告诉陈昆,让他管管货场的事。我这就去找查理帮咱弄清四爷的事。”说完就走了。

查理已经是天津有名的设计师。美丰厚工程竣工之后,有些工商业老板见货栈焕然一新,很有气派,都来找查理建筑公司为他们重新设计,施工改造。英租界不少精美大方的商铺、民宅、别墅,都是他设计施工的。

英租界工部局发现这位总领事的公子不光设计水平高，建筑技术也很优秀。几条街道都被他建造得很有特色，既漂亮又气派，就把他的事迹报告给英国政府。查理的成就受到英皇褒奖，还让他承袭了父亲的爵位，授予查理子爵称号。

查理爵士名利双收，很感激成子和这位最知己的朋友。这些年来他俩来往不断，有很深的交情。今天三爷没打招呼就急匆匆地来公司找他，查理赶忙把这位好友让进自己的内室。关上门问："出了什么事？"

三爷把自己回老家奔丧和吕又宾出事的前前后后，都告诉了查理。他说："我弄不明白印度巡警和我的员工之间，到底是为什么打起来的，工部局对这件事怎么看，准备怎么处置。想请你帮忙，把这些事弄清楚。"

查理说："工部局有我的朋友，现在就可以问他。"

说罢他拨通电话和对方说了一会儿，放下电话说："朋友告诉我，你们的员工不仅弄脏了马路，还骂租界的巡警是黑鬼，双方这才打起来。按扰乱租界秩序、打伤警察处罚，要吊销你们的营业执照，还要把行凶者逐出租界。"

三爷跟查理说："这肯定是有坏人设的圈套，陷害我们。据我调查，货栈门前的脏东西，是有人故意撒的。我的员工没骂过那两位巡警。是巡警先打了我们，才激起大家的愤怒，把他们打了。这件事我要负责，可是整个事态的来龙去脉，还必须弄清楚。"

查理说："你的员工差不多我都认识，没有那么坏，可能就是你的敌人故意陷害你们。要弄清这些事，你能找到证据吗？"

三爷想了想说："已经有了线索，我会很快找到证据，弄清事实。希望你能和你的朋友沟通一下，给我点儿时间。"

查理说："这可以办到，我祝你成功。"

两个朋友紧紧地握了手，三爷就回了货栈。

三爷把昨晚说话的大个子找来，问他："你叫什么名字？"

大个子说："我叫庞二。"

三爷问："你能认出那个放火让咱逮过的人吗？"

庞二说："只要见到他，我就能认出来。"

三爷叫他雇了一辆轿车，俩人就去了刘庄。三爷找了个僻静的茶馆坐下来，让庞二到街上去找那个人。

刘庄只有一条街。不一会儿庞二就把那个人找了来。一进茶馆，那人见三爷坐在那儿，吓得“扑通”一声就跪下了，战战兢兢地说：“三爷，这事可不是我干的。”

三爷扶起他，让他坐下：“别害怕，今天就是找你交个朋友。”

那人说：“那天的事是刘四干的。听说三爷您出门儿没在家，他就想出这个馊点子，要出口气。”

三爷听说又是刘四干的，就问：“那个翻译也是他找的吗？”

那人说：“那就是刘四。仗着会儿句英国话，这小子什么坏事都干得出来。”

三爷说：“行，你真够朋友。”掏出一块大洋放在桌子上说：“我想让你跟我去趟工部局，在巡捕房做个见证。这点儿小意思你送回去，让家里别惦着。”说着向庞二使了个眼色。

那人两眼盯着桌子上的大洋，不住地点头。

庞二明白三爷是让他跟着去别让他跑了，赶紧说：“麻利点儿，别让三爷老等着。”

三爷等了一会儿，他俩回来就钻进茶馆门前的轿车，一起返回美丰厚。

安顿好带回来的人证，三爷又去找查理。查理爵士没想到子和这么快就能找到证人，马上就跟工部局的朋友联系。工部局见查理爵士插手办这个案子，当时就让把人证带去问话。

这件事的起因，就是刘四雇人在马路上撒垃圾给美丰厚栽赃和他利用翻译挑拨事端这两个环节。证人一说，审问的英国人也就明白了。他问三爷：“刘四做这件事，有什么动机？”

三爷说：“他就是想把美丰厚货栈排挤出英租界。”

审问的英国人又问：“这件事有什么证据？”

三爷说：“美丰厚刚成立，刘四就派人来放过火。”

查理听到这里，不由得耸了耸肩膀。

审问的人又问：“这件事有证据吗？”

三爷说：“有，放火的火把我还留着。”他指了指带来的证人：“他也是那年放火的证人。”

那个证人赶紧说：“那年是刘四雇我和另一个人到美丰厚放火，让三爷逮住教育了我们,把我们放了。我就可以作证。”

查理听到这里已经忍耐不住了,沉下脸来说:“如果听信那些地痞流氓栽赃陷害,把合法的经营者排挤出去,那可不符合我们大英帝国的利益!”

那个审问的英国人忙说:“是的子爵,请相信我们会把这件事处理好。”

当天晚上英租界工部局把证人留在拘押室。第二天巡捕房就把刘四抓来了。审清了案子的起因,把证人放回去。给刘四定的是栽赃陷害、挑拨诬告纵火未遂的罪名,押在巡捕房听候处罚。

成三爷请查理带他去看望了挨打的巡警,拿了一百英镑给他俩赔礼道歉。两个印度人见查理爵士亲自出面,给的钱也不少,表示今后绝不再提这件事了。

三爷问查理:“能不能再请人讲个情,把吕又宾放出来?”

查理摇头说:“打了租界工部局的执法人,无论如何也是要受惩罚的。”

子和很失望,查理看着他说:“英国租界工部局对殴打巡警的吕又宾,还是要他限期离开租界,否则不光人放不出来,美丰厚货栈结不了案,还有吊销执照的可能。”

子和无奈地点了点头。

三爷到马场道跟刘寿兰说了这两天调查办理这件事的经过,听到工部局要吊销美丰厚的营业执照,刘大爷当时就吓出一身冷汗。自言自语地说:“这个吕又宾,差点儿把咱二十几年的心血给毁了。”

见三爷没说话,刘寿兰说:“英国工部局非让吕又宾离开租界不可,这是要给咱点儿颜色看。打了人家的人,就要驱逐你出境。我看还是让老四早点儿离开为好。”

三爷说:“我看让又宾一家带上两千块大洋,到北平开个烟铺。这样既能让工部局早点儿结案,也让又宾给咱在北平安个住处。”

刘寿兰连连点头说:“这倒是个两全其美的办法。”

俩人商量妥当,三爷就到租界巡捕房去看吕又宾,把这件事的前前后后跟他一说,吕四爷也大吃一惊。没想到跟印度巡捕打了一架,竟惹出这么大的祸来。去北平开烟铺,他倒挺乐意,觉得这样才能扬长避短,发挥自己的才能。

跟吕又宾谈完,三爷去工部局办了具结手续,才把他接出来。又宾跟着三爷去马场道刘寿兰家,当面向大哥认了错。刘寿兰安慰了他几句,就说起去北平开个铺子,往后也许用得着。弟兄三人在一起吃了顿压惊送行的饭,又宾就带着一家人去了北平。

阴险狡猾的刘四,从被押那天起,就想尽办法为自己开脱。羁押了几个月后,在工部局为他定刑之前,忽然想起他住的刘庄是德租界,英国人管不了他。就跟英国巡捕房百般狡辩。办案的英国人没办法,稀里糊涂就把他放了。

三爷没白没夜地处理完美丰厚这场祸事,心力交瘁,觉得有点儿不舒服。刘寿兰赶紧请医生给他调治。还特地为三爷买了一辆洋车,把诚实可靠、身强力壮的庞二从搬运工里抽出来,专门伺候三爷,给三爷拉车。

庞二原是在沧州流浪的孤儿,那年军阀混战,被吴佩孚的军队抓了兵。受不了兵痞欺负,才逃到天津当了搬运工。他在美丰厚干活儿不惜力,人缘儿也好。一向佩服三爷,敬重三爷。来到三爷身边,是他求之不得的事,就死心塌地干下去。

第三十章

三爷休息了几天身体就康复了。但吕又宾走了,是他心里难以愈合的伤痛。他躺在床上想,他和又宾都是孤苦伶仃的孤儿,不到十岁就在关外学徒。几十年来又宾对他言听计从,没红过一次脸。从锦州到天津,苦活累活都是他抢着干。

又宾走后他才认识到,他俩的感情太深了！遇到什么事都能想到一块儿。创办山货庄,他主动巡更守夜。建货栈,从拉土垫地到货栈开张,他都任劳任怨走在前头,从来没问过赚多少钱、分多少钱的事。

子和忽然想到,又宾去北平,货场的事谁管？他觉得现在自己就像在大海里风雨飘摇的一条船,光凭自己一个人哪行！他想起了那天主动来谈情况的货场搬运工陈昆,觉得他干活儿勤快,人缘好,还挺精明。于是从床上起来就去了货场。

子和找到正在带班干活儿的陈昆,问他:“你多大了？”

陈昆说:“二十二。”

他问:“你家住哪儿？”

“河东。”陈昆说。

“家里还有谁？”

陈昆说:“我爸爸、继母,还有我媳妇。”

他问:“你们在一起过？”

“从我爸续娶,我跟媳妇就跟他们分开单过了。”

三爷笑着问:“有孩子吗？”

陈昆摇头说:“没有。”

三爷说:“我想让你管点儿事。”

陈昆说:“别,别。我没文化,脑子笨,就干搬运吧。”

三爷笑了笑:“我看你办事挺周到的。”

陈昆说:“我不行。我爸说过,别给你添麻烦。”说出这句话,他才觉得不大对,赶紧低下头。

三爷很奇怪，赶紧问他：“你爸爸是谁？”

陈昆低着头说：“他当年也是码头工人，叫陈傻子。”

三爷大吃一惊，看着他问：“是北大关码头的陈傻子？”

陈昆点了点头。

三爷激动地拍着他的肩膀：“好兄弟，我这些年也没打听出陈叔在哪儿。他多大岁数了？身子骨还好吧？还干活儿吗？”

陈昆说：“我爸今年六十了，身子挺好，在河东招商局仓库看大门儿。”

三爷问：“他住哪儿？我得去看看他。”

陈昆说：“河东，大光明摆渡口过河就是。”

三爷说：“走吧，也下班了。你带我去吧。”

陈昆说：“行。”

他俩临出大门，三爷跟门房说：“我出去一趟，晚上回来。”

路上三爷问：“你弟兄几个？”

陈昆说：“就我一个。”

三爷说：“咱在他们附近找个饭馆儿，请他老两口吃顿饭。”

陈昆说：“那儿就有个小酒馆，没饭馆儿。”

三爷说：“咱买几斤大饼、猪头肉，再买瓶酒，在家里吃。”

陈昆苦笑着说：“您一去就知道了。他家里连个干净碗、干净筷子也没有。”

三爷问：“这是怎么回事？”

陈昆说：“我继母是从那里头出来的，根本不做饭。”

三爷点点头：“我明白了。”

陈昆说：“我娘就是让她气死的。”

两个人过了河，来到陈傻子住的那间茅草房。

陈昆喊了声：“爸爸！我三哥看您来了。”

一位老人出来说：“是虎子啊，进来吧。”

三爷跪下就给老人磕头：“陈叔，我今天才知道您住这儿。”

老人说：“起来吧，你在海大道买地那年我就听说了。哪年都去看你几回，你干得不错。进屋说吧。”

三爷走进这间的小屋，确实又脏又乱，连个下脚的地方也没有。他问：

"我三婶儿呢?"

老人说:"老远就看见你俩上这儿来,她出去了。"

陈昆说:"她不愿意见生人。"

爷儿仨坐下说了会儿闲话,老人说:"虎子,这些年你干货栈不容易,出的那些事我都知道。我就想告诉你,干咱这一行是靠工友卖力气挣钱。码头工人都不容易。世道再乱,货栈再难,也别亏待工人。你是咱搬运工的后代,千万不能忘本。"

三爷说:"您说得对,我记住了。我在天津的长辈就剩下您了。您身体不行就歇着吧,我跟陈昆养活您。每月给您开一笔生活费,让他给您捎回来,不够花再找我。"

老人掉泪了,带着哭腔说:"大哥呀,你走得太早了,我倒得了虎子的济了。"

三爷也激动地流了泪,掏出两块大洋放在桌子上:"我没给您买什么,您自个儿买点儿嘛吃吧。"擦着泪走出那间矮房,跟陈昆说:"你记着这事。"

陈昆说:"这事归我,咱到我那儿吃去吧。"

三爷说:"不用了,我路过小白楼,随便吃点儿就行。"

陈昆把三爷送过海河才返回去。

第二天三爷告诉薛继承:"货场的事就让陈昆管吧。从下个月起,每月由我账上按老职工的工资,给他爸爸开一笔生活费,让陈昆领回去。他爸爸是我三叔。"

他还规定,从下月起货栈所有员工每天免费提供一顿午饭。夜间值班巡逻的,当天工资加倍,还增加一顿夜餐。

他每天大部分时间不是在码头,就是在货场。跟员工处得非常融洽。他常说:"咱们吃的是客户的饭。没客户咱谁也没法活。除了把客户的货装好、卸好、管好,没别的路。"

他要求所有员工,任何情况下都要尊敬客户,绝对不准和客户顶撞。外地客户的公事、私事,都要尽力帮忙,尽量给他们提供方便。说话办事要周到得体,绝对不能给货栈惹事。

三爷的这些主张,大大激发了货栈员工的热情,来美丰厚干活儿的工人越来越多。美丰厚货栈盛名远扬,许多本地、外地的新老客户都来存货。生意越做越红火，刘寿兰和吴先生也非常高兴。

成子和在天津码头储运业众望所归，可他自己的烦恼却很难消除。晚上一个人躺在卧室里，想着年幼的两个孩子，想到自己坎坷的经历，漂泊半生，亲密无间的爱妻却一去不复返了，心情十分郁闷。

一天夏七宝到天津送货，苗也跟着来了。当晚到了美丰厚，七宝去找人卸货，苗径直走进子和的卧室。一进门，见屋里黑洞洞地，就他一个人躺在那儿。

苗过去问："你不舒服啦？"

子和坐起来说："没有，就是想躺一会儿。你怎么来了？"

苗说："我就是对你不放心才来的，你天天就这么过？"

子和低着头坐在床上，也不说话。

苗拉过一把椅子坐下："从彩芹去世，我就想来看看你的日子到底是怎么过的。原来就是这样！白天忙一天，晚上就一个人闷在屋里。快五十岁的人，日子就这么过？每年我去给先生上坟，都到你家看看。你姐带着两个孩子搬到养济巷，那么大的三进院子，就是前边有家看门的，连个邻居也没招。"

子和抬起头："我姐姐没找个邻居？"

苗说："你没发话她哪敢找！"

三爷笑了笑，没说话。

苗说："你总这么耗着，连个家也没有，这哪行。彩芹都走七年了！你姐跟我说过，她临走就想让你再娶一房。这事我做主，赶紧在天津找个合适的，早点儿安个家！我不急着走，这事让七宝给永源和捎个信儿，让乡亲们帮着办。明天你带我去给彩芹上坟，我就想看看她，给她烧点儿纸。"

说着两个人眼圈儿都红了。

永源和颜料庄的同人听说成三爷想在天津安个家，这就成了他们最关心的一件大事。一天永源和厨房的大师傅正在议论这件事，杨柳青万顺酱坊的吕福生赶着驴车送醋来了。

师傅们说说笑笑迎出来，一边招呼"吕司"。一边七手八脚把散发着家乡味道的一坛坛香醋搬进去。

像现在人们把局长、处长叫局、处一样，师傅在汾阳话里，常被简称为“师”。汾阳人把“师”读作“司”。“吕司”就是吕师傅的简称。

吕福生把醋送到，照例蹲在厨房灶台旁边，帮着师傅们摘菜，聊些家乡的新闻。聊着聊着，就聊起了东家成三爷想在天津安家的事。

有个大师傅放下手里的活儿说：“我一听说成三爷要在天津成家，心里就想，谁要给说媒，就得给他找知根知底的人家。最好是找个能生孩子，又会管家的‘把家虎’。”

吕福生很赞成这位老哥的看法，嘴里说：“那是，那是。”脑子里却闪出个奇妙的想法。

他一直想报答当年三爷把他带到天津的那份恩情。听说成三爷在天津还没个家，就觉得这个忙非帮不可。想起媳妇二喜在独流娘家有个表妹，叫大桂。模样好，脾气也好；人聪明，身子骨结实。如果能嫁给成三爷，生儿育女、管家守业准错不了。

那天福生回到杨柳青，就把他的想法跟媳妇说了。二喜一听，乐得两眼眯成一条缝。她说：“你要能成就这门亲事，不光报答了成三爷，我姑姑她们老米家，也得好好谢谢我呢。咱说办就办，明天就去独流提亲。”

第二天一早，二喜催着福生一块儿走，没想到福生倒犹豫起来。原来他早晨醒来，就觉得这么冒然去提亲，有点儿不对。人家成三爷也没委托咱，怎么跟米家说呢？两口子合计了半天，还是先去跟永源和掌柜的说一下为好。

从杨柳青到北马路有二十来里地。那年头儿没有公交车，吕福生舍不得骑自家的毛驴，更舍不得雇车，就走着去了。到了永源和门前，他又嘀咕起来。我跟两位掌柜素不相识，怎么跟人家开口？要是成三爷有了合适的，我这不是狗拿耗子多管闲事嘛。

他蹲下正想着，肚子饿了。一大早也没吃饭，还得先到永源和厨房找点东西吃。想到吃，他忽然有了主意。事从源头起，先跟厨房大师傅说说，不就行了嘛。他站起身来走进户部街永源和的栈房，就直奔厨房。

听说“吕司”是专为给三爷提亲来的，大师傅们顿时起了敬意。蒸馍炒菜鸡蛋汤，先让他饱餐了一顿。给他出主意，这事先得跟刘二爷提一下。

刘二爷就是二掌柜刘耀三。永源和开张以来，贾一杰掌起业务大权，被尊为贾大爷，贾大掌柜。刘耀三负责柜上的日常事务，人称刘二爷，刘二掌柜。

听说让他先见刘掌柜，吕福生心想这条路还是走对了。大师傅亲自跑到前边柜上，把刘二爷请到栈房和吕福生见面。二爷先说了些替成三爷道谢的话，就让他把米家和这位姑娘的情况详详细细说了一遍。

听了吕福生的介绍，刘二掌柜心想，这个事有门儿。他觉得这个人家不错，这位大桂姑娘有一副好身板儿，也很不错。成三爷想在天津成家，最要紧的是想要孩子。这么年轻结实的姑娘，不就是个送子娘娘嘛。

刘二爷跟吕福生说："我看这事兴许能成。不过女方究竟愿不愿意，咱还不清楚。要是先跟三爷说了，人家又不乐意，这个事可就不好收场了。我看你还是先跟女方说清楚为好。"

吕福生是精明人，赶忙接过来说："我寻思只要您觉着可以，我就去独流问问。人家要认可，我就把女方的生辰八字拿过来，交给您送到三爷那儿。您看这么办行不行？"

刘掌柜一听，觉得这个人还真会办事。这才问："早上怎么过来的？"

吕福生说："走着来的。"

刘掌柜顺手掏出一块大洋递到他手里："让你费心啦，雇个脚力回去吧。"

吕福生久走商道，知道这既是刘掌柜的奖赏，也是催他抓紧时间赶快去办。他赶紧谢过刘掌柜和那位大师傅："我赶明儿就去独流提亲。"

回到家和二喜一说，夫妻俩又高兴了一阵子。商量好把酱坊的事安排妥当，明天赶上驴车带着孩子，就去独流姥姥家住两天。米家大桂的事，由二喜去说。

当天晚上，二喜想着去独流提亲的事，躺在炕上翻来覆去睡不着。忽然想到，表妹大桂今年十八，那位成三爷有多大？提亲的连岁数也不知道，怎么跟人家说呢？

二喜伸手把早就睡着的福生推醒。问他："那位成三爷多大岁数？"

没想到一下子把吕福生也问住了。三爷到底多大岁数？跟人家说了半天，怎么没问岁数呢？吕福生说不出成三爷的准岁数，倒想出个推算的办法。他说："成三爷跟贾掌柜、刘掌柜都是同辈人。那两位都没过四十，成三爷也就是四十来岁"。

二喜问："是四十几呀？"

福生想了想:“就说四十吧。”说完翻身又睡着了。

静海县独流镇在杨柳青以南。子牙河、大清河在这里汇入南运河,三条河并在一起,故称独流。元明清三代,南方的粮食每年都要经由这条京杭大运河漕运进京,两岸随之出现了不少码头镇店,独流就是这样一个有五百多年历史的古镇。

独流镇里的住户大多是在运河岸边使船和作小买卖的。漕运繁忙季节靠岸的船多,人们就在岸边盖起了商铺,沿岸形成一条大街,就叫独流街。船家、商家搬来眷属,子孙后代在这里繁衍,独流镇也随之繁荣起来。

独流人靠运河生活,有水上人家的豪爽之气。长年跟南来北往的陌生人打交道,少不了防身的功夫。镇上的会所门前和大户人家的场院,都摆着刀枪棍棒石担石锁。青壮年时常聚在一起舞枪弄棒,切磋武艺。

当年漕运官船上有位姓米的把总,途中拿贼缉盗负了伤,在独流镇找了家客店住下疗伤。日子一长,他觉得这里的人豪爽仗义,民风也好。官船返回时递了辞呈,在当地静海县领一份粮饷,置了房产接来家眷,就在独流落了户。

米把总是南方人,出身贫苦,人很正直,从来不跟百姓摆架子。凭着一身武艺和战场厮杀的阅历,时常指点年轻人操练拳脚兵刃,讲些精忠报国的故事。很快就受到本地人的尊重,成了镇上的头面人物。

这位退役的把总在独流镇过了几十年好日子。南方人吃饭讲究烧几个菜,烹制河鲜离不开糖和料酒,做法跟本地不同。夫人烧的家乡菜,味道非常鲜美。米把总常请邻居和朋友来家里品尝。一时间米府总是人来人往,风光得很。

吃皇粮的八旗子弟生下来就衣食无忧,除了吃喝玩乐,没几个肯下功夫念书习武的。清末朝廷编练新军,把总以下世袭子孙断了粮饷,米家也就日渐衰败。到了米精元这一辈,除了河边的一座瓦房,什么家当也没了。

米精元是米家的独子,从小腿上落了残疾。看上去人高马大,走起来却一瘸一拐。毕竟是米把总的后代,他没正业,也没有歪的邪的。尽管穷得叮当响,在独流依然是行得正走得直,没人敢斜看一眼。

那年闹瘟疫,米精元父母接连去世。精元到了顶门立户的年龄,靠什么养活自己?没别的门路,只好在自家门前搭了个棚子,摆起了茶摊儿。

米家的茶摊儿也是与众不同。水是大缸沉淀过的运河水，舀出来喝都是甜的。茶是从天津卫捎来的上等高末儿，开水一沏香气扑鼻。尤其古怪的是，他这个茶摊儿，茶随喝随续，钱随便给。不给钱也决不找你要。喝多少也只收一碗的钱，还决不多要。

在独流使船的、打鱼的、做小买卖的、打把势卖艺的，没事都愿意到米家茶摊儿坐坐。不管谁来，米精元总是笑脸相迎，招呼落座。瘸着腿忙着添茶续水。谁给钱他都只喊一声："谢！"案子上有个小笸箩，给多给少他从来不看一眼。

码头这地方，看人不论出身高低贵贱，就看你有没有本事，讲不讲义气。自打米精元摆茶摊儿自食其力，人们就对他另眼相看待，称呼也变了。在独流不论老少，凡是被人看得起的，都尊称为爷。米精元也就被称为精爷。

精爷的茶摊越摆越火。有几次天黑了喝茶聊天儿的老少爷们儿还不肯散去，精爷就借了个煤油灯挂在门框上，让人们在他这儿敞开儿喝，敞开儿聊。那些远道而来靠岸休息的船家，来喝茶的就更多了。慢慢地这里就成了独流街人气最旺的地方。

第三十一章

当年义和团独流“砍”字堂口大师兄张德成，攻打天津租界就是在米家茶摊儿召集弟兄起的事。后来廊坊大战和紫竹林大战，都有不少从这里出去的勇士。参加义和团的船家女儿身穿红衣，人称红灯照。这些青年男女精爷都认识。他们奋勇杀敌，视死如归，留下的那些感天动地的故事，精爷也最清楚。

米精元在乡亲们眼里是个有心计、有人缘儿的后生。有人就张罗着给他提亲。镇上老秦家有位姑奶奶，二十出头还没婆家。两下一说都觉着合适。换庚帖、过聘礼、挑日子，精爷收拾好新房，转年就把秦家这位姑娘娶了过来。

不是一家人，不进一家门。秦家这位姑奶奶进门就当家。一个人把里里外外，衣食住行，都打点的像模像样，连茶摊儿也收拾得分外干净。精爷每天穿得整整齐齐，精神抖擞满面红光，就像换了个人。

米家茶摊在独流街正中，最能聚人气。秦氏拿出积攒的银两，紧挨院墙搭了个席棚。四周圈上苇箔，靠墙摆上桌子，场子里用木板搭了座位，建了个书场。靠墙还盘了个灶台，平时烧水，即便是数九寒天，也冻不着说书先生。

搭建完毕，请来一位说书先生，米家书场就要开张大吉。

精爷从小就跟漕帮的船老大接触，懂得江湖上的规矩。他跟那位先生说：“咱有言在先，在我这儿只能说忠臣义士、贬恶扬善的好书，诲淫诲盗、胡骂烂卷的坏书，可不能说。”

那位先生说：“那是自然。咱不能靠那些东西挣钱。您铺摊子我说书，收了钱咱俩对半儿分。”

俩人谈妥之后，书场就正式开张。这种简易书场也叫书茶馆儿。路过的人随便进来，坐下既能喝茶歇脚，也能听听评书。进门先收茶钱。听书按段儿收费。说到节骨眼儿上，先生把醒木一拍，伙计就拿着笸箩过来，由前到后挨个敛钱。

那年头儿听一段儿书，也就是一个大子儿。伙计端着笸箩走到哪儿，听书的把铜子儿往里一扔，“哗啷”一声，满场的人都能听见。伙计站在那儿没动静，就是那位听书的没给钱。后边的人就会喊：“嘿！您老别磨蹭啦，咱还得往下听呢。”

米家书场敛钱的伙计，是从外地流浪来的，不知道姓什么，都叫他大羊。身高力大，就是缺心眼儿。精爷把他收留下来，挑水烧火帮着敛钱。晚上睡在棚子里看场子。吃喝管够，供他四季的衣裳，还给点儿零花钱。

这时秦氏已有身孕，不久生了个小子。别看大羊粗笨，特别爱孩子。秦氏坐月子，他跑前跑后跟着忙活。他抱孩子还最让人省心。有这么个帮手，精爷可以家里外头两不耽误。日子过得越来越顺心。

精爷没事就爱琢磨吃，烹制野味，酥鱼、熏兔、酱孤丁，都是精爷的拿手好戏。这手艺带点南方味道，讲究的是调味的佐料要全，火候要匀。独流酥鱼就是他传下来的，至今都是天津餐桌上一道下酒的名菜。

精爷还会用胶泥垛船上做饭用锅腔子。它是一种炉灶，膛大口小，烟道通畅。好烧还省柴禾。天津有名的贴饽饽熬小鱼，只有在这种锅腔子上用铁锅做，才最地道。

垛锅腔子要用瓦盆当底儿。最好是挂釉子的那种。独流镇上不出这种盆，精爷就抽空坐船到天津卫北大关去买。每次往返要用两天。就这样他也乐此不疲。

精爷这两手绝招儿，不是用它赚钱，为的是取乐儿。凡是过得着的街坊邻居、老少爷们儿张嘴求他，总是来着不拒。自己的事再忙，也要给人家把野味烹制好，把锅腔子垛出来。

自从开了书场，精爷又有了些收入。几年过去秦氏生了两男二女。头生儿子叫有德，老二是个女孩，小名叫大桂，大名叫淑桂。就是吕福生两口子要给三爷做媒的那个姑娘。老三是男孩，叫有财。老四又是女孩，叫淑华。

四个孩子里，精爷和秦氏最喜欢大桂。这孩子生得浓眉大眼，身板儿结实，活泼伶俐，胆子也大。从小就爱笑不爱哭。乡里人宠爱孩子没什么特殊条件，就是不约束她。想上哪儿玩，就上哪儿玩，想干什么就干什么。

大桂生来厚道，不管在谁家跟谁玩儿，从不胡搅蛮缠。她从小就大方，手里要有件稀罕东西，谁要就给谁。

当时城里早就提倡消灭缠足。可在独流，女孩子六七岁还照样裹脚。做父母的都怕闺女脚大找不到婆家。大桂从小在爹娘面前说一不二，说什么也不让裹脚。强拧着裹了两回,她嫌疼把裹脚条子都扔了。从此她就落下个大脚姑的雅号。

当年军阀混战,败兵成群结伙抢掠钱财,糟蹋妇女,无恶不作。下来败兵,独流镇练武的爷们儿就自发组织起来抵挡。米家书场就是他们集合的地方。每逢这种事,精爷两口子都忙着为大伙儿烧水沏茶热干粮。大桂也跟着忙前忙后,一点儿也不害怕。

一次几个小姐妹在书场门前玩儿,忽然几个败兵痞子跑了过来。女孩子吓得惊慌失措,大桂领着她们跑到就近的船上,解开缆绳撤了跳板,拿起篙来往河底用力一撑,三篙两篙就把船撑到河心。兵痞们跑到河边,这条小船已经离岸老远了。

这件事很快传遍独流镇,都说大桂年纪不大,胆子不小。一个人就敢对付那些兵痞,往后准有出息。

一天有两个天津口音的警察在米家茶摊儿喝茶。

一个说:“独流孩子就是嘎,关了三天还嘛也不说。”

另一个问:“他犯的事是真的吗?”

一个说:“里边有人作案,他在外边盯着。抓的是现行。”

另一个说:“三天没给饭吃,脸儿都绿了。十来岁的孩子,眼看这就完了。”

大桂听到这儿,悄悄跟精爷说:“咱给他送点儿吃的吧。”

精爷没说话,慢腾腾地站起来,背着手到对面街上去了。

两个警察还在聊。

精爷回来递给大桂一个纸包的热馒头。

大桂拿上到了拘留所就要进去。

看守拦着她问:“谁让你来的?”

大桂说:“你们的人叫我来的。要把他饿死,你们不也得摊官司?”

看守问:“你是他什么人?”

大桂说:“我是他姑。”

没等看守说话,她跑进牢房隔着栅栏就骂:“你这倒霉孩子!要不是老总发话,饿死你也没人管!”

骂着把纸包儿扔进去,扭头就走。

看守眼睁睁地看着,就让她出去了。

过了几天,有个中年女人找到米家茶摊儿,见了精爷跪下就磕头说:“精爷,谢谢你们家救了我侄子一命!”

原来那个孩子叫张金锁,是独流二道街张家的后代。父母都没了,从小就在天津流浪。这个女人才是他亲姑姑。

那年大桂十五岁。过了三年大桂十八岁,一双大眼,高挑儿身材,干活儿、说话都挺麻利,就是那双大脚,说媒的总不上门。她娘秦氏很发愁,难道我闺女就找不上婆家?

那天刚过晌午,精爷和几个孩子吃完饭都出去了。秦氏一个人在屋里收拾碗筷,心里正想着闺女的婚事,忽然听到门外有个女人笑着走进来:“大姑,您老好啊。”

秦氏抬头一看,是嫁到杨柳青的侄女二喜。

二喜是秦氏从小抱大的,见了姑姑比见她娘还亲。进了屋二话没说上炕盘腿坐下就嚷:“为你们家的事,都快把我累死了,还不给我倒碗水。”

秦氏给二喜斟了一碗茶,又放了一勺白糖,端到炕桌上说:“刚回娘家,你娘就给你咸菜条子吃吧?说,你给姑要办什么好事。”

二喜端起糖茶水,一口气喝了半碗。笑了笑:“嘿,还是甜的。我给你办的,就是你总惦着的事。”

这时秦氏心里已经猜着大半,看着她说:“那你就痛痛快快说出来。”

二喜在姑姑面前哪能憋得住话。就一五一十地把成三爷是什么人,吕福生怎么在永源和听到信儿,怎么跟她商量,怎么去找掌柜的给大桂保媒,前前后后都说了一遍。

秦氏听到这个消息,心中很是欢喜。侄女给大桂找了个有钱的男人,还是进门儿就当家,真是喜从天降。可是听到这位爷四十岁了,心里咯噔一下。这个男人比自己的闺女大了二十二岁,怎么跟闺女说呀。

二喜看姑姑有点犹豫,就说:“要说成三爷,别的地方没得挑,就是岁数大点儿。可您看外边有本事的男人,哪个不是娶岁数小的?男人大有大的好处,人稳当、疼媳妇。咱过的是日子,又不是过人。岁数合适,成天喝西北风,那就好吗?”

这几句话正戳到秦氏痛处。现在书场茶摊儿挣不来几个钱。大儿子娶了媳妇，有了孙女，可连个正经营生也没有。还有三个孩子出嫁、娶媳妇，接二连三都得办。老宅子、书场成天修、成天漏。开销多进项少。眼看就揭不开锅了，这日子可怎么过？

秦氏想到这里不由得泪往上涌，眼圈也红了。二喜看姑姑难过，笑着说："我就是为跟您老商量这事才回来的。行不行，您老跟姑父拿个主意。给我个信儿。我还得回去看孩子呢。"说罢跳下炕来就走了。

侄女一走，秦氏赶忙去找精爷。米家的大人孩子从来不爱在家待着。自从茶摊生意萧条，精爷就让大儿子有德盯着，自己到运河岸边看人家下棋。吃饭还得往回喊。

秦氏找回精爷，把二喜来提亲的事跟他说了。精爷听了也没说什么。秦氏急着问："你倒是拿个主意呀。"

精爷说："要娶咱大桂，就得明媒正娶，咱家的孩子不能给人家当二房。"

秦氏又问："没别的了？"

精爷说："那还有什么？"

秦氏说："咱这么大的闺女给了他，就不问问彩礼给多少？"

精爷说："要问你问去。"说罢站起身来就要往外走。忽然回过头来说："你还得先跟大桂说说，看看她的意思。"

闺女的亲事自然是妈妈的事。秦氏到邻居家把大桂找回来，把这件事和精爷说的话都告诉她。大桂一边听一边乐。气得秦氏用手指戳着她的脑门子："跟你说正事，你就是没正行。"

大桂也不恼，咯咯地笑着跑出去了。

大桂跑到老秦家，把二喜拉出来小声问："姐，你说的那个事，是真的吗？"

二喜说："死丫头，这事还有假的吗？"

大桂问："那个人就那么有钱？"

二喜点头说："你姐夫跟永源和掌柜的都扫听过了，那还有假？"

大桂想了想又问："我爹怎么说的？你知道吗？"

二喜说："你们家还没给我信儿呢，我哪知道他怎么说的？"

大桂说了声："我回去问问。"头也没回就跑了。

大桂回到家，嫂子问她："你的事究竟行不行？怎么没跟娘说？"

大桂说："我还没想好，你说呢？"

嫂子说:“嫁汉嫁汉,穿衣吃饭。真能让你一辈子不受穷,能过上好日子,大点儿怕什么?”

大桂听了二喜和嫂子的话,就进屋跟她娘说:“我的事您跟我爹看着办吧。”

吕福生在丈人家等了半天,二喜回来说还要听信儿。就到街上去找精爷。码头向来是靠船吃饭,河里来往的船一少,码头上什么买卖也兴旺不起来。闲着没事的男人们不愿意总糗在家里,就到街上往人堆儿里扎,各找各的乐子。

眼下独流就是这样。河里没几条船,岸上的人也没精打采。吕福生看见精爷正蹲在那儿看人家下棋。过去叫了声:“姑父。”

精爷一回头,见是吕福生。站起来说:“你回来了,家去吧。”俩人一前一后,就进了他家书场。

这些日子书场没说书的,这里也就成了人们闲聊的地方。人来人往倒不显冷清。精爷拉过两个凳子,爷儿俩就着说书的桌子坐下。有德送来一壶茶两个碗,说了声:“表姐夫来啦。”转身又回去看茶摊儿。

福生问:“姑父,您老好吧。”

精爷说:“好嘛呀,河里没船了,书场没人说书,茶摊儿上一天也没几个人来。”正要接着往下说,忽然想起大桂这门亲事,就是吕福生张罗的。这才说:“你给大桂找的这个人家不错。咱没别的,就是要明媒正娶,不能当二房。”

福生一听,心里有了底。就说:“我就是想问问您老,咱还有什么要说的?”

精爷刚要张嘴,又指了指前院:“问你大姑去吧。”

福生跟精爷点头告辞,就去了前院。一进大门刚喊了声“大姑!”秦氏就从屋里迎了出来,嘴里说:“我正说做熟饭去看看她们娘儿几个,他姐夫就来了。”

秦氏把福生迎进屋里:“为大桂的事,让他姐夫操心了。”

福生客气了几句,赶紧说正题。他说:“刚才姑父说,您有事要问我?”

秦氏这才坐在炕沿上:“他姐夫,你说的是明媒正娶吗?”

福生郑重地说:“那可不。咱这边定了,就两边儿换帖子、合八字,请大媒下聘礼，挑日子拿大红轿来抬咱。还有嘛事，您说怎么办就怎么办。”

秦氏见他说得挺痛快：“咱可说好，你表妹可不能给人家当二房。”

福生说：“这个我跟刘二爷提过。人家成三爷元配没了，天津本地这一房就是太太，绝不是二房。这是错不了的。”

秦氏点了点头，又问：“给多少彩礼人家提过吗？”

福生听到这句话，就像脑袋上挨了一棒子，嗡地一下。他跟刘掌柜说了半天，还真没提这个。只好实话实说：“这个还没提过。我琢磨人家是财主，亲事定下来，这还错得了？”

福生本想问一下，咱这边看多少合适？他没直说。

秦氏听他这么说，觉得也有道理。闺女出门子，哪能先说价钱？再说人家有钱的阔人下聘礼，还能少得了？到时候如果嫌少，再提也不迟。叹了口气说：“就这样吧。”

福生见秦氏没什么要说的了，便提醒她：“要是咱觉着行，就让姑父把表妹的生辰八字写个帖子，我好去把人家的八字也拿回来，两家都得找算命先生合一合。”

秦氏说：“吃了后晌饭，就让有德给你送过去。”

福生所说的生辰八字，就是指男女双方出生的年、月、日、时。这种八字，就是算命合婚的依据。当晚精爷请说书的先生用红纸把大桂的八字写到帖子上，让有德送到老秦家，交给福生和二喜。

吕福生两口子来独流要办的事，至此已经圆满完成。

第二天他夫妻俩又起了个大早，带着孩子回了杨柳青。福生是个热心人，再加上刘二爷那块银圆催的，也没喘口气，转天早起揣上那份帖子就奔了天津。

吕福生心想办这事就得周到，尽管那天已经见了刘掌柜，这次还是先到栈房跟厨房大师傅说了去独流的事。由大师傅领着他，到前边柜上见了刘掌柜，把米家应婚的事说了一遍，也把米淑桂的八字帖子交给刘二爷。

这件事刘二爷已经和贾掌柜说了。他俩都觉得这个闺女条件不错，可是岁数跟成三爷差得大了些，家里人未必乐意。没想到这位“吕司”办得这么麻利，连八字都拿来了。

刘二掌柜称赞了“吕司”几句，让他回去听信儿。吕福生也没说什么。他想彩礼给多少的事，还是让人家看着办为好，说多了也没意思。他跟着大师傅回到栈房，说了一阵儿闲话，吃了饭就回去了。

刘掌柜拿上从独流带来的女方生辰八字，去找贾掌柜商量。贾一杰也没想到事办得这么快。看了八字说：“要不咱俩去跟三爷说说？”

刘耀三说：“你一个人去吧，这种事人多了不大好说。”

贾掌柜收起那张帖子说：“明天我去吧。”

贾掌柜把大桂的生辰八字带回家，吃罢晚饭一个人在那里仔细捉摸。他女人过来问：“是谁家的帖子，让你这么上心？”

贾掌柜说：“是给三爷提的亲。你看这孩子才十八岁，三爷五十了，这俩人合适吗？”

贾家女人说：“俗话说女大三，搬金砖。生意人找媳妇，还是女人大点儿好。岁数大懂得管家理财。女人小光知道花钱，不知道攒钱，太小就更不好说了。成三爷这么趁钱，再娶个小媳妇，用不了几年就能把他折腾光。”

第三十二章

贾掌柜见媳妇不赞成这件事,就解释说:“三爷想的是娶个能生养的,要早点儿得个儿子。”

他媳妇说:“命里有没有儿子,那是天数。难道女的岁数小就能生儿子?刘耀三家也没儿子,撺掇三爷娶个十几岁的闺女,是不是他也想娶小老婆?”

贾一杰听她越说越离谱:“我们俩想给三爷办件好事。这么大的家业,没个后人就是让人心里不踏实。”

他女人说:“现在咱也没儿子,你也不踏实?”

贾掌柜瞪了她一眼:“咱能跟人家比?要是总也没个儿子,我心里也不踏实。”

男人撅了她一句,媳妇也不敢往下说了。

贾一杰来到美丰厚货栈,见里边好像都变了样。顺着大垛中间往里走,成三爷的经理室是单独的一栋别墅式建筑。外部装潢很考究。每个房间装修设置都很别致。贾掌柜心想,三爷一个人占着这么大地方,真够气派呀。

来到三爷的办公室。一进门儿就笑嘻嘻地说:“三爷,给您道喜呀。”

成三爷见贾掌柜满面春风地走进来,还有点纳闷儿。赶忙站起来问:“我有什么喜事?”

贾掌柜说:“我是给您提亲来的。”

三爷说:“你坐下,提的是哪儿的人?”

贾掌柜坐在三爷对面,把吕福生提亲的来龙去脉说了一遍。接着从衣袋里掏出红纸写的生辰八字递给三爷。

子和拿过来一看,开头就是庚戌年。掐着手指算了算,跟贾掌柜说:“怎么才十八岁?”

贾一杰陪着笑脸说:“小几岁算什么。这一家门风好、人品好,人长得也可以,身板挺结实。耀三还说她是个送子娘娘呢。人家父母也没在乎咱这边儿的岁数。我看挺合适的。”

三爷琢磨了一会儿说:“把它放下吧。”

贾掌柜说:“那您也得写个八字呀。”

三爷笑着说:“给他写一个?”说着拉开抽屉取出纸,拿起笔来写了自己的生辰八字,装进信封交给贾一杰。嘴里说:“两方都合合看吧。”

贾掌柜临出门说:“咱要是下聘,给多少为好,您拿个谱儿。”

三爷想了想说:“要是两方都觉着合适,多少都不要紧。那边日子紧,咱就按一千办吧。”

贾掌柜说:“够了够了。”

送走贾掌柜,三爷就把米淑桂的生辰八字铺在写字台上,找出一本《易经入门》,把这份八字和自己的八字相合,怎么合都是上好的卦象。他不由得连连说:“怪事,真是怪事。”

他把两个人的八字写到一起,伸手按响桌铃,叫来庞二:“咱去趟天祥市场。”出去坐上洋车就走了。

天祥市场紧挨着劝业场,加上对面的泰康商场,就是当年法租界有名的三大商场。楼上有好几家算命的相馆,门前挂的牌子上,写着“麻衣神相”“未卜先知”。旁边开列着价码:“粗批八字大洋两元,中批八字大洋五元,细批八字大洋十元。”

成三爷向来不信算卦占卜这些事,只是闲暇无事爱看看《易经》。这回遇上自己的婚事,想找个算命先生合一合双方的八字究竟怎样。上楼看到有家门面不错,推开门就走了进去。

算命先生见有人上门,打量来人有五十上下,浓眉大眼,面色红润,穿的整齐。看出是个生意人,赶忙起身打招呼。三爷拿出写好的八字递给先生说:“请您给合合这件婚事。”

先生接过帖子戴上眼镜,坐下来边看边往纸上写什么。嘴里说:“府上这桩婚事,阴阳相生,吉运当头,人财两旺,子孙满堂,这双方的八字,好!……”

还要往下说,三爷放下两块银圆,拿起那张帖子已经走了。

他要的就是这个“好”字。算命先生印证了他自己的推算,让他心花怒放,实在是太高兴了。

贾掌柜带回三爷亲自写的八字,抄了一份留下。请来二掌柜刘耀三,两个人合计了一下给三爷办婚事的大致程序。转天把吕福生找来,两位掌柜当面告诉他,成三爷对这门亲事挺满意。来了准信儿就尽早完婚。聘礼按八百大洋给,办事的开支另出。

吕福生听到聘礼给八百大洋,心想幸亏我没说。要让我说,打死也说不出八百这个数来。他越想越得意,这件事办得真够漂亮。

这时贾掌柜把三爷的八字拿出来,装进信封交给吕福生,让他尽快给女方送过去。让人家也找人合一合,把这件事砸实。说着又给了他三块大洋。

吕福生自然又是喜出望外。把装了八字的信封塞进口袋,美滋滋地回到杨柳青。跟二喜一说,两口子都乐坏了。说要是这门亲能做成,往后咱也能沾光。当天俩人只顾乐了,也没多想,转天就去了独流。

有些事情就是这样,你不较真儿,就能把自己胡乱猜测的东西当了真。时间一长,甚至连真的也不信了。吕福生就是这样。他自己把三爷的年龄瞎蒙成四十岁,也没找刘掌柜核对。三爷的八字他也没看,即便看也看不懂,就原封不动地带着去了独流。

他到了独流没去丈母娘家,就兴冲冲地直接去找精爷。他觉得给米家办了这么大的一件好事,准得好好地谢谢他。进了米家院子就喊:“大姑父在家吗?”

秦氏从屋里迎出来,笑着说:“他多暂在家待着呀。”

吕福生本想把去天津的情况从头到尾说清楚。可一张嘴竟把他认为最得意的事说了出来。他说:“大姑,您老猜猜,人家的聘礼给多少?”

秦氏赌着气说:“能有一百块大洋?”

福生撇着嘴:“一百那哪行啊,人家说是八百。”

“八百!”秦氏睁大了眼睛看着福生,竟噎得没说出话来。她想独流街聘闺女,拿人家十块大洋都有人眼红。给八百块大洋,还不让人把眼珠子瞪出来?

这时候福生才想起怀里揣着的那份八字。他说:“人家把八字都给咱拿来了。让姑父也找人合合。”

刚把信封拿出来放在炕桌上,精爷就进来了。吕福生站起来叫了声:“姑父。”指了指那个信封:“这是男方的八字,您老看看吧。”

精爷从信封里抽出那份八字，端详了一阵，脸色越来越难看。突然抬起头指着福生的鼻子："你这个王八蛋！竟敢花言巧语糊弄我们老米家，看我不抽死你！"话到手到，抡开手掌啪地一声，重重地抽了吕福生一个嘴巴。

秦氏从来没见过精爷发这么大的脾气，也不知道这里头是怎么回事，赶紧上前拦住精爷。嘴里说："有嘛事好好说不行嘛，打人家干嘛。"硬把精爷推到一边。

挨了打的吕福生，也不知道精爷为什么发这么大的火。捂着被打得火辣辣的脸，嘴里直嘟囔："给你们家办这么大的好事，你不领情，怎么还打人。"

精爷气的哆哆索索地指着他问："你说那个男的多大岁数？"

福生说："不告诉你是四十岁嘛，不对？"

精爷拍着桌子上的帖子说："放屁！你自个儿看看。看看你说的这个人有多大。"

原来精爷拿到成子和的生辰八字，第一眼就看到生于丁丑年。按年头儿算，这个人今年五十岁了。比大桂整整大了三十二岁！姑爷的岁数，比他这个老丈人都大。心想你吕福生打这个马虎眼，安的是什么心！

等到吕福生跟秦氏都明白了这张纸上写的是什么，那真叫哑巴梦见妈，有话说不出话来。他俩都懵了。

不一会儿吕福生慢慢缓过劲儿来，哭丧着脸说："姑父，我真不是成心给他瞒岁数。您老说说，咱跟他谁亲谁近？"接着就把那天二喜怎么问的，他怎么推算的，一五一十都说了出来。一边说一边埋怨自己，急得眼泪都出来了。

秦氏心里有那八百块大洋垫着底，觉得可不能张嘴就把这门亲事弄黄了。她跟精爷说："表姐夫绝不是成心糊弄咱。要糊弄咱，他把这张帖子还能原封不动地给咱拿来？"说到这儿她瞟了福生一眼："我看他就是自作聪明，好心办了个糊涂事。"

吕福生赶忙说："我就是自作聪明，好心办了糊涂事。不知道人家的岁数，问问刘掌柜的不就结了。这事就怨我自个儿瞎猜。"伸手就打自己的嘴巴。

精爷这会儿也冷静下来，喊他："别打了！还是想想办法，怎么收场吧。"

秦氏过去悄悄跟精爷说："人家给八百块钱聘礼呢。"

精爷问："你乐意啦？"

秦氏说:“这不跟你商量嘛。还不知道闺女怎么着呢。”

这时有德媳妇正在西屋哄着孩子睡觉,听见上房又喊又闹的,撂下孩子就过来了。她以为是老两口闹别扭,进屋才看见表姐夫也在屋里。

有德媳妇是蒙庄子人,姓宫。他爹早年被抓了兵,娘也跟人走了道儿。爷爷把她姐弟俩抚养大。她十六岁那年,爷爷就把她嫁到独流米家,把孙子连甲送到天津河东成衣铺学徒。当年冬天老人就闭了眼。

宫氏比大桂大四岁,来到米家那年,个子比大桂矮一头,身子单薄得像个孩子。她的心眼儿可比大桂多,干家务活也是一把好手。这姑嫂二人相处得就像亲姐儿俩。嫂子处处向着妹子,大桂也是事事都听嫂子的。

俗话说穷人的孩子早当家。宫氏这个儿媳妇一进门,里里外外帮着婆婆操持,秦氏就省心多了。宫氏生了个女儿,精爷给起的大名叫瑞兰,小名叫大红。也一岁多了。

秦氏见儿媳妇进来,赶紧过去把她拉到一边,悄悄把刚才的事跟她说了。宫氏听到给大桂的彩礼有八百块,眼睛一亮。心想有了这笔钱,日子立马就好过了。说到要娶大桂的人已经五十岁,婆婆说:“大桂就听你的,要不你再跟大桂说说?”

宫氏没回答婆婆的话,看着吕福生说:“到晌午了,表姐夫在这儿吃吧。”福生这才发现时候不早了。忙说:“别麻烦了,我还没回家呢,我回去听信儿吧。”说着就往外走。

秦氏跟过去小声说:“这事先别说出去。”

福生低声说:“我知道了。”

米家一家人闷着头吃罢晌午饭,正要各自散去。宫氏一边儿收拾碗筷一边儿说:“老姑把孩子抱出去玩玩。”又对大桂说:“大姑,一会儿你到我屋里来,有点儿事。”

婆婆说:“你们去吧,剩下的我收拾。”

大桂嘻嘻哈哈地跟嫂子进了西屋:“有嘛好事?”

嫂子说:“你的好事呗。你一个人的彩礼,救了咱一大家子。”

大桂不明白,瞪着眼看她。

嫂子说:“人家给你的彩礼,是八百块大样。我那时候就是两口袋棒子。”

大桂问:“我的彩礼能买多少棒子。”

嫂子说:“能买两火车。”

俩人乐得咯咯咯地笑了起来。

嫂子说:“那个人就是岁数大点儿。”

大桂问:“不是四十吗?”

嫂子说:“人家都五十啦。是你表姐夫记错了,刚才还让咱爹打了一巴掌呢。”

大桂问:“为什么打人家?”

嫂子说:“怕你受委屈呀。其实我看大点的男人知道疼人,你说呢?”

大桂这时光想着五十岁的男人该是什么样儿,没接嫂子的话,反倒问嫂子:“你说这个岁数的人,像咱独流街上的谁?”

嫂子没好气地说:“谁也不像。人家城里人哪能像咱这儿的,又黑又老气。我看这门亲就这么定了吧。娘还让我问你呢。”

大桂没说话,心想我怎么能嫁给个五十岁的男人呢?

嫂子说:“给你找了个有钱的爷们儿,你还不乐意?咱娘说你这是把老米家都救了。”

大桂没好气地说:“你们说定就定吧,反正我得听你们的。”

宫氏一听,心想谢天谢地,这门亲事总算定下来了。

看见嫂子脸上掠过一丝笑容,大桂说:“你别光乐,要是我过了门就受委屈呢?”

嫂子说:“你出门子(出嫁)我跟着去,看谁敢让你受委屈。”

大桂说:“咱就这么说定了。”说罢拉过个枕头躺在炕上,“你去跟咱娘说罢。我困了,在这儿睡一觉。”

成三爷的婚事,是永源和两位掌柜一手操办的。双方合了生辰八字,让吕福生过了话,就算正式定下来。下聘礼之前,三爷给寿阳夏家发电报,请苗姐来天津替他相亲。

接到电报,苗两天就来了。进门就说:“听说让我给你相亲,你师母恨不得给我插个翅膀,当时就飞过来。”

听说苗姐到了,刘耀三雇了辆轿车,叫上吕福生,把用红纸封好的八百块大洋装进礼匣,带上写好的婚书,三个人一起去独流。他们在路上说好,苗先去相亲，看上了由吕福生给刘掌柜打招呼，再下聘礼。不行就应酬几句往回走。

精爷向独流街上的茶叶铺借了间柜房，作为过礼的地方。请说书先生和几位独流有头有脸的朋友来当宾客、大媒和证婚人，几个人穿上长袍马褂，在茶叶铺恭候刘掌柜。

轿车一进独流街，就有人来给精爷报信儿。

轿车赶到茶叶铺门前，吕福生跟刘掌柜下了车。福生给精爷介绍："这位就是永源和刘掌柜。"

精爷赶紧作揖说："刘掌柜，幸会、幸会！"

刘耀三也作揖回答："米爷，幸会、幸会！"

精爷正要请来客往里走，吕福生拽了拽他小声说："山西来了位苗姑，要去咱家看看。我先带着她去吧。"

精爷还没明白过来，吕福生就领着轿车往河边米家去了。

这时精爷把刘掌柜请进茶叶铺的柜房，几位宾客跟刘掌柜行礼寒暄，落座待茶。光说闲话，一直没提下聘的事。

苗姑到了米家门前，秦氏、宫氏才知道是男方相亲的来了，赶快把大桂叫回来。苗见大桂高挑身材，结实的身板儿，清纯的脸蛋儿，一双又黑又亮的大眼睛，就喜欢得不知道说什么好了。拉着大桂的手，看着吕福生就喊："下聘吧！"

刘掌柜和正在茶叶铺和几位宾客说话，吕福生跑来了。刘耀三见他高兴地使了个眼色，赶紧把带来的礼匣亲手交给精爷："米爷，这是八百大洋的聘礼，请您过目。"

精爷客气地说："错不了，错不了。"就把礼匣交给大儿子有德抱回家去。

刘掌柜代表男方主婚人，精爷作为女方主婚人，加上大媒和两位证婚人，在婚书上签字盖章。这一套明媒正娶的前期仪式就告一段落。当天就请说书先生挑了吉日。请刘掌柜在独流镇的饭庄子吃了一顿丰盛的河鲜。

苗姑在米家受到的是另一种款待。吕福生刚走，苗就拉着大桂的手说："好妹妹，咱这门亲就这么定了"。

大桂看出这位姐姐是来相她的，把苗拉进屋里，让她上了炕。高兴地说：

"您歇会儿,我去买点儿吃的。"说完就跑出去了。

秦氏让老二去把赶车师傅让到书场喝茶,进屋上炕跟苗说:"让您费心了。您是从哪儿来的?"

苗说:"我是从山西寿阳来的。跟您闺女定亲的成子和,是天津人。他师父是山西人,我是他师姐。按山西的风俗,订婚前要相女方,我一来就把你闺女相上了。"说着自己就笑起来。

大桂买了些卤鸭、酱鸡、炸鱼和糜子面的枣儿饽饽回来,跟嫂子说:"你给熬锅粥,稠点。"

苗看大桂说话办事这么利索,还这么热情,有点儿像彩芹,比彩芹还爽快,心里非常高兴。秦氏、宫氏都是不大会说客气话的乡下女人,让苗像是到了自己家里。

几个女人在一起边吃边说,尽管汾阳话和独流话彼此都听不大懂,可她们说的就像一家人那么亲热。

临走苗拉着大桂的手说:"好妹子,你比我闺女还小一岁。我兄弟成子和是好人,跟你比年纪是大了点儿,可嫁给他绝委屈不了你。他这些年一个人在外头,没人疼没人照顾。有你照顾他,我也就放心了。"

说着拿出一百块大洋交给大桂:"妹子,这是姐给你添的嫁妆。成亲那天我来不了,你做一身大红缎子的,再做一身枣红丝绒的。你们娘儿仨都穿上新衣裳,就算是给我穿的。"还想说什么,她已经激动地泪流满面,说不出来了。

第三十三章

精爷在独流街饭馆安排的这顿河鲜大餐，加上本地的高粱烧酒，让刘掌柜、吕福生和几位宾客吃得满意、喝得尽兴。米有德在一旁陪着赶车师傅也是足吃足喝。吃完饭吕福生付了账，精爷把客人送走，成子和与米淑桂的订婚仪式也就宣告结束。

这都是刘掌柜跟吕福生事先商量好的。刘二爷临走给了吕福生四十块大洋。十块是给他的辛苦钱，二十块让他交给米家置办嫁妆，拿十块大洋打点在独流过礼的用项。这些事有两块大洋足够，其余就成了吕福生的一笔外快。

再婚的事办到这个程度，成子和才去刘大爷家把这件事的起因和自己的想法，准备什么时候结婚，跟大哥、大嫂说了个明明白白。

刘寿兰一听就急了："老三，你怎么不早跟我说呀！咱要找，怎么还不找个大家主儿。"

三爷说："我不想高攀，跟前有个过日子的人就行。"

刘寿兰哼了一声："不管你怎么办，我当主婚人。"说着掏出支票本，开出一张一千大洋的支票甩给三爷，"这是大哥给你办喜事用的，不够柜上拿。你的喜酒我是喝定了。"

三爷的喜事，都由永源和颜料庄的两位掌柜操办。

刘掌柜问三爷："您的新房打算安在哪儿？"

他和彩芹住过的怡和道那几间房子，是他的伤心之地。想了想说："在上边找个地方吧。"

刘耀三在东马路娘娘宫附近的吉祥胡同，给三爷租了一处独门独院儿作为新房。备齐了应用的家具、炉灶和日用品，还雇了个老妈子。

婚礼前一天，大桂跟母亲和嫂子从独流雇轿车先到天津西头如意庵酱坊胡同的表姨家，说好第二天从她家上轿。

这是大桂第一次出远门，第一次坐轿车，也是第一次到天津。她梳着粗粗的辫子，穿着新做的衣裳，无忧无虑地扒着车窗，看着外面新奇的世界。母亲秦氏在一旁不由得一阵心酸。心里说，这孩子都要出门子了，还这么没心没肺。

酱坊胡同表姨家姓王，大桂一进屋就见墙上有个木架子，上边摆着个带胡子的小泥人儿。不知道这是怎么回事。表姨见大桂看着纳闷儿，笑着说："那是你大表哥。"

原来表姨当年嫁到王家，两三年没怀孕婆婆就着急了。让她到娘娘宫大殿的子孙娘娘那儿栓回个娃娃，供到屋里的木架上。转过年来她就怀了孩子。娃娃哥排行老大，生的儿子算老二。后来又生的一男二女，也都依次往下排。

按天津的风俗，娃娃哥要供养在母亲屋里。让他带来弟弟妹妹，保佑全家平平安安。娃娃哥每隔两三年要到专门的铺子里去"洗"一次。头上戴的、身上穿的，都要随着年龄增长改变式样。老了还要留胡子。直到母亲去世，才把它送回庙里销毁。

大桂看到的就是个四十多岁的娃娃哥。那时表姨的两个儿子王二、王三，都三十多岁了，都在天津走街串巷卖布头儿。大闺女嫁给北京的旗人那七。小女儿嫁给住在侯家后的搬运工把头杜四。

旧时卖布头儿，是论斤从布店趸来零碎的布料，用包袱背上，手拿拨浪鼓走街串巷，边摇边喊："买布咧，布头儿咧！"买布的女人们出来，把包袱就地展开随便挑选。布头儿价格便宜，花色也多，是小户人家买布做衣服的首选。

表姨有个孙子。生他的时候怕长不大，是奶奶给他把脐带咬断的。大名叫金城，小名就叫留咬儿。今年十好几了，也跟着他爹王二卖布头儿。

三爷和大桂的婚礼，选在北马路估衣街聚庆成饭庄举办。仪式是新老结合，花轿抬到门前，新郎先拿弓箭射了煞星，新娘子顶着盖头下轿，迈火盆、走红毡。嫂子宫氏搀着大桂走进饭庄大厅，这就是婚礼的喜堂。

来贺喜的宾客，有美丰厚货栈的朋友，有永源和颜料庄的朋友，也有大桂的亲戚。吕又宾也从北平赶来了。永源和几位同人帮着接待客人。贾掌柜、刘掌柜成了替三爷应酬的大忙人。

新郎和顶着盖头的新娘走进喜堂，在高悬大红喜字、点着龙凤蜡烛的桌案前并肩站好。婚礼司仪大声喊:“成子和先生、米淑桂女士婚礼开始!”接着他把准备好的结婚证书念了一遍。

再往下就该新人拜天地,向主婚人行礼了。

拜完天地,在场的人都想看看谁当三爷的主婚人?

这时刘寿兰迈着大步走过来,大模大样地坐在正中的椅子上。这位爷大高个儿留着分头,黑脸庞戴着丝光眼镜。身穿藏蓝色西服,红领带十分显眼。锃亮的黑皮鞋,站起来就像半截铁搭。

有人悄悄说,这是成三爷的盟兄,有钱。有的说,听说还是奉军的人呢。人们正在议论,三爷和顶着盖头的新娘子,已经给主婚人磕了头。

坐在那儿的刘寿兰哈哈大笑:“好啊,好啊!”掏出个小盒儿递到新娘子手里,大声说:“这是大哥给你的见面礼儿。”又摸出两块大洋给了搀新娘子的宫氏。

宫氏欠了欠身用独流话说:“谢谢您老。”

新郎、新娘要给大媒和证婚人贾一杰行礼。

贾掌柜赶快站在一边说:“这可不敢当。”

夫妻对拜磕完头,司仪喊了声:“礼成!”仪式就完了。

这时宾客们从大厅中间闪开,饭庄伙计们提着圆桌腿儿,滚着圆桌面儿,架桌子,摆凳子,铺桌布,摆上压桌的干果、小菜儿,布上醋碟儿、筷子。一切就绪,刘二爷就请宾客们就坐,准备开饭了。

人们刚要坐下,突然从饭庄外边闯进来人一伙人。为首的有四十来岁,青布裤褂敞着怀,横眉竖眼大声说:“聚庆成好些日子没这么热闹了,还不给咱爷们儿留一桌!”

成三爷、刘寿兰和吕又宾一见,不由得皱起眉头,攥紧拳头,想过去教训这帮混混儿。刘耀三知道这是地痞来闹事,赶紧过去陪着笑脸说:“这位爷,少见。这是下边儿的朋友办喜事。”说着掏出两块大洋递给他:“您多多关照。”

为首的地痞接过大洋斜着眼说:“这么大的排场,您两块大头儿就打发了?”

刘耀三还想跟他再对付两句,就听身后有人说:“刘掌柜,这事怨我,没请他们几位。”

刘二爷回头一看，站出来的这位有三十来岁，青布半大褂子白袖口，下摆没过膝盖。青布裤子绑着腿带子，脚下一双皮面儿的靸鞋，笑嘻嘻地看着那几个痞子。

为首的地痞看见他，“扑通”一声跪在地下作揖说：“杜爷，我可不知道是您的事啊。”

这位杜爷摆着手说：“这是我妹子、妹夫的好日子，没工夫搭理你。走吧，走吧。”

几个地痞屁滚尿流地赶紧走了。

吕福生过去跟三爷小声说：“这是大桂的表姐夫，姓杜。东北角儿的这个。”说着挑起了大拇指。

宫氏搀着顶着盖头的大桂，走进给新娘子准备的休息室。大桂进屋关上门，掀开盖头就问：“那个人给的是嘛？”

嫂子打开小盒儿，里边是金耳环、金镯子、金兜肚勾儿各一对，一个金戒指，还有一条金项链。这是当年天津时兴的赤金五大件。大桂高兴地跟嫂子说：“快给我带上。”

嫂子把那几件首饰拿出来，不知道怎么戴。这么也不行，那么也不行，哪一件都得比划半天。刚把这几件首饰戴好，门外就有人喊：“请三奶奶出来敬酒。”

大桂问：“外边喊谁？”

宫氏说：“人家喊你呢，让你赶快出去给客人敬酒。”

大桂问：“不是喊三奶奶嘛？”

宫氏着急地：“三奶奶就是你呀！你嫁给成三爷，不就是三奶奶嘛。”

大桂吐了吐舌头，抬腿就走。嫂子把她拽住：“别毛手毛脚的。”又给她收拾了一下，这才来到喜堂大厅。

大桂摘掉盖头一出来，喜堂里的人们顿时眼前一亮。新娘子太漂亮了！高高的身材，白里透红的脸上带着几分稚气。一双水灵灵的大眼，头上乌黑的头发斜插着两朵红绒花。一边是有凤来仪，一边是牡丹双喜字。脑后的大盘头上，插着一圈儿雪白的鲜茉莉。

上身穿红缎子绣花紧身袄，下身是绣着牡丹的红缎子百折裙，一双没裹过的大脚穿着红缎子绣花鞋。戴着金耳坠、金项链、金手镯、金戒指。风姿绰约，光彩耀人，浑身透出一派雍容华贵的高雅气质。

大桂的容貌，成三爷也是头一次看见。面对这位漂亮的新娘子，不由得心里荡漾起爱意。三爷过来跟大桂说："先给咱大哥敬酒。"

大桂不知道说话的这个人是谁，以为他是个管事的。端着酒杯走到刘寿兰面前，满面笑容鞠了一躬说："谢谢大哥的见面礼儿。"

这句话声音不大，可让在场的宾客们都吃了一惊。新娘子怎么这么大方。这句话也把刘寿兰高兴地站了起来，大声说："弟妹真给我面子。子和，你可真娶了个好媳妇儿。真像个送子娘娘啊！这酒我得喝。"

在一旁的嫂子宫氏也纳闷儿，大桂愣头愣脑的一句话，怎么把这位大爷乐成这个样儿。她哪知道，刘寿兰这种久在江湖的人，最讲究面子。在众人面前能把面子给足，那就称得上是过命的交情。

接着这对新人又给坐在主桌的吴先生和特地赶来的吕又宾敬酒。又宾刚叫了声："三嫂。"

大桂说："别这么叫，您比我岁数大，就叫我妹子吧。"

这句话又把大伙儿都逗乐了。吕又宾红着脸拿出个红纸包："这是我的见面礼。"

大桂接到手里一捏，是个镯子。

新娘子挨桌儿敬酒，在大堂里引起一阵阵轰动。俗话说新婚三天没大小，谁都可以跟这对新人开玩笑。可是新郎官儿成三爷是天津商界的头面人物，又是五十岁的人，除了刘寿兰，这里还有谁敢跟他开玩笑？

听着人们一喊："三爷！"身边这个人就答应。大桂这才注意到，这位三爷中等身材，头剃得锃亮，椭圆脸浓眉毛，两眼炯炯有神。上身穿青缎子团花马褂，紫色长袍，脚下是礼服呢面儿千层底儿便鞋。心想这人挺精神，哪像五十岁的老头儿？

各桌敬完酒，成三爷带着大桂返回主桌。正要坐下，大桂忽然想起临来时爸爸嘱咐过，到那天可要谢谢永源和两位掌柜的。她回过头来跟三爷说："我得谢谢贾掌柜、刘掌柜。"

刘寿兰听了，粗声大气地喊："弟妹说得对，两个大媒是要谢的。"

贾一杰就在这一桌，站起身说："这是我们应该做的。"一口喝干大桂敬的酒。

刘二爷正在后边忙活,听到喊声满头大汗跑出来。三爷拉着他的手:“耀三,可得好好谢谢你呀!”

刘耀三说:“三爷的事不就是我们的事嘛。”大桂过来敬酒,他一扬头就喝干了。

刘寿兰看他俩喝完酒,大声喊:“还有那位杜爷呢!”

大桂的娘家人,王二、王三、王金城,表姐夫杜四跟他儿子杜旺坐在一桌。这时杜爷站起来冲着刘大爷作揖说:“都是自已人,免了吧。”

大桂过来说:“我大哥让给您敬酒,我就得给您敬。”

杜爷笑着说:“谢谢大哥,谢谢老妹子!”端起酒杯一口干了。

吕福生坐在一旁看着眼前的场面,心想这个大脚姑,打扮起来还真拿得出手。这么大的场面也不怯场。这样的姑娘不光在独流,连杨柳青也找不出第二个。想起当初他听说这事就想到给她保媒,心里非常得意。

开席了,光是桌面儿上镶着金边儿的细瓷碗碟儿,就让王家的留咬儿王金城看傻了眼。

叔叔王三看着他:“小子,知道这是哪儿吗?这是咱天津卫八大成的头一份儿!”

金城问:“嘛叫八大成?”

王三说:“天津卫最好的八个大饭馆儿,聚庆成、聚和成、聚乐成、聚升成、聚源成、福聚成、义合成、义升成。”

金城问:“您都吃过?”

王三说:“我这也是头一回。”

喜宴结束,成三爷和大桂把刘寿兰、吴先生跟美丰厚来的客人送走,别的宾客也陆续告辞了。

三爷跟走在最后的杜四小声说:“杜爷,我看你面熟。跟你打听个人,侯家后的杜石头,认识吗?”

杜四说:“那是我老伯(叔叔)。”

三爷问:“他在吗?”

杜四说:“早不在了。我婶儿先走的,接着他也走了。”

三爷问:“他闺女秀芹呢?”

杜四摇着头："我姐嫁到哪儿，我也不知道。人穷没亲戚。您跟他们熟？"

三爷含着泪说："我也是那个院儿里长大的。"

杜爷问："您小名叫虎子？"

三爷点点头。

杜爷说："小时候我老伯常提您。"

三爷没说话。

这时吕又宾还没走，见三爷很难过，过去劝他："三哥，大喜的日子，别想那些了。我柜上没人，这就回去了。"

三爷说："好几年没见了。玉华跟孩子都好吧。几个孩子了？老爷子还在吗？"

又宾说："都好，三个孩子了，俩儿子一个闺女。老爷子也挺好。你忙吧，我走了。"

子和说："我也不送你了，有机会咱再聊。"

又宾走了，三爷跟帮忙的同人们道了辛苦，就和大桂叫上嫂子宫氏坐上洋车，直奔宫北吉祥胡同。刚到贴了大红喜字的小院儿门前，大桂他娘秦氏带着孙女大红和佣人林妈，就迎了出来。

大桂从酱坊胡同上了轿，永源和的伙计就雇车把秦氏和大红送到吉祥胡同的这个小院儿。

林妈把秦氏接进屋里："您就是三奶奶的娘吧。我姓林，您就叫我林妈吧。"

林妈是沧州人，四十来岁。丈夫死了，家里有个儿子。出来当佣人，就是为挣钱给儿子娶媳妇。刚租下这个小院儿，她就来了。买来的新家具都是她擦洗了一遍，才摆进屋里的。

三爷和大桂下了车，林妈过去说："给三爷三奶奶道喜。"搀着大桂走进院里，直接去了上房。

屋子里都是成套的硬木家具，迎面墙上贴着斗大的双喜字，八仙桌上摆着干鲜果品，还点着两支又粗又大的红蜡烛，显得喜气洋洋。

林妈把大桂引进套间儿。里间比外屋摆的更喜兴。靠墙是个锃亮的大铜床，纱帐子上贴着红喜字。床上是粉红色的床单，摞着大红大绿的缎子被，上边撒了不少枣儿、栗子和花生。她明白这是为求早立子，插花着生。

铜床旁边摆着梳妆台，上面有个大圆镜子。挨着梳妆台是紫檀木的大立柜，衣橱、衣架和带抽屉的连三桌。脸盆架子上有个贴着喜字的红花搪瓷盆。

里屋也有一套桌椅，桌子上也摆着干鲜果品和一套茶具、一个点心盒子。

大桂瞪大眼睛看着这间新婚的卧室，三爷笑容满面地跟进来问："你看这地方还行吗？"

大桂说："这还不行。里里外外都是新的，得花多少钱哪。"

三爷说："这是咱的终身大事，不花点儿钱还行。"

大桂问："我娘她们呢？我得看看去。"

三爷跟着大桂到了西屋。还没进门大桂就喊："娘！"进去一看，嫂子宫氏正搂着大红跟婆婆说刚才在饭庄结婚的事呢。

大桂跟三爷说："这是我娘，我嫂子，大红。"

三爷点点头笑着问："你们吃饭了吗？"

娘儿俩站起来："吃了，吃了。"

宫氏推了推大红："叫大姑父。"

大红仰着头看着三爷，叫了声："大姑父"。

三爷见这孩子眉目清秀，也不认生，心里挺喜欢，笑着掏出一块大洋按到她手里，算是见面礼儿。

秦氏说："他大姑父，累一天了，歇着去吧。"

新婚之日三爷和大桂跟娘家人的正式会见，就算结束。

三爷和大桂的婚礼，既隆重又简单。坐花轿戴盖头，拜天地行大礼，大宴宾客，都是按老风俗。免去了喝交杯酒，闹洞房之类的旧俗，直接进了洞房，又是新派儿的。从来没受过任何约束的大桂，觉得挺开心。

新婚第二天，三爷雇了辆轿车，带着大桂去八里台公墓给彩芹上坟。路上三爷把自己跟彩芹的前前后后，都告诉了她。大桂是重感情的人，到了彩芹的坟前，跪下就磕头。流着泪说："姐姐，三爷忘不了您，我也忘不了您。您不放心的事，就都交给我吧。"

三爷看着她，不由得心头底涌起一股热浪。他对这个年轻貌美的妻子，实在太满意了。

永源和刘二爷事先嘱咐过林妈，三奶奶婚后别忘了提醒她到娘娘宫烧香。那天林妈告诉秦氏："刘掌柜说，在这儿找房子为的就是离娘娘宫近点儿，多得点儿仙气。这几天就该去娘娘宫烧香，求娘娘保佑早生贵子"。

吃完早饭秦氏就跟大桂说了。大桂自打住进来，就恨不得出去玩玩。去娘娘宫烧香，更她是乐不得的。跟三爷一说，三爷自然随着她。大桂摘下首饰，换了件淡青的大褂儿，一家人就去了娘娘宫。

第三十四章

吉祥胡同在娘娘宫北边,出胡同往南就看见庙门了。天津人说的这座娘娘宫,正式名称是天后宫。建于元泰定三年(1326年),供奉的是天后娘娘。

传说天后娘娘姓林名默,是福建莆田湄洲岛的渔家姑娘。生于宋太祖建隆元年(960年)。自幼勇敢善良,水性极好。长大矢志不嫁,专门救难行善。渔民在海上遇险,都盼望她来解救。一次救人时被台风卷走,当地的人们说她上天成了神仙。

天后娘娘在南方沿海称为妈祖。城市、乡村、岛屿到处都有妈祖庙。早年天津有二十多座天后宫。东门外海河西岸这座天后宫建的最早、规模最大。有戏楼、山门、牌楼、前殿、正殿、藏经阁、启圣祠、南北钟鼓楼,看上去很有气派。

大桂跟着三爷带着母亲、嫂子和侄女,一进宫北大街眼就看不过来了。两边的店铺一家挨着一家。古玩玉器、绒花、鲜花、金鱼、泥人,还有在独流过年才能见到的窗花、吊钱、福字、对联儿,卖什么的都有。看得她眼花缭乱,都走不动道儿了。

她娘秦氏在后边不住地催促。三爷见大桂对这地方很感兴趣,心里也挺高兴。跟她说:“你喜欢什么,一会儿回来就买点儿带回去。”

大桂说:“我还想给独流的姐妹们,买点儿东西带回去呢。”

三爷说:“行,想买什么你就买吧。”

其实不光大桂看直了眼,母亲秦氏和嫂子宫氏也没见过这么热闹的地方。宫氏抱着的大红,也是指指这儿,指指那儿,什么都想要。大桂心想,过大年一定来这儿看看,过年是什么样儿。

秦氏跟大桂说:“你别光看了,咱还是先给娘娘烧香去吧。”

三爷带着她们进了娘娘宫,穿过牌坊到了前殿。这个殿里供着三只眼的王灵官,左右是千里眼、顺风耳、加恶、加善四个面目凶恶、顶天立地的海神。她们顾不上多看,就奔直正中的大殿。

大殿佛龛里供着方面大脸,头戴凤冠,身穿黄袍的天后圣母。左右两边一个是眼光娘娘，一个是子孙娘娘。香案上点着的蜡烛，火苗儿窜得老高。三爷请了几股香交给大桂，自己就到大殿外边溜达去了。

秦氏接过大桂手里的香，在蜡烛上点燃插进香炉，跪在蒲团上心里祷告娘娘保佑米家平平安安，保佑大桂早生贵子。宫氏接着过去上了香，跪下求娘娘保佑自己的男人米有德长点儿出息，也像城里人这么挣钱。祷告娘娘保佑妹子大桂早生贵子。

轮到大桂上香了，她学着母亲的的样子，把香点着拜了拜插进香炉，跪下来恭恭敬敬磕了三个头，笑嘻嘻地站起来看了看娘和嫂子就往外走。心里只惦着到外头街上买东西，把许愿的事忘了个一干二净。

婚后第四天，三爷正要去美丰厚上班。大桂说："咱去一趟刘大哥家吧。人家说是我大哥，咱还不去看看大哥大嫂？"

三爷一想对呀，今天不去，刘家大嫂还不挑理儿？

庞二拉着车来接三爷。三爷让他出去又雇了一辆车，和大桂一前一后，直奔英租界马场道刘宅。

三爷让庞二拉着大桂走在前头，告诉他走东马路。庞二明白三爷是想让三奶奶看看天津这条净是商铺的大道。

大桂坐在车上，见马路两边一家挨一家，都是做买卖的铺子。心想那天跟三爷去八里台上坟，坐在轿车里光顾说话，也没看见外边。怪不得人们都愿意来天津，敢情不年不节的就这么热闹。走到日租界，街面儿上楼房就多了。一到法租界，买卖家大橱窗里摆的东西五花八门，什么都有，看的她眼花缭乱。

她发现拐角的地方都是大高楼，心想这得是多大的买卖！

庞二把车拉进海大道。经过美丰厚货栈大门，他放慢脚步说："三奶奶，这就是三爷的买卖，美丰厚货栈。"

大桂往里看了看："里边那么多东西，那都是嘛呀？"

庞二拉着车又跑起来，边跑边说："都是客人存的货，咱挣的就是存货的钱。"

再往前走就是戈登花园、开滦矿务局、小白楼大街，拐到三义庄路口，进马场道一直到了刘大爷家。

刘大奶奶见三爷领着新媳妇来看她，乐得心花怒放。拉着大桂笑着说："新娘子，你怎么来了？"

大桂说："结了婚就得回门，我得回娘家呀。"

刘大奶奶高兴地搂着她直喊："我的老妹子呀！你怎么这么可人疼呢。"

大桂要给她磕头，刘大奶奶说什么也不让。

刘寿兰穿着睡衣从楼上下来，高兴地喊："真是咱老妹子来啦！"

从此大桂在刘寿兰这里，就留下个老妹子的称呼。两家越走越近，三爷自然高兴。

从刘家出来，三爷让庞二送大桂回家，刘大爷让司机老刘开雪佛兰轿车把三爷送到美丰厚。

三爷在门前一下车，门房就喊："三爷，给您道喜！"

"同喜同喜。"子和高兴地问他："这几天没事吧？"

"您放心吧，没事。"门房殷勤地说。

三爷往货场里走，工人们谁见了都打招呼："三爷，给您道喜！"

子和微笑着连连作揖："谢谢，谢谢！同喜，同喜！"走进经理室。薛继承赶紧站起来："三爷，给您道喜！"子和笑着说："同喜。这几天生意怎么样？"

薛继承拿过账本："不错，您看看。"

子和翻开账本看了看："寿阳夏记的东西到了，人来了吗？"

薛继承说："没来。七爷临走就说好，由接货到发货都让咱包了。货上了船，拿到船上的收货单，再跟他结账。他们不用来人，这批货就都给他办了。"

子和问："以前咱这么办过吗？"

薛继承说："没有。这是头一回。其实咱业务室办这种业务，也不费事。发完货，按货款多少提点儿收手续费，双方都合算。"

子和思考着这件事，自言自语地说："这对外地的客户，可就方便多了。"

薛继承说："咱既能接货，也能替他们发货，这可是码头货栈里的头一份儿。"

子和又想了想，兴奋地说："我看不管本地、外地的客户，只要把单子交给咱，进口货也能给他们包接包运。"

薛继承忽然想起来："能啊。查理先生从英国进口的材料，不就是这么办的吗?”

子和说:“对呀。其实出口、进口,咱都能代办。”

薛继承说:“咱要开展这种业务,生意准少不了。光外地的老客户,就够咱干的。不过要给客户把进口的东西运到地头,咱的运力还差点儿。”

子和很兴奋:“那咱就添它几十辆汽车。”想了想又说:“你打电话把吴先生请来,咱们商量一下。”

吴先生接到电话就来了,进来就笑着说:“三爷,真是人逢喜事精神爽啊!”

子和说:“不光家里有喜事,咱这儿也有喜事。继承,你跟吴先生说说。”

吴先生说:“刚才他在电话里都跟我说了。这件事我赞成。只要您发话,马上就能开展这种业务。咱货栈跟山货庄富裕的资金,买二十辆汽车还够。就是有些细节,还得仔细研究。”

子和说:“对。还有件事想跟你研究一下。”

吴先生问:“什么事?”

子和说:“前几年咱就开展了代客户办理出口手续的业务。主要就是帮不知道怎么跟洋行打交道的客户填填表。不出业务室就能办,也不收费。”

吴先生点点头。

子和说:“他们能不能办成咱也不管,一点儿风险也没有。现在想办的这件事,就不同了。咱服务的对象,是在洋行办好出口手续的客户。像夏七爷这类可靠的客户,绝对没事。不熟悉的客户呢?单子没错,货调换了、掺假了,咱怎么办?”

吴先生点点头:“我就见过这类的事。临装船,货调包了。船上查出来就抓住不放,非打官司不可。”

三爷说:“在商言商。做生意光看有利的一面不行,时刻都得趋利避害。代办这种事,只能对靠得住的客户。不能敞开大门,给谁都代办。”

薛继承听得心惊肉跳。

吴先生对三爷做生意这种精细,非常佩服。

薛继承说:“我明白了。咱就在可靠的范围内,开展代办业务,还得订一份有约束力的协议。”

三爷说:“这就对了。买车的事由吴先生安排。这些车停在哪儿,怎么加油，怎么维护保养，也得有一套办法。”

吴先生说：“这事我办吧，都安排好再动手。您的喜酒怎么安排？”

子和想了想：“咱柜上的人一块儿出去，有点儿张扬。我看就在食堂办吧。菜弄好点儿，鸡鸭鱼肉管够。酒别喝多了。钱我掏，您给张罗。”

货栈掌柜结婚，请全体员工喝喜酒，还办得这么丰盛，在海河码头还从来没有过。一传十，十传百，美丰厚和成三爷的名声叫得更响了。

那几天大桂叫上她娘和嫂子，天天去宫南、宫北大街上逛。接着又逛了北大关、官银号、估衣街。她娘秦氏跟嫂子宫氏生怕独流家里爷儿几个吃不好、喝不好，办完喜事就想回独流，不愿意跟着她到处逛。

大桂说：“你俩不在家，他们买着吃不就行了嘛。”

她娘说：“家里没个主事的，长了不行啊。”见大桂不大高兴，悄悄跟她说，“你嫂子又有喜了。过几个月肚子一大，怎么在这儿待呀。”

大桂听说嫂子有了身孕，才让嫂子带着大红回了独流。

嫂子宫氏临走那天，大桂把给大品、大雁这些姐妹们买的绒花、玩意儿，装满一大纸箱。又把给嫂子和侄子买的衣服、布料裹了一大包袱。雇了两辆洋车，把嫂子娘儿俩送到北大关坐上船，她才回家。

嫂子回了独流，大桂家里只有她和母亲秦氏跟林妈三个人。秦氏和林妈还能在一块儿说说闲话，大桂特别闷得慌。胡同里家家都关着门，谁也不认得谁。不像在独流，没事可以到处串门儿。憋得她听见邻居家有动静，就赶紧开门出去看看。

一天早晨，大桂听见对门有人出来。出去一看是个跟自己年龄相仿的年轻女人。脸有点儿黑，大眼大嘴，也盘着头。身穿蓝布大褂，两只大脚穿着青缎子便鞋。后边跟着个挎着篮子的中年女人，年纪跟母亲差不多，也是大脚。

大桂正看她俩，年轻女人走过来用北京话问：“你是新搬来的吧。”

大桂说：“是啊，你们是老住户？”

那女人说：“我们也是刚来。”

大桂问：“买菜去？”

那女人说：“前边儿就有个菜市儿，你去吗？”

大桂忙说：“我去，你等等。”回身叫上她娘就跟着去了。

两个年轻人有说有笑地做伴儿买菜，后边两个妈妈也说上话，不一会儿几个人就熟了。从那天起，两家人天天早晨就一块儿去买菜。

这个年轻女人姓韩，叫韩大芬。是北京郊区的旗人。父亲死得早，母亲抚养大两个闺女和一个残疾儿子。贫困交加，孤苦无靠。前年大芬十六岁，就许配给天津宝昌绸缎庄掌柜李二爷做了二房。

李二爷是河北青县人，原配夫人生了个女儿就不再生育了。年近花甲，李二爷急于要个儿子继承家业，就在北京分号娶了韩大芬。今年大芬果然给他生了个儿子。二爷爱子心切，就把她母子和伺候月子的丈母娘，一起接到天津。

自从认识了李二奶奶韩大芬，大桂觉得日子过得快多了。她俩没事就去宫南、宫北。后来又一块儿去估衣街。当年的估衣街繁华热闹，卖布匹、绸缎、皮货、针线、日用百货的商店一家挨着一家。这些地方，她俩总也逛不够。

李二奶奶自从结识了大桂，也总往成家院儿里来。俩人一个十八，一个十九，只差一岁。大桂向来跟谁都能说到一块儿，没几天她俩就谁也离不开谁了。

一天两位年轻的奶奶逛街回来，进了胡同就听见有男女吵闹的声音。不一会儿又听见一阵鬼哭狼嚎，像是有个女人在挨打。她俩顺着声音找到一家门口。仔细一听，那哭声就是从这个院子里出来的。

大桂和韩大芬年轻气盛，听见哭声就上前敲门。开门的是一个中年男子。留分头戴眼镜，文质彬彬。韩大芬问他："你们家打架啦？"

那人赶紧说："没有，没有。"

大桂也没好气地问："没打架怎么有女的哭？"

没等中年男子说话，突然从他身后窜出个披头散发的女人，拉住俩人的手连哭带喊："妹子、妹子你们可来啦。"紧紧抓住她俩，就号啕大哭起来。

她俩互相看了一眼，原来是个女疯子。俩人都觉得自己有点冒失，脸色也缓和下来。中年男子见自己的女人拉住这两位年轻太太不放，索性伸手请她俩进去。两个女人拉着疯子迈步走进小院儿，那男人回手赶紧把大门关上。

这个院子不大，只有坐北朝南的一排房子，是一明一暗两间屋。疯女人拉着她俩往屋里走。大桂和韩大芬走进去，见屋里还有个中年女人，正抱着一个胖女孩儿，焦急地看着外边。

这是一间西式的客厅。迎面墙上挂着油画，摆着一大两小三个沙发，前边是长方形玻璃桌面儿矮茶几。中年男人请两位不速之客坐在中间沙发上，这时疯女人已经平稳多了。她两只手抓住两个年轻太太，两眼盯着她俩，嘴角露出微笑。

大桂这才发现，这个女人有二十来岁，瓜子儿脸，细眉大眼，虽然头发凌乱，两眼发直，面容却还秀美。不一会儿，疯女人闭上眼睛，两手也渐渐松开了。大桂低头一看，这个女人竟然依着她睡着了。

中年男人和看孩子的女人把女疯子扶到里屋床上睡下。回到客厅，说话之前先叹了口气，眼泪也流了下来。

这个男人叫宋子湘，在东马路一家银行供职。那年在书寓应酬，遇见初入青楼的胡玉凤。两个人一见钟情，便海誓山盟，一个非他不嫁，一个非她不娶。

宋子湘好不容易筹齐赎身的钱，两个有情人便在这个小院儿安了家。

胡玉凤从风尘女子成了宋三奶奶，衷心感激救出她来的宋子湘，暗暗许愿要给丈夫生个儿子。母以子贵，自己在宋家也就有了正式的名分。为这个心愿，她常去娘娘宫烧香。也是心到神知，新婚不久就怀了孕。

在那个年代，妻子怀孕是丈夫引以为自豪的一件事。胡玉凤告诉宋子湘，天后娘娘托梦，说她怀的是个小子。宋先生人到中年，听说自己不久就能得子，自然是满心欢喜。从此对她更是百般呵护，疼爱有加。

等到孕妇临盆，生下来的却是个大胖闺女。胡玉凤听说是个闺女，当时就晕了过去。接生婆和宋先生费尽力气把她唤醒，胡玉凤哇地一声大哭起来。从此就精神失常，留下个想起来就哭的毛病。

今年女儿已经四岁了。这位宋三奶奶不犯病跟正常女人一样，心灵手巧，很爱打扮。这间客厅就是她亲手布置的，平时说话也很得体，做事善随人意。可是一犯病就大哭大闹大喊大叫，谁也拦不住她。

大桂和李二奶奶听说这些事，不由得同情起这位邻居。就为生了个闺女，自己竟然病成这个样子，真是太可怜了。

大桂问："她家里还有什么人？"

宋先生说："亲人是没有了。从小就被卖到那种地方，有亲戚也不认她。"

两个年轻女人这时心里也泛起一阵酸楚。看着里屋呼呼大睡的胡玉凤，都有点儿爱莫能助的感觉。时候不早了，她俩起身告辞。

宋先生不好意思地说："其实她特别想有你们这样的姐妹常来聊聊天儿。你们二位有空，能来看她吗？"

大桂说："我有空就来。"

李二奶奶也说："我们有空就来。"

宋先生千恩万谢地送她俩出来说："我们家奶妈姓刘。您二位来时喊刘妈开门，她就出来了。"说罢又点头又鞠躬，一直把这两位客人送出门外。

那天晚上，大桂把胡玉凤的事告诉了三爷。她问："我要生个闺女，你乐意吗？"

三爷说："先生闺女再生小子，不一样嘛。"

大桂说："这还差不离儿。要是生了闺女你就不乐意，也得把我气疯了。"

第二天，大桂和韩大芬去看胡玉凤。到了门口，刚喊了声："刘妈开门！"就听见院子里有动静。出来的竟是胡玉凤。

她一开门就笑着说："子湘告诉我你们姐儿俩今天也许要来，我等你们半天了。"

大桂一看，今天的胡玉凤和昨天大不一样。白净的脸上薄薄地施了些脂粉。烫过的波浪式头发用发卡束在脑后。身穿浅兰色丝麻纺绸旗袍，脚下是白缎子绣花鞋。满口的天津话，显得分外亲切。

大桂说："大姐，你可好了。"

韩大芬过去拉着她的胳膊说："我们俩可惦记你了。"

胡玉凤和她们俩说说笑笑进了客厅，让两位客人坐下就喊："刘妈倒茶。"回头又问："你们姐儿俩怎么称呼？"

韩大芬指着大桂说："她是成三奶奶。"

大桂指着韩大芬说："她是李二奶奶。"

刘妈进来，这位宋三奶奶把这两位奶奶介绍给她。三位奶奶很快就成了好朋友。她们一个说独流话，一个说北京话，一个说天津话，聊起来什么味儿都有，特别有意思。

第三十五章

俗话说三个女人一台戏。大桂、韩大芬和胡玉凤这三个奶奶凑到一起，成天唧唧喳喳，总有说不完的话。有这俩人天天来看她，胡玉凤的精神越来越好，不受刺激，平时也不犯病了。

大桂跟韩大芬性格不同，却有许多相似的地方。他俩都不是大城市的人，家境也都不好，虽然嫁给富商当了奶奶，可是这种富裕生活究竟怎么过，她俩谁也不知道，既不懂也不会，除了逛街买东西，日常生活并不怎么讲究。

胡玉凤和她俩不同。她从小服侍有权有势的阔人，长大也是伺候这些有钱的主儿。虽然社会地位低下，可过的是花天酒地的生活。经的见的，吃的穿的，玩的乐的，都是所谓上等人享受的那些东西。大桂她俩，哪见过这些？

胡玉凤饱经沧桑，见过世面，也懂得人情世故。大桂经常接触她这样的女人，在衣食住行，吃喝玩乐，待人处事和城市生活的各个方面，还真长了不少见识。

大桂是聪明人，见到不懂的事就想问。一天她和胡玉凤去东马路一家绸布店，见长长的货架子上，摆的五花十色、琳琅满目，那么多不同的布料，什么时候穿合适？她就悄悄问："胡姐，您跟我说说这些料子都什么季节穿？"

胡玉凤见这个刚来天津的小妹，还不懂这些事，指着架子上说："你看，那一卷叫纺绸，春天穿合适。天儿再热就穿那一种，叫罗布。三伏天就讲究穿圆丝细夏布。"

大桂走过去把这几种布料看了又看，还都轻轻地摸了摸。又问："胡姐，穿什么颜色好？"

胡玉凤说："天快热了，像你这二十来岁的女人，穿湖色合适。中年女人就穿浅点儿，最好是本色牙白。年纪再大点儿，最好穿宝蓝色。挺大的岁数再穿湖色纺绸，就会让人笑话。"

这些讲究，大桂都是跟胡玉凤学的。给自己置办的衣裳，色调和样式也都越来越得体了。

在独流老家，大桂从小到大都是横不拿针竖不拿线，从来不干家务活儿。

现在对做饭也感了兴趣。她在运河岸边长大,吃鱼是家常便饭。到了天津才知道,鱼在人家手里,居然能做出这么多花样。

大桂特别爱看胡玉凤做鱼。常见的鱼到她手里,红烧、清蒸、糖醋、干炸,怎么做都好吃。一次她见胡玉凤用一条活鱼,竟做出了红烧鱼头、糟溜鱼片、酱汁鱼尾和烩鱼杂这四道菜。这种手艺让她惊讶不已。

她问胡玉凤:“姐,吃鱼有什么讲究吗?”

胡玉凤说:“咱天津靠河临海,河鱼海鱼都有。讲究春吃花鱼,夏吃目鱼,秋吃鲤鱼,冬吃银鱼。”

大桂听不懂。胡玉凤说:“花鱼就是黄花鱼,春天肉嫩,最好吃。目鱼就是比目鱼,咱天津也叫塔玛。银鱼就是面条儿鱼,是大补的东西,冬天吃最好。”

大桂听着似懂非懂,可是很想学。常常是从胡玉凤那里刚讨教了什么,回到家里就进厨房照葫芦画瓢地摆弄起来,一遍一遍地试验,再加上她肯动脑子反复琢磨,不久居然也能做出几样儿菜了。

一天晚上三爷回来,桌子上已经摆好四个菜,红烧鱼、米粉肉、清炖栗子鸡,还有一盘用面筋、芥菜疙瘩、胡萝卜、豆腐干切成细丝,再拿香油、酱油炒出来的咸什锦。三爷一看,这几个菜要样儿有样儿,要味儿有味儿。就问,“这是从哪个馆子叫的?”

大桂在一旁问:“你看怎么样?”

三爷说:“我看这家馆子手艺不错。”

大桂得意地说:“这是子和饭庄内掌柜亲手做的,您就赏脸尝尝吧。”

三爷惊讶地瞪大了眼看着她:“你还有这一手?”

大桂得意地说:“没看出来吧,我还有好几手没露呢!”

说完就咯咯咯地笑起来。

舒心的日子总是过得飞快。没过多久,李二奶奶又怀了孕,在家里不大出来了。大桂成天张罗买这个做那个,也总在家里琢磨吃。秦氏看在眼里,心想这闺女向来不贪吃,嘴不馋,怎么现在这么爱吃?找她一问,原来也有喜了。

三奶奶怀孕了,这可是小院儿里的特大喜事。秦氏和林妈乐得不知道说什么好。平时三爷回来在上房歇着，林妈除了沏茶打水，从来不进去。秦氏也是轻易不往那屋去。知道大桂怀孕这一天，三爷一到家，这俩人就都笑容满面地赶紧去道喜。

三爷听到这个喜信儿，就问大桂："你怎么没告诉我？"

大桂瞪着眼说："我哪知道到月儿不来，净想新鲜东西吃，就是怀上了。要知道还不早告诉你！"

三爷听她这一说自己也乐了，心想这个傻闺女，还真有福气。从那天起三爷对大桂更是疼爱有加，百般呵护。

自从有了身孕，大桂能吃能睡，脸上红润光亮，身上也更加丰满，真成了青春少妇的模样。可是起居坐卧，还是那么任性。越照顾她，她越满不在乎，还是想上哪儿就上哪儿。

没过几个月，独流捎来口信儿，嫂子宫氏要生孩子了。秦氏尽管对女儿放心不下，面对媳妇临盆这件大事，还得回去一趟。对林妈千嘱咐万嘱咐，这才回了独流。宫氏生了个儿子，小名大锁，大名叫玉林。精爷和秦氏得了孙子，自然是满心欢喜。

趁着秦氏回来，有人给米家老二有财提了一门亲。女方是邻村知根知底的人家，就是这闺女身子弱。精爷两口子商量，这个人家不错，眼下手里也富裕，说定之后就过彩礼、挑日子，把媳妇娶了过来。

谁想娶来的这个儿媳妇百病缠身。不光干不了家务活儿，往往一连几天躺在炕上，下不了地。天天离不开药罐子。老二有财让这个媳妇拖累的什么也干不了。她也就这么病病歪歪过了一辈子。这是后话。

1927年6月，天津《庸报》头版头条大字标题：张作霖在北京就任北洋军政府陆海军大元帅，代表中华民国行使统治权。刘寿兰见张作霖当了中国的最高领袖，带上礼物，坐火车去北京祝贺。

见到身穿大元帅制服的张作霖，刘寿兰说："雨亭，你可成了真龙天子啦。"

张作霖哈哈大笑说："这不是咱哥儿们这些年玩儿命挣出来的嘛。"

他俩坐下说话，张作霖忽然想起那年刘寿兰求他的那件事，就问，"打了印度人那档子事，后来怎么了？"

刘寿兰说："那是有人栽赃，子和处理的，早没事了。"

张作霖问："他怎么没来?"

刘寿兰说："货栈太忙，他离不开。"

那天张作霖特别高兴，说："咱哥儿俩照张像给他带回去。"

刘寿兰站起来说，"好啊，在那儿照?"

张作霖说："就在这儿啊。这儿有专门给我照相的。你别穿西服，咱俩都穿军服照。"回头跟副官说："给他拿一套奉军的制服穿上。"又问刘寿兰："来个少将可以吧。"

刘寿兰乐着说："你给个什么官儿都行。"

刘寿兰穿上奉军少将的制服，跟张作霖照了一张合影。换了衣服，从大帅府出来，坐上帅府的汽车直奔前门外鲜鱼口。找到吕记烟铺的幌子，进去一看，吕又宾正坐在柜台里边，眯缝着眼哼小曲儿呢。

刘寿兰大声说："老四，你真享福啊!"

吕又宾睁眼一看，是刘寿兰，赶忙走出柜台瞪大眼睛说："大哥，你怎么来啦?"

刘寿兰跟他说了这次到北平的来意和美丰厚最近的请况。吕又宾跟大哥说了说烟铺的情况。老哥儿俩互道珍重，刘寿兰就回了天津。

大桂的肚子大起来了，走路不方便，自己在家又闷得慌，就让林妈把宋三奶奶请到家里玩儿。一天两个人百无聊赖，胡玉凤忽然想起一种好玩的东西，说："咱们玩儿麻将吧。"

大桂问："是吃的麻酱?"

胡玉凤笑着说："是玩儿的麻将牌，你没见过?"

大桂这才想起来："我见过。我们独流老爷们儿才玩儿那个呢。我可没玩儿过。我见过老太太们坐在炕上摸纸牌。你一张我一张地拿，你一张我一张地出。没什么好玩儿的。"

胡玉凤叫林妈到她家拿来麻将牌，把大桂外屋的八仙桌腾空，铺上毯子和桌布。先从认牌开始，教大桂打麻将。大桂懂得点儿纸牌的玩儿法，不一会儿就学会了，入了门儿就跃跃欲试，恨不得当下就找齐四个人，好好地玩儿把。

第二天，她俩把挺着大肚子的韩大芬找来，问她会不会玩儿麻将。

大芬说："会呀，你们想玩儿麻将？我妈也会。林妈！去把我妈叫来。"

北京姥姥过来一看，是找她来玩儿麻将，无奈地说："得，我就给你们凑把手吧！"

胡玉凤陪着两个孕妇一个老太太玩儿麻将，她家的刘妈和成家的林妈，给她和李二奶奶看孩子，伺候茶水。从那天起，打麻将就成了这三个女人每天的生活内容。

三爷晚上回来，听说大桂学会了打麻将，笑着说："会打麻将好，省得腆着肚子往外跑。"

不过这可苦了北京姥姥，陪她们打完牌，家里的活儿一点儿也不少干，比平时累多了。

进了腊月，大桂他娘从独流回来，见大桂养得又白又胖，能吃会玩儿，肚子也大起来。笑着说："这个没心没肺的孩子，真有福气。"

年前李二奶奶生了个双胞胎，大的叫文灿，小的叫文辉。大桂成天过去又亲又抱。尤其是那个小文辉，两只眼总是滴溜溜乱转，让大桂喜欢得不得了。她想嫂子生了个男孩儿，韩大芬又生了俩男孩儿，但愿我生的也是个男孩儿。一想到这儿，心里就美滋滋的。

快过年了，宫南、宫北两条街和娘娘宫对面的戏楼前，到处都是卖年货的。远远地就能听见吆喝声，爆竹声，抖空竹的嗡嗡声和孩子们高兴的喊叫声。大桂哪天也要让她娘陪着去一趟。不是买东西，就为看热闹。

大年三十儿那天，大桂带着她娘和林妈，把里里外外打扫干净。大门上贴了春联，上联是"向阳门第春常在"，下联是"积善人家庆有余"。横批是"抬头见喜"。门框和窗框上贴了吊钱和窗花，墙上贴了福字，堂屋桌子上摆了干鲜果品和一盆儿盛开的水仙花。

天黑了，三爷还没回来。大桂听到娘娘宫的爆竹声一阵接一阵。穿上大衣就叫娘跟她一起去娘娘宫看热闹。她娘不让她去。

大桂说："过年是娘娘宫的大日子，到处都是红的，多喜兴啊。咱不就为去沾个喜气儿嘛。"

秦氏拗不过她，只好让她穿暖和点儿，陪着她去了。

老天津卫有个风俗，大年三十儿晚上十二点之前，全市有名气的窑姐儿，都要到娘娘宫烧香。这些风尘女子在这一天都刻意打扮得异常妖艳，为的就是引人注目，卖弄风骚。

大桂跟她娘刚到娘娘宫附近，就见迎面来的几辆洋车上坐的都是花团锦簇的漂亮女人。个个头上插着红绒花，身穿红袄红裙子，脚下是红绣花鞋。车前挂着大红彩球，脚灯擦得锃亮。车还没到，就把脚铃踩得叮铃铃地响。

娘娘宫周围早就有一群不三不四的地痞、混混儿和无聊的男人在那儿等着。洋车一到，这些人就嬉皮笑脸地过去评头品足。有认识的，就大声喊她们的名字和外号儿，嚎叫着起哄。越哄得厉害，那些女人越洋洋得意。

还有些坏小子把点着的小炮儿往这些女人身上扔。“嘣”地一响，有的被吓一跳，有的回过身来骂他们。这些小子们挨了骂，就嬉皮笑脸地大声嚷嚷。有的女人故意装出可怜兮兮害怕的样子，刺激得这些人怪声怪气地大喊大叫。

大桂不知道这是打情骂俏，只顾挤在人群里傻看。忽然发现周围看热闹的人里，竟然一个女的也没有。正要挤出人群，觉得有个人故意往她下身蹭。她当时就火了。喊了声：“你要干嘛！”伸手就把那个人推了个趔趄。

那个男人回过头来嬉皮笑脸地伸出手指点着大桂，刚要说什么，她娘秦氏上去就狠狠地给了他一巴掌，打完拉着大桂就走。被打的那小子，当时就疼的捂着脸蹲下了。

秦氏拉着大桂往回走，听见后边有个人跟了上来。心想准是挨打的那小子。一边走一边仔细听，发现后边的脚步声是一个人，心里就有了主意。她在独流码头书场待了十几年，三教九流什么人都见过，就没把这个流氓放在眼里。

后边的脚步越来越近，秦氏突然转过身来，正跟那个小子打了照面。秦氏攥着拳头瞪着眼说：“你干什么？还想挨揍？”

那小子瞪着眼刚要动手，就听后边有人厉声喊：“猴三儿，你要干嘛！这儿是你撒野的地方吗？”

大桂一看，有个警察过来了。这人正是专管娘娘宫一带的巡警。刚才有人告诉他，小痞子猴三儿惹逗两个女人，让人家打了，正跟过去想动手打架呢。那个巡警远远地看见前面的两个女人，是吉祥胡同新搬来的阔主儿，喊了一嗓子就把他镇住了。

秦氏拉着大桂进了吉祥胡同,快步走到门口,抬手正要敲门,大门忽然打开了。

这一天三爷照例和美丰厚货栈值班的人们一起吃年夜饭,很晚才回家。一进门就觉得院子里布置的温馨惬意,非常高兴,让庞二把洋车拉进院子。他事先已经跟大桂说好,让庞二也来家里过年。

三爷进屋发现大桂没在家。一问林妈才知道三奶奶跟她娘到娘娘宫看热闹去了。听说大桂去了娘娘宫,三爷就急了,叫庞二赶快去把三奶奶找回来。庞二刚开门,大桂跟她娘正好回来。

大桂进了屋,就见三爷沉着脸说:“这么晚了怎么还出去?去娘娘宫也不看看是什么时候,往后三十儿晚上那儿也不能去!”

自从结婚那天起,三爷对大桂总是百依百顺。大桂从来没见过三爷跟她沉着脸说话。这次三爷一不高兴,吓得她没敢说别的,赶紧回到里屋脱下大衣躺到床上。

三爷消了消气,才进里屋把三十儿晚上正经人家不让年轻人去娘娘宫的道理,给她讲明白。

大桂听罢吐了吐舌头,心想原来是这么回事,怪不得那儿那么乱呢。

三爷不信佛,除夕之夜也就没有接灶王、请财神之类的事。他和大桂让秦氏、林妈、庞二都到正房来一起包饺子。三爷说:“三奶奶正有喜,怕惊动了胎气,今年就别在院子里放炮了。”

大桂娘秦氏也说:“这些事是该在意点儿。过了年大桂生孩子,还得你们跟着受累呢。”

林妈、庞二都说:“这是应该的。我们有什么不到的地方,三爷、三奶奶、老太太只管说。”

几个人高高兴兴地包完饺子,又说了会儿话便去睡了。

三爷和大桂进了里屋,夫妻俩毫无睡意。三爷说:“我出门在外过了几十个年,今年才觉得在家过年真好。”

大桂偎依在三爷身边说:“明年过年咱家又添一口人,有个孩子缠着,你就更高兴了。”

三爷想说要是个男孩儿就好了,话到嘴边又咽了回去。

这一夜娘娘宫门前不停地放鞭炮，给小院里的除夕之夜，平添了许多节日的气氛。

1929年的春节，成三爷过得特别高兴。大年初一，一大早林妈、庞二进来给三爷、三奶奶拜年。三爷已经洗漱完毕，把早已预备好每人两块大洋的赏钱，给了她俩。两个人非常高兴，谢过主人就忙着做饭去了。

初一早晨全家围在一起吃饺子。自从大桂过门，林妈、庞二和独流来的娘家人，跟她和三爷吃的饭菜都一样。逢年过节，主仆都要坐在一起吃。

最早来拜年的，是西头酱坊胡同王家的大儿子金城。他刚进胡同，就见有两个人在大桂表姑门前打架。王金城溜到墙角儿，就听一个人说："你小子要再敢来这一家捣乱，我打瘪了你！"

王金城看着两个打架的都走开，这才敲门进来拜年。

大桂告诉三爷，这是西头王家的留咬儿，他叫王金城。

三爷在办喜事那天见过他。金城给表姑夫拜年，三爷给了他一块大洋压岁钱。王金城从来没拿过一块大洋，高兴地谢过表姑夫，就跟大桂小声说："表姑，刚才我看见有俩人在您门口打架呢。"

第三十六章

王金城和大桂说话，三爷就进了里屋。大桂听说有人打架，马上就来了兴趣。问他："打架的是什么人？"

留咬儿摇摇头："不认识。俩人都像十七八岁，有个人还有点儿独流口音。"

大桂一听更觉得新鲜了，不屑地说："跟独流人打架，他们可不是个儿。"

王金城没在大桂家多待，就去他老姑家拜年。老姑夫杜四爷是码头搬运工的把头，黑白道儿都有人。当年凭着一股横劲儿，年纪不大就在码头上闯出一块地盘儿。

金城拜完年跟他说："老姑夫，刚才我在吉祥胡同表姑门口，看见有人找事儿，您管管吧。"

杜爷问："哪个表姑？"

金城说："独流的大桂呀！"

他老姑在一旁说："大桂的事咱可得管。"

其实杜四闯出的地盘儿，就在英租界的怡和码头。他跟美丰厚货栈的人很熟。天津的搬运工，没文化、说话粗，但规矩极大，不干缺德事，不欺负老实人。路见不平就得拔刀相助。当天道儿上的朋友来拜年，杜爷就放了话："吉祥胡同成家是咱亲戚，弟兄们照应着点儿。"后来那里果然没出过什么事。

初一这天，韩大芬、胡玉凤一大早就带着孩子来拜年。在天津，带着孩子到孕妇家拜年，叫添喜。她俩一进门就喊："给三奶奶添喜来啦！"

孩子们穿着新衣裳，欢蹦乱跳地见了长辈就磕头。三爷跟大桂三非常高兴，给了每个孩子一块崭新的银圆当压岁钱。

宝昌号李二爷和在银行供职的宋三爷也来了。一进门见面就作揖："三爷！给您拜年啦。恭喜发财！"

这两位爷事先都打听好了，论岁数三爷比他俩大，论身份三爷是货栈经理，颜料庄东家。从哪头儿论，他俩都应该先来给三爷拜年。

这三个男人是头一次见面，谁看谁都不是一般市井之人。聊起时局和生意上的事，各有一番高论。大年初一不能久坐，三个人说好年后再聚。三爷送两位客人时说："对不起，内人身子不方便，我就不过去了。"

送走拜年的客人，还不到八点，大桂说："咱俩给大哥拜年去吧。"

三爷看着她："你这样子还能出去拜年？"

大桂说："别那么娇气，还有几个月才生呢。"

三爷只好让庞二出去雇车。车雇来了，庞二拉上三奶奶走在前头，三爷坐雇来的车跟在后面，径直去了马场道刘家。

刘寿兰见老妹子大年初一带着身子还来拜年，赶忙招呼太太下楼。刘大奶奶见大桂腆着大肚子就来了，激动得不知道说什么好，拉着大桂就走进靠里的一间屋里。

大桂进去，就见迎面墙上挂着关老爷像，前边是个大条案，条案前八仙桌上摆着大香炉和干鲜供果，点着一对大红蜡烛。地下有个蒲团。她见这个地方不像居家过日子的摆设，心里挺疑惑，过去就要磕头。刘大奶奶拉着她说："你带着身子，就别磕了。"

三爷走进来脱掉风帽，恭恭敬敬地跪到蒲团上，对着关老爷像磕了三个头。

刘大爷领着三爷到小客厅说话。大桂刚要跟过去，刘大奶奶拉住她说："你看这屋里的摆设，跟平常人家屋里有点儿不一样吧？告诉你，寿兰是奉军老总们在天津的老大。这儿是他们聚会的香堂。领你进这间屋，就是不把你当外人了。"

大奶奶扶着大桂坐在靠墙的椅子上，给她剥橘子吃。这位大奶奶五十开外，慈眉善目。大桂怎么看都觉得跟她娘似的。她问大桂："怀上孩子了，这些日子过得怎么样？"

大桂说："什么都好，就是心里总嘀咕，要是生个闺女，怕三爷不乐意。"

大奶奶把手一摆说："别听那个。生男生女都是天意。你生得了闺女，就能给他生小子。"

俩人正在说话，墙上挂着的紫红色的匣子突然响起来。刘大奶奶过去拿下个东西，冲着匣子就说话。

大桂瞪眼看着她。刘大奶奶见大桂有些奇怪，放下那个东西说："这是电话。有什么事找大爷,给他打电话就行。”

大桂问:“拿这个就能找人?”

刘大奶奶说:“咱家的电话号码是234号。拿起电话告诉他,找234马场道刘寿兰刘大爷,他就给接过来了。”

大桂问:“那里边儿的人,能找到咱吗?”

刘大奶奶笑着说:“两边儿有电话线连着,一叫234,咱这个电话铃就响了。我给你要个看看”。伸手摇了手柄,拿起耳机说:“我要586彭大爷家。”不大会儿对方就有人接听,俩人说了些拜年的话,最后大奶奶说了声:“再见。”就放下了。

大桂明白了打电话是怎么回事,就说:“赶明儿我那儿安个电话。想您了,就打电话找您。”

大奶奶说:“过了年就叫子和给你安一个。”

两个女人回到客厅,大桂看见墙上挂着的镜框里,是一张刘大哥穿着军服,跟一个戴高帽子的人合照的大照片。

大桂问:“那个戴高帽子的是谁呀?”

刘大爷说:“那是咱们的皇上。”

大桂问:“现在不是没皇上了吗?”

刘寿兰笑着说:“人家管着咱全中国,不就跟皇上一样嘛!”

大桂说:“我不管他皇上不皇上,看着他就是没大哥富态。我大哥要穿上他那一身衣裳,戴上那顶高帽子,比他气派多了。”

这几句话让刘大奶奶乐的前仰后合。指着刘寿兰说:“你大妹子就盼着你戴那顶高帽子呢。”

几个人都笑了起来。

刘大奶奶止住笑声对三爷说:“刚才我大妹子说了,她怕生个闺女你不乐意。我说谁要不乐意,就叫他找我。”

刘大爷接茬儿说:“老三还能不乐意?闺女知道疼爹妈,我就想要个闺女。”

大桂趁势说:“我这回要是生个闺女,您二老就是她干爹干妈。”

刘寿兰非常高兴:“好好好,就这么定了。”

大凡拜年,都不多待。四个人说笑了一会儿,三爷夫妻就起身告辞。

刘大奶奶拦住他俩,从抽屉里拿出一张不大的刘寿兰跟张作霖的合影,递给大桂:"你把这一张拿回去吧。人家这是专门为子和照的。"

大桂高兴地谢了大奶奶。刘寿兰把他俩送到门口,喊着庞二说:"稳着点儿跑,别把三奶奶颠着。"说着把两块大洋塞进庞二手里。

回到家里,三爷把那张照片要过来看了又看:"赶明儿我拿到柜上给他们看看吧。"

大桂说:"就放到柜上吧,反正家里也没地方摆它。"

那天还没吃中午饭,美丰厚派人送来一封寿阳的加急电报。三爷拆开一看,上边写着"货物被抢,店房被烧,玉生被绑,师母病倒,速来。"

大桂问:"什么事?"

子和说:"七宝那儿店房被人烧了,货也被抢了。玉生遭绑架,师母也病倒了,让我赶快去一趟。"

大桂说:"你就赶快去吧。柜上有吴先生,家里有我娘。让庞二跟你去。"

三爷点头说:"我马上就走。"

初二上午子和、庞二就赶到寿阳。来到夏家老店,这里被烧得一片狼藉。夏七宝捂着脑袋蹲在院子里,听见脚步声,抬头见子和来了,愧疚地说:"大过年的我不让给你打电报。老二还是打了。"

子和问:"是什么人干的?"

七宝的回答让他大吃一惊,原来参加这次打劫的,都是夏家寨的人!

来到城里夏家,师母一把拽住子和哭着说:"他家的事别的我都不管,你可得把玉生给我找回来呀!"

说着就大哭起来。

子和见苗也是两眼通红。

苗说:"我们老大玉生,是奶奶心上的肉。"

子和问:"有人知道是谁绑的吗?"

苗说:"夏家寨饭馆儿的九姑知道。"

子和站起来:"庞二,走,咱们去夏家寨!"

师母说:"你们坐了一宿车,吃点儿再去吧。"

庞二说:"有稀粥喝点儿就行。"

苗给他俩热了粥，两个人都喝了一碗就跟着七宝走了。

路上子和仔细问了七宝，才把这件事的来龙去脉大致弄清楚。

大年三十儿晚上，夏家寨不少穷汉都聚在路边小酒馆喝闷酒。提起夏四宝，都说人家要饭回来，身上有几个钱都帮着乡亲们盖了房。夏七宝这几年做买卖也挣了不少，可没见他周济过谁。有人说，咱如今没家没业，还不都是他夏家害的！没钱过年，咱就找夏七宝借去。

酒助怂人胆。这些男人灌了几两酒，举着火把就来找七宝。七宝跟玉生父子俩正在店里守夜，听说乡亲们找他借钱，答应赶紧拆兑。有个叫李三的煽动说："不借钱咱就拿他的货！"

这些人一听，举着火把就去抢店里存的山货。夏家父子赶紧阻拦，有的扔下火把，扛起东西就走。大火点着了店房，城里的人来救火，李三趁乱就把夏玉生抓走了。

七宝说："大火烧了一夜，店房、铺子都烧光了。上百年的店房，桌椅板凳、家具被褥都是旧的。里边的库房也是老房子，哪经得住烧！收上来的山货也都抢光了，九姑在夏家寨路口给我截住一些。"

子和问："谁是九姑？"

七宝说："九姑是爷爷在南方破庙里捡的孩子。当时眼看就要死了，爷爷把她救活，教了她一身功夫，也教会她一口寿阳话。那年她来到寿阳，爷爷已经走了。"

子和问："九姑嫁到这儿了？"

七宝说："没有。她就是一个人，四十来岁。挺能干，人品好，功夫也好。打斗起来，三五个汉子也不是她的对手。夏家寨老老少少都叫她九姑。管过夏家寨路边的客店，后来把酒馆儿也接过去了。寨子里的男人常去那儿喝酒。那天就是在她那个酒馆儿喝了酒，跑来闹事的。"

子和问："来的那些人你都认识？"

七宝说："都认识，就有一两个还不熟。我叔也跟着来了。"

子和很惊讶："你叔？是当年常跟四宝在一起的那个叔叔吗？"

七宝点点头："就是他。快七十了，还是那么浪荡。他管不了那些人，就蹲在那儿看。玉生就是在他眼皮底下让人抓走的。"

子和问："怎么抓走的？"

七宝说:“我从远处扫了一眼,好像是被点了穴,身子软了才把他拽走的。那人临走还冲我喊,三天之内拿四百大洋赎人。天亮又有人捎信儿来,不好凑二三百也行。我想过,这个人知道我腊月里这趟买卖,就能挣二三百块钱。”

子和问:“他在哪儿,有线索吗?”

七宝说:“有。捎信儿的人就是夏家寨酒馆儿的伙计。”

三个人来到夏家寨小酒馆儿,见墙上贴着红福字,柜台上贴着红纸写的招财进宝。有个精干的女人正在收拾东西。

七宝喊了声:“九姑。”

那女人抬起头:“哎呀,你怎么来了,这两位是?”

七宝说:“这是成子和成三爷跟庞二爷。”

夏九姑绽开笑脸:“成三爷可是大名鼎鼎。您过年好!”

子和说:“您过年好!我这次是为七哥摊上的事来的。现在店里也没客人,咱先说说,是谁绑了玉生?”

庞二见三爷谈起正事,站起来说:“我到外头看着点儿。”

夏九姑见这位壮汉身材高大,穿着青布棉袍,威风凛凛。看出这是三爷的手下,赶紧说:“外边冷,我这儿有件皮袄,你披上点儿?”

庞二摆摆手:“谢谢,不用。”撩起门帘就出去了。

九姑这才说:“绑走玉生的是李三。就在后山石头房子里住。三十晚上我就派人盯上他了。”

三爷问:“这人有功夫?”

九姑撇了撇嘴:“顶多是下三路。这种人手底下黑,跟他过招还得小心。”

三爷说:“人在他手里,我看事不宜迟,咱这就去吧。九姑要上手,咱四个人也足够了。”

七宝说:“你俩坐镇,我跟庞二去吧。”

九姑这时已经把身上收拾停当,瞪着他说:“我的伙计在那儿蹲着,我不去还行?”

说罢,四个人一起赶奔后山。

夏家寨后山有个石头砌的房子,被紧紧绑着的夏玉生,脸色苍白嘴里塞着布,歪着头依在这座石屋的炕底下。

李三紧张地站在炕上向外张望，发现外边来人了。

守在石屋不远的伙计二康见九姑带人来了，伸手示意李三还在屋里。

子和、夏七宝把住石屋的门。示意庞二、九姑绕到石屋后边。庞二一边走，眼睛还盯着三爷。九姑心想，这个人对三爷忠心耿耿，真是靠得住的帮手。

李三支着耳朵，一边听着外边的动静，一边悄悄下了炕，伸手拿个凳子，突然把凳子朝后窗户砸过去，抄起一根棍子打碎前窗户，纵身跳出窗外，就向后山小路猛跑。

小石屋外的子和见李三跑了，抬脚就追。夏七宝踹开门，闯进石屋去救玉生。

庞二、九姑听到动静，见李三和三爷一前一后正从她俩身旁跑过去。她俩盯住前边的身影猛追过去。

这时在前边跑的李三，见身后有人紧紧追赶，突然把手里的棍子向身后撇过去。“噗”地一声，撇过来的棍子砸中子和的前胸。三爷手捂胸口弯下了腰。

庞二跑过来扶三爷，子和手指前方：“快追！”

庞二撒腿跑过去追上李三，伸手就抓。李三回身出拳，庞二出掌搪过他这一拳，闪身飞脚把李三踹倒。九姑赶到顺势把他按住。

老二夏玉安带着两个警察赶来了，掏出绳索把李三紧紧捆住。

庞二赶紧过去抱住三爷。

九姑回头看：“三爷受伤了！”

子和抬手抹掉嘴角流出的鲜血：“不要紧，玉生没事吧？”

“他没事。”夏七宝赶过来说，“快把三爷扶回去！”

回到酒馆，九姑把三爷安顿到自己的屋里，扶着他躺在炕上。解开棉衣看了看：“这是受了内伤！”

她取出自己珍藏的止血白药给三爷服了。流着泪说：“我早就听爷爷说，您小时候也是苦孩子。这些年您一直帮着四宝、七宝。我也是苦出身。尽管今天才见到您，可在我心里，您早就是我的师哥了。”

坐在一旁的庞二，听了九姑这番话也忍不住涌出泪水。

三爷说：“滴水之恩，涌泉相报。这是咱老祖宗留下的话。我能有今天，忘不了爷爷的恩德。我认下你这个师妹，往后有什么事，你就找我。”正说着，门外来了个愣头愣脑的汉子，闯进来就给三爷磕头。

九姑问：“李二豹！你这是干什么？”

李二豹哭着说：“大年下抢了人家的东西，烧了人家的房子，绑了人家的孩子，这不是人干的事呀！我们家的房子都是夏家给盖的。我对不起夏家呀！我看见夏家来人了，警察也来了。我求你们别把我抓走。我一走，老娘也活不成了！”

三爷挣扎着坐起来，让庞二扶起这个汉子。跟他说：“冤有头，债有主。抓李三，是因为他绑架勒索犯了法。穷乡亲们去找七宝借钱过年，没错。失火也不是哪个人的责任。你放心，没人抓你。庞二，拿两块钱，给他回家跟老娘过年。”

第三十七章

李二豹接过庞二递给他的两块大洋，站在那儿愣了半天，弄不明白今天这是遇上什么人了。想了想“扑通”一声跪在地下，给三爷磕了三个头，站起来盯着三爷看了看，抹着眼泪走了。

夏叔也来了。

子和赶紧下地，给夏叔作揖：“叔叔，给您拜年！”

夏叔看着他问：“你是？”

夏七宝大声说：“他叫成子和，那年见过您跟我四哥。”

夏叔说：“哦，你是那个骑对槽驴的孩子。几十年没见了，那年你才多大？”

子和说：“九岁。”

夏叔：“现在呢？”

子和说：“过年五十一了。”

夏叔感叹地说：“四十来年了。那时候你就是个小机灵鬼儿！没想到啊，我是个长辈，过年了跟他们一块儿喝回酒，就出了这么大的事。”

七宝说：“咱夏家跟谁也没仇没恨，怎么就这么对待咱我？”

夏叔说：“穷逼的呗。”

九姑愤愤地说：“谁是穷逼的？今年山前山后找七宝卖山货的人家，都比往年富裕。你们成天甩着手什么也不干，才穷得过不去年。李三挑拨穷鬼们找七宝，就没安好心。这个人决不能留他！大年初一就把我师哥惊动来了，一会儿咱一块儿跟我师哥吃顿过年的团圆饭。”

夏叔很奇怪：“怎么这位成三爷，是你师哥？”

子和从怀里掏出一根雪白的翎子：“您还记得这个吗？”

夏叔看了看：“白令？四十年了，你还留着？”

九姑把白令接过去，看了又看：“老爷子人在江湖，可是一心向善。爷爷说，白令就是夏家门掌门的信物。当年见过个孩子，特别仁义，就把白令给了他……”

正说着，突然从外边涌进十几个人。有位老人进门就喊："九姑，就为年三十那点事，夏七宝找了警察又找外地人，要来收拾我们。你可得给咱夏家寨的人作主啊！"

九姑说："警察来抓李三，是他绑架夏玉生，勒索人家要几百块钱。从天津请来的这位成三爷，也不是外人。"说着，看了看子和。

那位老人看着子和："你就是天津的成三爷？四宝总跟我们说，你可是个好人！成三爷，你给评评理，夏四宝收山货、做买卖，挣了钱给我们分。他夏七宝也收山货、做买卖，挣了钱自家在城里买房，送孩子上省城念书，咋就不给我们分！"

另一个老人说："成三爷，我见过你。那年四宝在夏家寨张罗七宝拜堂成亲，你就在嘛。你说说，大年三十我们穷得过不了年，找七宝去借钱。他父子俩不理我们。一笔写不出俩夏字，都是夏家的，拿他点儿东西还不行？"

三爷压着心里的怒火，和颜悦色地说："四宝哥做买卖，是我给他的本钱。收山货去天津卖了，是挣了点儿。我叮嘱他回来收了山货再去，一等再等也没见他。后来才知道，他是把本钱都给你们分了。"

九姑说："那也是让他们逼的！"

三爷说："我七宝哥做生意，是找人借的本钱。他在知道生意的做法。挣了钱除了收货，还得还债。他的做法有些不如人意。可是你们卖给他山货，挣你的钱，他收山货倒腾出去，挣他的钱。这有什么不对？难道夏家寨姓夏的，都该分他的钱吗？"

九姑说："他们说的都是歪理！"

子和说："我是夏家老姑奶奶亲手抚养大的，老掌柜收我为徒，夏家出了这么大的事，我能不管吗！"

正说着就听酒馆外人声嘈杂，伙计二康出去看了看，回来说："李二豹跟他娘，把全村的人都带来了。说是要看看外地来的活菩萨。眼看就到了。"

子和疑惑地看着夏叔和九姑问："说的是谁？"

九姑说："说的就是你！刚才你把李二豹放回去，还给了跟他娘过年的钱，这不是活菩萨吗！"

子和不以为然："哪能这么叫！"

正说着一大帮人已经涌进酒馆。带头的李二豹大声喊："娘，乡亲们！放了我、给我钱的就是这位成三爷!”

穿着破衣烂衫的老少乡亲,呼呼啦啦都跪下磕头:“真是活菩萨呀!”

九姑大声喊:“都起来吧,他不是外人,是老掌柜的徒弟回来了!”

乡亲们站起来疑惑地问:“老掌柜的徒弟?”

子和激动地把白翎举在头顶摇着大声说:“这是老掌柜的白翎!”

二豹他娘看见白翎忽然大声喊:“白翎、白翎!老爷子、老姑奶奶显灵了!”

人们一听呼呼啦啦又跪下了,嘴里喊着:“老爷子!姑奶奶!夏家寨出大事了!救救我们吧!”

三爷大声说:“乡亲们,都起来吧。夏家寨出这点事算什么!老掌柜的夏家老店毁了,沿路的酒馆、旅店,村里的房子、地都还在。咱们的人也都在。大家都出点儿力,夏家老店很快就能戳起来。”

人们站起来,都想听听这事究竟该怎么办。

三爷说:“盖房子的钱我出!你们出点儿力。当过瓦匠的、当过木匠的,有力气的,节后都到夏家店帮帮忙。请你们干活儿也不白干,来的人每天给一份儿工钱。夏家店起来了,七爷的山货庄接着干起来,你们也就有饭吃了。”

刚来的人们都挑起了大拇指。前边来的那些夏家寨的老人,也不住地点头。

三爷说:“我是老掌柜的徒弟,这事崔三爷就能作证。三爷来了吗?”

有人说:“崔三早走了。七老八十了,老死的!”

三爷说:“我得给夏家说句话。夏四爷没做过买卖,他收山货的钱是我给的。挣的钱都给你们分了,没辙了就毁了自己。夏七宝做过买卖,本钱是找人借的。收山货付了钱,卖山货挣的钱,除了接着收山货,还得攒着还人家,怎么能都分给你们呢!”

人群里有人说:“对呀!是这个理儿。老七没错儿。”

三爷说:“大过年的,有人不安好心,煽动你们抢夏家店,你们就去了。这事对不对呀?”

李二豹带头喊:“不对!”

夏七宝泪流满面,激动地说:“三哥,我就是讲不出这些道理呀!”

夏叔说："行了，三爷给你们说清楚了。先回去过年，初六咱再去店里。都散了吧！"

有人喊："我们想再看看老掌柜的白翎！"

九姑说："我爷爷的白翎，是用白鹤翎子做的。上头有他的名字。"

子和很疑惑，心想上头还有字？

这时九姑拿过白翎指给大家："你们看这儿，翎管上有个"川"字！"李二豹挤在前边看，人们远远地望着："川字就是说，老爷子就是江湖上名震太行的夏子川！"

子和眼含热泪，心想真是天意！我珍藏它四十多年，今天到了夏家寨，才知道它上边的字。

九姑说："这种翎子是经过炮制的。其硬无比，我给你们试试看！"

说着她抬起手，运足力气，把这只翎子对准身旁的柱子，噗！地一声深深地扎了进去。九姑顿时泪流满面，跪在地下大喊："爷爷！我又见到你了！"

在场的人们不由得又跪下磕了头。

夏叔大声说："老掌柜的白翎你们都看见了。咱夏家寨的人就按三爷说的办。都散了吧，三爷刚受了伤，也让他歇会儿。"

前后来的这些人，都恋恋不舍地走了。

夏叔叹了口气说："三爷，你跟我们夏家，真是有缘呐！"

九姑说："我过年杀的猪，酒也现成。咱就请我师哥跟庞二爷，在夏家寨吃顿过年的团圆饭！"她伸手取下白翎递给子和，"它也物归原主。"

子和收起白翎，微笑着点点头。

吃饭的时候，九姑端起一碗酒，对着庞二说："刚才我打听了，庞二哥跟我一样，从小孤苦伶仃，到现在还是只身一人，您看得起我，往后来寿阳就到我这儿，什么时候都有你住的地方。"

说罢，仰头把一碗烧酒喝了下去。

庞二满脸通红，站起身瞪眼看着九姑，憋了半天才说出一个字："行！"端起碗，把酒一口气喝下去。

夏叔笑着说："庞二爷这个'行'字，掉到地下能砸个坑！"

三爷、七宝微笑着点点头，他俩都把这事看在眼里。

当天晚上，三爷跟七宝说："你家老二是个有心计的孩子，给我打电报的是他；去警察局报案，带着警察来抓人的也是他。这小子往后准有出息。”

天亮以后，九姑、七宝陪着三爷、庞二，到寿阳城里去看师母。只见玉生躺在炕上面无血色，两眼痴呆呆地看着他们。

许氏有气无力地说：“这孩子回来就没合过眼，不吃不喝就这么看着。怕是受了惊吓，回不过来了。”说着就哭了。

子和说：“您别太难过，请个大夫看看吧。”

面容憔悴的苗说：“奶奶哭了一夜，身子也不行了。”

子和也是热泪盈眶：“遭了这么大的难，谁也受不了。”

九姑说：“我师哥也受了内伤，得好好休息。”

苗问：“你师哥？”

七宝指了指三爷。

九姑说：“我师哥都安排好了，咱节后重修夏家店。让他早点儿回去吧，这儿的事我跟七哥盯着。”

三爷说：“我还想到后山庙里去拜拜。”

苗说：“这回就别去了。早点儿回去把身子养好，比什么都强。大桂该有了吧？”

三爷点点头。

苗说：“那就早回去，别让她惦着。我这儿还有点儿年货你带上。”

大年初四三爷和庞二回到天津。庞二把三爷送到家，把去寿阳的事悄悄告诉三奶奶，就回了美丰厚。

大桂进了屋，让三爷坐在床上，伸手给他解开衣襟，扒开内衣，露出胸前一大块淤血。嘴里说：“你看！伤得多悬！”

子和知道庞二把这事说了，就告诉她：“刚打着还没觉得怎么样。歇过来了，才觉着胸口一阵一阵地疼。”

大桂说：“这是内伤！比外伤还难好。”

子和笑着说：“你还懂这个？”说着把衣服系好：“我在家养几天就好了。谁也别告诉。我不愿意让人家跟着一惊一乍的。”

俩人说了会儿话，三爷躺下就睡了。

过了一会儿，林妈在院里喊："三奶奶，贾掌柜、刘掌柜来了。"

大桂腆着肚子从里屋出来小声说："快请进来。"

贾一杰、刘耀三走进待客的外屋："三奶奶，给您拜年！"

大桂轻声说："也给您二位拜年！家里过年都好啊。"

贾一杰和刘耀三是掐着日子来的。他俩觉得三爷家里拜年的人多，初四可能就不大忙了。今天来拜年，还能跟三爷说说柜上的事。坐了一会儿见三爷没出来，贾掌柜问："三爷没在？"

大桂小声说："在里屋呢。过年去了趟山西，上午才回来。躺下刚睡着。"

两位掌柜一听赶紧告辞："我们改日再来。"正往外走，三爷在里屋说："贾掌柜、刘掌柜来了？别走，我还想找你们聊聊呢。"说着就从里屋走了出来。

贾一杰说了些拜年的话。

三爷问："最近生意怎么样？"

贾一杰说："还行。进口颜料来得挺猛，欧美各国的牌子本来就不少，日本货又上来了。天津颜料庄都销进口货，争得厉害。咱的买卖怎么做，正想听您指点呢。"

三爷说："少则得，多则惑。要想在市场上站住脚，就别贪多，得主攻一家。我看英国颜料牌子老，品种多，不光百姓家里用，机染、化工、造纸都用得上。咱就盯住英国货，专卖英国颜料。你们说呢？"

贾一杰见三爷说得头头是道，赶紧说："您说得对，咱就这么办。"

子和说："盯住这一家，既批发也零售，怎么分装也要动脑筋，铁桶、木箱、纸盒、零袋儿都要有。尤其是零袋儿，这是卖给百姓家里用的，一定要讲实惠。一身裤褂七尺布，用多少包多少，价钱就能压下来。给零售的商家留足利润，市场就容易打开。本地外地都认了它，创出牌子，生意就能做大。"

刘耀三听到这里，不由得暗暗佩服。心想三爷真不愧是久经商战。这一套生意经，既有道理也有办法，够永源和用的了。

贾一杰说："过了明天'破五'，初六一开市咱就动手。您刚回来，赶紧歇着吧。我们告辞了。"

大桂进来说："别走，两位掌柜在这儿一块儿吃罢。三爷打过年还没在家吃过饭呢。新买的活鱼，也尝尝我的手艺。"

子和也说："吃完饭再走吧。过年了，我还带回点儿汾阳的灌馅儿糖、炉食点心。等会儿你们回去，让家里跟柜上同人们都吃点儿咱老家的年货。”

林妈收拾了桌子，把三奶奶做的几样菜，一碟一碟端上来。大桂说：“这是我给你们做的红烧鱼、辣子鸡丁、清炒虾仁、四喜丸子，还有几个小菜儿。”

刘耀三惊奇地看着这位怀着孩子的三奶奶：“哎呀，真没想到你还有这么好的手艺。”

刚过完年，大街上卖报的孩子举着报纸大声喊：“看报啦，看报啦！国民党第三次全国代表大会召开啦！汪精卫改组派大溃败，蒋介石掌了权啦！”

三爷拿着刚买的报纸走进货栈经理室。刘寿兰正在这儿坐着。见面就说：“带兵的蒋介石掌了大权，中国人究竟是福是祸，就很难说了。前年共产党南昌兵变，拉起军队真刀真枪跟蒋介石干。小鬼子打清朝就盯着中国这块肥肉，到现在东北华北都驻扎着日军，早晚也是祸害。我看中国往后平静不了。”

三爷说：“您不早就说过，眼下咱就是个守字。守住美丰厚货栈这个摊儿，静观其变，再好的生意也别往大里做。”

刘寿兰点点头：“咱生意人也只好如此。吴先生怎么样？最近还想走吗？要走，就让人家走吧。天下一乱，想回山东老家也回不去了。我看你也得改改主意。时局一乱，住在上边就不保险。往后有了孩子，要逃难都不方便。不如趁早搬到租界来。”

子和说：“您说得对，大桂眼看就要生了，我想等她过了满月就往租界搬。”

刘寿兰说：“我想告诉你的就是这句话。你可得赶紧办。”

送走刘寿兰，三爷把庞二叫进来问：“你听谁说刘四出来了？”

庞二说：“他早就出来了，咱货栈好几个人都在海大道上见过他。”

三爷说：“告诉薛先生，约一下查理，我一会儿去看他。”

二十多年来成子和遇到什么大事，总是想跟查理聊聊。这两个老朋友，说起话来彼此都没戒心，真是无话不谈。

查理见到子和，紧紧握着他的手说：“老朋友，很久没见到你了。听说过年你去了山西？”

子和说：“回老家看了看。去年请你喝喜酒，才知道你回了英国。”

查理拍着子和的肩膀:“听说你新娶的太太非常漂亮?”

子和得意地说:“所以我才请你喝喜酒啊。圣诞节来看你,你还没回来。”

查理说:“我父母都回英国了。这是回去之后的第一个圣诞节,他们都很想让我一起过了节再来。”

两个老朋友在沙发上坐下。查理问:“今天怎么有空来我这儿?”

子和说:“给你拜年啊。”

查理笑了:“你的眼睛告诉我,你是有事来找我。”

子和说:“刘寿兰让我把家搬到租界,我想问问你,附近有没有新盖的民房?”

查理不解地问:“你不想住一座单独的小楼?”

子和摇摇头说:“我还是想住到胡同里。我喜欢和中国朋友在一起。”

查理无奈地耸耸肩:“附近海大道的小白楼那儿,就有一处新盖的居民区,叫崇德里,房子很便宜。你想买下来?”

子和又摇摇头:“不,我想租下来。一旦世道平静了,我还是愿意住在中国人聚集的地方。”

查理说:“我赞成你的祖国情结。你要租,就租崇德里的房子吧。那是按中国人的居住习惯设计的。每家都是两层楼,有个小院子,很实用。”

子和笑了:“我就想到这件事只有问你,才会有满意的答案。”

查理看着子和:“你还有别的事要问我。”

子和笑着问:“这也是我的眼睛告诉你的吗?”

查理说:“这个问题这么快就结束了,那不就是还有别的问题吗?”

子和收起了笑容:“有人在马路上见到刘四了。英租界巡捕房怎么能把他这样的人放出来?”

第三十八章

三爷问起放刘四的事，查理无奈地摊开两只手："我也问过这件事。他们说，刘四住在德国租界，我们没有权利拘留他。把他移交德租界，那边又不感兴趣。就这样，只好放了他。"

子和问："那他就能在英租界自由活动吗？"

查理说："按法律是不可以的。可是没人总盯着他。况且他也没有侵犯英国人的利益。这个人很狡猾，你们还要注意防范他。"

子和站起来："谢谢，他肯定还会给我们制造麻烦。"

查理也站起："这种人需要防备，但我觉得你们还要防备更大的麻烦，就是那些虎视眈眈、垂涎中国大陆的日本人。"

子和本想告辞回去，听了查理这些话，站在那里期待地看着他："有什么新消息吗？"

查理指着桌子上的报纸："这是最近的《泰晤士报》，上面有很多关于中国局势的分析。你们的两个邻居，俄国和日本，都曾经侵略过中国。俄国的版图大，资源多，掠夺的是财富。现在国内闹红色革命，暂时冲淡了他们的野心。日本是个岛国，版图小，资源少，既想扩大版图，又要掠夺资源。他们的统治者无时无刻不觊觎着中国。近些年中国在军事上屡战屡败，这就更加剧了他们对这块大陆的图谋。"

子和说："现在中国的武力，比清朝末年强多了。"

查理摆了摆手："现在中国的武装力量，都在各地的军阀手里。蒋介石在军阀混战中占了上风，又取得国民党的统治地位，可是共产党武装在南方正在和他激烈地对抗。虽然实力悬殊，但也让他焦头烂额。日本人正在以各种借口在北方到处驻军。我看这都是危险的前兆。"

子和忽然想到刘寿兰刚才说过的话，便说："刘寿兰劝我搬到租界来住，也有这个意思。"

查理点点头："他是对的。军阀混战的中国，不光削弱了自己的实力，还滋生出一批经受不起金钱与权利诱惑的军人和政客。我看将来有可能毁掉中国的,既可能是贪恋的军阀,也可能是唯利是图的实业家,更可能的是那些厚颜无耻夸夸其谈的政客。这种人最无耻,也最危险。”

这年开春,大桂生了个闺女。小院里喜气洋洋,三爷非常高兴。按照大女儿的名字玉珮,给这个女儿取名玉环。亲朋好友都来祝贺,私下里都为三爷盼着,下一胎能生个儿子就好了。

寿阳的夏玉生自从被解救回来,就奄奄一息躺在炕上,谁叫他也不言语。苗成天心疼地守着儿子。许氏也总是以泪洗面,嘴里不住地念叨:“都好几个月了,吃了这么多药,怎么就是不见好呢?”

夏七宝请当地的名医看过之后说:“这不是病症,是让人点了死穴,一直没解开。再加上受了惊吓,又冻又饿,伤了元气。这种情况再好的药也见不了效。”

许氏说:“玉生打回来也没说一句话。谁也不知道他受了多大的罪。难道这么老实孩子,就该受这个委屈!”

那天老二夏玉安跑回家来:“奶奶,爸爸、妈,听警察局说,那个绑架我哥的李三判了。是河北省警察厅跟山西警厅一块儿判的。他是个惯犯,在外地也犯过罪。几罪并罚,判了他死罪。听说也不往别处押,就在咱寿阳东门外朝阳阁,就地正法!”

苗咬着牙狠狠地说:“该! 这样的恶人不枪毙他,天理不容!”

许氏朝着躺在炕上的玉生说:“孩子,你听见了吧。公家把恶人收拾了,给你报仇雪恨啦!”

夏玉生吃力地睁开枯涩的眼,流出两行泪水。头一歪,闭上了眼睛。

苗大声哭喊:“玉生! 玉生!”

坐在玉生身边的许氏一看外孙断了气,眼都直了。老人拼出全身力气,撕心裂肺地喊了一声:“玉生!”“扑通”一声倒在炕上,也断了气。

夏家一老一小跟着走了,一家人哭成一团。又是夏玉安给天津美丰厚货栈打电报,当天就告诉了三爷。

子和接到电报,悲痛欲绝。回到家躺在床上胸闷不已,直埋怨自己不该这么早就赶回来。

大桂抱着孩子不住地劝他:“夏家摊上这么大的事,这也是命。你别总埋怨自己。谁知道玉生受的内伤这么厉害？你的内伤还吃着药，要急急忙忙再跑一趟，走了的人回不来，再把自己搭上。苗姐也不愿意你这么干。”

子和说：“那天我要再多待一天，看着玉生缓过来就好了。这孩子是师母一手带大的，是她的心肝宝贝。快八十的人了，哪经得住这么大的刺激！”

大桂说：“庞二不是去了吗，等他回来把后事怎么料理的跟你说说，事情也就清楚了。家里有个孩子，我在月子里也照顾不好你，要不你就到美丰厚好好养着去。”

子和说：“等庞二回来再说吧。”

庞二到了寿阳，见夏家的人都身穿重孝，院子里停着两口棺材。人们一个个哭丧着脸。谁见了这种场面，心里也难受。

七宝跟庞二说：“狗日的李三，没想到他竟给玉生点了死穴。”

庞二说：“他给三爷的那一棍子也够狠的，当时三爷嘴里就出了血，元气到现在也缓不上来。大夫说这种内伤弄不好就落下毛病。三奶奶让我说一声，三爷实在来不了，让七哥、苗姑节哀，多多保重。”

苗说：“家里摊上这种事，有什么办法？儿子是让坏人整死的，老奶奶是疼孙子疼死的。这就叫生死由命。我知道，大桂要不是刚生了孩子，她也得来。可来了又有什么用，死的活不了，也就是劝劝活着的。还是把三爷伺候好，把孩子喂养好，比什么都强。”

庞二问：“家里的事都安排好了吧？”

七宝说：“有什么安排的？二小子玉安，说什么也不愿意做买卖，还要回太原上大学。闺女就想去天津考南开大学。你来了，正好把她带走。三小子十八了，等他高中毕业，愿意跟着干就留下，不愿意就想干什么干什么。反正想留也留不住。家里还是我们俩。”

苗说：“三爷在夏家寨说这回摊上的事，有坏人不怀好意，也有我们做的不如人意的地方。这话我佩服。你回去告诉他，往后我们既要挣钱，也要把周围的乡亲处好。我姑姑的尸骨，我送回老家跟我姑父合葬，让他放心。我回汾阳也到他家看看。有什么事再写信告诉他。”

庞二说：“您是明白人，三爷惦记的，也就是这些。”

苗问：“听说我们九姑看上你了，有这事吗？”

庞二一听，当时脸就红了：“人家看上看不上，我哪知道？”

苗问:“你看得上九姑吗?”

庞二说:“我穷小子一个,任嘛没有,还能挑人家?”

苗说:“有你这话就行。办完眼前的事,我给你们俩张罗。这事也让子和放心。”

庞二临走,七宝陪他去了一趟夏家寨,当面锣对面鼓地跟九姑商量了他俩的终身大事。

七宝问九姑:“你去不去天津?”

九姑说:“自古嫁鸡随鸡,嫁狗随狗,庞二在天津,我还能不去?”

三个人说好,九姑把这里的事交代清楚,就去天津完婚。大事已定,庞二就带着玉珠回到天津。

玉珠见了大桂就叫:“三婶儿!”

大桂赶紧说:“别这么叫! 你妈说你还比我大一岁呢,就叫我小姨吧。”

大桂知道玉珠来天津是要考大学,正好母亲和林妈住的房间对面,还有间空房,就让她住在这一间复习功课。她俩年纪相仿,见玉珠眼看就要上大学了,自己还是个文盲,顿时涌上一股非学文化不可的愿望。当晚就让玉珠教她认字。

玉珠去南开大学打听到入学考试的日期,白天复习功课,晚上教小姨识字。大桂的生活也充实起来。

子和身体恢复正常,时局不稳,吴先生怕截在外地,要回老家。三爷给他开了一张一万大洋的汇票,亲自送他夫妇上了火车。含着热泪千叮咛万嘱咐,形势好转请他务必回来。

送走吴先生,三爷把全部精力都放在了货栈的经营上。一天他在经理室门前看着满载棉花、粮食和各种山货的大车出出进进,有不少空车停在那儿等着装车;也有几辆载着机械设备的大车停在站台边等着卸车。

他跟薛继承说:“现在货栈生意是不错,可总有些大车在货场等着装车、卸车。你现在是总管,想过这个事吗?”

薛继承皱着眉头:“业务一多人力就不够。咱已经有一百多号工人,再添人也放不下呀。”

三爷说:“我想可以再招进几十个工人家属。”

薛继承问:“让她们跟着装卸?”

三爷说:“不是。让她们干点儿下手活儿,扫垛底、盖苫布、清理现场、烧水、做饭。可以晚上班、早下班,拿半份儿工资。中午跟货栈员工一样,管她们一顿饭,腾出人手去装卸这样就不至于压车了。”

薛继承说:“我看这么办行。家属能挣点儿,大伙儿也高兴。可就怕来的太多,招架不过来。”

三爷说:“这事咱按员工福利办。家属都叫临时工。一个班来几个,给个名额,让他们自己分派。找个办事公道的办这件事,我看准行。”

薛继承点头说:“我看也行。”

三爷又跟陈昆商量,他也非常赞成。

这个办法一实行,杂活儿有人干了,货场不压车了。来干活儿的家属工跟员工一样,能免费在货栈吃顿饱饭,还能挣点儿工钱。海河码头所有搬运工人,都非常羡慕。美丰厚的人越干越有劲,心也更齐了。

到年底,三爷和薛继承在办公室盘总账。薛继承说:“三爷您看,这一年下来,光货栈的毛利,就比山货庄还多出不少。”

三爷说:“货场的人力、运力、设备还是这些。条件没变,调理得当,就能多出效益。办企业就是这个道理。”

他俩人正聊着,突然刘寿兰推门进来说:“老三,果然出事了!”

薛继承见董事长慌慌张张地进来,知道是有特殊事,收起账本走出经理室,回手把门关上。

刘寿兰还没坐下,就紧张地说:“我早说小六子准得出事。这回完了,他张学良算是把奉军害苦了。”

三爷问:“出什么事了?”

刘寿兰说:“你还不知道?张学良投靠了国民政府,当了蒋介石的东北边防军长官跟陆海空军副总司令。”

三爷说:“这不是升官了吗?”

刘寿兰说:“你怎么还不明白。他挂了青天白日旗,整个东北军队都归了国民政府,奉军不就没了嘛。”刘寿兰越说越气,一屁股坐到沙发上,半天说不出话来。

三爷冷静地说:“看来世道还得乱。”

这时刘寿兰也平静下来，想了想说;“咱们的处境不妙啊。弄不好张学良的军队、日本人跟蒋介石的国民政府，都得盯上咱。”

三爷说：“不至于吧。咱就是个货栈，跟政府也没瓜葛，人家惦着咱干什么！”

刘寿兰说：“我跟张作霖是哥们儿啊！”

三爷问：“您说咱该怎么应付？”

刘寿兰慢慢站起来，把三爷写字台上摆的那张他和张作霖的合影，翻过来扣到桌子上：“我看还是收敛点儿为好。未雨绸缪，韬光养晦。买卖不往大里做，就这么维持着看。不跟他小六子打交道。”

他俩沉默了一会儿，刘寿兰说：“我看你还是早点儿搬到租界住吧。形势一乱，外国租界毕竟安全点儿。上班近，也好顾家。你岁数也不小啦。”

说罢摇摇头，慢慢走了出去。

当晚三爷跟大桂说：“刘大爷催咱把家搬到英租界去。住在那边儿，我上班就方便多了。”

大桂说：“你不是把地方都看好了吗？要搬就搬吧。”

三爷说：“我明天让人再去看看。你跟李二奶奶说一下，要是李二爷也想去，让他打发人一起去看看。”

大桂赶紧到对门儿告诉韩大芬。第二天李二爷就让宝昌号的人跟美丰厚的人，一块儿去英租界小白楼看了想要租的房子。

天津英租界是帝国主义在中国土地上霸占最早的租界。早在1840年鸦片战争失败以后，英国政府就在《南京条约》里提出把天津等五个沿海城市作为通商口岸，在天津抢占了四百多亩土地作为英国驻军的地盘。

此后几十年来每次侵略战争，英租界都要扩张一次。1900年八国联军入侵中国，英国人把租界扩大到东临海河，南沿马场道，西至海光寺，北接法租界，占地六千多亩。英租界就成了天津最大的租界。

三爷要住的小白楼，在英租界海大道中段。这条海大道从老城东北角起，沿海河西岸一直通向大沽海口。当年这里有座招商局买办徐家的白色洋楼。1911年辛亥革命时，在这座小白楼里成立了“北方革命协会”。1912年袁世凯称帝，革命志士又在这里成立了“北方革命军总司令部”。小白楼就成了这条大道上赫赫有名的地方。

此后军阀混战，清朝皇室、遗老遗少、下野官僚和家道殷实的富商，纷纷迁到英租界寻求庇护。当过外务大臣的那桐也在这里盖了房。不少俄国十月革命流亡到中国的白俄贵族，也都聚集在这里。小白楼的房价越来越高，市面也渐渐繁荣起来。

那时小白楼除了英国人的花园、商店、菜市、饭店、电影院和专为他们开的古玩店、丝绸店、礼品店、宠物店，也有俄国人开的西餐馆、面包房。到小白楼购物消闲，吃俄国大菜，成了达官贵族和富人们的时尚。

清人张涛在《津门杂记》中说，当年英租界小白楼“街道宽平，洋房整齐，路旁树木葱郁成林。行人如蚁，货物如山，车驴轿马彻夜不休”。天津的繁华中心，也由城东北逐渐转到海河下游这一带。

当时不少天津人把住在小白楼当作显示身份的标志。成三爷选择小白楼作为自己住家所在，有避难的打算，也想一旦退休就在这里安度晚年，享受天伦之乐。

崇德里是小白楼刚落成的一片房子。整个胡同坐西朝东。从海大道上的门洞进去，迎面是一条东西通道，并排有好几个胡同，每个胡同都有十几处大小不等的院落。每个院子都有一座两层楼房，大点儿的楼上三间楼下三间。小点儿的是两楼两底，四间房子。楼上有阳台，院子里有厨房、厕所，自来水、下水道一应俱全。

过了两天，成三爷约李二爷一起去崇德里。他俩都觉得还是上下各三间的好些。三爷看上靠里的一座院子。李二爷看上胡同中间的一座院子。

看好房子交了定金，没过两天韩大芬就搬过来了。成三爷想置办好家具再搬。胡玉凤也想搬到小白楼，宋子湘嫌小白楼房价高，也不愿意总跟老邻居住在一起，后来就搬到法租界的黄家花园。

三爷看好房子大桂就着手准备搬家的事。她怕三爷跟着忙活累的犯了病，就让他先去美丰厚住几天，搬完家直接去崇德里。正好有玉珠帮忙，细软衣物和日常所用的家什，该包的包该捆的捆，很快就收拾停当。谁看孩子谁搬东西，也都做了安排。

大桂临搬走还去娘娘宫烧了香，祷告天后娘娘保佑一家人平平安安。搬家那天早晨，永源和来人看着装车，一家人坐着洋车，带着马车，到了小白楼崇德里，美丰厚的工人已经把新买的大件家具搬进屋里。几个人七手八脚卸完车，大桂给了赏钱，就高高兴兴地走了。大桂让庞二、林妈把车上卸下来的东西，分别搬进各个屋里。

不一会儿所有新旧家具和搬来的东西都就了位，大桂抱着孩子上了楼。楼上里间是她和三爷的卧室。一间给玉珠，一间让姥姥和大红住。楼下外间是客厅，里间是三爷下班回来休息的地方。紧靠里的一间，房顶让楼梯占了一角，是林妈住的下房。

刚安顿好，三爷就回来了。这次搬家，里里外外都是按照三爷的意思，由大桂一手操办的。三爷很满意，大桂自己也很满意。

第三十九章

韩大芬见大桂搬过来了，找到她家说："你们搬的够快呀。"

大桂问："你们家住哪儿?"

韩大芬说："出了这个小胡同就是。"

大桂说："赶明儿一早咱俩一块儿买菜去。"

韩大芬说："咱就在我们家门口见面儿。"

忙完当天的事，大桂嘱咐林妈把门关好，就上楼回屋奶孩子睡觉。三爷像往常一样，下班回来到屋里看着孩子睡着了，才小声说："快过年了，你歇过来就张罗过年的事吧。我看家里这些事也用不着我管了。"

大桂笑着说："你是一家之主，不管哪行。过年的事还是你说话，我跑腿儿。"

三爷说："男主外女主内。家里的事你作主，你说怎么办就怎么办吧。"

老夫少妻说笑了一阵，这才睡下。

第二天早晨庞二来接三爷去上班。大桂把孩子交给母亲，带着林妈就去找韩大芬。俩人见了面，大桂身后跟着林妈，韩大芬后边跟着姥姥，两位年轻奶奶一起走出崇德里。

马路对面的小营市场，一大早就熙熙攘攘，非常热闹。卖鱼的、卖肉的、卖活鸡活鸭的和卖鲜菜的，整整齐齐摆了好几排。这里东西多货色好，就是价钱贵。在这儿做买卖的摊主们不光和气，还都会说几句外国话。

来买菜的太太们穿戴都挺时髦，几乎每个人身后都跟着提着菜篮子的佣人。有些外国女人和穿戴整齐的外国管家，也来这儿买菜。大桂心想，都说租界上的人不多，怎么大早起就冒出这么多人来。

大桂走进市场，摊主们个个眼前一亮。见这位太太也就二十来岁，高高的个儿，漆黑的头发在脑后挽成发髻，一双大眼满脸光泽。黑呢子大衣罩着富态的身材，站在那些买菜的主妇中间，能高出半头。

有的摊主悄悄地问："这是哪儿的新住户?"

有的说："是从崇德里出来的。"

有的摊主拉住林妈小声问:“这位奶奶怎么称呼?”

林妈说:“成三奶奶。”

于是摊主们就像看见老熟人一样,大声喊:“成三奶奶,您看看这个?”

这里的不少东西都让大桂觉得新鲜。红枣儿那么大的火柿子,紫色的洋白菜,满脸通红的外国鸡,她都没见过。那些买菜的外国老太太,一个比一个胖。卖菜的见了她们就喊:“妈大妈,得啦斯基(俄语:老太太,您好)!”,逗得大桂直想乐。

大桂看着那些活鱼、活鸡,觉得什么都好,什么都想买。她走到哪里,哪里就三奶奶、三奶奶地喊个不停。来买菜的老住户都回头打量她。韩大芬悄悄说:“大桂,你人缘儿真好,刚来就让人家看上了。”

两个年轻的太太各自买了些鱼肉蔬菜,走出市场就结伴回家了。到了李家门口,大桂说:“赶明儿咱把英租界的地方都转转。”

韩大芬说:“我就想等你来了,咱们一块儿逛去呢。”

大桂回到家,正跟林妈商量晚饭做几个菜,等三爷回来一家人吃顿温居饭。突然从门外闯进个穿西式衣服的年轻女人。年纪不大,两眼发直,进了院子就朝楼上喊:“瑞祥、瑞祥!”

大桂还没弄清是怎么回事,外边又跑进一个中年妇女,拽着穿西服的女人就往外走。大桂追到门外,见这两个女人进了对面不远处的一个大门,“砰”地一声把门关上了。

搬到英租界头一天就碰上这么一件事,大桂心里挺别扭。随手关上门,心想刚才那个年轻女人朝楼上喊谁?正想着,忽然听见有人轻轻敲门。大桂过去把门打开,眼前站着的就是刚才进来拽人的那位中年妇女。

她五十来岁,个子不高,穿的挺整齐。没进来就客气地问:“这位太太,刚才没把您的孩子吓着吧?”

大桂说:“没有。”

那女人说:“那就好,让您笑话了。”

大桂见她满面愁容,言谈举止都很稳重。微笑着说:“您进来坐坐?”

那女人轻轻叹了口气,点了点头跟着她进了客厅。

大桂说:“您请坐。”

那女人刚坐下就说:“这位太太,不怕您笑话,我是怕一不留神我那闺女再闯进来,想跟您把这事说说。”

大桂正想弄明白这件事,就点点头,瞪大眼睛神情专注地听她说。

那女人说:“原来在您这院儿住着一家姓瑞的,他们老爷是清朝户部的六品文官,是旗人。我们家姓唐,老爷是兵部六品武官,是汉人。我们两家是搬到这个胡同才认识的。他们家有个儿子,叫瑞祥。我们家五个孩子,刚才那个是老二,就这么一个闺女。”

大桂问:“她叫什么?多大了?”

这位唐大奶奶说:“叫婉秋,今年十八啦。”

大桂心想,才比我小一岁。

唐大奶奶说:“我闺女在教会女中上学,他儿子在私立学校念书。俩人上学常走到一块儿,越来越熟。回到家也总在一起玩儿。瑞祥原来就住你家这个楼上”。

听到这里,大桂已经明白个大概了。

唐大奶奶说:“这俩孩子要是好好交往,也没什么。没想到我闺女高中毕业,刚当了小学老师,就让他糟践了。”

大桂问:“您是怎么知道的?”

唐大奶奶难为情地小声说:“她偷着洗裤衩,让我看见了。我一吓唬她就说了。”

唐大奶奶说:“我原来想,两家做个亲也就罢了。没想到过了好几个月,他们家一点儿动静也没有。我去跟瑞大奶奶探口风,人家说孩子还小,有好几家提亲的,还没定呢。这一来我就急了。”

大桂问:“婉秋有孩子了?”

唐大奶奶摇摇头:“没有。可她从打这儿就做下病了。”

大桂问:“瑞家知道吗?”

唐大奶奶说:“她儿子干这种缺德事,就在他们家楼上。家大人还能不知道?后来我们老爷找瑞大人说这个事,姓瑞的也是黑不提白不提的。托人一打听,原来这个坏小子糟蹋了好几个姑娘。连他爸爸也不是好东西。”

大桂问:“那些人家就不找他算账?”

唐大奶奶说:“他们家有的是钱,出了事就拿钱往里填。我们老爷一急,就要跟他拼命。几个小子也去找他。瑞家说了软话,让宽限几天。没过两天，这一家人半夜里偷着搬走了。”

大桂问：“知道他们搬那儿去了吗？”

唐大奶奶说：“搬法租界去了。我们老爷托人到法租界告他骗奸少女，法国人根本不当回事。到现在我这个闺女还在痴心妄想。不犯病还好，昨天听见你们院子里有动静，这不就跑来了！”

唐大奶奶说：“我回去就想，要是她总往你们家跑，让我可怎么办哪！”

大桂说：“不要紧，我不嫌弃她。常到我这儿来，能让她顺了气，或许好的快点儿呢。”

唐大奶奶感激地说：“我可遇上你这么个好人啦。”

说着竟感动得掉下泪来。

大桂问：“婉秋要来，我叫她什么好？”

唐大奶奶说：“叫她唐老师就行。她就爱听人们叫她老师。”说罢擦干眼泪就告辞回去。临走又回过头来小声说：“跟人说这事我都臊得慌，您千万别往外说。”

大桂说：“您放心，我不乱说。”

走出大门，唐大奶奶又想起一件事，回过头来说：“今天是你门家乔迁之喜，待会儿我送份贺礼，就算我道个歉，你可得赏脸收下。”说罢唉声叹气地回了家。

大桂望着这位心力交瘁的唐大奶奶，恨不得亲手抓住那个狼心狗肺的瑞祥，惩治了他，给这娘儿俩解解气。

搬到英租界，三爷到美丰厚上班近多了。出首善街往北，第一个路口是大光明电影院，第二个路口是开滦矿务局大楼和戈登花园英国工部局，往前不远，就是美丰厚货栈，走着去十几分钟也就到了。

离家一近，三爷下班也不着急走了。这天工人们下了班，他里里外外都看了一遍。正从货场往出走，陈昆过来说：“您搬过来了，伤见好吧。”

三爷说：“好多了。”

陈昆说：“您这岁数，往后就别往外跑了。到货栈转转就行，别累着。”

三爷笑着说：“货栈的事你们都管起来了，我还能累着？”

正说着，见几辆满载钢管的汽车从东门进来。

三爷问:“拉管子的车怎么从东门进?不过地磅就入库”?

陈昆说:“那是机器局从德国进口的无缝钢管。论捆儿,到西边库房门口数数就行”。

三爷问:“哪个机器局?”

陈昆说:“大直沽北边,东局。”

三爷问:“海光寺西局的进口货,也往咱这儿存吗?”

陈昆说:“存,还不少呢。”

三爷点头说:“这可是都咱的大客户。这种管子是造枪用的吧?”

陈昆说:“是。听说这种管子是直接铸出来的,没缝儿。从里边儿掏着车出‘来福线’,就成了枪管儿。这东西,比洋白面都贵。”

三爷说:“那可得多加小心。往后这些大客户的货,你们多操点儿心,出点儿差错就了不得。”

陈昆听着,不住地点头。

三爷这天回来,天都快黑了。庞二拉着车进了崇德里,刚拐进胡同,就见有个人鬼鬼祟祟地蹲在一家门前。抬头看见车上的三爷,赶紧站起来躲到一边去了。三爷见这个人故意躲着他,当时心里就很疑惑,这是什么人?

回到家里,见桌子上有一篓水果,一包糕点,上面放着一张大红帖子,上写:“成宅温居之喜”,下款是“唐宅敬贺”。

三爷问:“这是谁送来的?”

大桂说:“是对门那家姓唐的。听说他们家老爷是清朝六品武官呢。”

三爷哼了一声:“历朝历代都讲究文官不爱财,武官不怕死。咱大清朝廷里,文官贪财,武官怕死。要不然大清国还灭不了这么快。我就看不起那些贪赃枉法、贪生怕死的官儿。”

大桂说:“人家唐大奶奶可不错。”

别的话就没往下说。

三爷脱下马褂,随口跟大桂说:“我刚进胡同就看见有一家门前蹲着个人,见我的车过来,站起来就躲到一边儿去了。咱在这儿没熟人,这是谁呢?”

大桂说:“那还不好办,赶明儿我去看看。”

第二天,大桂出去看三爷说的那个地方,正是李二爷家对门儿。大桂去问韩大芬:“你们对门儿是什么人?”

韩大芬说:“是段四爷。”

大桂问:“怎么他们家门口总蹲着一个人?”

韩大芬说:“段四爷是老天津卫,见了谁都爷、爷地打招呼。他们家大门总关着,和邻居也不来往。四爷的儿子出来进去提着黑皮箱,像个西医。常看见时髦的女人到他家来,那个人就蹲在门口儿等着。一有人来,就能听见女人的尖叫声。”

说到这儿,李二奶奶低声告诉大桂:“段家门口的土箱子里,常有带血的棉花、纱布。我猜他儿子是在家里给那些不正经女人打胎。”

知道了这件事,大桂心里就有了底。每次到李二奶奶家来串门,就留心对门的动静。

一天她看见有个年轻女人坐着洋车来到段家门前,后边有个男人过来替她叫门。四爷开门把那个女人让进去。洋车停在旁边儿,那个男人就蹲在常家门口。这个人有三十来岁,中等个儿,尖嘴猴腮,蹲在那儿眼睛还不住地四处踅摸。

过了老半天,大桂听见动静,拉开门缝见段四爷把那个女人送出来,好像还给了那个男的几块钱。那男人扶着年轻女人上了洋车,就跟着走了。趁四爷还没进去,大桂出去就问:“四爷,那个老蹲在你们家门口的是谁呀?”

段四爷说:“皮条刘四,那是个混混儿。”话一出口,忽然觉得自己说走了嘴,尴尬地自言自语说:“往后不能让他老在我们家门口儿蹲着。”跟三奶奶打了招呼,回去就把门关上。

当天晚上大桂告诉三爷:“蹲在常家门口的那个人叫皮条刘四。”

三爷吃惊地问:“他是刘四?”

大桂说:“段四爷说的。还说他是个混混儿。”

三爷点点头:“那就是他了。”

大桂问:“你认识?”

三爷说:“早就听说这个人,可没见过他。”

大桂问:“怎么叫皮条刘四呢?”

三爷说:“是个拉皮条的呗。”

大桂问:“什么叫拉皮条?”

三爷让她问笑了:“拉皮条就是给暗娼拉客的。”

大桂问:“什么叫暗娼?”

三爷看着她:“这种事你就别多问了。”

大桂噘着嘴:“名字都给你打听来了,问问还不行!”

三爷没往下说,心想往后对刘四还要多加防备。

皮条刘四,就是当年打了吴先生雇人到美丰厚货栈纵火、向天津县衙诬告成子和、后来又在美丰厚门前栽赃的、刘庄谈七手下的地痞。他办了这么多见不得人的丑事,又让英国巡捕房押了几个月,在刘庄算是臭到家了。

人最可怕的是不知羞耻。一个不要脸的人,什么坏事都干得出来。刘四就是这样。在德租界混不下去,他就到英租界、法租界混。一次在饭店门口看见个女人很像“野鸡”,过去就问:“什么价儿? 咱上哪儿玩儿?”

“野鸡”说:“三十,去我那儿就行。”

刘四跟着“野鸡”到她的下处上了床。完事不钱给,却说:“我再给你找个买卖,你拿二十我分十块行不行?”

那“野鸡”也没见过这么没羞没臊的人,只好答应。不一会儿他真的领来个嫖客。在门口等到那人走了,进去瞪着眼,非找“野鸡”要十块钱不可。

刘四白天专在劝业场一带热闹地方转。看见哪个男人直眉瞪眼地盯着路过的漂亮女人,过去就问:“这位爷,找个漂亮的玩玩儿?”

有的人一动心,他讲好价钱就把人领到“野鸡”家里。跟男的要一份儿,跟女的还要一份儿。

有的“野鸡”怀了孕,他还给她找地方打胎。打胎的女人给他一份儿钱,私下做流产的那一家也得给他一份儿。他挣的就是这种肮脏的昧心钱。在英租界的小白楼、法租界的劝业场一带,提起皮条刘四,没有不骂他的。

在崇德里,大桂还认识了另一位李二奶奶,叫王月蓉。她家在韩大芬家对面门的胡同里。门前挂着块牌子,写着新丽衬衣公司。

那个院子是两楼两底。楼下外间当柜房,里间是掌柜一家的卧室。楼上外间一边有个裁活的案子,另一边是货架。里间摆着几台缝纫机,七八个缝纫工吃住都在这两间屋子。白天在这里干活儿,晚上有的用床板搭铺,有的就在案子上睡觉。

这个所谓公司实际就是个作坊。老板是山东人李二爷。他早年在烟台西服店学徒,后来在北平前门外专作西式衬衣。因为做工考究,招来不少爱穿西装的客户。民国初年生意有些萧条,就带着几个工人迁到天津。

李二爷先在东北角小胡同里开了个作坊。后来发现穿西装的买家都不愿意到那种地方去,这才迁到英租界的胡同里,挂上衬衣公司的招牌干起来。

王月蓉是京东人。高挑的个儿,浓眉大眼,特别能干。先是在北平给李二爷做饭、烧水、干杂活儿,后来跟着李二爷到了天津,学会了锁边儿、钉扣儿、剪线头儿,再后来就成了李二爷的内掌柜。

搬到英租界,公司生意火了,李二爷却累得得了肺痨。病得实在撑不住,就把大哥从老家叫来。大爷刚到不久,李二爷就病故了。李大爷掌管了新丽的买卖,把老婆和有点儿呆傻的独生女儿接到天津。他自己睡外间柜房,让那娘儿俩跟王月蓉住里间。

最初一家人处得还可以。时间一长,马勺碰锅沿儿,就不那么融洽了。王月蓉心想买卖是我男人挣下的,理当由我作主。李大爷认为,新丽公司是李家的产业,当然要由李家的人来管。就这么明争暗斗,闹得谁也不踏实。

李大爷成天应酬业务,累得吃不下喝不下。李大奶奶娘儿俩伺候这十来口子人吃喝也忙得够呛。大爷把柜上的钱卡得很紧,王月蓉一点儿零花钱也没有。她不愿意在家待着,吃完饭不是去马路上闲逛,就是到邻居家串门儿。

这一天大桂正在院子里逗孩子玩儿,唐婉秋推门走了进来。大桂见她笑容满面,不像犯病的样子,赶紧说:"玉环,叫唐老师。"

小玉环稚气地看着这个文雅和蔼的女人,叫了声:"唐老师!"

婉秋高兴地捧着她的小脸儿:"我早就想过来跟你玩儿。"她和孩子玩儿的正高兴,王月蓉进来了。见婉秋也在这儿,就说:"唐大姑也这么爱孩子呀。"

小玉环见李二奶奶来了,跑过去就喊:"二娘!"

王月蓉弯下身子亲了又亲。婉秋扫兴地说:"您在这儿吧,我先回去了。"自己就走了出去。

王月蓉也没在意,还接着说:"看这孩子,多爱人哪。"

大桂故意说:"你爱就给你吧。"

王月蓉顺手把玉环搂过来:"你可说了算数,就把她给我吧。"

林妈过来弯下腰跟玉环说:“还不叫干娘。”

两岁多的玉环抬起头,对着王月蓉就喊:“干娘！干娘!”

从此这位李二奶奶就成了玉环的干娘。她比大桂大一岁,站在那儿跟大桂就像亲姐儿俩。她跟李二爷学的说话带胶东口音。年轻守寡,是个苦命人。可她天生爱说爱笑,只要有她在,谁也不闷得慌。

第四十章

1930年,国民党第二集团军总司令冯玉祥和蒋介石中原大战失败后,带着夫人李德全住到汾阳峪道河,创办求知平民学校,还要把西北陆军军官学校迁到汾阳。不少激进学生参加他组织的活动。

三爷听到这些消息,不禁心里一动。想到女儿玉珮从小在姑姑身边,宠得那么任性,会不会参加这些活动?会不会干了出格的事?越想越不放心。赶紧给郝子润写信,让他打听一下玉珮的情况。

不久郝子润来了回信,婉转地告诉三爷,汾阳中学是阎锡山的势力范围,冯玉祥的人轻易进不去。学校照常上课,玉珮也没什么过激行动。见到这封信,三爷才放了心。

这一年大桂又怀孕了。按月份算,明年秋天就要分娩。这一回她可不像头一胎那么无忧无虑,心里总有个怕生闺女的阴影。如果再生个女孩,三爷能经受得住吗?那天她自己坐车去娘娘宫烧香,还求了一签。祷告半天,竟摇出个中下签。

当天夜里她做了个梦。梦见自己生了孩子,是男是女就是看不清,气得她直哭,越哭越伤心,竟把睡在身旁的三爷哭醒了。三爷问她:“你哭什么?”

大桂说:“我梦见生了个闺女,你不乐意,把我气哭了。”

三爷叹了口气说:“生男生女那是天意。命中无子再着急也没用。”安慰了她几句,翻身又睡了。

大桂睡不着,自己又想,爱生什么就生什么吧。反正急也没用,气也没用。想到这里,心里反倒塌实了。

第二天三爷去上班,路上自己心里也在嘀咕这件事。到了美丰厚,他找出那张写着他和大桂生辰八字的帖子,又去了天祥市场那个相馆。算命先生一见,好像还认得这位爷。接过八字仔细斟酌了半天,说的还是阴阳相合,大吉大利之类的话。

三爷说:“我是问子。”

先生看帖子上男女双方的生辰八字,乾造(男方)、坤造(女方)对照了半天,想了想说:"命相里是有子嗣的,就看早来晚来吧。"这句话让三爷心里塌实多了。

伊万想在英租界找个地方开办贸易公司,来向子和求助。三爷想了想说:"怡和道好像有一处临街的房子还闲着。我让人给你去看看,如果能租下来,在那儿办就不错。"

伊万听了真是喜出望外。

三爷说:"你在那儿开公司,最好找查理给你设计个新型别致的门面。"

伊万说:"好,我很久没见他了。咱俩一块儿去看看他。"

三爷点点头,就跟他一起去了。

听说想让他设计门面,查理直摇头:"我得好好思考一下。"

伊万说:"你这么著名的建筑大师,对这件小事还这么认真?"

查理说:"怡和道离我的公司很近。我最初的作品美丰厚货栈在这里,你这个公司是我在天津最后的作品。我要把它设计成很有纪念意义的建筑。"

子和问他:"你真的要离开中国?"

查理无奈地说:"是中国的时局不允许我在这儿待很久了。你没发现吗?我已经不再接手新的建筑了。"

谈到当年创业,查理问子和:"我们认识有三十年了吧。"

三爷说:"整三十年。"

查理拉开抽屉,拿出一张照片说:"这是那年我在脚手架上拍的一张美丰厚货栈全景,送给你做个纪念吧。它太美了。整个布局,在全世界储运业也是经典的。"

子和捧在手里看了又看。查理拿过去用英文签上他的名字:"查理,1930年,中国天津"。

谈到离别这个话题,三个老朋友都不禁伤感起来。

玉珠考上了南开大学中文系,平时住校,只有假日才回崇德里。大桂少了个教她识字的老师,没事就在报纸上认生字,不认的就问唐婉秋。时间一长,也认了不少。

这天是星期日,阳光明媚。玉珠放假回来和大桂一起在院子里看着玉环玩儿。大门被推开，唐婉秋进来了。玉环嫩声嫩气地喊："唐老师！"

婉秋蹲下来亲昵地搂着这个乖孩子。玉珠问大桂："这就是你的新老师吧！"

婉秋诧异地抬起头："你们在说我？"

玉珠笑着说："我开学的时候，小姨愁没人教她识字。我说找你不就行了嘛。这不你就当她的新老师了。"

婉秋笑了："是。我又多了个新学生。"

玉珠调皮地说："这两个学生可是两个班，一个是幼稚班，一个是识字班。不过今天你还得开一个班。"

婉秋问："还开什么班？"

玉珠说："毛衣班。你身上这件薄毛衣真好看，我想跟你学织毛衣。"

大桂早就想学织毛衣，见她俩提起这件事，就说："别光说不练，走，咱买毛线去。"

三个年轻女人兴高采烈地走出胡同，正好碰上在小白楼大街上闲逛的王月蓉："你们干嘛去？"

大桂说："买毛线。"

王月蓉一下子来了情绪："马路对过仁昌线店新来的细毛线，可好看呢。我跟你们去。"

四个靓丽的年轻女人走在一起，个子一般高，两个梳着盘头，两个梳着辫子，说说笑笑，吸引了许多路人的眼光。

仁昌百货线店是小白楼街上的大商店。透过大玻璃橱窗，可以看到店里摆着的各种化妆品、日用品，五光十色，琳琅满目，是年轻好美的女人最喜欢光顾的地方。

四个年轻女人站在毛线柜台前挑选各种颜色的细毛线。大桂拿起一个小线团比划着："你们看，织个粉色毛衣好看吗？"

王月蓉说："好看。你这么年轻，就该穿个粉的。"

婉秋走过来看了看说："其实浅蓝色的也挺好，看着雅。"

玉珠刚要说话，一抬头见橱窗外有个男人隔着玻璃，直眉瞪眼地看着她们。悄悄地告诉大桂："小姨你看，橱窗外头有个人盯着看咱。"

王月蓉在一旁说："咱就让他看，男的没个好东西。"

婉秋听见她俩的话，抬头看清楚这个人，迈步就追了出去，嘴里不住地喊："瑞祥！瑞祥！"

橱窗外的人不见了。大桂心想：难道这个人就是瑞祥？赶紧叫玉珠和王月蓉："咱们看看去。"

瑞祥正在小白楼大街上快步往前走，婉秋跑过去抓住他大声喊："你为什么故意躲着我？"

瑞祥掰开她的手："我不认识你，抓我干嘛？"

婉秋瞪着眼，紧紧抓着他的胳膊，气得说不出话来："你、你、你！"

大桂、玉珠在后边喊："婉秋，是他吗？"

见两个女人跟过来，瑞祥用力把婉秋甩倒，撒开腿就往前跑。正在跑着，突然身旁伸过一条腿，扑通一声把他绊倒。

瑞祥刚爬起来，婉秋上去狠狠抽了他一嘴巴。瑞祥瞪着眼举拳要打婉秋，伸腿的那个年轻人猛地在他肩膀上拍了一下："你想干什么？"

瑞祥顿时觉得半身疼的发麻，趔趔趄趄勉强站住。抬头见那个壮实的年轻人两眼盯着他，转身跑了。

瑞祥跑了，伸腿的那个年轻人也走开了。

大桂怔怔地望着这个人。

玉珠过来问："你认识他？"

大桂摇摇头，扶着婉秋说："走，咱回家吧。"

婉秋抬起头得意地说："便宜了他！走，咱买毛线去。回去我就教你们俩织。"

围观的人们散开了。

回家的路上，玉珠悄悄告诉大桂："小姨你看，婉秋的眼神儿都亮了。"

大桂悄悄说："也许这一来，她的病就好了。刚才帮咱的那个人，我好像在哪儿见过。"

玉珠问："在哪儿？"

大桂皱起眉头："想不起来了，反正我是见过他。"忽然想起："王月蓉呢？"

玉珠说："还在店里呢，她就没出来。"

瑞祥就为偷看几个女人挨了一嘴巴，还让人击了一掌，真是气不打一处来。就凭他瑞祥,怎么能在小白楼栽这个跟头！瑞祥想着这件事往前走,不一会儿挨打的事忘了,那个高个儿白净的女人,却在他脑子里晃来晃去。

小白楼一带的漂亮女人,他心里都有数。这个年轻女人是哪儿来的?

沾花惹草的纨绔子弟,都有这个毛病。越是没见过、不认识的漂亮女人,他越感兴趣。脑子里总也抹不掉。还没到家就想出个门路,找皮条刘四打听。

刘四如今落魄到每天只能吃点儿“野鸡”的剩饭。瑞祥知道天擦黑他就到劝业场一带找活儿。当天晚上就在那儿找见这个混混。

刘四见了瑞祥,就像馋狗见了块带肉的骨头。赶紧问:“瑞爷,想找个漂亮的玩玩儿?”

瑞祥伸手向路边小酒馆儿一指,刘四就明白了,瑞爷是找他有事。俩人一前一后进了酒馆儿,找了个背静地方坐下。没等瑞祥说话,刘四就朝酒馆伙计喊:“一壶白干儿,几个小菜儿！要好的。”

酒菜端上来,没等瑞祥说话刘四就先喝上了。

瑞祥说:“四爷,好些日子没闻酒味儿了吧?”

刘四说:“反正您也不喝这儿的酒,摆着它干嘛！找我有事?”

瑞祥说:“没事找你干嘛！小白楼有个高个儿梳着头的女的,过去没见过。”

刘四说:“我见过,盘儿亮,是个好坯子。”

瑞祥问:“谁家的?”

刘四盯着瑞祥那双色迷眼:“想会会?”

瑞祥见这个老谋深算的家伙像是有办法,就点了点头。

刘四嘴角泛起一阵奸笑:“您说,往哪儿约?”

瑞祥说:“我家。”

刘四看着他:“不怕出事?”

瑞祥:“小门小户的娘们儿,一进我那座小洋楼心就动了。还出什么事！”

刘四想了想:“您出多少?”

瑞祥掏出一沓票子,拍到桌子上:“这行了吧?”

刘四数了数装起来:“行。赶明儿您听我的信儿”。

第二天,刘四戴着礼帽穿着大褂,坐着一辆洋车,来到崇德里胡同口。刚要进胡同，就见有个高个子，梳着盘头的年轻女人走了出来。

刘四看她挺漂亮，心想今天这事真顺当，迎上去问："您是住紧里头的二奶奶吧。"

王月蓉见这人挺客气："是啊，你找我？"

刘四哈着腰："黄家花园瑞府大奶奶打发我来，说瑞家跟唐家的事，想请您帮忙说说。大奶奶身子不大好，让我接您去一趟。"

王月蓉心想反正我也没别的事，抬腿上了车："走吧。"

刘四说："您头里走，我再雇辆车，随后就到。"

洋车把王月蓉拉到黄家花园瑞家门前。王月蓉看了看这座独门独院的小洋楼，心想怪不得瑞家搬走了呢，这地方真不错。门前没人，她就径自走了进去。

刚上台阶，瑞祥从楼里迎了出来。见是王月蓉，他认识。皱了皱眉头说："李二奶奶，您好。请客厅坐。"

王月蓉说："瑞祥，别这么客气。那天……"

瑞祥赶紧接过话茬："那天跟您在一块儿的还有位太太，以前没见过。"

王月蓉说："那是新来的成三奶奶。搬来没几天。就住在你们家住的那个院儿。"

瑞祥说："您先进去，我让下人沏茶。"

王月蓉走进客厅，刘四就来了。瑞祥上去就是一个嘴巴："我让你接谁去了？"

刘四愣了："不就是高个儿，梳着盘头，挺漂亮的。"

瑞祥说："我要的是那个白净的太太，你怎么接来个黑脸儿寡妇！"

刘四捂着脸："我哪知道白脸儿黑脸儿的，人家也不黑呀。"

瑞祥问："你把她弄来，让我怎么办？"

刘四说："这个也不错啊。"

瑞祥说："放屁！差多啦！"

刘四眼珠儿一转说："要不，让你们老爷子会会她？"

瑞祥想了想："这倒也行。"转身上楼就去找他爸爸。

不一会儿老态龙钟的瑞老爷走进客厅："李二奶奶，少见，少见。"

王月蓉站起来说："瑞老爷，听说大奶奶身子不大好？"

瑞老爷说："嗐，她是老病。我正又愁又闷呢。来，里边儿坐。"说着就领王月蓉进了套间儿。

王月蓉以为瑞大奶奶在里屋，就跟他进去了。进了屋瑞老爷回手带上门，指着小床说："你坐，你坐。"

王月蓉坐下，见桌子上摆着笔墨纸砚，迎面靠墙是书橱、古玩架，地下大瓷缸里插着不少卷轴。心想，这不是他的书房吗？

瑞老爷眯着眼说："把你请来可不容易呀。"

王月蓉问："大奶奶呢，不是她病了吗？"

瑞老爷说："那是瞎编的说词。是我请你。"说着掏出个金簪子，给她插到发髻上。顺势坐到王月蓉身边，手搭在她肩膀上："这是给你的见面礼儿。"

王月蓉是在作坊里跟光棍儿男人打情骂俏长大的，这点儿事还不明白？她身子一晃，把老头子搭在肩上的手甩下来，抬手就把簪子拔下来。

瑞老爷脸都吓白了，以为她要翻脸。不料王月蓉拿到手里看了看，自己又插上了，故意娇嗔地看着他："你可别拿个包金的糊弄我。"

这句话让瑞老爷才把揪着的心放下来，把手又搭上去："你这孩子，我是不知道怎么疼你才好，怎么能糊弄你呢。"

王月蓉见过这种又酸又臭的官老爷，可没想到这个糟老头子还这么花！撇着嘴说："我不稀罕！"

瑞老爷问："你说，你要什么？"

王月蓉看了他一眼："我缺钱！"

瑞老爷像是得了圣旨，赶紧掏出一沓票子放到王月蓉手里："往后钱不够花，你就找我。"

王月蓉乐了，倚在他身上问："你在北京是个什么官儿？"

瑞老爷说："我是户部六品的钱粮官。"

王月蓉说："那可是大衙门。"

瑞老爷嬉皮笑脸地："你这孩子，还什么都知道。"

王月蓉忽然把脸沉下来："你当过官儿，怎么不懂事呢？"

瑞老爷吓了一跳："我怎么不懂事？"

王月蓉推下他的手："把我接到你们家，让大奶奶撞见，是你请的我，还是我找上门勾引你？"

瑞老爷拍着脑袋说:“是这个理儿。要不咱去饭店?”

王月蓉没说话。心想,我就想去饭店风光风光呢。

瑞老爷赶紧到客厅打电话,在皇宫饭店定了房间,叫了两辆洋车就去了饭店。

王月蓉走进皇宫饭店,豪华的大厅让她看花了眼。打开定好的房间,屋里那些西式家具,成套的摆设,席梦思软床,更让她心花怒放。瑞老爷刚把门关上,她就搂着老头儿的脖子说:“这地方太好了。”

瑞老爷亲了她一口,忙不迭地就上床。王月蓉本来就是个风流女人。二十岁就了守寡,这么趁钱的男人看上她,又到了这种地方,哪能不春心荡漾?她脱得光光地把瑞老爷紧紧抱住,哪知道老爷子事到临头,劲儿就是上不来。

折腾半天办不成事,气得她光着身子坐起来:“你个老东西!一点儿本事没有,挑逗你姑奶奶干什么!”

瑞老爷从身后搂着她:“再等会儿,再等会儿。”

王月蓉胳膊肘子往后一捣:“等会儿有屁用!”

没想这一肘子把瑞老爷捣的仰面朝天,躺在床上喘不过气儿来了。

王月蓉听着身后没了动静,回头一看,老头子光溜溜地躺在那儿正捯气儿呢,吓得她赶紧把瑞老爷搬起来,不住地给他摩挲胸口。不一会儿瑞老爷长出了一口气,这才顺过气来。

王月蓉一边儿给他穿衣裳,一边儿数落:“你这么大岁数,还逞什么能。”

瑞老爷说:“不是我不行,是我看见你这如花似玉的样儿,太着急了。”

王月蓉给老头子穿好衣裳,扶着他躺下。自己也累了。躺在床上说:“知道不行,吃点儿药不就截了,看把我吓的。”

瑞老爷忽然有了主意:“饭店里有荷尔蒙,我来一丸儿。咱在这儿住一宿行吗?晚上我请你在这儿吃西餐。”

王月蓉乐不得住下,搂着老头儿撒娇说:“行,我听你的。”

二奶奶一宿没回来,新丽衬衣公司谁也不着急。王月蓉一天两天不回来是常有的事,也没人惦记她。

那天早晨三爷上班刚走,有个孩子来给三奶奶送信儿,说李二奶奶打了一宿牌,临天亮犯了心疼病,让三奶奶赶快去一趟。

大桂问:“她在哪儿打牌?”

那孩子说:“在黄家花园,我带车来的。”

大桂心想,有人来送信儿,不去也不好。嘱咐她娘跟林妈看好孩子,换了件夹袍儿就跟他走了,出了胡同果然有辆洋车在那儿等着。她坐上去,拉车的撒腿就跑。不一会儿,在黄家花园一个临街的小院门口停下来。有人领她走进一楼的客厅。

大桂刚进去,就听身后“咣当”一声,有人把门关上了。

海河码头

中

陈守信 著

天津出版传媒集团
天津人民出版社

第四十一章

大桂走进这家的客厅就挺纳闷儿，让我来看李二奶奶，这里怎么连个人影也没有？身后的门一关，就更疑惑了。

她坐下等着人来。见这屋里摆设挺整齐，墙上挂着好几幅字画。这几年三爷给她讲了不少字画上的讲究，她发现上款都有个瑞字。侄女大红的大名叫瑞兰，这个字她认识。难道这家姓瑞？联想到那天出的事，难道这是瑞祥家？

刘四跟瑞祥打定的主意，是把三奶奶诓来，先把她一个人关在客厅。待得她心里害了怕，再由瑞祥来个英雄救美，带到饭店，让她服服贴贴成其好事。这时候这两个坏蛋正藏在窗外偷着观察大桂的动静。

大桂起了疑心，心里就有点儿发慌。屋里空荡荡的，外边一点儿动静也没有。站起身来去推门，屋门已经上了锁。她明白了，这是姓瑞的搞的鬼。

她坐到椅子上，静下心来告诉自己，心别慌就有办法。抬头四下看，见对面墙上挂着一部电话。她眼睛一亮，想了想，上去抓住摇把就摇。听到耳机里说："哈喽。"她就赶紧大声说："我要234刘大爷家。"说完这句话，心里嗵嗵直跳。

不一会儿耳机里传来刘寿兰的声音："谁找我呀？"

大桂赶紧喊："大哥，我是大桂。我让人诓到这儿啦。他们把我关到屋里不让出去。"

刘大爷问："你在哪儿？"

大桂说："光说是黄家花园，不知道是嘛地方。"

刘大爷气呼呼地说："你别放耳机，叫他们接电话！"

大桂拿着耳机喊："来个人接电话！"

平时瑞家来电话，都是瑞祥的事。听见有电话，他打开门跑进来，接过耳机就说："我是瑞祥，哪位找我？"

就听对方大声喊："妈巴子！我是奉军老大刘寿兰！你把我老妹子诓去要干什么？妈巴子，你敢动她一手指头，我把你的卵子给攥出来！妈巴子，她有身孕，出了事我跟你没完！赶快放人，老子这就过去！"

这通臭骂，把瑞祥吓得魂飞天外，连耳机都不知道往哪儿放了。回头看这位成三奶奶，正稳稳当当地坐在那儿瞪眼看着他。刚才刘大爷电话里这一通骂，她都听到了，心想他果然就是瑞祥。要不是身子不利索，今天我就让他好受不了！

瑞祥哆哆嗦嗦地问："三奶奶，我给您送回去？"

大桂说："你先让我出去。"

瑞祥过去把两扇门都打开。三奶奶走出客厅，慢慢下了台阶，出了院子头也不回就朝大路口走。她想雇车回去，一掏口袋，身上没带钱。

刚走不远，一辆小轿车在她跟前停了下来。刘寿兰下车就问："是哪一家？"

大桂回头一看，这条街都是两层楼、高台阶儿、小窄门儿。想找也认不出来了。她笑着说："大哥，您还亲自跑一趟。"

刘寿兰说："这么大的事，我不来还行！是哪一家？我进去教训教训这个王八蛋！"

大桂说："这地方房子盖得一模一样，出来我就找不着了。您先送我回家吧。孩子半天看不见我，准得闹。"

刘寿兰两手叉腰怒气不息："妈了个巴子，真是无法无天！欺负到老子头上了。今天就便宜了他！你上车吧。"

大桂坐在车上说："大哥，这事您可别告诉三爷。"

刘寿兰说："是不能告诉他。他要知道，非出人命不可。"

刘寿兰把大桂送到崇德里胡同口就回去了。

大桂回到家，她娘问："李二奶奶好点儿了吗？"

大桂说："好了。"

她娘说："你也歇会儿吧，往后这些事就别出去了。带着身子，出点儿事可怎么交代呀。"

大桂刚走，瑞祥腿一软就瘫在椅子上了。刘四眼看成三奶奶出了大门，走不远就坐上汽车。不知道这是怎么回事，进门就问："怎么让她走了？"

瑞祥站起来"啪、啪"给了他俩嘴巴："都是你这个老浑蛋给我惹的祸。你知道她是什么人吗？是奉军老大刘寿兰的老妹子。我要知道，打死我也不惹她呀。”

刘四说：“我刚想起来，她是美丰厚成三爷的家眷。三爷黑白道儿上都有人，连租界的洋人都给他办事。可您非要找她，我不找也不行啊。”

自从张作霖的司令部撤出天津，皇宫饭店就成了奉军故旧、清朝遗老常来光顾的地方。那天晚上，王月蓉跟着瑞老爷走进皇宫饭店西餐厅。谈道台带着个妖艳的女人正这里。见了瑞老爷赶紧站起来：“瑞大人，又金屋藏娇啦？恭喜恭喜！”

瑞老爷冲他拱手：“谈大人，彼此彼此。您也艳福不浅呐！哈哈哈哈！”

王月蓉坐下就问：“那是谁？”

瑞老爷小声说：“是原来天津海关道的谈道台。”

谈道台在他座位上说：“在天津吃西餐，还得数人家起士林，纯粹的德式大菜。”

瑞老爷说：“这儿的西餐，口味上跟咱中国人靠谱儿。伯伊！点菜！”

王月蓉小声问：“伯伊是谁？”

瑞老爷说：“就是跑堂儿的。”

这时又一位穿长袍马褂的带着女人走了进来。谈道台一见，笑着说：“李局长，您才来？这位是户部瑞老爷。这位是当年的李师长，现在大名鼎鼎的机器局李局长。”

瑞老爷起身拱手：“李局长，幸会幸会。”

这位李局长说：“我叫李铮。您是户部的瑞大人，当年的财神爷呀，久仰久仰。”

谈道台喊：“来来，咱们挨着坐。”

李铮摆手招呼：“伯伊，我还是紫菜汤、牛排、生菜沙拉、烤杂拌儿！您二位要了吗？皇宫饭店的西餐，不光用刀子叉子，还预备一副筷子，这叫西餐中吃。这还是我们张大帅留下来的规矩呢！”

谈道台吃着西餐嘴还不闲着：“李局长，听说贵局近来日子好过了？”

李铮说：“总算有了点儿办法。这些年我们出产的轻重武器都抢着要，可没人给钱。我们连工钱都发不出来。听说阎老西儿的兵工厂原材料吃紧，有人出主意，拨点儿存货卖给他。这一招儿还不错。进了几万大洋，这个年就算过去了。”

谈道台小声问：“上边查下来怎么办？李铮说：“我们都是从美丰厚货栈往外拨，谁要查就让他查美丰厚去。”

王月蓉听到美丰厚三个字，心想那不是成三爷的买卖嘛，这个人怎么这么不地道！

转天早晨，大桂跟秦氏看着玉环在院子里晒太阳。

王月蓉抱着一包东西走了进来：“玉环，叫我干娘！”

玉环跑过来：“干娘！干娘！”

王月蓉高兴地蹲下，把纸包里的布娃娃、小玩意儿和一桶饼干都给了她。

大桂问：“昨儿晚上打牌赢钱了吧？”

王月蓉一愣，赶忙说：“是啊，打牌赢了钱，给孩子买点儿零嘴儿。”

大桂看她满面红光不像是熬了夜的。心里疑惑，也没多问，就故意激她：“凭什么让我闺女叫你干娘？”

王月蓉举着纸包：“我给她买好东西了。”

大桂说：“你这是拿钱烧的。”

王月蓉认真地说：“我早就想给孩子买点儿东西，口袋儿里一分钱也没有。”

大桂看着她说：“有了钱就这么胡花？”

王月蓉急了：“这哪是胡花！给孩子买点儿东西，让孩子高兴，跟我亲，跟我好。怎么是胡花！”

王月蓉还要矫情，忽然想起今天是有事才来的，就指着大桂：“本来我有个事想告诉你，让你一搅和，差点儿给忘了。”

大桂忙问：“什么事？”

王月蓉神秘地说：“昨天我在皇宫饭店西餐厅，听见有人说美丰厚的事来着。”

大桂问：“你上那儿干嘛去了”？

王月蓉说：“这你就别管了。有个叫李局长的说，他们卖了什么东西，得了好几万。还说，上边要查，就推到美丰厚身上，让他们去查美丰厚。美丰厚不就是你老头子那儿吗?”

大桂说:“看你说的多难听。美丰厚是个货栈,人家可不怕他查。”

王月蓉认真地说:“那也得加小心,好几万呐。”

大桂说:“是。听来的事就惦着告诉我,你这个干娘没白当。三爷知道了,也得谢谢你。”

王月蓉高兴地说:“行了,承认我是你闺女的干娘,就什么都有了。”

当天晚上,大桂把王月蓉说的话告诉了三爷。

三爷说:“她说得对。机器局是从货栈提走不少德国进口钢管。发到哪儿,卖给谁了,还不清楚。要查也好办,入库出库有客户签的单子。谁经手办的都一目了然。人家好心好意给咱报信儿,赶明儿好好谢谢人家。这种朋友多交几个没坏处。”

大桂说:“我看不管干什么,没人通风报信儿,咱就成了聋子瞎子。让人给卖了,还不知道怎么回事呢。”

三爷看着大桂一天天成熟起来,心里非常高兴。

刚进八月,姥姥秦氏就从独流来准备伺候月子。九月初九,大桂又生了个闺女。临盆那天,三爷坐在客厅等着,心里七上八下。心想最好生个儿子,要再生个闺女,也是自己的骨肉,可不能露出不高兴的样子。

正在那里出神,就听楼上“哇”的一声,孩子已经哭出声来。林妈由楼上下来说:“给您道喜,得了个二小姐。”

当下三爷就给这孩子起了名字,玉珍。亲戚朋友都很知趣,从洗三到满月也没什么人来。反正来人多少大桂也不在意,正好在月子里安安静静好生养着。有两个闺女在身边,也不寂寞。

家里添了孩子,人手就紧张了。秦氏不愿意找外人,捎信让孙女大红来当帮手。大红已经八岁了,穷人的孩子早当家,这闺女跟她娘宫氏一样,干什么都挺麻利。给大姑看孩子,帮着林妈摘菜做饭,都干得了。

大桂出了满月,对家里的事比以前操心多了。孩子该吃什么,大人该添什么,给三爷该预备什么可口的饭菜,来了客人怎么接待,都能调理得顺顺当当。

大桂这些变化,三爷早已看在眼里。他知道大桂明白男人盼着什么,脸上好像总挂着歉意。心想她还年轻,有的是机会。可自己是五十多岁的人了,往后究竟能不能如愿得到个儿子,还不一定。想到这儿心里还是有些惆怅。

自从二女儿玉珍出生，三爷对大桂格外体贴。对这个白净可爱的小女儿，分外疼爱。每天回来，总要又哄又逗地跟孩子玩儿半天。既是享受天伦之乐，让大桂安心，也尽量排遣美丰厚收缩业务带来的失落之感。

一天晚上下着小雨，三爷正在屋里逗孩子玩儿，忽然听到一阵敲门声。林妈过去问，是永源和武大婶的声音。开了门见是两个大人带着一个孩子。林妈正在疑惑，武大婶指着身旁的男人说："这是孩子他爸爸。"

这时大桂也从楼上走了下来，见是武大婶儿，就说："请到屋里来吧。"

武大婶儿领着男人和孩子进了客厅，见有个男人正在哄孩子玩儿。她小心地问："您是成三爷吧。"

三爷点点头。武大婶儿赶紧让跟着的男孩儿跪下磕头。

大桂说："这就是我跟你提过的武大婶儿。"

听大桂一说，三爷这才看出武大婶儿身后的中年男子，就是永源和管账的武先生。大桂赶忙给客人让座，吩咐林妈上茶。

武大婶儿坐下就操着半生不熟的天津口音说："要不是有急事，也不黑更半夜地来找您。"说罢就给她男人使眼色。

武先生坐在那里挺局促，一直不好意思开口。这时小声地说："我们就是想来看看三爷、三奶奶。"

性急的武大婶儿生气地说："你不是总想跟三爷见个面嘛。"

武先生说："三爷，我是想跟您见个面，告诉您永源和现在可不大好。"接着就说了些曹掌柜报花帐、改账本、私吞货款、又买房子又置首饰之类的事。件件事都有具体钱数和见证人。

武大婶说："为这些事他总生气。身体本来就不大好，受得了累经不住气。这样下去说不定就倒在永源和。我跟他说咱别在永源和干了。今天晚上我们就坐夜车回汾阳老家。"

三爷问："你们今天就走？"

武大婶儿说："我们跟永源和没什么瓜葛，要走也就走了。可是就这么不辞而别，觉得对不住三爷跟三奶奶。无论如何也要跟您说一声，来一趟心里才塌实。我们的行李东西都托运了，从您这儿出去，就直奔火车站。"

大桂听到这里，过来握住武大婶儿的手问："怎么说走就走？

武大婶说："永源和是待不住了。夜长梦多，咱不走人家说不定要怎么惩治咱呢。"

每次有人回汾阳，三爷都要烦他们去养济巷家里看看。见武先生是为柜上的事走的，话到嘴边也没提这件事，只是说："谢谢武先生跟我谈了这么多情况，咱后会有期。"进屋拿了二十块大洋放在武先生手里说："路上用吧。"

武家三口千恩万谢地辞别了三爷三奶奶。走出大门，来时的两辆洋车还在胡同里等着。大桂把他们送上车，才依依惜别。

转天下午，三爷抽空去了趟永源和。贾掌柜见东家来了，让进柜房还没落座就说："有个事儿正想去您那儿。"

三爷问："什么事儿？"

贾掌柜苦笑着说："账房武先生不辞而别了。"

三爷问："为什么？"

贾掌柜说："几个月前有几笔账一直对不上。我跟耀三追得紧了点儿，昨天晚上他拿了柜上四百块钱，就带着家眷走了。其实事情也不大。"

三爷问："生意受影响吗？"

贾掌柜说："没什么影响，就是带走四百块钱呗。这个人挺蔫，跟客户没什么接触。"

三爷没再说什么。

过了两天，贾一杰又到美丰厚来找三爷，说："最近天津房价下跌，二三百块大洋就能买一处不错的院子。柜上给您买一处吧？"

三爷说："算了吧，我还没这个打算。"

贾一杰坐了会儿就走了。三爷知道，这是他自己想买房，先来打个招呼。

战乱不断，时局不稳。客户往货栈发的货不是中途遭劫，就是数目不对，哪天都有不少麻烦。可是出口商手里值钱的古玩玉器、硬木家具、贵重的皮毛、药材，还都争着往美丰厚的铁门库房楼里存，收费再高也不在乎，所有库房都装得满满的。

这时刘寿兰突然病了，三爷过去张罗请大夫、吃药打针这些事。刘家的许多事，大奶奶也靠三爷帮着打理，忙了一阵子，刘大爷的病好多了，才回美丰厚。

三爷打算把薛继承、陈昆提成副经理，刘大爷也同意。和陈昆谈，他一再推辞，说自己文化低，实在当不了副经理。最后只委任了薛继承一个副经理，主管业务和财务。货场还是由陈昆掌管。

1931年，日本关东军不断在东北制造摩擦。9月18日炮击东北军北大营。张学良下令不得抵抗，蒋介石命令东北军撤进山海关。9月19日日本关东军开进沈阳，接着又分兵占领了吉林、黑龙江。

报纸大字标题报导日本发动九一八事变的消息。刘寿兰拖着虚弱的身子，拿着这张报来找三爷。一进门就破口大骂："我早就看小六子这个鳖犊子，哪有一点儿奉军的骨气。这不是跟着蒋介石当卖国贼嘛！"

三爷让他坐下来消消气。

刘寿兰无奈地说："就这么往下走，日本人占领华北也就是迟早的事。"

三爷说："往后出海的货船也不大保险了。客户存放的出口货，现在是尽量往外出，总压在咱这儿也是祸害。"

刘寿兰灰心丧气地说："覆巢之下，焉有完卵。国家倒了霉，咱再挣扎也好不到哪儿去。还是往远处看，尽量减少损失吧。"

三爷说："货栈这儿我盯着，您就放宽心，保养好身子要紧。大夫说气能伤肝。遇上什么事您都千万别动气。"

劝走刘寿兰，三爷叫上庞二就去找查理。

查理见了三爷就说："我知道你准会找我的。"

三爷说："看到九一八事变的消息，我就想到现在时局，真是乱得不成样子了。"

查理说："形势的发展可能比我们想象的还要坏。"

"我有一笔款子，想在美国银行开个账户，你能不能帮我打个招呼？"三爷问。

查理说："当然可以。还有什么我可以帮忙的事，就告诉我。我在中国的时间不会太久。英国的公司也要我去照顾，何况我父母亲年纪也很大了。"

听说好朋友马上就要回国，三爷顿时感到非常失落。

第四十二章

九一八事变后，追随冯玉祥将军的西北陆军军官学校教官，在汾阳宣传冯将军的抗日主张，遭到国民党中央军和阎锡山晋军势力的抵制，连讲课的教室都找不到。正上高中的成玉珮说："我家有个地方能当教室，你们去看看能用吗？"

当年成三爷在养济巷买的这所院子，前院西南角就是个办私塾的跨院儿。院子里有一排座南朝北的房子，三间大屋是教室，一个套间儿是教书先生的住处。自从桂兰带着两个孩子搬进来，这个小院就一直空着。

来看房的青训班教官崔德珍，当时就说："如果能借用这个地方，那就太好了。"

玉珮没跟姑姑商量，自己作主就把这些空房交给青训班使用。成玉珮全身心投入抗日宣传，这里也就成了汾阳进步青年聚会的地方。姑姑管不了她，也就不闻不问了。

郝子润把这件事写信告诉了三爷。尽管三爷不了解详情，但他知道玉珮会不顾一切地投入抗日。他对冯玉祥将军坚决抗日的气节非常敬佩。心想自己的孩子能追随这样一位爱国将领，也是她的幸运。

玉珮和崔德珍接触多，交往越来越密切。这位河南青年教官学识渊博，人很厚道办事执着。时间不长彼此有了感情。在汾阳峪道河隐居的冯玉祥将军夫妇，也很赏识这两个年轻人。

世道一乱，有闺女的人家都急着把女儿嫁出去。独流的精爷就是这么想的。二闺女淑华今年十七八了，脑子有些愚笨，在独流找不到婆家。精爷去了趟天津，托西头王家表嫂给找个人家。

正巧酱坊胡同北口寇家老三寇士元媳妇病故了。他在估衣街卖估衣，比淑华大四岁。表嫂去提亲，寇家听说提的是永源和东家成三爷的小姨子，这门亲事打着灯笼也难找。一家人乐得了不得，婚事就这么定了。

淑华出嫁也是在酱坊胡同王家上的轿。置办嫁妆跟当天的应酬，都是大桂一手操持。办喜事那天，大桂给妹妹收拾利索，打发她上了轿。花轿吹吹打打从酱坊胡同南口出去,又从北口进来抬到寇家,迎亲仪式就算结束。

自从和三爷成了连襟,寇士元遇到难办的事,常来向姐夫请教。一次他收了件皮货,毛色白里泛黄,看着不像是上品。拿到小白楼,三爷仔细看了皮板儿,抓了抓毛。问他多少钱收的。寇士元如实说:“八十块大洋。”

三爷说:“值。”

寇士元赔着笑脸:“您给指点指点。”

三爷说:“这是长白山的老白狐狸,皮板儿结实。老毛子就喜欢这种货。二百大洋我留下吧。”

寇士元乐坏了,放下东西就要走。三爷说:“别忙,你先到美丰厚柜上拿钱,找个好裁缝铺吊个大衣的面儿,给马场道刘大爷送去。过几天是刘大奶奶生日,就说这是我跟你姐姐送的寿礼。”

这年冬天东北军马占山的部队在黑龙江被日军战败,省城陷落。刘寿兰气得几天吃不下饭。寇士元把这件皮大衣送去,他非常惊讶:“这年头儿老三从哪儿弄来这么好的皮子!”随手给了寇士元两块大洋的赏钱。

回家的路上,寇士元暗自得意。这件皮货让他里外有一百多块大洋的赚头。

这时美丰厚货栈的日子很不好过。兵荒马乱,货场都满了来货还得接。发出货去可能半路出麻烦,该发的还得照单往出发。货栈不收不发,一二百号工人没钱挣,家里就没吃的。局面再艰难,也得想尽办法维持货栈的运转。

一次陈昆见三爷又站在大门口看工人们下班。走过去故意问他:“三爷,这帮穷工人,有嘛看的?”

三爷叹了口气:“没他们,美丰厚怎么转起来?”

陈昆说:“您不怕人家说您向着穷人?”

三爷瞪了他一眼:“我就是穷人出身,不向着穷人向着谁!”

其实三爷心里明白,风言风语说陈昆是共产党。今天他问这句话,觉得他也许真的就是。心想我不管他是什么党,规规矩矩做人,踏踏实实办事,就该重用。光会阿谀奉承、不办人事的,挂上哪个党的牌子我也看不起他。

自从有了西头寇家这门亲戚,大桂才真正接触到地道的天津人和天津风俗。天津再穷的人家,弟兄们也是按大爷、二爷、三爷往下排,媳妇也就跟着当奶奶。吃不饱穿不暖,照样爷爷、奶奶地称呼。

寇家大爷是木匠。盖房下料,立柱上梁,做柜子、打棺材什么都行。老爹去世,一大家子的生活全靠大爷撑着。寇大爷尽管文化不高,知道不少偏方验方。左邻右舍的大人孩子头疼脑热,生疗长疮,找寇大爷开个方子抓付药,或吃或敷,有的还真管事。

寇大奶奶是过日子的好手,一家人的吃穿都是她张罗。邻居办喜事做被、梳头、铰脸;办丧事扯白布、绷白鞋、叠孝袍子,都找她帮忙。寇家老奶奶平常就在大儿媳妇炕上坐着,家里有什么事都先跟大奶奶商量。

寇二爷跟大哥学的木匠。本行是在木厂拉大锯,私下里会箍筲。筲,就是木桶。旧日天津家家打水洗涮都用木桶、木盆,干裂之后漏水了,就要找箍筲的修理。平日揽些修桶修盆的活儿,也能挣点儿钱贴补家里。

寇二奶奶身高体胖,说话粗声大气,有把子力气,是个大大咧咧的爽快人。做饭给大嫂打下手。洗大件儿的衣裳被褥,有什么粗笨活儿,都是她干。没事就跟街坊邻居家的娘儿们打镲(开玩笑),婆婆也不管她。

1933年,日军攻陷山海关,战事离天津越来越近了。美丰厚货栈的生意日渐萧条,刘寿兰得过一场大病,总不见好转。刘大奶奶突然得了急病,送到医院抢救,没几天就离开人世。刘家的独生子去美国留学,再也没回来。刘大爷家的事,还得靠三爷张罗。

三爷忙得好些日子回不了家。一天,大桂闷得慌,把孩子交给姥姥看着,自己雇车去了西头寇奶奶家。娘儿俩说闲话,刚提到日本兵眼看就要打过来,寇奶奶就说:“小日本儿怕嘛的!当年闹反,黄头发绿眼珠、那么大个儿的洋毛子咱都不怕,小日本儿那两下子,哪是咱的个儿!”

接着寇奶奶就给大桂说起了当年义和团打洋鬼子、火烧望海楼那些事。老太太说:“义和团里女的叫红灯照,净是你们独流人。那帮年轻娘们儿,红袄红裤,脑袋上蒙着红头帕,系个大红蝴蝶扣,背后插着单刀,可厉害啦。”

老太太伸出自己的半大脚:“那年我见着红灯照就不裹脚了。你不也是大脚嘛,大脚好。红灯照打洋鬼子,蹿房越脊,两只小脚儿行嘛!小日本鬼儿有嘛可怕的,那些个小玩意儿,你二嫂子一屁股就能坐死俩。”说着自己就哈哈大笑起来。

寇二媳妇正在院里贴饼子。听见屋里说她,进来就问:"你们说我嘛啦?"

寇奶奶说:"说你屁股大,能把小日本儿坐死。"

二奶奶扯着大嗓门说:"我还用坐?逮住小鬼子,我喊一嗓子就吓死他仨俩的。"

屋里屋外的女人听她说大话,都乐得直不起腰来。

大桂高高兴兴回到家,就像变了个人。晚上三爷回来,她就把在老寇家听到的那些话,跟三爷学了一遍,逗得三爷也乐了。

三爷说:"刘大爷的病总不见好。你也该看看去。把这些笑话跟他说说,让大哥也乐一乐。"

第二天大桂就跟三爷去了马场道。刘寿兰见大妹子来看他,打起精神下楼招呼他俩坐下说话。三爷让大桂把寇奶奶的话学给刘寿兰,大爷还没听完就笑得前仰后合,不住地说:"多少天没这么痛快了。"

刘寿兰说:"什么叫毫不畏惧?什么叫英雄气概?这些老百姓就是。当年我真不怕小鬼子,他们算个屁!怕的就是咱自己抱不成团儿,一盘散沙。我看天津卫的百姓就是好样儿的。一屁股坐死俩,喊一声吓死仨。好,真有股子天不怕地不怕的劲头儿。"

三爷跟大桂去过之后,刘寿兰的精神和身体果然越来越好。这件事让三爷对大桂更是另眼相看。

大桂见刘大爷都这么夸奖西头这些人,一有工夫就往寇奶奶那儿跑。寇奶奶告诉大桂,做女人很不易,年轻守寡就更不易。她让三奶奶仔细看看院子里这些房子。问她:"你看咱这院子,跟别的院里有什么不一样?"

大桂看了看说:"好像高高矮矮,哪间跟哪间样式都不一样。"

寇奶奶说:"对了。还是三奶奶看得仔细。我那几个儿媳妇在这院子里住了好几年,谁也说不出有嘛不一样来。

"当年这里是一片开洼。有个外地人用排子车拉黄土垫起一片平地,夏天在这儿晒酱。我爷们儿是卖苦力的,拉车垫土,跟这位师傅一块儿干。后来就在这儿给他翻酱、看酱。闹事变那年,外地师傅回了老家,这地方就给了他了。

"我们俩凑合着戳起两间房,五个孩子都是在这儿生的。那年闹瘟疫他病死了,刚用破席片儿把他卷着埋了,就有人来找茬儿,打这块地的主意。我把菜刀磨得锃亮，挂在门框上。放出话去，谁打这块地的主意，我们俩准有一个活不成！神鬼怕恶的。没过几天这事儿就消停了。

“女人一辈子哪个没碰上过为难的事？遇上事，自己心里就要有主意。要能扛得住。扛住了，就过得去。扛不住就坏了。一个事扛不住，往后什么倒霉的事都能找到你头上。”

老太太一边说一边看着聚精会神听她说话的三奶奶。遇到知音，是寇奶奶最高兴的事。大桂听了寇奶奶的这些话，尽管有不少似懂非懂，但觉得这都是有用的东西。

时局越不稳，人越想得开。这年一进腊月，天津就显得特别热闹。平时舍不得花的钱，这时候就像流水一样往外花。北马路、官银号、估衣街、娘娘宫，成天人流滚滚。尤其是娘娘宫，由里到外都是红彤彤的。

大桂雇了两辆洋车，邀寇奶奶去逛娘娘宫。老太太好几年没来了，进了庙逢神便拜。在各个殿里磕了无数的头。出了娘娘宫，又到宫南宫北、戏台前转了转。大桂给寇奶奶买了不少年货和零碎东西，才和老太太一起回了如意庵。

吃完饭娘儿俩接着说闲话。大桂悄悄说：“这两年我有块心病。三爷一心想要个儿子，不知道为什么生了两胎都是闺女，就是怀不上小子，气得我直想哭。”

寇奶奶问：“没找个先生看看？”

大桂说：“几个先生号过脉，都说一点儿毛病也没有。我这么壮的身子，能有什么病？”

寇奶奶问：“三爷呢？”

大桂说：“别看他岁数大，可壮实呢。他也请先生看过，什么事也没有。”

寇奶奶听罢点了点头，心里有了谱。

正月初三，大桂去给寇奶奶拜年。人多嘴杂，也没跟老太太说几句话。过了正月十五，她又去西头看寇奶奶。刚进奶奶那间屋，老太太就神神秘秘地从佛龛上拿下一条红带子，递给她说：“系在腰上，赶快回家。”

大桂很奇怪，心想这是个什么带子，说系就得系上。可又怕驳了老人家的好意，当时就系到腰里。出了屋把大奶奶叫到妹妹房里，指着腰里的红带子问:“这是怎么回事?”

大奶奶低声说:“那是老太太去娘娘宫给你请来的!”

原来寇奶奶腊月里听大桂说了想求子的事,就开始吃素。天天一个人在屋里烧香祷告。正月初六大半夜,到如意庵请上香,一直走到娘娘宫。天还没亮就在庙门口等着。过一会儿就用脑袋磕三下庙门。这是告诉娘娘,我早来了。

庙门一开,老太太抢着挤到子孙娘娘的供桌前边,拽下桌围子上的红带子,就赶紧往回赶。

大桂问:“那不把桌围子拽下来?”

大奶奶笑着说:“红带子就单摆浮搁在那上头掖着,一拽就下来。谁一拽走,道姑就再拿一条掖上。反正总有人上那儿拽去。”

红带子拿回家,要赶紧让想怀孩子的女人系在腰里。人不在跟前,就先把它供到佛龛上,每天烧香磕头。等人来了,就赶快系上。带子带子,这条带子,就能把子孙娘娘那儿的小子给带来。

大奶奶说:“这事老太太谁也没告诉。可我一看就知道是给你请的。娘娘宫的红带子可灵啦。那年给我请了一条,转年就生了我们老大。”

大奶奶说的活灵活现,把大桂都听傻了。她想,寇家大奶奶、二奶奶和妹妹淑华,都怀着孩子。老太太去请红带子,不就是为了我嘛。我没来,就一直给我供着,还天天烧香磕头,这是多大的情分。

想到这里她真是感动极了。摸了摸自己腰里的红带子,不敢再耽误,跟大奶奶说:“我赶快走吧。”急忙出了寇家,走到如意庵,雇车回了小白楼。从此她天天系着红带子。这件事她谁也没告诉。

这年正月,成三爷收到玉珮的来信。除了新年问候,还告诉父亲,她已经于年前圣诞节前夕,请冯玉祥将军和李德全夫人主婚,在汾阳峪道河教堂和西北陆军军官学校的教官崔德珍举行了婚礼。

玉珮在信上列举了国民党和侵华日军签定《塘沽协定》,把东北三省拱手让给日军的卖国行径,表达了她追随冯玉祥将军抗日的决心,字里行间洋溢着爱国青年的热情。三爷看罢,很赞成女儿的决定,自己内心也很激动。

三爷心想,如果战事继续向华北发展,女儿很可能要跟着西北军转移,决不会还待在汾阳。那时要想见面就不容易了,想到这儿心里又有些惆怅。

成三爷由清朝末年到民国初年，由东北到天津，经历过无数动乱，听到枪炮声心里也没怕过。如今身边有了妻子和两个女儿，想的事就多了。他想带全家回汾阳避难。但天津的事交给谁呢？想来想去，觉得事态难料，究竟该怎么办，还是顺其自然，事到临头再说吧。

没过两个月，大桂果然有了喜。她想尽快把这个喜信告诉寇奶奶。还没来得及去，寇士元来报信儿：“淑华前天生了个小子，生下来身上就长疮，没两天就死了。她心疼得直哭，奶奶让抱出去埋了。”

大桂和母亲听到这个消息，都感到很意外。秦氏当天就赶去看闺女。其实这件事寇奶奶心里最清楚。这是儿子在外鬼混，染上脏病造的孽。不光这个孩子活不成，淑华往后也不能生育了。

不久寇家大奶奶、二奶奶都生了男孩儿。嫂子宫氏也生了个男孩儿，长得齐头齐脑，特别壮实，不到一岁就能满地走了。孩子们都在运河岸边跑着玩儿，他在后头跟着跑。一天这孩子突然掉进河里，人们七手八脚捞上来，已经淹死了。

精爷气得骂儿子有德。有德气得骂媳妇宫氏。宫氏气得骂大锁、大春这两个儿子。一家人成天又气又骂，就是不敢到天津告诉奶奶和大姑。过了几个月，秦氏和大桂才听说。这件事让娘儿俩提起来心里就堵得慌。

秦氏说：“咱米家祖上也是有头有脸，现在爷儿仨守着茶摊儿，混得越来越不济。老宅子东倒西歪也没钱修，真是丢人现眼。咱祖祖辈辈守着河边儿，也没出过这种事。这回也许就是祖上成心收个孩子去，逼着他们长点儿出息。”

大桂说：“您这是气话。”

秦氏说：“咱老祖宗是沿着运河来的，把老房盖在运河边儿，为的是有朝一日能带着后代子孙回老家。如今把老宅子糟蹋成这样，能不生气？”

第四十三章

大桂不信他娘说的话，可也没办法给娘解释。晚上没事，就当闲话跟三爷说了。

对门李二奶奶也遇到烦心的事。头年生的四儿子文厚，出天花差点儿要了命。好不容易把命保住，又落下满脸麻子。孩子眉眼挺周正，也很聪明，成天乐呵呵。可大人们看着他，心里总是酸酸的。

大桂怀上这个孩子，接连遇上这些揪心事，自己心里也嘀咕。母亲秦氏比她还嘀咕。从给她提亲那天，就说成三爷在天津成家为的就是要个后人。五年过去了，大桂连着生了俩闺女。要是再生个闺女，还能再等来个儿子吗？

大桂前两次怀孕，除了犯懒，什么反应也没有。这次有时候想吃这个，有时候想吃那个。她想是自己娇气了，还是真怀上了男孩儿？一天晚上，她跟三爷说了自己这些感觉。

三爷想了想："我许个愿，要是米家老祖宗保佑咱生个男孩儿，我就出钱把独流的老宅子修缮一遍。"

第二天三爷把这件事告诉了刘寿兰。刘大爷说："心诚则灵。说不定我老妹子这回怀的，就是个小子。"

唐婉秋自从那天见了瑞祥，气得躺了两天。想起她揍了瑞祥一巴掌，非常解气，精神不正常的毛病居然好了。她每天都到三奶奶家跟玉环、玉珍玩儿，教她俩认字、唱歌、做游戏。大桂和大红也跟着认字。

大桂这次怀孕，自己就加了小心。平时除了认字、看孩子，也不大出去了。

一天下午，玉珠一进门就喊："小姨，你看谁来了？"

大桂抬头一看，是苗姑。放下手里的课本，就把苗抱住："苗姐，好几年没见您，您可见老了。"说着竟趴在苗肩上哭了起来。

苗的眼里也含着泪："这都几年了，闺女都大学毕业了，我还不老？你都是两个孩子的妈妈了。子和还好吧，身子恢复得怎么样？"

大桂扶着苗姐坐下:“他身子没事。美丰厚新安排了个管事的副经理。他每天在那儿待半天。中午睡一觉,没事就回来了。”

正说着,三爷回来了。苗见他红光满面,就说:“你这一步安排得好。快六十的人了,别还像往常那样没白没夜地盯着干,管住大事就行了。那年挨的一棍子,没落下毛病吧?”

子和说:“没事。你怎么样?也缓过来啦?”

苗叹了口气:“我这个人命硬,也知足。事情过去了,也就算过了个坎儿。可你七哥不行。他就缓不过这个劲儿来,总觉着自己没把事做好,才落了这么个结果。”

子和点点头:“我七哥真是个好人。”

苗说:“这几年我一直记着你那句话,在本乡本土做生意,就得把周围的乡亲打点好。只顾攒钱还债,到头来酿成一场灾。你见了他,还得劝劝。这不是没家破人亡吗?别总钻在牛角尖儿里出不来。”

大桂见他俩谈家里的事,说了声:“我弄饭去。”拽上玉珠就出去了。

子和问:“七宝现在还这么想?”

苗说:“不光想这个。我们那一儿一女也不让他省心。”

子和诧异地问:“你是说那两个大学生?”

苗说:“除了他俩还有谁?”

子和说:“他俩念书不是挺好吗?”

苗说:“书念得好不好倒在其次,可脑子里想什么,爹娘老子就管不了啦。”

子和问:“你指的是什么?”

苗悄悄地告诉他:“那哥儿俩,都是共产党。”

子和惊讶地问:“啊?不会吧!他们还小,怎么能?”

苗抢过话头:“你说谁小?一个二十四,一个二十二,还小?”

子和沉默了一会儿:“南开是有这种人。共产党的周恩来,就是南开出去的。可玉安在山西大学念书,怎么也成了共产党?”

苗自己笑了:“其实我也拿不准。他们不承认,可说的那些话,我听着就是。现在他们兄妹俩见了面就是抗日。玉珠毕业了,不愿意回去,我看是有谁让她在这儿干。要不，说好回寿阳当老师，怎么就不回去了呢？”

子和说：“这些事我真不知道。光觉得孩子回来说的那些话，都挺有道理。”

苗说：“我也觉得她们说的有道理，可眼下干共产党，是掉脑袋的事啊！”

子和苦笑着说：“我也许做买卖做的，脑子糊涂了。家里有没有共产党，我一点儿也不知道。”

谈到玉珠的事，苗告诉子和：“白天我跟她说破了嘴，她死活就是不回去。说有个报社要聘她当记者。我跟她说了，住在这儿，无论如何不能给你三叔惹祸。她答应的倒挺痛快。”

子和说：“她怎么能给我惹祸呢！我看你也别紧张。有理走遍天下。蒋介石那么独裁，还跟日本人弄了个《塘沽协定》，简直就是卖国协定。孩子们反对他，也没错儿。”

苗伸手指点着他：“嘿，你倒像是个老共产党。”

子和笑着说：“我可不够资格。人家冯玉祥跟共产党合作，在张家口组织抗日同盟军跟日本鬼子干，那才是好样儿的！你知道吗，玉珮在汾阳结婚，还是冯玉祥、李德全两口子主婚呢。”

苗问：“玉珮寻了个什么人？”

子和说：“冯玉祥西北军官学校的教官。”

苗问：“也是抗日的？”

子和得意地点点头。

苗又问：“也是共产党？”

子和笑着说：“他们是国民党。”

苗觉得挺奇怪：“国民党里头，也有抗日的？”

子和说：“真正有血性的中国人，不管在哪个党都抗日。”

苗不跟他说这事了，把带来的包袱解开：“我不懂这些。给你做了两双鞋，你试试。”

子和穿上苗做的鞋：“真合脚。你那么忙还给我做鞋！”

苗叹了口气：“这都是晚上睡不着觉做的。我能给你干点儿什么？也就是做双鞋吧。”

子和沉默了。

苗忽然想起一件事,从口袋里掏出一样东西:“我还给你带来个这。你看,美丰厚的货签儿,这东西怎么会跑到寿阳去啦?”

子和接过去仔细看了看:“这是进口钢管儿上系的。入库的时候,每捆都绑一个这种货签儿。点数、出库都要核对。它怎么到了你手里?”

苗说:“铁路上运到寿阳站的东西,一停车就有人上去扒。那些人什么都敢偷。头半个月,有几个老乡用毛驴驮着一丈多长的铁管子,到我那儿当废铁卖。上边儿就栓着这个。七宝看着奇怪。问他们,老乡说是从山坡上捡的。我怕是你们丢的,就给你带来了。那管子硬着哩,锯都锯不动。”

子和想了想:“你说的这种东西,好像是机器局发出去的无缝钢管儿。明天我到柜上查查,看是不是这批货。”

这事说完了,苗压低声音:“因为我家连着出了几档子事,把人家九姑给拖累住了。她跟庞二兄弟的婚事,一直没来得及办。前些日子九姑还跟我打听庞二来着。他俩的婚事,咱就赶紧办了吧。兵荒马乱的,别又给耽误了。”

子和看了看苗,点了点头,又轻轻叹了口气。刚要说什么,忽然想起机器局卖钢管,想让上边查美丰厚这件事,心想寿阳车站被盗的钢管,说不定就是他们卖的那批货。这件事还得跟刘大爷说说。第二天他就去了马场道。

刘寿兰听说机器局想在美丰厚背后做小动作,当时就急了。站起来就去给机器局打电话,让李铮马上来一趟。

机器局李局长匆匆赶来,进门就问:“老大,找我来有急事?”

刘寿兰沉着脸,让他先坐下:“李铮,听说你们卖了几吨钢材,要把这个屎盆子往美丰厚头上扣?”

李铮一听脸就红了:“老大,你的消息真灵通啊!那是我没办法的办法。局里发不出工钱,把进口钢管儿卖了十几吨。听说南京要来查库。有人出主意,要查就让他们到美丰厚查,反正租界也不让他们军界的人进去,应付过去就算完了。”

刘寿兰说:“那也不能连个招呼也不打,就让美丰厚给你扛啊!买卖人就怕失了信誉。有事没事,兴师动众到美丰厚来查货。要传出去,这不是成心毁我的牌子吗?你怎么能打我的主意!”

李铮急得冒了汗:“老大,我有多大胆子,敢打您的主意?就是想拿租界挡挡事儿。”

刘寿兰板着脸说:“你可记住了,咱们都是从东北过来的。要是总想拆自己人的台,谁也干不踏实!”

李铮说:“老大,您教训得对。这个事是我的错。我不该听信下边儿的馊主意。其实我们机器局离不开美丰厚。没有他们代办,光凭机器局,根本就跟德国洋行说不上话,那些原材料也进不来。平时进设备,没有美丰厚的吊车、铲车、大吨位汽车,码头上哪一家也伺候不了我们那些大家伙。”

刘寿兰的气头儿这才缓和下来:“你知道这个就行。美丰厚交往多,设备好,在天津码头也不是一天两天。跟德国老板的交情,是从闹义和团那年结下的。多少年了?不光跟德国,英国、俄国、日本洋行,都有交情。这就是我们成经理的长处。多个朋友多条路,多个冤家多堵墙。当兵的到市面儿上混,你真还得学着点儿。”

李铮听这位老朋友训他一顿,心里倒舒坦了,苦笑着说:“嗐,我紧着学也不够用的。这不是,南京还没来人,太原兵工厂又找来啦。说我们发的钢管儿不够数,少了好几吨。要不解决,就打官司。这不是要我的命嘛!”

刘寿兰问:“这又是怎么回事?”

李铮说:“卖给太原兵工厂的无缝钢管发到了。人家一过数,缺好几吨。来电报找我们要。我们发的一点儿也不少。回了电报。人家又来电报,非让我们按合同把缺的补上不可,补不够数就打官司。遇上这种事,我真是一点儿辄也没有。”

刘寿兰笑了:“这事你为难了?我给你找个军师吧。三爷,你进来。”

子和进来了。

李局长赶紧站起来作揖:“成经理在这儿?我先给您赔个礼。我糊涂,差点儿干了对不起您的事。”

子和也赶紧作揖:“您太客气了。请坐,请坐。事情说开就算完了。这事要搁在明面儿上,好办。客户带着上头的人来看货,您说多少咱就给他看多少。海光寺西局进口的钢管儿也在我们货栈存着。官面儿上跟商家不一样,没几个较真儿的,好应付。”

李铮看着三爷:“成经理,我要早交上您这个朋友就好了。”

刘寿兰说:“当年你也帮过美丰厚的忙,说起来早就是朋友了。老三,太原那个事你听见了吧?该怎么办,给他出出主意。”

子和说:“发到的货不够数,是铁路上的事。走铁路托运,他们要签收咱的托运单。咱发的货单子上有数。有发货单为证,还怕跟他打官司?”

李铮为难地说:“我就是怕三头对面打官司,把这事翻腾出来,跟南京不好交代。”

子和说:“私下了结也有个办法,三家一块儿找! 眼下铁路运输,沿途不少地方都有人扒车皮,连偷带抢,运什么偷什么。据我所知,咱机器局往太原运的钢管儿,在寿阳就丢了不少。”

李局长惊讶地:“连这个情报您都有?”

子和笑了:“这也是碰上的。”说着,他掏出货签儿:“这是寿阳的朋友给我捎来的。我查了,这批货就是运往太原的钢管儿。它本来是成捆用铁丝绑在平板儿车上的。也许让人从车上扒下来,滚到山坡上散开了。当地有人捡着它当废铁卖。要能找回点儿,即便还有损失,几方也都能接受。”

李局长拍着大腿说:“这真是个三全其美好办法。您能找个熟悉那儿的人,帮帮我吗?”

三爷说:“行啊。我找个人跟你们去。不过局里还是出几个钱,当废品买回来为好。要当赃物往回收,弄不好又得打官司。”

李局长说:“行,我一定拿钱往回买。这个钱我出。您给我指了路,还出人帮我,这就是救了我呀。我们这个衙门的人,一个个都是钱来张手,饭来张口。出了麻烦谁都往外推,哪能办这种事啊。”

刘寿兰听三爷说得头头是道,心里也乐开了花。扯开大嗓门儿说:“子和这个人,一向讲善心善行,待人处事总是和为贵。你看人家替你想得多周到!交上他这个朋友,你就算来着了。往后美丰厚的事,你就多多关照。”

李铮激动地站起来:“三爷是我的良师益友,往后美丰厚的事,就是我的事。有事找我,咱没说的!”

这件事掰扯清楚,刘寿兰留他俩吃了饭,这才各自回去。

回家的路上,三爷跟庞二说:“庞二,刚才我给你找了个差事。”

庞二拉着车问:“什么差事?”

三爷说:“机器局的钢管在寿阳丢了不少,你跟他们的人去一趟,把夏家收的都买回来,能帮他们再收点儿更好。价钱让他们说,别亏了七宝。办完去看看九姑。你俩的喜事也该办了。”

庞二放慢脚步说:“这事我办。跟九姑的事,得看人家的心气儿。”

三爷说:“苗姑这趟来,特地告诉我们俩,九姑的事,是他们给耽误了。人家总打听你。要办,别的事你都别操心。在寿阳办,她包了。在天津办,我包了。大桂早就把你看成家里人了。”

庞二说:“九姑要乐意,我没嘛说的。我也想过,您岁数大了,家里也没什么人。往后我们俩一块儿伺候您。”

三爷高兴地说:“那咱家里就更热火了。你跟九姑说,我想把她接来。”

三爷回到家,把这件事跟苗姑和大桂一说,她俩都特别高兴。

大桂说:“苗姐,您的心就是心细。总惦着您这个兄弟,捡个小货签儿都给他送来。您看,一个小货签儿给他办了多大的事啊!”

苗的脸红了,伸手拍打着大桂,眼睛看着子和:“看你说的,他的事我还不多留点儿心!”

听说庞二要去寿阳,苗也待不住了。大桂给她买了不少东西,三爷让庞二给苗买了卧铺票,跟机器局的两个人一起去了寿阳。

庞二这趟差事干得特别漂亮。没让天津机器局的人出面,就帮着七宝收了七十多根管子。七宝是按废品收的,庞二让机器局的人出价,一张嘴就把价钱翻了几倍。七宝一高兴,雇人把这些管子擦干净,重新打捆,整整齐齐地送到太原兵工厂。铁路上、兵工厂和天津机器局三家都夸美丰厚的人真会办事。

一场风波就这样平息了。

消息传到美丰厚,人们都说,庞二爷平时不显山不露水,到节骨眼儿上,还真有两下子。

庞二这次还真是载誉归来。

临回天津,夏家寨的人非在本地给九姑办喜事不可。那天,夏家寨路边的酒馆披红挂彩,吹鼓手起劲儿地吹打。寨子里的男女老少和夏七宝一家都来了。说是办喜事,可人们心里都有一股说不出来的滋味。九姑的人缘儿太好了,寨子里的乡亲都得过她的好处。

山里人没有甜言蜜语,也不会说那些感激奉承的话。人们眼含泪水看着她，用炽热的心暖着她。

苗把庞二打扮得异常风光。他头戴礼帽，身穿长袍马褂，两肩披着的红绸子在胸前交叉，中间还扎了个红绣球。早早地就站到摆满香烛供果的方桌前边。

九姑穿着一身红，顶着盖头出来了。婚礼仪式还是老辈子传下来的迈火盆、拜天地。仪式完毕，庞二用秤杆儿当众把盖头挑下，九姑已是泪流满面。

桌子上摆着大坛的烧酒和师傅们尽其所能做出来的好菜。

苗搀着九姑走过去，轻声说："九姑，大喜的日子，别哭。"

九姑说："苗姐，我是高兴。没想到我这个要饭的孩子，也有今天！刚才我磕头的时候就哭了。我是给爷爷磕的。没有爷爷就没有我。今天我嫁给自己找的男人，就算有了自己的家。爷爷知道了也会高兴。"

她擦干泪水说："我请夏家寨的人来喝喜酒，就是感谢爷爷，感谢夏家。拜了堂，我就要跟我男人走了。酒馆儿原封不动留给夏家寨，二康在这儿照管。还让它当乡亲们歇脚儿、聊天儿的地方。"接着她大声说："请大伙儿入席，今天都敞开喝！"

大伙儿坐下来，二康带着伙计们把酒碗摆上桌，搬起坛子给乡亲们倒满酒。

九姑说："庞二爷，咱俩陪乡亲们喝几杯！"说罢，举起酒碗大声喊："乡亲们，喝好啊！"

庞二和九姑扬起头一饮而尽。

苗在一旁悄悄抹掉脸上的泪水。

七宝一家把九姑和庞二送上火车。车厢里九姑和庞二靠着车窗，幸福地对望着。

九姑问："你说，咱到天津就住在三爷家？"

庞二摇摇头："我看不一定。三爷总说你能干，说不定让你到美丰厚干去呢。"

九姑瞪大眼睛："我去那儿能干什么？"

庞二说："你能干的活儿多了。管客房、管伙食、管女工。你都干得了。我看三爷不会让你在家待着。"

第四十四章

听说庞二要结婚，大桂就着手准备新房。她腆着大肚子跟玉珠把楼上自己住的那间腾出来，置办了一整套新家具、新被褥、新日用品。就等着给庞二和九姑办喜事。

庞二一进门，大桂看着他身后那个精干的女人，笑着问："这是九姑吧？"

庞二乐的没说话，九姑说："你就是三奶奶吧。"

大桂说："别这么叫，叫我大桂就行。我管苗姑叫姐姐，也叫你姐姐吧。"两个女人高兴地拥抱起来。

一进屋大桂就说："听说你跟苗姐一样，特别有本事，我就乐意跟你们这样的人在一块儿。"

九姑说："那是三爷夸我。"

大桂说："你们的新房我都收拾好了。就在楼上我住的那间。我要生了，上下楼不方便。俩孩子跟着姥姥，我住楼下，你们正好住那儿。"

庞二急着说："那哪行啊，我在西货场不是有个小屋嘛！"

大桂嗔怪他："新人来了，就得住新房。一会儿你们上去看看，是玉珠给你们布置的，还挺洋气呢。"

九姑问："玉珠还住这儿？"

大桂说："还住这儿。报社晚上加班就回不来了。她也挺辛苦的。你俩上楼看看去。"

庞二、九姑上楼看了新房，惊讶得真不知道说什么好。

一阵敲门声，陈昆来了。一进客厅就大声说："三奶奶，我是来看庞二哥跟二嫂子来啦。"

庞二听见，赶快从楼上下来："陈头儿，你怎么来了？"

陈昆笑嘻嘻地看着他："三爷说你们上午就能到，我赶紧来看看。"

九姑也下了楼。

陈昆说："二哥二嫂，给你们道喜。"

大桂冲着他说："人家还没进新房呢，你就着急看来了。"

陈昆这才说："我那儿也安排房啦！"

大桂急了："我们家的人，上你那儿干嘛去？"

陈昆不慌不忙地说："三爷早说了。庞二嫂挺能干。我们眼下还就缺这么个人。您说，能不紧着我们要吗？"

庞二这才顾上介绍："九姑，这是我们美丰厚管事的头儿，陈昆。"

大桂说："你看，我说你是个能干人吧。还没进新房，就让人家抢上了。"

九姑说："陈先生请坐，去美丰厚您想让我干什么？"

陈昆说："管伙食。我们百十号人吃饭，一直没合适的人管。"

九姑点头说："管这个行。还有呢？"

陈昆说："再管管那几十个女临时工吧。"

九姑说："这也行。还有呢？"

陈昆惊讶地看着她："还有几十间客房。是给送货的客人预备的。您也捎带着管管？"

九姑说："那是我的老本行。"

陈昆问："您开过店？"

九姑说："是啊。开店就得把客人放在心里。让人家一来就觉得干净舒坦，不能在咱这儿丢钱丢东西。不过要让我管，就得立点儿规矩。"

陈昆问："立什么规矩？"

九姑说："不准酗酒、不准赌博、不准抽大烟、不准招妓女。要不听咱就让他走人！"

大桂说："陈昆，这么一会儿你就给我们九姑派了三个活儿。说吧，打算出多少钱聘我们？"

陈昆认真地看着她："三奶奶，每月六十块大洋，怎么样？"

九姑快人快语："六十大洋？我一年也挣不了这么多呀！"

陈昆一听心里有了底，笑着说："还有个条件，您最好住到货栈去。就凭您的一身功夫，就能把那些毛贼镇住。"

大桂赶紧说："这可是你给派的第四个活儿啦。"

九姑说："行，就住到货栈。咱说去就去。"

大桂不愿意她住货栈："你就不问问人家庞二叔乐意不乐意？"

九姑看了看庞二："他乐意。我知道他跟三爷一样，把货栈看得比家还重。”

庞二见大主意九姑都拿定了，站起来说：“那咱就跟陈头儿一块儿走吧，三爷还在柜上等着呢。”

大桂还不死心：“陈昆，你上楼看看，你们准备的新房，可得跟我这一间一模一样！”

陈昆高兴地夹着九姑的包袱说：“放心吧三奶奶，我那儿预备的是两间！回见吧！”叫上庞二九姑就走了

美丰厚货栈给庞二准备的新房，是吴先生在西货场住过的小楼楼上。一明一暗两间房，显得挺豁亮。

这天晚上，新房里张灯结彩，喜气洋洋。

下了班的工人早早地就聚到这间新房里，吃着瓜子儿花生，等着看热闹。

有的说：“在咱货栈娶媳妇，这是美丰厚头一回。”

有的说：“人家喜事早办完了。听说这位新媳妇特有本事，挺厉害。看见没有，地下顶着门的那俩石锁，就是给她预备的，想试试她的力气。”

有个老工人说：“这是谁的馊主意？太损了。那石锁，一个就有百十来斤，让人家一个娘们儿举？亏心不亏心！”

有的说：“别说举，她要能挪出去就不简单。”

有个调皮的工人说：“这就叫洞房比武，看的就是她的功夫怎么样。除了这个，还有别的呢。你们就等着瞧吧！”

不一会儿陈昆、薛继承跟几个老工人陪庞二、九姑，上楼来到新房。

九姑说：“呦，让弟兄们久等了。”

有个工人大声喊：“你要再不来，我们就把屋里的东西都卷走啦！”

大伙儿嘻嘻哈哈地笑了起来。

薛继承问：“听说你们还给嫂子准备了见面礼儿？”

工人们说：“庞二是我们老哥哥，不给老嫂子准备点儿见面礼儿还行？看见了吗？给您拿来俩门墩儿，您看合适吗？”

九姑一看就乐了：“好啊，不就是这俩吗？不光用它顶门，平常没事还能拿着它玩玩儿呢。”说着伸出手，提起石锁向上一扔，用胳膊肘架住。往下一滑，顺手抓住再扔起来，又用拳头接住。这两下子，当时就把人们镇住了。

大伙儿愣了一下，猛地爆出一声："好！"

九姑面不改色，把这个石锁放下。又用左手提起另一个石锁，回头示意身后的人闪开，突然由身后向上一扔，用左肩稳稳地接住。大伙儿又是齐声喝彩。

九姑把石锁放下说："老没玩儿了，这屋里也不宽绰，就来这两下儿吧。"

陈昆得意地大声说："这两下子就够这些小子们服气的了。"

有个工人喊："还有呢！"说着跑过去掀起床上的褥子，露出床板上一个挨一个摆着的六个沙袋。

陈昆看着他："这是干嘛？"

那个工人说："怕硌着老嫂子，让她从窗户里扔出去，还得码到墙根儿底下。"

陈昆摆摆手："别瞎闹了，扔出去砸着人怎么办？"

楼下有人答话："我在这看着呢！"

陈昆一听，也乐开了："你们这些小子们，合着早算计好了，是成心要让咱庞二嫂子露几手。"

九姑见床板上的沙袋摆得挺整齐，笑着说："兄弟们下这么大工夫，这是成心给我面子，非要抬举我。得，我扔个试试。总不练手生了，外头又黑，码不好你们可得给我码去。"

说完这番话，九姑挽起袖口，看了看窗户，伸手一口气嗖嗖嗖，把六个沙袋从窗口扔了出去。

外边儿的人大声喊："太棒了！码得整整齐齐。"

屋里的人们又是一阵欢呼。

扔沙袋，是搬运工人看家的本事。手上的劲、臂上的劲、腰里的劲都要使得均衡，脚下还要站得稳。讲究抓得紧、扔得快、落得准。大伙儿一看九姑的功夫，没有十年八年练不出来。

那个调皮的工人当时就喊："你们都看好了，找庞二嫂拜师，我是头一个。"说完喊了声："师傅！"跪下就磕头。

九姑赶紧拉起他："我哪有当师傅的本事。我小名叫九姑，往后不论老少喊我九姑，我就高兴。"

陈昆趁势大声说："九姑在咱美丰厚管大伙儿的伙食、管女工、管客房，还当你们的师傅,管着你们练功。”

九姑赶紧摆手:“不行不行,当师傅我可不行。我练的那不是功夫,是巧劲儿。说正经的,一个人,尤其是男人,身上没点儿功夫不行。大伙儿要想练,我就给你们请个师傅。我还想跟着学呢。陈头儿,师傅我请,吃住都归我管。行吗?”

年轻人都喊:“太好啦,九姑请来的师傅,准错不了。往后下了班,咱就在柜上练。”

陈昆说:“好。薛经理,这事我做主了。”

薛继承微笑着点了点头。

陈昆说;“请来的师傅白天干点儿活儿,晚上带着大伙儿练。有一条,你们可别嚷嚷出去。这年头儿是非多。让外头知道咱请师傅练武,别闹出误会。要练,就得先讲武德,别出去惹祸。九姑您说对吧。”

九姑说:“陈头儿说的对。练武先练人。有好人品,才能练出好武艺。”

陈昆说:“行了,今天咱就到此为止吧!你们是来闹洞房,还是拜师学艺?人家庞二爷都等急了。”

庞二这才说上话:“去你的吧!”

陈昆给这两位新人作揖:“庞二爷、九姑,新婚之喜,休息两天。先别忙上班啊!”

九姑说:“是啊,我明儿还得回门呢。”

陈昆回头看着她:“回门?”

九姑笑着说:“三爷家是我娘家呀!”

陈昆点点头:“得,你们都听见了吧。这是三爷家的人。往后别没大没小的。大伙儿都散了吧。薛经理,咱们也走吧。”

薛继承跟着大伙高高兴兴,起着哄走了。

庞二、九姑把闹新房的人们送下楼,夫妻俩肩并肩在货栈里转了半天,走出老远。

九姑说:“这个货栈真大。”

庞二说:“前后一百多亩地呢!”

九姑说:“这些弟兄们真好。”

庞二说："这些人都是三爷从几百号人里挑出来的。美丰厚货栈是三爷在买的开洼野地上，拉土垫平、一点儿一点儿砸实盖起来的。这都是三爷的心血呀。"

九姑感慨地说："在这地方干一辈子，也值了。"

庞二说："我也是这么想。"他忽然问："哎，你上哪儿给他们请师傅去?"

九姑说："我有个师兄就在天津。"

庞二问："上哪儿找他去?"

九姑娇媚地看了他一眼："这你就别管了。"

夫妻二人肩并肩往回走。

庞二说："明天咱去三爷那儿，你就别回来了。三奶奶要生孩子，你帮着她忙过这几天再上班吧。"

九姑点点头："我说也是。"

没过几天九姑给美丰厚请来一位教武术的师傅，四十多岁，中等身材，粗眉大眼，青布半大袄腰里系着褡包；青布裤脚扎着腿带子，脚下是实纳帮靸鞋，看上去就是个搬运工。

这人叫段云，陕西人，自幼父母双亡，流浪街头讨吃要饭。夏爷爷见他有副好筋骨，带着他教了几年。那天跟三爷见了面，说起来还是三爷的师弟。除了在货场干活，闲时教年轻人练武、摔跤，对谁都很客气，货栈的人都很尊敬他。

1934年十一月，大桂的产期就要到了。这次临产她有些紧张。女人生孩子本来就是件危险的事。俗话说，生一个孩子见一回阎王。这一胎究竟是男是女，一直回旋在她脑海里挥之不去。她想，得把寇奶奶接来当接生奶奶。

天津说的接生奶奶，是指产妇分娩在现场坐镇指挥，德高望重的老妇人。大桂请寇奶奶，是因为这位老奶奶生过四个儿子一个闺女，很有经验。再就是她认为自己怀的孩子，是老人从娘娘宫"带"来的，请她来能坐实自己准要生儿子。

那天大桂觉得自己就要生了，让庞二拉着车去把寇奶奶请来。寇奶奶来的第二天，十一月十三，大桂果然要分娩了。秦氏、九姑、林妈都忙了起来。接生婆请来了，寇奶奶进屋坐在大桂身边说："三奶奶，你别怕，我在这儿呢。

嘛事没有!”

林妈端着一大盆热水进了里屋,接生婆洗了手。秦氏怕孩子们碍事,让大红带着两个妹妹躲在楼上,哄着她俩别到楼下搅合。

子和坐在客厅,眼睛盯着里屋的棉门帘。心里止不住嗵嗵地跳了起来。紧张地想,这回该生个儿子了吧。

婴儿一落生,接生婆说:“给您道喜,是个小少爷。”

寇奶奶紧张地长出了一口气,拍打着大桂说:“得了,三奶奶!没事了!”九姑高兴地掉了泪。秦氏腿一软,差点儿没倒下。

哇地一声,落生的婴儿大哭起来。这声音就像个小喇叭。林妈激动地撩起门帘:“三爷,三奶奶生了大胖小子!给您道喜!”

九姑从里屋把泪流满面的秦氏扶出来。子和赶紧过去说:“姥姥,您辛苦了。大桂怎么样?”

秦氏有气无力地说:“给你道喜。她呀,还是那样儿,孩子生出来就睡着了。”

九姑说:“师哥,进去看看吧,母子平安。你儿子又白又胖。你可是真有福气呀。”说完,赶紧扶着秦氏上了楼。

子和走进里屋,小声说:“寇奶奶,谢谢您。”

寇奶奶站起来:“三爷,您别谢我。是三奶奶会生。你看看吧,这小子多爱人呐。”自己站起来颤颤巍巍走出去了。

三爷站在床前,看大桂睡得那么安详,歪着头仔细端详起刚出生的儿子。心想眼前这个孩子,就是我这几十年朝思暮想的亲生后代!热泪盈眶地把儿子看了又看。

大桂醒了,见三爷在站床前抹泪,问他:“你站在这儿干嘛?”

子和笑了:“我在看我儿子呀。”

大桂摇摇头:“刚生的孩子丑似驴,过几天就有模样了。”

子和俯下身子问:“你怎么样?”

大桂说:“我没什么,就是觉着怪累的。”

子和叹了口气:“这两天把姥姥也累坏了。”

大桂说:“我娘这几年都提心吊胆,就怕我给你生不了个儿子。一见是个小子,乐得都掉泪了。我看她差点儿没倒下,多亏九姑扶住她。”

三爷说:“刚才我也乐得掉泪了。孩子的名字我想好了。就按他哥哥成礼的名字往下排。仁义礼智信,他就叫成智吧。”

大桂摇头:“不好!成智、惩治,多难听。让孩子总让人惩治?再往下排是哪个字?”

三爷说:“是信字,叫成信?”

大桂点点头:“这个名字好。做买卖讲诚信,就叫成信吧。小名儿呢?”

子和说:“他哥哥小名叫金宝,他叫金贵,你看行吗?”

大桂说:“行。金贵就金贵。我属狗,他也属狗,我们娘儿俩都是金贵的狗。我还困,再让我睡会儿吧。”

说着歪过头去,又睡着了。

当天下午,三爷到马场道给刘寿兰报信儿。刘大爷听说三爷得了儿子,高兴地从床上坐起来,大声说:“子和,这是咱盼了多少年的事啊。”喊来佣人,拿出一瓶法国白兰地,两只高脚杯,放在卧室的茶几上。

刘寿兰下床把酒斟上,眼圈儿就红了。他问:“三弟,你跟我来天津是哪一年?”

三爷说:“光绪二十六年。”

刘寿兰感慨地说:“那年我三十一,你二十一,整整三十四年。我都奔七十啦。从咱来到天津,哪有松心的日子?你说咱哥儿俩容易吗?咱是为谁?还不就是为了后人!”

他站起来举着高脚杯说:“来,为咱们的小子一定有出息,一定过上好日子,干杯!”

三爷也站起来,激动地举起杯说:“为咱的后人,为您的健康,干杯!”

两个相交近半个世纪的老人,热泪盈眶地为他们漂泊的一生,为他们想象中的未来,喝干了杯里的白兰地。

刘寿兰放下酒杯,摆了摆手说:“老三你坐下,我还有话跟你说。日本军队已经到了天津,我总觉得现在就像坐在炸药桶上,说不定哪天就把咱炸得灰飞烟灭。我的身体也越来越差了。美丰厚的董事长,你来当吧,也让我多活几年。”

子和见他这么说,也只好点点头:“我顶着行,难办的事还得找你。”

寇奶奶当天就回去了，打发老三寇士元来帮忙。大桂在里屋听见妹夫来了，隔着门帘告诉他："你找个好点的馆子，叫一桌席给奶奶送去。洗三那天还得请老太太过来。"

寇士元说："大姨您放心，这事就交给我吧。"他到饭馆儿订了饭，还给永源和两位掌柜送了信儿。

永源和的人们听说三爷得了儿子，个个喜笑颜开。三爷盼儿子不少年了，真是老天有眼。这件事没几天就在汾阳乡亲们中间就传开了。都说成三爷老来得子，这就是好人有好报。

新生三天的婴儿"洗三"，是我国古代就有的仪式。洗三那天要烧香敬神，请德高望重的老妇人，用干净的铜盆给婴儿用艾水洗个澡，祈求保佑孩子一生平安。

那天寇奶奶早早地就来了。老太太精神焕发，穿戴得整整齐齐。雇车先到娘娘宫先给天后娘娘磕了头，又给子孙娘娘上了几十个大子儿的香火钱。这才来到小白楼三奶奶家。

寇奶奶先进里屋看了大桂，亲了亲刚生下三天的胖小子，嘱咐了这个，又嘱咐那个。大桂见到寇奶奶，想起老太太半夜里头撞娘娘宫大门为她求子，又看着她生下这个儿子，心里非常感动，不由得流出了热泪。

第四十五章

寇奶奶见大桂流泪了，忙过去说："三奶奶，月子里可别流泪。要不往后闹眼。"说着自己的眼圈儿也红了。

大桂说："今天还得让您受累。"

寇奶奶笑着说："这个累我乐意受。"

大桂说："他们有什么做不到的，您尽管说。"

寇奶奶是大桂请来洗三的权威，她看着孩子的姥姥："给孩子洗三的盆，备好了吗？"

秦氏说："备好了，是新买的铜盆。"

"艾叶、老钱预备了吗？"寇奶奶问：

秦氏不知道还得预备这个，摇头说："没有。"

寇奶奶掏出带来的小包儿："我给孩子预备啦。艾叶儿洗干净，搁锅里上火熬，澄出水来给孩子洗身上，能去毒气。十个老钱洗干净，搁在盆里，让它辟邪。洗完把老钱擦干净，拿丝线穿起来，这叫洗儿百岁钱。爹娘收着它，让儿子总惦着你们。"

秦氏小声说："洗三还有这么些说辞。"

寇奶奶得意地说："洗三是孩子生下来的头一件大事。这些规矩都是为保平安。洗完了用艾团儿烫一下肚脐儿，灸断风道，不得四六风。用红线把孩子手脚捆一下，长大了不胡作非为。把爸爸的鞋放在旁边儿，让他跟着爸爸的脚印儿走。要不孩子洗三得请吉祥奶奶呢，就得懂这些规矩。"

大桂这才知道，天津生孩子除了要有接生奶奶，还得有个吉祥奶奶。

孩子洗三来的亲戚都是娘家的女眷，除了表姨就是表姐妹。三奶奶陪不了她们，寇士元就帮着应酬。这个日子，谁都是看看产妇和孩子，说几句吉祥话儿就走。一来是怕产妇累着，二来是她们平时都不大出门儿，趁这个机会正好到小白楼逛逛。

寇三爷这个总管也好当。三奶奶的亲戚也是他的亲戚，都不是外人。招待的饭食，是包子铺叫来的肉包子，外加鸡蛋汤。临走再带上几个染红的熟鸡蛋。这也是在饭馆儿定好的,用不着自己动手就办齐了。

那天三爷也买了几十斤鸡蛋,煮熟染红,放在大盆里端到客厅,让来的邻居大人孩子随便拿,随便吃。胡同里唐大奶奶、李二奶奶和还不大熟悉的奶奶们,都带着孩子嘻嘻哈哈地来吃红鸡蛋,这也叫添喜。

热热闹闹过了一天,寇奶奶跟客人们都走了。晚上三爷回来,家里也都消停了。

三爷进了屋,大桂高兴地说:"今天孩子洗三,来了这么些人,要不是他老姨夫帮着操持,还真忙不过来。"

三爷问:"孩子没事吧。"

大桂说:"没事。寇奶奶给剃的头,一点儿也没哭。小脑袋又圆又亮,人们都叫他小秃子呢。"

给疼爱的孩子起个贱名,为的是好养活。天津卫许多人家的男孩儿叫狗不理,就是这个道理。从洗三那天起,小成信又有了个小名,叫小秃子。正式的小名金贵,反倒没人叫了。

孩子洗三之后,九姑就到美丰厚货栈正式上班。陈昆安排的几件事,没几天她就都熟悉了。货栈花钱大方,九姑管这些事更是得心应手。刚来那天九姑露的那两手,就让年轻的工人佩服得五体投地,加上她对谁都特别客气。不久就在美丰厚这个男人堆里站住了脚。

薛继承看三爷这几天特别高兴,就跟陈昆商量,趁这个机会把他俩想办的几件事跟三爷说说。

头一件是当下货栈汽车多了,想把东货场南墙的工房拆了,盖个两层的,下边是车库,上边住人。

三爷说:"这个主意好。那排工房是三十多年前盖的,太简陋。早就该翻盖了。改成两层,车有地方放,人住得宽绰点儿,墙也高了。日本军队都在天津南边。南墙加高,一旦打过来还能抵挡一下。"

陈昆见三爷当时就点了头。赶紧说:"现在咱的车出点儿小毛病也得进修理厂。花钱多,还耽误事。您看咱跟机器局李局长说说,要几个顶用的技术工人,成立个修车跟维修设备的修理车间行不行?"

三爷说:"好啊,听说他们正发不出工钱,要人好办,你得找个知底的帮咱选好，别把一身毛病的带进来。”

薛继承一听，这个事也拍板了，就说：“我俩商量，咱还得有个油库。货栈存点儿油，弄个加油站，出车就方便多了。”

三爷说：“这也就少跑空车了，几十台车光这一项也能省不少呢。”

没想到他俩嘀咕了好些日子的三件事，三爷几句话就定下来了。薛继承还有点儿不放心，跟三爷说：“这可得花一笔钱。”

三爷说：“我这些天想的，就是把货栈这两年积攒的那些钱，赶快找有用的地方花掉它。要不时局一乱，货币一贬值，咱就吃大亏了。”

他俩一听，原来三爷正想找花钱的地方呢！事不宜迟，美丰厚货栈新一轮新建、改建工程，很快就上了马。

自从有了成信，一家人就成天围着他转。三爷下班回家头一件事就是看看儿子，又抱又亲。那天三爷抱着小秃子跟大桂说：“生了他，我许的愿也该还了。独流翻修老房子，得用多少钱？”

大桂说：“我哪知道？”

三爷说：“尽量往好里修，我看四百块钱足够。”

过了两天，就把四百大洋的银票捎到独流。

小秃子成信快满月了。那天三爷把寇士元叫来，商量孩子过满月请客的事。三爷打算，腊月十三在家里招待来贺喜的女眷。中午在北马路找个饭庄请永源和两位掌柜和同仁。晚上在法租界蓬莱春饭庄，请刘寿兰、吴先生、美丰厚的人和几位外国的老朋友、老客户。

三爷跟寇士元说：“家里这一摊儿你就敞开张罗。花钱多少不要紧，事要办周到，别让亲戚朋友挑眼。北马路那一摊儿让刘耀三张罗。蓬莱春那一摊儿让美丰厚的人办。准备好请贴，初十之前就送出去。”

寇士元一听，成三爷把要办的事都想好了，赶紧说：“家里的事交给我。晚上蓬莱春那儿我也去，给您当个帮手。”

三爷点点头，觉得这个年轻人还靠得住。

成信过满月那天，寇士元找棚铺在院子里搭了个席棚，把宴席包给饭庄。大棚搭好，两个师傅带来四碟八碗鸡鸭鱼肉的半成品和摆席的杯盘碗碟，支起大灶就忙活起来。红案白案师傅有的掌勺，有的蒸煮。两个跑堂的伺候屋里院里几张圆桌，开起了办喜事的流水席。

寇士元买了一箱带福字、喜字的红绒花，摆在堂屋门口。来道喜的女眷们进门前随意挑选，自己戴在头上。每个人进屋都是红彤彤、喜洋洋的。

大桂在月子里养得满面红光。小秃子成信身上穿着红棉袄，裹在大红缎子被里。唐婉秋给孩子带来的礼物是她用绒线织的小红帽儿。大桂特别喜欢，当时就给儿子戴上了。

小成信胖胖的脸蛋儿，脑门儿上点着大红点儿，瞪着大眼看着人们。这个小红孩儿真是人见人爱。女眷们不由得赞叹，这一家人的福气，都是这孩子带来的。

那天中午，三爷提前来到永源和在北马路订好的饭馆儿，不一会儿参加宴请的掌柜、同仁都到了。开席前，三爷向大家抱拳说："家里离上边儿远，只能在这儿请各位了。改日请各位到下边儿坐。"

几位同仁齐声说，："都是里乡亲，别这么客气。"

宴席准备得很丰盛。山西人办事讲实惠，同仁们都带些家乡捎来的小米儿、大枣、核桃作为贺礼，三爷感到非常亲切。

当天晚上，三爷在英租界蓬莱春饭庄请客。

蓬莱春是正宗的山东饭庄。整个布局像大户人家的院落。前院、后院、偏院、跨院，所有房间都摆设成待客的厅堂。屋里的屏风、条案、八仙桌、太师椅，都是花梨紫檀硬木家具。墙上的字画，都出自名人手笔，非常讲究。哪间屋里都是富丽堂皇。

美丰厚给三爷订了一处三间的正房。迎面挂着福禄寿三星的中堂，桌子上点着大红蜡烛，摆着客人们送的礼品。

薛继承和业务室、财务室、库房、泵房、打包房负责人，修理班董师傅、李师傅，食堂蔡师傅，庞二、九姑和新请来的段师傅，陆续都来了。进来的人，见面都给三爷道喜。

刘大爷来了，身后跟着的陈昆提着个长方礼匣，放在八仙桌上。几位外国朋友也都到了。大家有的坐着，有的站着，三三两两在一起聊天儿。

刘寿兰大声说："今天三爷请客，我把美丰厚的几位老朋友也请来了。你们有的还不认识。这位是机器局李局长,他可给咱帮了不少忙啊。”

人们都站起来鼓掌。

李局长说:“我叫李铮,是成三爷帮了我的大忙啊。今天庞二爷也来了,我得谢谢美丰厚,谢谢庞二爷。”

陈昆在一旁喊:“庞二还得谢您呢,他去寿阳不光帮了您,还帮自个儿找了个有本事的媳妇!”

大家看着庞二和九姑,都大笑起来。

刘寿兰接着说:“这位是俄国的伊万先生,日本的山口先生,这都是我跟三爷在锦州的老朋友;这位是德国的毕尔福先生,美丰厚成立当天,就跟咱交上朋友了。这几位都是帮着咱们美丰厚走到今天的老客户。一会儿英国的查理先生也要来。”

正说着查理举着请柬走了进来:“我终于赶到了。”

子和过去紧紧握住他的手:“我刚知道你今天才回来。你能赶到,我太高兴了。”

查理说:“这么重要的日子,我怎么能不来?”回手从跟来的仆人那里拿过一个小匣子。在三爷面前打开,里边是个做工精致的银锁。

查理说:“英国人的祝福,很多都和中国一样。送给婴儿的礼物,也是一把锁,希望它能锁住一生的幸福。”

三爷激动地拥抱了查理。

美丰厚的人们都认识查理,也知道他俩的友谊。可没想到查理和三爷的交情,竟然这么深厚。寇士元不知其中的缘故。心想我姐夫真行,连外国人也跟他这么铁。

刘寿兰大声说:“咱美丰厚货栈,就是查理爵士设计的。他可是咱美丰厚的有功之臣。今天这个好日子,刚好回来,咱这次聚会真是太圆满了。”

这确实是美丰厚货栈第一次骨干、朋友最全的聚会。寇士元第一次见到这些人,惊讶地站在一旁,心想美丰厚真是大买卖,瞪眼听着这些人说什么。

刘寿兰说:“大家都到了。我郑重宣布一个消息,本人从今天起辞去董事长职务,由我兄弟成子和担任美丰厚的董事长。”

子和笑着说:“你别这么郑重。那天刘董事长说,他快七十了,让我把这个担子接过去,好让他多活几年。你们说,他说到这个份儿上,我还能不接吗？我接归接，大事还得请示他。”

刘寿兰郑重地说：“不不不，军中无戏言。我一宣布，就成休闲在家的老员外了，你就是有职有权的董事长。不过他岁数也不小了。我宣布的第二个消息是，薛继承担任美丰厚的副经理，盯着日常业务。三爷就不一定按时上班了，平常来照应一下就行。”

毕尔福问：“哪位是薛经理？”

刘寿兰指着他说：“薛继承你站起来，跟客人们见见。”

薛继承站起来给大家作揖：“请各位多多关照。”

刘寿兰说：“陈昆，你也站起来。这是我们不挂名的副经理。他主管货场、总务这一摊儿。”

陈昆也站起来给大家作揖：“我是个粗人，有事请多关照。”

刘寿兰做了个鬼脸儿说：“咱们言归正传。美丰厚成董事长得了个大胖小子，今天过满月，这是他作东请咱们吃饭。陈昆，把咱的贺礼拿过来！”

陈昆拿过那个红纸包着的礼匣，放到三爷面前。轻轻把纸揭开，里面露出一个玻璃匣子。匣子里用红缎子衬底，上边立着一个锃亮的银盾。

刘寿兰喊：“薛继承，把上边儿的字念念！”

薛继承捧起匣子，大声念：“上款是子和先生弄璋之禧，中间是麒麟送子，下款是刘寿兰暨美丰厚同仁敬贺。”

大家听了，一起鼓掌。

子和看着这份厚礼，眼含热泪双手抱拳不住地作揖：“谢谢大哥，谢谢各位，谢谢各位了！”

寇士元赶紧过去接过玻璃匣子，轻轻地放到八仙桌正中。银盾在烛光照耀下闪闪发光，真是锦上添花！

查理掏出手绢擦着眼泪感叹地说：“这么多年了，子和事业有成，还有了儿子，真是值得庆贺的事。”

刘寿兰说：“他当董事长也值得庆贺呀？”

查理故意激他：“那是你们俩的事。把担子交给人家，你该请我们吃饭。”

刘寿兰故意瞪着眼：“说了半天，我倒欠了你们一顿。”

这句话把大家都逗乐了。

三爷说：“请大家入席吧。吃顿便饭，为的就是大家聚一聚。”

刘寿兰说："慢着慢着，我还忘了个事。薛继承、陈昆他们这一阵干得不错，还有新来的九姑，把工人的伙食、客房都管得挺好。我本来想好好夸夸你们，刚才一打岔，就给忘了。"

陈昆说："那您就再补一顿吧。"

刘寿兰又瞪起眼："这么一会儿，我就欠你们两顿啦？"

大家又笑了起来。

客人们分坐的两个桌子上，已经各摆了一圈儿精致的凉菜。

子和举起杯："我先给各位敬酒，谢谢各位光临。干杯！"

人们举起酒杯互相碰了，一口喝干。

山口感慨地说："刘董事长，你们企业里上上下下的关系，真是太好了。"

刘寿兰说："子和这几十年，很注意维护这种关系。"

伊万告诉山口："成先生对和他一起共事的人，不管是老板、工人，都像兄弟一样。三十多年一直都是这样。"

另一桌上，庞二小声告诉九姑："说话的那个俄国人伊万先生，就是七宝在锦州的东家。"

九姑小声说："我看他们都是黄头发、蓝眼睛、大鼻子，根本分不清谁是谁。"

陈昆故意扯开嗓门儿："哎，你们两口子说什么悄悄话了？九姑，趁今天这个大喜的日子，新老董事长跟几位外国朋友都在这儿，你可得露一手儿！"

刘寿兰说："对！九姑。我光听说你身怀绝技，可还没见过。今天可得让我们开开眼啊。"

九姑站起身来说："董事长，您兄弟三爷是我师哥。我也高攀叫您大哥吧。我这些东西都是登不了大雅之堂的小玩意儿。您说了话，我无论如何也得献丑。"

说着顺手从餐桌旁的茶几上，拿起查理刚带来的那张硬纸请柬，撕成十字形："我就来个剪灯花儿吧。请各位看着桌子上的蜡烛！"

话音刚落，九姑手里的纸十字就飞了出去。"呲"的一声，把一支蜡烛上烧焦的蜡芯剪掉一截，火花儿一蹿，烛光更加亮了。那个飞动的小十字，不偏不倚，正好回到九姑的手里。

人们正要喝彩声，只见九姑的手轻轻一抖，那个纸十字又飞向另一支蜡烛。剪掉烛芯,再次乖乖地飞回九姑手里。

满屋的人不由得大喊一声:“好!”喊完又响起一阵热烈的掌声。几位外国客人瞪着眼看了半天,这才回过劲儿来。

查理指着九姑手里的纸十字:“这是用我那张请柬做的?”

刘寿兰把纸十字要过来:“你看,这不是查理的理字吗?这边儿上还有烧煳的印儿呢!”

查理瞪大眼睛摇着头:“太神奇了。对不起,这个十字我要收藏起来,带回去告诉我的朋友,我在中国亲眼看到了什么奇迹。”

毕尔福也感慨地摇着头:“美丰厚什么人才都有啊!”

伊万奇怪地问:“子和,你们是从哪儿选来的人才?”

九姑对他说:“您还不知道,我是夏七宝的妹妹。这些年您一直照顾我们夏家,我们全家都感谢您。”

伊万惊讶地看着她:“他们叫你九姑,实际是夏九姑,对吧?”

陈昆说:“对!”

第四十六章

伊万问九姑:“夏七宝是成先生介绍给我的,他是很能干的人。你也是成先生请来的吗?”

九姑眼含热泪:“我是个孤儿,是七宝的爷爷把我抚养大。后来就流落江湖。成先生给我找到了归宿。现在美丰厚就是我的家,他们都是我的亲人。”

伊万不住地点头:“你的苦难经历,跟夏七宝差不多。成先生也为他找到了归宿。来,为你神奇的技艺,为你和七宝的幸福,为好心的成先生,干杯!”

喜酒喝到很晚才结束。

人们说说笑笑走出蓬莱春饭庄。

山口把子和拉到一边,压低声音说:“成先生,我听说美丰厚货栈已经引起日本情报部门的注意,他们有可能打你们的主意。你可要小心啊!”

子和紧紧握住他的手:“谢谢你,山口先生。一旦有事,还请您多多帮助。”

山口一脸严肃:“就凭我们几十年的友情,一定会。”

给儿子办完满月,三爷很高兴,日本朋友山口的警告,却给他带来莫名其妙的疑虑。他知道日本特务在华北,几乎是无孔不入。美丰厚怎么会引起他们的注意?是生意做得太大,影响了他们的利益?还是有什么过节?他总也琢磨不透。

过了两天,三爷接到汾阳郝子润的一封信。主要说了两件事,第一件是玉珮生了个女儿,起名叫可可,母女平安,请父亲不必惦念。第二件是玉珮的姑姑身体越来越差,时有哮喘。请三爷有机会回来看看。

三爷见信沉思了很久,两件事都在预料之中。这两年只顾天津的事,对汾阳那边的确照料得少了。不过当前形势诡异难测,自己也难以脱身,觉得这事还是先放放再说。

三爷为米家修缮房子捎来的四百块大洋,已经捎到独流。精爷赶紧请工匠筹划修房的事。他打算把老房子和书场都翻新加固,今冬备料,来年开春就动工。

米家老大有德,到天津当了交通旅馆的茶房(服务员),家里的事指望不上他。老二有财,不抽烟、不喝酒、不惹事,就是干不了正经营生。在家除了吃饭,什么也不管,连有病的媳妇也不管不顾。秦氏一直在天津。米家所有的事都是精爷和大儿媳宫氏照料。

冬去春来,米家老宅修缮工程就要动工了。因为要掀掉祖上盖的房顶,精爷买了几挂鞭炮,让大锁、大春两个孙子在门前运河大堤上放了一通。为的是惊动一下先祖和各方神灵,保佑动土平安。

放过鞭炮就开工了。工匠们上房掀开正房屋顶,忽然发现大梁上绑着一条七尺多长的铁枪!大伙儿都觉得新鲜,赶紧让人去找精爷。这件事精爷不敢怠慢,叫上大儿媳妇宫氏,请上说书先生,一起来到现场。

精爷看着大梁上绑着的铁枪说:"这准是我们米家祖上把总爷使用过的兵刃。"

宫氏说:"当年咱家的老祖宗把它绑在房梁上,兴许就是为保佑子孙后代平平安安。"

说书先生说:"米家先辈这个举动,也许是藏枪明志。表明从此离开武林,洗手不再干动武伤人的事了。"

镇上的人们听说米家老宅房顶上拆出个铁枪,都来看热闹。给米家茶摊挑水的大羊挤过来问:"这杆枪有多少年了?"

说书先生说:"至少也得有二百多年。"

大羊惊讶地喊:"这就是神枪啊!"跪下就磕头。他这一来周围的人呼啦啦跪下一大片,都冲着房顶上的神枪磕头。

人们磕完头,精爷赶紧让房上的匠人把这条铁枪解下来,恭恭敬敬擦拭干净,挂上红布,立在自家院墙正中。请说书先生用红纸写上:"先祖神枪赐福后人,米精元率子孙某年某月某日供奉"贴在墙上。摆上供果,秉烛烧香,全家一起叩拜了一番。

米家老宅出了神枪这件事,在独流镇一传十、十传百。家家户户带着香烛供品,都到米家院里来给神枪磕头叩拜,求老把总在天之灵,保佑一方平安。米家老宅院一时成了独流镇男女老少求神护佑的胜地。

出了这么大的事，精爷停下修缮工程，备了些女儿喜欢吃的酥鱼、酱雁、糜子面枣饽饽，让大孙子大锁带上，坐船去天津给大桂和秦氏报信儿。

那天大锁从北大关下船，扛着东西走到英租界，天都黑了。好不容易找到崇德里，一家人都睡下了。大锁上前敲门，林妈出来问："谁呀？"

大锁说："林奶奶，我是大锁。"

林妈赶紧开门，蹑手蹑脚把他领进自己那间屋，就上楼去叫秦氏。听说孙子来了，秦氏赶紧穿衣裳下楼。

大桂也听见了，从客厅里屋出来问林妈："黑更半夜的，谁来了？"

林妈说："是独流的大锁。"

大桂走进林妈屋里，见到精爷让大锁带来那些吃的，就知道老爸多么想她，不由得眼睛一热，心里发酸。

林妈端来热好的饭菜和刚做的挂面汤。大锁一边吃着，就把家里房上扒出了老祖宗的铁枪，独流人都去院子里祭拜这些事说了一遍。

林妈说："怪不得三奶奶命这么好，这是祖上积的德呀。"

秦氏心想要不是闺女生了个小子，老米家连老房也扒不起。

大桂听说这件事，沉默了半天。觉得祖宗的铁枪在这个时候显现，也许真的是个预兆？为了三爷，为了还没满周岁的儿子，说什么也该带着孩子回去祭拜一趟。

当晚他把这事告诉了三爷。听说这件事，三爷也觉得蹊跷。大桂跟三爷商量，想带着孩子去一趟独流。

三爷想了想说："好在现在正是春暖花开，去一趟也好。别坐火车，带着孩子上车下车不方便，还是坐船去吧。"

第二天，大桂让大锁先回去报信儿，告诉父亲她带着三个孩子跟母亲、大红明天坐船去独流。

大桂自从结婚以后一直没回过家。七年了，独流家里变成什么样子？从一说回去，她的心就跑回了运河岸边。

大桂要回来了，这个消息很快就在独流传开了。当年的大桂，是独流街上最受待见的闺女。个子高高的，一双大眼睛，到哪家串门儿都是安安稳稳地听大人们说话，从来不插嘴，也不爱翻闲话。

人们都说大桂那孩子仁义，从小就惜老怜贫。看见有要饭的从门口过，就找块饽饽给人家。她出嫁那年，有的人就埋怨："这么好的闺女，为那几百块钱的彩礼，就嫁给个老头子。"

有人说："大桂嫁给阔人家，吃好的穿好的，在家不干活儿，出门儿坐洋车，有什么不好？难道在独流过苦日子就好？"

这么多年大桂一直没回来过，也引起不少猜疑。有人说："是不是大桂恨她们家，不愿意回来？"

这件事大桂自己最清楚。当初提亲说到几百块钱彩礼，爹娘就动了心。自己背着人哭过好几回。最后才横下心来嫁给比自己大三十多岁的男人。当时就想，今后再也不登这个门了。没想到结婚以后男人疼爱她、宠着她，婚后的生活这么好。

她心里渐渐平衡了，没了怨恨，没了自卑，盼的就是这种幸福生活能够长久地过下去。

这次临来之前，她特地给要好的姐妹买了不少布料、鞋面、洋袜子、绒花、玩具之类的礼物，还给爸爸、嫂子、弟妹和侄子们买了些吃的用的。这些东西加上她和孩子要换洗的衣服，整整裹了两大包袱。

北大关到独流是上水，船走得慢。一大早上船，到独流天都快黑了。木船停靠的码头，就在米家老宅后身。老早就有不少人在那里等着。船一靠岸，船家刚栓好缆绳，搭上跳板，前边的人下了船，大桂跟她娘才带着孩子们走出船舱。

大桂身穿黑呢子大衣，头上蒙着围巾，一露面儿就有人认出来。她们大声喊："大桂，大桂！"一齐拥到岸边。

看到来接她的乡亲们，大桂激动得热泪盈眶，连连挥手。

船上的旅客走完了，她们才下船。大桂走在前头，秦氏抱着刚几个月的成信，大红领着两个小表妹跟在后边。刚跑上船的大锁扛着两个包袱走在最后。

刚走下跳板，大桂就被接船的女人们围住了。七年没见了，有的拉着她，有的拽着她，眼圈儿都是红红的，簇拥着她向米家老宅走去。

米家老宅是运河岸边唯一的一座砖瓦房，比邻近的土坯房高出一截。大门朝东，进门迎面是一座镶着砖雕的影壁。拐进去是个大院子。坐北朝南一明两暗三间正房,两边各有一间耳房。眼下已经挑了房顶,显得挺凌乱。

对面的南房也是一明两暗三大间,老大有德住着。老二有财住的是西厢房一明一暗两小间。东边是一面墙,墙外是书场。这几年码头不兴旺,书场开不了张,米家茶摊儿还在那儿摆着。

老宅正房屋顶挑了,精爷就住到南房东屋,两个孙子跟他娘住西屋。大桂带着孩子回来,就安排她娘儿四个和大红住到宫氏屋里。秦氏跟两个孙子到爷爷屋里。

大伙儿簇拥着大桂进了院,直奔精爷住的那间屋。一进屋大桂赶紧让两个女儿给姥爷鞠躬。然后这个舅那个姨地叫了半天。人们夸奖两个孩子懂礼貌,又夸奖孩子长得好。说了会儿闲话,大桂就问:“咱家老祖的那条枪在哪儿?”

精爷说:“就在东墙那儿供着呢。”

大桂说:“我还是先拜拜老祖宗吧。”

大伙又簇拥着大桂走了出来。那条祖宗留下的老铁枪绑着红布,就在东墙根儿戳着。前面的供桌上已经摆了供果,点着蜡烛。供桌前放着一个崭新的蒲团。

大桂过去从供桌上拿起三柱香,在蜡烛上点燃,双手合十拜了几拜,把香插到香炉里。跪在蒲团上正想向老祖宗祷告几句,不料心里一发酸,眼泪止不住地往下流。她索性俯下身子,用头抵住蒲团,大声哭了起来。

在场的人们都被这个突如其来的举动惊呆了。大桂她娘抱着成信站在一边,心想别看她这几年过着舒心日子,心里的委屈谁知道呀!想到这里自己的眼圈也红了。

嫂子宫氏过去低声说:“给老祖宗哭几声就行了,别把奶憋回去。”

大桂慢慢止住哭声,磕了头,站起身来一边擦眼泪一边笑着说:“我也不知道怎么回事,一到家就没出息了。”

旁边的女人们说:“嫁出去的闺女头一次回娘家,都是这样,一进门不由得就想哭。”

大伙说说笑笑又簇拥着大桂回到屋里。

玉环、玉珍在屋里已经和这里的小伙伴们嘻嘻哈哈地玩到一块儿了。大桂从包袱里拿出带来的礼物,有的给孩子,有的给大人,满屋的人都喜笑颜开。

人们说:“带着孩子回来就够累的了,还捎这么些东西干嘛。”

又说了一阵闲话,嫂子宫氏说:“大伙儿都在这儿吃罢。”

这些女人才发现时候不早了,都说:“还得回家做饭呢。”站起身就往外走。大桂把她们送出门外,跟几个要好的姐妹约好,先去谁家,后去谁家,这才依依不舍地互相告别。

回到独流,大桂找回了昔日的乡情,很快就融入故乡姐妹的情谊里。这时她才觉得,只有回到家乡这块土地,自己才最自由。

当晚她去看有财媳妇,这个病怏怏的女人正在炕上躺着。看到大姑姐来看她,激动地眼含泪水,有气无力地说:“我没去接您老,心里正过意不去呢。您老看我这样子,什么时候算个好哇。”说着就哭了起来。

大桂本来就心软,见弟妹一哭自己也掉了泪。她拿出两块大洋,塞到有财媳妇枕头底下:“想吃点儿什么,就让有财给买吧。”

她把兄弟有财找来,耐心地跟他说:“你没什么手艺,不出去挣钱,在家帮着干点儿零碎活也就行了。可你成天在外头逛荡。媳妇病歪歪的,你不伺候。嫂子操持全家老小的吃穿,再给你伺候个病人,你过意得去嘛?”

大桂不是伶牙俐齿能说会道的人。平时说话不多,可是说出的话都很真挚。有财低下头听着,觉得挺惭愧。他也是二十来岁的人了,不呆不傻,就是从小让爹妈惯的游手好闲,除了听说书,什么也干不了。

按说出嫁的闺女几年没回家,跟父母有说不完的话。可是大桂觉得跟二老没什么可说的,倒是跟嫂子说起来没完。孩子们都睡了,她和嫂子回忆起这几年家里和天津的人和事,直到天快亮了才睡下。

第二天精爷看了皇历,当天就是黄道吉日。早晨让两个孙子又放了两挂鞭炮,请说书先生写了“庇佑子孙”四个字贴在铁枪上,张罗工匠们把这条铁枪仍按原样绑到大梁上。老宅的修缮工程就又开工了。

回到独流,大桂又成了在家里待不住的人。除了吃饭睡觉,给孩子喂奶,就去找要好的姐妹一家一家地串,老街坊家也都去看了。她发现乡亲们还像过去那样疼爱她,越串越觉得独流的乡亲们真好。

那天大桂最要好的大品来找大桂，悄悄跟她说：“你到我家来一趟，有个人要见你。”

她问：“谁要见我？”

大品说：“人家说你救过他的命。”

大桂还想再问，大品拉着她就走：“到家你就知道了。”

来到大品家，一进屋有个小伙子“扑通”一声跪在她面前，流着泪说：“大姑，恩人，我早就想见您老啊。”说着就磕了几个头。

大桂不认识这个人，但看着面熟。赶忙搀起他来问：“你是谁？我没见过你，怎么成了你的救命恩人？”

小伙子站起来她才看清楚，这个人中等身材，细眉大眼，长得挺清秀，好像就是那天在小白楼绊倒瑞祥的那个人。小伙子见大桂正在疑惑，就说：“我叫张金锁，那年您老不是到拘留所给我送过吃的嘛。”

大品说：“他是我远房侄子，总说要不是你，他早饿死了！”

提起这件事，大桂才想起当年在拘留所看见的那个蓬头垢面的孩子。她笑着说：“那天别看我壮着胆子进去，临出来我吓得心嗵嗵直跳。”

小伙子泪眼汪汪地说：“没有您老救我，我的命早就没了。”

大品出去沏茶，张金锁告诉大桂，那年他十二岁，父母死了，就跑到天津流浪。一个道儿上的大哥收留了他。那次就是因为给大哥挡事被抓住的。大桂救他的事，回去就跟大哥说了。大哥告诉他，这位大姑的救命之恩，你可要报一辈子。

他说大姑嫁到天津，他一直暗地里跟着，特别想跟大姑见上一面。听到这里，大桂不由得大吃一惊，心想这孩子九年前十二岁，今年也有二十一了。他暗地里跟了我好几年，怎么我就没觉出来呢。

大桂忽然想起一件事，就问：“那年大年初一，在宫北吉祥胡同我们家门口有人打架，有个独流口音的，那是你吗？”

金锁点了点头。

大桂又问：“在小白楼帮我们的也是你？”

金锁又点了点头。

大桂这才问：“你找我有什么事？”

金锁低着头说：“我就想让您认下我这个侄子，叫您一声大姑。”

大桂说:“我姓米你姓张,叫大姑听着不顺,就叫我表姑吧。”

金锁激动得再次跪下给大桂磕头,刚叫了一声:“表姑!”眼泪又扑簌簌地掉了下来。

他从小失去父母,孤身一人在外流浪。有几家亲戚也不敢沾他。自从那次出事以后,大桂就成了他心目中最亲近的人。

他发誓要报答这位恩人一辈子。一直期盼着能让大桂认他当侄子。这个想法过去只是一厢情愿。今天这么痛快就认下他,多年的宿愿实现了,今后可以和自己的恩人明来明去地走动了,他怎么能不激动呢。

大桂把金锁扶起来,大品提着茶壶也进来了。一看两个人的样子就冲金锁说:“把你认下了吧。”

大桂说:“我当他表姑吧。”

大品说:“表姑也是姑,往后我的孩子们也叫你表姑。今天在我这儿吃一顿认亲的饺子吧。”

大桂说:“我还得回去喂孩子呢。”

大品说:“把小秃子抱过来不就结了。”说罢又风风火火地跑了出去。

大品刚出门,金锁从怀里掏出个纸包,双手递给大桂说:“这是我这几年攒的一点心意,就是想孝敬您老的。”

大桂打开看是两根金条。她说:“我现在的日子你也知道,还用不着这个。收起来吧,你攒点儿钱也不容易,留着你成家立业用吧。”

金锁听大桂这么说,没再强求,又把纸包重新包好,揣在自己身上。这也是道儿上规矩,长辈怎么说就怎么办,绝对服从。他说:“往后您老有事,就吩咐吧。”

第四十七章

大桂见金锁说到这儿，想了想说："三爷在海河码头做生意很不容易，这你准知道。一家人安安稳稳过日子，还得靠大伙儿关照。能保平安最好，出了事能帮我一把，就是我们全家的万幸。"

金锁说："这是我的事，您老就放心吧。"

大品抱来成信，两个人该说的话已经说完了。她俩在大品家吃了顿饺子。临走，大桂问他："我要有事怎么找你？"

这件事可难住了张金锁。按道上的规矩，他这种人怎么联络，是不能对外人说的。他想了半天："您老去首善街电灯房，跟张掌柜透个信儿就行，千万别说要找我。"

大桂点了点头。

大桂和孩子不在家，三爷每天都在美丰厚货栈的几个工地上转。修油库的时候，三爷在前前后后看了看，又出西门到墙根儿看了看，回来跟陈昆说："眼下形势这么乱，咱也得留个后路。你看，半地下的油库，离外墙这么近，要从里边挖个暗道……"

陈昆点头说："明白了。"

从那天起，陈昆和庞二每天夜间自己动手，在半地下油库靠墙的一侧，挖了一条通向墙外的暗道。油库里的暗道口，平时用工具柜堵着，墙外的出口盖了个井盖。这条暗道只有三爷、陈昆和庞二知道。

大桂在娘家住了几天，天天都和当年要好的姐妹们在一起说说笑笑，也听到不少自己从来没听说过的事。有的姐妹告诉她，东北的地盘都让日本人占了，天津附近也驻扎了不少日本兵，说不定哪天就打进天津。

有的告诉她，如今的天下可不太平。政府的中央军跟共产党的红军正在南边打仗。红军枪炮不如中央军的好，打起仗来就像孙悟空七十二变，中央军也没办法。还有的说，听说天津也有共产党在暗地里活动。

听到这些消息，大桂心里不由得有了顾虑。想到自己出来五天了，三爷在家还不定怎么惦记呢。当晚就跟精爷说好，让母亲留下，嫂子宫氏和大红跟她回去。也没惊动外人，第二天一早就坐船返回天津。

三爷这些天确实不放心。在天津成家七年，大人孩子一天也没离开过。儿子成信才几个月，尽管很皮实，在外边时间长了会不会闹病？每天回到家，一个人就胡思乱想，睡觉也不踏实。那天下班回家推开大门，大桂娘儿几个已经回来了。

两个闺女见到爸爸，喊叫着扑过来跟爸爸亲热。儿子见到他也是笑嘻嘻地张开两只小手，想让他抱抱。三爷这时真是心花怒放。对于一个年近花甲的人，哪有比见到自己的妻子儿女更舒心的事呢？

大桂跟三爷说起在独流听到的那些事，三爷说："这几十年国家就总也没安定过。日本人占了东三省，下一步就要占华北。共产党跟国民党也是打起来没完，说不定哪天还要出大乱子。咱把家搬到租界里，就是为躲避战乱。你就别为这些事担心了。"

听三爷一说，大桂放了心。可她说的这些事，倒勾起三爷的心思。国家不太平，可是货栈每天进货出货，还是忙得不行，来存贵重货物的还越来越多。薛继承、陈昆这些年轻人干得都不错。一旦打起来，美丰厚还是难免一场灾难。

他想起那天日本人山口透露的消息，心里真有点儿不寒而栗。

1935年，正是中国乌云压顶，大难将至的年头。日本人依仗《塘沽协定》占领了东北，又以政府援助了在冀东活动的义勇军为借口，逼迫国民政府签订《何梅协定》，拱手让出整个华北。侵华日军步步紧逼，国民政府步步退让，却在当时的天津营造了一种虚假的太平景象。

这一年天津海河码头进出口生意异常火爆。离美丰厚货栈不远的怡和码头，货物堆积如山。美丰厚的几项工程都竣工了。进出货场的车辆挤在一起，搬运工加班加点也忙不过来。三爷每天到货栈，就是指点薛继承处理这些业务。

时局有变，冯玉祥将军在汾阳开办的抗日青年训练班，搬到后方城市西安。玉珮的丈夫，负责组织和教学工作的崔德珍教官，为照顾妻子女儿暂时留了下来。没过几个月，各地热血青年去西安报名参加青训班的越来越多，来电报催崔教官赶快过去。

这时玉珮的女儿可可刚满周岁，又怀上的孩子已经好几个月了。

夫妻俩几经商讨，崔德珍还是决定赶紧去西安。临行前到上房向病倒在炕上的姑姑辞行。

桂兰姑姑从炕席底下摸出一张纸。"这是寿阳苗姑的地址。你走之前给她写封信，就说我请她赶紧来。"

崔德珍点头答应，写信发出没几天，苗就来了。

苗从小就和桂兰亲如姐妹，这几年每年清明回汾阳扫墓，都要来养济巷看看她和子和的两个孩子。这次苗一进门，见桂兰面黄肌瘦，憔悴地躺在炕上，就说："哎呀！你怎么病成这样了！"

桂兰有气无力地说："我就知道你准来。玉珮要生了，我也不行了。这个没娘的孩子，从小一直跟着我。她像她娘那么要强，生头一个孩子她男人在这儿，我也给她搭把手。生这个孩子身边没人哪行啊！"

苗问："跟他爸爸说了吗？"

桂兰说："这么多年我也没给子和写过信。我知道他忙。那么大的摊子就够他操心的了。再说他在天津成了家，哪顾得过来？"

苗说："他对珮珮还是亲，哪回见面都问她。"

桂兰喘了口气说："是啊，在他眼里珮珮就是彩芹的影子。我知道，他在天津的婚事是你做的主，人也是你看中的。他对谁都好。对我婆家也照顾了几十年，可这一家也没个会办事的。你是他最靠得住的人，我叫你来，就是想把他的事都靠给你。"

苗说："有什么事，你就说吧。"

桂兰说："我后事就让刘家来人办，玉珮快生了，成礼也得有人管，这些事我就都托付给你了。我想跟你说的，就是这些。"

苗说："玉珮生孩子我管。你要有个三长两短，我就给子和打电报，叫他赶紧来。"

桂兰气喘吁吁地说："不能告诉他！这些年什么事我都咬牙挺着，就是不想牵扯他。他终究有自己的儿子了。刚舒心，别拿这些事缠他。他拿钱供养我们，雇了两个佣人伺候着，还让郝子润隔三差五地来看我们。临走再牵扯他,心里实在过意不去。”

苗擦了擦眼泪:“你也不能光想走。我盯着玉珮生孩子。你该吃药就吃药,别胡思乱想,好好养着。我吃点儿东西就去看玉珮。”

桂兰的嘴角动了动,笑了笑,就闭上了眼睛。

成信满周岁了。过生日那天,三奶奶只请了寇奶奶和几个经常来往的近亲,来看孩子“抓周”。

“抓周”是流传已久的民间习俗。孩子周岁那天,只有近亲来,也不送大礼,仅给孩子买些糕点或玩具。但初次见面的长辈,要用线拴上钱币,给孩子套在脖子上,这叫“挂线”。

抓周仪式通常是在中午吃饭之前进行。事先在炕上或桌子上摆好印章、书,笔、墨、纸、砚、算盘、钱币、吃食、玩具之类。要是女孩,还得摆上铲子、勺子、剪子、尺子、绣花线、花样儿等。

大人把过周岁的孩子抱来,让他任意抓。先抓什么,就意味着这孩子的前途志趣是什么。先抓印章,就是有官运;先抓书本儿,就是知书达理;先抓算盘,就是善于理财。反正都是吉祥话。即便先抓吃的,也不说“贪吃”,而是长大必有口福。

大桂在桌子上摆好东西,抱着成信让他抓。这孩子上去就把算盘抄起来。亲戚们说:“看哪,小秃子长大准跟三爷一样,会做买卖,能发大财。”

这一抓也让三爷笑逐颜开。高兴地把成信抱起来说:“你这小子,天生就是我儿子呀。”

这年冬天,大桂的日子过得恬静平淡,愉快舒适。过大年也是既红火又不嘈杂,特别适合三爷的性格。节后三爷还是每天到美丰厚上班。不过需要他亲自出面料理的事情,已经不多了。

一天早晨,三爷到了美丰厚,刚在经理室坐下,庞二送来一封电报。打开一看,上边只有“桂兰殁珮生子速归”这几个字。这个消息让三爷大吃一惊。他责怪自己,光顾过清闲日子,竟把在汾阳为他操劳的姐姐和女儿忽略了。

自从他把两个孩子托付给姐姐,这些年心里一直牵挂着她们。一再嘱咐郝子润,让姐姐和两个孩子日子过得富裕些。让他经常去看看,可自己这几年也没去过。悲痛和自责让他非常难过。

回到家大桂看出三爷有心事。晚上孩子们都睡了。这才问他:“又遇上什么事了?”

三爷低声说:“桂兰姐去世了,玉珮又生了第二胎。”

大桂不由得一愣,赶紧问:“汾阳来电报啦?”

三爷点了点头。

大桂看着三爷的脸色又问:“你打算回去?”

三爷点了点头说:“姐姐走了,玉珮又生了,真不知道他们该怎么办,家里的房子该怎么安置。”

别看大桂平时大大咧咧,遇上事一点儿也不含糊。见三爷想回去一趟。她赶忙穿鞋下地,坐在丈夫身边说:“我跟你去吧,你一个人去怎么行?”

三爷说:“我是想让你一块儿回去,就怕孩子受不了。”

大桂知道三爷是心疼儿子。这么远,路上要走四五天,还要倒几次车。刚一周岁的孩子,哪能受得了这么折腾?她想了想说:“把成信放在家里让我娘看着。这孩子结实,喂几天奶粉也能过得去。”

三爷见大桂说得非常恳切,觉得她这么替自己着想,心里热乎乎的。跟大桂说:“就这么办,把小秃子留下,带两个闺女回去。明天我去跟刘大爷说一声。”

刘寿兰听说三爷老家姐姐去世,女儿又生孩子,家里有不少事等着他处理,想了想说:“好在薛继承把货栈的日常业务都接过去了,你走几天也不会受太大影响。亲自回去一趟也好。反正老家这些事早晚也得办。”

他问三爷:“这次回去得几天?”

三爷想了想:“连去带回,有十天就够了。”

刘寿兰说:“好不容易回去一趟,要办的事也不少。还是要把事情办妥当。别急着往回赶。货栈的事,我也常去看看,你就放心去吧。”

忽然又问:“你一个人去?”

三爷说:“大桂也要跟我去。”

刘寿兰猛地拍了一下大腿:“我这个老妹子真够义气。她要是早生几年,准是响当当的一条汉子。让庞二跟着去吧,办事还多个帮手。”

又说了些闲话,三爷就告辞返回货栈。坐在车上,三爷想起刘大爷刚才说的那句话挺有道理。大桂脑子聪明，遇事有主意，也有股闯劲儿，要挑起家里这副担子，自己也就省心了。往后有些事，就得让她管起来。

大桂跟母亲说了山西发生的事，秦氏也觉得三爷遇上这样的事，她跟着回去是应该的。说到要把成信留在家里，秦氏连连摇头，说什么也不肯答应。

秦氏说："成信是三爷的心肝宝贝，刚过周岁正是难带的时候，出点儿毛病，怎么向三爷交代？"

大桂说："这也是三爷的主意。我把两个闺女带走，家里还有林妈和大红，九姑也回来照顾您，十来天怎么也好对付。"

好说歹说，她娘才答应下来。

秦氏答应了，大桂又有点儿嘀咕。时局不稳，市面也不平静。说好请九姑回来住，还得找个人才行。她想到金锁，站起身来就往外走。

找到首善街卖电器的电灯房，老远就看见柜台后边坐着个胖子。她进去壮着胆故意大声说："张掌柜，买俩灯泡。"

胖子赶紧站起来说："三奶奶来啦。"

大桂心想，从来不认识，他这么打招呼，肯定就是张掌柜。

张掌柜的走出柜台，大桂说："过两天我跟三爷出趟远门儿，家里就留下老太太看着孩子。没个年轻的，买两个灯泡儿预备着，省得憋了没人出来买。"

张掌柜说："家里有事您说话，我这儿去人。"

大桂付了灯泡钱，没说什么就回了家。第二天上午金锁果然来了。进门就问："表姑有嘛事？"

大桂说："我跟三爷要出门儿，家里就留下姥姥、大红带着小秃子，你抽空来看看，家里别出事。"

金锁听说是这个事，满口答应说："表姑您放心，我天天来帮着姥姥看家。"

秦氏见大桂吩咐金锁，把要办的事交代得头头是道。心想，大桂这孩子平时就知道玩儿，哪儿学来的这些道道？就凭她刚才说的这些话，就比老米家的男人强得多。

三爷在美丰厚把货栈的事交代完，在一张纸上写了"不日携眷回汾，烦择便处安顿"这几个字，又写了地址，让庞二去给汾阳郝子润发电报。又给永源和贾掌柜打了招呼。

两头的事都安排好，回到家大桂已经把给孩子带的衣服吃食，给玉珮、成礼和几家亲戚带的礼物，都准备好了。三爷见她想的这么周到，自己心里也踏实多了。

姑姑过世那天，玉珮悲痛着急，当天就腹痛不已有了临产的迹象。苗既要给桂兰擦洗装殓，又赶紧让人把二院西厢房打扫干净，铺好被褥把住在上房东屋的玉珮抬过去，请来接生婆盯着临产的玉珮，忙了整整一天。装殓了桂兰，还照顾着玉珮顺利地生下个男孩儿。

桂兰的儿子天佑和刘家的人也来了，就是插不上手。只顾哭，什么忙也帮不了。

过了两天三爷就到了汾阳。郝子润把三爷一家接到在北门街临时租用的住处。这里是一明两暗三间房，郝掌柜让伙计打扫干净，备好被褥家什，还雇了厨师和女佣人。

一家人安顿好，吃了早饭三爷问："这两天那边怎么样？"

郝子润说："多亏有苗姑帮着张罗，大体都安顿好了。"

三爷挺奇怪："苗姑来了？"

郝掌柜说："是玉珮她姑姑临走写信叫来的。姑姑刚走，玉珮就生了。还是个男孩儿。等我赶到，苗姑把这两档事都办完了。"

三爷问："苗姑还在吗？"

郝子润说："苗姑跟玉珮都等着您回来呢。"

三爷问："刘家没来人？"

郝掌柜说："来了。什么忙也帮不上，就都回去了。"

大桂听说苗姐在这儿，当天上午换了一身素服，孩子也穿上黑衣裳，就要跟三爷一起去养济巷。

三爷告诉庞二："这些事你插不上手，就在屋里歇着吧。"

郝掌柜前去报了信儿。三爷带着一家人走进养济巷，一进自家大门，成礼身穿重孝迎了出来。见到父亲就跪下磕头，三爷这时已是泪流满面，泣不成声了。

进了里院才看到上房堂屋门框上挂着白布。姐姐的灵柩停在堂屋正中。大桂走进屋里,先让两个孩子跪在灵前磕了头。自己过去拿起黄纸钱,在蜡烛上点着放进灰盆,跪下磕了三个头,轻声说:“姐姐,我们送你来啦。”说罢就哭了起来。

大桂想的是这位姐姐为子和操心受累这么多年,任劳任怨真不容易。屋子里的人都被大桂的哭声感动了。

这几天苗就睡在上房东屋。三爷进去跟苗打了个招呼,躺在炕上不住地流泪,不一会儿竟睡着了。苗轻轻地给三爷盖上被子,让成礼带着两个妹妹去院子里玩。拉着大桂走出上房,指了指二院说:“你去看看玉珮,我到厨房让给子和熬点儿参汤。”

玉珮在二院也听到了哭声。她觉得这个只比自己大几岁的继母,不像大城市有些人那样虚情假意。正想着,一身素服的大桂走了进来。见坐在炕上的玉珮脸色煞白,脱口就说:“你的脸怎么这么苍白?”

玉珮含着泪说:“我刚生孩子才五天!”

大桂看见炕上包着的婴儿,瘦瘦的,哭声也不大,觉得真怪可怜的,就问:“奶下来了吗?”

玉珮说:“没下来,我正着急呢。”

大桂上炕解开衣襟,抱起孩子就把自己的奶头送到他嘴里。饥饿的婴儿叼住奶头大口大口地吮吸。大桂说:“你看,他吃上奶就有精神了,还瞪我呢。”

玉珮看着她,感动的眼泪流了下来。

第四十八章

刘四听说美丰厚成三爷带着家眷去了山西，把两个道儿上的朋友约到小酒馆儿，端起酒杯说："喝，咱哥儿仨老没喝了。喝、喝。"

坐在他对面一胖一瘦两个人互相使了个眼色。胖点儿的说："四爷，我们知道您的酒可不是好喝的。有嘛话您就说。"

刘四放下酒杯说："痛快。老哥哥我找你俩，就是有事。有个肥活儿，干吗？"

瘦点儿的问："嘛肥活儿？您说清楚。"

刘四神秘地小声问："美丰厚，知道吧？"

胖点儿的喝了一口，不屑地说："美丰厚货栈？就凭您，想打美丰厚的主意？得了吧。这酒咱别喝了。美丰厚黑白两道儿都有人，连码头上吃口儿的都跟人家有连连，就凭咱能动得了人家！"

刘四不慌不忙地看着他俩："我也没说要动美丰厚啊？"

瘦点儿的说："您别说动，跟美丰厚沾边儿的，我们也不干。"

胖点儿的却动了心："四爷，您说的是嘛活儿？"

刘四不动神色："咱动动美丰厚掌柜的。"

胖点儿的瞪大眼睛："成三爷？美丰厚掌柜的不就是成三爷吗！别说租界，连河东秦爷提起这位都挑大拇哥。"

刘四见这两位哥们儿提起美丰厚、成三爷就发憷，这才说："成三爷带着家眷出门儿了，千真万确，我亲眼所见，今天早晨一家人带着包袱去了火车站，家里就剩下丈母娘跟老妈子。"

瘦点儿问："您想让我们哥儿俩，动动？"

刘四凑过来："不大动，就敛点儿浮财。那种人家，去划拉划拉，人不知鬼不觉，就够你俩花几个月的。"

瘦点儿的问："您有谱儿嘛？今儿是多暂？大月亮地儿，能干活儿吗？"

刘四看着他："不是说动就动，咱这不是商量嘛。"

胖点儿的摇着头："过两天咱倒商量好了，人家也回来了。"

刘四说:“这盘子我踩了两回。不放心,你们自个儿踩踩。地方太合适了,简直就跟白捡一样。要动,门牌告诉你们,路我带,东西我给出手,钱四六开,我拿四。你们琢磨琢磨。喝、喝。”

胖点儿的兴奋地拿起酒杯:“喝!”

九姑下班把客房收拾了一遍,天就快黑了。她惦着三爷家里的事,走进崇德里,见有个瘦子挑着菜担子,不吆喝卖菜,在胡同里挨家挨户看门牌。九姑放慢脚步,那个人走到三爷门口,看着门牌停了停。

九姑过去问:“你找谁?”

瘦子说:“不,不找人。我是卖菜的,卖菜的。”

说着赶紧转身走了。

九姑看着他的背影,心想就凭他走起来那个飘劲儿,就不是卖菜的!叫开门,林妈说:“九姑回来了。”

九姑问:“姥姥睡了吗?”

林妈说:“没睡,在楼上哄小少爷呢。”

九姑什么也没说就上了楼。

三爷让郝掌柜找人挑个日子,想早点儿把姐姐的后事办了。当天下午,郝掌柜回来说:“请阴阳先生算过了,明天过头七,后天就是吉日。”三爷朝院子里喊:“成礼!”

成礼进来问:“爸爸,您叫我?”

三爷说:“去你姑姑家把天佑叫来。”

不大会儿天佑来了,见了三爷就磕头,哭着说:“舅舅,我不知道您回来了。”

三爷说:“你妈的后事,我跟郝掌柜商量了,后天出殡,你看行吗?”

天佑说:“您定吧,哪天都行。”

三爷说:“这事我也就管到这儿了。后天你带着刘家的人把你妈的棂柩送到你们刘家坟地。该怎么办就怎么办,所有开销找郝掌柜就行。玉珮刚生了孩子,我跟你妗子还得照应她。我挺累的,就不去送你妈了。”

天佑说:“您这么远回来,就把我妈的后事办妥了,我们全家都谢谢您。

后天您就别去了。您这边家里有什么事，就让郝掌柜找我。我随叫随到。”

天佑走了，苗说：“你姐姐托付我该办的事，我都办了。家里一大堆事还等着我呢。我不等她出殡了，明天一早我就回去吧。”

三爷眼圈儿一红，点了点头。跟郝掌柜说：“办点儿汾阳特产，明天送苗姑回去。”

苗说：“庞二在这儿也没事，跟我去寿阳看看吧。七宝也挺想他的。临走捎个信儿，让他回来接你们。”

三爷说：“行，他是你们夏家的女婿，就让他去吧。”

大桂一直忙着照顾玉珮。招呼佣人张嫂煮鸡蛋，熬鱼汤，好给玉珮补身子。

当年山西女人生孩子，只让喝米汤。别说鸡蛋，连馒头之类的主食都不能吃。玉珮是读过书的知识女性，知道外地妇女坐月子，都是吃鸡蛋补身子，喝鱼汤催奶。可是家里没人敢破这个规矩，自己也没办法。继母这样张罗，她真是感激不尽。

其实成信还没断奶，为了怕出来这些天把奶憋回去，大桂还带了吸奶器，每天吸几次。忙着给玉珮催奶，倒把给自己吸奶的事忘了。听到屋里孩子哭，她进来说：“我再喂喂他吧。”说着又上炕让孩子吃起来。

玉珮从来没见过这么爽快的女人。看着自己的孩子贪恋地吸吮着人家的奶汁，她搭讪着问：“我小弟弟还没断奶？”

大桂说：“没有。你爸爸不让断，说多吃几年妈妈的奶，长得结实。”这时她才想起来问：“你这俩孩子叫什么？”

玉珮说：“大的叫可可，小的叫又可。”

大桂说：“你们有文化的人，起的名字就是好听。她爸爸呢？”

玉珮说：“她爸爸叫崔德珍，是西北军官学校的教官。学校迁到西安了，前几天他也去了。要不是为生这个孩子，我也得跟着去。坐完月子我就找他去。”

大桂想起刚才看见东房堂屋挂着一张大相片，不知道是谁，就问：“对面屋里是谁的大相片？”

玉珮说：“那就是冯玉祥将军。冯将军是主张抗日的爱国将领。我们都跟着他一起抗日。”

听着这些似懂非懂的话，大桂心想，还是人家念过书的人有见识，日本鬼子进了中国，总不把他打出去，早晚也是祸害。反正抗日的是好人，不让抗日的就是孬种。可是一个女人带着俩孩子，也能抗日吗？她没想明白，也没再往下问。

母亲的丧事，刘天佑还是请郝子润当主管。找杠房、请执事、雇吹鼓手、安排扎纸活之类的事情，都由他全权办理。碍于三爷的情面，郝掌柜也没推辞。

三爷毕竟是快六十的人了，从下火车到现在还没休息，真觉得有点儿累。他不便进玉珮屋里，就把姐姐丧事的准备，让大桂跟她说了一遍。嘱咐女儿养好身体要紧，这些事就不用管了。

玉珮见父亲到家就亲自操持这些事，也很心疼。尽管以往心里有些疙瘩，也让父亲和继母的行为融化了。眼圈红红地对大桂说：“路上走了好几天，事情也都安排了，您二老也歇歇吧。”

大桂又嘱咐了玉珮几句，这才和三爷叫上孩子，回到北门街临时住处。草草地洗了脸，吃了晚饭，三爷躺下就睡了。一连几天没睡过一宿囫囵觉，老爷子也实在太累了。

第二天一早，苗叫上庞二回了寿阳。

太阳升得老高三爷还没睡醒。两个孩子也还在睡。大桂悄悄起来，到厨房告诉先别忙开饭。她想，自从和三爷结婚，他一年到头都是天不亮就起床，从来没睡过懒觉。今天这是太累了，还是前半夜就没睡着？

她坐在屋里回想昨天的事。从下火车坐上驴拉的轿车，就觉得新鲜。这里的驴和车都比天津小一号。走起来倒很平稳。成家的院子也真够大。前后三进院子，还有三个跨院。那么多空房怎么没人住呢？她又想到玉珮，住这么大的院子，守着那么些空房，这种日子真没多大劲。

正在胡思乱想，三爷起来了。大桂赶紧叫醒两个孩子，穿好衣裳，洗脸漱口之后，已经到中午了。她问三爷：“歇过来了吗？”

三爷说：“还可以。”吃饭的时候，三爷问玉珮跟她都说了些什么。大桂就把玉珮想去西安找丈夫的事，跟三爷说了。

三爷没说什么，觉得女儿有骨气，有主意，是好样儿的。又问："她没说把成礼怎么安排？"

大桂摇了摇头。

玉环插嘴说："成礼哥哥可好啦，让他跟咱们一块儿回去吧。"大桂瞪了她一眼，吓得她低下头，再也不敢插嘴了。

午休以后，郝子润来看三爷。说该办的事都安排好了。有位做土产生意的马掌柜，想来拜访。

三爷问："有什么事？"

郝掌柜说："他经营核桃、甘草这类本地特产，想打听能不能帮他出口。"

三爷问："他在哪儿？"

郝掌柜说："就在外头等着呢。"

三爷让赶快把客人请到堂屋。马掌柜三十来岁，一表人才，是汾阳城里的富家子弟。他在天津钱庄学徒出师，回来顶门立户，在汾阳商界也是头面人物。

谈起出口的事，三爷说："眼下尽管时局不稳，出口生意倒挺火爆。有山货要出口，可以把东西发到天津，由美丰厚代办。"

马掌柜说："当地出口，税大的没谱。想请三爷帮着找个税轻的地方走货。"

三爷说："可以把货送到寿阳，找夏记山货庄给你发。那里的税少。从他那儿走火车托运也挺合算。"

马掌柜听了连连点头，心想，都说成三爷为人仗义，今天一见，果然名不虚传。

这天是桂兰的头七。旧日风俗，人死七天是个祭日。亲戚和邻居家的女眷都来烧纸。吊祭时天佑跪在棂旁，成礼跟两个妹妹跪在那儿陪祭，大桂也在一旁站着。

吊祭之后，女眷们都和大桂打招呼。大桂那年二十五岁，不施脂粉脸上也是容光焕发。漆黑的头发盘在脑后。修长的身材，穿着一件深灰色夹绒旗袍，腰间系着一条白布孝带。脚下是灰缎子便鞋。虽然一身素服，看上去典雅大方，非常得体。

这些汾阳女人第一次见天津来的阔太太，觉得光是穿着打扮就让她们羡慕不已。腰里系的那条孝带，显示出人家甘当晚辈，很懂事理。大桂待人热情厚道，言谈话语都觉得特别亲切。

听说玉珮正在二院儿坐月子，来吊祭的女眷都去看她。这时玉珮的心情好多了。见了谁都说父亲对姑姑的后事多么上心，继母如何照顾她，来了就给孩子喂奶，还给她煮鸡蛋、熬鱼汤催奶。这些女人听了感动不已，都说："三爷真是找了个好婆姨。"

刘四找来的两个毛贼，踩清楚三爷出了远门儿，铁了心要到成家找便宜。那天夜里，这俩人来到崇德里成家门前，胖点儿的靠墙站着望风，瘦点儿的掏出家什，轻轻拨动门闩。

刘四躲在不远处的黑影里，看着他俩。

大桂出门儿这几天，秦氏总是整宿睡不着觉。忽然听到外边有动静，轻轻把屋门打开，披着衣裳蹑手蹑脚来到楼道。黑影里看见九姑正站在窗户那儿往下看呢。

九姑回头小声问："您也起来了？"

秦氏吓得浑身哆嗦："我睡不着啊，听见下边有动静，像是有人弄咱的大门。要进来可怎么办哪。"

九姑说："您别害怕，有我呢。三爷的东西都在楼下，人进来也不能让他进客厅。"

秦氏着急地说："可孩子在楼上啊！"

这时大门被推开了，两个人影一前一后进了院子。九姑进屋拿出来个瓷碗，放在窗台上用手一压，没出声音瓷碗就成了碎片儿。她把一个瓷片捏在手里。

秦氏哆里哆嗦地看着她，不知道九姑想干什么。

进来的两个人站在院子里四处踅摸。

九姑轻轻推开楼道窗户，刚要往出伸手，忽然有个黑影一闪，悄无声息地飘落在阳台上。九姑一怔，黑影举起两个拳头在胸前交叉，向她示意是自己人。

九姑过去打开通向阳台的门，黑影闪身进了楼道。秦氏一看，是金锁。

秦氏压低声音说："九姑，这是独流的金锁。"又对金锁悄悄说："你来得正好，可别让他们祸害咱。"

金锁看见窗台的瓷片儿，小声说："九姑，我听说过您。这是俩溜门撬锁的下三路，我下去收拾他们。"

九姑说："这俩人我盯他们几天了。我办他们，你守着姥姥跟小秃子，要不老人不放心。"

说话间那个瘦点儿的，已经要动手撬客厅的门了。九姑伸手一抖，就听楼下哎呦一声，瘦点儿的捂着屁股倒在地下。

胖点儿的过来刚要扶他，九姑早已拿起瓷片儿，又一抖手，胖点儿的屁股也被打中，疼得他嚎了一声倒在地下。

后边儿跟着的刘四，见这俩人突然倒地，转身撒腿就跑。

九姑走上阳台纵身一跳，把秦氏吓得赶紧转过身去。扭头再看，人已经飘然落地。

金锁搀着秦氏说："奶奶，下边没事了，您回去歇着吧。"

九姑走到这俩毛贼身边，也没说话，一手一个把他俩往门外一扔，关上大门，插好门闩，蹿上门垛跳出去。好在是夜间，胡同里一个人也没有。

九姑提着他俩出了胡同，一直提到海河岸边才把这俩毛贼放下。自己坐在拴缆绳的铁墩上，脸冲着滔滔的海河："说吧，你们下三路有不该去的地方，知道吗？"

瘦点儿的跪在地上，战战兢兢地说："知道，这一家就不该去。"

九姑也不看着他："为什么？"

瘦点儿的说："家主仗义。我师爷秦爷都佩服人家。"

九姑瞪着眼问："那你俩是吃了豹子胆啦？"

胖点儿的跪在那儿说："是吃了迷魂药了。"

九姑问："是谁？"

胖点儿的说："刘四。"

九姑冲着他俩啐了一口："呸！拉皮条的下三烂，你们也听？再说说，你俩今儿个犯的是谁？"

瘦点儿的："美丰厚成三爷。"

九姑愤怒地指着他："成三爷你们也敢动！怎么办？身上卸点儿什么？"

胖点儿的吓得不住地磕头作揖:“姑奶奶饶命吧。我们就是想掠点儿零碎儿。您千万别废了我。一家老小还指着我呢。”

瘦点儿的也磕头作揖:“姑奶奶,您教训教训我俩。怎么教训都行,千万别废我们呐。”

九姑一字一句地说:“你们记住,这一辈子不管什么时候,遇上美丰厚的事,成三爷的事,不管怎么样都得给我顺过来。你们干下三路我不管,犯了我说的,别怪你姑奶奶不客气,就是秦爷也饶不了你们!”

两个毛贼不住地说:“姑奶奶,我们记住了,记住了。”

九姑大声说:“趴下!”

两个毛贼不知道九姑要怎么收拾他,吓得眼巴巴地盯着九姑。

九姑摆摆手,没说话。两个毛贼赶紧爬下。九姑弯腰用手按住胖点儿的屁股,叉开手指露出伤处。另一只手猛地一拍,扑的一声,一块瓷片儿带着血飞了出来,落在地下。

胖点儿的翻过身来就给九姑磕头:“姑奶奶,您就是活菩萨呀!”

九姑转身又给瘦点儿的把瓷片儿起出来。

俩毛贼爬起来又磕头作揖:“姑奶奶,您真是活菩萨呀,您真是活菩萨呀!”

他俩不住地磕头作揖。直到听不见声音了,抬起头看,对面的女人早已无影无踪。

郝掌柜为韩桂兰筹办的丧事,确实风光体面。尽管三爷不信佛不信教,桂兰也不讲究这些,出殡时依然是前面鸣锣开道,接着是两排执事和纸扎的金山银山、童男童女。后面的吹鼓手引着身穿重孝的天佑,提着哭丧棒走在灵柩前头。

灵柩随后出了城门,坟地里下葬的穴位早已准备好了。葬礼不到半天就顺利完成。

三爷那天上午躺在屋里,心里非常悲痛。从他九岁遇到这位姐姐,几十年来一直默默地疼爱他、支持他。尤其是这些年桂兰把自己的两个孩子从小抚养大,操心受累,真是无法报答。如今自己把她的后事办完,也算为她尽了一份心。

吃过早饭,大桂问三爷:“你歇过来了吗?”

三爷说:“睡了一宿,歇了一上午,好多了。”

大桂说:“我想去看看玉珮。孩子那么小,又没奶吃,真够可怜的。”

三爷说:“好,咱就看看去。”

一家人沿着北大街,走进养济巷。进了院子就要往里走,张嫂过来说:“您到二院歇着吧。”

三爷这才想起,旧日的风俗,人死出殡之后,家里人不能马上就回去。尽管姐姐已经下葬,现在还是别进后院为好。走进二院,郝掌柜带着几个人从外边进来,见面就问:“三爷,您休息好了吧,没累着吧。”

三爷点头说:“还好。”这些人除了马掌柜,他都不认识。

第四十九章

郝掌柜知道三爷不认识这些人，赶紧小声说："这几位都是汾阳商界的朋友，很想见见您。"

三爷向他们拱手："按礼我该登门拜望，失礼了、失礼了。"

三爷把客人让进二院东厢房。这两天他一直在这里休息、会客。为少惹麻烦，迎面墙上冯玉祥的大照片已经摘下来了。

大桂招呼佣人上了茶，微笑着跟着几位客人说了声："请喝茶。"转身去了对面玉珮屋里。

玉珮正在睡觉。大桂小心翼翼地上了炕，就去喂孩子。玉环玉珍在堂屋哄着可可玩。

大桂喂着怀里的又可，心里想着留在天津的小秃子成信。已经出来五天了，孩子成天冲奶粉吃，能吃得饱吗？心里念叨，把事办完早点回去吧。

成三爷在汾阳商界久负盛名，来访的商户跟三爷见个面，说些今后多关照之类的客气话，也就告辞走了。

三爷留下马掌柜，压低声音说："你往天津走的这批货，买主是日本洋行，只要能走货，就一直跟他做下去。所有的合同、单据、来往信件，都把它收好。一旦时局变动，日本人得了势，这些就是你护身的凭证。也许还能用它保一方平安。"

这一番话让马掌柜听得两眼都直了。

三爷问："马掌柜，其中的道理你明白了吧！"

马掌柜连连点头："明白，明白了。"

三爷问："你有出口桃仁的样品吗？"

马掌柜瞪大眼睛问："样品？"

三爷说："谈大宗生意没有样品哪行？你卖的东西是什么成色，要先拿出样品给买家看。要有，我就带点儿回去。"

马掌柜激动地说："当下没有，我赶紧弄。您把样品带回去给客户看看，那就太好了。”

三爷说：“咱们都是生意人，把生意做活，靠的就是诚信二字。将本求利、公平交易是咱的本分。政府的事、党派的事咱不掺和。可是跟日本人做生意，就得多个心眼儿。咱是利用他，挣他的钱，不是投靠他。这可要想清楚。不管到什么时候，无论如何不能当汉奸。”

马掌柜看着三爷说：“是，是。我一定记住您的这些话。”

三爷说：“郝子润是我在汾阳的代理人，有事找他就行。我一半天就走。你不用送，也别跟旁人说，省得麻烦。”

马掌柜连连点头：“我按您的吩咐办。您需要带点儿什么吗？我去给您办。”

三爷说：“谢谢，不需要什么。带过多东西，路上也不方便。”

中午回到住处，三爷说：“下午咱去北郭村看看雷老奶奶。”大桂知道，三爷和彩芹感情很深，每次回到汾阳家再忙也要去看望这位岳母，就说：“我还给雷家老奶奶带了些东西呢。”

三爷问：“你带什么了？”

大桂说：“有给老人做衣裳的缎子布料，有给女人和女孩儿的花布、丝袜子、外国香皂。还有点儿别的。”

三爷笑着问：“没有给男孩儿的？”

大桂笑着说：“给男孩儿几块钱买吃的就行了，用不着费心。”

说着他俩都笑了。

北郭村离北门只三四里地。三爷雇了辆轿车，早早就到了。进了雷家，大桂见院子里尽管也有柴棚草垛、鸡狗猪羊，但收拾得干净利落。

三爷带着大桂和两个孩子走进上房，雷老奶奶迎了出来。三爷急忙上前：“妈，我们看您来啦。”跪下就连连磕头。

这时老奶奶才认出是多年不见的女婿来了，忙说：“是成祥吧，儿啊起来吧。”

大桂也叫了一声：“妈！”跪下给老人磕头。

老奶奶眼含热泪，颤巍巍地弯腰要搀她。大桂赶紧起来把老人扶住。三爷满脸泪痕说："妈，她也是您的闺女。"

老奶奶看着大桂："好，好。你看我有多大福气呀！"眼带着泪就笑起来。

子和、大桂扶着老人走回里屋。

雷老奶奶八十多岁了。当年丈夫早丧，守着一儿一女。看上成祥是个有骨气的后生，才把女儿彩芹嫁给他。女儿去了天津，老人知道那是过上好日子了。后来女儿去世，儿子、媳妇也相继去世了，身边只留下个叫雷大的孙子。

老人苦熬苦挣把孙子拉扯大。教他种菜，教他做人，给他娶了媳妇。如今雷大已经二十多岁，老人有了两个重孙女和一个重孙子，过上四世同堂的好光景。

三爷上一辈的老人，只有这位心地开朗的岳母了。他把这位老人当亲娘，几十年来一直委托郝子润定期给老人送钱。雷老奶奶从来不在人前叫苦。日子再难，别人的钱她一概不收，只收女婿这一份。

雷奶奶见女婿来了，赶紧到院里喊："有谁在呀！去叫雷大赶紧回来！"

雷大跟媳妇正在菜园子里干活。奶奶年纪大了，为不让老人家操心，下地都带着孩子。这个中年汉子，瘦高个子身板挺直，脸晒得黢黑。有个邻居去喊他，赶紧就往回跑，进门就笑着说："奶奶，我看见门前的轿车，就知道是姑父来了。"

雷奶奶说："这是你姑姑。"

雷大看着大桂叫了声："姑姑。"

雷奶奶说："你去，别让轿车等着，让他回吧。临走坐咱自家的车。"老奶奶告诉三爷："雷大学了木匠手艺，用核桃木给我打了一辆新轿车。专拉着我赶集上庙，别人谁也不让用。今天我要让姑爷、姑奶奶一家都坐坐。"说罢老奶奶自己先笑起来。

雷大媳妇抱着孩子带着两个女儿也回来了，进门就说："姑父、姑姑来了，看把奶奶笑的。"

接着就让两个闺女给姑爷爷、姑奶奶磕头。

大桂把孩子拉起来问："叫什么呀？"

老奶奶说："就叫大女子、二女子。"

两个女孩儿看见玉环、玉珍，高兴地过去就拉手，一点儿也不认生。

大桂打开带来的包袱，里边有送给老奶奶的衣料、栽绒帽和一双绒布面的小脚鞋。老太太看见鞋，眼圈儿就红了。旧日出嫁的女儿回娘家，总要带一双给娘做的鞋。老人多年没见过女儿送的鞋了，见到大桂带给她的这双鞋，怎能不动情呢。

大桂送给雷大媳妇的有花布、丝袜子、香皂，还有给孩子的几个红红绿绿的发卡和一个小喇叭。雷大媳妇拿起发卡别在两个闺女头上："看姑奶奶想得多周到。"

两个孩子乐得摇头晃脑。三爷看了心想，大桂真是用了心。

雷大媳妇把儿子放在老奶奶身边，告诉两个闺女："给姑姑们抓把青草去喂驴玩儿去吧。"

听说去喂驴，玉环玉珍都瞪大了眼睛。她俩见过驴，坐过驴车，可从来也没到驴跟前去过。她娘一发话，大女子拉上玉环，二女子拉上玉珍就跑出去了。

雷奶奶问："你这俩女子都几岁了？"

大桂一说，原来这两对小姐妹都是同岁。

大桂吹了吹小喇叭，递到小儿子手里。那孩子见了大桂，就像看见妈妈一样，扬起笑脸，呼打着两只小手想让抱他。大桂伸手抱过来问："叫什么名字？"

雷奶奶说："这厮儿叫润生。"山西方言厮儿就是小子。再一问，也是刚满周岁，和成信一般大。

大桂抱着润生，孩子就把头紧往她怀里钻。

雷奶奶问："你那厮儿也是这么大吧。"

大桂说："是啊。"

老奶奶说："孩子亲你哩，有奶就给他吃几口。你还奶过我那重外孙，我都听说了。"

大桂也正想喂他，当时就解开衣服要喂。

雷大赶紧站起来："我去割点新鲜菜来。"说着就出去了。

老奶奶见小润生吃大桂的奶，感叹地说："有缘呐，有缘呐。姑奶奶一进门，咱润生就知道认亲哩。"说着说着，含在眼里的泪水还是流了下来。

三爷知道老人见了大桂准要想起彩芹，自己也挺伤感。

雷大媳妇说："闺女来看您是大喜事。看咱家姑姑是多好的人呀。您有这么好的闺女，是多大的福气。"

三爷也说："带着她来看您，就是要让您高兴。"

老奶奶擦着眼泪说："我是高兴呀。你们看，我那重孙子比我还高兴哩。"

说得一屋子人又都笑起来。

孩子吃饱了，抬起头瞪大眼睛看着，好像很奇怪，不知道这屋里发生了什么事。这神气也逗得雷老奶奶笑个不停。雷大媳妇要去做饭，大桂把孩子交给老奶奶，也跟了出去。雷老奶奶这才小声跟三爷说："你姐姐走了，他们就没跟我知会一声。"

对面屋里的两个女人也正说这件事。雷大媳妇说："我们那个姑姑跟他姐可亲呢。外孙女玉珮生孩子，老人也不放心。奶奶说没人告诉咱也去。头七那天我就去了。"

大桂问："我怎么没看见你？"

雷大媳妇说："我可看见你给他们忙前忙后的。正坐月子的玉珮，跟吊丧的婆姨们说你的好话，我才知道你是俺续姑姑。"

大桂说："那天人那么多，想打招呼又不知道谁是谁。说话也听不懂，真挺别扭的。"

雷大媳妇说："你们外地人来到这里，就是不方便。"

大桂问："你说的话我怎么就能听懂呢？"

雷大媳妇说："我跟雷大进城卖菜，常跟外地人打交道，净说土话人家听不懂怎么行啊。"

两个女人又咯咯咯地笑了起来。

自从到了汾阳，大桂头一天这么高兴。这一家人，从老奶奶到雷大两口子和孩子们，都那么热情直爽，没一点儿虚情假意。到这里就像到家一样踏实。她想难道这就是缘分？

雷大从菜园子里割了一大把韭菜，又提回一块猪肉。跟奶奶说："咱吃饺子吧。"

奶奶说好："一家团圆吃饺子吉利。"

大桂冲着雷大说："包饺子我能上手，你歇着吧。"

雷大媳妇跟雷大说："这里不用你，去给两个小姑姑弄点鲜果子吃。"

这两个女人越聊越投脾气。俩人同岁，雷大媳妇比大桂大几个月。吃了完饭老奶奶让三爷在她屋里躺下歇一会儿。四个女孩儿凑到雷大屋里，叽叽嘎嘎地说笑。两个女人还是没完没了地聊，好像谁也离不开谁。

三爷跟雷奶奶说了半天话。润生睡着了，三爷怕老奶奶累着，让老人躺下，就到雷大这屋坐着。雷大给三爷斟上茶，小声问："姑父，您知道三泉王大舅家大孙子吗？"

三爷问："你是说王家珍？"

雷大点了点头："如今他可是共产党在汾阳的这个。"说着伸出了大拇指。

三爷问："你跟他有来往？"

雷大指了指西房："我这儿有空房子，他们几个人碰头说抗日的事，就在我这儿。

三爷看着他："你也加入了？"

雷大摇摇头："没加入。可他们的事也不背着我。别看咱汾阳眼下风平浪静，城里城外日本汉奸、阎锡山的人、蒋介石的人、冯玉祥的人、共产党的人都有。说不定哪天就闹起来。"

三爷问雷大："你今年多大了？"

雷大说："二十七。"

三爷说："真没想到，你脑子里还装着这么多事。城里商会的马掌柜，你听说过这个人吗？"

雷大说："听说过。那人挺厚道，跟这些党派都不沾边儿。您认识他？"

三爷说："这次才认识的，做生意总要交几个朋友。"

天快黑了，三爷说："我们回吧。"

奶奶叫雷大把轿车收拾干净，套上那头驴。大桂这才依依不舍地跟老奶奶和雷大媳妇告别。

雷家的轿车打得严丝合缝，雷大赶着车走起来特别稳当，也不那么吱吱扭扭的。

大桂说："我头一回坐这么好的轿车。"

三爷跟雷大说："你姑姑看你家什么都好，早晚她也得姓雷。"

雷大说："姑父你没看见吗，我们一家人都离不开姑姑了。"

说得大家都笑起来。

三爷一家回到北门里的住处。郝掌柜还在这里等着他们。

该办的事都办完了。三爷问:“子润,起这些天办事、应酬的开支费用,有个数吗?”

郝掌柜说:“没多少,我都上了账。”说着从口袋里拿出个写着“奠仪”两个字的信封:“永源和托人带来一百块大洋,光这就够了。”

三爷这次回来时满腹愁云,离开时该办的事都办了,该说的话也都说了,心情非常舒畅。吃完晚饭,忽然觉得有些事还得跟玉珮说一下。跟大桂说:“我还想见见玉珮,这么晚了,不合适吧?”

大桂说:“看你闺女有嘛不合适的。我跟你去。”

三爷问:“这俩孩子呢?”

大桂说:“刚才给咱帮忙的那位大嫂还说呢,让我有事找她。让她俩睡吧,我跟她说说就行。”

当天晚上三爷和大桂来到养济巷,敲开大门进了二院,玉珮屋里灯还亮着。他俩走进堂屋,听见屋里的婴儿正在哭。

“你在外边等会儿,我进去看看。”大桂说着推开门进去,见玉珮正在炕上哄孩子。她说:“孩子准是饿了。”上炕抱起孩子,解开衣裳就把奶头凑出去,吃上奶孩子就不哭了。

玉珮奇怪地问:“你怎么来了?”

大桂说:“你爸爸想看看你。”

玉珮问:“他在哪儿?”

大桂说:“就在外屋等着呢,看你方便不方便。”

玉珮说:“让他进来吧。”

大桂小声喊:“玉珮让你进来呢!”

三爷进来见玉珮披头散发坐在被窝里。

玉珮见了父亲就要下地。

三爷赶紧拦着她:“你还在月子里,就别动了。咱爷儿俩说说话。”

玉珮非常感动:“我长这么大,还没跟您好好说过话呢。”

三爷说:“你姑妈的事都办完了。你出了月子就得走?”

玉珮说:“爸爸,我已经是抗日队伍的一份子了。崔德珍临走我们俩就商量好,产后休息一个月,我就带着这俩孩子去西安。”

三爷说:“抗日是中国人的大事。你去吧,成礼呢?”

玉珮说:“成礼今年十三了,在汾中上初一。别看他在家里蔫,在学校赛跑、跳远总得第一,还是学校篮球队的主力呢。汾中有个老师那天来看我,说时局再不好,汾中就要往四川转移,希望带上他。我愿意他跟着学校去大后方。正想跟您商量呢。”

三爷想了想:“去大后方也是条正路。他乐意吗?”

玉珮说:“乐意,他可乐意呢。该准备什么我给他准备就行,您就别操心了。”

三爷说:“好吧。你在西安遇到什么困难就跟我说,我尽量帮你们。”

玉珮说:“那就好了。崔德珍也得感谢您。”

三爷郑重地说:“这么晚还来,我是想告诉你,我不是汾阳人,也不姓韩。我是天津人,姓成。”

玉珮说:“我听我姑妈说过。您九岁那年,我奶奶非让您当他儿子。我南马庄那个二奶奶,好像还不大满意。”

三爷叹了口气:“我是天津码头工人的孩子,从小父母就没了,穷邻居们把我养到会走路,尚奶奶把我抚养到九岁。后来才知道老人家不姓尚,姓夏,是山西寿阳夏家寨的人。”

玉珮问:“那怎么叫尚奶奶?”

三爷说:“老人家叫夏尚娴,自称是尚奶奶。后来汾阳韩先生要带我去关外锦州学徒,你奶奶就收养我当了她的儿子。说好在汾阳我叫韩成祥,在外边我还是叫成祥。现在奶奶和你姑妈都去世了,我就该认祖归宗了。”

大桂说:“我头一回听说这些事。原来你不是山西人,是天津人!”

三爷说:“其实我师父去世前就说过。我父亲姓成,叫成二,是天津咸水沽的人。那儿的成家早就没人了,我想认祖归宗,也没地方认去!”

说着就掉了泪。

玉珮说:“爸爸,我明白了,咱们是天津人,祖籍是天津咸水沽。明天我就告诉成礼。”

说出这件事,三爷就像搬掉压在心里的一块石头,觉得轻松多了。跟玉珮说:“我在汾阳该办的事都办了,该看的人都看了。这座宅院和西门外的十亩坟地,是咱家在汾阳的产业。你俩走后就先让郝子润管着。”

说完掏出二十块大洋放到玉珮手里:“这是给两个孩子的见面礼儿。你临走要用钱,就找郝子润。我们明天一早就走,也不想惊动别人。你到了西安写信告诉我。”看着大桂说:“咱走吧。”

玉珮没说话,一双泪眼送父亲和继母走出房门。

三爷走到院子里,见有两个黑影在二院门前晃动,厉声喝问:“谁!”

第五十章

听见三爷的喊声，郝子润过来说："三爷，是我。他是咱柜上的伙计。"

三爷问："你怎么来了？"

郝掌柜说："晚上我带着他过去看您，帮忙的大嫂说您跟三奶奶到这儿来了。我怕黑夜回去不方便，就接您来了。"

三爷很高兴，路上跟他说："汾阳的事都办完了，你跟我去寿阳看看吧。"

郝子润说："好啊，我正想跟您多待几天呢。"

大桂知道，三爷去寿阳准是有事，也没说什么。

第二天一早，三爷一家就走了。他们从太原坐火车到了寿阳，夏七宝、苗和庞二带着一辆轿车，正在出站口等着接站。子和、大桂领着孩子，郝子润提着箱子，刚从出站口走出来。庞二就喊："三爷，我们在这儿！"

大桂远远地看见苗姐，拉着两个孩子就向她跑过来。

玉环、玉珍高兴地大声喊："苗姑！苗姑！"

苗接过两个孩子，领着她俩上了轿车。大桂让郝掌柜把箱子放到车上，扶着苗姑上去，自己也上了车。见三爷和七宝还在那儿说话，苗姑在车上喊："我们先回家了！"

车把式手里的鞭子一甩，轿车就向寿阳城里去了。

夏七宝告诉郝掌柜："这儿进城也就是二里地，咱就走着吧。"

三爷也说："车站是寿阳最热闹的地方。咱正好逛逛。"

郝掌柜和庞二见他俩兴致很高，也就跟着往前溜达。

三爷、夏七宝、庞二、郝子润四个人边走边聊。

三爷问庞二："这两天你住哪儿？"

庞二说："夏家店。"

三爷说："子润，夏家老店就在东边不远，离城里他们家最多就是三里来地。咱晚上也住店里吧。"

郝子润说："我听您的。"

正说着，突然闯过来三个搬运工打扮的壮汉，朝他们大喝一声："站住！"

四个人站住了。夏七宝问："你们是干什么的？"

一个壮汉说："我们要找两个人。"

七宝问："你要找什么人？"

有个壮汉说："夏九姑跟成三爷。"

庞二一听，赶紧挺身上前护住三爷："九姑是我内人，有什么事跟我说。"

那个壮汉轻蔑地看着他："没别的事，就是要一条命！"突然从腰间拔出匕首，直奔庞二。

庞二闪身躲过，另一壮汉攥着匕首扑了过来。七宝急忙挥掌挡住他的胳膊。

这时一直不动声色的最后一个年轻人，抽出一条链子鞭，狠狠地冲三爷打来。三爷早有警觉，身子向右一闪，躲过这一鞭，挥掌打向那人的侧胸。年轻人回手一抖，那条鞭掉过头来又迎面甩向三爷。

庞二见三爷危险，不顾自己身后，飞身腾空踹了那人一脚。年轻人应声倒地。他被身后赶来的那人刺了一刀。三爷一个箭步上去一脚把那人踹倒。

庞二左臂渗出了鲜血。

这时夏七宝已经制服另一个壮汉。夺下他们的链子鞭和匕首。车站上的人们见几个人厮打在一起，都围了过来。

郝子润吓得浑身哆嗦，一时不知道怎么才好。

没几个回合，那三个壮汉都被打倒在地，两个铁路警察也赶来了。

七宝过来紧紧捂住庞二臂上的伤口："快到站里包扎一下。"说着，两人赶紧跑进车站。

警察没收了凶器，叫上三爷，押着那三个人，一起走进车站候车室。外边的人们都跟进来了，候车室顿时挤得水泄不通。郝子润跟在人群后面也进来了。

警察先让年长的三爷坐在长椅上，冲着那三个人说："蹲下！你们是哪儿来的？"

围着的人们也都问："你们仨是哪儿来的？"

蹲着的一个壮汉说："河北。"

警察问："为什么来寿阳闹事？"

那个使鞭的青年站起来："我哥哥让你们寿阳枪毙了！不来寿阳，去哪儿找仇人!”

警察喊:“蹲下!”

那青年扭着脖子,又蹲下了。

三爷从长椅上站起来,看着那个青年:“冤有头债有主。你哥哥李三在寿阳抢了夏家店的山货、烧了夏家店、整死夏家大儿子夏玉生,山西、河北两省法院判决,寿阳警察局才在朝阳阁把他枪毙了。你们怨谁?”

围着的人们听明白了,原来这几个人是为土匪李三来的,个个义愤填膺,指着他们一顿臭骂!

那个青年说:“就怨夏九姑跟成三爷!我听说了,就是他俩抓的!”

三爷问:“为什么抓他,你知道吗?”

这时夏七宝从人群里挤出来,走到青年身边,没说话先掉了泪:“你哥哥肖世奎,在寿阳化名李三,无缘无故抢了我的货,烧了我的店房,绑了我儿子,出黑手把他点了死穴。我儿子死了,岳母也死在他手里。几屋子山货、一大片店房、两条人命,都是他害的。他在河北做的案不说,就凭在寿阳做的孽,还不该枪毙他!”

众人齐声喊:“该枪毙他!”

一位老人挤进来说:“老夏家没去找你们就是大仁大义了,你们有什么脸来寿阳闹事!”

周围的人喊:“把他们送警察局去!”

三爷说:“我就是那年抓他的成子和。遭他暗算,我病了好几个月。李三是在九姑酒馆里聚的众。九姑能不找他吗?乡亲们,你们知道被他打死的是谁?那是咱寿阳威震太行夏子川夏老英雄嫡亲的重孙子!”

听到这里,在场的人们都气得沸腾起来。蹲着的三个壮汉也都傻了眼。

三爷说:“你们要有门派,就给你们掌门人捎个信儿,夏家后人,夏老英雄的门下,讲的是江湖道义。人死不记仇。刚才跟你们交手也是万不得已。”又跟两位警察说:“我看把下黑手动刀伤人的人交给警察局,那两个就放回去吧。不打不成交,往后来寿阳还是朋友。”

两个铁路警察互相看了看,谁也不敢答应。

三爷说:“这是我们之间的误会,好在没出大事。肇事的留下,那两个就高抬贵手吧!”

夏七宝小声说："这是天津海河码头有名的成三爷。给个面子吧，明儿我请你们二位。"

两个警察商量了一下，问那个青年："你叫什么？"

青年说："肖世鑫。"

警察对蹲着的那两个人说："成三爷、夏老板给你们说情，就放了你们。别忘了，你们仨犯的可是寻衅闹事、故意伤人的刑事罪。不然少说也得罚你们三个月的劳役！站起来走吧。"

两个人羞愧地站了起来。

那位看热闹的老人激动地说："你们看看，什么叫仁义？这就叫仁义！这位成三爷对你们，真是仁至义尽。"

另那两个人赶紧跪下磕头："谢谢三爷！谢谢夏七爷！"站起来赶紧走了。

铁路警察押着肖世鑫去了派出所。围着的人们这才散了。

当晚大桂带着孩子在苗姐屋里睡了。

苗姑在堂屋给庞二的伤口上了药，七宝给他重新包扎好。庞二不好意思地说："划了个小口子，也不疼，没事。"

苗姑说："你也是，打起来就顾前不顾后。"

郝子润咧着嘴说："要不是庞二爷从后边给他那一脚，那条鞭抽在三爷身上，可就了不得啦！"

苗姑吃惊地问："这么悬？"

夏七宝说："那些人要没两下子，也不敢来寿阳。三爷在寿阳受一回伤了，要再出事，我就没脸见人了。"

三爷说："这有什么，就是让庞二受点儿罪。"

庞二一听，嘿嘿嘿地乐了。

三爷说："我这次来，是想跟你们说说在汾阳跟马掌柜谈的那个事。古人说，狡兔三窟。从当下时局看，中日开战是避免不了。咱也得想办法在生意上利用日本人给咱打掩护。这是我在汾阳想出的一步棋。"

七宝说："这步棋好，这就叫未雨绸缪。"

苗看着他："你哪儿学来的？我怎么从来没听过你说这句话？"

七宝说："这是当年跟子和学的，见了他才想起来。"

大家一起笑了。

三爷说:“我叫子润一块儿来,就是想跟你们说清楚,往后天津、寿阳、汾阳,这三个地方都要经营好。有什么事都要互相照应。”

郝子润点点头:“您这一点拨,我就明白了。”

三爷说:“我跟马掌柜说好,往后出口山货,就送到寿阳由七宝往天津运。他走的核桃,日本人感兴趣。我回去就跟山口打招呼,过些日子让马掌柜带着样品去天津跟山口订合同。这件事子润帮他办。”

郝子润点头:“这事我办。”

七宝问:“现在跟日本人做生意,不怕有人说咱卖国?”

三爷说:“也许有人会这么说,可咱没别的办法。咱这是利用他。只要订了合同,咱给他的发货单、他给咱的收货单,就是咱的护身符。一旦日本人得了势,也许拿它就能帮咱抵挡一阵。你们明白我的心思就行。保住这三个地方,出什么事咱都有藏身之处。”

郝子润说:“您在汾阳问马掌柜的人品,原来就是为这步棋作准备。”

三爷说:“今天碰到的事,也让我警醒,道儿上的朋友也要交往。咱做的是现钱现货的买卖,容易让人眼红。这些人找麻烦,一样坏大事。一旦出事官府根本指望不上。咱就得给自己铺路,多做善事,广交朋友。骨头要硬,身段要软。这就是我今天想出来的道理。”

七宝说:“这几年我就吃了这个亏。”

当天晚上七宝在店里设宴招待三爷和郝掌柜。苗和庞二过来张罗这桌饭。夏家的三儿子,正上中学的夏玉发留在家里陪着三婶儿大桂和两个妹妹。

毕竟当天受了一场惊吓,三爷该说的话也都说完了。尽管苗姑准备的菜肴都很可口,几个人喝了点儿酒,吃了碗面,也就休息去了。

七宝和苗陪着三爷进了客房,三爷刚坐下就叹了口气:“其实我在寿阳还有个未了的心愿。”

七宝赶紧问:“什么心愿?”

苗说:“有心愿就赶紧了,现在还有什么办不到的事!”

三爷说:“爷爷跟我尚奶奶两位老人的牌位,就在后山庙里供着。我哪次来都惦着去后山祭拜,这次又不行了。”

七宝说:“明天咱俩去一趟。”

三爷说:“带伤挂彩拜先师,是大不敬。”

苗急着问:“你又受了伤?”

三爷点点头:“还是老地方,扫了一下。”

苗说:“那就别急着去了,一会儿我给你上点儿药。”

三爷摇摇头:“老内伤,不用上药。歇会儿就行。”

七宝说:“不去后山,在后院给两位老人烧点儿纸吧。”

苗说:“我去买烧子。”

说着就出去了。

三爷笑着说:“这个急性子。其实烧不烧也无所谓。七哥,我是想告诉你,江湖险恶呀。你看姓肖的这一家,事儿没弄清楚,就跟咱结了这么大的仇。要不遇见咱,还不定憋出什么事来。我想送进警察局那个人,你也给他说句好话,过两天把他放了吧。”

七宝说:“就这么便宜他?”

三爷说:“这不是便宜谁,是冤家宜解不宜结。给往后省点儿事。”

七宝说:“行,你放心。这事我办吧。”

三爷一家回到天津,一进门姥姥抱着的小秃子成信,见了三爷就喊:“爸爸、爸爸!”

三爷乐得把儿子抱过来亲了又亲。大桂后边进来,孩子又喊:“妈妈、妈妈!”让大桂心怜得眼泪都要出来了。

大桂抱着他问:“怎么几天没见,就学会喊爸爸、妈妈了?”

林妈说:“还不是姥姥成天一遍一遍地教,才学会的。”

大桂再看母亲秦氏,脸上苍白,一点儿血色也没有,满是疲惫、憔悴的样子。

大桂问:“娘,您怎么了?”

秦氏摇摇头说:“没事,你们回来就好了。”

歇了一天,三爷就带着捎来的汾酒、灌馅糖、石头饼,去看刘寿兰,把在汾阳办的事都跟大爷说了一遍。

刘寿兰感慨地说:“这些事你办的都不错。尤其是把汾阳的事都办完,回归你天津人的身份，这太重要了。一个人离开祖宗就没了根！好，好。”

三爷说：“在汾阳听说亲戚里有共产党，我觉得奇怪。另一家亲戚提到这事，他还挺同情。”

刘寿兰说：“得人心者得天下。从这一点上看，国民党就不如共产党。我们老家东北，日本鬼子炮打北大营，张学良不战自退，这就很不得人心呐！”

三爷说：“我看天津这种风平浪静的日子，也不会太久。有些事还是早作安排为好。我在汾阳萌发了个想法。为防备日本人吃掉美丰厚，咱就得瞒天过海。跟日本洋行订合同，存日本人的货，让他给咱挡事。”

刘寿兰沉思了一会儿说：“这个想法倒实用。硬顶办不到，不这样也没别的办法。不过要这么办，还得让下边儿的人明白才行，免得让人误会。”

三爷说：“至少让几个管事的人明白咱的用心。”接着就把在山西安排的那些事说了一遍。

刘寿兰明白三爷的想法，美丰厚几十年积攒的这份家业，很不容易。有个安排，才能尽量避免日后遭受灭顶之灾。

老哥俩又聊了半天，三爷见刘大爷对时局挺伤感，没再往下说，就提起大桂在山西怎么暖了大女儿的心，怎么受到亲戚们爱戴这些事。

刘寿兰听到这些事，高兴地拍着大腿：“我早就看出来，我老妹子真是个好样儿的！”

三爷把老家的汾酒、甘草、核桃带到美丰厚，分给几个管事的。薛继承见三爷回来，赶紧把这些天的业务往来跟三爷一一作了交代。薛继承处理业务，完全按照三爷的思路，事情办得滴水不漏。三爷很满意，心想这个人真是找对了。

三爷一家这次回来，秦氏总也高兴不起来。自从他们一走，老人就提心吊胆，生怕出事。再加上那天让两个毛贼折腾了一夜，累得她身心疲惫。心里总惦着闺女。直到大桂到了家，悬着的心一放松，病就来了。总是头晕，浑身没劲儿，吃不下东西。

秦氏得病，大桂和三爷都很着急。托人请来名医，细问了病情，诊脉之后说：“这是操劳过度，心血耗费过大所致。”开了几付药，吃了才好一些。

为和日本人山口做这宗生意，三爷翻来覆去整整思索了两天，把前后所有细节都理清楚，这才把薛继承叫至经理室的里间，详细地把自己的想法说了一遍。

三爷说："现在日本人的野心越来越大，跟英美的关系也得闹僵，往后租界也不一定靠得住。跟山口做这宗生意，就是为日后给咱当个屏障。一旦日本人进来，也许能用上。这种事不能临时抱佛脚，要早下手，还得不露声色。"

薛继承聚精会神地听着，恨不得一字一句都印到脑子里。

三爷说："做成生意，首要的是货要好，还得对路。汾阳有个掌柜跟我谈出口桃仁，我想起日本人把桃仁当健脑食品，市场上很畅销。汾阳的桃仁是有名的。抓住这种上等的桃仁，做成这宗生意就有希望。我还想到一样东西，就是汾阳的杏梅。"

说着，他从抽屉里拿出个纸包，打开一看，是晶莹剔透的几片杏干。三爷递给薛继承："你尝尝。"

薛继承拿起一片放进嘴里，又甜又香，嚼着挺有韧性。他问："咱这儿的杏干儿颜色发暗，怎么它这么透亮？"

三爷笑着说："汾阳的杏也挺出名。有海棠红、大叶杏、端午杏、大吉杏、麻杏，好些品种。唯独大吉杏的杏干，甜里带酸，半透明，肉厚有嚼头，是山里人待客的东西。包装起来出口，也许就能火起来。我想把这两种样品装在精致的木匣里给山口看。打汾州桃仁、汾州杏梅的牌子，让他独家经销。他要同意，就由汾阳运到寿阳往天津发，咱给山口洋行办出口。在日本市场站住脚，这条产销渠道就有了保障。山口名利双收，汾阳、寿阳都能得利，对咱也有好处。"

薛继承听了恍然大悟。

三爷说："你把道理吃透，后边的事就好办。"

薛继承问："您跟刘大爷说过吗？"

三爷说："回来就跟他商量了。他说为保住美丰厚攒下的家底，也只好如此。你找机会也跟陈昆他们透透这个想法，免得咱自己人误会。"

三爷跟薛继承商量好，当天就给山口打电话。山口听到三爷给他介绍的这桩生意,满心欢喜。在电话里说:“太感谢了。您这位老朋友介绍的产品,一定错不了。我哪能放过这个机会?什么时候能看到样品?”

第五十一章

三爷见山口向他要样品，赶紧说："样品我这里有，您有兴趣我就送去看看。"

山口说："那太好了。老朋友，我一定要好好谢谢你。最近您有时间一起吃顿饭吗？是这样，我年纪大了，想让犬子建一学学生意上的事。他是学历史的，对贸易不感兴趣。我多次介绍您的经历。他很想见见您，当面向您讨教。"

三爷说："您的公子天资一定很好，又是大学生，向我讨教可不敢当。不过恭敬不如从命。您定时间，我一定到。"

山口说："那就明天晚上，在我附近的浪花馆。生意上的事您就不用操心了，带个助手来就行。"

三爷说："那好，明晚上见。"放下电话就说："继承，明天晚上山口和他儿子建一要跟咱俩见面。你就准备吧。"

薛继承点点头："我这就去办。"

交代完这件事，三爷轻松地走出经理室，见九姑正在跟大师父们往厨房里抬一大筐青菜。走过去说："九姑，正忙着啦。"

九姑抬头见是三爷，把抬筐交给别人："三哥，您回来我还没来得及去看您呢。"

三爷说："多亏你帮我看家。不然丢东西倒不要紧，姥姥非吓出毛病不可。"

九姑擦着脸上的汗："平常百姓，谁经得住那种事啊。您在这儿坐会儿？"

三爷点点头，找了个远处的饭桌坐下。压低声音："听说你找来的师傅，江湖上也有一号？"

九姑小声地："他是爷爷早先的徒弟，叫段云。武功不错，走过镖、撂过地、当过教师爷。在河南失手出了事，隐姓埋名躲了起来。那年得了一场大病，我把他接到寿阳养了几个月。后来就到天津当了勤杂工。"

三爷问："他跟天津道儿上的朋友有来往吗？"

九姑想了想:“不多。就是几个师兄弟,岁数也都不小了。不过都是道儿上的,提起自家门派,谁都能联上。”

三爷说:“你好好照顾他,可别亏待人家。”

九姑点点头。

三爷又问:“那天夜里你见了张金锁?”

九姑说:“见了。他是义和团独流堂口大师兄张德成的孙子。岁数不大,人挺老成,身手也好。大桂救过他的命,这几年人家死心塌地保着你们。”

三爷想了想:“张德成的后代!我头一次来天津就听说过张德成。那可是义和团有名的人物。张金锁是哪个门派?不是下三门吧。”

九姑摇头:“不是。是卫帮绺子上的,堂规严,讲义气。”

三爷点点头,没再说什么。

第二天薛继承拿着一个长方小扁木箱子走进货栈经理室:“三爷,您看。这是给出口桃仁跟杏梅设计的包装。”

三爷仔细看,这是一个光面儿板材的小木箱,里边衬着一层牛皮纸,上下各一层厚瓦楞纸垫。木箱盖子上,上边用中、日两种文字印上山口洋行,汾州桃仁或是汾州杏梅;下边是阿拉伯字4公斤。里边放八个半公斤、500克一袋的小包装。

三爷说:“不错,看着挺秀气。这么一包装,东西的身价就高多了。”

大桂抱着小秃子,提着一包东西,到西头如意庵来看寇奶奶。进了屋,寇奶奶正在炕上逗外孙女玩儿呢。

大桂喊:“奶奶!我们看您来啦!”

寇奶奶抬头见是大桂:“哎呦,三奶奶,你可是稀客呀,好些日子没来了。”

大桂坐在炕沿上:“我上山西了,来回十来天呢。”

小秃子看着寇奶奶,张着小手喊起来:“奶奶,奶奶!”

寇奶奶接过小秃子:“你看我这孙子,想奶奶了吧。”

小秃子成信说:“想。”

寇奶奶颠着小秃子:“看这孩子多灵。稀罕老人的孩子命大。三奶奶呀,往后你就享他的福吧!”

大桂把包着的东西放到炕上打开:"这是给您带的,灌馅糖、石头饼、杏梅、大枣儿还有核桃仁儿。"

寇奶奶说:"走这么远还惦着我,你真是个有心人哪。不像我那几个,见了热饽饽就不认亲娘了。"

二奶奶进来说:"奶奶又数落我们了吧。三奶奶一来,我们就倒霉了,老挨奶奶数落。带吃的来了?这我得尝尝。"说着拿起石头饼就吃。

寇奶奶伸手推她:"你看这没出息劲儿,怨我数落你吗?"

二奶奶低着头只管吃:"您就数落吧,再数落我就给您都吃了"。

寇奶奶护着炕上的吃的,娘儿俩连喊带抢,你抓我夺。几个媳妇进来一看,都笑成一团。

坐在炕上的小成信也乐得前仰后合。

大桂笑着说:"我多暂来如意庵都特别高兴。一进寇奶奶屋里,就没有不乐的时候。"

寇奶奶说:"人活着为嘛?为的就是一个乐。我不总说嘛,谁也别自个儿跟自个儿较劲。气是自个儿找的,乐也得自个儿找。你看马路上的人,谁心里没点儿别扭事?都带出来,见谁都绷着脸,那不是有病吗!有气别气自个儿,撒了就行啦!"

二奶奶刚出去又回来:"气往哪儿撒?人多的地方您屁股底下总撒气儿,行嘛?"

寇奶奶冲她喊:"你放屁!什么话从你嘴里说出来,准是臭的!"

娘儿俩又把大伙儿逗得笑了起来。

张金锁到小白楼来看米奶奶。上楼进了屋,秦氏正疲惫地闭着眼躺在床上。听见有人进来,睁眼见是金锁。坐起来问:"金锁,你怎么来了?"

金锁坐在床边说:"您前几天还好好的,怎么病了?"

秦氏说:"就是那几天累的,没别的毛病。你别惦着。"

金锁说:"奶奶,您就是太累心。有我们在这儿,往后就别操那么多心了。小秃子呢?"

秦氏说:"跟她娘到西头串门儿去了。"

正说着,腾腾腾一阵楼梯响,夏玉珠风风火火地进来说:"姥姥,您怎么病了?”忽然发现穿着长衫的金锁:“哎,我好像在哪儿见过你。”

金锁微笑着说:“我不常出门儿,你怎么见得着?”

玉珠想了想说:“啊,想起来了。那次我在河东棉纺厂工人夜校采访,你就在那儿。”

金锁说:“那儿离我住的地方不远。有几个朋友在那儿上夜校,我倒常去。”

玉珠得意地说:“怪不得我对你有印象呢。”

当年的工人夜校,大多是社会贤达集资,为帮助贫苦工人学文化开办的。条件简陋,利用下班工余时间上课,请的都是义务教师。世道一乱,物价飞涨,工人们靠工资养活不了一家老小,下了班拉洋车的、干零活的,没多少人上夜校了。晚上来上课的工人成了少数。多数是些闲着没事的那些人。

河东纺织厂在大直沽,是天津最老的棉纺厂,女工很多。唐婉秋就在这个厂的工人夜校当教师,借住在一间破旧的工房里。没工资,工作还挺认真。玉珠常到她那儿去。晚上婉秋上课,玉珠就在一边听着。下了课跟女工们聊些生活琐事、市井传闻,其中有些就成了她写稿子的素材。

工人夜校也是贫苦工人宣泄对时局不满的地方。日本军队狂妄地向天津市区逼近。重兵压境,时局动荡。每天在这里聚集的人,都在议论抗日斗争之类的话题。他们慷慨激昂地议论,婉秋上不了课,玉珠倒听得津津有味。

玉珠跟金锁说:“昨天晚上我在夜校听他们嚷嚷,现在日本人都快打进来了,有的中国人还跟他们称兄道弟,那不就是汉奸嘛!他们说,有的中国人还在日租界浪花馆儿吃喝玩乐。有的人还想到那儿堵去他们,问问他们是不是中国人!”

秦氏听玉珠说个没完,有点儿不耐烦:“玉珠,你不上班,跑回来干什么?”

玉珠说:“来看您呀。知道您病了,我不回来看看还行?”

秦氏说:“我没事,快回去上班吧,别让人家扣你工钱。”

玉珠说:“我上班也不是光在报社待着,不出来采访,再有本事的记者也写不出稿子来。”

金锁问:“你在哪个报社?”

玉珠说:“《民报》。我们报纸的读者是平民。登的也都是平民关心的新闻。我们就是要靠近民众,启发民众,激发国民的爱国热情!”

金锁没说什么，站起来："奶奶，您歇着吧，我走了。过两天再来看您。"说着就往外走。

玉珠跟着站起来说："我送送你。"

秦氏看了看他俩，叹了口气。又闭上眼睛。

玉珠和金锁下了楼，走到院子里忽然想起："哎，有一次在小白楼截住瑞祥的那个人，也是你！"

金锁快步往前走，头也不回："你认错人了吧，再见！"拉开大门径自走了出去。

玉珠站在那儿看着金锁的背影："明明就是他么！"

转天晚上，三爷带着薛继承来到日租界吉野街，远远就看见一座灯火通明的三层楼房，门楣上的霓虹灯闪烁着"浪花馆"三个大字。

一串串五颜六色的彩灯点缀着浪花馆的夜景。

三爷和薛继承来到浪花馆门前。妖艳的日本妓女踏着碎步过来："先生，我能陪您在这儿消费吗？"

三爷微笑着摇摇头。

对面靠墙停着一辆洋车，踏板上坐着的车夫眼睛盯着他俩。

门童走过来问："您是美丰厚货栈成三爷？"

三爷点点头。

门童说："请到三号包间，山口先生在等您。"

进了房间，穿着和服的山口和一个穿着中式长袍的年轻人正站在那里迎候。山口笑着抱拳："成先生，欢迎欢迎。这是犬子建一。"

山口建一给三爷鞠躬："成先生好。"

三爷和他握手："你好，这位是美丰厚货栈副经理薛继承。"

山口建一和薛继承握手："你好，薛经理。"

薛继承说："你好。我是成先生的学生。"

山口把两位客人让到座位上："我恐怕你们二位不大习惯，我特意选了这个中式包间。"

三爷说："您太客气了，坐在塌塌米上谈话，也不错啊。"

几个人都笑了。

薛继承把带来的一个精致的长方形匣子放在茶几上。

三爷打开,里边是两个方格。一个盛着核桃仁,一个盛着杏梅。山口拿出一瓣桃仁,仔细辨认:“好成色。”放到嘴里嚼了嚼:“味道也好,不愧是贵乡的特产。”指着杏梅问:“这是什么?”

三爷说:“这也是我们家乡的特产,叫杏梅。是上好的甜杏,熟透以后阴干的。您可以尝尝。”

山口拿了一片放到嘴里嚼了嚼:“太好吃了。建一,你来尝尝。”

山口建一也拿了一片尝了尝:“味道太好了,又甜又有一股清香的味道。”

三爷说:“这是山西的一种民间美食,还没在外地销售过,可以作为山口洋行独家销售的产品。”

山口听了,不禁喜形于色:“太好了,太好了。建一,你知道吗,介绍一种可以独家销售的优质产品,这是只有最好的朋友才能做到的事。我和成先生交往三十几年了。这是老朋友送给我最好的礼物啊。”

山口建一也激动地点点头,拉住薛继承的手:“薛先生,我们算是世交了。生意上的事,还请你多多帮助。”

门外的侍应生进来:“先生,您点的清酒和菜肴可以上了吗?”

山口说:“可以上了。成先生,您上座。”

三爷说:“我比您岁数小,怎么能上座呢?”

山口高兴地说:“那好,咱们就按家里排序的方法坐。子和先生,咱们是在锦州认识的,建一就是在锦州生的。在生意上,你就做他的启蒙老师吧。”

山口建一说:“我想,基本的东西先向薛经理学。我们是同龄人,好交流。遇到困难再请教成先生。”

山口点点头:“这样也好,美丰厚就是你的学校。”

几个人都笑了起来。

山口建一趁势把身子挪向薛继承一边,悄悄说:“薛经理,我是学历史的,最感兴趣的是中国古代史。我父亲觉得自己老了,想把这副担子交给我。我哪能放下正在研究的中国历史呢?往后生意上的事,拜托你替我做主就行了。”

薛继承很意外,只好说:“你当老板,我替你办事。”

山口建一执拗地说:“不,你当老板。我一切都听你的。”

三爷傍晚出去应酬，大桂就在家带着三个孩子玩儿。玉环跟婉秋学了几首儿歌，又唱又跳，孩子们在院子里玩儿得挺热闹。突然一阵敲门声，大红刚把

门打开，王月蓉满脸通红地闯进来，拉着大桂就进客厅。

一进屋王月蓉就急着说："河东今天晚上要拉大网抓共产党。你们家那个亲戚，老往河东工人堆儿里扎，可别让他们当共产党抓了去。那些警察抓红了眼，谁碰上都倒霉！"

大桂说："玉珠不愿意嫁人，成天到处跑，满嘴瞎咧咧，说不定哪天就出事！"嘴里这么说，心里想的却是美丰厚有人在河东住，可得让他们赶快避避！就跟王月蓉说："我赶紧找她去。"

王月蓉见大桂很当真，反倒消停下来："你去吧，我给你看孩子。"

自从瑞老爷把王月蓉领进皇宫饭店，凭着自己年轻漂亮，她就一直泡在皇宫饭店没出来。房钱有瑞老爷出，王月蓉就朝三暮四，想跟谁就跟谁，当了皇宫饭店的交际花。瑞老爷也管不了她。

前两个月，机器局李铮局长把河东警察局新来的黄局长介绍给她。黄局长岁数不大，行伍出身，胶东人，只身上任没带家眷。王月蓉会说几句胶东话。俩人一见，干柴烈火，如胶似漆。黄局长在河东弄了个小楼，俩人干脆搬进去，住到一块儿。

这几天日本人依仗《何梅协定》，催着天津市逮捕抗日分子。市党部趁势通知警察局，拉大网把在各区活动的共产党抓起来。今天黄局长在楼下客厅布置抓捕，王月蓉在楼上听得清清楚楚。他们刚走，王月蓉就赶紧过河告诉三奶奶。

大桂赶到美丰厚，工人们已经下班了。一进大门正好碰上陈昆。大桂知道三爷挺器重陈昆，赶紧把他拉到背静地方，把今晚河东要拉大网抓共产党的事，一五一十都跟他说了。陈昆一听，脑袋嗡地一下，说了句："谢谢您，您回去吧。"没等三奶奶走开，撒腿就往修理车间跑。

修理汽车的董师傅还没下班，陈昆把他拉出来一说。俩人没顾得脱工作服就赶紧走了。

这天晚上，河东警察局按市党部开的名单，开着大卡车去机器局抓人。结果一个也没抓着。警察局掌握的情报，大直沽工人夜校是共产党活动的据点儿。到了一看，教室里就有十几个女孩儿和几个男的听唐老师讲算术。来抓人的警察见这些听课的加上讲课的老师，没一个像共产党的。

几个警察正嘀咕，有个姓宋的警察说："咱要让卡车空着回去，跟上边怎么交代？"

几个警察都看着他。姓宋的进教室喊了声："你们都出去！"竟把这些老师学生，男男女女二十来个人都押上卡车。

姓宋的说："咱不能光抓人，把共党分子活动的破教室也给他砸了吧！"

几个人七手八脚，砸的砸踹的踹，捣毁了教室才把车上的人拉走。

平常来夜校胡侃的那些人哪儿去了？原来他们都跟着夏玉珠，去了日租界的浪花馆。

那天玉珠来到夜校，打算跟那几个激进的年轻人到日租界浪花馆，去堵跟日本人在那儿鬼混的中国人。她想这条新闻要上了报，肯定会有轰动效应。来了几个人，都觉得这是没谱的事，不愿意去。过了一会儿来了个拉洋车的说："我刚才看见一老一少两个中国人进了浪花馆。"

玉珠心想，有中国人进去就能出新闻，带着人就去了。玉珠带着这帮人刚到，三爷他们正吃完饭说着话走出来。浪花馆门前耀眼的灯光，对面看不清人。听到有说中国话的，玉珠拿起相机就过去了，那些人都跟着冲过去。

有个人对迎面走来穿长衫的人喊："哎！你们是中国人吗？"

玉珠举起相机，就要抓这个镜头。

穿长衫的人说："我不是中国人，是日本人。"

喊话的人没话说了。

玉珠放下相机看着他："你是崔建一？"

山口建一也发现了她："夏玉珠？你怎么到这儿来了？"

玉珠还没说话，山口建一身旁的三爷沉下脸来问："玉珠？你来这儿干什么？"

山口建一问："成先生，你们认识？"

玉珠说："这是我三叔。"

山口建一说："太好了，咱们进去再坐会儿？"

三爷问玉珠:“你们是怎么认识的?”

玉珠说:“他是我在南开大学的同学。”

跟着玉珠来的人们你看我、我看你,不知道这是怎么回事。

第五十二章

第二天上午,玉珠到法租界的《民报》报社上班。一进门主编就说:“你可来了。昨天晚上一直等着你的头版头条,你去哪儿啦?”

玉珠瞪着眼问:“什么头版头条?”

主编说:“昨天晚上警察局在大直沽棉纺厂夜校抓人,出了这么大的事,你还不知道?你成天说去棉纺厂采访,怎么节骨眼儿上就见不着你啦?”

玉珠这才知道,报社主编以为她准是在抓人的现场,打算用她的现场采访作为报道这个事件的头版头条,在下边再加个采访被捕人家属的特写,这期《民报》准能卖到加印。

主编说:“眼睁睁把这个头条新闻泡汤了。这样的事件还抓不住,往后谁买咱的报看?”

一个编辑说:“人家玉珠还是个大姑娘。晚上有点私人社交活动,也是可以理解的嘛。”

主编说:“行,行。我理解还不行吗!玉珠小姐,咱亡羊补牢,赶快弄点儿新闻回来好不好?”

玉珠没说话,噘着嘴扭头就走。

河东大直沽棉纺厂工人夜校一片狼藉。被捣毁的教室前聚集了一大帮人。下夜班的女工们,围着破破烂烂的夜校,气愤地骂:“这是什么人干的!”

一位老太太坐在教室里,拍打着砸坏的桌凳号啕大哭:“我那闺女是多好的孩子呀!她才十六呀,老实巴交,就知道上班挣钱养家呀,哪个该死的把她当共产党抓走了呀!”

玉珠抓拍了几张照片。走近人群,有个女工小声说:“那几个常在这儿胡说八道的老爷们儿,怎么一个也没抓走?说抓的这些人宣传抗日,你给她二百大洋,她们也说不出个子午卯酉来。这事怎么这么悬?”

一个女工见了玉珠就说:“夏记者,你不是采访嘛。先采访采访我。我跟你说说逮走的二十三个人,都是干嘛的,人性怎么样!先别说是不是共产党,就问问她们什么是共产党,要有说得出来的,我从这儿爬着去趟法国桥!”

一个女工说:“说别的也许我还信,可人家唐老师,成天规规矩矩,不言不语,连钱也不挣,就知道教书。多好的人!说她是共产党,打死我也不信。”

玉珠听说唐老师也让抓走了,心里的无名火当时就着起来。看着这些义愤填膺的女工说:“你们说吧,说出来的,我都记下来。”

有个女工问:“记下来,你们敢登吗?”

玉珠瞪着眼说:“你们敢说我就敢登。他们要不敢,我掏钱出号外。先说说,抓走的都是谁?”

女工们七嘴八舌地说起来。

当个天晚上,玉珠拿着稿子送到主编面前:“冯主编,这是我去棉纺厂采访回来写的稿子,还拍了几张照片,这是底板。”

冯主编拿起稿子看了一遍,嘴里念着:“被抓二十三人,哪个像共产党?这件事用素笔白描,一个人一个人地写,也是个办法。不过题目要改。你看这么改行不行。”

冯主编拿起毛笔,边改边说:“大标题,‘惊天大劫案!河东棉纺厂二十三人昨夜被劫’。再插几个小标题:昨夜惊魂未定,今晨细说缘由。十八女四男被劫始末,被劫者真面目,可敬的唐老师,打赌爬着去法国桥。文字里的警察局、警察、共产党都去掉,就写大劫案,让它在全市轰动起来。”

玉珠看着,不住地点头,真佩服这位主编画龙点睛的大手笔。

冯主编举起照片底板看了看说:“这张教室里砸的乱七八糟的要用,加个题目,‘人去室未空’。这张老太太坐在地下哭的要用,加个题目,‘慈母悲痛欲绝’。这张工人们在夜校门前议论的要用,加个题目,‘全厂义愤填膺’。就这么发。记者的笔名也要改一改。叫什么呢?”

那个编辑说:“改成个有代表性的。”

冯主编说:“对,就叫余不平。我不平,谁都能跟自个儿对上号。玉珠,要用你本名,怕给你惹麻烦。出了事谁都不好。”

玉珠说:“我明白。这么改好。”

冯主编说:“咱做整页的头版,印五千。告诉下边儿,印完先别拆版,咱就等着加印吧。”

第二天,天津法租界劝业场门前卖报的大声喊:“看报啦!看报啦!惊天大劫案！河东棉纺厂一宿抓了二十几个！上夜校的都给抓走了！”

过路的人们围着报童，争先恐后地伸手抢着买报。

这一期的《民报》一会儿就卖光了。

不少没买着的还要买，卖报的说：“你们等着，我去找报社要去！”

《民报》印刷车间里，老式印刷机轰轰隆隆地加印这张报纸。冯主编满脸笑容看着这个场面：“都第三回加印了。平常是两千五，我看今天要突破五万！”

《民报》登载河东警察局滥抓无辜的报道，真人真事，真名实姓，有采访、有图片，生动具体，事实确凿。当天就传遍整个天津，激起极大的民愤！

当时天津市长是由二十九军三十八师师长张自忠兼任，副师长李文田兼任天津市副市长和警察局局长。为尽快平息民愤，俩人一碰头，赶快把河东警察局局长叫来。

河东警察局黄局长被叫到天津警察局局长办公室。局长李文田把这张《民报》拍在桌子上：“看看你们办的事！怎么把上夜校的女工都抓来了？连老师也抓，整班地抓，还把人家的教室砸毁了。这还不犯了众怒！你下边怎么净是笨蛋！”

黄局长低着头嘟囔：“我们的情报是可靠的，那天也不知道怎么回事，他们都换了人了。”

李文田脸都气白了：“放屁！机器局那边怎么解释？人到没换，一个真的也没抓着。这又怎么解释？”

黄局长歪着脑袋说：“报社那么写，咱就不管管？”

李文田摇着脑袋说：“黄老总，人家在法租界，咱管得了吗？这事闹得全天津市都嚷嚷开了，你说怎么收场？”

黄局长瞪大眼睛问：“您说呢？”

李文田看着他：“让我说？照你们这么办，还不让天津人把我李文田骂死！夜长梦多。押这么些女工干什么？上边再来个问口供的，就更得砸锅！回去赶快放人！”

世上就有这种人，谁发了他就恨谁。刘四就是这路货。在他眼里，成子和就是他当初见过的那个土里土气的乡巴佬。怎么这些年就让他混成天津码头货栈数一数二的老板了！他心眼儿里一百个不服气，总想把这个姓成的搞垮。五十来岁了，他为这事栽过多少跟头，就是不死心。

河东抓错人这事一传开，他拿着报纸就来找瑞祥。到了一看，瑞家客厅茶几上，也放着一份那天的《民报》。瑞祥斜坐在椅子上，眼盯着刘四，一字一句地问："你说河东警察局抓错人这个事，跟美丰厚成家有关系？"

刘四眯着眼说："那天我亲眼看见成子和那个小太太，在小白楼街上急急忙忙往北走，就觉着不对劲。我跟着她到了美丰厚，她进去，我就在外边儿蹲着。待了一会儿她就出来了，前后也就是几句话的工夫。这不就是报信儿去了嘛！"

瑞祥瞅着他："她从哪儿来的信儿呢？"

刘四摇着头："这我就说不准了。反正有人给她报信儿。"

瑞祥气得站起来，指着他的鼻子："废话！你栽在人家手里还少啊？怎么就不长记性！凭你那点儿能耐，想跟美丰厚成三爷斗，找死吧你！去去去，往后别跟我说这个。"

三爷和山口把那宗出口生意谈妥不久，马掌柜和夏七宝送来桃仁、杏梅各二百公斤。山口父子来验了货，非常满意。第一批精致的小木箱很快加工好了。薛继承替山口洋行办好出口日本的手续，就在美丰厚货栈装箱待运。

这一天，三爷和陈昆到码头上看这第一批货装船。一摞一摞装着桃仁、杏梅的小木箱，连着底下的木架子被大吊车吊起来，装进船舱。装卸工喊："三爷，这批货可够漂亮的。"

三爷说："等这批货结算回来，咱过个好年。"

陈昆凑在三爷耳边说："您设计的这条道，算是通了"。

三爷小声说："日本人尝到甜头，就得接着往下做。我看就凭这个，咱美丰厚货栈也许能保得住。"

1935年十一月四日，国民政府颁布通令，即日起以中央银行、中国银行、交通银行发行的钞票为法币，规定禁止白银、银圆流通。民间使用和储存的白银、银圆，统一由中央银行收兑，一银圆兑换法币一元。

这天早晨,正在喝茶看报的刘寿兰,忽然看到报上的这条新闻,惊讶地瞪大眼睛,站起身来一边披大衣,一边大喊:“来人,赶快备车,去美丰厚!”

雪弗兰轿车经过小白楼,街上卖报的大声喊:“看报啦,看报啦!银圆要换法币啦!手里存钱的要倒霉啦!”

刘寿兰急匆匆走进美丰厚货栈经理室:“薛继承!你看今天的报纸了吗?”

薛继承赶紧站起来:“刘董事长,您请坐。”

刘寿兰着急地看着他:“我问你看今天的报纸了没有!”

薛继承说:“还没看。”

刘寿兰瞪大眼睛:“从今天起,银圆禁止流通,都要兑换成法币。咱平常有那么多流动资金,这回美丰厚的损失可大发了!”

薛继承说:“要这么兑换,真是手里的银圆越多,损失就越大。”

刘寿兰气愤地说:“国民政府抽冷子这么一来,吃亏的就是咱这样挣现钱的商户。”

薛继承小声告诉他:“刘董事长,咱货栈手里的现金没多少,头几个月就都用到那些地方了。”

刘寿兰顺着薛继承手指的方向从窗户往外看,南墙已经变成一排整齐的两层楼房。院子里的路也宽多了。

薛继承说:“西院的油库、修理车间也都建成了。三爷年前就告诉我们,有现钱赶紧花,千万别留着。咱手里的钱,就都干这个用了。”

刘寿兰一听紧张的脸色这才缓和下来,长出了一口气,点点头说:“三爷安排得好,你们干得也好。”

那天晴空万里,艳阳高照。秦氏下了楼,坐在院里晒太阳。大桂抱着成信:“小秃子,你说,姥姥好了。”

小秃子学着妈妈的话:“姥姥,好了。”

秦氏看着宝贝外孙儿,脸上露出难得的笑容:“我一看见小秃子,就觉着身上轻松多了。”

林妈笑着说:“你外孙子,就会给你治病。看他多会说呀。”

有人敲门,林妈过去把门打开,玉珠进来了。

大桂看见她就说:“玉珠,又多少天没回来了。怎么这么忙?”

玉珠还没说话,婉秋在后边跟进来:“我在院子里就看见你来了,叫你都没听见。”

玉珠说:“我是回来看姥姥。姥姥好了,我就放心啦。”

大桂冲着她说:“放屁!你惦着谁呀?这么些天都不回来,还有脸说看姥姥呢。”

玉珠冤枉地说:“你问婉秋,这些天北京闹一二·九运动,我们没白没夜地赶新闻,报道天津学生跟市民的反映。现在我们《民报》,哪天也卖一万多份。”

大桂问:“婉秋,是这么回事吗?”

婉秋点点头:“北京的学生是闹得挺厉害。”

大桂又问:“闹什么?”

玉珠抢着说:“反对华北自治,打倒日本帝国主义。”

大桂把小秃子交给姥姥:“小日本儿总是想欺负咱,就该反对他、打倒他。婉秋,你们学校收拾好了吗?”

婉秋无奈地说:“都说要恢复,就是没人给钱。工厂连开工资都困难,哪有力量修复夜校!”

玉珠愤愤地说:“我看还得在报上发动市民捐款。”

婉秋看着她:“棉纺厂让你们报纸一宣传,也出名了。”

大桂问婉秋:“要不是人家这么宣传,你们还出不来吧?”

婉秋说:“要说也是。玉珠,是你们弄的吧。”

玉珠故作谦虚地:“哪个人都没这么大本事。这叫天津报界的反映。婉秋,你们在里边受罪了吗?”

婉秋有些不好意思:“我跟那些女工们在一块儿,吃不下、喝不下、睡不着,就盼着出来。也没觉得是受罪。”

大桂知道婉秋生性腼腆,不愿意说让人同情的话。问她:“那么多人挤在一个铁笼子里,还不受罪!你害怕吗?”

婉秋说:“要在过去,我准怕得要死。这次跟女工们在一起,也不觉得怕了。她们骂人可厉害呢。监狱里的警察都怵她们。玉珠,北京的一二·九运动,在咱天津有反应吗?”

玉珠又得意地看着她："怎么没有？学生、工人、商界，都上街游行！豁出命地喊，打倒卖国政府！打倒日本帝国主义！动静还不小呢。"

大桂问她："你游行了吗？"

玉珠说："我不去还行？不到现场，怎么写报道啊。"

大桂悄悄地问："你看见日本特务了吗？"

玉珠瞪大眼："日本人穿上咱中国人的衣裳，谁看得出来？"

大桂这才说道正题上："听三爷说，这回跟日本人做生意，那个老板还是你同学？"

玉珠说："是啊。同学几年，我都不知道他是日本人。"

大桂神秘地问："听说人家对你还不错？"

玉珠发现大桂问的不对劲："小姨，你胡说什么呀。同学就是同学，还有什么错不错的。"

又有人敲门。

玉珠过去开门，是金锁。

金锁向玉珠点点头，走进来随手关上门："你们这儿挺热闹啊。"

坐在院子里的秦氏看见他："金锁。你来了。"

小秃子挣脱姥姥的手，高兴地蹦着跳着跑过去："哥哥，哥哥。"

金锁抱起小秃子，跟秦氏说："前两天我回独流一趟，咱家的房子、书场都快修完工了。精爷让我看看您好了没有，能回去，就回去看看。"

秦氏站起来："咱上楼说去吧。"

玉珠赶紧过来："我扶您上去。"

玉珠搀着秦氏、金锁抱着成信，上楼去了。

婉秋过来悄悄问大桂："玉珠有个日本朋友？"

大桂小声说："人家对她挺好。她不知道那是个日本人。"

婉秋不再多问了："你们家有客人，我走了。"

大桂送走婉秋，也上了楼。

当年天津租界住了不少清朝的达官贵人、遗老遗少。闲居无聊，看戏就是他们唯一的消遣。各地的京剧名角儿都来天津唱戏，可是演出场所都已破旧。当红的海派老生周信芳，倡议在天津盖一座新式的中国大戏院，当地阔佬和京剧名家纷纷响应，投资入股。

中国大戏院1934年在法租界破土动工。这座大戏院完全是西式建筑。上下三层，能容纳两千多观众。剧场里没有一根立柱，声响效果极佳。即使坐在楼上最后一排，也能听清台上的演唱。规模和设施在中国北方堪称第一。所有进口设备，都由美丰厚货栈代收入库，随用随取。

这时工程正在收尾，陈昆带着一车材料送到工地。工地管理员见了陈昆，赶紧打招呼："陈头儿，怎么还亲自押车？"

陈昆说："你们中国大戏院盖起来，也快过八月节了。咱该结算了吧？"

管理员说："你放心，几位老板投的都是现钱，欠不了你的。"

陈昆问："怎么唱戏的老板也有往这里投钱的？"

工地管理员说："有啊。南边儿的麒麟童周信芳，北边儿的马连良、尚小云，都往咱这儿投了钱。"

陈昆问："你们开业，这几位都得来唱几出吧。"

管理员说："听说马连良马老板要带着戏班儿来。到时候我给你送票去。"

陈昆知道三奶奶爱看戏，一再叮嘱他："你可说话算数！"

管理员说："听说开业那天，市长张自忠亲自剪彩，全天津各界名流都得请来，这种场合还少得了美丰厚成三爷！"

中国大戏院开业那天，果然给三爷送来两张请柬。陈昆拿着请柬来到经理室："三爷，今天中国大戏院开张，请您跟三奶奶去看戏。"

三爷说："你们去吧，我这几年也没看过戏。"

薛继承接过来看了看："人家请柬上写着您的名字，专门请您携夫人参加开业典礼，别人哪有资格去呀。"

陈昆说："听说张自忠市长还要亲自去剪彩呢。"

三爷问："演什么戏？"

陈昆说："马连良的戏班儿，演《群英会》《借东风》。马连良的孔明、叶盛兰的周瑜、刘连荣的曹操、马富禄的蒋干。"

薛继承问："你怎么记得这么清楚？"

陈昆说："我特意问来的。要不三爷一问，答不上来还行？"

三爷笑了："冲你这么用心，我也得去。"

第五十三章

那天三爷早早就回到家里。大桂问:“今天怎么这么早就回来了?”

三爷说:“早点吃饭,晚上带你去看戏。”

大桂挺纳闷儿:“什么日子,想起看戏来了?”

三爷说:“法租界的中国大戏院盖好了,今天开业。特地给美丰厚送的请柬。”

大桂说:“人家给你送请帖,我去干什么?”

三爷笑着说:“这是规矩,参加这种典礼,都得带上夫人。”

大桂也笑了:“我还是夫人?”

三爷看着她说:“你不就是我的夫人嘛!”

这句话让大桂笑得前仰后合:“我这是头一回当夫人。带小秃子去吗?”

三爷说:“那个场合,开头又祝贺、又剪彩,怕他闹。我看不带为好。”

大桂点头说:“咱小秃子听话,让姥姥跟大红看着他就行。我去告诉林妈,早点儿吃饭。”

这天晚上,天津法租界天增里附近灯火辉煌。远远就能看见霓虹灯打出的“中国大戏院”几个大字。大厅里各界送的花篮一个挨一个,一直摆到戏院门前的街上。马路两边已经是人山人海。警察疏导着来参加典礼的车辆。

三爷和大桂坐的洋车在大戏院门前停下来。三爷和大桂拿着请柬,并肩走了过去。穿大褂儿的检票人看了看请柬,高喊:“美丰厚董事长成三爷到!”

服务员过来伸手说:“二位请楼上坐。”说着把三爷夫妇领上二楼大厅。这里摆着不少小圆桌,桌子上茶壶茶杯、干鲜果品一应俱全。周围是一圈儿椅子。已经有不少人坐在这里。

服务员倒了两杯茶:“您二位在这儿休息。一会儿到下边儿出席剪彩仪式。”

三爷和大桂一入场,就引起周围人们的一阵议论。三爷头戴水獭圆笼帽,穿着灰呢子大衣。大桂黑发盘头,穿了件水獭领子的薄呢子大衣,领口别着个雪白锃亮的水晶花。修长的身材,站在那里华光四射。

大桂左右看了看，这儿的男人都是衣冠楚楚，身边都带着夫人。坐下就小声问："这就是戏园子？戏台在哪儿？"

三爷说："这是让咱休息的地方。一会儿看戏，准是在楼下剧场里。"

有个穿制服的男人走过来："三爷，我可是头一回见您的夫人。"

子和抬头，是机器局局长李铮，赶紧说："李局长，幸会幸会。"告诉大桂："这位是机器局李局长。"

大桂站起欠身："李局长，您好。"

李局长指着身边的女人说："这是贱内。"

大桂微笑着点点头："嫂夫人，您好。"

李局长指着旁边一个穿警服的："三爷，我给您介绍一下，这是河东警察局黄局长。"

三爷起身抱拳："久仰久仰。"

李局长又说："这是黄局长夫人。"

大桂一看，这位夫人竟是王月蓉。站起来两眼看着她，郑重其事地欠身："局长夫人，您好。"

王月蓉凑过来伸手拧了她一下，小声说："该死的！"

俩人偷偷地乐了。

不一会儿楼下传来洋鼓洋号的奏乐声，三辆黑色福特轿车停在戏院门前。

从前后两辆车上跳下几个卫士，迅速站到大门两侧。

一个卫士过来把中间那辆车的后座车门拉开。

身着戎装的张自忠将军下了车。

马路对面的人群里一阵骚动："张自忠！二十九军三十八师师长！人家还是冀察政务委员会委员呢！"

在场的警察局长李文田向张自忠敬礼。

人群里有人说："这个警察局长，是他副手，三十八师副师长！"

一位绅士打扮的中年人走过去。秘书上前介绍："惠中饭店经理孟少臣。"

张自忠看着他说："啊，中国大戏院就是你筹资盖起来的。"

孟少臣欠着身说："是几位京剧界的老板提议，我张罗的。"

张自忠仰头看着这座大楼："这是谁设计的？"

孟少臣说："是请法国荣利工程师设计的。前后台进口材料，都是美丰厚货栈经办，一共盖了两年。"

张自忠点点头："不错，这是几层楼？"

孟少臣说："是五层建筑，剧场是三层。整个观众席没有一根柱子。"

二楼大厅的服务员喊："请各位贵宾到楼下门外参加剪彩仪式！"

参加剪彩的贵宾和夫人们纷纷下楼，被领到大门两侧。

大门中间已经拉上一条红彩绸。

典礼司仪高喊："请张自忠市长剪彩！"

张自忠走到彩绸中间笑着说："各位，今天新建的中国大戏院开业，这可是咱北方最大最好的剧场，祝贺你们开业大吉，生意兴隆！"说罢，从礼仪小姐的托盘里拿起剪刀，把彩绸剪断。

在场的贵宾和马路上的人们，一起鼓掌喝彩。

剪彩仪式结束，三爷和大桂跟着这些贵宾，由服务员引导着进了剧场一楼。这时一楼后区和前区两侧已经坐满了人。三爷拉着大桂坐到五排正中。大桂回头找王月蓉，早已不见踪影。大桂心想，这么好的戏都不爱看！

演出开始了。几位名角把这出《群英会》演绎得特别精彩。大桂正看得出神，三爷小声问："你看得懂吗？"

大桂点点头："看得懂。我在书场听过三国，说的唱的都能听明白。"

散戏了，看戏的人们涌出剧场。三爷和大桂随着兴高采烈的观众走到门前。李局长过来了："三爷，戏真不错啊。"

三爷说："名角儿唱的，就是不一样。"

李局长说："我看嫂夫人看得聚精会神。"

三爷说："她懂戏。"

李局长说："我那位就不行，早困了。"

大桂问："黄局长他们呢？"

李局长说："他们俩呀，应酬完就走了，根本就没进剧场。"

走出中国大戏院，李铮站住说："三爷，美丰厚的生意，可是越来越火啊？"

三爷说："还不是你们这几家大户头撑着。没你们，我那儿也早完了。张市长怎么没看戏？"

李铮凑过来说："日本军队在八里台找茬儿闹事，他哪坐得住？时局不好啊！"

庞二带着一辆洋车挤过来："三爷，三奶奶，上车吧。"

三爷抱拳："李局长，我先走了。"

李铮说："您请便，您请便。"

三爷带着大桂走了。李局长面色凝重地看着他俩的背影。

玉珠参加了中国大戏院开业典礼，又看了一场名角儿的戏。回到报社问："冯主编，张市长剪彩，马连良带着戏班儿来唱戏，咱还报道吗？"

冯主编眯着眼说："'商女不知亡国恨，隔江犹唱《后庭花》'。人家够轰动的了，咱还凑什么热闹！该采访的题材多了。听说有的商家急着跟日本人套近乎，咱能从社会新闻上找个茬儿，敲打敲打吗？"

玉珠说："这种事我可拿不准。"

冯主编说："那就别勉强。对了，那天有位你的同学到咱这儿找你。"

玉珠问："叫什么名字？"

冯主编从抽屉里翻出在一张纸："在这儿，他叫崔建一。这是他的电话。"

玉珠接过这张纸，盯着它看了半天。

那天从中国大戏院回来，大桂总觉得没带成信去看戏，心里过意不去。一天晚上她带成信去劝业场闲逛，发现四楼天华景戏院正在唱京剧，就买票带着成信进去了。那天演的是《天河配》，演员都是十二三岁的孩子。

《天河配》说的是兄弟分家，嫂子霸占家产，只分给弟弟牛郎一头老黄牛。那头牛是金牛星变的，它帮着牛郎和织女结成夫妻。王母娘娘逼织女上天，牛郎挑着两个孩子追赶，被天河拦住。那天正是七月初七，喜鹊给他俩搭桥，牛郎织女终于相会。

这出戏故事情节很生动。演嫂子的小演员十分滑稽，逗得成信咯咯直乐。最后喜鹊搭桥，从后台突然放出许多麻雀，满场乱飞。把小秃子激动地大声喊叫。戏散了，非要抓只鸟儿不可。

大桂找戏院茶房给他抓来一只麻雀，腿上还绑了个布条儿。交到成信手里说："小少爷拿好，可别让它跑了。"大桂给了他不少小费。

当晚回到家里，成信手里攥着这个布条儿，鸟儿就在他前头扑扑楞楞地飞个不停。

三爷见小秃子这么高兴，问起今天看了什么戏，大桂就把在天华景看《天河配》和抓鸟儿的事说了一遍。

三爷说："在天华景演戏的，是劝业场东家高渤海新成立的戏班，叫稽古社。听说那些孩子都挺有灵性，明天我跟你们一块儿去看。"

第二天晚上，三爷、大桂带上三个孩子和大红，又去了天华景戏院。在二楼包厢看了一出《闹天宫》。这些还没出师，十几岁的演员，唱念做打还都不错。三爷见大桂和孩子们都爱看，就订了个二楼的包厢，跟大桂说："往后你们没事就来看吧。"

运到日本的汾州桃仁、杏梅，一上市销路出奇地好。香脆的桃仁自不必说，尤其是酸甜可口，晶莹可爱的杏梅，一时竟成为日本人制作糕点、佐餐消闲的时尚食品。

一种东西让人喜欢，就有文人出来凑热闹。日本一份小报上说，南太平洋有个岛国，至今没有得癌症的，原因就是那里的人都爱吃杏。这一宣传，杏梅就更热销了。

有个说法叫爱屋及乌。桃仁、杏梅受欢迎，连那个印着汾州杏梅、汾州桃仁的小木匣，也受到日本儿童和学生们的喜爱。第一批货很快被抢购一空。小木匣也成了装文具、玩具的时尚用品。商家纷纷和天津山口洋行联系，要求订货。

山口洋行在日本声名大振。山口非常高兴，几次打电话感谢三爷，一再叮嘱一定要把这个生意继续做下去。那天薛继承去山口洋行结账，和山口建一谈了很久。回来跟三爷说："山口建一说他对做生意不感兴趣，可是挺爱跟我聊天儿。"

三爷问："聊什么？"

薛继承说："总是问咱这些人过去都干什么，刨根问底儿地问您跟夏七爷的事。他说挺佩服你们二位，还说想到您老家汾阳去看看。"

三爷说："跟他这种人聊，可得多个心眼儿。"

自从金锁告诉姥姥米家老宅修缮工程快竣工了，秦氏就总念叨想回去看看。大桂去西头和妹妹淑华商量，让她来帮着照顾孩子。捎信儿让独流来人，把母亲接回去住些日子。一再嘱咐，觉得身体不好，就赶快回来。

淑华心地善良，老实厚道，对孩子特别好。她说话有点儿大舌头。去看马连良的戏，说不清马连良三个字，总说成马娘娘。崇德里的几位奶奶常逗她："你那天看谁的戏了？"

她说："不就是带胡子的马娘娘嘛。"

总是逗得她们哄堂大笑。

秦氏回到独流，工程就剩下正房上顶了。

日子过得飞快，一晃天就凉了。老宅修缮完，秦氏就跟儿媳妇宫氏一起看茶摊、管书场、操持家务，一天忙到晚。人到了家，心里却又惦着天津，担心淑华大红照顾不好那三个孩子。身心劳累，再加上吃不好睡不好，天气一凉，病又加重了。

自打秦氏回到独流，精爷就轻松多了。他跟二儿子有财，成天就是喝茶、听书、泡澡堂子。刚过了半年好日子，秦氏又病倒了。爷儿俩商量，独流没好大夫，还是送到天津看病去吧。让大儿媳妇宫氏把要带东西收拾好，有财就把母亲秦氏送到天津。

大桂一见母亲瘦得皮包骨，两眼无神面色苍白，连说话气也短了，赶紧又托人找给母亲看过病那位大夫来看病。大夫看了面色，听了病情，又问了回去养病的情况，号完脉摇了摇头说："养得不好啊。"

常言说，得病靠的是三分治七分养。秦氏本来就操劳过度，再没好好养，这就病上加病了。

大桂擦着眼泪说："我娘就是操心的命，怎么劝都劝不了。您还是给开个方子吧。"

大夫说身子太虚了，药是得吃，还要好好地养。又开了一服药就走了。

送走那位大夫，秦氏问："请这位大夫来家看病，得花多少钱？"

大桂说："治病要紧，您就别惦着花钱的事啦。"

秦氏说："又看病又吃药的，花这些钱干什么。"

有财在一边说："在我姐姐这儿，您就别操这份心。"

秦氏瞪了他一眼："有儿子还靠闺女，我嫌丢人！"

其实秦氏的心病就在这儿。她生了两个儿子，一个也靠不上。就为拉扯这个家，把闺女嫁给大三十多岁的男人。想起来心里就愧得慌。

还有些事也在她心里结了疙瘩。大桂怎么成了金锁的表姑？玉珠跟金锁又是怎么回事？弄不清楚，又不敢问。这都是她的心病。劳神累心，病就难好了。

玉珠好些日子没回崇德里，这天突然跑回来，进门就问：“姥姥呢？”

大桂说：“在楼上躺着呢。”

玉珠又问：“金锁来过吗？”

“十几天没来了。”大桂看着她说：“我看你跟他挺说得来。”

玉珠的脸腾地红了：“他总躲着我。那天我跟九姑提起张金锁，九姑说他人品好，有本事，挺仗义。可话里话外，又让我别跟他走得太近。我真闹不清她是怎么想的。”

大桂手指着她：“你这个记者，就是总想弄清人家心里怎么想。九姑跟你说别跟他走得太近，准有她的道理。”

玉珠问：“你说她有什么道理？”

大桂说：“我哪知道？”

玉珠凑过去低声说：“你说我那个日本同学，前两天到报社找我，没见着。给他打电话，说他到外地考察去了。”

大桂看着她：“你也是，知道他是个日本人，怎么还跟他交朋友？”

玉珠看着大桂：“可我爸爸他们正跟他做买卖呢。我三叔对这个事是怎么想的，你知道吗？”

大桂说：“这些事他从来就不跟我说，我也不问。你看金锁这个人怎么样？”

玉珠自言自语：“张金锁这人有一股侠气。我那个日本同学是学究气，就爱钻研中国历史。”

大桂很生气：“你怎么把金锁跟日本人搁一块儿？”

玉珠瞪着眼：“跟日本人搁一块儿怕什么？要打倒的是日本帝国主义，是日本侵略者。他就是个学生。”

山西汾阳马记山货庄后院，马掌柜正在看着女工们筛选杏梅：“不周正的就挑出来。咱出去的杏梅，不光好吃，还得让人家看着顺眼，才能卖个好价钱。”

伙计过来说:“掌柜的,外边有人找您。”

正说着,山口建一走了进来:“马掌柜,你忙着了。”

马掌柜仔细看着他:“您不是山……?”

山口建一赶紧说:“我是崔建一。”

马掌柜点头说:“哦,崔先生,屋里坐,屋里坐。”

山口建一看了看女工们正在挑拣的杏梅,马掌柜把他让进柜房,伙计过来把茶斟上。

马掌柜问:“山口先生,您怎么找到这儿来了? 是来看货?”

山口建一摇头说:“不是。我是来看看汾阳古城。从春秋战国时期晋国在吕梁山下设立瓜衍郡起,这座古城已经有两千六百多年,这里的历史内涵太丰富了。”

马掌柜松了口气:“我还以为是咱生意上的事呢。”

山口建一说:“也跟生意有关系。不然我怎么能找到你这位汾阳朋友?”

马掌柜不知道说什么好,应付着说:“还没吃饭吧,您先在这儿休息,我给您安排饭去。要累,就在炕上躺一会儿。”

山口建一也不客气,说了声:“我是有点儿累。”就在炕上躺下了。

马掌柜到前边店堂吩咐伙计:“去东关一品斋把郝掌柜叫来。快点儿!”

不一会儿郝子润来了。马掌柜迎上去小声说:“天津山口洋行的山口建一来了。他的中国名字叫崔建一。说是来看汾阳城,谁知道他想来干什么?你说该怎么办?”

郝子润问:“他在哪儿?”

马掌柜说:“在柜房躺着呢。”

郝子润说:“先把他稳住,套套口风再说。吃饭了吗?”

马掌柜说:“没有。”

郝子润说:“咱先请他吃饭,拿酒灌醉他。看他能说出什么来。”

马掌柜点点头:“就这样吧,我去看看。”

马掌柜回到柜房一看,山口建一正躺在炕上呼呼大睡。

山口建一觉醒来,马掌柜说:“崔先生,这位是给成三爷在汾阳办事的郝掌柜。”

山口建一看着郝子润点点头说:“您好,成三爷在哪儿都有得力的助手。”

第五十四章

喝酒的凉菜已经准备好了，伙计又把几盘热菜摆到炕桌上。

山口建一看着说："这顿饭好丰盛啊！"

郝子润举起酒杯："山口先生，这是我们给您接风的酒。您父亲是成三爷的朋友，我们要不招待你喝好，三爷知道了，还不骂我们？这一杯咱得干了。"说着自己先喝干。

山口建一端起酒杯仰头喝了："干，干。"

马掌柜给山口建一斟满酒："你是山口洋行的老板，这次生意做得太漂亮了。我敬酒先喝。"说着自己先喝干。

山口建一也喝干了。

一口气喝了几杯酒。郝子润才问："山口先生，你是我们汾阳的贵客。在汾阳想干什么，我们给你安排。"

山口建一喝得满脸通红，说话已经不大清楚了："我就是想亲眼看看汾阳。汾阳太伟大了。你们知道吗，汾阳都两千六百多岁了。这座县城，比日本还古老。

郝子润说："汾阳城里城外，古迹多了，都让你看个够。来咱再喝一个。"

两个人人喝干杯里的酒。

山口建一说："我不光看古迹，还想看成子和的家，看看他的家有没有文化。没文化的家，他的聪明、诚信就是假的。有文化的家，他的聪明、诚信就是真的。"

郝子润说："成三爷的家就是一所空房子，家里人都到外地去了。"

喝红脸的山口建一说："我就是要看房子，看看房子有没有文化。"

郝子润说："这好办。明天我就领你看看他的房子。你还想看什么？"

山口建一说："去看寿阳啊！寿阳也是古城。那里就是晋国的马首邑。你知道吗，为考察这两个地方，我看了三天书。我还要看夏七宝的家，看看他的房子。那也是玉珠的家，看看夏玉珠的文化。"

山口建一说着，身子一歪，躺在炕上就睡着了。

早晨三爷刚走进美丰厚货栈经理室，服务生进来说："董事长，您的加急电报。"

三爷打开电报，上边写着："建一来汾欲访您和寿阳夏家请示下"。

子和想了想，在纸上写"可与天佑谈，看养济巷，速告寿阳"。写完让服务生叫来庞二，把字条交给他："给郝子润发加急电报。"

这年冬天，东北军少帅张学良和西北军的杨虎城，在西安发动"双十二事变"，逼蒋介石停止内战，联共抗日。蒋介石被迫同意释放共产党政治犯，答应一致抗日，却把送他回南京的张学良囚禁起来。这件事震动了全国。

刘寿兰一向赞成抗日，可少帅这么一闹，时局会向哪个方向发展，越想心里越不踏实。他跟三爷商量："赶紧盘出美丰厚的家底，做好应变准备。"

从这天起，三爷和刘寿兰、薛继承，每天晚上都在经理室盘账。结算出来，当年一千两银子起家，如今动产、不动产的总盘子，已经有上百万大洋了。

刘寿兰惊讶地看着三爷说："老三你干得真可以，这可都是你的功劳啊。"

三爷说："美丰厚干到现在，缺了谁也不行。您是我的主心骨，吴先生跟又宾是我的左膀右臂。还有薛继承、许南生这些从广仁堂来的孩子。再加上陈昆、九姑、庞二、蔡师傅这些骨干，都把心扑在美丰厚了。真是缺了谁也不行。"

薛继承觉得，成三爷几十年打里打外，整个身心都放到了美丰厚，硬是在海河码头打拼出这么大的产业。他开创的储运物流业在天津首屈一指，他在中国商界也算是数得着的人物。

把这些账算完，刘寿兰就感叹地说："不容易呀，这年头儿要不是总打仗，咱美丰厚还能干出大名堂。"

三爷说："我看咱从利润里先提出十万。刘大爷、我、吴先生、吕四爷，按四、三、二、一，分四个户头，存在美国银行。再拿几万补贴给薛继承、陈昆和那几位骨干。要暗补，不能张扬。其余利润存到几家外国银行。"

刘寿兰说："继承，就按三爷说的办。吴先生能不能回来还很难说，往后美丰厚就靠你了。这件事可要办牢靠。日本特务无孔不入，绝不能露一点儿风声。"

那些日子三爷每天回来得很晚。租界里的人习惯夜生活，外人也看不出什么。三爷不论回来多晚，大桂准在屋里等着，为的是让他能擦把脸、烫烫脚，喝点儿热水，睡觉舒服点儿。三爷每天晚上回来，也总要上楼看看姥姥今天怎么样。

论岁数三爷比秦氏大，可他对秦氏非常尊重。三爷知道，自从有了这个家，姥姥就跟着操心受累。有了孩子，更是一时也不闲着。尤其是有了成信，姥姥的心都扑在这孩子身上了。

这些年秦氏跟三爷的关系也很微妙。三爷一回来，她就尽量回避，从来不主动搭话。她心里明白，三爷是正直的好人。米家没有三爷接济，还不知道过成什么样。可是面对这个比她还大的姑爷，她也很难为情。

秦氏身体虚弱，心事重重，病还是时好时犯。犯一次病，就加重一次。大桂天天守着母亲。看着母亲一天比一天消瘦，心里特别难受。埋怨自己太不懂事，早就该给娘看病。秦氏说："傻孩子，我这是心病，谁治得了啊。"

大桂奇怪地问："您有什么心病呀。"

秦氏有气无力地说："当初给你应下这门亲事，就是我看上人家八百块钱的聘礼。那时候日子过不下去呀。"说着她就掉了泪："有了这笔钱，就救了咱一家子。你过了门，我就觉得心里愧得慌。这不是把自己的闺女卖了嘛，想起来我就睡不着觉。"

大桂小声跟娘说："后来也是我愿意才嫁的呀，您看现在不是挺好的嘛。"

秦氏说："人家娶你是为传宗接代。你连生两个闺女，我又揪上心了。要是生不了小子，这不是坑人家吗。生了成信我又怕养不活他，成天又揪心。现在想起来，总揪着心，有嘛用啊！"

听到这里大桂的眼圈红了。流着泪说："您就是为我操心，操成病了。"

秦氏说："这就是我的命，等我想开了，病也下不去了。"说着又掉了泪。

那些天秦氏接连几次昏过去。虽说那位大夫一请就到，可是再好的医术也无力回天。大桂没办法，只好往独流捎信，叫家里人快来看看。

精爷和有财从独流赶来了，在天津的有德也来了。加上淑华夫妻和大桂，一家人围着秦氏。除了哭，也没别的办法。

精爷说："孩子们都来了，有嘛话你就说说吧。"

秦氏摇摇头，不愿意说什么。抬手指了指楼下，大桂明白，姥姥要看小秃子，赶紧下楼去抱成信。

谁也没想到，小成信一上楼，趴到床边搂着姥姥就哭起来。

秦氏用手摸着成信的头，微微一笑，泪水从眼角流了下来。孩子的哭声让她得到安慰。孙子孙女好几个，唯独成信是她的心头肉。有了他，她才觉得对得起三爷，死而无憾了。

当天晚上秦氏就与世长辞了。

大桂知道，母亲一旦故去，眼下要办的事，父亲和哥哥弟弟都办不了，提前就给金锁打了招呼。这两天金锁一直在这里盯着。老人一咽气，赶紧找雇好的马车把棺材拉来，穿衣入殓，连夜把灵柩运往独流。

秦氏的丧事是在独流办的，这也是她临终的遗言。姥姥不让大桂带着孩子去。三爷就叫妹夫寇士元带着钱去帮着料理。精爷在独流有不少朋友，前前后后有金锁帮着张罗。治丧出殡都办得挺排场。

送走母亲，大桂躺在家里哭了好几天。回想母亲嘱咐她的话，越想越觉得自己以前太不懂事，越想越后悔。有时听到楼上有动静，就觉得母亲还在那里，跑上楼去才发现是自己的幻觉。她忽然萌发一个想法，要离开崇德里这个住处。

想到这里，大桂起来就去首善街电灯房找张掌柜，跟他说："我想搬到首善街来住，烦你给找一处房子。"

张胖子问："崇德里有麻烦了？"

大桂说："不是。我娘死在那儿，不离开我总也缓不过来。"

张胖子说："那我赶紧给您办。"

当天晚上大桂把想搬家的事告诉三爷。家里的事三爷总是听大桂的。跟她说："搬搬家也好。再找房也别离这儿太远，最好再宽绰点儿。"

大桂说："我想搬到首善街那儿。"

三爷说："那一带的房子可不好找。"

大桂说："等我找到了，你先看看再说。"

第二天早晨大桂去问张掌柜。

张胖子说："您真是来得早不如来得巧。安仁里正好有一套现房，两楼两底，前后两个小院，有厨房、下房，还真不错。要不您看看去？"

大桂问:“现在就能看?”

张胖子说:“管房的老郭,就住在那个胡同,去了就能看。”

首善街是一条东西向的小街。两边都是小商铺。街口是一家卖鸡鸭的,往里有卖鱼的、卖菜的、卖鸡蛋的,炸果子卖大饼的和煤铺、水铺、裁缝铺、切面铺。最里边是两间门脸的天利成杂货店,米面油盐、日用杂货什么都卖。

靠左手有三条通向大街的胡同,一条是竹远里,都是平房。临街楼房底层是商铺。另一条是宝善里,有一排西式楼房,住的都是俄国十月革命逃出来的贵族富商,当地人称他们白俄。还有一条是安居里。

最初这些白俄手里有钱,购买力强。当地不少商家,连卖菜的小贩都学俄国话。几十年后不少人家坐吃山空,有的也沦为小贩。胡同里的孩子见了他们就喊:“大鼻子,卖胰子(肥皂)。”

首善街右手,从东到西是安善里、安仁里和安居里的几条胡同。大部分是平房,只有最里边是两层的楼房。张胖子领着三奶奶进了安仁里,叫出管房子的郭先生:“成三奶奶看房来了。”

郭先生赶忙回去拿上钥匙,直奔最里边左手的三号。

大桂进去一看,里外都挺新,就问:“这儿住过人吗?”

郭先生说:“这是一位房客订的,留了两年人家不来了。”

大桂说:“我看行。明天上午我们先生来看,定了就来人打扫,后天就搬。房钱怎么交都行,手续有人找你办。”

郭先生点头说:“那好,那好。”

张胖子看出三奶奶办事干脆,瞪起眼珠子冲郭先生说:“三奶奶看上这就定了,再来人你可别撒手。”

郭先生说:“我乐不得找三奶奶这样的住户,怎么能撒手呢。”

大桂当晚告诉三爷,已经看好安仁里三号的房子,让三爷明天去看看。三爷说:“你看着行,明天叫美丰厚来人跟他们订合同交房钱,咱说搬就搬。”

三爷把家搬到首善街安仁里,环境一变,大桂果然振作起来。

这个新家是她一手布置的。楼下两大间,里间是卧室,外间是客厅。迎面墙上挂着湘绣的六扇屏。中间四扇是春夏秋冬四时花鸟,两边是一副对联。“好书悟后三更月,良友来时四座春。”上款是“子和仁兄雅正”,下款是“顽伯邓石如”。

靠墙是花梨木条案，摆着玻璃罩座钟和成对的细瓷帽筒、掸瓶、点心罐子，一个八仙桌和两把太师椅。

对面靠墙是大立柜和西式壁柜，上边摆着成信过满月美丰厚同仁送的银盾，上款是“子和先生弄璋之禧”，下款是“美丰厚货栈同人敬贺”。南面是两个透亮的大窗户。里外间用几扇木板门隔开。

前院通往后院有个过道，靠墙有楼梯。楼上也是两大间，过道顶头有间小屋。一间大房里搭了个大床，老姨跟大红住在这儿，另一间空着，让孩子们在这里玩儿。小屋里支了一张单人床，有时庞二在这儿休息。后院下房是林妈住。靠里是厨房和厕所。

孩子们挺喜欢前边的小院儿。虽不算大，推开大门看着也挺豁亮。每天庞二把洋车停到院子里。有时把货栈的那条大狼狗带来，带着成信在这儿喂它，逗着它玩儿。

里里外外刚收拾好，李二奶奶韩大芬就来了。进门就说：“三奶奶，你可真有本事，说搬就搬。”

大桂说：“自从我娘一走，我就睡不着觉，也是没办法才搬的。”

李二奶奶刚走，王月蓉来了。大桂一看，她脑后的发髻没了，烫了一头卷发。浅灰呢子大衣，围着雪白的围巾，脚下是半高跟的高腰皮棉靴。

大桂说：“局长夫人，这回真变样儿啦。”

王月蓉说：“你放屁！那天在中国大戏院，就弄了我个大红脸。”

大桂说：“你红脸干嘛？那天我看跟着看戏的夫人，没几个是正式的。姓瑞的老头儿乐意吗？”

王月蓉说：“他乐意不乐意有屁用！人家有势力，给了我一处房子。他也偷偷摸摸给我送钱去。”

大桂问：“要碰上还不打起来？”

王月蓉从衣袋里掏出一沓钱，递给三奶奶说：“碰不上，那个人白天不来。你把这点儿钱给我存起来。”

大桂知道她没地方存钱，把钱接过来说：“你也得留神，万一出点事，谁能救你呀！”

王月蓉听了这句话，眼圈也红了：“我是豁出去了。要不是我们家大爷、大奶奶往死里挤兑我，但凡有一条路，谁愿意过这种日子？”

停了会儿，王月蓉悄悄地说："我告诉你，小日本儿蔫不唧地占了天津周围好些地方。我们那个说了，张自忠的人也不是吃干饭的，早晚得打起来。"

大桂问："你们那位原来不也是军队的官儿吗？"

王月蓉说："是啊。他说二十九军的人都是烈性子。姓宋的军长回老家山东祭祖去了。现在天津北平的事都是张自忠管，日本人要再成心找碴儿，准碰出火星子来！"

山口建一在汾阳住了四五天。看了不少古迹，找天佑了解了子和悲惨的童年，看了三爷养济巷的宅院。看到里院正房顶上小屋门楣上那块"和为贵"的匾，又看到有的家具和粮食口袋上写的"三和堂成"，不住地点头称是。

他说："成先生出身很苦，他是有文化的人。以和为贵、和气生财是中国古老的哲学思想，也是他的处世哲学。"

那天夏七宝正和两个工人在场院里晒皮子，接到电报说山口建一要来寿阳。当时就把这事跟苗说了。苗忧心忡忡地问："你是说跟玉珠同学的那个日本人，要到咱这儿来？"

七宝说："郝掌柜来电报就是这么说的。"

苗挺烦心地说："咱跟日本人打什么交道！"

七宝说："三爷说的那笔买卖，就是跟他们家做的。"

苗说："那我也不稀罕日本鬼子。"

正说着，郝子润领着身穿长衫的山口建一进来了："七爷、苗姑，我给你们家带来一位客人。"

苗看了看他身后那个人，疑惑地问："你不说有个日本人要来吗？"

山口建一的脸腾地红了："伯父、伯母，我就是日本人山口建一。请您多多关照。"说着给他俩深深鞠了个躬。

苗和晒皮子的工人都瞪大眼睛看着他。

七宝说："山口先生，你可是稀客。屋里坐吧。"

夏家老店客房里窗明几净，非常整洁。山口建一看了看说："伯父，您这个店就在车站附近，真方便。"

七宝赶紧摆手："伯父我可不敢当，就叫我老夏吧。"

山口建一认真地说:“我和玉珠是同期的同学,您当然是伯父了。”

七宝也没再分辨,就说:“我就是利用这儿的方便条件,给马掌柜往天津发货。寿阳这地方,也没啥可看的。”

郝子润说:“山口先生是研究中国历史的,看见什么古建筑、古物件,都挺稀罕。什么都想看,什么都想研究。”

山口建一说:“寿阳也是有两千多年历史的古城,可看的东西肯定很多。刚下火车,远远看到的那个朝阳阁,就古雅别致,很值得研究。”

这时苗进来了:“我们本地人天天过来过去,也没当回事。”

山口建一认真地说:“生活在这样悠久的历史环境里,就会受到这些古老文化的陶冶。我在汾阳感受就很深。”

苗问:“你是什么时候到中国的?”

山口建一说:“我是在锦州出生的。跟着祖父祖母在日本农村长大,又回到中国来上学。从小学到大学一直在中国。我对中国,对中国的历史,有很深的感情。”

苗看着他问:“对日本人侵略中国,你是怎么看?”

山口建一说:“我非常憎恨日本的军国主义者。他们以邻为壑,总是妄想霸占中国。与中国为敌,肯定没有好下场。”

这时伙计栓子突然闯进来:“掌柜的,咱怎么还跟日本人打交道!”

七宝被问得张口结舌。

苗走过去说:“人家是在咱中国出生的日本人,是跟咱做生意的。哪个国里也不都是坏人,中国出过秦桧儿、寿阳出过李三,能说中国人、寿阳人都坏吗?人家到咱这儿做客,就得按客人对待。明白了吧,干活儿去吧。”

栓子嘴里嘟囔着走了。

郝子润说:“山口先生,你一个人出门,还得小心点儿。七爷,我把山口先生送到这儿,也该回去了。柜上还有不少事呢。”

七宝说:“家里忙你就请回吧。山口先生要看哪儿,我跟他去。回天津,我送他上火车。”

第二天,山口建一说:“这一带古代的历史遗迹肯定不少。我想去附近山里看看。”

七宝说:“我们夏家寨就是个老寨子。我小时候上山,庙呀、碑呀,哪个村里都不少。”

山口建一说：“先到你们寨子里看看也好。”

七宝安排了店里的活儿，就跟他往夏家寨走。正走着，忽然从路边树丛里窜出几个提着棍子的壮汉，其中就有夏家店里的伙计栓子。

一个汉子冲着山口建一喊：“站住！日本人，你一来就往我们山里去，安的是什么心！今天你要说不明白，老子就一棍把你打死！”

第五十五章

夏七宝见来人要动武，赶紧说："山口先生是研究历史的，想到咱这一带山里考察，你们几个为什么拦住人家？"

那个汉子大声说："呸！你还有脸给日本人说话。你就是光认钱，不认祖宗的孬种！你躲开，今天没你的事。要拦着我们，连你一块儿收拾！"

七宝张开两臂护着山口建一："你们是什么人！凭什么拦着我们？"

那汉子没再说话，把手一挥几个人过去推推搡搡就把他俩用绳子捆起来，沿着山路就往北走。

七宝问："你们要把我们送哪儿去？"

那个汉子气乎乎地说："盂县。你们夏家在寿阳县有人，就送到盂县治你们的罪。"

栓子嘴里嘟囔："我跟你说就吓唬吓唬这个日本人，谁让你当真了。"

那个汉子说："不当真还行！日本奸细都到咱家门口儿了，咱还能不管！"

几个人绑着山口建一和夏七宝走到山坳里的一座古庙前。

栓子说："大哥，天黑了，山里的野兽出来咱可招架不了。到庙里住一宿吧。"

那汉子说："不行，得找个村子，把他们交给村长看着。"

栓子说："咱先到庙里找个地方，我看着他们你再找去，行吗？"

那汉子说："行。我去里边叫庙里的和尚给找个地方。"

汉子带着他们进了庙，夏七宝趁势坐在地下。

栓子问："夏掌柜，您饿了吧。"

七宝说："我不饿，山口先生该饿了。"

山口建一煞有兴致地看着周围："我也不饿。我正想看看盂县呢，出土的甲骨文记载，三四千年以前的夏、商时代，分天下为九州。按地域看，盂县可能属于当时的冀州。"

七宝看了看他，苦笑着摇了摇头。

那个汉子从里院走出来："栓子，外院那边儿就有空房。我跟老和尚说了,你带他俩进去吧。小心点儿啊!”

栓子领着山口建一和夏七宝去找庙里的空屋。

那个汉子带着那几个人跑到附近村里,站在一户人家的柴门外喊:“村长! 村长!”

村长摸着黑走出房门:“您是哪路老总?”

那汉子说:“我们不是老总。在路上逮住个日本奸细,押到前边庙里了。你找几个人给看住,别让他跑了。明儿送到盂县大堂,交给县知事审他。”

村长隔着柴门看了看:“你们在路上抓住的奸细? 你怎么就看出他是个奸细?”

那汉子说:“他是日本人,还不是奸细!”

村长问:“你们是什么人?”

那汉子说:“庄稼人。”

村长又问:“是哪儿的?”

那汉子说:“寿阳的。跟那个日本人一块儿抓的,还有寿阳夏家老店的掌柜。他净给日本人说好话。”

村长惊讶地问:“是寿阳火车站那个夏家老店? 你看见夏掌柜做坏事了?”

那汉子说:“我哪见他干坏事了?”

村长说:“我要是把他送到盂县,县太爷找我要他当奸细的证据,拿不出来不就把我也搁进去了? 后生,这事我管不了。”

那个汉子看着身旁的同伙,也没了办法:“走,咱回家吧。”

一起来的人说:“栓子还在庙里呢。”

那汉子说:“姓夏的是他掌柜,让他爱怎么办怎么办吧。”说完径自回了寿阳。

栓子把被绑着的山口建一和夏七宝领进古庙的闲房里,就把他俩的绑绳解开了。山口建一就着月光,见屋里有土炕、书桌、书橱。走过去打开书橱,里边都是书。山口眼睛一亮,急忙拿起一本线装书,在月光下贪恋地翻看起来。

夏七宝躺在炕上说:“栓子,你没见山口先生看书多吃力吗? 去找老和尚要个灯亮儿来。你要饿,就要点儿吃的。”

栓子说，“哎，我这就去。”转身就进了里院。

不一会儿老和尚举着松明子来了。栓子捧着几个菜窝窝跟在后边。老和尚把松明子插在桌子的裂缝上：“阿弥陀佛。施主这么喜欢看书啊？”

山口建一见有了灯亮，抬头一看是个慈眉善目的老和尚，赶忙说：“谢谢您。有个灯亮就太好，这些古书真是难得一见。老方丈，您这儿怎么有这么多好书？”

老和尚说：“在前朝，我们这里准备进京赶考的读书人见我这庙里清净，就先在我这庙里读几个月书。带不走的书，临走也就放在我这儿了。谁都留几本，年头儿一多，这个书橱里的书也就多了。”

夏七宝坐起来：“老方丈，您这儿真是个难得的好地方，清净得像个世外桃源。我都不愿意走了。这里是什么庙？”

老和尚合掌说：“阿弥陀佛。这里是盂县藏身寺。您愿意在这儿住着，就多住几天。野菜窝窝还能供得上您吃。”

山口建一听说这里是藏身寺，当时就兴奋起来：“这里就是晋国义士程婴隐藏赵氏孤儿的地方？”

老和尚合掌：“阿弥陀佛。这里山后有个藏身洞，据说就是程婴带着孤儿隐藏的地方。祖辈把这座山就叫成了藏山，把这座庙叫成了藏身庙。可大殿里供奉的还是三世佛。”

山口建一说：“这可真是历史悠久的好地方。夏掌柜，咱就在这儿住几天吧。”

夏七宝掏出一块大洋，递给老和尚：“老方丈，给您，这是我们这几天的伙食跟灯油钱。”

老和尚：“阿弥陀佛。您三个人几天可用不了这么多。”

夏七宝说：“他天亮就回去。栓子，回去告诉七奶奶，我们俩在这儿住几天。”

山口建一从捧着的书本里抬起头来：“夏掌柜，这么多好书，几天可抄不完。”

夏七宝说：“那就多住些日子，栓子，我等山口先生把书抄完再走，家里的事你帮着七奶奶办。反正我是烦了那些事啦。”

说完又躺下闭眼睡了。

那天一上班，美丰厚货栈经理室的电话铃就响了起来。薛继承拿起听筒，是山口打来的。要找成经理。薛继承放下电话喊："把三爷请来。"

三爷进来了，拿起话筒："山口先生，您好。有什么事？"

山口说："我儿子去您老家汾阳和寿阳考察，临走说是大约半个月回来。这么多天也没他的消息。我想请您帮忙问一下，现在他在哪儿？遇上什么事没有。谢谢，谢谢。我等您的消息。"

三爷放下电话："这个山口建一，跑到哪儿去了？"

薛继承说："寿阳来送货的人说，夏七爷跟日本客人在盂县山上古庙里待了十几天了。苗姑派人催了好几回，还不愿意回来。说是山口先生在那儿抄什么古书。"

子和苦笑着说："山口还等着他儿子接管洋行，大干一番呢。把事情弄清楚，明天再给他回电话吧。"

第二天三爷亲自打电话告诉山口："山口先生，建一和夏七宝住在古庙里抄古书，最近回不来。"

山口听到儿子的消息，叹了口气，无奈地说："生意上的事，就请薛经理多操心吧。"

一天早晨，首善街卖菜的都特别兴奋，争着招呼那些俄国老太太："妈大妈，得啦斯基(你好)，圣诞节好！"

大桂挤在这些胖老太太中间，不知道今天是什么日子。买完菜走进胡同，迎面看见隔壁那家的窗户上，贴着白纸剪的雪花，还贴了几个花花绿绿的小人儿。

走到门前，一个和蔼的老太太笑嘻嘻地问："买菜去了？"

大桂点点头："买菜去啦。您住这儿？"

老太太指着二号的大门说："是啊，我就住你们隔壁。那天就听见你们搬来了。小弟弟跟小姐姐在院子里玩得笑啊笑啊。我好多年都没听见孩子们这么好听的笑声了。"

大桂说："有孩子就显得闹，打搅您了。"

老太太忙说："不，不。没个孩子，家里就太清净了。明天是圣诞节，今天是平安夜。晚上我想请你的孩子们来我家玩儿,您看可以吗?”

大桂说:“行,让他们玩儿去还有嘛行不行?晚上我们就去。”回到家她想不明白隔壁老太太为什么晚上让孩子去她们家玩儿。三爷回来她就问:“隔壁住的老太太说,今天晚上过圣诞节,要叫小秃子他们过去玩儿。他们家过节,叫孩子去干嘛?”

三爷笑着说:“外国人过圣诞节,跟咱中国人过年一样。头天晚上是平安夜,就像咱过大年三十儿。平安夜圣诞老人要给孩子们送礼物,家里没个孩子就不热闹了。去吧,人家这是好意。这一家姓什么?”

大桂说:“我打听了,姓张。她们家张爷留过洋,在法租界哈利洋行当经理。有好几个孩子,都大了。有的在北平学画画儿,有的在外国学堂念书,回不来。”

子和点点头:“嗯,那就去吧。临去跟孩子说说,到人家可要讲礼貌。”

这位张太太是美国哈利洋行天津分行张仲柔经理的原配夫人,五十多岁了。张爷是安徽合肥人,大清光绪年间到美国公费留学,学的是桥梁建筑。回国后在杭州和北平的大学教过书,后来到天津当了买办。

张太太有五个孩子,四个孩子有的当老师,有的住校上学,老三十几岁在杭州得了关节炎,西医大夫给他连腰带腿打石膏,弄得下半身僵硬,平时就在床上躺着,站起来得架双拐。

张爷跟二太太和几个子女在马场道住。常住安仁里的就是张太太、老三张修德和佣人赵妈。张家的房子没前院儿,楼上楼下外间窗户直对着胡同。张修德吃喝拉撒都在床上,每天中午架着双拐立起来,只能靠着窗户看看外边儿。

张爷在法租界的公司上班,中午坐包月车来安仁里吃一顿大太太做的家乡饭,吃完饭跟架着拐的张修德下一会儿围棋。起初父亲让儿子几个子儿,后来俩人能打平手,再后来张爷就下不过儿子啦。

看出张修德头脑聪明,张爷就督促他学英语。先是让他读英文的文章,不认识的就查字典,认识了再教他念。就这样张修德躺在床上,英语居然学得还不错。弟弟妹妹回到家里,还能跟他用英语说话。这让张爷心里也得到些安慰。

张太太家和大桂家的后院,只隔着一堵两米来高的矮墙。在后院说话,隔壁都能听得清清楚楚。大桂刚搬来,躺在床上的张修德就听出新搬来这一家有三个孩子。两个女孩儿大，一个男孩儿小。

圣诞节到了，张家客厅布置了一棵挂着小礼物的圣诞树，桌子上摆了些小食品，就是没孩子来玩儿，显得冷冷清清。老三就让母亲去请那三个没见过面的小朋友。

晚上，大桂领着穿得整整齐齐的三个孩子来了，张太太非常高兴。赶快把孩子们领到客厅，让她们抓圣诞树上的礼物。玉环、玉珍抓了糖果和玩具，大桂抱着成信拽了个小汽车。

大桂对孩子们说："还不谢谢张太太。"

张太太笑着说："这是圣诞老人给你们的。"

正说着就听里屋有人喊："让小朋友到我这儿来玩啊。"

张太太推开隔扇门，大桂见里边屋里床上躺着个人。两个闺女吓得不敢进去，成信张开小手扶着门框就进去了。

大桂说："叫叔叔。"

张太太说："别，叫三哥。"

小成信嫩声嫩气地喊了声："三哥！"

这一声清纯稚气的三哥，在床上躺了多年的张修德感动得热泪盈眶。他太喜欢这个可爱的孩子了，觉得这孩子就像圣诞老人派来的天使，让这个平安夜过得如此温馨。他拉着床头，用力把身子侧过来，摸着成信的小脸儿问："你叫什么名字？"

成信仰着小脸儿说："我叫小秃子。"

大桂笑着说："告诉三哥，大名叫什么。"

成信说："叫成信。"

张修德说："成信，我给你讲个故事吧。"

成信瞪着眼睛点点头。

张修德给成信讲起了唐僧取经的故事。说唐僧带着三个徒弟路过火焰山，孙猴子去向铁扇公主借芭蕉扇。人家不借给，孙猴子就变成铁扇公主的老公牛魔王，铁扇公主看出来把他打跑了。孙猴子又变成个小虫子，钻到铁扇公主的肚子里。

三哥说谁就学谁的声音，把小成信逗得咯咯地笑。玉环和玉珍也悄悄走进来，坐在一旁听得也不住地笑。

大桂看着孩子们听故事，自己也听得津津有味。扭头一看，张太太正在用手绢擦泪。正在纳闷儿，张太太轻声对她说："真谢谢你，我们老三好久没这么高兴过了。"

大桂说："三哥把孩子们逗得乐成那样儿，我还要谢谢您呢。"

本来大桂想让孩子们玩一会儿就走。看张家娘儿俩都很高兴，多待了老半天。时间不早了，才催孩子们回去。张太太又拿了好些糖果塞到三个孩子的口袋儿里，跟她们说："圣诞节快乐！"

孩子们也跟张太太和三哥说："圣诞节快乐！"

回到家里，大桂和孩子们还很兴奋，她跟三爷说："看咱小秃子，到人家不光不认生，那个瘫三哥给他讲故事，还真听得进去。"

三爷说："看来人家是有学问。成信过年就三岁了，跟这样的人家来往，有好处。"

送走三个孩子，张太太和张修德也很兴奋。

张太太说："这家新来的邻居挺懂礼貌。孩子也很纯洁，一点坏毛病没有。"

老三自言自语地说："光讲《西游记》不行，成信还太小。给他讲童话和寓言故事才好。要是他能常来就好了。"

那天晚上张修德就开始准备下次给成信讲的故事。张太太看在眼里，心想难得老三萌发了爱心，有了事做。

转天早晨，赵妈发现成天躺在床上发呆的三少爷，也哼哼着唱起了儿歌。

听太太一说，她才知道昨天晚上的事。这位善良的老人心里也挺高兴。

第二天，成信午睡起来在后院缠着妈妈要出去玩。赵妈在隔壁听到就喊："小少爷，到这边找三哥玩儿来吧！"

成信听到喊声就说："我去，我去。"

大桂隔着墙跟赵妈说："让林妈把他送过去，您看着点儿，别让他淘气！"

赵妈说："好，我到门口儿去接！"

就这样这边林妈送，那边赵妈接，成信天天去张家玩儿。他在三哥这儿不光听故事，看图识字，还学了hello(你好)、thank you(谢谢)之类的常用英语。回去跟爸爸妈妈学说，三爷和大桂听了，更觉得这孩子真该跟人家好好学点东西。

1937年7月7日，驻宛平日军借口要找一名失踪的日军士兵，挑起和中国军队的冲突，双方在卢沟桥激战，史称七七事变。接着日军占领了北平，从此抗日战争全面爆发。

七七事变那天晚上，一辆日本军用指挥车开进天津张贵庄军用机场。日本驻屯军司令田代皖一郎下车看了看静静地停在停机坪的二十几架战斗机和露天睡在机身下的飞行员，内心里由衷地赞美自己的部下，随口说了句："呦——西！"

田代皖一郎高抬腿轻落地，尽量让那两只穿着大皮靴的脚，不发出过大的声响，免得惊扰飞行员们的美梦，悄悄带着几个随员向临时搭建的瞭望塔走去。

上了瞭望塔，田代皖一郎举起望远镜瞭望市区。

一阵寒风，田代剧烈地咳嗽起来。随从军官"咔嚓"一声打了个立正："司令官阁下，高处风大，您的身体还没康复，请不要在这里久留。"

田代皖一郎贪婪地举着望远镜："多美的城市啊。我多么想现在就把它拿到手，亲手奉献给我们的帝国！"

他非常遗憾。因为大战将至，他却因病调回国内。作为帝国军人，怎么能不让他抱憾终生呢。

与此同时，驻天津二十九军三十八师张自忠师长的官邸，正在召开驻津各部将领的紧急会议。

面对突然发生的七七事变，二十九军军长宋哲元要重新调整北平、天津的军事部署，急令张自忠赶往北平面议。临行前，张自忠要为天津可能发生的军事行动做个交代。

张自忠一身戎装，端坐会议桌正中。背后墙上挂着一个横幅，上面写着"诚直正平"四个大字。

张自忠问："当前日军在天津的兵力有多少？"

作战参谋捧着文件夹清晰地报告："海光寺日军兵营和天津火车站等地日军步、骑、炮兵三千多人，火炮十几门。张贵庄机场战机三十架，一个步兵中队担任警戒。敌舰和海军陆战队分布在大沽口外海域。"

张自忠问："我们在天津的兵力呢？"

第五十六章

问到天津的兵力，参谋报告："有市属六个保安大队，三千人；一一二旅，三千人；一一四旅二二八团，一千五百人；独立第二十六旅，三千人。合计兵力一万多人。除二二三团在大沽坚守不宜抽调，其余都可以调进市区。"

张自忠说："都听见了吧。这就是敌我态势。兵力上我们不弱，武器装备上可能略逊一些。可是宋军长交代的'自卫守土'四个字，我们要当仁不让！"

说着，张自忠站起来："你们看这四个字，'诚直正平'。这是咱二十九军的军训。咱们二十九军，对国家就是赤胆忠诚，没二心。为国为民，万死不辞。今天宋哲元军长要在北平见我，天津的军事由副师长李文田负责指挥。市政府的事务由市府秘书长马彦翀负责办理。请各位袍泽，好自为之。谢谢！"

说罢昂头阔步走了出去。

尽管二十九军军长宋哲元手下的将领绝大部分主战，可是南京政府对中日双方在北平的这场军事冲突，还是让他尽量谈判解决。

七七事变后，天津外围的日军也在不断挑衅。百姓风声鹤唳，吓得不敢出门。市面萧条，美丰厚货栈也是大门紧闭。

薛继承、陈昆、九姑、蔡师傅和几个工人站在货场议论。陈昆掏出一张小报："听说了吗？日本华北驻屯军司令换人了。原来那个田代皖一郎病得不轻，新来了个香月清司当司令。听说这是个谈判能手。宋哲元、张自忠跟香月清司见面，好像双方又要和平解决。"

蔡师傅说："香月清司这个名字倒挺嫩的，又是香月，又是青丝。我看也是个杀人不眨眼的魔头。他要真想和平解决，这么老远到中国来干什么？"

陈昆指着报上说："你看，宋哲元谈判回来，满面春风。"

九姑说："怎么咱这么大的人物也爱上当。一朝被蛇咬，十年怕井绳。你们说，日本这条毒蛇咬咱多少回了，怎么还信他们？"

宋哲元的二十九军在卢沟桥自卫反击,全国各地乃至海外华人齐声赞扬。日本华北驻屯军司令香月清司,一再以现地谈判蒙蔽宋哲元。二十九军推迟了应战准备,日军却迅速增兵。七月二十六日,日军突然向二十九军发出最后通牒,要求中国守军二十八日前全部撤出平津。

这个消息传到天津,全市一片哗然。天津可不是逆来顺受的地方。老百姓哪天不骂几句缺德冒烟儿的小日本儿,心里就不痛快。再加上不少前朝遗老、军政名流都在这里,一时间到处都是一片喊打声。

是打是降,是爱国还是卖国,当英雄还是当狗熊,巨大的舆论压力,让临危受命的李文田坐不住了。

七月二十七日下午,在天津主持军务的三十八师副师长李文田,把驻军旅局以上指挥官召集到师部。李文田说:"诸位,眼下局势就是这样,请各位来,

就是想听听你们对当前局面的看法。"

二十六旅旅长李致远说:"宋军长中了香月清司的缓兵之计,咱可不能坐以待毙,当千古罪人!"

天津警备司令刘家鸾说:"现在咱天津驻军跟日本驻屯军的兵力,是三比一。要不及早动手,往后可就越来越难打了。"

李文田指着李铮说:"机器局李局长,你当过师长,说说你的看法。"

李铮说:"我看机不可失,晚打不如早打,就是不知道军座是什么意思。"

保安总队长宁殿武急得站起来说:"我看宋军长早就给了话,'自卫守土'。张师长临走也说,'咱要当仁不让'。现在无线电、电话都联络不上,咱们只能按他俩的这两句话办。李副师长,你就下决心吧!"

李文田突然站起来:"好,今天各位真是同仇敌忾。天津怎么打,我们做了个作战方案。请各位跟我到作战室。"

说着,把在座的指挥官领进三十八师司令部作战室。

指挥官们一一入座。作战参谋拉开正面墙上的布帘,一幅天津保卫战要图赫然展现在面前。

李文田拿过作战参谋手里的文件夹:"现在我宣读保卫天津的作战方案!二十九军三十八师所属部队和天津地方部队,要趁京津日军以重兵进攻北平南苑、丰台、黄村之际,攻占敌人驻津各据点,捣毁日军在天津日租界的巢穴,

以策应我军在北平方向作战。各部队的任务是：

一、以一一四旅二二八团配属二十六旅六七八团二营、保安第一大队，会攻海光寺日军据点并占领之；由祁光远团长指挥；

二、以二十六旅余部配属保安第二大队、保安第六大队攻击天津火车站及张贵庄飞机场，消灭各据点之敌，捣毁机场敌机及设备，由李致远旅长指挥；

三、以保安第三大队在西站附近维护交通安全，阻止敌军进入；

四、以一一二旅（欠二二三团）、保安第四大队、保安第五大队坚守大沽海防；

五、以一一二旅二二三团作为总预备队，调至市内策应各个方向作战；

六、各部队于七月二十八日凌晨二时同时发起进攻。

各位听清楚了没有？"

在场的指挥官们齐声回答："听清楚了！"

李文田说："我的指挥位置就在这儿。请各位对表，现在是七月二十七日二十一点四十九分。"在座的军官对完表，李文田说："请各位开始分头准备。注意：七月二十八日凌晨二时同时发起攻击！"

指挥官们兴奋地摩拳擦掌，马上就走了。

二十六旅旅长李致远留下来问："李副师长，捣毁机场的部队，接敌距离太远，能不能用卡车把部队快速运过去？"

李文田赶紧喊："李局长，你先别走。到张贵庄的部队，能不能先到你们东局子机器局集结，再借十几台卡车把部队运过去。部队到达机场，车就撤回来。"

李铮兴奋地说："可以。我马上联系借车，一定误不了事。"

李致远走了。

李铮问："哪儿有外线电话？"

作战参谋指着墙角的小桌："那一台就是。"

李局长过去拨通电话："喂，是美丰厚吗？我找成经理。"

薛继承在经理室接电话："成经理下班回家了，不在这儿。"

李铮："他不在？嗐，可不是，现在都晚上十点了。"

薛继承："您是机器局李局长吧？您有什么事，看我能不能办。"

李铮说:“军队有紧急任务,要借十几台卡车运兵用。”

薛继承说:“可以,我给您安排。”

李铮惊讶地问:“这么大的事,你能做主?”

薛继承压低声音:“能做主。三爷交代过,凡是抗日的事谁也不能推辞,再难也要办到。”

李铮:“这么晚了,十几个司机能找来吗?”

薛继承说:“我们的值班司机都在货栈住着。平常夜间卸货都是随叫随到。放心吧,您把要去的时间地点告诉我就行,误不了事。”

这天夜里,全副武装的一批精选的士兵,静悄悄地急速向东局子机器局集中。

英租界美丰厚货栈的大门打开了。十几台卡车按顺序开出货场。陈昆坐在头车的驾驶室里。车队快到法国桥,就见前面人影幢幢,桥头几个全副武装的士兵拦住去路:“口令!”

陈昆从驾驶室探出头来:“歼敌!”

士兵手里的小旗一摆,车队过了桥向东局子疾驶而去!

机器局门前,李局长已经在那里等着。黑影里向身边的一个军官说了声:“车到了!”

隐蔽在暗处的士兵猛然涌了出来,他们有的手里提着枪,有的背后插着大刀,有的提着汽油桶,不一会儿都上了车,拉开大篷布顶在头上。

一位军官过来低声问:“去机场的路熟吗?”

陈昆说:“熟!”

军官纵身跳上车:“走!”

十几台卡车径直往南跑开了。

张贵庄机场瞭望塔上的两个日本哨兵四处瞭望。二十几架日本战斗机依然停在机场,飞行员还在机身底下睡觉。

整个机场黑压压,静悄悄。

十几台蒙着篷布的卡车,像飞似的开到机场跑道边。

日本哨兵看了看,不以为然地把脸扭过去。

卡车停下来,车上的篷布掀开,二十六旅的士兵手提武器和汽油桶跳下卡车立即向日本战机跑去。

车上的士兵都下来了。十几台卡车调过头，飞也似的撤离机场。

日本战机旁火光一闪，瞭望塔上的两个日本哨兵发现情况不妙，举枪就放。

二十九军的士兵冲过去，几个手榴弹就把瞭望塔的木架子炸塌，两个日本哨兵也被炸飞。

跑道旁帐篷里的日军中队被惊醒，刚跑出来还击，就被这些中国士兵一阵机枪、手榴弹全部消灭。

跑进机场的士兵们把汽油泼到战机上，用火柴点燃。十几架飞机顿时烈焰腾空！有几个士兵带的火柴被汗水浸湿，怎么也划不着。机身下睡着的日军飞行员突然被惊醒，站起来就往飞机上爬。

士兵们赶上去举刀就砍。有的飞行员被砍倒，有的拖着鲜血淋淋的大腿爬进驾驶舱，拉上顶盖，硬把飞机发动起来。

螺旋桨快速转动，强劲的气流把机身下的中国士兵吹得东倒西歪。一片火海中，眼睁睁看着几架日本战机飞走了。

奉命袭击天津火车站的驻津部队，按时从几个方向隐蔽地向驻火车站日军的一座楼房靠拢。日本哨兵发现有人，一把匕首闪电般插进他的后背。

士兵们冲进小楼。步枪、手枪、手榴弹一起向敌人开伙，很快就把楼里的日军全部消灭。

枪声中陈昆带着卡车再次经过法国桥，警卫的士兵迎上前："口令！"

陈昆："歼敌。"

士兵向他敬了军礼，挥手放行。卡车急速通过空荡荡的大铁桥，驶进中街，拐进怡和道，越过海大道，一辆接一辆开进美丰厚货场。最后一辆进去后，门房工赶紧关上大门。

薛继承过来问："没出事吧？"

陈昆说："没事！"

九姑问："咱的人都回来了？"

陈昆说："都回来了。"他赶紧招呼司机们："哎，车入了库，收拾好篷布就睡觉去啊！嘴严着点儿，别给咱自个儿找事！"

一个司机过来悄悄问："陈头儿，过桥的时候，你跟人家说的嘛暗号？"

陈昆说："那叫口令。"

那个司机说："我看人家还给你敬礼呢。"

陈昆说："二十九军的兵，就是有规矩。去，赶紧睡觉去吧。"

当晚进攻日军海光寺据点的二十九军一一四旅，被碉堡和围墙上的火力拦阻在大街上。双方激烈交火，进攻部队伤亡惨重。

那一夜三爷站在院子里听远处的枪炮声，大桂拿了件衣裳披在他身上："半夜了你站在院里干什么？"

三爷说："你听，天津打起来了。"

大桂问："谁跟谁打？"

三爷说："准是二十九军跟日本人动手了。"

大桂说："早就该打这些该死的日本鬼子，听说他们占了咱天津不少地方呢。"

突然听到飞机从头顶俯冲过去的声音。

三爷说："不好，这是日本人的飞机。"

一阵机枪声过后，远处的枪炮声渐渐稀疏了。三爷疑惑地说："你听，枪声越来越稀了。你说咱们的军队，是收复失地了？还是被打退了？"

大桂说："准是打赢了。回屋吧，夜里凉，别把你冻着。明天一早也许就知道准信儿了。"

第二天，三爷一进美丰厚货栈，薛继承和陈昆就赶紧跟着他进了经理室。薛继承关上门，把昨天晚上李局长借车运兵的事，从头到尾说了一遍。

三爷说："这个事你们办得对。"

薛继承说："李局长说借十来辆，我跟陈昆商量，去了十四辆。"

陈昆说："我们赶到东局子，也是李局长接的头。没费事就到了张贵庄飞机场。当兵的下了车，带队的就让我们赶紧走。还没出机场就看见把日军不少飞机点着了。油箱爆炸，就像炸弹似的，嘭嘭地直响，挺吓人的。"

三爷说："夜里我看见的那几架日本飞机，也许就是没点着的。不然怎么还有飞机从天上往下冲，还能听见飞机打机枪的声音呢？"

这时海光寺碉堡里射出的炮弹，还在阻击进攻的部队。十几架日本战斗机对着退到墙子河边的一一四旅，轮番扫射。

枪炮声中，天津百姓不断地往进攻部队阵地送馒头、大饼、西瓜、酸梅汤。二二八团团长祁光远激动地给大伙作揖："谢谢乡亲们。没想到日本人在海光寺里头修了这么多钢筋水泥碉堡。再难打我们也要把它拿下来！"

有位老人说："海光寺是小日本儿在天津的据点。打清朝时他们就在这里头修工事。有年头儿啦。咱一时半会儿打不下来，他们也不敢出来。别着急，日子一长，困也困死他！"

这时三爷接到机器局局长李铮来的电话。三爷问："李局长，你在哪儿？"

李铮说："我在三十八师师部。昨天夜里你们美丰厚的卡车太棒了。来得及时，干得漂亮。"说着他压低声音："告诉你个绝密消息，宋哲元下令，二十九军马上撤出天津。你们可得做最坏的准备。来人了，不说了。"

啪地一声，电话挂了。三爷拿着话筒，里边只有嘟嘟的声音。

薛继承见三爷脸色沉重，赶紧问："有什么情况？"

三爷说："二十九军要撤。你把陈昆、九姑叫来。"

陈昆、九姑都到了，三爷说："二十九军要撤，天津眼看就落到日本人手里了。"

薛继承瞪着眼："他们还敢进租界？"

三爷摇摇头："日军要进租界，就是跟这些国家也宣战了。我看现在还不至于。他们杀红了眼狂轰滥炸，军队突然进来骚扰，也是有可能的。咱们还是要做最坏的准备。东货场易燃的东西，尽量转移到西货场库房里。尤其是粮食，不能被烧，也不能被抢。它既是货主存的货，危难的时候也是咱救命的东西。"

几个人听了，严肃地点点头。

三爷说："还要管住咱货栈的人。日本人得势，社会上就会有人跟着干坏事。要提防出内奸。九姑、陈昆，你们先跟可靠的人说清楚，把咱自己的人稳住就出不了大乱子。也许从今天起，天津就进入非常时期了。"

三爷的话还没说完，在经理室就能听到飞机轰鸣和一阵阵的爆炸声。

1937年七月二十九日这一天,日本轰炸机群在天津上空盘旋,接着就开始投弹。天津老城被炸成一片火海,成片的民房被炸成废墟。城里城外男女老少哭喊着东跑西撞,乱成一团。

南开大学校园是日军轰炸的重点,轰炸机把无数炸弹投向教学楼、图书馆,轰炸之后日本坦克也向校园开来。随后一长列军用卡车满载图书、仪器,开出校园。接着又来了几辆卡车,日本兵从汽车上跳下来,前边的提着煤油桶向门窗上泼,后边的举着火把点着,整个校园顿时成了火海。

第二天下午,日本军用飞机又轰炸了南开中学、南开女子中学和南开小学。天津老城区的车站、码头、工厂、学校和居民区,无一幸免。这次狂轰滥炸,无数民众死于日军炮火,十万余天津市民无家可归。

这一天,天津东马路所有商铺都被炸得残破不堪,到处是颓垣断壁,满街死尸横躺竖卧。日本兵从炸开的商铺里抱出成箱的古玩玉器、成捆的绫罗绸缎,兴高采烈地踏着死尸走过去。

一个女人在炸毁的铺子里找东西,被路过的日本兵看见了,咧开大嘴把女人拉到墙后。女人大声尖叫:"救命啊! 救命啊!"

呼喊声突然停住了,张金锁从墙后出来,身形一闪就无影无踪。刚刚厮打过的女人怒视着身边那具日本兵的尸体:"呸!"赶紧走开了。

这一天,早就潜伏在天津的日本特务,纠集起一帮自称耆绅、故老的亲日派,成立了天津市地方治安维持会。高凌霄当了会长。

这一天听说南开大学被炸,玉珠拿起相机就去了南开。整个校园成了一片废墟。几个衣服被烧焦的同学站在废墟上给她指着看,那儿是秀山堂,那儿是木斋图书馆,那儿是男女学生宿舍,那儿是东西柏树村教职工宿舍。

所指的地方都成了一片焦土。

玉珠愤愤地走过去,眼含泪水一处一处拍照。忽然觉得身旁有人过来,一抬头,面前站着山口建一。

第五十七章

山口建一问:“你来这儿干什么?”

玉珠咬牙切齿地说:“我要把日本侵略者的滔天罪行如实拍下来,有朝一日好作为审判他们的罪证!”

山口建一点着头:“你做得对,这就是历史的见证。”

玉珠疑惑地看着他:“你也这么看?”

山口建一说:“当然。世界上有正义感的人,都这么看。”

玉珠问他:“反对这场侵略战争,你能做点儿什么?”

山口建一说:“今后我要用历史学家的笔,真实地记录下日本军国主义者在这场战争中的罪行。因为从本质上看,这场以占领别国土地,掠夺别国资产为目的的战争,是非正义的,是非常可耻、非常残暴的。”

玉珠看着他:“现在呢?”

山口建一满脸通红,低下头:“他们挟持着我的父母……”

玉珠气得转身就走。

山口建一喊:“玉珠!”

玉珠站住了。

山口建一恳切地说:“你一个女人到处跑,会很危险。”他把一张纸片塞到玉珠手里:“这个对你也许有用处。”说完转身走了。

玉珠张开手看,是一张“日本驻屯军特别通行证”。

这天晚上,日本浪人龟田急匆匆走进山口洋行:“山口先生,我马上要见建一君。”

山口赶紧把儿子从楼上叫下来。

龟田说:“建一君,帝国军队已经打进天津了。除了各国租界,天津旧城和的其他地方都要由我们日本人管起来。帝国已经委任您为主管天津经济的委员之一。希望您准备接收管理天津的经济工作,尽快把这里的经济状况,特别是各种资源和生产能力汇总起来。我会提供给您必要的资料。”

山口建一听得一头雾水："让我担任主管天津经济的委员？还要接收管理这里的经济工作？"

龟田说："是的。"

日本帝国没向英美宣战，日军也没进英租界。可英租界里的人们都觉得灾难已经离他们不远了。这时也有人在一旁幸灾乐祸，就是瑞老爷。

那天下小雨，瑞祥跟刘四在黄家花园家里楼下过道闲聊。

瑞祥说："日本鬼子把天津炸成这样儿，挨炸的净是平民百姓。这些小鬼子真他妈不是东西。"

瑞老爷走过来得意地说："这你们就不懂啦，人家这是给你们点儿颜色看。"

瑞祥皱起眉头："阿玛，您怎么替日本人说话！"

阿玛是旗人对父亲的称呼。

瑞老爷说："你想想啊，国民军把宣统皇上从紫禁城赶出来，躲在天津，是谁把咱万岁爷接到满洲？又是谁扶保咱万岁爷在满洲登基，成立了满洲国？是人家日本人！日本人看得起咱万岁爷，看得起咱大清国，看得起咱满洲人。眼下攻北平、打天津，那是要替咱们满人把地盘儿夺回来。要是万岁爷回来，往金銮殿龙椅上一坐，你爸爸还是户部六品的爷。谁敢小瞧咱爷们儿，谁还敢欺负咱爷们儿！"

瑞老爷越说越得意。瑞祥跟刘四使了个眼色。他俩都知道，瑞老爷好不容易花钱拢住那个王月蓉，这个相好的竟然让河东警察局长撬走了。这些日子他气不打一处来，才憋出这么一套谬论。

他这一番汉奸理论，胡诌白咧，倒让瑞祥脑袋里萌生了一个新想法。日本人也是人。真要是日本人占了租界，说不定自己能给他们干出点儿名堂来。

美丰厚货栈按三爷的吩咐，听见炮声就投入防范准备。货场里的粮食搬进仓库，怕烧怕炸的存货尽量往墙根儿挪。员工们编成消防班、抢运班、守卫班。一旦遭轰炸，不光马上灭火、抢货，还要防止有人浑水摸鱼，来抢东西。

惶恐的日子没过去几天，码头上来了一艘美国货船。进口的货主找上门来，要往美丰厚货栈存货，都是老客户，只能接下这桩生意。由于弄不清海上的情况，出口的货主说什么也不往外发货。这一段业务不多，三爷就待在家里。

一天成信到隔壁三哥那儿去玩，正好张爷也在。这位老人问："小朋友，你几岁了？"

成信说："三岁半。"

张爷二太太生的小儿子弘毅，也是三岁半，见了生人就低头，从来不敢跟外人说话。见到这个胆大伶俐的孩子，张爷非常喜欢，就问："这是谁家的孩子？"

张太太说："是隔壁成家的。"

开始张爷也没在意。忽然想起一件事，就问成信："你爸爸在哪儿上班？"

成信说："美丰厚。"

张爷问："是美丰厚成三爷吗？"

成信瞪眼看着他，点了点头。

这下子可把张爷乐坏了。刚来的那艘美国货船，就是哈利洋行总行雇的，卸完货正愁装不上往回运的出口货。有人告诉他，要想解决货源，只有找美丰厚货栈。那儿不仅待运物资充足，吊装运力都是头一份儿。有成三爷一句话，这事就齐了。

张爷心想，我这个洋行哪有门路能跟成三爷搭上话。正在家为这事发愁呢。

张爷问成信："你爸爸在家吗？"

成信说："在呀。"

张爷跟太太说："我得去拜访成三爷。"

看着丈夫的神色，张太太猜到他准是有求成三爷的事，就说："我先去说一声，看人家方便不方便。"把成信带到老三屋里，就去了成家。

三爷听说张爷要见他，再一问才知道他是哈利洋行经理，心里就明白是什么事了，忙说："可不能让张爷过来，我马上过去。"

说着换上长袍，就跟张太太去了张家。

这就是生意人办事的规矩。只要是生意上的事，就得先给足对方的面子。

张爷见成三爷亲自上门，顾不得说多少客套话，让座之后就把想给货船上货的事合盘托出，求三爷一定帮这个忙。

三爷心想，哈利洋行是美国在天津的大公司，货上了他的船比较保险。但是眼下兵荒马乱，要保险还得让他跟出口的货主签个合同才行。

三爷说："您这个忙可以帮，可如今海上不太平，货主都怕出事。哈利洋行要能跟货主签个保证安全的货运合同，那就好办了。"

张爷捉摸，两弊相权取其轻。船要空着回去，洋行损失就大了。与其承担些风险，也不能眼看着洋行受大损失。想了想说："我们就按您的意思办！"

有本事的生意人，事到临头就有主意。当时美国和日本关系暧昧。美国是国民党政府的靠山，日本人打进北平占了天津，淞沪之战打得非常惨烈，可他们居然还跟日本保持外交关系，两国来往不断。

三爷想的是，只要日美不宣战，他就敢闯这个险滩。

战乱之时能做成这么大一笔生意，让成三爷在天津储运界再次声名大振。哈利洋行的货船满载而归，美国人满意。滞留港口的出口货运到目的地，货主满意。有人承担风险把货运走，减少了负担，赚了一笔储存装运的费用，美丰厚货栈也满意。

天津老城区沦陷之后，进出租界都要受日本兵搜身盘查。三爷和永源和，大桂和上边的亲戚，都没法来往，家里也清净起来。战争年代，越冷清越让人恐惧。大桂没事就想逃难的事。她把自己的金手饰都缝在一条裤腰带上。心想一有事就系在腰里，跑到哪儿都不至于饿着。

她给孩子们找出厚实的衣裳，缝上写着家庭住址、父母姓名的布条儿。即便一旦走散，日后也能找着。

有一天永源和的伙计带着个女人和两个孩子找上门来。进门就说："三爷，您老家来人了。"

三爷一看，竟是玉珮。赶紧喊大桂把她们接到屋里。大桂见玉珮风尘仆仆，两个孩子小脸儿冻得通红。一年多没见，她们都瘦了，不由得一阵心疼。接过玉珮背的包裹，忽然想起一件事，她问那个伙计："租界路口有卡子，你们怎么过来的？"

伙计说："从小胡同穿过来的。"

大桂这才放了心。

三爷问他永源和柜上的事，大桂领着玉珮和两个孩子进了里间屋，把两个孩子抱到床上，顺手关上隔扇门。

玉珮坐在床边，轻轻叹了口气说："听说日本人轰炸天津，我就担心我爸爸和你们。"

大桂说："我们没事。走这么远的路了，先洗洗脸。"说着就去打水。

不一会儿大桂和林妈端来热水。玉珮自己洗，大桂给两个孩子洗。热水洗了脸，这娘儿仨就精神多了。这时玉环、玉珍跑进来就喊："大姐！"

成信在后边也跟着喊："大姐。"

可可还认得两个小姨。玉珮抱起成信，对她的两个孩子说："这就是你们的小舅舅。"

三爷送走永源和的伙计，走进里屋，五个孩子已经在一起玩儿上了。

大桂在楼上安排好玉珮的住处，就去首善街买活鸡鲜肉，又熬汤又炖肉，既是给玉珮接风，也恨不得赶快给这娘儿仨补补身子。

玉珮来天津，大桂特别高兴。自从日本人占了天津，她就特别气愤。虽说住在租界还没挨炸，可是被人家圈起来不让自由出入，同样也是亡国奴。这个时候她更觉得那些投身抗日的人们，才是真正的英雄。

这些日子她常想起玉珮，觉得自己的亲戚朋友里，玉珮就是英雄。没想到她心目中的英雄，竟敢闯进日本人占领的天津，来看她的父亲。这是多大的胆量！大桂敬佩她，也羡慕她。心想我要遇上这样的事，也要有这个胆子。

吃过晚饭，孩子们玩儿去了。三爷跟玉珮一起上了楼。大桂知道他们父女有话要说，嘱咐大红看着孩子们，先别上去。三爷到楼上见床上的被褥已经铺好。没说别的，直接就问："你是从哪儿来？"

玉珮说："西安。"见父亲有些惊讶，她说："我刚到西安，见那边实在太困难。德珍打算请您帮助筹措些经费，在那儿待了几天就来了。"

玉珮告诉父亲，冯玉祥将军组织抗日，汾阳青训班的许多学生都成了抗日骨干。七七事变后，冯将军虽然担任了第三、第六战区司令，最后还是被执意求和的蒋介石逼走。

她说："崔德珍在西安继续开办西北军青年训练班，招募了不少愿意投身抗战的热血青年，也给前线输送了不少骨干。可是经费接济不上，一天只能喝两顿稀粥。尽管还照常出操上课,可是要把他们送到前线就太难了。”

三爷问:“需要多少经费?”

玉珮说:“有两千大洋就能送过去。”

三爷说:“这么远的路,你带现款汇票都有危险。直接汇去又会引起这边的注意。要是那边有个能接汇票的商户,按货款汇过去,就稳妥一点。”

玉珮这才发现,自己只想到筹款,把接款的事想得太简单了。她说:“我写信跟告诉德珍,尽量找个可靠的商户。”

三爷说:“不是尽量,是要绝对可靠。”

玉珮见老人家说的非常严肃,小心地说:“我们一定把这件事办好。您看这次能拿多少?”

三爷说:“先拿四千吧。”

玉珮心头一热,眼泪就掉了下来。她哽咽着说:“谢谢爸爸。”

她蒙眬的眼睛里,好像看到了青训班那些面黄肌瘦,连棉衣也没有的年轻人。她想,这就好了,有了这些钱,不光能让他们吃饱穿暖,也能把他们送上前线了。

三爷见玉珮很激动,感慨地说:“国难当头,你们撇家舍业,挺身而出。抛头颅洒热血,我们出点儿钱算得了什么?你赶快写信。见到回信咱就办。你在这儿见了人就说是从老家来的,别提西安。”

玉珮点点头。

三爷问:“成礼怎么样了?”

玉珮说:“他跟学校老师去太原参加省运动会,一闹事变,就从太原去了大后方。听说现在到了四川。学校带队老师是我同学,有他照顾出不了事。”

三爷说:“成礼的体育还行,这也是他的特长。”想了想又问:“家里的房子交给郝子润了吧?”

玉珮说:“临走就交给他了。原来青训班的几个同学,也答应帮着照看。”

三爷点点头,没再说什么。

送父亲下了楼,玉珮就赶紧给崔德珍写信,用隐语告诉他尽快找一家绝对可靠的商户,接收汇款。

日本人浪人龟田来到日租界吉野街的山口洋行，进门就问："山口先生，建一君在吗？"

"在，正在忙着整理他的笔记呢。"

山口问："龟田先生怎么这样惦记他？"

龟田说："人才呀。帝国现在急缺的就是建一君这样的人才。他才是我们日本人里真正的中国通！"

山口微笑着点点头："让您过奖了。"

龟田说："帝国当局要我尽快提供一位能掌控天津经济状况的人才，我跟建一君说过了。"

山口摆手说："他可不行。上次您提到这件事，他就很为难。他连我公司里的生意，都不感兴趣。"

龟田不容置疑地奸笑着说："一个公司的生意怎么能引起他的兴趣？掌控整个天津的经济，他就感兴趣了！"

为等西安的回信，玉珮耐着性子住在天津。大桂天天想法儿让她们吃好睡好。没几天娘儿仨的脸色就红润了。玉珮平时就在楼上看书，尽量不下楼。孩子们也在楼上玩儿。没客人来，大桂也爱到楼上听玉珮讲抗日的事。

住在租界里的女人们耐不住长期围困，就在租界里找朋友串门儿。一天崇德里李二奶奶带着一个中年妇女来找大桂，进门就喊："三奶奶你看谁来了。"

大桂下楼一看，原来是宫北的老邻居宋三奶奶胡玉凤。

三个女人坐下来说话，才知道宋家头年也搬到租界了。住在黄家花园临街的一座小洋楼里。宋三爷还在银行做事，独生女胖姐姐也有十好几了。胡玉凤是托人打听到宝昌号李二爷，才找到李二奶奶韩大芬。接着她俩就来看大桂。

这三位奶奶从宫北相识，已经有十来年了。从搬到租界，大桂就没跟宋三奶奶见过面。兵荒马乱的，老姐妹见面，真是感慨万千。

胡玉凤要看看大桂三个孩子。大桂喊她们下楼，玉环、玉珍上学去了，大红就带着三个小的跑了下来。

韩大芬很奇怪，问大桂："那两个是谁家的孩子？"

大桂说:“是三爷大闺女的孩子。”让成信叫二娘三娘,让可可、又可叫二姥姥三姥姥。

胡玉凤特别爱孩子,尤其喜欢成信和又可这两个小男孩儿。搂过他俩问了几岁,叫什么名字,问又可:“你从哪儿来呀?”

又可不知道怎么回答。

大桂正要说从老家来,可可抢着说:“西安。”

大桂没拦住这句话,心想坏了,孩子说出西安这俩字,也许会惹出一场大祸!可是话一出口,再想挽回也来不及了。

这时胡玉凤说:“听说日本人现在还没到西安,三爷这闺女带着俩孩子冒险跑这么远,到天津来看她爸爸,真不容易。”

大桂说:“闺女就是不放心才来的。”

三个女人又说了一会儿闲话。大桂留她俩吃饭,李二奶奶说:“你们家人多,改日再来吧。”

胡玉凤说:“从胡同口坐车到黄家花园也不算远,用不了半个钟头。赶明儿你去我那儿串门儿去。”

说着俩人就走了。

玉珮等了半个多月,眼看到年底了才接到崔德珍的回信。信里说了很多问候岳父岳母的话,最后说他在西安找到了工作,下次写信就可以寄到店里。商店的地址门牌都写得很清楚。

这封信字迹清秀,文笔流畅,该说的都写上了。三爷看了信,对这个没见过面的女婿也挺满意。

第二天,三爷到美丰厚找薛继承,让他从给自己存入的款项里,以付货款的名义往西安这个商店汇四千大洋。

薛继承没多问,他心里明白,这件事肯定和抗日有关。不然哪能莫名其妙地往这个地方汇这么多钱?他一向佩服三爷办事慎密,当天就去一家美国银行把这笔款汇出去。

三爷拿回汇款凭证,让玉珮抄下汇款的银行、日期、款数、汇款号码,以备查询,告诉她:“美国银行办事效率高,也靠得住,用不了几天就能汇到。”

玉佩听了马上就要赶回去。大桂留她过了年再走。玉珮说:“这件事可耽误不得。”

当天大桂一个人去老龙头火车站给玉珮买去西安的通票。那时买跨省车票,还要排队经过日本人派的稽查员盘问。轮到大桂了,她说:“老家父母年纪大,又病得厉害,要赶回去过个年尽尽孝心,请好心的先生多多关照。”

说了许多好话,才把票买到手。

晚上孩子们睡了。玉珮正收拾东西,大桂上楼来看她。玉珮问:“这么晚了你还不休息?”

大桂把一条布带子塞到她手里。玉珮打开一看,上面用线缝着好几件赤金首饰。

大桂说:“这是我为逃难预备的,你系在腰里,往后用得着。”

玉珮的眼泪当时就下来了。她紧紧握住大桂的手说:“妈,我在汾阳就看出你是好人,可没想到你这么仗义,这么热心。我爸爸没看错你。我知道你支持抗日,你在中国人里也是好样的。我们家有你就有希望。”一直说到泣不成声。

第二天早晨,大桂早早地让林妈把饭做好,好让玉珮娘儿仨早点儿吃饭。

玉珮悄悄地把继母送给她首饰的事,告诉了父亲。三爷听了没感到惊讶,但也很激动,慢慢地说:“她这个人没念过书,可是很懂事理,是个大仁大义的人,做得出这种事来。”

吃罢早饭,玉珮含着眼泪告别了父亲。大桂一个人去送。她在胡同口叫了两辆洋车,直奔河东老龙头火车站。过进站哨卡的时候,日本兵见两个女人背着包袱抱着孩子,也没多问就让她们进去了。

大桂把玉珮送上车,找了两个靠窗户的座位,安排她和孩子坐下,又托付旁边的旅客关照一下这娘儿仨。玉珮没说话,坐在那儿只是默默地流着眼泪。她和这个只比自己大三岁的继母,已经是性命相交的知己,用不着说什么客套话了。

第五十八章

1938年，日军调集几路兵马，靠飞机大炮和残酷杀戮，又攻陷北方不少城市。这年春天，日本人占领了汾阳城。养济巷八号成家那座院子，被日本宪兵队司令部占了。跨院的书斋当了猪圈。雇来看房子的也成了他们养猪的猪倌。

那年开春，三爷收到西安寄来的汇款回执，但玉佩和成礼都没了消息。到处都在打仗，天津租界表面上没什么动静，实际上暗流滚滚，谁都在提防厄运到来。

成信还是天天去隔壁找三哥认字、听故事。大桂还是串门儿、打牌、看戏，但心里却多了一份抗日的心事。

龟田来到华北驻屯军司令部，把一份天津经济形势简要报告，双手递给新任驻屯军司令香月清司，立正点头说："司令官阁下，这是您要的材料，请过目。"

香月清司接过材料看了看："好漂亮的字啊，附表也一目了然。很好。这是谁写的？"

龟田说："这是我向您推荐的山口洋行老板的公子，南开大学历史系毕业的山口建一写的。"

香月清司眼前一亮："山口洋行？是经销汾州杏梅的那个山口洋行吗？"

龟田赶紧立正点头："是的。"

香月清司说："怪不得他们的产品很短时间就风靡东京，这个洋行老板就很有文化品味。能培养出这样的儿子，这位山口先生一定也是一位饱学之士。有机会我要拜访他。山口建一现在做什么？"

龟田说："他还在研究中国历史。我们推荐他担任接收管理天津经济的委员之一，已经得到东京当局批准。"

香月清司问："为什么推荐他？"

龟田说："山口建一出生在中国，在中国读书。他对中国的语言、文字和历史的研究,都是一流的,是我们目前能找到的唯一真正的中国通。”

香月清司听了,眯着眼说:“嗯,我要尽快见到他。”

当天夜里,山口建一就被带进日本华北驻屯军司令部香月清司的密室。二人见面没什么寒暄,就聊了起来。

香月清司说:“建一君,你们山口洋行独家经销的汾州杏梅,在东京可是出尽了风头。这种杏梅既有杏子的甜味,又有梅子的酸味,晶莹剔透,看上去很高雅,连天皇也用它招待客人,真是一种很有文化韵味的食品。”

山口建一说:“谢谢司令官阁下的夸奖。这是家父一位中国朋友推荐给他的。我去汾阳考察过,那里的文化底蕴非常深厚。”

香月清司问:“你对掌控天津的经济,有什么看法?”

山口建一说:“天津是港口城市。中国北方的物产和西方以及日本的进口物资,大部分汇集在这里进行交易。从战略的高度看,占领天津这样的大城市,必须保持它的活力。既要重视它的物质资源,更要重视它的流通能力。这在军事、政治和经济上都有很重要的意义。”

香月清司点点头:“很有见地。”

山口建一说:“我建议要防止帝国军人一时冲动,把它蹂躏成一座死城。对于任何国家,掌控一座死城是毫无意义的。”

香月清司问:“你说的这些话,是有所指吧?”

山口建一说:“是的。我建议对这样的城市,尽量避免用轰炸的手段。占领后的治理,也要尽力保护那些业绩卓著的实业家。因为他们才是城市活力的缔造者。那些摇尾乞怜的政客,最没有用处,也是最靠不住的。”

香月清司抬头告诉副官:“我请山口建一担任驻屯军司令特别助理。你去给他办理证件。建一君,以后我会随时直接找你商谈事情。有什么要报告的,你也可以直接来我的司令部。”

日军攻进山西。一小队日本兵闯进寿阳夏家老店,胡翻乱抢。

夏七宝上前拦阻:“你们要干什么?”

有个日本兵骂了声:“八嘎!”狠狠地一枪托子戳在七宝胸口上!

夏七宝倒在地下,嘴角沁出鲜血,捂着胸口大口地喘气。

日本兵搜完各个房间,提着背包进了屋。七宝坐起来瞪着眼看他们,难道这些日本兵要住在店里？没等他弄明白，几个日本兵过来往外推他：“你的，开路开路！”

伙计栓子跑过来扶起七宝，背上就走。来到城里夏家门前，砰砰砰地打门。

苗把打开门，栓子背着七宝趺趺撞撞进了院子。苗姑赶紧把门关上。

七宝哇的一声，口吐鲜血。

苗赶紧擦掉七宝嘴角的血，皱着眉头问：“这是怎么回事？”

栓子说：“让日本兵打的。”

苗指了指上房：“赶紧进屋，把他放到炕上。”

夏七宝躺在炕上，脸色焦黄，大口大口地喘气。苗把调好的止血药给他灌进嘴里。缓了半天，七宝这才有气无力地说：“夏家店让日本兵占了，山货都落在他们手里了。往后咱什么也干不成了。三爷托付的事也没法儿办，我活着还有什么用？”

说着眼泪流了下来。

苗叹了口气说：“这年头儿谁知道要遭什么罪？什么都是身外之物。把身子养好再说。”

七宝用尽微弱的力气说：“要想养好，就得还把我送到盂县藏身庙。那儿清静，眼不见心不烦。在家里我的心总静不下来。”

苗哭着问：“你是想出家？”

七宝没说话，眼泪滴滴答答又掉了下来。

天津市面上渐趋平静。一天金锁来了。半年没见，他又黑又瘦。大桂向来不问他的事，这一次却看着他问：“没给日本人干事吧？”

金锁说：“给日本干事，我还是人吗！”

成信见了金锁，扑上说：“金锁哥，领我去小花园玩滑梯吧！”

大桂还没来得及说话，金锁背上成信就走了。

小花园是安居里胡同外不远处，平安电影院对面，只有半个足球场大的儿童游乐园。中间是草坪，周围有滑梯、压板、秋千、浪木和沙坑。平时都是中国保姆带着外国孩子在这里晒太阳，做游戏。

金锁背着成信进了小花园就直奔滑梯。这儿有好几个外国孩子。小秃子先是跟在后边按顺序上去往下滑。不一会儿外国孩子都走了,就他一个人上来下去地滑。金锁坐在旁边的长椅子上看着他玩得那么开心,自己却难过地流下了眼泪。

他遇上一件实在难以摆脱的困境。师傅要跟着日本特务干,他无论如何也不能顺从。可是按道儿上的规矩,不跟着师傅就是背叛,就要开香堂动家法,打不死也得脱层皮。金锁苦苦思索了好几天,下决心宁可被打死,也不当汉奸。

他这次来,就是因为难逃厄运,想再看看大桂,看看小秃子。

成信上来下去玩得满头大汗。金锁擦干眼泪问他:"玩够了吧?"

小秃子扬起通红的笑脸,瞪大眼睛冲金锁哥点点头。

金锁俯下身子给他把身上扑打干净,在小花园门外买了两个面包,把他这个天真的小兄弟带回家。

吃饭的时候,大桂见金锁隐约地像是有什么难处。小声问:"你遇上难事了?"

金锁摇摇头:"没有。"随后告诉大桂:"独流精爷的日子挺不好过。日本人到了静海县,还没进独流。可家家都担心说不定哪天就遭难,谁还有心思到书场听书,去茶摊儿喝茶?家里没进项,就饥一顿饱一顿地凑合。"

大桂好久没听到家里的消息了。听说家里过成这个样儿,心里挺难过。问他:"你没让我爸爸他们上我这儿来?"

金锁说:"我招呼了,精爷就是不来。"

大桂说:"你想办法把我嫂子跟两个侄子带来。那俩孩子正是长身子的时候,别饿出毛病来。"

没过几天,金锁果然把宫氏和她两个儿子大锁、大春接来了。反正楼上也有地方住,嫂子宫氏和三个孩子就在天津住下。从那天起,好些日子再也没见金锁的影子。

日本军队占领天津,粮食布匹油料纸张都成了管制物资,不许随便流通。经营绸缎庄的李二爷,被迫关了店铺。崇德里新丽衬衣公司也只好关门大吉。

商铺倒闭,市面萧条。日本商人和跟日本有勾连的投机商,趁机抢占市场，大发横财。有商品流通就要经过货栈储存转运，美丰厚还能勉强维持。这时货栈的日常业务，全由薛继承经管。

三爷天天去上班，也就是在经理室里间，他那间卧室里待会儿。报纸上净是些这儿陷落、那儿陷落的消息，越看越气愤，跟谁聊天儿也没什么可说的。

大桂平常也就是早晨买菜的时候，跟邻居们聊聊家常，剩下的时间除了操持家务，照看孩子，就是骂日本鬼子。两个女儿去上学，成信去隔壁三哥那儿。她毕竟年轻，在家待不住，就串门儿消磨时间。

那天她按宋三奶奶胡玉凤留的地址，雇车去了黄家花园。到了那儿才发现宋家住的小洋楼，就在那年她被诓来的那条街上。按响门铃，胡玉凤迎了出来。见是大桂，高兴地说："什么风把你给吹来啦。"

大桂说："你老远地去看我，我还敢不来呀。"

俩人说着笑着进了楼。

宋家一楼过道里迎面摆着两株挺大的玉兰花。阳面是两大间，外间是客厅，里间是书房。屋子里摆着整套的西式家具，比在宫北吉祥胡同可阔气多了。阴面是厨房餐厅和卫生间。胡玉凤本来就是挺讲究的人，里里外外都布置得非常雅致。

两个女人坐下说起话来，大桂才知道宋子湘所在的东马路那家银行，已经被日本人接管了。宋子湘当了这家日本银行的副经理。这所楼房就是原来银行经理住的。主人跑到国外去了，日本人就给了宋三爷。

大桂见墙上挂着个挺大的照片，像是电影明星，觉得好像在哪儿见过。宋三奶奶说："你不认得啦，这不是我们闺女嘛。"

大桂惊讶地问："胖姐姐都这么大啦？"

宋三奶奶说："眼看就十七啦。这孩子爱捯饬，是她自个儿烫了发去照的相，她爸爸看着好，就给放大了。"

听到胖姐姐都十七了，大桂随口问："这孩子这么漂亮，该有人提亲了吧？"

宋三奶奶说："他爸爸银行有个小伙子正追她呢。"

一提这家银行，大桂心里就觉得膈应，心想日本人的银行里，还能有什么好人！

正说着门外传来一阵摩托声，不一会儿风风火火地走进两个人。前边就是胖姐姐，现在比那张照片又胖多了。后边跟着一个尖嘴猴腮的男人，看上去有二十几岁，留分头穿西装，头发锃亮，油头滑脑看着挺别扭。

宋三奶奶冲着女儿说："成三奶奶刚才还问你呢。"

胖姐姐走过来坐在大桂身边说："三娘，我可想你呢。"接着就跟那个男的说："这是成三娘。"

那男人点了点头。他看这位漂亮的女人，也就是二十五六，跟自己岁数差不多。

大桂知道这就是追求宋家闺女的那个人，也冲他点了点头。

胖姐姐问："两个妹妹都上学了吧。"

宋三奶奶说："人家又生了个小子呢。"

胖姐姐问："小弟弟有多大了？"

大桂说："快四岁了，淘着呢。"

胖姐姐瞟了那个男人一眼说："我就喜欢男孩儿。"

胡玉凤要去张罗做饭，大桂站起来说："家里大人孩子一大帮，我得赶快回去。"

那男人说："咱一块儿到外边吃吧。"

宋三奶奶这才想起还没给大桂介绍，赶紧说："这是子湘银行里的小金。"

大桂"哦"了一声，也没搭茬儿。就说："我回去了，赶明儿再来。"

当天晚上大桂把宋子湘的事跟三爷说了。

三爷说："当了汉奸的人家，往后咱就别搭理，也别惹他，少跟他们来往。"

日本兵进了天津，过河也要良民证。河东河西来往少了，河东大王庄的小酒馆儿，也不像往常那么热闹。那天有两个人坐在靠窗户的桌子那儿喝酒聊天儿。刘四背对着他俩，竖起耳朵听着。

一个人小声问："刘爷，听说七月二十八号那天晚上，你们出车拉着二十九军的人去了飞机场？"

另一个人小声说："喝酒，别瞎咧咧这个。"

拿起酒杯两个人碰了一下，都喝干了。

一个人吃着菜说："我一听就觉着在天津能干出这种漂亮事的，除了美丰厚，找不出第二家！不管你信不信，我信！吃，你尝尝，这肥肠不错！"

另一个吃了一口，得意地说：“味儿满好。你这话倒不是瞎吹。来，喝，喝。”

刘四听得眼瞪了起来。

那个人继续问：“我就纳闷儿，那天夜里满大街都是兵。十几辆卡车，当兵的就让你们过去？喝，你喝呀。”

另一个说：“有口令啊。对上暗号就过去了。二十九军的兵，还给我们陈头儿敬礼呢。喝，你喝”。

刘四背着脸，不动声色地笑了。

第二天，一台警车开进美丰厚货栈。有位年轻警官到经理室找成子和经理。薛继承不知道是什么事，觉得还是先弄清楚有什么事再找三爷。让座之后说：“我叫薛继承，是这儿的副经理。您请坐。有什么事，能不能先跟我说说？”

服务生进来为警官倒了茶，又退出去。

那位警官说：“我叫吴岳，是英租界工部局的警官。今天特别市公署来人，说有件事情指名要叫美丰厚经理成子和先生去核对一下。”

薛继承向前探身小声问：“您知道是什么事吗？”

吴岳凑过来小声说：“我侧面问了一下，好像是有关给二十九军出车的事。”

薛继承不由得心里一震，静下来说：“我们成经理岁数大了，我去行吗？”

吴岳看了看他：“薛经理，我佩服您。可这种事别人代替，也就是白搭上一个人。到头来成经理还是脱不了干系。您想，让他们盯上了，能轻易放手吗？我看您还是跟经理说一声。”

薛继承想了想，站起来说：“您等会儿，我去说一声。”他走进里间屋小声说：“三爷，给二十九军出车的事暴露了。租界工部局的警官来通知，让负责人去特别市公署一趟，说是要核对这个事。我跟他去吧。”

三爷看着他说：“不行。我是董事长兼经理，出了事当然是我去。那位警官还在吗？”

薛继承说：“还在外屋。”

三爷站起来：“走，我去见见他。”

走进经理室，三爷抱拳笑着说：“吴警官，幸会，幸会。”

吴岳站起来:“成经理,久仰。久仰。”

三爷说:“您坐,听说是为出车的事让我去一趟?”

吴岳说:“您是前辈,我也不瞒您。也许是有人告密,日本特务机关发现七月二十八号晚上是美丰厚的卡车把二十九军的人送到飞机场的。这个事要找到您头上,可是非同小可。究竟怎么办,您拿个主意。”

三爷说:“美丰厚的车队每天到处跑,去机场送货也是常事。可这事要找上我们,想推也推不掉。无论如何不去也是不行的。吴警官,您能把底交给我们,说到这个份儿上,就不是外人。这样吧,我找两个人来,把货栈事情托付托付,您看行吧。”

吴岳说:“行。我在这儿方便吗?”

三爷说:“你又不是外人,听听怕什么?继承,你把陈昆、九姑、庞二找来,咱们一块商量商量。”

陈昆、九姑、庞二来了。

三爷说:“这位是吴警官。”

吴岳站起来:“我叫吴岳。”

三爷说:“您请坐。吴警官给咱来送信儿,给机场出车的事,特别市公署让我去一趟。”

陈昆急了:“您干嘛去?我去!”

三爷说:“你又不知道是怎么回事,不是白搭一个人嘛!我看这样,薛继承把七月二十七号兴隆洋行委托咱派车往机场给日军警卫队送罐头的提货单准备好,要用就给送去。我一走你就给山口先生打电话,告诉他我被传唤走了,往日本发的货,只好停下了。咱的正常业务不能耽误,不能出错。”

薛继承眼含热泪点点头:“是,我一定照您的吩咐办。”

三爷说:“陈昆、九姑,你们要把这事跟工友们说清楚,让他们别胡思乱想,也别到处乱说。尤其要压住那几个急性子,可别惹祸。保住大伙儿,就保住了美丰厚。要一闹起来,可就给我帮倒忙了。庞二跟我家里说一声,让她们别着急。吴警官,您看这么安排行吧。”

吴岳这时已经对这位大难临头、方寸不乱的老人,佩服得五体投地。

第五十九章

吴岳对临危不惧的三爷说："老前辈，我从内心里佩服您临危不惧，镇静自若；佩服美丰厚的弟兄们没有一个含糊的。您没把我当外人，我也当着各位说句话。别把我当外人，我跟你们几位一样，是中国人。有什么事找我，办不了的咱一块儿想办法。"

陈昆没说话，向吴岳伸出了大拇指。

薛继承、九姑、庞二看着吴岳点了点头。

三爷问："咱怎么走？"

吴岳说："车就在外边。"

三爷说："那就走吧。"

经理室门外停着一辆警车。吴岳拉开车门，先把三爷扶上去，自己也上了车。警车一开动，九姑哇的一声就哭出来了。

一直在马路对面观望的刘四，见三爷坐警车走了，拔腿就往黄家花园向瑞祥去报喜。

刘四进门就说："办成了！咱的情报给他们一透，宪兵队就把姓成的盯上了。我亲眼看见工部局警察把他押上汽车，往海光寺那边去了。"

瑞祥说："这个案子要坐实了，不光成子和那老小子活不成，美丰厚非让日本人充公不可。到时候咱再给他们露底，这个机密情报是咱哥们儿弄出来的。美丰厚不全给咱，也得有咱一半儿。"

刘四乐得眯着眼，满脸皱纹更深了："那个小媳妇儿可别让给别人。您不要就给我，我不嫌她生过孩子。"

瑞祥冲着他："呸！你想的倒美。钱紧着你花还不行，那么好的坯子哪儿找去？能给你嘛！"

三爷让警察带走，薛继承就赶紧去兴隆洋行找毕尔福。从三爷临走那一番话里，他听出"兴隆洋行委托派车往机场给日军警卫队送罐头"这句话，是三爷给那天晚上出车安排的"合法依据"。三爷说的"提货单"，就是非常重要的物证。办好这件事,不光是为三爷脱身,也是保住美丰厚的关键。

日本帝国和纳粹德国关系密切。日军占领天津,德国洋行是为占领军供应给养的渠道之一。他们供应的所有物资,都存放在美丰厚货栈。

兴隆洋行离美丰厚不远。这时的兴隆洋行,已经发展成多种经营的公司。创始人老吉勃里早已去世,毕尔福当了董事长,如今也六十大几了。

薛继承一路上反复琢磨究竟怎么说这件事。来到兴隆洋行,就按三爷交代的那些话,跟毕尔福说了一遍。

听说成三爷为美丰厚的卡车去过机场,就被租界警察带到日本宪兵队去核对,毕尔福当时就急了。他对薛继承说:“为日军送给养,怎么能遭到宪兵队怀疑呢!走,我和你去宪兵队,找他们说理。”

薛继承说:“您不用去,把公司让我们往机场给日军警卫队送罐头的提货单存根找出来,我给他们送去。如果他们不相信,我再来请您。”

毕尔福见薛继承说的有理,打电话把管提货的职员叫来说:“你给薛经理把七月二十八日去机场的提货单找出来。”那位职员为难地点点头。毕尔福严肃地说:“务必尽快把那张单子的存根找出来!”

公司职员听着董事长的吩咐,一再点头说:“您放心,我一定尽快把这件事办好。”叫上薛经理就去了业务室。

在路上说:“老薛,这不是让我大海里捞针嘛。这个事少说也有俩月了。发货的单子有好几箱,哪儿找去!我看这样吧,您说怎么开,咱按您说的日子重开一张,不就结了嘛。”

薛继承说:“反正咱有这个事,您说怎么办就怎么办。”到了业务室,这位职员翻出一张七月份带存根的旧单子,递给薛继承说:“薛爷,您就看着开吧。项目填好,我给您盖个章。”

薛继承一见,心想我要的就是这张空白单子。坐在那儿按照三爷说的内容填好,盖上章,说了声:“谢谢。”就赶紧回去。

一进美丰厚大门,陈昆正在门房等着他。他俩又开了当天的罐头出库单和四台车的派车单。

陈昆说:“不是十四台吗?”

薛继承说:“十四台车的罐头得有多少?机场警卫队哪能吃得了这么多?咱能证明那天为送罐头派车去过机场就行。咱货栈的这两张单子是备用的。

先拿兴隆公司的单子,能闯过去就不用它了。”

把这件事办好,薛继承马上给山口打电话,告诉他三爷为车去机场的事被宪兵队带走了。求他帮忙,找驻军司令官说句话。

薛继承说:“三爷六十出头了,这一阵身体又不好。出了事,我怎么交代呀!”

说着,竟真的哭了起来。

山口也激动了,哆哆嗦嗦地问:“你们手里有正常送货的证据吗?”

薛继承说:“兴隆公司的提货单就在咱这儿,我给您送去。”

山口说:“不用送,我马上去你那儿。”

薛继承说:“您也这么大岁数了,叫上建一陪着您吧。要不我们也不放心。”

不一会儿山口和建一坐着自己的轿车来了。薛继承把准备好的情况说了一遍,拿出兴隆公司的提货单交给山口。这爷儿俩马不停蹄赶紧去找驻屯军司令香月清司。

当天傍晚,薛继承接到山口的电话,说香月清司去了北平,今天回不来。让他告诉三奶奶别着急,这件事他非办好不可!

薛继承没办法,只好让庞二去告诉三奶奶,三爷在这儿有事,今天回不去了。

庞二来到安仁里,一家人正等着三爷回来吃饭。小秃子见了庞二就问:“庞二叔,我爸爸怎么还不回来?我都饿了。”

庞二听孩子一说,把路上想好的话全忘光了。一屁股坐下,眼泪就流了出来。

大桂见他这样,知道准是出事了。拉上成信,叫上两个闺女就往后院走,嘴里说:“你饿了怎么不早说。你爸爸有事回不来。你们仨就跟大红姐她们一块儿吃去吧。”

宫氏听见大桂说话,出来见她眼里含着泪。知道有事,赶紧把孩子拉进小屋。回过头来说:“你一会儿过来喝点儿稀饭吧。”

大桂回到客厅,九姑风风火火地走了进来。一把抱住大桂就哭了。大桂问:“怎么回事?”

九姑问:“他没说?”

大桂摇摇头。九姑说："我就知道他说不出口。我三哥让警察带走了，说是去了宪兵队。"

大桂一听，当时就懵了。坐在那儿停了一会儿说："三爷交代过，这年头儿早晚得摊上事。不管怎么样，也得沉住气。家里不能乱。九姑，您今天晚上别走了。"

这句话一出口，泪才流出来。

当天晚上，大桂把三爷在老家支持西北军办抗日青年训练班，最近继续给西安青训班汇钱的事，都告诉了九姑。九姑听了这些事，激动地瞪大眼睛。心想怪不得我三哥遇事那么沉着，他真了不起呀！

三爷被送进宪兵队，登记了名字就关进地下室的牢房里。当天的例行公事，就是押到刑讯室，绑在柱子上先让两个值班的日本兵，用沾水的皮鞭暴打一顿。一个日本兵打累了，就问另一个日本兵："这个人是什么案子？"

另一个也住了手，看了看这个挨打的囚犯说："谁知道是什么案子！反正长官交代了，抓进来的，来不及问，就先打一顿再说。"说着话，看了看已经遍体鳞伤的三爷："看样子，这个人岁数不小了。"

他俩说的日本话，三爷都能听懂。这时他也用日语说："六十一。"

两个日本兵惊讶地问："你会说日语？"

三爷无力地点点头，用日语说："会一点儿。"

日本兵问："你是干什么的？"

三爷回答："商人。"

日本兵问："为什么抓你？"

三爷苦笑着："我哪知道？"

两个日本兵放下鞭子，面面相视。没再打，就把他拖了回去。

扑通一声，三爷被扔进牢房。他顺势仰面朝天，闭着眼躺在那里，身上一点儿力气也没有了。心想临来说的那些话，也不知道薛继承听明白没有。要按自己想的这么办，也许还有一线死里逃生的希望。

一个蓬头垢面的犯人爬了过来，推了推他轻声喊："三爷，三爷！"

三爷睁开眼，仔细看了半天，才分辨出这是机器局李局长！三爷的眼睛告诉李铮，已经认出他了。李铮在他耳边压低声音："你一进来我就看见了，也是为那个事吧。”

三爷点点头。

李局长难过地说：“是我害了你。”

三爷眯着眼，使出浑身力气，才慢慢地说出一句话：“人家还没问呢。”

第三天，浑身是血的三爷又被两个日本兵架进来绑到柱子上。正在聊天的两个日本兵站起身，拿起皮鞭在桶里蘸了水。

他俩走到柱子前一看，又是那个会说日本话的老商人。

一个日本兵说：“打过两回了，今天再打恐怕他就顶不住了。他们不审问，光让天天打，要是打死，还得找咱俩的麻烦。”

另一个把鞭子往地下狠狠一甩：“咱就应付两下算了。”

就这样三爷还是挨了几皮鞭。一鞭子抽在他胸前，三爷眼前一黑，昏了过去。那个日本兵拿起水桶，哗的一声泼在三爷脸上。老人慢慢睁开眼，两个狰狞的面孔，嘿嘿地笑了。

这天深夜，牢房里的囚犯都睡了。李铮爬到三爷身边悄悄说：“日本特务在天津潜伏了几十年，一得势就都出来了，让人防不胜防。头前事变我把精密设备都绑上炸药。日本人一轰炸，就把它引爆了。咱不能把这些设备留给日本人使唤。”

三爷闭着眼问：“后来呢？”

李铮说：“人们都以为这是日本炸弹炸的。可是潜伏的特务找到日本驻屯军司令部，说他们提供的轰炸目标，从来就没有机器局。在我们局里潜伏的特务也出来作证。我就是为这个让他们盯住的。后来又有人告发，二十九军攻打飞机场的部队，是从机器局出去的。这两项大罪搁一块儿，就把我抓进来了。”

三爷问：“为什么还把你押在这儿？”

李铮说：“这里边凡是跟打仗有关的，都是名牌儿货，用不着问口供，留着我是还想拿我钓大鱼呗。咱身边的日本特务、国共两党的人都不少。我看你们陈昆，从我那儿调去的老董，都是共产党。那个老李，不是共产党就是国民党。反正咱们都是往黄泉路上走的人，知道也没什么用了。”

当天晚上，陈昆、董师傅和蔡师傅在货栈厨房里研究三爷被抓的事。

蔡师傅问:“那天出车的司机,有出事的吗?”

陈昆说:“那天连我一共去了十五个人,有三个住河东,转天没过来。别的都没事。”

蔡师傅问:“那三个人里,有不大牢靠的吗?”

陈昆说:“都是咱的人。哎,有个刘义,喝了酒嘴上就没把门儿的了。”

蔡师傅想了想问:“他家在哪儿住?”

陈昆说:“河东大王庄东头大杂院儿里。”

董师傅说:“明儿让九姑去看看刘义出事没有。她机灵,遇上事也好应付。”

第二天九姑就去了河东大王庄,走到东头的大杂院。院子里破破烂烂,也没个人影儿。忽然发现紧里边有个老太太眯着眼晒太阳。

九姑走过去说:“大娘,这院儿可够大的,住的人家不少啊。”

老太太睁开眼看了看她:“这儿早先是个大车店。两边是把式住,那边儿是牲口棚。闹反那年大车店黄了,几家逃难的就凑合着在这儿住下了。哪有一间正经房啊!”

九姑问:“刘义是住这儿吗?”

老太太指了指:“南边儿靠东头儿那间。头两天就让人抓了！他欠你钱了?”

九姑一愣,随口说:“啊,是欠我的酒钱。他家有人吗?”

老太太:“你听,他媳妇那不在屋里哭了吗!”

刘义家黑糊糊的屋里,只有几件破旧家具。刘义媳妇跟九姑说:“那天来了两个穿便衣的特务,就问了一句你是在美丰厚货栈开车的刘义吗?他说是,把他铐上就走了。这些天光听说那俩人是日本宪兵队的,别的一点儿信儿也没有。人家说,进了宪兵队就没活着出来的。”

说着又哭了起来。

九姑问:“你怎么知道那俩人是宪兵队的?”

刘义媳妇说:“也是街坊们猜的。她们看见有个人屁股后头别着手枪。”

九姑想了想问:“那两天刘义跟谁喝酒了?”

刘义媳妇说:“邱老五。那小子最不是东西了。他知道刘义喝了酒就胡说八道,非在酒馆儿里逗他说去飞机场的事不可。”

九姑大吃一惊,问她:“这是谁跟你说的?”

刘义媳妇说:“好几个在那儿喝穷酒的都看见了。”

九姑又问:“邱老五在哪儿住?”

刘义媳妇问:“你找他干嘛?”

九姑说:“要酒钱呐!刘义让人抓走了,酒钱就得找他要。”

刘义媳妇狠狠地说:“就得找他!这小子是个蔫坏损,净跟日本特务打连连。他就住前边路口往北,西边第二个门儿。”

九姑回到货栈,食堂刚开完饭。人们见了她就说:“九姑出去了,刚开完饭,快进去吃点儿吧。”

九姑说:“出去买了点儿东西,紧赶慢赶,回来还是晚了。”

走进食堂,陈昆、董师傅、薛继承和蔡师傅都在那儿聊天儿。九姑知道是在等着她,见屋里没人,过去小声说:“是刘义说出去的。有人拿酒套他就什么都说了。他也让河东警察局抓走了。”

董师傅问:“套他的是谁?”

九姑说:“是邱老五。”

蔡师傅问:“刘义会不会把咱的人都招出来?”

陈昆想了想,摇头说:“我看不会。刘义喝了酒什么都说,是跟熟人。遇上对头,他还是条汉子。”

董师傅问:“邱老五是什么人?”

九姑说:“就是个穷酒鬼。”

蔡师傅说:“他后边准有人。要不他问这个干什么?”

董师傅说:“就得抓住邱老五,问他是谁想套刘义的话。”

陈昆说:“还得问刘义跟邱老五说了些什么。”

董师傅说:“这个活口不能留!”

陈昆说:“晚上我去吧!”

九姑说:“还是我去吧。”

蔡师傅摇头说:“河东这地方帮会势力混杂,你们都不大熟悉。得请个地方熟、手底下利索、做活儿不留任何痕迹的高手,说不定还能掏出些咱不知道的东西。”

九姑说："那就得让我段师哥去。他地方熟，有经验，想的周到，手里的活儿也干净。"

蔡师傅问："你跟他说？"

九姑点点头。

董师傅问："薛经理，你看这么办行吗？"

薛继承点头说："我看就得这么办，不然三爷在里边也危险。"

当天晚上，邱老五一个人正坐在堂屋哼着小调儿，自斟自饮。

女人在屋里骂他："你这个缺了八辈儿德的。做个套儿诓出刘义的话，让人家挨了枪子儿，你就好得了吗！"

邱老五说："你说我好不了？五块大洋挣来了。小菜儿小酒儿吃上啦，喝上啦。我干嘛跟自个儿过不去？"

女人在屋里说："你就挨千刀吧！别进来啦，就喝你的催命酒吧，你好死不了！"

邱老五嬉皮笑脸地："我要不得好死，你不得给我守寡嘛？"

女人在屋里喊："呸！美的你，给你守寡？我哭你一声都不是人！"

邱老五说："那我一会儿就去跳海河。看你哭不哭。"

女人在屋里喊："去呀，现在就跳去，海河也没盖盖儿。你淹死我要去收尸，也不是人！"

咣铛一声，里屋的门关上了。

邱老五看着那扇门："你个骚娘们儿。你关你的，我喝我的。熬不过去，还得找你爷们儿，要不你找谁呀？到时候伺候不伺候，可就在我了。"

说着嘿嘿嘿地自个儿乐了。

邱老五正乐着，忽然嘴里让人塞了东西，身不由己像腾云驾雾一样，被提了起来。

一个黑影提着邱老五，飞似地出了院子，直奔海河边儿。

低凹的荒郊野地，四周一片漆黑。

邱老五被摔在地上。一只大手把他嘴里的东西掏出来。趴着的邱老五哼了一声，刚要翻过身来，一只脚踏在他背上。

这个人就是九姑的师兄段云。

段师傅隐姓埋名这些年，心如死灰，早已不问世事，什么事都躲远远的。九姑把他请进美丰厚货栈，成三爷认他为师弟，处处关照他；工人们尊他为师傅，谁都服他管，心也暖了。这几年他不吭不哈，什么事心里都有数。每天晚上巡更守夜，为美丰厚消除不少隐患。日本人把三爷抓走，他哪能坐视不管！

第六十章

九姑跟段云说了探听到的消息和邱老五的住址，他当夜来到河东，把邱老五手到擒来，用低沉的声音问："是谁让你从刘义嘴里套话的？"

趴在地下的邱老五说："是，是刘四。"

段云问："哪个刘四？"

邱老五说："河西刘庄的刘四。"

段云问："他后头是谁？"

邱老五眨了眨眼："我不知道。"

段云那只脚重重地踩了一下："想想！"

邱老五疼的喊了声："哎呦！疼死我了。听说是个姓瑞的，家里挺有钱。"

段云问："你后边是谁？"

邱老五说："河东警察局的老警察，宋朝亮。他也是刚挂上日本宪兵队。"

段云问："他是怎么挂上的？"

邱老五说："他卖了俩局长，一个是河东警察局黄局长，另一个是哪个局长就不知道了。"

段云问："你都干过什么坏事？"

邱老五说："那天晚上二十九军的队伍进了机器局，就是我报告的。"

段云说："你们俩干的事，也一块儿说。"

邱老五说："宋朝亮还盯过英国地工部局的警官吴岳，说吴岳是国字儿的。一抓住证据就告发。他说要弄成了，也许能当上警长。"

段云问："他住哪儿？"

邱老五说："河东黄局长抓走以后，他就住到那个小洋楼里了，连那里边儿的娘们儿也让他占了。我都说了，你饶了我吧。"

段云低沉的声音说："留着你这个汉奸再去祸害别人？你说中国人能答应吗？"

说着脚下一用力，邱老五口吐鲜血，当时就断了气。

黑影里，段云那只手抓起邱老五，提到海河边顺手一扔，咚的一声静静的河水泛起一片涟漪,顺势向下流去。

山口父子等了四天才见到驻屯军司令香月清司。

山口建一说:“司令官阁下,这是我的父亲。”

山口鞠躬:“您好,司令官阁下。”

香月清司说:“你好,我说过,有机会是要见见你,你的儿子很优秀,你经销的汾州杏梅也很不错。”

山口哭了:“可是您的宪兵队把给我提供杏梅的老朋友,抓起来了。”

香月清司说:“不会吧。宪兵队只抓与我们作对的武装分子。”

山口说:“我的朋友是英租界码头储运公司的老板,他公司的卡车给我们在飞机场的警卫部队送过罐头,去过飞机场,就把他当敌人抓走了。”

香月清司问:“有证据吗?”

山口拿出兴隆洋行的出货单:“这是德国兴隆洋行往飞机场送货的出货单,帝国军队的许多给养都是这家德国洋行代购的。”

香月清司接过这张单子看了看:“嗯,德国是我们的盟友嘛。”

看过货单,香月清司看着山口建一。

山口建一说:“很可悲。我们的占领军只凭道听途说,就轻而易举地伤害了这位天津码头最优秀的货运企业家。我去了宪兵队。四天了,他们一次也没问过,就已经把这位六十多岁的老人,打得奄奄一息了。”

山口擦着眼泪:“司令官阁下,子和先生已经实在不行了,我才找您来的。”

香月清司说:“山口先生,请您放心,我会过问这件事。”回头对副官说:“让宪兵队长马上到我这里来!”

山口说:“打搅您了,司令官阁下。谢谢您亲自过问这件事。我告辞了。”

香月清司说:“副官,用我的车送山口先生父子回日租界。山口先生,销往日本的杏梅生意有什么障碍,可以用我的名义和他们交涉。”

山口说:“谢谢,谢谢司令官阁下!”

山口父子走了。

宪兵队长匆匆赶来,立正敬礼:“司令官阁下!”

香月清司问:“美丰厚货栈的卡车运送二十九军的案子找到证据没有?”

宪兵队长立正说:“没有,是线人在饭馆听说的。”

香月清司把那张货单递给他:“这份货单去请兴隆洋行毕尔福先生验证一下。是真的,就把那个成子和送回去。”

宪兵队长接过货单:“是。”

香月清司说:“你们要通过可靠途径,继续搜查和国民军有牵连的危险分子,绝对不能允许这些人继续潜伏在这个城市。”

宪兵队长:“是!”

日本驻津部队宪兵队长回到宪兵队,马上派年轻军官笠原中尉拿着这张提货单去兴隆洋行找德国人毕尔福核对。

笠原说:“经理先生,这张提货单是不是贵公司开的,请核对一下,”

毕尔福看了看说:“没错,这就是我们的提货单。美丰厚货栈的汽车给我们送货,就像你们的辎重部队,派他去哪里,都得准时送到。不光是机场,哪个兵营他们也都去过。”

听到笠原核对回来的报告,宪兵队长又查了抓成子和的记录,发现是河东警察局密报,宪兵队通知英租界工部局协助派人送来的,到现在还没审问过。不由得一阵恼火,嘴里嘟囔:“这些中国警察,为讨好帝国,什么人都往这里送。”告诉笠原:“快把人送回去!”

当天夜里,一辆急驰的警车停在美丰厚货栈门前。两个日本兵下车敲门。门房打开个门缝,日本兵转身从车上抬下个浑身是血,气息奄奄的人。放到大门外,指了指就开车走了。门房借着路灯弯腰仔细一看:“啊?是三爷!”

门房打电话叫起薛继承,不一会陈昆、九姑、庞二都来了。人们七手八脚把三爷抬进货栈经理室里间,这也是三爷在货栈的卧室。

躺在床上的三爷,闭着眼只剩下微微一口气了。几个人围着他,默默地流泪。

陈昆说:“先给三爷擦擦脸上的血吧。”

九姑:“别动。去把段师傅叫来,让他看看。”

庞二把段师傅叫来了。

段云弯下腰,听了听三爷的呼吸说:“内里没大碍。”说着摆手让围着的人们后退几步,摆出骑马蹲裆的架势,凝神运气,两掌悬在三爷胸前,像是在不住地揉搓。不一会儿三爷长出了一口气:“唉——!”慢慢睁开了眼。

段师傅把手停住,注视着三爷。

九姑喊:“三哥!”

子和看了看,声音微弱:“你们都在这儿?”

薛继承捂着脸,转过头哭出声来。

陈昆把段师傅拉到一边:“下一步该怎么办?”

段师傅说:“我看看他的伤。外伤的药我带来了,你想办法给他熬点儿参汤。”

陈昆问:“参汤?”

段师傅说:“要找老参,越老越好。”

九姑抬起头说:“我那儿有。庞二,你去把我存的那包老参拿来。在外屋支上火炉,就在这儿熬。天亮去把三奶奶接来。师哥、薛经理、陈昆,你们先歇着去吧。我在这儿顶着就行。明天说不定还有什么事呢。”

几个人见三爷闭着眼躺在那儿,也就都出去了。

九姑关掉大灯,只留个床头灯照着屋里。

这时躺在床上的三爷,心情渐渐平静了下来。宪兵队地牢里的五天,让他恍如隔世。在那里见到的政界名人、军事将领、帮派领袖、爱国学生和被敲诈勒索的商人,大都是坚贞不屈。这都是李铮告诉他的。

李铮说:“也有不少孬种,还没上刑就怂了,出去都当了汉奸。”

三爷想起那些人,虽然个个衣衫褴褛,遍体鳞伤,蓬头垢面,彼此也不过话。可那股浩然正气,令人难忘。他想,自己侥幸逃脱出来了,他们的命运会怎样?

他觉得和日本侵略者斗争,自己早就有准备。可没想厄运来得这么突然。活下来还得跟他们斗!不然怎么对得起狱中那一张张正义的面孔!

三爷勉强睁开眼,屋子里静静的。只有九姑坐在床边椅子上打盹。这间卧室他整整住了三十五年,从来没觉得这么温馨。外屋有动静了,他想那是庞二在为他熬参汤。受伤的人要用参汤补身子,这是几十年前抢救宋庆,夏七宝说的。今天我也得用老参补。一股清香的药味儿飘了过来,他慢慢地睡着了。

清晨。山口洋行办公室里的电话铃响了起来。

山口匆匆赶来，拿起话筒："喂，您好。我是山口。"

美丰厚货栈经理室里，薛继承拿着话筒哽咽地说："昨天夜里把三爷送回来了，还好，三爷让我尽早打电话告诉您。他说，是您这位老朋友救了他的命。"

说着自己又哭出了声。

山口流着泪说："回来就好，回来就好。让三爷好好养着。我一会儿就去看他。不用客气。谢谢，谢谢！"

九姑把三爷脸上擦洗干净，给他换了外边的衣服，盖好被子。

薛继承轻声告诉三爷："给山口打电话了，他说上午就来看您。"

三爷闭着眼点点头。

大桂进来了，两眼红红地说："薛经理，陈昆、九姑，谢谢你们几位。照顾他一夜了，你们歇会儿吧。"

九姑悄悄问："孩子们知道了吗？"

大桂摇头说："没有。他庞二叔说了，我谁也没告诉。孩子们问，我说爸爸出门儿办事去了，过几天就回来。"

九姑点点头："这儿也没跟外人说。工人们都还不知道。"

大桂小声说："我把他的内衣带来了，一会儿给他换上。"

九姑摆手，几个人都出去了。

大桂坐在床边看着三爷："你命真大！"

说着就哭了起来。

子和睁开眼："孩子们没事吧。"

大桂说："没事。九姑跟我说了，你的事谁也没告诉。给你换换贴身的衣裳吧。"

三爷点点头。

大桂撩起被，脱掉三爷身上的衣裳一看，当时就惊呆了。只见三爷全身血迹斑斑，上下没有一处囫囵地方。她含着泪，轻轻地给三爷脱下血痂粘住的衣裤，换上干净的内衣。

脱掉的血衣还没拿走，薛继承进来了，轻声说："三爷，山口先生看您来了。”

三爷点点头。

山口走进来看到那团血衣，不由得老泪纵横，看着这位老朋友说：“罪过呀，罪过呀。三爷，你受苦了。”

三爷无力地说：“谢谢你救了我一命。”

大桂向山口深深鞠了一躬：“谢谢山口先生，您救了我们全家呀！”说着又掉了眼泪。

山口鞠着躬说：“惭愧，惭愧。不过人总算回来了。”

大桂搬来椅子，请山口坐在床边。

山口说：“也是您介绍给我的汾州杏梅救了你。香月清司一见面就说杏梅在东京如何受欢迎，临走还说，销往日本的杏梅，遇到障碍可以用他的名义交涉。”

三爷吃力地用细微的声音问：“不知道汾阳、寿阳那边怎么样了。继承，他们来信了吗？”

薛继承说：“汾阳马掌柜捎过信儿，说日军占了县城，山货进不来。今年的核桃、杏梅都难收。寿阳夏家老店，让车站的日军占了，夏掌柜被打伤，到盂县庙里养病去了。生意也停了。”

三爷叹了口气。

山口无奈地站起来，擦了擦眼泪说：“你就养伤吧，别管那些事了。告辞了。有事再找我。”

大桂说：“我送送您。”

山口摆手说：“不用，成太太，您就看着他吧，子和先生现在离不开人。”

大桂说：“不送送您，三爷也不乐意。”

薛继承和大桂陪着山口刚走出经理室，玉珠迎面走过来，瞪着眼问：“小姨，我三叔出事了？”

大桂说：“他回来了，是这位山口先生救的他。山口先生，这是夏掌柜的女儿，夏玉珠。”

山口盯着玉珠看了又看：“你就是夏玉珠？”

玉珠红着脸鞠了一躬：“是。山口先生，谢谢您救了我三叔。”

山口点头说：“好，好，好孩子。我们都是老朋友，这没什么。”说着又看了看玉珠,才上了停在门前的汽车,驶出货栈。

大桂、薛继承和玉珠回到三爷卧室。玉珠看到三爷,泪就下来了:“三叔,我才知道您的事。”

三爷伸出手:“玉珠,你来得正好。听说你爸爸去了盂县庙里,店房也让日本人占了。家里就剩下你妈一个人,那怎么行!能回去,你就赶紧回去看看。实在不行就把你妈接来。”

玉珠挺奇怪:“您是怎么知道的?”

薛继承说:“寿阳有人给捎的信儿。”

玉珠说:“那我赶快回去看看。”

九姑说:“到处都有日本人的卡子,让你庞二叔跟你去吧。”

玉珠说:“我是记者,有通行证。三叔,我忘了告诉您,蒋介石同意跟日本人打了。”

三爷问:“你从哪儿得来的消息?”

玉珠说:“有人透露的。蒋介石在南京召开了研究打不打的紧急会议,吴稚晖、汪精卫、何应钦、冯玉祥、居正这些国民党的要人都参加了。他们争论得挺激烈。最后冯玉祥说,强盗进屋里来了,不打他会走吗?日本军队强,武器好,可我们人多,枪炮使完了还有大刀。扔炸弹也没什么可怕的,怕的是我们不打。民族危亡关头,我要求对日宣战!冯玉祥说的声泪俱下,多数人齐声喊打,蒋介石这才说,大家不要激动,我们就决定打。”

九姑说:“看你说的,就像你参加了他们的会。”

玉珠说:“您不信,过两天准有正式消息。三叔您多保重,我得走了。”

三爷说:“你别急。山口告诉我,驻屯军司令跟他说,销往日本的杏梅,遇到障碍可以用他的名义交涉。你去找山口建一,让他给你开两封信,把寿阳、汾阳的事都给他们疏通一下。”

玉珠惊讶地看着三爷:“您看我还能办这么重要的事?”

三爷说:“能。怎么不能!问你妈好。能来就劝她到天津来吧。这些事办的怎么样,回来都告诉我一声。”

玉珠吐了一下舌头:“您这是让我回来就交令啊。行,回来我先向您报告。您可得好好养着啊!”

说完就要走。

大桂红着眼说："我送送你。"俩人匆匆走了。

三爷说："陈昆，把门关上。"

陈昆过去关上门。

三爷小声说："机器局李局长也关在宪兵队。他恐怕回不来了。他家眷住在哪儿？打听着，你们就去看看。"

陈昆说："我这就去问问。"转身走了。

大桂把玉珠送出三爷的卧室，拉着她的手说："玉珠，往后多来看看你三叔。他就爱听你说那些事。你看他听了眼都亮了。"

玉珠说："别看我三叔是个生意人，他关心的是国家的安危，干的是惊天动地的大事！每次见到他，我都受鼓舞。小姨，我看你家里孩子都大了，有林妈照顾他们，你也多来看看他。不光陪着他养伤，柜上有些事也能帮帮他。"

大桂瞪着眼问："我能帮他办什么事？"

玉珠说："这一关他闯过来了。这年头日本鬼子到处行凶作恶，美丰厚树大招风，往后还不定摊上什么事呢。他身边有你给他传个信，也是好的。"

大桂听着不住地点头。

"我知道当初我三叔娶你是为了在天津有个家，好传宗接代。自从娶了你，他日子越过越舒坦，生意也越来越红火。可咱们女人这一辈子，就是为生几个孩子，给人家传宗接代吗？我看你就有的是精力。除了家里那点事，能干的事多了！"

大桂说："我是在河边码头上长大的，装货卸货这些事我都明白。"

玉珠说："你跟他们这些男人打交道不怵头，就是很大的长处。行，小姨，我看你明白了。咱们新女性只要有机会，就得把自己的能量发挥出来，为家庭、为社会做贡献。我赶紧走吧。"

大桂说："见了你妈问她好。兵荒马乱的，能来就把她接来吧。"

送走玉珠，大桂的眼圈红红地回到三爷身边。

三夜问："玉珠跟你说什么了？"

"说她娘的事，日本鬼子到处横行霸道，苗姑在阳泉还不知道受什么罪呢？"

大桂看了看三爷："她让我多到柜上来，好好伺候你，帮你办点事。"

三爷露出了笑容："你嘴严，能帮我办点事也不错。"

大桂问："你想回家养着吗？"

三爷说："我想先在这儿养几天。省得惊动四邻，让人家大惊小怪的。"

九姑说："我看也是住这儿好。大伙儿都在这儿，好的快点儿。你放心吧。我调养外伤还有点儿把握。"

大桂说："行。有九姑在，我就放心了。我先回去了，出来工夫大了，家里也不放心。你还有事吗？"

三爷说："下回把小秃子带来。"

大桂看着他："我知道你就想他。这些带血的衣裳，我就不往回带了。"

庞二站起来说："我送您回去。"

大桂说："没几步就到了，你也赶快歇会儿去吧。"

大桂走了，屋里只剩下九姑、薛继承和庞二。

九姑示意庞二出去看着点儿。弯下腰跟三爷说："弄清楚是谁告的密了！"

三爷睁大眼睛，感到很奇怪。

九姑说："是老混混刘四。他后边是姓瑞的，还有河东的邱老五那跟老警察宋朝亮！"

三爷问："谁去打听的？"

九姑说："我先去的。出车的事是邱老五从咱货车司机刘义嘴里套的，段云去逼着邱老五说出不少内情。最后把他给除了。"

三爷问："是谁让你去的？"

九姑说："薛经理、陈昆、董师傅、蔡师傅一块儿商量的。"

三爷问："刘义呢？"

九姑说："抓去没审出东西，就把他枪毙了。"

三爷问："他家里还有什么人？"

九姑说："就一个媳妇，住在河东大王庄紧东头破院子里。"

三爷明白了，想了想说："往后按月给她送点儿补助。"

九姑含着泪说："这倒是，要不孤孤单单一个人，怎么活呀。"

三爷说："这事就让陈昆办吧。李局长告诉我，现在汉奸特务、国共两党的人，哪儿都有。他看陈昆跟董师傅是共产党。修理车间李师傅是哪个党还不清楚。我还是想，往后咱就办咱的事，不跟他们政党掺合，谁抗日就跟谁合作。”

薛继承和九姑认真地点头。

九姑说：“段师哥告诉我，邱老五说河东姓宋的警察，盯上吴岳了。抓住把柄就告发他，想弄个警官当当。您说，这个姓宋的该除了他吗？”

三爷说：“该！除恶务尽。这些人不除，留着就是祸害。吴岳这人挺讲义气，能帮就帮他一把。刘四也得收拾。凡是打咱美丰厚主意的，就不能放过他！”

陈昆进来了，跟三爷说：“我打听了，李局长一抓走，他家里怕连累，跟着就跑了。到现在也不知道去了哪儿。”

三爷听了，难过地闭上了眼睛。

刘四愁眉苦脸地来到黄家花园瑞家，瑞祥正得意地躺在躺椅上听戏。

刘四说：“瑞爷，说不定邱老五让人给做了。”

瑞祥坐起来问：“你怎么知道的？”

第六十一章

刘四说:“刚才我去找他,他媳妇说,那天晚上俩人拌了几句嘴,邱老五就不见了。这两三天也没见他的面儿。有人在海河边儿看见一滩血,旁边儿有他一只鞋,弄不好是让人弄死扔河里了。”

瑞祥问:“报案了吗?”

刘四说:“我问了,她媳妇说:‘我才不报案呢,死了活该,谁让他昧着良心害人。这种人死一个少个祸害。’我觉着这事还是出在美丰厚身上。他露了馅儿,我也得躲躲。您也别问我去哪儿,反正我不露面儿了。您也留点儿神吧。”

刘四说完赶紧走了。

瑞祥坐在那儿,皱着眉头怎么也想不明白,在日本人眼皮底下,美丰厚还这么厉害?他不信,觉得也许是刘四这个老小子,自己留了一手。

玉珠回到山西寿阳,推开家里的门,母亲一个人正在蒸窝窝。她喊了声:“妈!”

苗抬头见是玉珠,问她:“你怎么回来了?”

玉珠问:“妈,家里就您一个人?”

苗说:“你爸去了盂县藏身寺,不想回来了。你二哥事变以后就没了音信,听说是去了延安。玉发在太原也找了个学校当老师。你们都不愿意回来,家里不就剩我一个人?”

玉珠说:“我三叔还让我把您接到天津去呢。”

苗说:“那夏家不就真正四离五散了,咱就连家也不要了?”

玉珠问:“听说咱家店房让日本兵占了?”

苗说:“日本鬼子要杀就敢杀了你,占你家店房谁敢不依?”

玉珠说:“我跟他们上边说理去。他一个小队,才是一个班,就敢强占咱开店的民房?”

苗瞅着她:“就凭你是个记者,还有这本事?”

玉珠说:“我找人开了信。”

苗说:“是那个日本人山口建一?你真跟他好上了?”

玉珠不耐烦地说:“我们是同学,找他帮忙还不行?妈,窝窝熟了,我还饿着呢。”

苗揭开蒸笼,给她拿了个窝窝:“问你正事,别跟我打岔。”

玉珠说:“平时我就不跟他来往,这次是为咱家的事才找的他。人家父子俩这回还救了我三叔的命呢。”

苗停住手,瞪着眼问:“你三叔怎么了?”

玉珠说:“让宪兵队抓进去,打得死过去好几回。那天我去看他,还躺在床上翻不了身呢!”

苗急着问:“为什么?”

玉珠手里抓着窝窝:“我先吃两口,慢慢跟您说。”

这些日子段云每天晚上都在三爷屋里盯着。给他做完气功,这俩师兄弟就聊起在夏老英雄身边学艺的事。

三爷说:“我在老人跟前的时间太短了。那时候年纪小,不懂事。爷爷说的话我都是一知半解。”

段云说:“我也是。爷爷收我的时候,我就是个要饭的孩子。大字不识,什么也不懂。就知道爷爷怎么说,我就怎么做。咱一辈子不干坑蒙拐骗的事,不欺负老实人,就是爷爷教的。”

三爷叹了口气说:“我就觉得,干什么事爷爷总在看着我。”

段云激动地说:“一点儿也不假,我也是。”

他俩有时能聊大半宿。

那天段云跟三爷说:“河东宋朝亮的事该办了。待长了弄不好他一扎刺儿,有人就该倒霉了。”

三爷问:“怎么办他,你都想好了?”

段云点点头:“听说河东警察局长靠的那个娘们儿,是小白楼儿的。您家里也许认得她。”

三爷说:“认的。她好像叫王月蓉,我在崇德里见过她。你想从她那儿下手?”

段云摇头:“不是。想让她给拿几样东西,告诉她赶快远走高飞。”

三爷问:“她住哪儿?”

段云说:“坐摆渡过河,十一经路第二个路口那座小洋楼。”

三爷想了想说:“这得让我内人去。”

段云抬起头问:“她行吗?”

三爷说:“行。把这事的来龙去脉跟她说明白就行。她胆大心细,干这种事没说的。”

段云说:“行。我把怎么说告诉九姑,让她跟三奶奶交代吧。”

三爷说:“事不宜迟,今天晚上就让九姑去找她,明天就办。”

当天晚上,九姑就去小白楼三爷家跟大桂详详细细地说了这件事。

大桂:“我这几天一直想着玉珠跟他说的那些话,对三爷那边的事分外关心,赶紧的,三爷知道吗?”

九姑说:“这就是三爷吩咐的。他说你胆大心细,准能把这件事办成。”

大桂听了顿时好像浑身的热血沸腾了。她想,这为民除害的事,不就是玉珠说的为社会做贡献吗!激动地说:“行,你回去告诉三爷,明天我就去。”

王月蓉跟着河东警察局黄局长住在十一经路的一座小楼里,过了几个月好日子。日本人来了,姓黄的出了事。她又让姓宋的警察关在这儿,过上人不人、鬼不鬼的生活。成天憋在这座小楼里,除了姓宋的,连个人影儿也看不到。

那天听到有人敲门,赶紧从楼上下来。一开门大吃一惊:“三奶奶,你怎么找到这儿来啦?”

大桂走进来,回身关上门:“咱里边儿说去。”

她俩进了楼下客厅,王月蓉问:“你怎么知道我住这儿?”

大桂说:“我不光知道你住这儿,还知道你受了罪了!”

王月蓉一听,突然趴在大桂肩上哭了起来。

大桂说:“我知道你那个局长让人抓走了,有个没羞没臊的老警察,在这儿霸占着你。”

王月蓉恨得咬着牙说:“这个姓宋的王八蛋真不是东西。害了老黄,又逼着我跟他。说我要离开这座楼,他就当奸细把我送到宪兵队去。听说日本宪兵队是个杀人不眨眼的地方，老黄就让他们抓进去给收拾了。”

大桂说：“三爷跟李局长也进去了”。

王月蓉吓得瞪大眼睛：“你们三爷也进去了？”

大桂点点头：“也是这个姓宋的捣的鬼。”

王月蓉说：“我听他说过，他手里还有几个人要往里弄。干得好，日本人兴许给他个警长干。当了警长，就不愁当不上局长。你说这个人心有多黑呀！”

大桂一字一句地说：“我非把这小子收拾了不可！”

王月蓉咬着牙说：“我跟你一块儿干。你说怎么办吧！要不今天晚上你别走，就藏到我床底下。等那小子回来一上床，咱俩按住把他掐死！”

大桂摇头说：“用不着。你给我找一套他的警服，拿上他一双鞋。要有他身上常带的小物件，给我拿一两样就行。拿上东西咱俩一块儿走。路过东站你买张车票回老家，躲得越远越好。钱都给你带来了。”

王月蓉站起来，一下子抱住大桂：“好妹子，我可盼到这一天了。我做梦都想弄死他！要没你我就得窝窝囊囊地死在这儿。要能除了这个该死的汉奸狗杂种，别说让我走，让我死都行！你跟我一块儿上楼，你要的东西都有。”

她俩在楼上把这些东西找齐，裹在包袱里。大桂握着王月蓉的手说：“月蓉姐，我以前总以为朝着日本鬼子打枪打炮就叫抗日，其实不光是打仗，收拾这些汉奸也是抗日。等抗战胜利，打跑日本鬼子，你就来找我。”

王月蓉激动地泪流满面说：“到那天我一定来找你！瑞家那爷儿俩都不是好东西。”

大桂也激动地说：“姐，我知道。别说了咱赶紧走吧。”

她俩擦干泪水，大桂提着包袱，王月蓉拿着她的皮包，并肩走出这座小楼。雇了两辆洋车，一块儿到了老龙头火车站。王月蓉去买车票。

段云不紧不慢地走过来，迎着大桂把包袱接过去。

大桂回头看了看王月蓉的背影，不动声色雇了辆洋车回了小白楼。

东马路东亚银行副经理宋子湘，正在经理室满面春风地看着账本上的业绩。穿警服的段云走了进来。

段师傅笑嘻嘻地打招呼：“经理，忙着了。”

宋子湘抬头看了看，站起来说：“您好，有什么事？”

段师傅问：“您贵姓？”

宋子湘说：“我姓宋，宋子湘。”

段师傅高兴地说：“咱还是当家子。我也姓宋，宋朝亮。宋经理……”

宋子湘赶紧更正：“我是副经理，东亚银行的经理是日方，现在还没派来。我在这儿盯着业务。请坐，喝水。您有什么事？”

段师傅坐下说：“我这就找对了。我们河东警察局有个大案子，往下办要涉及不少人，还得跑好几个地方。案子挺急，经费一时还下不来。找普通银行拆兑，又怕走了风。上峰说找日方管的银行才牢靠。有人介绍您这儿是日方刚接过来的。我冒然来找，还真找对了。”

说着掏出烟盒，抽出一支：“您抽烟。”

宋子湘摆手说：“谢谢，我不会。”

段师傅随手把烟盒放在桌子上。

宋子湘说：“银行刚接手，流动的款子还不多。您准备用多少？”

段师傅不以为然地说：“不多。有五千就够应付一气了。”

宋子湘有些为难：“五千？这个数目可不小。大概用多长时间？”

段师傅说：“最多也就半个月。”

宋子湘想了想：“时间倒不长。您看怎么办手续？”

段师傅认真地：“咱公事公办。该怎么办手续，咱就怎么办。钱款的事，手续上可别含糊。”

宋子湘的脸色松弛下来：“我让办事员给您拿份表，您填一下。回去盖公章、再找个铺保。”

段师傅说：“这都好办。我文化上不行。您找个人帮我填填行吗？让我填错了也是麻烦。”

宋子湘说：“也好。我找个办事员帮您填。小金，你进来一下。”

大桂在宋家见过的那个尖嘴猴腮的办事员进来了：“经理，找我有事？”

宋子湘说：“你帮这位警官填个贷款申请。”

姓金的出去拿来一张表，坐在那儿问：“您的单位。”

段师傅说：“河东警察局。”

姓金的问：“姓名。”

段师傅说："宋朝亮。宝盖儿宋，朝廷的朝，月亮的亮。"

宋子湘看了看他俩，转身走到另一间屋，随手带上门。桌子上有一部手摇电话机，宋子湘要出总机："请给挂一下河东警察局。喂，河东警察局吗？请问，您那儿有位叫宋朝亮的警官吗？"

河东警察局值班室的值班警察说："有。宋朝亮出去办事了，找他有事吗？"

宋子湘说："没什么事，有个案子我想问问。"

值班警察说："电话里打听案子？你是什么人？银行经理？银行经理问这个干吗！"

啪！值班警察把电话挂了："吃饱了撑的！你算什么人也到警察局问案子！这不是打镲嘛！"

宋子湘拿着话筒直发愣，无可奈何地把话筒挂上。坐在那儿想了想，回到经理室，办事员小金把那张表已经填好了。

段师傅往起一站，不小心把桌子上的茶杯碰翻，水洒了一地。他脚踩着弄湿的地面，四处踅摸："墩布呢？"

宋子湘赶忙拦住他："您甭管了，您甭管了。赶紧回去办手续吧。"

段师傅说："照这么办，盖完章、找了保还得再来一趟？我回去就得出差，时间来不及呀。要不您先给拆兑三两千，跟我去个人。他拿着钱，等我盖完章，办完找保的手续，把表交给您的人，他把钱交给我。其余的三两天我回来再拿。这就省得我单跑一趟了，您看行吗？"

宋子湘又想了想，反正有人跟着，手续办不完别给他钱不就结了。警察局的事，还是别驳他为好。想到这里就说："行。小金，提三千现金。你跟着去吧。"

姓金的拿过表来，宋子湘在上面批了"先付现金叁仟"几个字，交给小金。临走一再小声嘱咐："公章、铺保，少一样钱都别撒手。"

段云和小金两个人从东马路坐黄牌电车到了法国桥，下车一直往南走。离十一经路不远，有一段路挺僻静。

段师傅说："金先生，你看见没有，前边就是河东警察局了。我有个事得跟你说清楚。你带的三千块钱，咱得先点点。要不跟头儿一说，钱不够数，显得我办事不牢靠。"

姓金的掏出钱来说:“我们银行出来的钱,哪能不够数?”

段师傅接过钱,揣在自己口袋里,又跟他说:“金先生,我还得跟你说,钱我拿了,还得委屈你一下。我宋朝亮明人不做暗事。我用这笔钱,先得把相好的送回山东老家,回来才能出差。这钱算我借的。我的案子一完,连本带利一块儿还。不过现在还不能让你回去。”

姓金的一听吓坏了,瞪着眼看他:“你要怎么样?”

段师傅随意地说:“我要把你打晕!”

话到手到,段云看准姓金的脑门,一掌把他打得晕倒在地,掏出绳子捆结实,嘴里塞上东西。提到墙角旮旯,放下他用树枝干草盖住。

办完件事,就直奔前边十一经路的小楼。进到楼里,他把那身警服和脚上的鞋脱下来,藏到楼梯底下的柜子里。上楼找了身旧警服穿上,下楼溜了出去。

天擦黑了,宋朝亮回来进门冲楼上喊了几声:“人呢! 哪儿去了!”不见王月蓉答话。坐在楼下客厅里气呼呼地自言自语:“妈的,不让她往外跑,这是跑哪儿去了! 怎么还不回来。”

楼外有人喊:“宋警官在家吗?”

宋朝亮站起来嘟囔着去开门:“什么宋警官,我这个警官早晚让你们这些人给喊黄了。”

段师傅向他立正敬礼:“您是宋朝亮宋警官吗?”

宋朝亮板着脸:“我是宋朝亮,有事你就说,别警官警官的!”

段师傅凑到跟前:“您的家眷在河边儿跟人家打起来啦。”

宋朝亮瞪着眼:“跟谁打起来了?”

段师傅哈着腰说:“卖鱼的。有个外地卖鱼的,硬说您家眷买鱼没给钱。您家眷不乐意了,跟他说了几句,那个外地的竟动了手。您家眷吃了亏,看见我是个警察,让我赶紧叫您去一趟。”

宋朝亮气得一甩手:“这娘们儿,真不省心。”

段师傅故意问他:“您不去? 那我去告她一声。”

宋朝亮看着他:“谁说我不去了,走!”

天色发暗了,两个人一前一后来到海河边儿上。

宋朝亮问:"怎么这儿没人了?"

段师傅着急地看着周围:"刚才这儿还围着一大帮人呢。宋爷,河东警察局里,您是大拿吧。"

宋朝亮四处踅摸着:"什么大拿,反正局长嘛事都找我。"

段师傅问:"那回棉纺厂夜校抓人,是您去的吧?"

宋朝亮得意地:"那可不。这种事别人下不了手。"

段师傅问:"连黄局长都栽在您手里了?"

宋朝亮看了看他:"姓黄的本来就是从二十九军下来的军官,明面儿上的抗日分子!"

段师傅问:"机器局犯事,也是您干的?"

宋朝亮警觉起来:"你问这些事干嘛?"

段师傅说:"找你核对核对。"

宋朝亮不屑地看着他:"核对这些事?你配吗?要不是我干的,上边儿能对我这么器重?"

段师傅凑过去问:"您说的上边儿,是日本人吧。美丰厚出车的那个事,也是您捅上去的?"

宋朝亮得意地看着他:"那是我亲眼所见!他们十几台车到机器局拉二十九军当兵的。开车的刘义跟我哥们儿认识。要不这么硬的绺子,谁搬得动?"

段师傅问:"您说哪个绺子硬?"

宋朝亮撇着嘴说:"美丰厚啊,那里头藏龙卧虎,黑道儿白道儿都有。要不是让我抓着真凭实据,谁能扳倒成三爷?我不找硬茬子扳,能在上边儿挂上号吗!"

段师傅问:"成三爷跟那俩局长都让您弄进去了,后边还有要掏的人吗?"

宋朝亮警觉地看着他:"你总问这个干嘛?"

段师傅说:"嗐,我怕把你冤枉了。"

宋朝亮笑了:"就你这小样儿,冤枉不冤枉也没嘛。"

说着就要往回走,段师傅伸手拦住他。

宋朝亮瞪起眼:"你想干什么?"

他伸出手要把段师傅拨开。段云就像一股风,忽然转到他身后。宋朝亮刚转身,后边一脚踢到他腿上,“扑通”一声趴在地下。

段云一脚踩住他问:“你还没说完呢,后边还想掏谁?”

宋朝亮的嘴还硬:“我掏谁能告诉你嘛?”

段云脚下一使劲,宋朝亮疼得直钻心,赶紧说:“掏英租界的警察吴岳。”

段云问:“美丰厚那儿呢?”

宋朝亮趴在他脚底下说:“有陈昆、机器局去的董师傅跟李师傅。可我还没抓住他们的事儿呢。”

段云气愤地说:“你这个汉奸是死心塌地地给日本人干了。你干的这几个事,哪一件也害了不少人。你说,要不除了你,别人能安生得了吗?”

宋朝亮趴在地下说:“爷,我吃人家的饭,干人家的事。没办法呀。”

段云说:“行了,反正这些事你也承认了。不冤枉你吧?”

宋朝亮说:“不冤枉,不冤枉。您放了我,我立马改邪归正。”

段云哼了一声:“晚了。你把钥匙给我,衣裳脱下来。”

宋朝亮问:“脱衣裳?”

段云说:“叫你脱,你就脱!”

宋朝亮坐在地下,一件一件往下脱,直到只剩个裤衩。

第六十二章

段云抽出宋朝亮的裤带，踢过一块石头包在他的衣裳里，系得紧紧的。

宋朝亮问："这是干吗？"

段云踹了他一脚："你别管。"

天已经黑了。

段云把包好的宋朝亮那些衣裳扔进河里，大喝一声："跪下！我要给让你害了的中国人出这口气！"

宋朝亮刚要喊，段云伸出手掌往他脖子上一剁，那颗脑袋一耷拉，身子立马倒了下去。

段云拣了几块转头掖在他腰里，用他的裤带系紧。脚一挑，宋朝亮的尸体猛地飞起来，咚的一声落到海河里。

冯主编郑重其事地坐在天津法租界《民报》编辑部，告诉在座的编辑："今天可有惊人的消息。河东警察宋朝亮连骗带抢，弄了东马路日本人东亚银行的三千块钱，带着姘头连夜跑了。"

一位老编辑问："这是哪天的事？"

冯主编摇头："不知道。听说绑走的银行办事员，是让河东捡破烂儿的发现的。人都饿得不像人样儿了。"

那位老编辑问："怎么破的案？"

冯主编说："听说这个警察找东亚银行借款，用的是真名实姓，是办手续半道儿上把带钱的办事员绑了。找到那个办事员，再去他的住处一看，主犯逃之夭夭，银行损失三千块钱。就是这么回事。"

老编辑问："那个警察叫什么名字？"

冯主编说："我不说了嘛，叫宋朝亮。"

老编辑说："是他呀！这人可是河东的一大祸害。敲诈勒索，心狠手辣，无恶不作，连警察局长他都敢背地里下黑手。河东没有不恨他的。"

冯主编说："也许他就是觉着在天津待不住了，明目张胆弄了一票，捞了一笔款子,带上姘头就远走高飞了。”

老编辑问:“这个案子有什么可写的吗?”

冯主编说:“有啊。事发之后,那个银行经理给破案的警官提供了不少线索。那个人的鞋印儿、丢下的烟盒,穿的什么制服,到姓宋的住处一搜,赃证俱在,都对上号了。”

老编辑说:“真有意思。看来那个东亚银行经理,还真是个有心人。”

冯主编说:“经理是有心人,可就是让人家跑了,钱追不回来了。不过日本银行有的是钱,损失这么点儿,也算不了什么。”

老编辑惋惜地说:“要是夏玉珠在,去河东搜集点儿民众的反映,就更有意思了。”

冯主编说:“我看她也该回来了。”

没过几天夏玉珠就回来了。

这次回家,玉珠先找山口建一给她开了一封日本驻屯军司令部的公函。寿阳日本驻军赶快给夏家腾出店房。汾阳的日本当局给马掌柜发了到山区收购核桃、杏梅的特许证。马掌柜还在三泉镇开了个收购站。一切办妥,玉珠回到天津就去向三爷报告。

三爷听了跟她说:“你可得谢谢山口建一。”

玉珠约山口建一在东马路一个饭馆儿见面。山口建一摆弄着手里的筷子说:“你能顺利回来我真高兴。这些天我一直为你担心呢。”

玉珠说:“要不是你给开的特别通行证和那封驻屯军司令部的信,事情也不会这么顺利。所以我得谢谢你。”

山口建一说:“这谢什么?香月司令说过话,可以用他的名义交涉。要不然我也开不出司令部的信。”

玉珠说:“那没你也办不成。连我父亲都让我一定要当面谢谢你。”

山口建一问:“你去看你父亲了?他康复了吗?”

玉珠说:“身体就算康复了,可精神总恢复不过来。无论怎么劝,他就是不肯离开那座庙,死活不愿意回寿阳。”

山口建一抬起头,无限向往地说:“那座深山古刹,实在是太美了。苍凉幽静,就像整个历史都在那儿停住了脚步。我和叔叔在那里待了一个多月。

我体会得到他现在的心情。一个心力交瘁的人，一旦到了那儿，是绝对不愿意离开的。我看你们不必打搅他了。能找到那份宁静，实在是难得的福分。”

玉珠吃惊地看着他：“听你说的这些话，我怎么觉得，你好像也要到那个深山古刹去修行？”

山口建一无奈地笑了：“至少在目前，我还没有那个福分。”

三爷的伤势平稳了，薛继成才打电话告诉了刘寿兰。刘大爷当天就来了，他坐在三爷床前，莫名其妙地问：“怎么你出了这么大的事，也没告诉我？我是今天才知道的。现在怎么样？好点儿了吗？”

三爷坐起来，下了床说：“没跟你说，是怕你着急。你这么大岁数，急出病来怎么办？我没事了，你看这不是能下地了嘛。”

刘寿兰激动地擦着眼泪：“外伤好治，内伤难养。你也是六十出头的人了，早就不像当年那么壮实了。这上头可别大意。”

三爷说：“九姑治外伤有一手，段师傅会气功，他俩配合着给我治，好得挺快。再过两天我就回家养着去了。”

正说着，大桂领着小秃子来了。

成信喊：“刘大爷！”

刘寿兰说：“秃子！你都这么高了。老妹子，三爷的事我刚知道，你怎么也不告诉我。”

大桂说：“他能活着出来就万幸了。告诉您，再把您急出个好歹，那不就更崴泥了吗？”

刘寿兰说：“嗐，我这个老头子是没用了，光给你们添麻烦！”

大桂赶紧安慰他：“您可别这么说。有您在，不管遇上什么事，我们心里就有底。”

三爷说：“这次出事，她还真能沉得住气。谁也没告诉。家里一点儿也没乱。孩子们该上学的上学，什么也没耽误。”

刘寿兰说：“我早就看出来了，我这大妹子就不是毛躁人，往后就得这样。日本鬼子不走，咱就总也安生不了。遇上点儿事要沉不住气，那就没法儿活了。薛继承他们呢？”

三爷说：“他们都挺忙。当下时局有缓，出口进口的货都不少。货栈又忙起来了。”

刘寿兰摇头说：“这是一时的假象。日本人不占领整个中国，绝不会甘心。我觉得这一阵子他们不定在搞什么鬼。你出来了，行动上也不能大意。日本板垣特务组织，在天津无孔不入。回家也好好待着，千万别惹他们注意。”

大桂听着这位老人的话，刚松下来的这颗心，顿时又紧张起来。

隔壁张家的大儿子钟英带着媳妇和大女儿修文，从北平回来了。这对聋哑夫妇和张太太、赵妈用手比画着。

张太太着急地问：“他俩想说什么呀？”

赵妈说：“大小姐，您能看懂吗？给我们说说。”

张太太也说：“修文，你能看出他俩说的是什么吗？”

张修文说：“我在北平常去他们那儿，能懂一点儿。他俩说的是，在北平吃的粮食，是配给的。两个人配给的东西，还不够一个人吃呢。”

聋子大哥看着修文的口型，不住地点头。接着又比画了一气。

张修文说：“他说我大嫂已经怀孕了，怕她营养不够，影响怀着的孩子，才跟我一块儿回到天津家里来。”

张太太说：“你告诉他，回来好。日本人没进天津租界，这里的粮食也受限制，可还能买到。就在家里住着吧。把楼上向阳的房间腾出来，让你大嫂每天多晒晒太阳，对孩子有好处。他们在楼上还可以继续画画，缺什么东西我去给他们买。”

张修文摆着手说：“得了，得了。您说这么多我可比画不了。找张纸，我给他写吧。”

张太太拿来一张纸，修文写完交给大哥和大嫂看了。俩人激动地互相看着，热泪盈眶。哑巴大嫂转身搂住婆婆，眼泪不住地往下掉。

张太太含着泪拍打残疾儿媳说：“孩子，我是你妈，你怀着我孙子，我能不心疼你嘛！”

赵妈说：“看着这俩人说不出话来，心里也真够着急的。”说着也掉了眼泪。

1939年的新年,隔壁张太太的孩子都回来了,安仁里二号也热闹起来。十二岁的禹芹高兴地跟妈妈说:“大哥大嫂、修文姐、修武哥,我们都回来了。咱家的人都到齐了,这多好啊!”

十四岁的修武赌气地说:“好什么!大哥大嫂在北平艺专学油画,学不成了。二姐在北平教书,教不成了。你在中法学校住校念书,念不成了。我在南开中学住校,也住不成了。都是让日本鬼子逼回来的。你还说好!”

聋子大哥、哑巴大嫂静静地看着这个兄弟气愤的样子。

修文说:“咱兄弟姐妹聚在一起不容易,你就别说那些了。”

躺在床上的修德说:“这座房子里平时就是我和妈,还有赵妈。有时候半天听不到一点儿动静。那种感觉难受极了。隔壁搬来一家邻居,有个小男孩儿来找我玩儿,我才觉得生活有意思了。”

修文听着,用手指在手心上不住地写给聋子大哥、哑巴大嫂看他俩,冲着老三修德不住地点头。

禹芹说:“姐,那个小男孩儿可好玩儿啦,挺聪明的,我三哥还教他英语呢。我回来也教他。你一定喜欢他。我今天想带他去大光明电影院看电影。姐,你也去吧。”

修文问:“什么电影?”

禹芹说:“《贡格丁大血战》,英文原版的,一块儿看去吧。”

修文说:“要是别的片子我就去。我不爱看打仗的片子,你自个儿带他去吧。”

大光明电影院就在离小白楼不远的海河边儿。远远就能看见广告牌上贴着的电影招贴画。来看电影的都是英国人和绅士打扮的中国人。尽管是战乱年代,可租界里的人们自觉偏安一隅,还是得享乐时就享乐。

几个学生模样的年轻人,嘻嘻哈哈地在马路便道上打闹,好像在等人。

英租界的警官吴岳在影院门前来回走动。

禹芹领着成信刚走到门前。一辆汽车在他俩身旁停了下来。检票的服务员赶紧过来把车门打开。一个挺神气的大肚子中年人带着老婆孩子下了车。站在路边趾高气扬地看了看周围,从她俩身旁走了进去。

几个年轻人掏出票来,跟着走了进去。

成信问:“老姐,刚才那个大肚子是谁呀?”

禹芹摇摇头说:“不认识。”

一个路人说:“那是天津联合准备银行的经理,程锡更。”

禹芹好像听说过这个人,便问:“去年法币兑换准备票儿,就是他们干的?”

那个路人说:“日本人一来,他们这些人都发大财啦。”

禹芹买了票,领着成信进了电影院。里边人不多,也很安静。电影还没开演,刚才进场那一家人已经坐在靠前正中的位置上。那几个年轻人坐在他身后。

禹芹领着成信,在后排中间坐下。成信给禹芹指了指前边,那个大肚子正在旁若无人地大声谈论着什么。

电影院里的灯光渐渐暗了下来。

电影开始了。银幕上打出片头,音乐声也渐渐加大。

砰!忽然一声巨响,大肚子立刻倒下了。

坐在他身旁的女人尖叫起来:“打死人了!”

银幕上还在放着电影,音乐还在响。电影院里人头攒动,喊叫声、跑动声乱成一片。人们惊呼着,摸着黑往外跑。禹芹抓着成信的手也跑了出来。

成三爷还在美丰厚货栈经理室里间养伤。租界工部局警官吴岳走了进来。三爷欠起身,请他坐在床边:“吴警官,今天没上班?”

吴岳说:“我请了一天假。”

三爷问:“有什么事吗?”

吴岳说:“最近挺累的,就是想休息休息。”

三爷问:“我看你像是心神不定,出了什么事?”

吴岳这才说:“刚才大光明电影院出事了,准备银行天津行经理程锡更,当场被人击毙。”

三爷看着他问:“谁干的?”

吴岳若无其事地说:“也许是抗日锄奸团干的吧。他们也叫抗团。究竟是谁干的,我不知道。”

三爷看着他的眼:“人被抓住了?”

吴岳笑了笑:“没有,都跑了。我就是想跟您说说,让您痛快痛快。”

三爷沉下脸来问:“你参加了?”

吴岳脱口而出:“没有,就是配合他们。”

说完这句话,忽然觉得自己失言,脸腾地红了。

三爷耐心地说:“干这种事要讲策略。请了假去看电影,还正巧遇上这个事。这不就容易让人怀疑吗?这儿离大光明不远,有人碰上你就更说不清了。在我这儿多待会儿吧。”

三爷留吴岳跟自己一起吃了晚饭,让九姑给他找来一身便衣换上。等到天黑,才送他从后院小门出去。

第二天吴岳一上班,就听说为昨天大光明电影院出的事,日本宪兵队派来不少便衣,在小白楼、戈登花园一带盘查抓人,连租界警察也不放过。心想要不是三爷拦着,自己还不定怎么样呢。

三爷自从听到寿阳、汾阳恢复了营销桃仁、杏梅的消息,心里痛快,伤势也好多了。过了两天,就从美丰厚搬回家里。

大桂和庞二扶着三爷进了楼下过道。玉环、玉珍、大红、大锁、大春、宫氏和林妈,都围着三爷看了又看。

三爷笑着说:“你们看什么,我不是好好的吗?”

孩子们都涌进屋里。庞二咧着嘴笑。宫氏和林妈转过身去擦眼泪。

三爷坐在自己的客厅里,看着四周,觉得好像很新鲜。小秃子过去摇着爸爸的腿:“爸爸,咱到天华景看戏去吧。”

三爷问他:“看什么戏?”

小秃子说:“《侠盗罗宾汉》。”

大桂笑的眼泪都出来了:“那是多暂的事了,人家唱戏的哪能总等着你?”

孩子们也都笑了。

三爷说:“赶明儿我带你们去天华景看戏,咱都去。”

晚上,孩子们都睡了。大桂跟三爷说:“东马路出事的那个东亚银行,你知道是谁在那儿当经理吗?”

三爷看着她:“谁?”

大桂说:“就是胡玉凤的男人,宋子湘宋三爷。”

三爷说:“我记得他。这个人当了日本银行的经理?”

大桂说:“日本经理没来,他现在还是副经理,在那儿管事。听说有个叫龟田的日本人,挺器重他。"

转天三爷果然带上这几个孩子一块儿去劝业场天华景看戏。舞台上正在演《天河配》。三爷坐在包厢里说:"今天是七月初七,这是牛郎织女在天河相会的日子。"

成信问:"天河是天上的河吗?"

三爷说:"是啊。他俩隔着河,牛郎过不去,织女过不来。天上的喜鹊给他俩搭了个鹊桥,俩人才到了一块儿。"

成信问:"喜鹊怎么还不来?"

三爷说:"牛郎跟他哥哥还没分家呢,你往下看吧。"

大桂在一旁说:"那年他就看过,早忘了。"

舞台上张春华扮演牛郎的嫂子。惟妙惟肖的滑稽动作,把坐在包厢里看戏的孩子们,逗得前仰后合。

三爷问:"小秃子,你知道台上演嫂子的那个角儿叫什么?"

成信说:"张春华。"

大桂说:"你告诉爸爸,在天华景唱戏的还有谁?"

成信说:"蔡宝华、贺永华、胡道华、纪美华。"

三爷高兴地拍了一下他的小脑袋:"你小子真行。"

大桂笑着说:"他就爱记这个。"

看到兄弟要分家了,舞台上牵出一条真牛,全场哄堂大笑。小秃子指着台上:"爸爸,你看真牛,真牛。"

孩子们都高兴地喊:"真牛,真牛上台了!"

舞台上扮演舅舅的丑角挥舞着一支笔:"淅沥沥、哗啦啦,小外甥,要分家;要个老牛把车啦,呱呱呱,呱呱呱!"

全场又是一阵哄堂大笑。

这时劝业场外边下起倾盆大雨。

那年夏天连着下了几天大雨,海河水位也跟着上涨。大雨中满载的卡车驶进货栈。大锁打着伞,大桂扶着三爷走了进来。暴雨声中,陈昆跟三爷喊:"这么大的雨,您还出来干嘛?"

大桂也喊:"不让他出来哪行啊!"

三爷大声说："这雨来得不善，低洼地方拿麻袋装土垒起点儿。后边油库门垒个圈儿，可别进水。"

陈昆会意地说："我明白了。"

三爷说："大门跟前搁上堵口子的东西。弄条船预备着，水一上来就用得上它了。民国六年咱就用过。"

陈昆喊着说："您到屋里说吧。"

三爷在雨地里还问："粮食都上去了吧？"

陈昆说："都搬楼上去了。"

三爷说："家境不好的工友，给他们修修房子，接济点儿粮食。走，我到后边看看去。"

大锁打着伞，大桂扶着三爷又去了西货场，走到修理车间，董师傅、李师傅和两个徒弟正在干活儿。

三爷进来问："修理活儿还这么忙？"

跟在后边的陈昆说："车停不下来，他们也停不下来。这是董师傅、李师傅、小孔、小姚。"

三爷点点头，看了看李师傅。

第六十三章

董师傅说："下这么大雨，老爷子还出来。"

大桂说："他要不来，今天晚上连觉也睡不着。"

三爷听了这句话，微笑着说："应为之事，莫待明日。陈昆，接济工友的事，要赶紧办。"

陈昆说："您放心，快回去吧。您在这儿等着，我去叫庞二。"

李师傅精神专注地看着三爷。

华北地区连降暴雨，引发山洪。地势低洼的天津市很快就被洪水包围。1939年8月7日，日本驻屯军司令部为保护他们的军用物资，悍然下令炸开子牙西河大坝。

日本轰炸机在天津上空盘旋，投下集束炸弹。堤坝被炸开，土石飞扬，围堤决口，洪水咆哮着扑向市区。天津全市大部地区被淹，有的地方水深达两米。

西头如意庵是一片洼地，洪水一下来，寇奶奶就带着一家老小和难民们挤在如意庵大土台上，盼着大水赶紧下去。

二奶奶说："雨越来越大，我看咱家那几间土坯房非泡塌不可。"

寇奶奶说："别说这么丧气。老辈子说，咱天津是九流下梢，隔六七年就得发一回大水。民国六年那回，我就是在如意庵西箭道这个土台子上躲过去的。二十二年了，这回发大水，咱这一大家子又上了这个土台子。这是天意呀！"

有人说："奶奶，这回发大水，是小日本儿把子牙西河的大堤炸开了！"

寇奶奶一听："啊？小日本儿把大堤炸开啦！挨千刀的小日本儿，要不他们总长不大呢，缺了大德啦！他们这一炸，老天爷定让这些日本鬼子不得好死！"

灌进英租界的洪水很快涨到一米多深，安仁里的平房都进了齐腰深的浑水。楼房基座虽然高，楼下屋里也进了水。前院进浑水，后院地沟里往上冒脏水，厨房小屋也都进不去人了。

大桂带着一家人都搬到楼上。锅碗瓢盆做饭的炉子和仅存的粮食也搬了上去。

人们开始以为过几天大水就能下去。每天就用抢着接下来的的自来水，熬点粥对付。日子一长，自来水也没了，粮食也没了，就靠大锁、大春趟着齐腰深的水，去大营门的大筏子上买汽水，买吃的。

一天成信在楼上看见胡同里进来一条小木船，乐得直拍巴掌。船上的人一直往里划，到了门口儿才知道是美丰厚的人来给三爷送吃的。小船划进院子，大锁过去把缆绳栓在门框上，就跟着往下卸东西。

美丰厚给三爷送来的有面包、饼干、水果罐头和沙丁鱼罐头。薛继承、陈昆、段师傅都来了。他们说："发大水周围这么潮，怕三爷的伤犯了，一定要来看看。"

三爷把来的几个人让到楼上。

薛经理告诉三爷："露天贵重的货，都抢运到楼上库房了，货栈损失不大。"让三爷放心。还说："家里还需要什么，再给您送来。"

三爷问："去刘大爷家了吗？他怎么样？"

薛继承说："去了，刘大爷身体还可以，就是气得成天骂街。说要不是小鬼子炸了围堤，天津不会淹成这个样。"

三爷说："水要还下不去，过两天再去刘大爷家里看看，也替我问个好。"

大锁、大春是运河边儿长大的，看见船就像见了熟人。人家上了楼，他俩就把船撑到胡同里，调了头又回来靠稳当。

陈昆见他俩会使船，就问大锁："你多大了？"

大锁说："十五。"

陈昆见他长得挺结实，就说："跟我们走吧，货栈正缺个能使船的呢。"

三爷说："用的着就让他去吧。"

大锁跟他娘一说，宫氏说："大姑父让你去，你就去吧。留下大春在家里干活儿就行。"

大锁跟着陈昆他们上了船，抄起篙来撑着船就走了。

大桂见送来这么多东西，就想给邻居们送点儿。三爷也很赞成。大桂知道张家儿媳妇正怀孕，就让大春抱了些面包、饼干、罐头，先给隔壁张太太送去。

张太太见送去这么多吃的，激动得热泪盈眶，跟家里人说：“这可是拿金条也换不来的呀。”

张家大哥大嫂都是在北平艺专学美术的聋哑人，没事就在楼上窗前看胡同里的困境。美丰厚来船给隔壁送东西，他们都看在眼里。没想到过了一会儿，居然有人抱着东西趟着水，把这么珍贵的食品，一趟一趟地送给正在困境中的邻居。

这件事让这一对聋哑画家突然来了灵感。他俩饱含深情，拿起画笔创作了一幅油画，起名叫《使者》。把胡同里浑浊的洪水，孩子们在高处的窗户里向外探望和大春趟着水给邻居送食品的情景，画得活灵活现。

洪水浸泡着天津，驻屯军派龟田带着汽船来接山口建一。

龟田说：“建一先生，香月司令官让我通知你，为杜绝天津工商界在经济上资助敌方，驻屯军司令部成立了经济稽查队，专门稽查这种不法行为。由我任队长。宪兵队增设了经济小队，负责对资敌者的逮捕、羁押、审判和惩办。由笠原任队长。香月司令官请你去谈谈对这件事和灾后经济复苏的看法。”

山口建一问：“现在就去吗？”

龟田说：“是的。接你的船，就停在下边。”

来到驻屯军司令部，香月清司照例是单刀直入，张口就问起经济问题。

山口建一说：“经济是帝国基业的核心。中国的汉唐盛世，很大程度上就是经济发达的结果。经济也是实现战略企图的基础。占有足够的资源和生产手段，才能维持作战能力，保持战争潜力。其中经济的流通，起了不可估量的作用。

中国汉唐时代万邦来朝的局面，实际上就是各国商人帮助打开的。”

香月清司说：“很好。请继续说下去。”

山口建一说：“天津是国际知名的商埠，是中国北方的交通枢纽。物资的流通与贸易，是这座城市最重要的功能。流通带动贸易。灾后的经济复苏，关键在于尽快恢复流通渠道。铁路、公路、水路、海运、空运，都要尽快恢复。

渠道畅通，大量的资源才能汇集到这里。天津应该是帝国在大陆的一个支点。据我考察，帝国管理天津两年来，进出口渠道没有受到大的影响，依然保持旺盛的势头，这是很了不起的功绩。”

香月清司说：“很好，请你再谈具体一点。”

山口建一说：“灾后经济渠道的畅通，不仅是庞大的工程，更要在理念上加以厘清。经营者的行为和他们的经营渠道，是两回事。切忌由于下级人员的不理智，就把多年形成的经营渠道轻易掐断。这就会给今后的发展，带来难以弥补的损失。司令官阁下，我就遇到这样一个例子。”

香月清司说：“你谈谈。”

山口建一说：“敝公司经营的汾州桃仁和杏梅，在日本国内好评如潮，纷纷订货。为什么突然中断了供应？原来是山西寿阳火车站一个日军小队，把一家贸易货栈当了宿舍，很随意地就把桃仁、杏梅出口的中间环节切断了。这不就是一个值得汲取的教训吗？”

香月清司气愤地站起来：“竟有这样的事！”

山口建一说：“按照您的指示，我用您的名义，已经把这件事解决了。”

香月清司满意地点点头，说了声：“呦——西。”又坐下来。

山口建一接着说：“经济是动态的。管理经济不能简单化。商人的原则是趋利，恐吓与杀戮只会使他们远离，利益驱动才能让他们心甘情愿为帝国效劳。经济稽查，也要注意这一点。控而不抓，用而不杀，这才是上策。司令官阁下，我的话完了。”

香月清司看着龟田说：“作为我的特别助理，山口建一谈的这些看法，也是你们必须遵循的原则！今后就由他直接指导你和笠原的工作。听清楚了吗！”

穿着便衣的龟田，做出个帝国军人应答的架式，立正低头：“哈依！”

返回山口洋行的途中，山口建一在船上问：“你们发现天津有资助抗日军队的商家吗？”

龟田说：“据西安的情报，为国共两党抗日武装输送上千名骨干分子的西北军抗日青年训练班，几千银圆的巨额经费，就是从天津汇去的！”

山口建一非常惊讶：“有线索吗？”

龟田说：“目前还没有。天津有钱的商人多数住在英法租界，我们的人还不能公开进去,只能靠线人提供情况。"

山口建一说:"线人也要找非常可靠的。有的图财或为了达到他不可告人的目的,不惜出卖别人。这种情报不仅靠不住,还会给帝国的事业造成危害。中国历史上,就有不少这样的例子。"

龟田说:"是。可是他们也有很大危险。前不久我们刚刚得到一些有价值的情报,两个线人就失踪了。"

1939年这场洪水,侵害天津长达三个月之久。大水退去,天津街道上的烂泥没过脚脖子。平民区倒塌房屋一万四千多间,受灾人口八十多万,死亡不计其数。老城区到处一片凄凉,河边的棚户区更是惨不忍睹。

大锁在美丰厚撑了十几天船,又打了几天零工,挣了好几块钱,回来如数交给他娘。宫氏含着泪跟大桂说:"大姑你看,咱米家的孩子也会挣钱了。"

三爷见大锁回来也很高兴,问他:"你回来他们没说别的?"

大锁说:"修理车间李师傅,问我想不想跟他学徒。"

三爷问:"是李师傅问你的?"

大锁说:"嗯。那些日子我在修理车间搭铺睡觉,跟李师傅挨着。晚上没事就说闲话。"

三爷问:"他都跟你说什么闲话?"

大锁说:"给我讲三国,也聊家里的事。问这问那的,我知道的就告诉他。"

三爷问:"李师傅说过他的事吗?"

大锁摇摇头:"没有。反正我觉着他们家、小姚家,跟别人家里不一样。"

三爷问:"怎么不一样?"

大锁说:"他们两家都住马场道。离刘大爷家不远。我问过小姚,你们家挺有钱,还上这儿学徒干嘛?小姚说他从小就爱汽车。跟李师傅学修理汽车,是为往后做汽车的买卖。李师傅的事就不知道了。"

三爷问:"李师傅叫什么名字?"

大锁说:"叫李鉴三。"

三爷问:"是他告诉你的?"

大锁说:"我看他书上写的,中间那个字我不认的。他说念鉴,鉴赏的鉴。

嘛叫鉴赏我也不知道。"

三爷笑了:"你想学修汽车吗?"

大锁说:"咱学不了那个。我就想跟我舅学裁缝,早点挣钱养活我娘。"

三爷听了,点了点头。

灾后的天津,百业萧条。商店、学校、公共场所和胡同里的家家户户,都忙着清理淤泥整修房舍。全市工商业半年多还没缓过来。

受灾之后,大批救灾物资发到天津,储运物流业又忙了起来。美丰厚货栈还在清理货场,收货发货就开始了。三爷每天盯在这儿。

客户存放在货栈的粮食,由于转移及时没被洪水浸泡,但有不少也被雨淋了。三爷亲自坐镇清点损失,凡被雨水淋过的粮食,都照价收买。倒垛、翻晒工作量大,就采取老办法,让工人家属参加劳动。晚来早走,发半天工资,免费供应一顿午饭。

当时日本人实行粮食管制,市民一日三餐都难淘换,搬运工更是填不饱肚子。这个措施让几百工人家庭有了活路,货栈的人们都感念成三爷的好处。

薛继承见三爷这几个招数环环相扣。解决了货栈的当务之急,又为员工们缓解了生活困难,还抓住了人心。看出三爷的用意,就是为日后齐心协力渡过难关,提前作好准备。

租界恢复了正常秩序,学校也要开学了。这一年成信刚五岁,由于个子高,身体也壮实,大桂就把他送到两个姐姐上学的达文小学去上一年级。

那天寇士元来了说:"我老娘不放心,让我来看看。我老娘说我们家有好几个手艺人,饿不着,别让大姨惦着。"

三爷问起生意上的事,他说:"现在商号的日子都不好过。汉奸越来越多,两眼就盯着买卖家。发现哪家跟抗日有关系,不是勒索钱财,就是没收财产。东马路、北马路好几家商号,都让他们折腾垮了。"

听到这些情况,三爷心里一沉,心想没骨气的小人真不少,对这些人不可不防。转天三爷就跟薛继承说:"现在世道诡秘,人心叵测,租界里也未必牢靠。从现在起就该着手防备别有用心的人寻衅闹事。"

薛继承觉得三爷这个想法很有道理,点头说:"您放心,我们想办法防着他们。”

那些日子,货栈的人们每天都带来些买不到粮食饿死人、日本兵闯进百姓家糟蹋女人、宪兵特务抓走抗日分子、小王庄又枪毙了多少人这些令人义愤填膺的消息。三爷心里憋得喘不过气来,总是觉得别扭。

大桂见三爷一天到晚生闷气,心想总这么下去非憋出病来不可。于是悄悄告诉成信,让他叫爸爸带他到天华景看戏。孩子一磨,三爷就答应了。告诉庞二:“吃完饭再叫一辆车,去劝业场看戏。”

那天晚上天华景稽古社正演根据美国电影改编的《侠盗罗宾汉》。故事是说英王率兵远征土耳其,兵败被俘。弟弟理查趁机篡位,还要夺公主为妻。登基大典上,国王和假扮牧师的侠盗罗宾汉赶来,一番格斗杀死理查,英王重登王位。

这出戏里张春华演罗宾汉,穿英式服装,用宝剑格斗。剧情跌宕起伏,开打惊险火爆。从楼上打到楼下,剑法好、跟头翻得也好。成信看得特别兴奋,大桂连连叫好,三爷也非常高兴。

三爷和大桂尽管生活在租界,衣食无忧,但这两年心情上特别苦闷。成信每天放了学,还是常到隔壁找三哥给他讲故事,教他学英语。再加上常去看戏,也积累了不少知识。看着儿子渐渐长大,心里还宽慰一些。

独流的精爷已经饿得走不动道儿了,实在过不下去,老二有财就到姐姐家来一趟。大桂给点钱,在独流附近村子里偷着买点儿棒子黑豆之类,凑合着维持生活。大桂为父亲和病着的弟媳着急,自己也没办法。

宫氏和三个孩子一直住在大姑家,总觉得这也不是长久之计。一天兄弟宫连甲来看她,说起大锁十五了,想跟舅舅学裁缝。

宫连甲说:“跟着亲戚学不出好手艺。跟我走吧,我给他找地方。”

大春听说哥哥要去学裁缝,非跟着去不可。

宫连甲说:“行。”把他俩都带走了。

1941年12月7日,日本海军出动舰载战斗机三百多架,突然袭击了美国太平洋舰队停泊在夏威夷基地珍珠港的舰艇和欧胡岛上所有的机场。击沉击伤美国主要舰艇18艘,击毁战机188架,击伤155架;击毙美军2400多人。史称“珍珠港事变“,太平洋战争由此爆发。

那天早晨，三爷看到报纸头版登着“日本空军偷袭美国珍珠港”几个大字。下边写着炸毁美国多少军舰、多少飞机，炸死美军多少人。心想日本人跟美国翻了脸，英美联合起来跟他们一打，日本人的日子就长不了啦。

不久美、苏、英、中、法结成的同盟国和德、意、日结成的轴心国，打起了第二次世界大战。日本跟英美开战，日军也就毫无顾忌地开进天津的英租界和法租界。

那天英租界大营门头一次过日本兵。大营门就在小白楼往南不远，胡同里不少人都跑去看热闹。成信也磨着他娘要去看。那几天二舅有财正在这儿住着，大桂就让他带成信去。一再嘱咐远远地看看就回来，千万别到跟前去。

有财领着成信走到大营门，看热闹密密麻麻，已经把马路两边围得风雨不透。成信嚷嚷看不见，有财二舅就把他扛到肩膀上。这一来小秃子可看清除了。日本兵耀武扬威地穿着大皮靴卡卡地列队前进，他越看越激动，张嘴就喊：“小日本儿，喝凉水儿！”

这一嗓子吓得有财把他拽下来，啪啪给了两巴掌，拉着他就往回跑。

成信从小没挨过打，这两个巴掌打得他哇哇大哭。有财顾不得说什么，一直拉着他跑到下个路口，看后边没人追，才抱起他赶快往家走。回到家大桂见成信哭得满脸是泪，有财吓得脸色煞白。忙问：“出了什么事？”

成信哭着说：“二舅打我。”说着又哇的一声大哭起来。

三爷也过来了。

有财歇了半天才把气喘匀，指着成信说：“日本兵刚从大营门过来，他就喊‘小日本儿，喝凉水儿’。吓得我给了他两巴掌。”

第六十四章

三爷和大桂知道了也觉得这么喊真够危险的。气得大桂说："该！你那么喊，让日本人听见还不要了你的命。那是喊小日本儿的地方嘛！二舅打得对，就该狠狠地打你。"说着自己心疼得眼圈都红了。

三爷也说："二舅该打你，往后见了日本人别胡喊了。"

成信还是哭。

大桂说："别哭了！打你两下怕嘛的。你都上学了，还这么爱哭。"

成信果然不哭了。

日本兵进租界，商店学校都关了门。过了几天，重新开业开学，大门上就都挂了日本国旗。两个姐姐领着成信去上学，刚到学校门口，就有个老师在那儿喊："向日本国旗敬礼！"

来上学的学生们都得冲着日本旗鞠个躬，才能进去。

刘寿兰把薛继承叫到家里说："日本人进租界是来者不善，货栈的事要格外小心。"

薛继承说："头几天三爷就交代过，已经防备上了。"

刘大爷说："货栈的事都在账目上，别让他们抓住把柄。进出货还要防备那些汉奸仗势欺人，敲诈勒索。"

老人停了会儿又说："我还担心三爷。他看得远主意多，骨子里是个有血性的人，遇上事敢豁出命去。有什么事，你们一定要劝他别动怒。咱人好好的，熬得过小日本这点儿气数，亲眼看着他们败在咱中国人手下，比什么都强。"

薛继承说："美丰厚的人都佩服三爷这种血性。这些天庞二磨了把快刀搁在车上。说管他是谁，敢动一动三爷就别想活着。"

刘大爷笑着说："那是我交代的。"

薛继承说："谁打三爷的主意，美丰厚的工人也不干。"

刘大爷语重心长地说："三爷心里不光装着美丰厚，还有抗日的事。他可是个大仁大义的人啊。咱一定要保护好三爷。我是没力气了，有什么事你们得扛起来。”

薛继承点头说：“您放心吧，这些事都有我们呢。”

大爷叹了口气，没再说什么。

人心里烦，就想找个放松的地方。三爷也是这样。这些天思虑着时局，惦着美丰厚和玉珮的事，总是心烦意乱。看大桂这些天也是心神不定。忽然想到好些日子没去看戏了，就跟三奶奶说：“今天咱去看戏把。”

大桂听三爷要去看戏，就说：“好啊，几个孩子都带上吧。”

吃完晚饭，大桂让庞二出去又雇了两辆车。庞二拉着三爷，三奶奶搂着成信坐一辆，大红跟两个闺女坐一辆，一家人直奔劝业场，上电梯到了四楼。

好些日子没来看戏了，天华景戏院对面的水果摊儿老板看见三奶奶，过来小声问：“您可有日子没来了，家里没事吧？”

大桂笑着说：“没事，让您惦着了。”

戏园子卖票的、把门的，都跟三奶奶打招呼。

一家人进了包厢，刚坐下茶房就把干鲜果品和茶水送来了。

天华景二楼正面包厢，是前后两排座位，前边有一排放东西的架子。三奶奶每次单独来看戏，都是让庞二搂着成信坐前边，她一个人在后边。小秃子边吃边看，跟庞二怎么闹，也不影响她看戏。

今天庞二一上楼就低声跟三奶奶说：“您跟三爷坐前边儿，我在后边儿把着点儿。”

那天的戏码是《连环套》，贺永华的窦尔敦，蔡宝华的黄天霸，张春华的朱光祖。这些当年的小演员正是十七八岁，盗马、议事、拜山、盗钩，演得特别精彩。

成信看得眉飞色舞，特别高兴。几个闺女都不大爱看。大桂问茶房：“什么时候演《侠盗罗宾汉》？”

茶房无奈地小声说：“日本人不让演外国戏，这出戏就不能演了。”

戏唱得挺好，剧场里人并不多。演到后半截，瑞祥、刘四和几个痞子嘻嘻哈哈地走进来，坐在后边散座上就胡扯起来。

三奶奶正在聚精会神地看戏，听见后边人声嘈杂挺生气，回过头来看了一眼。

刘四远远地看见，就小声说：“知道那是谁吗？美丰厚成三爷的太太。要个儿有个儿，要盘儿有盘儿，那叫漂亮。”

另一个人问：“你怎么认识的？”

刘四说：“咱打过交道啊。”

瑞祥说：“你别放屁，瞎咧咧什么！”

这几个人平常一点儿正事没有，仗着认识稽查队的人，每天晚上到处蹭电影、蹭戏，惹是生非。

散戏了，从天华景走出来的人们，都顺着楼梯往下走。这时劝业场里的商铺都上了门板，只有楼道里的几个昏暗的灯还亮着。庞二抱着成信走在前头，三爷和大桂拉着闺女跟在后边。

人们正簇拥着往下走，大桂发现一只手从后边伸过来摸她的胸脯。她当时就急了，正要回身抓流氓，忽然扑通一声，有个人倒在楼梯上。接着就有人喊：“谁踹我啦，找死啊。”

大桂停下脚步想看看是怎么回事，忽然听到身后有人低声催促她：“快走！”

她听出是金锁的声音，头也没回就走了出去。

张金锁的师父王仁投靠了伪警察局，他不愿意跟着他当汉奸，每天怠工泡病号，等着师父把他赶出山门。王仁正忙着找山头、拉关系，顾不上他的事。金锁就暗地里保护着大桂一家。

瑞祥在劝业场楼梯上摔断了胳膊，找接骨大夫给接好，上了夹板，用一块纱布吊在脖子上。瑞大奶奶心疼儿子，又不敢说他。瑞老爷知道他不定惹了谁，是让人家治的，也不愿意多问。

刘四头天晚上跟着忙了半宿，上午又来看他。俩人对这件事都心知肚明，就是不挑开。

瑞老爷见刘四来了，跟他说：“你别总是撺掇瑞祥到处找事。常言道，盛世攒古董，乱世换金银。眼下日本人进了租界，就有人要往外出古董。这可是个机会。你们没别的事，干这个还不行吗？”

刘四说:“老爷子,咱哪玩儿的了那个呀。”

瑞老爷说:“你们要能收古董,我给掌眼。”

刘四听说有了来钱的路,立马来了精神。赶紧说:“老爷子,哪儿能收,您先给指个路吧。”

瑞老爷见瑞祥也在那儿听着,就说:“我知道小白楼住着个石公公,手里有真货。拿个三五百块弄出一件儿试试,这不就算开张了吗。”

瑞祥说:“您就拿钱来吧。头一回我去不了,让刘四去。”

刘四说:“您把地址说详细点儿。”

瑞老爷说:“我记得是首善街安仁里,住的是平房。几号就记不清了。”

刘四说:“这就行。知道胡同就好办。”

瑞老爷出了点儿血。刘四穿了件大褂儿,戴了顶礼帽,兜里揣上四百块钱,就到首善街安仁里打听姓石的。问了几个人就找着了。一敲门,开门的是个老妈子。

刘四问:“石爷在家吗?”

老妈子问:“您贵姓?”

刘四说:“是瑞老爷让我来的。”

老妈子还没说话,里边有个尖嗓子说:“请您进来吧。”

老妈子关上门,刘四见这个院儿是个窄条儿,坐北朝南三间房,对面是厨房跟下人住的小屋。

老妈子把刘四领进中间的堂屋,迎面八仙桌旁坐着个满脸皱纹,嘴上一点儿胡子没有的老头儿。刘四摘下礼帽点了点头:“您是石公公?”

老头儿跐了一下嘴,就算笑了。

石公公是清朝敬懿太妃宫里的太监。1924年11月5号,一路军阀手下的鹿钟麟,提着手枪逼宣统皇上出宫。荣惠、敬懿这两位奶奶辈儿的太妃,死活不肯离开皇宫。硬是扛了半个月,直到21号,才用大卡车把她俩搬到北兵马司大公主府。

这半个月,石公公每天都去各个宫里收敛妃子们丢下的古董玉器和各种玩意儿。出宫那天他没去大公主府,一个人背着那些东西奔了前门火车站。正愁拿不动,忽然见有个衣衫褴褛的老妇人领着个女孩儿在这儿要饭。

他把老妇人叫住,给了几个大子儿,让这一老一小买两个饽饽吃饱肚子,又买了两身旧衣裳让她俩换上。

这一打扮，跟他站在一起就像一家人似的。石公公让老妇人背上东西，他领着孩子，三个人就跑到天津猫起来。直到溥仪去了满洲，才敢露面儿。瑞老爷就是在小白楼碰见他的。现在的小石太太，就是当年要饭的那个女孩儿。

石公公伸手让刘四坐下。刘四说："我在劝业场有个小买卖。瑞爷那天去我那儿歇着，提起您来，说总没见了，让我到这边来就顺便看看您。这年头儿兵荒马乱的，上岁数的就让人惦记。我看您身子骨儿还挺硬朗。"

刘四这番话，还真让石老公非常感动。他擦了擦眼泪，叹了口气说："还是朝里的弟兄惦着我。硬朗什么呀，连出门都不方便啦。"正要说什么，老妈子进来倒茶，就停住了。

老妈子出去他才问："您在哪行发财呀？"

刘四说："就是倒腾点儿旧货。"

石老公说："我这儿有几样儿东西，您看看？"

刘四故意摆着手说："那可不敢。我倒腾的就是百姓手里的旧东西，您这儿都是宫里的，我连见也没见过。哪敢动啊。"

石老公说："都是自己人，您就算帮个忙。"

石老公说完就站起来颤巍巍走到里屋去拿东西。刘四在外头差点儿乐出声来。心想这老家伙果然上钩儿啦。

石老公在屋里鼓捣了半天，手里托着个东西跟刘四说："您看看这个。"

刘四凑过去一看，是个挺大个儿的老钱。他咧着嘴说："这不就是个大铜钱嘛。"

老头儿苦笑着说："这是宫里玩儿的物件儿。您看值多少，就给多少。"

刘四想起瑞老爷的嘱咐，在石公公这儿别太抠，免得断了财路。一狠心掏出一百块储备票说："跟您说实话，我不认识这东西，给您留下一百块钱，我拿回去学学。"

石公公没说什么，心想这人是个力巴，就算送给他得了。临走跟他说："告诉瑞老爷，我还活着。有工夫您再过来。"

刘四说："往后我断不了跟您讨教。"说罢就告辞走了。

刘四低着头往胡同外走，一抬头跟三奶奶打了个照面儿。大桂觉得这个人面熟，一时想不起在哪儿见过。快到家门口，才想起他就是皮条刘四。那次提起他，三爷听着挺讨厌。回到家里就没提这个事。

回去的路上，刘四觉得这一趟真够冤的。白耽误半天功夫，花一百块钱买了个老钱。还不让瑞家爷儿俩笑掉大牙。进了瑞家，他还觉得灰溜溜的。瑞老爷问他："见石公公了吗？"

刘四就把刚才的事说了。不好意思地掏出那个老钱，让瑞老爷看。

瑞老爷问："你给人家多少钱？"

刘四说："您不说跟他打交道，咱别太抠嘛。我给了一百储备票儿，合五袋儿白面的价钱了。"

瑞老爷手里紧紧攥住这枚铜钱说："人家这是白送给你啦。这是宋代的东西，叫花钱。是宫里过年祈福避邪用的。你看这上头，一面有寅字，一面有虎形纹，应该是虎年或是皇上赏赐给属虎的宫人的。"

刘四吐了一下舌头问："它能值多少钱？"

瑞老爷仰着头想了想说："按银子说，也得百八十两。给储备票儿，五千也不算多。"

瑞祥说："刘四，你这个傻货，简直是猪八戒耍秤盘，根本就不是个买卖人！"

几个人都笑了起来。

那天有两个自称稽查队的人，要进美丰厚院子里检查出口物资。门房找他们要手续。这俩人不理这个碴儿就往里闯。工人们过来拦着，这俩个人还要动手。结果没几下子就把他俩打得鼻青眼肿。薛经理出来，已经晚了。

这两个人骂骂咧咧，说要回去叫人。

不一会儿有个年纪不大尖嘴猴腮的人，带着那两个挨打的，来找美丰厚货栈的经理。

薛继承亲自出面把来人请进经理室，让座、点烟、倒茶，那两个人没跟进来，站在门口等着。

薛经理问："您贵姓？"

对方说："敝姓金，我们是日本皇军宪兵队稽查队政治科经济股的。"

薛经理问："我们货栈就管存货、发货，挣的就是辛苦钱，跟谁也没多少经济往来。您查什么?”

姓金的说:“我们稽查有没有通匪、支匪的嫌疑。刚才他俩没说清楚就跟贵栈的同人起了冲突,实在是一场误会。”

薛继承听这个人不像是来兴师问罪,心里也就缓和下来,赔着笑脸问:“那两位弟兄没什么大碍吧。”

姓金的说:“嗐,要一点事也没有,我也就不来了。您这儿的几位是练家子,出手挺重。那两位回去就起不来了。耽误公事不说,找大夫看还得花费。”

薛继承看出姓金的是以那两个人挨打来讹钱,赶忙说:“这事可不能让您那儿花费。”出去让账房支了二百块储备票,塞到姓金的手里说:“我们该给人家道歉,麻烦您给说说好话。”

姓金的没想到美丰厚出手就是二百。当时就顺手装起一百私吞了,嘴里说:“那就让贵号破费了。”

薛继承还想问他点什么,姓金的站起身来说:“这事就算了啦。往后我们还要常来常往,您可得多多配合。”

薛经理说:“还请您多多关照。”

姓金的走出来,拿着一百块钱递给那两个人说:“这是给你俩要来的赔偿。”那俩走狗千恩万谢地跟着他走了。

薛继承下班经过货场,段师傅拦住他低声说:“薛经理,今天来的那个人我认识。”

薛继承站住问:“他是什么人?”

段师傅说:“东亚银行的办事员,那回跟我去河东的就是他。”

薛继承问:“他能认出你?”

段师傅点点头:“那回我跟他从东马路走到河东,说了不少话,还面对面绑了他,记性再不好也忘不了我。”

当天晚上薛继承、段师傅和九姑,去三爷家商量这个事。

三爷说:“要是这样,段云就非躲躲不可。姓金的这种人吃惯甜头儿,说不定总来找便宜。要让他碰上,麻烦可就大了。”

九姑说:“我看段师哥去寿阳得了。姓金的到不了那儿,苗姑那儿也正缺人。等收拾了他再回来。”

薛继承也说：“我看这是个稳妥的办法。夜长梦多，最好说走就走。九姑，您能送段师傅一趟吗？”

九姑说：“行，我正想去看看苗姑呢。今天晚上让庞二把票买好，明儿就动身。段师哥，您在天津还有事吗？”

段云说：“没事。我就是惦着师哥，您的老伤挺厉害，可不能再犯了。”

三爷说：“我不要紧。寿阳是老爷子创下的家业，我每次去，都觉得就像到家一样。七宝哥上了山，那儿就剩下苗姑了。女人做山货生意不方便。你去了正好接过来，别让它断了线。”

段云说：“我就是一个人，去哪儿都行。”

三爷叹了口气：“我想跟你说的就是一句话，咱现在能忍就忍，一定要亲眼看着日本鬼子完蛋！”

段师傅说：“师哥，您放心。再难的日子，我也要忍到那一天。”

三爷站起来，到里屋拿出一件皮袄：“寿阳那地方冬天冷，你把这件羊羔儿皮袄带上。”

正说着，大桂拿着东西进来了：“这是给七宝哥、苗姐织的毛线手套、毛线袜子。”

她哽咽着说：“好几年没见了，我真想她们。”

三爷向里屋说：“玉环，你过来。”

玉环从里屋出来：“爸爸，您叫我？”

三爷说：“你给段叔跟九姑唱个送别。”

玉环刚站好，玉珍、成信跑出来说：“爸爸，我们也会唱。”

三爷说：“那你们就一块儿唱。”

三个孩子郑重其事地站成一排。

玉环起头：“长亭外，预备——”

突然电灯灭了。

大桂站起来说：“又停电了。我拿蜡去，咱点上蜡唱。”

烛光里，三个孩子认真地唱了起来：

长亭外，古道边，芳草碧连天；

晚风拂柳笛声残，夕阳山外山。
天之涯，海之角，知交半零落；
一瓢浊酒尽余欢，今宵别梦寒。

孩子们的歌声里，三爷和段云老泪纵横。

第六十五章

九姑和段云到了寿阳，苗姑高兴地说："真没想到你们来。九姑，你不知道，这些日子里里外外就是我一个人张罗，成天忙得晕头转向。真不知道哪天才能熬出来。"

九姑说："我三哥说，赶紧去看看苗姑吧。七哥进了山，她一个人管这一摊子事，还不知道忙成什么样儿呢。我带段师傅来，就是为帮着你把咱这个山货庄管起来。"

"美丰厚来的人，管这点儿事可是绰绰有余。"苗姑笑着说。

九姑压低声音："他叫段云，是三爷的师弟，也是我师哥。在美丰厚一直管货场那一摊。"

苗姑看着段云："这可太好了，您是我们爷爷的门下，还管过货场。我这儿正缺这么个人呢。我就叫您段叔吧。"

段师傅说："我可不敢当。我跟七爷是哥们儿，就叫我老段吧。"

苗姑说："那可不行。辈分不能错，那么称呼夏家寨的人听见也不答应。我就叫您段师傅吧。您先歇一天，接货走货这些事，赶明儿我就交代给您。可让我喘口气儿吧。我让他们给您收拾房子去。"

九姑问："寿阳的户口管得严吗？"

苗姑说："他再严，也严不到咱这儿。咱这儿有日本人发的执照。你知道嘛，这个地方也是三爷的一步棋。"

九姑很奇怪："这是一步棋？"

苗姑说："他说日本人来了，天津待不住就到汾阳，汾阳待不住就到寿阳。这不就是一步棋嘛。"

九姑说："那年我三哥让日本人打成那样，段师哥用气功给他调理了两个多月才好。那两个告密的坏蛋，也是段师哥给除掉的。那些日子，我三哥就住在美丰厚。他们师兄弟，哪天都聊大半宿。我三哥好得那么快，他可是立了大功。"

苗姑问："这次也是你三哥让他来的？"

九姑说:“是我提出来的。我三哥说,这是个好主意。寿阳这儿就剩下你一个人撑着,时间长了可不行。”

苗听了,长长地叹了口气。

日本人龟田管起稽查队,就把东亚银行当成自己的小金库。收来的外快,都存到这儿。姓金的跟着宋经理在龟田面前处处讨好,龟田也挺器重他。看着稽查队总到商家捞外快,他就壮着胆子冒充稽查队员到处敲诈勒索。

从美丰厚敲来一百块钱,姓金的美滋滋地骑上摩托车到黄家花园,想在宋家胖小姐面前显摆显摆。远远看见瑞祥托着胳膊在门口站着,就把车停了下来。宋家和瑞家是斜对门,姓金的和瑞祥是臭味相投的酒肉朋友。

姓金的停下车问:“哥们儿,怎么挂彩啦?”

瑞祥说:“喝高了,摔了一跤。你又到哪儿稽查去啦?”

姓金的说:“这回是肥差事,海大道的美丰厚。”

瑞祥听说是美丰厚,不禁心里一动。凑过来小声说:“我可知道美丰厚的老底儿,他们是奉军开的。”

姓金的疑惑地问:“你怎么知道的?”

瑞祥神秘地说:“天机不可泄露。”

姓金的觉得这里头大有文章可做,就说:“走,我请你喝啤酒去。”

瑞祥走过来坐在姓金的摩托车后座上,排气筒嘟嘟嘟地一冒烟儿,俩人就跑远了。

瑞祥跟姓金的坐在小酒馆里,姓金的又敬酒又让菜,喝了半天瑞祥就是不肯痛痛快快把美丰厚的秘密说出来。最后让姓金的逼得没办法了,瑞祥才说:“其实这也不是美丰厚的秘密。是有个自称奉军老大的人,说他是成三奶奶的大哥。”

姓金的听他这么说,再看瑞祥的脸色不像是为糊弄他瞎编的。他原来想,这小子准是馋啤酒了,成心抓我的大头。转念一想,拿这个碴儿再敲敲美丰厚,也未尝不可。

第二天,他一个人又去了美丰厚。

薛继承见姓金笑嘻嘻地进来了,站起来问:“金爷,有什么好事?是请我去喝喜酒吗?”

姓金的说:“我是真把你当哥们儿。有个消息刚到我手里,就来告诉你一声。”他故作神秘地小声说:“有人举报你们跟奉军有关系。”

薛继承听了心头一震,脸上却装出苦笑的样子说:“你说这些人,举报什么不好,说我们跟奉军有联系,怎么不说我们跟稽查队有联系?不过你这人还是可交。听到点儿什么就告诉我一声,这就是哥们儿。快下班了,走,咱哥儿俩出去吃。”

姓金的让薛继承请了一顿,心想,这地方该敲还得敲!

转过天来薛继承就把这件事告诉了三爷。俩人一块儿又去了马场道,把这件事跟刘大爷说了。

刘寿兰说:“我就知道早晚有这一天,咱还是往困难处准备。继承,你那儿把能当物证的东西都清理一遍。这时候咱自己可不能乱了方寸。”

薛继承心想,美丰厚就是有一张刘大爷穿着奉军军装跟张作霖的合影,别的哪还有跟奉军有关的物证?当天他就从经理室抽屉里找出那张合影,夹在老账本里,放进保险柜。

珍珠港事件后,日军霸占了美国人在汾阳的全部资产。美国教会经营的铭义中学和汾阳医院,都成了日本兵营。日本宪兵队从养济巷成家院里搬到美国牧师们的花园式住宅,猪圈还留在成家院子里。

这年冬天,成三爷接到郝掌柜写的一封信。大意是日本人搬出了咱家院子,除了跨院还在喂猪,别的房子都没有多大损坏。

看了这封信,三爷挺痛快。那天去了马场道刘家,提起日本人到处抢占美国在华资产,刘寿兰说:“我看小日本儿是死定了。成天这儿陷落,那儿陷落。东南亚美国人的地盘他都占了。当初张大帅说过,自不量力的总是贪多嚼不烂,吃进去早晚还得吐出来。往后日本人就是这个结果。”

刘寿兰说:“老三,这时候咱自己受点损失可别当回事。国破家亡,倾家荡产也不奇怪。要沉住气,遇到什么事也别动怒。能周旋的就跟他们周旋。实在不行,咱惹不起躲得起。咱哥俩一定要亲眼看到他们完蛋那一天。”

肝胆相照的老哥儿俩,各倒了一杯白兰地一饮而尽。那天三爷心里一下子豁亮了,回家就把刘寿兰的话跟大桂说了一遍。

大桂很佩服刘大爷看事透彻和那种豁达的气度。她说:“咱就按大哥说的办，塌下心来等着日本鬼子投降那一天。”

沦陷区吃的用的什么都管制，还推行强化治安，搞白色恐怖。日本人解除了进出租界的哨卡，大桂家来的人多了。她也到几个亲戚家都走了一遍。大桂去看寇奶奶。老太太见三奶奶来看她，高兴地问：“小日本进来你害怕了吗？”

大桂说：“我才不怕呢。”

老奶奶说：“就得这样，怕有什么用。都别给他们干事，就能憋死他们。别看这帮兔崽子横行霸道，早晚也得让咱收拾了。”老人家那股天不怕地不怕的劲头，把大桂鼓舞得也挺兴奋。

那天大桂忽然想起，又是好几个月了，金锁怎么老没露面？撂下手里的活儿就去找电灯房张掌柜。

张胖子见成三奶奶来找他，就知道是为张金锁的事。赶紧迎出来站在门口低声问：“您是打听金锁的事吧。”

大桂点了点头。

张胖子说：“他在南市三不管三友店，伤得不轻。”

听他这么说，大桂就明白了几分。回家带了些钱，就雇车去了南市。

南市在天津城南门外。三不管就是日租界不管、法租界不管、国民政府也不管的的一个死角。这里有各行各业的店铺摊贩，有江湖艺人卖艺的场子，也有赌场、妓院、鸦片馆和卖白面儿的。在天津人眼里，三不管就是最乱的地方。

三友店是三不管一个破破烂烂的鸡毛店。这个店就是一间大破屋子。挑起破门帘，里面扑出一股呛人的臭味儿。屋子里四面墙底下铺着稻草鸡毛，黑黢黢人们就在那上头横躺竖卧。

大桂找到三友店，顾不得别的，进去就让店家跟着她挨个找。见有个蜷缩在墙角的，让店家过去扒了扒，果然是金锁。大桂还没说话，店家就问：“这是您家的人？”

大桂故意骂着说：“这倒霉孩子是我大侄子。外边惹祸挨了打，就不敢回家了。”

大桂蹲下仔细看，见金锁皱着眉头闭着眼，一直昏迷不醒。脸黢黑，头发老长,瘦得皮包骨。身上的棉袄棉裤裂开一个个大口子,破得飞了花。仔细看,全身到处都被打得皮开肉绽,鲜血凝成的血痂把身上的衣裳都染得脏兮兮的。

大桂心疼的眼里涌出了泪水,叹了口气跟店家说:“我把他带走吧。”

店家说:“店钱饭钱都欠着呢。”

大桂问:“一共欠多少?我付。”

店家说:“没多少,也就是两块多钱。”

大桂掏出三块钱给他:“别找了。”自言自语地说:“怎么打成这样!”

店家见这位太太出手大方,讨好地小声说:“这可不是打架打的,像是有人教训他,找个治红伤的看看吧。”

这几句话提醒了大桂,她想了想,掏出一张十块的票子递给店家说:“我烦您点儿事。”

店家手里拿着钱问:“嘛事?您说。”

大桂说:“您给他吃点儿东西、擦把脸,找人给他理个发。再买件棉袍儿给他披上。我找人天黑把他接走。钱够不够?”

店家赶紧点头说:“足够,足够。”

大桂走出店房,在路口雇了辆洋车就去了西头如意庵。到寇家进了大奶奶屋里,坐在炕上的寇奶奶说:“三奶奶来了,怎么这么闲在?”

大桂说:“我有个事,想求大爷帮帮忙。”

寇奶奶说:“有事就找他,还求嘛!”说着就朝外边喊:“老大家的,去喊喊你爷们儿。”

喊完跟大桂说:“大奶奶在我那屋做被呢。”

大爷进来说:“三奶奶来了。”

大桂说:“有人给我捎信儿,独流有个亲戚让人打了,住在南市三友店。我刚才去看了看,打得皮开肉绽。我就想求您给他看看。”

大爷说:“这有嘛。南市三友店我知道,不大。我看看去。”

大桂说:“我是想把他接家去。”说着掏出二十块钱:“您买点药带着。”

大爷摇头说:“不用买,咱家里有。”

大桂说:“我看他的伤,一时半会儿好不了。咱多买点儿预备着,再买点儿包伤口的纱布、橡皮膏、药棉花嘛的。我先回去收拾出个屋子。您雇两辆车，拉上他去我那儿。”

大爷说：“雇两辆有嘛用，一辆就行。”

大桂说：“不行，您一定雇两辆车。天黑了再去，拉上他到首善街口儿下，我去接您。”

寇奶奶说：“你看，三奶奶安排得多周到。大白天拉个遍体鳞伤的去家里，还不让人说闲话！”

寇大爷说：“行，就这么办。”

大桂站起来说：“我这就回去。”

寇奶奶说：“吃完饭再走吧。”

大桂说：“我回去还得给他收拾间屋子呢。”说着又掏出十块钱，塞到奶奶手里说：“给您钱就花，别都搁毛了。”

说完就走了。

大桂回到家，把这件事告诉了三爷，又到后院跟林妈和嫂子宫氏说了一遍。叫上嫂子就上楼收拾那间小屋。屋子不大，只搭一个单人床，还挺宽绰。忙完这些事，又去买了一只宰好的老母鸡，回来让林妈熬上一锅鸡汤。

天黑了，大桂吃完饭赶紧去首善街口等寇大爷。当年晚上灯火辉煌的小白楼，这时商店早就上了门板，路灯也不那么亮了。等了一会儿，从北边来的两辆洋车，停在她眼前。

寇大爷从车上下来，看了她一眼就去背另一辆车上的张金锁。大桂过去给了车钱，又付了小费。跟两位拉车的说：“让您受累了。”转身就跟着寇大爷走进首善街。

寇大爷背着金锁往里走了一段，大桂过去拦着他说：“大爷，我来吧。”

寇大爷说：“您别上手，我行。”

大桂说：“您岁数大了，一会儿还有您的活儿呢。”把张金锁背在身上说：“胡同里黑，您慢慢走。”说着自己就加快了脚步。

背进安仁里，大桂回头看了看，寇大爷气喘吁吁地在后边跟着。好在这年头儿家家都是早早地关门闭户，胡同里没人。走进自家大门，上台阶进过道，一直背上楼，嫂子宫氏正在小屋等着她呢。

大桂把张金锁放到床上，才发现屋里已经生了炉子。嫂子宫氏见浑身是伤的张金锁，闭着两眼人事不省。掀开他身上的棉袍看了看，不由得吸了一口凉气，皱起眉头说：“打他的这个人，可真够狠的！”

宫氏把手伸到他鼻子上试了试说：“还有气儿。”她在独流救过这样的人，跟大桂说：“这就是身上带伤肚里没食，又冻又饿闹的，暖和过来就好点儿。”

这时寇大爷赶到了。他来过这儿，跟三爷见面儿还是头一回。俩人没说几句话，大桂下来就把大爷请上楼。这时嫂子已经给金锁脱了棉袍，身上盖了棉被。

大爷把棉被撩开一看，身上有好几处伤口向外翻着，已经化脓了。

寇大爷见多识广，这么重、这么多的伤口，他还没见过，不由得倒吸了一口凉气，指着伤口跟大桂说：“这是棒子打的，手真黑呀，真是皮开肉绽呐。”

尽管伤口严重，临来前听大桂说过，大爷心里还是有底。回过头来先让嫂子把火挑旺。接着就把带来的布包打开，取出刀子、剪子、镊子、药棉花，先从清理伤口入手。嘴里说：“爷们儿，咱可没麻药，你忍着点儿。”

寇大爷清一个伤口上一回药，仔细盖上纱布，再接着清下一个。一口气儿干了三个多钟头，才把金锁身上的伤口处理完。折腾了大半天，这么疼的事，受伤的这个人居然一声没吭。

寇爷心想，这位爷看样子可不是一般的人。究竟是什么人，他也没多问。赶紧把伤口处理好、包扎妥当。抬起头来说：“最好给他灌点儿鸡汤。有吗？”

宫氏说：“有，刚熬得的。”赶紧下楼去端去了。

寇大爷给金锁上的药，是自己按老方子存的王不留行、桑根皮、蛇含草、鱼胆木之类治外伤的草药，配好研成的粉末。几十年治过多少红伤，效果都很好。

经过宫氏一夜的照料，第二天上午金锁就好多了。睁开眼看见是独流米家大奶奶在照顾，就明白是大桂救的他。原以为自己就死在那个小店了，没想到表姑又一次把他救了。刚想张嘴，眼泪就流了出来。

宫氏说：“你别难过，这都是你大桂表姑跟大姑父发的善心，西头寇大爷给你治的。”

金锁在楼上养伤，就是大桂和宫氏两个人送饭送水，端屎端尿，轮流伺候。谁也不让进这个屋。三个孩子也不知道。林妈和大红知道，也不往外说。

寇大爷的药好，营养跟得上，再加上金锁年轻，原来就有一副好身板儿，大爷连着来给换了几次药，过了十几天伤口就开始愈合，脸上气色也开始红润。又过了十几天，自己就能下地了。

大桂见金锁一天天好起来，心里才踏实下来。直到金锁能下地活动了，大桂也没问他为什么让人打成这样。不过她觉得这不像是日本人打的。要是犯到日本人手里，还能活着出来？

一天大桂问成信："想你金锁哥哥吗？"

成信说："想啊。"

大桂说："金锁哥哥就在楼上小屋躺着呢。"

成信听说，腾腾腾跑到楼上推开小屋的门，见金锁一个人躺在床上，过去就往他身上扑。金锁连忙举手挡着说："哥身上磕破了，还没好呢。"

成信问："金锁哥你在这儿躺着怎么不告诉我呀，我也跟你睡这屋。"

金锁看见成信这个朝思暮想的小兄弟，激动地把他搂到床边轻声说："哥都快死了，是你娘救了我。"

说着眼泪止不住地流了下来。

成信弄不清怎么回事，光知道金锁哥哥有病了，跑下楼去把自己的饼干筒抱上来说："金锁哥别哭，你吃点饼干就好了。"

第六十六章

1941年,抗日战争到了第四个年头。日本侵略军战线越拉越长,全国抗日武装力量越来越强。日军在敌我拉锯的华北地区疯狂扫荡,在天津的倒行逆施也越来越露骨。强化治安、经济稽查、抓捕爱国人士,强行摊派政治献金,献铜献铁,搞得人心惶惶。

日本帝国的战争狂人发动这么大规模的侵略战争,本国的物资储备难以支持,就在沦陷区下力搜刮。各地的驻屯军都分配了指标。天津日伪政权接连成立了收买废品委员会和收集铜铁物品委员会。两个委员会成立一年多,收集到的铜铁,还达不到上交一万吨钢铁的要求。

驻屯军最高长官香月清司把主管经济事务的龟田叫到司令部,问他:"这一年来,你在天津收集的铜铁有多少?"

龟田立正回答:"铜不到四十万公斤,铁不到三十万公斤。"

香月清司问他:"收集铜铁的指标总也完不成,是你们办法不多,还是遇到什么阻力?"

龟田羞愧地低下头:"是我们办法不多。"

香月清司说:"帝国和驻屯军总部,都对天津寄予厚望,期望很高。可是收集铜铁这件事,你们居然一筹莫展。听说总部来天津买生铁,竟然碰了钉子。这些事你向山口建一讨教过吗?"

龟田回答:"没有。"

香月清司突然暴怒:"八嘎!你这个蠢货!为什么你办法不多?我把这个学者委任为特别助理,你毫不理会。就凭你那个愚蠢的头脑、愚蠢的做法,能完成帝国和总部交给的任务吗?好了,办法已经教给你了。去吧!"

龟田再笨,也听出了香月司令官的意思。走出司令部,就去山口洋行找山口建一。

日军司令部在海光寺,山口洋行在吉野街,都在日租界。不一会儿就到了。老山口见龟田到访,赶快让进客厅落座。

龟田说:"山口先生,有件事司令长官叫我来请教建一君。"

山口说:“他在楼上,我去叫他下来。”

龟田听说,赶紧站起来:“我去楼上请教,可以吗?”

山口赶紧拦住:“他的书斋,不愿意别人进去,还是叫他下来吧。”

山口出去一会儿,建一跟着进来了:“龟田先生,请坐。找我有事?”

龟田看了看山口:“嗯,是有事向您请教。”

山口见他有意让自己回避,就说:“你们谈吧。建一,我去隔壁,有电话叫我一声。”

山口出去了。龟田这才坐下说:“香月司令官为收集铜铁的事发怒了。我承认我的办法不多,可是收买废品委员会和收集铜铁物品委员会的委员们,就是不肯合作,我有什么办法?”

山口建一问:“你对他们采取措施了?”

龟田说:“我让宪兵队的笠原,逮捕了五个经营五金的商店经理和两个经纪人。就这样,他们还是不出力。”

山口建一摇了摇头:“你还记得我给香月司令长官提出的建议吗?”

龟田瞪大眼睛:“什么建议?”

山口建一说:“对不合作的商人、经理、经纪人,最好的办法是,控而不抓,用而不杀。你把他们抓起来,杀掉了。谁去给你收买、收集铜和铁?”

龟田机械地点了点头:“是,建一君,现在我该怎么办?”

山口建一问:“这个行业有没有会首?”

龟田说:“有。天津五金同业会会长是邸玉堂。他是晋丰五金行的老板,还经营着贸易公司、皮货庄、银行和保险公司,是天津很有实力的实业家。”

山口建一说:“依靠这个人,给他好处。他就是你摆脱困境的关键。”

龟田想了想,忽然站起来:“是!”说完马上就要走。

山口建一说:“还有,用人必须可靠。抓人必须有确凿的证据!否则不仅误事,还会带来麻烦。出了事,你是要负责任的!”

龟田打了个立正:“是!”

有山口建一的指点,龟田马上来到东马路东亚银行。摆手叫着宋子湘直接上了楼。

龟田说:“你去找一下五金同业会会长邸玉堂,我想和他谈谈收集铜铁的事。”

宋子湘问:“您现在就见他?”

龟田说:“你先和他谈谈,看他是怎么想的。尽快把他找来,我在这里等你。”

宋子湘赶紧下楼打电话,不一会儿上楼来说:“我跟他联系上了,提到给皇军收买铜铁的事。他说,他这个会长挺委屈。买卖双方价钱谈不拢就抓人,这事往后还怎么办?生铁市价每吨一千三四,军部只给九百。军部要强买一万吨,几家同业不卖,就抓人。这一来,把万丰泰经理高来臣活活给吓死了。”

龟田挺奇怪:“还吓死一个经理?”

宋子湘说:“是啊。邸玉堂说,为这个事他找了温世珍市长,找了特务机关长雨宫,还找了宪兵队的笠原。”

龟田问:“啊?他还找了笠原?”

宋子湘说:“邸玉堂说他跟笠原认识,原来交情也不错。一提这个事笠原也没办法。我提到您要见他,邸玉堂说他很想跟您见个面。”

龟田听到这儿,脸上露出满意的样子:“你看在哪儿见面好?”

宋子湘说:“最好就在咱这儿。您在这儿跟他见面,也长了咱东亚银行的声誉。往后这些大户,还不都往咱这儿存款?”

龟田笑了:“好,就这么办。你请他来吧。”

宋子湘又去打电话,不一会儿邸玉堂就到了。

龟田见面就说:“邸先生,您和宋经理谈的事情,我都知道了。关于购买生铁的价格、数量和放人的事,我们都可以商量。”

邸玉堂站起来哈着腰:“谢谢您。有您这话,我这个同业公会会长,心里就有底了。您看生铁价格,能再涨点儿吗?”

龟田说:“再涨价,也是象征性的。军部提出的价格,我们也不能轻易改动。你看每吨再加五十元,怎么样?”

邸玉堂失望地坐下说:“不瞒您说,每吨要在一千以下,我们做五金生意的连本儿也保不住,都得赔钱。”

龟田两眼盯着他:“我们可以把价格、数量、放人这三件事,捆在一起谈。你明白吗?”

邸玉堂说:“嗽,我明白了。您是说要想把人放出来,就别光跟军部讨价还价。价格上让点儿,数量少点儿,大家的损失小点儿。人接回来比什么都强。”

龟田嘻嘻地笑了:“你不愧是精明的商人。”

邸玉堂说:“能说到这个份儿上,我真该谢谢您。怎么办,就听您的。回去我也好跟同业公会的朋友们交代。”

龟田说:“每吨生铁九百八十元,供应七千吨。生意成交,马上放人。”

邸玉堂说:“好,就这么办。龟田先生,您真是个痛快人。我跟您是初次见面。可跟你们稽查队的人,打过不少交道。”

龟田很奇怪:“稽查队的人,到你那里去过?”

邸玉堂说:“是啊。有位姓金的,就常去我们那儿。”

龟田问:“姓金的?”

邸玉堂说:“是啊。每次都说是您派去的。”

龟田的脸沉下来:“好吧。邸先生,能不能早一点把结果告诉我?”

邸玉堂站起来说:“我这就去办,这就去办。”

邸玉堂下楼了。龟田把宋子湘叫进来:“你们那个姓金的叫什么名字?是不是常以稽查队的名义,去各个商家?”

宋子湘吓得面无血色:“是,是。他叫金立。年轻人嘛,总想找点儿事干。”

龟田摆了摆手:“把他叫来。”

宋子湘把金立叫了进来。

龟田问:“你去过邸玉堂的晋丰五金行?”

金立头上冒了汗:“是,去过。”

龟田沉着脸:“你冒充稽查人员,这是欺诈行为,知道吗!”

金立慌了,可他还在狡辩:“不知道。我以为您是我们的上司,您是稽查队的,我们也就是稽查队的人了。这哪是冒充啊?我要知道,打死也不敢呀。”

龟田问:“别的商家你也去过吗?”

金立吓得浑身发抖:“去过。”

龟田问:“你发现什么问题没有?”

金立赶紧回答:“发现了,有。就是还没抓到证据。”

龟田的眼睛立起来:“什么问题?”

金立说:“英租界美丰厚货栈,是奉军开的!”

龟田大吃一惊:“你发现了奉军的买卖?”

金立眼珠一转:“他们经理的太太的大哥,自称是奉军老大。他们还不是奉军的买卖?”

龟田摆了一下手:“什么乱七八糟的!找到证据才算数。”

没再说什么,站起来走了。

在一旁的宋子湘吓得出了一身虚汗,埋怨金立:“你胆子也太大了。背着我,背着龟田,你到处惹祸。出了事,你还要命不要!”

这时金立不但没害怕,反倒笑了:“您没看见吗?龟田一听抓着个奉军的买卖,嘛气也没有了。就让咱赶快找出证据来。这不就跟给咱开了通行证一样嘛!”

邸玉堂有了日本稽查队这个后台,又向宪兵队的笠原借了十张搜查证,到全市各行各业搜查隐藏的生铁,连搜带压凑够了七千吨,他也从中发了一笔横财。

原英租界工部局巡捕房门上,挂了块特别行政区警务处的牌子。龟田走进来掏出证件递给正在值班的吴岳。看过之后,吴岳把证件还给他:“您是稽查队的龟田先生,失敬。我叫吴岳,是这里的警官。您请坐。有事请吩咐。”

龟田坐下问:“吴警官在这里工作时间不短了吧。”

吴岳说:“事变前我就在英租界工部局供职。”

龟田微笑着说:“对英租界的企业,都很熟悉?”

吴岳点点头:“规模大点儿的都熟悉。”

龟田问:“美丰厚货栈,您熟悉吗?”

吴岳心头一震:“很熟。离这儿不远,几分钟就到了。您要去看看?”

龟田点头:“想去看看,有些事还想当面了解一下。”

吴岳收拾起桌上的文件:“我陪您去。”

俩人说着话就到了。

门房出来问:“吴警官,您来看看?”

吴岳问:“经理在吗?”

门房说:“在,我知会一声?”

龟田摆手说:“我们看看货场再进去。”

吴岳说:“稽查队龟田先生来咱这儿看看。跟经理打个招呼,等看完货场再去他那儿。”

门房客气地点着头:“您请便。”

吴岳领着龟田进了货场。整齐的车库、望不到边的大垛和进进出出满载的卡车,让龟田非常惊讶。

门房径直往里走。

带着工人干活的陈昆问:“那是哪儿的?”

门房悄悄翘起一个小指。

陈昆点点头。身边的工人小声问:“哪儿的?”

陈昆低声说:“小日本儿。把二号的苫布掀开。”

工人撇了撇嘴,大声喊:“二号垛要出货了,把苫布掀开。”

几个工人七手八脚掀垛上的苫布。齐刷刷的草绿色木箱露了出来,上边印着“山口洋行,汾州杏梅”。

陈昆迎上去:“吴警官,今儿有工夫来看看?”

吴岳伸手介绍:“这位是美丰厚货栈管货场的陈昆,这位是稽查队龟田先生。”

陈昆搭讪着:“您好,过来看看?”

龟田也笑着说:“你们的生意很好啊。”

陈昆挺随意:“码头上的活儿,船一来就忙一阵子。”

龟田看到成垛山口洋行的汾州杏梅:“这是往什么地方发的?”

陈昆说:“去日本的。杏梅、桃仁、大米、皮货,什么都有。大洋行往日本走的货,都在我们这儿。”

龟田点点头。

薛继承来了:“龟田先生,吴警官,办公室坐吧。”

吴岳介绍:“这位是美丰厚货栈的薛经理。”

薛继承说:“我是副经理薛继承。”

龟田笑着说:“你们的货场,规模不小啊。”

薛继承说："这是前辈们当年按大板码头的货场设计的。后边还有机械作业场跟库房楼。您过去看看？"

龟田说："好啊。看看去。"

西货场的龙门吊、卷扬机、吊车、铲车、电瓶车，轰轰隆隆过来过去都在作业，场面非常壮观。

龟田看着这些问："美丰厚的实力，在天津码头算首屈一指了吧？"

吴岳说："在中国码头也是首屈一指。"

龟田说："吴警官，我要和薛经理单独谈谈。"

吴岳说："您请便。"

薛经理说："晚上咱一块儿吃饭。中街的起士林怎么样？那可是正宗的德国大餐。"

吴岳说："好啊。"

陈昆说："你们谈去吧，我陪着吴警官。"

薛继承陪着龟田走进货栈经理室。

龟田问："薛经理，美丰厚最初是什么人投资办的？"

薛继承说："是锦州钱庄的成子和出资开办的，到现在也没有别人投资。"

龟田问："成子和是什么人？"

薛继承说："他是天津北大关码头的孤儿。九岁时一位好心人带他到关外锦州钱庄学徒。十八岁回到天津就在海河码头给商户代理存货、发货，后来用他积攒的一千两银子开办了这个货栈。"

龟田问："最初是几个人？"

薛继承说："除了他，还有东北的刘寿兰先生、山东的吕又宾先生。在锦州做生意的俄国人别林斯基先生、日本人山口先生都对他有很大帮助。"

龟田疑惑地问："山口家族和美丰厚有关系？"

薛继承听出龟田对美丰厚和山口的关系有疑惑。故意说："我们和山口一家的关系一直很密切。汾州桃仁、汾州杏梅，都是成经理和山口先生父子开发的。"

龟田问："你认识山口建一？"

薛继承说："我们很熟悉。他是成经理的世侄，也是我的老弟。"

龟田大吃一惊，赶紧问："稽查队的人，到你这儿来过吗？"

薛继承说:“常来,三天两头儿来。”

龟田问:“是谁?”

薛继承说:“每次都是那位金先生。”

龟田问:“他来干什么?”

薛继承笑了笑:“哪回都问这问那,我也不知道究竟是干什么。反正每次我们都得出点儿费用。”

龟田还要问,又停了下来再也没说什么。

晚上薛继承请龟田在起士林吃西餐,陈昆作陪。吃完饭龟田就直奔日租界山口洋行。见了山口就说:“今天我去美丰厚货栈看了看,规模不小啊。”

山口问:“见成经理了吗?”

龟田摇摇头:“没有,跟薛副经理谈了谈。”

山口问:“他们那儿有事吗?”

龟田说:“没事。就是有人举报,说美丰厚是奉军的买卖。”

山口当时就急了:“胡说。三十年前成子和、刘寿兰和大车店的一个伙计到天津来,是我亲眼所见。哪有奉军的事?当年中日战争,东北有个毅军。那是老百姓的队伍。锦州庙里还给他们立了碑。刘寿兰也许在里头,可没见过他穿军服。”

龟田问:“奉军在天津这么多年,跟美丰厚有来往吗?”

山口说:“要有,也是生意上的事。要真是奉军开的,张学良在天津还不把它吃光了!”

龟田像是恍然大悟,点着头说:“我这就明白了。”

第二天下午,金立骑着摩托车来到黄家花园,就冲瑞家楼上喊:“瑞祥!瑞祥!”

瑞祥架着胳膊走出来:“金爷,有嘛事?”

金立气呼呼地问:“你怎么知道美丰厚是奉军开的?”

瑞祥瞪着眼问:“你查清楚了?”

金立也瞪着他:“屁!差点儿砸了我的饭碗!”

瑞祥说:“这是有人亲口跟我说的。”

金立追问:“是怎么说的?”

瑞祥说:“那年有人给我们家打电话,找成三爷的太太,我接的。问他是谁,那个人张嘴就说,妈了个巴子我是奉军老大!”

金立听完就啐了他一口:“呸!人家唬你,你倒当真了。”

瑞祥瞪着眼想了想说:“也许是我让他唬了。怎么,你露馅儿啦?”

金立吐了一口吐沫:“日本头儿亲自核对了。美丰厚不是奉军开的。这事可把我吓坏了。后来他跟我们经理说,不是奉军,也靠点儿谱。开办的三个人是从锦州来的。”

瑞祥小心地问:“没提把你调进稽查队的事?”

金立说:“让他狠狠地训了我一顿!没开了我,就够知足的了,还敢提那个事?要真让他们开了我,我跟你没完!”

瑞祥自言自语说:“真斜了门儿了。怎么一沾美丰厚的事,就他妈倒霉。”

金立又瞪了他一眼:“这回是我认倒霉!”

说着发动摩托车,一溜烟儿跑了。

那天上午,永源和大掌柜贾一杰急匆匆来找三爷。一进门就喊:“三爷在家吗?”

大桂迎出来说:“在家。贾掌柜,您可是稀客。”

贾掌柜点头说:“三奶奶还这么精神。”

进了屋三爷在那儿坐着。贾掌柜紧张地凑过去说:“昨天柜上来了几个稽查队的人,看样子就是冲着咱来的。”

第六十七章

贾一杰说完，三爷笑着没说什么，告诉大桂："给贾掌柜预备饭。"

贾一杰在三爷家吃饭，向来是熬鲫鱼和芝麻烧饼。大桂招呼林妈上了茶，换了身衣裳就出去买鱼。

这时三爷才问："怎么看出是冲着咱来的？"

贾掌柜说："他们自己说的。有个精瘦的年轻人进门就问，这是成子和的买卖吗？"

三爷问："还说什么了？"

贾掌柜说："接着他们就要查账。把账搬出来，他们翻来翻去也不知道究竟要查什么。后来有个人问，你们给西安汇过款没有？账房说，我们跟外地打交道，就是收款进账，没有往外汇款的事。后来柜上请他们到洪福楼吃了饭才走。"

贾掌柜问三爷："咱跟他们有什么过节儿？"

三爷说："他们是查了美丰厚以后才去的。这边的生意火了点，树大招风，有人就盯上了。谁都想找碴儿捞一把。往后他们来了该吃就吃，该给就给，咱们伤财不惹事。"

贾掌柜点点头。吃完饭就回去了。

三爷的镇定稳住了贾掌柜。可是贾掌柜带来的消息，却让三爷感到莫大威胁。他想，眼下正像刘寿兰判断的，日本爪牙无孔不入。稽查队已经盯上往西安汇款的事了，目前他们还没找到证据。自己务必沉住气，先把情况摸清楚再说。

夏玉珠还是到处抓新闻。那天听说南开三马路要举行防共军的挂牌仪式，她带上相机就去了。

到了三马路，果然看见一座三层楼房门前，挂着一块盖着红绸的牌子。大门两旁站岗的士兵，衣领上都缝着一条白布。一个个歪歪咧咧，不像是受过正规训练的。

门外聚集着不少政府官员、本地乡绅和围观的百姓。

玉珠站在人群里正在观察，几个穿白领军服的军官，簇拥着一个中年女人和两个日本军官从大门里走了出来。

站岗的士兵喊：“立正，敬礼！”

这个女人向他微微点头，就算是还了礼。她就是日本出生，东北长大的女间谍中岛成子。

中岛成子嫁给伪满洲国松江省长韩中杰，改名韩又杰。日军侵占华北，她当了伪华北招抚委员会的委员长。专门招抚黑道帮派、地痞流氓，发钱发枪让他们死心塌地给日本人当走狗。在天津成立防共军，也是她的杰作。

有个大胖子军官过来向来宾们拱手：“谢谢诸位赏光！谢谢诸位赏光！”

围观的百姓里有人小声说：“这就是汉奸吴胖子！”

有的人说：“看那个，南郊大土匪李耀华！这些人都成一帮白脖儿啦！”

吴胖子跟那个叫韩中杰的女人低头说了几句，向前走了两步，清了清嗓子：“各位来宾，今天，我吴长涛奉大日本驻屯军的命令，在天津成立防共司令部，带领弟兄们给咱这一方百姓防共剿共。”

站在前边的所谓贵宾们，稀稀拉拉鼓了几下掌。

人群里有人小声问：“那个女的是谁？”

有人小声说：“听说是个日本人，嫁给东北一个什么官儿，姓了韩。”

有人插进来说：“哼！也是个特务。”

吴胖子继续说：“为什么防共剿共呢？共产党净替穷人说话，成天闹他妈抗日，搅得皇军不得安生。天津要他妈都成了穷棒子，咱上哪儿做买卖去！”

女特务皱起眉头，向身边的人示意。那人赶紧过去拽了拽他。

吴胖子说：“哦，咱今天是开市大吉！”

中年女人喊：“成立典礼！”

吴胖子说：“是典礼，典礼！请韩委员长揭牌！”

人群里引起一阵笑声。

一阵鞭炮声，过来两个白脖儿士兵把连着红绸的两根绳子分别递给吴胖子和那位韩委员长。

吴胖子想看看牌子上的红绸盖的怎么样，一仰头，军帽和假发掉在地下，露出光秃秃的大脑袋。手一哆嗦，把红绸子也拽下来了。

气得那位韩委员长扔下绳子，扭着屁股自己走了回去。

看热闹的人们一下子哄笑起来。玉珠这才看清牌子上的几个字是“华北防共军司令部”。

揭牌仪式一完，院子里大摆筵席招待来宾。看热闹的人们也就散了。玉珠雇车来到安仁里。大桂悄悄告诉她：“金锁让人打伤了，在楼上小屋养着呢。”

玉珠听说赶紧上楼，轻轻推开小屋的门，见金锁正眯着眼斜依着被垛，脸上已经有了血色。

听到动静，金锁把眼睁开：“你来了。”

玉珠眼含着泪说：“我刚听说你在这儿。上回来她们都没告诉我。”

金锁吃力地说：“我这个样儿，不愿意见人。”

玉珠说：“那有什么，你有什么见不得人的事！我刚才看见南开三马路新挂出个防共军司令部的牌子。听说招的都是天津周围绺子里的人。不愿意去的，有的被打死，有的被打残。当时我就想到你。”

金锁苦笑着：“你别胡说，我怎么是那里头的。”

玉珠说：“我是跑新闻的，什么事打听不出来？”

大桂端着鸡汤进来说：“玉珠，你看看他就行了，别说起来没完。我还得喂他呢。”

玉珠过去闻了闻：“真香啊，怪不得他好得这么快。来，我喂他吧。”

玉珠接过鸡汤，坐在床边拿勺子给金锁喂了一口，问他：“胳膊还不能动？”

金锁点点头。

玉珠叹了口气，掉着眼泪又喂他一口：“你这个人哪！”

大桂接过鸡汤，坐下来说：“看你笨手笨脚的，还是我来吧。他这还好多了。刚弄回来血乎流拉的，可吓人啦。哎，我刚才听你说什么司令部？”

玉珠说：“有个日本女特务中岛成子，收买天津黑道上的人，成立华北防共军，专门压制民间抗日力量。不愿意参加的，就往死里整。司令是吴长涛。今天还弄了个挂牌典礼。”

金锁闭眼听着，泪水从眼角流了出来。

三爷到美丰厚问薛继承："稽查队的人又来过没有？"

薛继承说："来过，来了好几次。哪次都得给钱。那个姓金的还单独来过几趟。那次一起吃饭，提到最近要举行婚礼，张嘴就要借五百。"

三爷问："借给他没有？"

薛继承说："借给他了。过几天他结婚，还请我参加婚礼呢。您看是去好，还是不去好？"

三爷说："去好。参加这种场合，还能多听点儿风声。当务之急是要守住这两个口子。一个是跟奉军的关系，一个是往西安汇款的事。"

薛继承点头说："是，无论如何咱也别露出去。"

三爷晚上回到家，大桂见了面就说："宋三奶奶送来一张请帖，胖姐姐结婚要请咱们参加婚礼。我不想去。一提他们那个日本银行，还有那个尖嘴猴腮的小子，我就腻歪。"

三爷说："我看能去还是去。宁得罪君子，不得罪小人。这么多年的邻居，送一份儿礼，去应酬应酬。不过那儿人杂，叫上九姑一块儿去为好。"

大桂听三爷说的话里有话，看他脸上也有些沉重，没再问他，就说："行，我跟九姑打个招呼，我俩都做好准备。"

宋家胖姐姐结婚，也通知了崇德里李二奶奶。婚礼那天，大桂叫上九姑，约上李二奶奶，备了礼品一起去贺喜。

宋家的婚礼在法租界国民饭店举办。大桂、韩大芬、九姑坐着三辆洋车在饭店门前停下，里边已经闹哄哄地来了不少人。

走进饭店大厅，迎面墙上贴着大红双喜字。乐队不停地演奏着各种日本曲子。进门处有个收礼台。韩大芬放下礼物，有人喊："宝昌号李二奶奶贺礼衣料一份！"

大桂放下礼物，有人喊："美丰厚成三奶奶贺礼衣料一份！"

三个女人正往里走，饭店女佣过来说："三位太太，新娘子在楼上休息室请您。"

大桂招呼九姑和韩大芬，一起跟她上了楼。一进楼上休息室，穿着婚纱的胖姐姐就扑了过来："三娘、二娘，你们可来了。我娘没来，把我急的呀，娘家连个人也没有，我可怎么办哪。"说着就哭了起来。

韩大芬问："你妈又病了？"

胖姐姐擦着泪说："这些日子家里一有事她就疑疑惑惑的，一弄不好就犯病。昨儿晚上我爸爸看她又有点儿疑惑，就没让她来。说今天客人多，有不少日本朋友也要参加我俩的婚礼，怕她一犯病把喜事给搅了。"

大桂坐在旁边搂着她说："不就是结婚嘛，大喜的日子，你怕什么？"胖姐姐走过去悄悄拉开窗帘："三娘您看，来的这都是嘛人？"

大桂往下看，下边大厅里的人已经满满当当了。

胖姐姐说："来的人里，那些流里流气的，我看着都瘆得慌。那几个日本人，龇牙咧嘴的，我也挺害怕。一会儿他们要一闹，非把我吓死不可。三娘，您给我保驾吧。"

大桂直摆手："胖姐姐，我可保不了这个驾。不是有伴郎伴娘吗？"

胖姐姐说："那都是他们请来的。听说给我当伴娘的是个交际花，到现在还没见着她。到时候人家哪还管我？"

九姑说："别怕，我给你保驾。"

胖姐姐这时候才发现有个生人在旁边儿。

大桂说："这是九姑，三爷的亲戚。"

九姑说："我在老家干过这事。不就是婚礼一完，就在身边护着你，别让坏小子们成心欺负你嘛。"

胖姐姐一听，激动得眼泪都出来了，拉着九姑的手说："对，对！九姑，您可是我的大救星啊。"

大桂说："九姑比你娘岁数都大。经的多见的广。有她保着，你就放心吧。"

九姑拍着胖姐姐："没事孩子，这是咱娘儿俩有缘。大喜的日子，你就把心放到肚子里吧。别哭，看脸上的粉都冲出印儿了。再补补妆，好好捯饬捯饬。"

胖姐姐眼巴巴地看着九姑说："我可就仗着您了。"

说完，就赶紧补妆去了。

九姑招呼大桂、韩大芬，扒着窗帘往下看。

只见收礼台有人喊："永源和贾掌柜贺礼二百元！"

大桂说：怎么没看见贾掌柜进来？

九姑小声说："这种喜事，都是以势压人。买卖家非出钱不可。把钱送到就行了，谁来凑这个热闹！”

收礼台又有人喊：“五金同业公会邸会长贺礼一千！”

大桂说：“你看，这个送礼的人来了。”

邸玉堂兴冲冲地往里走，宋子湘迎面过去，拱手作揖：“邸会长，谢谢，谢谢。您的礼太重了！”

邸玉堂说：“自己人办喜事，应该尽力嘛。”

龟田突然出现了：“邸会长，咱俩说好的七千吨生铁，你还没尽力吧？”

邸玉堂说：“龟田先生，要没给您备齐，我敢来这儿吗？笠原先生来了没有？”

龟田回头看，笠原笑眯眯地正在那儿看着他。

邸玉堂小声说：“笠原先生借给我十张宪兵队的搜查证。我们同业公会把天津市内、周围各县，凡有铁的地方都搜查遍了。最后还差点儿，发现大中银行还有存货，这才凑够七千吨。龟田先生，这个事香月司令要是满意，您可别忘给我说几句好话呀。”

龟田听了，哈哈大笑。

大厅门外有人喊：“防共军吴司令到！”

龟田沉下脸问：“是谁把他请来了？”

宋子湘陪着笑说：“准是金立那帮狐朋狗友请的，您几位到休息室歇会儿。我去见见他。”

吴长涛穿着便服，腆着大肚子进来了。宋子湘走过去抱拳相迎：“吴司令，这么点儿小事把您的大驾都惊动了。”

吴长涛说：“防共军才成立，东亚银行宋经理家里办喜事，该来，该来。”

刘四跑过来说：“宋经理，我烦了好几个哥们儿，才把吴司令请出来。”

宋子湘看了看这个人，没搭理他，转过脸去说：“吴司令，请里边坐。”

吴长涛带着几个人，大摇大摆进里边去了。

九姑放下窗帘悄悄地说：“看见没有，今天带着家伙的就有十几个。”

大桂问：“什么家伙？”

九姑说：“手枪啊。宪兵队的人，吴胖子的人，都带着手枪！”

大厅里的音乐响起来了。一个穿着婚纱礼服的漂亮女人走进休息室说：“宋小姐，我是你的伴娘。婚礼就要开始了，咱下楼吧。”

胖姐姐问:“他呢?”

那位伴娘说:“新郎伴郎从那边儿下楼。”

胖姐姐看了大桂一眼:“三娘、二娘、九姑,你们可跟着我啊。”

国民饭店大厅屋顶的大吊灯亮了,整个大厅显得灯火辉煌,喜气洋洋。

音乐声中,新郎、新娘分别由伴郎、伴娘搀扶着,从左右两个楼梯上缓缓走了下来。胖姐姐后面,一男一女两个孩子提起长长的婚纱。两束聚光灯照着这对新婚夫妇款款走到贴着喜字的大厅正中。

龟田、笠原、吴胖子、宋子湘已经站在那儿。

九姑、大桂、韩大芬站在楼梯上看着。

婚礼司仪大声喊:“请主婚人宣读金立先生、宋慧娟小姐结婚证书。”

宋子湘把大红证书双手递给龟田:“龟田先生,请您宣读吧。”

龟田看了看又递给他:“这个不用读了。”

宋子湘尴尬地小声告诉司仪:“往下进行吧。”

婚礼司仪喊:“新郎新娘向主婚人行礼!”

宋子湘把龟田让到中间。

婚礼司仪喊:“一鞠躬,二鞠躬,三鞠躬。”

金立和胖姐姐鞠躬。

婚礼司仪喊:“新郎新娘向证婚人行礼!”

龟田把笠原让到中间。

吴胖子面带不悦,九姑轻轻捅了捅大桂,悄悄说:“你看,那个胖子不高兴了。”

金立和胖姐姐又鞠完躬。

婚礼司仪喊:“新郎新娘向家长行礼!”

宋子湘拉着龟田、笠原站在中间。

吴胖子一个人晒在那儿,面色阴沉。九姑悄悄说:“你看,那小子丢了面子,气坏了。”

婚礼司仪喊:“一鞠躬,二鞠躬,三鞠躬。”

金立和胖姐姐再次鞠躬。

婚礼司仪喊:“向来宾行礼,请新郎新娘面向外站。”

金立和胖姐姐转过身来。

金立和胖姐姐向来宾鞠躬,吴胖子气呼呼地走到一旁坐到椅子上。

婚礼司仪喊:“礼成!”

金立和胖姐姐还没动,瑞祥、刘四跑过来凑到金立耳边小声说:“吴胖子吃醋了,赶快过去说说好话。”

胖姐姐回头找九姑,九姑赶快过来搀着胖姐姐走了过去。

原来玉珠也来了。这时她跟过去,站在人群里。

金立拉着胖姐姐走到吴胖子面前说:“吴司令,我爸爸安排得不周到,您多包涵。”

吴胖子沉着脸问:“谁爸爸?”

胖姐姐为难地说:“是我爸爸。他就是个买卖人,不懂规矩。”

吴胖子瞪着眼问她:“怎么不找个懂规矩的办这个事?”

胖姐姐说:“我们哪想到能把您请来呀,一会儿我们俩好好给您敬酒。”

九姑接过话茬说:“她们年纪小,往后还得托您的福,靠您照应呢。”

吴胖子问:“你是她什么人?”

胖姐姐说:“她是我姑姑。”

九姑说:“她娘有病,我从乡下来照顾她。大人不计小人过,您这么大身份,别跟他们一般见识。”

吴胖子脸上这才露出笑容,向身边的人说:“赏!”

有人把一张百元的准备票儿塞给九姑。

九姑接过赏钱,身子往下蹲了蹲:“谢司令赏。”

吴胖子笑了:“闺女,就冲咱俩都是胖子,你的喜酒我还得喝。”

刘四在一旁凑热闹说:“宋小姐、金立,吴司令跟你们有缘,认个干爹吧。”

吴胖子带来的人一块儿起哄:“认干爹吧!”

金立捅了捅胖姐姐:“叫干爹。”

两个人一起叫:“干爹!”

吴胖子乐得站起来:“好好,我认你们这门儿干亲。今天这个大喜的日子,有什么事我都兜着!”

这些人又是一阵起哄。

大桂站在楼梯上看着,忽然发现人群里薛继承和玉珠都在看她。这才觉得自己站在高处不大合适,赶紧拉着韩大芬走下楼梯。

国民饭店厨房里，厨师们忙着把炒好的菜盛到盘子里。

饭店大厅里已经摆好十几张圆桌。穿白上衣的服务员跑来跑去，正在给各个餐桌上菜。美丰厚的小姚穿着饭店服务员的白上衣，站在厨房门口。

穿警服的吴岳走过来，跟小姚悄悄说："今天来的人够齐的。东西都带好了？"

小姚小声说："带好了。"

吴岳问："从这儿过去？"

小姚点点头。

龟田看着大厅里热闹的场面，非常高兴："笠原君，你的胆子够大的。连搜查证都敢给邸玉堂用，他花钱不少吧？"

笠原说："还不是让你逼的。胆子小，还能办成大事！你升了官，可别忘了我这个老朋友。"

龟田又兴冲冲地把宋子湘拉到一边："你这个女婿挺会办事。我想把给西北军往西安汇款的案子，让他调查。只要能找到线索，稽查队就正式用他。"

第六十八章

宋子湘见龟田提到稽查队可以正式用金立,不由得心花怒放,赶紧谦虚地说:“他还年轻。请您多多指点,多多栽培。”

龟田得意地笑了起来:“那是当然。”

吴胖子带来的人,凑到新娘子跟前嘻嘻哈哈地逗笑。九姑忽然发现有个认识的面孔,一时想不起他是谁。正在想这人叫什么,一个流里流气的痞子凑到胖姐姐跟前,怪里怪气地说:“嫂子,您真富态呀。”说着伸手就摸胖姐姐的脸。

九姑把手一抬说:“您可别这样!”

这看似用手背随意一搪,那人的胳膊就像碰在石头上,疼得他龇牙咧嘴:“哎哟,您别动真格的呀!”

有人喊:“猴七儿,咱就这么不禁碰啊?”

围着的人都乐了。

胖姐姐也乐了:“九姑,您真行。”

大桂远远地看着这个人说:“这小子十几年前就这么坏。”

韩大芬问:“你认识?”

大桂说:“在宫北就见过他,真是狗改不了吃屎!”

司仪大声喊:“请来宾入席!”

宋子湘把龟田、笠原、邸玉堂让到主桌。去请吴司令,吴胖子指了指身边的桌子:“我就坐这儿吧!”

九姑搀着胖姐姐往主桌走,忽然发现小姚的身影一闪而过。回头找他,见穿着警服的吴岳也在这里。

大桂和韩大芬找了个靠边的位置坐下。

瑞祥凑过来说:“李二奶奶,您也来了。”说着话,眼睛却落在大桂身上。

大厅里找坐的、上菜的,人来人往,闹闹嚷嚷。

新郎新娘坐到主桌上。

司仪高喊:“大家安静,请主家说几句话。”

宋子湘站起来："各位，今天小女和金立结婚，承蒙抬爱，各界来宾都来贺喜。日本朋友龟田先生、笠原先生和吴司令也都亲临赏光。"大厅的聚光灯，集中到宋子湘身上："这是我们宋家的荣幸，也是我们东亚银行的荣幸！"

刚说到这儿，主桌底下突然嘭的一声巨响，有个东西爆炸了。

主桌被掀翻了，飞起来的碟子划破笠原的额头。

九姑跑到胖姐姐身边："别害怕！"拉着她就往一边走。

吴胖子的人跳上桌子，砰砰朝天花板连开两枪，大喊："都别动！我们是防共军的，抓刺客！"

几个人举着枪直奔主桌。

大厅的人都惊呆了。

九姑忽然发现那个瘦小身影正从身后溜过，顺手把他按到地下，抓起婚纱把他遮住。

持枪的人过来了。九姑伸手抄起桌上的小碟儿，一抖手啪的一声大厅屋顶的吊灯应声打碎。

整个大厅突然暗了，玻璃碎片哗啦啦落下一片。大厅里乱成一团，人们吓得惊叫着推推搡搡抢着往外跑。

混乱中九姑拽起婚纱，用脚一拨，把藏在身后的小姚推到暗处，让他跑了。

防共军的人举着手枪要把门口、楼梯口堵住。

笠原带来的便衣掏出手枪，截住他们说："别动，我们是宪兵队的！"

防共军的人和宪兵队的人虎视眈眈地对峙着。大厅里顿时紧张起来。

这里的人们刚一乱，大桂、九姑、韩大芬就把胖姐姐围在中间。

玉珠瞪大眼，注视着正在发生的一切。

吴胖子站在混乱的人群里大声喊："都别动手！有嘛事跟我说。新娘子是我干闺女，别吓着她，让她们坐我的车先走。"

人们闪开一条道，九姑拉着胖姐姐在前，大桂、韩大芬在后，四个女人赶紧走出国民饭店，坐上吴胖子的汽车走了。

笠原用手巾捂着额头流血的伤口，冷笑着说："就是个玩具，用不着大惊小怪！这里是吴司令的地盘儿。我们走！"

宪兵队的人走了。

吴胖子把手枪收起来说:“弟兄们,咱是道喜来的,有咱嘛事？走人!”

防共军的人也走了。

邸玉堂说:“龟田先生,喜事办完了,我们贺喜的也走吧。”

龟田板着脸点了点头。

贺喜的人们争先恐后地涌了出去。

胡玉凤一个人坐在黄家花园宋家客厅沙发上抽烟。茶几上的烟灰缸里插满了烟头。胖姐姐跑进来一下子抱住她:“娘!”

胡玉凤抬头见女儿身后还有两个女人。看了看才说:“成三奶奶!”

胖姐姐激动地说:“娘,我们这个婚礼,太刺激了。”

胡玉凤说:“三奶奶您坐,这位是?”

胖姐姐赶紧说:“那是我九姑,她可太棒了!”

胡玉凤莫名其妙:“你说的都是嘛呀。婚礼办完了?”

胖姐姐说:“办完了。简直就像外国电影那么刺激,还开枪了呢?”

胡玉凤问:“三奶奶,她说的这都是嘛呀。李二奶奶呢?”

大桂说:“她半路下车了。我把你闺女平安送到家,交给你,也就没事了。我们还没吃饭呢。有嘛事让胖姐姐跟你说吧。”说完就往外走。

胖姐姐在后面喊:“三娘,您这就走啊？九姑,您别走了。”

九姑说:“你歇会儿吧,回头我再来看你。”

胖姐姐把她俩送到门口,大声说:“拜拜！三娘、九姑,你们可来呀!”

大桂、九姑回到家里已经很晚了。大桂顾不得脱衣服,就赶紧把宋家婚礼发生的的事告诉三爷,还说在国民饭店见到了薛继承和瑞祥。

听到这个消息,三爷大吃一惊,忙问:“跟胖姐姐结婚的那个人长什么样?”

大桂说:“那回不是告诉你了吗,尖嘴猴腮的。”

三爷问:“是不是姓金?”

大桂说:“对呀。”

这时三爷忽然明白了。几次到美丰厚跟永源和去查货栈与奉军的关系和往西安汇款这两件事的,就是这个姓金的。他问:“你俩把胖姐姐送回去了?”

大桂说："这孩子！到家还跟他娘说，婚礼真刺激，像外国电影片儿。"

三爷说："娇生惯养的孩子，她懂什么！放炸弹的是谁？你们看清楚了吗？"

九姑说："就是修理车间的小姚。要不是我按住他，早让吴胖子的人逮住了。我看是吴岳掩护他干的。我刚到，好像看见李师傅还在国民饭店门前晃了晃。"

三爷问："小姚跑出去，没人看见？"

九姑说："没有。我把顶灯打碎，屋里黑了，人一乱他才跑的。"

三爷沉思了一会儿，叹了口气说："这几件事都套在一块儿了。飞来的横祸，谁也挡不住啊！"

宋子湘回到家，见胖姐姐和金立搂抱着斜依在客厅沙发上，特别恼火。大声说："金立，你让那些狐朋狗友把吴胖子这种人招来干什么？这不是成心给咱裹乱吗！"

胖姐姐撇着嘴："要没有吴胖子，今天的事还不知道怎么收场呢！"

宋子湘瞪眼冲着她："你以为今天的事就算了啦？龟田、宪兵队、防共军，这三家谁也不能善罢甘休。宪兵队的笠原，那是杀人不眨眼的主儿，能吃这种哑巴亏？防共军刚成立，在吴司令眼皮子底下来这么一手，他能算完？你看吧，往后还不定惹出什么事来。"

胡玉凤说："你闺女回来，还说挺刺激呢。"

宋子湘苦笑着坐下："倒是够刺激的，要是有个记者在场，还不定把这件事给你写成什么样儿呢。"

金立问："慧娟，今天搀着你的那个女的，是哪儿的？"

胖姐姐说："我三娘带来的亲戚。"

金立说："那女人真有两下子。要不是她把猴儿七他们镇住，那些坏小子还不定怎么闹呢。爸爸，我看龟田今天挺高兴。"

宋子湘说："邸玉堂给他带来个好消息，七千吨生铁到手了。在香月司令那儿也能直起腰来了，他能不高兴吗？"

金立问："爸爸，我看龟田跟您说了老半天。他说我什么了？"

宋子湘说："他看你还挺会办事。跟我说，想把天津往西安抗日组织汇款的事，交给你调查。要弄出眉目来，稽查队就正式用你。”

金立坐起来：“那是他手里最崴泥的活儿，到现在一点儿线索也没有。您说这些天津人也是吃饱了撑的，没事跟西安打连连干嘛！”

胖姐姐撒娇地跟他喊：“人家亲戚朋友在那儿，还不许来往？”

金立也不示弱：“天津人哪有那边儿的亲戚？”

胡玉凤接过来说：“你还别抬杠。那天我去成家串门儿，人家成三爷他大闺女就在西安。”

金立把嘴一撇：“亲戚哪儿都有，我说的是趁钱的亲戚。”

胖姐姐也坐起来：“我三大爷怎么不趁钱？美丰厚的董事长、总经理，永源和颜料庄的东家，你敢说人家不趁钱！”

金立不由得一愣：“美丰厚？”

胖姐姐得意地看着他：“就是海大道的美丰厚货栈！怎么样，没词儿了吧！”

金立像是突然被针刺了一下，仰着头看着天花板，一动也不动。胖姐姐见他痴呆呆的那个样子就急了：“金立！你怎么啦？”

金立猛地醒过来，笑着说：“没事、没事。”

其实他心里已经有了想法。

第二天早晨，九姑正在厨房和蔡师傅把蒸熟的一屉窝头抬下锅，就见小姚站在门口瞪眼看着她。蔡师傅看见了，示意九姑过去。

九姑解下围裙问：“你找我？”

小姚点点头。

九姑说：“走吧，到我那屋去。”

小姚跟着九姑进了客房一间屋，没等九姑回身，扑通一声跪在地下哭了起来：“九姑，谢谢您救了我的命！我爸爸妈妈都说，昨天要没您，我让日本人逮走就没命了。”

九姑拉起小姚：“坐下吧。昨天的事都跟你爸爸妈妈说了？”

小姚擦着眼泪点点头。

九姑问：“你爸爸是干什么的？”

小姚说：“工商附中的老师。”

九姑问:“你妈呢?”

小姚说:“就在家,没事。”

九姑问:“你干这个事,他们知道吗?”

小姚说:“原来不知道。昨天我回家才告诉他们。”

九姑问:“你为什么要干那个事?”

小姚说:“我好几个同学都在锄奸团。有的让日本宪兵队逮着枪毙了,我想给他们报仇。”

九姑问:“那个炸弹是你做的?”

小姚说:“是我表哥给的。他不愿意让我干,我磨了好几个月。他看昨天是个机会,就让我去了。”

九姑忽然想起来:“就是那个叫吴岳的警察?”

小姚点点头。

九姑问:“后来他怎么说的?”

小姚说:“他说要不是您救我,落在宪兵队跟防共军手里,我都活不了。他跟我爸爸妈妈也是这么说的。我爸爸说,您才是真正的高人。让我无论如何也要当面谢谢您。”

九姑问:“你叫什么名字?”

小姚说:“姚锐。”

九姑盯着他的眼睛说:“姚锐,你还想跟我说什么?”

姚锐的脸憋得通红:“我,我,我还想告诉您,我那些锄奸团的同学,想杀咱董事长成三爷。”

九姑吓了一跳:“你再说一遍。”

姚锐说:“他们说美丰厚的成子和跟日本人做买卖,给日本人办事,是汉奸。要把他除掉,天津的买卖家就没人敢跟日本人打交道了。”

九姑问:“他们想什么时候动手?”

姚锐说:“就在这几天。他们早就准备上了。昨天的事,他们有的埋怨我,有的赞扬我。我跟他们提到您,说您跟三爷挺好,他们说这是两码事,非把三爷除掉不可。”

九姑问:“他们上头有人知道吗?”

姚锐摇摇头:“没有。原来领导他们的,是军统的裴级三。这个人让日本宪兵队逮进去就叛变了。供出他们不少人,也都让日本人枪毙了。现在这些人就是自己干。”

九姑问:“他们手里有枪吗?”

姚锐说:“就一把。大光明电影院那事以后,就藏起来了。最多就是昨天给我的那种炸弹。”

九姑问:“你为什么把这些事都告诉我?”

姚锐说:“我爸爸说,我那些同学有热情,没方向。这么蛮干,不光惩治不了日本鬼子,还有可能搅乱抗日大局。他说您才是真正的抗日英雄,让我赶快把什么事都告诉您。”

九姑长出了一口气:“你爸爸是明白人。我只告诉你一句话,三爷绝对不是你那些同学所说的汉奸。他的所作所为,就是要保住美丰厚不让日本人霸占。美丰厚保住了,这二百多号人才有活路。我们都是跟着三爷干的,他才是抗日英雄!”

姚锐很惊讶:“那我师傅怎么也总琢磨三爷呢。”

九姑问:“你是说李师傅?他怎么说的?”

姚锐说:“他总说美丰厚干的事他拿不准。三爷这个人,他也拿不准。”

九姑点点头:“你多大了?”

姚锐说:“十七。”

九姑说:“孩子,你不把我当外人,我也不把你当外人。美丰厚干的事,是有良心的中国人都要干的。三爷就是最有良心的中国人。日本汉奸想除了他,我们都在保护他。你那些同学,怎么能干这种糊涂事呢!我说的这些话,你能告诉你那些同学吗?”

姚锐说:“能。我也觉着他们糊涂。想得太简单。弄不好,伤了好人,反倒给日本人帮了忙。”

九姑说:“孩子,咱俩今天说的话,你就跟那些想害三爷的人说。别人谁也别告诉。能办到吗?”

姚锐说:“能。我发誓跟别人一点儿也不露。”

九姑说:“只要发现他们要有对三爷不利的打算,你就赶快告诉我。”

姚锐认真地点点头。

九姑压低声音问:“知道你表哥怎么样了吗?”

姚锐瞪大眼："他怎么了？"

九姑说："昨天夜里让宪兵队抓走了。"

姚锐吓得都说不出话来了："啊？"

九姑把姚锐说的事，告诉了薛继承和陈昆。他们商量，对三爷的安全还要多加防范。他们没跟三爷说，只是告诉大桂和庞二，让三爷尽量少出去。

就在这一天，东马路东亚银行来了几个穿防共军白脖儿军服的大兵，进门就问："这是东亚银行吗？"

有个职员见这几个老总来者不善，赶紧赔着笑脸："是啊，您有什么事？"

一个白脖儿问："你们经理姓宋？"

职员点了点头："是啊。"

另一个白脖儿问："昨儿他们家在国民饭店办喜事？"

职员闹不明白这几个当兵的问这些干什么，还是回答："是啊，您有什么事？"

有个老点儿的白脖儿说："班长，别问了，就是这儿。"

那个问话的白脖儿四处看了看："我怎么看着不像呢？你看里头这股穷劲儿，哪有发财的样儿啊。"

银行职员自持有日本人撑腰，不耐烦地说："请问，你们到底要干什么？"

问话的白脖瞪了眼："干什么？要砸你们这个破窝儿！"

柜台里的女职员听说要砸，就要打电话。那个白脖儿上前夺过话筒，一把扯断电话线，吓得女职员躲到墙角。

一直答话的那个职员壮着胆子喊："你们知道这是谁开的吗！"

有个白脖儿说："不就是稽查队开的嘛。日本人是你们后台。告诉你，我们是日本国驻屯军属下的华北防共军。你们经理狗眼看人低，看不起我们司令，看不起我们哥们儿。今天就给你们点儿颜色看。砸！"

几个防共军大兵抄起椅子板凳在屋里一通乱砸，把整个东亚银行楼下的门窗、柜台砸得稀里哗啦。

宋子湘听到动静从楼上探头往下看，几个防共军还正在砸。他没敢吱声，站在楼梯拐角，等这几个当兵的砸累了，大摇大摆地走出去了，他才蹑手蹑脚地下了楼。

宋子湘看着让防共军砸得七零八碎的门市,叫在场的男女职员赶快清扫现场,让金立找工人把门窗玻璃安上。

金立气愤地说:“这些流氓大兵真是无法无天。”

宋子湘摆手拦住他:“什么也别说,收拾好就行了。”

金立问:“咱就眼看着吃这个亏?”

宋子湘小声说:“等龟田先生来了,看他怎么说吧。”

龟田听说防共军的人砸了东亚银行,就到海光寺宪兵队宿舍去找笠原。一见面龟田就说:“笠原君,昨天的事让你负了伤,很抱歉。”

额头贴着纱布的笠原说:“这也是我的疏忽。那种自制的炸弹,我在国泰电影院爆炸案中见过。那次是抗日锄奸团干的。他们的首领裴级三被捕,供出不少人。我们逮捕了一些,还有些在活动。英租界的警官里还有像吴岳这样的人。成立防共军,就是要利用地痞势力清剿这些抗日分子。”

龟田说:“今天防共军的人,明目张胆地砸了东亚银行。你说该怎么办?”

笠原说:“别跟他们这些地痞一般见识。不要理他,免得影响大局。第五次强化治安没多大收获。咱就等着看看中岛成子的防共军能干出什么名堂。不过我认为靠吴长涛这个混蛋,是干不成大事的。”

第六十九章

亀田明白笠原不愿意惹中岛成子那样的人,就去驻屯军司令部报告。香月清司听了,眯着眼说:“我知道了。”摆摆手,让他退下。

这一天,山口洋行来了一男一女两位穿和服的客人,香月清司和中岛成子。山口建一破例把客人让进自己的书房。

这间书房,四壁萧然。除了地下的榻榻米,仅在靠墙处有个小桌。桌上的香炉里插着一支点燃的兰香,摆着一摞古书和笔墨纸砚。

袅袅青烟弥漫在空旷的房间里,有些淡淡的香味,显得异常优雅。三个人走进来,山口建一笑着伸出手:“二位请坐吧。”

仆人进来献上香茶,就退了出去。

中岛成子看着四周说:“这里真是世外桃源啊。”

香月清司说:“所以我请你到这里来坐坐。静下心来,听一听学者的高见,很有好处。”

山口建一低下头说:“不敢当。防共军挂牌,国民饭店事件,东亚银行被砸,我都听说了。”

中岛成子问:“你的消息这么灵通?”

山口建一说:“是一位记者朋友告诉我的。她到处抓新闻,恰好目睹了这几件事的全过程。”

香月清司说:“中国有一句老话,秀才不出门,便知天下事。秀才也有他的信息渠道啊。”

山口建一说:“吴长涛是兵痞,他和中国传统的江湖草莽不同。传统的江湖上戒律很严,即所谓盗亦有道。兵痞做事没有章法,不计后果。用江湖上的人治理民间下层的事,能起一定作用。用兵痞不光惹祸,还难以达到预想的目的。”

香月清司说:“这就是成事在人,败事也在人。”

中岛成子点点头:“我明白了。谢谢建一先生!”

香月清司问:“建一,你觉得龟田怎么样?”

山口建一说:“急于求成。经济运行,需要相应的周期。欲速则不达,用人上还要谨慎。国民饭店的事,办的就过于张扬。那七千吨生铁,还不知道惹出多少是非。才气不足,顾此失彼。”

中岛成子说:“他请的客人,又把人家不当回事,还能不出事?”

香月清司无奈地点点头。

三爷对大桂告诉的那件事,反复琢磨了一夜。虽然被姓金的盯上了,拿不到真凭实据,也不能把他怎么样。自己的事不怕,倒是美丰厚真让他们跟奉军扯上,弄不好整个货栈就可能被他们当成敌产,非被没收不可。

一连几天三爷脑子里都在琢磨这件事。总想找个法子教训姓金的,不能让他这么张狂。一天西头如意庵卖布头儿的王三来了,跟大桂说:“你四表姐的大小子过几天要结婚,捎信儿来让你们一家都去呢。”

大桂跟王家兄弟是两姨兄妹。这个四表姐跟大桂年纪相当,她俩的关系最好。当年王家日子不好过,把四姐嫁给北京一个岁数挺大的旗人那七。这个人前清当过库兵,后来在王府当差,混成了管事的。清末发了国难财,在北平虎坊桥置了一片房产。坐吃房租成了财主。原配不能生育,才托人从天津娶了王家姑娘。

四姐过门不久,那七的原配夫人就病故了。这位新那七奶奶给七爷一连生了三个小子俩闺女。三个儿子起名建章、继章、全章。那建章从小受他爸爸熏染,跟国民政府是冤家对头。日本人一进北平就死心塌地当了汉奸。现在升到南城侦缉队队长,是个血债累累的特务头子。

那七爷自认为儿子是南城的头面人物,三十大几了,成年花天酒地,连个明媒正娶的太太都没有。夫妻俩死说活劝,那建章才答应找个合适人家的闺女娶过来。那家的喜事要办的体面。七奶奶觉得娘家人里没几个拿得出手,就想请大桂一家来捧场。

王三在外屋客厅跟大桂说:“你四姐的大小子,在北京可是个人物。南城侦缉队长,在日本人那儿也是说一不二。人家办喜事儿,还不定多大排场呢。”

大桂越听越烦。心想,我说什么也不能去给汉奸特务捧场!就说:“我家里这么些事，实在去不了。”

王三正想劝她去，三爷从里屋出来说：“人家专程来请咱，还是去吧。”

王三说：“对呀，不光表姑，表姑父跟孩子们都得去。”

三爷说：“那就一块儿去。”

大桂见三爷出来说话，就知道他肯定有用意，也就顺着三爷的话说：“那我们一家子，可就都去啦。”

王三乐得不知道说什么好，不住地点头，嘴里说：“还是三爷给面儿。”

为去北平参加那建章的婚礼，大桂特地找宫大舅给自己和孩子们赶制了几套冬天穿的衣服。

三爷说：“让庞二也跟着吧。”

大桂又给庞二置办了崭新的棉袍、棉裤和栽绒帽子。

三爷告诉薛继承准备一份厚礼，还让他把去北平的事透给姓金的。

那家办喜事的前一天，三爷、大桂带着三个孩子和庞二，一家人坐火车赶到北平。在前门火车站一下车，来接站的那建章就一阵惊讶。

他见这位表姨夫六十来岁，中等身材，头戴貂皮风帽，身穿青缎子羔皮马褂，紫红丝绵长袍，脚下是青缎子棉靴。那位表姨身材修长，乌黑的头发挽在脑后，黑呢子大衣，露出紫红缎子棉袍。三个孩子都是呢子大衣，小皮靴子，尽显阔家主的气派。

往后看，跟着的仆人个子挺高，人挺壮实，穿着一身新棉衣，正在招呼站台上的脚夫搬运随带的几个皮箱。这架势真给他的婚礼添了大彩儿。

那建章前几年在天津见过这位表姨，过来就说：“表姨好，表姨夫好，欢迎您一家大驾光临。”

大桂说：“建章，什么光临不光临的，再远老姨也得来喝你的喜酒呀。”

那建章说：“给您一家安排在六国饭店，我爸爸在那儿恭候着哪。”回过头大声叫跟来的几个特务：“还不过去跟着搬东西！”

几个特务过去搬箱子，忽然看见不远处有个人在柱子后边探头探脑。有个特务跟那建章小声说：“您的亲戚坠上挂子啦。”这是句黑话，就是身后跟上了小偷儿了。

那建章听了眉头一拧，咬着牙说：“成心找死。”扬了扬下巴，那个特务就过去了。

那建章陪着三爷一家出了前门火车站，路边停着的一台三排座别克轿车。几个人上了车，一会儿就到了东交民巷的六国饭店。车刚停下，那建章就招呼里边跑出的几个人，搀的搀、扶的扶，把三爷一家领进饭店。

进了饭店大厅，就见旁边墙上贴着一张红纸，上写“那宅喜事”四个大字。靠墙摆着一张长条案子，上边放了不少礼品盒子。条案前有拿礼品盒的，有拿红纸包的，十来个人都在那儿等着登记。坐在案子后边的两位先生，一边儿收礼一边儿喊，某某贺礼大洋多少。

那七爷满面春风地走过来，三爷迎上去说：“七爷您好啊。”

大桂也说：“四姐夫，我们给您道喜来啦。”

那七拉着三爷的手说：“贵客，难得来的贵客呀。”

孩子们都过来给七爷鞠躬，喊：“四姨夫好。”

那七乐得直说：“好好好。”拉着三爷坐在大厅沙发上就聊了起来。

庞二正要往楼上客房搬东西。大桂示意他把带来的礼物拿过去。收礼的先生数着放在案子上的礼品，大声喊：“成宅贺礼：春绸一匹，彩锻一匹，金首饰一盒，琉璃茶具一套，景泰蓝彩瓶一件。”

那七听着兴奋得脸都涨红了，直说：“三爷，您太破费了。”忙叫那建章：“你过来，谢谢表姨夫、表姨。”

那建章知道成三爷是天津的富商，没想到对他的婚事这么慷慨，赶紧说：“表姨夫，您这么客气干嘛呀。”

三爷说：“我跟你表姨可没把你当外人。自己家里的喜事，能不多出点力嘛。”说着从怀里掏出个红纸包递给七爷：“那些都是场面上的东西，这是我给咱家里出的份子。”

那七爷手里一颠，不觉心头一震。他在王府当过管事，这沉甸甸的东西搁到手里的感觉，还是那么熟悉。他把纸包交给那建章说：“表姨夫给你出了份子，你可要把事办漂亮，别给你表姨夫丢人。”那建章打开一看，是黄灿灿的两根金条！

大桂和孩子们都到楼上订好的客房去了。那七爷跟三爷还在大厅的沙发上闲聊。

三爷问：“七爷高寿？”

那七说：“七十六，奔八十走啦，您呢？”

三爷说:“我六十四,您比我大一轮,是真正的老哥呀。”

俩人拍打着哈哈大笑起来。

七爷神秘地伸出拳头,把拇指小拇指往外一张,比画着说:“您来点这个?”

三爷明白,他这是指抽大烟,便说:“我不大行,可我知道您这儿有真正上好的膏子抽。”

那七爷顿时来了精神,拉着三爷就往楼上走,得意地说:“我这儿没别的,净是好货。”进了他的房间,点上烟灯俩人就抽了起来。

那七爷在饭店跟成三爷一见如故,俩人越说越近乎。可车站那边事还没完。那建章手下的那个特务来到柱子后边,从天津跟来那个小子,还伸着脖子紧着往这边看呢。

北平南城是九流混杂的地方,这里的特务也都带点江湖味道。小特务过去用黑话说:“还不扯呀,鼓了盘儿你可受不了。”扯就是跑,鼓盘儿就是翻脸。

没想到从天津来的这小子,对这两句江湖黑话竟然一窍不通,以为过来的人也是刚下火车的。仗着自己稽查队的身份,没理这个碴儿,还在那儿盯着三爷的去向,想跟下去看看他究竟去了什么地方。

小特务见他根本不懂这些话,上去揪住他的脖领子,啪啪就是俩嘴巴。

那小子还没醒过味儿来,小特务手腕一翻把他摔到地下,上去又狠狠地踹了几脚。这时候送那队长的特务们都过来了,有人问:“这是怎么回事?”

小特务说:“这小子是队长亲戚从天津跟来的挂子。”

过来的特务都说:“那就得给他点儿颜色看!”几个人抬起脚来就踹他。

天津来的这小子,正是金立。自从听胖子说成三爷大女儿在西安,他就觉得破解给西北军汇款这个难题,有戏。左思右想,觉得美丰厚是奉军的买卖,成子和就是往西安汇款的人。这两件事能抓住一个,在龟田面前就是了不起的战果。

听说三爷要到北平参加婚礼,他想成子和也许要溜。跟谁也没说,自己就在后边跟来了。没想到一下火车就遇上侦缉队的人。

金立哪受过这么大的罪,嘴里嚷嚷:“我是天津稽查队的!”几个特务这才停下脚来,让他站起来说清楚。

金立已经被打得鼻青脸肿了,站起来说:“我是天津稽查队的,专门盯着刚才下车的那个人,看他到北平找谁联系。”

听他这么说,过来个特务伸出手说:“帕斯!”就是要看他的证件。金立一听就傻了眼,结结巴巴说:“我,我没有。”

那特务上去又是一巴掌,说:“你小子胆子够大的,冒充到北平来啦!”一脚把他踹倒,几个特务过来又是一通狠踹。

金立在天津自称是稽查队的人,到处骗吃骗喝。这一回刚到北平还没出站,就碰上硬钉子。侦缉队的特务们要去六国饭店给队长帮忙,没工夫跟他纠缠,就让个小特务把他当刚抓的现行,关到牢房里。

三奶奶带着孩子跟庞二在六国饭店吃了午饭,休息了一会儿,留下庞二在饭店等三爷,就坐车去了四姐家。

那家的人已经听说大桂表姨住进六国饭店,还带来一份厚礼。见表姨来了,都亲热地围上来问这问那。三个孩子也让那家姐姐拉到她们屋里玩儿去了。

四姐把大桂领进自己屋里问:“他姨夫呢?”

大桂说:“跟你们那口子一见面就混到一块儿了,谁知道他俩去了哪儿。”

四姐说:“那个老没正经的,可别让他把表姨夫给带坏了。”

三爷去干什么,大桂心里有数,就说:“咱别管他们,让他们远远的倒好。”

那七爷本来就是库兵的底子,见三爷带着一股豪气,又有共同的嗜好,真觉得相见恨晚。在房间里抽了一阵大烟就问:“您在北平有什么要办的事吗?”

三爷说:“就是给咱大小子贺喜来的,还能有什么事?”

七爷说:“办完喜事想去哪儿想看谁,您跟我说,去哪儿都成。”

三爷忽然想起一件事,说:“您看,我在北平还真有个朋友。当年我俩都在锦州,我在钱庄学徒,他在烟铺学徒,彼此你我不分。一晃几十年没见了。前些年听说他在鲜鱼口开了个烟铺。我真想看看他。”

那七爷说:“鲜鱼口有个吕家老烟铺,是他吗?”

三爷说:“这个人叫吕又宾,也许就是他。当年我们跟他开玩笑,还说他是吕洞宾的耷拉孙儿呢。”

那七爷说:“这人好找,过了明儿咱就去找他。”

他俩又说笑了一阵。那七爷忽然站起身来说:“咱别在这儿吃了,上珠市口丰泽园,那儿菜地道,跟咱熟。”

三爷说:“到您这儿就听您的。”他和那七走出房间,见庞二还在门外站着。

庞二见了那七爷赶紧鞠躬。

那七爷一愣,问:“这是您带的人?”

三爷说:“是啊。”

那七心想,人阔了就是有派头。下了楼就要找那建章派车。三爷过去小声说:“建章那么忙,咱雇车去吧。”

那七一想也是,就说:“咱雇车去。”

三爷拦住他,让庞二去雇车。说:“北平咱不熟,你也叫一辆。”

不一会儿庞二带着三辆洋车来到六国饭店门口,三爷请那七爷坐头一辆,他俩跟在后边。三辆洋车朝着前门大街扬长而去。

丰泽园是个四进的大院子,虽然没有楼房,青堂瓦舍也很宽敞整齐。七爷进去就喊:“给爷找个雅间儿!”

跑堂的过来赶紧伸手往里让,嘴里说:“七爷您可老没来了。”

那七陪着三爷进了雅间儿,庞二在外边找了个近便地方坐下。

这里的雅间儿可真是高贵典雅。墙上挂着名家字画,一色的硬木家具。餐具是大清康乾年间的精美瓷器,羹匙杯箸也都是明亮耀眼的银器。七爷见三爷眼里流露出赞美的神色,便得意地说:“这儿地方不错,菜肴也是京城八大楼传下来的。”

说着把堂头叫进来,冲着他说:“这是天津的成三爷,人家可是吃过见过的主儿,把你们拿手的好菜都端出来。”

堂头说:“我们丰泽园这点儿东西,还不都是您七爷提携出来的。什么可口儿都在您那儿装着哪,我听您的吩咐。”

七爷在这儿找足了面子,又跟三爷让了让,这才开口点菜。什么砂锅鱼翅、葱爆海参、芙蓉鸡片、油焖大虾,一边点还不住地说:“这儿是当年新丰楼的大厨掌勺,正宗的鲁菜。”指了指庞二坐的地方,跟堂头说:“把我点的菜匀点儿给外头那位尝尝。”

堂头明白,七爷的意思就是外边那位的菜,就不必点了。

这顿两个人的饭，足足要了一大桌。这也让三爷头一次见到北京旗人下馆子是怎么个吃法。

酒足饭饱之后，那七爷意犹未尽，斜着醉眼跟三爷说：“怎么样，找个地方玩玩？”

三爷知道这种人吃饱喝足，就想泡妓院打茶围，还是说：“我听您的。”

七爷要喊堂倌会账，三爷拉住他说：“七爷，这您就甭管了，外边会了。”说着让庞二出去又叫了三辆车，那七在前头，没走几步就拐进一条胡同。

这里是旧日妓院聚集的八大胡同之一。那七让车停到一家门前，庞二打发车钱的工夫，他已经进去了。

那七熟门熟路，把三爷领进一间屋里，张嘴就喊：“翠儿，来客啦！”

屋里走出个花枝招展的姑娘，娇滴滴地说：“七爷，您还是客呀。”

那七指着三爷说：“这不是客嘛。”

第七十章

到了这种地方，三爷只好听那七的摆布。

他俩让那位姑娘伺候着抽烟喝茶，跟姑娘调侃，折腾到很晚那七才说："到我那儿看看？"

三爷说："这么晚才去，四姨还不说咱们。"

那七说："也是，要不明儿六国饭店见吧。"

三爷掏出五块大洋放在茶几上，出来让庞二再去找车。先把那七送到门口，再返回饭店。

大桂见三爷这么晚才回来，就问："今天的事怎么样？"

三爷说："挺好，那七就是咱想到的那种人"。

那七爷回到家，那建章正在家里等着他。

那七说："明儿就办事了，你怎么还在这儿？"

那建章说："表姨他们一下车，就让队里的弟兄逮住个从天津跟来的挂子。"

那七说："逮得好。树大招风，他们这些阔家主儿就是容易招事。明儿我告诉他，也让他见识见识咱们的能耐。"

那建章说："要光是个挂子也好说，听说是天津稽查队跟下来的。"

那七觉得不妙，就问："抓住的是稽查队的人？"

那建章说："他说是，可他没帕斯。"

那七爷一听，气得冲着那建章啐了一口："呸！亏你还是个队长，挂子空口说白话你也信！我还说我是总统呢，你也信吗！"

那建章从小就最崇拜他爸爸，也知道老爷子的脾气秉性。那七爷一生气，他也觉得这事不大对劲。明明是个挂子，想偷人家，空口白话说是稽查队的，怎么那几个混蛋就相信了，还有脸来向我报告！明儿非收拾这几个混蛋不可。

见儿子还在那里寻思，那七爷的火儿更大了。

老爷子站在那儿指着那建章的鼻子说:“你表姨夫是我难得遇见的知己。你看人家给咱那家多大面子?三爷出手那么大方是为谁呀,还不就是因为你爸爸在京城是个人物,你是个侦缉队长,往后有事好照应着点儿。你倒好,这么体面的亲戚都琢磨人家。”

那建章说:“我可没那个意思。”

那七爷说:“你敢!没那个意思就好。我告诉你,三爷是好人。往后成三爷的事,就是你爸爸我的事。别说眼下没遇上什么麻烦,就是有了麻烦,你也要给我摆平喽。胳膊肘往外拐,拿枪打家里人,那不是咱旗人干的事!”

那建章一再让爸爸消消气,说:“过了明儿我就收拾那几个混蛋小子。”

那七爷说:“你别光怨他们,先给天津来的那小子使点颜色。让他回去带个信儿,往后谁再敢动成三爷一根毫毛,我那七就不答应!”

那建章知道老爹子准喝了不少,也玩痛快了,就说:“明儿办完事一定按您的吩咐办。”

那七这才回屋睡觉。

第二天,六国饭店一大早就热闹起来。里里外外张灯结彩,大厅里的留声机放着日本音乐,不到九点就有人来贺喜。南城五行八作的老板们来得最早。商会的、市场的、开戏园子的、开饭馆的、开作坊的。他们早点儿来,为的是不跟那些官面儿上的人掺和。

后来的都是南城的头面人物。区政府的、警察局的、税务局的,还有不少四九城侦缉队的同行。最后来的是日本人。这个大佐、那个军曹,这些人一来,婚礼就开始了。

两个日本军官坐在大厅正中,一个当主婚人,一个当证婚人。新郎新娘穿西服、戴白纱,到跟前向他俩行礼。人家给他行礼,这俩人还不管不顾地用日本话嘻嘻哈哈地逗乐呢。

这段仪式走完了,那建章把日本人让进小餐厅吃饭,找了好几个日本妓女来陪酒。那些浪声浪气的日本娘们儿,把几个日本人灌得酩酊大醉。另一个餐厅的中国客人生怕出事,早早地就开溜了。

整个一上午,那家的人都没露面儿。三爷一家也一直待在楼上客房没出来。庞二出去踩了踩到前门外鲜鱼口的路。回来告诉三爷,出东交民巷不远就到。三爷心里也就有了底。午饭过后,那家还要按旗人风俗再办一次婚礼,来车把三爷一家接到那宅。

第二次中式的婚礼,新娘子要换红嫁衣,蒙红盖头,坐红轿,从六国饭店吹吹打打抬到虎坊桥香厂那宅。下轿之前,新郎要向轿帘射三支箭,这叫射煞,为的是除煞气。新娘子下轿要先迈马鞍子,预示步步平安。

拜完天地,新郎新娘要上炕抓盖头,吃子孙饽饽,喝交杯酒。然后还要坐帐拆抓髻,开脸梳头。修饰完毕这才能下地。三爷坐在客厅听七爷讲这些规矩。

大桂领着孩子们跟着看热闹。整整折腾了一天,两次婚礼才算完成。

几个年轻人围着那建章,嚷嚷着要闹洞房,三个孩子想在这儿看热闹。七奶奶要跟大桂说点儿私房话,那七爷还要陪着本家亲戚。三爷跟七爷说:"您忙您的,我回六国饭店。"七爷也没留他。正要喊人雇车,三爷说您跟我还客气什么,说着就走了。

出了那家,庞二叫了两辆车,带着三爷直奔鲜鱼口。在街口下车往里溜达,天已经黑了。到了吕家烟铺门前,吕掌柜正招呼伙计上门板。发现三爷走着来了,吕又宾不由得一怔,迎过去说:"三爷您闲在呀。"

三爷也搭讪着说:"吕掌柜,近来买卖挺好吧。"

吕又宾把三爷领进后院,庞二见俩人进了屋,返回店堂柜台前坐了下来。伙计上完门板,见庞二像是前边那位爷的随从,就赶紧上茶递烟。庞二不抽烟,接过茶来一边看着门外的动静,一边跟这个伙计说闲话。

三爷进屋还没坐下,吕又宾就急着问:"三哥,出什么事啦?"

吕又宾哪年都要到天津去两趟,一来是看看两位老哥哥,二来是说说柜上的事。三爷从来没来过北平。这次突然来了,让吕掌柜不由得心生疑虑,觉得有些蹊跷。

三爷顾不得寒暄就跟他说:"老四,天津的事情有点儿不妙。"

吕又宾机警地把门关上,瞪大眼睛听三爷说些什么。接着三爷就把日本稽查队盯上美丰厚的事说了一遍。

三爷说:"我跟大哥商量过。日本人长不了,可当下咱斗不过日本势力,还要忍几年。事情要再往坏处走,我跟大爷也许就得避一避。我去山西,刘大爷回不了东北,就得来北平。"

吕又宾抿着嘴，严肃地点了点头。

三爷说："前些日子我和大哥把美丰厚的家底儿盘了盘，从开业到现在，也攒下几十万家当。大部分是不动产。能动的利润，在美国银行给你存了两万。跟美国银行说好了，能证明身份，就能提出款来。"说着从怀里掏出一张存单交给吕又宾。

吕又宾说："我这边也得盘一盘。"

三爷说："不用。这儿是你挣的，心里有数就行，跟那边没关系。有件事要让你办。在北平买一处僻静的房子，一有风吹草动，让庞二带着家眷先过来。形势再紧，就把大爷接到这里。庞二这人靠得住，就是性子直。离开天津有好处。"

吕又宾说："这事就交给我吧。"

三爷把庞二叫进来，把在刚才说的当着吕掌柜的面又说了一遍。庞二根本就没想过这些事。听三爷一说，才明白这次带他到北平的来意，扑通一声跪在三爷面前，瞪大眼睛泪流满面，一句话也说不出来。

三爷拉起他来，自己的眼圈也红了，动情地说："这几十年我们就没把你当外人。如果我走之后，一旦情况紧急，你就跟九姑想办法把刘大爷送到北平。"

庞二说："我就是背也要把大爷背来。"

三爷说："这事就这么定过了。你在外边再盯会儿，我跟吕掌柜还有事。"

庞二出去了，三爷跟吕又宾说："我跟大爷商量，我年纪这么大了，已经力不从心，美丰厚还是找个年轻的人管才好。"

吕又宾摇摇头说："现在美丰厚这么大摊子，谁能顶得了你呀。"

三爷说："大爷起初也这么说，可是年纪不饶人。后来看上薛继承，天津发大水，就是他在柜上盯着。"

吕又宾问："他能行吗？"

三爷说："我带了他一段儿，办事还行。现在当副经理。美丰厚最坏的结果就是没收。趁现在他们还抓不住把柄，想再往你这里转移点儿财产。"

吕又宾说："我这个小店儿能承担得了吗？"

三爷说："怎么转，转多少还没想好，现在想的是把你这儿先稳住。"

吕又宾挺纳闷儿，怎么稳住？

三爷说:“我内人有家亲戚在南城当侦缉队长,挺有势力。这一家是旗人,好面子。这次来也想利用他给你遮挡一下。没想到天津稽查队,还跟来一个不知深浅的小子。”

吕又宾一下子又紧张起来:“这怎么办?”

三爷说:“我就是算着他准来,才到北平来的。在车站我就看见侦缉队的人把他抓起来了。这两天我和内人都在留意,看来他们也没问出什么。利用侦缉队给天津那帮汉奸使点颜色。他们狗咬狗,好让咱缓一口气。”

吕掌柜这才把悬着的心放了下来。他问:“下一步咱怎么走?”

三爷说:“过两天我把他爸爸那七爷领到你这里,让特务们也给你造点儿声势,在南城你就能踏实点了。”

吕掌柜连连点头。哥俩又聊了一会儿,三爷才返回六国饭店。

一般旗人娶亲,有当日酒和两日酒两种规格。当日酒新娘子第二天回门,喜事就算办完。两日酒四天回门。那七爷是库兵出身,也没什么高门大户的亲戚,应酬一天也就算不错了。他接待着亲戚,心里想的却是赶明儿怎么陪三爷痛痛快快地玩玩。

那建章办喜事忙了好几天,到侦缉队上班,才想起在车站抓的那个天津来的挂子。他想,不管怎么着,也得把事情弄清楚。叫人把金立提到审讯室,他要亲自问一问。不一会儿人提来了。他一看,简直不像人样儿啦。

侦缉队的牢房本来就不是人待的地方。又冷又饿不说,小特务们知道这是从天津坠着队长亲戚来的,谁都想拿他向队长表忠心。没事就这个踢一顿,那个打一顿。金立本来就是纨绔子弟,刚学会敲诈勒索蹭吃蹭喝,一点儿屁本事没有,哪经得住他们这么折腾?

那建章看他那个熊样子,就知道这不是个正经货。问他:“你为什么跟着三爷?”

金立吓得三魂出窍,吞吞吐吐也说不出所以然。想了半天,才说:“我是要抓成三爷支持抗日的把柄,可一点儿也没抓着。这次跟下来,就是想看三爷到北平跟什么人来往。”

听他一说,那建章更是气不打一处来。心想,这个冒牌儿的稽查队,平白无故找碴儿,就是为敲诈人家的钱财。这小子要不是犯在我手里,表姨夫成三爷还不定要倒多大霉呢。他想还是老爹看得准,三爷给咱这么大面子,我不管还行！

那建章越想越生气，让手下把这小子暴打一顿之后跟他说：“你不是想知道三爷到北平跟谁来往吗？告诉你，就是跟我那建章来往。”说着掏出一张名片扔到地下，大声喊道：“你回去就这么说，往后谁敢再打我表姨夫成三爷的主意，从我这儿就过不去！”

小特务听队长的口气，是要放他走，上去狠狠踢了他一脚，告诉他：“还不快滚！”

金立拾起地上的名片，又鞠躬又作揖，踉踉跄跄地跑了出来。到背静地方仔细一看，名片上印着“北平南城侦缉队队长那建章”，旁边还有个日本名字“山本雄一”。当时就吓得他尿了裤。心想这回能保住命，就是阿弥陀佛了。

金立在侦缉队号子里关了几天，吃不上喝不上，天天挨打。出来的时候蓬头垢面，脸上青一块紫一块，浑身又骚又臭，身上一分钱也没有。踉踉跄跄跑到火车站，求爷爷告奶奶讨了一张回天津的火车票，凑合着回到天津。

那天，宋家胖姐姐正在门口磕瓜子儿，看见个穿的破破烂烂、面黄肌瘦的叫花子朝她走过来，捂着鼻子说：“去去去，臭要饭的！走远点儿，别离我们家门口儿这么近！”

要饭的瞪着眼看她：“慧娟，你不认得我了？”

胖姐姐挺纳闷儿：“你是谁？”

要饭的哭丧着脸说：“我是金立呀。”

胖姐姐很奇怪：“啊？你怎么成这样儿啦！”

赶紧让他进去洗澡换衣裳。

宋子湘回来听说这个事，心想你小子身上有几两猪油，我还不知道？就凭你那点儿本事，敢跟成三爷斗！

在北平的遭遇，金立吓破了胆，不敢跟人说。编了个让劫道的绑架到外地，自己逃跑回来的瞎话，失魂落魄地躲在家里悄悄养着。

那七爷带着三爷一家在北平足足玩了两天。故宫、北海、颐和园，凡是他觉得不错的地方都去到了。要去听戏，北平的好角儿三奶奶都看过。没地方去了，这才想起三爷在鲜鱼口有个老朋友。

七爷说:“咱今天去鲜鱼口看您的朋友。我叫几个弟兄先去打点,咱哥俩在全聚德请他吃烤鸭。”

那七为摆出点儿排场,让那建章派了两个小特务跟着。那七和三爷各坐一辆洋车,小特务在前边开路,庞二提着礼品跟在车后,耀武扬威地进了鲜鱼口。

吕掌柜见到三爷和那七,就像是见了久别的老朋友,在店铺里上茶递烟,摆上点心,热情款待。

三爷说:“那七爷他们爷儿俩,可是南城数一数二响当当的人物。”

吕掌柜说:“久闻大名,我这小店还得请您庇护着点儿。”

那七说:“这还不是咱哥们儿一句话的事。”

三爷让那七摆足了架子。又到全聚德吃了饭,才返回六国饭店。

大桂问:“这儿的事都办完了?”

三爷微笑着点了点头。

回到天津没几天,崇德里李二奶奶来串门,跟大桂说:“你听说宋三奶奶家的事了吗?”

大桂说:“没听说呀,出了什么事?”

李二奶奶说:“胖姐姐结婚以后,男人总不回家。她找人打听,才知道姓金的一直在南门外旅馆包房间养着妓女。她们娘儿俩找上门去,才知道宋三爷也在那儿包房间养着个女人。姓金的这几天不在家。娘儿俩去旅馆大闹一通,把两屋子东西全砸了。”

李二奶奶说:“她们娘儿俩又到稽查队找日本人,把宋子湘跟姓金的包房间养妓女的事,都抖落出来。有人把姓金的假冒稽查队敲诈勒索的事也给捅出来。小报上也登了。这些事闹得满城风雨。这两天姓金让人打得半死不活回来了。胖子跟他离也不是,不离也不是。”

大桂心想,人要坏准是从心里往外坏。好人有好报,坏人有恶报。那个尖嘴猴腮姓金的,真是活该!当天晚上就把听到的这些事告诉了三爷。

成子和听说金立跑回来了,心想不好!后悔自己这次是百密一疏。想利用汉奸惩治汉奸,让那建章把金立收拾了,就没想到狗咬狗一嘴毛,那建章跟金立是一丘之貉,他不会下死手。留下金立这个贪得无厌的狼崽子,还是个祸害！

送货的大车正在美丰厚货场卸货。有个装卸工说："头儿，渴死我了。我去那屋寻口水喝。"

走进客房屋里，九姑正在记账，那个装卸工用满口的寿阳话说："这地方清清静静儿的，真不赖呀，大姐，寻口水喝。"

九姑抬头一看："哎？李二豹！"

这个一身装卸工打扮的山西人，果然是李二豹。他笑着说："九姑，那天在国民饭店我就看见你了。"

九姑拍着自己的头："啊，我记得好像看见个熟人，一晃就不见了。"

李二豹说："我怕防共军的人疑心，没敢认你。"

九姑说："坐下喝水。你怎么又当了防共军？"

李二豹说："那年我离开寿阳，就在河北混了几年，起初是到处瞎跑，什么都干。后来投奔了任丘、大成一带郝宝祥、郝宝成的绺子。头年跟着他们编进防共军，让我们来天津对付暗藏的共产党八路军。每月十块大洋保底，干好了还有赏钱。"

九姑问："怎么又干这个了？"

李二豹说："共产党干什么的都有，我们哪儿找的着？我干过装卸，就让我混到码头装卸工里，查查这里头的共产党。你怎么到了这儿？"

九姑说："是成三爷把我带出来的。"

李二豹瞪大眼："是那位去过寿阳的成三爷？"

第七十一章

九姑见李二豹问起成三爷，赶紧说："是啊。这就是三爷的买卖。"

李二豹很惊讶："成三爷有这么大的买卖？"

九姑说："这是他几十年从小到大干起来的。你不见见他？"

李二豹说："成三爷是我们全家的恩人，也是我最佩服的人。走，你带我去看看他。"

九姑问："工头儿找你怎么办？"

李二豹笑着说："那是我拜把子哥们儿。他不管我，没事。"

九姑带着李二豹走进货栈经理室。

薛继承问："九姑，这位是？"

九姑说："这是三爷的熟人。"

进了里间，三爷正在床上躺着。

九姑说："师哥，我给你带来个熟人。"

李二豹见了三爷，跪下就磕头："三爷！寿阳的李二豹给您磕头啦！"

三爷下床赶紧扶起李二豹："不敢不敢。哎呀，兄弟，多少年了，你还没变样儿。混得不错吧。"

九姑说："他现在是防共军里的人。"

三爷问："你怎么穿便衣？"

李二豹不好意思地说："这是为往码头工人里混。"

薛继承进来了。

三爷说："继承，这是我多年的朋友，李二豹。兄弟，这是薛继承，薛经理。"

李二豹拱手："薛爷。"

薛继承说："三爷，您的老朋友来了，我去安排饭。"

三爷说："二豹你坐下。继承，叫上陈昆、庞二、蔡师傅，晚上咱们一块儿吃。"

李二豹坐下说："三爷，真没想到您在天津有这么大的买卖。"

三爷说:“没有朋友们帮衬,我一个人哪能干这么大?要不是赶上日本人打进来,七宝那儿也起来了。”

李二豹问:“夏七宝还干着货栈?”

九姑说:“早不干了。让日本人欺负得躲在盂县庙里住着呢,说什么也不回来。”

李二豹气愤地说:“狗日的日本人,非把咱逼得跟他拼命不可!”

九姑说:“那帮汉奸卖国贼也不是好东西!”

李二豹站起来说:“三爷,我去货场再应付一会儿,一会儿就来。”

三爷说:“一会儿咱就在这儿吃,我们等着你。”

李二豹受宠若惊地拱着手说:“三爷,咱不见不散。”说完就走了。

当天晚上,几个人在货栈厨房里间吃饭。

陈昆给李二豹斟着酒说:“李爷,这可都是自己人,您喝好。”

李二豹说:“那年我跟三爷就一见如故。我佩服三爷的肚量。自己受了伤,那么大的事都能承受下来,几句话就给平了。要不夏家寨的人,几辈子也翻不过身来。”

庞二说:“三爷的内伤,就是那回坐下的。”

李二豹举起杯:“三爷,祸是我闯的,恩是您给的。您还为我们受了伤。您的恩德我李二豹全家永世不忘!”

三爷说:“兄弟,你干着伪军的事,为人处事能走正道,就对得起我了。你喝。”

李二豹喝干这杯酒,放下酒杯说:“三爷,您别看我穿着这身黄皮,身在江湖,咱可什么坏事也没干过。”

三爷说:“我知道你李二豹是个硬棒棒的汉子,不会给日本鬼子卖命,更不能跟着他们糟蹋中国人。”

九姑说:“您说得对,二豹可不是吴胖子那种人。喝,喝。”

李二豹喝干了酒:“九姑,你算说对了。吴胖子是什么人,是那个日本娘们儿养的一条狗。他让我们到海河码头来找共产党,我们就给他找?找个毬!”

蔡师傅说:“天津在码头扛大个儿的,个个都是穷哥们儿。成天卖死命,一家子吃不饱穿不暖。他吴胖子找寻这些人,真不是人揍的。要不是有李爷你这样的，咱那些弟兄，还不定怎么倒霉呢。哥们儿，喝。”

陈昆问：“李爷，你们那里头，看得起吴胖子嘛？”

李二豹说：“谁看得起他呀！别看他对百姓吹胡子瞪眼，他是个靠着汉奸娘们儿吃软饭的！你们天津的李耀华，头一个不服他。看着吧，用不了几天就把他收拾了。”

薛继承说：“李爷，往后美丰厚遇上事，您可得给兜着点儿。”

李二豹说：“那还用说。三爷的事，就是我的事。往后美丰厚遇上风吹草动，你们就找我。别的咱不行，带几个哥们儿为三爷拼命，我李二豹绝不含糊！”

陈昆拿起酒杯说：“好！咱就为这个，都走一个！”

大家都把杯中酒喝干。陈昆问：“李爷，你们在天津弄出点儿名堂没有？”

李二豹说：“名堂没弄出来，就是把东亚银行给砸了。你们听说了吗？东亚银行姓宋的经理跟他女婿，这爷儿俩都在外头靠着娘们儿。他们家头天办喜事，第二天爷儿俩就到南门外大街旅馆开房间嫖去啦！”

陈昆问：“你们怎么知道的？”

李二豹说：“有人盯着他们啊！东亚银行经理仗着有日本人撑腰，闺女结婚把吴司令摆在俩日本办事员后头，吴胖子栽了面儿，让我们哥儿几个砸了他两回！”

已经很晚了。庞二扶着李二豹从厨房走出来。李二豹脚步歪歪咧咧：“二哥，你不用扶，我没事。”

陈昆叫来一辆洋车，跟拉车的小声说：“南开三马路。挂华北防共军牌子的那个院儿。”掏钱给了车夫，帮着庞二把李二豹扶上车。

李二豹卷着舌头说：“三爷今天太客气了。我是你的老朋友，别这么客气。”

陈昆嘱咐车夫：“慢点儿，路上勤看着点儿这位爷。”

拉车的说：“您放心吧。”

李二豹也跟着说：“您放心吧，别客气。”

车走起来，他头一歪，就在车上睡着了。

段师傅来到寿阳没几天，就带领几个伙计把夏家老店和山货庄的财务存货盘点清楚，里里外外收拾得整整齐齐。等到天津洪水落下去，火车开通就把积压的山货发到天津。

玉珠利用山口建一的关系疏通了这条购销渠道，马掌柜收的货运到寿阳，段师傅马上就往天津发。时间不长，夏记山货庄的营销运转就大见起色。

这时日本国内的经济已被战争拖累得逐渐衰退，市面日渐萧条。桃仁、杏梅运到日本，自然大受欢迎。消息传到天津驻屯军司令香月清司这里，他也颇为得意。

三爷见段云在寿阳经营管理得很好，心里很高兴。忽然想起雷大曾说，王家珍是汾阳共产党的县委书记，就托人捎信，问舅舅家的人有什么困难，他可以帮助。三爷是王氏认下的养子，王家珍是王氏的侄孙。按辈分王家珍该叫他表叔。可王家珍认为成子和是天津的资本家，怎么能跟他共事？就一直没理他。

1942年中、美、英、苏等二十六个国家签署共同宣言，要跟德意日决战到底。日本人在华北农村实行杀光、抢光、烧光的三光政策，残酷镇压抗日民众。在城市里大肆渲染王道乐土，大东亚共荣圈，加紧推行强化治安，到处抓捕抗日志士和可疑分子。在天津搞得杀气腾腾，人人自危。

这一年，夏家的老二夏玉安回到寿阳。

夏玉安抗战初期去了延安抗大，后来一直在抗日前线。斗争日益残酷，许多敌后秘密交通线被破坏，他被派回晋中，改名夏磊，在当地开展工作。

老二回来苗喜出望外，跟儿子说了这几年的事。夏磊听说三叔正在苦心经营着这条连接天津、汾阳、寿阳的营销渠道，当时就很感兴趣。

这一天美丰厚货栈的运货卡车满载整箱的山货开进货场。箱子上的山口洋行汾州杏梅、汾州桃仁的字样格外显眼。装卸工卸下箱子，码到垛上。

陈昆过来看了看说："这回寿阳来的货还真不少。押车的人呢？"

装卸工说："让九姑叫走了。"

三爷正在自己的卧室看报。九姑领着个人进来："三哥，你看谁来啦？"

三爷抬头，见这个人好像在哪儿见过，一时想不起来。

那个人说："三叔，我是夏家老二，夏玉安。"

三爷这才恍然大悟:“哎呀,你是玉安哪,跟你爸爸年轻时候一模一样。你多大了?”

玉安说:“三十七了。”

九姑说:“他从山西大学毕业,当了几年老师就走了。七八年没回过家。现在改了名字,叫夏磊。这回是送货来的。”

三爷问:“你妈好吗?”

夏磊说:“还好。我妈特意让我来看看您。”

三爷指着椅子说:“你坐,路上好走吧。”

夏磊坐下说:“好走。我拿着山口洋行的证明,有检查的就给他看看。还挺管用。”

九姑说:“你把送货单给我,让他们上账去。”

接过货单赶紧出去了。

三爷过去把门关上问:“听说你去了延安?”

夏磊说:“是。七七事变以后我就去了延安抗大。后来一直在八路军工作。最近才回寿阳。”

三爷点点头:“去看你爸爸了吗?”

夏磊说:“去了。我爸爸还在盂县藏身庙里住着,什么事也不闻不问。隔一段儿我妈托人送点儿粮食,他跟老和尚粗茶淡饭,有啥吃啥,就是不回家。我看身体也不如以前了。”

三爷叹了口气:“咳,快七十的人,静下心来活几年也不错。就是苦了你妈,里里外外靠她一个人,怎么受得了!”

夏磊说:“现在有段叔在那儿管着,我妈也轻松多了。”

三爷问:“老四回来了吗?”

夏磊说:“回来了。在县城中学当老师,前年结了婚,生了个男孩儿。”

三爷说:“你妈跟前有他们,这就好了。你给我说说,现在外边的形势怎么样?”

夏磊往前凑了凑说:“英美联军四十五个师在法国诺曼底半岛登陆,7月底消灭了德军十五个师。中国军队在缅甸孟关全歼日军18师团,大挫日军的锐气,国内华南、华东、华北,收复了不少日军据点。天津附近光今年保卫麦收就消灭日伪军两千多人,还攻进了任丘、河间县城。”

三爷听着不由得兴奋起来："照这样下去，德意日这三个轴心国很快就得被打垮，小日本儿在中国的日子也长不了啦。"

夏磊问："听说您让宪兵队抓去过？"

三爷摆摆手："我受的那点儿罪不算什么。就是沦陷区的国民党、共产党、帮会势力，还在暗里斗，让人心里觉着别扭。中国人怎么就不能拧成一股劲儿，早点儿把日本鬼子打跑呢。"

夏磊也气愤地说："国难当头，还打自己的小算盘，这种人最可耻。"

三爷觉得夏磊这样的人，不会光为送货冒险来天津，就问："你来天津还有别的事？夏磊说：我妈让我找玉珠谈谈。她都三十五了，自己的事究竟怎么想的？听说她跟一个日本同学不错。究竟是怎么回事，我想问问她。"

三爷笑了笑说："这是该问问，你还有别的事吧？"

夏磊这才说："我想带点儿药回去。根据地药太缺了。日本人封锁得很严，发现往山里带药品，就地处决。这样不光伤员急需药品，老百姓闹病也一点儿药没有。几次派人买药，都没买成。我这次来，想找您帮帮忙。"

三爷问："买什么药，有个单子吗？"

夏磊从身上掏出一张写好的单子："这上头写着药名、数量，也有拿药的地方。付了钱，找可靠的人取回来就行。"

三爷说："这好办，把单子给我。你先住下。天津汉奸特务活动得挺厉害，出去要小心。抽空去我那儿看看，你三婶儿也总惦着你们呢。"

三爷回到家，一进门大桂就问："怎么今天回来这么早？"

三爷说："有个事要跟你商量。"

大桂问："什么急事？"

三爷说："夏家的老二来了。"

大桂问："是玉安吧，他不是去延安了吗？"

三爷说："他现在叫夏磊，想在天津买点儿药带回去。这是共产党的事。我怕别人办不牢靠，你给他去一趟吧。"

大桂问："有地址吗？"

三爷掏出那张纸条："这上头写的是南市济世药房。你找得着吗？"

大桂说："那还不好找。药，不就是按这个条儿上写的买嘛。庞二走了吗？要没走，我这就去。"

三爷看着她那股说办就办的闯劲儿，不由得笑了，赶紧说："没走。他知道这个事。"

大桂说："让他等会儿，我换件儿衣裳。"

大桂找到南市济世药房，进去一看，店里冷冷清清。有个人坐在柜台后边看报。

大桂过去说："掌柜的，买药。"

药房掌柜站起来打量着这位穿着挺阔气的太太，礼貌地点点头："您买什么药？"

大桂把那张纸条递给他。药房掌柜一看这张单子，忽然警觉起来。向门外看了看，低声跟大桂说："太太，您单子上的药不少，我这儿现货不全，有的得给您现进。您后天来取行吗？"

大桂说："行。您算算，得多少钱？"

药房掌柜笑着问："您付现款？"

大桂点点头。

药房掌柜用算盘打了一阵说："也就是六百多块。"

大桂掏出七百块钱放到柜台上："你算清楚，取药的时候给我开张发货票。"

药房掌柜连连点头："行。麻烦您再跑一趟吧。"

大桂扭头走了。

药房掌柜在后边喊："您慢走！"

天津法租界民报社几位编辑每天见面的头一件事，就是发牢骚。冯主编说："现在的报纸是越来越难办了。不光国内战局不能登，国外的也不能登。可到处打仗的年头儿，老百姓最想看的就是打的怎么样了。难哪！"

一位编辑说："听说了吗？现在天津青帮跟红帮又闹起来了。"

冯主编说："青帮有袁文会撑着，谁敢惹啊！"

那位编辑说："红帮有防共军的人挑大梁啊！两头儿后边的主子都是日本人。究竟是演戏，还是真掐。弄点儿这个新闻，也许有看头儿。"

冯主编直摆手："别别别。你就别总想抓白馒头，吃不了，别烫着。咱凑合着吃杂合面儿就不错。出那种新闻，弄不好把咱这个小报馆儿给砸了。那你就连杂合面儿也吃不上啦!”

玉珠腾腾腾地上了楼:“怎么又说杂合面儿了。饿啦?”

冯主编问:“玉珠小姐,昨天怎么没露面儿?”

玉珠说:“不就是昨天晚上没来嘛。我哥哥来了,陪了他一天。”

那位编辑问:“老家来的?你哥哥是干嘛的?”

玉珠说:“中学老师。”

冯主编看着玉珠说:“是令堂派来调查咱婚姻大事的吧?”

玉珠故意撇着嘴:“是又怎么样!我是独身主义。”

那位编辑说:“NO!NO!我看是想问问你跟咱那位南开校友的进展如何。”

玉珠有点儿生气了:“你们还有正事没有!有稿子让我编,就赶快给我。没有我可不伺候了。”说着就要走。

冯主编赶紧拦着她:“刚来就走,考勤怎么算!咱的正事还没说呢。”

玉珠问:“什么正事?”

冯主编说:“说说你哥哥。”

玉珠说:“问我哥哥的事?我哥哥的脑筋一点儿也不顽固。可一沾恋爱、结婚,就怎么也说不到一块儿。其实他跟我也一样。比我大两岁,还是个王老五。”

冯主编问:“玉珠,你哥是山西大学的吧?哪个系的?”

玉珠说:“哲学系。”

冯主编神秘地点点头:“明白了。”

玉珠问:“你明白什么了?”

冯主编眯着眼,笑而不答。

玉珠两眼瞪着他问:“你成心憋我?”

冯主编摆着手说:“不敢不敢。我哪敢成心憋你呀。”他小声说:“你想啊,哲学系学的都是思想文化之类的学问,拿哲学史、逻辑学的标准看国民党干的事、日本人干的事,能满意嘛?有血性的哲学家,没一个不是敢造反的!”

三爷在前,庞二提着包袱在后,走进美丰厚货栈经理室。三爷看了看,薛继承没在,走进里屋坐下说:“庞二,你去把夏磊叫来。”

这几天夏磊就住在美丰厚货栈的客房里。庞二去了一会儿，夏磊就来了。

三爷指着桌子上的包袱："药给你买来了。"

夏磊关上房门，赶紧打开包袱。翻了半天，找出一个药盒。打开盒盖仔细看了又看，抬起头来说："太好了，太好了。三叔，您给我们解决大问题了。"

三爷见他见了这个盒盖就那么高兴，知道这也许是跟他的上级接上了关系，就问："怎么带回去？"

夏磊说："我想想办法。日本人查得厉害。我一个人带不大好办。"

三爷说："我正想去看看你爸爸。咱爷儿俩一块儿走，也许好点儿。"

第七十二章

夏磊见三爷要去，赶紧摇头："那可不行。您岁数大了，哪能让您担这么大风险？说什么也不能让您去。"

九姑进来问："你们爷儿俩这是说什么呢？"

夏磊说："三叔给我把药买回来了。怕我不好往回带，想跟我一块儿去一趟。"

九姑笑着说："你三叔是虎老雄心在，心气儿高着呢。可没想您老兄岁数多大了！还是我跟你去吧。"

别看九姑这么数落，老爷子还挺高兴。想了想说："大桂总想去看苗姑，要不你们一块儿去。把这些东西几个人分开带，就好多了。我也想让她跟着你长长见识。"

九姑说："跟着我能长什么见识，我倒乐意带上她。"

夏磊说："我带着的那张山口洋行的证明，就是汾阳到天津。有这个，路上也能应付一气。"

三爷说："夏磊，今后往那边捎药品之类东西，就到美丰厚拿山口洋行盛杏梅的木箱装它。日本人挺认这种东西。能用火车托运的，就用火车运，比人带还保险。你们在天津有用钱的地方，就来找我由货栈这儿出。派个可靠的人找我就行。"

夏磊听三爷这么说，心里就全明白了。心想母亲一再告诉他，三爷是最可靠的人，真是一点儿也不假。

三爷回家跟大桂说起这件事，她就满心欢喜，非常高兴。安排好家里的事，第二天就跟夏磊、九姑，带着东西上了火车。坐在车厢里，九姑、大桂一人抱着个包袱。夏磊在她俩对面坐着。

火车过了石门（石家庄），天已经黑了。昏暗的车厢里进来两个日本兵，端着大枪检查人们带的东西。一个日本兵发现李架上有个包袱可疑，举起刺刀就捅。噗的一声，包袱里的大米流了出来。

座位上的男人赶忙站起身用手去堵。

一个日本兵恶狠狠地伸手从背后抓住他的衣领，拽到车厢中间的过道上，用枪托使劲往车厢外边推，嘴里大声吼叫着："那边的开路！"

有个女人上去死死抱住那个男人，扯开嗓子拼命地喊："这大米是我们给家里老人攒的！不是贩卖粮食的呀！"

另一个日本兵举起枪托子驱赶这个女人，一下子把女人的额头撞破，鲜血顺着女人的脸流了下来。女人身边的孩子吓得哇的一声哭了起来："妈！妈呀！"

女人倒在地下，男人被带走了。孩子不住地号啕大哭。行李架上的大米还在哗哗地往下流。

大桂的眼圈儿红了。九姑瞪着眼，把牙咬得嘎巴嘎巴直响。夏磊的眼光告诉她俩千万别激动。

又一个日本兵过来检查九姑："你的，什么的干活！"

九姑比画着说："我的妈妈病了，我回老家去看看。看看的干活。"说着打开抱着的包袱，拿出个杂合面窝头："吃，吃的干活。"

日本兵摇摇头，又盯上大桂怀里的包袱，突然把刺刀伸过来，把大桂吓了一跳。刺刀猛地一挑，包袱被挑开了，露出里边的小木匣子。

大桂索性把小木匣子蹾在座位中间的小桌上。日本兵伸手打开盖子，里边是桃仁，上面有个纸条，用日文写着"木村大佐收"。

这时夏磊站起来，掏出山口洋行的证明说："日本山口洋行，桃仁、杏梅。"

日本兵接过去看了看证明信上的日文，呲了呲牙，转身往前边检查去了。大桂坐在那里看了看九姑，朝她眨了眨眼。

车厢里的那个女人已经哭昏过去。女孩儿趴在妈妈身上，撕心裂肺地使劲儿叫。车厢里的人们有的摇头叹息，有的不住地擦泪。

三个人在山西寿阳下了车。来到夏家老店，段师傅看了看他们带的东西说："夏磊，你们可真够愣的，带这么些药来。"

夏磊说："我知道九姑胆子大，没想到我三婶儿也不含乎。检票、过卡子、车上检查、下车出站，我看她连眉头都没皱，就过来了。"

大桂笑着说："开头我的心总扑腾，后来就不害怕了。药送到这儿就行了吧。"

段师傅说："行了。"

大桂对夏磊说:“老二你行啊,段爷也成你手下的人了。”

夏磊笑着说:“现在您跟九姑不也成我手下的人了吗?”

这句话说的四个人都笑了起来。

九姑说:“东西送到了,咱去看看苗姑吧。”

段师傅说:“我打发人送信儿去了。她一会儿就来。”

话音刚落,苗进来说:“大桂!听说你要来,我都等不及了。”

大桂见了苗,就像见了亲娘,扑上去抱着她就哭了起来:“苗姐,好几年见不着你,有多少事想跟你说呀!”

苗说:“别哭,看你把我都惹哭了。”

说着,自己的眼泪也止不住流了下来。

九姑擦着泪:“日本鬼子闹的,咱谁都不容易。”

大桂止住哭声:“三爷从宪兵队出来,眼睛都睁不开了。迷迷糊糊的,头一个就念叨你,念叨七哥。我守着他,心里想的也是你。遇上事,没有你就像没了主心骨。”

苗说:“这些年你不也顶过来了嘛。刚才伙计一说你来了,我就知道夏磊想办的事,准是你帮着办的。”

大桂笑了:“其实我也不知道他干的是什么事。反正越是小日本儿防着的,我就越乐意干。在车上看见日本兵欺负咱中国人,我心里别提多怒了。”

苗说:“一出来你就能看见日本人有多可恨!”

大桂说:“给夏磊办完事,三爷让我看看你,看看七哥。”

夏磊脸上带着笑说:“您要能去汾阳,还得麻烦您抱着这个包袱。”

大桂故意说:“不是送到这儿就行了嘛!”

苗看着这个单纯的妹子,跟她说:“汾阳也是他管的地方。”

夏磊说:“其实要送的地方您也熟,就是北郭村雷大家。”

大桂瞪着眼奇怪地问:“是不是你跟你三叔捏咕好了才让我来的?怎么你要去的,都是我想去的地方?”

段师傅在一旁也笑了起来。

九姑问:“那边路上有咱的熟人吗?”

苗说:“听说李二豹就在汾阳、介休一带,还当了连长。”

九姑问:“他不在天津当防共军了?”

苗说:“听说天津有个姓李的,撺掇他把姓吴的司令打死了。姓李的当了司令,他愿意回山西,就把他举荐到那一带当了‘皇协军’的官儿。”

大桂说:“那个吴胖子早就该死,赶明儿咱先去看七哥,见了七哥再去汾阳。”

苗说:“他住的那个藏山寺太远,又在山上,先别去了。”

大桂认真地说:“不行。三爷本来说他要来看七哥的,让夏磊跟九姑劝住了。我要不去哪行啊!”

苗看大桂那认真的样子,就说:“那你们就先去汾阳把夏磊的事办了,回来咱一块儿去盂县。我也有两年没见他了。”

大桂笑着扑到苗姐身上说:“我就想跟您一块儿去呢。”

夏磊带着九姑大桂坐火车往南走,在介休车站下车,就见雷大在站外喊:“姑姑,我在这儿接您呢。”

夏磊领着她俩走到出站口,检票员小声说:“夏书记,您回来啦,请吧。”

大桂挺奇怪,小声问:“怎么没检票就出来了?”

九姑说:“你没听人说,朝里有人好做官。这是站上有人好出站。”

三个人说说笑笑上了雷大的马车。

深秋的田野,到处都是一片金黄色的丰收景象。

雷大问:“夏书记,咱还走演武镇那条道吧?”

夏磊说:“行。哪儿好走,咱就走哪儿。”

马车走到演武镇村口,雷大说:“这里有个黄协军的卡子。咱走慢点儿,我看咱的人来了没有。”

马车慢慢往前走。就见卡子上站岗的几个黄协军,正在那儿站成一排,听一个军官训话。

雷大说:“坏了,咱碰上新换的连长了。”

九姑说:“我听这个人说话挺耳熟,看后影儿像是李二豹。”

雷大看了看夏磊,跟九姑说:“我看您朝外冒喊他一声,他要是,咱就从这儿过。不是,咱再走别的路。”

夏磊点了点头。

九姑扭过脸向远处喊了声:“二豹!”

那个伪军官忽然掉过头来。

九姑这才高兴地大声喊:“李二豹!你在这儿啊!”

李二豹见九姑坐在大车上,也不训话了。朝那几个兵摆手让他们散了,就朝着九姑跑了过来,嘴里喊着:“九姑,你怎么到这儿来啦?”

九姑说:“我们到汾阳看看。你怎么在这儿?”

李二豹说:“咱进镇里说去吧。”

雷大把车赶进了演武镇。

李二豹在演武镇“黄协军”连部摆了一桌饭菜,请这几位边吃边聊。

李二豹看着大桂问:“这位是?”

九姑说:“我忘给你引见了。这位是三爷的太太,成三奶奶。”

李二豹赶紧站起来:“三奶奶,我李二豹失礼了。三爷是我的恩人,往后您在这边有什么事,只管吩咐。我跟三爷当面说过。三爷的事,就是我李二豹的事。”

大桂说:“我先谢谢您。三爷总想回老家,这回就是让我先回来看看。”

李二豹问:“三爷老家在哪儿?”

大桂说:“三爷老家在汾阳城里,家里早就没人了。有家亲戚在城北的北郭村,这回三爷就是让我去那儿看看。”

李二豹说:“您放心,我记住了。”看着夏磊问:“这位是?”

大桂说:“这是三爷的侄子。”

李二豹赶紧伸手握着夏磊的手说:“咱都是自己人。”

九姑问:“二豹,听说你把天津的吴胖子打死了。谁那么大本事能搬倒吴胖子?”

李二豹说:“李耀华呀。他在天津南郊有势力,又有中岛成子当后台,他还怕谁?他让我做了吴胖子,我没敢上三爷那儿去,怕给老爷子惹事。吴胖子手下还有一帮人,咱别把鬼引到三爷那儿。”

大桂说:“你这就对了,我得替三爷谢谢你。”

雷大看着夏磊,俩人会意地笑了笑。

几个人在演武镇吃完饭,顺顺当当地来到北郭村雷家。

雷大进门就喊:“奶奶,您看谁来了?”

大桂见了雷奶奶,跪下就磕头:“妈!”

雷奶奶听了一愣,赶紧问:“这是谁?”低头仔细看了看说:“哎呦!是我闺女呀，赶快起来。日本鬼子闹得这么凶，你怎么还敢来？这些年成祥跟孩子们都好吧？”

大桂起来坐到雷奶奶身边说：“他们都好。这儿还有一位客人呢。”

雷奶奶抬头一看：“是夏书记呀！”

大桂说：“他叫夏磊。”

雷奶奶摆手笑着说：“那是他的小名儿，大名叫夏书记，我认得他。”

屋里的人都笑了。

大桂告诉老人：“这是九姑，是成祥的师妹。”

九姑过去说：“老奶奶好。”

雷奶奶说：“你是夏家的九姑，对吧。”

九姑点头说：“是，奶奶的眼力真好。”

雷奶奶笑了：“都是咱自己人。日本鬼子欺负咱，让咱受罪，咱自己人就得走动起来，跟他们斗。看谁斗得过谁。夏书记，你是忙人，快忙你的去吧。我们说闲话，别耽误你的事。”

夏磊说：“雷奶奶最了解我了。小姨，我去那屋了。”

说完自己就出去了。

雷大说：“我奶奶八十多了，可明白哩。”

雷奶奶问：“他怎么叫你小姨？”

大桂笑着说：“他是苗姑家的老二，您还不知道？”

雷奶奶乐得拍着大腿：“哎呀，他是我孙子呀。谁也没跟我说过哩。他可是个有出息的孩子。这十里八乡的乡亲们，都听他的。”

雷大笑着说：“人家是汾阳、平遥、介休、孝义这几个县的书记呢。奶奶，我去那屋招呼他们去。”

雷大也出去了。

雷奶奶小声悄悄地跟大桂说：“有人在那屋等着他呢，他们都是共产党。”

九姑也笑了。

大桂问：“雷大媳妇，大女子、二女子、润生他们都好吧？”

雷奶奶说：“大女子、二女子都嫁出去了。润生他们娘儿俩在园子里干活儿，一会儿就回来了。你来了，雷大还不赶紧去告诉他媳妇？要不人家回来骂他哩。”

奶奶又把人们逗乐了。

雷奶奶说:“闺女呀,日本鬼子可把咱汾阳的百姓害苦了。抓住男的去当劳工,抓住女的就糟蹋。逮住咱的人,灌凉水、灌辣椒面儿、狼狗咬、烧红烙铁往身上烫,什么坏事都干得出来。任岩村的鬼子拿吃油糕把人们骗去,那一回就杀了百十来号人!”

奶奶说着就掉了泪:“狗日的日本人看咱北郭村的园子地好,逼着咱给他种大烟。他们来收烟土,满村都是端着大枪的鬼子兵。不光收烟土,连各家各户的鸡狗猪羊都给抓去吃了。我真是恨死他们了!”

对面雷大屋里,夏磊跟汾阳地下党书记王家珍说:“这些药品都是这位成太太买来的,连北方局的重要指示,也都是人家冒险带过来的。”

王家珍不解地问:“我表叔成子和是在天津开货栈的资本家,他女人还能给咱干这个?”

夏磊说:“抗日是整个中华民族的事。抛头颅洒热血,不是给咱干,是给中国人干,给整个民族干。成子和冒险出车,拉二十九军将士捣毁日本军用机场,烧了十几架战斗机。日本人把他抓进宪兵队,差点儿没打死。”

王家珍惊讶地说:“还有这事?我真没想到。”

夏磊说:“他在三泉镇给乡亲们搭的这个桥,办了多少事?桃仁、杏梅是让日本人吃了,可他们的钱让咱山里人挣了。三泉武工队买了皇协军六七把驳壳枪。要不是卖山货,山里人手里哪儿来的钱?我这次去天津,药钱、开销,都是成三爷出的钱。路上没有他给弄的日本洋行运货证明,哪能这么顺利!”

王家珍低着头说:“看来我对党的抗日统一战线政策,还是理解不深,眼光短浅。”

夏磊说:“你还是见见这位三奶奶吧。你们是亲戚,往后有什么事可以直接联系。”

王家珍点头说:“行,我见见她。”

夏磊让雷大把大桂请过来,雷大领着大桂来到这屋:“姑,这是咱的亲戚,三泉镇的王家珍。”

王家珍站起来:“表婶儿,我爷爷是成三爷的大舅。”

大桂说:“你快坐下。我听三爷说过。王大舅一直关照着他们母子。他出去学徒，舅母给他做的鞋，舅舅还进城来送他。你跟夏磊在一块儿？”

王家珍说：“是，有个事我还想托表婶儿给问问。”

大桂问：“什么事？”

王家珍说：“那年我还在汾中上学，听说城里有特务抓我，我就托人把我弟弟宝珍送出城。后来听说他到天津当了警察，有人在天津西头见过他。可我一直没找到。”

大桂说：“天津西头我熟，回去就给你打听。宝珍今年多大了？”

王家珍说：“他比我小四岁，有二十四五了。这个事就拜托您了。”

大桂说：“自己人的事，还客气什么。往后天津有事，你就找你表叔，找我也行。”

王家珍问：“夏书记，明天你还要进城？”

夏磊故意说：“是啊。我是生意人，马掌柜的货款，还没给人家结算呢。”

大桂和九姑见了雷大媳妇，就有说不完的话。

大桂说：“那年从你家回去，我就常想起你。”

雷大媳妇说：“我也是，有高兴的事、心烦的事，都想跟你说说。”

九姑比她俩大，也是个爽快人。三个女人很快就谁也离不开谁了。雷大媳妇说：“你们抗日，我也抗日，他们在屋里开会，我在外边看门心里都痛快。”

夏磊从汾阳城里回来了，几个人就商量去看七宝的事。夏磊找了一辆轿车。苗抱着小孙子，九姑、大桂都坐在车里，夏磊跟车把式跨在车辕上，就从深山里的小路往盂县去。

初冬的太行山，远处峰峦叠嶂，郁郁葱葱；近处衰草遍地，看上去有些凄凉。大桂自幼在运河岸边长大，从来没见过这种山间景色。目不转睛地看了半天，心里觉得挺奇怪。自言自语地说：“七哥怎么住到这里，就不愿意回家呢。”

苗见大桂这么奇怪，没说什么，只是轻轻地叹了口气。

大桂回过头来问：“苗姐，你孙子叫什么？”

苗说：“叫夏欣。欣欣向荣的欣。是他爷爷给起的。”

大桂问：“九姑你看，小欣欣像谁？”

九姑说：“脸盘儿像他爸爸，老四就是大脸盘儿。”

苗说："你们到藏身寺再看，这孩子那眼、那嘴，跟他爷爷一模一样。你七宝哥自从住进庙里，总说他谁也不想。可不管谁去看他，总要问他孙子欣欣怎么样了。"

第七十三章

提起父亲想孙子，夏磊笑着说："这就是凡心难退呀。其实神佛也不是一点儿凡心也没有。只不过人家神佛是普度众生，不光想自己的孙子，普天下都是他的子孙，都得想着。"

苗笑着说："你就是嘴能。"

说得几个人都笑起来。

轿车走到一个岔路口，有两个人迎面过来打招呼："夏书记！"

夏磊伸出一个手指放在嘴上，让他们别喊。跳下车说："你们等半天了吧。先把东西拿回去，别的事我回来再说。"说着回身从轿车上拿出个包袱，交到他们手里说："路上小心！"

那两个人接过包袱高兴地说："知道了。"转身又从岔路回去了。

夏磊跳上车辕："走吧。"

轿车又咣当咣当地起步了。

大桂坐在车上静静地看着这个场面。心想，这个夏磊还真有本事，都管到这个地方了。

轿车走了整一天，几个人在车上远远看见山上有座古庙。

夏磊指着那儿说："小姨您看，这个山叫藏山，是两千多年前晋国义士程婴隐藏赵氏孤儿的地方。山上有个藏身庙，也叫藏山寺，我爸爸就住在那儿。"

大桂问："有出戏叫'搜孤救孤'，说的就是这个事吧。"

夏磊说："对。赵氏孤儿的故事很早就传到欧洲了。他们编的戏，叫'一个孤儿的故事'。"

大桂觉得这件事真有意思，自言自语地说："外国人也演咱们的戏！"

说话间轿车来到盂县藏身庙。夏磊搀着母亲，带着大桂、九姑走进这座大庙，找到前院那间阴暗的小屋。

几个人刚进去，眼前一片漆黑。站住脚定了定神，见骨瘦如柴的夏七宝正闭着眼躺在炕上。四处看时，不约而同地发现山口建一身中国装束，坐在暗处正盯着他们。

苗盯着他问："你是崔建一?"

山口建一站起身来叫了声："伯母。"

大桂往前走了两步,看着他："你是山口建一?"

山口建一点点头："您是成太太吧,初次见面。"

夏七宝听见有人说话,慢慢睁开眼,声音很低："你们都来了。"

大桂过去坐在炕沿上,低下头来说："三爷总惦着你,让我来看看。"

夏七宝眼角流出几滴泪水："我也惦着他呀。"

九姑弯下腰,轻声问："七哥,你病了?"

山口建一在一旁说："病重好几天了。这两天他好像在盼着什么。你们果然来了。"

苗把孙子举到七宝跟前："欣欣,叫爷爷。"

欣欣张开两只小手："爷爷!"

七宝伸出干枯的手,摸着欣欣的头,脸上绽出笑容："好好。苗,你可要把孙子照顾好,把三爷照顾好。"

说完,又闭上眼睛。

夏磊问："山口先生。您来这儿,当地日本驻军知道吗?"

山口建一摇摇头："这是我的私事,不必告诉他们。"

夏磊问："您来这里几天了?"

山口建一说："四天了。"

夏磊问："您知道我父亲病了?"

山口建一摇摇头："我就是想看看他老人家。那年我们两个人在这间屋里住了两个多月,成了忘年之交。听说老人家又回到这里来住,我就想来看他,一直拖到现在。没想到见了面,他已经病成这个样子了。"

大桂对夏磊说："那年你三叔让宪兵队抓进去,就是山口他们爷儿俩保出来的。要不那地方哪能活着出来?山口先生,我得当面谢谢你。"

山口建一愧疚地向大桂欠欠身："惭愧。在我心目中,成先生、夏先生,都像曾经在这座藏山隐身的前辈古人程婴一样,是舍己为人的义士。"

夏磊说："谢谢。义士是大仁大义,可惜日本人崇拜的是武士。"

山口建一说："义士是用心铸就的,武士是用力铸就的。义士可以感动人、教化人,武士只能降服人。以武士之道治国,就是酿成悲剧的根源。”

夏磊问:“你是学历史的?”

山口建一问:“你是学哲学的?”

夏磊说:“研究历史,可以知兴替。”

山口建一说:“学哲学,可以了解事物发展的规律。”

夏磊说:“听说你研究中国历史,下了很大功夫。”

山口建一说:“中国历史是人类文明的瑰宝。是一部百科全书。”

两个人正说着,藏山寺的老和尚来了,见了他们就双手合十说:“阿弥陀佛,各位施主,昨天日本人来了就说,我这个寺院不能接纳外人。恳请各位施主早些离开为好。”

老和尚说完就走了。

苗说:“咱们早点儿走吧。”

夏磊说:“我再说几句。山口,研究哲学也好,历史也好,究竟能为世人做些什么,还是在自己。汪精卫天资过人,满腹经纶,不也成了中国的败类!昨天,1944年11月10日,他死于日本的名古屋。身边没有任何亲朋在场,也没有任何人悼念他。这是美联社播发的消息。”

山口建一很惊讶:“啊?”

夏七宝忽然说了一句:“善有善报,恶有恶报!”

说罢头一歪,咽了气。

苗姑抱着孩子冲他大声喊:“七宝!七宝!”

三个女人大哭起来。

山口建一沉痛地说:“伯母,你们三代人和成太太、九姑都来送夏先生上路,这是缘分,也是他的福分。”

苗把孩子交给大桂:“九姑,夏磊,咱给他擦擦脸,擦擦身上,换上干净衣裳,让他干干净净地走吧。”

大桂眼里流着泪,一只手抱着孩子,一只手把屋里的窗户打开,嘴里说:“让七哥这屋里亮堂点儿。”

几个人把七宝的遗体整理好,让他安详地躺在那里。

苗把孙子接过来放在地下:“欣欣,给爷爷磕头。”

欣欣乖乖地趴在地下给爷爷磕了头。

苗说："九姑、大桂，死者为大，咱也给他磕个头吧。夏磊，你跪下陪祭。"

夏磊跪在一旁，苗、九姑、大桂都跪下给七宝磕了头。

山口建一也跪下磕了头，祷告了几句，站起来说："伯母，夏先生嘱咐我一定告诉您，他去世后要按寺庙的规矩火化，骨灰就葬在藏山。这件事，他已经跟庙里的住持讲好了。庙里的事我比你们熟，先生的后事由我来办。此处不可久留，你们早点儿回去吧。"

夏磊磕了头站起来说："山口先生说得对。妈，咱赶快走吧。"

苗坐在七宝身边擦着眼泪问："山口先生，他没留下什么话吗？"

山口建一抬起头犹豫地看着屋里的人。

九姑拽了拽大桂："咱抱着孩子外边看看去。"

她俩出了屋，夏磊也跟了出去。

山口建一这才告诉苗："夏先生跟我说，人这一生心里想什么，装着什么，谁跟谁都不一样。谁也管不了谁。他说，别看你是日本人，心里装的是中国。别看苗姑和我是夫妻，对我这么好，可她心里装的是三爷。"

苗捂着脸哭了。

山口建一继续说："他说成三爷是他这辈子见到的最好的人，他俩比亲兄弟还亲，没有三爷就没有他夏七宝的今天，托我一定保护好三爷。"

苗擦干眼泪说："有这话就行。他的后事就拜托你了。"

说完这句话，头也不回就走了出去。

在藏身庙外，苗抱着孩子上了轿车。九姑、大桂也跟着上去了。夏磊和山口建一站在庙门台阶上，还在说话。

大桂说："你看他们俩，见了面，话就跟说不完似的。"

苗说："他俩同岁，都是三十七。"

九姑说："他俩站在一起就像哥儿俩，也不知道他们说什么。"

这时，山口建一对夏磊说："玉珠的想法很活跃，也很混乱。有时候她居然倾向国民党内极右的观点，认为中国只有靠日本的力量，才能成为东亚强国。"

夏磊惊讶地看着山口。

山口建一低着头说："我们俩常争论。我认为以中国悠久的历史文化底蕴，发挥传统文化的优势，挖掘出这种文化所蕴含的力量，就能成为强国。她总是笑我迂腐。”

九姑在轿车上喊：“走吧！你们有完没完！”

山口建一郑重地说：“她是爱国的。日后时局变动，你一定要帮助她。”

轿车在崎岖的山路上走着。车里的气氛很沉闷。途中，大桂撩起车窗上的布帘儿，大声喊道：“你们看！火！”

山坡上的大庙前，一推大火熊熊燃烧。

苗瞪着蒙眬的泪眼，感叹地说：“他真的上天了。”

三爷听到汪精卫死在日本的消息，就去马场道，想赶紧告诉刘大爷。一进门就问：“大哥，汪精卫昨天死了。您听到消息没有？”

刘寿兰说：“听到了。日本人的报纸到现在还没登出来。听说陈公博要接着当主席。汪精卫他老婆陈璧君，闹得还挺厉害，还非要把他葬到南京中山陵的梅花山不可。一个大汉奸，有什么脸跟国父中山先生并排葬在一块儿！”

三爷说：“这就叫恬不知耻。”

刘寿兰问：“听说你把大桂派出去啦？”

子和笑了：“哪是我派出去的，就是让她去寿阳看看。日本人腾出夏七宝的店房，还不知道毁成什么样儿。咱往日本出口的山货，可不能断了线。”

刘寿兰埋怨地说：“我是说兵荒马乱的，一个女人跑这儿跑那儿，有危险。”

子和说：“这回正好有个伴儿。您还记得那位九姑吗？她跟她一块儿去寿阳，也让大桂历练历练。”

刘寿兰说：“那个九姑可是个老江湖，人家行，让我老妹子好好跟人家学学。”

子和说：“往后咱们是不行了，有些事还得让她们干。”

金立病怏怏地站在宋家门口晒太阳。从北平回来，他就失魂落魄地打不起精神，总觉得这辈子也就完了。那天不知道为什么，他忽然想到，这次在北平遇到的这些事，会不会是美丰厚成三爷设的圈套？

他越想越不对，成三爷为什么这时候去北平应酬？刚下火车还没出站，为什么北平的侦缉队就盯上我？那个侦缉队长为什么口口声声为成三爷说话？难道是他花了大价钱？想来想去把成三爷恨得咬牙切齿，心里暗暗发誓，非把成子和扳倒不可！

他正想这些事，瑞祥带着一副笑脸走过来："金爷，这场大病可不轻啊。"

金立说："可不是，真倒霉。几个月了，这才刚下地。"

瑞祥看着金立的眼色，搭讪地说："美丰厚那个事，我还等你的信儿呢。"

金立不耐烦地说："办这个事得有证据。证据，你有辄吗？"

瑞祥笑着说："这事只要您没撂下就行。我没辙。咱找人慢慢儿琢磨呀。"

金立说："谁有辙你找谁吧。有办法我就接着来。"

瑞祥摸到金立的底，把刘四约到法租界的小酒馆儿里，坐下就说："刘四，老没露面儿，在石老公那儿没少发财吧？"

刘四说："发嘛呀，净是小零碎儿。他那儿哪有值钱的东西。"

瑞祥说："有个事我想问问你，咱要想要认定美丰厚是奉军的买卖，从哪儿能找到证据？"

刘四问："您打听这个干嘛？还想打美丰厚的主意？我看您就别动这个脑子啦。跟谁斗也别找寻美丰厚，那地方不好惹。"

瑞祥说："我就是问问，动不动还两说着呢。"

刘四这才说："要说办这事的证据，就得有人证、物证。认定买卖家是谁干的，恐怕就得从账本、字据上找。"

瑞祥一听就来了精神儿："你是说，从老账本上，能看出是谁干的买卖？"

刘四说："从进账就能看出来。最初买卖还没开张，一点儿进项也没有。谁往账上打款，那准是东家。买卖开张了，到年底就得分红。从出账上看，谁拿大头儿，那也准是东家。美丰厚开张大概是在清朝光绪年间。到现在四十来年了，老账准得有。"

瑞祥问："那时候有奉军吗？"

刘四说："没有。可奉军就是当年东北的胡子攒起来的。它那里头要是有胡子的事，也就跟奉军有了瓜葛。不过这个事弄起来没边没沿的。我看您还是别倒这个老账了。"

这一番话，让瑞祥心里觉得有了点儿门道。

大桂和九姑回到天津，出火车站雇了两辆洋车，过法国桥不远一拐弯儿就是海大道。

走到美丰厚货栈门前，大桂说："九姑，您回去跟薛经理说一声，我就不下车了。"

九姑答应了一声，大桂就直接奔小白楼回了家。

三爷见大桂回来，非常高兴。大桂打开随身带的包袱说："粮食这么缺，苗姐还给你烙了几个石头饼。"

本来她在路上想好，先不跟三爷说七宝的事。不想刚一提苗姐，忍不住眼圈儿红了。

三爷问："七宝走了？"

大桂坐下，哇的一声哭了起来。

九姑回到美丰厚货栈，径直走进经理室："薛经理，我回来了。"

薛继承抬起头来问："九姑，这趟山西还顺利吧。"

九姑说："就算顺利吧。事办了，还给夏七爷送了终。"

薛继承惊讶地问："七爷去世了？"

九姑说："到底还是死在庙里了。有个事你可能想不到，去给七爷送终的，还有山口建一。"

薛继承更惊讶了："他去了山西？怪不得龟田打电话问我山口建一去哪儿了。我说，我哪知道啊。"

九姑问："三爷没来？"

薛继承说："这两天老爷子不大舒服。也许是怕你们出事，总睡不好觉。你们回来就好了。出去二十多天，走这么老远的路，你也早点儿歇着去吧。"

第二次世界大战打到1944年，穷兵黩武的日本帝国战线越拉越长，把十几岁到四五十岁的男人都派到前线。国内劳力不足，就到占领国抓劳工。

这一天，尽管人们都是饥肠辘辘，天津东北角大街上还像往日那样人头攒动，熙熙攘攘。一辆带蓬子的卡车停在路边。车上的人声嘶力竭地喊："建设大东亚共荣圈，咱在场的各位人人有责。李七庄新开的罐头厂，专做牛肉罐头。一半儿军用，一半儿卖给市民。想找活儿干这可是难得的好机会！"

有人问："你们是干嘛的？"

车上的人说："我们是招工的。老的、小的、身子骨儿不好的，有病的、傻的乜呆呆的都不要，就招年轻小伙子。活儿不重，就是看机器，一学就会。顿顿大米白面，牛肉管够吃。有报名的说话，验上就去上班啊。"

闲逛的人们都爱凑热闹。车上的人刚喊完，围上来的人们就七嘴八舌地议论开了。

有人到车前大声问："你看我行吗？"

车上的人看了看说："行，你上来吧。"

问的人越来越多，不少年轻的都上了车。

突然来了十几个日本兵，举着上了刺刀的步枪，对着车前的人们喊："统统地上去！上去的有！"

站在这儿围观的几十个人稀里糊涂都被轰上车，日本人赶紧把车箱板合上，卡车就开走了。

马路上突然有人醒过味儿来，喊了声："这是抓劳工的！"

路上的人们吓得都赶紧跑了。

被抓走的人里，就有杜四的儿子杜旺。

大桂从山西回来，跟三爷说了会儿话就去楼上小屋看金锁。进门就问："好点儿了吗？"

金锁躺在床上看着她："你回来了。"

大桂说："刚到家。伤口长得怎么样？"

金锁坐起来说："好多了。伤口长上了，就是腿脚还不行。"

大桂撩开他的衣裳看了看，原来裂着的大口子，已经愈合了。她说："寇大爷不是说嘛，你这伤他都少见。那么多刀口都见了骨头。外边儿长上了，里边的肉还得长结实才行。千万别动大发劲儿，金疮崩裂，就难治了。人要伤了元气，可得缓些日子呢。三爷从宪兵队出来，伤养好了，身子到现在还挺虚。"

金锁问："这回出去，没遇上嘛事吧？"

大桂说："没有。"

金锁难过地说:“好几个月了,给你添这么大麻烦。你出这么远的门,也帮不上你。”

大桂说:“你说这个干嘛。打我认下你,就没把你当外人。那天看你让人打成那样儿,我豁出命的心思都有。心里想,说什么也不能让你死了。你的伤越来越好,我心里也踏实了。这哪叫麻烦!”

金锁低着头说:“大娘对我也真好。”

大桂说:“我嫂子也是菩萨心肠。”

俩人正说着,林妈在楼下喊:“三奶奶,杜表姐来啦!”

大桂说:“我下去看看。”

下楼一进屋,杜四的闺女坐在客厅正不住地哭。

大桂问:“杜娟,你哭什么?出什么事啦?”

杜娟这才止住哭声:“表姨,我哥哥让日本人抓走了。”

第七十四章

听说杜旺让日本人抓走了，大桂瞪大眼睛问："怎么抓走的？"

杜娟说："昨天他去东北角，有个招工的在那儿瞎白话，不少人围着打听，就让日本人轰到汽车上车拉走了。到现在也没信儿。"

大桂问："你爸爸知道了吗？"

杜娟说："知道了，他也没辙。我娘打一听说这个事就哭，一天一宿不吃不喝，光是哭，眼都哭出血来了。我嫂子怀着孩子，也光哭。我爸爸让我赶紧来找您。说我娘就听您的。求求您赶快去一趟吧。"

大桂进屋拿了一件衣裳："你别哭，我这就去。"回头喊了声："嫂子！"

宫氏进来问："你这是要干嘛？"

大桂问："三爷呢？"

宫氏说："刚出去。说你回来了，他得去柜上看看。"

大桂说："回来告诉他，杜娟她哥哥让日本人抓走了。我上侯家后杜家去一趟。孩子们放了学你看着点儿。"

指了指楼上说："你看着点儿他。"

说罢，就跟杜娟走了。

大桂和杜娟在东南角下了电车，往侯家后走。路上问她："杜娟，你哥哥现在干嘛了？"

杜娟说："他嘛事也没干。都是我娘惯的，成天就是瞎逛。"

大桂点了点头。走进杜家，老表姐躺着哭，杜爷坐着叹气，小媳妇站在那里目光痴呆呆的，都像没了魂儿。

见大桂进了门，老表姐坐起来："你怎么来了？"

大桂说："你们家出了事，我还能不来？"

老表姐听了这句话，突然又大哭起来："也不知道我儿子让小日本儿弄到那儿去了！活不见人死不见尸，你说我可怎么活呀！"

大桂装作生气地说："别这么咒你儿子！你怎么知道人死了？"

老表姐停住哭声:“你说,他让人家弄哪儿去啦?”

大桂说:“我哪知道弄哪儿去了!可我知道小日本儿抓咱的人,是给他们当苦力干活儿。弄点子死人干嘛去?吃饱了撑的!”

老表姐问:“不是把人拉走就弄死啊?”

大桂说:“他要弄死人,拿机关枪一突突就能死一大片,还用把人装上汽车拉走?费那个事干什么?出了事不好好想想,就会哭。你哭起来没完,弄得我姐夫也没主意了。儿子让他们抓了,媳妇还怀着孩子。家里弄得六神无主,这不是更倒霉吗。”

杜爷看着老伴儿:“我这不说嘛,就是大桂能说得动你。”

老表姐说:“你还没吃吧,我给你弄饭去。”说着就要下炕。

大桂说:“您歇会儿吧。我这回去山西,听说日本人在那儿,见了男的就抓走当劳工,女的抓住就糟蹋,根本就不把咱中国人当人。当了亡国奴,就这么让人欺负。您说人家就不活着啦?还得打起精神,能斗的就跟他们斗,斗不了的咬着牙也要看到打败小日本那一天!”

老表姐也来了精神:“你说得对。光哭有嘛用。咱还得好好活着。”

大桂说:“还是你闺女疼你,看见你光哭不吃饭就急了。我刚到家,就让她把我叫来了。这十来天我还没看见孩子们呢。”

老表姐说:“我们杜娟就认你。他爹,你赶明儿上班去,把大桂的话也跟大伙儿说说。”

金立在家养了半年,也想了半年。他总觉得不能就这么放下美丰厚这块肥肉。那天在门外见了瑞祥,又提起这件事。

瑞祥说:“其实要找奉军开美丰厚的证据并不难。查最初的老账本,就能掏出来。”

金立毕竟在银行干过,这个道理一听就明白。当时就装作不以为然地说了一声:“嗯。”

瑞祥见他不大感兴趣,摇了摇头就走了。

当天晚上,宋子湘正坐在客厅沙发上喝茶,金立走进来说:“爸爸,我想托您找龟田,向笠原借一样东西。”

宋子湘问:“借什么?”

金立说:“借一张宪兵队的搜查证。”

宋子湘不屑地看着他:“那哪是能借的东西!”

金立凑过去说:“邸玉堂为弄生铁,找笠原借过十张搜查证,咱借一张还不行?”

宋子湘见他这么认真,就问:“你借搜查证干什么?”

金立说:“我想查查美丰厚货栈的老账本,看看它究竟是不是奉军开的。”

宋子湘也认真起来:“要是,又怎么样?”

金立说:“美丰厚要是奉军的产业,那就是敌产。咱能给稽查队查出百八十万敌产。谁还敢小看咱爷儿俩?日本人没收这个产业,就得有人管。咱要想管,那还不是手到擒来的事吗?”

宋子湘点点头:“你有多大把握?”

金立实话实说:“没多大把握。咱借用搜查证,就是去碰碰运气。要有把握,咱直接领着稽查队去不就得了,还借他们的搜查证干嘛?”

宋子湘想了想:“你说的也有点儿道理。我明天跟龟田说说,看行不行。”

金立说:“您可别把实底都透给他,就说有个可疑的买卖,想去查查,不行就算了。”

宋子湘斜了他一眼:“这我还不知道!”刚要站起来,忽然想起来:“你要碰运气,找防共军借两个弟兄不也一样吗!”

他把这个想法一说,金立高兴得拍了一下自己的脑袋:“我怎么就没想到这一招儿呢!防共军的人,去哪儿搜查都行。人家从来就用不着他妈的搜查证!弄成了,也省得龟田得便宜。咱就这么办。到时候我把美丰厚的老账弄出来,您得帮我看看。”

这时胖姐姐走进客厅:“爸,怎么又跟他嘀咕上了?你们俩一嘀咕,准没好事。上回出事弄得金立让人打个半死。这回再出事,他就该回不来了。不信你们就等着瞧。金立我告诉你,听我爸爸的没好儿!”

说完,扭着屁股就上楼去了。

宋子湘指着她:“这孩子,都是她妈给惯的。让我给你看账,还得找个合适的地方。银行不行,人多嘴杂。在家也不行,咱这位胖子就惹不起。”

金立说:“我看咱还是南门外那个旅馆。那儿熟。先定个房间。我一得手,咱就在那儿见面儿。”

宋子湘点头:“行。我就在那儿等你。什么时候动手?”

金立说:“咱说干就干,明天就动手。”

宋子湘想了想:“嗯,白天准备好,晚点儿去。神不知鬼不觉,让他措手不及!”

成信放学回家,跟爸爸说:“爸,我们老师说,明天上学要带献金。”

三爷问:“什么献金?”

成信说:“给大东亚圣战交圣诞节的政治献金。一人交一块钱,越多越好。”

三爷问:“玉环、玉珍,你们也交吗?”

玉环说:“全校都交,连校长、老师、工友,都得交。”

三爷点点头:“一人一块钱的政治献金,找你娘要去吧。”

大桂从里屋出来问:“又要嘛钱?”

成信说:“政治献金。”

大桂一听就来气:“什么狗屁的政治献金,献了几回了?有完没完?”

三爷说:“你跟孩子说这个干什么,给他们得了。”对孩子们说:“你们也听着,明儿去学校把钱交给老师就得了,什么话也别说。”

庞二进来了:“三爷,山口打电话说,今天晚上要来美丰厚见见您。”

三爷问:“几点?”

庞二说:“七点半。”

三爷说:“你在家吃吧。一会儿咱就去。

当天晚上,山口父子准时来到美丰厚货栈。三爷和薛继承把这父子俩让进三爷的卧室。几个人走进来,三爷说:“这儿是我在货栈的卧室,建一还没来过。地方不大,请坐,请坐。”

山口说:“那年来探望你,我就觉得这里挺雅致。室雅何须大。不错。”

山口建一拿起桌上的一本书:“这是您看的《资治通鉴》?”

三爷说:“没事的时候,我就随便翻翻,有的地方也看不懂。”

山口建一说:“您总是这么谦虚。”

山口说:“三爷,我是向你告别来的。”

三爷很奇怪:“您要回日本?”

山口说："是啊，出来的年头儿太多了。从锦州到现在，五十多年，我都快八十了。"

三爷也感叹地说："您到了耄耋之年，我也快七十了。"

山口说："临别之前，我无论如何也要来看看你。真正的老朋友啊。人生得一知己足矣。我是一直把你当作知己的。没什么事，就是临走想看看你。洋行的事，我儿子说什么也不愿意接。丢下又可惜。他跟薛先生已经谈过了，就交到咱这儿代管吧。给你们添麻烦啦。"

三爷说："现在美丰厚的事，也是薛继承管着。我也不行了。精力达不到了。"

薛继承说："好在现在的事不多。遇到复杂难办的事。还得靠三爷带着我们。"

山口建一问："成叔，您读司马光这部《资治通鉴》，主要看什么？"

三爷说："道，王道。就是孟子见梁惠王说的，无以则王乎。我看儒家所说的修身、齐家、治国、平天下，贯穿的也是个。你是学历史的。在你面前说这个，我班门弄斧了。"

山口建一说："我真不知道您也爱看这些古书。"

三爷说："我九岁出来学徒，没念过几年书。可我崇敬历代有学问、有建树的人，爱琢磨他们说过的话。不少念过书的都是满腹经纶，可有的肚子里装的是道，有的肚子里装的是术。漠视道而学其术，就是舍本求末。光迷恋那些术，就误入歧途了。"

山口建一说："您都成学者啦，哪还是商人？"

三爷摆着手说："商人，还是商人。我每天想的都是将本求利，哪能不是商人？"

山口笑着说："你们这爷儿俩，倒像是一见如故。"

山口建一说："我和成叔是神交已久。您说是吧？"

三爷笑了："我看也是。听说你专程去寿阳看了夏七宝，还为他办了后事。你俩的忘年之交，也真难得呀！"

聊了一会儿，山口父子就告辞了。送走客人，三爷问薛继承："山口先生来告别，你看出什么没有？"

薛继承说："我就觉得他走得好像很无奈。"

三爷说:“我看也是。眼下欧亚各国的反法西斯战争已经占了上风,德意日的气势一天不如一天,离总崩溃的日子不远了。落叶知秋,他要不早点儿回去,战败之后究竟怎么样,就很难说了。”

薛继承说:“山口是旁观者清。当局的那些日本人,可能还想不到这些。”

三爷说:“目前形势严峻。我总觉得有人还在盯着美丰厚。那些汉奸特务、地痞无赖,越走投无路,越想着咱这块肥肉。毕竟咱们是弱势。那些人不管不顾,说不定出什么坏点子。一有风吹草动,刘大爷就提醒我,防人之心不可无。”

薛继承说:“我们都记着您这句话,小心没大错。用人上、业务上、安全上,大伙儿都挺在意。您就放心吧。”

三爷说:“没事就好。修理车间的李师傅,到业务室来了吗?”

薛继承说:“过来了。这人心挺细。处理货单,接待客户,都挺周到。”

三爷说:“慢慢观察吧。我到前后货场看看就回去了。”

薛继承说:“我跟您去吧。”

三爷说:“不用了。你忙你的吧。”

三爷说完,自己去了货场。陈昆见了三爷就说:“这么晚了您还过来看看?”

三爷说:“山口爷儿俩来告别,我来跟他们见了见。这阵子进货多吗?”

陈昆说:“不多。太平洋一打仗,哪儿的船还敢来呀。平常接的就是日本船,还净是军用的。连租界里的圣诞节,也没那么热闹了。”

三爷问:“咱扫出来的杂粮还有吗?”

陈昆说:“还有点儿,打算过年再发一回。没咱们这点儿杂粮接济着,有的工人家里,还真得断顿儿。”

三爷问:“杜师傅家里出事,知道吗?”

陈昆说:“是他儿子让抓走那事吧,我听说就去了。我师父、师娘好点儿了,听说是三奶奶劝的。就这么一个儿子,谁摊上也受不了。小日本儿这帮王八蛋,往后有他们好受的。”

三爷说:“快过年了,常去你师父家看看。”

陈昆说:“哎。您早点儿回去吧。”

庞二把车拉过来,三爷坐上走了。

薛继承回到经理室，从保险柜里取出账本，开始核对当天的账目。正低着头聚精会神地看账，忽然有人推门进来。抬头一看，是金立。

金立带着两个特务走进来："薛经理，您还是这么忙啊。"

薛继承说："金爷，老没露面儿啊。您坐，这二位请坐。"

说着按响桌铃，服务生进来了。

薛继承说："上茶。"

服务生把茶送进来，摆到茶几上。刚出去，有个特务就把门关上。

薛继承警惕地问："这么晚了，金爷有什么事？"

金立说："今天是有点儿事。我想看看咱这儿的老账。"

薛继承说："老账没在我这儿，都在董事长家里存着。哪天我给您拿去。"

金立眼盯着薛继承身后的保险柜："您保险柜里有吧。"

薛继承刚要回手关保险柜，一个特务过来："您到沙发上坐会儿。"

没容薛继承挣扎，一个特务把他拽过去按到靠墙的沙发上。另一个特务过来挡住他的视线。

金立从保险柜最底下取出一个老式账本，拿在手里翻开就看，嘴里嘟囔着："成立美丰厚货栈，是成子和出的一千两银子。"

啪的一声，他把这个老账本摔在桌子上，弯下腰去看保险柜里还有什么秘密。最底层有个布包引起他的注意。他伸手拿出来，放在桌子上。

薛继承看见了，大声喊："那是老经理的东西！别乱动！"

金立看了看他，冷笑着说："什么别乱动，我找的就是你们美丰厚的秘密！"

他把包袱打开，竟然有一把短剑！

金立拿起短剑仔细看，剑柄上面刻着"宋庆"两个字。

他不知道这个人是谁，想了想，拨通经理桌上的电话："瑞祥哥，我是金立。我想找你们老爷子请教个事。"

对方说："你等着。"

不大会儿瑞老爷接电话说："金立，有什么事？"

金立说："瑞爷，这事就得请教您。宋庆这个人是奉军吗？"

瑞老爷说："宋庆是清朝皇上器重的将军，带领过奉天的毅军。你说他是奉军,也沾点儿边儿。奉军的首领张作霖,给他当过卫士。”

金立一听,乐得差点儿蹦起来。赶紧说:“谢谢您,谢谢您!赶明儿我请您吃大餐!”

电话挂了。金立一抬头,见两个特务已经把薛继承结结实实地绑在椅子上,嘴里还塞了一块布。

金立说:“两位,这活儿干得好。”走过去说:“薛经理,兄弟委屈你了。我办的是大事。这事还非委屈你不可,不然你也得担嫌疑。我亏待不了你。往后美丰厚落在我手里,还得请你当经理。”

说着他回到经理桌前,翻了翻那个布包,原来里边包着一把短剑,还有一件血衣!金立自言自语地说:“这也是个佐证。”

他把短剑、血衣重新包好,顺手把那个老账本扔进保险柜,忽然老账本里的一张照片掉在地下。

金立弯腰拾起来,漫不经心地放在桌子上。

绑在椅子上的薛继承,急得直跺脚。

金立再看张照片,是一站一坐两个军人。仔细一看,竟是穿元帅服的张作霖和穿奉军将军服的刘寿兰两个人的合影!

金立双手捧着这张照片,激动得浑身哆嗦,眼泪都要出来了!他抬头望着房顶,嘴里念叨着:“苍天有眼,我到底还是拿到证据了!”

他再次从保险柜里拿出那个老账本,把照片夹进去,和那个包着短剑、血衣的布包一起,掖进他的皮包。

金立长出了一口气说:“薛经理,您别急。这点儿东西我用完保证还给您。实在对不起。要不是这两位弟兄帮忙,我磨破嘴皮子您也不会拿出来。得,今天算我来着了。对不起,还得给您码紧点儿。要不我们哥儿仨出去不方便。”

两个特务听他一说,掏出绳子把薛继承捆结实。用手试了试说:“金爷,活儿做完了。我们头儿晚上在会仙居等你,不见不散啊。我们哥儿俩先回去了。”

两个特务走了。金立定了定神说:“薛经理,回见。”拉开门看了看,大摇大摆地走出经理室,回手把门关上。

屋里没人了。薛继承扭动身躯,自己从椅子上滚到地下,又用力滚着去撞茶几。咣当!哗啦!被撞倒的茶几和掉到地下的茶杯,发出巨大的声响。

第七十五章

经理室的服务生听到声音,跑过来推开门。啊！他赶紧拽出薛经理嘴里的东西,解开捆着他的绳子。薛继承站起身来就跑着去追金立。

一阵马达声,金立的摩托车已经飞快地出了大门。

金立这时候得意极了。开着摩托就想,有这张照片,美丰厚是奉军开的这个事就板上钉钉了。一会儿见了老丈人宋子湘,看都不用看,告诉他大功告成,去会仙居应酬一下。请那几位防共军喝一顿,给他们俩钱,也就行了。剩下的事,就是跟稽查队来查封美丰厚了！

他越想越得意,开足马力,去了南门外。

三爷正在客厅看着三个孩子玩儿跳棋。听见外边一阵敲门声。林妈从后院出去:"谁呀?"

"是我,薛继承!"林妈打开门,薛继承慌慌张张地问:"三爷在吗?"

林妈说:"在屋里看孩子们玩儿呢。"

三爷听到薛继承的声音就迎了出来。刚出客厅门,薛继承见了就说:"三爷,出事了!"

三爷见他神色慌张,知道事情不小。楼下人多,拉着他就上楼。

腾腾腾有人急促上楼的声音,惊动了楼上小屋的金锁。他坐起来,警觉地听着外边的动静。

俩人在楼上过道站住,薛继承还在急促地喘着粗气。

三爷说:"别急,先把气喘顺。什么事你说吧。"

薛继承连说带喘地:"刚才金立带着两个人,闯进经理室,把咱保险柜里的老账本跟刘大爷穿军装和张作霖的合影,都抢走了,还抢了您那个布包!"

三爷一听,眉头紧皱问:"你在场吗?"

薛继承喘着气说:"在,那两个穿便衣的特务按住我,把我绑在椅子上,给我嘴里塞了东西。"

三爷说："他是有备而来。看样子他还是冲着美丰厚跟奉军的关系来的。"

薛继承说："我看金立这回是想往死里整咱！"

三爷问："他留下什线索没有么？"

薛继承说："他跟人要在会仙居见面。我听有个人说，金爷，活儿做完了。我们头儿晚上在会仙居等你，不见不散。那两个人说完就走了。"

三爷问："会仙居在哪儿？"

薛继承说："我问了，咱的人都不知道。"

三爷问："他带的是什么人？"

薛继承说："我看像是两个防共军。金立在国民饭店结婚那天，我好像见过他们。"

三爷问："防共军驻地在哪儿？"

薛继承说："听说是在南开三马路。"

三爷说："这个会仙居，也许就在三马路附近。金立是花钱雇的人，晚上要跟他们结账。至于他抢上这些东西先去哪儿，就说不准了。我看咱的账他看不明白，不会往外送。想看明白就得回家找他岳父。到路口去堵也是个办法，尽量别惊动他家里。"

薛继承问："他家在哪儿？"

三爷说："在黄家花园，好像离瑞祥家不远。"

薛继承说："我回去跟陈昆商量一下，最好让九姑、陈昆跟小姚一会儿就去。"

三爷问："哪个小姚？"

薛继承："修理车间年轻的，叫姚锐。"

三爷问："他们都认识金立吗？"

薛继承说："尖瘦脸儿、骑摩托、背着皮包的就是他，好认。"

三爷沉痛地说："这可是咱美丰厚生死攸关的大事！今天晚上你哪儿也别去。就在经理室等着。让蔡师傅、董师傅把货场看住，别再出事。"

薛继承说："是。我赶紧回去吧。"

三爷点点头："要沉住气，路上小心！"

一阵楼梯响，两个人下楼了。

张金锁站在小屋里,把他俩的话听得清清楚楚。他双眉紧皱,怒目圆睁。心想美丰厚到了生死关头,货栈的人未必堵得住那个姓金的,这事我得管。

他活动了一下腿脚,新长上的伤口,裂得生疼。他把披着的棉袄穿好,用一根带子把腰刹紧,又找条绳子掖在腰里,穿上靰鞋,绑上腿带。

忽然听到有人上楼开了。他赶紧脱了鞋躺下,盖上被子。

大桂端着托盘进来了:“快起来吃饭。今天我熬的鱼,馒头稀饭咸菜。你多吃点儿。”

金锁躺在床上问:“家里没事吧。”

大桂说:“没事。三爷也不怎么了,又愁眉苦脸的不想吃饭。我也不敢问他。人老了,总犯病。你快吃吧,碗筷搁那儿就行。我还得看看他去。”

她把托盘放到桌子上,转身走了。

金锁腾地在床上坐起来,穿鞋下床,抓起馒头就吃。

美丰厚货栈,薛继承、陈昆、九姑、庞二、小姚、蔡师傅、董师傅,几个人在商量。

陈昆说:“咱三个这就动身,我去三马路,九姑小姚去黄家花园,反正这俩地方准能堵住他。不管怎么样,把他的皮包夺过来就行。”

庞二说:“我也去吧。”

薛继承说:“你别去。你就盯着三爷那儿,一有事赶紧过去。”

姚锐说:“我骑车去吧,有事也快点儿。”

陈昆说:“行,你别走远了。黄家花园那一块儿,九姑不熟。”

蔡师傅说:“前后货场交给董师傅我们俩,你们就放心吧。”

薛继承说:“门房也得盯着点儿。”

陈昆说:“我临走跟他说说。你可得在办公室坐住了,盯着电话,哪儿也别去。”

几个人商量好,就分头行动。

天已经大黑了。金锁悄悄从楼上下来。黑影一闪,他出了前院儿,转眼就没影儿了。

金立到了南门外旅馆,宋子湘正在订好的房间跟相好的大金子调情。金立夹着皮包闯进来。宋子湘推开那个女人:“这么快就回来了,办成了?”

金立朝大金子努了努嘴,让她出去。那女人斜了他一眼,刚出门,金立砰的一声把门关上说:“都到手了。”说着把皮包打开,“您看,这是老账本。”

宋子湘翻开账本:“光绪二十七年成子和投入白银一千两。这买卖是成三爷的呀。”

金立举着那张照片说:“您看!这个人是美丰厚货栈的董事长!”

宋子湘接过来一看:“这不是张作霖嘛,这是谁?”

金立得意地说:“刘寿兰,美丰厚的董事长,现在还活着呢。”

宋子湘一拍大腿:“哎呀,这可是铁证如山!”

金立又拿出那个小布包:“您再看这个,一把短剑,一件血衣,这就是他们当年跟奉军的前身奉天毅军交往的铁证!”

宋子湘歪了歪脑袋:“金立,真有你的!证据足够了。”

金立问:“您看今天晚上给那两个弟兄多少?”

宋子湘:“储备票儿二百。吃饭的时候拿二百给那个班长,让他们自个儿分去。咱的事办成,往后也短不了用他们。”

金立嬉皮笑脸地张开手:“今天这事,您就破费吧。”

宋子湘给金立掏了钱:“把东西原样包好。你拿走,找地方待着去,别误了去会仙居。给我把大金子叫来。”

金立拿眼瞥着这位老丈人:“您就忘不了她。”

说着他把照片夹到账本里,连小布包一块儿包好,塞进皮包,把皮包背到身上:“把大金子叫来,我也找地方待会儿,账您一块儿付。”

宋子湘沉着脸说:“别误正事。”

金立做了个鬼脸儿:“误不了。”

金立找了个相好的混到九点多,才背着皮包骑着摩托来到会仙居。

防共军的班长跟那两个特务,在这儿喝着酒等半天了。见面就说:“金爷,怎么这么晚才来?”

金立说:“鉴定那些东西可不容易,要不是跟你们几位有约会,我得忙一宿。”

坐下就跟这三个人喝起来。

金立喝着酒,掏出宋子湘给的四百块储备票儿说:“这是我给你们几位的辛苦钱。不多,就四百,还是找我老丈人要的。往后我发了,亏待不了你们几位。”

班长接过钱塞进兜里说:“往后我们哥儿几个,全仗着金爷您呢。走一个!”

端起酒杯让着金立喝。

金立的酒量本来就不大,加上这三个防共军也有意灌他。没多大工夫就把他灌得迷迷糊糊,眼看就要溜桌子了,三个特务这才打住。

临走还说:“金爷,这顿酒我们哥儿几个请您吧?”

金立摆手说:“不,不行。哪、哪能让、让你们破费!”掏出一张十块的票子扔在桌子上说:“我、我会!”

三个人把走起来晃晃当当金立送出会仙居,班长说:“金爷可够朋友,今儿喝了不少。”

金立摸了摸背着的皮包:“今儿我高、高兴。要不是有、有事,咱哥们儿还,还得、得喝。我老丈人说了,往后有、有事还、还找你们。”

班长说:“那还不是您金爷一句话。”

一个特务把摩托推过来,另一个特务把他扶上去说:“金爷,路上慢着点儿。”

金立在摩托车上坐稳,又摸了摸背着的皮包:“没、没事儿。哥们儿回、回见!”

一阵马达声,金立的摩托车歪歪扭扭跑进漆黑的夜路。

金立刚走,防共军的三个人就在后边骂:“呸!吃软饭的王八蛋!你也叫人?”

陈昆在南开三马路口拐角,眼睛盯着空荡荡的马路,站了两个多钟头。阵阵寒风吹得他浑身发抖,心想难道这小子不上这儿来啦?忽然看到昏暗的路灯底下,过来三个走路歪歪趔趔,像是喝了酒的人正往北走。

仔细看,是三个穿白脖儿制服的防共军。走在前边的那个说:“这个王八蛋让你们干嘛啦,给咱四百块钱?”

陈昆扒着墙角仔细听着。

另一个说:“他让我们俩进去把一个人看住。我俩懒得总看着,把那个人捆上,嘴里塞上东西,他还挺高兴。没别的事我俩就出来了,也没看出那是哪儿。”

前边的说:“这小子还不定又要害谁呢。”

另一个说:“他不说往后还找咱嘛。反正能挣钱,咱就干呗。”

三个特务过去了。

陈昆猜出这是从会仙居喝酒回来了。让他着急的是,金立怎么没露面儿?

安仁里成家孩子们都睡了,三爷一动不动地坐在客厅出神。大桂不知道出了什么事,心里六神无主,就上楼去找金锁。推开小屋的门,屋里是黑的。打开灯,床上没人!她慌慌张张跑下楼,进屋就跟三爷说:“金锁怎么不见了?”

三爷一愣,忽然想起刚才薛继承来报信,是在楼上过道说的,不由地自言自语:“他出手了?”

大桂问:“你说什么?”

三爷说:“没事。这个人好点儿了,就想动弹。你别着急。他动动也好。睡吧。”

三爷说完,就进屋睡觉去了。

大桂莫名其妙地看着他,心想看样子三爷心里踏实了。难道金锁是给他办事去了?管他什么事,明天再说吧,也跟着进屋睡觉去了。

黄家花园墙子河桥头的路灯,像一簇鬼火,昏黄惨淡。张金锁蹲在桥下的黑影里,侧耳听着路上的动静。他没到别出去,听说那个姓金的住在黄家花园,还要去五马路会仙居,料定他回家必定路过这座桥,就直接到这儿来等他。

寒夜中刚愈合的伤口冻得生疼,张金锁打着冷战,咬着牙静静地等着。两个小时过去了,他冻得浑身哆嗦,还是紧缩着身子,蹲在桥底下静静地等着。

忽然远处传来马达声。金锁紧贴着桥栏杆,掏出准备好的绳索。借着路灯那点儿亮，远远可以看到一个尖瘦脸的人，肩上斜挎着皮包，骑着摩托上了桥头的斜坡。

金立骑着摩托吃力地往桥上走，突然从桥头甩出个绳套，扑通一声把他连人带车拉倒在地。摩托车借着惯力滑出老远，离了地的轮子不停地空转。

金立被摔昏过去。金锁紧拉绳子，用尽力气把套住的金立拽到河边。喘着粗气，强拖着疲惫的身子骑到他身上，伸手就拽他肩上挎着的皮包。

突然身子下边一动，金立醒过来了，一个猛劲推倒金锁，俩人在岸边滚着扭打起来。要在平日，金立哪是他的对手。这时金锁的伤口被挤压得疼痛难忍，体力渐渐不支。金立趁势翻到金锁身上，抡拳就打。

金锁上身一闪，伸手掐住他的脖子。浑身的力气都用在十个手指上，咬着牙一用力，掐得金立两眼一翻，身子一软，倒在地下。

金锁翻身坐起来歇了歇，他一点儿力气也没了。夜暗里他看着金立背着的皮包，连伸手摘下来的力气也没了。他歇了会儿，趴在地下，使出刚缓过来的那点儿力气，从金立身上摘下皮包，摸了摸里边像是账本，赶紧抱在怀里闭上眼，就地躺在那儿。

夜已深了，桥头一个人也没有。金锁歇了一会儿睁开眼，看了看身旁昏死过去的金立。伸手解下套在他身上的绳套，撕开他的外衣，抓了块转头塞进去，一脚把他踹进墙子河。眼前一黑，又昏过去。

一阵冷风吹过，金锁醒了。忽然想起摩托车还在桥边。他颤巍巍拿着绳套，走过去套上摩托，用尽力气拽到河边，把它踹进墙子河。随后身不由己地倒在地下，又昏了过去。

这时九姑和小姚还站在黄家花园宋家对面的黑影里，焦急地看着四周。两个多小时过去了，马路上还是一片漆黑。小姚悄悄问："九姑，怎么路上连个人影儿也没有？"

九姑小声说："混小子，都半夜了，谁没事出来瞎跑。让巡逻的日本人抓着怎么办？"

小姚问："这么晚了，这小子怎么还不回来？我骑车顺这条路去看看吧。"

九姑问他："遇上巡逻的你怎么说？"

小姚说："就说我们家有人得了急病，赶紧去找大夫去。"

九姑点头说:“有情况你就回来告诉我。”

小姚说了声:“好嘞。”从墙角推出自行车,骑上就跑。

小姚骑车路过墙子河桥,往四下里踅摸,一个人也没有。过了桥一回头,忽然发现桥底下黑影里躺着个人。他下了车,把自行车停稳。蹲下来一看,这个人脸色煞白,像是得了重病摔倒的,怀里还抱着个皮包。

金锁听见动静,知道有人发现他了,依然躺在那里紧紧抱着那个皮包,一动不动,手里已经攥了一块砖头。

小姚推了推他:“醒醒,醒醒。你犯病了?”

金锁睁眼看了看:“我晕在这儿了。你是干嘛的?”

小姚说:“我路过这儿。”

金锁无力地问:“大半夜你来这儿干嘛?”

小姚说:“我找个人,是个骑摩托的,背着皮包。你看见了吗?”

金锁忽然瞪眼看着他:“你找他干什么?”

小姚答不上来了,尴尬地说:“我没事。”

金锁问:“他是你家的人?”

小姚说:“不是,你问我这个干嘛?”

金锁提着的心放了下来,跟他说:“我起不来了,烦你给我报个信儿行吗?”

小姚问:“你家住哪儿?”

金锁说:“海大道,美丰厚,你认识吗?”

小姚看着他抱着的皮包,惊喜地问:“你是……”

金锁看出他的神色,问:“你是哪儿来的?”

小姚说:“我就是美丰厚的人!”

金锁使出微弱的力气说:“快去告诉三爷,东西在我这儿!”说完就闭上眼晕过去。

天还没亮,安仁里三号门外就有人轻轻敲门。三爷披着衣裳出来问:“谁?”

门外说:“我,薛继承。”

三爷赶紧把门打开:“来,到里边说。”

俩人进了楼下过道。薛继承激动地小声说:“金立抢走的东西,有人给找回来了。一样儿也不少,我都给您带来了。”

说着,从怀里掏出一包东西递给三爷。

三爷接过来看了看,小声问:“谁找来的?”

薛继承:“是小姚在墙子河边儿碰见的,不知道姓名,东西就在他身上。身上的伤不轻,接回来就昏迷着。”

三爷问:“他穿什么衣裳?”

薛继承说:“青布棉袄棉裤,脚下是靰鞋。好像身上还有伤,棉衣外边有的地方还往外渗血。”

三爷着急了:“这个人还在柜上吗?还有谁见着他了?”

薛继承说:“我谁也没让见,让陈昆连夜送河东去了。”

三爷问:“河东什么地方?”

薛继承说:“大王庄东头大杂院儿刘义家。就是那年为出车让宪兵队抓走的那个刘义。”

三爷问:“那家人靠得住吗?”

薛继承说:“靠得住。刘义死后美丰厚一直按月接济他媳妇。陈昆跟她熟。她家没别人。地方特别背,平常没人去那儿。保险,也有人照顾。等他醒过来咱再问。”

三爷没说话,停了一会儿:“出去的人都回来了吗?”

薛继承说:“都回来了。就是陈昆去河东送人还没回来。”

三爷问:“怎么送的?”

薛继承说:“陈昆找的马车。赶车的是他哥们儿,没事。”

第七十六章

听说把张金锁送河东去了,三爷这才放了心:“好。现在金立究竟怎么样了,咱还不清楚。告诉小姚,这事千万别露出去。送到河东的那个人,等天亮让三奶奶去看看;这个人是她的亲戚。”

薛继承瞪大眼睛:“是三奶奶的人?”

三爷未置可否:“你知道就行了。天亮了让小姚再去黄家花园墙子河那儿一趟,看看那儿有什么动静。”

薛继承点头说:“您没别的事我就回去了。”

三爷点点头。

天刚蒙蒙亮。

金锁睁开眼,发现自己躺在土炕上,盖着一条破被。昏暗的屋里破破烂烂:“我这是在哪儿?”

刘义媳妇说:“别动。这是河东大王庄。”

金锁问:“我怎么到这儿了?”

刘义媳妇说:“你是美丰厚陈头儿半夜送来的,让我好好照顾你。”

金锁挣扎着要起来:“我得走。”

刘义媳妇按住他:“看你伤成这样儿,昏迷到现在,身上有的地方还渗血,浑身都是软的。走得了吗?先喝点儿水吧。今儿就有人送药来。”

金锁问:“这是大王庄那一块儿?”

刘义媳妇说:“紧东头大杂院儿,没人知道。”

金锁问:“有个王老奶奶还住这儿吗?”

刘义媳妇挺奇怪:“住这儿,你认得?”

金锁问:“还在吗?”

刘义媳妇说:“在。八十多的人了,吃不上喝不上的,还挺硬朗。”

金锁说:“麻烦你叫她来,行吗?”

刘义媳妇说:“那有嘛。老奶奶平常就在我这儿吃,不叫也来。我叫她去。”

不一会儿王老奶奶进来了:“这是谁呀,还认得我。”

躺在炕上的金锁哭了:“奶奶!”

王老奶奶坐在炕沿儿上看着他:“你是谁呀?我可认不出你了。”

金锁也看着她:“我是金锁!”

王老奶奶没想到是他:“啊?锁子!”

老人一下子哭了起来。

刘义媳妇进来,抬手就把老奶奶的嘴捂住:“别哭!”

奶奶止住哭声,两眼瞪着刘义媳妇。

刘义媳妇问:“您认得他?”

王老奶奶小声哭着说:“这孩子是我那倒霉儿子捡来的,从小儿就跟着我。我那倒霉儿子不认我了,那些年都是他养活我。日本鬼子来了,他不跟我儿子当汉奸,让那倒霉小子清出山门,差点儿没打死他。可我就是不知道他去了哪儿。他是投奔我来的,让你碰上了。老天爷呀。这是老天爷把我的锁子给送回来啦!”

刘义媳妇问:“您总念叨的那个锁子,就是他?”

王老奶奶止住哭声:“可不就是他。”

刘义媳妇点点头:“我明白了。”

王老奶奶说:“把他弄我屋去吧。”

刘义媳妇说:“别。我这儿严实。您别跟人说就行。”

王老奶奶郑重地点点头:“这规矩我懂,打死也不能说。那就让你受累了。”

金锁听着一激动,又昏了过去。

王老奶奶无奈地说:“这孩子身子太亏了。咱嘛也没有,怎么给他补啊!”说着又哭起来。

刘义媳妇说:“一会儿我去买棒子骨,给他熬汤喝!”

天刚亮,三爷就把大桂叫起来。

大桂赶紧穿好衣裳,来到外屋客厅:“这么早,叫起我来干嘛?”

三爷指着桌子上的东西:“你把这张照片烧了。那两样儿找块好布,里边加一张油纸，包严实，放在箱子最底下。”

大桂睡眼蒙眬地问：“就这事？”

三爷压低声音：“我知道金锁去哪儿了。”

大桂突然瞪大眼：“你怎么知道的？”

三爷说：“刚才薛继承送信儿来了。一会儿你带上我存的老参、白药，带几百块钱，去大王庄东头大杂院儿，到刘义媳妇家看看。也许他的伤又犯了。只要人家肯收留，就别挪地方。有什么事回来再说。”

大桂说：“把这个放好我就去。”

一大早小姚就骑车来到黄家花园桥边，见几个晨练的人在这儿议论。

有个人说：“就是这儿。天还不亮，我刚出来遛早儿，就看见有个人光着身子趴那儿不动。大冷的天儿，我还当死了呢。嘿？一会儿自个儿翻过身来了。我赶紧跑分局报告。你说咱看见了，要下手动他，弄不好死了算谁的？”

有个人说：“这事就得报分局。”

有人问：“人呢？”

那个人说：“分局弄走了。要不我还敢上这儿遛来嘛！”

小姚听了，骑上车就去分局。

这时候还没上班，黄家花园警察分局院子里没人。小姚一进去，就见金立满脸泥垢，穿着件警察的破棉袄，眼睛直呆呆地，蜷着腿在墙根坐着。

小姚把自行车靠墙放好，走过来远远地看着他。金立瞪着小姚，呲牙咧嘴地傻乐。小姚弯腰对着他喊：“金立！”

金立还傻傻地瞪着他。

小姚看看周围没人，又喊：“金立！你个王八蛋！”

金立还那样瞪着他。

小姚挺起腰指着他：“金立，你这是报应！”

金立还是那样瞪着他。小姚掏出一块饼干，放到自己嘴里故意大口大口地嚼，问他：“饼干，你想吃吗？”

金立馋得吧嗒嘴。

小姚说：“我教你。你让谁打的？”

金立摇摇头。

小姚一字一句地说："宪、兵、队。"

金立学着说："咸饼队。"

小姚笑着说："还甜饼呢。"冲他摇了摇手里的饼干，问他："你让谁打的？"

金立说："咸饼队。"

小姚给他半块饼干。

金立放到嘴里嚼着，嘿嘿乐了。

小姚问："谁让打的？"

金立又瞪起眼。

小姚又一字一句地教："亀、田。"

金立说："鬼田。"

小姚摇了摇手里的饼干问："谁让打的？"

金立呲着牙说："鬼田。"

小姚又把他那半块饼干给他："得，一块饼干都归你了，往后谁问都这么说，听见没有！"

金立流着鼻涕坐在那儿，还是傻傻地瞪着小姚。

一帮上学的孩子路过分局，看见坐在地下的金立，都跑了过来。

小姚说："你们问问他，是让谁打的。"

孩子们问他："你让谁打的？"

金立说："咸饼队。"

孩子们大笑起来："咸饼队，还糖饼队呢。"

小姚说："你们再问问，谁让打的？"

孩子们问："谁让打的？"

金立说："鬼田。"

孩子们问："谁是鬼田？"

上班的警察来了："去去去，你们不上学跑这儿干嘛来了！哎？哪儿来的疯子？滚蛋！"

后边来的警察说："他是一大早儿从墙子河里上来的。夜班儿弄回来，怎么回事还没问呢？"

小姚偷着一乐，骑上车走了。

河东大王庄东头大杂院门前,王老奶奶拿了个小板凳坐在这儿。

大桂穿了身布衣裳,走过来问:“奶奶,刘义家在这院儿吗?”

王老奶奶警惕地看着她:“你找她干嘛?”

大桂说:“送点儿东西。”

王老奶奶没好气地问:“送嘛?”

刘义媳妇走出来问:“您是找我吗?”

大桂问:“您是刘义家的?”

刘义媳妇点点头。

大桂凑到跟前小声说:“陈昆让我来送药。”

刘义媳妇给王老太太递了个眼色,点头说:“到我屋来吧。”

大桂进了屋,躺在炕上的金锁醒了:“你怎么来了?”

刘义媳妇问:“你们认识?”

金锁说:“这是我表姑。”

大桂把带来的东西放到炕上。

刚一打开,王老奶奶进来了,一见这些东西就说:“这可是正用的好东西呀。吉林老参、云南白药,这是救命的宝贝呀,准是行家给的。我替我孙子谢谢这位奶奶。”

说着就要下跪。

大桂赶紧拉住老奶奶:“这可使不得。”

她一时摸不着头脑,眼盯着金锁。

金锁说:“这是我奶奶。”

刘义媳妇紧跟着说:“这是他师傅的娘。”

大桂这才明白过来:“奶奶,我也不是外人。”

王老奶奶问:“你也是独流人?”

大桂说:“是啊。”

王老奶奶点点头说:“这就对上了。”

三爷早早地就从家里出来了。庞二拉着车刚到美丰厚货栈大门口,三爷说:“我下来吧。”

庞二把车停下,三爷走下车来,看着货场的卡车出出进进,秩序井然,紧张的心情才松弛下来。

货场工人们喊："三爷，您早啊！"

三爷点头说："早，早！"

小姚回来了，到门口跳下自行车："三爷，您早！"

三爷问："你是小姚吧？满头大汗，去哪儿了？"

小姚往左右看了看附近没人，小声说："我看见金立了。"

三爷问："他在哪儿？"

小姚说："黄家花园儿分局院儿里，是早晨从墙子河里爬出来的，疯了。"

三爷问："他还认人吗？"

小姚说："谁也不认得了。"

三爷点点头说："还没吃早点吧？走，咱一块儿找九姑弄点儿热乎的。我跟庞二都还没吃呢。"

黄家花园宋家的大门敞着，宋三奶奶胡玉凤正在院子里浇花。胖姐姐穿着睡衣，刷着牙从楼梯上下来，站在过道口："娘！您看金立，又是一宿没回来。"

胡玉凤说："你爸爸也一宿没回来。"

胖姐姐说："前儿个我看见他俩又在一块儿嘀咕了。"

胡玉凤说："这爷儿俩在一块儿嘀咕，准没好事儿。他们俩就是一对儿不知死的鬼儿！"

胖姐姐说："等我爸爸回来，您也说说他。"

胡玉凤说："我还说得了他？我还没张嘴，他有一百条理由等着你！"

门外有位邻居太太路过："宋太太，浇花儿啦？"

胡玉凤问："您买菜去了？"

邻居太太说："分局那儿好些看热闹的，围着个人，疯了。看着怪眼熟的。"

胡玉凤问："是谁呀？"

邻居太太欲言又止："没看出来。您还不看看去？"

说着赶紧走了。

胖姐姐含着满嘴的牙膏："哼！成天就知道看热闹，小市民。"

胡玉凤见这位邻居吞吞吐吐，心想别是我们家那两个倒霉鬼吧。没跟胖姐姐说，自己换了件衣裳就去了。走进分局院儿里一看，果然是金立。胡玉凤当时腿一软，就坐地下了。

有个警察过来扶起她："太太，这位是您家的人？"

胡玉凤心里一激灵，赶紧摇头说："不是不是。我就见不得这种人。想过来看看，一见他冲着我乐，吓得我腿就软了。谢谢您，警官。"

说着急忙走出那个院子，心里嗵嗵地直跳。她想，金立弄成这样，还不定是做了什么孽。把他领回家，也许就领回一堆祸害，这个家就再也不得安宁了。还是等她爸爸回来再说。

大桂见金锁昏昏沉沉躺在炕上，脸上一点儿血色也没有，正应了寇大爷说的金疮崩裂那句话，就知道他准是为美丰厚的事卖命去了。要不三爷怎么知道的？尽管三爷嘱咐就地养着为好，可她还是想把他接回去。

大桂说："妹妹，我看你这儿日子也挺难的。我把他接走吧。"

刘义媳妇说："三奶奶，我这儿您也看见了，就是破房一间，任嘛没有。您要把他接走，我也没说的。可我这儿严实，谁也找不到这儿来。有您送来的药。有老奶奶跟我伺候他，我倒觉着牢靠。"

大桂见她说得恳切，只好顺着说："有你这么说，我心里也有底了。三爷也说，只要你收留他，就别挪地方。金锁人仗义，有本事，就是命苦。一个人到哪儿我们也不放心。"

说着竟掉了泪。

刘义媳妇听到这儿，也哭了："我也是苦命人。一个人住在这儿，这几年要不是美丰厚接济，我还不定怎么样呢。您放心，冲着美丰厚，冲着三爷，冲着您，我也得把他伺候好。"

金锁醒了，听着这些话，转过头去也流了眼泪。

刘义媳妇说："三奶奶，表姑，不瞒您说，我一听王老奶奶说他的事，就觉着我们这娘儿仨有缘。现在我们在一块儿吃，也许往后也就是一家人了。"

大桂听她话里有话，动情地说："你俩有缘。真是有缘，我跟你们也有缘。你叫什么名字？"

刘义媳妇："我叫耿桂芬。老家是山东临邑耿村。十几岁逃难来到天津，跟着爹娘过了好几年吃上顿没下顿的日子。嫁给刘义不到一年，他就没了。”

大桂问：“桂芬，你多大了？”

耿桂芬说：“二十七。”

大桂说了句“好”，就把口袋里的钱都掏出来，跟她说：“这是二百多块钱，你拿着，看病、过日子都得用，你也做几件衣裳穿，不够再找我。金锁知道我住哪儿。”

桂芬说：“三奶奶，表姑，您不也说嘛，咱这是缘分。您把药放下，钱我不能要。我也没花过这么些钱。”

大桂的眼睛湿了：“我把人都托付给你了，花钱的地方多着呢。你收着吧。累都让你受了，这点儿钱都不收，让我心里多难受？”

桂芬也掉泪了：“那我就收着。零钱您留着，还过摆渡呢。”

大桂问：“王老奶奶呢？”

桂芬说：“奶奶跟着折腾了半宿，睡觉去了。”

大桂望着金锁的后背，小声问：“你还有事吗？”

金锁没看她，微微摇了摇头。

大桂拉着桂芬的手，掂了掂，低头含泪走出这间小屋。

宋子湘回到家，胡玉凤把他拽进屋里，悄悄告诉他在分局院里看见金立的事，把自己当时没认金立的想法也跟他说了。

宋子湘听了，点头说：“你的想法对。要把他领回来，咱后半辈子就都搭进去了。”他想了想，当晚带上钱就去了黄家花园警察分局。

其实当天已经有人告诉分局，这个疯子是东亚银行宋经理的女婿金立。分局正想找这位宋经理，他就来了。分局局长下班了，有个治安科科长值班。

宋子湘跟这位科长说：“金立是东亚银行的人，可是给稽查队办事。落到今天这个地步，恐怕跟宪兵队、稽查队、防共军都有关系。”

他看了看这位科长，接着说：“金立办的事，我家里谁也不知道。把他弄回家，我就得引火烧身。要想弄清这个案子，宪兵队、稽查队、防共军这三家都得牵连上，恐怕分局也不愿意捅这个马蜂窝。不如我出钱，找个地方把他送走。大事化小，小事化了。谁都能落个清净。”

那位科长一听，这位爷说得还真有道理，就说：“这年头谁都明白，多一事不如少一事。您肯出钱,分局就当无人认领的疯癫流浪汉把他送到市局的收养所,也就完了。人没死,谁非要找也找得着。您这个主意行。可分局往出送,不光得雇车,还得顾个人看着他。”

宋子湘知道他这是要钱,掏出四百储备票放到桌子上问:“您看够吧?”

治安科长心想,五十块也用不了。伸手把钱装起来说:“多少就是它吧。您甭管了,这事我给办。”

宋子湘小心地问:“明天能送走?”

那位科长说:“咱现在就办。”

当天就把金立送走了。

回家的路上宋子湘就想,金立傻了,从美丰厚查抄的那一包东西也没了,这事是谁干的?美丰厚和防共军都有可能。向龟田怎么交待?说金立是美丰厚的人打的,弄不好就可能把自己扯进去,还是说防共军的兵痞来银行敲诈打伤的为好。

第二天宋子湘一上班就等着跟龟田说这件事,等了一天他也没来。此后几天也没见他的面。后来才知道,龟田因私设银行,被遣送回日本了。

过了几天,刘四来到黄家花园瑞家进门就问:“听说金爷的事了吗?”

瑞祥问:“怎么啦?美丰厚的事办成了?”

刘四说:“疯了。前几天有人见他在黄家花园分局院儿里待着。听说没人认领,就给送走了。”

瑞祥问:“这是怎么回事?”

刘四哼了一声:“这还不明白?太岁头上动土了!我早就说,功力不到,别惹你惹不起的人。看见了吧,这就叫现世报!”

瑞祥不耐烦地指着他说:“刘四,你也是快六十的人了,要想说,就把话说明白!”

刘四站起来:“实话告诉您吧,我说不明白!”

说完这句话头也不回就走了。

瑞祥冲着他背影啐了一口:“呸!不就是挣了点儿昧心钱嘛,有嘛了不起!”

日本人侵略中国,有个冠冕堂皇的说法叫“建设大东亚共荣圈”。他们疯狂掠夺无恶不作,弄得市场萧条民不聊生。眼看他们的帝国就要崩溃了,却偏偏还要宣扬他们在中国营造所谓的王道乐土。

那年在天津北宁公园举办“大东亚博览会”,标榜这里的民生用品,吃的用的无所不有,可以随意购买,强迫各家各户都去参观选购。当时天津市民吃的、用的粮食布匹烟酒糖茶,什么都实行配给,大米白面根本买不到。听说博览会的东西可以随便买,天津市民也就都涌向那里。

北宁公园在天津北站,又称“宁园”。这里原来是1906年袁世凯兴建的种植园。1931年北宁铁路局投资五十万元,扩建成占地约六十公顷,有山有水景色优美的铁路系统公园。

第七十七章

那天三爷、大桂带着三个孩子去北宁公园参观“大东亚博览会”,老远就看见公园门前的旗杆上挂着许多东亚国家的国旗。三爷带着一家人正往里走,忽然被人拦住。有个人说:“向日本国旗鞠躬!”

三爷很反感,这么多国家的旗子,为什么非要给日本国旗鞠躬?正要发火,大桂拉了拉他,和孩子们勉强向那面国旗低头鞠了一躬,就一块儿过去了。

这件事把三爷气得满脸通红。这些年他除了去美丰厚和刘大爷家,很少出门,也没遇到过这种场合。觉得一面日本旗,为什么非要让中国人鞠躬不可,真是奇耻大辱。见三个孩子兴致勃勃地看这看那,自己就赌气在后边跟着。

博览会展览的东西不少,卖给中国人的却只有日本糖块儿固力果和栗羊羹。宣传一颗固力果能产生多大热量。可是每人只限一包,价钱还特别贵。平时什么也买不到,孩子们想买些吃的,大桂就掏钱去买。三爷的脸一直沉着,大桂也没说什么。

走着走着,三爷忽然低声跟大桂说:“我回去看看。”转身就回到卖固力果的地方。

他反复看了看卖固力果的木箱子,脸上有了一丝笑意。三个孩子都兴致勃勃地只顾看跳舞的,变魔术的,谁也没注意爸爸脸上的变化。

大桂看在眼里,心想三爷准是又想出什么道道来了。回到家里,大桂问他:“在北宁公园你看见什么了?”

三爷说:“上次你们去山西,用装桃仁、杏梅的箱子装药品,有点儿勉强。要让山口洋行进口固力果,再去山西就用它的包装夹带药品,直接托运过去,日本人谁还检查?”

大桂一听,三爷想的这想法真够绝的,就问:“人家让咱进口吗?”

三爷说:“山口洋行就有这个业务。日本商人乐不得,肯定愿意干。”

第二天,三爷一上班就跟薛继承说了。

薛继承说："这么做日本客户准乐意。咱给他发桃仁杏梅，他用固力果顶货款发过来，两头儿挣钱。就是咱这一方，还得以山口洋行的名义跟管商品配给的机构说说。"

三爷说："你看着办吧，要能行，就通知夏磊。"

这件事经山口建一从中协调，各方都同意。三爷让夏磊来美丰厚，当面跟他谈。

夏磊激动地说："三叔，您可给抗日根据地解决了个大问题。"

从此日本固力果箱子，又成了往根据地运送药品和其他违禁物品的特殊手段。货到寿阳，只有段师傅能看出箱子上的暗号，由他自己秘密处理。别人谁也不知道。

1945年3月9日，美军轰炸日本首都东京市区，炸毁大片楼宇房舍，死伤十万多人。天津市日伪政府规定，为防止遭受轰炸时玻璃伤人，全市居民每家窗户上都要贴上纸条。

安仁里成家客厅里，大红、玉环跟大桂往玻璃上贴米字形的纸条。

三爷在一旁说："窗户糊成这样，真让人憋得慌。"

大桂看着他："刚才胡同里的闾长还通知，市里规定从今天起全市晚上灯火管制，家家屋里都不能透出灯光，还得拿毯子把窗户蒙上呢。"

成信问："爸爸，他们让糊这个干嘛？"

三爷说："怕美国飞机轰炸。"

成信问："美国飞机来得了吗？"

三爷说："怎么来不了，连日本东京都炸了，那儿还不一样炸他！"

成信问："都炸哪儿啦？"

大桂听着烦得慌："你们爷儿俩该干嘛干嘛去吧，在这儿嘟嘟得人心烦，都干不了活儿啦。"

三爷带着成信出了门，溜溜达达去了美丰厚。货场里冷冷清清。除了积压的一些出口物资，只有几垛寿阳发来的汾州桃仁跟杏梅。

陈昆过来了："三爷，成信也来了。"

成信喊："陈叔叔。"

陈昆问："今天没上学？几年级了？"

成信回:“六年级。”

小姚跑过来:“三爷。成信来了,你过来我给你个玩意儿。”

三爷告诉成信:“跟他玩儿去吧。”

小姚把成信带到车库墙边儿,掏出一小块儿黑石头,神秘地问:“知道这是什么吗?”

成信瞪着眼,摇摇头。

小姚小声说:“这是矿石。你看,把它连上线,一头儿勾上铁丝网,一头儿接个耳机子,就能听见广播。”

说着,他把矿石摆弄成简单的矿石机。

小姚把耳机子按到成信耳朵上:“你听听。”

成信说:“里边沙沙的。”

小姚小声说:“你转过来,再转转。”

成信忽然听见了,小声说:“我听见了,3月9日美军轰炸东京,死伤十万多人!”

山口建一走进天津驻屯军司令部。

香月清司接见了他:“建一君这是你第一次主动来我这里吧,是关于战争形势的问题吗?请坐。”

山口建一说:“是关于经济稽查的问题,有些情况必须向您报告。几年来稽查队的工作,并没有把重点放在稽查资匪通敌上,而是借机敲诈,中饱私囊。甚至开设银行,明目张胆地收取贿赂。”

香月清司问:“有这样的事?”

山口建一说:“东马路有家东亚银行,就是龟田开的。”

香月清司问:“还有呢?”

山口建一说:“他通过五金业公会会长邸玉堂,低价向本市和周边区县的五金业强行征集生铁,连军部的钱都敢赚。不少业主被迫歇业,还有个业主生被他们吓死。天津一向兴旺的五金制造业,从此一蹶不振。这是我最近综合天津经济状况时发现的。”

香月清司说:“龟田的事我已经处理了。建一先生,你的综合情况里,还有哪些重要的数据?”

山口建一掏出笔记本,看着说:“据资料统计,天津市作为大东亚圣战的基地和兵站,通过调整物价和税收,直接筹集经费四亿四千多万。在郊区建立军粮农场一百二十余处,占地九十二万多亩。征送二十至四十岁男性劳工七万三千三百七十四人。组织市民献铜六十万公斤、铁四十一万公斤、锡纸一万五千多张。”

香月清司举起手,示意停住,不置可否地点点头。

山口建一说:“司令官阁下,我来向您报告,我掌控天津经济状况的工作,准备结束了。对不起,这件事占用了我太多的时间。”

香月清司问:“你的意思是?”

山口建一说:“以后我要集中精力,完成我的历史研究课题。”

香月清司点头说:“我尊重你的意愿。作为朋友,到你的书斋,向你请教一些事情还是可以的吧?”

山口建一说:“当然可以。这是您对我的鼓励。今后很多方面,还请您多多关照。”

东马路东亚银行门外,几个日本人指挥着工人拆掉东亚银行的牌子。

一个过路人问:“怎么日本人开的银行,也黄了?”

有人说:“听说这家银行的日本东家、中国经理,都给抓起来了。”

路人问:“日本东家叫嘛?”

有个人说:“没听黄家花园的疯子说吗,鬼田。”

三爷跟薛继承在美丰厚货栈经理室。

薛继承问:“最近大王庄那个人怎么样了?”

三爷说:“听说恢复得不错。”

薛继承说:“三奶奶这事办得太漂亮了。陈昆我们几个都佩服人家。那天把我们急的,一点儿办法也没有。要不是这位高人出手,咱美丰厚就完了。您听说了嘛,金立疯了,到现也不知道哪儿去了。听说那位胖太太跟他丈母娘也都神经失常了。”

三爷叹了口气说:“嗐!这也是报应。”

河东大王庄东头大杂院儿里，王奶奶做主，金锁跟耿桂芬拜了天地。

金锁特意给桂芬买了一支镶着红珠子的铜簪子。

桂芬坐在炕上，高兴地摆弄着这支簪子："真好看，我还没戴过这么好的簪子呢。"

金锁坐在炕边不好意思地说："咱俩成亲，我就能给你买这么个铜簪子，真对不起你。"

桂芬说："铜簪子怎么了？这也是你对我的一片心。我就稀罕它。"

想到自己身体养好了，也没个事做，金锁心里很烦躁，他说："这几个月我都养好了，咱总在这儿待着，什么时候才能熬出头？"

桂芬说："我也在想这事。与其在这儿躲着，还不如回我们山东老家，踏踏实实种地去。"

金锁说："现在刚开春儿，把老奶奶也带上，到你们那儿找地方住下，凭力气种地，挣钱吃饭，也过几天踏实日子。"

桂芬问："咱要走，还用跟三奶奶说一声吗？"

金锁摇头说："不用。要一说，她准不让咱走。到了地方再给她写信吧。"

桂芬问："你说老奶奶乐意走吗？"

金锁说："要不你去问问。"

桂芬下了炕："我这就问去。"

桂芬问王奶奶去了。

金锁高兴地在屋里伸胳膊动腿，活动起来。

金锁正在活动身子，王老奶奶风风火火地进来说："锁子，这个主意太好了。我八百年前就想离开这个地方！"

金锁说："行，咱的路费够。咱说走就走。"

这娘儿仨也没什么收拾的，带上俩包袱，就去了火车站。去山东的票也好买，金锁带上她俩也没犹豫，坐上火车就走了。

火车呼啸着驶出天津，没走多远，遇到空袭警报就停下来。一连停了好几次。刚进山东，车又停在荒郊野外。

列车员举着铁筒喇叭在路边喊："旅客们注意啦！前边路炸坏了，正在抢修，你们想活动的就下车活动活动。听到汽笛响，赶快上车啊！"

又跑到后边喊："旅客们注意啦！前边路炸坏了，正在抢修，你们可以下车活动活动。听到汽笛响，赶快上车！"

坐乏了的旅客们扶老携幼背着包袱，纷纷下了车。

金锁搀着老奶奶，桂芬跟在后边，也下来了。

押车的日本兵端着枪来回走动，看着下了车的人们大声喊："走远的不要！走远的不要！"

王老奶奶咬牙切齿地说："你看这些小日本子，多横！这是到了哪儿啦？"

金锁说："刚过山东聊城不远。"

桂芬抱怨着："从坐上这个车，走走停停有一天了，车上连口水也没有。"

金锁从包袱里掏出搪瓷杯子说："前边有个道班，我给你们弄点儿水去。"

桂芬嘱咐他："太远就别去了。"

金锁说："不远。"

王老太太说："望山跑死马，那地方近不了。"

金锁说："我走得快，一会儿就回来。"

说着就朝道班那间小房走过去。这段路果然不近。走着走着，忽然听见有个女人喊："救命啊！救命啊！"

金锁紧走几步，见土堆后面有个日本兵正扑在一个女人身上。金锁抬手把杯子扔了过去。咣的一声，搪瓷杯砸在日本兵脑袋上。日本兵晕了。金锁上去死死掐住他的脖子，当时就让他断了气。

那女人被吓得浑身颤抖。

金锁拾起砸瘪的杯子："别怕，赶紧回去吧。"

桂芬见金锁还没回来，担心说："奶奶，我去喊喊他，太远就别去了。"

奶奶无奈地点点头。

桂芬往金锁那儿走，另一个日本兵看见了，提着枪悄悄跟在她后头。经过一个土坎儿，日本兵扑上去就把她按倒！

王老奶奶坐在那里焦急地等着。

过了一会儿，过来了个日本兵，手里玩弄着一只镶着红珠的簪子。老人一眼看见那个簪子，颤巍巍地站起来，凑过去仔细看。

日本兵站住了，举着簪子晃了晃："这个的好？"

王老奶奶盯着他说："好，你哪儿来的？"

日本兵诡秘地笑了，指着前边："女人，花姑娘的。"

王老太太咬着牙拔下自己的银簪子："你看我这个。"

日本兵凑过来，伸着脖子想要看，老人猛地把银簪扎进鬼子的眼里！

扑的一声，鲜血溅到老人脸上。日本兵疼得扔了枪，捂着眼摔倒在地。

老人拾起枪来，把刺刀狠狠扎进日本兵的胸膛！

远处跑过来的日本兵呯呯两枪，打中老人。

王老奶奶巍然站在那里，指着这几个日本兵，骂了声："小日本儿！"扑通一声，倒在地下。

周围的旅客都惊呆了。

汽笛响了，旅客和日本兵都跑回车厢。

有个男人跑回来脱下衣服盖在老人身上，又返身回去。

金锁端着水回来了，看到倒在地下的老人和她身边的两只簪子，一切都明白了。

列车开动了。

金锁拾起两只簪子，揣进怀里，坐在奶奶身边。欲哭无泪，头都要炸开了！

待了一会儿，他忽然想起了什么，拼命向远处的大河跑去。

河边，耿桂芬一个人坐在河堤上。

金锁跑来了。

桂芬冷静地说："我就知道你准来找我。"

金锁刚说了句："奶奶——"

桂芬摆手止住他的话："刚才我听到两声枪响，就想到奶奶跟日本人拼命了。反正这趟车咱是赶不上了。你坐下吧。"

俩人并肩坐在河堤上。

金锁轻声问："日本人怎么你了？"

桂芬淡淡一笑，掏出怀里的钱："这是三奶奶给咱的钱，你装起来吧，买车票连个零头儿也没花完。见着这些钱我就想，刘义出事的时候，哪怕有十块钱，我也回老家了。那时候我可是一分钱也没有。"

金锁说："钱还是你拿着好。"

桂芬说："你拿着吧，在你身上保险。还有点儿剩下的药，我也带来了。奶奶说，这是救命的药。真的，给你喝上好得这么快。老参、白药，真是宝贝。你带上，有用得着的时候。"

金锁疑惑地问她："你想什么了？"

桂芬苦笑着说："我还能想什么。还有个事没告诉你。你知道为什么你一提走，我就想回老家吗？我怀上你的孩子了。我想，回老家生孩子保险。总提心吊胆的，对大人孩子都不好。生下孩子我带着，你到外边闯去。反正老了就得回来。女人有个孩子，就有盼头儿了。"

金锁说："咱回去，就按你说的这条路走。"

桂芬突然抱住他大哭起来："锁子哥，我不愿意离开你呀！"

金锁也哭了："咱这不是在一块儿吗？我也不愿意离开你呀！"

桂芬抬起头，瞪大眼睛："是小日本儿这狗杂种，不愿意让咱过好日子！记住，给我们娘儿俩报仇！"

话音刚落，桂芬站起来扑通一声投了河。

金锁要抓已经来不及了！

他纵身跳进河里，拼命向前去抓桂芬。

河水泛起的两圈儿涟漪连在一起，向东流去。

第二天，在河里飘了一夜的金锁，被冲到岸上。

这里是山东夏口的徒骇河边。

清晨下地的农民说："看，河滩上有个人！"

有人下去试了试他的鼻息："还活着，咱给他控控水。"

一个人跪在地下俯着身子，另一个人把金锁抱起来，脸朝下放在那人身上。

哇的一声，金锁吐出不少水来。

看着的人们说："好了，水吐出来人就活得了，快把他背到店里去吧。"

几个人七手八脚扶起金锁，背起他走进村里。

山东夏口是个古道热肠的地方。途骇河边的小店，经常救助那些无端落水的人们。乡亲们把金锁背进店房，放在炕上，也就都下地去了。

不一会儿金锁慢慢睁开眼："这是哪儿？"

店家一直在旁边看着他："你可醒过来了。这是山东夏口骇河边儿上的店里。”

金锁问:“这里离临邑多远?”

店家说:“去临邑就在这儿下船。先别问了,把湿衣裳脱下来,我给你烤烤吧。”

金锁挣扎着坐起来,脱掉棉衣,把钱和东西掏出来,压在身子底下。觉得浑身发冷:“掌柜的,给我再拿床被吧。”

店家又抱来一床被子递给他。

金锁盖上两床被子,把脱下来的衣服交给店家:“掌柜的,救我的人呢?”

店家说:“早走了。都是庄稼人,谁也赔不起工夫。”

金锁说:“给我熬点儿粥喝吧,我付钱。”

店家说:“熬上了。您能付钱更好。付不了也不要紧。我们村里有个积德行善的老会。专门周济外地人没了辙,在这儿投河的。”

金锁说:“山东这地方,就是好啊。”

店家叹了口气说:“这年头儿,咱中国人就得自个儿帮自个儿。”

金锁听了,这才放心地闭上眼睛。睡了一会,他忽然起来,穿上还没烘干的衣裳就跑出去了。回来就开始发烧,一连烧了三天,闭着眼迷迷糊糊地总喊:“桂芬,桂芬!”

第七十八章

张金锁依然昏迷不醒，店主跟请来的看病先生说："他都烧了三天了。不吃不喝光说胡话，我真害怕。"

老先生摸着脉："这是急火攻心，又着了凉。"

店主说："那天人们从河滩把他背到店里，衣裳还没烤干，他就出去买了两刀黄钱纸，到河边儿烧去了。在那儿待了一宿才回来。那还能不着凉！"

老先生摇着头说："这是他遇上事了。当事者迷。可怜这个有心人。只顾烧纸，就顾不得自己的身子了。这年头儿谁的日子都不好过。您就辛苦点儿照看他吧。吃了药，待上一个时辰，汗发出来就好了。"

老先生走了。

金锁吃了药没到一个时辰就浑身冒汗。他伸出手摸着自己的满头大汗，吃力地睁开眼："掌柜的，拿条手巾，我浑身都湿透了。"

店家见他醒了，不由得一阵惊喜："哎呀，老先生的药真管用。你出了汗就好了！"

金锁擦着汗问："店家，这儿往济南怎么走？"

店主说："一直往南，不远。您这样儿可不能走。养好了再说吧。这样就走，药就白吃了。"

金锁在这里养了一段，身子见好，就只身去了济南。

英租界小白楼的早晨还是那么熙熙攘攘。韩大芬在小营市场看见大桂，拍着她的肩膀悄悄说："你听说了吗，宋家娘儿俩现在可惨了。男人抓了，姑爷疯了。胡大姐犯了病，胖姐姐也神经失常了。这家人真够可怜的。"

大桂说："现在躲事还躲不过来呢，我不愿意打听那个。"

韩大芬说话的兴致依然不减："这阵子小日本儿不行了，你知道吗？别看他们在咱中国耀武扬威的，在什么岛上，让美国人打得稀里哗啦。哎，告诉你可别往外说，我们老三，前年就走了。"

大桂问："去哪儿啦？"

韩大芬悄悄说:“国民党在江西的青训班。”

大桂吃惊地问:“是国民党的青训班?”

韩大芬说:“是蒋经国办的。蒋介石他儿子,从苏联回来的,你知道吗?”

大桂摇摇头:“不知道。你说的老三,是文辉吧?”

韩大芬点点头。

大桂说:“那孩子从小就猴儿精猴儿精的。”

韩大芬说:“可不就是他。我跟他爸爸听说,人家早走了半个月了。”

大桂说:“你们家净是小子。走一个就走一个。说不定往后回来,还给你挣个一官半职的呢。”

韩大芬说:“我才不稀罕那个呢。反正不当亡国奴就好。咱也不指望别的,还是老老实实过日子吧。”

听说抗日的事,大桂就想起了金锁,好些日子没去河东大王庄了。那天她抽空过河来到刘义媳妇家,推开门屋里空空荡荡。进去一看,应用的东西都没了。大桂又到王老奶奶家,一推门屋里也是空的。

她站在那儿纳闷儿,他们娘儿仨是去哪儿啦?

心里疑惑也没法儿跟别人说,就去了西头如意庵寇家。

寇奶奶见了大桂就说:“三奶奶,你怎么有工夫出来?”

大桂说:“这两天没什么事,来看看您。您这阵子好吧。”

寇奶奶说:“好。我就是嘛也不管,能吃能睡。咱那个秃小子好吗?”

大桂说:“好,都上六年级了。”

寇奶奶说:“孩子才几岁,就上六年级?我们老三家的狗不理,跟他同岁,才上四年级。”

大桂说:“他生日小,个子高。就是贪玩儿,早点儿跟着俩姐姐上学,家里还消停点儿。大爷在家吗?我问他个事儿。”

寇奶奶说:“在他屋里呢,我叫他过来。老大,你来一趟。”

寇大爷进来了:“三奶奶来啦。老娘有嘛事?”

寇奶奶说:“是三奶奶找你。”

大桂跟寇大爷说:“我想打听个人。有个叫王宝珍的,在咱西头当警察,您认识吗?”

寇大爷想了想:“不认识。这不是本地的老人。”

大桂说:“是年轻的,山西人,也就二十来岁。”

寇大爷说:“那我就不认识了。周大舅是这儿的老片儿警了,他准知道。我给你找他问问。要认识,把人带来吗?”

大桂说:“找得着就带来吧。我在淑华那屋等着。”

不一会儿周大舅就领着王宝珍来了。

王宝珍是个白净的年轻人,中等个儿,细眉细眼,像个老实巴交的学生。他怯生生地跟着周大舅走进寇家大院,不知道是谁找他。

寇二奶奶看见这俩人进来就喊:“大舅,你往我们家带警察干嘛呀,怪吓人的。”

周大舅笑着说:“这世上还有能吓着你的人嘛。”

二奶奶回过头去跟老婶儿说:“你看人家这孩子稳稳当当的。要不是穿了这身皮,是个挺漂亮的小伙儿呢。”

老婶儿说:“穿那身皮怕嘛的。人家长得俊。你倒没穿那身皮,黑得跟锅底似的,有人夸你吗?”

二奶奶举起拳头就要打她。老婶儿一边躲一边嚷嚷:“你打吧,你打我还能变俊了?”

妯娌俩把院里的人都逗乐了。

俩人进了屋,大桂让他坐下,见这个小警察挺腼腆,就问:“你是王宝珍吧?”

他点了点头。

大桂说:“我刚从汾阳来,你哥哥托我看看你。”

王宝珍听说是哥哥让人来看他,先是一愣,接着就低下头,一句话也不说。

寇大爷和周大舅怕人家说话不方便,就出去了。

这时王宝珍的心里爱恨交织,不一会儿脸都涨红了。他父母双亡,亲戚们资助他兄弟俩上学。哥哥是他唯一的亲人。他知道哥哥是共产党,可不知道为什么竟被追得东躲西藏。

那年他在汾阳中学上高中。一天有个人找到他,不容分说就把他拉到城外,告诉他国民党当局正在抓捕王家珍。有人说抓人的名单上还有他的名字。没让回校就直接带他上了火车,稀里糊涂到了天津。那个人给了他一笔钱就走了。他住进一家小店,举目无亲,不知道下一步该怎么办。

一天他在大街墙上看到一张警察局培训班的招生广告,找到报名地方去应考,结果被录取了。这才找到管吃管住的地方。毕业以后,天津沦陷了。他被日伪警察局分到西头分局当了户籍警。他一直怕提起王家珍这三个字,这个女人怎么竟敢提到他呢。

大桂见王宝珍低头不语,知道他是有顾虑。就问:"你认识北郭村的雷大吗?"

王宝珍眼睛一亮说:"认识啊。"

大桂说:"就是雷大告诉我的。要不我也不知道有你这么个亲戚。"

王宝珍听说这个女人还是他的亲戚,心里更疑惑了。就问:"您贵姓?"

三奶奶说:"我是汾阳城里成家的人。"

王宝珍问:"你是成玉珮?"

大桂脸一红说:"我是玉珮的继母。"

王宝珍早就听说过成子和是他姑奶认下的养子,他该叫表叔,虽然没见过面,可也知道那是一位天津老人。他女儿成玉珮是汾阳城里有名的激进分子,一见她就以为这个人是成玉珮,怎么她的继母这么年轻?

这么多疑问拧在一起,弄得王宝珍脑子里糊糊涂涂。坐在那里还是一句话也不说。忽然他瞪着眼问:"您见我哥哥了?"

大桂说:"是啊。我们三爷是你表叔,叫成子和,听说过吗?"

王宝珍连连点头:"听说过。可我哥哥他是……"

大桂说:"他是共产党的人,对吧。共产党也是人,咱天津也有。你是怕沾他的包?"

王宝珍说:"我不怕。我知道表叔成子和挺有钱,可不知道他在哪儿。"

大桂说:"他是英租界海大道美丰厚货栈的经理。北马路有个永源和颜料庄,也是他开的。前一阵我回老家,在汾阳见了你哥哥,他挺惦着你,托我回来找你,看看你现在怎么样。为你哥哥的事,你一个人跑到天津,你恨他吗?"

王宝珍说:"起初恨过,现在不恨了。日本鬼子太可恶了。我哥哥干的是大事。我现在就恨不得跟他一块儿干。"

大桂问:"你在这儿成家了吗?"

王宝珍脸一红："没有。有人给提过。没跟我哥见面，往后还不知道怎么样呢，我不愿意提那个。"

大桂说："我这就放心了。寇家老三的媳妇，是我妹妹。这一家子人都挺好。也算是你的亲戚。我住在下边儿。小白楼儿安仁里三号。有工夫你去我那儿看看你表叔。他也挺惦着你的。有事咱家里说去，我这就走了。"

王宝珍说："我送送您吧。"

大桂说："咱去寇奶奶屋里看看。老太太是个热心人。往后有什么事，你就来这儿。"

大桂领着王宝珍来到寇奶奶屋里："奶奶，我在您这儿给三爷找着个表侄。宝珍，这是寇奶奶。"

王宝珍给老太太鞠躬："寇奶奶。您好。"

寇奶奶笑着说："好，好。这也是个小老西儿。往后常来呀。"

大桂说："我跟他说了，寇家是咱的亲戚。往后奶奶也多照应他。我这就走了，让他送我吧。"

寇奶奶说："你慢着点儿。如意庵儿雇车去吧。"

给王家珍找到弟弟。见宝珍也挺老实，大桂心里很高兴。回来跟三爷说了，老人也为王家这个表侄终于有了下落，满心欢喜。

这天大桂正在收拾屋子。杜娟兴冲冲地跑来说："表姨，我娘让我给您送个信儿。昨儿个我嫂子生了个小子。"

大桂说："这可是大喜事。你娘抱上孙子，心里也乐了。回去告诉你娘，这年头儿谁家的日子也不好过。得了孙子，遇上喜事，就得好好儿的，在意着点儿。小日本儿的日子长不了啦。咱这个大孙子，准能过上好日子。"

杜娟说："借您吉言吧。我娘就爱听您的话。我们家这个月的杂合面儿都没了，我嫂子吃不上东西，奶总下不来。我娘说，还得找您淘换点儿吃的。"

大桂说："行。给你带点儿米带几个棒子面儿饽饽，还有人家送的俩罐头。装皮包里挎着。路上小心点儿，别让人家看出来。"

杜娟说："谢谢您！"高高兴兴地回去了。

世界反法西斯战争节节胜利，日本侵略者的气数快到头了。这天山西盂县藏身庙住持正在禅房闭目诵经。

山口建一背着包袱走进来，跪在他面前："老方丈，弟子崔建一专程来藏身寺出家。"

住持方丈睁开眼："阿弥陀佛，施主到小刹出家，这个事老衲可担当不起。"

山口建一说："老方丈，几年前我就在您这里住过两个月，去年发送夏七宝先生我也在这里。我和方丈曾经约定，到时候我一定会来出家。您不记得了？"

住持方丈想了想，点头说："我记得。可是如今世道险恶，日方侦缉人员时常来寺院检查有无窝藏。多出一个僧人，我也不好交代。施主还是另觅他途吧。阿弥陀佛！"

山口建一说："我取名崔建一，崔就是最佳的山。从那年来到这座藏山，有幸住在藏身庙里，我就觉得我和这座藏山有缘，决心皈依到这座名山古刹。我并不是虚言，方丈请看。"

说着解开他带来的包袱，里面是三百多本用工整小楷手抄的华严经。

山口建一说："这就是我三年来每天焚香礼拜，诚心诚意抄写的经卷。我想用我的诚心，祈求方丈收下我这个弟子。"

住持方丈看了，不禁为他的诚意感动，口里不住地念着："阿弥陀佛！"

几天后老住持选择吉日，收山口建一为徒。

这一天藏身寺大殿里烛光摇弋，香烟缭绕。在场僧人们敲打着法器，齐声诵经。

老方丈亲自为穿上僧袍的山口建一剃度。

山口建一的缕缕头发落在地下。

住持方丈说："今后你的法名，就叫慧一吧。"

在场的众僧人齐声叫道："慧一师弟！"

已经成为和尚的山口建一，热泪盈眶。

夜已深了。藏身庙小屋里的一盏孤灯，照着苦读经书的慧一和尚。

寂静的夜晚，周围只有夜莺的啼叫声。昔日的日本学者，天津驻屯军司令特别助理山口建一，在这里找到了他的归宿。

成信在楼上小屋窗外拉了根铁丝，按小姚教给的方法装了个矿石机，下了学就在这屋鼓捣。摆弄了两天，耳机里就能听清楚了。他叫爸爸也上楼来听。苏联红军包围柏林、美军攻陷莱比锡、联合国预备会议在旧金山开幕、苏美军队易北河会师、美国试验第一颗原子弹，都是从耳机上听来的。

他把这些似懂非懂的消息悄悄告诉隔壁三哥，不懂的地方三哥就能给他讲明白。原来三哥也有个小型的短波收音机，夜深人静也悄悄着听美国和中国内地广播电台的新闻。

这一天，成信忽然从耳机里听到一个新闻：八月六日，美军在日本广岛投放了世界上第一颗当量为一万四千吨TNT的原子弹！七百多平方公里的广岛市，被炸成废墟，伤亡一百多万人。

成信拿下耳机，冲着楼下就喊："爸爸，爸爸！"

三爷上了楼。成信赶紧把耳机塞进爸爸的耳朵："爸爸您听，美国往日本扔原子弹了！"

三爷听了一会儿，摘下耳机告诉成信："这回日本准完了！"

转身下楼就去了美丰厚。

当天全世界无数人都在收听这个振奋人心的消息，摧残人类和平的二次世界大战，快要结束了！

天津日军宪兵队的笠原，也在偷听这个消息。他是被驻屯军司令特指的经济稽查队队长。这几年他运用手里的特权和他特殊的残酷手段，为日本帝国在天津压榨出不计其数的大批财物，他从中也捞了不少。龟田私设银行被惩治，他才有所收敛。

笠原这时在想，帝国战败自己也无路可走了。自己没有多高的官阶，没有显赫家族的身世，回到日本就是一介贫民，靠什么摆脱可能遭遇的困境？想来想去只有靠大笔的钱！

给他的时间不多了！他咬着牙急切地筹划着弄钱的捷径。

三爷急匆匆来到美丰厚，到经理室见了薛继承就问："听到消息了吗？"

薛继承说："没有啊，什么消息？"

三爷说："美国人对日本投了原子弹！一百多万人的广岛炸毁了！"

薛继承说："是够厉害的。"

三爷说:“我看德意日发动的这场战争,就要结束了。日本人战败已经定局。最近就可能有一场大乱!”

薛继承说:“您嘱咐过好几回了,我们做着准备呢。”

三爷说:“我看这一回大乱最厉害。你想,日本人要走,这帮败兵能放过咱们?还不得豁了命地祸害咱?”

薛继承想了想说:“对,他们得狠狠地捞一把!”

三爷说:“你管的账目、票据,尤其是咱们在外国银行的存单,务必保管好。靠保险柜不行,得找个别人想不到的地方,弄个铁匣子埋起来!这事越快越好。”

薛继承说:“我这就去!”

三爷说:“你把陈昆、九姑叫来!”

薛继承出去不大会儿,陈昆、九姑就来了。

陈昆进来问:“三爷,有嘛事?”

三爷说:“美国向日本广岛投了原子弹,日本肯定招架不住,眼看就得投降。这一来天津就得乱一阵子。”

九姑说:“那可不,日本投降他们日军就成了败兵,什么坏事都干得出来!”

三爷说:“美丰厚早就是海河码头的一块肥肉,有多少人眼馋!我看日本人临走也不会轻易放了咱。我还是那句话,咱自己的人不乱,他们再怎么祸害,货栈也不会乱。”

陈昆点点头。

三爷说:“你俩主要是把咱的人拢住。即便关了门,也别让咱的人散了。”

九姑说:“有几个胆小怕死的,想走就让他们走,留下也是祸害。”

三爷说:“对,走了也不怕。也许有人打我的主意,一旦出这种事,你们千万别光想着赎我、救我。无论如何不能为我毁了美丰厚,不能为我动美丰厚的人、动美丰厚的钱!”

正说着,大桂也急匆匆地进来了,见了三爷就说:“怎么下楼没说话就跑这儿来了?”

九姑说:“你别急,先坐下。有急事。”

大桂坐下喘着气,薛继承进来了。

三爷说:“你回来得正好。我刚说一旦我出了事,美丰厚上下都别乱。我走了你们压不住场,就把三奶奶叫来。她是成家的人,管成家的事,谁也没话说。”

几个人听着三爷这么沉重的话,都沉默了。

三爷说:“实在不行,你们就去寿阳,再不行就去汾阳西边山里。日本人最疯狂的时候也没进过太行山,那是夏磊他们的地盘。”喘了口气又说:“到那时候,把成信也带上吧。”

大桂热泪盈眶地说:“走吧,不早了,回家歇着去吧。反正是福不是祸,是祸躲不过。”

三爷叹了口气说:“你真想得开。”

这几天宪兵队上层都在研究秘密处置在押犯人的事。宪兵队靠近市中心,成批枪毙势必造成混乱。怎么分批用汽车往外拉,刑场设置、警戒力量,等等,都不是简单的事。

笠原利用这个机会,八月十号秘密查抄了一家金店。那天晚上他进去把老板和店员控制住,另两个特务把柜台上、柜子里、保险柜里所有金首饰、金物件全部抄走。他以资助抗日的罪名,封了这家店铺,把掌柜带回押进宪兵队牢房。

他观望了一天,宪兵队上层还在忙着处置在押犯。他看准的下一个目标,就是美丰厚货栈。

第七十九章

笠原从龟田那里听过多次美丰厚的事，早就知道美丰厚是海河码头最富的一家。龟田手下碰过几次钉子，他都清楚。他也知道山口父子和美丰厚的关系。这次他想孤注一掷，把美丰厚的经理成子和抓起来，明码标价，一百根金条赎人！

八月十二号下午，笠原穿上皇军制服，带着两个日本宪兵、两个汉奸，亲自到美丰厚抓人。

笠原走进美丰厚经理室，薛继承站起来问："太君，您找谁？"

笠原说："我找你们货栈经理成子和。"

薛继承说："我们老经理平时不来上班。我是管事的经理，有事您找我就行。"

笠原摆着手说："不，不，别的事可以找你，这件事不行。"他拿出稽查队的证件晃了晃："我们办的是成子和资助抗日组织的案子，不见他哪行？"

薛继承还想跟他对付。

笠原说："你是不是想让我们去他家里？"

薛继承刚要说话，里间屋的门开了。

三爷走出来说："我跟他去吧。"

笠原笑着说："好，你们想接回成先生，一百根金条。小号的，五两重的就可以。"

三爷笑着说："明码标价，倒也痛快。走吧！"

笠原摆手说："不忙。"大声对外边的人说："我这儿完了，办你们的事去吧。"

笠原见三爷和薛经理不明白他说的是什么事，笑着说："我让他们把你们美丰厚货栈的前门、后门都贴上宪兵队的封条。成先生回来，你们可以自动启封。否则，按扰乱治安罪处置！"

美丰厚货栈平时常有日本兵来取货，来个把日本兵不算什么。今天来的这几个，竟然把大门封了。因为陈昆早有布置，人们不敢轻举妄动，就去问陈昆:“陈头儿,日本人来真格的了?”

陈昆说:“三爷嘱咐过。遇上这种事,咱就大门紧闭,各干各的。这回人家给咱把大门紧闭了,咱就各干各的吧,别没事找事了!”

薛继承去小白楼三爷家把这事告诉三奶奶。大桂先是一愣,流着泪说:“三爷料到他们有这一手。我去柜上看看,你去跟大爷说一声,劝大爷别着急。”

薛继承又去马场道刘大爷家送信儿。

刘寿兰听说三爷被带走,气得大骂:“妈巴子小日本,这是赶尽杀绝,非把咱置于死地不可呀!”

骂完就哭起来。

薛继承说:“董事长,您别难过。这事三爷预料到了,该怎么办他都有交待。三奶奶也去柜上了。”

刘寿兰说:“好,这么安排好。你回去就说,我委派三奶奶担任美丰厚的董事长,今后货栈的事都由她作主!”

笠原把三爷带回宪兵队,送进地下室的牢房就不管了。他的主意就是坐等美丰厚的人,带着赎金来找他。即便不够一百根金条,六七十根、五六十根也认了,反正他不在宪兵队吵吵这件事。

那天有个看牢房的军曹来找他:“笠原君,在押的那些人都有处置计划。你们稽查队新押进来的这个人,什么时候处置?”

笠原说:“我管的是经济犯,把他处置了,怎么追查他的钱?”

军曹说:“现在队里限期把这些人处置完,天天问处置的人数。你的人也不能待得太长,总得有个期限呀。”

笠原想了想说:“他是十二号进来的,限他五天,十七号没结果就由你处置,行不行?”

军曹立正说:“是!就这样吧。”

刘四从劝业场回家经过海大道,见美丰厚货栈大门上贴着斜十字的大封条。过去一看,是日本宪兵队封的。心想这是谁的事?干得这么漂亮。

他找附近的人打听,有人说:“不光封了门,老掌柜也让宪兵队的人抓走了。”

听到这个消息，他没往家里去，拐弯儿去了黄家花园瑞家。一进门就跟瑞祥说：“瑞爷，美丰厚让宪兵队封了，成三爷也抓进去了。”

瑞祥问：“是真的吗？”

刘四说：“我刚打那儿来，没错儿。”

瑞祥摇着脑袋说：“这老爷子，想活着出来也难了。”

刘四问：“美丰厚的事，咱们还干吗？”

瑞祥说：“要干，也不能像金立，总想一口吃进去。”

刘四说：“反正现在是个机会，你就说怎么干吧。”

瑞祥说：“日本人抓走成三爷，封了货栈的门，他们算是没辙了。日本人一口吃不了它，咱也吃不了它。他们没辙，货栈的买卖咱能给他们代理。咱弄个代理美丰厚货栈的协议，找他们管事的按个手印就齐活。我跟笠原有交情，他一点头咱就干上了。”

刘四一听，乐得眉飞色舞，赶紧说：“瑞爷，你就写个协议书吧。”

瑞祥冷笑了一声，从抽屉里拿出一张纸：“你看看，这是我那天琢磨出来的。”

刘四一看，这正是一份“美丰厚货栈代理协议”。

瑞祥说：“我知道美丰厚现在主事的就是薛继承跟陈昆，找一个按上手印，就算你办妥了。”

刘四说：“行，我就办这事。”他指着这份协议说：“这先给我吧。”

瑞祥拿起个印泥盒说：“把这个也带上。”

1945年8月15日凌晨，日本天皇颁布诏书，宣布向美国、英国、中国、苏联无条件投降。投降命令正在华北驻屯日军中逐级传达，在天津南门外海光寺日军宪兵队地下室牢房值班的两个日本兵还没听到传达，当天晚上照例把在押犯逐个带到刑讯室用皮鞭抽打一遍。

打完一个在押犯，日本兵朝门外大声喊：“李——！”

穿破烂军服的李铮走进来，立正站在门前。

日本兵朝着木桩一努嘴，李铮赶紧过去把绑在木桩上的人解下来，拖出刑讯室。一会儿又把蓬头垢面奄奄一息的成子和拖进来，绑在木桩上，摇摇头无奈地走了出去。

三爷从进来已经挨过三天打,这是第四天。两个日本兵从木桶里抻出蘸水的皮鞭,一鞭打下去,三爷身上刚结了痂的伤口被打开,流出一片鲜血。

老人闭着眼咬着牙,疼得浑身发抖。第二鞭打下去,就晕了过去。

日本兵提起水桶往他脸上泼,三爷轻轻地哼了一声。日本兵看着他身上被打裂的伤口,放下水桶说:“不问口供光让打,还不能把他打死。”

另一个说:“几天了这个人一直没人问口供,是哪个股的?”

三爷闭着眼,有气无力地用日语说:“经济股的。”

那个日本兵气愤地说:“又是经济股的。”忽然觉得很奇怪,问他:“你会说日语?是商人?多大岁数?”

三爷点点头,用仅有的一点力气用日语说:“六十六。”

日本兵觉得用日语跟犯人说话很有趣,又问:“经济股找你要多少钱?”

三爷用日语说:“一百根金条。”

日本兵很惊讶:“金条?我还没见过金条呢。”

另一个日本兵说:“咱们能见到大米饭就不错了。”

他俩还想说,突然铛铛铛传来一阵紧急的钟声,走廊扩音器里有人用日语大声喊:“全体紧急集合!”

接着又响起刺耳的哨子声和嘈杂的跑步声。

两个日本兵紧张地瞪大眼睛互相看了看。一个日军撒腿就跑,另一个狠狠地抽了三爷一鞭子,扔下皮鞭跑了出去。

这一鞭正打在三爷前胸老伤的地方,疼得他当时就晕过去。

外边传来轰轰隆隆汽车开动的声音。

突然电灯灭了,地牢里一片黑暗。

夜暗中穿破军装的李铮悄悄走进来,从木桩上解下已经昏迷的三爷,抱着他轻声喊:“三爷!三爷!”

三爷慢慢睁开眼:“李局长?怎么回事?”

李局长把三爷轻轻地放在地下,激动地说:“三爷,宪兵队的日本人都开走了!一个没留。前几天我就看见成车往外拉犯人。头天是一车,这两天都是两辆车,可能是到远处枪毙去了。”

躺在地下的三爷,无声地点点头。

李铮在牢里是干倒尿桶、搬死尸这类脏活儿的。三爷被抓进来,他就看见他了。当天夜里他悄悄凑到三爷身边小声问:“你怎么又进来了?为什么抓你?”

三爷说:“他们抓人还用问为什么?要一百根金条。”

三爷睁开眼小声问:“日本人都走了?”

李局长说:“都走了,是紧急集合走的。他们站队、点名我都听见了。汽车呼隆呼隆往外开。我扒着门缝看了看,院里院外连站岗的都走了。院子里一个人也没有。听了听远处也没枪炮声,不像是打起来。”

三爷捂着出血的伤口说:“可能出大事了。外边没人,你赶紧跑吧。”

李局摇头说:“我就这样往外跑?还不定遇上什么事呢。咱还是静观其变吧,天一亮就有准信儿了。”

三爷叹了口气,闭上眼说:“那咱就等着吧。”

天津南门外海光寺,是始建于1705年(清康熙四十四年)的一座规模宏大的寺院。1858年(清咸丰八年)英法联军入侵我国,在这里签订了丧权辱国的《天津条约》。1900年(清光绪二十六年)海光寺毁于八国联军的炮火。1903年(清光绪二十九年)日军在这里建造兵营驻军,1937年七七事变后这里就成了日本华北驻屯军司令部和驻天津的大本营,宪兵队也驻扎在这里。

日本投降那天,天还没亮,驻津日军,伪政府、特务机关、各类办事处和大企业里的日本人,接到无条件投降的通知,立即带上家眷和日用品,迅速集中到河东小孙庄日军仓库,关上所有大门,秘密地躲避起来。

当天早晨,日本投降的消息就在全国各大城市的广播电台传播出来。

那天早晨天津所有大街小巷,住户商户,在被日本人强行配给的木匣子收音机里,都听到了这个沉闷的广播声:

朕深鉴于世界大势及帝国之现状,欲采取非常之措施收拾时局,兹告尔等臣民,朕已饬令帝国政府通告美、英、中、苏四国,愿接受其联合公告……

前者,帝国之所以向美、英两国宣战,实亦为希求帝国之自存于东亚之安定而出此,至如排斥他国之主权,侵犯他国之领土,固非朕之本志,如仍继续作战，则不仅导致我民族之灭亡，并将破坏人类之文明。如此，则朕将何以保全亿兆赤子，陈谢于皇祖皇索之神灵乎！……

文化程度不高的市民，知道这是出了大事，可又听不出个子午卯酉。有文化的人们能听懂，这是日本天皇发布的诏书，日本投降了！

那天早晨，四面八方来海河码头干活儿的搬运工，半路上就听到这个消息。杜四也在这个人群里。

有人说："四爷，日本投降了！"

那人说："是电匣子里说的！"

接着就有人大声喊："日本投降了！日本鬼子投降了！"

走在人群里的陈昆大声问："你瞎喊嘛？"

有人激动地说："广播的是日本天皇的诏书，日本人无条件投降了！"

听说日本投降了，陈昆愣了一下撒腿就往美丰厚货栈跑。货栈大门被日本宪兵队封了，他从小门跑进去，穿过空货场，跑进经理室气喘吁吁地说："老薛，日本投降了！"

薛继承见陈昆跑得上气不接下气，赶紧说："老陈，你说慢点儿。"

陈昆说："马路上广播日本投降了。三爷在宪兵队押着，是死是活咱得看看去！"

薛继承瞪着眼问："真的？"

陈昆说："真的！四爷也听得真真儿的！"

正说着，大桂突然闯进来大声说："日本投降了！"

自从日本宪兵队把三爷抓走，三奶奶大桂就接替了三爷，眼下货栈就由她主事。大桂说："小白楼马路上都喊起来了，有人还嚷嚷着要去砸日本人的买卖呢。"

陈昆说："我俩正说去宪兵队接三爷。"

大桂说："要去就赶紧去。再叫上俩人。能接回来最好，接不回来是死是活打听出个准信儿。"

陈昆说："行，我去了。"

大桂点头说："小心点！"

陈昆答应一声就走了。

九姑来了,进门就问:“三奶奶,怎么来这么早?”

大桂说:“日本投降了,你不知道?”

九姑说:“我刚听说。”

大桂说:“你去看看货场,来上班的工友都别出去。三爷说过,市面儿再乱咱不能乱,务必把咱的家当守住。美丰厚在海河码头树大招风,这时候还不定有谁算计咱呢。”

薛继承问:“三奶奶,日本投降了,咱大门上的封条该撕了吧?”

大桂说:“先别撕。日本人封咱货栈,是说咱资助抗日。为这事把三爷抓走的,到现在还不知道是死是活。日本投降了,抗战胜利了,要撕也得让官面儿上给咱个说法。”

陈昆找的是修理车间机械修理工董长福和汽车修理工李鉴三。三个人走在大街上,就见人们有激动地哭的、笑的、骂街的、跳着脚大声喊叫的,什么样的都有。

日本人开办的公司、商社成了人们发泄愤怒的地方,被砸得乱七八糟。

当年在天津人眼里,海光寺日军宪兵队就是人间地狱,谁也不敢靠近。路过大门多看两眼就会有生命危险。这一天有不少人喊着叫着冲进去乱砸乱抢。

涌进地下室人们大声喊:“这儿是地牢!看看还有关着的人嘛?”

李铮听见动静,跟在躺在地下的三爷说:“外边的人进来了,我去找个棒子,防着点儿意外。”

三爷闭着眼点了点头。

李铮刚走人们就涌进来了。地下牢房光线很暗,有人看着躺在地下一动不动的三爷说:“活着的没了,有个死人!走吧,走吧。”

人都走了,刘四溜过来凑到三爷跟前:“您是美丰厚货栈成子和成三爷吧?”

三爷睁眼看了看,又把眼闭上。

听说日本投降,刘四就想到在宪兵队关着的成三爷。

他说:“三爷,我知道您轻易死不了。美丰厚的案子还没结呢,日本投降也得充公。我救您出去,把您送回去。往后您让我当代理,案子怎么结,我替您找他们商量。行吗?”

三爷闭着眼不说话,刘四伸手推了推:“成三爷,我说的话您听清了吗?行不行您说句话呀!”

三爷还是不说话。他不愿意搭理刘四,可又摆脱不了他,只有保持沉默。

刘四说:“得,我还是先把您弄出去吧。他看了看左右没人,不容分说把三爷抱起来就往外拖。”

涌进地牢的人们见刘四吃力地往外拖人,几个热心人七手八脚帮着他把成三爷抬出地牢,一直抬到大门外。

刘四让大伙儿把三爷放在路边背静地方,拱着手说:“谢谢各位,谢谢各位!把老爷子先放这儿,我去找辆车。”

帮忙的人们说:“这是应该的。老爷子岁数不小啦,让小日本关在这里头,起码是抗日的老前辈!”

有人说:“就看浑身这些伤,受多大罪呀。老爷子真是这份儿的。”

说着挑起了大拇指。

这就是天津人,热心、爽快,有看法就直截了当说出来。帮忙的人们议论了一番都走了。刘四赶紧去马路上拦车。

第八十章

一直闭着眼的成子和听着身边没人了,睁眼见刘四已经走开,觉得这正是摆脱他的机会。自己要落到他手里就坏了!他忍着剧烈的疼痛,强撑着坐起来看了看,求生的爆发力使他猛地站起来,跌跌撞撞连跑带爬撞进马路对面的小胡同,在阴暗旮旯躲起来。

身子停下来,撕裂的伤口一阵钻心似的疼,老人又晕了过去。

刘四在南门外大街死说活说拦下一辆洋车,说好一块大洋把人拉到黄家花园。带着洋车回来一看,三爷没了。

拉车的骂骂咧咧地走了。

刘四气不打一处来,转身正要回去找,忽然看见美丰厚的陈昆带着两个人来了。他赶紧把脸背过去,走到马路对面,想看看他们能不能找到成三爷。

陈昆和两位师傅走进宪兵队院子里,见人就打听关人的地方在哪儿。没走几步就听有人大声喊:"陈昆!董长福!李鉴三!"

三个人见有个脸色黢黑,穿着破军装的中年人向他们招手。

陈昆看着有点儿面熟,那两位师傅大声喊:"李局长!"

跑过去就和李铮拥抱在一起。

李局长见了他们就问:"你们把三爷接走了?"

陈昆说:"没有啊,我们刚来,正找三爷呢。"

两位师傅也直摇头。

李局说:"坏了,三爷不见了。"

陈昆瞪着眼问:"三爷还活着?"

李局长说:"活着。从昨天晚上到刚才,我们俩一直在一块儿。我刚离开一会儿,他就不见了。"

陈昆问:"三爷自个儿走了?"

李局长摇头说:"不可能。他让日本人打得浑身是伤,站都站不起来。地牢好几道铁门,好几层台阶,他自己怎么能出来?"

董师傅问:“是让人接走了?”

李铮摇头说:“除了你们美丰厚来人,还能有谁接他?”

这时宪兵队院里还是人来人往,乱乱哄哄。

陈昆说:“要不再打听打听,三爷现在成什么样儿了?穿的是什么?”

李局长说:“别看他才进来几天,让日本人打得哪还有样儿啊!蓬头垢面,浑身是伤,衣裳都打花了。”

陈昆他们四处打听,很快就有人说:“见过,这位老爷子是让人从地牢里抬出来的。有个挺瘦的人还说要给他找辆车呢。就是不知道去哪儿了。”

这个消息让陈昆非常兴奋,高兴地说:“老爷子活着就好办。不管谁接他,也准得回美丰厚,没别的地方去。咱赶紧回去吧,先给三奶奶报个喜信儿。”

陈昆说完,李铮和董长福不住地点头,李鉴三却另有自己的想法。他是国民党的地下党员,潜伏这几年没暴露身份,也没起任何作用。找到被日军羁押的李局长,也算立了一功。要带着李局长去找还没戳起来的市党部,还有可能把他也留在那儿。如果这样,他这个修理工可就成了市党部的干部了。

李鉴三说:“咱们见着李局也是大喜事。我陪李局找地方洗个澡,换身衣裳,你俩先回去吧。”

陈昆说:“南市有家福泉池,洗澡理发都行。我跟长福去给李局长买衣裳鞋袜,咱们在福泉池聚齐。李局长,您看这么办行吧。”

李局长点头说:“行,行。”

李鉴三带着李铮走了。

陈昆在后边喊:“先给李局长买点儿吃的垫补垫补。”

刘四站在马路对面,眼看他们几个没找到三爷也都走了。心里狠狠地骂自己,人都弄出来了,还他妈找车!背着他一走不就完了嘛。多好的财路让自己给断了!我真他妈不够揍儿!骂着自己,耷拉着脑袋也走了。

一过中午,马路上吵吵嚷嚷的声音小多了。蜷曲在小胡同里的三爷醒过来,长出了一口气,挺直了身子,伸开了腿。撕裂的伤口还在疼,不由得又把全身蜷曲起来。他感到日本投降,刘四这种人一出来,市面又该乱了。想到自己摆脱刘四这步棋,痛楚的脸上泛起一丝轻蔑的笑意。

他全身一点儿力气也没了,伤处疼得钻心,连伸手抚摸的力气也没了。他闻着周围霉烂潮湿的气味,想起侯家后大杂院的角落里也是这种味道。他常躲在角落里玩儿,肚子常饿得咕噜咕噜地叫。

这时他也饿了,空空的肚子里也在叫。他想,天无绝人之路,先找点儿吃的。吃点儿东西,攒点儿力气,再想办法通知美丰厚。想到这里,他依然蜷曲在旮旯里,默默地等待机会。

那天上午海河码头也是沸沸扬扬,霸占着港口的几艘日本商船,满载着大批日本人连夜开走了。日本人的办公楼被砸的七零八落,往日耀武扬威的日本雇员,也被打得鼻青脸肿。

日本人一向把码头搬运工不当人,不是打就是骂。码头工人义愤难消正在一起骂街,从河东过来十几个人,喊着:“接管美丰厚去呀!”兴冲冲地往海大道闯。

杜四觉着不对劲,跟手下的搬运工说:“走,咱看看去!”

河东来的这帮人闯到贴着封条的美丰厚货栈大门外,朝里边大声喊:“开门! 日本的货栈我们接管了!”

喊了半天,从小门出来个瘦老头儿。中等个儿,眯缝着眼,慢条斯理地问:“你们喊嘛?”

杜四和那些搬运工一见这位就都乐了。老头儿大热天穿着粗布半大青夹袄,腰里系着褡包,青夹裤扎着腿带子,脚下是实纳帮靸鞋,一身脚行打扮。

他就是刚从寿阳帮忙回来的段云。

段云四十多岁就一脸褶子。自从来到美丰厚没事带着年轻的搬运工扔沙袋、练摔跤、举砘子、玩石锁,带出不少身强力壮的徒弟。他在海河码头脚行里人缘特别好,可人们也都知道这人说话特艮,遇上事一句话能把人噎死。

有个胖子见里边出来个人,大模大样地说:“哎,我们是来接管你们货栈的。”

段师傅问:“这位爷,您老贵姓?”

他这一客气,胖子倒泄气了,赶紧说:“爷,免贵,我姓韩。”

老段笑着问:“您老是中国人吗?”

胖子瞪着眼说："咱说正事，不带闹着玩儿的。"

老段说："您老没听说日本人投降了，人都跑了，您老怎么还给他们办事？"

韩胖子着急地大声说："你别这么说呀。你们美丰厚后货栈早让日本人没收了。日本投降了，我们来接管。"

老段点头说："哦，是这么回事。我认得您老，您老是河东公记煤铺掌柜，对不对？韩掌柜，您老开您的煤铺，当您的掌柜多好，怎么想起接管货栈来了？这么大的美丰厚货栈，要让您老说句话就接管了，我这脸往哪儿搁？往后怎么在海河码头吃饭？"

韩胖子没想到瘦老头儿能说出这番话，问他："你是干嘛的？"

老段说："我是看大门儿的。"

韩胖子说："我不跟你废话，叫你们经理出来，把大门打开，让我们进去。"

老段笑着问："韩掌柜，您老说说，我能让你们进去吗？"

韩胖子瞪着眼说："怎么？你要挡事？告诉你，你可别不当回事，我是带着人来的！"

跟着来的人喊："韩爷，别跟他磨牙花了，把大门撞开不就得了嘛！"

韩胖子回头看，在他带的人后边，密密麻麻站着百十号人，有码头工人，也有看热闹的。他有点儿发憷了。

老段笑着说："韩掌柜，你别在意，后边没外人，都是我们杜四爷手下。"

这时杜四把河东来的人扒拉开，走过来说："韩掌柜，日本投降是咱的好日子，你过河来河西，唱的是哪一出？"

韩胖子见过来的人年纪在五十开外，浓眉大眼，膀大腰圆，穿一件白布对襟半大袄，敞着怀，腰里系着巴掌宽的板儿带，青布裤扎着腿带子，脚下是黑皮便鞋。

有人凑过去小声说："这是河西杜四。"

韩胖子赶紧笑着抱拳说："杜四爷，幸会、幸会。"

杜四沉着脸说："韩掌柜，咱是隔行如隔山，我河东有不少朋友，可没见过您。美丰厚是我们河西脚行的雇主，我跟我们这些哥们儿在这儿卖苦力，挣钱养家混口饭吃。一方水土养一方人，谁都不容易。您一句话把美丰厚接管了，我们上哪儿干活儿挣钱去？"

韩掌柜说:“买卖归我们管,钱还让你们挣。”

杜四冷笑说:“这么大的买卖,凭什么让你管?”

韩胖子摇着头说:“不凭什么,我这是给党国办事!”

杜四还要问他,忽然从小门里走出不少人。为首的是成三奶奶大桂,后边跟着薛继承和货栈的员工。

大桂走到韩胖子面前说:“我刚听说您是给党国办事的,请问您是哪个党、哪个国?”

韩胖子上下打量这位精干的女人。

老段说:“这是我们货栈董事长,成三奶奶。”

韩胖子抱拳说:“成董事长,失敬,失敬。我代表的是国民党跟中华民国。”

大桂说:“那就好。您看见没有,这是日本宪兵队给我们美丰厚货栈贴的封条,罪名是资助抗日。我们老掌柜成子和也让他们抓走了。打贴了封条也没人来过。老掌柜押在宪兵队,是死是活还不知道。日本投降了,抗战胜利了,您说说,我们资助抗日是有功,还是有罪?大门上的封条没揭下来,我就是想让回来掌权的国民党跟国民政府给个说法。”

韩胖子一听脑门儿上就冒汗了。

大桂说:“您是代表国民党跟国民政府的,我们欢迎。官凭文书私凭印,您拿出一样儿来给我们看看。”

杜四说:“对呀,您黑不提白不提,这么大的事,光凭嘴说准不行吧!”

老段说:“您老不是叫经理出来嘛,我们成董事长、薛经理都出来啦,您老怎么倒没话了?说吧!”

这时韩胖子才知道自己把这事想得太简单了,支支吾吾地说:“我、我是地下党!”

这时围着的人群后边有人大声说:“什么人在这儿拿地下党说事!”

听见有人说话,人群自动闪开。

李鉴三理直气壮地走过来,陈昆、董长福拥簇着一辆洋车也过来了,上边坐着的是穿中式便服的李铮李局长。

大桂一见没三爷,心里轰然一动,眼泪都要出来了。

陈昆过来小声问:“三爷没回来?”

大桂小声说:“没有啊。”

陈昆悄悄说:“三爷还活着,不知道让谁接走了。”

大桂这才塌下心来,大声说:“人家找上门来,说咱们货栈归了日本人,要接管咱们呢。”

李鉴三跟在场的人们说:“日本投降,市党部就估计到有人浑水摸鱼,要严查严办这种人。你们看,这位是河东机器局的李局长,让日本人关了八年!是我们刚从宪兵队地牢里接出来的。美丰厚的成三爷也关在那里头。这都是抗日的功臣!你们想干什么?趁火打劫?”

韩胖子吓得满脸通红,不住地点头说:“我、我真不知道美丰厚是为抗日让他们封的,真不知道,是他们让我来的。”

李鉴三问:“他们是谁?”

韩胖子说:“是河东几位地下党。嗐,真的假的我也不知道。”

李鉴三说:“你回去告诉他们,我是新组建的市党部办公室主任李鉴三,眼下在戈登花园市府大楼办公。日本投降,别净想那些个斜的歪的!这日子口儿,居然打劫到抗日功臣头上了,还要命不要啊!”

韩胖子不住地点头说:“是,是。”

李鉴三说:“今天是好日子,李局长,我看就别追究他们了,让他们都回去吧!”

李局长点了点头。

没等韩胖子鞠完躬,跟他来的那十几个人都赶紧走了。

美丰厚的人跟杜四手下那些搬运工,认识这位修理汽车的李师傅。人们都挺纳闷儿,日本刚投降,姓李的怎么成了市党部的人了?

原来李鉴三陪着李局长去南市洗澡理发,澡堂子的人们听说这位蓬头垢面的爷,是从宪兵队接出来的,还没开门营业,就把他请进雅间单独洗盆塘,换了几盆水才把全身洗干净。理发师给他理了个平头,刮净了脸,李铮顿时显得分外精神。

陈昆、董长福把新买的衣服鞋袜送来,李局长穿上就让人眼前一亮。这气质可不是三年两年就能养成的。临走跟柜上结账,人家说什么也不收钱。

掌柜的说:“日本投降就有抗日英雄上门,这是难得的喜事,哪能收您的钱哪。”

毕竟受了八年折磨，年过半百的李局长洗完澡显得非常虚弱。陈昆要去给他雇辆车去河东，李鉴三说："机器局早就解散了，李局是政府的人，还是先到市府或市党部打个招呼、挂个号，让他们安排为好。李局长，您说呢？"

李铮说："这个主意好，是得找市府或市党部给我安排个地方。"

李鉴三说："我看新组建的市府或市党部，离不开海大道开滦矿务局跟戈登花园工部局大楼这俩地方，咱们就先去那儿找找。"

几个人都表示赞成。

李鉴三说："我有个事得跟李局长说说，我事变前就参加了国民党，在机器局没跟您说过。日本人进天津我一直没暴露身份。这回去市府或是市党部，我要以地下党的身份跟他们联系，到时候李局得给我说句话。"

李铮说："这事你没跟我说，其实我也知道点儿。到时候我给你作证。"

陈昆和董长福互相看了看，心想李鉴三这个国民党员，这些年什么事也没见他出过头，藏得真够深的。

几个人雇了辆洋车，拉上李局长先去的戈登花园英国工部局大楼，几位国民党市党部的地下工作负责人，正在那儿商量重新组建市党部的事呢。

这几位都是潜伏在伪政府和政府部门的，没经过重庆国民党授权、党组织的甄别鉴定，谁也不愿意出头露面。李鉴三一来，这才找到一位没担任过伪职的地下党员。几个人一商量，把李铮的事迹上报重庆，建议由他担任市党部筹备处顾问。给李鉴三安了个市党部办公室主任，让他负责当下建党的事务性工作。

谈完这些事，就让他们先回美丰厚货栈，明天再安排办公地点和住处。没想到几个人回到美丰厚还没进大门，就遇上这么一档子事。

志得意满的李鉴三把河东那帮人打发走，跟三奶奶说："大门上的封条撕下来吧，咱美丰厚货栈名正言顺地重新开业，保准您能大展宏图。"

大桂说："借你吉言吧。李局长，您先在我们这儿住下，有嘛事养几天再说。"

李鉴三说："李局长，您先住下，我去市党部筹备处看看。三奶奶，就拜托您了。"

大桂说："别客气，往后咱还是一家人。"

李鉴三走了。

大桂说："继承，你陪李局长去客房，让九姑收拾出一间好点儿的房间，缺什么赶紧给补上。"

李铮说："三奶奶，你就别客气了。我从那里头出来，有张床就不错了。"

大桂说："您本来就是我们的贵客，刚回来还不让您舒服点儿。"

薛继承陪着李局长去了客房。大桂这才问陈昆："三爷究竟怎么样了？"

陈昆说："我们光知道三爷还活着，身上到处是伤。现在究竟怎么样，谁也不知道。"

董师傅说："三爷身上有伤，也许接他的人得给他把伤处理一下。我看咱就等着吧。"

大桂看时候不早了，跟陈昆说："我回家看看，安排孩子吃完饭再来。"

陈昆说："您就在家歇着吧，三爷有信儿马上就去告诉您。"

大桂说："我不在柜上盯着，心里也不踏实。"说完就赶紧走了。

当天晚上，"三爷还活着，不知道去哪儿了"，这个消息像是压在大桂和美丰厚每个人头上的雾霾，心情都很沉重。三爷是美丰厚的主心骨，也是美丰厚的灵魂。不光牵动着他们的心，也影响着他们的前途和命运。

这时浑身是伤的成三爷，还在小胡同的旮旯里蜷着身子糗着。大街上的行人少了，吵吵嚷嚷的声音也没了。饥饿和伤痛使他几次昏过去又渐渐醒过来。他听见远处有人走来的脚步声，那人走近了，他使出全身的力气喊了声："行行好，给点儿吃的吧！"

"哎哟，你吓了我一跳！"走过来的人穿着男人的衣裳，大热天戴着个帽子，说话却是女人的声音。

她低下头仔细看，才发现黑影里地下趟着个蓬头散发的人。她问："你怎么在这儿糗着？"

三爷吃力地说："饿的，爬不起来了。"

女人叹了口气说："你等着。"

说罢加快脚步匆匆忙忙就走了。

不大一会儿，那个女人拿来一块黑面饼，递给三爷说："吃吧，这是我的一顿饭。"

三爷接过去咬了一口，嘴里嚼着说："谢谢这位大姑，你救了我一条命。"

海河码头

下

陈守信 著

天津出版传媒集团
天津人民出版社

第八十一章

女人听他的声音像个老人，弯下腰来问："您多大岁数了？"

三爷说："六十六。"

女人摇着头感叹地问："家里没人了？"

三爷吃力地说："有。"

女人问："你家离这儿远吗？"

三爷摇头说："不远，您看我这样儿，也没法儿走啊。"

女人仔细看，才发现这人身上的衣裳净是大口子，没一处好地方，吃惊地问："您这是让人打的吧？"

三爷点点头。

女人自言自语地说："什么人这么狠！"

三爷说："日本人。"

女人瞪大眼指着胡同外边问："宪兵队？"

三爷又点点头。

女人看着三爷问："日本投降，好些人都进去了，他们没看见您？"

三爷有气无力地说："我就是他们抬出来，放到街上的，一大早就爬到这儿了。"

女人没再问，转身就往回走。不大会儿领来一位老者，两个人也不说话，赶紧把三爷抬起来，走到胡同紧里头，径直抬进院里上房的一间屋里，轻轻地把他放到炕上。

这时三爷又晕过去了。

老者说："拿碗温水，慢慢给他送进去。"

三爷喝了几口水，长出了一口气，又昏昏沉沉地睡着了。一觉醒来，天已经黑了。

三爷挣扎着坐起来，见炕沿儿上坐着一位衣衫整洁的白发老人。他小心翼翼地问："老哥哥，这是哪儿啊？"

老者见他醒了，笑着说："南市魏家胡同。你这是阎王殿里走了一遭，命够大的呀！”

三爷苦笑着说：“没想到日本投降让我赶上了。”

那个女人端着一碗粥过来说：“你还笑呢，要不让我赶上，照样没命了！喝点儿粥吧。”

三爷还想说什么，忽然伤口一阵钻心似的疼，不由得咬着牙闭上眼，躺下就不能动了。

老人说：“把粥先放那儿吧。这位爷是受了大罪的，醒过来还有说有笑，真是条汉子！”

女人说：“我看您见他这一身伤，就动心了。”

老人眼含着泪摇了摇头，没说话。

女人说：“我就怕咱家的那个，也让他们打成这样儿。”说着竟哭了起来。

老人擦着泪说：“这就是遭了灾！是中国人就难免，谁也逃不过去。他要能活着回来，打成嘛样儿咱也烧高香。”

三爷躺在那儿听着也流了泪，勉强坐起来说：“老哥哥，您放心吧，好人准有好报。”

老人见他坐起来，赶紧把铺盖卷儿给他垫在身后说：“先喝点儿粥，肚子里有点儿食就能提提精神。我先给你把伤口洗洗，上点儿药。”

三爷说：“老哥哥，大恩不言谢，我一辈子也忘不了您二位。”

女人端起粥碗说：“喝点儿粥吧，别说这些没用的。”

三爷喝完这碗粥，精神也好多了。老人让三爷躺下，拿剪子把他身上的破衣裳挑开，就见他浑身的伤口一个挨一个，有的伤口结了痂又被打破，还在流脓流血。老人不由得倒吸了一口气，自言自语地说：“这帮鬼子，真狠哪！”

女人说：“这都是鞭子抽的。这人像个练家子，还真能扛。”

老人说：“伤口这么多，咱就一个一个来吧。你给我找点儿干净棉花，端盆温水。”

女人说：“这一身伤，您得拾掇半宿。”

老人叹了口气说：“我看也是。”

女人说：“您弄完我给他把头发胡子都剪剪，再洗洗脸，要不回家也得把大人孩子吓着。”

老人说：“你还没吃饭，喝口粥那屋歇着去吧。完事我叫你。”

女人答应了一声就走了。

昏暗的灯光下，老人低着头开始给三爷清洗伤口。

三爷忍着巨疼，睁开眼问："老哥哥，您贵姓？"

老人洗着伤口说："我姓魏。"

三爷问："您高寿？"

老人说："七十二，明年七十三就是一道坎儿。"

三爷说："您治红伤的手艺不错，家传的吧？"

老人说："我们老魏家祖辈就住在这儿，常跟卖艺的打交道，小灾小病、跌打损伤都能治点儿。我没学过，就是好这个。"

三爷说："治病救人就是积德行善。"

老人说："积德行善有嘛用？日本人一来，老伴儿让他们吓死了，没圆房的养老女婿让他们抓了做华工，到现在是死是活没个信儿。就剩下我这把老骨头跟闺女在这儿守着。"

三爷叹了口气说："都是苦命人哪。"

老人问："您贵姓？为嘛让他们抓进去？"

三爷说："我姓成，在海河码头开货栈。日本人要讹一笔钱，找个碴就把我抓进去了。"

魏老爷子很惊讶，抬起头来说："我听说过这事。您是美丰厚成三爷，对吧？"

三爷点点头。

那时不少打把式卖艺的挂子行，没辙了就去海河码头扛包。美丰厚货栈的事和成三爷的大名，几乎尽人皆知。魏爷早就听说了。见三爷点了头，老人说："得，活该咱俩有缘。你这些伤口都蹭上脏土了，不洗干净不行。洗完伤口我就给你报信儿去。"

三爷还是昏迷不醒，姓魏的老人正给他洗着伤口，那个女人进来了。

魏爷说："瑞芳，看见没有，你救的这位是海大道美丰厚货栈的成三爷。听说这个人很讲义气。"

这时魏瑞芳已经换上女人的衣裳，过来看了看说："这个人命大。要不再好的人到了宪兵队手里，也不能让他活着出来。"

她帮着老人撩起三爷被打烂的内衣，忽然看到裂开的内衣口袋里，有个细长的白棍儿露出来。她轻轻一抻,原来是一支白翎!

魏爷还在聚精会神地就着灯亮清洗三爷的伤口。

魏瑞芳不动声色把这支白翎拿在手里,站在暗处心想,当年学艺时师父嘱咐过,她是夏家门的传人,夏家门掌门人的标志,就是一支刻着字的白翎。见了这支白翎就是见了本门的掌门人,他要有了难,夏家门的弟子务必尽全部力量,哪怕是豁上性命,也要为他解围。

难道这位货栈掌柜就是夏家门的掌门人?

她借助微弱的灯光,仔细辨认这支白翎。发现细小的翎管上,果然刻着个"川"字!

魏瑞芳把白翎装进自己的衣袋,跟父亲说:"您歇会儿,我来吧。"

魏爷毕竟是古稀之年的老人,弯着腰清洗了半天伤口,已经累得气喘吁吁,坐在炕沿儿上说:"快完了,你接着弄吧。清洗完就给他上药。"

天快亮了,魏瑞芳把三爷的伤口处理完,找出父亲穿过的几件衣裤轻轻地给三爷换上。用湿手巾把他的脸擦干净,拿出剪刀给他铰了铰散乱的头发跟胡子。

魏爷说:"差不多就行了,我去给美丰厚送个信儿吧。"

瑞芳说:"天还黑着呢,我去吧。"

魏爷说:"我这个老头子怕什么,你就在家守着他吧。"

大桂心里一直惦着三爷,从家里赶到货栈,进门就问:"三爷有信儿吗?"

薛继承摇头说:"没有。"

大桂在经理室坐了会儿,心还是定不下来。跟薛继承说:"咱到门房等着去吧,反正在哪儿也是等。"

两个人来到门房,陈昆和段师傅也在这儿。

大桂问:"陈昆,你没回家?"

陈昆说:"我满脑子都是三爷的事,回家也睡不踏实。"

大桂说:"我刚才嘱咐林妈了,三爷到家赶紧给柜上送信儿。都大半夜了他也没信儿。究竟去哪儿了呢?"

段云说:"三奶奶,您就放心吧。当年我师爷爷就说,我师哥是吃百家饭长大的。从小没了父母,跟着邻居长大,就在大街上找活干,什么苦都吃过,什么事都经过见过。他命大、接地气，什么事也难不倒他。”

薛继承问：“有师父、师爷，您怎么叫师爷爷？”

段云说：“老爷子岁数大，我们都是小孩儿，叫师父不合适。就都叫他爷爷跟师爷爷。”

大桂叹了口气说：“三爷也总说他爷爷。有些事难是难不倒他，这几个月还不定让他们收拾成嘛样儿了呢。”

薛继承为排解三奶奶的焦虑，故意说：“段师傅，您轻易没说过三爷的事，您再给说说。”

段云说：“我师爷爷常说，三爷从小就聪明。有些武艺的要领，手把手教别的徒弟，总也学不会。他什么都是一教就会，还总忘不了……”

正说着有人敲门，门房师傅把小门打开，是位白发老人。

段师傅过去问：“您找谁？”

魏爷说：“这是美丰厚货栈吧，我找你们管事的。”

大桂、薛继承都在屋里听着。

老段说：“有嘛事您先跟我说一声。”

老人说：“我是给你们送信儿的。”

大桂一听赶紧出来问：“大爷，您送嘛信儿？”

老人看着她问：“您是成三奶奶吧？”

这一问，大桂的眼泪都要出来了。赶紧说：“我是，我是。”

老人说：“是三爷让我来的。”

大桂一把拉住老人的手，泪流满面说：“大爷！谢谢您，大半夜让您跑一趟，您屋里坐，屋里坐。”

几个人把老爷子让进门房。

老人坐下说：“我姓魏，住南市魏家胡同。成三爷一大早躲进胡同里，我闺女下午才看见。伤太重了，抬进家一阵昏迷一阵醒，喝了点儿粥才见缓。刚才我给他洗伤口，才知道他是谁。”

大桂说：“我们正等着他的信儿呢，他现在怎么样？”

老人说：“还是一阵儿一阵儿的昏迷。受那么大的罪，一时半会儿哪好的了。他也是惦着家里，惦着柜上。我那儿条件有限，接回来给他治治，好好养着吧。”

薛继承说："三奶奶，出台车赶紧接他去吧。"

大桂点头说："行，陈昆你开车。继承你叫上庞二、九姑，咱一块儿去。段师傅，您还得看着点儿柜上。"

不大一会儿卡车开到大门口，三奶奶和九姑搀着魏老爷子坐进驾驶室，三奶奶也坐进去。薛继承、庞二、九姑上了车厢。汽车出了大门沿着海大道一直向北，开进日租界的福岛街（今多伦道），魏老爷子指点着把车停到一个小胡同口。

这时夜已深了，几个人跟着魏老爷子悄悄走进胡同深处的一个不大的院子，只有上房一间屋里有灯亮。大桂和九姑跟着老人走进去。薛继承回头摆手，叫上陈昆、庞二又出去了。

大桂走进房间，一眼就看见躺在炕上的三爷。有个女人正用毛巾给三爷擦去脸上的泪。

大桂扑过去，抱着他就轻声喊："三爷！子和！"

三爷微微睁开眼见是大桂，泪汪汪地说："大桂，我遇上好人了！"

大桂转过身来对着魏老爷子说："大爷，您救了我们全家，您就是我爹！"跪下就给老爷子磕头。

老爷子眼含热泪，拉起她来说："别介，别介。这有嘛呀。"

大桂拉着那女人的手说："妹子，你是他的救命恩人。"说着也要跪下磕头。

魏瑞芳赶紧拉住她。大桂含着泪说："咱姐儿俩有缘，往后你的事就是我的事！"

魏老爷子说："瑞芳，这是成三奶奶，你就认个姐姐吧。"

瑞芳说："我认个姑姑吧。"说着就要跪下磕头。

大桂拉着她的手说："瑞芳，咱姐儿俩用不着这个。"

大桂看了看三爷身上裹着一件青布袄，问瑞芳："这是你给他穿的吧？"

瑞芳指着地下的一团烂布说："他那身衣裳早给打得没魂儿了。伤口是我爸给洗的。我给他换了件旧衣裳，剪了剪头发跟胡子，要不都不成人样儿了。"

老爷子呵斥她说："别逮什么说什么！赶紧给他把脸擦干净，让他们接走吧。"

瑞芳这时才看见老爹身后还站着个女人。九姑擦了擦眼泪,走过去轻声说:"师哥,我们接你来了。"

三爷看了看她,又朝瑞芳看了看。九姑拉起瑞芳的手,凑到她耳边悄悄说:"妹子,谢谢你。我看的出来,咱姐儿俩都是'挂子行'(练武卖艺的)。"

瑞芳瞪大眼睛看着她,两个女人的手使劲握了握。

这时薛继承抱着一床棉被,庞二、陈昆各扛着一袋粮食进来了。三个人放下东西,见三爷睁着眼,一起轻轻地喊了声:"三爷!"

脸色焦黄的三爷露出笑容,微微点了点头。

陈昆说:"魏爷,三奶奶临来交代,给您捎来一袋米、一袋面。咱不是外人,往后有嘛事柜上给您办。"

薛继承把棉被交给大桂说:"这是九姑让带的,车上也铺好了。"

九姑说:"身上的伤怕硌,拿它给三爷裹上,让庞二把他背出去吧。"

大桂和瑞芳小心翼翼地把棉被裹在三爷身上。九姑和瑞芳把三爷轻轻抬起来放在庞二背上。

九姑说了声:"走!"瑞芳在前,九姑在后,拥簇着庞二背着三爷走出房门。

几个人趁着夜色出了胡同,陈昆已经把卡车调了头。瑞芳走过去,手扶车厢板纵身跳上车,两手抱住三爷,九姑轻轻往上一托,就把三爷稳稳地放在铺好的棉被上。

九姑和庞二上了车,瑞芳在九姑耳边说了句:"哪天我去看你。"含着泪跳下车厢。

大桂站在卡车旁跟魏老爷子说:"老爹,您早点儿歇着,安排好他我再来看您。"

老人说:"你忙吧,这几天他离不开人。有事我再去。"

大桂拉起瑞芳的手说:"妹子,我还没顾上跟你说话呢。"

瑞芳这时流露出女性的温柔,流着泪说:"三奶奶,您别说了。我就是个捡破烂儿的。我跟你们有缘。三爷的事,用着我您说话。"

大桂说:"好,哪天咱姐儿俩好好聊聊。"

陈昆从驾驶室探出头来说:"三奶奶,眼看天亮了,快点儿走吧。"

薛继承让三奶奶坐进车厢。大桂摆摆手,让九姑拉着她上了车厢,回头朝魏家父女摆手说:"你们回去吧。"

薛继承进了驾驶室，车就开走了。

卡车沿着福岛街往回走，陈昆在驾驶室朝车上问："三奶奶，咱回哪儿？"

大桂说："去柜上吧，家里人来人往静不下来。到柜上也别让外人知道。"

盛夏的拂晓空气分外清新。一路上大桂和九姑、庞二一直盯着三爷。只见他闭着眼忽而皱起眉头，忽而轻声呻吟。大桂悄悄说："要不是日本投降，他也没命了。"说着眼泪又掉了下来。

九姑说："这就是大难不死，命中注定有贵人。"

大桂说："咱可不能忘了魏家爷儿俩。"

九姑说："看样子他们日子过得挺不济。让瑞芳到咱这儿来吧，我看她人挺利索，干什么都行。"

大桂点头说："也是个苦命人，我也看上她了。"

卡车开进货栈大门，三爷忽然睁开眼，用微弱的声音说："大桂，让他开慢点儿，我看看货场。"

大桂没想到三爷居然还醒着，冲着驾驶室大声说："陈昆！开慢点儿，三爷要看看货场！"

陈昆赶紧放慢车速，卡车缓缓地沿着货场中间的车道往前走。三爷侧身透过挡板往外看，往日满满当当的货场，如今只有那些枕木空落落地摆在地上，不由得叹了口气。忽然发现大清早就有人在那儿扫地。

三爷低声问："那是谁？"

九姑看了看说："是我段师哥。他刚从寿阳回来，没事就在货场转悠。"

三爷脸上露出了笑容，躺下说："咱的人在就好。段云会治红伤，一会儿让他给我看看。咱还得接着干。"

这几句话声音微弱，车上的大桂、九姑、庞二和驾驶室里的陈昆、薛继承却像听到冲锋号，特别振奋也特别激动。

大桂热泪盈眶地说："九姑，你听见了吧，三爷还想带着咱们接着干呢。"

九姑红着眼圈儿说："这就叫雄心。我师哥真是海河码头的大英雄。他一回来，立马就能把咱柜上的人带动起来。美丰厚还得大干一场！"

大桂兴奋地说："九姑，一会儿就把段师傅找来，让他赶紧治三爷的伤。告诉李局长，三爷接回来了。"

卡车停在经理室门前，薛继承跳下驾驶室，三步并作两步跑进去赶紧把里间的床铺收拾好。大桂和九姑把三爷抬下车厢，庞二跳下车背起三爷就往里走。

走进经理室里间，薛继承已经把床上的被褥都铺好了。

大桂和九姑扶着三爷躺在床上，老人又昏了过去。

这时段师傅进来说："我看见庞二背进个人，心想准是三爷回来了。"他走到床前，轻轻掀开三爷披着的衣裳，见全身横七竖八的伤口，有的已经化脓。这位久在江湖的汉子，眼里也涌出了泪水。

段云问："三爷的伤口有人动过吧？"

大桂说："魏老爷子给洗了一遍。"

第八十二章

段云看了看三爷的伤口，眼含热泪说：“是行家做的活儿。这帮鬼子真狠！这么大岁数打成这样，丧尽天良啊！”

大桂哽咽着说：“我看着他就像做梦。都说进了日本宪兵队没活着出来的，我就偏不信。这些日子我天天盼着他回来。没想到把他盼回来，都成这样了。”说着又想哭。

九姑说：“我师哥早年练过功，身子骨结实。扛得住就能治好。刚才在车上说的多好啊，还要带着咱们接着干呢。让我段师哥赶紧给他看看再说。”

薛继承说：“段师傅，您先看看，该怎么治您就怎么治。买什么药您说话，我让人买去。”

段云再次把三爷的伤口仔细看了一遍说：“伤的都是皮肉，骨头没事。就是伤了元气，太虚了，得慢慢补。先熬点儿鸡汤给他喝下去。待会儿我给他上点儿药。赶明儿咱把那位魏爷请来，一块儿商量着给他治。”

段云俯下身子轻声问：“师哥，您看这么办行吧？”

三爷微微睁开眼，点了点头。

大桂说：“赶明儿我去请魏爷。九姑，你去家里跟林妈说一声，今天我不回去了。让她看住俩孩子，别往外头跑。三爷的事别告诉孩子。”

九姑刚走，李铮进来了。见三爷静静地躺在床上，叹了口气说：“命不该绝，命不该绝呀！那几天真跟进了阎王殿一样，能熬过来就是奇迹。”

大桂说：“多亏有您关照他。”

李局长说：“我能关照什么呀！就是半夜里跟他说几句话。我俩也是患难之交。刚才市党部就让我过去，我说不行，三爷没找到，我不能走。他回来，我心里也踏实了。告诉三爷，市党部给我安排住处了。让他好好养着吧。”

李铮说完就赶紧走了。

大桂、九姑、庞二守着三爷。

大桂说：“九姑，你俩熬一宿了，回去歇着吧，我在这儿就行。”

九姑说："我回去也睡不着，庞二你回去吧。"

庞二是个实在人，看了看三爷小声说："有事你叫我。"说完就走了。

九姑把几把椅子拼在一起，铺了条棉被，跟大桂说："你也躺会儿直直腰。"

大桂躺下叹了口气小声说："姐，人这一辈子，摊上什么事也得受着。就说三爷，这回受的是多大的罪呀。"

九姑坐在他身边小声说："这就叫九死一生，能活着回来就是万幸。你没看出来嘛，一进货场他精神头儿就来了。人心里有奔头，多大的灾都扛得住。有享不了的福，没有受不了的罪。"

俩人正说着，三爷忽然大喊一声："哎——！"瞪着眼坐起来。

大桂赶紧过去问："你怎么了？"

三爷清醒过来，喘着粗气小声说："我梦见又挨打了。日本兵抡起鞭子，怎么也打不到我身上，拿起刺刀就往我身上捅！"

大桂说："梦是心里想。你这几天总挨打，是让他们打惊了。"说着又掉了眼泪。

九姑说："这事搁谁身上也一样，那里头过的是什么日子！往后别总想那些事了。"说着眼圈儿也红了。

那天刘四看着美丰厚的人走远了，才无可奈何地往回走。没精打采地走了几步，想了想又转身去黄家花园找瑞祥。

瑞祥多年前在小白楼遇见年轻的大桂，一下子就被这个漂亮的女人迷住了。高挑的身材，秀丽的容貌，洒脱爽朗的气质，是他从来没见过的。总想把她弄到手，一直也没得逞。打听到她是美丰厚货栈成掌柜的太太，就莫名其妙地恨上了成三爷。

刘四给他出主意，把美丰厚货栈弄到手，女人就能跟了他。搞了几次没得手，听说美丰厚成三爷让宪兵队抓进去了，正要趁机霸占美丰厚，把朝思暮想的女人弄到手，事没办成日本投降了。

垂头丧气的刘四说："听说日本投降我就去了宪兵队，找到成子和，他都让日本人打的没样儿了。差点儿我就把他摆平，又让美丰厚的几个人给搅了。"

瑞祥一听就气不打一处来，指着刘四说："谁让你去了？天底下哪有这么便宜的事！日本宪兵队抓成子和，是查他资助抗日的事！日本投降了，提起火烧日本飞机场的事，知道是美丰厚出车拉的二十九军敢死队，成子和就是功臣！再挖是谁告的密，咱俩还跑的了？"

刘四听得都愣了。

瑞祥说："这时候咱躲还来不及呢，你还往那儿凑，这不是成心找死嘛！"

刘四低头嘟囔着说："那咱就干等着？"

瑞祥说："不等着又能怎么样？像你这么东一榔头西一棒子，事办不成，没准儿把我也给搭进去！"

刘四没话说了。忽然想起一件事："瑞爷，你知道嘛，大桂当董事长了。"

瑞祥瞪着眼问："她当了美丰厚的董事长？"

刘四说："我听人说的。那娘们儿哪有那本事！"

瑞祥没好气地说："你别糟践人家！这些年她跟着成子和，光听、光看也学不少本事。你那两下子，比人家差远了。"

刘四知道这些年瑞祥一门心思惦着把大桂弄到手。弄不到手，他恨得牙痒痒，说她的坏话，他又不乐意。瑞祥怼了他，也就自认倒霉不提这事了。

刘四皱着眉头说："嗐！美丰厚的事，真难办。"

瑞祥说："这几十年美丰厚让成子和弄得像铁桶，针插不进，水泼不进。要不是我找出奉军产业这个茬口，连日本人也搬不动它。"

刘四说："那咱就干等着吧。"

瑞祥说："我就不信从重庆过来的国民政府，都是不吃腥的猫。找着合适的人，照样还能把美丰厚捅个底儿朝天！"

刘四问："你有认识的人？"

瑞祥说："我姨夫是事变前的天津市市长，他要能回来，咱就有办法。"

刘四说："那咱还得等着呀。"

瑞祥说："别干等着，你也想点儿辙，挣点儿钱，总上我这儿蹭吃蹭喝算嘛事！"

刘四看着他的脸色说："那年你们老爷子让我收古董，要不我还接着干这个？"

瑞祥看了他一眼，掏出一沓票子拍给他："你就干去吧！"

杜四安排完当天的活，走到海大道冲着马路对面的美丰厚货栈大声喊：“陈昆！”

正在货场的陈昆跑过来问：“四哥，有事？”

杜四问：“三爷出来了？”

陈昆看着他：“你怎么知道的？”

杜四说：“昨儿下夜的告我的。你开车拉着人回来，三奶奶在上边，除了他还有谁？”

陈昆难过地说：“三爷可真够惨的，让宪兵队打得皮开肉绽。十八层地狱他到了十七层，眼看人就完了，捡一条命！”

杜四说：“我叔在世就说过，咱这一辈人数他命苦。从小爹妈就没了，是吃百家饭长大的。昨儿个你接他去了？”

陈昆说：“一早就去了，把跟他关一块儿的机器局李局长接回来了，可没找到他。夜里有人送信儿才去车接的。回来就昏迷，一直没大醒过来。”

杜四叹了口气说：“他受那么大罪，一时半会儿好不了。”

陈昆问：“你进去看看？”

杜四给自己立过规矩，成子和是货栈掌柜，咱是搬运工，总到柜上去让人说闲话。今天三爷刚从宪兵队接回来，大难不死，不进去看看也说不过去。他说：“我进去看看吧。”

杜四跟着陈昆走进货栈经理室里，三爷还躺在里屋床上昏迷不醒，段师傅正给他换药。杜四见三爷难受的样子，忍不住哭出了声。三爷睁眼看了看，用微弱的声音说：“四爷，我这不是回来了嘛。”

大桂赶紧搬过一把椅子说：“四哥您坐下。”

杜四擦了擦眼泪，跟段师傅说：“段爷辛苦。”

段云没来得及说话，大桂说：“昨儿是南市姓魏的爷儿俩看见他的。人家把伤口都给洗了洗，回来段师傅接着给他治。我刚给他把脸上、身上又都擦了擦。”

杜四站起来说：“我找个人给他理理发。”说着就要走。

段师傅说：“四爷，别找人了，我给他来吧。光头好剃。”

杜四小声问：“好治吗？”

段云说:“伤不少,没伤着骨头,就是伤了元气,得用老参汤。”

杜四说:“我那儿有点儿老参,东北老客给的。存不少年了,正好给三爷用上。”

站起来二话没说就走了。

天津人都这样,亲朋好友出了事,不帮着干点儿什么,自己心里总过不去。

段云说:“我去把剃头的家什拿来。”说着也走了。

杜四和段云都走了,三爷吃力地睁开眼看了看。

陈昆送杜四回来,见三爷睁着眼,小声说:“三爷,您在柜上养着好,这儿清静,有嘛事大伙儿在这儿,都好办。”

三爷问:“李局长呢?”

陈昆说:“他挺好,昨儿还来看您呢。去市党部了,人家非让他去,还给他安排了个顾问,也有住处了,好像是李鉴三给他安排的。”

三爷问:“是咱修理车间的李师傅?”

陈昆说:“是,李鉴三是国民党地工,现在市党部就是他主事。”

三爷小声说:“往后市党部有个熟人也好。”

陈昆问:“我听说有个贼眉鼠眼的瘦子,去宪兵队找过您。是谁?”

三爷叹了口气说:“是刘四。”

陈昆咬牙切齿地说:“刘四这个王八蛋,事变前他就糟害咱们,日本人来了给咱造谣,日本投降了他还敢出来。我要碰上他,打不死也得让他残了!”

大桂问:“刘四去干嘛?”

三爷有气无力地说:“让我委托他当代理。他把我拖出地牢,找人帮着把我抬出宪兵队。为躲他,我才爬进胡同里。”

大桂明白了,气愤地说:“人都这样了,刘四还敢下黑手。这个狼心狗肺的东西,有空子就钻,什么时候他也好不了。往后也得防着他!”

转天早晨三爷剃了头、擦了身上,烫了脚,靠在被垛上就睡着了。

大桂说:“九姑,咱俩去请魏爷。我看他们家日子过的也够紧巴的,你说咱怎么报答人家?”

九姑说:“你不是看上瑞芳姑娘了嘛,让她来咱这儿得了。往后柜上的生意做起来，客房也得添个人管。”

大桂说：“那得看人家乐意不乐意。我看魏老爷子像是吃过见过的大家主儿。告诉庞二爷，让他拉上车把魏老爷子接来。”

九姑说：“让庞二拉着你去吧。”

大桂说：“咱俩现在就去，让他先看着点儿三爷。一会儿段爷来了他再去也不晚。”

这时还是早晨，大街上东一伙、西一拨的人们，都在议论原子弹威力怎么这么大？天津的小日本儿都跑哪儿去了？往后谁管天津卫？花什么钱？物价还涨不涨？

大桂和九姑走进魏家院子，见院子不大，三面都是砖房。上房虽然年久失修，勉强还能住人。两边的厢房门窗残破，东倒西歪，眼看就要塌了。院子里打扫得很干净，上房门外立着个刀枪架子，插着破旧的大刀、花枪和两把单刀，地下还摆着一对铁锤。

九姑看着这些兵器笑了笑，没说话。

瑞芳正在堂屋擀面，见大桂和九姑走进来，赶紧放下手里的活儿，出来笑着说：“三奶奶来啦！”

大桂嗔怪地说：“别这么叫，叫我大桂姐。”

瑞芳说：“叫您大桂姐？那九姑呢？”

大桂说：“九姑是她的官称，就这么叫。”

瑞芳指着刀枪架子说：“您看见了吧，我是练武艺的。按辈分，三爷该是我师大爷。怎么能叫您姐姐？”

大桂说：“你跟他论辈分，跟我别论那个。就叫我大桂姐。”

三个女人手拉着手笑起来。

大桂问：“老爷子呢？”

瑞芳指着屋里说：“还睡着呢。昨儿折腾到大半夜，睡的晚还没起呢。我拿您给的白面，给他擀碗面吃。”

九姑说：“天津人遇上喜庆的事，都爱吃捞面。”

瑞芳说：“吃碗打卤面，也让老爷子解解馋。大桂姐、九姑，屋里坐吧。”

大桂说：“别进去了，让老爷子踏实睡会儿。院子里凉快。一会儿庞二爷拉车来接他，还想让老爷子去给三爷看看。往后该怎么治，还得听老爷子的。”

瑞芳说：“我爸没学过医，就是凭他那点儿经验。他好这个。有人求他，总是连说带送。”

九姑问：“送什么？”

瑞芳说：“送药呗，老爷子就有这个瘾。”

大桂小声问：“老爷子干的是哪一行？”

瑞芳往屋里看了看，小声说：“我爸哪一行也没干过。从小家里有钱，这半条胡同都是魏家的。就靠收房租过日子。民国以后越来越不济，房子卖的就剩这一个院儿了。”

九姑问：“东西厢房是往外出租的？”

瑞芳摇头说：“不是。是我爸两个卖艺的朋友住的。家里没辙，也不好意思收房租，就让我跟着他们学艺，也跟着出去打把式挣钱。你们也看见了，院里的这些房子早就该翻修了，就是没钱。”

大桂听了，不由得叹了口气。

九姑说：“你俩说话吧，我洗洗手给你把面擀出来。”

瑞芳也不客气，进屋拿了个脸盆递给九姑说：“水龙头在那儿，您就受累吧。我正想跟大桂姐说说话呢。”

这个不见外的姑娘，说话办事都麻利，让大桂非常喜欢。

瑞芳把两个小板凳摆在院里说：“大桂姐，您坐这儿。”

大桂坐下，她坐在对面说：“大桂姐，跟您说实话，这些年我跟我爸糗在这个院子里，连个说话的姐妹儿也没有，可把我憋死了。”

大桂问：“你不是说，也跟他们出去卖艺吗？”

瑞芳说：“那是日本鬼子进来以前的事。日本宪兵队一进海光寺，我们胡同的人就跑光了。跟这帮阎王小鬼儿凑一块儿，谁敢哪！日本兵把人打得鬼哭狼嚎，我娘就吓得浑身哆嗦，成宿睡不着觉，没两年就让这帮日本鬼子给吓死了！”

大桂点头说：“可也是，你们离日本宪兵队最近，谁也怕招惹他们。”

瑞芳说：“院子里老丁家有个儿子，跟我一般大。我爸、我娘看他不错，从小就给我们定了娃娃亲。我俩一块儿学艺，也算是青梅竹马吧。那年正要成亲，闹起了事变。盼着赶走日本鬼子办喜事，可他让日本人抓了做华工，至今是死是活也没个信儿。”

说着，捂着脸呜呜地哭起来。

大桂的眼圈儿也红了，擦着眼泪说：“咱千家仇万家恨，都是让日本鬼子祸害的。这几年你们爷儿俩是怎么过来的？”

瑞芳说：“大桂姐，不怕您笑话，我们爷儿俩一直是吃了上顿没下顿。我爸除了去南市遛弯儿，什么也不干。就凭我穿一身男的衣裳，戴个破帽子，到处捡点儿破烂儿，卖几个吃几个。”

大桂说：“这样吧，往后你们爷儿俩去我们柜上，老爷子看着点儿货场，你在厨房、客房给九姑打个下手。两份儿工钱，怎么也够花的了。”

瑞芳摇头说：“不行，大桂姐，您不知道我爸的脾气，他是泥菩萨过河架子不倒。七十多岁还是少爷脾气。宁可饿着，也绝不在人前露个穷字。他帮人，倾家荡产也心甘情愿；人帮他，说什么他也不接受。”

大桂说：“要不你去我们那儿吧。”

瑞芳眼圈儿红了，叹了口气说：“大桂姐，跟您说实话，我也不愿意去。我等姓丁的八年了，好不容易日本投降了，还不在家等到他回来？恐怕我爸也不乐意我这时候去您那儿。”

大桂笑着问：“你多大了？”

瑞芳说：“二十八，您呢？”

大桂说：“三十六，比你大八岁。”

瑞芳忽然想起她是三奶奶，赶紧说：“我不能叫您姐了，叫您干娘吧。”

大桂说：“不行，这么叫都把我叫老了。”

瑞芳说：“反正不能叫姐了。叫大姨吧。”

大桂说：“有人叫我小姨，你也叫小姨吧。”

大桂还要说什么，庞二进来说：“三奶奶，车停门口了。”

大桂说：“等会儿吧，老爷子还没起呢。”

话音没落，魏爷从屋里出来说：“我早就醒了，就是懒得动。”

第八十三章

大桂见魏爷出来了，站起来说："老爹，我们那儿给三爷治伤的段师傅，看见您洗过的伤口，特佩服您的手艺。想请您去再给出出主意。庞二拉着车请您来啦。"

魏老说："你早说呀，等我洗漱一下，换换衣裳。"

庞二说："不忙、不忙，我等着。"

大桂说："让老爷子收拾。你去打锅豆腐浆子，买两张大饼、几个果子、几个糖皮儿。老爷子还没吃早点呢，我们也跟着吃点儿。"

庞二答应了一声，瑞芳递给他个小锅。大桂掏出一沓储备币给他说："这钱还不知道能花不能花呢，你就拿它去吧。"

庞二接过去说："我去看看吧，不花这个花嘛。"说着赶紧走了。

天津从开埠就是五行八作、工匠商贩聚居的地方，家里早晨不升火，上班的人们拿着干粮在小店儿、饭摊儿买点儿果子(油条)、豆腐浆子、锅巴菜之类就着吃，这顿早饭叫早点，也叫点心。

天津人说的豆腐浆子，可不是豆浆多了一个字儿。这是天津卫特有的吃法。豆浆里漂几块特嫩的豆腐，再放点儿盐面儿，连吃带喝，口感极好，特别地道。

大桂这一安排，让魏老爷子心花怒放。去了茅房，洗脸漱口，把头发胡须梳得整整齐齐，还换了件白纺绸的褂子。庞二买的早点也到了。瑞芳把矮饭桌摆在院里，拿来碗筷。魏老爷子端端正正坐下问："三奶奶，你们也吃点儿？"

瑞芳笑着说："您吃吧，我们里屋吃去。"

瑞芳给老爷子盛出一碗豆腐浆子，留下一个果子、一个糖皮儿，其余都端进屋里。

三个女人进了屋，魏爷问站在一旁的庞二："你也吃点儿？"

庞二说："爷，我偏过了(吃过了)，您请吧。"

魏爷慢条斯理地吃着早点问："三爷昨晚睡得怎么样？"

庞二说:“前半夜还是昏一阵儿,醒一阵儿。后半夜睡得稳当点儿了。”

魏爷指着眼前的小板凳说:“你坐。”又问:“伤处有人看过了?”

庞二坐下说:“是我们柜上段爷给看的。”

魏爷问:“段爷?他叫段什么?”

庞二说:“叫段云,是三爷的师兄弟儿。”

魏爷问:“跟三爷同门?是哪个门的?”

庞二歉意地笑着说:“这我就不知道了。我光知道那位师父是山西寿阳的,姓夏。”

魏爷抬起头,看着庞二问:“是太行的夏子川?”

庞二点头说:“好像是。”

魏爷说:“大清宣统那年他来天津,我在估衣街请他吃过饭。好像说有个姐姐在天津。”

庞二说:“那就对了。三爷说过,他是侯家后一位奶奶养大的。也许那就是夏爷的姐姐。”

魏爷站起来说:“咱走吧,三爷不是外人。”

摆手就让庞二跟他走。

瑞芳出来说:“您刚吃几口就走?”

魏爷摆着手说:“不吃了。”

瑞芳说:“您等等。”转身进屋拿出一件衣裳说:“您穿上大褂吧。”

魏爷点点头,接过这件灰色纺绸长衫穿在身上,顿时显出一种绅士的派头儿。

老人跟着庞二走了。

大桂、九姑笑着从屋里走出来。

瑞芳说:“小姨,您听见了吧?我爸就是这性格,一听三爷是夏家门的人就坐不住了。”

九姑挺奇怪,怎么叫起小姨了?

大桂问:“魏爷也是习武的?”

瑞芳说:“不是,他就好交习武的朋友。从年轻就这样,说起来就请人家。老了又加了个更字。”说着自己也笑了。

大桂说:“瑞芳,你也跟我们去一趟吧。三爷特想见见你。救命之恩,哪能轻易放下呀!”

九姑说:“夏天生面放不住,把咱擀的面带上,到美丰厚吃捞面去。”

大桂说:“路上买点儿菜码儿,咱上九姑那儿,叫上老爷子一块儿煮面吃。”

瑞芳是外场人,大桂一说就满口答应。三个女人说说笑笑从老日租界走到法租界,见大商店就进。大桂给瑞芳买了衣裳又买鞋,说这是送给她的见面礼儿。给她买什么,瑞芳也不推辞。

三个女人兴高采烈地走在大街上。

九姑说:“大桂,咱俩也没出来逛过。”

大桂说:“我也没这么自由自在地逛过呀!”

说完她们都笑了。

三个女人回到美丰厚货栈,魏爷和段爷已经看完三爷的伤,聊半天了。

魏爷和段云、薛继承坐在经理室外屋,喝着一壶刚沏的好茶,魏爷说:“看病治伤我没拜过师,都是记问之学,听来的。开方子我不行。药补、食补,该吃什么、喝什么,好药在哪儿卖,都在我肚子里。”

段云说:“您别客气。行家一伸手,便知有没有。您给三爷拾掇的伤口,干净地道。没几年功夫可不行。”

魏爷说:“那天三爷在又脏又潮的旮旯里趴了半天,人受不了,伤口更受不了。抬进家我就让闺女预备温水赶紧洗伤口。流血流脓的伤口,不洗可不行。听说他是美丰厚成三爷,我就赶紧来报信儿。为嘛?我手里的药不行。要有好药,当时给他上一遍,再歇一宿,那就更好了。”

段师傅说:“这就很不错了。三爷这两天没发烧,全仗您早早就给他把伤口洗干净了。伤口要没过您的手,回来一发烧,还不定多难崴呢。”

魏爷说:“段爷,往后三爷的伤怎么治,听你的。买嘛补品、买嘛药,我来办。药跟得上,药补食补都对症,只要三爷踏踏实实养着,别着急、别累着,用不了几个月就能好利索。”

段云说:“有您帮着,三爷的事就齐了。”

薛继承听他俩一说,心里也踏实了。

魏爷遇见识货的知音,心里特别痛快。身子凑过去问:“段爷,南市下过明地的老丁，您听说过吗？”

段云说：“不就是丁趁勇嘛，德州人，我认识。”

魏爷问：“他怎么样了，您知道吗？”

段云说：“这是好几年的事了。听说日本一来他就往回走，火车还没过沧州，日本兵就把车上的人都撵下来，搜查带枪的抗日分子。鬼子用枪托子怼人，咱练武的哪受得了。他们一动手，日本兵就开枪了。听说还有一位姓杨的，两家人都没了。”

魏爷一听脸都白了。

薛继承问：“魏爷，这两位您都认识？”

魏爷哽咽着说：“何止认识，都是我过命的朋友。”低下头眼泪扑簌簌掉了下来。

这时大桂、九姑陪着瑞芳进来了。

瑞芳这几年一直穿着不男不女的衣裳，头也不梳，脸也发灰。九姑让她在客房洗了脸，梳了头，换上刚买的新衣裳，人也显得漂亮多了。见魏爷难过的样子，大桂赶紧过去问：“老爹，您怎么了？”

瑞芳问：“爸，您怎么这么伤心？”

魏爷擦了擦眼泪，抬起头说：“丁家、杨家，这两家人还是没了。”

段云说：“听说丁家有个儿子留在天津。”

魏爷流着泪摆摆手说：“那孩子也让日本人抓走了。”

瑞芳扶着老人说：“爸，别提那些事了。日本投降，这是多大的喜事啊。您看三爷的伤了吗？怎么样了？”

老人擦着泪水摇摇头，难过得说不出话来。

薛继承说：“魏爷看了三爷伤口，说往后刀伤药、食补、药补一齐上，三爷能好好养着，用不了几个月就能好利索。”

大桂问：“老爹，您看三爷是回家养着好，还是在这儿养着好？”

魏爷擦干眼泪想了想说：“依我看，在柜上再养几天为好。伤口没愈合，就怕人静不下来。人回了家心还在这儿，什么事都想，着急上火对养伤就很不利。还是等伤口愈合了，再回家养去。伤筋动骨一百天，这么重的伤，没几个月元气上不来。”

薛继承说：“老爷子拍板了，先在柜上治好。三奶奶，您就别总想回家的事了。”

屋里的人都笑起来。

大桂说：“老爹，日本鬼子让咱打败，都滚蛋了。倒霉的日子也过去了。咱就等着过好日子吧。今天让九姑给咱做打卤面。面条儿还是瑞芳给您擀的呢。让他们都上班去吧，我陪您跟瑞芳看看我们货栈，你看行吗？”

魏爷点点头说：“那敢情好。”

大桂说：“那咱就走吧。”

魏爷颤颤巍巍站起来，大桂、瑞芳扶着他，出去看了看货栈东西两个货场。正在清理垛位、打扫库房、维修设备的工人们，都知道是这父女二人救的三爷，有的放下手里的活儿，跟他俩打招呼：“谢谢您二位救了我们三爷！”

有的微笑着向他俩点头示意。

魏爷和瑞芳对自己为美丰厚干的这件好事，非常自豪，可又有点儿纳闷儿。

魏爷问：“三奶奶，搬运工都是按活儿给工钱，怎么没活儿，还来上班？”

大桂说：“三爷让来的。他说美丰厚货栈成立四十多年，货场就没空过。趁现在没货，好好把货场清理清理。里里外外打扫干净，枕木翻过来晒晒，苫布、芦席该补的补，该换的换。机器设备也得检修、擦洗、上油，让它动一动。来了货也不耽误事。”

魏爷说：“还是三爷看得远。”

大桂小声说：“三爷说，哪个工人都是养家糊口。不上班一家人跟着挨饿！”

魏爷瞪着眼，挑起大拇指说：“三爷，真仁义呀！”

来到客房，厨房掌勺的蔡师傅特意过来看魏爷和瑞芳，说：“魏爷，您爷儿俩救了三爷，也救了我们美丰厚这几百号人，我们都得谢谢您哪！”

魏爷听了这些话，心里非常得意。

大桂和九姑陪着这爷儿俩吃了顿丰盛的打卤面。饭后庞二拉车把魏爷送回家。瑞芳在客房跟九姑聊到很晚才走。

大桂回到经理室，三爷正依着被垛歇着。见她进来，就问：“魏爷他们走了？”

大桂说：“走了，我陪着爷儿俩把前后两个货场都看了看，吃完饭走的。”

三爷说:“是该好好答谢这爷儿俩。”

大桂说:“我看他们家东西厢房都快塌了,咱给他修修吧。”

三爷说:“整个院子都得翻修,上房、厢房都弄好点儿。往后房租就够他们吃的了。”

大桂说:“我就是这么想的。”

大桂给三爷倒了杯水,三爷喝了说:“大桂,往后有些事你就得想着点儿。”

大桂说:“是,往后柜上这些事我管,你就好好养着吧。”

三爷很惊讶,问她:“柜上的事你管?”

大桂说:“你进去那天,大爷就发话,让我当美丰厚的董事长。”

这时九姑进来说:“大桂可能干呢。日本人搅得咱没生意了,她就带着人到码头上揽活儿。柜上的搬运工家里饿得下不了炕,她找上门去送粮食,还给人家烙饼,做面汤。咱货栈没一个不佩服她的。”

三爷看着大桂,不住地点头说:“大爷的这步棋真好!把我想了又想的大事,他给办妥了。”

大桂问:“什么大事让你想了又想?”

九姑说:“这你还不知道?往后让谁管美丰厚的事啊!”

三爷说:“大爷让你把货栈管起来,这就是美丰厚的长久之计!”

大桂说:“我可没想那么多。”

三爷叹口气说:“在那里头我让鬼子打的一夜一夜睡不着,当时我就想,我是出不去了,日本特务、汉奸、地痞都盯着美丰厚这块唐僧肉,让谁管也得受他们的惩治。想了不少人,就没想到你。”

大桂说:“这事谁也没想到。”

九姑说:“那天您让人带走,柜上的人都蒙了,外面什么谣言都有,有的工友也不敢上班了。要不是大爷发了话,谁也想不到三奶奶出面能把局面稳住。”

三爷说:“我就是老脑筋。从大清改民国,中山先生就提倡男女平等,我就觉得自己内人能生儿育女,把家里的事管好就很不错了。让你抛头露面,跟货栈里里外外这些男人去打交道,想都没想过。其实柜上这么多难办的事,你都做得头头是道。这真是我没想到的。大桂,往后你就当这个家吧。”

“你得多动脑子、多想事。有了事，不光要想怎么办，还得想让谁办。把柜上的人们都鼓动起来才行。光靠自己，三头六臂你也管不好。”

大桂说：“那天大爷跟我就是这么说的。”

三爷听她说完，靠着被垛闭上眼，一会儿就睡着了。

大桂告诉薛继承和陈昆，三爷想给魏家翻修房子，还得翻修得好点儿。

大桂说：“这是三爷的心意，咱一定要办好。这事由陈昆办。先去跟魏爷说好，请懂行的给出出主意，找几位好工匠，从柜上抽小工。备足料就动工。要按原样往好里修。完事我请三爷亲自去验收。”

当天陈昆就去魏家胡同找魏爷。到那儿才知道，魏爷从美丰厚回去就倒下了。

瑞芳小声说：“老爷子是听说丁、杨两家人都没了，伤心过度，躺几天就好了。”

陈昆跟魏爷说：“三爷跟三奶奶想把您这儿的房子翻修一下。我就是为这事来的。”

躺在炕上的魏爷一再拱手说：“谢谢三爷、三奶奶吧。柜上那么多事要办，我这房子急什么呀，先忙别的吧。”

陈昆说：“三奶奶说了，这事让我管。我看先请位能人把大体该怎么弄出个主意。您说行，就让瑞芳姑娘收拾两天东西，咱随后就扒房。”

魏爷说：“那我就找个朋友一块儿念叨念叨怎么弄。”

瑞芳说：“家里这点儿东西，该扔的扔，一天就收拾完了。”

陈昆说：“老爷子，这事定下来您就去柜上住几天吧。三爷那儿离不开您。瑞芳姑娘忙不过来，让九姑来帮帮忙。”

魏爷说：“行啊，行。我这个家就交给您了。”

陈昆回去跟三奶奶说了，大桂说：“那就先等魏爷的信儿。魏爷发了话，就让庞二爷拉车去接他过来。”

过了两天魏爷就给话了。庞二把魏爷接来，九姑把魏爷安顿在客房，又去魏家胡同帮瑞芳。

陈昆按魏爷的意思连找人带备料，没几天魏家胡同就开了工。

又过了几天，李局长来了。

李铮穿了一身中山装，六十来岁还那么精神。一见三爷就说："三爷，你恢复得够快呀，看着跟正常人一样了。"

三爷苦笑着说："我伤没好，总带着苦相也不行啊。听说你让市党部接走，官复原职了？"

李铮说："我这个官儿，复不复原职都一样。机器局都没了，局长也是光杆儿司令。我跟你说，这两天一到半夜我就睡不着，还想着咱俩在地牢的事。你说怪不怪？"

三爷说："我也是，做梦还跟你聊呢。"

李局长叹了口气说："咱俩可真是生死之交。这两天我就住在戈登花园市党部楼里，离你们不远。"

三爷问："你在那儿干什么？"

李铮说："他们给我安了个市党部筹备处顾问。"

三爷问："怎么没成立市政府？"

李铮说："重庆还没任命市长是谁呢，政府的事都由市党部先代管。"

三爷问："听说李鉴三现在是市党部主事的。他是从你那儿来的，当初你看出他是国民党的人了吗？"

李铮不屑地说："我真没看出他是国民党。这么多年身份一点儿没暴露，我看不是他道行深，是他根本就什么事也没干。"

三爷说："民国二十八年发大水，我内侄大锁帮着撑船挨家送吃的。回家跟我说，李师傅家在马场道，看他的住处真不像是工人。十几岁的孩子还真看出点儿门道。"

李铮说："但愿他不是个白眼儿狼。"

三爷说："不管他是什么狼，有个中国人的政府，不再受外国人的欺负就好。交税、纳粮我也认了。就是不能再让外国人欺负！"

李铮摇了摇头说："那也未必。你好好养着吧，我回去了。"

三爷说："我也想开了。往后外界的什么事也不掺和，养好了也不死盯在柜上，让大桂她们干去吧。"

李铮说："这就对了。咱俩一样，命是白捡的，还不自由自在地活几年？我过几天再来，回见吧！"说完摆摆手赶紧走了。

一连几天三爷的心情都很好。魏爷陪着他聊天儿,伤口用的是魏爷给买的上等刀伤药,天天喝老参汤,段云早晚用气功给他调治。厨房单做补养的饭食,大桂、九姑昼夜在他身边服侍,裂开的伤口大都愈合了,人也渐渐恢复了元气。

这几天海河码头也在复苏。先是塘沽、大沽的渔船来卖鱼虾,接着营口、葫芦岛、龙口、烟台一带做生意的船也进来了。在货栈存货的商家,也开始往外运。码头上有船来往,货栈跟搬运工也就有活儿干,有钱挣了。

这几天大桂既要照顾三爷,照顾货栈的生意,晚上还要回家照顾孩子。三下里忙,她照样是处处经心,该说的、该办的,所有的事都能关照到,也没见她埋怨过谁。货栈的人们都佩服这位大事当前不慌不乱的董事长。

三爷把这些事都看在眼里,也更心疼这位贤内助。一天大桂跟三爷说:"那天看你皮开肉绽的,身上到处都是一层一层的血嘎巴,我都不敢看。"

三爷笑着说:"刚进去那天,宪兵队把各种刑法都用上了。后来就是天天用鞭子抽。让你受罪,就是不让你死。"

大桂问:"日本人不想让你死?"

三爷笑着说:"他们把我弄死,拿什么敲诈美丰厚?"

第八十四章

大桂问:“日本投降,你怎么跑出来的?”

三爷说:“是地痞刘四把我弄出来的。他没安好心,还是想利用我吃掉美丰厚。”

大桂没好气地说:“日本没投降那会儿,他就总来。先是说拿钱就能找人把你赎出来,后来又说把货栈交给他,就能把你保出来。我知道他是编笆造模骗咱,也没理他。”

三爷说:“刘四这种人,说什么你都别信。孩子们呢?”

大桂说:“都好着呢。日本投降这几天,学校也没上课。总问你,我没告诉他们。李局长怎么也在那里头?”

三爷说:“李铮是国民政府天津机器局的上校局长。日本人怀疑他把机器都炸毁了,可也没证据,抓进去没什么可审问的。看他身强力壮,就让他在牢房倒尿桶、背死人,这些年他就是这么过来的。”

待了会儿,三爷忽然问:“我穿的那身衣裳放哪儿了?”

大桂说:“你那身衣裳,又是血又是泥,都成了烂布条子,早扔了。”

三爷问:“里边穿的小褂儿也扔了?”

大桂说:“那堆破烂儿也分不出里外,都一块儿扔了。里头有东西?”

三爷惋惜地摇摇头说:“没什么,我就是问问。”

夫妻俩正说话,一个穿着时尚的姑娘,风风火火地进来就喊:“三叔!您都能坐起来了!”

大桂一看,是夏玉珠。嗔着她说:“你这个疯魔,吓我一跳!”

三爷问:“玉珠,你怎么来了?”

玉珠说:“十六号那天我就来了,小姨没告诉您?那天您躺床上,脸上一点儿血色都没有。才几天就恢复得这么精神,气色也好多了。”

大桂说:“那天我看着他都害怕,总怕他挺不过来。你怎么还是这么忙?”

玉珠说:“这几天事太多了。”她看了看身后,压低声音说:“三叔,您知道吗?八月十八号就有人撒传单,号召天津市民配合共产党军队解放天津。十九号冀中的八路军真就把西站给打下来了。听说是刚投降的日军上野部队,跟伪警察总队替国民党夺回来的。”

三爷问:“还有这事?”

玉珠小声说:“有人说是那边中央发话了,让军队从北平、天津外围撤离,要做长期打算,先夺取中小城镇。”

大桂问:“你的消息就这么灵?”

玉珠说:“当记者就得打听这种消息,越玄乎人们越想买报看。要不然我们吃什么?”

三爷说:“玉珠,你别搀和这些事。政党之间谁都没实话,干什么咱也别管。”

玉珠说:“我们就是抓新闻,哪管得了人家?想管也管不了!”

薛继承进来说:“玉珠你好,怎么总没来?”

玉珠说:“日本投降这么大的事,我们还不得没白没夜地忙一气?要不是为看我三叔,今天我也来不了。你们忙吧,我走了。”

薛继承问:“你怎么来的?我送送你。”

玉珠说:“我有专车,自己蹬着来的。”说罢,笑着就走了。

三爷看着她的背影说:“这孩子,三十出头了,也不想想自己的事。”

大桂说:“你看她忙的这个样儿,我正想问问她呢。”说着看了薛继承一眼。

薛继承的脸红了。

大桂跟薛继承提过,想让玉珠跟他交朋友。三爷被抓,这事也没再提。

这时薛继承赶紧打岔说:“三爷,三奶奶安排您住柜上太对了。在海河码头做生意的商号都要来看您,我跟陈昆哪天都得接待好几拨。”

大桂说:“有的人说是看三爷,其实是想把这几年断了的关系再接上。有人还去咱家里找过你。要在家养着,成天应酬他们就受不了!”

三爷忽然问:“我出来的事告诉大爷了吗?”

大桂说:“告诉了。大爷那天就要来看你,我给拦住了。岁数大了,我怕把他累着。”

三爷说:“有些事我想跟他说说。”

大桂说:“过两天再说吧。你们老哥儿俩一说起来就没完没了,你刚好点儿,别累着。"

三爷看着她笑了笑,没再说什么。

大桂见这儿没什么事,早早地回了家。一进门,保姆林妈就说:"刚才隔壁张太太来找您。见您没在家,说一会儿还要来。"

正说着,门外响起一阵敲门声。

原来隔壁张家的窗户对着胡同,大桂回来张太太就看见了。成信去开门,穿着讲究的张太太小声问:"成信,你妈回来了吧?"

成信点头说:"回来了。"回头朝屋里喊:"娘,张太太来了。"

大桂迎出来说:"张太太,您老没来了,屋里坐吧。"

张太太跟着大桂走进客厅,小声问:"三爷还好吧?"

大桂说:"好多了。日本投降捡了一条命,浑身是伤,在柜上养着呢。您请坐。"

张太太六十多岁,大桂总是按长辈待她。张太太坐下说:"柜上比家里清静,我们家老头子还想去看他呢。"

大桂说:"张爷岁数也不小了,别去了,过几天他就回来。"

张太太悄悄说:"他说有一笔生意,非得找三爷。"

大桂问:"是生意上的事?"

张太太神秘地点点头。

大桂说:"我过去看看吧。"

张太太说:"那就麻烦你了。"

大桂说:"张爷是哈里洋行总经理,给我们生意是照顾我们,哪是麻烦哪。"

说着就跟张太太去了张家。

隔壁张爷是美国哈里公司驻天津分公司的经理。事变前哈里公司进出口货物,都是美丰厚货栈经手。日本投降没几天,美国的一批进口物资就要来了。

这是一批联合国救济总署给中国北方发来的救济物资,也是哈里公司天津分公司抗战胜利后接的第一批进口货。

张爷心里明白,这批货接不好,不光天津分公司的声誉受影响,他的位置也保不住。想来想去,还是找美丰厚干为好。成三爷从日本宪兵队出来了,能不能接这一单货?正在犹豫,见大桂进来了,赶紧站起来说:"成太太,请坐,请坐。"

大桂坐下问:"张爷,听说您那儿有一单生意?"

张爷说:"是一笔很大的生意。是联合国善后救济总署给中国北方运来的救济物资,由哈里洋行美国总行代办,在天津下船。我向总行推荐,最好由美丰厚货栈接这批货。三爷最近怎么样?他要在就好了。"

大桂问:"怎么联合国的救济物资,是美国洋行代办?"

张爷说:"联合国善后救济总署,是美国人一手操办的。署长是我在美国的同学,也是我们哈里洋行的股东。这就是咱们中国人说的,肥水不流外人田。"

大桂又问:"您是说,这是一笔大生意,也没什么风险?"

张爷说:"跟联合国打交道,还有什么风险?人家付的费用是按美元结算,还都是预付,绝对不会拖欠。这笔买卖太难得,也太合算了。"

大桂说:"美丰厚就把这单货接下来吧。怎么签合同?"

张爷惊讶地看着她问:"您就做主了?"

大桂说:"是啊,这事我能做主。我信得过您,要是跟您的公司签合同,我就让薛经理去您那儿签。"

张爷赶紧点头说:"行,行。"

大桂问:"货什么时候到?"

张爷说:"咱两家谈妥,签完合同我就给他们发电报,那边装船启航,原来最快十几天就能到港。按现在的形势,就不好说了。"

大桂问:"几条船?都是什么货?"

张爷说:"按计划头一批是三条船,有八千多袋面粉,还有棉被、毛毯、罐头、药品之类不少东西。"

大桂问:"接手之后还往外运吗?"

张爷说:"对方提出要给大同跟沧州发一部分。到港以后先把货卸到货栈,怎么往外运,还得听天津分署的。可咱天津分署什么时候成立,还没影儿呢。"

大桂说:"行啊。这几个月柜上没什么大活儿,接三个船的货,还得准备一下。签了合同就得分派人管，货场、劳力、运力都得备齐。要往外运，我们的运力也够用。跟人家做头一笔生意，不能出一点儿毛病。”

张爷看着这位精明果断的三奶奶，不住地点头，好像头一回见她。

大桂问：“张爷，这事就这么定了？”

张爷说：“一定，就这么定了。您多费心。”

大桂站起来说：“我这就去柜上安排。”

跟张爷说完，大桂回家打了个招呼就去了货栈。

薛继承和陈昆听说这事，都非常激动。

薛继承说：“三奶奶，这单生意您应得太好了。这几个月咱的货场都空了，跟联合国救济总署这种大客户打交道，再合适不过。他的货多，咱货场容量大。他要求高，咱有三爷立的一套规矩。咱的运力、设备都能使上劲。”

陈昆说：“这个大活儿一上，咱美丰厚不光有了活路，在海河码头就又扬眉吐气了。”

薛继承说：“这是以联合国的名义，美国人经手的救济物资。咱货场里进了他们的货，政府就得给咱保上险。出了事有他们兜着，谁还敢打咱的主意？”

大桂说：“进里屋跟三爷说说吧。”

三个人走进经理室里屋，薛继承说：“三爷，三奶奶给咱揽了一单联合国救济总署三条船的救济物资，这真是一笔大生意。”

大桂说：“人家张爷本来是找你的。听说这笔联合国的生意够大的，又没风险，我就做主接了。”

三爷听完笑着说：“这单活儿你就该做主。接的好，既能挣钱，又能给咱遮风挡雨。接下来咱就得好好准备。联合国是当今世界最大的客户，对货主也得好好招待。美国人到哪儿都好交朋友。淑桂，你跟张爷熟，不光接货，招待的事你也得管。”

大桂高兴地说：“你们听见了吗？三爷这些年也没叫过我的大名儿，今天当着你们的面儿，叫起我的大名儿了。”

陈昆说：“您当董事长，是老董事长刘大爷定的，三爷没在。三爷叫您的大名儿，是三爷认可您这位董事长了！”

说的几个人都大笑起来。

三爷说："继承，你给刘大爷打个电话，请他来一趟吧。"

薛经理笑着说："我这就去打。您一回来老爷子就很高兴，三奶奶接了这么大的活儿，老爷子一准儿更高兴了。"

刘寿兰接到电话，坐上张作霖送的雪佛兰轿车，不大一会儿就来了。

刘大爷走进外屋就粗声大气地喊："老三，你这是阎王殿里走了一遭啊！"一进里屋见三爷斜依在床上，面色焦黄，人瘦得不成样子，拉住他的手，流着泪哽咽地说不出话来。

大桂也掉了眼泪，赶紧说："大哥，您坐下吧。"

刘寿兰泪眼蒙眬地坐在床边的椅子上。

三爷流着泪说："大哥，咱命不该绝，我这不回来了吗。听说大嫂走了？"

刘大爷擦了擦眼泪说："人老了，就该走了。我也一样。你一回来我就听说了。想来看你，又怕咱俩谁也受不了。老妹子，这些日子没白没夜地服侍他，你受累了。"

大桂擦着眼泪说："人回来了，累点儿怕什么。"

刘大爷说："老三，我现在脑子也不灵了，柜上的事也管不了啦。"

三爷说："我让他们抓走，您马上就把大桂顶上，让她当董事长。这就是您的一步好棋呀。"

刘大爷说："当年你让我当董事长，是打鸭子上架，大事小事都有你盯着。我让大桂当董事长，是实打实的。小鬼子把你抓走，美丰厚在风口浪尖上，还不定出什么事呢。我不行了，自己人不顶上，让谁给咱扛着！"

大桂说："我是运河边长大的，码头上的事我不怵头。我还没跟他说呢，等他好利索，我就不管你们的事了。"

刘大爷郑重地摆手说："那可不行！他养好了给你当后台，你还得接着干。日本投降了，咱还得把美丰厚的生意做红火，把咱的牌子戳得高高的。"

大桂笑着说："您就爱捧我。我哪有那么大本事，你们老哥儿俩说话吧，我去让他们沏壶茶。"说着走了出去。

刘大爷说："老三，我听说了，这回她可给咱美丰厚办了个漂亮事。"

三爷说："您是说接联合国救济总署那单货吧，她倒是脑子活，有股子冲劲。哈里公司张经理跟咱共事多年，光复后头一笔生意不找一家可靠的给他干，他心里也没底。当下社会这么乱，政府还没正式戳起来，谁做生意也得找个保险的下家。”

刘大爷说：“你说的对！天津真正的管事的还没来，接收大员到来了不少。都抢着接收敌伪财产。接收什么？怎么个接法？谁也没个准头。这是什么事！哎，机器局李局长怎么样了？听说他还是咱给接回来的？”

三爷说：“他让市党部的人接走了。提起他的事，我才知道原来在咱这儿修理汽车的李鉴三，还是国民党的地下工作者。现在市党部主事的就是他。”

刘大爷摇头说：“有些从地下钻出来的国民党，跟那些接收大员，也是一个味儿的。”

三爷说：“这些年总跟咱找事的刘四，日本投降那天到宪兵队逼着我让他当代理。我就想，日本人走了，看着咱眼红的那些人，还照样贼心不死。”

刘寿兰说：“咱美丰厚就是他们眼里的一块肥肉，谁都想咬几口。说咱是奉军的产业，他懂什么！当年咱买那块地的地契，跟开货栈的营业执照，都在咱手里，再代理也到不了他手里！”

三爷说：“您也别小瞧这种人。这种见便宜就贪的人，都是不知死的鬼儿。那些当过汉奸的，国民政府回来还不知道怎么处置，也许能收敛点儿？我看不管怎么样，咱也消停不了。”

刘大爷说：“反正咱就是兵来将挡，水来土屯。老三，大桂干的可真不错。你一出事，柜上的生意立马下来了，干活儿的也走了不少。那几个管事的还挺得住。没生意大桂带着他们到处找活儿。国难显忠臣哪！这都是你打下的底子。往后可得重用他们。”

三爷说：“我在那里头也没想别的。能不能活着出来都是个事儿，想也没用。我就想咱柜上的这些人，像薛继承跟管业务、管财务的那两个，当年都是孤儿；陈昆是搬运工；庞二、九姑、段云跟我一样，苦孩子出身。苦里出来的，就有股子韧劲。”

刘大爷感慨地说：“你带出来的这些人，真是一帮忠臣良将啊！”

九姑端着茶壶进来说：“大爷，三奶奶让我给您沏壶好茶。她去西货场看他们收拾库房去了。”

刘大爷说：“九姑，这回三爷遭难，美丰厚倒霉，你跟庞二两口子真是跟我们同生共死的忠臣！”

九姑眼圈儿红了，赶紧说：“看您说的。没有三爷，没有美丰厚，哪有我跟庞二的好日子。食堂饭都准备好了,一会儿您二老在这儿吃吧。"

刘大爷摆手说:"别吃了。老三,你坐半天了,别让伤口又疼起来。我还是回去吧,等你好利索,咱哥儿俩好好喝几盅。"

三爷想下地送大爷,刘寿兰拦着说:"别下来,你还得好好地静养。把你累着,大桂也得埋怨我。"

三爷说:"九姑,你搀着大爷,慢点儿走。"

九姑和在外屋的薛继承把刘大爷送上雪佛兰轿车,一直看着汽车开出货栈大门。

大桂办完事回到经理室里屋,三爷还在等着她。

大桂问:"想跟大爷说的话都说完了?"

三爷笑着说:"哪说得完,他怕我累着,赶紧走了。我想找张爷把联合国救济总署那单货砸瓷实。没订合同,这事总落不了地。"

大桂说:"这事你就别跑了。大爷都怕把你累着,你自个儿就不怕?"

三爷说:"心里有事,我实在躺不住了。"

大桂说:"柜上的人都想见见你呢。"

三爷说:"我也想见见他们。你先把薛继承叫来。"

薛继承进来了。三爷见没别人,摆手让他过来问:"咱的老本儿动了吗?"

薛继承摇摇头,小声说:"没动。"

三爷问:"许南生、范斌都没提这事?"

薛继承说:"没有。"

三爷点头说:"好,让他俩来吧。"

不大一会儿,薛继承带着业务室的许南生、财务室的范斌进来了。这三个人都是成子和当年从西门外广仁堂领来的孤儿,跟三爷既如父子,也是师徒,见三爷单独见他们,眼里都含着热泪。

三爷让他们坐下:"这一阵难为你们了。"

三个人听到三爷这句话,不约而同都掉了泪。

第八十五章

三爷看着他们说："你们来美丰厚二十多年了，柜上攒的家当，也有你们的功劳。做买卖，本钱是根基。再大的难处，咬咬牙能挺过去，就是不能动老本儿。日本投降，天下也不能马上就太平无事。美丰厚要活下去，既要把买卖做好，还得把老本儿守住。明白了吗？"

三个人都说："明白了。"

三爷说："继承，让董师傅、蔡师傅他们来吧。"

不大一会儿，大桂和修理车间的董长福、厨房的蔡庆来进了里屋。陈昆、段云、九姑、庞二也跟着进来了。

董师傅是修理设备的能人。蔡师傅是开办美丰厚货栈就在这儿的老职工，静海县人，跟大桂是同乡。他俩见面容消瘦的三爷斜倚在床上，还没说话眼圈儿都红了。

三爷笑着说："都坐下吧。当年尚奶奶给我起过个名字，叫成祥。就是盼着我能逢凶化吉，遇难成祥。这回大难不死，还真应验了。"

这几句话说的人们都露出了笑容。三爷就有这本事，不管见到谁，几句话就能拉近彼此的距离，多大的事他都能说得很轻松。

庞二从外屋搬进几把椅子，几个人都坐下了。

三爷坐在床边说："这些天我就想见见你们。出这么大的事，你们跟美丰厚还是不离不弃，都是我成子和过命的朋友。我得谢谢你们。"

董师傅说："您平白无故遭这么大的罪，我们都心疼。这个时候离开美丰厚，也对不起您！"

蔡师傅说："人心都是肉长的。老掌柜被屈含冤让他们带走，我们不盯着不行。"

三爷叹了口气说："你们说的对。咱都是凭良心挣钱吃饭，挣钱养家。咱犯了什么法？凭什么把我抓进去？还不就是给咱扣了顶奉军产业的帽子？日本投降那天，刘四去宪兵队威胁我，说美丰厚的案子还没结。他说的案子，指的就是这件事。"

薛继承说:“柜上的人都明白,那是造谣。他们就是想一口吃掉咱。”

陈昆说:“咱美丰厚在海河码头几十年,怎么过来的谁都清楚。您放心,造谣没人信。”

蔡师傅说:“老工友都知道咱货栈是怎么回事,谁打咱的主意也白费!”

三爷说:“这几十年他们总是看不起当年我这个十八岁的穷小子,怎么能买得起这百十来亩地,还弄出这么多名堂。这事日本宪兵队也查不出证据。这次把我抓进去,他们也顾不上审我,就把我搁那儿,头一天上了大刑,后来每天挨一顿鞭子。”

陈昆说:“这顿鞭子就够狠的,浑身打得皮开肉绽,没一点儿好地方,换个人早没命了。”

三爷说:“我能回来就算老天有眼。你们都没事,我心里也踏实了。可美丰厚跟奉军的关系,刘四那种人备不住还得折腾,扯不清就是后患。我得跟你们说清楚。”

在座的几个人都想听听,这到底是怎么回事。

三爷叹了口气说:“当年我在锦州钱庄学徒,赶上中日甲午海战,日本人在海上打赢了,又在朝鲜登陆,想乘胜打过鸭绿江占领咱东北。清朝派兵应战,奉天组织了一支参战的毅军。刘寿兰给他们募捐,师父让我帮他建账、管账。”

陈昆问:“那时候您多大?”

三爷说:“十五岁,正跟我师父学这些业务。清军兵败,百姓跟败兵都往东逃,我跟吕又宾救下个受重伤的老人,刘寿兰出钱为他治伤。我们仨结拜成弟兄。没想到被救的这个人,是毅军的首领宋庆。”

这个故事把在座的几个人都惊呆了。

三爷说:“我们安排宋庆在大车店养了几个月,临走他跟我说,往后遇到为难的事,就找他的卫士张作霖。张作霖也是刘大爷的朋友,毅军被打散他当了胡子(土匪),后来他就成了奉军的大人物。”

离奇的情节让这几个人都瞪大了眼睛。

三爷说:“在天津开货栈,用的是我攒的一笔钱。这在账上记得清清楚楚。跟奉军哪连的上啊!”

几个人听到这里不由得长出了一口气,从心里佩服这位干过大事、大仁大义的老人。

三爷说:“张作霖得势以后,在天津我找过他。那是为有人挑拨咱跟印度巡警发生了冲突,英国工部局非吊销咱的执照,大爷找张作霖帮忙,他没答应。

又带上我去找他,提起宋庆的事,他认下我这个小老弟。请他帮忙还是没答应。”

庞二说:“这事我知道,跟巡警打架那天,正好三爷没在柜上。”

陈昆说:“那天我在场,有几个人为护着四爷跟巡警动了手。吕四爷给大伙顶罪,愣是让人家撵走的。”

三爷说:“后来张作霖在刘大爷家设了个香堂。北洋政府封他当大元帅,非让刘大爷穿上奉军的军装跟他照张相不可。咱跟奉军也就是这点儿关系。说咱是奉军的产业,纯粹是捏造!”

董师傅说:“您这一说我们就都明白了。”

三爷说:“你们明白了就好。眼下日本人走了,外国商家跟着就要来,海河码头还得火一阵子。最近就有一批联合国救济总署来的货。咱们就得放下这个包袱,大家拧成一股绳,好好干一场!”

薛继承说:“柜上的人们就等着您说这句话呢。”

三爷问:“货场的长工还有多少?”

段师傅说:“四十来个。”

三爷问:“走了六十多人?”

段云点了点头。

陈昆说:“那些日子有人造谣,说日本人要接管美丰厚,还要在咱货栈清查抗日分子。货主不敢跟咱打交道,有的工友怕沾包赶紧走了。咱摊上这事,谁也没办法。”

三爷说:“这也难怪,掌柜让日本人抓走了,伙计们还不赶紧逃命?段云,你那十几个徒弟有走的吗?”

段云说:“有。家里实在揭不开锅的,就得去外边找活儿干。有的白天在别的地方干,晚上还回来帮着我下夜。”

听到这句话,三爷当时就感动得热泪盈眶,含着泪说:“这就是咱的人,人走了心还在。老话说不怕贼偷就怕贼惦着,货栈没人下夜不行。你们给走了的工友捎个信儿，就说我回来了，有个大活儿请他们回来接着干，工钱照旧。段云，这么办行吧？”

段师傅说：“行啊，他们准回来。”

三爷说：“你们跟留下的人打个招呼，有回来的谁也别说别的。眼下天津连个市长也没有，市面儿上乱，谁家的生意也难做。把咱的人找回来接联合国这单货，拼死拼活也得干好，绝不能出差错。”

陈昆说：“您放心，咱还是按您定的规矩办。上边有三奶奶跟继承，业务上、财务上有许先生、范先生，接的活有段师傅跟我，修理车间跟厨房，有董师傅、蔡师傅，哪儿都有人把着，货栈出不了大事。”

三爷说：“我也是这个意思。这单货你们几位都得上心。刚才大爷来看我，提起你们他就说，国难显忠臣。货栈遭了难，你们几位都能挺住，这就叫忠臣！眼下接这单活，还得靠你们这几位中兴之臣。我大难不死，货栈也得起死回生，越干越红火。”

陈昆大声说：“真是这么回事。您一回来，咱美丰厚的好运跟着就来了！”

几个人都大声笑起来。

三爷笑着说：“你们都知道吗？这个好运气，是你们米董事长抓来的。”

人们又笑起来。

大家见三爷这么高兴，压在心头的乌云，顿时烟消云散。大桂眼含热泪，满面笑容。看了看九姑，也在笑着擦眼泪。

三爷说：“今天就算咱美丰厚中兴的第一天。继承，你们几位加上留下的人，还有八十几位吧。”

薛继承点头说：“连工友算上还有八十来人。”

三爷说：“咱也庆贺一下。请吃饭是来不及了，这么办吧，咱不花日伪的储备票儿，每个人两块大洋，从我账上出。”

薛继承说：“这是柜上的事，由柜上出吧。”

陈昆说：“三爷，打您回来那天我就跟继承商量，咱怎么也得庆贺一下。您这主意好，凡是留下的，不论先生、师傅、工友、学徒、勤杂工，有一位算一位，每人两块大洋的喜儿。”

薛继承问：“什么叫喜儿？”

陈昆得意地说：“你不知道吧，咱天津赢了钱犒劳大伙儿，就叫吃喜儿。

日本投降了，三爷回来了，老当家的给咱每人两块大洋，不就是让大伙儿吃个喜儿嘛。”

三爷笑着说：“叫什么都行，反正就是让大伙儿高兴。范斌，这事办得利索点儿，最好下班前发到手里。”

范斌说：“行，柜上大洋没多少，我到银行提去。”

蔡师傅高兴地说：“三爷，日本投降了、您回来了、还有这单大生意，这是多大的喜事啊，一人发两块大洋更是喜上加喜。大伙还不定多乐呢。”

董师傅说：“别看这两块大洋，这是给咱留下的人心里烧的一把火呀！”

三爷说：“办这事跟以前一样，谁也别往外张扬。继承，业务一上来，大伙儿的薪水也都跟着涨点儿。你们几位另加一份劳务。往后挑管事的，就从留下的人里挑。不管时局多乱，咱内部不乱就出不了大事。”

薛继承说：“有您在，有三奶奶带着我们，咱美丰厚货栈乱不了。”

三爷说：“三人同心，黄土成金。往后政府戳起来，咱就听政府的，什么党派也不靠。劲儿都使在生意上。继承，你给哈里洋行打电话，我今天就回去跟张爷见个面，把救济总署这单生意砸瓷实。”

董师傅说：“三爷，您别急着回去，把身子养好最要紧。”

薛继承说：“您在柜上再多养几天吧，咱货栈的业务恢复起来，还得靠您指点呢。”

三爷摆手说：“柜上的事有你们跟三奶奶盯着，我放心。快打电话去吧。”

薛继承答应了一声赶紧出去了。不一会儿兴冲冲地进来说：“三爷，给哈里洋行打电话了。张爷听说您今天要见他，高兴极了。”

三爷说：“好，我这就回去。庞二，把车拉来吧。”

庞二答应了一声就去拉车。几个人又跟三爷说了几句，也就都走了。

三爷问：“陈昆，魏家的房子怎么样了？”

陈昆说：“开工好几天了。这阵子市面儿上动工的很少，工、料都好办。老房拆完了，我打算把下水给他接上。下水活儿一完，就按原样起房。”

三爷说：“你盯紧点儿。救济总署的活儿上来，就顾不上它了。”

段云说：“这事让陈昆管，错不了。您赶紧躺下，我把伤口再看看。”

三爷躺下，段师傅把所有伤口仔细看了一遍说：“长得还可以，回家记着别大动。别忘了每天喝点儿参汤。”

说完他就要走。

三爷问："段云，寿阳有信儿吗？苗姑怎么样？"

段师傅摇头说："没信儿。苗姑守着儿子、孙子一家人，还得照应店里的事，实在脱不开身。要不她也来了。"

三爷轻轻地叹了口气。

人们都走了。大桂拿来热毛巾，三爷擦了把脸，又换了身衣裳。上身是白府绸对襟褂子，右胸的衣兜里装着怀表，表链儿拴在对襟的疙瘩襻儿上。下身是黑府绸单裤，裤腿儿打着腿带子，脚下是礼服呢千层底儿便鞋，看着分外精神。

庞二把车拉来了。三爷正往外走，陈昆又进来小声问："三爷，我还没问您呢，这回有咱给二十九军出车炸飞机场的事吗？"

三爷摇头说："没有，要扯出那事，我早没命了。"

薛继承进来说："三爷，有事您就找我们。庞二爷，路上慢着点儿。"

九姑说："三奶奶，我跟你一块儿回去照顾他几天。"

大桂说："不用了，我弄得了，家里还有林妈呢。这两天柜上的事多，魏爷还在你那儿，你都盯着点儿。"

三爷走出经理室，坐上庞二的洋车。在货场干活儿的人们，所有眼光都聚在三爷身上了。从日本人把三爷抓走，他们这是第一次看见这位老掌柜。见三爷面带微笑看跟他们摆手，不由得眼含热泪大声招呼："三爷！三爷您好啊！"

三爷热泪盈眶，激动地穿过货场，出大门上了海大道，就觉得眼前什么都新鲜。这是几十年来上班下班都经过的地方，英国菜市、戈登花园、开滦矿务局、基督教女青年会、小白楼大街，闭着眼都能想象出是什么样儿。今天就觉得像是见到一个个老朋友，看哪儿都挺激动。

庞二把车拉进首善街安仁里，在成家门前停下来，正要扶着三爷下车往里走，三爷说："慢点儿。"

他看着这条胡同，再看看自己的家门，眼眶都湿了。回到家了！他心里念叨着，这不就是在阴暗的地牢里朝思暮想的事吗！

三爷在门前静静地站了会儿，在后边跟着走来的大桂也赶到了。夫妻俩一进家门，两个女儿和儿子成信扑过来拉着爸爸的手就喊："爸爸！爸爸！"

大桂说："爸爸刚回来，让他进里屋歇会儿。"

三爷说："先别歇着。成信，跟我去隔壁看看张爷。"

三爷带着成信正要走，外边有人喊："三爷，我看你来了！"

成信一看，正是张爷。

三爷迎着他说："张爷，我正要去看你呢。"

张爷拉着他的手说："三爷，听说你要见我，我就赶紧回来了。我该来看你呀！"

三爷双手拉着他说："日本投降，哈里洋行头一单生意就照顾了我们，还不该去府上谢谢你。"

张爷说："不行，可不行。你身子还没好利索，快进去吧。"

大桂说："张爷那天就要去柜上看你，我给拦住了。老哥俩进屋说吧。"

两位老人手拉着手走进成家客厅坐下。

大桂赶紧沏了壶茶，给他俩斟上。

张爷说："老哥哥，我真替你捏了一把汗。从日本法西斯那里头出来，那可是死里逃生啊！"

三爷说："我是托你们的福，活着出来就得办点儿正事。刚才我在柜上说了，你给我们联合国救济总署的这单货，一定铆足劲，拼死拼活也得接好。"

大桂说："三爷还要出马接您那单货呢。"

张爷说："那天我接到总公司的通知，就想到办这事非你不可。回传真想都没想就在接货单位写上美丰厚货栈。传真发出去，才想起你刚从那里边出来，也不知道恢复得怎么样，真怕你柜上承担不了。没想到你太太三言两语就把这事敲定了。有你出马，我心里就更踏实了。"

三爷说："我真得谢谢你。就这么定吧。你放心，我们美丰厚全力以赴。不光第一批货这三条船，第二批、第三批货我们也接着，包你满意。"

张爷说："海河码头的货栈，美丰厚的信誉绝对是首屈一指，这我放心。不过美国人办事最爱较真儿，到时候他们要亲自检查，你可得早做准备。"

三爷说："那些年我跟美国人打过不少交道，我挺佩服他们那股认真劲儿。这不要紧，咱们经得起检查。咱赶紧把合同签了吧。"

张爷高兴地说："我就等你这句话呢，咱们明天就签。在你那儿，还是去我那儿？"

三爷说:“你是我们的客户,是甲方,当然是去你那儿。我让薛经理去,你多关照。”

张爷说:“这没说的,绝对亏待不了你。”

三爷说:“这事就这么定了吧。你跟我说说,这批救济物资是怎么回事?”

张爷说:“第二次世界大战结束,联合国在纽约一成立,有些美国人就想以联合国的名义办点儿事。他们募捐了一笔款子,好像是九亿美元,采购了不少粮食、药品、日用品,说是要救济被法西斯侵略地区的百姓。中国的沦陷区大部分在北方,可这批救济物资,百分之九十都给了南方。”

三爷很奇怪:“这是怎么回事?”

张爷说:“国民党政府搞的呗!中央政府在南京,掌权的大部分是南方人,就是这么回事。我也是南方人,可我就看不惯他们!”

三爷叹了口气说:“国民党办事就这样,总是光讲人情不讲公理。”

张爷说:“共产党就是打着给人民办事的旗号反对他们。我看将来他们的江山也坐不稳当。”

第八十六章

三爷说："我在那里边待得人都傻了。别提他们了，咱就在商言商吧。往后你多指点。"

张爷说："还用我指点？你成三爷多有本事，日本宪兵队那么大的压力都没整垮你。美丰厚人气旺，底下人都那么能干，还带出个得力的贤内助。"

三爷笑着说："那也是没办法的办法。我大哥刘寿兰说了，这么乱的世道，自己人不扛着让谁给担风险？不当家不知柴米贵，让她也闯闯吧。"

三爷跟张爷把要办的事谈完，又聊了一会儿。张爷起身告辞，大桂把客人送到门外，又去后院告诉三个孩子到楼上看书，好让爸爸歇会儿。回到客厅三爷还在那儿坐着。

大桂说："生意定下来，你也该踏实了。进里屋躺下歇会儿，往后就在家好好养着吧。"

三爷和大桂进了里屋，坐在床上说："生意定下来，接着要办的事还多着呢。"

大桂说："我正想问你，接这么大的单子，我这个董事长该怎么办呢。"

三爷说："你得把里里外外的事都想一遍，心里有个总谱。大爷让你当董事长，就是让你接我的班。我过去就是这么干的。以前我没让你过问柜上的事，没想到你一上手干得还不错。"

大桂说："大爷那天一说，我就明白了。当时我就想，日本人要再从美丰厚抓人，就把我抓进去。无非就是个死。他们只要不抓我，我就不能让美丰厚倒在我手里。"

三爷说："对，世上无难事，只怕有心人。你有这个心，有这个胆量，再难的事也能办成。当年开货栈，我十八岁。那时候懂什么，就是我跟大爷揽生意，业务上靠吴先生，货场靠吕又宾，几个人一商量，各管各的，事就办成了。"

大桂说："今天你跟他们几个见面，也是这个意思吧？"

三爷说："是啊，我让日本人抓进去心里就想，只要几个管事的能挺住，心不散，货栈就保得住。"

大桂说："你抓进去那些日子，外边的谣言特别多，柜上人心惶惶，生意也没了。我就跟薛继承、陈昆说，老天爷饿不死睁眼的鸟儿。没生意咱出去找！我叫上段师傅，带着人就去码头找活儿。杜四爷真讲义气，总是把他揽的活儿匀给咱。"

三爷激动地说："这就对了，怪不得柜上的人心还这么齐。你这么干，谁还能说别的！"

大桂眼含着泪说："那时候，我也没别的办法。"

三爷感慨地说："开买卖靠什么？就靠两条，一条是讲诚信，一条是用对人。民国二十八年发大水，东货场存的货都给淹了。大水下去咱都是按市价赔偿货主。几十年积攒的家当赔出一大半，就落下诚信这两个字。后来还不是没几年就挣回来了！"

大桂说："这是我亲眼所见。"

三爷说："再一条看人、用人，是当董事长必须有的功夫。有能力的人多的是，谁能死心塌地跟着咱干？就在你能不能看准他、善待他，发挥他的长处用好他。薛继承、陈昆、许南生、范斌他们，都是这么出来的。"

大桂说："四爷对咱也不错。"

三爷说："杜四是你的亲戚，还是我父亲盟兄杜石头的侄子，是我兄弟。让他来美丰厚他不干，总说在外头一样帮我。平时看不出来，摊上事就看出来了。这就是自己人。段云、九姑、庞二，也都是自己人。"

这一对老夫少妻一直聊到很晚才睡。

三爷最爱吃新出炉的芝麻烧饼就黄花鱼。第二天大桂一大早就去首善街果子铺定了一炉芝麻烧饼，说好十一点来取；又去小营市场定了四斤新打的黄花鱼，头十一点来取。定完这两样儿吃的，就去了美丰厚。

一进货栈大门，门房老李头就问："三奶奶，三爷好点儿了吗？"

她点头答应着："好多了，让您惦着。"再往里走，从货场里人们的眼神儿，就能看出大伙都特别兴奋。打招呼的，问候三爷的，一个连一个。

来到经理室，薛继承问："三奶奶，三爷回去休息得好吗？昨天老爷子一露面儿，咱货栈上上下下都像换了个人。憋足了劲要把您接的这单货，漂漂亮亮地拿下来。在海河码头叫响咱美丰厚的这块招牌。"

大桂说："那单货三爷给砸死了。让你今天就去哈里洋行把合同签了。"

薛继承问:“咱有什么条件吗?”

大桂说:“没有,还是按老规矩办。张爷说了,费用都用美元结算,别的什么条件也没提。”

薛继承说:“一会儿上班我就去。”

陈昆兴高采烈地进来说:“三奶奶,昨儿晚上咱老工人各家都像过年那么高兴。为找走的人,有的连着跑了好几家,今天就把人带来了。有的见了我还不好意思。我说是三爷让你们回来的。老爷子说了,你们走也情有可原,掌柜的抓走谁不害怕?有个大小伙子当时就直哭。”

大桂说:“这就是人心换人心。咱这单货就得找这些老工人。三爷昨天跟张爷还说,第二批、第三批货也都接。咱把接这单货准备得细致点儿,三爷就怕到时候再出岔子。”

陈昆说:“这事错不了,您就让三爷踏实在家养着吧。”

大桂说:“我去业务室、财务室看看。三爷让我别光盯着货场,业务、财务也得管。”

陈昆说:“老爷子看得远,这是让您把货栈的大事都抓起来。”

大桂笑着说:“我没念过书,管管卖力气的事还凑合,管业务、管钱就两眼一抹黑了。”

薛继承说:“这几个月货栈的边边角角您都走到了,什么事能难得住您?”

陈昆说:“连工人家里出嘛事都瞒不了您。我们比您可差远了。”

大桂说:“你们俩可别老捧我。打的鸭子上了架,没你俩我嘛也干不了。一会儿我看看就回去,三爷刚回家还得照应着他。”

薛继承说:“洋行上班晚,我陪您去业务、财务那儿看看。”

大桂说:“行,一会儿咱俩一块儿走。陈昆,魏爷家翻修得怎么样了?”

陈昆说:“哪天我都去看,不错。老房子地基打的结实,三面房再有半个月就齐活。连大门、地面儿、门窗,还得一个月。”

这几天魏爷就在美丰厚客房住,三爷回来的这些事,他都看在眼里,心想难怪美丰厚在海河码头这么出名。成三爷夫妇管的货栈,从上到下都是一个心气儿。这一百六十块大洋,就像一股烈火,把大伙儿炼成一块钢!

三爷回家头一天，一觉睡到九点多。起来洗漱完，林妈伺候他吃了早点，在客厅看了会儿报，跟玉环、玉珍、成信说了会儿话，大桂就提着东西回来了。

大桂走进客厅，两只手举起手里的东西说："这是一蒲包黄花鱼、一包芝麻烧饼。黄花鱼是新鲜的，烧饼是刚出炉的。"

三爷高兴地说："嘿，我正想着这一口儿呢。"

成信问："娘，您今天要露一手儿吧？"

玉环说："那还用问，咱们都是沾咱爸的光。"

大桂说："你们这叫蹭吃！"

说得一家人都笑起来。

大桂是在运河边长大的，熬鱼是她拿手的一道菜。先把鱼收拾干净，沾上薄面煎到八成熟。撒上葱段、姜片、蒜瓣、大料和盐，用酱油、醋往上一泼，赶紧盖锅盖。锅里呲呲啦啦一响，蹿出特殊的鲜香味儿，这就叫"烹"。

烹完盖着锅盖再㸆会儿，再往锅里添水。熬到熟透，这锅鱼就做好了。大锅熬鱼，锅周围贴上一圈儿棒子面饼子，就是天津有名的贴饽饽熬鱼。

三爷一家中午吃完这顿饭，收拾完桌子正闲聊，林妈进来说："三爷，大少爷回来了。"

大桂问："成礼回来了？"

这时一个身高体壮的小伙子，提着旅行包走进来，叫了声："爸！妈！"

大桂高兴地接过旅行包，搬着他的肩膀说："成礼！都成大小伙子了！你是从四川回来的？"

成礼点点头。

大桂看着他说："你爸爸那天还念叨你呢。"

玉环、玉珍和成信拉着成礼的手喊："哥哥，哥哥！"

成礼看着她们惊讶地说："你们都这么大了！"

兄妹四人紧紧地拥抱在一起。

三爷高兴地笑着说："我算着你也该回来了。长高了，你有多高？"

成礼说："一米八零。"

三爷说："二十三了吧？这些年你都在哪儿了？"

成礼说："我们学校一直在西康。我是跟同学一块儿从重庆回来的。"

三爷问："你们同学里，有当接收大员的吗？"

成礼说："有，都是花钱买的。"

三爷不屑地笑了笑问："这几年你在那儿都干什么了？"

成礼说："高中毕业就在学校当老师，教体育、打篮球，也没干什么。"

三爷问："你参加党派了吗？"

成礼摇头说："没有，我讨厌他们没事总是嘀嘀咕咕。"

三爷满意地点了点头。

成信问："哥，日本投降你们怎么知道的？"

成礼说："大喇叭里一广播，大伙就知道了。人们又哭又喊，高兴极了。当天我们学校就跑的没几个人了。"

玉环说："我们也是从广播里听到的。"

成信说："我们同学还到马路上打日本人呢。宝善里冒充日本人的高丽棒子，吓得好几天不敢出来。见人就说，我不稀日本扔，我稀高丽扔。"

逗得三爷和大桂都笑了。

大桂端着一盆热水进来说："洗洗脸吃饭吧。今天正好是芝麻烧饼黄花鱼，让你爸进屋歇会儿，吃完饭爷儿俩再慢慢儿说。"

三爷回里屋了。

成礼问："妈，我爸怎么这么瘦？"

大桂说："他让日本宪兵队抓去了，让日本兵用鞭子抽了好几天。什么罪都受了，日本投降才捡回一条命。"

成礼问："宪兵队为什么抓我爸？"

大桂说："日本人想收拾他，谁敢问为什么！八月十五号那天，去宪兵队接他，还没接着。他带着浑身的伤，在对过胡同里躲了一天，半夜才把他接回来。在柜上养了些日子，昨天才回家。"

成信说："从咱爸被抓走，咱妈就到美丰厚上班了。"

玉环说："咱妈成天两头跑，可累了。"

成礼说："真没想到我爸爸受了这么大的苦。妈，往后照顾我爸的事，就交给我吧。"

大桂看着他，激动得眼圈儿都红了。

自从三爷回来，美丰厚货栈的业务就越来越多了。联合国救济总署的救济物资还没到，美国轮船运来的各种商品，接连不断地登上海河码头。物资极度匮乏的中国，成了美国人倾销商品的大卖场。舶来的粮食、棉花、钢材、汽车、煤油、白糖、香烟、电影片、手表、眼镜、啤酒、服装，几乎应有尽有。

美丰厚偌大的货场、库房，眼看就要填满。

那几天每天上午成礼都陪着三爷沿海河边儿溜达。看着远处的码头忙忙碌碌，三爷心里特别舒畅。

一天他指着前边的码头说："当年有位老先生告诉我，天津是因河而生，因海而兴，码头是天津的命门。在这儿干了几十年，我才明白真是这么回事。"

成礼问："天津怎么是由河而生？"

三爷问："你听说过九流汇海天津卫这句话吧？"

成礼点点头。

三爷说："老话里的九，就是多的意思。有这么多条河汇到这里，流进大海。这些河流沿岸的物产也都汇集到这里，再从这里用船运往各地。这里就形成一座城市。明朝燕王朱棣带兵从这里乘船到南方，夺了他侄子的皇位，得胜回来把这里赐名天津。所以说天津是因河而生。"

成礼问："为什么是因海而兴？"

三爷说："海河连着大海，天津能跟我国沿海和海外各地来往，成了国际商埠，越来越兴旺繁荣。所以说它是因海而兴。"

成礼说："人跟货物上船、下船没码头不行。码头就成天津的命门了。"

三爷笑着说："就是这么回事。"

成礼说："我看天津实际就是码头。"

三爷说："对，天津原来就是一片海滩地。既没矿产也没庄稼，是从码头起的家，靠的就是码头。码头忙起来天津的日子就好过。咱干货栈，给商家存货发货，挣的就是码头上的辛苦钱。"

爷儿俩边走边聊，来到美丰厚对面的怡和码头，正在卸船的陈昆见三爷来了，赶紧过来说："三爷，您过来看看？"

三爷点头说："来看看。"

成礼说："陈叔，我爸每天上午到海河边儿溜达。总是朝你们这边走，开始走不远就得往回返。到现在越走越远，今天就能走到这儿了。"

陈昆说："三爷的心就在码头上。不看看码头这些事，心里就不踏实。"

三爷笑着说："咱不就是吃码头饭长大的嘛。我看这阵子货够足的。"

陈昆说："都是美国货，昨天才来了两条英国船。"

三爷说："美国人做买卖，就是会抓机会，这也是人家的本事。咱货场都满了吧？"

陈昆说："没满。往外走的货，咱尽量早点儿给他运走。贵重的、小件儿的，像烟卷儿、手表、眼镜儿、电影片子，即便进了库房也让它早走，不能压库。咱得给那批联合国的救济物资留出地方来。"

三爷说："这就对了。东货场的垛位尽量给他们留着。即便上货，也上快货。张爷那儿一有信儿，咱就有地方给他放。"

陈昆说："是。三奶奶也这么说。可联合国这批货，说定了合同半个月就能到，这都一个多月了，还没信儿呢。"

三爷说："刚打完那么大的仗，隔着好几个国家，哪有准儿？咱就等着吧。四爷那儿怎么样？活儿够吃的吗？"

陈昆说："还行。您放心，咱有活儿忘不了他，有咱吃的就有他吃的。"

三爷忽然问："我三叔好吧？"

陈昆说："我爸还那样，胡吃闷睡，就是惦着你。三奶奶也真行，那几个月多难哪，也总惦着我爸，哪个月都有一份儿过日子钱。你出来那天我就告我爸爸了。他嘿嘿乐了几声，嘛也没说。"

三爷问："我三叔八十多了吧？"

陈昆说："八十四了，今年就是坎儿。"

三爷说："好日子要来了，好好孝顺他，让他享几年福吧。"

成礼不知内情，听得一头雾水。三爷看了看他，没再说什么。

1945年9月29日，天津张贵庄机场戒备森严。穿着邋邋遢遢美国军装的瘸腿老人，斜挎着卖货的木盘子，在机场门前大声吆喝："老美的骆驼牌烟卷儿，带洋火的！老美的打火机、蛤蟆镜、玻璃袜子，船上下来的！"

一个警察走过来说："秦爷，别喊了。今儿没来几个人，来了也没人买你的。"

瘸腿的秦爷说："嘿，刘警官，日本投降了，你还干这个？"

警察说："国民政府也得用我们弹压市面儿啊。"

瘸腿秦爷问:“国民政府在哪儿啊?日本投降一个半月了,接收大员越来越多,可咱天津卫连个市长也没有。没市长,哪儿来的政府?听谁的呀!”

警察说:“这你还不明白,听国民党的呀。接收大员不都是国民党派来的嘛。”

秦爷问:“日本一来,国民党不就跑了吗?”

警察说:“人家钻地下了。日本一投降市党部这不就出来了嘛。”

瘸腿秦爷问:“今儿个接的是谁呀?”

警察说:“听说是第十一战区代表杜建时,这位就是来天津主事的。”

瘸腿秦爷说:“合着今天加这些岗,就是为接他?”

警察说:“那可不。接人的早来了,都在里边等着呢。都是坐汽车来的,接上就坐汽车走了,你在这儿不是白喊嘛。”

第八十七章

这时来接杜建时的国民党天津市党部要员和来采访的几个记者，正站在停机坪旁等待这位杜长官到来。女记者夏玉珠脖子上挂着照相机，也在这儿等着。

穿中山装的李鉴三，不停地看手表。站在他身旁，也穿中山装的李局长问："鉴三，今天迎接杜建时这个场面，是你主持？"

李鉴三苦笑着说："说是市党部主持，党部哪有主事的呀？"

李局长说："你这就叫下雨不打伞，淋(轮)着了。哎，杜建时是哪儿的人？原来是干嘛的？"

李鉴三说："是咱们天津武清人，可没在天津待过。听说他在美国两所军事学院深造过。蒋委员长前年带着他参加开罗会议，去年让他跟着宋子文、孔祥熙去见美国罗斯福总统，今年三月又派他参加联合国制宪会议。很重用啊！"

李局长问："怎么没让他当天津市市长？"

李鉴三说："十一战区代表兼北宁护路司令，这是多大的官儿啊！整个天津的党政军大权都在他一个人身上，还管着天津以南大片地方。当市长哪有这么大权力！"

李局长问："怎么听说他还是十一战区驻津唐榆的代表？"

李鉴三小声说："天津塘沽跟秦皇岛都是美军登陆的地方，这是蒋委员长控制东北的一步棋。没有能跟美国人打交道的心腹在这儿盯着还行？共产党要抢东三省，让他提前带兵堵这条线，这副担子也不轻啊！"

他俩说着一架专机已经飞临上空，正徐徐降落。经过一段滑行，专机在停机坪停稳。舱门打开，在警卫人员身后，一身戎装，佩带中将军衔的杜建时走下舷梯。秘书梁子清跟在他身后，接着又下来两位记者。

接机的人们已经按顺序站好。杜建时仪态儒雅，微笑着走过来和站在最前面的李鉴三握手。

李鉴三自我介绍："天津市党部临时负责人，李鉴三。"

杜建时早有准备，看着他问："你是一直坚持在天津的地下工作者？"

李鉴三点头说："是。"

杜建时微笑着说："不容易，不容易呀。"

李鉴三陪着杜建时走到站在第二位的李局长面前。李局长握着杜建时的手说："原天津机器局局长李铮。"

杜建时忽然兴奋起来，亲切地点着头说："哦，你就是被日本宪兵队关押了八年，坚持活下来的那位传奇人物，机器局李局长。"

李铮点头说："是。"

杜建时紧握着他的手说："英雄啊，英雄！我向你致敬。"说话时握着李铮的手并没松开，微微侧过身来对着从重庆跟来的记者和天津的记者。

记者们举起相机赶忙抢拍这个镜头。

夏玉珠举着相机不停地变换角度。

李鉴三陪同杜建时和来接机的几个人依次握了手，轻声说："杜长官，今晚八点本市各界代表在利顺德饭店，为您举行欢迎酒会，请您光临。"

没等杜建时回答，他压低声音继续说："美国海军陆战队第三军团先遣部队已经在塘沽登陆，军团参谋长瓦尔登少将也到了。听说军团司令洛基中将近期就要来天津。您在酒会上先跟瓦尔登参谋长见见面？"

杜建时听完，会意地点点头，大声说："好啊。承蒙天津各界的美意，恭敬不如从命。今天晚上我准时到会。"

《民报》编辑部已经搬迁到日租界福岛街（今多伦道）原山口洋行的那座小楼里了，女记者夏玉珠拿着刚冲洗出来的底片，指着杜建时和李铮握手的那一幅说："冯主编，我看就用这一幅吧。"

冯主编仔细看了看说："行，就用这一幅。8月15号日本宣布投降，9月29号中央才派来个主事的官儿。一下飞机就向被日本宪兵队残酷折磨过的英雄致敬，还这么神气。咱这位党国的精英，真是够可以的。"

夏玉珠说："您是说风度可以吧。这位杜长官看来是位儒将，是够帅的。"

在一旁看稿子的编辑哼了一声说："夏女士，我看咱主编的意思是，这位精英脸皮厚度真够可以的。这么大个天津卫，几百万人口，一个多月没人管。都乱成这样儿了，才来个主事的。他还有脸说致敬，早干嘛去了！"

夏玉珠故意怼他："反正来个主事的就比不来好。"

那位编辑还要说什么，夏玉珠赶紧问："主编，大标题怎么写？"

冯主编想了想说："十一战区驻津唐榆代表暨北宁护路司令杜建时中将莅津。"

夏玉珠说："真够长的。副标题呢？"

冯主编想了想："向铁蹄下坚持斗争的英雄民众致敬！"

夏玉珠点点头："向民众致敬，您真会添彩儿。我这就发稿。主编，晚上的酒会我还得去！"

冯主编点头说："好！你去，你去。"

《民报》是一份面向底层市民的小报，主要是刊登一些时政新闻、民间趣事、市井闲谈，什么东西要涨价、哪儿的食品有什么特色、时令病症怎么防治之类民间感兴趣的消息。卖得很便宜，也就是一个烧饼的价钱，有一批老读者，销路还不错。

当天下午，美丰厚货栈经理薛继承，举着一份请柬进里屋来找董事长："三奶奶，今天晚上市党部在利顺德酒店举办欢迎酒会，说是欢迎来天津主事的杜建时，请董事长参加。"

大桂瞥了他一眼说："我才不去呢，你跟三爷说去吧。"

薛继承说："人家写得清楚，是请美丰厚货栈董事长，您就去吧。"

大桂说："我又不会喝酒。你跟三爷说去吧，他让谁去谁去。"

薛继承没办法，只好到小白楼家里去找三爷。听说是天津市党部在利顺德召开欢迎杜建时的酒会，三爷问："这种酒会怎么给咱发请柬？"

薛继承说："李鉴三不是在市党部主事嘛，让咱当商界代表，我看这是抬举咱。"

三爷微笑着说："美丰厚的董事长是米淑桂，应酬的事该让她出面。"

薛继承故意问："三奶奶能去吗？"

三爷问他："怎么不能去？"

薛继承笑着说："行，您说让三奶奶去，她准去。让九姑陪着去吧。"

三爷说："对，有九姑跟着我就更放心了。"

薛继承回到货栈，笑嘻嘻地走进经理室里屋。大桂一见就说："准是三爷发话了，还是让我去。对吧？”

薛继承笑着把请柬递给她：“还让九姑陪您去呢。”

大桂站起来说：“我回家换件衣裳，告诉九姑一会儿找我去。”

1945年9月29日晚上，利顺德饭店宴会厅灯火辉煌。中间一排桌子上摆放着红酒、香槟、果汁，高脚杯、小盘子、各式茶点和雪亮的刀叉。大厅里举着酒杯的，端着盘子的，三三两两站在那儿又吃又喝，有说有笑。

大桂一头乌发在脑后挽成发髻，身穿紫红色丝绒旗袍，戴了一条珍珠项链，脚下是紫红绣花便鞋。高挑身材，一双大眼炯炯有神。九姑身穿淡青色旗袍，盘着头，比大桂略矮。这两个中年女人走进大厅，就让人眼前一亮。

《民报》记者夏玉珠看见她俩，赶紧跑过来打招呼：“小姨！九姑！你们也来了？你俩可真漂亮啊！”

大桂说：“我都半截入土了，哪来的漂亮？”看着四周问她：“这不是开会的地方吗？怎么连个座位也没有？”

玉珠说：“这叫酒会，来的人都站着。想吃就吃，想喝就喝。再过十几分钟，八点整主持人就陪着十一战区代表杜建时跟大伙儿见面。”

大桂问：“他们都来了吗？”

玉珠指了指休息室：“都在屋里说话呢。”

宴会厅休息室里，身穿银灰色西装，打着红领带的杜建时正用英语跟穿西装的美国海军陆战队第三军团参谋长瓦尔登少将闲聊。李鉴三、杜建时的秘书梁子青和瓦尔登的副官坐在一旁。

杜建时问：“瓦尔登先生是第一次来天津吧？过去这里英法租界繁华的地方，不亚于伦敦、巴黎。”

瓦尔登问：“听说您是天津人？”

杜建时说：“我老家在武清县，离这儿不远。”

瓦尔登笑眯眯地说：“我知道您还是美国雷文沃兹军事学院的高材生。”

杜建时也笑着说：“那是过去的事了。回国后我并没带过兵。听说洛基司令最近要来，有准确的日期吗？”

瓦尔登说：“十月一日到。来之前他还要和蒋委员长见面。”

杜建时问:“洛基司令官要代表同盟国和蒋委员长在天津受降。受降仪式准备安排在什么时候?”

瓦尔登说:“预计在他到天津五天以后。因为他还要了解一些情况。”

杜建时问:“受降仪式的地点,有什么考虑?”

瓦尔登说:“他的意见是,他代表盟军最高指挥官受降,仪式最好在盟军指挥所前举行。您看可以吗?”

杜建时微笑着说:“还是请洛基司令官亲自决定吧。”

宴会厅里李铮端着高脚杯来到大桂面前说:“嫂夫人,几年没见还是这么漂亮!”

大桂笑着说:“李局长,三爷还惦记着您呢。那天您去看三爷,我也没见着。身上没落下毛病吧?报上登了您跟杜长官握手的照片,还说了您的事迹。受这么大折磨还这么精神。您还当局长?”

李铮摇头说:“机器局也没了,我当谁的局长?现在我就是在市党部挂个名儿,在家养老了。”

大桂问:“您眷属都好吧?”

李铮无奈地摇摇头说:“好什么呀,她们比我受的罪也不少。老婆见日本人把我抓走,叫上十几岁的孩子就跑。结果娘儿俩跑散了,孩子逃回老家,她还不知道是死是活。嗐,别提这些了。”

玉珠在一旁插话说:“您还是谈谈吧。”

李铮见这位女士手里拿着笔记本,问她:“你是记者吧?”

玉珠点点头。

李铮说:“那我就更不能说了。你可别写我,要写就写美丰厚老掌柜成子和先生吧,那才是真正的抗日英雄。”

玉珠说:“我三叔才不让写呢。”

李铮看着她问:“成子和是你三叔?”

玉珠说:“我爷爷是他师父,我爸跟他是发小儿,我妈是他义父的闺女。我叫他三叔、三舅都行。”

李铮笑着说:“得,那我也是你叔叔。不过我还是劝你别写我。我在那里边是苟延残喘,成三爷才是条汉子。他比我岁数大,受了那么多非刑,硬是扛到日本投降。”

李铮还要说什么，英国人查理走过来用中国话问大桂：“您是成太太吧，认识我吗？”

大桂没见过查理，不由得一愣。

那年大桂生成信，过满月三爷在蓬莱春饭庄请客，九姑见过他，赶紧说：“这不是查理先生吗？”

查理看着她说：“哦，你是九姑。了不起的女英雄。”

听说他就是查理，大桂赶紧微笑着说：“查理先生，三爷可想您了。这几年总提您，什么时候回来的？”

查理说：“我是和美国海军陆战队第三军团一起来的。他们在塘沽登陆，我回到市里还没来得及去看子和，这几年他还好吧？”

大桂还没答话，俄国商人伊万过来说：“查理你好，这么多年没见面，很想你啊！”

查理说：“伊万你好，我也很想见你。”

九姑悄悄告诉大桂：“这是俄国人伊万。”

伊万看着大桂：“成太太、九姑，子和怎么没来？他身体好吗？”

大桂笑嘻嘻地说：“伊万先生。谢谢您惦着他。前几年还可以，今年让宪兵队把他抓进去，差点儿没整死。出来养了一个多月，现在好多了。他要知道你们都在这儿，一定会来的。”

查理感叹地摇头说：“真没想到他会受日本人这么大的折磨。”

伊万说：“我也没想到子和遇到这么大灾难。我们在锦州十几岁就认识。他是非常好的人，诚实，办事认真，曾经帮助我父亲解决了很重要的问题。”

大桂说：“谢谢您这么惦记他。”

伊万问：“九姑，你哥哥夏七宝先生，这几年一直没联系。他好吗？”

九姑说：“他去世了。你看，那个女记者就是他女儿夏玉珠。”

伊万看着远处的玉珠说：“那就是七宝的女儿玉珠？上帝，真了不起。”

哈里公司的张爷见查理跟成太太在一起，赶紧过来打招呼：“查理先生，您和成太太也认识？”

查理说：“我和成先生是几十年的老朋友。成太太，请告诉子和，明天上午我去美丰厚看他。”

休息室的门开了，李鉴三引导杜建时和瓦尔登微笑着走出休息室，秘书梁子青和瓦尔登的副官跟在他们身后。

宴会厅顿时安静下来。

李鉴三走到大厅中间说："女士们、先生们、来宾朋友们，我们天津各界代表，在这里举行酒会，热烈欢迎杜建时先生和美国朋友瓦尔登先生！"

在场的人热烈鼓掌。

李鉴三说："请十一战区代表、北宁护路司令杜建时将军致辞。"

杜建时从身旁侍者捧着的托盘上拿起一只酒杯，向前走了几步说："谢谢大家！抵津当天，就能和天津各界精英见面，非常高兴。今后许多方面还要请诸位通力合作，让我们为劫后的天津能尽快恢复国际商埠的风貌，为天津市民尽快过上幸福生活，干杯！"

杜建时举起酒杯示意，大厅里的人们一齐举起酒杯大声喊："干杯！"

在场的人们激动地交头接耳，都在称赞杜建时这个简短的致辞。

李鉴三提高声调说："下面我们欢迎美国海军陆战队三军团参谋长瓦尔登将军致辞。"

大家一只手举着酒杯，一只手轻轻击打自己的手掌表示欢迎。

瓦尔登用英语说："很抱歉，我没带翻译。"

张爷走过去用英语说："瓦尔登先生，我是美国哈里公司驻天津经理张仲柔。我为您翻译可以吗？"

瓦尔登点点头说："谢谢！当然可以。"

瓦尔登用英语大声说："来到天津这个美丽的城市，我非常高兴。"

张爷一字一句地翻译成汉语，在场的人们再次鼓掌。

瓦尔登说："能见到这么多朋友，非常激动。我是不善于讲话的人。祝大家晚安，谢谢！"

张爷翻译完，在场的人们放下酒杯，又为这个率真的讲话热烈鼓掌。

这时杜建时举着酒杯走到李局长面前说："李兄，我为你骄傲。"

说着两个人碰杯，都抿了一口。

李铮说："杜长官，我给您介绍一位天津抗日的无名英雄。"

李局长把杜建时带到大桂面前说："这位女士在沦陷期间曾经冒着生命危险，给太行山的抗日将士送药品。她的先生支持二十九军炸毁日军在天津的机场,也跟我一样,在日本宪兵队被折磨得奄奄一息,赶上日本投降,这才活下来。”

杜建时问:“这位先生是谁?”

李铮说:“是天津海河码头美丰厚货栈老掌柜成子和。他已经退休了。这位米女士是他的夫人,现在她担任美丰厚货栈董事长。”

杜建时向大桂举杯说:“我敬佩你们夫妇对中华民族的赤胆忠心。谢谢!”

说罢自己一饮而尽。

大桂举起高脚杯,对这位儒雅的长官礼貌地点了点头。

杜建时给其他来宾敬酒去了。一个穿海军制服的中校军官走过来说:“成太太,我是海军总司令部特派员刘乃沂。请问,美丰厚货栈存放过日本公司的物资吗?”

大桂打量这个人,穿着军装却又显得那么猥琐,心里很不痛快,冷冷地说:“货栈就跟客栈一样,客栈是谁来都能住,货栈是谁的东西都能存。”

刘乃沂碰了个软钉子,点点头识相地说:“对不起,这种场合问这种事不太礼貌,有机会再去贵栈讨教。谢谢,谢谢。”

说完就到别处去了。

玉珠在一旁看得真切,走过来悄悄地说:“小姨,去了也别理他。这个人在天津招摇撞骗,每天都在风月场里鬼混。听说他搂了不少外财,还弄了三个小老婆。我看他是想打美丰厚的主意。”

大桂小声说:“你放心,这种人绝对不能让他占便宜。”

第八十八章

欢迎酒会结束了。杜建时送走瓦尔登和到会的客人，由李鉴三、李铮和他的秘书陪同回到休息室。

杜建时坐下说：“天津市的社会秩序还没恢复，你们操办这种规模的酒会，很不容易啊。”

李鉴三说：“也没什么，市党部、市政府和各界人士我还熟悉。就是那些接收大员们，都在各大饭店住着。各自为政，很难联系。名片上的头衔挺大，也不知道是从哪儿来的。今天就没请他们。”

杜建时冷笑着说：“那些人不请也好。”

李铮问：“杜长官，下一步您还得兼任天津市市长吧？”

杜建时说：“日本投降前，8月13号重庆就下了天津市市长的任命。不知道为什么一直没来。可能过几天就到职了。”

李铮问：“是谁？”

杜建时说：“是1934年就当天津市市长，后来在重庆帮张伯苓先生筹建南开中学的张廷谔先生。”

李鉴三问：“听说您是南开校友？”

杜建时看着他说：“是啊，你也是？”

李鉴三点头说：“我也是，您是学长。最近重庆那边有什么消息？”

杜建时说：“蒋委员长提出国共和谈，美国大使赫尔利亲自去延安斡旋。8月28号毛泽东、周恩来、王若飞到重庆，国共两党最高层就开始和谈了。”

李铮问：“杜长官，您看国内和平的希望大吗？”

杜建时摇头说：“希望大不大？这就是委员长应对时局的一步棋。共军大批部队急着往东北赶，美国海军陆战队已经在塘沽登陆了。”

李铮瞪着眼问：“美国人要帮咱动手？”

杜建时看着他说：“美国人一贯是从他们自己的利益出发。能不能动手很难说，至少是起威慑作用吧。往后天津难办的事少不了，还要请你们多协助啊。”

转天早晨，三爷一觉醒来身边没人了。院子里一点儿声音也没有。他到后院厨房问林妈："大桂去哪儿了？"

林妈说："小营市场买鱼去了，说你们柜上有人来。"

三爷恍然大悟，自言自语地说："对，昨天晚上说了，是查理要来看我。"说完转身就走。

林妈没听明白，从厨房追出来大声问："三爷，您说茶里有嘛？水还没开呢。"

再看三爷，已经出了大门。

三爷来到美丰厚货栈经理室，见对面小餐厅里蔡师傅和九姑正带着人擦玻璃、摆餐桌。过去说："这么早你们就忙上了。"

蔡师傅说："英国朋友来吃饭，不早点儿收拾好哪行。起士林的西餐师傅一会儿就到。"

三爷知道大桂把这些事都安排好了，也就放了心。

当天上午，查理走进美丰厚货栈经理室，两个老朋友一见面就拥抱在一起。

三爷激动地说："查理！我真想你呀。"

八年的辛酸顿时涌上心头，老人泪流满面。

自从七七事变查理回国，两位好友彼此都很想念。故友重逢查理也掉了眼泪，他拉着三爷的手说："老朋友，你的事我都听说了。咱们终于熬到了今天！"

三爷问："这次你回来还接着干建筑设计吗？"

查理说："我没那么多精力了。我一直把天津当作第二故乡。这次就是来看看，也帮我去世的父亲清理一下领事馆遗留的一些事。"

三爷说："我知道你对天津有感情。天津有你熟悉的环境，熟悉的朋友，熟悉的事，还有你设计的那么多建筑。"

大桂进来笑着说："查理先生，听说您要来，三爷特别高兴。今天特意从起士林请来西餐厨师，中午请您吃正宗的德式西餐。"

三爷笑着说："中国人把这顿饭叫接风洗尘。"

查理高兴地说:“有这么好的美食,我得打电话把我的一位朋友叫来,他是我弟弟的同学,现在是美国海军陆战队第三军团的参谋长,叫瓦尔登。在轮船上我们就成了朋友。明天他们司令官一到,他这个参谋长就该忙起来了。”

三爷说:“那太好了！你让我又多了一位朋友,赶快打电话。”

查理在经理室打完电话说:“瓦尔登说马上就来。能不能把九姑请来?我在船上跟他提起那年九姑在饭店飞十字的事,还给他看了我收藏的那个纸十字,他就是不信。正好请九姑再给他表演一次。”

三爷笑了,跟大桂说:“吃饭的时候让九姑来一下。”

查理说:“美丰厚这片建筑是我的处女作。这些年有什么变化,你带我看一下。”

三爷说:“日本人统治这八年,除了房子老了,设备陈旧了,还能有什么变化！走,我带你看看去。”

两位老人走出经理室,从东边的露天货场,到西边的库房、站台、龙门吊、泵房、打包房都看了看。

回到经理室门前,三爷指着旁边一个普通的大房间说:“这是你最熟悉的地方,进去看看吧。”

查理高兴地说:“对,这是当年我的工作室,整个货栈的规划图、设计图,都是在这个房间画出来的。”

查理走进去,见房间里已经大变样儿了。迎面是个柜台,两侧摆着几套两人对坐的桌椅。有几个人坐在那儿边说边写,有几个人坐在那儿像是在等待什么。

走出这个大房间,查理问:“这些人在干什么?”

三爷笑着说:“这是货栈代办进出口业务的地方。那年我小儿子成信出生,我特别高兴。有两位从外地来的客商,货存到咱这儿,填写出口申请表有很大困难。柜上有几个青年正在学进出口业务,我就让他们帮这两位客商把表填好。”

查理点头说:“我明白了。从此你就开展起代办进出口各种手续的业务。”

三爷笑着说:“是这样。开始只是帮他们填表,可他们跟海关打交道,听不懂英语，也不懂那些专用名词，还是有困难。后来我就把他们难办的事都承担下来。这种代办进出口业务，在海河码头很受客户欢迎，也吸引了不少外地的客户。”

查理说：“怪不得你的货栈这么兴旺。在海河码头，货场铺设水泥地面你是第一家；进口各种设备你是第一家；代办进出口业务你又是第一家。”

三爷说：“水泥地面、进口设备，还不都是你帮我办的！”

查理笑着说：“是啊，那时候咱俩都那么年轻，我记得水泥地面是1906年中国刚生产出第一批水泥就铺上的。地磅、龙门吊、叉车、打包机，也都是那年进口的。不然那位王爷怎么能看得那么开心呢。”

三爷说：“美丰厚货栈有你的心血。既是我的，也是你的。这没错吧？”

查理点头说：“没错，没错。”

两个老朋友都大笑起来。

三爷说：“设计事务所的房子，我一直给你保留着。”

查理说：“这次我准备在那儿整理一下过去的资料。”

三爷说：“明天我去人打扫。”

查理说：“那就谢谢了。”

三爷说：“这几年我在东货场两边，还增加了一些房子。”

说着他带查理走向靠北墙的那排客房。

查理走进去，迎面是宽敞明亮的走廊，里边是一排住人的单间。三爷正要找间空房让查理看看，九姑进来说：“三爷，查理先生，怎么到我这儿来了。”

查理见到她就伸出手说：“九姑！真没想到在这儿又见到你！”

九姑握着他的手说：“我一直在厨房、客房干活儿。听说你要来，我跟三奶奶正准备给你熬鱼吃呢。”

查理奇怪地说：“今天中午还能吃到天津熬鱼？真太棒了！”

九姑说：“这几间客房是我管的，进去看看吧。”

说着推开身边的房门。

走进房间，虽然只有两张单人床，一个三屉桌、两把椅子和一个小柜橱，但收拾得干干净净。

九姑说：“几间客房都一样，也没什么家具。这是给外地客户临时住的。本来不想收费，三爷说少收几个钱吧，人家出点儿钱住得踏实。”

查理说:“这就是营销心理。该收费的地方不收费,对方就会疑惑,为什么不收费?这里有什么名堂?少收一点,对方觉得你优待他,既感激,也放心。”

三爷问:“你什么时候也研究起营销心理了?”

查理说:“我搞设计也遇到过这种事。有一次客户请我设计个很宏伟的建筑,让我报价。我觉得这件事很难得,少收一点吧。按少收费报了价,人家却认为我不是他想象的大牌设计师,反而不找我设计了。”

九姑笑着说:“查理先生,您也有犯糊涂的时候啊!”

正说着,魏爷从屋里出来了。

三爷说:“魏爷,我给您介绍一下,这位是英国朋友查理先生。”又跟查理说:“这位是救过我的魏老先生。我从地牢出来,多亏他和他女儿把我抬到他家里,不然后果真不堪设想。”

查理激动地拉着魏爷的手说:“伟大的壮举,见义勇为,您和您的女儿都是我最敬仰的人。”

正说着就见一辆美式吉普车开进货栈大门。

查理说:“子和,瓦尔登来了。”

三爷说:“魏爷,有个美国朋友来了。您跟他们二位一起吃顿饭吧。”

魏爷赶紧摆手说:“别,别。改日吧,你们有事,我不打搅了。”

三爷和查理向魏爷告辞,赶紧走到经理室门前。这时吉普车也到了。

穿西装的瓦尔登下车就说:“查理,这个地方就在大路边,很好找。”

查理说:“这位就是我的朋友,货栈主人成子和先生。”

三爷向他伸手说:“瓦尔登先生,见到你很高兴。”

瓦尔登握着三爷的手:“我也很高兴。”

大桂从经理室走廊迎出来说:“瓦尔登先生,您好,我在酒会上见过您。”

查理介绍说:“这位是成太太。”

瓦尔登笑着说:“查理,真羡慕你在天津有这么好的朋友。”

三爷也笑着说:“你也是我们的好朋友啊。”

几个人说说笑笑走进小餐厅。

客人坐下刚喝几口茶,说了几句话,西餐菜肴就开始往上端了。

瓦尔登瞪大眼睛问:“怎么这么快?”

三爷说："我和美国军人接触过，知道你们喜欢快节奏，就告诉他们要加快速度。"

瓦尔登高兴地边吃边用汉语说："成先生想得真周到。太好了，我的时间是很紧。"

查理说："这是天津最好的德式西餐。"

瓦尔登说："怪不得味道这么好，我很久没有吃到这么好的西餐了。"

大桂端着鱼进来问："瓦尔登先生，你会说中国话？"

瓦尔登笑着说："会一点点。"

大桂把鱼放在桌子上说："请你们尝尝我做鱼的手艺。"

查理和瓦尔登用叉子叉了一块尝了尝。

瓦尔登说："成太太，你做的中国鱼太好吃了。"

查理说："准确地说，这是地道的天津熬鱼。"

瓦尔登说："对，天津熬鱼，还有贴饽饽。"

大桂奇怪地问："你还知道天津卫的贴饽饽熬鱼？"

查理笑着说："他跟我一样，也是在天津出生的。美国军队不少高级将领和天津都有渊源。现任美国国防部长马歇尔将军、美国驻华军事代表史迪威将军、中国战区美军司令魏德迈将军，都在马场道的美国营盘服过役。"

三爷说："马歇尔、魏德迈我都认识。那时候每逢圣诞节，从美国运来的礼物都发到美丰厚，由我们往美国营盘送，平时发来的东西他们也来取。马歇尔当过美军第十五步兵团的团副，魏德迈当过那个团的中尉军官，他俩都来提过货，我招待过他们。"

瓦尔登看着三爷说："他们如果来天津，可能会到你这儿来看看。"

查理说："当然要来看。他们都是我的朋友，美丰厚这片建筑是我设计的处女作，也是我在天津最得意的作品，他们怎么能不来！"

听查理说过去的事，瓦尔登有点儿等不及了。赶紧说："查理，别说那些了，还是赶快让我看看那位女士神奇的表演吧。"

查理问："九姑呢？刚才我还见过她。请她把飞十字架再给他露一手。要不然他就是不相信！"

大桂说："我去叫她。"

不一会儿九姑进来了，听说是让她表演飞十字，笑着说："那是小菜儿。"

瓦尔登瞪着眼问:“她在说什么?”

查理也没听明白,看着三爷问:“小菜儿怎么翻译?”

三爷说:“Piece of cake. 微不足道的小事。”

瓦尔登用汉语说:“成先生的英语也不错嘛。请这位女士表演一下好吗?”

九姑说:“行。”

她找了个硬纸片儿撕成十字,拿到手里腕子一抖飞出去老远,又乖乖地飞回她手里。

瓦尔登看得目瞪口呆,瞪大眼睛问:“这是怎么回事?”

九姑见他不明白,耐心地说:“这叫翔翎术,是我们中国传统杂技里的一门技术。”

瓦尔登看着三爷和大桂问:“还有别的节目吗?”

大桂问:“你想看什么?”

瓦尔登说:“我想看中国功夫。”

大桂还没说话,就听餐厅门外有人噗嗤笑了一声。大桂抬头看时,一个俏丽的身影正往外走。

大桂大声喊:“瑞芳!你别走,快回来!”

瑞芳回到小餐厅门外说:“小姨,我们家房子快完工了。我想接我爸回去看看。他让告诉您一声,我就……”

大桂说:“那你还不进来!进来吧,这都不是外人。”

瑞芳低着头走进来,给三爷深深鞠了一躬,叫了声:“三爷!”

三爷说:“这位是查理先生,瓦尔登先生。”

瑞芳又给他俩鞠了躬。

大桂说:“瓦尔登先生,你不是想看中国功夫嘛,她就会。”

瓦尔登瞪着眼问:“这位小姐,会中国功夫?”

三爷跟查理说:“他就是刚才见过的魏先生的女儿,魏瑞芳。”

查理惊讶地问:“是她和她父亲在日本宪兵队附近救了你?”

三爷点点头。

查理说:“会中国功夫的漂亮小姐,见义勇为,真不可思议。”

大桂说:“瑞芳,这两位朋友想看,你就练两下。”

瑞芳犹豫地看着九姑,不知道练什么好。

九姑在她耳边悄悄说:“走个有劲的短趟子!”

瑞芳看了看,餐桌一头有块空地方。走过去心里丈量了一下,抻了抻衣裳。向两位外国朋友一抱拳,喊了一声:“嘿!”

先来了个双飞燕,接著跨虎、飞脚,拧了个旋子,同时两掌不停地击打全身各部位,啪!啪!啪!啪!拍了十三响,最后一个弓箭步刹住。

这套拳打完了,瑞芳面不改色地站在原地问大桂:“小姨,行吗?”

大桂还没说话,两个外国朋友就激动地鼓起掌来。

瓦尔登大声说:“伟大,太伟大了。我第一次近距离看这么好的中国功夫!”

查理说:“这么精彩的表演,我也没见过。”

九姑说:“这套拳叫飞天十三响,是练功前热身用的。”

瓦尔登问:“这么激烈的动作,才是热身?”

查理说:“你看,魏小姐打的这套拳幅度很大,活动面积却只有两平方米。子和,这就是中国功夫里所谓的卧牛之地吧。”

三爷笑着说:“查理,你真不愧是中国通啊!”

九姑也笑着说:“查理先生,您怎么跟我师哥一样,什么都懂?”

查理说:“我太喜欢中国功夫了。中国传统文化哲理很深奥,它的外在表现就是中国的建筑、绘画、中医中药和中国功夫。”

瓦尔登说:“查理在来时的轮船上就给我讲过,我听不懂,还不大相信呢。听说还有一种能蹿到屋顶的轻功,这位女士可能也会吧?”

大桂、九姑和瑞芳都笑了笑,没说话。

三爷故意岔开这个话题,微笑着说:“中国功夫样式多着呢,瓦尔登先生,您在中国要待多久?”

瓦尔登耸了耸肩膀,摇头说:“我的小女儿很希望我今年冬天陪她去滑雪,看来今年冬天肯定回不去了。”

查理悄悄说:“成先生的功夫就很厉害。有一次夜里货栈进来两个贼,他和一位姓吕的经理,提着单刀蹿上货场的大垛就追。在垛顶急速地跑来跑去,生把那两个毛贼抓住。”

三爷说:“那是年轻的时候,现在不行了,老了。”

查理说:“中国有句谚语,虎老雄心在。成先生就是那只有雄心的老虎。”

在场的人们都笑起来。

瓦尔登看了看手表,站起来说:“对不起,我的时间到了。”

查理说:“我也该告辞了。回到中国就度过这么美好的一天,我真高兴。”

大桂说:“欢迎你们常来。”

第八十九章

两位客人和三爷、大桂、九姑、瑞芳一一握手，依依不舍地告辞走了。

美国军用吉普车出了美丰厚货栈。

坐在车上的瓦尔登说："今天我太高兴了。看到那么神奇的中国功夫，吃到正宗的德式西餐，还有那位董事长女士亲手做的熬鱼。"

美军司机说："我也很高兴。他们在另一个房间招待我，我也吃到董事长夫人亲手做的鱼了。"

瓦尔登说："中国的民众非常好客，非常可爱。可他们那些官僚非常讨厌。"

司机说："我也有同感。"

瓦尔登说："中国的百姓很有头脑，比那些贪婪的官僚们聪明得多。赶快回去吧，明天洛基司令一到事就多了。"

军用吉普车沿着海大道飞驰而去。

送走查理和瓦尔登，大桂和九姑忙着收拾餐桌上的东西。魏瑞芳默默地跟着三爷，一直走进经理室里间。

三爷刚坐下，瑞芳立刻跪在他面前说："三爷，我一直等着跟您说这件事。"

三爷问："你要说什么事？"

瑞芳从衣袋里掏出那支白翎说："我师父丁趁勇，是夏家门的弟子。她告诉我，白翎是夏家门掌门的标志。那天给您清洗伤口，我看见您内衣口袋里露出这支白翎，就替您收起来了，一直想找个合适的机会呈给您。"

说着把白领递到三爷手里。

三爷眼含热泪看着这支白翎说："这是爷爷给我留下的信物，我一直带在身边，几十年没离开过。劫后余生，以为看不到它了。谢谢你替我保管得这么好。"

瑞芳说："师父临走嘱咐我，日后见到这支白翎，就是咱夏家门的掌门人。

事事都要听掌门吩咐。从今以后，我就是您的徒孙，您有什么事，就吩咐我吧。”

三爷说：“你起来吧。我是进了夏家门，也受过夏子川爷爷和尚奶奶亲自教诲。爷爷把白翎交给我，可我没那么大的本事，也当不了掌门人。你师父已经不在了。我认你是夏家门的传人，不能认你是徒孙。往后你就叫我三爷，咱彼此多关照吧。”

瑞芳站在老人身旁说：“是，三爷。”

1945年10月1日，载着四千多名美国海军陆战队第三军团士兵的军舰，停泊在天津市区大光明码头，在法租界公议大楼（今承德道市文化局）设立了军团司令部。

10月2日，天津机场的美军空勤人员忙着准备接机。停机坪上只有穿军装的杜建时、瓦尔登和李鉴三这三个人。

瓦尔登凑近杜建时说：“杜将军，洛基司令刚才通知我，到达之后要和您单独谈谈。”

杜建时问：“在哪儿谈？”

瓦尔登说：“就在三军团司令部吧，你看呢？”

杜建时点点头：“好。”

瓦尔登得意地说：“昨天英国人查理先生约我去了一个非常惬意的地方。”

杜建时笑着问：“刚到天津，你就找到这么好的地方了？是哪儿？”

瓦尔登神秘地说：“离我的驻地很近，英租界靠近海河码头的美丰厚货栈。”

杜建时问：“那儿怎么好？”

瓦尔登感叹地说：“那是几十年前一位学建筑的英国朋友，在天津设计的一个货栈。这也是他从英国大学毕业的处女作。规模大，设备也好，很有气魄，是天津海河码头最好的货栈。”

杜建时问：“瓦尔登参谋长对码头货栈还感兴趣？”

瓦尔登赶忙纠正：“NO，NO！我是对那里的小餐厅、西餐和天津熬鱼感兴趣。”

杜建时笑着说："要是约我去，我也会感兴趣。"

瓦尔登故作严肃地说："不过还是有些遗憾。"

杜建时问："为什么？"

瓦尔登摇摇头："还缺少几个天津的贴饽饽。"

两个人突然畅快地大笑起来。

隆隆的飞机声由远而近。

瓦尔登说："洛基将军到了。"

美国海军陆战队三军团司令洛基只带了一个副官，走下舷梯时瓦尔登把杜建时、李鉴三介绍给他。寒暄了几句，几个人分别乘坐自己的汽车驶进市区。

瓦尔登、杜建时、李鉴三把洛基中将送进三军团司令部为他准备的办公室。

洛基坐下环顾了四周说："这里的建筑风格看上去很别致，这个办公室也不错。"

杜建时说："这里以前是法国租界行政机构所在地公议大楼。洛基将军，天津市民非常欢迎您的到来。作为盟军受降代表，只有您亲自主持受降，天津日军才是真正意义上的投降。"

洛基看着他说："我到天津还不只是受降。驻中国美军总司令魏德迈将军和蒋委员长在重庆分别和我谈过，给我的任务是，妥善接收和利用日本军用物资，保证北平至山海关一线不被占领，这一点非常重要。"

杜建时谦卑地点点头说："委员长派我来担任护路司令，也是这个意思。"

洛基看着在座的杜建时和李鉴三说："我有一位朋友是联合国善后救济总署的署长，临来时他打电话委托我过问一下，天津接收救济物资准备得怎么样？承担储运任务的单位找到了吗？条件可以吗？"

李鉴三用英语回答说："据我所知，救济总署委托美国在天津的哈里分公司，找的是原英租界美丰厚货栈。装卸、储存、保管和运输条件都是当地最好的，进口业务也很熟悉，是天津码头物流业信誉最好的一家。"

洛基满意地点头说："这很好。"

瓦尔登得意地和杜建时使了个眼色。

杜建时问:“洛基将军,举行受降仪式定在哪一天?”

洛基毫不犹豫地说:“10月6日。仪式规模不要太大,请本市政府和各界代表参加就可以。有关受降的新闻稿,由第三军团司令部统一发布。”

杜建时点头说:“好。”

洛基说:“还有些事,我和瓦尔登要和杜建时将军单独谈。这是蒋委员长的意思。”

李鉴三识趣地站起来说:“您请便。”转身走了出去。

这时办公室里只剩下洛基、瓦尔登和杜建时三个人了。

洛基从他的公文包里取出一份文件说:“关于美国第三军团来天津的使命,蒋委员长和我达成几点共识,这是我的记录,你可以看一下。”

杜建时接过这份英文打字稿,上边写着:

一、布置接收日军投降事项;

二、与护路部队协同占领北平至山海关铁路线,指挥并控制沿线日军;

三、主持日军投降缴械仪式并接收日军仓库、军用物资和一切装备;

四、控制日军驻军司令,保留其通信系统以便指挥日军为美国和中国政府的利益服务;

五、天津、塘沽、秦皇岛之间如受共军攻击,美军可执行必要而适宜的军事行动;

六、收管日军战俘,管理日侨并遣送回国。

杜建时看完皱起眉头问:“司令官阁下,这份文件所写的‘如受共军攻击,美军可执行必要而适宜的军事行动’,怎样才算必要而适宜的军事行动?这个尺度只能是由贵军掌握吧?”

洛基点点头。

杜建时看着他问:“也就是说,如果天津受到共军攻击,美国海军陆战队并不一定直接参战?”

洛基点头说:“可以这样认为。”

沉默了一会儿,杜建时说:“文件上写的‘接收日军仓库、军用物资和一切装备’这一条，恐怕不容易实现。天津已经有不少南京派来的接收人员在这里接收。哪个部门的都有。我也弄不清楚都是些什么人。”

洛基惊讶地问：“你是说，我们准备接收的物资，有的已经被别人接收了？”

杜建时也像洛基那样点点头说：“可以这样认为。”

洛基迫不及待地问：“军用物资比较集中的是哪里？”

杜建时说：“在海河东岸的小孙庄仓库。那是日军在天津建立的仓库群，本地也叫它新仓库。占地面积很大，里边有铁路站台和码头，还有军用品工厂。现在应该遣返的几万名日军、日本商人和日侨，都集中在那里。”

洛基说：“明天我去现场看一看。”

杜建时摇头说：“那么多日本人集中在那里，恐怕不大安全。”

洛基摆手说：“不，日本人很清楚，美国军人不会伤害他们。”

又沉默了一会儿，杜建时问：“将军，重庆谈判的进展怎么样？”

洛基摇头说：“很不乐观。毛泽东有一百三十多万军队、二百六十多万民兵，占据了近百万平方公里。他们的军队抢先开进东北，如果和苏联的力量衔接起来，那就更难对付了。国民党和共产党彼此都想吃掉对方，即便签了和平协议，也难以持久。你还有什么问题吗？”

杜建时说：“我担负北宁铁路的护路任务，沿途并没有相应的兵力。我打算收编亲日伪军中的三个师，武器、装备、给养、被服和其他用品都很困难。我准备动用一些缴获的物资。”

洛基点头说：“完全可以。委员长委托我接受日军所有仓库物资，无非是防止落到共军手里。你扩编部队当然可以用。”

杜建时喜形于色，站起来点头说：“请司令官休息吧，我告辞了。”说着向洛基司令行了举手礼，转身正要走，洛基站起来问：“本市的国民政府成立了没有？”

杜建时转过身来说：“重庆派来的市长张廷锷先生最近才到，准备在明天10月3日正式成立。”

洛基问：“你还兼任本市的领导职务吗？”

杜建时苦笑着说：“委任令上指派我任副市长。交通线上的形势这么严峻，看来也管不了多少市里的事。”

洛基点了点头:“嗯。”

在酒会上碰了钉子的海军中校刘乃沂,兴冲冲地来到美丰厚货栈门前。门房老李迎出来问:“您找谁?”

刘乃沂说:“我要见你们董事长。”

老李打量着他说:“有事找薛经理吧。”

刘乃沂是干这种事的老手,厚着脸皮说:“是你们董事长跟我约定的。”

老李说:“董事长办公室就在经理室里边。您请吧!”

刘乃沂一往里走,老李拿起电话拨完号说:“薛经理,有个海军军官进去了,说是董事长约他来的。”

薛继承皱起眉头说:“嗯,我知道了。”

刘乃沂走进货栈,贪恋地看着这么大的货场和一排排码着货物的大垛,两边的汽车库、客房,远处高大的库房楼和眼前出出进进满载货物的汽车、马车。心想怪不得都说美丰厚是块肥肉呢,别说吃一口,就是蹭一下也是不少的油水呀。

他定了定神,大模大样地走进经理室。

薛继承站起来问:“是董事长约您来的?”

刘乃沂大言不惭地说:“不这么说,他能让我进来嘛!”

薛继承气得没说话,伸手指了指里屋。

刘乃沂进了里屋,大桂低着头正看一张报表,没理他。

刘乃沂自己坐下说:“董事长,咱们那天见过面了。我是接收天津日本海军物资的。日本驻津海军武官处在天津办过小笹洋行和协盛贸易公司,我想来您这儿查一查,库房里有没有这两家的东西。”

大桂看着他说:“对不起,这两家都没在我们这儿存过货。”

刘乃沂一听就急了:“您还没查,怎么就知道没有呢?”

大桂笑着说:“我们这儿是英租界。日本商家进口、出口的东西,都存在南边德租界。人家根本就信不过我们,从来不在我们这儿存货。”

刘乃沂冷笑着说:“听说山口洋行的货,就存在您这儿,那不是日本洋行吗?”

大桂说:“山口洋行是我们老客户,是我先生在前清从锦州带来的老关系。事变前山口洋行一直跟我们打交道。那时候恐怕还没有小笹洋行跟协盛贸易公司呢。”

刘乃沂一听,不得不软下来,嬉皮笑脸地说:“董事长,我看还是让我到库里查查为好,隐匿敌伪资产这可是罪过。”

大桂沉下脸来说:“定我们隐匿敌伪资产,也要凭证据。总不能让您空口白牙这么一说,我们就隐匿了吧。货栈最忌讳平白无故就查库。没别的事,您就请便吧。”

刘乃沂没想到自己特意穿着军装来的,又碰了个硬钉子。气得他站起来说:“好!你美丰厚货栈是我在天津碰上的头一个不跟国军合作的单位。我看在天津还是有能管你们的地方吧?”

大桂也板着脸说:“要有您就找去,不送了。”

刘乃沂哼了一声,转身走了出去。

刘乃沂刚走,薛继承走进里屋说:“三奶奶,您这几句怼他的话,真棒!”

大桂怒气未消:“你说他这个人,怎么总想查咱的仓库?”

薛继承说:“这种贪得无厌的人,就是哪儿摸不着想摸哪儿。他说的那些话,就能听出他是心里没底。想查库无非就是看见什么要什么。也许他到哪儿都来这一套。”

这时大桂也冷静下来,点点头说:“我看这小子还不算完。往后咱还得盯着他点儿。陈昆呢?”

薛继承说:“到魏家看翻修的房子去了。听说工程快完了。”

大桂说:“时间还早,我叫上九姑也去看看。”

大桂和九姑雇了两辆车来到魏家。见翻修的房子已经大体完工,正房和东西厢房都是磨砖对缝,青瓦盖顶,院子里青砖墁地,显得特别豁亮。有的工人在屋里盘火炕,有的正在垒烟筒、安门窗。瑞芳头上裹着毛巾,穿一身旧衣裳,正在给盘炕的师傅打下手。

九姑喊了声:“瑞芳!”

瑞芳见大桂、九姑来了,赶紧抓下毛巾跑出来,笑着说:“小姨、九姑,您二位怎么来了?”

大桂说:“听说快完工了,我来看看还有什么事。”

瑞芳说:“没事。陈叔安排得可细了,什么事也没有。”

大桂问:“老爷子回来了吗?”

瑞芳说:“回来了。那天陈叔把下水道也给接上了。厨房、茅房都安了下水管道,还给我挤出个洗漱间。他高兴极了。他打算请几家至亲,交工那天在院子里敬神祭祖,还要请个老道给三爷跟你们求福求寿呢。”

大桂说:“老爷子想的就是多。”

瑞芳说:“那天老爷子回来,提起三爷向外国朋友介绍他,说三爷在美丰厚办的都是大事。让我多跟您学着点儿。”

大桂问:“他让你去我那儿?”

瑞芳说:“是啊,要不怎么向您学习呀。”

大桂高兴地看着这个聪明能干的姑娘问:“这一阵儿你们吃饭怎么办?”

瑞芳说:“我做呀!买粮、买菜是我,做饭也是我。陈叔总让我们吃好点儿。我做的饭,师傅们都说好,还跟陈叔夸我呢。”

大桂问:“晚上你睡哪儿?”

瑞芳说:“地方多着呢。反正院里也没人,找个地儿一糗就是一宿。”

说得大桂和九姑都笑了。她自己也笑了。

大桂忽然想起一件事,问她:“你上过学吗?”

瑞芳说:“上过。我在教会学校圣功女中念过初中。”

大桂说:“我一天书也没念过。”

九姑说:“你认的字不少了,我才是睁眼儿瞎呢。”

大桂说:“瑞芳,你要去我那儿就教我俩识字,能把报念下来就行。”

瑞芳说:“那没问题。”

翻修的房子、能干的瑞芳和魏老爷子感恩的心意,让大桂非常满意。瑞芳要能去美丰厚,她就更满意了。往回走的路上,大桂和九姑说的净是这些事。

大桂回家刚走到家门口,隔壁张太太突然出来拉住她说:“三奶奶,你是有本事的人,有个事你得管管。”

大桂问:“什么事?”

张太太小声说:“胡同口往里第三个门那个小石太太,这两天让坏人逼得总想死。他们家佣人偷偷跟我说了,我同情她,想劝劝她,可说话听不懂。你给想想办法吧。”

大桂问:“她是哪儿的人?”

张太太说:“四川的。”

大桂说:“我们家成礼才从四川回来,把小石太太叫来,让他翻译,咱一块儿听,您看行吗?”

张太太说:“好,行。我去叫她。听说他家那个糟老头子看得严着呢。”

大桂说:“您别着急,慢点走。我在家等着。”

不大一会儿,张太太带着十八九岁的小石太太来了。一老一少走进成家客厅。

小石太太叫了声“三奶奶”,就怯生生地低着头站在那儿,一句话也不敢说。

大桂坐在她对面,成礼站在一旁等着翻译。

张太太拉着她的手,指着成礼说:“孩子,你说吧。你的话他能听懂。”

第九十章

小石太太用四川方言说:“我是四川广元人。”

成礼赶紧翻译:“她说她是四川广元的人。”

小石太太瞪着眼看成礼,用四川话问:“你怎么能听懂我的话?”

成礼用四川话说:“我在河西住过噻。”

小石太太激动地说起来:“那年我跟着父母逃难,父母饿死了,有个要饭的女人把我收留下,我们两个一块儿要饭到了北平。后来碰上姓石的,带着我们两个来到天津。”

成礼翻译到这儿,小石太太不说了。

大桂问:“你怎么不往下说了?”

小石太太满脸通红地说:“我还不到十岁,他就让我跟他睡。”

成礼翻译到这儿,小石太太又不说了。

大桂问:“怎么又不往下说了?”

小石太太指着成礼说:“让他出去,你们自己看。”

成礼翻译说:“她让我出去,叫你们自己看。”

大桂明白了,告诉成礼:“你去外边儿等着,一会儿我叫你再进来。”

成礼出去了。

小石太太见成礼出去了,自己脱掉上衣,只见她前胸、乳房、后背、两只胳膊,到处都是又红又紫的牙印儿、指甲印儿,有的地方已经露出血丝,眼看就要破了。

大桂气得咬着牙问:“这都是那个老王八蛋咬的、掐的?”

小石太太含着泪点点头。

张太太摇着头说:“真不是人,不是人哪。”

大桂眼含热泪,帮小石太太穿好上衣。

小石太太轻声说:“还有呢。”四处看了看,又把裤子退下来。

两个女人一下子都惊呆了!只见她大腿根儿、下身被咬得鲜血淋淋,又红又肿,不少牙印儿都重叠着,有的地方已经溃烂了。

大桂气得哭了，张太太也哭了。

小石太太提起裤子，趴在大桂肩上放声大哭：“妈妈呀！”

老少三代女人抱在一起，哭作一团。

大桂擦干眼泪说：“孩子，把衣裳穿好。这事我管。”

小石太太穿好衣裳，两眼看着三奶奶。

大桂朝屋外喊：“成礼！你进来！”

成礼进来了，见母亲、张太太和小石太太都哭得泪眼通红。不知道为什么，只好站在那里。

大桂从柜子里拿出药膏和紫药水说：“你告诉她，她的事我管。回去先把伤了的地方抹上药膏，下身的伤抹上紫药水。”

成礼翻译给她，小石太太接过药膏和紫药水儿连连点头。

大桂说：“你问她，知道为什么抹这个吗？”

成礼问她，小石太太说：“抹上就不疼了。”

成礼翻译说：“她说这就不疼了。”

大桂摆着手说：“不对。抹上这些药，不光伤好得快，身上有药味儿那个老王八蛋下不了嘴，就不欺负你了。”

成礼为难地说：“四川话里没有老王八蛋，都说龟儿子。”

大桂看着这个傻小子，自己也乐了：“龟儿子就龟儿子，把我的话告诉她就行。让她别怕，我一定想办法救她。”

成礼翻译完，小石太太说：“还有哩。”

成礼说：“她说还有事呢。”

张太太急着问：“你还有什么事？”

小石太太说：“有个叫刘四爷的，常到我家来买老头子的古董。每次临走总是背着老头子欺负我。”

成礼把这几句话翻译出来，大桂瞪着眼问：“她是说刘四？那个人长什么样？”

成礼用四川话问她。

小石太太说：“跟我家那个老鬼差不多，瘦瘦的干巴老头子。”

大桂知道了，点点头问：“你让刘四欺负啦？”

成礼用四川话问她，小石太太说：“没有，他挑逗我的话，比骂我还难听。

我特怕他，弄得我总想死了算了。”

成礼翻译说：“她说没欺负得了，可弄得她不想活了。”

大桂眼盯着小石太太说：“你想死就没事了？多窝囊！刘四我认识，不就是那个尖脸儿、瘦高个儿，岁数挺大的人吗？”

成礼又用四川话问她。小石太太点点头。

大桂说：“那是个老坏蛋！他想欺负你，你就得想办法收拾他。下次刘四再来，你就告诉我！”

成礼刚翻译完，小石太太脸上就露出了笑容。

大桂叹了口气说：“真是个可怜的孩子。你多大了？”

小石太太听懂了，小声说：“十八。”

大桂和张太太互相看了看，两个女人都擦了擦眼泪。

当年十月初，联合国救济总署运送救济物资的三艘货轮抵达天津港。中国善后救济总署在上海，尽管天津市政府还没完全恢复运转，办事人员接到通知，还是从国民饭店雇了一帮给喜事庆典奏乐的洋鼓洋号，在码头上吹吹打打，表示热烈欢迎。

货轮停靠在海河码头。

经办这件事的哈里洋行经理张爷带着几个职员，联系上救济总署随船押运的杰姆森，又把陈昆请来。张爷用英语对杰姆森说：“这位是为我们接货的美丰厚货栈经办人陈昆先生。”

杰姆森和陈昆握了手。

张爷跟陈昆说：“这位是联合国救济总署随船押运的杰姆森先生。您看这些物资怎么下船，怎么验收，怎么过数？”

陈昆把张爷请到一边，小声说：“货栈不能办这事。这得先请海关的人过来，按进口货单验货。他们核对好了，给我们下出关的单子。船上把货卸下，我们按他的发货单点完货，来车拉走。进了货场我们再点一遍。”

张爷点头说：“我明白了。”赶紧让哈里洋行的职员把这些话翻译给杰姆森。

这位美国押运员满意地点点头说：“谢谢，真没想到现在天津港的码头，接货程序还能这么正规。”

张爷走过来用英语说:“为我们接收救济物资的这家货栈,是我们特意从海河码头几十家货栈里挑选的最好的一家。他们的工作非常规范。”

杰姆森说:“这就好。我去和那两艘货船打个招呼。”

杰姆森走了。张爷拉着陈昆的手说:“我跟三爷是老朋友。海关上的这些事,麻烦你们就都给办了吧。费用我们出。”

陈昆说:“张爷,有您这句话就行。这事我们给您办。事变那年我就见过您,一晃八年了。”

张爷说:“那次美丰厚可给我们帮了大忙,冒着危险运走整整一船货。我早就知道三爷手下的人都挺能干,强将手下无弱兵嘛。谢谢你!”

陈昆笑着说:“海河码头除了成三爷,谁有那么大胆子!我们就是跟着三爷老老实实干活儿。”

联合国救济总署的货轮到港前,陈昆和杜四就招呼在码头干活儿的搬运工把卸货这块地方收拾得干干净净。

海关该办的手续都办完了。美国来的船员们用船上的吊车,把印着英文“联合国善后救济总署”字样的救济物资,从货舱里一网一网地吊到岸上。见卸货的地点收拾得这么干净,船上干活儿的外国船员冲着张爷跟杰姆森直挑大拇指。

这时成礼陪着三爷也来到卸货的码头。三爷站在那儿看着从货轮上往下卸货,岸上的搬运工忙着装车,心里特别痛快。忽然发现远处地下有个小布条儿,老人走过去弯腰捡起来,拿在手里看了又看。

成礼过去问:“爸,这上头的英文您认识?”

三爷摇头说:“不全认识。码头、货场上的这种布条儿、纸条儿,往往就是货签儿。你看,这几个字USA,是美国。这几个小字25kg,是二十五公斤。说明这是五十斤一袋儿的白面。”

成礼点头说:“爸,您真行。”

正说着,张爷、陈昆和码头上的人看见他们了,大伙儿都过来跟三爷打招呼。

张爷说:“三爷,你身子骨还没好利索,还亲自来看看。”

三爷说:“这么大的事,不过来看看还行。陈昆,你们董事长跟薛经理没来?”

陈昆说:“都来了,在那边跟四爷说卸货的事呢。”

三爷说:“这么大宗的生意,头一批货下船就得先把各方打点好。外国货船头一次到岸,人不熟、货没底,弄不好就得出点儿岔头儿。把头一批货理顺,后边也就顺当了。”

张爷说:“我们公司的人业务不熟,进口手续都得请货栈帮忙。”

三爷说:“这没说的,有事您只管吩咐,我们都照办。”

听说三爷来了,大桂和薛继承赶忙过来。

三爷见了大桂就说:“张爷这事一定盯紧。下船、装车、进场都得盯上人,货不能受一点儿损伤,数目、手续都得清楚。谁那儿出了事就找谁!”

张爷听了三爷这番交代,感慨地跟自己的职员说:“美丰厚有这么好的声誉,全在当家人心里有板有眼,下边办事用心。要都这么办,还有什么事办不好!”

杰姆森说:“航行途中我跟他们说,到中国来要做最坏的准备。可是天津海河码头居然这么有秩序,还很干净,卸货很顺利。我到过许多国家的港口码头,这里的环境是最好的。”

张爷用英语说:“你看到的环境,是给我们存货的货栈收拾出来的。他们的经理是我的好朋友。什么事他都要办到最好。”

杰姆森说:“我最佩服这样的人。”

杰姆森说完点点头走开了。

大桂过来问:“张爷,美国人对咱这儿满意吗?”

张爷说:“太满意了。我也没想到。过去货轮到港卸船,总是乱糟糟的,今天怎么这么清静?连闲杂人也没有。”

大桂凑过去悄悄说:“有码头的杜四爷在这儿镇着呢。有他在,谁还不给面儿?要不哪能这么顺当?”

张爷问:“您认识杜四爷?”

大桂说:“那是我表姐夫,我叫他四哥。”

张爷听得张开嘴,半天没合上。

大桂说:“救济物资进了货场,您得跟政府说一声。光来洋鼓洋号不行,得派人帮我们看着点儿,出了事他们得兜着。”

张爷不住地点头,脑门儿上的汗都出来了。

一长列卡车满载救济物资开进美丰厚货场，薛继承、陈昆、段师傅带着搬运工卸车、码垛。

张爷陪着另一位美国人走进来说："薛经理、陈经理，这位是联合国善后救济总署副主任汤姆先生。这两位是美丰厚货栈的薛经理、陈经理。"

薛继承微笑着说："汤姆先生您好，欢迎您光临美丰厚货栈。您看看我们的条件，对物资存放还有什么要求，我们尽量满足。"

张爷翻译完，汤姆伸出手来和薛继承握手说："谢谢！这个货栈非常好。物资存放得整齐有序，我很满意。"

张爷翻译完，汤姆对他说："美国驻军司令官洛基告诉我，你们选的是海河码头最好的货栈。"

张爷给他俩翻译完，陈昆说："张爷，听说这些救济物资都是美国人捐的，您让他给美国司令官带个话，这可不是小事，他们得关照着点儿。"

张爷翻译完，汤姆激动地伸出双手紧紧握着陈昆的手，不住地摇晃说："你说得非常重要，这些物资都是美国人用爱心捐助，长途跋涉运来的。我是要请洛基司令和他的部队给予保护！"

美丰厚货栈的人们整整忙了一天，头天下船的救济物资顺利进了货场。大桂和陈昆、段师傅安排完明天卸船和守夜的事，才拖着疲惫的身子往回走。

路过首善街电灯房，掌柜张胖子出来跟她小声说："三奶奶，张金锁回来了。"

大桂很惊讶："金锁回来了？"

张胖子点了点头。

大桂跟着张掌柜走进电灯房，着急地问："怎么回事？你再说一遍！"

张掌柜说："日本投降，我们几个没跟师父混事的哥们儿议了议，想把张金锁请回来当老大。有人知道这两年他在济南，就把他接回来了。"

大桂问："现在他在哪儿？"

张掌柜说："还住在河东。可他说什么也不跟我们一块儿干。您救过他的命，他听您的。想求您帮我们劝劝他。三奶奶，我们可没把您当外人。"

大桂说："我这就去一趟。"

张掌柜说："我给您雇车去。"

大桂摆手说："不用，那地方我知道。坐摆渡过去，不远。"

天都快黑了，大桂没回家直接坐摆渡过河，去了河东大王庄东头破烂不堪的大杂院儿。刚要进去，在门外待着的瘸腿老人秦爷拦住她说："这位奶奶，里边嘛也没有，净是蝎子、长虫，您别进去了！"

大桂说："我找人。"

瘸腿秦爷问："您找谁？"

大桂说："我找张金锁，他是我表侄！"

瘸腿秦爷一听高兴地说："是表姑来了！"扭头就喊："张爷，表姑来了！"

正在屋里睡觉的张金锁突然被惊醒。

大桂推门进来，金锁猛地坐起来问："谁！"

大桂厉声说："你怎么一个人在这儿躺着！"

金锁见是大桂，尴尬地说："表姑，是张胖子跟您说的吧？"

大桂气得坐在炕沿儿上："你不说，还不许别人告诉我！"

金锁说："听说您当了美丰厚的董事长……"

大桂问他："当董事长怎么了，当董事长就六亲不认了？"

金锁低着头说："我怕给您找麻烦。"

大桂一听，更是气不打一处来："你给我找麻烦？是我给你找麻烦！当年要不是你救了美丰厚一命，还不知道怎么样呢。我欠你的，美丰厚欠你的。我当了董事长还不该找你！"

金锁说："我不是那个意思。"

大桂还想说什么，忽然发现桌子上扣着个纸盒子，上边放着两个簪子。一个银的，一个铜的。纸盒前面有个盛着沙子的饭碗，里边插着四柱香。

大桂忽然明白了，瞪着眼问："这是王老奶奶跟桂芬？"

金锁眼里顿时涌出泪水，点了点头。

大桂站起来，趴在桌子上哇的一声哭了起来。

金锁悄悄下了地，站在那儿低着头只顾自己流泪。

自从美丰厚把金锁送到河东，老奶奶和刘桂芬尽心尽意地伺候他。大桂和她们娘儿俩处得比一家人还亲。

大桂哭了一会儿，抬起头来问："她俩是你们去山东路上没的？"

金锁点点头。

大桂突然指着金锁怒吼起来:“张金锁！你光逞能,日本鬼子到处横行霸道,你不是不知道。你不打听路上有危险没有,就带着她们娘儿俩去山东。好好的两个人你给我带没了！你说,她俩是怎么死的!”

金锁说:“火车一过德州,铁道让人给扒了。修铁道的工夫,让人们下车等着。我给她娘儿俩去打水,走老远也没找着。桂芬担心我出事,去喊我回来,鬼子就把她给截住了……”

这个堂堂的汉子,说着就大哭起来。

停了会儿金锁说:“奶奶远远地看见有鬼子缠她,想把桂芬拽回来。鬼子推搡她,奶奶拔下头上的簪子就扎进他眼里。当时有人看见,日本鬼子举起枪就把她……”

金锁哭得说不下去了。

大桂哭着说:“老奶奶、桂芬,多好的人啊！她俩就指望跟着你过几天好日子,你知道不知道？她俩出事,就赖你！你还是个男子汉！呸！你把她俩都给我带没了,你还有脸回来!”

大桂气得满脸通红,骂得上气不接下气,呼呼直喘。

瘸腿秦爷和外边的人听到这位三奶奶大声骂金锁,一个个大气不敢出,都贴着墙根儿在那儿听。

金锁低着头说:“表姑,你骂得对,骂得好！奶奶、桂芬没白信任你。能听你骂我,我就没白回来！我在山东天天睡不着觉。我对不起奶奶跟桂芬。桂芬是怀着孩子走的呀！我发誓要给她俩报仇。没想到我刚缓过来,日本就投降了！给她俩报不了仇,我想过死！弟兄们大老远去找我。我就想,我对不起她娘儿俩,再也不能对不起你、三爷跟这些弟兄们了!”

说罢金锁又大声哭起来。

大桂问:“你为什么不跟那些弟兄一起干？总猫在这儿,算什么事!”

金锁止住哭声说:“不是我愿意猫在这儿,我那个当汉奸的师父王林,让国民党收编了。听说他带着那帮人又干起了国民党的侦缉队。他要见着我,还能有好儿嘛。对那些弟兄也不好。眼下在河东还保险点儿。”

大桂问:“有这些弟兄在一块儿,你怕什么？在这儿嘛也不干就保险了?”

金锁说:“这些弟兄都是老实巴交、没嘛能耐的,岁数也大了。接我回来,就是想让我拉巴着他们找个活路。这儿早先是个大车店,我想收拾收拾,还开个大车店,也能凑合挣够吃的。”

大桂问:“你这儿有多少人?”

金锁说:“没多少,这儿也就七八个,兴许还来两三个。”

大桂问:“收拾出来得用多少钱?”

金锁说:“用多少没算过。我们几个商量,把倒了的土坯房戳起来,再垒一圈儿院墙,弄个喂牲口的草棚子,就这点儿开销。”

大桂问:“人手缺吗?”

金锁说:“干粗活儿的不缺,就缺个管账的。”

大桂擦干眼泪说:“这你放心,钱我拿,人我给找。”

外边的人们听到这句话,高兴地都挑起了大拇指。

大桂想了想说:“这事就这么办。你得去美丰厚一趟,跟三爷,跟美丰厚的人们见个面儿。”

金锁扭着脖子说:“我不愿意见人家。”

大桂大声说:“当年你带着伤给美丰厚夺回那几样要命的东西,救了美丰厚一命。三爷总念叨你,美丰厚那几个人也总念叨你。找不着你,给你立个牌位的心思都有。你回来能不见他们吗!你想办的事他们是内行,捎带着就给你办了。”

第九十一章

金锁想了想,抬起头来说:"表姑,我听您的。"

大桂说:"这儿嘛也没有,你也别住这儿了。过两天到美丰厚客房住去吧。要办的事在那儿也好商量。我那儿的人嘴严,绝不给你往外说。"

金锁说:"行。"

大桂把身上带的钱掏出来拍到桌子上说:"这点儿钱给弟兄们留下。你去洗个澡,换换衣裳。张胖子说了,他没把我当外人,我也不把你们当外人。往后有事我给办。你也打起精神来,明天去我那儿!"

大桂说完站起来就走了。

瘸腿秦爷找人暗地里送她过了摆渡,一直送到首善街口。

当天晚上大桂回到家,天已经漆黑了。三爷正在客厅等她。问她:"柜上有事?"

大桂说:"没事,金锁回来了,我去河东看了看。"

三爷问:"一家人都回来了?"

大桂说:"王奶奶、桂芬都没了,也是日本鬼子作的孽。问他有什么打算,他说想在河东开个大车店。我让他明天来柜上,先在客房住下。"

三爷气愤地说:"又一档血海深仇!让他来柜上住好。开店的事咱给他办。救济总署那批货,进了货场你们还得忙几天。腾出工夫就给他办。"

大桂说:"我也是这么想的。你睡去吧,我去洗把脸。"

三爷说:"大舅母跟大红来了,在后院林妈那屋呢。"

大桂说:"听说你回来了,人们都想看看你。"

三爷说:"大舅不是在交通旅馆嘛,让她娘儿俩就住咱这儿吧。你这么忙,光林妈一个人也顾不过来。"

大桂说:"行,这事我跟她们说,你睡去吧。"

大舅母宫氏常来帮着料理家务。大红瑞兰,也二十一岁了,和姑姑大桂一样,浓眉大眼,高高的个儿,干活儿麻利。

大桂见了嫂子就问："你们吃饭了吗？"

嫂子嗔怪地说："到多暂了还不吃饭。你怎么回来这么晚？"

大桂说："今天事特多。大红呢？"

宫氏说："楼上玉环屋睡觉去了。玉环、玉珍、成信一见她就亲热得不行。成礼也成大小伙子了。"

这时林妈进来说："三奶奶，还没吃饭吧？我给你热去。"

大桂说："喝点儿稀的就行，我就是渴。"

宫氏问："你下了班还忙？"

大桂说："乱七八糟的事特多。"说着躺在林妈床上就要睡。

宫氏说："白天林妈见我们娘儿俩来了，就说好几年没家里的信儿，她想回沧州老家看看。"

大桂猛地坐起来说："不行，外地还乱着呢，一个人回去哪行？等忙完这几天，我让柜上去个人送她。"

林妈端着饭进来说："桂呀，还是你疼我。"说着竟掉了眼泪。

第二天三爷让成礼跟着他又去了码头。卸船的、装车的，汽车、马车来来往往，还是那么有条不紊。

成礼说："爸爸，我想去跟他们扛几包。"

三爷问："你行吗？"

成礼说："白面一包五十斤，扛两包才一百斤，我行。"

三爷指着杜四说："去跟你表姨夫说去。"

成礼跑过去说："姨夫，我想跟他们一块儿扛几包。"

杜四打量着这位外甥说："你个头儿行，力气行吗？"

成礼说："行。"

杜四朝着给搬运工往肩上搭包的大个子喊："许大全！你给他搭个包，顺着点儿劲，别伤了腰。"

四爷喊完把腰里系着的搭包解下来，披在成礼肩上说："你试试去吧！"

成礼跑过去说："大哥，给我放两包。"

许大全给他肩上放了一包说："兄弟，先扛一包我看看。"

成礼扛着一包说："没事，放两包吧，我扛得动。"

许大全给他又放上一包，成礼扛着两包白面直奔正在装车的一台卡车。

大伙儿都看着他。

站在卡车上的陈昆说："行啊，真是三爷的儿子！"

在远处的三爷听见了，高兴地哈哈大笑。

陈昆看见三爷，跳下卡车跑过来说："三爷，魏家的房子翻修完了。您去看看？"

三爷说："完了就好。收拾干净交给魏爷，人撤回来，跟范斌结了账，这事就算完了。咱谁也别去。魏爷要问，就说最近特别忙，什么也别说。"

陈昆点了点头。

过了两天，张金锁一大早穿了件长袍儿，坐摆渡过了海河。来到美丰厚货栈，门房师傅问："您找谁？"

金锁说："我找成三爷。"

门房问："您贵姓？"

金锁说："我姓张，张金锁。"

门房给经理室打电话，薛继承一听就跑出来了。路过货场把陈昆叫过来说："张金锁来了。"

陈昆问："在哪儿？"

薛经理说："刚进大门。"

陈昆往门房那儿看，有个穿长袍的站在那儿，仔细看就是张金锁。那年姚锐回来报信儿，陈昆赶车去墙子河桥接金锁，连夜送到河东，都是黑天，看不清面貌。后来送药送钱，都是大桂、九姑往那儿跑。薛继承也没见过这位拔刀相助的好汉。

陈昆跑过去拉着金锁的手说："金锁，你这一走有一年多了，怎么连个信儿也没有？我是陈昆，你还认识吗？"

薛继承说："你回天津怎么也不来一趟？"

陈昆说："这是我们薛经理。"

金锁笑着点点头。他不是能说会道的人，站在那儿看着货场说："呵，货都搁满了，买卖准不错。"

陈昆说："那年要不是你帮了一把，我们还不定怎么样呢。"

薛继承忽然想起姚锐认识他，进门房给小姚打了个电话。

不大会儿姚锐跑来说："金锁哥，你记得吗？那天夜里在墙子河桥底下，你一身血，都说不出话来了。我头一个看见你的。"

陈昆说："那天夜里是我赶大车把你送到河东的。"

薛继承说："你让我们美丰厚逃过一劫，谁都想见见你。怎么说走就走了呢。"

几个人说着话走进客房，九姑迎上来，拍着他的肩膀说："金锁！你这人还真金贵，大桂要不去，你还不来。房间都给你准备好了。"

几个人拥簇着金锁走进给他准备的房间。金锁觉得美丰厚的人，都这么热情爽快，来时的那点儿拘束也一扫而光了。刚坐下，大桂来了，见面就问："你吃饭了吗？"

金锁说："吃了，在河边儿吃了两套煎饼果子。"

大桂说："你看见了吧，救济物资把货场都占满了。"

金锁问："三爷呢？"

大桂说："日本投降头几天他让宪兵队抓去了，打得半死不活，日本投降才捡了一条命。那天我回来就把你的事跟三爷说了。三爷说大车店的事美丰厚给办。我们这两位经理都盯着这事呢。"

金锁听她一说，激动得不知道说什么好了。

大桂说："他们都挺忙的。咱就先说在大王庄开大车店的事吧。"

姚锐站起来说："你们说吧，车间还有活儿呢，我走了。金锁哥，回头去我那儿啊。"说完就走了。

陈昆说："河东那儿我去过，院子挺宽绰。盖个带货场的大车店，满好。"

薛继承说："这事三爷最有经验，赶明儿咱请三爷去看看。"

大桂说："我跟他说了，钱柜上拿，管账的咱给他找。店究竟怎么盖，让三爷拿主意。他琢磨事想得长远。"

陈昆小声问："三爷平常都不出门儿，能去吗？"

大桂说："金锁的事，他还不去？不信你看着，只要有人提，准是说一不二！"

金锁和薛继承、陈昆都兴奋起来，七嘴八舌说了好些怎么开店、怎么接货的事。

金锁说:“三爷让人家抓去受那么大罪,我得看看去。”

大桂说:“三爷还想看你来呢。我跟你一块儿回去,咱在家吃顿捞面。”

陈昆说:“上马饺子下马面,三奶奶这是给你接风呢。”

张金锁跟着大桂回到家,刚进大门三爷就迎出来,看着他说:“金锁,听说你回来,我就想见见你。”

金锁看见三爷,跪下就磕头,抬起头眼泪汪汪地说:“三爷,我对不起您。您受那么大罪都回来了,可我把王奶奶跟我媳妇都给带没了!”

三爷也流了泪,把他扶起来说:“我听大桂说了,这就是灾难。咱让日本鬼子欺负的国都要亡了,谁还顾得上家呀!别总想这些事了!”

成信正好放学回来,一见金锁扑上去就喊:“金锁哥,你怎么老没来?”

金锁嘿嘿地笑了,从口袋里摸出一把白茬儿的木头手枪,放到成信手里小声说:“我自个儿做的,给你玩儿去吧。”

三爷跟金锁进了客厅,别的事只字未提,坐在那儿就聊起办大车店的事。

俩人聊了半天,三爷说:“这是好事,要办就把它办好。人这一辈子,办几件自己满意的事也就不错了。”

金锁觉得三爷对这事很上心,自己也信心满满地高兴起来。

那天中午三爷、大桂、成礼、玉环、玉珍、成信、大舅母跟大红和金锁、林妈一起吃了一顿四碟儿炒菜的打卤面。这都是大桂的手艺。吃完饭成信拉着金锁上楼到他的房间去玩儿。

那年金锁就是在这间屋里养的伤。想起那些事,心里很感慨。

当天晚上吃完饭,成信还不让金锁走。好在屋里的单人床还在,金锁就在这儿住了一夜。

联合国救济总署的那批救济物资,要等天津政府的救济机构成立后才能按计划下发。眼下就是定期倒垛、翻晒,防潮防虫,妥善保管。货栈的正常生意有业务室跟段师傅照应,第二天一早,大桂、金锁到美丰厚叫上薛继承、陈昆一起过摆渡去河东看地方。庞二早早地拉上三爷绕道万国桥,也去了河东大王庄。

金锁住的这个大杂院,只剩下几间勉强能住人的土坯房,围墙和其余的土坯房倒的倒、塌的塌。

陈昆说："三爷，这地方背静宽绰，东边就是大开洼，要盖大车店，还能往大里扩。"

三爷里里外外都看了一遍说："是该扩出去点儿。大车店不能弄得太小气。别怕花钱，钱不赶快花出去，一天比一天毛。还不如赶紧办成一件事。金锁，你从薛经理那儿支钱，把你的人吃穿住先安排好。下一步怎么办，咱们都再想想。"

大桂悄悄跟金锁说："三爷心里有主意了。"

三爷回到家就盘算在河东开大车店的事。日本人在的时候，他在山西汾阳、寿阳设了两个点。现在他想，要在河东有个大车店兼货栈，跟美丰厚货栈联合起来，对今后应付险恶的局势也会有好处。

这些天海河码头来往的船越来越多，天津人的心里也越来越踏实了。有船就有生意，有生意就有饭吃。在码头找饭吃的人们，盼的就是这种日子。

美丰厚货栈除了接联合国救济总署的货，不少干进出口的老客户也找上门来。每天卸船、点货、装车卸车，卡车、马车进出货场，忙得不可开交。

魏瑞芳到码头来找大桂，说翻修的房子都交了工，魏爷想请三爷跟三奶奶去看看。

大桂悄悄跟她说："三爷早撂话了，翻修房子的事，完工就交活。别的什么话也别说，谁也别去。"

瑞芳说："我爸也是这个脾气，做多大的好事也不让人家谢他。老爷子让我来，我就来一趟。没人去让他自个儿爱干嘛干嘛。"

大桂笑着说："你这孩子，脾气跟我一样。话说完就完，想怎么干随他的便。"

说的两个人都笑起来。

瑞芳说："我就爱跟您说话。您管这么大摊子，累不累呀？"

大桂说："累嘛，高兴还来不及呢。三船联合国的货，大大方方地都卸给美丰厚，海河码头河东河西几十家货栈，谁不眼红！三爷也养得不错了，他还总想着谢你们爷儿俩呢！"

瑞芳问："他还谢我们？"

大桂说："没你们爷儿俩，他能看见这么红火的场面吗？"

瑞芳没再说什么。回到家跟魏爷说:“您说的这事,三爷早就撂话了,说魏家翻修的房子完工就交活。别的什么话也别说,谁也别去。”

魏爷听了也不奇怪,点点头说:“这就是成三爷。对人,滴水之恩涌泉相报。对己,施恩绝不图报。这就是君子之风!”

过了两天,三爷让成礼带上纸笔,爷儿俩过摆渡又去了一趟河东。荒芜的院子里,几间住人的草房新安了门窗,周围打扫得干干净净。有几个人正在把四周坍塌的土围墙,收拢成几个土堆。

正在干活儿的张金锁,见三爷带着成礼来了,高兴地说:“三爷,您是走着来的?”

三爷说:“坐摆渡过来也方便。”

金锁过去拍着成礼的肩膀说:“成礼,你可是三爷的左膀右臂呀!”

成礼笑着说:“金锁哥,我真不知道你在这儿。要知道我早就来了。”

三爷说:“成礼,你沿着院子围墙走一遍,前后左右各多少步,给我记在纸上。金锁,你找个人带着他。”

金锁喊了声:“秦爷!”

瘸腿的秦爷过来说:“三爷,您来了。”

三爷说:“秦爷,我好像见过你。”

瘸腿老人笑着说:“爷,我在美丰厚门口卖过烟卷儿。”

成礼喊他:“秦大爷!”

瘸腿老人忙说:“少爷,别这么叫。喊我秦二就行。”

三爷说:“这是辈分,该这么叫。”

金锁说:“秦爷,您带着我兄弟把咱这院子四周丈量一遍。”

秦爷嗔着他说:“你也得让三爷跟这位兄弟进屋喝口水呀!”

金锁说:“对,对。三爷您进屋歇会儿。”

三爷说:“我进去,让他跟秦爷丈量去吧。”

金锁住的屋里收拾得干净多了,也亮堂多了。

三爷走进来说:“我是有点儿累。”

坐在炕上顺势就躺下了。

金锁说:“您歇会儿,我给您沏碗茶喝。”走出房间,心里觉得暖乎乎的。他从小没父母,见三爷躺在他炕上,就觉得像自己的父亲一样。

金锁提着暖壶端着茶碗回来，三爷坐起来说："你坐下。这个院子南北长、东西短。大门在西边，咱可以把大门改在南边，靠着马路出入方便。迎面盖一排平房。西头是面朝南的柜房、账房，东边是门朝北带走廊的客房。院子中间弄成水泥地面的货场。客人住北房，出门就能看见他的货，心里踏实。"

金锁不住地点头说："真不错，您都想好了。"

三爷说："这两天我是想了想。厨房、饭堂，卖日用品的小铺，放在东南角。靠东墙盖牲口棚、车棚、草料房。靠北墙盖几间库房。西北角开个平常不用的后门。靠西墙盖自己人住的单间、套间。进大门东西两边留出大车出入的车道。这么安排，这个大车店就够用了。"

金锁高兴地说："足够，咱就这么盖吧。"

三爷说："我让成礼去丈量，就为看看地方究竟够不够宽敞。不够咱就往外扩。占了谁家的地，咱去跟人家商量，出钱买他的，千万别留后患。"

金锁说："您放心。我就照您说的办，绝出不了事。"

三爷站起来，看着窗外说："院子里还得打两口压水井，施工、人用、饮牲口、货场库房的消防都得用水。动工之前就得先打井，工程用水就少不了。"

正说着成礼满头大汗，拿着一张纸进来了。

三爷问："秦爷呢？"

成礼说："他把我送到门口就走了，说什么也不进来。"

三爷说："这就是人家的规矩。"

三爷把成礼丈量的结果看了看说："这院子还是小点儿。你就按刚才说的办吧。我这次来就是想弄明白这个事，我回去了。"

说着就要走。

金锁说："快到饭时了，我去前边馆子要几个菜，您吃完再走。"

三爷说："别去了，省得招风。要吃就给我俩烙两张饼，炒个鸡蛋，再来两碗粥就行。"

三爷和成礼吃完饭回到家，天都黑了。

码头上的事这么忙，大桂也没工夫想别的。

那天魏瑞芳又来找她，见面就说："小姨，有嘛事我帮帮您。"

大桂问:“你怎么这么闲在?”

瑞芳说:“我们老爷子说他今天要办大事,让我别掺合。”

大桂问:“办嘛大事?”

瑞芳凑到她耳边悄悄说:“我爸爸请了个老道,在家里念经呢。”

第九十二章

魏家的房子翻修完，魏老爷子就想办这件事。那天是他亲自挑的好日子，上午就把几位至亲跟南门外关帝庙的贺道士请到家里，堂屋八仙桌上摆了天地君亲师的牌位，香炉、蜡扦儿，两盘点心、两盘鲜货——要敬神祭祖。

贺道士五十多岁，头上挽起的发髻从道冠正中的圆孔里伸出来，中间插着根古铜色的竹簪子。身穿青黑道袍，脚下白布袜、黑靸鞋，站在香案旁俨然一派仙风道骨。

魏爷穿上长袍马褂，点着红蜡烛，先请贺道爷念了一通消灾免难的《功德经》，接着点燃三支香，双手捧着拜了拜，把香插进香炉。跪在地下磕了三个头，双手合掌默默地祷告神灵保佑成三爷全家跟美丰厚货栈平平安安。

魏爷祷告完站起身来说："日本人占了天津，我魏凤山苦熬八年，至今把祖辈传给我的这座宅子翻新，也算是没给祖上丢人现眼。今天请贺道长跟各位至亲来家里，一来为敬各路神仙，祭奠咱魏家的祖先；二来也请各位给我做个见证。"

几位本家哥们儿说："这没说的，你不请我们也该来温居贺喜呀。"

魏爷说："我打南市鸿宾楼要了一桌素席，请贺道爷赏光。你们都是陪客。"

贺道士双手合十说："无量佛！善哉，善哉，魏爷太客气了！"

贺老道在南市卖过避瘟散、一粒丹，这哥儿几个都认识。正说着鸿宾楼的两个伙计提着两个大食盒进来了。

魏爷招呼着在院子里摆上桌凳。两个伙计把八个凉菜、八个热菜、两小坛黄酒和碗筷杯盘摆好。几个人吃喝了一中午。伙计把残羹剩饭和桌子上的东西收拾完，周围打扫干净，魏爷给了小费才走。

这就是魏爷一直想办的大事。这种事女人不能参与，只能他自己操持。

傍晚瑞芳回到家，魏爷还在呼呼大睡。转天醒来，闺女出去了，他怀里揣上钱，逛南市、看杂耍、听评书。饿了进饭馆儿连吃带聊，吃完到澡堂子泡个澡，再去茶馆儿消食解闷儿，又过起了天津大爷自在悠闲的生活。

海河码头进出的货越来越多,美丰厚的生意也越来越好。三爷告诉薛继承:“从接救济总署的活儿,咱装车卸车、货场管理都格外下了不少功夫,收费该往上提点儿了。按质论价,也该比别的货栈高点儿。查理说过,要价低挑不起咱的牌子。”

薛继承按三爷说的,跟陈昆、段师傅和业务室、财务室商量好,接货、发货都在原价上加了一成。这一来上门的客户更多了。人们都说美丰厚货场设备好、管得好,运力充足,能保证按时进货出货,这钱花得值。

日本投降,天津是中国战区最高统帅蒋介石划分的十五个受降区之一。

1945年10月6日,美国海军陆战队三军团,代表盟军在天津法租界公议大楼门前举行受降仪式。

仪式开始前杜建时匆匆走进会场。

瓦尔登迎上去说:“杜长官你好。刚才电话找你,说你还没回来。”

杜建时说:“我是刚从塘沽赶来的。”

瓦尔登问:“出事了?”

杜建时说:“没有,我去看了看刚收编的部队。”

一个穿中山装的中年人走过来抱拳说:“际平兄,那天我一到可就先找的你。”

杜建时说:“直卿兄,有失远迎。这几天我都在外头,我这个护路司令不去铁路沿线看看哪行啊。”

一个工作人员小声问身边的人:“那个人是谁?”

旁边的人说:“重庆任命的天津市市长张廷谔。”

这时张廷谔凑到杜建时面前说:“临来委员长有训示,我这个市长要听你的指示。”

杜建时摆手说:“我就是个护路的,在市里是你的副手,哪敢对市长指手画脚?”

张廷谔郑重地说:“老弟,这你可别推辞。委员长说了话,我就得听你的。别客气,有事你就吩咐。”

杜建时笑了笑说:“还真有点儿事。我收编的部队,连国军的军装也没有。听说外地收编的部队也急需军装，十一战区后勤部跟我提过这事。我看天津是该建几个军用被服厂应应急。”

张廷谔说：“这事就交给我吧。新来的市党部主任见你了吗？”

杜建时问：“你是说南京来的那个姓徐的？好像是副主任吧？”

张廷谔盯着他问：“你认识？”

杜建时摇头说：“不认识，我没在那边待过。”

张廷谔看了看周围说：“你连他都不认识？他叫徐世杰，那可是个棍子！”

杜建时看了他一眼，无奈地摇摇头。

参加观礼的几十位各界代表陆续走过来，李鉴三、李铮，商界代表、美丰厚货栈董事长米淑桂和英国人查理都在观礼代表的行列里。人们刚刚寒暄了几句，仪式就开始了。

代表盟军受降的美国三军团司令洛基中将，大步走到会场正中，端坐在摆在中间的桌案后边。

执行受降人三军团参谋长瓦尔登，跟在洛基司令身后，坐在摆在一侧的受降桌后面。

杜建时和新上任的天津市市长张廷谔，分坐在瓦尔登左右。

几十位观礼代表站在大楼前。公议大楼对面和受降现场两侧，密密麻麻聚集了成千上万赶来看受降的市民。人们注视着即将开始的这个历史性场面。

美军司仪用英语宣布：“受降式开始！”

这时，以天津驻屯日军最高长官内田银之助为首的七名日军军官，低着头走向摆在前面的受降桌，在不远处站成一横排。

内田银之助用正步向前走了几步，立定向洛基司令敬礼，用日语大声说：“日本驻津部队司令内田银之助，代表驻津全体日本官兵，向盟军无条件投降。请接受日本驻军实力名册，军事装备、军用物资清册和现有武器装备。”

坐在洛基身后的美军翻译，把他的话翻译给这位主持受降的洛基司令。

内田银之助说罢，从走过来的随员手里拿起日军驻军花名册、军事装备和军用物资清册，两本册子上放着一把象征武器装备的日本军刀，低头双手递给执行受降人瓦尔登少将。敬礼后退回原位置站好。

接着，受降长官洛基和投降日军代表内田银之助等人，分别在受降文件上签了字。

双方签字后，瓦尔登用英语宣布："日本驻津部队司令内田银之助及其所属部队，均由美军看管，随时听候调查询问并接受处置。美国海军陆战队第三军团将代表盟军，派员分别接收日军武器与装备。日军所有车辆集中到天津跑马场。军用物资仓库仍由日军驻守，由美国海军陆战队第三军团派员监视。"

瓦尔登宣布完，主持典礼的美军司仪用英语大声说："受降仪式到此结束！"

投降日军代表由美军押解上了专用车，当时就开走了。

受降的美国海军陆战队第三军团司令，由美军官兵拥簇着走进公议大楼。

观礼的人们各自散去。

文质彬彬的查理走过来和大桂握手说："再见。"点点头就走了。

李铮站在那儿苦笑着说："十四年抗战，日本投降，受降仪式还没八分钟就完了。鉴三，外国军队在中国举行受降式，这也许是第一次吧。"

李鉴三微笑着摇摇头，什么话也没说。

大桂问："李局长，没事了吧？"

李铮说："走吧，没咱的事了！"

大桂走着问："鉴三，刚才坐在杜司令那边儿的是谁？"

李鉴三说："新上任的天津市市长张廷谔。"

大桂说："市长上任了，咱遇上不公的事，该有人管了吧？"

李鉴三笑着说："市长一来，政府部门很快就健全了。百姓有事他们还能不管？"

大桂走了几步，回过头来又问："有人去我那儿捣乱，政府管吗？"

李鉴三笑着说："那就看是谁了。"

李铮大声说："你们美丰厚肥得流油，谁都惦着捞一把。你想找他管？备不住他还想去捞一把呢。"

他这几句话，把后边跟着的人都逗笑了。

天津市市长办公室，就在离美丰厚货栈不远的戈登花园原工部局大楼里。

张廷锷参加完受降仪式刚回来，刘乃沂进来了，笑眯眯地站在他对面说：“张市长，我早就盼着您上任了。我一个人代表海军总司令部在天津接收日伪海军资产，实在有难处。您派个人跟我一块儿干吧。”

张廷谔不认识他，也没把他当回事。坐到椅子上问：“你是想拉大旗做虎皮吧？”

刘乃沂笑着说：“您这杆大旗谁不想拉？利益均沾嘛！”

张廷谔听他话里有话，故意板着脸说：“你这是什么话！我要派人也是支持你的工作。”

刘乃沂赶紧说：“是、是，咱公事公办。”

张廷谔想了想问：“要去个人，怎么找你？”

刘乃沂赶紧笑着说：“我住交通旅馆二楼。去那儿一提我，茶房（服务员）都知道。”

张廷锷嗯了一声。

刘乃沂看着他说：“市长，咱这事就这么定了。您忙，我告辞了。”

张廷锷又嗯了一声。

刘乃沂回到交通旅馆，一上二楼就喊：“茶房！茶房！”

穿白工作服的茶房跑过来问：“先生，您有事？”

刘乃沂问：“你姓什么？”

茶房说：“我姓米，叫米有德。”

米有德就是大桂的哥哥。

刘乃沂看着他说：“有人找我，你就带他到我房间，听见了吗？”

老米恭恭敬敬地说：“听见了。有人找您老，就把他带到您老的房间。”

刘乃沂走到他的房间门外，伸手指了指。

米有德赶紧掏出钥匙把门打开。

刘乃沂进去不大会儿，穿着入时的瑞祥从楼下上来问：“海军的刘先生在哪个房间？”

米有德把他带到刘乃沂门外，敲了敲门说：“刘先生，有客人找您。”

刘乃沂把门打开，瑞祥站在门外问：“您是刘乃沂先生？”

刘乃沂打量着他说:“我就是,您是哪位?”

瑞祥掏出一张名片递给他,小声说:“张市长打电话让我来的。”

刘乃沂看着名片说:“哎呀,瑞祥先生,您是张市长的人。请进,请进。茶房,送两杯茶来,要好的啊。”

刘乃沂拉着瑞祥走进房间坐下说:“刚才张市长一吐口儿,我就知道他准能给我派一位合适的人选。您跟张市长很熟?”

瑞祥说:“他是我姨夫。”

刘乃沂一听更高兴了,殷切地看着他问:“您在哪行发财?”

瑞祥说:“家父是清朝户部六品官员,这些年我主要是打理家父的资产,哪个行业都接触。”

刘乃沂握着瑞祥的手说:“太好了。我真是三生有幸啊!您知道吗,我在天津两眼一抹黑。虽说是来接受敌伪海军的资产,可到哪儿都碰钉子。”

瑞祥问:“您堂堂的国军中校,还有人敢让您碰钉子?”

刘乃沂说:“我听说海河码头美丰厚货栈存过日本人的货。那天欢迎杜建时的酒会上有人告诉我,他们董事长也在那儿。”

瑞祥问:“是位女董事长吧?”

刘乃沂说:“是,高高的个儿,挺漂亮。看样子也就三十多岁。”

瑞祥想了想说:“是得三十多,快四十了。”

刘乃沂问:“您认识?”

瑞祥说:“过去认识,多年不见了。”

刘乃沂说:“那个女人可不好打交道。刚接触,几句话就把我噎得没话说。后来我找到美丰厚货栈,要进库房看看,又让她给顶回来。我给她撂下话,我就不信在天津谁也管不了她!”

瑞祥冷笑着说:“刘先生,美丰厚的水可深了去了。要想治她也不是没办法。”

刘乃沂看着他问:“瑞先生,您有办法?”

瑞祥刚要说话,米有德托着茶盘推进来了。

刘乃沂看在眼里,大声说:“老米,你给登瀛楼打电话,订个雅间儿,晚上我请客。”

光复不久，货栈的生意就大有改观，三爷非常高兴。可他毕竟是受过大伤的人，伤口愈合了，活动一多还是疼。那处老伤跟被皮靴踹的腰伤，一不留神就疼起来。大便蹲坑也不行，每次都得让人扶着。可他还是强忍着疼痛，总想到海河码头去看看。

三爷的情况成礼最清楚。这些天他一直和爸爸在一起，爸爸的痛苦他都看在眼里。他从小就佩服爸爸，尽管接触不多，觉得爸爸很能干，什么事都能讲出道理。现在发现爸爸虽然老了，但他坚韧不拔的毅力却更强了。

成礼的感受只能跟大红说。他和大红年龄相仿，在天津的这一段，相处得就像亲兄妹。

成礼说："我最喜欢体育，在四川就想回来当体育老师。可我爸这样真离不开人。"

大红说："大姑父受了多大的罪，我听着都难受。你八年没在家，伺候他几个月也是应该的。你爸多大本事，他一回来美丰厚就变了样儿。我大姑说，他一露面儿柜上的人们立马就来了精神，生意做得越来越好。你就别瞎想了，你伺候他比上班强！"

听了大红的话，成礼也就不想别的了。一天成礼陪着三爷从海河码头回来，刚进里屋大红就进来说："大姑父，有人找您。"

三爷出来一看，是从寿阳来的夏磊，笑着问："你怎么来了？"

夏磊说："我妈听说您让日本人抓进宪兵队又出来了，让我来看看您。"

这时大桂回来了，见了他就问："夏磊，就你自己来的？"

夏磊点头说："是啊，我妈说三叔刚从那里头出来，不知道身体怎么样，总不放心。寿阳店里事不多，有个伙计管就行。就让我来了。"

大桂看了看三爷，对夏磊说："你妈就是总惦着她这个兄弟。来天津还有别的事吗？"

夏磊说："没别的事。就是看看三叔，看看我妹妹，想在您这儿找个事干。"

大桂很奇怪："你在我这儿找事干？"

三爷说："他是上过大学的，要待在天津，没个事由当无业游民哪行？"

大桂点头说："这好办，在美丰厚当个管账先生吧。"

三爷摇头说："美丰厚不合适。"

大桂问:“你说让他去哪儿好?”

三爷看着她说:“你忘了?去河东啊!”

大桂哎呦了一声,拍着脑袋说:“我怎么就没想到呢!夏磊,有个地方你去可正是时候。张金锁你听说过吗?”

夏磊笑着抬起手往高处晃了晃,表示高来高去的样子。

大桂点头说:“就是他。他要在河东开个大车店。那儿背静,缺个能管账又能给他掌舵的。现在正要盖房子,你要去那儿可得吃点儿苦。”

夏磊笑着说:“吃苦我不怕。有个牢靠地方就行。”

三爷说:“你能去那儿就好。那天我让成礼用步子丈量了那个院子,一会儿你跟他一块儿算一下,究竟有多大。”

大桂笑着说:“就这点儿事,还用得着一个高中生再加个大学生?”

三爷说:“算完还得让他画张图呢。”

当天晚上,三爷把他的想法跟夏磊和成礼详细说了一遍。他俩连计算带画图,整忙活了一夜。

第二天陈昆就把夏磊送到河东,一见面就跟金锁说:“三爷给你找了个管账的,还把他跟你说的那些事,画了张图带来了。”

金锁见夏磊眉清目秀,高挑身材,穿着大褂,稳重文雅,不由得满心欢喜。就问:“你多大了?”

夏磊说:“三十八。”

金锁说:“我三十四,你是我大哥。”

陈昆说:“他可不是外人。他爹是三爷发小夏七爷,他娘是三爷的师姐苗姑。他们家在山西寿阳的买卖,跟美丰厚是联庄。他刚从山西来,人生地不熟,先别让他跑外。”

金锁高兴地说:“自己人就更没说的了。你放心,给我把账管好就行。三爷让画的那张图呢?给我看看。”

夏磊把那幅图打开,金锁看了看抬头问他:“是你画的?”

夏磊点点头。

金锁激动地拍着夏磊说:“大哥,你有大才呀!三爷是真疼我。有你在我这儿,咱多大的事都能办成!”

小石太太自从和大桂见过面，心里有了希望，没事总想哼几句。这天正在里屋小声唱《四季歌》，瘦小枯干的石老公坐在外屋喊："唱什么！闹猫赛的，烦死我了！"

石老公这几天心烦意乱，正喊着，刘四来了。

刘四进门就说："石爷，这么好的日子烦嘛呀！"

石老公看见他就像见了亲人，站起来说："怎么这么些日子你也没来？"

第九十三章

刘四撒谎是随口就来,故意说:“我那儿的生意实在忙不过来。今天是路过,进来看看您。”

石老公赶紧从里屋拿出两样东西跟他说:“我这些东西出不了手,拿什么过日子?”

刘四见老家伙是憋不住了,成心想拿他一把,故意说:“我今儿个就是来看看您,不是收货来的。没带现钱,改日再收吧。”

石老公说:“没带钱你先把东西拿走,赶紧给我找下家儿。出手就把钱给我送来,我等着用啊!”

刘四听他这么说,心里简直乐开了花。没费几句口舌,老东西就乖乖地把一个羊脂玉扳指和一件绣品给了他。

刘四这种混混儿向来是得寸进尺。他凑到石老公跟前小声说:“石大爷,就凭您这身份,何必为过日子为难。这么大岁数了,也玩儿不动屋里那个人了,留着这个小太太也是祸害,把她卖给我得了。”

石老公一听就急了:“我再难也不能卖她呀。”

刘四见他不给面儿,当时就翻脸:“凭你这个废物蛋老公,养着个黄花闺女,不是成心糟践人家嘛!你要不答应,我跟她说去。她要愿意跟我,今天我就把她带走。”

刘四说着,站起来就去掀里屋的门帘。

小石太太在屋里听得清清楚楚,见他挑起门帘,张嘴就骂:“龟儿子,你看什么!”

刘四在兴头儿上挨了小太太的骂,气得他就要进去揪这个女人。

石老公见刘四要往里屋闯,颤巍巍地站起来说:“你敢!你敢!”伸手就去抓刘四。

刘四觉得身后有只手抓他,猛地回身照着老公公就是一巴掌。瘦弱的石老公被他打了个正着,扑通一声仰面朝天摔倒在地。喉咙里哏儿喽一响,口吐鲜血,当时就断了气。

小石太太挑起门帘见石老公摔死了，跑出屋来就喊："刘四打死人了！刘四打死人了！"

刘四上去捂她的嘴，小石太太狠狠地咬了他一口，拼命往外跑。一出门正撞上刚进胡同的大桂。

小石太太抓住她就喊："三奶奶！刘四打死人了！"

刘四见势不妙，从石家院里蹿出来撒腿就往胡同外跑。

胡同里的人听见喊声都出来了。

成礼不知道发生了什么事，也出来了。大桂看见他就大声喊："成礼！快把刚跑出去的坏蛋抓住！"

成礼听见抬腿就去追。

刘四跑出首善街，沿着海大道拼命往北跑。成礼一出街口就看见了。他是年轻力壮的体育老师，刘四哪跑得过他？成礼追上去一脚把他踹倒。

马路上的人围过来，有人说："这不是刘四爷嘛，怎么上这儿趴着来了？"

刘四刚要起来，成礼又踹了他一脚。刘四趴在那儿就装死不动了。

有人问："他怎么啦？"

成礼没好气地说："打死人了！"

一听出了人命，围着看热闹的人们都躲开了。

胡同里的人们还在议论，这时进来个警察。大桂一看，是汾阳人王宝珍。

人们都盯着这个警察，不知道他来干什么。

大桂问："宝珍，你怎么来了？"

王宝珍说："听说成礼从四川回来了，我来看看他。"

大桂拉着他说："这院里出了人命，你管管吧。"

王宝珍进去看了看屋里地下躺着的石老公和那片血迹，出来跟胡同里的人说："这个现场要保护好，从现在起你们谁也别进去。"他转身又进院里问："里边还有人吗？"

小石太太和老奶奶战战兢兢地从厨房走出来。

王宝珍问："刚才发生的事，你们看见了吗？"

小石太太点头说："我看见了，我都看见了。"

王宝珍正在做记录，成礼揪着刘四回来了。

大桂指着刘四喊："王宝珍，他就是凶手！"

王宝珍从院子里出来，掏出警绳把刘四双臂捆得结结实实。抬头一看，抓刘四的是个棒小伙子。

王宝珍问："你就是成礼吧？"

成礼说："我就是。"

王宝珍说："我是王宝珍，咱俩都是从汾阳出来的，回头咱再聊。"说着把刘四拉进院子里，让他面对着墙，喊了声："蹲下！"

刘四脸朝里蹲下了。

王宝珍说："成礼，进来帮我看着点儿。这家的人还有谁？"

小石太太说："就我们两个。"

王宝珍说："你们俩可以在别的屋里待着，不能进案发的这间屋。咱们要保护现场。一会儿报了案，分局来人要问你们出事的经过，该怎么说要想好了。明白吗？"

小石太太点头说："明白。"

王宝珍到门外看了看围着的人说："哪位帮忙去分局报个案？"

胡同里没人答应。

成礼说："我去吧。"

大桂看着他说："成礼口音不行，还是我去吧。"

当天晚上，大桂跟三爷说："刘四这个老小子，坏事做到头了。这回打死人，他还不得偿命？总盯着美丰厚的人死了，你也就歇歇心吧。"

三爷说："他就是个癞蛤蟆、毛毛虫，干的净是偷鸡摸狗下三烂的事。这种人再除几个世道也好不了。盯着美丰厚的人绝不光是他这类的，也许更可恶的大头儿还在后头呢。"

河东大王庄东头的大车店动工了。半半拉拉的围墙和要塌的老房都扒了，四周空空荡荡。打井的师傅正在安装压水机。负责看门的瘸腿秦爷，在门外正依着一截土墙打盹儿。

金锁和夏磊坐在围墙的土堆上，夏磊说："这地方真不错，僻静、宽绰、豁亮。往东就是宁河吧，三爷的眼光就是准。"

金锁说："老爷子让你画的那张图才给劲呢。薛经理就说，三爷干了一辈子货栈，处处都给我想到了。”

夏磊说：“我三叔对你这儿真上心。他跟我说，这么偏僻的地方可别弄得太扎眼。咱是为安置自己的弟兄，弄不好让人说三道四，反倒对咱不利。”

金锁点头说：“老爷子说得对。我也这么想过，就是说不出道理来。”

夏磊说：“要我看，咱周围弄成干打垒的土围子。里边的房子盖结实点儿，房顶别上瓦，还是泥抹的茅草顶，远看还像土坯房那样，不惹人注意。”

金锁挺感兴趣，催着他：“你接着说。”

夏磊说：“你选个大房间，按你们的规矩设个香堂，光明正大地当你的掌门老大。咱跟官面儿上离得远远儿的。老老实实做买卖，痛痛快快地还干行侠仗义、除暴安良的事！”

金锁瞪大眼睛看着他：“大哥，你怎么说的净是我心里的话？”

夏磊笑着说：“我爷爷和父辈都是江湖上的人，还不知道你心里想的是什么？”

金锁问：“你爷爷是谁？”

夏磊说：“夏子川！”

金锁瞪大眼睛问：“是当年威震太行的老英雄夏子川？”

夏磊平静地说：“是，三爷、九姑、段云，还有天津的好几个人都是他门下。”

金锁激动地说：“我说三爷身上有股豪气呢！”

夏磊说：“他们都是父母双亡，贫苦出身。你不也是吗？”

金锁突然问：“夏磊，你是共产党吧？”

夏磊说：“金锁，我不瞒你。事变前我就是共产党。我就是看着国民党腐败，看着蒋介石不抵抗日本人，才加入共产党的。我去过延安，听过他们讲课，见过他们为人处事。我相信共产党是为百姓谋幸福。”

金锁说：“你们共产党可都是提着脑袋干哪。”

夏磊说：“这就是男子汉该干的事。成天窝在家里吃好的、穿好的，活着有什么劲！我三叔在海河码头算是有一号了，他就敢出车拉着二十九军的敢死队去炸日军飞机场！他让日本宪兵队差点儿没折磨死，可谁听他说过一句后悔的话？”

金锁感慨地说：“那老爷子，真是条汉子！我打心眼儿里佩服他。”

夏磊说:“你看我三婶儿,不愁吃不愁穿,本来成天就是打牌、看戏。可她竟敢当着日本人的面儿,带着一大包药闯过那么多道卡子,一直送到抗日根据地。这是多危险!可那些药能救多少人的命啊!你说她是为什么?为的不就是人这一辈子,要活得硬朗,要活得值嘛!”

金锁忽地站起来说:“夏磊,我今天算明白了。咱活着不为别的,就是为活得值!你挑明了说,你到这儿来是不是想把我这儿弄成共产党的秘密基地?”

夏磊认真地说:“我三叔可不是这个意思。他是为你跟这些弟兄有个安身之地。如今国共两党早晚要大打一场,天津是必争之地。早做点儿准备,也是为一旦摊上事,好有个退路。”

金锁坐下问:“夏磊,这是三爷的主意吗?”

夏磊说:“他没明说,我想他有这个意思。他知道我来天津的用意,也知道你是他靠得住的人。可他说过,党派的事他不参与,他就是在商言商。”

金锁激动地问:“你说咱怎么干?”

夏磊胸有成竹地说:“就是刚才说的,别太显眼,让人看着就是个大车店。最要紧的是让咱这些弟兄心里明白,别有二心。”

金锁恍然大悟:“你让我立个堂口也是这个意思?”

夏磊点点头。

金锁说:“这事还用跟三爷说说吗?”

夏磊说:“我看不用。这是你想办的事,他不干涉。”

金锁猛地把拳头一挥说:“就这么干!咱说好了,往后你既是我大哥,也是我的军师。我都听你的!”

新成立的军用被服厂在天津大街上贴出广告,要招缝纫工。大舅母宫氏的两个儿子都在裁缝铺学徒,大儿子米大锁来到成家后院说:“娘,我学徒那家裁缝铺没活儿干,眼看就关张了。我想去被服厂干活儿。”

他娘说:“去跟你大姑说去。”

大锁到客厅跟大桂说:“大姑,我学徒那家成衣铺没活儿干,都快关张了。我想去被服厂报名,考上了就在他们那儿干。”

大桂笑着说:“那可是给军队干活儿的厂子。你还没出师,就敢上那儿考去？去跟你爸爸说一声吧，能考上你就去。”

米大锁又去交通旅馆，把他爸爸米有德叫到旅馆门外。老米问：“有嘛事？”

大锁说：“军队被服厂正招缝纫工，能按月关钱。我想去，我娘跟我大姑都让我来跟您说说。”

米有德说：“找个能按月关钱的地方还不好？你去吧，能考上就在那儿干。”

米有德说完正要往回走，忽然想起一件事。把大锁拉到一边小声说：“回去告诉你大姑，这儿有个姓刘的海军，这两天老提美丰厚，像是跟她们过不去，让她防着点儿。”说着掏出点儿零钱塞给儿子：“快回去吧，别忘了跟你大姑说。过马路小心点儿！”

大锁回来见了大桂就说：“我爸爸让我考被服厂了。还让告诉您，他们那儿有个姓刘的海军，好像要跟您柜上过不去。”

大桂说：“我见过那小子，我盯着他了。去被服厂考去吧，考上就好好上你的班。”

查理的建筑设计事务所，紧靠美丰厚货栈的西墙，实际就是从西货场划给他的一块地方。房子是查理自己设计的，正门开在达文波路，后门就在货栈院里。

当年查理规划设计了名冠一时的美丰厚货栈，在英租界赢得一片赞誉。到天津租界隐居的前朝遗老、军阀政客、达官贵人和有名气的文人，都来请查理设计他们的住宅。查理在天津干了三十多年，留下许多至今仍被人称道的著名建筑。

查理这次回来，主要原因就是要把这些设计图纸之类的珍贵资料带回去。面对满屋子成摞、成堆的图纸和文件，这位六十五岁的老人，实在力不从心。

查理来跟三爷说：“我想清理一下以前那些设计资料，很需要请一位助手。”

三爷问：“有条件吗？”

查理说：“助手的条件只有两条，一是聪明、有文化，二是诚实可靠。你知道，现在形势很复杂，可靠是最重要的。”

三爷跟大桂商量，选来选去想到了魏瑞芳。

大桂说：“瑞芳是聪明人，在圣功女中念过书，那可是教会学校，文化底子错不了。可靠就更没的说了。我看她就行。可我还想让她来咱这儿呢。”

三爷说：“我也看瑞芳能行。人品好，办事稳当。有些东西现学也比别人学的快。只要她乐意，就让她去吧。换个别人我也不放心。”

大桂说：“赶明儿我跟她说去。”

那几天瑞芳没事就来帮九姑收拾客房。大桂跟她一说，瑞芳先问：“三爷乐意让我去吗？”

大桂说：“他怎么不乐意，他说换个别人，他还不放心呢。”

瑞芳说：“那我就去试试，不行再找别人。”

大桂说：“你不回去问问，你爸爸乐意吗？”

瑞芳说：“这您还不知道？三爷说行，我爸没个不乐意！”

魏爷听说三爷、三奶奶给瑞芳找了个这么好的工作，从内心万分感激这两位好人。瑞芳有了收入，再也不用为吃穿操心；翻修的房子也不用租给素不相识的住户，招来不三不四的人。这一来，他就能守着自己这座院子，过自己优哉游哉的生活了。

第二天，三爷把这事告诉查理。

查理激动地拍着手说：“太好了，太好了！瑞芳是救过你的姑娘，也是我最敬仰的人。我可以培养她，学英语、学设计知识、学拍照片和冲洗胶片的方法。这些我都能教会她。我会按英国的标准付她工资……”

三爷说：“这就足够了，瑞芳能帮你做点儿事，给你减轻些负担，她还能学不少东西，我就满意了。她的工资你不用管。”

查理说：“NO，NO！这不行。瑞芳小姐所有的事，由我全部负担。这样才公平！”

转天魏瑞芳高高兴兴地在来到查理的建筑设计事务所，以设计师助理的名义上了班。

天津市党部办公室主任李鉴三正在看文件，进来一位夹着公文包的中校军官。

李鉴三站起来问："您找谁？"

中校军官从公文包里拿出一封介绍信递给他。

李鉴三看完说："您是军统谢特派员，幸会。您请坐。有什么吩咐？"

谢特派员坐下说："来天津的同人向中央报告，共产党的地下组织在英租界活动很猖狂。上峰派我来处理一下。我打算先从在押犯里把共党分子甄别出来，从他们嘴里搞一些情报。"

李鉴三说："英租界现在已经改称特一区了。那一带的在押犯归特一区警察分局管。我给您出封介绍信，您去那儿看看？"

谢特派员点头说："好。特一区警察分局在哪儿？"

李鉴三说："就在海大道戈登花园的楼房里。"

谢特派员拿着市党部的介绍信，来到特一区警察分局。那时官场上对南京来的特派员，都高看一眼。接待警官看了看介绍信说："您要提的在押犯，都在地下室牢房。您看怎么提？"

谢特派员说："地下室牢房里不方便吧！你们在外边摆上办公桌，提出人来我在那儿问。"

警官带着谢特派员来到地下室，让狱警给他在牢房门口摆好桌椅。谢特派员坐下就问："这里边犯人多吗？"

警官说："不少，有几十个。"

谢特派员皱了皱眉头说："你们一个分局，关这么多人干什么？要抓就得抓大的，抓危害党国的重犯、要犯。偷鸡摸狗、鸡毛蒜皮犯点儿事就抓，你们管得过来吗？叫人吧，我挨个儿甄别。"

警官问："从关押时间长的开始吧？"

谢特派员点了点头。

警官打开册子喊："403号！"

牢房里有人说："到！"

警官喊："出来！回特派员的话。问什么要老实交代！"

犯人出来了。

谢特派员问："你是什么案子？"

403号说："偷自行车。"

谢特派员问："偷了几辆？"

403号说："就一辆。那辆车锁着后轮儿，就搁在马路边儿上。我看老半天没人来，端着车座子就推走了。刚到小白楼，有个人追上来把我抓住，就送这儿来了。"

谢特派员听完摆摆手："叫下一个。"

警官问："这个呢？"

谢特派员皱着眉头说："你写个教育释放，让他走吧。"

就这么问一个放一个，不一会儿就放走好几个。

谢特派员还特别不耐烦，扭头跟身边的警官说："我甄别的是政治犯。净让我问这个，真耽误工夫。叫下一个。"

警官叫："457号。"

刘四从里边出来了。

谢特派员问："你是什么案子？"

第九十四章

刘四在里边早就看出这位特派员是干嘛的了，缩着脑袋说："我在小营市场买菜，正赶上闹肚子，憋不住拉了一地。掌柜的抬手就打，我一气把鱼盆给掀了。掌柜的一嚷嚷，巡警就把我抓来关这儿了。"

谢特派员斜眼看着那位警官说："你们下边这些警察，就是没事找事。"

说着摆了摆手。

刘四不住地点头："您教训得对，您教训得对。"

谢特派员两眼瞪着他："没说你！走吧，还站这儿干嘛？"

刘四龇牙咧嘴地鞠躬说："谢谢，谢谢特派员。"

低着头赶紧溜出去。

成礼陪着父亲从海河码头往回走。刚过戈登花园，成礼说："爸爸，今天风大赶紧走吧，您别着凉。"

三爷说："不要紧，我刚来那几年天不亮就起来，在这儿练几趟拳，浑身特别舒坦。"

成礼说："要不您身子骨这么硬朗呢。"

三爷见儿子这么懂事，非常高兴。忽然问他："你知道天津管搬运工叫什么？"

成礼问："叫什么？"

三爷说："叫脚行，扛大个儿的。"

成礼问："怎么叫扛大个儿？"

三爷笑着说："天津人就这样。什么话从天津人嘴里说出来，都特别有意思。扛大个儿就是说这些卖苦力的穷苦人，为挣口饭吃，扛东西都捡大个儿的。"

成礼瞪着眼，还是不明白。

三爷说："偷懒耍滑，光捡小个儿的扛，谁还用他？"

成礼说："我明白了，这就是竞争。"

三爷说："在天津这地方，不管你念没念过书，做过买卖，还是当过官儿，没辙了，到码头上来，凭力气就能挣饭吃。自食其力老实干，就挨不了饿。天津人最看不起懒汉，可从来不笑话卖力气挣钱。"

成礼说："一二百斤的包我也扛得动。赶明儿我也干脚行，自食其力。您看行吗？"

三爷说："怎么不行？美丰厚那些管事的，多半是脚行出身。我就觉得干过力气活儿的人最踏实。你要干力气活儿，还得把码头上的事弄清楚。"

成礼问："码头上的什么事？"

三爷说："各种货怎么进口，怎么出口；哪些事归哪个部门管，办什么手续，事多着呢。这些事都是实打实的，书本儿上没有。这些学问既要请人指点，也要靠自己边干边学。懂了扛包码垛这些事，再学业务上的东西就快多了。"

爷儿俩正说着，成礼忽然看见蓬头垢面的刘四从对面低着头走过来。赶紧跟三爷说："爸，您看那个人就是我抓住的杀人犯刘四。他怎么出来了？"

三爷仔细看，果然是刘四。

低着头正往前走的刘四，没觉出有人看他，一抬头正和三爷打了个照面。尴尬地说："三爷！这，这位是您少爷？"

三爷点点头，问他："又把你放出来啦？"

刘四苦笑着说："是政府开恩，政府开恩。您遛着，您遛着。"

他跟三爷一再点头，匆匆走了。

成礼问："爸，您认识他？"

三爷叹了口气："唉！老对头了，咱回去吧。"

抓住刘四那天，大桂就跟三爷说过，善有善报，恶有恶报。三爷还挺高兴。今天看到刘四，老人心里特别疑惑：怎么杀人犯轻易就放出来了？

美丰厚货栈东货场一排排大垛码得整整齐齐。箱子上、袋子上都印着"联合国善后救济总署"和英文字母"UNRRA"。三条船发来的救济物资，占满整个东货场。药品进了西货场的库房。张爷陪着梁子青秘书把货场里里外外都看了看。

梁秘书不住地赞叹："这个货场真不错。管得好，有气魄。真没想到咱中国码头也有这么好的货场。”

张爷说:“救济总署副主任汤姆先生对美丰厚的货场管理也很满意。打算请美联社记者后天到海河码头跟咱这个货场来采访,还要拍几张照片发回去。很想请杜长官也露露面。”

梁子青说:“我听三军团参谋长瓦尔登给杜长官介绍,咱货栈有个小餐厅,西餐中餐都不错。您明天何不趁这个机会,在这儿请汤姆先生、美联社记者跟杜长官一起吃个饭,让我们这些随员也饱饱口福。”

张爷高兴地说:“您这个主意太好了。杜长官能赏光吗?”

梁子青说:“联合国善后救济总署副主任,也是当今世界相当了得的人物。跟他一起吃饭,我看杜长官不会不给这个面子。”

张爷说:“那咱就一言为定。我在这儿准备,您替我请杜长官。这事要能办成,我可得单独谢谢你。”

梁子青说:“别这么客气,往后咱就是朋友了嘛。”

正说着大桂和薛继承来了。

大桂说:“我刚听说梁秘书和张爷来了。对不起我来晚了。您二位里边坐会儿?”

梁子青在欢迎酒会和受降仪式上都见过大桂,笑着说:“米董事长,没想到您的货栈有这么大规模,还管得这么好。听说救济总署副主任后天要请美联社记者来采访拍照。我正跟张经理商量,何不趁这个机会,请他们跟杜长官在您这儿吃顿饭?”

张爷说:“成太太,听说瓦尔登将军都夸您这儿的西餐、中餐都很正宗,我真没想到啊。”

大桂说:“哪儿啊,西餐是从起士林请厨师做的。他说的中餐,就是我熬的鱼。这几位后天到这儿来吃饭,我请客。咱还这么办行吗?”

张爷说:“行啊,您得让我做东。”

大桂说:“那有什么,咱就两家一块儿办。您既做东,又是贵客。我这儿没人会说外国话,跟美国人应酬还得靠您。”

梁子青笑着说:“还是董事长会办事。张经理,咱就这么定了吧,后天几点?”

张爷说:“我看后天中午十一点半采访跟照相也就全完了。十二点开饭,成太太您看呢？”

大桂说：“我听您二位的。”

定下这件事，几个人都非常高兴。

从特一区牢房里混出来的刘四，洗了澡、理了发，穿了件当年瑞祥给他的灰府绸长衫，礼服呢千层底鞋。这么一捯饬，倒也人模狗样儿的，好像变了个人。

他是个没家没业的地痞，从那里头出来的头一件事就是去找瑞祥。

瑞祥见他人模狗样地来了，就问：“你怎么出来了？”

刘四说：“那地方哪关得住咱。想出来略施小计就能出来。”

瑞祥那天见了刘乃沂，听他说了不少想在天津办的“大事”，正愁自己没路子，就跟刘四说：“我姨夫给我介绍了一位海军的接收大员，想在天津干一番事业。头一件就是想搬倒美丰厚，你有路子吗？”

刘四说：“好啊，搬倒美丰厚，非从上边下手不可。我没路子，我老东家谈七爷他叔是清朝天津海关道的道台，他那儿有路子。谈道台你们老爷子认识吗？”

瑞祥说：“认识。那位谈道台平时总爱在皇宫饭店吃西餐，我们老爷子也好这一口。他俩常见面。”

刘四说：“谈七爷是开山货庄的，早就跟美丰厚是对头。这事谈道台准知道。咱找他探探，准能抓到美丰厚的把柄。你认识谈道台家在哪儿吗？”

瑞祥说：“认识。就在东门里，那几年每年都去给他拜年。”

刘四说：“事不宜迟。咱俩去一趟。谈七爷总怀疑美丰厚有后台，不然它不能发展这么快。咱就找谈道台摸摸这个事。真抓住美丰厚跟奉军有牵连的证据，就让那位接收大员办他。有好处咱跟他对半分。”

当天他俩就去找了谈道台。这位道台那年怂恿奉军师长找美丰厚的便宜，没想到张作霖为这事发了火，那位师长差点儿被开了。当时他就想，美丰厚跟张作霖的关系可不一般，究竟是什么关系，他也拿不准。

谈道台说：“张作霖在天津的那年，我见美丰厚的刘寿兰，常去皇宫饭店。成子和也去过。听说张作霖把他的雪佛兰轿车都送给了美丰厚。可见他们的关系很不一般。确实的证据还没有。”

瑞祥和刘四告辞出来,刘四说:“就凭送雪佛兰轿车这事就能咬美丰厚一口。不过咱在接收大员那儿还得稳一点儿,别把底牌都亮给他。”

瑞祥说:“对,咱一步一步来。”

当天晚上,瑞祥带着他到交通旅馆来找刘乃沂。

瑞祥敲开门,刘乃沂一见面就问:“这位是?”

瑞祥说:“这是我请来的朋友,刘四爷。他在天津比我熟,路子宽、主意多。我想请他跟您聊聊。”

刘乃沂高兴地看着刘四:“那太好了。我就想在天津多交几位朋友,您请坐。走到门外喊:茶房!三杯茶,要好的!”

刘四坐下,故意装作说闲话似的:“瑞爷,白天我碰上美丰厚成三爷了。老了,看样子像有病。可不像以前那么精神了。”

刘乃沂一听就来了精神:“您是说,美丰厚货栈董事长她男人?”

刘四点点头,撇着嘴说:“那个人可不好斗。”

刘乃沂问:“您了解他过去的事?”

刘四大模大样地说:“太了解啦。几十年了,从美丰厚开张我就跟他斗。”

刘乃沂听他这么说,赶紧去拿笔记本。

刘四得意地说:“他美丰厚派车拉人炸了日军飞机场,这事还是我找人弄出来的。”

刘乃沂赶紧往本子上记。

刘四说:“可咱就搬不倒他。”

瑞祥赶紧补充说:“四爷,现在咱倒不是为搬倒谁,咱第一步是要吓唬吓唬他太太,让美丰厚货栈出点儿血。”

刘四说:“对呀!他太太也是个不好惹的。要吓唬她,咱就得找个硬门子。”

刘乃沂越听越来劲,冲着刘四说:“四爷,我跟刚到天津来的军统谢特派员是朋友。他就是专管抓政治犯的。咱要收拾她,还不是一句话的事?”

刘四点头说:“这就对了。”

瑞祥说:“事不宜迟,要办咱就赶紧动手。让她服了软儿,再让美丰厚出点儿血,咱就齐了。”

刘乃沂激动地说:“好说,南京来的特派员都住利顺德饭店,我这就打电话找他。”

第二天下午，大桂正在小餐厅和薛继承安排明天招待客人的事。服务生进来说：“董事长，市党部有几位先生找您。”

大桂觉得奇怪：“市党部的？市党部找我干嘛？先让他们到经理室吧。”

薛继承说：“我去吧。”

大桂说：“指名找我，我去吧。这儿还有嘛事，你再跟他们说说。”

大桂来到经理室，市党部的人已经进来了。

大桂说：“几位请坐。找我有什么事？”

一个市党部的人问：“你是美丰厚的米董事长吧？”

大桂说：“是。”

那人指了指：“这位是谢特派员。”

大桂看了看他说：“谢特派员您好，请坐。”

谢特派员趾高气扬地坐下说：“我们有事找你核对一下。”

大桂坐在椅子上问：“什么事？”

谢特派员问：“那天有位海军的接收人员来你们这儿调查，有这事吗？”

大桂点头说：“有这事。”

谢特派员问：“你说你们的库房不让检查，让他爱找谁找谁。结果把来的那个军官轰走了。有这事吗？”

大桂说：“有这事。怎么，这么说不对吗？”

谢特派员提高声音说：“当然不对。配合清查敌伪资产，是沦陷区人人都应该尽的义务。拒绝检查，这是违法！”

大桂说：“这我倒没听说过。”

谢特派员有点儿生气了：“我们现在不能确定你有什么政治动机，但是你的行为已经违法了，要把你带走。”

大桂问：“到哪儿去？”

谢特派员说：“先在本区分局羁押，接受审查。你也可以交保候审。”

大桂问：“交什么保？”

谢特派员说：“就是交保证金。”

大桂问：“交多少？”

谢特派员想了想说："像你这样的董事长，至少两千。"

大桂冷笑了一声说："那你就把我带走吧。"

说着按了一下桌铃，服务生进来了。

大桂说："你把薛经理叫来。"

谢特派员要拦服务生，没拦住。薛继承进来了。

大桂说："薛经理，为上次海军军官要查库的事，这位谢特派员说我违法了，要把我带走。明天的事，你就按刚才安排的办吧。"

薛继承皱起眉头看这几个人，一时不知道说什么好。

大桂说："这事先别告诉我家里。"伸手掸了掸自己的衣裳，看着谢特派员说："走吧！"

几个人带着大桂，直接去了戈登花园特一区警察分局。谢特派员看着警察把大桂带进地下室，哼了一声，带着那几个人走了。

女狱警把大桂领到女牢的铁栅栏前，掏出钥匙打开铁锁，把大桂推进去又锁上。

大桂站在那儿，眼前黑黢黢什么也看不清。

有个女犯过来推了她一把说："唉，愣什么？头一回进来？穿的不错，还细皮嫩肉的。"

里边有个女人嗡声嗡气地问："多大了？"

大桂不知道谁在问，往里边看了看。

身边的女犯又推了她一把："大姑问你呢，多大了？"

大桂说："三十六。"

里边那个女人说："嘛案子？偷汉子把爷们儿宰了？过来，让我看看。"

身边的女犯拽着大桂就往里走，一股骚臭味儿呛得她直捂鼻子。

里边那个女人说："别捂了，谁进来都嫌臭，可谁让咱进来呢。口袋儿里的钱都掏出来，给个见面礼儿吧。"

大桂横下一条心，能忍就不跟她们计较，把身上的钱都掏出来递给身边的女犯。

女犯赶紧把那一把钱交给里边叫大姑的女人。

里边那个女人说："够大方的，油子吧！把衣裳脱了。外边那件旗袍儿我看料子还不错。小心点儿，别给我弄出褶子来。"

身边的女犯把大桂的旗袍儿脱下来叠好，双手递给里边那个女人。

女犯问："大姑，里边的还脱吗？"

里边的女人说："三十好几了，还脱嘛。打几下，让她长长记性就得了。"

这里的犯人要打她，大桂立刻瞪大眼睛问："要打？"

站在身边的女犯说："打你又怎么了？大姑说打就得打！"

大桂一把揪住她的衣领说："你打个看看！"

这时在她周围忽然站起好几个女犯人，这些女犯人没见过这么厉害的，都想让这个高个子女人把那个女犯狂揍一顿。

里边叫大姑的女人也站起来了，大桂见她和自己身高不相上下，膀大腰圆，看着很壮实。松开身边的女犯，向她招手说："你过来，咱俩过过几招儿！"

这句话是大桂听评书听来的。没想到里边的女人听她一说，突然哈哈大笑，把大桂的那件衣裳扔给她说："好样儿的！你一进来我就看出咱俩是姐妹儿！"

站起来的女犯们知道这是大姑看出新来的人不是好惹的，故意套近乎。都叹了口气，又坐下了。

大桂也看出这是个不吃眼前亏的女光棍儿，冷冷地说了句："谢了！"把自己的旗袍抖了抖，穿在身上。

这时女狱警慌慌张张打开牢门走进来，趴在里边那个女人耳边说："大姑，这位是美丰厚货栈主事的米董事长，海河码头没有不认识她的。"

里边的女人走过来拉着大桂的手问："姐妹儿，为嘛进来？"

大桂平静地说："接收大员嫌我没让他们查库。"

叫大姑的女人大声说："对，咱就不让那些王八蛋的查！查来查去都肥了他们！就凭这个，我这姐妹儿就了不起！哎，把我那套铺盖拿过来。姐妹儿，我这儿通风，你在这儿歇着！"

当天晚上刘乃沂在登瀛楼饭庄宴请谢特派员和跟着他的那几个人。

瑞祥和刘四也来了，一进雅间刘乃沂就站起来说："这位就是我朋友谢特派员。这两位就是我跟你提过的瑞先生、刘先生。"

刘四见这位谢特派员就是放了他的那个人，赶紧把头扭过去，给了他个侧脸。

谢特派员根本没想到他曾是特一区押着的犯人，三个人互相握了手，都说："幸会，幸会！"

刘乃沂说："咱谢特派员真够意思。今天带人去美丰厚问了问，就把那个女董事长押到特一区地牢关起来了。先给她个下马威，看她服不服！"

瑞祥问："谢特派员，您怎么说关就把人关进去了？"

谢特派员得意地说："那怎么着！我把她抗拒接收人员查库这事核对清楚，就能拘留她。再说了，还有烧飞机场的事垫底，她能跑得了？"

刘四一听吓得脸都白了。心想那是什么年头的事啊，这不满拧了嘛？把抗日当现行？非出大漏子不可！

第九十五章

这时刘乃沂特别高兴："谢老兄，先别说那些了。你这事干得就特漂亮。来，咱哥儿俩先干一杯！"

他俩刚喝干，刘四站起来说："谢特派员，我敬您一杯。您别动，这一杯我先喝。我有点儿事得早走一会儿。"

刘乃沂拉着他说："这几天谢特派员一个政治犯也没抓着，你一句话就让他逮着一个。他还没好好谢你呢。"

这位谢特派员喝得正高兴，看着刘四说："刘先生，有事你就先走，改天我单请你。"

姓谢的特派员把大桂带走，薛继承就找到陈昆说："有个谢特派员，为不让姓刘的海军查库，把董事长带走了。听说是要把她押到特一区分局。明天还有那么大的事，咱得想办法把董事长要回来呀！"

陈昆想了想说："董事长提过海军姓刘的。我看这事得请李局长出面，他跟杜建时说得上话。"

薛继承说："我这就去。"

陈昆说："东局子那么远，救济总署的吉普车还在货场，我跟他们说说，你坐车去吧。"

薛继承在河东机器局宿舍见到李局长，把这事一说，李铮就急了，大声说："不让他查库就抓人，这叫什么事！走，你跟我去找杜建时！"

坐上车就跟薛继承去了戈登花园。

已经是晚上了，杜建时还在办公室看文件。李铮进门就喊："市党部哪能这么办事！一个海军中校，不让查库就把人带走，成何体统！"

杜建时被他喊得一头雾水，问他："李局长，您说的是什么事？"

李铮气得一时说不出话来。

薛继承说："今天有位谢特派员，为那天没让一个海军军官进库房检查，就把我们董事长带走押起来了。货栈不能随便查库，他也没拿证件，没让进库房怎么就随便抓人呢？”

杜建时气恼地说：“又是个特派员。这些南京来的特派员，捅了好几个大娄子。梁秘书，你打电话让这个姓谢的带着材料到我这儿来。看看他为什么抓人！”

梁秘书出去了。

杜建时问薛继承：“不是明天还要在你们那儿请救济总署和美联社的人吃饭吗？你们准备好了没有？”

薛继承说：“准备好了。都是董事长亲自安排的，误不了事。”

李铮问：“什么事？”

杜建时说：“联合国善后救济总署的人看美丰厚接收保管救济物资干得不错，请美联社记者来采访拍照。”

李铮气愤地说：“这事要让这小子搅黄了，我到南京告他去！”

这时门外有人喊：“报告！”

杜建时说：“进来。”

谢特派员踉踉跄跄走进来问：“杜长官，您找我？”

杜建时闻着一股酒味儿，问他：“你喝酒了吧？”

谢特派员说：“是，刚才跟朋友一块儿喝了点儿。”

杜建时问：“你今天把美丰厚的米董事长抓起来了？”

谢特派员神秘地凑过去小声说：“我是以抗拒接收人员查库抓的她，其实她是个政治犯！”

杜建时很吃惊：“政治犯？什么政治犯？”

谢特派员掏出一份材料：“杜长官，您看看。”

杜建时接过那份材料，边看边念：“第一，顶撞海军接收人员刘乃沂中校；第二，拒不让刘乃沂中校进库房检查物资。这两条就是一件事嘛。”

谢特派员指着那份材料说：“您再看，您再看。”

杜建时嘴里念着：“第三，派车拉人炸毁天津机场。啊？机场被炸了？”

听杜建时念到机场被炸，李铮刚要发火，薛继承拽了拽他。杜建时着急了，跟梁秘书说：“你打电话问问，机场出什么事了？”

梁秘书出去了。

谢特派员得意地说：“杜长官，我抓住线索马上就动手。夜长梦多，说不定就让她跑了。”

梁秘书回来说：“机场没出事啊？”

站在一旁的李铮大声说：“怎么没出事？1937年7月28号，二十九军将士冒死闯进天津机场，烧毁日军战机十几架，日军警卫部队当场全部被击毙。这是登了报的。二十九军的人，是在我那儿集中的，美丰厚出的车。我跟美丰厚经理成子和都是当事人，怎么说没出事！”

杜建时气得把那份材料摔在桌子上说：“你干的这是什么事！明明是抗日壮举，你说人家是政治犯。你脑子里根本就没政治！梁秘书，告诉市党部徐主任，把他押起来撤职查办！要查查是什么人鼓动他干这种蠢事。通知特一区分局，赶快把米董事长放出来，派人护送回家。我明天去美丰厚当面道歉。真是乱弹琴！”

杜建时一发火，谢特派员的酒劲儿才醒过来，瞪大眼睛看着屋里的这几个人。

梁秘书叫来两个卫兵，推推搡搡把他弄走了。

李铮的气还没出完，大声说：“市党部的李鉴三，在美丰厚货栈潜伏了好几年，真要有事还能轮得上他揭发？”

杜建时说：“老局长，消消气吧。遇上这种浑人，有什么办法？您怎么来的？梁秘书，派车送老局长回去。”

薛继承说：“梁秘书，您跟分局打个招呼，我接董事长去吧。”

杜建时站起来说：“天不早了，你们早点儿去吧。老局长，我就不送您了。”

夜深了，三爷还在客厅椅子上坐着。

九姑在一旁说：“师哥，您放心吧。薛经理找李局长去了，他俩去杜建时那儿把事说清楚，三奶奶准能回来。”

三爷说：“我那天还想过，日本人就是骑在咱脖子上拉屎，说抓人就抓人，压得咱喘不过气来。日本投降了，中国人掌权总该让咱松口气了吧，可这些国民党还是说抓人就抓人。这就是找碴儿敲诈！叫他们再把我抓进去不就得了嘛！”

九姑说：“再抓您，他们没那个胆子。我看李局长出面准管用，杜建时就是答应放人，也得把这事弄清楚。出这么大的事，能轻易放了成心找碴儿的那小子嘛。您睡去吧，我在这儿等着。”

三爷说：“我想过美丰厚往后顺当不了，准是一步一个坎儿。想过往后办事一定要谨慎，不能让人抓住把柄。可没想到回来执政的国民党，居然这么蛮不讲理。大桂哪受过这个！”

三爷越说越生气，脸色焦黄，嘴直哆嗦，闭着眼大口大口地喘粗气。成礼、玉环、玉珍跟成信站在爸爸身边，都不知道说什么好。

这时外边大门一响，大桂和薛继承进来了。

成信说：“爸，我娘回来了！”

三爷睁开眼没说话，两行老泪顺着眼角流了下来。

第二天上午，美丰厚货栈一切如常。陈昆、段师傅和工人们抬着苫布往大垛上盖。美联社记者走进货场，激动地拍了些照片，又拿出钢笔、打开笔记本，在码得整整齐齐的救济物资垛位前准备采访。

杜建时和救济总署的汤姆远远地站在那儿，等着听美联社记者要问什么。

这时美联社记者问陈昆：“请问，这些救济物资是从哪儿运来的？”

张爷亲自翻译了一遍。

陈昆说：“是联合国善后救济总署从美国运来的。”

美联社记者问：“这都是些什么物资？”

陈昆说：“大部分是粮食，大米、白面都有，还有棉被、毛毯、罐头、棉织品和药品，都是我们沦陷区民众最需要的。”

美联社记者问：“你接触到这些物资，有什么感想？”

陈昆说：“日本人在中国狂轰滥炸，奸淫烧杀，迫害我们十四年，把我们中国的粮食、矿产、日用品都抢走了。那几年我们天津什么都实行配给，每人每月就卖给几斤粮食。我们吃不上、穿不上。日本投降了，联合国救济总署惦着我们，送来这么多东西，我们都非常感激！”

美联社记者问：“你们货栈是用什么心情管理这些物资？”

陈昆说：“这些救济物资都是联合国捐助的。听说还是美国人自发捐的。这是雪中送炭啊，我们特别珍惜。您看我们货场，不管是什么，保证一点儿也不糟践，绝对不能出一点儿差错。保管不好，这些东西受了损失，我们对不起联合国，对不起美国人，也对不起天津市民。”

美联社记者问：“请问你们有什么具体措施？”

陈昆说：“所有救济物资都有专人负责。面粉用苫布、苇箔盖两层，定期倒垛晾晒，保证不能雨淋、不能受潮。其他物品都入了库，也有防潮、防虫蛀、防变质、防差错的一套措施。这都是我们老经理成子和定的规矩。”

美联社记者收起话筒，竖起大拇指说：“你讲的很好。”

张爷过来拍着陈昆的肩膀说：“你讲的好啊，该说的你都说了。”

陈昆笑着说：“这都是我们董事长交代的。在这儿干活儿的工人，问谁都说得上来。”

美联社记者这时又抓拍了几张以救济物资为背景，天津市负责人杜建时和联合国救济总署负责人汤姆谈话的照片。

梁子青秘书这时把一份用英文写的美丰厚货栈简介和杜建时中将的简介递给那位美国记者。

美联社记者看了非常高兴。

杜建时也很高兴，问陈昆：“你们董事长来了吗？”

陈昆说：“一大早就来了，在厨房给你们熬鱼呢。”

张爷把这几句话翻译给汤姆和美联社记者。

汤姆说：“我见过这位女董事长。办事周到，精力充沛，非常热情。”

美联社记者耸耸肩说：“真是不可思议，世界上还有亲自下厨房招待客人的董事长！”

杜建时听了心里一热，什么话也没说。

汤姆对美联社记者说：“这位天津市最高长官杜建时将军，是美国雷文沃兹军事学院高材生，曾经作为蒋委员长的代表，参加过联合国的重要会议。是一位很有才华的领导人。”

美联社记者举着梁子青给他的那份材料说：“这份资料上有介绍。正因为这样，他才能把天津管得这么好。”

杜建时的脸，当时就有些发红了。

中午十二点，货栈经理室的小餐厅已经布置好了。餐桌上铺着雪白的桌布，各个餐位摆着锃亮的西式餐具。餐桌两端的花瓶里插着艳丽的鲜花。

张爷陪着杜建时和联合国救济总署副主任汤姆,梁子青陪着美联社记者和救济总署工作人员杰姆森。走进小餐厅,都觉得眼前一亮。

大桂站在餐桌旁微笑着说:"欢迎各位光临!"

张爷赶紧翻译说:"这位就是美丰厚货栈董事长米淑桂女士,她欢迎各位来就餐。"

杜建时说:"米董事长做东请我们吃饭,非常感谢。"

大桂说:"哈里公司的张经理也是东道主,您的梁秘书也跟着操了不少心呢。"

杜建时笑了。

救济总署的汤姆看着张爷,表示不知道她说了些什么。

张爷赶紧用英语说:"米董事长很客气,她说希望各位就像回到自己家里一样,吃得满意,吃得愉快。"

杜建时说:"你这个张仲柔,给咱天津也说几句好话嘛。"

张爷赶紧用英语对汤姆说:"天津市是中国北方最大、最繁华的港口城市,也是非常好客的城市。杜长官非常欢迎各位来天津。"

汤姆说:"感谢杜长官,感谢天津,非常感谢这么好的货栈和董事长女士。"

张爷翻译完,杜建时微笑着对汤姆点点头、转过身小声对张爷说:"你这几句还不错。"

这顿西餐加上天津熬鱼,客人们吃得非常满意。梁子青秘书临走跟张爷说:"美丰厚这位董事长,真会办事。"

几位客人陆续往外走,张爷凑到杜建时身旁小声说:"杜长官,这么多联合国救济物资放在这儿,安全上还得请您多关照。"

杜建时想了想说:"梁秘书,让警备区的巡逻队把这儿当个关注点,每天都过来看看。"

入冬了,南市三不管儿撂地卖艺的也少了。难熬的冬仨月,哪一行下明地的艺人,日子也不好过。

自从瑞芳去查理的事务所上班,魏爷可富裕多了。穿一身新做的棉衣裳,每天照例是逛完南市进饭馆儿,饭馆儿出来进茶馆儿,吃饱喝足玩儿够了才回家。

那天魏爷在福来茶馆儿坐着，进来一位熟人，坐在他旁边打招呼说：“魏爷闲在。”

魏爷一看，是常在三不管撂地的挂子行（练武的）老把式晋鹏举。

晋武师跟魏爷的哥们儿丁武师、杨武师是师兄弟，跟魏爷是多年的朋友。

魏爷问：“晋爷，怎么今天这么闲在？”

晋鹏举说：“俩儿子接了张帖子，去河东了。我一个人在家闷得慌。”

魏爷心想，按他家过的日子，再闷也没闲钱来茶馆儿坐着，难道是得了外财？

魏爷这人对朋友向来是有什么说什么，就问：“晋爷，得外财了吧？”

晋鹏举笑着说：“是河东有人送来两块大洋定金。”

魏爷问：“河东谁呀？”

晋爷说：“大王庄公记煤厂股东刘福祥刘二爷。”

魏爷问：“请你给他当教师爷？”

晋爷摇头说：“我老胳膊老腿儿的，早不行了。是请我那俩儿子，说是成立什么装卸工会，把沿海河这几十个码头的装卸、搬运都管起来。”

魏爷问：“煤场东家管装卸？这对路吗？”

晋爷说：“有招商局在后头戳着呢。”

魏爷还是不明白：“管装卸搬运还用练武的？”

晋爷凑到他跟前小声说：“听说河西就有不服管的。美丰厚货栈，您听说过吗？那里头就有挂子行！”

魏爷明白了，还往下问：“不服管就动武？”

晋爷摇头说：“究竟怎么回事，我也不明白。”

魏爷又问：“就请你那俩儿子？”

晋爷说：“请了十几位呢。西头的、侯家后的、大直沽的，都是尖挂子（真正的好手）。”

魏爷问：“请帖是谁下的？您手里有吗？我开开眼。”

晋爷从口袋里掏出来递给魏爷说：“就这张，下帖的好几个人呢。”

魏爷一看，是一张毛笔写的便签。上边写着：“本月十五日，阳历十二月三日，请到河东十一经路公记煤厂一叙。落款是刘福祥、萧兆升、苑树奎、魏荣平、王洪仁、杜文彬、邢增荣、崔兆祥，一共八个人。”

魏爷摇着头，拿着这张请帖说：“这事来头还不小。晋爷，跟你说实话。光复刚仨月，人们都盼着过安稳日子，兴师动众地干这个可不大好。这两块大洋，可不是好挣的！”

晋鹏举听了先是一愣，越想这事越不对，喝了口茶站起来就走。

魏爷在后边喊：“晋爷，茶钱我候了！”

晋鹏举赶紧回头作揖说：“谢谢，谢谢！”说完就走了。

魏爷付了茶钱，出门叫了辆洋车，直奔海大道美丰厚货栈。下车付了车钱，走进经理室就问：“薛经理，三奶奶在吗？”

大桂从里屋出来问：“老爹，找我有事？”

魏爷说：“咱进里屋说去吧。”

大桂使了个眼色，让薛继承也进来。

魏爷一进里间屋就着急地说：“三奶奶，河东有人算计咱！”

大桂说：“老爹，您坐下喝口水，慢慢说。”

魏爷坐下，薛继承斟了杯水递给他。

魏爷说：“河东公记煤厂的东家刘福祥他们，撒帖子请本地十几位练武的高手，今天在公记煤厂见面，要办个专管天津各个码头装货卸货跟搬运的装卸工会。不服管的就动武。头一个就盯上咱美丰厚了。”

大桂问：“您怎么知道的？”

魏爷说：“我朋友老晋家两个儿子都接到帖子了。”说着掏出那张请帖递给大桂：“就是这张帖子。”

大桂看了看说：“又是河东公记煤厂，日本投降那天就来过一回了。继承，你看看。”

薛继承看了看说：“叫陈昆来看看吧。咱商量一下怎么办。”

魏爷说：“我把信儿送到了，你们看着办吧。我回去了。”

大桂说：“您可别走。这是大事，我们几个都没经验，该怎么对付他们，还得请您出出主意呢。”

陈昆进来了，见魏爷在这儿，就问：“魏爷，咱的房子出毛病了？”

大桂说：“魏爷是给咱送信儿来了。”接着就把河东要干的事说了一遍。

陈昆说：“他不就是找人要把咱压下去嘛！咱有的是人！他敢来，咱美丰厚还怕他？段爷、四爷他们就饶不了他。”

大桂看着他说：“就这么简单？在哪儿打？总不能去河东打吧？在咱这儿打，生意还做不做？联合国的救济物资受损失，咱担得起责任吗？打完怎么办？不管输赢人家拍屁股走了，谁收拾这个烂摊子？咱怎么向三爷交代？”

第九十六章

陈昆听三奶奶这么说,尴尬地红了脸:“我想得太简单了。”

大桂说:“他们看上的是码头的生意越来越火,装卸搬运这一块有利可图。想横插一杠子,就是要刮这上头的油水。他们知道哪个码头都有管搬运的把头,找能人就是为镇住这些把头,好让他们心甘情愿让他刮油水。魏爷,您说是这个理儿吧。”

魏爷点头说:“就是这个理儿。”

大桂说:“八个人联名下帖子,这些人我都不认识,可我知道他们准有来头。”

陈昆拿过帖子看了看说:“前边这个萧兆生,是官面儿上的人。后边那几个都是河东几个码头脚行的头儿。”

魏爷说:“听说招商局是他们的后戳儿。”

大桂说:“这就对了。一块大洋的定金,请不了多高的高手。可咱们也得重视。眼下政府还没有管这种事的部门,他们在河东怎么干,咱管不着。咱就是想办法别让他们打咱的主意。他们今天请人,咱今天就找李鉴三把这事说说,让市党部管管这个事。”

薛继承说:“对,市党部、市政府都说市民要安心,市面儿要稳定。纠合一帮练武的成立工会,怎么也说不过去。咱就找李鉴三说这事。”

大桂说:“三爷常说对人对事要和为贵。咱这回也要和为贵。人家盯着咱,是咱犯了小人。我看跟李鉴三把这事说清楚,烦他给河东递个话,让他们别跟咱过不去,和解了也就算了。”

魏爷说:“好,这么办好。让管他们的市党部给咱说句话,釜底抽薪,不伤和气。”

大桂说:“陈昆,这事就由你办。跟李鉴三说好,咱们现在接的是联合国救济总署的活,装卸搬运都得听人家的。工会的事以后再说。把话递过去,对方认可咱就请回客,跟他们见个面。”

薛继承说:“见个面就能把这事砸死。”

大桂说："人就怕见面。双方直接见面，把事谈开，挑事的小人就不能搬弄是非了。"

魏爷说："三奶奶这个主意，真高。"

陈昆说："三奶奶，这俩事就连着办吧。你再说说打算怎么请客。"

大桂说："三爷身子还不行，咱们的长辈就是魏爷。老爹，请客您得坐主位。"

魏爷摆手说："不行，不行，三奶奶你得坐主位。"

大桂说："接待、应酬、说话，都是我的事。坐主位我可压不住台。您就别推辞了。"

魏爷没说话，心里热乎乎的。

大桂说："让他们那边请两位能做主的。咱们这边请上李鉴三、梁秘书、李局长、杜四爷，还有咱俩，一个圆桌足够。"

陈昆问："在哪儿好？"

大桂想了想说："利顺德住了不少南京来的官儿，不合适。皇宫饭店中餐厅吧，要个好点儿的单间儿。时间让鉴三定。你们看这么办行吗？"

几个人都很赞成。

陈昆当天就去市党部找李鉴三。这十几年他跟李鉴三一个管车、一个修车，混得很熟。见了面就把这事一五一十都跟他说了，最后还给他看了那张手写的请帖。

李鉴三一看这张请帖就全明白了。那八个人里的萧兆升，事变前是市党部的情报员。干的是机密的事，可最爱出风头。他家就在河东，离煤厂不远。日本投降那天，公记煤厂的人抢先来接收美丰厚，还说是为党国办事，很可能就是他鼓动的。

李鉴三当时就答应帮美丰厚办这件事。陈昆一走他就把萧兆升找来，一问前后这两件事，果然都是他的主谋。

李鉴三把萧兆升臭骂了一顿，指着他说："美丰厚货栈眼下接的是联合国救济总署的活，杜长官都非常关注，让警备区巡逻队保障他们的安全，你这不是成心在太岁头上动土嘛！"

萧兆升一听，吓得差点儿尿了裤。

李鉴三说："从今往后你绝对不能找美丰厚的麻烦，听见了吗？"

萧兆升说："听见了，您老借我个胆子也不敢惹他们了。"

李鉴三问："办全市的码头装卸工会，是谁挑的头？"

萧兆升说："是招商局的人让我办的。"

李鉴三办事向来圆滑，总是不洒汤不漏水，哪头也不得罪。想了想说："招练武人的事，我给你瞒着。装卸工会你们可以接着办。河西特一区在市党部、市政府眼皮底下，你们就别动了。"

萧兆升感激地说："谢谢，谢谢您老指点。我就照您老说的办。"

李鉴三说："明天美丰厚在皇宫饭店请客，你让公记煤厂那位姓刘的股东带个人去。到时候我给他打个圆场，让他连光复那天的事一块儿道个歉，这事就算了啦。往后办事多个心眼儿！"

萧兆升千恩万谢地走了。

李鉴三给美丰厚经理室打电话，跟大桂说："成三奶奶，您让办的事我可都办了。明天请客我就带个嘴去。"

大桂笑着说："带个嘴就能办事。我还怕你不带嘴，光去看着别人吃呢。"

皇宫饭店请客，大桂穿了件紫红缎子棉袍，在包间门内迎接客人，陈昆和送魏爷来的瑞芳站在她两旁。

公记煤厂刘福祥是带着韩掌柜来的。

刘福祥进来就笑着作揖，小声说："三奶奶，我是为前后两件事赔礼来的。"

说着从韩掌柜手里拿过个精致的红色个小木匣，上边印着泰康金店四个字，双手递给大桂说："一份薄礼，请笑纳。"

大桂微微点了一下头，轻声说："谢谢。"示意瑞芳把小木匣接过去。

刘福祥又从韩掌柜手里接过个绵纸包，双手递给大桂说："这是孝敬三爷补养身体的，不成敬意。"

大桂双手接过去，欠身鞠躬说："谢谢刘爷。"

这时韩胖子朝着大桂作揖说："我给您道歉。"

大桂笑着说："没什么，往后咱就是一家人了。"

宾客都来了，落座时陈昆请魏爷坐主座，李局长坐在主宾席，杜四爷、梁秘书、李鉴三、刘福祥、韩胖子、陈昆、魏瑞芳依次坐下。大桂坐在魏爷对面。

宾主落座之后，大桂站起来对各位来宾一一作了介绍。听到李局长、杜四爷、梁秘书、李主任这些名字，刘福祥头上冒了汗。

皇宫饭店是英国人在清朝时开办的，以往主要是伺候英国阔佬和清朝遗老遗少，各式菜品名目繁多，丰盛讲究。这几位客人无拘无束，吃得喝得很痛快，海阔天空聊得也很痛快。

聚餐之后，梁秘书、李局长觉得这是三奶奶向他俩道谢；魏爷、杜四觉得是三奶奶抬举他；公记煤厂的两个人觉得美丰厚货栈人脉广、后戳儿硬，三奶奶是诚心诚意要化解两家结下的疙瘩。只有大桂、陈昆和李鉴三明白是怎么回事。

不久河西特一区码头的脚行，都知道成三奶奶给他们办了件大好事。美丰厚货栈在他们心目中又成了龙头老大。

1946年1月，刚进阴历腊月，小白楼大街马路两旁便道上、大路边，摆摊儿卖货的就多起来。有的搭儿块木板，有的放个桌子，有的在地下铺块布，一个接一个摆上东西就开卖。

商贩们都在扯开嗓子大声吆喝。这个喊："买来吧！真正进口的牛仔裤！老美的玻璃袜子、大号的皮靴子！"

那个喊："美国大兵的蛤蟆镜、牛皮的皮带！带拉锁儿的睡袋！"

还有的喊："午餐肉罐头！带洋火的骆驼牌儿烟卷儿！"

卖年货的也大声喊："大红的福字儿，福到命到造化到！大红的吊钱儿，过年的红绒花！杨柳青的年画儿!过大年合家欢乐、连年有余！"

来小白楼买东西、采购年货的人特别多。马路上、便道上到处都是人。

大桂迎面遇见老邻居李二奶奶韩大芬，笑着说："二奶奶，出来买点儿？你看咱这儿多热闹啊！"

韩大芬说："三奶奶，这才腊月初一，摆摊儿的就一家挨一家了。三义庄、谦德庄卖年货的都上咱这儿来了。日本投降马路也没人管了，小白楼都赶上娘娘宫了。"

大桂说："真是的。年货加上美国货，东西比娘娘宫还多呢。"

韩大芬说："天津人还不就这样儿，省吃俭用就为过个好年。三爷好利索了吗？"

大桂说:“好多了。”

韩大芬问:“有六十多了吧?”

大桂说:“过年就六十七了。过两天就是他生日,大难不死,孩子们都想给他过寿呢。”

韩大芬说:“是该给他过。三爷多不容易呀,他从那里头出来,成礼也回来了,全家团圆就是大喜事。你不是替三爷上班去了吗?”

大桂说:“是啊,我去也是凑数。我们家这些年人也没齐过。你们家文辉回来吗?”

韩大芬摇头说:“一时半会儿还回不来。”

大桂说:“文辉现在干嘛了?”

韩大芬得意地小声说:“还在南京呢。听说那儿接收大员也出了不少事儿,文辉又给派到清查委员会去了,忙着呢!”

大桂说:“他才多大呀,就这么忙?”

韩大芬说:“二十一了,也不小啦。”

成信拉着金锁的手走在小白楼大街上,路过鞭炮摊儿,金锁说:“成信,给你买点儿呲花、小炮儿回家放去吧。”

成信说:“放那个多没劲。金锁哥,你敢拿着放二踢脚吗?”

金锁说:“那有嘛,咱买俩,我放个给你看看。”

说着他从花炮摊儿上拿起个二踢脚,左手掐着二踢脚的头,右手把药捻子点着。嘣的一声,头一个炮芯子崩出老高。接着啪的一声,另一个芯子蹿到地下炸开了。

看热闹的人们大声叫好。

金锁连放了两个,正要掏钱,卖炮的说:“别掏钱了。您给我做了广告,给钱干嘛。”

成信和金锁回到家,直接去了后院。大桂、大舅母和林妈正在厨房做饭。

成信过去说:“娘,金锁哥来了。”

大桂出来问:“金锁,你怎么有工夫来这儿?”

金锁说:“我那儿要完工了,想跟三爷说一声。”

大桂问:“夏磊让你来的?”

金锁点点头。

大桂正要问问金锁还有什么事。林妈过来说:“三奶奶,有两个当兵的带着人来了。”三奶奶心里一激灵。心想大过年的,可别出事了!

大桂往前边走,金锁不放心跟过去,成信也跟着过去了。

客厅里玉珮正在问三爷:“爸爸,柜上的事您还管吗?”

三爷叹了口气说:“我身体不行了。美丰厚的事,就靠你继母盯着了。”

玉珮认真地说:“我继母这个人,为人忠厚,敢作敢当,有股子冲劲儿。我看她真行。”

正说着大桂走进客厅,见三爷正和玉珮跟一个穿军装的人说话。有个像是勤务兵,坐在旁边儿的凳子上。

大桂见到玉珮,过去就紧紧地把她抱住:“玉珮,我可见到你了。那年你一走,我提心吊胆好几个月。这些年,你为抗日带着孩子东跑西颠的,真不容易啊。”说着,已经泪流满面。

玉珮也流着泪:“我也是特别想你。日本投降德珍就调到北平了。我们在城里安了家,可一直没给他安排工作。后来才去南口火车站当了站长。总想来看您,就是请不下假来。腊月初三是我爸爸的生日,无论如何我们也得回来看看老人家。”

金锁见屋里来的是客人,转身回了后院。

大桂放开手,见成信进来了。赶紧告诉他:“成信,这是你大姐。这是大姐夫吧。”

成信给他俩鞠躬:“大姐、大姐夫。”

一身戎装佩戴着中校军衔的崔德珍站起来说:“婶子,抗战那几年我听玉珮说了您的事,就特别敬佩您。”

大桂说:“快坐下。我哪比得了你们。可可、又可呢?”

玉珮回道:“跟两个小姨到楼上玩儿去啦。”

成信说:“我也上楼找他们去。”

说着跑出去就上楼了。

这时,崔德珍再次站起来说:“我没见过岳父、岳母,可我深知你们都是忠义之人。在西北军官学校最困难的时候,你们冒着生命危险,慷慨相助。我教过的上千个抗日学生,国共双方都有,有不少都成了栋梁之才。没有你们的资助,就没有我和他们的今天。我要表示的,就是对你们二老的敬重。”

说着,就要下跪。

三爷说:“别别,快拉住他。”

大桂赶紧过去拉住崔德珍:“大姐夫,话到礼到,你就别行大礼了。”

玉珮把大桂拉开说:“德珍这人从来不会说虚话。他这几年总盼着有这么一天。你们二老就受他一拜吧。”

说着,她把大桂扶到正座上。

崔德珍郑重地说:“岳父岳母在上,请受小婿一拜。”

恭恭敬敬地作揖,跪下磕了三个头。

大桂激动得热泪盈眶:“大姐夫,你坐下吧。我不懂什么大道理,当初就知道抗日的人有骨气。为抗日我什么都舍得。你爸爸为抗日差点儿被打死。可为什么日本投降了,天津来的这些个接收大员,一个比一个坏呢!”

崔德珍气愤地说:“说起这些,我也很恼火。日本一投降谁都伸手,到平津两地接收的就有无数家,都想多捞多占。冯玉祥将军教导我们艰苦奋斗救国救民,可他现在也说不上话。最近宋子文在南京行政院宣布,接收敌伪财产由行政院统一处理。谁知道行不行?说不定还得乱一阵子!”

三爷问:“国共和谈都签字了,怎么还这样?”

崔德珍说:“双方字是签了。究竟真正和得了和不了,还难说。其实小仗一直就没停过。我在南口车站,成天忙的就是运兵。国共双方都在和谈协议上签了字,又都忙着调兵遣将。您说这像和的样子吗?”

三爷听得很气愤。

大桂说:“大姐夫,我给你跟这位勤务兵,在美丰厚客房安排住处吧?”

崔德珍:“不用。我们见了你们二老,就心满意足了。我站上离不开人,今天还得坐夜车回去。”

大桂说:“玉珮跟孩子们留下住几天吧。”

崔德珍说:“路上不好走,我带了个帮忙的,还是一块儿走吧。来日方长,我们会常来看你们。”说着摆手告诉勤务兵:“去楼上把两个孩子叫下来。”

可可、又可,玉环、玉珍、成信,呼呼隆隆都下来了。

玉珮说:“可可、又可,跟姥爷、姥姥告别。”

可可、又可向三爷、大桂鞠躬说:“姥爷、姥姥再见!”

崔德珍也向三爷、大桂脱帽鞠躬说："您多保重，再见！"

大桂问："你们说走就走？"

玉珮跟大桂悄悄说："崔德珍就这样，往后有机会我就来。"

勤务兵拉着两个孩子，崔德珍和玉珮一前一后跟着走了。

大桂和孩子们把他们送到大门外，一直看着他们出了胡同。

三爷坐在屋里问："都走了？"

大桂说："都走了。"

三爷说："真像个带兵的，雷厉风行。"

说着擦了擦眼泪。

大桂也是泪眼蒙眬。忽然想起一件事，看着三爷说："嗐！这一家大人孩子没吃饭，也没给他们带点儿东西。"抬头看见桌子上有两个纸包。打开看，一包是北平的糕点"大八件"，一包是什锦果脯。

三爷看了看说："给孩子们吃去吧。"

大桂说："这是闺女给你的寿礼，你也吃点儿。我去后院看看吧。"

三爷点了点头。

大桂正在后院跟金锁说话，庞二来了说："三奶奶，市党部来人了，薛经理请您去一趟。"

大桂没好气地说："又是市党部。还不知道又有嘛事呢。金锁，吃完饭别走，我去柜上看看。"

说完就跟庞二走了。

大桂来到美丰厚，一进经理室薛继承就说："董事长，您看谁来了？"

大桂见是李鉴三，笑着说："鉴三！你从走了可再也没进过这个门。"

李鉴三笑着说："我没事总想来，怕有人说闲话，也怕给你们找麻烦。"

大桂问："这回有事？"

李鉴三说："是公事，也是我求您。"

大桂说："有事就说，能办就办，还求什么？"

李鉴三说："这事说起来你们都清楚。南京派到各地的接收大员，闹得乌烟瘴气，委员长也坐不住了。下令让各地抓个民愤极大的就地惩办，给老百姓出口气。年前别闹出大乱子。杜长官把我叫去说，挑唆姓谢的那个海军中校，就不是个东西。”

大桂把手一摆说：“嗐，不就是那个姓刘的嘛，他在我这儿也没捞着便宜。”

李鉴三说：“我也知道他到处捞了不少，民愤极大。可究竟捞了些什么，捞了多少，我们拿不出证据。我想求您帮帮忙。”

第九十七章

大桂越听越不明白："你们市党部有的是人，还用得着找我们平民百姓帮忙？"

大桂这句话，李鉴三臊得脸当时就红了，无奈地说："市党部的那些人，给个仨瓜俩枣儿就让人家收买了。他们哪能办这种事？咱美丰厚有能人，您就帮帮这个忙吧。"

薛继承正要替三奶奶推辞，大桂说："摸情况也许能帮你，起证据抓人你们得出面。"

李鉴三连连点头说："我就是这个意思。"

大桂说："行。你给几天？"

李鉴三小心翼翼地看着她说："当然是越快越好，最迟别过五天，您看行吗？"

大桂说："三天后你听信儿吧。行就行，不行就别耽误工夫。"

李鉴三高兴地说："咱一言为定。我还有别的事，这就走了。"

大桂说："你等会儿，杜长官知道你找我吗？"

李鉴三笑了："三奶奶真是眼里不揉沙子，这就是杜长官的主意！"

大桂笑着点头说："这就行了。"

送走李鉴三，薛继承问："董事长，我看您好像心里有谱了？"

大桂说："我哥哥在交通旅馆当茶房，刘乃沂就住在他那层楼。从他那儿就能摸出点儿东西。这事让张金锁带着他手下人干，用不了三天准能让姓刘的现了原形！"

薛继承佩服地点头说："杜建时真没看错您。"

大桂问："这几天业务做得怎么样？"

薛继承说："进货出货都不错。海运一通，美国洋行可得手了。您看商场里、货摊儿上，吃的、穿的、用的那些美国货，大部分都是经咱的手进的。"

大桂说："三爷说今年要让大伙儿过个好年。现在粮食还不好买，你跟救济总署的人商量一下，把他们该付咱的费用，折合成大米白面行不行？过年要能给咱柜上每人十斤米、十斤面,那就好了。”

薛继承说:“这是好事,我跟陈昆找他们商量商量。”

大桂说:“要行,河东金锁那儿也是每人一份儿。”

薛继承点头说:“这事我办吧,怎么折合也得算一下。三爷过生日柜上怎么表示?”

大桂说:“三爷身体还不好,柜上去人怕他应酬不了再着急。你们就先别去了。”

薛继承说:“行,咱这儿没什么事,您就早点儿回去吧。李鉴三托您的事可别忘了。”

大桂往外走着说:“忘不了!”

大桂刚进胡同,等在家门口的小石太太拉住她说:“三奶奶,我在马路上看见刘四了。警察局怎么把他放出来了?好怕人嗬。”

大桂听不懂她的话,看着她说:“你再说一遍,说得慢点儿。”

小石太太又说了一遍,大桂还是听不懂。她干脆拉着小石太太到了自家门口,大声喊:“成礼!你出来,有事。”

成礼出来一看就明白了,用四川话问:“你有啥子事嘛?”

小石太太又说了一遍。成礼听完说:“他在马路上看见刘四了。问您警察局怎么把他放出来了,她害怕要是刘四来找她怎么办。”

大桂站在那儿正琢磨,小石太太说:“我想找王先生。”

成礼用四川话问她:“你找哪个王先生?”

小石太太说:“当警察的那个王先生,他是好人。”

大桂问成礼:“她又说什么了?”

成礼说:“她想找王宝珍,说王宝珍是好人。”

大桂笑着说:“让王宝珍帮帮她也是个办法。成礼,你知道宝珍住哪儿吗?”

成礼说:“知道。”

大桂说:“你就带她去一趟吧。”

成礼跟小石太太说:“我带你去找王先生吧。”

小石太太高兴地一再给大桂鞠躬:“谢谢三奶奶,谢谢三奶奶!”

大桂回到家,金锁还在后院跟大舅母说话。

大桂问："金锁，吃饭了吗？"

金锁说："吃了，有嘛事这么晚才回来？"

大桂说："找你的事，咱到前边屋里说去。"

金锁奇怪地问："还有找我的事？"跟着大桂走进客厅，三爷正在屋里溜达。

大桂说："金锁，你坐下。三爷，有个事你也听听。"

金锁坐下了。

大桂说："刚才市党部的李鉴三来求我，是那些接收大员胡作非为，蒋介石坐不住了，让抓个民愤大的处置了。他们想抓海军那个姓刘的，可拿不到证据，想让咱帮帮他。"

金锁摇摇头说："让咱给他干这个？官面儿上的事，咱别费力不讨好。不能给他干。"

大桂说："怎么不能干？这是为民除害。听说他在天津搂了不少东西，还弄了三个小婆儿。那天我不让他进库房，他硬是抓碴把我关进监狱！我应下这事，不是冲着市党部，是为除了他，让咱少个祸害。你想想，你要给他们把姓刘的罪过弄清楚，往后你那个狗屁师父还敢找你的麻烦吗？哎？这叫一箭什么来着？"

三爷说："一箭双雕。"

大桂说："对，这还不是一箭双雕，是一箭三雕。"

三爷说："金锁，这事该干。你手里不是还有几个弟兄嘛，挑两个得力的，尽快把他拿下。"

金锁点头说："行。"

大桂说："姓刘的在交通旅馆住，我哥哥在那儿二楼当茶房。前两天他让大锁捎信儿说，姓刘的好像要跟美丰厚过不去。有些事你去问问他。"

金锁抬起头说："这事交给我吧，两天给你回话儿！"

张金锁当天就去了交通旅馆。上二楼找到米有德，老米看着他面熟，想不起他是谁。

金锁说："米大伯，您不认得我了？"

米有德说："你是？"

金锁说:“我是独流二道街的张金锁。大品,您知道吧?那是我姑。”

米有德说:“你是金锁呀,我知道。你爷爷张德成可是咱独流的名人。找我有事?”

金锁小声说:“你们家大姑让我来问问,有个叫刘乃沂的海军,是在您这儿住吗?”

米有德警觉地四处看了看,悄悄说:“姓刘的在这儿住了好几个月。头几天他们的人出事了,他就跑北平去了。”

金锁问:“姓刘的在天津有别的住处吗?”

米有德说:“有。他在天津弄了三处房子,养了仨女的。这几个地方我都去送过东西,都认得。”

金锁说:“他在天津捞了不少东西吧?”

米有德说:“那可海了去了。头俩月他光往金店跑,不少钱都换成金条啦!”

金锁问:“他跟什么人一块儿干?”

米有德想了想说:“前一阵子有个姓瑞的,是张市长的外甥。后来又来了个姓刘的,这人岁数不小了,叫刘四。这俩人他都挺器重,都是在登瀛楼请的他们。”

金锁问:“这事您怎么这么清楚?”

米有德脖子一挺说:“他请客,雅间儿都是我给订的!我成天给他端茶倒水收拾东西,总去他屋里。刚来那会儿,出来进去就他自个儿,闷得慌还找我说话儿。那时候这个人还像个人样儿,后来越来越贪,就上了邪道儿了。”

当天夜里,金锁带着三个弟兄来到东门里一个小胡同。借着路灯微弱的那点儿光,挨家看门牌。

找到一家,低声跟弟兄们说:“就是这儿,你跟我进去,你俩在外边把合(江湖黑话,看着)。”

说完纵身扒住墙头就上了墙。另一个也跟着上去,黑影一闪两个人跳进院子里。

小院子不大。北面正房三间,西边有两间下房。正房堂屋有个妖艳的女人坐在那儿哼着小曲儿,嗑着瓜子儿。听见院里有动静,大声喊:“张妈!你在院里干嘛了?”

张妈推门进去说:“我在下房洗衣裳呢,太太有事吗?”

妖艳女人瞟了她一眼:“没事,就是腻歪。刘乃沂这个没良心的,走了这么些日子,连个信儿也没有。”

张金锁突然闯进去:“都别动!有事问你们,老实说别找挨鞭(挨打)!”

妖艳女人吓得站起来,两眼瞪着金锁。

张妈回头看,门外还有个人,吓得赶紧站到一边。

金锁坐下问:“你是刘乃沂的人?”

妖艳女人陪着笑脸说:“爷,我就是个嘴子(野鸡)。”

金锁见她用黑话套近乎,顺口说:“坐下!我问刘乃沂的事,簧点儿清(江湖黑话,说明白)就没你的挂落儿(责任)。”

妖艳女人见他这么说,赶紧陪着笑脸:“爷,我懂。我识相,您问吧。”

金锁问:“他去哪儿啦?”

那女人说:“您是说刘乃沂吧,去北平他亲戚家了。东城煤渣胡同三号,是国军第五补给区院儿里。”

金锁问:“他在你这儿存东西了吗?”

那女人一惊,看着金锁说:“存了,我给您搬箱子去?”

金锁下巴动了动。

那女人赶紧进里屋搬出个箱子,放在桌子上说:“锁着呢,我没钥匙。”

金锁伸手抓住锁头一用力,嘎巴一声锁梁子断了。那女人吓得脸都白了。

金锁把箱子盖儿掀开,里边都是金条、银圆、钻石、珍珠玛瑙之类,还有一沓子美钞。他指着这些东西问:“你知道这都是哪儿来的吗?”

那女人说:“有的是从小笹洋行跟那个贸易公司弄来的,有的是从干过汉奸的人家弄来的。反正他就是到处挤兑人家。”

金锁眼盯着她问:“刘乃沂在天津,不止你这一处吧?”

那女人狠狠地说:“还有俩地方。一个是库果(江湖黑话,妓女),一个是玩儿嫖客串子的(荡妇),那俩娘们儿别提多浪了。”

金锁不愿意听她说这些,皱着眉头问:“那俩地方都在哪儿?刘乃沂在她们那儿有东西吗?”

那女人说:“地方我都知道,东西也有。不给东西,那俩臊娘们儿能跟着他嘛!”

金锁停了会儿,两眼盯着她问:“他还有嘛事?”

那女人吓得哆嗦着说:“听说西北角儿有个姓赵的,儿子给塘沽日本海军干过杂活儿。他非找人家要金条不可。那一家俩老的硬让他给挤兑死了。”

金锁见这女人把要问的事都说了,便告诉她:“这两天我留个人在这儿看着你。你哪儿也别去。政府的人来了,问你什么你就一五一十说清楚,把东西原封不动让人家拿走。你可别捂杵(江湖黑话,偷钱)。你要犯浑那就自找倒霉。”

那女人说:“爷,您放心。给您看过的东西我丝毫不动。就是麻烦您给政府带个话儿,我可跟姓刘的不一样。我就是个野鸡,谁给钱伺候谁。千万别把我跟他一块儿办了。”

金锁冷冷地说:“那就看你老实不老实了。”

说完从屋里走出去,人影一闪转眼就不见了。

院子里的那个人进屋向这两个女人摆手说:“把箱子收起来。你们睡觉去,我就在这儿歇着。”

第二天一大早,张金锁就来到美丰厚货栈。

厨房蔡师傅也是静海人,早就认识他。见金锁这么早就来了,知道他准是连夜办事去了。给他盛了碗热粥说:“先喝点儿热乎的,去客房睡一觉。三奶奶来了我去叫你。”

金锁喝完粥就睡觉去了。

大桂早晨来上班,蔡师傅从厨房出来小声说:“张金锁天一亮就来了,在客房睡觉呢。”

腊月初三上午安仁里成家就热闹起来。客厅迎面墙上挂了个大大的寿字。桌子上摆着干鲜果品。大桂给三爷穿上紫缎子团花棉袍、青礼服呢棉鞋。老人神采奕奕,家里人也都穿上新衣裳,收拾整齐准备给三爷拜寿。

大桂正在张罗,夏磊背着包袱,玉珠搀着一位老奶奶进来了。

玉珠说:“三叔,我妈看您来了!”

三爷赶紧站起来说:“师姐,你还来啦!赶快坐,赶快坐。大老远的,你还来干嘛。”

老太太说:“你大难不死,过生日我还不来看看?头俩月我就来信,让玉珠去接我。紧赶慢赶,刚到石家庄火车就过不来了。等了好几天火车才通了。还好,今天初三是正日子。我也算给你上了寿啦。”

大桂过去搂着老姐姐的肩膀说:“苗姑,您对他的事,记得就是清楚。”

苗姑说:“他从九岁就跟着我老爹每年回家过年,五十多年了,我们这一辈人里,他就剩下我这个姐,我也就剩下他这个兄弟了。”

大桂放开手说:“那天我就想,您要能来,他心里想见的人就都来了。您看,真是想谁谁就来。”

正说着,从外边跑进来个十五六岁的姑娘,扑到大桂身上说:“表姨,您是想我了吗?”

大桂一看,是杜四的闺女杜娟。大桂说:“我早就想你了,怎么你老也不来?”

这时杜四也进来了,笑着说:“我怕她闹得三爷不得歇着。”

三爷笑着说:“我也挺想杜娟的,没她哪儿也不热闹。”

杜娟过去推着三爷说:“姨父您说嘛了,我是那么闹嘛!”

大桂说:“你姨父现在就是个糖人儿,除了你谁敢推他呀。你这还不闹?”

说得屋里人都笑起来。

杜四说:“你苗姨跟哥哥姐姐都在这儿,还不见个礼。”

杜娟这才叫着:“苗姨、姨父、表姨、哥哥、姐姐。”挨个鞠了躬,抬起头故意板着脸说:“玉环、玉珍、成信,你们该给我鞠躬了!”逗得大家又笑起来。

苗姑笑着拉起杜娟的手说:“我就爱这个喜兴的闺女。”往桌子上看了看说:“堂屋点两支红蜡,搁个蒲团,让孩子们给他拜寿。”

玉珠推着妈妈说:“人家这儿哪有堂屋?这叫客厅。”

苗姑笑着拍打了她一下说:“我看这就是正房堂屋。”

玉珠说:“咱们按岁数排,夏磊头一个,我是第二个,成礼、大红、杜娟、玉环、玉珍、成信,挨个儿拜。”

大桂出去拿来一对红蜡烛,又在桌子上摆了两个蜡扦儿。把红蜡烛点着,屋子里顿时喜气洋洋。

杜四说:“我先给寿星磕个头。”说着跪下就磕。

三爷站起来拉着他说:“免了吧,免了吧。师姐,我给你磕个头。”

苗姑嗔着他说:“孩子们等着给你拜寿呢,给我磕头算什么!”

正说着,又进来个穿军装的小伙子。

夏磊警觉地看着他。

大桂说:“这是我侄子。大锁,你怎么穿上军装了?”

大锁说:“被服厂关不出钱来,就拿军装顶工钱。”

玉珠问:“他怎么排?”

大桂说:“他排在大红后头。按说苗姑这么远来了,小辈儿该先给她老人家磕头。”

玉珠说:“这么隆重的场面,我看还是两位老人跟四叔都坐下,我们小辈儿挨个儿给您几位磕头。既拜寿,也是庆祝日本投降大家团圆,你们说好不好?”

几个年轻人都鼓掌说:“好!好!”

杜四说:“他俩是老一辈,我可不能坐那儿。”

自己赶紧站在一旁。

成礼把两把椅子并排摆在桌子前面。

苗姑笑着说:“我可不跟他坐一块儿。那成什么了!”

大桂笑着把苗姑推到座位上说:“您俩是老一辈的人,就该这么坐。”

玉珠笑着说:“那我就当司仪,三叔跟我妈坐上座,小辈们开始磕头了!”

三爷和老师姐笑着坐好。

一屋子小辈人笑着按顺序给两位老人磕头。大桂眼含热泪,看着这个盼望已久的热闹场面。

都磕完头,玉珠说:“小姨,您劳苦功高,我们给您也磕一个吧。”

大桂说:“别,别。柜上还有点儿急事等着我呢。”趴在苗姑耳朵上说:“我嫂子在后边,吃面您俩给张罗吧。我一会儿就回来。”

苗姑心疼地说:“去吧,当个董事长,看把你忙的。”

初四这天,李鉴三如约来到美丰厚货栈经理室。薛继承故意说:“李先生,您怎么才来呀。刚才我们董事长还问你呢。”

李鉴三瞪着眼问:“那个事有眉目了?”

薛继承得意地说:“岂止有眉目,赃证俱在。董事长在里屋等着你呢。”

正说着大桂从里屋拿着一张纸出来说:“说是三天,你要昨天来就好了,省得还派人给您多守了一天一夜。”她把那张纸递给李鉴三:“你看看吧,刘乃沂做的好事都在这上头呢。日本投降才几个月,你看他搂了多少!一大批金银财宝不说,三处房子,俩妓女、一个女招待给他当外宅。还逼死两条人命!”

李鉴三看了看紧张地问:“他这些东西不会转移吧?”

大桂看着他说:“我不说派人给你看着了嘛!咱的人什么也没动他的。你们去起赃再问问那几个当事人。你看这上头,连姓刘的藏在北平的住址都给你弄来了。”

李鉴三一边看着一边赞叹地说:“您可是给咱天津办了个大事,这是大功一件!”

第九十八章

大桂说："我没这么大本事。你交代的是为民除害的好事，就有人乐意干。赶快派人去吧，别让我们在那三家蹲着的人等急了。"

李鉴三刚要走又回头问："三奶奶，您说咱怎么谢谢人家？"

大桂瞪着他说："还谢嘛！告诉杜长官，咱谁跟谁呀！"

大桂刚把李鉴三送走，电话响了。拿起电话，是刘大爷打来的。刘寿兰说："今天是三爷的生日，我想去看看他。"

大桂说："您那么大岁数就别跑了，赶明儿我陪他去看您。"

刘寿兰说："那不行，昨天我就想去，怕人多我没去，今天我想跟三爷聊聊。"

大桂说："要不下午老哥儿俩来柜上聊吧，让蔡师傅给你们做一桌素菜，吃碗长寿面。"

刘寿兰说："你净出好主意。就这么办，下午我坐车去。"

当天下午刘寿兰和三爷在经理室见了面。陈昆、九姑、庞二和货栈的几位老师傅都来看望这两位老人。

刘大爷问："这几个月咱货栈的营业怎么样？"

薛继承说："日本人一走，美国船就一拨一拨地接着来，哪天都有。"

陈昆说："不光船多，货还杂呢。这才几个月，美国的糖、药、烟卷儿、煤油、电影片子、小汽车、手表、小麦、啤酒，嘛都往里进。"

薛继承说："这几年积压的出口物资也都急着往外走，反正是够忙的。"

三爷说："还有联合国救济总署那一大批货呢。"

薛继承说："救济总署那批货是最大的一宗。别的业务就是从装卸、保管、运输跟代办进出口上挣钱。十几台卡车按公里收费，吊车、叉车、卷扬机按台班收费。收益还可以，这个税、那个费的开销也不少。"

刘大爷笑着说："要不人家看着咱眼热呢。接收大员还上咱这儿来吗？"

薛继承说："起初不断有来的，打姓刘的海军跟那位谢特派员联手整咱露了馅儿，最近就少多了。不管谁来咱都得应酬。”

刘大爷说：“日本人走了，三爷回来了，咱现在人丁兴旺，有生意就得甩开膀子干。海河码头有船来往，咱就有饭吃。小猫儿小狗儿的来骚扰，给几个打发走就行了。咱伤财不惹气。”

蔡师傅和九姑精心准备了一桌素菜，几个人在小餐厅陪着两位老人喝了点儿黄酒，吃了打卤面。吃完饭老哥儿俩回经理室想再聊会儿，突然停电了。

大桂说：“现在市里老停电，快点上蜡吧。”

薛继承拿出两只蜡烛点着。

刘寿兰看着夜暗中的蜡烛说：“这倒不错，让我想起我们仨在锦州小饭铺磕头结拜的事了。那天晚上也是刚吃完饭，也是对着两根洋蜡，三爷，你还记得吧，说来说去咱俩就跟又宾走到一块儿了。你算算，有多少年了？”

三爷说：“都快五十年了。你还是这么硬朗，我身子骨可不行了。”

刘寿兰说：“我说句公道话，操心受累，挨打受罪，你比我们俩可多得多。美丰厚这一大摊子，为难的事都是你顶着，里里外外哪一项不都是你操持起来的。”

三爷说：“我就是受罪的命。”

刘寿兰说：“倒霉的事你都是自个儿扛着。挨打、挨骂、蹲大狱、进宪兵队你都受过，身子还好得了？嘻，能活到现在这样儿就不错了！这次能调养成这样，都是大桂的功劳。”

大桂说：“不光是我，从您往下，咱柜上的人谁都照顾他。”

刘寿兰忽然拍着脑门说：“你看我这脑子。”说着从怀里掏出个小锦盒：“这是吕又宾在北平琉璃厂请人给你刻的一对儿搓手的葫芦。上头的字画都有典故，一个是周公吐脯，一个是杨震拒贿。托人捎来不少日子了，让我在你生日这天送给你。”

三爷接到手里说：“老四这份寿礼真是用了心。他这人骨子里也是硬汉子。从他让英国巡捕房逼走，几十年都没进过英租界。”

刘寿兰说：“又宾这份寿礼真不错。上边画的、刻的，都是开明盛世、英主贤臣。周公吐甫，说的是要想世道兴旺，就得敬重贤士。杨震拒贿，说的是贪官受贿，光想瞒着人，其实天知、地知、你知、我知。离地三尺有神灵，你行贿受贿，早晚都得遭报应。”

大桂说:“大爷,您知道吗,那个总想在咱身上捞一把的海军中校刘乃沂,快遭报应了。”

三爷说:“我说过,除掉几个癞蛤蟆,世道还是好不了。咱这几十年过了几天好日子?在锦州赶上中日开战、日俄开战,在天津赶上闹义和团、大清国改民国、军阀混战,十四年抗战就更别提了。好不容易盼到光复了,又让国民党这帮接收大员祸害得提心吊胆。这不,眼看国共两党又打起来了!”

刘寿兰气愤地说:“世道险恶呀!”

三爷叹了口气说:“这些事反正咱也管不了。我看咱就是在商言商,绝不掺和政党那些事。让他们爱怎么闹就怎么闹吧,反正不管怎么闹,都是咱老百姓倒霉!”

提起眼前的世道,刘寿兰跟三爷越说越生气。

大桂说:“老哥儿俩别净说气话了。这几年世道不好,咱美丰厚还有点儿盈利。物价涨得快,有点儿进项我们就兑换成黄金存起来。头几天我跟继承、范斌盘了这几年的账,给你们老三位都准备了一份红利。”

说着薛继承捧出个纸包。

大桂打开说:“你们老哥儿仨每人三根金条。吕四爷的先存在柜上。这不算分红,是美丰厚柜上的一点儿意思。往后怎么样就难说了。咱的账目也都结清了,你们老哥儿俩看看?”

刘寿兰大声说:“看什么账啊!你这事办得漂亮。这些年我就没想过这事。美丰厚养活着我,老伴儿走了你们给我雇了佣人,连厨子带司机仨人伺候我。我知足了。什么利不利的,就是让我们高兴呗。是吧老三!”

三爷说:“我也没想到他们这么办。日本宪兵队把我抓进去我就想,人活着是明白的时候多?还是糊涂的时候多?想来想去,还是糊涂的时候多。钱本来就是生不带来、死不带去。有多少算个够?有的人为它争得头破血流,身败名裂。你说这种人糊涂不糊涂?”

刘寿兰说:“我看做买卖挣钱,就像钓鱼。下了钩就想钓上来,钓着小的还想钓大的。钓了一篓还想钓一筐,总没个够。老三,你还行,攒点儿钱就给柜上办点儿实事。别的咱也不多想。就像你说的,往后咱就是在商言商,不管哪个党哪个派,谁给百姓办好事咱就向着谁。”

三爷说:“大哥,您提起这事,我也想说说。美丰厚这几十年积攒下来的家当也不算少。往后怎么办？我不是共产党，不主张共产，可我也不赞成传给自己的儿孙。今后咱们不在了，我看就交给可靠的、能干的人管。古人说天下要让有德者居之。美丰厚也是这样，谁能把它办好，咱就交给谁。”

刘寿兰说：“我赞成。人过留名雁过留声，美丰厚要给后人留下点儿念想。让海河码头的人们提起来，就能说出咱们当初过的那些坎儿，码头货栈该怎么办。要能这样，咱这几十年就没白干。还有，你们都知道我是美丰厚的董事长，以为当初办货栈是我掏的钱，不对！那笔钱是三爷的！”

这时突然闯进个姑娘，喘着粗气说：“三爷，我刚知道昨天您过生日，我给您拜寿！”冲着三爷跪下就磕头。

人们就着烛光看，原来是给英国人查理干活儿的魏瑞芳。

查理去北平朋友家过圣诞节，还要去欣赏颐和园和长城的雪景，没进腊月就走了。临走给瑞芳放了假，让等他回来再上班。瑞芳在家待不住，还是每天按时上班，给查理整理那些东西。

那年日本对美英宣战，日军开进英租界，英国侨民都赶紧撤离，查理来不及带走的那些文件、图纸和资料，还在各个屋里堆着。瑞芳的任务就是分门别类把它整理登记，没用的处理掉，有用的拍成胶片带走。

这些材料、图纸都是英文的，瑞芳尽管上初中时学过英语，也能认出一些常用的字，对大量建筑设计的专业用语，她就两眼一抹黑，全都不认识了。

查理让瑞芳先从整理文字材料入手，把公文、合同、信件、便条和账目、发票都区分开，按时间前后登记。办好这件事，可能就得几个月。

瑞芳从第一份材料开始，不认识的字就查字典，认出一份登记一份。登记了几份，她就喜欢上这项工作。

查理还兼顾处理当年总领事遗留的问题，不是每天都来事务所。每次来时都发现瑞芳整理的材料越来越有条理。不同类别的文书，摆列得井井有条。笔记本上总是写着不少刚认识的英文单词，不会念的查理就教她，还总是教一次就能记住。

瑞芳越学越感兴趣，觉得自己就像进了一所学校，每天不光学英文，还能学到许多设计知识。心情也豁亮多了。她每天中午去九姑那儿吃饭，有时忘了吃饭，九姑就给她送去。他觉得美丰厚就是她的家，三爷、大桂和九姑都是她的亲人。

昨天她有事没来上班，今天来事务所整理材料，中午没吃饭，肚子饿了才发现九姑没给她送饭来。她去找九姑，客房没人。去厨房找，才听说昨天三爷过生日，今天刘大爷来了，九姑去了经理室。

她这才赶紧到了经理室给三爷拜寿。

大桂嗔怪地说："你这孩子，真是死心眼儿。不知道他生日没拜寿怕什么？"

瑞芳说："那可不行。我爸要知道没给三爷拜寿，还不把我骂死。"

大桂说："还没吃饭吧，九姑，给他弄点儿吃的去。"

瑞芳说："别，别，我跑得不饿了。刚才听说有笔钱是怎么回事？"

刘大爷说："那几年有人说美丰厚是奉军开办的。那纯粹是胡说八道。那是三爷的一笔钱。是当年收养他的尚奶奶给他留下的一千两的银票，开办美丰厚货栈，买地、盖房用的就是这笔银子。这都有据可查。"

魏瑞芳听了，不住地点头。

三爷感慨地说："其实世上的事，也不是有钱就能办成。还得有心计，有办法，有胆量，有朋友，少了什么都不行。"

刘寿兰说："我说这都是命里该有。世事皆由命，半点不由人！当下呢，咱俩就老老实实在家待着吧，别给人家找麻烦。"

三爷说："要能这样就不错了。就怕想老实待着也不行啊。"

瑞芳和在场的人们，都在心里仔细咂摸这两位老人说的这些话。

那天晚上，李鉴三拿着一份材料走进杜建时的办公室："杜长官，刘乃沂的事弄清楚了，我整了份材料您看看。这个人的劣迹，真是令人发指。听说中央要派清查团下来查办这种事，您抓的这个典型，正逢其时。"

杜建时接过去看完，把材料拍在桌子上说："真是骇人听闻！一个海军中校，竟然搜刮了这么多东西。黄金一百多两、美金一万多，钻石、宝石、珍珠十几斤，三处外宅养着三个女人，其他财物这么多，还逼死两条人命！这种人不严办还得了啊！这都是美丰厚的人帮着查出来的？"

李鉴三点头说："是。"

杜建时问："这些赃物呢？"

李鉴三说:“都起出来了。”

杜建时看着他问:“人呢?”

李鉴三说:“姓谢的特派员一出事,刘乃沂就跑到北平躲起来了。地址已经摸到,我刚才打了电话,请北平市党部派人把他控制住。”

杜建时气愤地说:“马上让警备区派人去北平捕了他!带回天津,交法院审讯。他还有别的同党吗?”

李鉴三说:“现在查到的有两个。”

说到这儿,李鉴三看了看外边,压低声音说:“其中一个是张廷谔市长的亲外甥,跟他同伙时间不长,还没查到赃证。”

杜建时想了想说:“那就先别动了。鉴三,你在美丰厚待了十几年,你说他们怎么有这么大能量?有共党操纵?”

李鉴三摇头说:“我看不一定。据我这些年考察,美丰厚上层除了原董事长刘寿兰,都是贫苦出身。老经理成子和是本地码头工人的后代,现在的董事长是独流运河边长大的穷孩子,经理是他们当年收养的孤儿。这些人都是靠亲属、师承、同乡联结起来的,能吃苦、重义气,为朋友两肋插刀,待人处事总有点儿江湖草莽的味道。”

杜建时点点头说:“这也是中国传统社会留下的特殊现象,西方就少有。”

李鉴三说:“我发现从清朝到现在,中国几次大动荡,美丰厚的实力都没受大的损失,甚至世道乱了他们还能继续发展。这都是凭老经理成子和的阅历,审时度势,依靠自己的力量顽强苦干的结果。”

杜建时说:“现在这位女董事长办事就很干练。”

李鉴三说:“她家是运河边摆茶摊儿的。没读过书,待人办事特别厚道,有那么一股豪气。美丰厚上上下下都挺佩服她。”

杜建时笑着说:“那几位美国人,就很欣赏这位精明爽朗的女董事长,还以为她是受过美国教育的大学生呢。”

天很晚了,苗姑走进后院小屋,大舅母宫氏见她进来,赶紧站起来说:“苗姑,您累一天了,大桂让我把楼上的床铺给您拾掇好了,上楼歇着吧。”

苗姑见屋里有两张单人床,一张是空的。指着空床问:“谁在这儿睡?”

大舅母说:“林妈。头几天有人捎话,她儿子让国民党抓兵的捆走了,哭了好几天,非回去看看不可。”

苗姑说:“我这个岁数,上楼下楼爬不动了。咱姐儿俩就在你这小屋睡吧,还能说说话,不挺好嘛。”

大舅母乐得说:“那敢情好。苗姑,我还真有个事想跟您说说呢。”说着赶紧把林妈那张床扫了又扫,又到前边抱来干净被褥铺到床上说:“苗姑,您把鞋脱了,上床盘上腿。”

苗姑笑着坐到床上,盘起腿来说:“还是这么歇着舒坦。”

大舅母说:“大桂上班顾不了家,大姑父就是成礼伺候。刚回来那些天,他爸爸动不了,喂汤喂饭端屎端尿都是他。我看这孩子挺实在。大红也觉着他靠的住。成礼二十五,大红二十三,她俩处得挺好。我想烦您跟大姑父提提,要行就给他俩订了婚,挑个好日子把事办了。您看行吗?”

苗姑最爱管这种事,当时就说:“这是好事啊,我跟他说去。”伸腿就要下床。

宫氏见苗姑真是个急性子,赶紧拦着她说:“这事不忙。”

苗姑手里拿着鞋说:“孩子都不小了,早点儿办好。你看我那俩,都三十大几了,谁也不结婚。我怎么说人家也不听。你说,咱这当老的有什么法儿!大红跟成礼这事,我听着就高兴。我这就跟他说去。”

三爷在里屋刚要躺下,见师姐进来了,忙问:“师姐,您有什么事?”

苗姑说:“大舅母托我给大红跟成礼保媒。俩孩子处得挺好。你们两家知根知底的,这有多好啊!”

三爷没说话。

苗姑小声说:“她俩虽说是姑舅亲,可成礼又不是大桂生的,没事。”

三爷说:“大红是个好孩子,性格跟大桂一样,是个热心人,做活办事都利索,从小我就疼她。你看成礼,连个正经事也没有,能配得上人家嘛!”

苗姑说:“人家娘儿俩都看上了。说成礼人厚道,没坏心眼儿,靠得住。现在没事干,还能总也找不上事?”

三爷说:“成礼这孩子是厚道。大桂回来你再跟她说说。”

苗姑问:“你乐意啦?”

三爷笑着点了点头。

苗姑说:“大桂还不是听你的!行了,我这个大媒就算做成了。”

《民报》编辑部的几位编辑,拿着一份小报在议论。

老编辑说:“惊天大案! 三处房子、三个姘头,一百多两黄金、十好几颗钻石,还有十几斤珍珠。咱光知道接收大员是三洋开泰、五子登科,可没想到这么个中校,就搂了这么多东西!”

第九十九章

玉珠瞪着大眼问:“什么是三阳开泰、五子登科?”

老编辑问她:“你是不知道,还是成心考我?”

玉珠说:“我真不知道。”

老编辑摇头晃脑地说:“三洋开泰就是捧西洋、爱东洋、要现洋。五子登科就是拼命抓位子、占房子、搂票子、买车子、姘婊子。老早就有人这么说。”

玉珠笑得前仰后合,喘着粗气说:“这几条说得还真准。”

另一个编辑说:“听说咱天津还出了个公用局局长王锡钧,人不知鬼不觉盗卖了不少接收物资。听说他的事跟张廷谔市长还有牵连呢。”

冯主编说:“怪不得天津新闻界呼吁市政府召开新闻发布会,还指名要请市长到场。你们说咱回应吗?”

玉珠说:“回应!有人出头,咱还不回应?要不开会没咱的份儿,人家抢新闻咱在家等着,咱的报还想卖不想卖!”

冯主编说:“姑奶奶,我没说不回应啊。”

老编辑说:“咱要能参加市长到场的新闻发布会,夏小姐,到时候你可得好好露一手儿,问出点新鲜的来!”

玉珠满有把握地说:“那当然,你们就看好儿吧!”

三爷坐在客厅看着报纸上的通栏标题“贪官大鳄刘乃沂落网”,感慨地说:“还是老天有眼,天网恢恢呀。这个姓刘的接收大员,造了多少孽!哪儿都想伸手,还想找咱的便宜。这就叫不是不报,时候未到。”

苗姑说:“抓他也不是光靠老天有眼。要不是大桂找了张金锁,还不一定抓着抓不着呢。”

三爷说:“这倒也是,大桂就是凭着一股冲劲儿。世上要没她这种人,也干不出多大名堂。我看玉珠的性格就随大桂,也有股子冲劲。”

苗姑说:“冲劲儿管什么!三十大几就是不找对象不结婚。”

三爷说:“师姐,您想过没有?她不结婚一定有不结婚的道理。”

苗姑瞪着眼问:“你是说她心里有人?要有,我看就是她那个日本同学山口建一!”

三爷叹了口气说:“山口建一是有学问、有头脑的孩子。日本还没投降,他就当和尚去了。我看她是为了他,他也是为了她。现在究竟还有没有别人,谁也说不清楚。眼下年轻人跟过去不一样了,孩子们的事,当父母的想管也管不了。”

苗姑听了这些话,眼圈儿红了。无奈地说:“玉珠的事我就弄不清楚,从她上了大学,我这个闺女就算没了。”

三爷叹了口气,没再说话。

苗姑问:“成礼跟大红的事,你跟大桂商量了吗?”

三爷说:“她说您看着行,就这么办。”

苗姑说:“我看行。那我就先给这俩孩子吃个定心丸,过年你们就办喜事。”

三爷说:“你过了年再走吧,反正那边家里也没多少事。好不容易来一趟,我觉着我的日子也不会太多了,就想跟你多待几天。”

三爷说着竟掉了眼泪。

苗姑也眼含热泪说:“家里有事也不要紧,我就多住几天,过了年再走!你想去哪儿,想看谁,大桂没工夫我陪你去。”

三爷说:“我这身子骨儿,哪儿也去不了,就是想跟你说说话。”

苗姑嗔怪地看着他说:“这大半辈子,咱俩说了多少话?这次临来,半路上截在石家庄我就想,我姑父说你看着面善,其实是个暴性子,嘱咐我管着点儿你。咱都老了,不管怎么着,我也得来看看你。也许我这辈子就能来这一回了。”

两位老人说到这儿,都挺伤感。

快过阴历年了,天津市法院到处张贴告示,公开枪毙大贪污犯刘乃沂!

刘乃沂执行死刑那天,河北小王庄新开河两岸的河滩上,大早起就人山人海。远处来的人半路上就喊:“看枪毙接收大员刘乃沂去呀!”

有人说:“接收大员该枪毙的多了,着嘛急?往后你看着吧,挨枪毙的准有的是。”

有的人说:“那可不一定。上边儿也许看着快过年了,别憋出事来,毙一个给老百姓出出气。往后毙不毙,那就两说了,还是看看去吧!”

还有的人说:“把这种人毙了,谁看着都解气! 要把大汉奸袁文会也毙了,就更解气了,家家都得吃捞面!”

成礼在小王庄路口看见穿警服的王宝珍,过去就喊:“宝珍! 你怎么在这儿?”

王宝珍说:“今天各分局都往刑场抽人。我就负责在这一块儿维持秩序,怕有人闹事!”

成礼凑到他跟前说:“那天我看小石太太对你有点儿意思。”

王宝珍推了他一把:“你瞎说什么!”

成礼说:“小石太太不错。她跟个老太监住一块儿,不算嫁过人。她跟你说那些话你就没感觉?”

王宝珍说:“我就是同情她,没别的意思。”

成礼说:“她嫁给你,对你俩都有好处。”

王宝珍问:“有嘛好处?”

成礼说:“她有现成的房子,你能保护她,让她不受欺负。”

王宝珍眼看着远处说:“那倒是,我一定好好护着她。可我家里肯定不同意。”

成礼说:“她那事你不说不就行了嘛!”

这时远处的警车喇叭响起来,王宝珍赶紧站到马路中间大声喊:“让开! 让开! 警车过来了!”

三辆警车开到小王庄桥头,前边车上的警察跳下来维持秩序。后边车上的警察跳下来,围住中间押送刘乃沂的那辆车。中间车上有个警察跳下来打开车厢板,车上的警察七手八脚把刘乃沂拽下来,推搡着押到河滩上。

三辆警车一开走,路上的人又涌过来。成礼正往里挤,就听“啪! 啪!”两声枪响。河滩上的人们大声喊:“刘乃沂枪毙了! 国民党的接收大员给枪毙了!”

枪毙了刘乃沂,天津人还是痛快了一阵子。年底了,七七事变之后日本进中国截到外地的人们,都往家里赶。有钱没钱,家家都忙着买年货。人们的口头语就是，八年都没过个痛快日子，今年还不好好过个年！

三爷的身子骨越来越好，美丰厚有大桂盯着，几个年轻的也都顶事了，生意做得风生水起。再加上老姐姐苗姑在这儿，老爷子心里特别痛快。

这几个月魏爷也过得特别悠闲，那天去皇宫饭店吃请，坐在主位上，谁都说着奉承话给他敬酒，这份得意简直别提了。想起这事，就想到自己的闺女，站在三奶奶身边，原来的那点儿野性也没了，言谈举止倒像个大家闺秀，这是怎么回事？

想到女儿又想起她的婚事。男大当婚，女大当嫁。二十八了，过了年就二十九奔三十了，虽说跟丁家定过娃娃亲，那就是两家嘴上说的。等了他好几年也没个信儿，难道就这么耽误下去？魏爷越想越想不明白，出门雇车就去美丰厚找三奶奶。

大桂见魏爷来了，像是有急事。就说："老爹，您坐下，有事？"

魏爷坐下问："瑞芳成天在你这儿上班，这几个月就像变了个人。她干的是嘛活儿？"

大桂说："听说是给查理先生整理那些年留下的图纸、材料。要不我陪您看看去？"

魏爷站起来说："咱看看去。"

大桂陪着魏爷穿过西货场，拍打着查理事务所的后门喊："瑞芳！开门！"

瑞芳把门打开，见三奶奶陪着爸爸来了，赶紧把她俩迎进去。魏爷见这个事务所就是空荡荡的几间房。朝外的窗户都挡着，屋里显得挺黑。

大桂也是头一次进来，心想英租界、法租界那么多漂亮的洋房、别墅，原来就是在这几间屋里设计的呀。

瑞芳把她俩领进一间开着灯的屋里。这一间看着大点儿，打扫得挺干净，靠墙有几个沙发，桌子上摆着一摞一摞的文件，墙上挂着几幅大照片儿。

瑞芳说："这间屋原来是查理先生的会客室，墙上挂的都是他设计的住宅跟别墅。"

魏爷看了看桌子上的字纸，上边都是密密麻麻的英文。就问："你成天就给人家整理这个？上头的字你认得吗？"

瑞芳笑着说："刚来认的没几个，现在学的差不多都认得了。"

大桂挺奇怪："这些字你都认得了？"

瑞芳点点头。

大桂说:“你念一个我听听。”

瑞芳拿起一张纸,看了看说:“这是解释为什么这么设计的一封信。”接着就用英语念起来。

大桂听她念得挺顺溜。魏爷听得忍不住流了泪。

瑞芳念完了。

大桂问:“老爹,您怎么哭了?”

魏爷擦着泪说:“想不到,真想不到啊!我这拾破烂儿的闺女,几个月长了这么大学问。老天有眼,我这苦孩子也该熬出来了!”

这句话让瑞芳也流了泪,她说:“这都是三爷、三奶奶给的。”

大桂说:“人找机会,机会也找人。查理想找个有文化、可靠的人帮他整这些东西。我跟三爷头一个就想到瑞芳。查理一听就乐意,还说有些不会的,他准能把她教会。这不,瑞芳都学会了。”

瑞芳说:“这都是查理先生教的。”

大桂说:“一个礼拜他才来几天?还是咱自己下了大工夫。”

魏爷说:“每天她回家吃完饭、刷完碗,就一头扎在屋里不出来了。我还当是看闲书,合着工夫都下到这上头了。”

大桂问:“快整完了吧?”

瑞芳说:“还早呢。这些东西刚来满屋子都是。地下摆的,箱子、柜子里装的,抽屉里、桌子上放的,那儿都有。我都把它归置到一块儿了。还得一件一件地整理。”

瑞芳说着走过去打开一扇门。大桂、魏爷过去一看,满满当当一屋子都是这类东西。

大桂说:“这么多呀,一年也弄不完!”

瑞芳笑着说:“两年也弄不完。里边的那儿摞设计图纸,得一张一张核对清楚,按年代、日期编出号码,拿照相机一张一张拍下来。胶卷儿还得自己洗。怎么拍照、怎么显影、定影,查理先生都得亲自教我。”

大桂叹了口气说:“嗐,我看两年也弄不完。老爹,您放心吧,瑞芳这碗饭算是吃定了!”

魏爷点头说:“我看也是。行了,咱走吧。我放心了,咱别耽误她,让她接着忙吧。”

大桂陪着魏爷往回走。老爷子突然站住说:“三奶奶,这孩子总这么单着也不行啊！您跟她说说吧。”

大桂问:“老爹,我跟她怎么说呀?”

魏爷说:“姓丁的好几年也没信儿,别等他了,有合适的再找一个吧。您探探她的口气。”

大桂说:“行,赶明儿我跟她说。您在九姑那儿歇会儿。瑞芳下班咱一块儿吃饭。”

魏爷说:“不了。你们都忙,我回去吧。”

路过修理车间,大桂喊了声:“庞二爷！您出车把魏爷送回去吧!”

庞二在里边应了声:“哎！我这就去!”

腊月初八,传说是佛教始祖释迦摩尼,俗称如来佛的生日。这一天所有寺庙都要连夜用五谷杂粮熬成粥,清晨向无家可归的贫苦人施舍。

这几天也是北方最冷的日子。谚语说,“腊七腊八,冻死寒鸦”。流落街头的穷苦人很难熬过寒冬。旧日天津商家、富户自发组成的慈善团体,在这几天舍粥、舍棉衣、舍棺材,义务掩埋冻死街头的尸体。

腊八也是百姓过年的前奏。谚语说,“老婆老婆你别馋,过了腊八就是年”。再穷的人家,过了腊八也开始张罗过年的事。

到腊月二十三,就进入过年的倒计时了。这一天家家户户的灶王爷回天上向玉皇大帝汇报。各家都要用糖瓜祭灶,用糖封住灶王的嘴,好让他“上天言好事,回宫降吉祥”。

那年是抗战胜利的头一年,中国人遭受日本十四年蹂躏,可要痛痛快快过个好年了,国民政府却在这时发出通告,现流通的日伪联合储备银行的钞票,一律要按五元换一元的比例换成法币。规定储备银行钞票,在5月15日停止流通。

大过年的,真是给全国百姓添“堵”!

听到这个消息,三爷凭着自己的经验,觉得货币贬值、通货膨胀的厄运就要开始了。他去美丰厚,让薛继承把业务室的许南生、财务室的范斌叫到经理室。

三爷说:“有个事我总想跟你们说说,一直没机会。眼下这事该办了。”

这三个人是三爷最信任的嫡系,知道三爷又有重要的策划要说,都坐在那儿静静地听着。

三爷问:“事变前吴先生在寿德大楼租过几间房,你们记得吗?”

他们忽然明白了。七七事变前美丰厚的生意正火,三爷让吴先生在货栈不远的寿德大楼租了三个写字间,注册了一家三和贸易公司。客户送到货栈的山货成色好、价格适中,货主等着用钱,就先由公司收下,再倒手按市价出口。

这种生意稳赚不赔,货主还非常满意。当年负责做这种生意的就是这三个人。三和公司由范斌另立账户,赚的钱存在美国花旗银行,没有三爷的话谁也不准动。实际这些年也没人动过。

这件事除了三爷、吴先生跟他们三个人,谁也不知道。七七事变后海河码头出口的山货越来越少,三和公司的生意也越来越少。吴先生回老家,公司也停止了营业。这些年也一直没人提它。

三爷突然问起这件事,薛继承说:“这事我没忘。吴先生说过,给寿德大楼付的租金,是参股性质的。那三个写字间,房主保证咱长期使用。”

许南生说:“这事哪能忘得了。这些日子出口生意越来越多,货一进货场,货主就恨不得把钱拿到手,早点儿回去。我还想到咱当年办的这件事呢。”

范斌说:“当年三和公司的账目是我管的。为这事我总嘀咕,这笔钱在花旗银行存着,也不知道现在还算数不算数。那天您让发给员工每人两块大洋,我去花旗银行提款就想问问。没您的话,我没敢张嘴。”

三爷点头说:“好,你们没忘就好。这几天我就想,咱们中医治病讲究活血化瘀,叫痛则不通,通则不痛。国家也是一样,人尽其才,物畅其流,世道就太平。现在国共两党越打越厉害,人不能尽其才,物不能畅其流,整个社会就越来越危险了。”

这三个人都知道,三爷对形势琢磨得特别透彻。他说的话,总能让你浮想联翩,最后还都跟柜上的生意有关系。

三爷说:“眼下国民政府发行法币,看形势,过不了多久法币还得贬值。我想咱得留个后手,把三和公司启动起来,还按事变前的办法做生意。赚的钱在花旗银行换成美元，直接存在他们那儿。美国人的银行黄不了，咱的钱就贬不了值。”

三个人恍然大悟，不由得暗暗佩服这位老人，尽管在家养伤，想的还是美丰厚长远的大事。

三爷说：“这事还是你们三个人办。要办得缜密点儿。那三个写字间，一间当经理室，谈生意就在那儿。一间当业务室兼财务室，订合同、记账、收付款都在那儿。一间当接待室，咱在那儿办个票房，每周一三五在那儿唱戏，人来人往就方便了。”

薛继承说：“您的想法太好了，这么办能掩人耳目。这事让南生牵头吧。”

三爷说：“来的货都经过业务室，哪一笔可做由南生定。业务上的事由他办。范斌还管账。继承干当年吴先生的事，算个牵头的。有事我就找你。”

三爷三言两语就把这事定下来了。美丰厚的生意越来越多，三和公司悄悄地恢复了营业，每周都有几笔进项。

三爷想办票房也是有来头的。光复之初天津京剧票界非常活跃，清唱彩唱邀约不断。三爷的几位老朋友，从重庆回来的交通银行副行长、老票友凌汉臣，老生名票卓景褣大夫，花脸名票李子明大夫，旦角名票王春义，都是十足的戏迷。

票房的规律是以琴师为中心。三爷请惠中饭店账房夏德开先生来操琴。夏德开是大柱的表姐夫，文场伴奏的二胡、三弦、月琴、单皮鼓都由他请，按时付给报酬。

三爷跟他们在一起又拉又唱，非常开心。每次唱完必请大家一起吃饭。这些活动都是美丰厚去人张罗。

人们都知道美丰厚是成三爷的，花钱取乐是天经地义的事。几个管事的到寿德大楼常来常往，也很正常，都说三爷这回是真想开了。谁也没想到，三爷这是明修栈道，暗度陈仓。

第一百章

河东大王庄的王记大车店，也在年前开张了。

大车店朝南的大门两边，砖垒的门柱上架着半圆的铁架子，上边焊着“王记大车店”五个大字。两边贴着大红对联：生意兴隆通四海，财源茂盛达三江。开着的两扇门上还贴着门神。

迎面的房檐上吊着幌子，挂着红灯，显得喜气洋洋。院子里柜房、账房、店房、库房、大车棚、牲口棚，都贴着大红的福字。瘸腿秦爷穿了一身新衣裳，在门前用竹竿挑着一挂鞭，张金锁拿香点着，立时噼噼啪啪响起来。

有个车把式把大车赶进院子说：“大车店开张，往后奔东去的车有住处了。牲口有地方喂吗？”

伙计过来说：“劳驾您进门把车从右手往里赶，后边有车棚、牲口棚。雨淋不着日晒不着，人吃马喂都方便。”

车把式说：“好啊，那我就住下了。”

金锁过去笑着说：“刚开张放了一挂鞭，您这位财神爷就来了。您是头一个主顾，给我们大王庄王记大车店传个名，这回就不收您的钱了！”

车把式乐的合不上嘴：“谢谢掌柜的！这回我可来着了。”

1945年农历除夕之夜，是日本投降后的第一个大年三十，天津城里城外、海河两岸、大街上、胡同里的鞭炮声，噼噼啪啪响个不停。人们都恨不得把让日本人压抑了十四年的晦气，在这一晚上痛痛快快地用鞭炮扫荡干净。

成礼、成信、玉环、玉珍和大红在前院儿放鞭炮。三爷和大桂站在客厅，隔着窗户高兴地看着这几个孩子。

苗姑早就跟三爷和大桂说好，年三十给成礼和大红把婚事办了。订婚、结婚一块儿办。外边鞭炮声都响起来了，可三爷和大桂还没动静。

苗姑走进客厅说：“子和、大桂，你俩可够省心的，今天你们家办喜事，还有工夫站在那儿看热闹。”

大桂搂着苗姑说：“我的好姐姐，有您在这儿，我们还不省点儿心？”

苗姑笑着说:“不是跟你们说好了嘛,今天趁着大年三十儿,让成礼跟大红给你俩磕头,热热闹闹地把事办了。”

大桂说:“是啊,我们都听您的。这年头儿办喜事越简单越好,夜长梦多。”

三爷说:“要磕头就把大舅、大舅母都请过来。大舅能来吗?”

大桂说:“我跟他说了,请假也得来一趟。”

三爷问:“叫庞二跟九姑了吗?”

大桂说:“他两口子早来啦,在后院跟着忙呢。”

三爷问:“师姐,夏磊、玉珠回来吗?”

苗姑说:“那天说好过年他俩都回来。准是玉珠有事磨磨叽叽的,不知道又到哪儿疯去了!”

正说着玉珠突然进来大声说:“妈,又说我的坏话了吧?我跟我哥在门口儿看他们放炮呢。”

夏磊也进来了,点着头说:“三叔、三婶儿,妈。”

大桂说:“太好了,我早就想今年一定热热闹闹地过个好年。什么叫好?亲的热的在一块儿,团团圆圆就好!今年咱几家凑一块儿,还要给成礼、大红办喜事呢。”

苗姑说:“怪不得你让我蒸那么些花馍馍呢,敢情你都盘算好了!”

玉珠说:“我小姨多精啊,过年净让您干活儿了。找她要工钱!”

说得屋里的人们都笑起来。

米有德和大锁来了。

苗姑说:“大舅跟大锁来了。大桂,把大舅母叫过来,让成礼他俩给你们磕头。”

大桂凑到苗姑跟前小声说:“老师姐,等会儿吃饺子再让她俩磕吧。我叫上九姑去柜上看看。过年了,不去看看心里不踏实。”

苗姑故意噘着嘴说:“哎呀,都过年了,看把你忙的!”

大桂跟她笑了笑说:“一会儿就回来。说完就走了。”

除夕之夜,天津市到处都是鞭炮声,烟花四射,天空中光辉闪烁,显得一片灿烂。

美国驻军司令洛基、参谋长瓦尔登和十一战区代表、护路司令兼副市长杜建时，并肩站在阳台上观赏天津的夜景。

洛基说：“这座城市真漂亮。听说有位日本驻军司令因病回国，临走看到天津的夜景，失声痛哭。惋惜自己没能拿下这座城市，亲手献给天皇。”

瓦尔登说：“作为军人，失掉这种机会是很遗憾的。杜司令，你们委员长授予你守卫和掌管这座城市的重任，真是很光荣啊。”

杜建时摇头说：“惭愧！我这个司令既要护路又要管城市，还得处理接收大员们遗留的那些事，恐怕难以满足委员长的期望。”

洛基看着他问：“魏德迈将军命令我把接管的仓库物资，移交给中国军政部部长陈诚，由他的后方勤务总司令何伟业亲自接收。怎么你们十一战区司令孙连仲将军又来插手，还把被服仓库都贴了封条？”

杜建时尴尬地说：“他说河北省新扩编的二十一个保安团，都没军装穿，硬要把仓库里的那些军装拿走。孙连仲是我的上司，我也没办法！”

洛基冷笑着说：“你们委员长手下这些不会打仗的将军，在自己院子里抢东西，倒都是一把好手。”

瓦尔登凑到杜建时身边小声说：“杜司令，洛基司令官让我告诉你。据可靠情报，共产党的军事谍报人员已经渗透到天津了。这些人既是军事情报人员，也可能是他们发起进攻的策应者。能量很大，不可不防啊。”

杜建时点点头，看着他小声说：“谢谢。有具体线索吗？”

瓦尔登摇头说：“目前还没有。共产党的领袖人物周恩来、刘少奇，都和天津有牵连，还在这里做过地下工作。北方晋察冀军区的政治部主任姚依林，几年前就是天津地下党的书记。他们对天津都非常熟悉。派来的人可能都是他们手下的精兵强将。”

杜建时说：“最近蒋委员长委派牟廷芳来天津担任警备区司令，可能就是为这件事。”

瓦尔登说：“你们国民党的谍报系统，有中统、军统；共产党在这一带的谍报系统，有华北局城工部和晋察冀军区敌工部。四条线的谍报人员都在天津聚集，各有各的活动，很有意思。不过和共党相比，贵党的谍报工作实在不敢恭维。”

杜建时尴尬地笑了笑，没再说话。

子夜时分，周围的鞭炮声突然一起响了起来。美丽的烟花升上天空，整个城市更显得绚丽多姿。

洛基抬头看着天空说:“今天1946年2月1日,是你们中国农历的除夕。中国人经受这么多年战争的灾难,可是还是喜欢用模拟战争的枪炮声和烽火硝烟庆祝这个节日。建时先生,你不觉得奇怪吗?”

杜建时说:“中国传说中的年,是一头凶残的怪兽。农历最后一天的子夜,在这头怪兽就要出现的时候,先人们用燃放爆竹驱赶它、阻止它。鞭炮声越响,人们就越觉得安全。”

洛基笑着说:“真是很有意思的传说。为了使你的市民有安全感,今后平津一带的军事形势如果向坏的方向逆转,我们海军陆战队的战舰,可能要驶进海河,在市区的码头停泊。这也是驻中国美军最高司令官的想法。”

瓦尔登说:“我看他这是从中国的《孙子兵法》上学来的。想要用威慑的力量,不战而屈人之兵。其实谈何容易?搞不好很可能弄巧成拙。”

杜建时看着他说:“瓦尔登,你把中国的成语运用得不错呀。”

瓦尔登故意问:“这可以叫作班门弄斧吗?”

三个人都笑了起来。

除夕之夜,天津法租界登瀛楼饭庄灯火通明。国民党市党部的七八个人,在包间里围着一桌丰盛的酒席坐下。

李鉴三说:“过年了,市党部徐主任请侦缉队的几位朋友一起吃顿年夜饭,表示谢意。咱们请徐主任讲话。”

说完就带头鼓掌,在座的人们也都跟着鼓起掌来。

肥胖的徐主任站起来说:“鄙人徐世杰,来天津市党部当副主任,主管党务和治安,也就是防共反共这一块。我就认准一条,要办事镇不住人不行。请王队长跟队里的几位朋友吃饭,就是为把咱们的交情稳住。侦缉队是市党部的拳头,还不是一般的拳头,是铁拳!对不对?”

侦缉队的几个人大声喊:“对!”

徐胖子坐下,李鉴三说:“请王队长讲几句。”

侦缉队长王林站起来说:“徐主任这话我爱听,我们就是您的铁拳头。您指哪儿,我就打哪儿。咱就是干这个的,对嘛?”

侦缉队那几个人说:“对!咱就听徐主任的。走一个!”

没等徐胖子说话，几个人端起酒杯都喝干了。

王林就是张金锁的师父。他祖辈是大清国在大直沽守口子的巡河把总。进民国没了俸禄，就用攒下的钱在大王庄盖了几排茅草房，圈起个院子，开了个大车店。王家人几代习武，王林学了点儿武艺，在河东横吃横耍成了黑道的一霸。日本人来了他当汉奸，国民党来了他又成了侦缉队队长。

一桌人吃喝一阵，徐世杰指着同桌的一个年轻人说："王队长，你们队里的崔如意，是我同乡，也是南京来的。多关照啊。"

王林说："那有嘛说的。"

两个人把酒杯一碰，都喝干了。

崔如意举着酒杯绕到李鉴三面前说："李先生，您多指教。"

一扬脖儿把那杯酒灌进肚子里。

李鉴三拿起酒杯微笑着说："不敢当，不敢当！"把杯里的酒也喝干了！

鞭炮声越来越大了。成家客厅燃起红蜡烛，成礼和大红给三爷和大桂、米有德和宫氏磕头，改口叫爸叫妈。

苗姑高兴地说："过年办喜事是喜上加喜。他俩给双方家长磕头，既是订婚也是结婚。这是我的主意。我当他俩的主婚人，你们都是证婚人。"

玉珠说："妈，您这个主婚人也太着急点儿了。我们什么准备也没有，多不好意思啊。"

大桂说："要说也是，你是大姑姐，又是大姨子，该随两份儿礼呢。没准备就没准备，一块儿吃顿饺子就都有了。"

说得大家又笑起来。

吃完年夜饺子，夏磊叫上大锁到楼上小屋聊去了。

玉环、玉珍、成信到楼上成礼和大红的新房玩儿去。

玉珠跟三爷小声说："三叔，告诉您个最新消息，宋子文头年专门到天津来了一趟。"

三爷问："他来干什么？"

玉珠说："接受敌伪资产的事，还有日伪储备银行的票子兑换法币的事。五块兑换一块，老百姓要受多大损失？民怨沸腾啊！他亲自来看看，就为别闹出大乱子。"

三爷说："他们也怕闹？百姓忍不住就得闹事，怎么捂也捂不住。"

大年初一早晨，陈昆在货场里转悠。来值班的工人进货场就喊："陈头儿，过年好！"

陈昆说："过年好、过年好！"

那个工人说："您在柜上过的年吧，我要知道昨儿就来了。听说有不值班的哥们儿，这几天也要来。"

陈昆说："咱美丰厚比别的货栈就是心齐。"

来值班的工人说："那可不，咱这个年过得还不一样呢。十斤米十斤面，谁看着都眼馋。换个东家谁惦着咱？你给三爷、三奶奶拜年去了吗？"

陈昆说："我走不开，薛经理去了。救济总署的工钱折成米面分给大伙儿，是三奶奶的主意。救济总署那俩美国人也不含糊，听说分给工人，东西给了工钱还照付。人家说了，救济就是为贫苦人过得好点儿，咱货栈的搬运工也该救济。"

来值班的工人说："这也是咱跟人家处得好。那回外国记者来，咱给他长多大脸！要说咱也得念人家的好儿，这东西要归了天津分署，那些老爷们自个儿早就分了，说嘛也轮不到咱头上。"

正说着有个提货的进了货场就喊："过年好，过年好！这位爷，您是陈头儿？这是提货单，麻烦您给提点儿货。"

陈昆看着提货单问："祥泰号？您这买卖家也提救济总署的货？"

来提货的人说："是我们掌柜托人找分署进的。货单没错儿吧？"

陈昆说："没错儿。还没开市你们就上货？"

提货人说："这东西准卖得好。掌柜大年初一就让出摊儿。"

陈昆问："来车了吗？"

提货人说："来了。"

陈昆朝身后喊："来吧哥儿几个！装货。祥泰号食品店，十八箱美国午餐肉罐头！"

几个值班工人嘻嘻哈哈地跑过来，掀开苫布就动手搬货。

夏磊走进货场，看到陈昆就大声喊："陈经理，过年好！大年初一也发货？"

陈昆说:“夏磊,你过年好!这是咱跟天津分署说好的,不管年节随来随提。在三爷这儿过的年吧?”

夏磊说:“是啊。三爷说每年你都在柜上过,我就到这儿来了。”

陈昆说:“我要不到柜上来,年也过不踏实。”

夏磊问:“老薛呢?”

陈昆说:“给大爷跟三爷拜年去了,你没碰上?人们都想去给三爷拜年,他说去人多了怕三爷累着,让大伙儿就别去了。他刚走。”

夏磊说:“你们真心疼老爷子。”

陈昆说:“实话跟你说吧,我们这些人对三爷,就像对自己家老的那么在意。你们大车店买卖不错吧?”

夏磊说:“原来还不错,往东去的大车,差不多都在那儿歇脚。现在不行了。”

陈昆问:“为嘛?”

夏磊说:“警备区在往东去的大道上盖了个岗楼,对来往的行人、大车,特别刁难。不贿赂他们轻易过不去。大车都不愿意走大道了。店里的生意也冷冷清清,没多少人去了。”

陈昆说:“咱也贿赂贿赂他。”

夏磊说:“拿什么贿赂?挣不来钱,吃饭都成问题,哪有闲钱贿赂他们。”

陈昆说:“我给你弄点儿救济物资,拿这个跟他们打通关系。”

夏磊问:“行吗?”

陈昆说:“怎么不行!美国的大米白面、午餐肉罐头,他们见都没见过。”

夏磊说:“我是说拿人家的东西行吗?”

陈昆说:“救济总署的人说过,存放这些东西有千分之三的损耗。咱一点儿损耗没有,少拿点儿没事。”

夏磊点头说:“那就拿点儿吧。赶明儿我来车拉回去。谢谢啊。”

陈昆说:“咱自个儿的事,谢嘛。”

薛继承来到三爷家,走进客厅说:“三爷,您过年好,给您拜年!”跪在迎面的八仙桌前磕了三个头。

三爷高兴地说:“过年好,过年好!柜上过年都好吧?”

薛继承说："都挺好的，您过年没累着？"

三爷说："没累着。难得今年几家人聚在一块儿，挺热闹。"

薛继承问："三奶奶呢？"

三爷说："带着孩子们拜年去了。成礼从四川回来，人们都惦着他。过年把他跟大红的喜事也一块儿办了，到各家都走走。"

薛继承说："家里办喜事三奶奶也没说一声。"

三爷说："办得简单点儿，就为别惊动大伙儿。去大爷那儿了吗？"

薛继承说："去了。我每年都按您嘱咐的，先去大爷那儿。大爷的身体可不如您。司机老刘说，腊月里出来那一次，回去躺下就没起来过。大年三十儿也是躺着过的。岁数大了，身子太虚了。"

三爷叹了口气说："人要老，谁也拦不住。货场没事吧？"

薛继承说："没事。今年过年给大伙儿发了大米白面，都高兴极了。从三十儿到现在，不少工人来柜上跟着值班。"

三爷说："大伙儿心气儿上来，比什么都好。"

薛继承说："三奶奶年前这几档子事办得都挺漂亮，柜上的人们更佩服她了。"

三爷说："遇上事你们还得多出主意。现在这时局，不会总这么顺当。"

薛继承说："您放心，我们几个都说了，齐心协力保着三奶奶，不能让您跟着着急。"

又待了会儿，三爷说："过了年你找个人把苗姑送回寿阳吧。这些日子石太线还能通车，再耽搁恐怕就不大保险了。"

薛继承想了想说："找个年轻的去，您看行吗？"

三爷说："行，路上怕出事，得找个可靠的，机灵点儿的。"

薛继承说："这两年修理车间的姚锐历练得不错，人挺机灵，也可靠。您看行吗？"

三爷说："你看行就行。让他去无非就是买票、倒车这些事。临走再给苗姑带点儿东西回去。玉环想跟她去，一块儿带上她。"

薛继承说："兵荒马乱的，玉环要去可别把她截在那儿。"

三爷说："我就是觉着苗姑就一个闺女，还在天津。去个女孩子陪着她还好点儿。玉环高中刚毕业，见见世面经点儿事，对她有好处。"

薛继承点头说："还是您看得远。"

第一百零一章

三爷问:“寿德大楼那儿还行吧?”

薛继承说:“还行。稳稳当当就启动了。按您的嘱咐没敢大动。货对上口,就是一出一入转个账,货也不用动。南生、范斌捎带着就办了。收益还不错,也没麻烦事,您就放心吧。”

三爷说:“这些日子我出去多了,身上挺乏的。苗姑走了,我想让大桂在家照顾几天。正月里事不多,你们就多操点儿心。”

薛继承说:“让三奶奶在家待几天吧,这一阵子她也够累的。我们有事就到家来找她。”

三爷说:“你当经理,有事你就做主。她总在那儿也不一定好。”

薛继承明白三爷的意思,点点头没说话。

薛继承刚走,魏瑞芳来了。进门就给三爷磕头拜年,三爷问:“魏爷过年好啊?”

瑞芳说:“好,他问您好呢。我爸成天往外跑,过年也歇不下来。在外边看他好好的,回到家躺下就哼哼。”

三爷笑着说:“就由着他再跑几年吧。岁数大了,不服老不行。听说你英文学得不错。”

瑞芳说:“这都是逼的。不学就干不了查理先生的活儿。为教我查理先生费了不少工夫,赶明儿您替我谢谢他。”

三爷说:“查理对你特别满意,他还谢我呢。”

正说着从楼上噔噔噔下来个人,是夏玉珠。进了客厅就说:“我听见有个女的来了,这是谁呀?”

三爷说:“这就是我跟你说的魏家胡同那位姑娘,魏瑞芳。”

玉珠说:“嗷,就是那天第一个见到您,给您半块黑面饼,把您抬进屋里的那位姑娘?”

三爷笑着说:“你怎么记得这么清楚?就是她。”

玉珠笑着说:“我不是当记者的嘛!细节记不住,怎么写报道啊!我小姨呢？”

三爷说：“带着孩子们拜年去了。”

瑞芳奇怪地问：“你管三奶奶叫小姨？”

玉珠说：“是啊。”

瑞芳高兴地说：“三奶奶说有个人管她叫小姨，让我也叫她小姨。那个人就是你呀！”

玉珠说：“我从小就叫她小姨。你多大了？”

瑞芳说：“二十七，过年二十八了。”

玉珠说：“你比我小多了。真有意思，过年我又捡了个妹妹，大喜事啊！”

三爷问：“玉珠，刚才薛继承来了，你没听见？”

玉珠噘着嘴说：“听见了。我刚起来，头不梳脸不洗，我才不见他呢。”

这种事女孩儿都心有灵犀，瑞芳一听就知道是怎么回事。见三爷不好再说什么，故意岔开话题问她：“玉珠姐，刚才你怎么说又捡了我这个妹妹？以前你捡过？”

玉珠说：“大红、玉环、玉珍，都管我叫姐姐。有个叫杜娟的小丫头也管我叫姐姐，那天我就说，她是我捡的妹妹。再加上你，这不是又捡了个妹妹吗？”

三爷笑着说：“你们当记者的，就会没理搅三分。”

玉珠说：“这不是过年逗您乐嘛！”

瑞芳也跟着笑起来。

玉珠问：“那个小丫头没来？”

三爷说：“头年大桂去她家看了看，她娘一过年就想儿子，病得要死要活的。外国人不过咱这个年，她爸爸码头上离不开，她也就出不来了。”

玉珠说：“日本人抓去当华工的，家家都盼着回来。那是在阎王殿干活儿，日本投降了，他们哪能轻易回得来？有回来的都是在东北伪满洲国当苦力，俄国大鼻子打发回来的。听说那儿活着的也没几个。”

瑞芳问：“玉珠姐，您是说抓去当华工的，活着的没几个？”

玉珠说：“可不是。说是当工人，其实是抓他们去干最危险的活儿。你怎么问这事？”

瑞芳脸红了，没说话，眼里涌出了泪水。

三爷说：“跟她定了亲的一小伙子，就让日本人抓去当了华工。”

玉珠说："妹妹，你是没日没夜地等他回来，对不对？你就认命吧！让魔鬼抓走的，哪那么容易就回来了？日本投降半年多了，能回来的差不多都回来了。我劝你死了这条心吧。别抱幻想了，有合适的就再找一个。"

说着自己的眼圈儿也红了。

小白楼大街路西有个两层楼的饭馆，叫白楼餐馆。这家餐馆比两旁的店铺高一截，消费档次比附近的餐馆也高一截。

大年初一，瑞祥和刘四坐在白楼餐馆楼上临街的单间里，面对面喝闷酒。老半天谁也没说话。

待了会儿瑞祥说："这个年过的，真让我憋屈得慌。打我们家搬到黄家花园，我心烦出来吃饭，还是总想来小白楼这家饭馆儿。"

刘四说："白楼餐馆儿挺有名气。听说当年革命党不少名人都在这儿吃过饭……"

瑞祥皱着眉头摆手说："得得得，我不爱听这个。年前刘乃沂挨枪毙，弄得我年都没过好，特烦。还有心思听你白话这个！"

刘四摇头说："要说刘乃沂这事，也真够玄的。真要有人往下刨，没准儿就把咱俩刨出来。"

瑞祥气得瞪着眼骂："你怎么又说这个！咱俩怎么这么倒霉！这几年事事都走背字儿！"

刘四小声说："你听说了吗，这回他又是从美丰厚引起的。"

瑞祥埋怨他："那天你张嘴就说炸飞机场，姓谢那小子见个棒槌就当针。你溜了，他还当是得了狗头金。你这怨谁？我看你就是成事不足败事有余。你真不够揍儿！"

刘四挨瑞祥的骂也习惯了，故作委屈地说："瑞爷，这能怪我吗？我是想把美丰厚的事都跟他说说，谁知道他这么二百五！我看要没他，刘乃沂也死不了。瑞爷您说，咱就这么眼巴巴地放了美丰厚？"

瑞祥斜着眼看他："你还有招儿？"

刘四把脑袋凑过去小声说："听说南京来了个清查团，专门清查接收日本资产的事。要跟他们挂上钩，再把美丰厚跟奉军的事抖落出来，没准儿真能查出点儿名堂。"

瑞祥问:“清查团? 哪儿派的?”

刘四说:“听说是蒋委员长亲自派的,里边有蒋经国的人。那可都是六亲不认的厉害主儿。”

瑞祥一边听着他说话,一边漫不经心地从窗户里看着马路上来来往往的人。忽然他像见了鬼,站起来就往楼下跑。

刘四赶紧伸着脖子往下看,就见瑞祥跑出饭馆,一把就把马路上走着的一个二十来岁、穿中山装的人抓住,大声说:“文辉,还认得我吗?”

李文辉吓了一跳,仔细一看说:“是瑞祥哥! 从你们家搬走我就总没见你。”

瑞祥拉着他的手说:“我也老没见你呀! 走,我正闷得慌呢,咱俩楼上聊去。”

当年瑞祥家就住在白楼餐馆后身儿的崇德里,离李文辉家不远。瑞祥上中学就是胡同里调皮捣蛋的孩子头儿,让人讨厌的事都是他领着一帮孩子干的。

他俩走进白楼餐馆,上楼进了单间儿。刘四见这个年轻人高高的个儿,眉清目秀,文质彬彬,像个阔家子弟。

瑞祥说:“文辉,你坐下。堂倌儿,再添一套碗筷,添两个菜。文辉,咱哥儿俩可好几年没见了! 在这儿陪哥哥喝几杯。”

李文辉说:“经国先生对我们要求很严,不准喝酒。”

瑞祥瞪眼看着他:“经国先生? 是蒋经国? 你在他手下?”

李文辉点头说:“是啊。”

瑞祥问:“什么差事?”

李文辉说:“副专员。”

瑞祥猛地一拍他的肩膀:“你现在是副专员了! 咱哥儿俩久别重逢,还不痛痛快快喝点儿! 堂倌儿! 再来瓶白干儿!”

刘四疑惑地问:“您跟这位少爷这么熟?”

瑞祥得意地说:“这是我小兄弟,在一个胡同住过。”

李文辉说:“那时候我是跟着瑞祥哥屁股后头跑,他比我们都大。”

瑞祥问:“你今年有二十了吧?”

李文辉说:“我过年二十二了。”

瑞祥问:“这些年你去哪儿啦?”

李文辉说:“1939年我跟同学一块儿从学校跑出去,就到了江西经国先生办的青训班。”

瑞祥问:“你一直跟着蒋经国?这回来的清查团就有你?”

李文辉点头说:“是啊。”

刘四吓了一跳,赶紧陪着笑脸说:“瑞爷,您这两天做梦都想见中央清查团的人,没想到今天就碰上啦,还是熟人!”

李文辉问:“瑞祥哥,你找清查团有事?”

瑞祥说:“听说中央来了清查团,我就想去反映,在天津清查可不能见水就下笊篱。得把准了脉,别把大鱼放跑了。”

李文辉说:“我现在就想听听这方面的高见。”

瑞祥凑过去小声说:“咱这儿海大道上,不就有条跟日伪资产有瓜葛的大鱼嘛!”

李文辉问:“海大道上?你说哪一家?”

瑞祥瞪着眼说:“美丰厚啊!”

李文辉一听就笑了,问他:“美丰厚怎么了?那个货栈是我三叔的买卖。你知道吧,那些年我常去他那儿玩儿。”

刘四又吓了一跳。

瑞祥赶紧说:“我不是说成三爷。三爷那人没的说,人家是地地道道的买卖人。说的是他们老董事长刘寿兰。”

李文辉说:“你说清楚,他们真跟日伪资产有瓜葛?要这样我还真感兴趣。”

瑞祥兴奋地端起酒杯说:“哥还能骗你?是真有瓜葛。喝,咱先干了这杯再说!”

崇德里李家客厅摆着一桌饭。

李二奶奶韩大芬气呼呼地坐在那儿,嘴里嘟囔着:“文辉这小子,怎么还是这么不着调!说回来吃饭,天都黑了还没影儿呢。大过年的,这不是成心气我嘛!”

李二爷说:“干他们这种事,有几个守规矩的?说回家吃饭,还不定又在哪儿喝上了。”

韩大芬说：“他不是说，蒋经国把他们管得特别规矩嘛？不抽烟、不喝酒，不许逛窑子。”

李二爷看着她：“特别规矩？他们有什么规矩！事变前南京来办公事的，都住市政府招待所。这回接收大员来了，住交通旅馆、惠中饭店。他们中央检查团可倒好，不住旅馆饭店了，住的是利顺德大酒店。这叫规矩吗？我看他们这些人，比接收大员也好不到哪儿去！你看着吧，早晚得出事！别等着啦，咱吃吧。”

白楼餐馆楼上，李文辉还在聚精会神地听瑞祥白话。

瑞祥说：“那年我到美丰厚办事，就听那个姓刘的董事长说，他是奉军在天津的老大。那年头儿奉军跟日本人走得特别近，难道他跟日本人一点儿瓜葛也没有？即便没瓜葛，至少美丰厚算是奉军的军产，这没错儿吧？军产归了他个人，这算不算该查的事？”

李文辉点头说：“按你这么说还真该查！”

瑞祥说：“头几年美丰厚跟日本人做买卖，火着呢。日本一投降，又跟美国人挂上钩，拉来个联合国救济总署的主顾。从这一点看，他们就怀着鬼胎！咱就从那个老董事长下手查他，说不定就能逮着一条大鱼！”

刘四端起酒杯说：“李专员，咱俩干一杯。我预祝您能给咱天津哥们儿露脸，干出大名堂，往后官运亨通！”

李文辉一口把酒喝干：“瑞祥哥，把你电话告诉我。我想好了给你打电话。”

瑞祥写了电话号码，又问：“要去检查，还得办手续吧？”

李文辉不屑地说：“不用！咱用不着办那个。我有清查团的证件，去哪儿检查都行！”

瑞祥激动地把大腿一拍说：“嘿，那就太好了！”

吃完中午饭，杜四才带着女儿杜娟来给三爷拜年。他平时不到三爷家来，今天码头上有活儿，他也没工夫。杜娟头天就缠着他，非要来下边儿看看。

杜娟说："我表姨父从日本宪兵队出来，多不容易呀。这是头一个年，他们家还不定多热闹呢。您不去我自个儿去！"

杜四没办法，约好女儿临下班到海河码头找他，还没下班就一块儿来了。

杜四进门就作揖："三爷，给您拜年，您过年好！"

三爷说："过年好，这几天还忙着了？"

杜四说："可不是，干咱这行来船就有活儿。"

杜娟说："姨父过年好，给您拜年！"说完跪下就磕了三个头。

三爷高兴地说："杜娟，你过年好。刚才玉珠还念叨你呢。"

杜娟问："玉珠姐还在吗？"

三爷说："她哪待得住，又出去了。"

杜娟问："我表姨呢？"

三爷说："去柜上了，她是哪天都得去看看。"

杜娟说："我表姨就是有本事。"

杜四说："她就佩服大桂。这不非要让我给她找个地方，学做西餐的手艺。"

三爷问："杜娟，你今年十几了？"

杜娟说："我十七了。我哥不在，我要没点儿手艺，往后怎么养活我爸我妈。"

三爷点头说："好孩子，有志气。"

成礼进来了。

三爷说："成礼，你不是总想找姨夫嘛，他来了，有事你就当面说。"

成礼给杜爷鞠躬说："姨夫，给您拜年！

杜四笑着说："成礼，你回来咱爷儿俩还没好好说回话儿呢。那天看你扛那两下子，身板儿还可以！"

成礼正要说话，杜娟问他："表哥，我大红姐在吗？"

成礼说："在后院儿呢。"

杜娟站起来说："我去看看她。"

说着就往后院去了。

杜四问："成礼，找我有事？"

三爷说："他要去码头上干活儿，想找你带带他。"

杜四莫名其妙地问:“成礼,你想去我那儿干脚行?”

成礼说:“我跟我爸常去码头上,那些活儿我都干得了。”

杜四说:“干得了那也不是你干的呀!”

三爷说:“他年纪轻轻的,总不能老在家里待着。别的干不了,愿意干力气活儿,自食其力也不错。”

杜四还是不理解,盯着成礼问:“你从四川大老远的回来,还念过书,乐意干搬运工?”

成礼说:“是,我乐意干搬运工。”

三爷说:“要不是我身子没好利索,又赶上过年,他早就找你去了。大桂不大乐意,怕人说闲话。我说干干力气活儿没什么不好。交交朋友,长点儿阅历,往后干什么都有好处。再说昨儿晚上他跟大红的婚事也办了,往后也该挣钱养家了。”

杜四说:“成礼的婚事也办了,好。找个事好。还是您看得远。有的年轻人嘛事不懂,就念了几天书,没特长还什么也看不起。好高骛远,嘛也干不成。我那个小子就这样。要不怎么能让日本抓了当劳工!”说着,眼圈儿红了。

大红正在后院摘菜。杜娟过来问:“大红姐,刚才我听了一耳朵,成礼找我爸爸有嘛事?”

大红说:“他想去码头上干活儿。”

杜娟把眼瞪得老大:“成礼想去码头上扛大个儿?从大后方来的都当接收大员,他可好,想去码头当脚行!我表姨能让他干那个去吗!”

大红笑着说:“他看不惯那些个当官儿的。心直嘴笨,也做不了买卖。就乐意卖力气挣钱,谁管得了?”

杜娟凑过来小声问:“你跟他的婚事办了吗?”

大红的脸红了,低头摘着菜说:“年三十我俩办的喜事,要不我怎么知道他怎么想的?”

客厅里的老哥儿俩,还在说成礼去码头干活儿的事。

三爷说:“四爷,你今天要有工夫,一会儿就带他去吧。托付个人就行,别说是谁,也别特意关照他。让杜娟在这儿住几天。”

大红端着茶进来说:“姨父,您过年好。”

杜娟也跟着进来了。

杜四问："大红，成礼要去码头干活儿，你乐意吗？"

大红说："他乐意就行。反正凭力气挣钱，在哪儿干都一样。"

杜四说："行，真是不是一家人，不进一家门。那好，你给他找个大包袱皮儿，干活儿用。"

大红说："不就是给他带个褡包嘛。我在家看在船上干活儿的，都带着那个。我给他找一块去。"

杜四笑着说："你还挺内行。给他换双结实鞋，鞋要含糊了，当天就开绽。"

大红答应了一声就找去了。

杜娟问："姨父，我表哥上码头干活儿，您乐意吗？"

三爷笑着说："我爸爸就在码头上干活儿，我在码头上干了一辈子，儿子愿意去，我还能不乐意？"

杜娟看着爸爸说："爸，您看我姨父，多开通啊。我学西餐您怎么就想不开？赶明儿您就给我说去，我非学不可！"

杜四把成礼带到海河码头，搬运工正好没活儿，工人们都在木板房里休息。

杜四进去说："许大全，我给你领来了个徒弟。"

许大全赶紧过来说："师傅，您领来的哪能当我徒弟，算我师弟吧，我给您带着。"说着看了看杜爷身后的小伙子："他叫嘛？"

杜四说："叫成礼。"

第一百零二章

许大全看着成礼："那天非扛两包不就是你嘛，这小伙子行。师傅，还有别的事吗？"

杜四没看他，说了句："没有。"背着手就走了。

许大全把成礼叫到跟前问："哥们儿，多大了？"

成礼说："二十四。"

许大全笑着说："行，岁数、个头儿都可以。干过这个嘛？"

成礼摇摇头。

许大全说："别小瞧咱这行，不是有把子力气就能干，得懂得窍门儿，弄不好不光腰腿受伤，还把大伙儿的活儿给搅了。你看外头那个地排子，轱辘小架子大，它也叫地牛，能拉四十吨货。二十来人拉它，一个人劲儿使不匀，就得停下，再起动可就费了劲啦。"

成礼认真听着，许大全很满意，拍着他的肩膀说："哥们儿，好好学好好干。进了咱这行，撑不着也饿不死。"

外边有人喊："许班长，来活儿了。"

许大全把成礼带到地排子跟前，十几个人把地排子拉到海河岸边。轮船上的大吊车，把一个老的大箱子吊到地排子上。许大全拿起一根绳绊儿递给成礼，大声吆喝："都准备好！"

成礼学着前边搬运工的做法，把绳绊儿挎在肩上，前腿弓后腿绷，脚下使上劲。

许大全喊了声："来啦吧！"

大伙紧跟着一起喊："嘿——呀！"

大家一使劲，沉重的地排子就稳稳地起动了。

一路上许大全看成礼真卖力气。看着他跟大伙儿把地排子拉到马路边的货位，他才松了口气。

由码头把货拉到货位，路不算远可不少费力气。尽管还是数九寒天，二三十岁的汉子一趟下来，哪个也都是汗流浃背。大伙儿把一车货拉到位，一个个把自己的套松下来。

许大全说：“兄弟，听说了嘛，国民党跟共产党又打起来了，这年头儿找活干的人有的是。要是收了个偷懒耍滑的，不光待不住，我还得挨大伙儿的骂。”

成礼不住地点头。

有个年岁大的搬运工提着绳套说：“行啊哥们儿，往后就这么干！去吧，跟许班长领签子去！咱们是凭签子领钱，一天一结。领完钱别回家，赶紧到粮店买棒子面儿去。赶早了能买四五斤，晚了也许三四斤都买不了。”

有人在一边儿说：“再晚点儿，这一天就白干了。”

有个搬运工说：“这不是打哈哈，真的。物价涨的比兔子跑的都快，干脚行都养活不了一个老娘。”

这一天下来，成礼尽管累得浑身酸疼，膀子也压肿了，但能让码头上这些哥儿们认可，他觉得特别高兴。码头工人的工钱都是当天算当天领。成礼领到当天的工钱，到小白楼买了二斤大饼半斤酱杂样儿。回到家放在客厅，自己就到后院儿洗脸去了。

三奶奶进屋看见这些吃的，知道是成礼领了工钱。先给三爷看了看，又把嫂子、大红、玉珍、成信都叫进来，高兴地说：“看见没有，成礼今天头一天挣钱就请客。”说着从怀里掏出钱来：“成信，去打半斤酒，咱们今天也犒劳犒劳他。”

过年期间，救济总署的汤姆和杰姆森要来美丰厚货栈看望工作人员。张爷通知了薛继承，大桂叫了几个人来货栈等着。

陈昆陪着张爷、汤姆和杰姆森走进货栈经理室，大桂赶紧招呼：“你们几位请坐。张爷，我得谢谢您，谢谢汤姆先生跟杰姆森先生。救济总署给的米和面，让我们的工人可过了个好年。”

张爷翻译给那两个美国人。

汤姆说：“在货栈干活的搬运工都是贫民，本来就应该得到救济。”

张爷又翻译给三奶奶和在座的几位。

薛继承问：“这几天有好几个商家，拿着分署开的提货单来提货。他们为什么把救济物资当商品卖了?”

杰姆森说:“按照救济总署的规定,救济物资到达目的地以后,可以按市价卖出一部分,回收的款项用作办公费用。”

汤姆耸了耸肩膀,摇着头说:“在中国这项工作做得很不好。负责分配救济物资的上海行署很不公平。抗战期间北方民众损失很大,只得到百分之二。百分之九十八分配给南方。有些抗日根据地也没有得到应有的救济。各地的政府官员私分现象非常严重。天津也是这样。摊贩们叫卖救济物资的现象,我也看到了。可惜还没找到解决的办法。”

大桂听着张爷的翻译,非常气愤。

汤姆说:“美丰厚货栈的工作非常出色。装卸、运输、保管、领发手续,每个环节做得都很好。我们就是来向你们表示感谢的。救济总署准备撤消。我们把前期的费用结算清楚。剩余的物资,请你们继续保管,也要预付你们相应的费用。”

薛继承:“汤姆先生,救济总署撤消之前,能不能给我们一份委托继续保管的文件,作为依据?”

汤姆说:“这很有必要。杰姆森,请以总署的名义起草一份正式文件,由我签署,交给薛经理。”

大桂说:“张爷,汤姆先生、杰姆森先生,这次我们合作得很愉快。希望今后还有机会合作。”

汤姆赶紧说:“机会还是有的。和您的美丰厚货栈合作,是我的一次愉快的经历,今后我的公司也会把货发到您的货栈,请您多关照。”

大桂说:“我们非常欢迎。您发来的货,一定和接救济总署的货一样认真,保证不出差错。还希望您把我们货栈,介绍给您朋友的公司。”

汤姆说:“好啊,在中国有您这样的货栈做依托,他们也会很高兴。”

大桂说:“事变前我们就有代办出口的业务,往后条件好了,您和我们合作,进出口的生意都能做。”

张爷听了这句话,笑着用中国话说:“三奶奶,你把我们哈里公司的业务都给顺走了。”可还是翻译完大桂的这段话。

汤姆高兴地说:“非常好,非常好。”

大桂说:“反正开饭馆儿的不怕大肚汉。”

张爷翻译说："米董事长说，所有饭店都喜欢顾客有好胃口。"

汤姆挑起大拇指说："很恰当的比喻。"

张爷翻译完，对大桂说："成太太，我真没想到你的商业意识居然这么强。"

薛继承听了，佩服地连连点头。

汤姆和杰姆森不知道张爷说了些什么，眼睛都盯着他。张爷又用英语跟他俩说了一遍，两个美国人也不住地点头。

送走张爷和救济总署的客人，大桂跟薛继承说："最近没什么事我就在家待几天。"

薛继承说："那天三爷说了。正月事不多，柜上有我们几个盯着，您就在家照顾照顾三爷。"

大桂说："你们几位就多受累吧。"

瑞祥、刘四在黄家花园瑞家客厅里，兴高采烈地议论他俩在白楼餐馆演的那出好戏。

瑞祥说："刘四，你看见了吗？李文辉动心了。这小子以为他进过蒋经国办的训练班，就能在天津干一番大事业。你看他美的那个样儿！"

刘四说："这人年轻脑子快，办事机灵、能写会说。蒋经国对他准是挺器重。这不就叫年轻有为嘛。这回在天津干出点儿动静，也是他往上升的说词。我对这人有信心。"

瑞祥说："我跟他说美丰厚是漏网的军产，那是蒙着说的。要真能帮他查出来，就是大功一件。事不宜迟，要想干动手就得快。事先绝对不能把这事露出去。他不说回去想想吗，这都想两天了，也该跟咱说了。走，咱找他去！"

瑞祥、刘四在利顺德饭店找到李文辉，三个人坐在大厅角上的一组沙发上。

瑞祥问："文辉，我跟你说的那事，想好没有？"

李文辉说："这两天我一直在想，美丰厚那么大摊子，单凭我成三叔一个人的力量，恐怕办不到。很可能有后台。这个后台要是跟奉军或是日军有瓜葛，那就得查他个水落石出。"

瑞祥说："对！这种事只有你能办。你是南京派来的清查专员，你年轻，有魄力，又见过大世面。别人不敢想的你敢想，别人不敢动的你敢动。美丰厚你比我们熟悉，要动它咱就从姓刘的董事长查起，单刀直入！”

李文辉兴奋地问：“这个人好找吗？”

瑞祥说：“好找！就住马场道，我带你去。从他那儿下手，抓住证据就能旗开得胜，马到成功！”

李文辉看了看表问：“咱什么时候去？”

瑞祥说：“咱现在就去！”

刘四说：“我看还是晚上去好，动静小点儿，省得出岔子。美丰厚的人可不是好惹的。”

李文辉说：“我看也是晚上去好。倒不是他不好惹，去之前咱们得研究个行动方案。”

瑞祥说：“对，我们听你的。”

李文辉问：“怎么把美丰厚拿到手，你们考虑过吗？”

刘四说：“考虑过，让他把美丰厚转让给咱。您看，我早就写好一份转让协议。”

说着从衣袋里掏出一份皱皱巴巴的协议书，递给李文辉。

刘四说：“日本投降那天，我差点儿让成子和把手印儿按上。”

瑞祥说：“刘四！你别总显摆。你不说是代理嘛？”

刘四尴尬地说：“这是我又想出来的。”

李文辉看了看那份协议书，把它装进口袋里说：“我回去看看，咱明天晚上去。瑞哥，你听我电话。”

第二天晚上，瑞祥、刘四按照李文辉的吩咐，换上一身中山装，李文辉夹着公文包，一起去了马场道。走到刘大爷住的那座两层楼前，瑞祥指了指大门悄悄说：“这就是刘寿兰家。”

李文辉看了看门牌，回头对他俩小声说：“我上楼找他谈，你俩抓紧时间按计划行动。凡是能当证据的都带走。”

瑞祥、刘四点点头。

李文辉上前推门，门没关着。三个人进去，见楼前是个小院儿。蹑手蹑脚地上台阶进了楼，楼下没人。李文辉直接上了二楼。瑞祥、刘四在过道四下看了看，轻轻推开身边的房门，溜了进去。

二楼只有一个房间有灯亮。

李文辉轻轻敲了敲开着的门，躺在床上的刘寿兰睁开眼问："谁呀？"

李文辉走进去点头笑着问："您是美丰厚董事长刘寿兰先生吧？"

刘寿兰在床上欠身说："是。您是哪位？"

李文辉拉过一把椅子在床前坐下，微笑着说："我是中央政府接收敌伪物资清查团的副专员，李文辉。"

刘寿兰挣扎着坐起来说："您是李专员。来人！唉，我这个佣人，总不在这儿盯着。"

佣人上来了。

刘寿兰指着桌子上的茶壶说："给客人倒茶。"

李文辉忙说："刘大爷，您可别把我当外人。美丰厚成三爷是我世伯，我该叫您伯父。"

刘寿兰一听，紧张的神色顿时缓和下来，叹了口气说："我身体不行，早就不大过问美丰厚的事了。您找我是有公事？"

李文辉见佣人下楼了，这才说："我们清查团主要是清查接收敌伪资产的事。有人反映，美丰厚是奉军的产业。我来找您就是当面请教一下，把这个事核对清楚。"

刘寿兰一听就急了，大声嚷："又是哪个王八蛋这么胡说八道！我们美丰厚自东自伙，跟奉军有什么关系！"

住在楼下的司机老刘，听见刘大爷大声嚷嚷，赶紧跑上来。见有个穿中山装的坐在大爷床前，没进屋就赶紧下楼去大客厅给美丰厚打电话。

刘大爷家楼下有两个客厅。小客厅是他接待客人的，大客厅是刘寿兰为大帅张作霖私下和嫡系将领聚会安排的地方，也是他们按江湖规矩设立的香堂。

老刘刚下楼就听小客厅里有动静，推门进去见有两个人在那儿乱翻。他问："你们两位是干什么的？"

瑞祥说："我们是中央清查团的，专员在楼上跟刘董事长谈话，我们在这儿随便看看。"

老刘没再问，赶紧进大客厅打电话。

薛继承平时晚上也在经理室待着。有时是看当天的账目,有时在自己的笔记本上记载当天的大事,或是处理些琐碎的事情。这天他正想把救济总署来人的事记下来。刚写几笔,电话铃响了。

薛继承拿起电话说:“我是薛继承。”

那边刘师傅手捂着话筒压低声音说:“大爷家里来了三个穿中山装的,一个在楼上找大爷,两个人在楼下……”

老刘刚说到这儿,瑞祥、刘四进来了。他赶紧把电话挂上说:“这间屋您二位也要看看?”

瑞祥盯着他问:“你给谁打电话了?”

老刘说:“不是我打的,是有人找刘大爷,我说楼上有客人,人家就挂了。”

瑞祥下巴一扬让老刘出去,他俩又翻起了大客厅。

接到老刘莫名其妙的电话,薛继承脑子里顿时升起一种不祥的预感。他想了想,伸手按响桌铃。服务生进来了,薛继承说:“让庞二拉上车赶快过来。”

刘家大客厅墙上挂着关老爷的画像,下边是个条案,前边有张摆着香炉、蜡扦的八仙桌,两旁有不少椅子。桌椅上蒙着一层厚厚的灰尘,刘四用手指抹了抹桌子上的浮土说:“瑞爷你看,这儿兴许就是奉军在天津的香堂,好几年没用过了。”

瑞祥两眼瞪着墙上那张关老爷像说:“我就不信在他们家找不出一点儿奉军的物件!”

他俩满屋子踅摸了半天,也没看到什么有用的东西。刘四看着桌子底下说:“瑞爷,里边靠墙立着个镜框。我的腰弯不下去,您受累进去拿出来看看。”

瑞祥说:“那是八百年没人动的东西,有嘛可看的!”

刘四说:“越是没人动过的,才得看看呢。背不住这就是咱要找的证据。”

瑞祥说:“你就会支嘴儿。得,我爬进去给你拿出来。”

他塌下身子爬到里边,抓住镜框就从桌子底下递出来。

刘四接过镜框翻过来一看,满脑袋头发都乍起来了。弯下身子低声喊:

“瑞爷！咱可找着证据了！”

瑞祥还没爬出来，一抬头“嗵”的一声脑袋撞在八仙桌上。嘴里骂着：“你瞎喊嘛！”

刘四举着镜框说话都哆嗦了：“瑞爷您看，这、这不就是证据嘛！”

瑞祥顾不得满身是土，站起来一看，原来是一幅放大的照片。正中坐着穿元帅服的张作霖，身后站着的是身穿军服，佩戴中将军衔的刘寿兰！

他激动地抢过镜框就往楼上跑。

李文辉正在听刘寿兰说创办美丰厚的经过，忽然听到腾腾腾有人急着上楼。回头一看，瑞祥在门外举着大镜框，里边镶着大帅张作霖和刘寿兰身穿军服的合影！

李文辉觉得浑身的热血直往上涌。

刘寿兰看不见外边谁来了，就问：“外边来人了？让他进来吧。”

李文辉摆了摆手，示意瑞祥他俩别进来，得意地对刘大爷说：“刘董事长，您别往下说了。您是奉军将领，我们已经有了确凿的证据。美丰厚是奉军的产业，也就无可置疑了。按政策，美丰厚货栈是要无条件充公的。”

刘寿兰刚说了半天，听到无条件充公这句话，气急败坏，脸憋得通红，瞪着眼要跟他争辩。一口气没上来，扑通一声仰面朝天倒在床上，当时就晕过去。

李文辉还在仰着头得意地说：“无条件充公是一定的。毕竟您和我三叔是磕头的把兄弟。我不打算追究您的责任，照样给您养老。可是美丰厚充公，这座小楼和您的汽车也得交出来，您看怎么样？”

刘寿兰没回答。

李文辉低头一看，刘寿兰死过去了。他俯下身子轻声喊：“刘董事长！刘董事长！”

刘大爷没反应。李文辉毕竟是学过特务专业的，他往外看了看，从公文包里掏出两份他修改过的《美丰厚货栈产权转让协议》和印泥盒，抓起刘寿兰的一只手，飞快地在两份协议书上按了手印。又从抽屉里找出刘寿兰的图章，按上印泥盖在这两份“协议”上。

这件事办完，他把刘大爷染红的手指擦了擦，这才喊了声：“来人！”

躲在门外的瑞祥、刘四听见喊声,提着镜框跑进来。

李文辉当着他俩不住地摇晃这位老人,嘴里喊着:“刘大爷!刘大爷!”

刘寿兰被他摇晃得慢慢睁开眼,看着他拼足力气瞪着眼吐出两个字:“浑蛋!”身子一软,当时气绝身亡。

瑞祥吓坏了,抱着镜框呆呆地站在那儿。刘四也吓得不敢动了。

第一百零三章

李文辉大声喊:“来人哪!”

薛继承和庞二正好赶到,听见楼上喊来人,赶紧跑上楼。见刘大爷倒在床上,睁着眼、张着嘴,两只手攥着拳头,嘴角还在流血。

他俩在床前大声喊:“大爷!大爷!”

刘大爷已经没有任何反应了。

司机老刘、佣人和厨师都跑来了。

薛继承说:“老刘,赶快打电话叫医院来人抢救。”

老刘走了。薛继承流着泪问佣人:“大爷是怎么回事?”

佣人摇头说:“我不知道。”

李文辉问佣人:“这两位是谁?”

佣人说:“这位是美丰厚的薛经理,那位是拉车的庞二爷。”

李文辉过去伸手拍了拍薛继承:“薛经理,我是中央清查接收敌伪资产的清查团副专员李文辉,咱们到楼下谈谈。”

薛继承一回头,看见抱着镜框的瑞祥和刘四,就什么都明白了。他问:“这两位?”

李文辉说:“都是我的人。”

庞二看着瑞祥和刘四说:“行啊,连你俩都进清查团了。”

瑞祥、刘四没敢搭话,抱着镜框下了楼。

薛继承说:“庞二爷,你看着大爷,我跟这位去楼下。”

说完跟着李文辉也下了楼。

李文辉下楼见小客厅里亮着灯,就说:“薛经理,咱在这儿谈吧。”

薛继承说:“好。”

两个人走进小客厅,李文辉说:“请坐。薛经理,咱们是初次见面。您先看看我的证件。”

说着掏出他清查团的证件递给薛继承。

薛继承看了看,把证件还给他。

李文辉说:“我们到刘董事长这儿是有备而来。现场一查,果然找到他是奉军将领的证据。这样美丰厚货栈属于接收人员漏掉的奉军产业,也就确凿无误了。按政策,美丰厚货栈要无条件充公。所有权归政府,您和现有工职人员仍然照常上班,待遇不变。政府也许派一位副经理监督一下财务。您听明白了吗?”

这时外边传来一阵杂乱的上楼声,是医院来人了。

薛继承脑子里乱哄哄,一时想不出怎么应对,只好沿着他说的事问:“刘董事长这儿呢?”

李文辉说:“这座小楼收归国有。佣人发给生活费遣散回家。厨师、司机留下,汽车去我那儿。”

薛继承想了想问:“退休的老经理呢?”

李文辉说:“您是说成子和先生吧,还按原来的标准按月发给生活费,这无论如何不能降低。”

两个人一时没话说,就坐在小客厅等着楼上抢救的消息。

天都亮了,老刘领着一位医生走进来。医生无奈地说:“薛经理,抢救措施都用上了,这位老人的生命体征还没恢复,再抢救也没什么意义了。”

薛继承突然泪流满面,捂着脸哭起来。

李文辉站起来说:“薛经理,别太难过了。刘董事长的后事就由你们办理吧。明天你们办这事,咱俩后天在美丰厚谈。”

说完站起来走出小客厅。

李文辉走出去了,薛继承流着泪掏出支票本,开了张支票递给这位来抢救的医生说:“辛苦你们了,谢谢各位。”

医生收下支票点头说:“您节哀。”

出去叫上医院来的人也走了。

瑞祥抱着镜框和刘四在小客厅外边等着李文辉,见他出来了,指了指大客厅的门。

李文辉推门进去,刘四开灯才看出这是个旧式的香堂。

瑞祥说:“这东西就是在八仙桌底下藏着的。”

李文辉说:“天还没亮,咱在这儿歇会儿。待会儿叫上司机,咱坐他的车走。”

薛继承低着头默默地坐在小客厅，一边擦泪一边整理自己紊乱的思绪。天快亮了，忽然想起死去的大爷还在楼上，赶紧起身上了二楼。见刘大爷身上蒙着白被单，庞二和佣人低着头坐在床边流泪。

薛继承看了看问：“衣裳都换好了？”

庞二站起来说：“都换好了。大爷早就有准备，我们俩给他擦了身子，里里外外都换上了。”

薛继承说：“你去三义庄订口上好的棺材，让他们快点儿送来。回去请三奶奶、陈昆、九姑到这儿来，我在这儿等着。别让三爷知道。”

庞二含着泪点了点头，走了出去。

转天早晨，李文辉、瑞祥、刘四坐着刘大爷的雪佛兰轿车，在马场道疾驰。坐在前边的李文辉问：“开车的，你姓什么？”

老刘说：“我姓刘。您几位去哪儿？”

李文辉说：“小白楼，白楼餐馆儿。”

瑞祥在后边说：“别，别去小白楼，咱去维格多利，我请你吃西餐。”

李文辉问：“维格多利是哪儿？”

瑞祥说：“平安电影院斜对过儿，楼下是酒吧、舞池，二楼是西餐雅座儿。现在那可是英租界最火的地方。”

李文辉说：“我走的那年，那儿还没盖起来呢。早晨营业吗？”

瑞祥说：“那儿二十四小时营业。”

李文辉问：“老刘，你认识吗？”

老刘眼含泪水点头说：“认识。”

李文辉说：“咱就上那儿！”

老刘把汽车开到维格多利门前，瑞祥领着李文辉和刘四上了二楼，坐在用屏风隔开的雅座里。

老刘也上来了，自己在屏风外找了个地方坐下。

瑞祥洋洋得意地说：“今天这一仗打得太漂亮了。真是出其不意，马到成功！”

李文辉说："这几天我一直在想，要从刘寿兰身上开刀，就得直接插进去，不能按常理出牌。找到他这张穿军装跟张作霖的合影，美丰厚就算拿下了。"

刘四问："李专员，您打算把这事归到清查团？"

李文辉没听明白。

瑞祥郑重地说："文辉，我敞开跟你说吧，我们俩打日本人在这儿就琢磨美丰厚，斗了好几年今天才算抓着它的把柄。我们俩琢磨它，为的就是把这块肥肉吃到咱肚子里，可不是为跟谁表功去！"

李文辉这才听明白，冷笑着说："这么大的买卖，你们想吃就能吃进去？"

瑞祥说："别看它大，可它是自东自伙，没别的股东。刘寿兰一死，这个买卖就没主儿了。用你副专员的名分把它拿到手，原来的人该干嘛干嘛，该挣多少还让他挣多少。可这个东家，神不知鬼不觉就变成你了。"

刘四凑过去说："这事要想办顺当，那几个管事的，薛继承、陈昆，还有几个成三爷的铁杆儿，都得除掉。留下他们就是祸害！"

瑞祥忽然想起开车的还在外边坐着呢，趴在李文辉耳边悄悄说："老刘就在外边坐着呢。"

李文辉冲外边喊："老刘，你进来！"

老刘进来了。

李文辉说："你先回去吧。把刘寿兰家的电话给我留下，用车我再叫你。"

说着掏出个小本儿，撕下一张纸递给他。

老刘把刘大爷家的电话号码写在纸上说："我就先回去了。"

瑞祥掏出一张票子塞到老刘手里："刘师傅，嘴严着点儿，往后有你的好处。"

老刘点头说："谢谢专员，谢谢各位。"说完就转身走了。

老刘一走，瑞祥这才放心大胆地说："文辉，我还没告诉你呢，现在美丰厚货栈，让成三奶奶当董事长了。"

李文辉听了哈哈大笑："成三奶奶？她大字不识一个，还能当得了董事长！"

瑞祥瞪着眼问："你认识？"

李文辉说："我从小就认识，一直叫她三娘。人挺随和，花钱特大方。每次来我家总给我买一大包吃的。可她纯粹是个家庭妇女，除了打牌、看戏，她还会嘛！她当董事长咱就更好办了。来，为咱们的成功，干杯！”

当天上午大桂、陈昆、九姑和庞二来到马场道刘大爷家。

两条板凳架着一口白皮棺材，停在楼下过道。棺材前挡板贴着张白纸，上写“刘寿兰先生灵柩”。前边摆着个桌子，点着两只白蜡烛，香炉里插着四支香。

楼道里烛光摇弋青烟袅袅，冷气森森。一个人也没有。

大桂、陈昆和九姑走进来，一见灵柩就哭了。

大桂流着泪跪下就磕头，陈昆和九姑也都磕了头。

薛继承出来说：“咱在小客厅谈吧。”

几个人坐在小客厅，谈起这件事薛继承说：“那个副专员说他是有备而来。看来他们确实是经过预谋的，很可能就是瑞祥和刘四出的主意。他们翻出董事长跟张作霖那张合影，硬说证据确凿，已经确认美丰厚是奉军的产业了。”

大桂说：“当年张作霖在奉天当马弁，刘大爷跟他是好朋友。张作霖当了大帅，他手下在天津疯了似的吃喝嫖赌，就让大爷在他家开了个香堂，管着那些弟兄。这张相片儿是他俩照着玩儿，挂在墙上也为镇着他们。我跟三爷刚结婚就看见过。”

薛继承说：“他们就是变着法儿想吃掉美丰厚。那个专员是南京派来的。只要有人举报，没证据都能惩治咱，何况还抓住那张相片儿！”

大桂问：“那个专员叫什么？”

薛继承说：“叫李文辉。”

大桂吃惊地问：“他长什么样儿？”

薛继承说：“中等个儿，长的挺端正，本地口音。他好像认识三爷。您认识他？”

大桂忿忿地说：“他从娘肚子里爬出来我就认识！我们是老邻居。这孩子从小就是个机灵鬼儿。那天他娘见了我，还说他在什么清查团里干事。”

门外传来一阵汽车马达声。

薛继承说：“老刘回来了。”

老刘一进门，跪在大爷的棺木前就号啕大哭：“刘大爷，您就是让那几个王八蛋给算计死的呀!”

陈昆出来说:“刘师傅,你先别哭。三奶奶他们都来了,有事进屋说去。”

老刘走进客厅说:“三奶奶,我听姓李的说,他们这回找到刘大爷穿军装跟张作霖的合影,美丰厚就算拿下了。后来刘四问他,是不是想把这个事报告清查团。”

薛继承急着问:“他怎么说?”

老刘说:“还没等姓李的说话,姓瑞的就说,他俩琢磨美丰厚几十年了,就是想把这块肥肉吃到肚子里,可不是为请功!”

九姑气得眼眉都立起来了,拍着大腿说:“瑞祥这个王八蛋!他跟刘四一直就琢磨咱!想吃这块肥肉?他敢吃我就敢把他肚子里的牛黄狗宝给他掏出来!”

大桂说:“你先别生气。刘师傅,姓李的怎么说?”

老刘说:“姓李的问他,这么大的买卖你们能吃得下去嘛,瑞祥说刘寿兰一死,这买卖就没主儿了,你还不就是东家。好像刘四还插了一句,几个管事的都得除掉!后来他们就让我回来了。”

大桂冷笑着说:“看样子他们把美丰厚都含到嘴里了。那张合影呢?”

老刘说:“还在我后备箱里搁着呢。”

薛继承说:“赶快把它拿进来!”

老刘把镜框拿进来,陈昆接过去看了又看。

九姑没见过,拿过去两手举着它看了看说:“就凭这张像片儿,就能把咱美丰厚货栈夺到他手里?”

陈昆说:“把它烧了吧?”

大桂点头说:“烧了吧,省得再惹祸。”

陈昆接过去把镜框拆开,取出那张照片。出去把照片在灵前的蜡烛上点着,拿进小客厅让人们看着它烧成了灰。

大桂看着这堆灰说:“李文辉见过这张照片,即便烧了,他也能一口咬定有这回事。他起了吃掉美丰厚的心,有没有这张照片也没多大用处。”

薛继承问:“下一步咱该怎么办?”

大桂想了想问:“你说他还有意占这座楼房?”

薛继承说:“他是这么说的。还让我辞掉佣人,留下厨师跟司机,这台雪佛兰也归他。”

陈昆说：“咱把大爷的灵停在这儿不动，看他还占不占！”

大桂慢慢摇着头说：“这不行。咱就得让这个狼崽子把美丰厚吃进肚子里，还得让他住进这座楼里，不然稳不住他。”

九姑明白三奶奶的用意，不住地点头说：“对！”

陈昆瞪着眼问：“这是怎么回事？”

薛继承说：“让他把美丰厚拿到手，才能把他稳住。咱当下治不了他，稳住他咱就能想办法找机会收拾他。”

大桂说：“陈昆，你明天一早叫上几个人，带上车把大爷送到八里台墓地。大奶奶的后事是我办的，我去跟你们一块儿把老两口合葬了。”

陈昆问：“几点？”

大桂说：“头八点吧。留下人把楼上楼下收拾干净。我明天上午回去见李文辉，就让他接收美丰厚。咱不怕他接收。反正美丰厚谁也搬不走，他接收了你们还照样干。他背着清查团吃美丰厚，是单打独斗。让他住进这座小楼，咱的人对他客客气气，别让他看出咱不满意。后边的事再另想办法。”

陈昆想了想说：“现在也只能这样了！”

大桂说：“让老刘送我回去，晚了三爷不放心。继承，你明天盯着柜上的事，李文辉去了就让他等我一会儿。庞二跟九姑留下，把大爷的东西收拾收拾。告诉厨师和佣人，别让他们乱说。明天你俩跟着灵车去八里台，我在那儿等你们。继承，陈昆，你俩看还有什么？”

薛继承说：“大爷的事最好先别传出去。知道的人嘴一定要严，中间别出岔子。”

陈昆说：“三爷总说，把自己人稳住就出不了大事。我看这事除了跟几位管事的打个招呼，跟别人就别说了。”

大桂说：“对，就这么办。要说，也就是通知一下刘大爷去世了，别的什么也别说。”

大桂临走跪在灵前给大爷磕头，忍不住大哭起来。哭了一会儿抬起头说：“大哥，今天我不给您守灵了。明天您就入土为安吧。您放心，美丰厚决不能让他们白白把您逼死，这仇咱一定报！美丰厚也绝不能落在他们手里，这事我一定办到！”

大桂说着抬手把中指咬破，鲜血滴进灵柩前的香炉里。

李文辉满嘴酒气很晚才回家。李二奶奶韩大芬一直坐在客厅等着他。一进门韩大芬就瞪着眼跟他说："你上次说回来吃饭，结果跟人喝酒去了。这次说回来吃饭，你又喝酒去了。今天是跟谁喝的？"

李文辉从小谁也不怕，就怕他娘。一见他娘瞪眼酒就醒了一半，结结巴巴地说："我，我跟瑞、瑞祥，刘、刘四喝的。"

韩大芬一听就急了，抄起鸡毛掸子，用掸子把劈头盖脸地打他："你当了个狗屁副专员，就耀武扬威，谁的话也不听了？我跟你说过没有？瑞祥是什么人！他糟蹋了唐家大姑，还把个寡妇骗出去让他爸爸糟蹋。他是人吗？是畜生！你怎么偏跟着他走？"

李文辉大声喊："我没跟着他走！"

韩大芬问他："刘四是什么人？他是给野鸡拉皮条，还帮着那帮骚娘们儿打胎的活王八！你这个副专员还把他当朋友？你简直就是个不知道香臭的下三滥！你把老李家的人都丢尽啦！"

韩大芬骂了半天还不罢休，提着鸡毛掸子指着他问："你说，你们今天干嘛去啦？"

李文辉就是不说。

韩大芬举起掸子又打："我看你不说！我看你不说！"

李二爷从里屋出来问："你们是不是干坏事去了？要不是干坏事，有什么不能告诉你妈？你们清查团的事家里不问，你跟瑞祥、刘四干什么去了，难道你爹你妈就不该问问吗？"

李文辉说："我们找美丰厚的证据去了？"

李二爷没听明白，问他："找成子和美丰厚货栈的证据？什么证据？"

李文辉说："证明美丰厚是奉军的产业。"

李二爷说："谁不知道那是成三爷在海河码头几十年拼死拼活挣下的产业。怎么成奉军的了？是又怎么样？"

李文辉说："我就把它接过来，归我管。"

李二爷狠狠地朝地下啐了一口："呸！我看国民党身上的臭毛病，你都占全了！无知无能、狂妄自大、心狠手辣。就凭你个毛孩子，再加上那俩混蛋，能管得了美丰厚？人家是天津码头数一数二的买卖。你们真是癞蛤蟆想吃天鹅肉！大芬，我看咱别管他了。他爱怎么着就怎么着吧！”

韩大芬气得把鸡毛掸子扔到地下，进了里屋砰的一声把门关上。

李二爷看着这个自己曾经非常疼爱的儿子说：“李文辉，你在外头干什么，爹娘管不了。往后你当多大的官儿，发多大的财，我们不沾你的光，你犯多大的罪也没我们的事，咱一刀两断！你走吧，从今往后你再也别回这个家！”

第一百零四章

大桂回到家，三爷还在客厅坐着，桌子上放着一碟儿绿豆糕。三爷看着她的眼睛问："你怎么哭了？"

大桂拿出手绢儿擦着说："没哭，风刮的，眼进沙子了。你怎么还没睡？"

三爷盯着她问："是大爷的事吧？"

大桂流着泪，故意岔开问："谁买的绿豆糕？"

三爷说："成礼买的，怕你事多上火。我看眼下除了大爷的事，没别的事能让你这么伤心。"

这句话还没说完，大桂哇的一声痛哭起来。

三爷说："是大爷走了吧。那天我就听说他不行了，过年都没起来。七十多岁的人也算是高寿了，你别这么难过。"

大桂抬起头说："他是让人逼死的！"

三爷瞪着眼问："是谁？"

大桂瞪着一双泪眼，摇着头说："我本来不想告诉你，怕你受不了。"

三爷叹了口气说："我是死过几回的人了，还有什么受不了的事？"

大桂咬着牙说："逼死大爷的，是李二爷家的李文辉！"

三爷很奇怪："是李家那个二小子？"

大桂说："就是他！现在他是从南京来的国民党清查团副专员，非把美丰厚算成奉军的产业不可。不光逼死大哥，还要把美丰厚拿到手，再除掉薛继承、陈昆他们！"

三爷问："这是他的主意？"

大桂说："是瑞祥、刘四的主意。逼死大爷他俩也在场。"

三爷点头说："这就对了。我说过，那些惦着美丰厚的人还没死心，他们还在找机会。李文辉就是他们想找的机会。国民党办事怎么这样，事再大也得让人说话呀，怎么就把人逼死了！"

大桂说："他们要让人说话，也就像个人了。"

三爷问："大爷说没就没了？"

大桂说："可不是。司机老刘打的电话。薛继承到那儿大爷就没气儿了。我就觉得憋屈得慌。大爷不能白死！美丰厚绝不能让他就这么拿走！"

三爷问："我看你像是都安排好了？"

大桂摇摇头说："我就是想先把他们稳住。瑞祥的主意是让他背着清查团，把美丰厚吃到肚子里。他还想住进大爷那座楼。我就让他吃，让他住，先稳住他再想办法。"

三爷说："对，要是一条野狗，想弄死它，第一步该怎么办？"

大桂想了想说："逮住它，别让它跑了。"

三爷说："对呀。你还得给它块带肉的骨头。"

大桂点头说："我明白了。"

三爷说："别看他仗着是国民党的副专员，耀武扬威，他用瑞祥、刘四，说明他是背着清查团一个人单干。这么干他就什么也不是了！邪不压正，他是邪，咱是正。他压不住咱。眼下别惊动他。稳住他，也把咱的人稳住。这种事先别惊动杜四、金锁他们。"

大桂点头说："咱大气不出，稳稳当当一步一步往前走。"

三爷说："对。你明白就好。咱的对手不是地痞无赖，是国民党的副专员！人家有权有势，来硬的绝对不行，弄不好就是塌天大祸。把大爷的事办完再琢磨这个事，无论如何先别露了底。"

大桂说："美丰厚他搬不走。咱生意照做，柜上的人该干嘛干嘛。那俩败类，一定得除了他。刘四是杀人犯，瑞祥是刘乃沂案子里的人，抓个碴把他俩捅出来，他就受不了。收拾了那俩，剩下李文辉这个狼崽子，再想法儿办他。这些事我都不怕，就怕你跟着生气。"

三爷冷笑着说："我才不生气呢。生气有嘛用？该怎么办你就怎么办。你别着急，咱稳住劲，有机会再下手。出了事也不怕，我去打官司、坐监狱。反正我的日子也不多了。你吃两块绿豆糕去去火，早点儿睡。明天的事少不了。"

老爷子颤颤巍巍站起来进了里屋。

大桂见三爷认可她的想法，心里有了底。吃着绿豆糕，又把明天的事想了想，也洗洗睡了。

第二天一早，陈昆找了几个老工人，带着卡车来到马场道刘大爷家。庞二、九姑跟那几个人一起，把刘寿兰的灵柩抬上车。

灵车开进公墓，大桂早就到了。这些人一起动手，把刘大爷跟大奶奶合葬在一个墓穴里，坟头培好土。陈昆领着大伙儿，含着泪站成一排，恭恭敬敬给刘董事长夫妇鞠了三个躬，又绕着坟墓走了一圈儿。

大桂说："你们先回去吧，我跟庞二爷再待会儿。"

陈昆跟九姑坐进驾驶室，大伙儿上车走了。

大桂看着庞二说："咱给三爷也订块地方吧。"

庞二点头说："是该准备了。"

她俩走进公墓业务室，在图上看好位置，交了订金。办完这些事大桂就哽咽起来，她叮嘱庞二说："庞二哥，你把这地方记住。万一我出了事，三爷的后事就交给你了。"

庞二说："不要紧，你能出嘛事。"

大桂说："这次跟咱作对的是国民党的副专员。他岁数不大，可背后是蒋经国跟中央政府的清查团。瑞祥、刘四也不是善茬子，稍微出点儿差错，事就闹大了。"

庞二说："他来头大咱也不怕。难缠的事，美丰厚的人都没的说。金锁、夏磊、玉珠，连李局长也用得上。他上边有人，你跟杜建时也能说上话。从哪儿说咱也不怕他。"

大桂听了这番话，好像浑身都有了力气，擦干眼泪说："对，有大伙儿在，我怕什么！走，回美丰厚。"

大桂刚进经理室，李文辉就来了。进门就笑着说："三娘，没想到您当董事长了。"

大桂笑着说："文辉！你没想到吧？我也没想到。我这是打鸭子上架。昨天我们老董事长去世了。快八十岁的人，走了也少受点儿罪。刚才我给他送葬去了，还怕赶不上在这儿接你呢。"

李文辉问："我三叔挺好吧？"

大桂说："好，就是让日本宪兵队关进去，打得受了内伤，到现在也缓不过来。腰总疼出不了门，就在家待着。"

李文辉问："成礼呢，他不也去大后方了吗？"

大桂说："他比你早回来几天，日本投降就回来了。他哪有你这么大能耐，在海河码头扛大个儿呢。"

李文辉很惊讶："他从大后方回来，扛大个儿去了？"

大桂说："总也找不着个事，不挣钱谁养活他呀。"

李文辉摇摇头没说话。

薛继承故意问："董事长，您跟李专员早就认识？"

大桂说："你问他呀。过去我们在一个胡同住，我们两家是几十年的老邻居，是看着他长大的，从小儿他就比别的孩子灵。"

薛继承笑着说："这可太好了，老熟人。您跟李专员谈吧，我有点儿事出去一下。"

薛继承出去了。

大桂说："文辉你坐下，今天早晨我就听说有人要来接管美丰厚，你来那可太好了。这儿就缺个主事的，我不识字，也没见过世面，哪干的了啊！"

李文辉说："我是从清查敌伪资产，查出美丰厚是奉军的产业。按政策，咱货栈就得无条件充公。昨天回家提起这事，我娘就说您现在是这儿的董事长，无论如何也不能动您的买卖。我想即便我替您管一段儿，也不能让它充了公。"

大桂看着他说："还是我的老姐妹儿向着我。"

二十二岁的李文辉，从小聪明伶俐，功课也好。经过国民党青训班的培训，给外界的印象总是衣冠楚楚，懂规矩、有礼貌，说话斯文，办事谨慎。对上司言听计从，对同僚谦谦有礼。喜怒不形于色，一事当前谁也看不出他是怎么想的。只有在瑞祥、刘四这类嫡系面前，才显露出他狂妄贪婪、桀骜不驯的本色。

现在他手里攥着有刘寿兰盖着章和手印的美丰厚货栈转让协议，却不想马上就接管。他相信父亲李二爷的那句话，就凭你个毛孩子能管得了美丰厚？他想先稳住美丰厚的人，让货栈这盘机器照常运转。等他找到有权有势、有能力又可靠的同伙，把美丰厚难管的人弄走，再接管也不迟。

听了大桂这番话，李文辉觉得她不是攥着董事长的位置不撒手的人，自己设想的第一步已经没问题了，高兴地说："三娘，您放心。有我在，咱美丰厚按政策办事,照常把该干的活儿干好,生意准能越来越兴旺。”

大桂问:“要来就你一个人?”

李文辉说:“还有在咱胡同住过的瑞祥,跟他朋友刘四。”

大桂故作惊讶地说:“哎呀,刘四是个杀人犯,你怎么跟他混到一块儿!”

李文辉大吃一惊:“刘四是杀人犯?”

大桂说:“他在我们胡同强买人家的古董,把姓石的老头儿打死了。警察局把他抓进去还没判刑,有个姓谢的特派员到监狱甄别犯人,他是撒谎混出来的。说不定特一区警察局还在通缉他呢!”

李文辉问:“瑞祥知道这事吗?”

大桂说:“他怎么不知道!好些坏事都是他俩一块儿干的!”

李文辉额头冒了汗:“这么说,他俩是故意瞒着我?”

大桂说:“这我可说不好。刘四的事,你到特一区警察局一打听就能弄清楚。”

李文辉有点儿慌了,自言自语地说:“这该怎么办?”

大桂说:“我看你把这事打听清楚,赶紧给上头写个呈子,就说你调查敌伪资产,发现个通缉犯。你再帮着警察局把他抓起来,这不又是你的功劳嘛!”

李文辉听得如梦方醒,点头说:“您说得对。我把这事核实一下,赶紧写个材料报上去。”

大桂问:“昨天你去马场道看了看?”

李文辉说:“去了。”

大桂问:“那儿的房子怎么样?”

李文辉说:“房子不错,就是太脏太乱。”

大桂说:“赶明儿你再看看去。昨天我就跟他们说了,赶紧拾掇出来,里里外外都收拾干净。往后你要管美丰厚,住那儿是应当应分的。”

李文辉心慌意乱,没心思再聊这些事,站起来说:“我看看再说吧。我先回去把刘四的事处理了。”

大桂说:“咱柜上有救济总署的车,你坐车回去吧。”

李文辉说:“我就在利顺德饭店住。我走得快,几分钟就到。”说完就走了。

薛继承进来问:“我听着怎么他家里也掺和进来了?”

大桂说:“别听他的鬼画符。咱还是看他把刘四怎么办吧。”

薛继承说:“他要真想办刘四,准比咱来得快。”

大桂说:“他这种小人得志,最怕沾包。我看明后天就能有信儿。”

姚锐进来说:“董事长、薛经理。我回来了。”

大桂高兴地看着他:“小姚,辛苦你了。苗姑送到家了?”

姚锐说:“送到了。董事长,你们家玉环真能干,苗姑上下车,在车上方便,她照顾得可好了。一路上这娘儿俩有说有笑,到寿阳也高兴极了。”

大桂说:“谢谢你。回去休息两天吧。”

小姚问:“听说刘大爷没了?”

大桂点点头。

薛继承问:“你怎么知道的?”

小姚说:“我一回来车间的人就告诉我了。”

薛继承说:“快回去休息吧,跟别人别提这个事。”

姚锐走出经理室,想了想又去客房找九姑。他问:“刘董事长去世,怎么还不能跟外人说?刘董事长是怎么死的?”

九姑说:“是让国民党逼死的。”

姚锐问:“刘大爷是共产党?”

九姑没好气地说:“国民党的赃官欺压百姓,坏事做绝,难道受害的都是共产党?是他们要霸占美丰厚!你这孩子挺聪明的,遇上事怎么这么糊涂!”

九姑这一通教训,小姚脑子里倒清醒了。他小声问:“九姑,您是共产党吗?”

九姑说:“我不是,三爷、三奶奶、薛经理、陈经理、庞二也都不是。可我们心里向着共产党。你说,总像国民党这样,中国的老百姓能有好日子过吗?”

姚锐听完点头说:“我明白了,这事就是不能跟外人说。”

大桂第二天来上班,刚进经理室薛继承就说:“特一区把刘四抓起来了,听说还要公开枪毙呢。”

大桂笑了笑说:“你打电话把玉珠叫来。”

不一会儿玉珠来了,进门就问:“小姨董事长,是您找我?”

大桂看着她说:“我要不找你,你还想得起来我这儿吗?”

玉珠装出一副可怜兮兮的样子说:“你把玉环给了我妈,把我都给顶了。我还有脸来?”

大桂说:“你别得便宜卖乖,我找你有正事。”

玉珠瞪着眼问:“什么正事?”

大桂说:“给你个难得的新闻。”

玉珠高兴地问:“真的?”

大桂说:“走,上九姑那儿要点儿吃的。你这时候来,准还没吃早点呢,咱边吃边说。”

玉珠跟她走着说:“要不让你当董事长呢,既会用人也知道疼人。我正饿得肚子咕咕叫呢。”

大桂说:“我知道你们报社的人都是夜猫子,一大早叫你来,不把你喂饱怎么干活儿?”

玉珠笑着说:“知我者,大桂小姨也。”

大桂走进客房就喊:“九姑,玉珠来了!”

九姑见了玉珠就说:“大记者,蹭饭来了吧?”

玉珠说:“你别跟我贫,是你们董事长请我来的。有什么好吃的赶紧给我端来,我就不怕吃好的。”

九姑说:“看把你美的。”

大桂找了间空客房,拉着夏玉珠进去随手把门带上。

玉珠说:“人家还给我端饭来呢。”

大桂说:“你别操这份儿心,九姑找得着。”

俩人坐下,大桂就把小石太太被姓石的老公蹂躏,刘四调戏小石太太,打死石老公,民众逮住他送进特一区警察局,又让谢专员糊里糊涂放出来,李文辉发现这个事,帮着警察局再次抓住他这档子事一五一十仔细说了一遍。

刚说完九姑端着早点进来了。

玉珠数着盘子里的吃食说:“馄饨、鸡蛋、油条、花卷儿。我吃不完带走行吗?”

大桂说:“你别没正行!跟你说正事呢。”

玉珠说:“放心吧。我是嘴跟脑子同时工作。这么好的材料,有苦主有恶人，情节曲折，有头有尾，来龙去脉都清清楚楚，最后恶人被逮着了。这故事让人看着多解气呀，不想上头版头条都不行。您这不是成心让我出名嘛！”

大桂说：“我心气儿没那么高，登出来就行。你可别把小石太太真名实姓露出去。”

玉珠说：“这我还不知道。我就不明白，把那个姓李的副专员吹得那么玄乎，对你有什么好处？”

大桂说：“让你吹，你就给我卖卖力气，好好吹他。反正对我们有好处！”

玉珠说：“明白了，今天回去我把稿子写出来，明天就见报！”

大桂问：“这么快？”

玉珠说：“你不让我卖卖力气嘛！磨蹭好几天出不来，你还不得骂我？那叫卖力气嘛！”

第二天一大早，官银号、劝业场、小白楼，卖报的小贩都在那儿大声喊：“看报嘞，看报嘞！警察局内部消息！副专员火眼金睛，杀人犯二次落网了！”

有的喊：“大快人心哪！天网恢恢，恶人遭报！杀人凶手刘四，这回要挨枪子儿啦！”

这一天的《民报》又卖火了。

国民党中央清查团的人，在利顺德大酒店客房里拿着这张《民报》都在议论：“看见没有？李文辉清查敌伪资产，查出个漏网杀人犯。这下子他可露大脸了！”

有人说：“故事挺热闹。你看，那位谢特派员让杜建时给办了，这个老地痞杀人犯让李文辉给办了。委员长的人、大公子的人都露脸了，也挺有意思。”

有的说：“李文辉这位二十出头的少壮派，真是前途无量。看着稳稳当当，出手就不含糊。现在全国哪儿都缺像他这么年轻有为的人才，这事一宣扬，说不定哪天就得调回南京呢。”

有个人撇着嘴说：“大公子的红人，人家一来就没打算在这儿待着！”

李文辉兴高采烈拿着这张《民报》来到美丰厚。他今天心情特别好，走进货场见装车、卸车的工人都在紧张地干活儿，汽车、马车出出进进。还有人拿着单子、夹着皮包，面带微笑地从业务室出来。他越看越觉得美丰厚真是生机勃勃。

李文辉小时候常来美丰厚玩儿，这地方他熟。上次来直接进了经理室，除了大桂、薛继承、陈昆、庞二，没人认识他。他在货场站了会儿，陈昆过来说：“李专员，您过来看看？”

第一百零五章

李文辉说："是啊，我看咱美丰厚这么多人、这么多车，一大早就忙起来了。咱货场存的都是什么？"

陈昆说："这几天美国船来的特别多，进来的都是棉花。听说今年要进口美棉六万多公担，合法币八亿多呢。这东西占地方，怕湿、怕潮、怕雨淋，进得快、出得也快，都是往纱厂、纺织厂送。"

李文辉指着夹皮包的人问："怎么还有来办公的？"

陈昆说："那是找咱代办进出口业务的。海河码头来往的船一多，找咱代办的也就越来越多。"

李文辉问："代办怎么收费？"

陈昆笑着说："这我还不太清楚，薛经理抓这一块。"

李文辉说："你们分工还很明确。"

陈昆说："这都是三爷定的规矩。各管各的，各有各的一套规章，业务再多也乱不了。"

李文辉感慨地说："管这么大摊子，没有明确的规章制度，没有得力的人管，就不好办。你忙吧。"

李文辉走进经理室，大桂正在这儿。他笑嘻嘻地问："三娘，您看今天的《民报》了吗？"

大桂说："我不识字，从来就不看报。有嘛新闻你给我说说？"

李文辉说："报上把我揪出刘四的前前后后，都给登出来啦。天津小报的记者就是厉害。"

大桂问："你们清查团的人看见了吗？"

李文辉说："都看了。团长还要给我向南京请功呢。您给我出的这个主意，真是太棒了。往后我跟瑞祥也得离远点儿。"

大桂说："这就对了，瑞祥是什么人，你娘都知道。接收大员刘乃沂的案子你知道吗？"

李文辉说："那是委员长和经国先生亲自督办的案子，还能不知道？"

大桂小声说："跟刘乃沂一块儿干的那个人，就是瑞祥。听说他是张市长的外甥，当时就没动他。这事市党部的人都知道，你是该离他远点儿。"

李文辉吓得浑身一机灵，点着头说："三娘，您提醒得太对了，我把他的事也得核实一下。他要真是刘乃沂案子里的人，说什么我也不能跟他裹一块儿。"

瑞祥的事让李文辉心里七上八下，怎么也坐不住了。待了会儿就去市党部找徐世杰。

他认识徐胖子，见面就说："世杰兄，找你打听个事。刘乃沂的案子里有个姓瑞的，你知道吗？"

徐胖子说："听说有个人跟刘乃沂走得特别近，究竟是谁李鉴三可能知道。"

李文辉说："老兄，你给我引荐一下这位李先生，我想问问他。好办吗？"

徐胖子说："这还不好办。"推开门就喊："李鉴三！到我这来一下。"

李鉴三来了，一进门见有个年轻人坐在那儿，就问："徐主任，您来客人了？"

徐胖子说："这是我在南京的小老弟，中央清查团的副专员李文辉。他可是经国先生培养的青年才俊，也是你们天津人，有个事想问问你。"

李鉴三说："李先生，咱们还是当家子。您问什么事？"

李文辉说："我想问问头年刘乃沂的案子里，是不是有个姓瑞的？"

李鉴三说："有啊，这个人叫瑞祥。他可给刘乃沂出了不少馊主意。按说他该算刘乃沂的同案，就因为他是张廷谔市长的亲外甥，杜长官点了头，就没办他。你们清查团的工作就是深入，没几天就把他给挖出来了。"

李文辉皮笑肉不笑地笑了笑，没说话。

李鉴三问："还有别的事吗？"

李文辉说："没事了，谢谢你。"

李鉴三说："有事您就跟徐主任说，都是自己人，我随叫随到。徐主任，您还有事吗？"

徐胖子说："没事了。你就是天津的活字典，有事再找你。"

李鉴三走了。

李文辉说："徐主任，姓瑞的现在正跟着我办案子，要不是有人提醒，让南京知道我跟他在一块儿，后果真不堪设想。老兄，你说该怎么办？”

徐胖子说：“好办，咱就按刘乃沂案漏网同党办了他，名正言顺。”

李文辉说：“这事最好别公开，把我扯出来那多倒霉。”

徐胖子说：“那也好办，秘密处置了他。去年我收拾汉奸市长温世珍、治安督办齐燮元那一百多人，有好几个都是这么捎带办的。”

李文辉对徐世杰可算是知根知底。他本来是南京的无业游民，干的是保媒拉纤儿、蹭吃蹭喝的事。日本投降重庆政府迁回南京，各部门都要往全国派干部。人不够就招人临时培训，徐世杰就是那个时候新招来的。

这些临时培训出来的党务干部，都要找个掌实权的官员当后台。没后台不仅打不开局面，还处处受制。徐世杰来天津之前，常去南京一些部门认老乡、拉关系。李文辉跟他就是这么认识的。

李文辉心想，要能跟徐世杰合伙接管美丰厚，这事就保险多了。他脑子里转了转，凑过去说：“大哥，我真得好好谢谢你。今天晚上我请客，没别人就咱俩，在皇宫饭店中餐厅，行不行？”

徐胖子说：“行，咱不见不散。”

李文辉下了班就去皇宫饭店订了个雅间儿，告诉前台：“有个姓徐的胖子要来，就说我在二楼中餐厅那儿等着了。”

到饭时了，李文辉左等也不来，右等也不来。快十点了徐胖子才推门进来，气喘吁吁地说：“对不起，对不起，我来晚了。”

李文辉说：“老兄，你是吃夜宵来了吧。”

徐胖子压低声音说：“你知道这两天共党在天津闹得多厉害！南京国防部来人了，要在天津成立第二厅，下设七个组呢。我不去支应一下还行？”

李文辉问：“都是剿共的事？”

徐胖子说：“那可不。保密局外围的忠义普济社，也要在天津建立分社。”

李文辉说：“这些事你是大拿。”

徐胖子说：“我拿什么呀。老话说，龙多不治水。人家都是各行其是。别说这些了，你说怎么好好谢谢我？”

李文辉问：“不吃点喝点？”

徐胖子说：“我刚应酬了一顿，咱哥儿俩就别来这一套了。你就说吧！”

李文辉把椅子拉近，小声说：“我把海河码头最大、最好、最来钱的货栈弄到手了。”

徐胖子听完不屑一顾地说：“嗐，货栈不就是存货的地方嘛。货场、仓库，雇一批卖苦力的，把货拉进来拉出去，弄这个有什么意思？”

李文辉说：“大哥，这你就外行了。港口码头离不开货栈，进口、出口全得靠他们。这可是最来钱的买卖。我弄到手的这个货栈，最大的好处是不用咱出面，人家每天照常营业。咱当老板，净等着拿钱就行。”

徐胖子问：“这么好的事，你怎么想起我来了？”

李文辉说：“货栈挣的是四面八方的钱，没有硬后台不行。老董事长干不下去了，想把货栈转让给咱们。咱跟他四六分成，他四咱六。这事绝对合法。即便有人查，咱有名正言顺的转让协议。我看这事非你不可，才找你的。”

徐胖子问：“这是你们清查出来的？”

李文辉说：“是，也不是。货栈是清查出来的，转让是两厢情愿，走正常手续，互惠互利。”

徐胖子问：“这是那位老董事长的意思？”

李文辉说：“那可不，协议都盖上名章按上手印儿了，这还假得了？”

徐胖子说：“拿来我看看。”

李文辉说：“我早就知道老哥你办事稳妥。”说着从皮包里拿出那份他编造的协议书，递给徐胖子。

徐胖子这位市党部副主任，摆弄权势是把好手，文化上差点儿事。翻来覆去看了半天，只看出个大概，点着头说：“他不就是想打着咱的旗号做生意嘛，我看可以。钱多钱少好说，我当董事长，你在前边干。咱这是君子协议，我可不在这上头签字画押。”

李文辉苦笑着说：“行，你点头就行。你一点头我就有主心骨了。事成之后，不管多大利，你占一多半。不过你得给我把那里头领头闹事的共党嫌疑清理干净。”

徐胖子说：“这事我正管，有名单吗？”

李文辉说：“目前还没有。动用你手下，清理个货栈还不是小事一件。”

徐胖子挠着头说：“这一阵子还不行，国大选举闹得哪个区都不消停。今年头几个月，市里光有背景的罢工就有六十多起，我是真忙不过来。”

李文辉瞪眼看着他说：“这可是咱自己的事！”

徐胖子一拍大腿说:“对,自己的事再忙也得办!你等着吧。”

李文辉说:“越快越好。”

徐胖子点点头。

把徐胖子摆平,李文辉就放心了。这两天他除了到清查团点个卯,一门心思都在美丰厚。他不敢明目张胆地总往那儿跑,就每天打电话问薛继承,有事没有,收益怎么样。家里跟他断绝关系,下了班就给司机老刘打电话,接他去马场道享受司机、厨师、佣人三个人伺候他的那种生活。

刘四被李文辉抛出去,瑞祥就像心里塞了块脏抹布,又恶心又难受。刘四干的坏事他都知道,有的还是他主谋。他怕刘四把他咬出来,想躲也没地方去。等了几天没人找他,心想刘四还是没把他供出来,这才放了点儿心。

瑞祥怕李文辉也把他抛出去,一连几天提心吊胆。这几天也慢慢消停下来。他想李文辉要敢抛我,我就把他逼死刘寿兰的事抖落出来,让他也好受不了!

瑞祥主意打定,又想起美丰厚究竟到手了没有?李文辉怎么一直没来电话?实在等不及了,就壮着胆子去利顺德找他。

李文辉现在对瑞祥是又腻歪又不敢惹。既怕跟他走太近,再出事沾了包,又怕得罪他,让他咬一口。见了瑞祥只好把他带到饭店大厅边儿上,坐下来说:“我一直想给你打电话,可我在清查团这儿,有事电话上也不好说。”

瑞祥说:“你找我去呀!”

李文辉说:“我想找你,又怕让人说闲话。”

瑞祥知道他是瞎编,也不再说别的,直截了当地问:“美丰厚到手了没有?”

李文辉嘬着牙花说:“这怎么说呢。我去那儿了,人家挺欢迎。可我还在清查团,怎么能明目张胆去那儿上班?”

瑞祥点头说:“我明白了。”

李文辉说:“你别着急,咱要管美丰厚的事,恐怕得等到清查团撤回去再说。”

瑞祥装作平静地说:“对,这事也急不得,等等再说吧。你现在怎么样?刘四的事一出来,你就得高升吧?”

李文辉故作生气地说:“我还想问你呢,刘四是杀人犯,你怎么不告诉我?

要不是有朋友提醒,我得沾多大的包?这事你真不够意思!”

瑞祥叹了口气,自言自语地说:“我当没人知道他那些事呢。”

李文辉说:“这事就算过去了。为跟你俩在一块儿,家里都跟我断绝关系了。”

瑞祥看着他说:“这我可没想到,是哥哥我连累了你。你一个人在外边,有嘛事我给你办。”想了想又问:“文辉,你有女朋友吗?”

李文辉摇摇头。

瑞祥说:“我给你介绍一个吧,包你满意。”

李文辉动了心,问他:“是哪儿的?”

瑞祥说:“我一亲戚。二十来岁,大学毕业还没找到合适的工作。你见见吧,不行我再给你找。”

李文辉问:“怎么见面儿?”

瑞祥见他动心了,想了想说:“今天下午,平安电影院门口儿。怎么样?”

李文辉不由得心花怒放,脸上却装作勉强地地说:“那好吧。”

李文辉不露声色,瑞祥却看透他求之不得。站起来说:“下午不见不散。你早点儿下班,一块儿吃顿饭吧。”

李文辉说:“也好,我请客。”

瑞祥说:“哪轮得上你请客,你的开销都归哥哥我出。往后我还沾你的光呢。”

李文辉站起来说:“那我就不客气了。你慢走,我手头还有点儿事呢。”

说完点点头,转身就上了楼。

瑞祥跟李文辉见完面,一个人走出利顺德饭店。心想我好歹也混了半辈子,还斗不过你这个毛孩子?

其实他想给李文辉介绍的女朋友,就是他现在的姘头。把那个野鸡安插在李文辉身边,既能控制他,又能给自己通风报信。花一笔包月钱,就能一举两得。他越想越得意,哼着小曲儿就走了。

平安电影院就在马场道路口不远,维格多利饭店斜对面,是当年李文辉常去的地方。

当天下午他特意换了身衣裳,早早地就去了,远远看见瑞祥已经到了。

站在他身旁的姑娘，长得满漂亮，打扮得挺时髦。还没走到跟前就闻见一股香水味儿，当时他就心动神摇。

瑞祥给那个女人介绍说："这位是李专员。"

李文辉说："我叫李文辉，往后叫我文辉就行。"

瑞祥说："这位是顾珊珊。"

顾珊珊把手伸过去，握着李文辉的手说："往后您就叫我珊珊，我叫您文辉哥不就行了嘛。"

李文辉受宠若惊地连连点头说："好，好。"

瑞祥说："咱吃饭去吧，边吃边聊。"

顾珊珊抬起手来看了看表说："才几点呀，还早着呢，咱看场电影吧。这儿正演美国片儿《魂断蓝桥》，是循环的，进去就能看。"

瑞祥说："行，我去买票。你陪文辉看去吧，我看过了。"

李文辉赶紧点头说："好，好。"

瑞祥买票去了，顾珊珊说："文辉哥，你看我瑞哥多好，就想成全咱俩。"

别看李文辉在南京政治场面上混了几年，这种事还是头一回，一时想不出该怎么回答，还是连连点头说："好，好。"

瑞祥把电影票买来了。顾珊珊眼看猎物进了圈套，脉脉含情地看着李文辉，微笑着用柔软的手拉着他走进昏暗的电影院，借着银幕上的亮光，找了个靠后的座位并肩坐下。

银幕上缠绵的爱情，他俩谁也没心思看。顾珊珊伸手搂住李文辉，挨着他的脸轻声问："好吗？"

李文辉早已按捺不住，转身抱住这个香艳的女人，吻了吻她的脸。女人把嘴唇迎上去，两个人紧紧抱在一起狂吻起来。

俗话说，女人偷男人如隔一层纸。顾珊珊在李文辉耳边悄悄说："回家吧。"

李文辉像是被扎了一针，忽然明白了。赶紧说："咱回家。"拉着她就往外走。

出了电影院，李文辉问："珊珊，哪儿有电话？"

顾珊珊指了指前边，带着李文辉走到电话亭前，从随身带的坤包里掏出钱递给看电话的老人。

老人看着她说:“是顾小姐呀,您打吧。”

李文辉打电话让老刘来接他。

平安电影院紧挨着马场道,几分钟车就来了。

李文辉拉着顾珊珊坐在后排座上,说了声:“回去。”

老刘很快就把车开回那座小楼。

当天晚上薛继承接到老刘的电话,李文辉带来个顾小姐住下了。第二天早晨大桂就听到这个消息,跟薛继承说:“这准是瑞祥使的坏。”

大桂下班回家,把这事告诉三爷。

三爷哼了一声说:“这小子才二十二,沾上这个,就离倒霉不远了!”

港口码头是事都得跟着船走。没船就没活儿干,来船忙,走船也忙。挣一天吃一天的码头工人,就盼着码头上有船。只要有活儿干,吃亏受气也忍着,别的事就没人管了。为闲事耽误工夫,一家人跟着扛刀挨饿,没人这么干。

美丰厚货栈就是这样。老董事长刘大爷没了,大部分保管员、搬运工听说也没当回事。进货出货人来车往,长工按月关钱,短工当天结账,一切如常。

李文辉总没露面儿,大桂也乐得过几天风平浪静的日子。那天她跟三爷提起管货栈的事。

三爷说:“管货栈就得从干净整齐抓起,货场、库房,边边角角都得干净。货进场、进库,垛要码得见棱见角。不光看着顺眼,多了少了一眼就能看出来,不易丢东西。货场整齐,人也显得精神。”

大桂说:“怪不得连救济总署的人都夸咱们呢。”

三爷说:“这种事,只要你提出要求,下边就能办到。无非就是多下点儿工夫。要保持下去就不容易了。你就得常去他那儿看,常说着点儿。”

大桂笑着说:“柜上的人都说,三爷要来,地下有个草棍儿他都弯腰捡起来。”

三爷说:“这是我的习惯。从小在钱庄学徒,没事就得打扫。桌子、柜子、门窗,天天擦得一尘不染,连地下也总得干干净净,要不自己就看不下去。我们老掌柜总说,埋汰人都没出息。干净就是人的精气神儿。他就是地下有不大点儿东西都得捡起来。”

第一百零六章

三爷见大桂听得认真，接着说："管人也一样，对谁都要善待。我小时候在马路边等活儿，有人给个笑脸儿我也高兴半天。在柜上也一样，不管临时工、管事的还是客户，对谁都得笑脸相待，处处关心他们。听说那回工友家里有难处，你就去帮他一把，这事就不错。"

三爷的赞扬，让大桂特别高兴。

三爷看着大桂高兴的样子，自己也很高兴。他说："我给你交个底，美丰厚这几十年积攒的家底儿，我让他们都存到一边儿了。柜上富裕的钱，是好事你就做主敞开了花。反正花不出去也就毛了。"

大桂见三爷给他这么大的权力，心里更有底了。

枪毙刘乃沂给接收大员们敲了警钟。一阵风过去，那些大员们有惊无险，又接着不择手段地捞钱。新成立的国民政府，贪污受贿的官员也冒出来了。不少丑事引起天津市民和新闻界的关注，要求天津市政府召开新闻发布会的呼声，再次高涨起来。

市府的新闻发布会一推再推，最后还是开了。

那天市政府会议室正面墙上挂着"天津市政府新闻发布会"的会标。张廷谔市长坐在主席台正中，两边坐着主持人和新闻发言人。全市大报小报记者一百多人，把不大的会议室挤得满满当当。

夏玉珠在前排抢了个好位置。

主持人念了一通事先准备好的发言稿说："市政府这次新闻发布会，主要是针对接收敌伪资产的一些问题和政府采取的措施……"

他还没说完，有个记者站起来说："南京派来清查团，说明中央对天津的接收工作既重视，也看出了问题。请问，光复以来，天津市来了多少接收大员？谢谢！"

主持人看着张廷谔市长。

张廷谔很有风度地说："来天津的接收人员，有的是重庆和南京有关委员会派来的，有的是军政各个系统派来的。出事的这位就是海军总司令部派来的。上级部门派人来天津，都是直线联系，事先事后都不跟市政府打招呼。究竟有多少人，市政府难以掌握。谢谢！”

有位记者站起来问：“请问，南京有哪几个委员会派人来天津了？”

张廷谔微笑着说：“我知道的有日本军用品接受委员会、党政接收委员会、敌伪隐匿物资清理委员会、河北平津敌伪产业处理局，还有军方派出的接收人员。其他方面肯定还有，市政府就不清楚了。谢谢！”

有的记者问：“请问张市长，您听说过接收大员三洋开泰、五子登科的说法吗？您对这些说法有什么高见？”

会场里一阵哄笑。

张廷谔笑着点头说：“市井之谈，鄙人不好妄加评论。谢谢！”

有的记者问：“请问，天津市政府、市党部参与接收工作吗？这些事由谁牵头？发现什么问题没有？”

张廷谔依然满面笑容：“有的地方是参与了。像党政接收委员会，就是咱们天津市党部按照上级指示抽人组织的，我们就参与了。这项工作不是我牵头，好像最近没发现有什么违法之处。这方面还请本市新闻界的同人多加监督。谢谢！”

夏玉珠突然站起来问：“张市长，听说被枪毙的海军中校刘乃沂的案子里，就有您的亲外甥。请问他是市政府派去的？还是您引荐的？刘乃沂这件事，跟您本人有什么关系？”

会场一阵骚动。张廷谔紧张得脸色发白，结结巴巴地说：“这，这……”

玉珠还在追问：“张市长，据说这次查出来的，还有天津市公用局长王锡钧盗卖接收物资一案。他是您直接领导的属下，您能不能把这两件事情的来龙去脉，向本市新闻界披露一下？”

听到这些问话，张廷谔直愣愣地坐在那儿，脸色发白，额头直冒汗，嘴里还在说：“这，这……”

突然他身子向后一仰，扑通一声倒在地下，口眼歪斜，浑身抽搐，嘴角不住地往外流白沫子。

主持人大声喊：“张市长中风了！休会！”

会场顿时一片大乱。

第二天早晨，三爷看到日报上的通栏标题，“记者追问，张廷谔市长中风；中央急令，杜建时兼任市长”，笑着说：“我看这上头说的《民报》记者，也许就是玉珠。这孩子当新闻记者还真是个材料。”

大桂说：“你看着吧，也许她这一问，就能把瑞祥这个王八蛋揪出来。哎，这几个月李文辉怎么没多大动静？”

三爷说：“没动静是他没准备好，或许是遇上什么事了。他这种人，咬住的肥肉不会轻易撒嘴。”

正说着夏玉珠风风火火地进来就喊：“三叔！看报了吧，张市长在会上愣让我给问傻了。”

大桂说：“你三叔刚还说呢，问倒市长的那个人兴许就是你。”

玉珠哈哈大笑说：“知我者，三叔也。”

大桂说：“要不你娘说你，多大了还这么没正行。是报功来了吧？”

玉珠说：“不是。三叔，我是来告诉您，这一阵儿国民党跟共产党打得挺厉害，张家口、唐山周围正打着呢。”

三爷问：“前些日子不是说美国人马歇尔跟张治中、周恩来成立了军调处，还宣布了停止国内军事冲突的通告。怎么又打起来了？”

玉珠说：“您听那个干嘛！这是你死我活，争夺天下！国民党、共产党谁都想占上风，这种仗还停得下来？”

三爷冷笑说：“国民党前边紧打，后边紧吃，真够忙一气的。”

玉珠大声说：“三叔，您真有才呀，前边紧打、后边紧吃，这两句正好是个大标题！”

查理从北平回来了。他和两位英国朋友在西山的别墅里渡过一个温馨的中国年。在那里赏雪景，逛古庙，围着壁炉畅谈古今中外的逸闻趣事，过得非常惬意。最近远处不时传来激烈的枪炮声，他们才各自回到在城市里的住处。

查理回到自己的建筑设计事务所，看到魏瑞芳整理的资料，非常满意。所有设计图纸、文字资料和来往信件，都分门别类整理清楚，登记造册，摆得整整齐齐。有不懂的地方写在纸条上，插在文件里。接到的电话，时间、来电人、所谈的事项都有记载。

各个房间也都打扫得干干净净。没整理的各种资料,也分门别类摆放得很整齐。

查理笑着问:“瑞芳,你好像一天也没休息过。这些日子都在工作吧?”

瑞芳说:“我休息也没事,还不如在这儿干点儿事。”

查理问:“子和先生好吗?我准备去看看他。”

瑞芳说:“这几天他好像很难过。刘寿兰先生去世了。”

查理很惊讶:“刘先生去世了?他有八十多岁吧?”

瑞芳说:“他不是得病死的,听说是南京清查团的人把他逼死的。”

查理问:“为什么?”

瑞芳说:“好像是说美丰厚货栈是东北奉军的企业。”

查理说:“从他们买这片沼泽地,我就在这里。产权是子和先生的,怎么能说是奉军的企业!”

瑞芳说:“他们以政府的名义要吞并美丰厚,子和先生和他太太也无能为力。”

查理说:“这件事我不能不管。子和说过,美丰厚既是他的,也是我的。今后一旦需要通过法律解决,你可以用前英国驻天津总领事助理的名义和他们交涉。我现在就给你签发一份证件。”

李文辉自从勾搭上顾珊珊,哪天上班都萎靡不振。清查团那些大员,都是风月场上过来的人,谁还看不出这点儿事?可这些人都心照不宣,都想看看经国先生门下的这位青年才俊,这么折腾能落个什么下场。

张廷锷市长中风的消息传到清查团,李文辉听说新闻发布会上有记者提起刘乃沂的案子里,牵扯到他外甥。忽然想起市长的外甥不就是瑞祥嘛!拿起电话就找徐胖子,着急地问:“徐主任,我跟您说的那事,什么时候办哪?”

徐世杰问:“什么事啊?”

李文辉说:“姓瑞的。”

徐胖子说:“哎呀,现在时局这么紧,通共的案子特别多,忙得我晕头转向。这么办吧,侦缉队只要有空,我就让王队长带人去美丰厚货栈,正好有两个共党嫌疑要抓。”

李文辉说:“不是美丰厚!我是说那个姓瑞的怎么办!”

徐胖子说:“那个人的事咱随后就办,你看怎么样?”

李文辉无奈地说:“就这样吧。”

徐胖子说:“侦缉队的人哪天去,你听我电话。”说完就把电话挂了。

徐胖子答应派人去美丰厚,李文辉也挺高兴。他觉得这事得告诉三奶奶一声,这样才显得他消息灵通,也让她知道我李文辉不是等闲之辈。

李文辉满有把握地来到美丰厚,见了大桂就压低声音说:“三娘,告诉您个内部消息。最近国共两党的军事行动吃紧,这几天南京来人督促天津彻底清查共党分子。市党部对咱美丰厚也要清查,有共党嫌疑的都得抓起来除掉,以绝后患。”

大桂看着他问:“咱这儿有吗?”

李文辉说:“好像有。我在市党部有熟人,藏得再深也能挖出来。我在江西青训班学的就是这个!”

大桂的心一下子揪起来,故意问:“你接了美丰厚,怎么总没来?”

李文辉说:“我还得忙清查团的事,哪有工夫啊。等清查团撤回去,我就来咱这儿。现在我忙不过来,您多盯着点儿。”

大桂点点头,没说话。

李文辉说:“我正上着班,还有不少事呢,我走了。”

大桂说:“柜上有我,你放心吧。”

李文辉走了。大桂心想你这个狼崽子,到底要下手了!

她把薛继承、陈昆、九姑找来说:“刚才李文辉说了,咱美丰厚好像有共党分子,市党部要来人清查。咱货栈谁是共产党,你们知道吗?”

薛继承摇着头说:“人家共产党都是秘密的,咱哪知道。”

陈昆说:“我记得李局长好像说过,机器局里各党派的人都有。李鉴三是国民党,背不住董长福就是共产党。”

九姑说:“蔡师傅说闲话提起过他老家共产党的事,他还挺赞成。不知道他是不是。”

大桂听着他们说,也没插话。

九姑说:“三爷总说咱哪个党也不掺和。这事我也没走过心。要知道谁是共党,早给他打个招呼,别让他在美丰厚抓走,咱也算尽到心了。不知道就让他查去吧。到时候别伤着咱的人就行。”

薛继承说：“三奶奶，这种事我来对付，您就在家照顾老爷子吧。他听说又得着急。”

陈昆说：“我看也是，你这几天就别来了。反正柜上也没多少事。”

九姑也说：“市党部的人一个比一个横。他们来查这事，人五人六地还不定多腻歪人呢。你就别来了。”

大桂叹了口气，点头说：“你们就受累吧。”

天津市党部肃清共党分子会议刚结束，李鉴三从会议室走出来，迎面过来的人小声问：“副主任又布置任务了？”

李鉴三小声说：“剿共呗。”故意大声问：“今天晚上小礼堂演什么电影？”

那个人说：“美国五彩片儿《出水芙蓉》。看看吧，够刺激的。”

李鉴三回到办公室，点着一支烟，坐在那儿想了又想。他心里很矛盾，徐胖子布置的逮捕名单里，有美丰厚货栈的董长福和陈昆。董长福是跟他一块儿从机器局到美丰厚的。他的情况老董最清楚，把老董抓来对自己肯定不利。陈昆实际就是个工人，抓来也问不出什么名堂。可美丰厚的人知道他连个信儿也没报，往后可就没好日子过了！

想到这儿他拿起电话拨了个号码说：“美丰厚修理车间吗？我找姚锐。”

接电话的人马上把姚锐叫过来。姚锐接过电话问：“那位？是师傅啊，有嘛事？”

李鉴三说：“今天晚上我们小礼堂演电影，你来吧。”

姚锐说：“谢谢您，我准去。”

小姚最爱看电影，心想还是师父惦记我。下班回家吃完饭就去了。

姚锐赶到市党部，李鉴三正在等着他。

小礼堂的电影已经开演了。优美的爵士乐，伴随着银幕上彩色缤纷光着大腿跳芭蕾舞的外国美女，座位上的人们交头接耳。

李鉴三拉着小姚走进来，摸着黑坐到后排。

小姚小声问：“师傅，嘛电影？”

李鉴三说：“美国片儿《出水芙蓉》。”

小姚说：“我还当是打仗的呢。”

李鉴三把手伸过去，使劲在他大腿上按了按说："你要不爱看，待会儿就回去。"

小姚不明白师父为什么按他，忽然想到这是要给他信号。把腿动了动说："我爱看。"

这时李鉴三用手指在他大腿上反复地写几个字。小姚闭着眼努力辨别在他写的是什么，嘴里嘟囔着："演的是嘛，我没看明白。看明白再走。"

李鉴三又用力写了两遍，姚锐小声说："我明白了。"站起来摸着黑就往外走。

李鉴三待了会儿，也走出小礼堂。回到办公室，他忧心忡忡地坐在那儿一动不动。小礼堂的电影演完了，他才出去跟看完电影的人们一起走出市党部的大门。

姚锐回到美丰厚，已经是晚上了。他赶紧去经理室找薛继承，气喘吁吁地说："我师父叫我去看电影，挺神秘地在我腿上写了几个字，不知道是怎么回事。看样子他还挺着急。"

薛继承说："你慢慢想，我把陈昆、九姑叫来。"

小姚在经理室找了张纸，在纸上又写又画。陈昆、九姑都来了。见姚锐满头大汗，在纸上写出C、D、/、G几个英文字母和符号。

小姚抬起头来说："他写的就是这几个字。"

薛继承拿起那张纸看了看说："这是什么意思？"

九姑说："李师傅是个稳重人，不是特别要紧的事，轻易不会这么办。我看这准是跟咱的人有关系。"

陈昆问："要写的是人，那第一个字是谁？"

小姚忽然想起来："是你呀！陈，英文字母拼音是CHEN，头一个字母就是C。"

陈昆吃惊地问："是我？"

薛继承说："那第二个字母D，就是姓董的，可能是董师傅。董字头一个字母就是D！"

小姚一拍脑袋说："我明白了，最后的G就是英文里的GO，是走的意思。中间那一道是快的意思。连起来就是陈师傅、董师傅赶快走！"

薛继承说:“也许这跟三奶奶说的事有关系。他还说什么了?”

小姚说:“什么也没说。我看他光看周围,好像挺紧张。”

薛继承说:“老陈,李鉴三冒险给咱递信儿,准是从市党部得到消息,马上就要抓人了。不管咱们猜得准不准,你俩还是躲一躲。”

陈昆说:“我又不是共产党,我躲嘛!剩余的救济物资还没清点完呢。”

这时有个工人闯进来说:“薛经理,门房让告诉您,咱门口有人站上岗了!”

薛继承说:“老陈,别管你是不是,让他们抓进去就晚了。董师傅没回家,赶快叫上他,你俩从后边地道出去!先去河东!”

陈昆刚走,电话铃响了。

薛继承拿起电话:“喂,我是薛继承。”

对方说:“是薛经理,你还没下班?”

薛继承说:“我就在这儿住。”

对方说:“那好,我马上去你那儿。”

薛继承问:“您是哪位?”

就听啪的一声,对方把电话挂了。

薛继承发现势头不妙,赶紧说:“九姑,他们要把我带走,您去跟三奶奶说一声,千万别惊动三爷。姚锐,你就在九姑那儿待着,哪儿也别去。有事我找你。你俩快点儿出去吧!”

九姑、姚锐走出经理室,夜色中远远看见几个穿便衣的人正从大门往里走。

段师傅领着几个工人在货场守夜。

她俩悄悄溜过去,进了客房。

带手枪的便衣过去问段师傅:“陈昆在这儿吗?”

段师傅问:“你们是哪儿的?”

带手枪的说:“市党部侦缉队的!”

段师傅说:“货场就这么大,他在没在一眼不就看见了嘛!”

带手枪的说:“你这老头儿够倔的,说话怎么这么横!”

段师傅低着头说:“我就是个臭脚行,扛大个儿的。白天卖苦力,晚上看货场。我敢跟谁横?”

另一个便衣说:“哥们儿,别跟他磨牙了,赶紧找人去吧!”

这时头戴礼帽、身穿黑色对襟大夹袄,敞着怀斜挂着盒子枪的王队长过来了。

第一百零七章

王队长带着两个马仔,走进经理室问薛继承:“你就是薛经理?”

薛继承站起来说:“是,您就是刚才打电话……”

没等他说完,王队长就说:“我就是刚才给你打电话的市党部侦缉队队长,王林!”

薛继承说:“王队长请坐。服务生都下班了,我给您沏茶去。”

王林坐下摆手说:“别客气,我们是来抓人的,抓着就走。”

薛继承问:“您抓谁?能跟我说吗?不方便您就别说。”

王林瞪眼看着他说:“有嘛不方便!要抓的就是你们美丰厚货栈的陈昆,跟修理车间姓董的。他俩是共产党,你这个经理恐怕还不知道吧!”

薛继承说:“您要不说,我还真不知道。我们成天就是装货、卸货、打包、码垛,哪有工夫打听谁是共产党啊!”

王林得意地笑了:“你打听,人家也不告诉你呀。那些人比猴儿还精!告诉你吧,前后门都让我给封了。我进来二十多人,是个猴儿也得抓住他!你看着吧,备不住早就抓住了。”

待了会儿,进来个便衣趴在王林耳朵上说:“前后货场、库房,办公的地方,犄角旮旯都搜遍了,没见着啊!”

王林急了:“不是说他俩晚上都在这儿嘛?把这里头的房间都打开,我就不信这俩人能飞出去!前后门都给我把住,不管什么人一律不准出入!”

直到第二天早晨,美丰厚货栈大门也没开。门外送货的、取货的马车、汽车越来越多,横七竖八一辆挨一辆,把海大道都要堵死了。

昨天薛继承他们劝大桂别来了,可她不放心,今天早晨又来了。远远看到美丰厚大门外堆着那么多汽车、马车,还围着不少人,大门还关着。她从空档里穿过来,想进去看看究竟是怎么回事。

刚想敲大门,有个带枪的便衣挡住她说:“这位太太,这儿不准出入。”

大桂正要说话,李文辉跑过来说:“三娘,真对不住。市党部侦缉队把门给封了。现在除了办案的，谁也进不去。”

大桂问：“办案的？办什么案？”

李文辉悄悄说：“我不是跟您说了嘛，有人检举美丰厚有共产党。昨天晚上侦缉队就来人了，现在还在里边搜查呢。”

大桂问：“谁是共产党？我怎么没听说？”

李文辉笑着说：“共产党都是秘密的，谁告诉您哪。下一步市党部还要查封美丰厚。往后您就别来了，有事我打发人去找您。”

大桂不由得一愣，赶紧说：“行，那我就不来了。我早就想歇了。你忙吧，我回去了。”

李文辉说：“您跟三爷说一声，生活费还照往常发。您的生活费我再跟薛经理商量。我看不低于三爷的就可以。您说呢？”

大桂笑着说：“你看着办吧，反正往后都仗着你了。”

李文辉看着大桂走远了，刚要进去，瑞祥从卡车后边走过来说：“文辉，这事干得真漂亮。你把这位董事长生生给挤走了，我在这儿干点儿什么？走，咱进去说去。”

李文辉拦住他说：“你也别进去，侦缉队在里头呢。刘四的那些事还没撕扯完，你最好先别露面儿。”

瑞祥点头说：“对，我还是离他们远点儿好。”

说完点点头，赶紧走了。

李文辉看着他的背影哼了一声，跟看门的便衣摆了摆手说：“小崔，让我进去。”

那个便衣朝大门里边喊：“李专员来了！”

里边把门打开，李文辉进去，大门又关上了。

大桂回到家，三爷问：“怎么这么早就回来了？”

大桂说：“美丰厚大门都让人家封了，市党部的侦缉队在里边抓共产党呢。”

三爷问：“没打个招呼，就把门封了？”

大桂说：“头天李文辉倒是说了一句。我还跟继承他们几个打了招呼，没想人家说来就来了。我原先想稳住李文辉那小子，等几天再想办法把他挤出去。没想到他倒把我给挤兑出来了。”

三爷说：“你不说他在蒋经国名下受过训嘛。受过训的，跟没受过训的就是不一样。慢慢等机会吧。他这么邪性，好不了。再精、再能，他也有打盹儿的时候。你没事在家梳理一下柜上的事也满不错。”

大桂问：“梳理什么？”

三爷说：“看看柜上的账。做生意的账上，收入支出一定得持平。逢多必少。平白无故钱多出来了，不是少给了别人，就是少办了什么事。不查清楚，非出事不可。”

大桂说：“哎呀，这事我真不知道。”

三爷说：“有空你就学学这些东西，往后准用得上。”

大桂笑着说：“往后你就每天给我说点儿这个，让我也长点儿能耐。”

美丰厚的大门关了一天，薛继承说：“王队长，门总关着也不是个事啊。取货的进不来，发货的出不去。大门口都让车堵严了。不光货主受不了，码头上等着装船的，也打电话找我。您说这该怎么办！”

王林说：“没有徐主任跟李专员的话，我的人说什么也不能撤。”

薛继承说：“王队长，您的人搜了一天一夜，两个大活人一个没抓着。我看他俩准是跑了。您要再不撤岗，我这生意可怎么做呀！”

王林问：“你说，陈昆跟姓董的藏哪儿了呢？”

薛继承哭丧着脸说：“我哪知道。美丰厚方圆一百多亩地，前后两个货场、这么多房子，别说藏俩人，就是藏二十人也够难找的。不行您就留几个弟兄在这儿盯着，门口撤了岗，让我们照常做生意。您也就别在这儿熬着啦！”

正说着李文辉进来了。

薛继承说：“李专员，您可来了。这位是侦缉队王队长，带着弟兄们在这儿忙了一天一夜，饭还没吃呢。”

李文辉说：“王队长，你们辛苦了，让弟兄们回去吧。抓政治犯全靠情报可靠，看准目标出其不意。扑空了，再指望蹲守抓人，没多大希望。”

王林说：“李专员，我们可是接到通知就来了，没耽误工夫。”

李文辉说：“你们回去吧，我跟徐主任说了，门房留个人其余都回去。”

王林看着他说：“行，我把崔如意留下，他是南方人，这儿没家，吃住都在您柜上。别的人都撤,您看行吗?”

李文辉点了点头。

王林说:“回见!”悻悻地走了。

临出大门,他把守在门外的崔如意叫过来说:“你留下当眼线,有情况赶紧报队里。”

小崔问:“待几天?”

王林说:“也就三五天吧,摸出点儿情况就回去。”

王林走后,李文辉在经理室坐下问:“薛经理,有事吗?”

薛继承说:“那天董事长交代,往后咱这儿就是您主事。柜上的事都听您的。经理室里屋的董事长办公室,还有马场道那儿,都给您收拾好了。”

李文辉满意地点点头,走进里间一看,董事长办公室里换了一整套新式家具。他坐在转椅上,面对着锃亮的经理桌,一股志得意满的心情油然而生。他问:“薛经理,陈昆跟姓董的跑了,他们那摊事让谁管?”

薛继承说:“货场、码头,装货卸货段云就能管。段师傅是老搬运工,有时候陈昆不在就是他管。修理车间让姚锐负责就行。小姚是李鉴三李师傅的徒弟,年轻、可靠。”

李文辉说:“就这么办。业务上的事就全靠你了。我早晨到码头上转了转,大船来的不少。业务上还得抓紧点儿。”

薛继承点头说:“我抓紧办。您没别的事,我出去看看。让大伙儿该干嘛干嘛。”

李文辉说:“对,你去吧。”

薛继承是想到西货场看看魏瑞芳来了没有。他怕侦缉队的人发现查理事务所的后门,进去胡翻一通,把查理的东西弄乱,也怕瑞芳跟他们起了冲突。

刚出经理室,李文辉在里屋又喊:“薛经理!先别走。你把总账拿来我看看。”

薛继承把一大本总账拿进去,放到办公桌上,点点头就出去了。

李文辉把门关上,给市党部徐世杰拨了个电话:“徐副主任吗?你老兄真够朋友,派来的弟兄们都挺卖力气。”

徐胖子说:“人没抓着,卖力气管屁用!侦缉队都是本地的流氓、混混儿,没受过专门训练。咱自己人手不够,你多包涵吧。”

李文辉说:“他们折腾了一天一宿,也够辛苦的。鱼跑了说明水深。没办法,往后有事还得用他们,您就鼓励他们几句吧。”

那天晚上陈昆和董师傅从地道口出来,董长福拉着陈昆的手,说了声:“后会有期。”就匆匆走了。

陈昆家在河东,不敢直接回去,先去了魏家胡同。跟魏爷说了这档事,告诉瑞芳明天别去上班。睡了一觉,天亮才小心翼翼地去了河东。

他不敢在家多待,就到大车店去找夏磊和金锁。

夏磊听他说完,忿忿地说:“现在国共两党要在战场上见个高低,对共产党赶尽杀绝是必然的。你回家也不安全,就在我们大车店待着吧,这儿比别的地方还保险点儿。”

夏磊自从大年初一从陈昆手里拉走几箱救济物资,当天就给通往宁河那条大路的碉堡上,送去一份厚礼。守碉堡的排长见了这么高级的大米、白面、午餐肉罐头,就知道这位夏先生来头不小,当时他俩就称兄道弟交了朋友。

正月初五,夏磊把这位排长和他手下的班长请到大车店来吃饭,酒足饭饱还送了不少吃的。后来那位排长也常打发当兵的来要酒要菜。从此王记大车店的人和车,就在这条大路上畅行无阻。大车店的生意又兴旺起来。

夏磊是晋察冀军区敌工部派到天津的,任务就是和冀东的共产党武装取得联系,待机而动。宁河就是和冀东武装联系的纽带,打开这条通道,他和冀东的联系就有了保障。陈昆到来,让他更是如虎添翼。

陈昆说:“夏磊,我知道你是共产党。三爷总嘱咐我别参与党派的事。我也不敢参加党派。可国民党把我撵到你这儿来,再不敢也非跟着你干不可了。”

几天后薛继承来到三爷家,走进客厅见三爷一个人坐在椅子上,手里拿着水烟袋在想事。

薛继承说:“三爷,您歇着了。”

三爷说:“继承来了,你坐。”

薛继承说:“三爷,我想跟您说说那天抓人的事。”

三爷说:“我知道了。”

薛继承很奇怪:“您都知道了?”

三爷说:“那天瑞芳来说的。董师傅跟陈昆,出地道就分手了。我看他倒像个共产党,陈昆白跟着陪了一回绑。”

薛继承问:“瑞芳是怎么知道的?”

三爷说:“那天晚上陈昆去魏家告诉的,还嘱咐瑞芳这几天别上班。”

薛继承恍然大悟说:“怪不得瑞芳一直没露面儿呢。”

三爷指着对面桌子上摆着的银盾问:“你知道那是什么吗?”

薛继承说:“那不是银盾嘛。”

三爷说:“我正琢磨它呢。你看看那上边刻的字。”

薛继承过去仔细看了看,嘴里念着:“子和先生弄璋之喜,美丰厚货栈同仁敬贺。”

三爷问:“你知道那是什么意思吗?”

薛继承说:“弄璋之喜,就是祝贺您有儿子了吧?”

三爷叹了口气说:“对。那是我小儿子成信过满月,咱货栈的人们送的。十二年了,那年货栈不光有地磅、打包机、龙门吊这些进口设备,又添置了十几辆汽车,弄了个修理车间,还新上了代办进出口业务。这么大的摊子,眼下说没就没了!”

三爷说这话,显得那么无奈,那么悲壮和苍凉。

薛继承说:“现在咱货栈还不能说没了。其实李文辉并没接管,就是每天给我打电话问问,还让我管着呢。”

三爷说:“这就是他高明的地方。先躲在一边儿看着,看还有谁想吃美丰厚这块唐僧肉。”

正说着,大桂从楼上下来了。进来就问:“继承,李文辉去上班了吗?”

薛继承说:“没有,可他把总账要去了。每天都找我问当天的收入、支出。光要总数,问问有事没有,就把电话挂了,也不知道他要干什么。”

大桂说:“控制呗!我这些日子天天都想柜上的事。他不出头,是怕清查团知道。人没去,心里还是想独吞。这几天三爷说我瘦了。我真瘦了,吃不下饭、睡不着觉,心里空落落的总不踏实。好好的货栈,难道就让国民党说拿就拿走?”

薛继承苦笑着,看了看三爷说:“其实他也拿不走。给他的总账就是进货出货那一块，还有不少进项他根本就不知道。运输、代办进出口，这两大块还是咱控制着。要管柜上这些事，他还差得远呢。”

三爷说：“他知道咱也不怕。摆不到桌面儿上的事，总也长久不了。听说共产党把不少地方都占了，国民党军队让共产党打得只有招架之功了。他们那个党不行了，他也就别想再找咱的便宜了。”

大桂说：“听说共产党都到独流了。”

三爷说：“天津也进来不少啊，就是还没露面儿呢。”

大桂说：“我就盼着早点儿把国民党这帮大大小小的赃官，赶得远远儿的。”

过了几天，李文辉趾高气扬地来到美丰厚货栈，走进大门，见送货的、取货的车辆出出进进，货栈还是一片繁忙，心里特别高兴。走进经理室，薛继承站起来说：“李专员，您来了。”

李文辉说：“你忙吧，我就是来看看。三奶奶没来？”

薛继承说：“您在这儿主事，她就不来了。”

李文辉高兴地点点头，走进里屋关上门，坐在转椅上拿起电话拨了几个号码说：“徐主任，我是李文辉。我在美丰厚呢。上次说的彻底清理那件事，您还得上上心。对，就是上次说的那几个人。”

蔡师傅在房后晒笼屉，听见李文辉在屋里说那几个人，立马警觉起来，赶紧蹲在窗户底下，全神贯注地听他说什么。

李文辉说：“小崔在我这儿摸了不少情况。那几个原来没想动的，现在该动了。对，我心里有底，姓薛的、拉车的两口子，还有那个女董事长。您说得对，我不管认识不认识。有嫌疑就得斩草除根。不过姓瑞的您还得早点儿办。对，功劳当然是您的。”

蔡师傅皱起眉头听着，李文辉说：“这事可别透给利顺德那几个人，透一点儿咱就白干了。嗯，我当然在场。过两天我找清查团主事的请个假，说南京有急事叫我去。几天不在谁也不知道，就是知道他们也管不了我。现在形势吃紧，咱可得早点儿下手。老学长，您放心，我再傻也不能把您露出去。好，再见！”

屋里没声音了。

蔡师傅回厨房把笼屉放下就去客房，见了九姑，赶紧关上门说：“刚才我听见姓李的给市党部的人打电话说,要在美丰厚斩草除根。薛经理、你们两口子跟三奶奶,都得除掉。好像还说形势吃紧,姓瑞的也得早点儿办。还说这事不能让清查团知道。"

九姑一听脸都气白了,跟蔡师傅说:"您等会儿,我去叫薛经理。"走出客房就冲着门房喊:"李大爷,您打个电话,叫薛经理来一下。"

不大一会儿薛继承就来了。

九姑和蔡师傅把李文辉那些话告诉了他。

薛继承没想到蔡师傅对这事这么上心,赶紧说:"蔡师傅,谢谢您。这个消息太重要了。"他咬着牙说:"他姓李的才二十二岁,真是笑里藏刀,心狠手辣!出手就要杀人。"

九姑说:"他要动手,咱也不能傻等着。一会儿我就告诉大桂去,咱也该动手了!"

蔡师傅说:"这事是得抓紧。现在就得给她送个信儿!"

薛继承说:"蔡师傅,难得您这么操心。谢谢您。我也替三爷、三奶奶谢谢您。"

蔡师傅说:"我早就把美丰厚看成自个儿的家了,操心是应该的。有要办的事,您就找我!"

下班前李文辉接到徐胖子的电话,说了几句就赶紧给瑞祥打电话。

瑞祥问:"文辉,有事?"

李文辉哈哈大笑,大声说:"没事。现在屋里没人了,就想跟你聊聊,拿起电话就拨通了。"

蔡师傅想再听听李文辉的动静,拿起笼屉刚走到经理室房后就听见笑声,又蹲在那儿装作刷笼屉,边刷边听。

李文辉大声说:"瑞哥,我就是想跟你见个面儿。有些事不说清楚,往后也是麻烦。"

瑞祥问:"什么事?"

李文辉说:"电话里不好说,今天晚上见个面儿吧。"

瑞祥问:"在哪儿?"

李文辉说:"马场道我住的那儿。别太早,晚八点去就行。"

第一百零八章

李文辉约他八点去，瑞祥说："那就晚八点，我一定去！"挂上电话，瑞祥自言自语："刘四让他给卖了，不让我去美丰厚，晚上在马场道见面儿。这小子打的是什么主意？"又一想，珊珊这两天也没跟他通气，这里边有什么鬼？去看看再说吧。

蔡师傅把刚听到的话又告诉了九姑。

九姑赶紧去小白楼找大桂。一见面大桂就拉着她上了楼。九姑把蔡师傅听到的那些话，都告诉了她。

九姑说："蔡师傅听得明明白白，姓李的就是要把咱几个都除掉！还说形势吃紧要早点儿动手。咱可不能等着他动手。你说，咱该怎么办！"

大桂说："我本来还想再看看他后边有谁呢。"

九姑说："他不让清查团的人知道，还不就是他一个人！"

大桂摇头说："不光他一个，还有跟他通话的那个人。那个人准是有权、有势、有枪的，说不定就是管侦缉队的那个人。"

九姑说："老薛说侦缉队的王队长就听徐主任跟李文辉的。也许那个人就是姓徐的主任？"

庞二急匆匆地赶来了，见了三爷就问："三奶奶呢？"

三爷说："拉着九姑上楼了。"

庞二噔噔噔跑上楼，见了大桂就说："三奶奶，蔡师傅让告诉您，姓李的晚八点在马场道跟瑞祥见面，说有事电话说不清，要当面跟他说。"

九姑说："他们真是等不及了！"

大桂说："看样子李文辉要跟瑞祥摊牌。他俩一闹起来，咱的机会也就来了。"

九姑跟庞二说："晚上咱俩到马场道看看去，看他跟姓瑞的怎么闹！"

大桂抓住她的手说："九姑，您也五十多了，不是万不得已，我真不愿意让您冒这么大风险。"

九姑说："大桂，我知道你的难处。眼下美丰厚攥在他手里，咱一点儿办法也没有。这是咱几个人的坎儿。我去一趟就是在暗处看看。能看出个眉目，咱心里好有底。二爷，你先回去吧，咱晚八点才去呢。”

庞二走了。

九姑说：“蔡师傅还听他说了句，小崔干得不错。这个小崔叫崔如意，在咱食堂吃过几天饭，他就是打进咱美丰厚的特务。姓李的背着清查团干这种事，说明他也不合法。你看咱能不能跟杜市长说说？”

大桂说：“我也想过，实在不行我就去找杜市长。宁肯打一场官司，也不能让他这么欺负咱。现在就是看看他怎么下手。一会儿你换件衣裳，让庞二哥拉着你就像串门儿赛的去一趟。”

九姑笑着说：“让他拉着我串门儿，这可是大闺女上轿头一回呀！”

说得大桂也笑了。

九姑刚要走，大桂说：“你先别走，人命关天的大事，得跟三爷说说。”

九姑点头说：“对，究竟该怎么办，大主意还得听三爷的。”

大桂和九姑下楼进了客厅，就把刚才这些事都告诉了三爷。

三爷听完冷笑着说：“怪不得庞二来来回回这么着急呢，这事是不小。李文辉这个狼崽子，也太狂了。他就是个不知深浅的混蛋。美丰厚是杜建时在海河码头的一块牌子，美联社都报道过。三奶奶、陈昆都上过美国人的报纸。他想办就能办得了？”

大桂跟九姑听得眼都直了。

三爷说：“也怨我，以前光惦着和为贵，忍为高。没想到国民党这些贪得无厌的赃官，不光是贪财，人家连害咱的心都有，咱还忍什么！”

大桂说：“老爷子，别生气。你就说该怎么办吧。”

三爷说：“我这两天想的就是这个事。他们是偷偷摸摸地害咱，咱就给他挑明了，把他们害咱的这些事，摆到桌面儿上，让杜建时给咱评评理。先让薛继承给李鉴三通个气，他要能疏通也就罢了。不行我就出面找杜建时去！”

大桂说：“还是你想的周到。九姑，你就把三爷的话告诉薛经理，让他赶紧去找李鉴三。老李要问咱怎么知道的，就说是侦缉队那个姓崔的，给咱透露的。”

九姑笑着说：“对，咱就让他们狗咬狗一嘴毛！”

九姑从三爷家出来，刚出首善街，正碰上大中学校的游行队伍。老师学生打着反饥饿、反内战、反迫害的大旗，喊着口号，几路队伍在小白楼大街上齐头并进。

九姑跟着他们往前走，经过戈登花园市政府门前，游行队伍放慢脚步使劲喊："我们要吃饭！反对内战！反对迫害！美国佬滚回去！"

她发现侦缉队的几个人，混在游行队伍里东张西望。游行的人们不住地喊口号，成信也在队伍里跟着喊。

九姑过去把成信拽出来，问他："这是你们学校的人吗？"

成信摇头说："不是，是南开大学的。"

九姑拽着他说："那你跟着瞎喊什么！快回家！你爸跟你娘正找你呢。"

成信噘着嘴慢慢往回走，一回头九姑还在看着他，这才沿着便道回了家。

九姑回到美丰厚就去找薛继承，跟他说完三爷的意思，薛经理就明白了。他说："我这就去找李鉴三。"

市党部就在南边不远戈登花园原英国工部局大楼里。薛继承在李鉴三办公室把李文辉前前后后办的这些事说完，又把三爷说的话，原原本本告诉了他。

李鉴三想了想说："不知深浅的不光是李文辉，我们市党部这位副主任也算一个。谢谢成三爷这么看得起我，这事我先找姓徐的疏通，不行再找杜长官。"

薛继承问："我就回去听你的信儿了？"

李鉴三点点头。

送走薛继承，李鉴三就去找徐胖子。进了他的办公室就说："徐主任，咱市党部差点儿捅了个大娄子！"

徐胖子问："捅了什么大娄子？"

李鉴三问他："美丰厚货栈，咱动过吧？"

徐胖子说："动过，不就是个货栈嘛，有什么了不起！"

李鉴三说："那是杜长官在天津的一块牌子！日本投降，联合国救济总署发来的第一批救济物资，就是他们接的。杜长官跟救济总署副主任汤姆、美国第三军团参谋长瓦尔登，在那儿见的面，还在那儿吃的饭。货栈董事长米淑桂、管货场的陈昆，都上了美联社的报道，杜长官很器重他们，咱怎么敢动人家!”

徐胖子说:“李文辉没跟我说呀!”

李鉴三说:“他要跟咱说,咱不就不上他的套儿了嘛。”

徐胖子说:“你是说,他是给咱下了套儿?”

李鉴三说:“要不是套儿,他怎么让您冒这么大的险?您得什么好处了?”

徐胖子想了想说:“他说有个什么协议让我牵头。”

说着从抽屉里拿出那张盖了名章、按了手印的转让协议说:“我看了几遍还是不大明白。你给我看看。”

李鉴三接过来看了看说:“我在美丰厚货栈当汽车修理工,干了十几年。按规模,它确实是海河码头最大的货栈。前后有百十来亩地,设备也好,像龙门吊、地磅、卷扬机,能防火的铁皮库房,它都有。尤其是代办进出口业务,华北一带大宗土特产出口,都愿意找美丰厚代理。这都是老掌柜成子和经营起来的,海河码头哪家也比不了。”

徐胖子问:“一年能挣多少钱?”

李鉴三说:“这我可说不好。船来往的多,他就挣得多。这么说吧,在天津干什么也不如货栈赚钱。最近这几个月,美国船,英国、法国、荷兰这些国家的船,都往海河码头靠。说他日进斗金也不为过。”

徐胖子说:“咱撇开李文辉,按这份协议把它接过来行不行?”

李鉴三说:“立字据的是老董事长刘寿兰,倒也合适。可是年后他就让李文辉逼死了。”

徐胖子瞪大眼睛问:“刘寿兰董事长已经死了?”

李鉴三说:“年后没几天就死了,转天美丰厚就去人把他埋到八里台墓地了。跟死人订协议,还跟咱四六开,这事办得够绝的。”

徐胖子忽然明白了,气得他破口大骂:“李文辉这个浑蛋!他让我跟姓刘的四六开,还说六成里让我拿大头儿。实际他白拿四成,还再从六成里分给他一半儿,七成都归他了。这不是拿老子当猴儿耍嘛!”

李鉴三说:“不光是把您当猴儿耍,还想把您往火坑里带。这种人不除了他,咱市党部还有脸在天津干嘛!”

徐胖子瞪着眼问:“你说怎么除他?”

李鉴三说:“这个人跟刘乃沂的案子有关系。那天他不是来问过瑞祥的事嘛？瑞祥、刘四事变前就跟美丰厚过不去。这两个人狼狈为奸，谁也离不开谁。刘四是杀人犯，枪毙了。瑞祥是张廷谔市长的亲外甥，张市长就因为在记者会上有人提到他才犯的病。李文辉跟他俩混在一块儿，还好得了？”

徐胖子说：“这几天李文辉紧催着我办了姓瑞的。今天我就派了人，你说咱还给他去吗？”

李鉴三说：“瑞祥是刘乃沂的同案犯，就因为他是张市长的外甥，杜长官才没办他。现在张市长歇了，办了他也给杜长官去一块心病。”

徐胖子说：“他还让我把那个女董事长、经理、跟拉车的两口子都办了。”

李鉴三摆手说：“这些事您可别办。您就向南京揭发他跟刘乃沂在天津为非作歹。凭这一条不光把他送进去，您在经国先生那儿还能立个功。”

徐胖子说：“对，经国先生最恨这种两面三刀的人。犯到他手里，谁也好不了。过两天李文辉到南京领赏去，到时候我给上峰递份材料就把他办了。”

李鉴三说：“只要别让他回天津，一切都好办。”

徐胖子说：“这事咱说办就办。跟你实话实说吧，我还在美丰厚安插过人呢。他说美丰厚的水就是深，一般人真斗不过他们。”

李鉴三点头说：“就是，就是。还是您想得深远。”

当天晚上，快八点了李文辉才和顾珊珊坐着老刘开的雪佛兰轿车，来到马场道刘大爷这座小楼。两个人挎着胳膊往里走，庞二的洋车在不远处的黑影里停着，九姑小声说：“回来了，看他俩那个得意劲儿。”

这时楼上原来刘大爷的卧室已经布置成客厅，沙发座椅、茶几书橱、酒柜衣架一应俱全。并排的另一间布置成卧室，双人床、梳妆台、大立柜、小衣橱，安排得都很得体。

李文辉和顾珊珊一进卧室，顾不得脱外衣就搂抱着倒在床上滚起来。狂吻了一阵儿，李文辉下床走到楼梯口喊：“来人！”

佣人跑上楼来给他鞠了个躬问：“老爷，有什么吩咐？”

李文辉说：“给我沏壶茶送上来。一会儿有位客人要来，你看着点儿。他进门，你给我喊一声。”

佣人说：“是，老爷。”又给他鞠了个躬，下楼去了。

顾珊珊听说有客人要来，拉着李文辉的手问：“有客人来你怎么不告诉我？是谁呀？”

李文辉说：“瑞祥。”

顾珊珊撒娇噘着嘴说：“早知道他要来，我就不来了。我不愿意见他。”

李文辉说：“怕什么，你不见他就在这屋待着，我跟他在旁边客厅谈事。”

顾珊珊搂住李文辉说：“你真行。”

两个人又搂搂抱抱地进了卧室。

还不到八点，瑞祥就骑着摩托车来了。

坐在洋车上的九姑下来悄悄说：“不知死的鬼儿来了。”

庞二小声说：“这种人早就该死，看着吧，姓李的还不知道怎么收拾他呢。”

瑞祥一进门，在楼道盯着的佣人就大声喊：“李专员！客人来啦！”

楼上的李文辉走出卧室，在楼梯口笑着说：“瑞哥，你真准时啊！”

李文辉把瑞祥让进楼上的客厅，瑞祥看了看说：“嗬，没几天就变样儿了！”

李文辉说：“美丰厚的人就是会办事。”

瑞祥问：“珊珊没来？”

李文辉说：“她就没到这儿来过。”

这时佣人来送茶，李文辉说：“不叫你就别上来了。”

佣人低头说了声：“是，老爷。”鞠个躬下楼去了。

瑞祥看到这一幕，歪了歪脑袋。

李文辉让瑞祥在茶几对面坐下说：“这几天的事，你也许都知道了。咱抓住美丰厚的把柄，再加上我有这个身份，人家承认我了。有人密报美丰厚有两个共产党，我找市党部侦缉队来抓人，也是镇镇他们。折腾了一天一夜也没抓着，可见这里头很不简单。”

瑞祥低头听着，没说话。

李文辉看了看他说：“请你来就是想告诉你，现在我还没站稳，你就先别去了。反正你钱够花的。你一去我就被动了。”

瑞祥抬头沉着脸问：“你的意思是，往后我就别参与美丰厚的事了？”

李文辉说：“不是我不让你参与，是你不适宜参与。你想，你和刘四这么多年跟美丰厚过不去，我这个董事长能容你，别人能容你吗？我要跟你站一块儿，还能在美丰厚待下去吗？”

瑞祥端起茶杯一口一口慢慢地抿。他想尽量压住自己的怒火。待了会儿，他低着头说：“所以你就把刘四推出去了，对不对？”

李文辉说：“那天不是跟你说了嘛，我要沾了他的包，别说拿不下美丰厚，连清查团也待不下去了，还不定倒多大霉呢！”

瑞祥看着他说：“你办刘四是一举多得。去了个累赘、立了功，落了个火眼金睛的好名声，升官儿的机会马上就要落到你头上了！”

李文辉故作生气地说：“那是小报上胡说八道。你知道吗？为这事我在清查团还落了不少闲话呢。”

瑞祥看着他大声说：“闲话怕什么？你要的是实惠！”

他俩正一递一句地争辩。八点半，马场道开来一辆吉普车，在刘大爷家门前停下，熄了灯。车上的人没下来，就在那儿静静地等着。

九姑悄悄跟庞二说：“这辆车不知道是干什么来的。你在外头看着，我该进去了。”说着人影一闪，进到院子里，跳上楼下的窗台，扬起手身子一纵，上了二楼阳台。她紧贴着墙，从窗外把客厅里的两个人看得清清楚楚。

瑞祥还在抿着杯里的茶，一字一句地说：“事办成了，你再把我一脚踢开，再去个累赘。自己身上干净了，还少了个跟你分肥的同伙。对不对？”

李文辉喝着茶，没答话。

瑞祥突然忍不住了，指着他怒吼起来：“李文辉！你这个见利忘义的小人！你真是机关算尽。我是谁？你那点儿鬼主意、小巴巴鼓儿，能瞒得了我吗？告诉你，跟你这种人交朋友，算我瞎了眼！”

楼上的喊声惊动了楼下的几个人。厨师、佣人和司机老刘都站在楼梯底下，仰着头听楼上两个人吵什么。

瑞祥还在怒吼：“你不想想，没有我瑞祥，就凭你那点儿能耐，就能找着美丰厚跟奉军有关联的证据吗？抓不住他们的把柄，你能有今天吗？你把话说明白，咱俩的账怎么分法？”

李文辉大声说：“我还什么也没落着，怎么跟你分账？今天晚上就是想把道理跟你说清楚。这就对你不错了，要不然就凭你干的那些见不得人的事，有资格跟我说话吗！”

瑞祥也大声说:“行！你是想从现在起就跟我一刀两断！我告诉你李文辉,你瑞爷也不是好欺负的！咱走着瞧！究竟谁死在前头,还不一定呢!”

他说完站起来就往外走。

李文辉追到房门口喊:“姓瑞的,你蹦跶不了几天了!”

瑞祥站在楼梯口喊:“李文辉！你个小兔崽子、王八羔子,你也好死不了!”

李文辉回到客厅,大步走向阳台那扇门,伸手把门拉开,朝着楼下大门外的吉普车摆了摆手,转身呼的一声把阳台门关上。

九姑屏住呼吸紧贴着墙,站在阳台黑影里一动也不动。

瑞祥走到楼外院子里,刚出大门,吉普车上下来两个人,一左一右把他架上车。

瑞祥大声喊:“你们干什么!”

有人马上把个布团塞进他嘴里。

吉普车开走了,站在阳台上的九姑纵身一跳,飘然落在院子里。走出大门说:“瑞祥让他们弄走了,咱也走吧。”

庞二说:“你上车吧。李文辉这小子真够黑的,手指头都没动,就把姓瑞的给收拾了。”

他拉起车来,沿着马场道就往回跑。

第一百零九章

当天晚上徐胖子在办公室接到电话，对方说："姓瑞的给办了。"

徐胖子"嗯"了一声，放下电话松了口气。

过了两天，徐世杰听说李文辉去南京了，赶紧把李鉴三找来，两个人合计着给蒋经国写了一封密信，揭发李文辉在天津和刘乃沂一案漏网分子瑞祥、刘四沆瀣一气，敲诈勒索，逼死美丰厚货栈董事长刘寿兰，图谋霸占该货栈，民愤极大，望严肃处理。

蒋经国看了这封信非常气愤，但又觉得李文辉是自己培养出来的年轻人，不至于这么狂妄。他让秘书用加密电报把这封密信转发给杜建时，请杜协助核查此事。

杜建时看完密电就把李鉴三找来，问他李文辉的事。

李鉴三说："这件事属实。上次无故扣押美丰厚董事长，背后就是这几个人捣的鬼。"

杜建时点了点头，随即给南京回电：此事属实。

从此以后李文辉果然销声匿迹了。

南京有人打电话告诉徐世杰，李文辉让大公子给办了。

徐胖子告诉李鉴三："老李，你的主意真好，人不知鬼不觉就把这位青年才俊给办了。"

李鉴三说："还是您有魄力。咱在天津站稳脚跟，就得把美丰厚货栈这类海河码头大户的事摆平。"

这时徐世杰对李鉴三已是言听计从。他跟侦缉队长王林说："让你手下跟美丰厚货栈搞好关系，别让什么人都去那儿找便宜！"

一天，三爷照例去寿德大楼票房唱戏，老票友、交通银行副行长凌汉臣跟他说："那天马歇尔为安平事件来天津，我做东请了几位朋友跟他聚了聚。查理也来了。他到马场道美国营盘看了看，还提起你来呢。查理跟他说，你让日本人押了好几天，差点儿让他们折腾死。他连着说了几句灾难、灾难！"

三爷说："报纸上说马歇尔对制止中国内战很有信心，可到现在还是停不下来。国共两党积怨这么深，到处都在打，谁都不想和。他哪左右得了！"

凌汉臣说："他可真见老，我还跟他照了张相呢。"

三爷苦笑着说："跟名人照相可不是闹着玩儿的。刘寿兰为跟张作霖照了张相，连累了他几十年。我们美丰厚也跟着倒了几十年霉。你也小心点儿！"

薛继承一连十几天没见李文辉。他既没露面儿，也没打电话。正在疑惑，李鉴三来了，悄悄跟他说："清查团那个对头总没来吧？他在南京让人给办了。"

薛继承问："真的？"

李鉴三说："这事是我亲自参与的，还假得了？跟三爷说一声，这是我报答他老人家。"

听到这个消息，薛继承便去三爷家说这事。

三爷说："李文辉想瞒天过海，他的上司早晚会知道。别看他们上头也是贪污受贿，可他这个小小的副专员就敢狮子大张嘴，上司也不能容他。"

薛继承说："让三奶奶上班吧，柜上不少事都等着她拍板呢。"

三爷说："李文辉这事让她寒了心，不大想去了。可不管怎么样这是咱自己的买卖，他不来咱就去。她在楼上呢，你把她叫下来，我跟她说说。"

薛继承上楼把三奶奶叫下来，三爷说："李文辉可能来不了啦，柜上的事你还得去管。"

大桂问："他要再回来呢？"

三爷说："再回来咱也不怕。咱是怕美丰厚亮了台才去的。你是名正言顺的董事长，咱不管谁管。"

大桂跟着薛继承来到美丰厚，一进经理室薛继承就说："看看您的办公室吧，他屁股还没坐热呢，就不露面了。"

大桂进里屋看了看说："这套家具够贵的，买这么好的干嘛？"

薛继承说："要不够档次，人家哪能一来就踏踏实实坐下？"

正说着李鉴三进来了。

大桂看见他就说："李先生，谢谢你办的好事。怎么今天有工夫？"

李鉴三说："真不好意思，我确实一点闲工夫也没有。这次就是为跟您见一面才来的。"

大桂问："有事？"

李鉴三小声说："就一句话的事，李文辉的事，市党部徐副主任也出力了。咱美丰厚对他得表示表示。"

大桂说："我明白了，对你也得表示表示。"

李鉴三含含糊糊地说："先别说是谁干的，反正是让咱美丰厚躲过一劫。我告诉您这句话，也算尽到心了。没别的事我得走了，回见！"

李鉴三说完拔腿就走。

大桂一时还琢磨不透他是什么意思。问薛继承："他都跟你说一遍了，怎么又跟我说了一遍？"

薛继承说："这您还不明白，是想让您念他的好，又怕漏了他上司。咱要有表示，就得拿两份儿。再有，他知道您跟杜建时说得上话。到时候给他美言几句，也许还能往上升点儿。"

大桂笑着说："我哪有那么大道行。李文辉这事就算告一段落吧。"

薛继承说："咱的总账还在他手里呢。"

大桂说："赶快给刘师傅打电话，让他到李文辉住的屋里找找，有就赶紧送过来。"

薛继承当时就给司机老刘打电话，不大工夫老刘就把总账送来了。

大桂接过去看了看说："继承，你把总账收好，往后谁要也别撒手了。马场道的厨师、佣人都辞了吧。有老刘一家在那儿看着房子就行。最近有什么事？"

薛继承说："这两天国民党到处抓人。天津周围不少地方都让共军占了。外地工人都想回家，连门房老李也想告假回去。"

大桂叹了口气说："这年头儿兵荒马乱的，打起仗来谁也不愿意截在外地。要走的多给结点儿工钱。那几年刘大爷总说，势头不好买卖就得收缩。救济总署的东西咱得把紧点儿。我看让杰姆森把分署还没用过的提货单都收回来，省得他们乱开单子。"

薛继承说："您这个主意好。釜底抽薪，让那帮想找便宜的，别再走这条道了。"

大桂问："河东那儿没事吧？"

薛继承说："他们那儿生意不错。金锁、夏磊这俩人搭配在一块儿就挺得力，陈昆这一去就更可以了。"

大桂说："好些日子没见瑞芳了，我叫上九姑去看看她。"

薛继承说："前两天还见她在九姑这儿吃饭呢。外边儿这么乱，这姑娘还是一个人早来晚走，胆子真大。"

大桂说："你别看她文绉绉的，武艺可厉害呢。她脑子好，学什么都快。那天我听她念一封英文信，可顺溜呢。我就佩服人家什么都肯学那股劲。"

大桂跟九姑去敲查理事务所的后门，敲了半天瑞芳才出来。

大桂往里走着问："你上茅房了？怎么敲半天都没出来。"

瑞芳笑着说："我得把暗室的灯都关了，才能出来。"

大桂问："什么暗室？"

瑞芳指着一间挂着厚门帘的屋子说："这就是。"

大桂问："不能进去吧？"

瑞芳说："现在不能进。里边的东西怕曝光。"

九姑问："里边儿到底是嘛玩意儿？"

瑞芳说："有好几家外国人的房产，让接收大员给占了。查理先生帮着要也不给。听说政府要正式收回租界的管理权，他要到南京找大使馆去。这一去还不定多暂回来。临走让我把拍照图纸的技术学会，整完文件就把他过去的设计图纸拍下来。我刚学会，撂下怕忘了，刚才就是先试着拍几张。"

大桂问："就在黑屋子里拍？"

瑞芳说："是，图纸拍完了，正冲洗胶卷儿呢。"

九姑问："冲胶卷儿你也会了？"

瑞芳说："冲胶卷儿比拍照容易得多。拍照还得布光、对焦距、调快门儿。图纸有大有小、上边画的大小也不一样，拍一张就得调整一回。"

九姑问："你以前学过吗？"

瑞芳说："没有，都是查理先生现教的。他还给了我一本照相的书。"

九姑接过去看了看说："这都是英文哪。"

大桂说："英文她也学会了。瑞芳，你给查理当过翻译吗？"

瑞芳说："在总领事办事处给他翻译过。"

九姑问："你还去他办事处干过？"

瑞芳说："是临时叫我去的。都是为占房、要账这些事。有些本地人找他，就让我给他翻译，还给我办了个英国驻天津总领事助理的证件呢。这是他给我印的名片儿。"

说着拿出一张名片递给她俩。

大桂看了看说："不错，一面儿是英文，一面儿是咱中国字。瑞芳，你现在出息大了。"

瑞芳热泪盈眶地说："这还不是您给的。"

大桂回到家，跟三爷说了李鉴三去柜上的事。

三爷说："他的意思无非是让咱买他的好儿。过节给他俩送份礼，过年包上百十块大洋，也就对得起他了。"

国防部下令各地组织民众自卫队，用来对抗共产党解放军。天津的自卫队由杜建时兼任总队长，下设常备自卫队，各区还要组织自卫大队。市党部要出个副主任负责总队领导工作，徐世杰说他要全力抓好侦缉队防共反共，居然逃脱了这件事。

徐胖子回到办公室，正在为摆脱这件事洋洋得意，顾珊珊推门进来了。

瑞祥和李文辉都不见了，没了这俩靠山，顾珊珊再干野鸡的老本行，总觉得像受了委屈。她看出眼下当官儿的，没几个不好色，想来想去就盯上了徐胖子。涂脂抹粉打扮了一番，身上洒了不少香水儿，就找他来了。

徐胖子问："珊珊，你怎么来了？"

顾珊珊说："我怎么不能来，李文辉哪儿去了？"

徐胖子说："他去哪儿，我哪知道？"

顾珊珊走过去手扶着他的肩膀说："徐主任，还有您不知道的事？"

徐胖子怕人看见，赶紧指着靠墙的沙发说："你请坐，你请坐。"

顾珊珊扭着屁股坐下说："他是去了南京，对不对？"

徐胖子说："对呀，你明明知道，还问我干什么？"

顾珊珊说："他每次去南京，一到那儿就给我打电话。这回一连几天都没信儿，他究竟干什么去了，你还能不知道？"

徐胖子看着她笑了笑，没说话。

顾珊珊知道他心里想的是什么，站起来又走到徐胖子身边，搂着他的肩膀说："你们男人那点儿鬼心眼儿，我懂。"

顾珊珊身上的香水味儿，冲进徐胖子的心眼儿里，他神魂颠倒地伸手摸着她的屁股问："咱找个地方说去，行吗？"

顾珊珊要的就是他这句话，斜着眼看他说："行啊，离你们市党部远点儿，惠中饭店，那儿背静。"

徐胖子撒开手说："我下班就去。我请你在那儿吃。"

顾珊珊低头亲了他一口说："我去那儿订个房间，用什么名字？"

徐胖子想了想说："你就写顾杰吧。咱俩的名字都有了。我去了就能找到你。"

顾珊珊摆了摆手，一扭一扭地走了。

徐胖子就像得了狗头金，心里乐得不知道怎么好了。他知道李文辉回不来了，心想这个好事可不能错过，下了班我就去惠中饭店会她。

大红眼看要生了，大桂跟薛继承说："过些日子成礼媳妇就要生孩子，我得在家忙几天。"

薛继承说："三爷要抱孙子啦，这可是大喜事。您就先忙您的吧。"

大桂说："我惦记的就是柜上的人们。仗打起来，该走的都走了，眼前留下的，一定把他们照顾好。三爷说了，在咱的人身上，该花的钱就得花。"

薛继承说："是，眼下咱柜上的人手有点儿紧。有可靠的，还得添几个。"

大桂回家跟三爷说："继承又提添人的事了。那天我就想，不行就把西头寇家老二两口子招进来。寇二爷是木匠，看大门还能捎带干点儿木工活儿。二奶奶有力气，正好给厨房添个帮手。他俩在货栈白天干活儿，晚上看大门连照应着货场，也靠得住。"

三爷想了想说："我看行。一个人俩差事，人家乐意来吗？"

大桂说："赶明儿我去问问。"

大桂跟寇家走得很近。她刚结婚连着生了俩闺女，寇奶奶天不亮去娘娘宫求神拜佛给她求来个儿子。生成信，接生、洗三都是寇奶奶。她总惦着寇奶奶的好处。转天雇了辆车，提着一盒点心，就去了西头如意庵酱坊胡同寇家。

寇奶奶在院里一见大桂就说:“三奶奶,你可有日子没来了。”

大桂把点心盒子递给老人说:“我老惦着来,家里柜上事一大堆,总也抽不出工夫。您挺好的?”

寇奶奶看着点心盒子说:“又让你费心。我挺好的,就是市面儿上不行,我们家这几个都没活儿干。光吃不挣,这日子还怎么过?咱进屋说去吧。”

大桂搀着寇奶奶进了屋,寇奶奶把点心放下说:“兵荒马乱的,他们总说去看看你,我说三奶奶那儿还不定多忙呢,别给她添乱了。”

大桂说:“您就总是心疼我。那些日子把我忙得四脚朝天,顾了这儿,顾不了那儿。”

寇奶奶问:“成信多大了?”

大桂说:“十二了。您是他接生奶奶,我哪忘得了。这不总打仗嘛,柜上的外地人都想回去。三爷说还得添几个靠得住的,我就想到二爷跟二奶奶。”

接着就把她的想法都跟寇奶奶说了。

寇奶奶一听赶紧冲着外边喊:“老二!叫上你家里的到我屋来。”

寇二跟他老婆进来就说:“三奶奶来了!”

寇奶奶说:“三奶奶给你俩找了个管吃管住还挣工钱的地方,还不谢谢!”

寇二两口子不住地千恩万谢。

寇奶奶跟大桂说:“我们老二家的饭量大,一顿能吃仨人的饭。哪天都是三分饱儿。我成天怕把她饿出病来。有个能让她吃饱饭的地方,我就放心了。”

寇二奶奶说:“还是老娘疼我。往后下雨您就别出去了。”说着竟掉下泪来。

大桂瞪着俩眼不知道是怎么回事。

寇奶奶说:“三奶奶,你不知道,这些年遇上下雨天,就是她背着我上茅房。还不让别人背,怕把我这把老骨头摔散了架。老二家的,你去吧。往后阴天下雨,我自个儿就臭在屋里。”

说得娘儿俩擦着眼泪,都笑起来。

第二天寇二两口子就来美丰厚上了班。

寇二勤快,到货场把替换下来的旧枕木,拉到门房截成材料,一边看大门,一边修理破损的门窗、家具、货架子。寇二奶奶人胖干活麻利,有力气。

厨房洗菜的大木盆,一个人端起来就走。

九姑跟大桂说:“寇二哥跟二嫂子都是能干人,没几天就跟大伙儿混熟了。你别看二嫂能吃仨人的饭,还能干仨人的活儿呢。这两口子忠心耿耿,你可找对人了。”

当年9月,海河东岸招商局码头一场大火把四千零九十五包美国棉花烧成了灰,损失四十多亿法币。人们看着这一大片熊熊烈火,都说是有人故意放的。海河两岸的货栈、仓库,一时风声鹤唳,家家都胆战心惊。

三爷告诉大桂:“我还是那句话,把咱的人管好就出不了大事。”私下跟段云说:“让你徒弟们夜里惊醒着点儿,年头儿不济,就得防着点儿小人。”

那年冬天,一艘美国军舰停靠在海河西岸的大光明码头。

《民报》头版用半个版面刊登美国军舰的巨幅照片。卖报的孩子在小白楼举着报纸大声喊:“看报嘞!看报嘞!老美的军舰开到大光明码头了!看报嘞!没羞没臊的吉普女郎靠上美国大兵啦!”

一辆美军吉普车正好路过。车上的美国大兵搂着一个烫着飞机头、嘴上抹着口红的女人。听到报童的喊声,那女人扭头:“呸!”吐了他一口。

卖报的孩子气坏了,追着吉普车扯开嗓子骂:“臭窑姐儿!靠老美的野鸡臭窑姐儿!”

马路上的人们看着这一幕,有的哈哈大笑,有的摇头叹息。

第一百一十章

三爷在客厅拍打着一张《民报》说："这叫什么事！光复不到一年，国共两党好不容易签了停战协定，说撕毁就撕毁了！美国军舰也进来了。那么大的人物，怎么说话就不算数！"

大桂说："大人物说的话哪回算数了？国民党一掌权，那些个赃官恨不得一口把整个中国都吃进肚子里。李文辉不就这样嘛！看着吧，还不定谁打得过谁呢。"

三爷说："成信，时局这么乱，你没事就别出去了。白天就到隔壁找三哥学英语去。"

成信答应着："哎，我这就去。"

成信敲开张家的门，张太太说："成信，快进来。学校放假了吧，来玩吧。三哥就愿意你来。"

成信往里走，听见三哥正在唱京剧《四郎探母》："我好比笼中鸟有翅展……"

成信从小就爱听三哥讲故事，四五岁就跟三哥学英文字母。上了学老师教什么，三哥就帮他复习什么。他觉得三哥比老师讲的还有意思。

张家平时就是张太太、三哥、赵妈三个人。张爷在别处有外宅，每天就是中午来吃顿家乡饭，休息一会儿就走。成信每次来，不光学习还帮三哥找东西、拿报纸、倒尿壶，办好些事儿。一天不来三哥就想他。

见成信来了，躺在床上的三哥拿起床头的报纸问他："成信，你会看报了吗？"

成信点头说："我爸老让我看报。"

三哥说："报纸上天天都有国共两党军队开战的消息。你找份地图，在图上找正在打仗的这些地名，特有意思。"

成信说："我们家地图是成本儿的，不好找。"

三哥说："那你就按省找，找到地名就画上圈儿。成信，你到大光明码头看美国军舰去了吗？"

成信说:“看去了,军舰可大呢,像个楼房。”

三哥小声问:“你见过吉普女郎吗?”

成信说:“见过,小白楼、三义庄都有。头发烫成卷儿,黑眼圈儿,红嘴唇儿。还有人唱她们呢,三轮车上的小姐真美丽,玻璃袜子短大衣。我同学说她们是浪……”

三哥赶紧摆手:“别说了,别说了。”

成信不知道怎么回事,待了会儿问:“怎么老没见我四哥?”

三哥看着他说:“国共内战打起来,他就不知道去哪儿了。修武这人爱冲动。别问这些事了,学校停课你就到我这儿来学英语吧。”

大红要生了,大桂让成信赶紧到里边胡同去请接生的。

接生奶奶请来了,大舅母陪着上了楼。大桂烧开水、拿大盆,找出预备好的小被褥,楼上楼下一通忙活。三爷在客厅里紧张地走来走去。突然楼上传来婴儿的哭声。

成信从楼上跑下来说:“爸爸,大红姐生了,是男孩儿!我娘说今年是狗年,咱家又添了个小狗儿!”

三爷说:“好啊,好啊!”

站在屋里哈哈大笑。

1946年12月24日,美国海军陆战队士兵皮尔逊,在北平强奸了女大学生沈崇。听到这个消息,天津立时掀起抗议怒潮。

卖报的孩子在小白楼大街大声喊:“看报嘞!看报嘞!北平出大事了!美国大兵强奸中国女大学生!五十万人参加抗暴大游行!上海总工会致电蒋委员长,强烈要求驱逐美军出境!”

三爷在家里拿着报纸气愤地说:“这又是怎么回事?美国人怎么跟日本人一样横行霸道!”

大桂说:“不至于吧?咱见过的瓦尔登、汤姆、杰姆森,不都挺客气的嘛。”

三爷说:“瓦尔登、汤姆他们都是有文化的人。那些大兵有的就是没文化的大老粗,兵痞、流氓。不管怎么说,北平、天津又得乱一阵子。”

为抗议美军暴行,天津工人、学生和各界人士举行了声势浩大的游行,强烈要求驱逐停泊在海河码头的美国军舰。美丰厚货栈门前人流涌动，游行的人们喊着口号，一队接着一队地往戈登花园的市政府走，成信也在游行队伍里。

游行队伍越喊越起劲，政府大楼鸦雀无声，没任何反应。游行的、看热闹的一起涌着往前走，快到美丰厚门前了，段师傅跟门房寇二爷说："咱把大门关上吧。万一有人进来毁点儿什么，咱也倒霉。"

他俩早早就把门关上了。

1947年元旦，停泊在海河码头的外国船上挂起了一排排五颜六色的三角旗。迎面挂着"HAPPY NEW YEAR"（新年快乐）的横幅，扩音器里播放着欢乐的音乐。

小白楼大街商店的橱窗里，圣诞节大甩卖的广告还没撤下来，又贴出新年大酬宾的广告。

三爷正在看报，夏玉珠风风火火地进来说："三叔，新年好！"

三爷笑着说："谁过这个外国年哪。你怎么有空上我这来？"

玉珠说："给您送新闻来呀！今天全市大学中学继续组织抗议美军暴行的大游行，一辆美军吉普车在大街上撞伤个孩子。游行队伍一下子集中到市政府，要求市长出面答复怎么处理。听说新任命的杜建时市长答应出来见学生了。"

三爷问："你怎么没去抓这条新闻？"

玉珠说："这种新闻大报小报都在抢，等我们登出来就成残羹剩菜了。再说了，杜市长胆子再大，也不敢把美国军队怎么样。这种不咸不淡的新闻也没人爱看。我正憋着下一条新闻呢。"

三爷问："还有什么新闻？"

玉珠小声说："国民党市党部内部闹矛盾，有一拨人反对市党部主任邵华，公开喊打倒邵华的口号。这事要闹出来，就是一条大新闻。"

三爷说："国民党这些人，正事不干，净闹些歪七扭八的事。玉珠，你妈临走还惦着你的事呢，你跟薛继承不是挺好吗？"

玉珠说："三叔，您这么开通的人，怎么也跟我妈一样老脑筋。总想包办哪行啊！"

说完笑嘻嘻地走了。

一月下旬就进了三九。俗话说一九二九不出手，三九四九冰上走。那几天气温突然降到零下十七摄氏度，大沽口外的海面结了冰，大小轮船、木船都被冻结在海水里，航运全部停止，海河码头就像停了摆的钟表，顿时没了生气。

船进不来也出不去，美丰厚货栈的几十号装卸工也没活儿干了。按月关钱的长工还好说，挣一天吃一天的短工，闲着就没饭吃。大桂记着三爷要善待工人这句话，想起当年独流码头上卸完货的运粮船，船舱里总有些撒出来的粮食。清扫船舱灰尘弥漫，船工们不愿意干，就找当地的人给他们打扫。清扫出来的土粮和船上给的工钱，也就归了这些人。

大桂把扫船舱的想法，告诉了薛继承。她说："我看海河码头停着那几艘几百吨的货轮，船舱得多大呀，好歹扫扫就能扫出不少粮食。"

薛继承说："这可是好事，咱得跟货轮上说说。"

大桂说："咱要上船就得给人家把舱里舱外都打扫干净，还别动人家的东西。"

薛继承说："要挑稳当的工人，还得给他们立几条规矩。"

大桂说："这事就让段师傅办吧。段师傅办事严谨，对咱柜上的工人，他说话最有分量。"

从陈昆被逼走，段师傅就管起装船卸货和货场这一摊，跟货轮打交道的事都是他出面。扫船舱这事跟船上管事的一说，对方非常赞成。听说连舱里、甲板、过道都给打扫，提出要能捎带把玻璃擦干净，他们多付工钱。

段师傅满口答应，随后就带着几十号工人去扫舱。

大桂怕出事，叫上九姑、寇二嫂也上船跟他们一起干。董事长都来扫船舱，大伙儿干劲儿更足了。一连几天哪天都连粮带土扫回几十麻袋。用水淘洗，少说也能淘出百八十斤粮食。小麦居多，也有大豆之类的杂粮。

当时天津物价疯涨，粮食奇缺，工人们家家都吃不饱。厨房每天中午用它熬一大锅粥免费让大伙儿喝，下班每个人还让抓两把带回家。

大桂说："回去也别自个儿吃，熬锅粥让左邻右舍的老人、病人、孩子们都喝点儿，见点儿粮食就饿不死人。"

大桂告诉段师傅，也给四爷他们送点儿。段师傅提着几十斤杂粮交给杜四说:“这是从船舱里扫出来的。三奶奶让给弟兄们也贴补贴补。只要我们有,就有你们的一份儿。”

杜四接过去说:“我们都看见了,现如今粮食这么金贵,亏得三奶奶惦着我这些穷哥们儿。”

段师傅说:“穷孩子出身,就是饿不死的鸟儿。我那儿的工友,也都念她的好儿。”

熬过寒冬,渤海湾终于解冻了。海河码头来来往往的外国商船多起来,装船卸船的活儿一多,搬运工又能吃饱饭了。

美国海军陆战队的军舰还在海河大光明码头停着,两岸都有钢板焊的军用码头。东岸空地上设了个铁栅栏围着的橄榄球场。西岸紧挨着英国人的俱乐部,楼下是咖啡厅,楼上是大光明电影院。这也成了美军官兵的娱乐场所。

抗议美国兵在北平强奸女大学生的游行队伍,都到这个码头来喊美军滚出去的口号。路过的行人和搬运工也跟着喊。有个码头工人跟美国兵发生冲突,竟让他一枪打死。愤怒的学生、市民涌到市政府门前要求严惩凶手,抗议浪潮再次高涨起来。

游行队伍常从美丰厚货栈门前经过,九姑说:“外边总喊让美国军舰滚回去,我还没见过军舰是嘛样儿呢。大光明码头离咱这儿远吗?”

大桂说:“不远,去小白楼就路过那个路口,一会儿下班咱叫上寇二嫂一块儿看看去。”

下班了,美丰厚的工人有的进了食堂,有的往大门外走。九姑悄悄跟寇二嫂说:“咱出去一趟。”

寇二嫂说:“吃完还得归置呢。”

九姑说:“我跟蔡师傅说好了,一会儿回来再收拾,大桂等着呢。”

寇二嫂受宠若惊地问:“三奶奶叫咱出去?”

九姑点点头,拉着她就走。

寇二嫂说:“我得换件儿衣裳啊。”

九姑笑着说:“咱是去码头看轮船,又没人相你。”

寇二嫂走着说:“要有人相我就好了。气气寇老二,别让他总嫌我吃得多。”

她俩走到大门口，大桂正在那儿跟寇二爷说话。

九姑说：“寇二爷，我们把二嫂子领走了，码头那儿有人要相她。”

寇二爷说：“有人相好啊，要相上还能给三奶奶省点儿粮食。”

寇二嫂说：“你看看，他是嫌我吃得多不是。”

寇二爷说：“我没嫌你吃得多。吃得多还能多攒点儿肥料，多打点儿粮食呢。”

逗得三个女人嘻嘻哈哈笑着就走了。

寇家二嫂子来到美丰厚，就跟大桂、九姑好得形影不离。倒不是女人跟女人亲热，是她们仨都有一股天不怕地不怕的劲头儿。

三个女人去大光明码头看军舰，远远看见那儿围着一群人，有人在里边演讲，外边有几个腰里别着棒子的便衣。

九姑悄悄说：“大桂，那几个人我认识，都是市党部侦缉队的。那天去咱那儿抓人的就是他们。”

寇二嫂说：“是嘛，我过去损损他们，不服气我就揍他。别看他有棒子，我对付他俩仨的，白给！”

九姑说：“他不动手，咱也别动。”

大桂说：“咱别惹他们。三爷总说民不跟官斗。咱做咱的生意，别掺合他们的事。”

寇二嫂说：“他抓咱的人就白抓了？”

大桂笑着说：“人没抓着。就是抓了咱也没办法。走吧，咱还是看军舰去吧，一会儿美国军舰让撵跑了，你可看不着了。”

正说着军舰上的汽笛响起来。

沉闷的汽笛“哞！哞！”地响了两声，军舰慢慢地启动了。

寇二嫂大声说：“你看，老美的军舰开动了。”

大桂疑惑地问：“它是要走吗？”

突然后边有人喊：“老美的军舰要走了！老美的军舰要走了！”

大光明码头聚的人越来越多，人们激动地大声喊：“老美的军舰滚蛋了！老美的军舰滚蛋了！”

外边的形势紧张，天津人的心情也紧张。那天张家三哥张修德从报纸上看到市内各区组织民众自卫队对抗共军的消息，不由得心惊肉跳。他让赵妈和成信把他从床上扶起来，架着双拐直挺挺地站在客厅窗前，心想市区都准备开打了，往后可怎么办？

正想着忽然看到胡同里进来三个陌生人，急匆匆直接往里走，三哥紧张地自言自语说："这是找谁的？"

成信从窗户往外看，转眼间那三个人已经进了张家。一个人走进客厅问："这是张修武家吗？"

三哥赶忙点点头。

那人问："你是他什么人？"

张修德说："我是他三哥。"

那人问："他上哪儿去了？"

三哥说："他上中学就住校，上大学还住校，我不知道他去哪儿了。"

这时张太太进来问："你们找我儿子干什么？"

那人说："你是张修武的妈妈？张修武在学校带头闹事，听说当局要抓他，他就跑了。有人说他去敌占区投了共产党。难道你们家就不知道？"

张太太说："我儿子住在学校好几个月没回来，他去哪儿了，家里怎么知道？"

那人说："他跑了，你就跟我们去一趟吧！"

张太太说："你们找不到他，把我这个老婆子带走有什么用？"

那个人蛮横地瞪着眼说："你们家里不去说清楚，我们回去怎么交代？"

成信见这几个人挺横，悄悄溜回家说："娘。张太太家来了三个人，要把张太太带走。您快去看看吧！"

大桂跟着成信走进张家，见那三个人还在，就问："你们是干什么的？"

挺横的那个人说："我们是南开大学治安处的。张修武在学校带头闹事，市党部指名要抓他。你是什么人？"

大桂说："我是他邻居。你们抓不着张修武，把老太太带走算什么事？"

那个人气势汹汹地说："你别多管闲事！不让带走老太太，把你带走行吗！"

大桂也火了："你要敢带，我就敢去！"

那人使了个眼色，另两个人上去就推着大桂往外走。刚出张家大门，过来四个穿军装的，为首的是米大锁。

大锁一把揪住推大桂的人，大声问：“你们到居民区抓人，有证件吗？”

那三个人你看我、我看你，谁也拿不出证件来。挺横的那个人说：“我们是南开大学治安处的，是市党部给的名单，你们军队管不着！”

大锁没等他说完，抬手就给他个嘴巴，大声说：“我们警备区正在整肃！就是要整你们这些冒充党政机关，敲诈勒索、欺压百姓的混蛋！”

话音没落，另三个穿军装的把这三个人拽出门去，抡起拳头就打。那三个人哪经得住这四个小伙子暴揍？打得他们“哎呀、哎呀”地怪叫。三哥架着拐站在屋里被吓得浑身发抖。忽然看见成信正在他家大门里偷着乐呢。再回头看，三奶奶也在笑。

四个穿军装的把这三个人打了半天，大桂过去说：“几位老总别在这儿打了，别为这几个人闹得四邻八舍都不安生。”

大锁挥手做了个停止的手势，打人的都住了手。他挑起大拇指，对着自己左臂上的标志说：“我们是天津警备区宪兵队的，专管你们这些地痞。不服气的到警备区找我们！滚吧！”

三个人屁滚尿流地跑出胡同。

出来看热闹的邻居们议论纷纷。

大锁他们四个穿军服的跟着大桂进了院。大锁介绍说：“这是我大姑。他们都是我的师兄弟。这是岳光，他叫唐荣森，他叫周祥。”

大桂说：“要不是你们来了，我还不定让他们带到哪儿去呢。后院看看你娘去吧，一会儿吃完饭再走。”

成信跑回张家，三哥问：“那几个穿军服的你认识？”

成信说：“那是我大表哥跟他同事，都是被服厂的工人。他们厂里发不出工资，就拿军装顶工钱。”

张太太说：“今天多亏他们，要不就把你妈带走了。”

成信说：“我娘才不怕他们呢。”

第一百一十一章

市党部的机要员给杜市长送来两份电报。梁秘书拿着它走进办公室说："杜长官，有两份电报。"

杜建时接过去看，一份电报是：1947年11月12日石门失守。另一份电报是：陈长捷任天津警备区司令。

杜建时冷笑着说："丢了石门天津就赶紧换司令，这准是傅长官的主意。陈介山（陈长捷字介山）跟日本人交手是一员猛将，当了几年补给区司令，真是屈他的才了。可对付共产党的部队，谁知道他能怎么样。"

梁子青问："现在这位牟司令呢？"

杜建时说："大江东去，将领们告职归隐成风，他也有去处了吧！"

梁子青说："还有一件事，政府接收了租界，当过总领事的英国人查理先生要回国，今天晚上请瓦尔登参谋长吃饭，请您一块儿去。"

杜建时说："往后这类应酬，就都婉言谢绝吧。"

梁子青说："他说就在咱市府对面的美丰厚货栈小餐厅聚聚。"

杜建时说："美丰厚那个小餐厅？那儿倒挺清净，西餐中餐都不错，人也不错。那咱就一块儿去吧。"

这天晚上，邀请的几位客人都按时来到美丰厚货栈的小餐厅。他们说英语，梁子青给三爷当翻译。

查理高兴地说："瓦尔登先生和我弟弟是同学，杜建时先生是我们的朋友，在我设计的美丰厚货栈小餐厅聚会，由我的老朋友成子和做东。尽管有将军和市长在场，可是绝对没有官方色彩。用纯真的友情欢送我，让我非常感动，也非常高兴。"

瓦尔登说："在天津外围隆隆的炮声中，听到你这一番话，我也为这种伟大的友谊所感动。每次到美丰厚这里，我都很高兴。我们洛基司令的一位朋友，救济总署的汤姆先生也很喜欢这个地方。明天他也要走了。他没来这儿真是遗憾。"

杜建时赶紧说："汤姆就住在对面的利顺德饭店，借花献佛我也送送他。

成先生,我替您再请一位客人,您不介意吧。”

三爷说:“这是我求之不得的好事,我马上派人去请他。”

大桂说:“要请汤姆先生,能不能把杰姆森先生也请来?他俩都是我们的朋友。”

瓦尔登高兴地耸着肩摊开两手说:“伟大,纯洁的友情真伟大。成太太,你可要再给我们做一次贴饽饽熬鱼啊。”

梁子青站起来说:“我去请他们吧。”

杜建时感慨地说:“查理先生,您和成先生相识近半个世纪,经历那么多动乱,友情始终不渝,我非常羡慕。我们中国人讲亲情、友情,可是官场上讲的是派系。一分派系真正的友情就被冲淡了!”

汤姆和杰姆森来了。

大桂和三爷迎过去跟他俩握手说:“欢迎你汤姆先生,杰姆森先生!”

汤姆高兴地点头说:“谢谢!董事长,这位是您的先生?”

大桂说:“是我先生,他叫成子和。”回头跟三爷说:“这两位就是联合国善后救济总署的朋友。”

汤姆摇头说:“NO,NO!你说的那个机构已经不存在了。我们就是你所说的最后那两个字,朋友。经商的朋友。”

杜建时说:“今后你做我们天津商界的朋友,也很好啊!”

瓦尔登举起手说:“我也愿意做这样的朋友。”

大桂说:“非常欢迎!”

客人们都笑着坐下了。

三爷笑着说:“难得几位新老朋友聚在一起。圣诞节快到了。我给各位都准备了一件小礼物。”

这时大桂出去拿来几个精致的小木匣,分送给在座的客人,每人一个。

几个人打开小木匣,见里边是个挂着红丝绳的紫红色小木块儿。光滑圆润,非常好看。

查理提着木块儿上的红丝绳说:“子和,你这里净是稀奇古怪的玩意儿。它叫什么?”

三爷看着送给客人的小玩意儿说:“它叫小捻儿。这块小木头,是桃树根上长的结。按它原来的形状磨光滑,握在手心里用力不住地捻它,手心就可以发热。”

瓦尔登瞪着眼问：“它能发热？

三爷说：“它本身不发热。你只要稍微使劲在手里不断捻它，手心就会摩擦发热。中医经络学说里，手心这个穴位叫劳宫。捻的时间一长，甚至全身都觉得暖和。”

瓦尔登连连点头，手里攥着他的小捻儿说：“有道理。摩擦生热，自己温暖自己。”

三爷说：“中国古人认为桃木是辟邪的。把这个小捻儿装在衣袋里，既可以随时把玩它，攥着它搓手取暖，还可以辟邪，让它给各位带来好运。”

查理看着手里的小捻儿说：“这个礼物太珍贵了。我觉得它蕴含的是中国古老的哲理，自食其力。人最可靠的力量就在自己身上。我看这么多年你经营美丰厚货栈，非常重视强化自已的队伍，就是这个道理。”

汤姆看着查理说：“你说得对！美丰厚的员工，作业认真，守规矩、讲诚信，很有礼貌，很团结，也很聪明，给我留下很深刻的印象。”

三爷说：“谢谢你的夸奖。我们对员工的要求很严格。几十年闯过这么多风风雨雨，不靠自己哪行啊。”

杜建时摇着头说：“很可惜，我接触我们中国的传统文化，实在太晚了。”

丰盛的几道西餐大菜上过以后，大桂端来个两大盘子，大声说：“你们趁热吃啊，这是我做的贴饽饽熬鱼！”

瓦尔登抢着说：“中国有句古语，鱼吾所欲也。意思是我最爱吃鱼。对吧？”

查理指着他说：“你一高兴就显摆起你的中文底子了，对吧？”

在场的人们都笑了起来。

杜建时见大家都很高兴，兴致也高起来。他问：“成先生，您是天津本地人，您对天津这个城市有什么看法？”

三爷说：“记得我的老师跟我说，天津是有六百多年历史的商埠。生于河、兴于海，发祥于码头。吃四方饭，养八方人。离开港口码头，它就是一片不长庄稼的盐碱地。”

杜建时点头说：“精辟，精辟。您对天津人怎么评价？”

三爷说：“天津人就认凭本事吃饭。热情、厚道、讲义气。不欺生、不排外，不笑话穷人，不嫉妒富人。不论本地人、外地人，中国人、外国人，在天津都觉得踏实。”

查理说：“所以我们离开这个地方，都有些留恋。”

在座的人们都会意地笑了。

临别的时候，几个人互相握手，互道珍重。

瓦尔登握着三爷的手说：“也许我很快就要离开天津了，成先生，你要保重身体！”

三爷说：“那你就可以陪女儿去滑雪了。”

两个人会意地笑了。

查理是最后走的。临行前他紧紧握着三爷的手说：“你是我走上社会最早的、也是最好的朋友。我是美丰厚货栈的设计者、建设者，也是美丰厚几十年坎坷历程的见证人。很难忘啊！”

三爷说：“咱们两个人都六十多岁了。那几年你回了英国，咱俩尽管不在一起，可彼此总是心照不宣，有那么多默契。从此一别，有生之年还能不能再相见，就不好说了。”

两个人说着，都已经泪眼蒙眬。

查理压低声音说：“你的美丰厚再遇到困难，你就让魏瑞芳出面，我可以帮助你。”

三爷紧紧地握着他的手，没说话。

查理离开天津之前，瑞芳已经把他的文件、信件、资料、设计图纸，都整理了一遍。重要的、有纪念意义的建筑设计资料和图纸，都翻拍成胶片，查理非常满意。

他把文字资料和事务所的房子，都留给瑞芳，还特意给瑞芳签了一份英国前驻天津总领事助理的证明，重新给她印了名片。

查理说：“瑞芳，你的身份，我已经在南京英国大使馆备案了。今后天津的英国侨民，遇到困难可能会找你。大部分遗留问题我已经为他们解决了，也许还会有些遗留的问题。解决不了的，你可以向南京英国大使馆反映。”

这时他把一个美国花旗银行的存折和一张名片交给瑞芳说：“这一万美元，是我留给你必要时用的。生活费我已经委托美丰厚货栈按月付给你，有困难可以去找他们。这是我在英国的住址,中国的内战很可能愈演愈烈。你觉得有必要,就去英国找我。”

查理又从衣袋里掏出一个信封:“这是我给杜建时将军的一封信,一旦形势危急,请他帮助你离开天津。”

瑞芳接过这封信,激动地流着泪说:“谢谢您,查理先生。您为我想的太周到了。您给我的这一切,改变了我的一生。我觉得您就像我的父亲。”

查理说:“我一直就把你当作我的女儿啊。”

两个人激动得流下了泪水,拥抱在一起。

市党部侦缉队长王林,逮捕亲共分子几次都扑了空。自己觉得脸上无光,一个人在家喝闷酒。有个特务进来说:“王队长,我知道您为嘛憋屈。”

王林抬头见是侦缉队的宋癞子,不耐烦地说:“去、去、去! 你知道个屁!”

宋癞子说:“这几回逮捕嫌疑分子没得手,您在徐主任那儿栽了面儿,对不对?”

王林撇了他一眼说:“对又怎么样? 你有办法?”

宋癞子得意地说:“我就为这事来的。”说着抓起桌子上的烧鸡咬了一口。

王林不耐烦地说:“有屁快放!”

宋癞子凑到王林眼前小声说:“我打听到美丰厚的陈昆了,他就在河东。”

王林盯着他问:“你怎么知道的?”

宋癞子得意地说:“我在海河码头有耳目。”

王林问:“他在河东哪儿,知道吗?”

宋癞子说:“我线人说,大王庄紧东头,有个大杂院儿。”

王林不屑地说:“那儿还能住人吗!”

宋癞子说:“您不知道吧,那儿改大车店了! 陈昆就猫在那里头。”

王林问:“姓董的呢?”

宋癞子摇摇头说:“他没说,没准儿也在那里头。”

王林啪的一声把酒杯摔在地上:“他要在那儿,准能逮着! 走,再叫几个弟兄,咱这就去!”

宋癞子问:“跟队里说一声?”

王林说:“抓回人来再说,省得让人家说三道四。”

王林带着几个便衣走到大光明摆渡口，坐摆渡到了河东。

瘸腿秦爷肩膀上架着卖烟的盘子，正在河东岸边喊："小粉包的烟卷儿，十根儿的！"

他忽然发现王林带着人上了岸，赶紧转身一瘸一拐地钻进胡同里。

大王庄东头新开张的王记大车店，整齐的围墙，宽敞的院落，迎面是一排平房。王林远远看见这儿真变了样儿，站在那儿自言自语："这儿怎么冒出个大车店呢？"

宋癞子说："听说是头几个月动的工，买卖还挺火呢。"

几个人大摇大摆地走过去，王林进了院子就喊："哎！这个王记大车店，是哪家姓王的？"

金锁从柜房出来说："王林，你不知道？是王奶奶家那个姓王的！"

王林一门心思来大车店抓共产党，没想到出来个被他赶出山门，几年没露面儿的徒弟张金锁。

他吃惊地倒退了两步，疑惑地问："你是张金锁？"

金锁冷笑着说："难得你还认得我。"

王林问："大车店是你开的？"

金锁点头说："是我开的，是我给王奶奶开的。"

王林瞪大眼睛问："你是说，我妈还在？"

金锁看着他说："在，还硬朗着呢。你还有脸问你老妈？"

王林说："张金锁，今天我不是冲着你来的。我把你赶出山门，咱爷儿俩的师徒关系就一刀两断了。我是来找人的！"

金锁问："你找谁？"

王林说："美丰厚的陈昆跟姓董的。"

金锁冷笑了两声问："你找这俩人干嘛？"

王林说："他俩是共产党！是政治犯。你不懂这个，人在你这儿吗？"

金锁两眼盯着他问："你是先找人，还是先看你妈？"

王林大声说："找人是我的公事，先找人！"

金锁不紧不慢地冷笑着问："你怎么知道他俩就在我这儿？"

王林见他故意拖延，当时就急了，猛地从腰里拽出驳壳枪指着金锁说："我看你是上了共产党的道儿了。把人交出来！不然我就连你一块儿抓！"

几个跟来的便衣见队长掏出手枪，也都把枪亮出来，一齐对着张金锁。

王林他们正在把注意力集中在金锁身上，秦爷悄悄把大门关好，插上门闩。提着木棍一瘸一拐地走过去说："几位爷，别这么横。王队长，您是有意带着这些哥们儿一块儿来的吧？真不错，当完汉奸又给国民党看家护院，改朝换代也饿不着咱。"

宋癞子惊讶地问："秦爷，您也在这儿？"

秦爷说："我们几个不招待见的都在这儿呢。"

王林见他往旧事上扯，大声喊："你胡扯什么！"抬手砰的一枪打在秦爷脚前。

王林的枪一响，跟来的几个便衣都愣了。

这几个人还没醒过味儿来，后院儿突然传来一阵噼噼啪啪的响声！

王林不知道这是怎么回事，正想让跟来的人去看看。站在对面的金锁猛地扑过去一把夺过他手里的枪，一脚把他踹到。

这时夏磊、陈昆带着人突然从东西两侧出来，啪啪！啪！啪！啪！几支步枪、手枪一齐开火，转眼就把跟来的几个人撂倒。

有两个倒地的便衣开枪反击，啪！啪！啪！几发子弹当时就把他俩击毙。其余几个受伤倒地的见势不妙，赶紧扔掉手里的枪，举起手来表示投降。

夏磊、陈昆和大车店的人，用麻绳把王林和那几个受伤的便衣捆得结结实实。从他们身上撕下布来蒙上眼，嘴里塞进布团。

秦爷点了点人数："连王林在内，五个活的俩死的，一个不少。"

夏磊说："金锁，把他们的手枪、子弹跟证件都收起来。"

金锁一摆手，店里的人们一齐动手，这几个便衣的手枪、枪套、子弹夹、证件跟口袋里的法币收拢到一起，送进库房。

陈昆说："夏磊，这几个人就让金锁处理吧。"

夏磊点点头。

金锁跟这几个伙计说："你们几个把他们拖到后院。秦爷，把现场清理干净，咱开门做买卖。有人问也别说那些没用的。"

秦爷笑着说："夏先生那挂鞭放得真带劲，谁还问咱这里的事！陈爷，咱买的那几支枪，这回都用上了。"

这句话把张金锁、夏磊和陈昆都说乐了。

他们走到后院，蒙着眼的王林和那四个被打伤的便衣，横七竖八地躺在库房门外。

金锁小声问："夏磊，怎么处置他们？"

夏磊问："这几个都是你原来的哥们儿吧？"

金锁点点头。

夏磊说："就按你们的规矩，在香堂处置他们，对咱的人也是教育。"

金锁明白了，跟店里的弟兄们说："开香堂！"

紧靠北墙的一间大库房，是张金锁他们自己立的香堂。两个伙计把房门打开，擦干净香案和上面摆着的纸盒子，扫了扫地，点着两只红蜡烛。出来跟金锁说："准备好了。"

金锁说："把咱们的人都叫来。老夏、老陈，你俩先在里边屋里坐会儿。"

这间大库房有个侧门通向另一间库房。夏磊、陈昆打开侧门走了进去。

店里当伙计的几位老哥们儿都来了。

金锁大声说："王林带着侦缉队的人到咱这儿抓共产党。咱要不先动手，他们仗着手里有枪，准得打死几个。抓了人还得砸了咱大车店。你们说，这种人能留下吗？"

几个人都说："不能留下！这里头没一个好东西！"

金锁说："好，我听大伙的。把王林带进来！"

两个人出去拽起王林，拉着他走进这间大库房。摘下蒙眼布，王林抬头一看，迎面挂着关老爷神像，桌子上摆着香炉、蜡扦儿和一个匣子。

他咬牙切齿地说："张金锁，你好大胆！敢另立山门！"

金锁说："姓王的，你看看这屋里，有你不认识的吗？"

王林左右一看，都是他当年的手下，瞪着眼说："啊？你们都在这儿？"

几个人气愤地瞪着他，谁也没说话。

金锁从香案上的纸匣子里拿出一根银簪子，在王林眼前晃了晃问："姓王的，这根银簪子你准认识吧？"

王林看了看说："是我娘的。"

金锁说："亏了你还认识！"

他把银簪子放在香案上，大喝一声："跪下！王林你听着！你当汉奸是为不忠，抛弃亲娘是为不孝，坑害弟兄是为不仁，当国民党的走狗，欺负穷哥们儿是为不义！把两位先生请出来。”

有人把侧门打开，夏磊、陈昆走出来。

金锁指着陈昆说：“姓王的，这就是你要抓的共产党陈昆。告诉你，人家什么党也不是！你绕世界抓人家，他干嘛了？当年带车炸日本飞机场的就是他！你们干嘛了？为非作歹欺压百姓！今天不除了你，我张金锁就对不起天津人，对不起王奶奶！也对不起我成天供着的这两根簪子！”

张金锁把王林的那把驳壳枪拿在手里，咔的一声子弹上了膛。喊了声：“把他拉远点儿！让他面朝外跪，别让他的黑血弄脏关老爷的香案！把那几个也押进来！”

几个人出去把那四个受伤的便衣推进来，面朝外跪下。刚给他们摘掉蒙眼布，有的看到这阵势就明白了，大声喊：“锁爷，我刚进侦缉队，嘛坏事也没干过呀！”

金锁冷笑着说：“我还没见过国民党市党部的侦缉队里，还有没干过坏事的！”

那个便衣还在喊，金锁大声说：“你们这几个侦缉队的人听着！今天我就替咱们国家，替咱天津的百姓除了你们！”

啪！啪！啪！啪！啪！几声枪响，五个恶人应声倒地。

第一百一十二章

当天夜里,夏磊、陈昆、金锁和大车店的人们,在远处野地里挖了个深坑,用大车把前后打死的七个特务拉出来埋了。

秦爷说:“把浮土踩实在点儿,别让野狗刨出来。”

金锁笑着说:“这几个歹人,肉也是臭的,狗才不吃呢!”

陈昆悄悄问夏磊:“除了姓王的,我没事了吧?”

夏磊小声说:“不见得。还是小心为妙。别去河西,可以回家住几天。别晚上走,白天没人注意。找地方给美丰厚打个电话,报个平安。”

第二天上午,陈昆回到家媳妇问他:“你怎么回来了?柜上不忙了?”

陈昆问她:“谁说我忙了,我忙嘛?”

他媳妇说:“哪个月美丰厚柜上的人送钱来都说,你特别忙,一时半会儿回不来。”

陈昆明白了,这准是三奶奶的主意。

他在家踏踏实实住了两天,在河东找了个邮政局,给美丰厚经理室拨通电话,是大桂接的。

大桂问:“您找谁?”

陈昆听是三奶奶,一股热流往上涌,差点儿没哭出声来。他哽咽着说:“三嫂子嘛,你们都好吧。”

大桂心里说谁是三嫂子?忽然听出这是陈昆的声音,赶紧说:“我们都好,你挺好的吧?你三哥挺想你的。”

陈昆流着泪说:“告诉我三哥、四哥,我挺好,夏先生也挺好。别惦着了。回见吧!”

说完就把电话挂了。

薛继承问:“三奶奶,谁的电话,你怎么哭了?”

大桂说:“是陈昆。说他挺好,夏先生也好。”

说着竟激动得泪流满面。

国民党军队在各地节节败退，贪官丑态百出，物价飞涨，民怨沸腾，大报不敢登，有的小报常透露这类消息。天津市党部主任恼羞成怒，让管情报的徐副主任查办。

徐胖子每天跟顾珊珊花天酒地，根本就不上班。让他查办这事，他就找侦缉队队长王林。一问才知道，王林好几天没来了。徐胖子问："他去哪儿了？"

崔如意伸手比画了个八字，小声说："他看形势不好，可能带着几个弟兄投奔那边儿了。"

徐胖子说："这小子当过汉奸，人家能要他？当土匪去了吧！"

崔如意点点头。

徐胖子说："正好，这个队长你就当吧。"

当时就把砸抄报馆的事交代给他。

夏玉珠戴了一顶大帽子，雇了辆洋车来到小白楼成家。进门就说："三叔，想我了吧！"

三爷看着她问："你戴着这顶大帽子，是让人打了？"

玉珠摘下帽子说："是挨打了，现在好了。"

三爷见她头上还缠着一圈纱布，心疼地说："头都给打破了！什么人打的？"

玉珠说："打人的还能告诉咱他是谁？我心里清楚，是市党部的人。去年我捅出刘四的案子，还弄得张廷谔下不来台；今年报道了市党部起内讧，搬倒了主任邵华；最近又把反饥饿、罢工、罢课、美国兵开车撞死人的事捅出来，人家还不恨死我？"

三爷说："那都是明摆着的事嘛。"

玉珠说："他们才不管那个呢。让说，你就得跟着嚷嚷；不让说，透点儿风都不行。其实有些事他们想压也压不住。美国兵营四百多中国工人罢工，国民党中统成立特务机构党员通信局，军统、中统组织爪牙镇压民众。这些事不登报，民众早晚也得知道。"

大桂回来了，看见玉珠就问："你这是怎么回事？"

三爷说："让人打了。"

玉珠说："就蹭破点儿皮。我哥怎么样？"

大桂说："他们的事我从来不打听，说是在河东开大车店，谁知道他们在那儿干什么。你别走了，住下养几天。要不我怎么跟你娘交代！"

玉珠叹了口气说："我是得住几天，报社让人家砸了，我上哪儿去呀。"

正说着过道里人影一闪，像是又进来个头上缠纱布的。大桂出去一看，是大锁。

大桂说："大锁，你也让人打了？进来吧，跟你姑父说说。"

大锁不好意思地走进客厅说："大姑父，玉珠姐。"

玉珠问："大锁，你怎么也成伤兵了？"

大锁说："我们被服厂几个月没关钱，找管后勤的去讲理，一拨当兵的挡着不让进。我们往里闯，几个兵抡着棒子打我们。再往里闯就开枪了，郭永聚、高焕章两位师傅都让他们打死了。"

大桂吃惊地问："出人命啦？"

大锁说："那可不。我们厂当时就联络那几个被服厂一块儿罢工，受伤的都让回家养几天。"

三爷气愤地说："这就叫天下大乱！"

大桂说："你玉珠姐也是挨了棒子回来的。去后院跟你娘说一声，你到楼上成信那屋。玉珠到玉环那屋，那屋一个大床、一个小床，杜娟晚上回来也住那儿。"

玉珠问："小丫头干什么了？"

大桂说："在中街哪个饭店学做西餐呢。你就在这儿待着吧。楼上清静，你俩都好好养几天。"

大锁去后院了。

玉珠说："三叔，前几天我住大学老师家，看了他搜集的资料。当前在天津码头干搬运的散工，将近一千八百人，百分之七十来自山东，天津附近的有百分之十，其他地区的百分之二十。露宿街头的有二百多人，住窝铺的二百多人，其余都在小店儿跟大杂院儿里住。大部分是灾民。挣一天吃一天，没任何保障，真是太悲惨了。"

三爷眼含泪水说："我就是从那些人里出来的。这几十年除了天灾，就是闹义和团、八国联军，军阀混战，十四年抗战，现在国共还在打，一直这么乱，总也安定不下来。什么时候才能平平安安地过日子啊！”

1948年下半年，天津外围炮声不断，市内百业萧条，可是招待国民党大官儿跟外国人的酒店、饭店和娱乐场所，依然是花天酒地，夜夜笙歌。

市党部副主任徐世杰自从姘上顾珊珊，总觉得钱不够花，想尽办法捞钱，也满足不了顾珊珊的高档消费和那些千奇百怪的欲望。想来想去，来钱的门路就落到美丰厚货栈头上。

李鉴三曾经告诉他，要想打美丰厚的主意，就得找合适的机会再动手。他不想再等了，背着李鉴三把搞情报的萧兆升叫到办公室，问他：“萧兆升，你是本地人，美丰厚货栈你知道吗？”

萧兆升说：“美丰厚货栈，那可是咱海河码头的这个。”说着伸出了大拇指。

徐胖子问：“现在港口贸易都快停了，它怎么样？”

萧兆升说：“现在海河码头是不景气，每天除了几条美国船，没别的船进来。可这些美国船，十有八九是奔着美丰厚来的，您说怪不怪！”

徐胖子问：“美丰厚还能挣钱？”

萧兆升说：“太能了。码头上来船就是来钱。来的、走的，装货、卸货，存货、出货，大把的钱都让美丰厚挣去了。”

徐胖子从抽屉里拿出那份转让协议，递给萧兆升说：“我手里有份美丰厚转让给我的协议，你说说，怎么能让它变成现钱？”

萧兆升接过去看了看又递给他，摇头说：“主任，您信得过我，我就跟您实话实说。让咱接手管美丰厚，实在是太难了。他里头的名堂谁也摸不透。跟外界的关系就海去了，跟美国、英国，跟咱政府官面儿上、道儿上，都有人。货栈里也是什么人都有。陷进去就拔不出来。”

徐胖子问：“按你这么说，这份协议就没用了？”

萧兆升把那份协议要过来，又看了看说：“要拿它来钱也行，把它卖了。”

徐胖子从来没往这上头想过，赶紧问：“把这份转让协议卖了？怎么卖？”

萧兆升说：“先找人估出美丰厚总共值多少，再找买主，给了钱就让他去接管。估价这事我是外行，得找个行家。”

徐胖子问："你说找谁？"

萧兆升想了想说："河东公记煤厂的东家，刘福祥就行。"

徐胖子问："他是卖煤的，怎么能给货栈估价？"

萧兆升说："咱天津有个搬运工会，海河两岸除了特一区，所有码头仓库、货栈的事它都管。刘福祥是搬运工会的头儿，这两年他就干这个。"

徐胖子点头说："我明白了，你也在这个工会里头吧？"

萧兆升苦笑着说："我这不是为工作嘛。"

徐胖子问："咱怎么找他？"

萧兆升说："我先给他打个招呼。您说个地方，我做东请他吃饭，咱当面跟他说。"

徐胖子说："就在皇宫饭店吧，那儿清静，也熟悉。"

萧兆升说："您可别再找别人了。"

徐胖子说："我知道，别告诉李鉴三，他是美丰厚的人。"

萧兆升笑了笑，没说话。

当天晚上，徐胖子就和刘福祥就在皇宫饭店见了面。谈起给美丰厚估价的事，刘福祥说："美丰厚是老掌柜成子和在清朝开办的买卖，快五十年了。那百十来亩地，当年是荒地，现在是特一区的宝地，光这块地就值二十万美金。"

这头一个估价，就让徐世杰听得目瞪口呆。

刘福祥说："东货场的水泥地面，西货场的防火库房楼，当时就值不少钱。现在按折旧估价，能值差不多五万美金。龙门吊、地磅、打包机、卷扬机、汽车、马车这些设备按十万美金算，大体是三十五万美金。"

徐胖子问："美丰厚能值三十五万美金？"

刘福祥摇头说："不是，这才是固定资产。人家这几十年的无形资产，包括品牌、信用、服务门类跟国内外各种关系，少说也得按五万美金估算。总值大体在美金四十万左右。"

徐胖子问："这份协议能卖这个价儿？"

刘福祥还是摇头说："不行。世道这么乱，谁敢在这上头下本钱？再说了，即便不打仗了，没有合适的人经营，谁也不会拿这么大本钱打水漂儿。"

这一套说辞，是萧兆升跟刘福祥用半天的工夫设计好的。其实美丰厚至少也值几百万美元金。他俩先大大地把价格压低,再说些泄气的话,好让徐胖子认可贱价把这份协议卖给他。

徐胖子听完这番话,果然泄了气。

这时候萧兆升在旁边不紧不慢地说:“要想从美丰厚身上压出点儿油水,还有个办法。”

徐胖子赶紧问:“什么办法?”

萧兆升说:“可以按协议的条文,先把产权过了户。这一整套过户的凭证,卖给能接着经营美丰厚的老板。不过价钱就不是四十万美金,卖个十万八万就不错了。”

徐胖子心想,这个主意也不错。反正我是空手套白狼得来的,能卖几万美金也是一笔外财。就说:“我看萧兆升这个主意行,咱就这么办吧。”

刘福祥说:“产权转移的手续可挺复杂的。要经过政府核定协议是否有效,经过正式的资产评估,产权人审核认定,最后还要经过产权转移复审,市政府批准、用印。这些手续没两三个月下不来。”

徐世杰说:“两三个月就两三个月。买主好找吗?”

刘福祥说:“实在找不到,由搬运工会集资买下来也行。”

萧兆升说:“这就好了。所有手续都让刘爷费心给办就行。”

刘福祥说:“找市里办手续,我倒是有几位能帮忙的朋友。遇到难处还得打您徐主任的旗号。”

徐胖子说:“行,为办手续,有的地方让我出面都行。”

萧兆升说:“主任,这事要定下来,咱就得早动手。事不宜迟,眼下时局谁也说不准,赶紧办成对谁都有好处。”

徐胖子说:“就这么定吧。来,为把这事办成,咱们干一杯!”

1948年8月19日,国民政府宣布币制改革,现行流通的法币,限期兑换成金圆券,过期一律作废。

天津大街小巷卖报的拼命地喊:“看报嘞!看报嘞!现用的法币全部作废!三百万换一块金圆券!私人不准持有黄金白银!限期到指定地点兑换!这可是非看不可的新闻哪!”

马路上的人围着抢着买报纸。

法币要作废，这个消息已经把百姓都逼疯了！

小白楼大街上，人们像着了魔，在马路两边的商店出来进去，挤挤嚷嚷，什么东西都抢购。

李二奶奶韩大芬看见三奶奶就跟她抱怨："三百万法币兑换一块钱金圆券，这不把人逼疯了嘛！你看看去吧，除了棺材铺，哪个铺子里的东西都抢光了！"

大桂说："我听说政府一气儿就出了五种金圆券票子。一块的、五块的、十块的、五十块的、一百块的，这不是明摆着说，往后物价非涨价不可嘛！"

韩大芬说："老百姓手里还不准存黄金白银，光存他们这些金圆券？这还不跟原来的法币一样，几天就毛了。擦屁股都不愿意用它！"

大桂说："粮店都不卖粮食了。你说咱们吃什么呀？"

韩大芬忽然想起来："你孙子小狗儿多大了？"

大桂说："快两周儿了。大人饿着点儿还不要紧。孩子饿得直哭，真让人心里不好受。"

韩大芬问："三爷怎么样？"

大桂说："他还行。成礼每天从码头上带回点儿粮食，熬点儿粥，全家就紧着这一老一小吃。二爷还好吧？"

韩大芬一摆手："别看他比你们三爷小几岁，身子骨儿可不如三爷。这些日子还净闹心思，非说他儿子没了。我去利顺德找去，人家说文辉有急事去南京了。可他就不信，成天说那孩子该死。你说哪有他这样儿当爸爸的！"

大桂不愿意跟她说这些，抬腿就要走："我得赶紧给小孙子踅摸点儿吃的去。"

韩大芬一把拉住她，神秘地说："我再告你一句话。听说东北打得厉害极啦。国民党眼看就不行了，你可别跟人说啊。"

大桂点点头，赶紧走了。

美丰厚货栈经理室。夏磊、金锁、庞二、九姑、段师傅、蔡师傅都在这儿。

大桂说："国民党发行金圆券，一下子把老百姓手里的钱都弄到他们手里。逼急了，人们非造反不可！咱的损失大吗？"

薛继承说："咱们货栈平时不留现金，柜上的损失没多少。工人里有的可真受不了。”

夏磊说：“国民党抛出这一招儿，说明他们已经走投无路，要赶紧搜刮钱财准备后事。现在华北不少县城都解放了。东北一旦拿下沈阳长春，也就全部解放了。下一步华北、东北两个大军区的解放军合围天津，局势会更紧张。我看咱也要早作准备。”

薛继承说：“咱货场放着的剩余救济物资，要赶快往后边楼里搬。”

大桂说：“对。现在人们见什么抢什么，都抢红了眼。咱最要紧的是保住货场里的这些东西。我看都搬到后边楼上库房里，封门加锁，派人看着。三爷说过，时局一吃紧，就得靠自己手里的东西救命。段师傅，装卸工不多了，把业务室的人都叫上，今天晚上就搬。”

段师傅说：“我这就去。”

夏磊说：“咱们的人，嘴一定要严。这些东西，绝对不能让政府跟军队盯上。他们一盯上就保不住了。”

九姑说：“段师哥，我跟您一块儿去。”

庞二说：“我也去。”

仨人一起走了。

大桂说：“河东也得运两车过去。”

金锁说：“我找个穿军装的押车，保险点儿。”

夏磊说：“我看找大锁他们帮忙就行。”

大桂说：“今天晚上你们就得动手，把存在这儿的那些药品也运过去。我看还是河东保险。”

薛继承说：“我去调两台车，先装上货，叫刘师傅开车去找大锁。”

大桂：“没人认识路，就叫成信跟着去。”

薛继承说：“我带车去叫成信。”

薛继承也走了。

金锁说：“我看你这儿缺护院的，给你来两个人。我那还弄了几把驳壳枪。”

大桂问：“蔡师傅，您看现在用得着吗？”

蔡师傅说：“拿枪太显眼。过两天看看再说吧。”

第一百一十三章

当天夜里，段师傅领着货栈的人们扛箱子、扛袋子，在西货场开动电梯、卷扬机、叉车、电瓶车，货场里的救济物资和粮食垛，一夜间就搬得剩下不多了。

去河东的两台卡车装得满满的。

刘师傅开着吉普车回来了。

薛继承从车上下来，后边跟着四个穿军装的。

大桂过去叫着他们："岳光、唐荣森、老七、大锁，你们哥儿几个都来了。今天晚上辛苦你们往河东跑一趟。"

岳光说："往后您有事就叫我们。没说的。"

大桂问："成信呢？"

薛继承说："路过首善街让他回家了。"

金锁过来握着这几个人的手说："辛苦你们了。这是我们夏先生。"

夏磊说："辛苦各位。车都装好了，咱走吧。"

大锁说："一个车俩人，上车！"

两台装满救济物资的卡车驶出货栈大门。

一艘美国商船停靠在海河码头，舰载起重机用大网兜把货仓里整麻袋的粮食吊起来卸到岸上。成礼和搬运工们把这些麻袋扛到马路边，码成一个个粮垛。

许大全大声喊："这都是军粮，干完活儿还不定给不给钱呢。大伙儿悠着点儿，闪腰岔气还得自个儿掏钱治去！"

成礼刚扛上两口袋粮食，许大全过来搬下一袋说："傻小子，悠着点儿！"

军需官靳四全站在一旁看着这些干活儿的搬运工。

有个码头上的职员过来问："靳军需，这都是美国运来的吧？真不少啊，我看得有千数来吨。咱天津驻军可够吃一阵子的。"

靳四全说："这是八百吨。上峰说这是给新调来的中央军预备的，什么时候动用还不知道呢。”

码头职员悄悄说:“天津市口粮这么紧张,这么些粮食放在马路边儿上,就是派当兵的守着,我看也不保险。真要出点儿事,我们可担待不起!”

靳军需听他说得有道理,当时就紧张起来。歪着头说:“这倒是。真要出了事我也担待不起。可我们警备区也没这么大的仓库啊!河东新仓库能存粮食,一旦要用,隔着河调运也不方便。你看怎么好?”

码头职员说:“前边过马路,有个美丰厚货栈,那里头挺宽绰。联合国救济总署的救济物资都在那儿存过。现在进出口的货也不多。你去跟他们商量商量,最好把这些军粮存在他们那儿。货栈存货得收费,你们能出点儿费用吗?”

靳军需摘下帽子挠了挠头说:“军队给养是实报实销,哪有这笔存粮的费用?”

码头职员说:“美丰厚是海河码头的老货栈。杜市长跟他们挺熟,让你们司令找杜市长给说说,也许能行。”

靳军需说:“我找司令说说去。”

码头职员说:“要办您就得赶紧的。码头上有粮食,这个信儿一透出去,恐怕就要玄!”

靳军需说:“我这就去。”

说完赶紧走了。

不一会儿这位军需官满头大汗跑回来说:“我们司令给杜市长打电话了,市长满口答应。一会儿我就到那家货栈联系去。”

那天三爷正在经理室,电话铃响了。薛继承拿起电话,是杜市长秘书梁子青来的。

梁子青说:“南京直接给在天津驻防的中央军调拨了一批粮食,是从美国进的,已经到海河码头了。他们正在卸货,可没地方放。天津警备区司令给杜长官打电话,请市里协助。我们哪有地方啊,杜长官说,还是请你们美丰厚帮帮忙。”

薛继承问:“有多少?”

梁子青说:“八百吨。”

薛继承问:“装车、卸车、储存、保管,都让我们干?”

梁子青说:“那可不。一会儿他们军需官去你们那儿联系。费用好说,他们出不了市里兜着。杜长官都说话了,还不好解决。”

薛继承接完电话跟大桂说:“董事长,刚才梁秘书来电话,说杜市长让他跟咱商量,警备司令部有一批军粮,能不能存咱这儿。费用他们照付。”

大桂说:“政府的官儿不干正事,让咱给他们存粮食。就说咱这儿盛不下,回了他。”

薛继承刚要打电话,三爷问:“粮食是多少?”

薛继承说:“八百吨。”

三爷说:“别回。人家照价付费,八百吨粮食给他存吧。”

大桂说:“市里粮食多紧张,美丰厚给政府存粮食,有人知道了,还不上咱这儿闹来!”

三爷说:“粮食是宝贝,谁没粮吃都活不成。货场让警备区占着,也不会有人来这儿找碴儿闹事。”

大桂跟薛继承说:“三爷发话了,咱就应下来吧。”

三爷拦着说:“慢点儿,不能这么一句话就应下来。市长发的话,咱还不提点儿条件?”

大桂问:“提嘛条件?”

三爷一五一十跟她俩交待了一番。见两个人都听明白了,这才笑眯眯地进了里屋。

大桂跟薛继承说:“你给梁秘书回电话,粮食咱给他存,让警备区管事的来找我。”

电话打过去时间不长,靳军需就来了。进门就说:“真没想到董事长对我们的事,这么支持。”

大桂说:“您是警备区的军需官吧,请坐。”

靳军需诚惶诚恐地点点头,坐下了。

大桂问:“您贵姓?”

靳军需欠身说:“免贵,我姓靳,靳四全。”

大桂说:“靳先生,杜市长交代的事,我们不好好办还行!这批粮食进来,不光存在我们这儿,还得有专人保管。勤通风,勤晾晒,让它不霉、不沤,还不能捂坏了。这是我们货栈的本分。尤其存放的是军粮,更得上心。您说是不是?”

靳军需点头说:“对,对。这是给守天津的中央军预备的。什么时候用还不知道。没人好好管着,真不行。”

大桂说:“刚才我算了算。八百吨粮食,不算倒垛的临时工,怎么也得用十来个人管。这些人的工钱我们搭上。可每天三顿饭,粮食我没地方找去。其实这也不难,您就按供应十来个勤务兵的给养,按月拨给我们就行。翻晒一遍用多少临时工,到时候我们给您造表,实报实销。您看行吧。”

靳军需毫不犹豫地说:“行,行。董事长替我们考虑得真周到,这事就该这么办。”

大桂说:“这不是杜长官交待的事嘛。还有,八百吨粮食要进来,按拉四吨的汽车算,得跑二百趟。咱这儿离码头不远。一趟来回六公里,也得跑一千二百公里。油从哪儿来?现在汽油是定量配给。没指标,我们想出车也出不去。您看,能不能让警备区找天津市要十吨八吨的汽油指标?开个证明我们去要也行。”

靳军需忙说:“行,行。这事我办。”

大桂说:“现在粮食可是最让人眼馋的东西。没有得力的人看着,不是偷就是抢。我知道让警备区调兵守着也难办。您给我拿两身军装,让门房穿上,站在门口唬唬人行不行?”

靳军需笑了:“被服就是我管的事,好办。两套军装明天就给您拿过来。八百吨粮食也不是小事。咱这儿离市府近。我跟警卫处备个案,把美丰厚货栈列入巡逻范围,由他们负责保证货栈的安全,您看怎么样?”

大桂也笑了:“这就太好了。那年联合国救济物资存在我们这儿,杜市长就是这么办的,跟军队办事就是痛快。这样吧,我这儿有几间客房,腾出一间给您当办公室。救济总署给我们留下个吉普车,还没牌照。您给办个天津警备司令部的牌照,最好再弄一张通行证。咱们一块儿用多好?”

靳军需说:“好。这几个事我看都没问题。回去跟我们处长说说,我就赶紧办。您一直没提钱的事。您可别客气,反正发生费用,都是市里报销。杜市长说话了,谁还能不给!”

大桂说:“费用的事您要不提,我还真没好意思说,就是怕让您为难。其实雇临时工,用保管员,用汽车司机,用装卸工,哪一样不得花钱?”

靳军需问:“码头上往下卸粮食的搬运工,也得付钱吧?”

大桂说:“是啊!家里有吃有喝,谁出来扛大个儿?哪个搬运工都得养活一家子人。干活儿不给钱,让人家怎么活着?”

靳军需有点儿不好意思了,惭愧地说:“我头一回接这种任务,真没想到有这么多事。付他们的工钱,能从您这儿一块儿走账吗?户头儿多了,我那儿也不好办。”

大桂说:“行。要能报销,我们给您造工资明细表,就把他们也加上。能报多少报多少,别让您为难。”

靳军需万分感激地说:“董事长,您真是给我帮大忙啦。您这么支持我们,经费上绝不能让您吃亏。您没别的事,我就赶紧回去办这几个事。”

大桂站起来送他,往外走着说:“我看您是实在人,才跟您把这里边的事都说了。先说清楚,后边的事就都好办了。”

靳军需不住地点头:“应该这样,应该这样。”

把靳军需送走,薛继承从里屋出来说:“三奶奶,我真服您了。三爷交代的几个事,一点儿没漏。这事要办成,不光给咱美丰厚上了保险,咱吃不了亏,还能占他点儿便宜!”

大桂叹了口气说:“咱占他嘛便宜,往后在这八百吨军粮上头,还不定出嘛事呢。”

美丰厚货栈的十几辆卡车开到海河码头路边。

段师傅领着搬运工来到刚卸下来的这批军粮前,扛起粮食口袋就往车上装。卡车来回跑了几十趟。几个国民党兵端着大枪在一旁警戒。九姑带着几个女工,拿着笤帚簸箕,扫回粮垛周围洒下的粮食。靳军需一直在现场看着。

粮食运完了,放粮垛的地面也扫得干干净净。美丰厚货栈的货场里,几十个粮食垛码得整整齐齐。工人们用篷布盖好,再用芦席严严实实地遮蔽起来。

段师傅说:“靳军需,您看见没有?粮垛底下有枕木托着,既能通风,又不怕水泅。上边苫两层芦席,一层防雨,一层防晒。大晴天还得掀开晾晾它。

日子一长,这几十垛都得倒一遍。粮食这东西,捂了也不行。"

靳四全来回跟着,对这一整套程序,非常满意,也非常佩服,赞叹地说:"你们货栈干的活儿,真规矩。"

工人们开饭了。靳军需又跟着大伙儿进了食堂。九姑站在前边大声喊:"大伙儿洗洗手吃饭啊。"工人们见她好像有事,洗完手都站在那儿。

九姑说:"有个事我得说说,警备区把这么些军粮交给咱管,大伙儿多操点儿心。董事长交代过,洒到地下的粮食,都得扫回来。干嘛用呢?把它放到食堂门口,你们吃完饭,临走抓两把装口袋儿里,带回家给老人孩子贴补贴补。"

工人们听到这儿,高兴地大声议论起来。

有的说:"三奶奶想得真周到。"

有的说:"当初三爷就这样,有嘛事总惦着咱全家。"

九姑喊:"安静点儿!安静点儿!我的话还没完呢。董事长让我告诉你们,粮食是从码头那儿扫回来的,不是美丰厚发的,别到处说去。还有,带回这点儿粮食熬锅稀粥,也别光顾自个儿,街坊邻居老人孩子饿得实在过不去了,也送点儿去。那年咱们上船扫舱,不就是这么办的嘛。人见点儿粮食就能活着。柜上隔三岔五的给你们预备点儿,咱家里跟四邻八舍的就死不了人。你们说,这么办好不好?"

大伙儿异口同声地喊:"好!"

九姑大声问:"都能办到吗?"

大伙儿齐声喊:"能办到!"

这时候,靳军需和在场的不少人,都感动得泪流满面。

第二天,市政府梁秘书一个人溜溜达达走进美丰厚大门,寇二爷见过他,赶紧从门房出来打招呼:"梁秘书,军粮都进完了,您来看看?"

梁秘书点头问:"薛经理在吗?"

寇二说:"在,刚进去不大会儿。"

梁子青走进经理室,大桂和薛继承都在,他笑眯眯地说:"董事长也在这儿。"

大桂说:"梁秘书,您是无事不登三宝殿。有事?"

梁秘书低声说:“到您办公室说吧。”

大桂觉得有事,给薛继承使了个眼色,陪着梁子青进了里屋。薛继承把门关好,也跟着走进去。

梁秘书坐下就急着说:“有个事你们肯定不知道,有人正在办手续,要把美丰厚货栈的产权,过户到搬运工会。”

大桂很奇怪,瞪着眼问:“要把我们美丰厚的产权,过户给河东那个搬运工会?”

梁秘书点头小声说:“这套手续要办成,整个美丰厚货栈可就转让给他们了!”

这个事就像五雷轰顶,一下子把大桂打蒙了。待了会儿她问:“他们凭什么动我们的产权?”

梁秘书说:“人家手里有一份美丰厚老董事长签的转让协议,好像是光复那年签的。上边有老董事长刘寿兰的名章和手印。审批部门从英租界工部局留下的档案里,找到几十年前美丰厚董事长备案的印记,核对无误。”

大桂问:“是老董事长刘寿兰跟他们订的?不对呀,刘大爷去世前还来过,没听他说呀?”

薛继承气愤地说:“这份协议肯定是伪造的!”

梁秘书说:“按规定,这份协议跟签约人,都必须经过政府部门审核。人家已经审核过了。”

大桂说:“政府审核一样有鬼!”

梁秘书说:“这也有可能。有人给我打招呼,说批准过户的文件要盖市政府的大印,我才知道的。”

薛继承问:“办这事的是什么人?”

梁秘书说:“好像是河东公记煤厂的东家出面,有市党部的人给他帮忙。”

大桂说:“继承,你忘了?那年就是公记煤厂姓刘的想逼着咱加入搬运工会,李鉴三帮咱解的围。咱还在皇宫饭店请的客。”

梁秘书说:“我想起来了,那天我也去了。”

大桂说:“那天来的是掌柜韩胖子。这个人是公记煤厂的东家刘福祥!”

薛继承说:“这事可别告诉老爷子。”

大桂说:“美丰厚就是他的命!谁要动美丰厚,就像往他心口插刀子!”

薛继承问："梁秘书，这事跟杜市长说说，能行吗？"

梁秘书摇头说："不行。人家是按政府的规定，整套手续都是按部就班，一步一步办的。从行文上看不出毛病，市长也不好说。再者，这事好像市党部上层有人给坐着劲，政府哪个部门都是二话没说，当时就办。这就有点儿不正常。"

薛继承苦着脸问："难道这事就没办法了？"

梁秘书叹了口气说："人家把事都做绝了，咱们还有什么？"

大桂突然拍了一下桌子说："三爷说过，再难的事，咱内部不乱就有办法。继承，这事跟谁也别说。连九姑、段师傅也别告诉。这种事告诉他们也没用。梁秘书，你看他们办成这事，还得多少日子？"

梁秘书说："手续都办完，还得复审一遍。少说还得一个月。到我那儿用印，还能压他一阵子。"

大桂说："你费心给画个道儿，咱怎么能截住它！"

梁秘书想了想，苦笑着说："我看除非南京国民政府上层给说句话。可咱够不着啊！"

大桂抿着嘴听着，没再说话。

这几天远处的炮声依然不住地响，海河码头的美国商船还零零星星地来。运来的大部分是日用品、洋烟、洋酒、罐头、尼龙雨衣、袜子这类快货，都是当天卸货、当天结算完就走。

美丰厚的人少了，这几天总是从早忙到晚。可大桂心里就像塞进一堆乱麻，吃不下，睡不着。美丰厚生死存亡这样的大事，压得她抬不起头来。她回到家还得装得跟没事人一样，跟三爷、跟孩子、跟家里人都得照常说笑。

来到美丰厚，除了跟薛继承说几句没用的话，心里别扭，脸上还不能带出来。这种生活让她非常苦恼。她从来也没经历过这么难受的事。真是叫天天不应，叫地地不灵。这几天她和薛继承总是愁眉不展，可忙忙碌碌的人们，谁都没发现。

中午来吃饭的魏瑞芳，头天就看出大桂像是心里有事。心细如发的瑞芳发现，她脸上的笑容不那么多了，说话也不那么冲了，没事总是低着头。转天来时再看她，还是不像往常那样么有说有笑。

第一百一十四章

那天吃完饭，瑞芳凑到大桂身边问：“小姨，这几天您有心思吧？”

大桂说：“你别胡说，我能有嘛心思！”

瑞芳说：“要不您上我那儿坐会儿？”

大桂说：“行，我正想跟你说会儿话呢。”

两个女人并肩走在路上，瑞芳小声说：“我看不光您有心思，薛经理也有。”

大桂说：“都是有家有业的，这年头儿谁没点儿为难的事？”

瑞芳说：“我看眼前这些人谁都没事，就你俩不一样。有事没事脑门子上写着呢。”

大桂苦笑着说：“就你机灵。”

瑞芳说：“董事长跟经理愁眉不展，还不能跟别人说，准是一件大事。”

大桂忽然觉得自己泪往上涌，强忍着泪水说：“就你能！快走吧，进屋说去。”

瑞芳打开事务所的后门，两个人刚进去，大桂突然抱住瑞芳，哇的一声大哭起来。

瑞芳小心翼翼地扶着痛哭的大桂，走进自己休息的那间屋，把她安放在床上。

大桂躺了会儿，坐起来说：“瑞芳，咱美丰厚摊上大事了。我没办法，又不能跟人说，这两天简直要把我逼疯了！”

说着又哭起来。

瑞芳说：“小姨，您别急，慢慢说。”

大桂就把梁子青说的这件事，原原本本都告诉了瑞芳。

大桂说：“我让他帮着出个主意，人家说除非南京国民政府上层给说句话。我可上哪儿找去呀！”说完又哭了。

瑞芳问：“他们手里的那份转让协议，您一点儿也不知道？”

大桂说：“我向来就没听说过。刘大爷绝做不出那种事，打死我也不信！

可人家说政府把那份协议都核查过了，连手印都核对过，认定是真的。你说咱怎么办？”

瑞芳问：“这事现在还没成事实吧？”

大桂说：“是啊，梁秘书说，他们接着办手续，最快还得一个月。要去他那儿盖政府的大印，还能再压它一阵子。我看俩月他也办不成。”

瑞芳说：“您别急，咱慢慢想。市长秘书给咱送信儿，市长准知道。对不对？”

大桂点点头。

瑞芳说：“他说这事像是有市党部的人参与，解决这事得南京政府上层说话，说明市长压不住市党部这股力量。那这事的后台是谁？我看就是市党部的主任、副主任！”

大桂点点头说：“有个副主任，跟李文辉一块儿整过咱们。难道就是他？”

瑞芳说：“梁秘书肯送这个信儿，就说明市长解决不了，可他还觉得有救。不然他送这个信儿干嘛？”

大桂说：“他是说有救啊，让咱找南京政府去，可咱谁去找、找谁呀！”

瑞芳郑重地说：“小姨，您别忘了，我还有个英国领事助理的身份，我找去。查理先生让我遇到难事就去南京找英国大使馆，我就找他去。”

大桂说：“他说的是英国人的事，咱中国人的事，人家能管吗！”

瑞芳忽然有了主意：“查理先生说过，三爷曾经跟他说，美丰厚既是我的，也是你的。他让我遇上需要经过法律办的事，可以用总领事助理的名义跟政府交涉。我就说美丰厚有查理先生的股份！有人侵犯英国人的利益，他们就得管！反正不能让那些人把美丰厚拿走！”

大桂激动地站起来说：“就是这么回事！三爷总说，没有查理，美丰厚办不成现在这样儿。”

瑞芳也激动地站起来说：“我整理的这些旧文件里，好像有几张当年从英国买设备的发票！查理的几封信里，都说过我的美丰厚货栈这句话。我再找找，也许还能找到别的证据！”

听到瑞芳这些义正词严的话，大桂一把抱住她，流着泪说：“瑞芳，你可救了三爷啦！”

瑞芳郑重地说：“这时候了，有件事我得告诉您。我是夏家门的传人，夏家门掌门人的白翎在三爷手里,三爷的事就是我们夏家门的事。豁出命去也得保住三爷。”

大桂很奇怪:“你说什么?三爷手里有什么白翎?”

瑞芳说:“三爷从日本宪兵队出来那天,浑身到处被打得稀烂。我给他清洗伤口,他贴身小褂里露出了白翎,那时候我就发现他是夏家门的掌门。”

大桂感慨地说:“我俩一起生活快二十年了,我就不知道他还有这个身份。”

瑞芳说:“这就是我们夏家门老祖的眼力,实在太精到了。”

大桂问:“这事你跟三爷说过吗?”

瑞芳说:“说过,我把白翎也还给他了。”

大桂摇着头说:“这我也不知道。”

瑞芳说:“小姨,您别在意这种事。这是我们夏家门的规矩。现在有人仗着势力欺负他,我就得豁出命去跟他干,这也是我们的规矩。官司打起来,少说能拖他几个月!到时候局势发展成什么样儿,还不一定呢。”

大桂说:“你说的对。我就盼着糟害人的这帮国民党,早点儿让共产党打垮他!”

瑞芳说:“您告诉薛经理,这事我一定参与。让他跟您把美丰厚的生意管好,别让三爷着急。究竟该怎么办,这两天我再好好想想。”

大桂长出了一口气,擦干眼泪说:“还有俩月,你就敞开干吧。魏爷就交给我。你放心,他还是我老爹呢。”

瑞芳说:“您让人给我爸捎个信儿,这两天我不回去了。”

大桂说:“我把老爹接来得了。这事你就别管了。”

回到货栈,大桂就像变了个人。还没到货场,就笑逐颜开地跟人打招呼。见了薛继承,悄悄把瑞芳说的那些话,除了白翎的事,都告诉了他。

薛继承立马来了精神,高兴地小声说:“有她出面,咱就有希望了。就是别让三爷着急。”

大桂下班回家,吃完饭三爷坐在客厅悄悄问她:“你遇上的难题,有人给解开了?”

大桂说:“你别疑神疑鬼的,我有嘛难题!”

三爷说："头两天你总打不起精神，怎么今天回来就变了？现在寻常的难事都难不倒你。这是遇上什么难办的大事？我就猜不出来了。"

大桂叹了口气说："老爷子，您猜的够准了。反正我的事，什么也瞒不了你。"

于是就把这件事的前前后后，跟瑞芳是怎么说的，原原本本都告诉了三爷。

三爷听完，眼圈儿都红了。感慨地说："那天瑞芳来给我磕头，我就看出她是个有心的孩子。我早就想到，美丰厚的事消停不了。世上没有不吃腥的猫。何况国民党里如狼似虎的贪官那么多，能让咱平平安安地活着嘛。"

大桂坐在他身边，想听他说下去。

三爷站起来说："临走让她来一趟，把段云、九姑也叫来。"

送走大桂，瑞芳就着手从旧文件里找查理和美丰厚关系密切的证据。

有些记载她还有印象，很快就找出1905年美丰厚货栈向英国购买龙门吊、地磅、叉车、打包机的发货票，收货人就是查理。又找出1924年英租界工部局的一份通知，内容是美丰厚货栈员工吕又宾殴打英国巡警，限期离开租界，否则吊销货栈的营业执照。

她想，美丰厚货栈的营业执照被吊销，查理先生接手又办起来，这不又是一条证据嘛。

她从当年大量的的图纸、记录和来往信件里，找到多处查理亲笔写的"我们的美丰厚""我们的货栈"，她都拍了照片。

经过三天三夜苦思冥索，瑞芳把这些细微片段的字迹作为证据，写出一份以总领事助理的名义，给英国大使馆的报告。大意是：1900年英国工程师查理与中国人成子和，在天津创办了美丰厚货栈。几十年来亲手把货栈经营成当地规模最大、设备最好、效率最高的企业。其间，查理为天津设计了许多精美建筑，被女王赐予男爵封号。当前天津有人趁战乱之际，盗用已故董事长的名义，伪造转让协议，企图霸占美丰厚货栈，严重侵犯了查理爵士的利益。证据确凿，请求英国大使馆向中国政府提出申诉，戳穿骗局，宣告伪造的转让协议无效，并严惩肇事者。

落款是大英帝国前驻天津总领事助理魏瑞芳。

写好后瑞芳把大桂和薛继承请到事务所，仔细研究了文稿和经过剪裁整理的证据。

大桂和薛继承谁也没想到瑞芳能想出这么绝妙的主意，还有这么好的文字功夫。

大桂问："这份申诉怎么递上去？"

瑞芳说："我有查理先生的亲笔信，去南京直接找英国大使馆。"

薛继承问："现在连民用航空都停了，你怎么去？"

瑞芳说："查理先生临走给我写了封给杜市长的亲笔信，让我找他帮忙。"

大桂问："你怎么回来？"

瑞芳摇了摇头，流着两行热泪说："我想过，办成这事，恐怕我就回不来了！我在南京什么人也不认识，也没法儿待下去。只有去英国。"

大桂也哭了，她说："继承，从柜上给瑞芳多拿点儿美金。"

瑞芳摇头说："不用。我算了算，查理先生给我留下的钱足够。您看这份申诉可以，我就把它翻译成英文。连那些证据，都整理成中文、英文各两份。办完这些事，我就去找杜建时！"

薛继承问："你去南京，有事怎么联系？"

瑞芳说："用电报吧。明码电报很方便。不能说的事，写成隐语也能猜出来。我把事办成，就给你们发个去英国的电报。"她想了想，忽然咬着牙说："办不成，那就鱼死网破！"

大桂说："别想那个了。三爷让我告诉你，临走前到他那儿去一趟。"

魏瑞芳把该准备的事都办完，告诉大桂她要见三爷。来到三爷家，段云和九姑已经来了。

三爷见瑞芳走进来，高兴地说："瑞芳来了。"

魏瑞芳赶紧给在座的前辈鞠躬："三爷好！段师傅好！九姑好！"

大桂听见瑞芳来了，走进来笑着说："你们都来了。"指着靠墙的桌子："茶都沏好了，你们自个儿斟吧。"说完就转身走了。

三爷说："咱们几个都是夏家门的传人，早就想一块儿坐坐。都坐下吧。"

瑞芳赶紧斟了三杯茶，恭恭敬敬双手递给三爷、段云、九姑。

三爷说："瑞芳要去南京，她是为美丰厚货栈打官司。今天来跟你们两位长辈见个面。”

九姑问：“打什么官司？”

三爷说：“市党部有人要接管美丰厚，说是有刘寿兰刘大爷签的协议。市长秘书给咱透的信儿，非要南京政府说话不可。瑞芳就是为这事去一趟。这些年为美丰厚是谁出资开办的，出了不少岔子。其实美丰厚不是奉军的，也不是我的，是咱夏家门的。”

在座的三个人都很惊讶。

三爷说：“咱夏家门传到上一辈，掌门是夏尚娴、夏尚义姐弟俩。夏尚娴就是从小把我养大的尚奶奶，夏尚义就是咱们三个的师父，威震太行的老英雄夏子川。”

在座的三个夏家门的传人，都不住地点头。

三爷说：“那年尚奶奶托我师父韩继善带着我去寿阳见爷爷。夏爷爷跟尚奶奶在寿阳为我后山结庐，一起住了八天。”

九姑问：“什么叫结庐？”

三爷说：“结庐是句古语，就是搭个草棚子。结庐而居，就是远离喧嚣的世间，静下心来在一起交流学问。可惜那时我什么也不懂，似懂非懂地听两位老人的教诲。爷爷讲的是德，是如何做人，奶奶讲的是待人处事要用善心善行，也就是如何用德规范自己的行为。”

三个人似懂非懂地听着。

三爷热泪盈眶地说：“两位老人教了我八天。临走爷爷把这支白翎插在我的马鞍上，那时候我不知道这支白翎的寓意，多年以后才明白，爷爷这是想让我保住咱夏家门。”

段云说：“老爷子当年跟我们说过，找个合适的传人很不容易。他指的就是您。”

三爷说：“这几十年我用夏家的一千两银子开办美丰厚货栈，经营美丰厚货栈，就是遵照着咱夏家门善心善行的‘德’。以德育人，以德聚财，才有了今天。没想到世道险恶，日本人、国民党、汉奸、特务，总是把咱们推到绝境，非让咱以死相拼不可。如今又到了生死关头，这副担子，就落到瑞芳头上。”

瑞芳站起来说：“三爷，我是夏家门的弟子。这是我义不容辞的事。您还有什么要嘱咐的事？”

三爷叹了口气说:“没什么要嘱咐的。”说着从怀里掏出那支白翎:“我想把这支白翎传给你。”

在场的三人都很惊讶。

三爷说:“当初两位老人看上不到九岁的我,苦口婆心给我讲了许多道理。我几十年都想着这件事,夏家门不是江湖上的帮派,两位老人把白翎给了我,是想让我把夏家门的门风传下去。当下咱们几个就代表着夏家门,我老了,段云、九姑年纪也不小了。把咱夏家门以德为上,善心善行的门风传下去,就得是你了!”

瑞芳紧张地说:“我哪行?”

三爷说:“你年轻,有文化,遇事敢挺身而出,这就是你最大的优势。不论你能不能把这场官司打赢,也不论你今后在哪里,干什么,能把咱们的门风传下去,就是咱夏家门的好传人。”他对段云、九姑说:“请你们来,也为商量这件事。”

段云说:“三爷这事想得长远,我赞成。”

九姑说:“像她这么有出息、有文化的孩子,难找。我也赞成。”

瑞芳跪在地上含着泪说:“谢谢三爷,谢谢两位前辈!我绝不辜负掌门和前辈的期望。”

三爷双手把白翎交给瑞芳。

瑞芳双手捧着白翎,给三爷磕了三个头。

三爷眼含热泪看着瑞芳,没再说什么。

天津外围的炮声越来越密,有钱有势的人家都往南方逃。招商局有三艘能容纳三百位旅客的客轮,两天就能到上海。船票特别抢手,黑市上的票价成倍地往上翻。

那天夏玉珠来到美丰厚,走进经理室就问:“我小姨没在?”

薛继承说:“她家里有事,没来。”

玉珠说:“你听说了吗?去上海的船票涨到两根金条一张了。”

薛继承说:“现在是富人拼命往外跑,百姓拼命找吃的。这几天不光船票暴涨,粮价也成百倍地涨。我们给国军存了几百吨粮食,成天提心吊胆,生怕被人抢了。”

玉珠说:“国军还有脸存粮食?小站、咸水沽、白塘口,让人家一打就跑,枪支弹药都不要了。国民党就是对老百姓有能耐,物价控制不住,就会加收特别捐。老百姓哪受得了!”

薛继承笑着问:“这事你敢登报吗?”

玉珠摇头说:“不敢。报社都给砸了,谁还敢登这个?连写个标题也不行。我脑袋上不就是让他们打的嘛!反正人老珠黄,我也不在乎了。”

薛继承说:“那天听说你挨打,我真担心。也不知道你上哪儿去了。三奶奶还让我找你去呢。后来才听说是报界的同人把你接走了。”

玉珠说:“办报的人们听说这事,都挺气愤。开始还想去市政府请愿,要求保障新闻自由。可你抓不住人家的把柄,账算在谁头上?明知道是市党部的人干的,究竟是谁咱也说不出来。结果就是报社白让人家砸了,我也白挨了两棒子。”

薛继承说:“这几个月罢工的、罢课的都不少,抓的人也不少。”

玉珠说:“从上半年反饥饿、反迫害、反内战,罢课就没断过。那回光南开大学、北洋大学、河北工学院,三个大学就抓了五六十人。新港、大沽盐场、被服厂、棉纺厂大罢工,抓的人一次比一次多。”

薛继承说:“这都是暴政!玉珠,你还得小心点儿。”

玉珠无奈地说:“我是个工作狂,胆子大、任性。我也想小心点儿,一遇上事就刹不住了。我妈惦着我,我三叔、小姨惦着我,你们也惦着我,这我都知道。可是赶上这个时代,谁也冷静不下来。有些事我也很苦恼。你们都知道,山口建一对我不错,我们俩就像当前的时局,不可能往好处发展。他出家当了和尚,他爸爸临走把他们家那座小楼给了我,让我们报社賸受了。”

薛继承说:“过去的事,毕竟都过去了。咱们还得面向未来。”

玉珠说:“我不是共产主义,也不是三民主义。共产党有难处,我没出过力,成了事我也不沾他的光。我什么也不图,就乐意自由自在地跑我的新闻,为老百姓呼吁。”

薛继承说:“玉珠,你误会了。我们也是什么也不图。你说三爷图的是什么?你小姨图的是什么?如果说图,就图个凭本事吃饭,平平安安过日子。”

玉珠说:“我三叔是我崇拜的偶像。他大仁大义,不图名不图利,有胆识、有魄力。大桂也是一样,热情、开朗、有本事。只要是好事,她都敢干。她没上过学,居然那么有见识,待人处事也那么从容大度。”

薛继承说:“三爷夫妇也是我最敬佩的人。他俩不仅是我的恩人,也是我的领路人。三爷夫妇让我办的事,肝脑涂地我也情愿。”

玉珠高兴地说:“这回咱俩可聊到一块儿了,在这一点上咱俩意见很一致。”

薛继承说:“很多事都得看时局的发展,往后还不定出什么事呢。你真诚爽朗的性格,是最大的优点。”

玉珠说:“我看咱们的命运就跟天津的形势一样,阴霾过去,光明就在前头。我走了,再见!”

说完摆摆手,头也不回就走了。

第一百一十五章

这几天杜建时办公室的气氛分外紧张。梁秘书进来说:“市长,一份密电。”杜建时看后皱着眉头说:“东北共军四野第二、第七、第十二纵队进入山海关。林彪的动作怎么这么快,部队果然进关了!咱们护路部队怎么没报告?”

梁秘书苦笑着说:“恐怕他们早就让人家消灭了。”

正说着,卫兵领着瑞芳进来了。

梁子青打量着这个举止端庄的女人。

瑞芳说:“我是英国前总领事助理,有一封查理先生的亲笔信,要当面交给杜市长。”

说着从衣袋里掏出一封英文信,递给梁子青。

杜建时伸手把信接过去,看了看问:“你要去英国?”

瑞芳说:“我先去南京。”

杜建时问:“有事?”

瑞芳又掏出一份材料递给他:“有一份申诉要通过大使馆给南京政府送去。”

杜建时接过去看完,吃惊地看了看她,递给梁子青说:“你也看看。”

梁子青看罢又递给杜市长,向她点了点头。

杜建时看着瑞芳问:“你是不是会点儿武艺?”

瑞芳点点头。

杜建时说:“我听瓦尔登提起过你。成子和也是我的朋友。你去吧,有这个胆量就不错。子青,南京信使的班机哪天到?”

梁秘书说:“按规定是明天到,当天返回。”

杜建时问瑞芳:“你在哪儿住?明天南京的班机一到,用我的车去接你。”

瑞芳想了想说:“我就住美丰厚吧,去车接也方便。”

杜建时说:“好,就去那儿接你。这事可要保密呦。”

瑞芳给市长鞠了个躬说:“谢谢您。”

梁子青送瑞芳下楼，在她身边小声说："我很佩服你们米董事长，原来光知道有个九姑保着她，没想到还有你这位两肋插刀的女侠。"

瑞芳也小声说："我们都特别感激您。没您的指点，我们还一直蒙在鼓里呢。"

梁子青小声说："这都是市长交代的。"

第二天上午，杜建时的专车把瑞芳送到军用机场。瑞芳登上信使的专机，就跟那位信使说："我去南京，是找英国大使馆有急事。到南京机场，希望您能帮我去一趟。"

信使当时就满口答应。飞行四个多小时抵达南京机场，就用接他的汽车，直接把瑞芳送到英国大使馆门前。

信使的车开走了，瑞芳见已经到了下班时间，认准地方，先在附近找了个高档的旅馆住下。第二天早晨梳洗完毕，吃了点儿早饭，就去英国大使馆联系办这件事。

瑞芳仗着查理教她的英格兰南部贵族口音的英语，通过传达室，很快就见到协助大使处理侨民事务的一位助理。

助理看完她上报的那份材料说："现在中国这类侵权事件太多了，多数是日本人干的。这种中国人蓄意侵害英国爵士财产的事，还没出现过。"

这位助理很快就起草了一封致中国外交部侨务司，关于查理爵士在天津的财产遭受侵犯的公函，要求务必尽快处理。还附上瑞芳写的那份材料。当着瑞芳的面，交给大使馆的一位办事员，让他当天就送过去。

那位助理说："魏小姐，请你在南京等几天。尽管南京政府办事比较拖拉，我看一周之内可能就会有结果。"

瑞芳见这位助理处理得很及时，只好回到旅馆去等待。

大桂下班刚要出货栈大门，寇二爷过来小声说："三奶奶，这两天有个人总来咱货场看这看那的，问他光说是进来看看。"

大桂问："这人什么样儿？"

寇二说："长得敦敦实实，挺胖。"

大桂见段师傅还在货场，过去问他："段爷，这两天谁到咱这儿来过？"

段云说:“河东韩胖子,见了我嘛也不说,光乐。”

听到这句话,大桂就像针扎了心,眼泪都要出来了,心想他们都等不及了。她什么也没说,带着一双泪眼回到家,到后院进了厨房半天没出来。

大舅母问她:“出什么事了?”

这时米家老二大春进来就喊:“娘!大姑在家吗?”

大桂擦着眼泪出来问:“你不是在裁缝铺学徒嘛,出师了?”

大春说:“还没呢。我去中国大戏院送活,看见咱独流的四姑了,她让我给你老捎个话儿。”

大桂问:“是大雁吧?她在中国大戏院?在那儿干嘛?”

大春说:“他爷们儿在那儿当茶房,还管写水牌。她在后台给唱戏的烧茶炉呢。”

大桂问:“她找我有事?”

大春说:“没事。她说你老爱看戏,让你老上她那儿看戏去。”

大桂笑着说:“她还记得我爱看戏,去那儿怎么找他?”

大春说:“挺好找的。中国大戏院东边有个小门儿,进去顺着楼梯到三楼。有个铁门,进去是个铁架子。往下看是戏台,右手过去有个小屋,就是她们家。”

大桂心想河东那帮饿狼爪子都伸过来了,我就不信他们能成事!我不能在家待着,得出去散散心。当时就说:“行,今天我就去。”

当天晚上,大桂带着成信找到中国大戏院东边的小门,一推门就开了。进去黑咕隆咚,光线很暗。上楼梯走到三楼,一拉小铁门,呼的一下刺眼的灯光和舞台上的响声迎面扑过来。仔细辨认,才看出眼前是挂大幕的铁架子。

她赶紧带上铁门,拉着成信踩着铁架子慢慢往右手边走。前边有个小屋,远远看见大雁正蹲在屋里刷碗。

大桂拉着成信悄悄走进去,大雁抬头一看,站起来赶紧把门关上,一把抓住她说:“你个死鬼,这些年怎么就不见面儿啦!”

大桂见大雁脸色焦黄,干枯的头发盘在脑后,嗔怪地说:“你不给我捎信儿,谁知道你在这儿!”

大雁把小屋里的东西挪了挪,指着个木箱子说:“你坐下。我那口子在这儿当茶房,经理看他字写得好,就让他写水牌,连后台茶炉也让他管。他干不过来才把我接来,俩人挣一份儿工钱,就在这儿凑合着住。"

这时剧场的锣鼓又响起来了。

大桂一听就来了精神。

大雁说:"我就知道,你一沾看戏就没魂儿了。"

擦了擦手,带着她和成信,沿着铁架子走到前边不大的一个小窄门前。一拉开就是剧场二楼紧靠舞台的几排座位。

大雁小声说:"这地方叫特座儿,你坐下看吧,我还有活儿呢。"

大桂问她:"人家找我要票怎么办?"

大雁说:"这儿没人要票。有人来就说你是老侯他妹子。"

尽管天津外围炮声不断,中国大戏院楼上楼下还是坐了六七成观众。唱戏的不开锣就没饭吃。戏迷观众没戏看,待在家里听炮响心里也腻歪。

大桂和成信正在看戏,忽然有人从楼上往下撒传单。花花绿绿的传单撒得满处都是。看完戏临走,她顺手捡了两张塞进衣兜里。

回家的路上大桂说:"成信,看戏归看戏,往后可不能耽误上学。"

成信说:"我们学校都停课了。"

大桂问:"怎么又停课了?"

成信说:"您还不知道?天津周围都让共产党军队占了。我同学说,过几天还要打大仗呢。"

大桂说:"小孩子家别总说这些没用的。"

成信说:"学校里还有传单呢,同学捡起来就给大伙儿念。"

大桂说:"你可别跟着瞎念那个!"

第二天大桂拿着那两张传单去隔壁找张家的三哥。一进去见三哥没精打采地躺在床上。张太太坐在床边正给他剥蒸土豆儿吃。见大桂进来,张太太拿起一个说:"三奶奶,坐下吃个土豆儿吧。"

大桂摆手说:"谢谢您,我不饿。几天没来,三哥怎么瘦成这样儿了?"

张太太含着泪说:"现在能买到的粮食,除了发霉的杂合面儿就是高粱面儿、红薯干儿。他吃这些东西消化不了,弄得有了胃病。疼起来脸色煞白,满头大汗。我看着都心疼。"

赵妈进来说:"一天三顿饭,吃不下去,拉不出来,您说他受多大的罪呀。"

三哥躺在那儿一句话也不说,眼泪从眼角流下来,枕头上湿了一片。

大桂最见不得这种场面。从口袋里掏出那两张传单说:“这是我昨天捡的。三爷不让捡这个,我也没给他看。我想让三哥给念念,上边写的是什么。”

三哥接过去,吃力地念着:“捷报,1948年12月19日,我军解放天津周围军粮城、杨柳青、唐官屯、杨村等据点以及静海县城。21日,平津前线总指挥部向傅作义发出通牒,令其向人民投降。”

念完看了看另一张说:“这两张都是共军的传单。这张跟那一张是一样的。”

大桂问:“今天是几号?”

三哥说:“12月23号,这是前天印的。”

张太太说:“快了,解放军打进来,日子就好过了。”

大桂说:“对,解放军打进来,咱的日子就好过了。张太太,我回去了。”

赵妈把大桂送出来。大桂小声问:“张爷就没给三哥弄点儿吃的?”

赵妈小声说:“人家带着二太太一家去美国了,这边的闺女也跟着去了。”

天津周围的大小村镇都被中共东北、华北两大军区的解放军占领了。守城的国军只好蜷缩在市区周边的工事里。

天津外围的枪炮声一响,国民党中央清查团的人就撤走了。他们住过的那层楼,依然由市党部作为接待中央来人的住处。

1948年12月24日下午,一架轻型军事运输机降落在天津临时开辟的军用机场,市党部副主任徐世杰带着李鉴三,把机组的六七个人接到利顺德饭店。

李鉴三问:“徐主任,整个机组都住利顺德?”

徐胖子小声说:“这是蒋委员长的备用座机。这些人都是委员长的嫡系,这是梁秘书长亲自交代的,绝对保密!”

机组的住处安排好,机长说:“徐主任,我有份密件要亲自交给杜长官。”

徐胖子说:“好,好。我跟杜长官报告一下。”

徐世杰当时就把机长的话报告了梁子青秘书长。

回到市党部，徐胖子把李鉴三叫到办公室，关严门窗刚坐下，电话铃响了。是梁秘书长打来的。

梁子青说："杜长官要在利顺德请南京来的机组吃饭，你再给安排一下。找个小单间，杜市长单独陪机长。其余的人就由你俩陪吧。"

徐胖子赶紧答应："好，好。我这就去。"放下电话说："鉴三，咱俩还得再去一趟利顺德。"

从天津被围困，市场上的鱼、肉、菜、蛋就逐渐绝迹了。可利顺德饭店是专门接待外宾和政府高官显贵的地方，这类食材都是拿美金从国外采购，用飞机运来的。市长请客，菜肴还是异常丰盛。

那天正是圣诞节的前夕，西方也叫平安夜，相当于中国的大年三十儿。住在利顺德的外国洋行留守人员，都在这儿大吃大喝。委员长备用专机的机组人员，吃喝起来更是毫无顾忌。机长跟杜市长很熟，在小单间里刚坐下就从上衣口袋里掏出一份材料递给杜建时说："这是大公子让我直接交给您的。"

杜建时打开一看，是那份英国前驻天津总领事助理魏瑞芳写的申诉。上面用铅笔批了两行字："值此特殊时期干这种蠢事，直接干扰我向盟国寻求援助，实在可恶！是否蓄意所为，彻查严办！"

下边没落款，杜建时一看就知道是蒋经国的笔迹。

他把这份材料装进衣袋里，微笑着说："请代我谢谢大公子的关照。"

机长小声说："我这次来，是委员长想接您回去。"

杜建时沉吟了一下说："先吃饭，这事回头再说。"

吃饭时杜建时看似随意地问："大公子批示的这事，你知道吗？"

机长说："南京人差不多都知道了，这可是通天的事啊！"

原来自从英国大使馆把这件事照会国民政府外交部，外交部认为这是民间产权纠纷，推给了民政部。民政部觉得这事涉及侵权，又推到了司法部。

瑞芳等了二十几天还没个结果，那天她带着那份上诉材料，亲自去司法部交涉。警卫不让进，她硬要往里闯。几个警卫出来连打带推地拦她，瑞芳就跟他们厮打起来。她三拳两脚打趴好几个，自己坐在司法部门前号啕大哭。

路过的人问她，瑞芳就趁机把这件事的来龙去脉说一遍。有个人是蒋经国嫡系国防部戡乱建国总队的骨干，觉得这事很有来头，就把自己的身份悄悄亮给瑞芳，把她带的那份材料要走，直接送到蒋经国手里。

当时蒋夫人宋美龄正在美国寻求援助，天津市党部的人竟敢在这个时候找英国爵士的麻烦！蒋经国盛怒之下，就给杜建时批了这几句话。

杜建时宴请机组的这顿饭，一直吃到晚八点。杜建时回去了，机组的几个人酒足饭饱，还想趁着平安夜看看天津的夜景。徐胖子叫来两台小轿车，带着他们到万国桥、劝业场、官银号和北大关三岔河口，都下车看了看。

那时天津四周已经被解放军团团围住，所有通往外地的道路都被堵死。工厂开不了工、商家没生意做，捐税越来越多。整个市区怨声载道，死气沉沉。电力不足，市面上的店铺早就关门了，到哪儿都是一片昏暗。机组的人觉得没什么看头。转来转去，回到利顺德已经快十点了。

总统专机的机组人员都睡下了，疲惫不堪的徐胖子这才带着李鉴三回到办公室。他从柜子里拿出一瓶白兰地、两只高脚杯，斟上酒递给李鉴三一杯。叹了口气说："人要有本事真是了不得。你看人家杜长官，两所美国军事学校的高材生，能文能武，外交上也有一套。蒋委员长是真爱才呀！"

李鉴三应付着说："是啊，爱才也是领导人的一种美德。"

徐胖子抿了一口白兰地："人家委员长爱才，不光是给个称号、给把剑，是节骨眼儿上不能丢下他。现如今东北丢了，华东几十万国军都让共产党吃掉了。形势多紧张！十八号那天，国防部参谋次长李及兰、总统府参军罗泽、后勤总部参谋长吴光朝坐专机来天津，说是视察军务，其实是来接杜长官回南京。"

李鉴三故作惊讶地问："还有这事？"

徐胖子得意地说："那三个人都是杜长官同学，也是他的好友。委员长让

他们带来一封亲笔信，不光接他回南京，还想让他把在天津的中央军海运过去，加强华中的兵力。那几天东北的败兵正往关里跑，这十来万人要进了天津，麻烦可就大了！杜长官为这事跟警备区陈司令商量。陈长捷说，你走也行，我当天就自杀！"

李鉴三说："有这么严重！"

徐胖子说："我听说这事也吓了一跳。当年我给罗参事当过勤务兵，是他

身边的人告诉我的。这次把委员长备用的专机派来，我看还是要接杜长官回去，这不就是真正的爱才嘛！”

李鉴三说：“这些事您要不说，我还真想不到。”

徐胖子说：“上次罗参事他们也住利顺德。老参事临走跟我说，胖子，跟我们走吧。当时我没想那么多。事后一想，我总在这儿不走，能落个什么结果？”

徐胖子两眼盯着李鉴三，像是看他有什么反应。

李鉴三没弄清他这话是什么意思，不敢贸然表态，支支吾吾一句话也说不出来。

徐胖子正要说话，电话铃响了。他拿起电话一听，是杜长官打来的。

徐胖子毕恭毕敬地问：“杜长官，您有事？”

杜建时说：“经国先生手头有个申诉，是天津有人冒名转让美丰厚货栈的产权，这事你知道吗？”

徐胖子吓得头上都冒汗了，赶紧说：“我、我没听说。”

杜建时说：“我给你念一段经国先生的批示，值此特殊时期干这种蠢事，直接干扰我向盟国寻求援助，实在可恶！是否蓄意所为，彻查严办！你听见了吧？”

徐胖子赶紧说：“听见了，听见了。”

杜建时说：“我把批示的原文传达给你，就别往下传了。你赶紧采取措施，尽快把这件事刹住。时局这么紧，别忙着查是谁。一定要把事态稳住！”

徐胖子说：“是，是。您放心我一定把事态稳住。”

杜建时把电话挂了，徐胖子吓得屁股都坐不住了。他知道这事惊动了大公子，要查下来自己准跑不了！

李鉴三模模糊糊听到美丰厚三个字，问他：“徐主任，是杜长官吧？什么事？”

徐胖子搪塞地说：“没什么。也就是社会要稳定，治安要抓紧这些事。”

第一百一十六章

待了会儿，徐胖子看着李鉴三："这次不管杜长官走不走，我是非走不可！专机的机长跟我有一面之交，捅几根金条就能把我带走。我在天津混了这几年，什么也没捞着，金条从哪儿出？我对委员长、对经国先生忠贞不二，可我也不能就这么空着手回家呀！"

李鉴三听到这里才恍然大悟，姓徐的是想要发一笔横财！他心里盘算着怎么对付，脸上却依然装作一副不知所措的样子。

徐胖子沉不住气了，直接了当地说："我不想开多大的盘子，捞再多也没用。我就想让你从美丰厚货栈给我拿十根条子、一万美金。给那位机长五根条子，其余装个小皮箱，让我提起来就走。越快越好。专机等不了几天，我得跟他们一块儿走！"

李鉴三想了想，摇头说："让美丰厚拿钱，可不那么容易。"

徐胖子眼盯着他狠狠地说："你还是想个主意吧！咱俩是一根绳上拴的蚂蚱。可咱俩又不一样，我是一个人，老婆孩子都在南方，你可是上有老下有小，一大家人哪！"

徐胖子这句话，就像一把刀架在李鉴三的脖子上，吓得他胆战心惊。他早就知道姓徐的心毒手辣，没想到这个人竟然把他全家都盯上了。他知道美丰厚的厉害，惹不起美丰厚，可弄不来这笔钱，姓徐的什么事都干得出来！

李鉴三想了想说："要从美丰厚身上扎出这笔钱，除非使个绝招。"

徐胖子问："什么绝招？"

李鉴三说："把那位老掌柜抓起来！"

徐胖子睁大眼睛问："你是说绑他一票？把成子和当人质？"

李鉴三点头说："对，美丰厚钱有的是，可委员长的专机等不了三天。两天之内拿到这笔钱，非扎到他要命的死穴不可。成子和就是美丰厚的死穴！"

李鉴三提出要绑三爷的票儿，徐胖子心想，这就是我想过的事！费了这么大的劲，想通过转让产权拿他十万美金，又让美丰厚溜了，这回要一万美金，算他捡了个便宜。兴奋地说："就这么办！干这事的人我有，你说该怎么弄?”

李鉴三昧着良心跟徐胖子耳语了几句。徐胖子激动地说:“老李,我真没看错你。”他看了看表,已经快十二点了,赶紧说:“我这就安排人,明天一早就动手!”

三爷这几年每天早晨都要到海河边走走。起初是成礼陪着他,成礼干了脚行,他就自己去。他在海河码头干了一辈子,到现在还是爱看海河的水、海河里的船和海河码头上忙忙碌碌的那些搬运工。

那天早晨三爷一个人慢慢悠悠地遛到海河边。这时远处的码头已不像过去那样没白没夜地忙了,只有几条不大的商船停泊在岸边。

三爷在海河边活动了一会儿腰腿,正要往回走,有辆吉普车在他身旁停住。

车上下来的人问:“您是美丰厚成三爷吧?”

三爷点头说:“是我。”

那人说:“有个事向您请教。”

三爷刚要问,突然身后有个黑口袋罩在他头上。三爷正要喊,一个硬邦邦的东西顶住他的腰,有人低声说:“别出声!”

三爷知道,这是个带枪的!他眼前漆黑,心里并没慌。这种事他经过,没想到人老了,歇了好几年还有人这么对付他。

听动静他猜到是两个人,都是外地口音。他被这两个人推着架到车上,在马路上来回转了半天。下了车走进一个地方,上了几层楼,推进一个房间,又被人按到一把椅子上。

有人把他头上的黑罩摘掉,原来这是一间满阔气的客房。

站在他对面的是两个年轻人,一个说:“成三爷,前两年我在美丰厚待过。没见过您,可提起您没人不佩服。这回是有人要找美丰厚办点儿事,把您请到这儿住两天。事办得顺当,一半天您也许就能回去。”

三爷冷笑着说:“不就是绑票儿嘛。我这个老头子才值多少?”

那人说:“您太值钱了,美丰厚值多少您就值多少。这儿条件不错。您就在这儿歇着,一会儿有人给您送饭。”

三爷说;“先给我来盆热水,我得洗把脸。你那个头罩太脏,还有股酸臭味儿。”

那人笑着说：“头罩是太脏了。三爷，对不起，我得给您把门锁上。”

说完他俩就走了。

徐胖子一大早来到办公室，等了会儿才接到崔如意的电话，告诉他事办完了，人在皇宫饭店四楼。

徐胖子“嗯”了一声就把电话挂了。

他开始紧张起来。按照李鉴三的主意，事情办到这一步，就得沉住气放一放。让美丰厚的人着了急，再打电话要钱。

他定了定神，就去利顺德陪机组的人吃早点，还想再跟机长拉拉关系。没想到一见面机长就说：“今天共党有大动作，我们可能提前回去。”

徐胖子一听就急了，想问问是什么大动作，又怕人家看不起，只好含糊其辞地说：“没想到，真没想到。”

徐胖子是个不读书、不看报、不听广播的人，满脑子都是官场上察言观色、溜须拍马、争权夺势那一套，军政要闻、时局变化，全靠听人议论或是找人打听。回到市党部，他赶紧去问李鉴三：“你听说了没有，共党那边有什么大动作？”

李鉴三说：“昨天夜里新华社广播了中共权威人士宣布的头等战争罪犯名单，党国的军政要人差不多都在里头，有四十多人呢。”

徐胖子问：“有杜长官吗？”

李鉴三摇头说：“没有，有华北剿总的傅长官。”

徐胖子问：“怎么机组那些人急着要回去？”

李鉴三说：“战犯名单里的人，有的可能慌了。政局不稳，专机还不得回去待命？您给美丰厚打电话了吗？”

徐胖子如梦方醒，拍着脑袋说：“哎呀，我光想这事，把打电话的事忘得死死的了！”

李鉴三说：“现在打也不晚。”

徐胖子拿起电话拨通美丰厚的经理室，没人接，连着几次都是没人接。

李鉴三恨不得徐胖子赶紧走，想了想说：“咱就单刀直入吧。我跟他们说去，起码把您上飞机的用项要出来。”

徐胖子说:“这事全拜托你了!”

平常三爷出去遛早儿,不到一个小时就回来。大桂陪着他和成信吃完早点,就去美丰厚上班。今天三爷出去三个多小时还没回来。大桂急着去上班,让成信沿着三爷每天走的路线去找他,结果怎么也找不着。

大桂有点儿急了,来到美丰厚就要跟薛继承说这事。还没张嘴,薛继承拿着一张纸高兴地说:“刚接到一封南京的电报。”

大桂接过去看,上边只有十个字:“事办完我赴英告父放心。”

薛继承激动地说:“瑞芳把事办成了。”

大桂说:“三爷失踪了!”

薛继承没听明白,电话响了。

薛继承问:“您是哪儿?”

对方说:“我是梁子青,董事长在吗?”

薛继承说:“在,您等会儿。”把电话递给大桂,小声说:“是梁秘书。”

大桂接过电话说:“梁秘书,您好。”

梁子青说:“告诉您一个好消息。南京有人说话了,您放心吧,转让的事算彻底完了,那份协议我给您销毁吧。”

大桂说:“这得谢谢杜市长,谢谢您。今天早晨三爷失踪了。”

梁子青大吃一惊:“三爷失踪了?可能又是这帮混蛋搞的!您放心,我想办法。”

薛继承听说三爷失踪,可吓坏了。

大桂放下电话就叫上他去九姑那儿商量。

刚出经理室,就见永源和颜料庄的伙计过来说:“三奶奶,咱柜上亏了好几个月,到现在也没生意。同人伙友的工钱都发不出来了。两位掌柜怕三爷生气,让我来跟您说一声,问您该怎么办。”

大桂脑袋嗡的一声,像是又挨了一闷棍。想了想说:“你回去告诉两位掌柜,三爷最近身体不大好,永源和的事,请他俩受累想个办法。不发工钱人家怎么活呀!只要能让同人伙友生活,别把永源和搞垮,怎么办都行。”

那个伙计走了,大桂这才走进客房。几个人一起分析,三爷最近身体不错,不会在外边病倒。他人缘儿好,没仇家,被暗算的可能性也很小。道儿上没人敢动他，被绑票儿的可能性也不大。分析来分析去就是找不到线索。

大桂说："我去码头跟四爷说一下，这么大的事得跟他说说，让他给想想办法。"

薛继承说："我去吧。"

大桂说："他俩比亲弟兄还亲，这事我去说好。"

九姑说："我跟你去。"

她俩刚要走，薛继承哽咽着说："您跟他说，三爷要是被绑了票，只要人回来，要多少咱都给！"

这句话说得三个人都掉了泪。

这时候三爷还在那间客房床上躺着。

早晨被人蒙头罩脸，推推搡搡，上车下车，又磕磕绊绊地上了几层楼，老人又气又累，洗完脸躺到床上就起不来了。

看守他的人见三爷昏昏沉沉躺在那儿，怕他得了病，这事电话里不好说，赶紧锁上门，回侦缉队报告崔队长。

回到队里见一个人也没有，去问值班的，才知道崔队长和侦缉队的人，都被市党部派出去了。

原来那天正是1948年12月25日圣诞节，共产党在这一天发布战犯名单，撼动了整个国民党上层，各大城市顺势掀起又一波反对国民党反动统治的浪潮。那天早晨天津市内到处都出现了"打倒头号战犯蒋介石！""反内战、反饥饿、反对白色恐怖"的标语。

国民党市党部侦缉队、戒严司令部、警备区稽查处，隶属华北"剿总"的清匪除奸委员会和本市所有反共组织，全体出动，到处搜查抓人，把天津市搞得人心惶惶、乌烟瘴气。

这时三爷正躺在那间客房床上，心想这不是要弄死我。弄死用不着费这么大事。他们为的是要钱。这也不是黑道干的，黑道的几个老大都知道他，也没这么大排场。想来想去觉得这还是国民党的人干的。敢绑我要钱的，不会是小人物，想要的也不会是小数。

想到这儿，他怕大桂顶不住，要赶紧走。下床推开窗户看了看，对面是楼房，外边挺安静。他想这不是英租界，就是法租界。仔细看房间里的陈设，发现桌子上的白瓷茶杯上印着个皇冠，下边一行英文，有个字他认识，是大不列颠英国。想到这不就是英国人开的皇宫饭店嘛！

他忽然有了主意。走到房门前大声喊："有人嘛？"

楼上的茶房听见喊声赶紧跑过来，在门外问："先生，您有事？"

三爷说："我还没吃早点呢。来一份儿西餐，拿双筷子！"

过了会儿，一个小伙子托着盘子送饭来了。

茶房打开门，让他放下就走。

三爷问："这送的都是什么？你给我说说！"

茶房只好让送饭的进了房间，出去从外边把门锁上。

听着茶房走远了，三爷突然抓住送饭小伙子的手，小声问："你们西餐部有个十七八岁的女学徒吗？"

小伙子见被关在这间客房里的，竟然是一位穿着朴素的老人，顿时起了同情心，小声说："我们这儿没有，利顺德有一个。"

三爷问："是姓杜吗？"

小伙子说："姓什么我不知道。我师父跟她师父是师兄弟，在一块儿玩儿过，没好意思问。"

三爷把身上带的怀表塞给他说："麻烦你给问问，她要姓杜就告诉她，夸她有出息的老头儿在这儿。"

小伙子把怀表还给三爷说："给同行办事，哪能收您的东西。"跟三爷点点头，赶紧叫来茶房，开门走了。

大桂和九姑还没回来，李鉴三来了。一进经理室就问："三奶奶在吗？"

薛继承说："出去了，你有事？"

李鉴三小声说："我是为三爷的事来的。"

薛继承赶紧问："你有三爷的消息？"

李鉴三说："嗐，真想不到，一大早侦缉队把他给扣了。"

薛继承问："为什么？"

李鉴三轻描淡写地说："还不就是为几个钱！南京来了架飞机，市党部副主任要跟着回去。想花几根条子运动（贿赂）机组的人，手里又没有。脑袋一发热,就闹出这么档子事。”

气得薛继承说:“这不就是绑票儿嘛!国民党市党部绑老百姓的票儿,这是什么事!”

李鉴三说:“薛老弟,别说这么难听。他们那种人,什么事干不出来?我来这一趟不是为他,是为咱美丰厚的老爷子!”

他这么说,薛继承才冷静下来,问他:“三爷现在怎么样?没事吧?”

李鉴三说:“没事。三爷经的多见的广,该吃吃该喝喝,什么事没有。可总在他们手里,备不住就有危险。”

薛继承问:“他们要多少?”

李鉴三说:“十根大条子,一万美金。”

薛继承本想说只要人能回来,要多少给多少。转念一想,这是市党部干的,三爷也没事,不能轻易给他。话到嘴边又改口说:“你说的数目太大,我作不了主。等董事长回来看她怎么办吧。”

李鉴三没想到大桂没在美丰厚,也没想到薛继承居然是这种口气。一时没话说,只好坐在那儿等着。

忽然电话铃响了,薛继承拿起来,就听对方粗声大气地问:“李鉴三在那儿吗?”

李鉴三接过电话说:“我就是。”

打电话的徐胖子说:“机组马上就走,什么也别弄了。去我办公室桌子底下,拿上小皮箱赶紧给我送到机场!”

李鉴三撂下电话说了句:“我走了。”急忙走了出去。

李鉴三一溜小跑到市党部徐胖子的办公室,见办公桌底下果然有个小皮箱,伸手一提还挺重。知道徐胖子说的就是它,提起来就找了辆市党部的汽车,赶到军用机场。

专机正在启动,发动机的响声特别刺耳。徐胖子见李鉴三赶到了,气急败坏地接过皮箱,也顾不得掩人耳目,在跑道边把皮箱打开,掏出几根金条塞进衣袋里,提起皮箱就朝着那架专机跑。

在一旁的李鉴三心想,这个王八蛋!临走还给我唱了一出弯弯绕,差点儿把我绕进去!

徐胖子跑了几步，忽然转身跑回来，从怀里掏出一把手枪递给李鉴三，喘着粗气说："这把比利时造的勃朗宁你留着作纪念吧。专机上带着它，查出来当时就得枪毙！"说完转身又接着跑。

李鉴三拿着这把勃朗宁，咬牙切齿地小声说："我现在就想毙了你！"

说归说，直到看着他上旋梯进了机舱，飞机起飞了，这才松了口气。

码头上没活儿，杜四手下的搬运工不挣钱也不愿意回家，就在向阳地方三五成群蹲到一块儿，空着肚子扯闲篇儿。

成礼也在这儿。

大桂和九姑东张西望地走过来，成礼站起来问："妈，您找谁？"

大桂说："我找四爷。"

成礼说："我给您找去。"

工夫不大杜四过来了，大桂问："成礼呢？"

杜四说："我没让他过来，有事？"

大桂小声说："三爷不见了！"

杜四皱起眉头说："今天市里的特务到处抓人，三爷让他们抓去了？"

大桂说："咱没干犯法的事，抓他干什么？"

杜四说："那些人哪管你犯法不犯法，谁都敢抓！"

正说着杜娟慌慌张张跑过来说："爸、小姨，我姨父让人关在皇宫饭店了！"

大桂问："你怎么知道的？"

杜娟说："我一师哥捎的信儿。刚才他给我姨父送的饭。"

杜四说："这是让人绑了票儿。知道是哪个房间吗？"

杜娟说："皇宫饭店408，四楼八号。"

杜四说："知道地方就好办。"跟大桂说："你别急，这事我办吧。顶不济咱花钱把他赎出来。"

大桂说："用多少我去柜上拿。"

杜四说："我先去看看，人没事再说别的。"

杜娟说："人没事，我师哥说老爷子气色好着呢。"

大桂热泪盈眶地摇着头说："他这个人，嘛事也不在乎。"说着眼泪都出来了。

九姑说:“我跟着去吧,我在那儿陪着三爷。”

大桂说:“你去我就放心了。四爷,她去行吗?”

杜四说:“行,你别着急。我们仨一块儿去。你就在柜上听我的信儿吧。”

第一百一十七章

皇宫饭店离码头不远，三个人快到饭店门口，杜四说："我先进去，你们在外边看着，我一上楼你们就跟着我上去。"

九姑和杜娟都点了点头。

杜四走进皇宫饭店大声问："前堂谁值班？"

大台后边的两个女孩儿吓了一跳，一个说："顾经理值班，他刚出去。"

杜四说："告诉四楼，408给我搁了个人，开开门我看看。"说完腾腾腾就往楼上走。

九姑、杜娟从外边进来跟着也上了楼。

杜娟上着楼说："这破饭店，连个电梯也没有。"

九姑说："这是个老饭店，你挑嘛眼哪！"

大台那个女孩儿给四楼打完电话，撇着嘴说："看这仨人，一个比一个横。"

另一个小声说："你看前边那位大爷，腰里的板儿带有多宽，这都是打死人不偿命的主儿！"

三个人上了四楼，茶房早把408的门打开了。

杜四进去一看，三爷正躺在床上睡觉呢。

杜娟过去小声喊："姨夫，下雨了！"

三爷睁开眼说："老四，是你们呀。"坐起来指着杜娟说："我是想让你告诉家里一声，我在这儿挺好的。怎么把他俩都搬来了！"

九姑说："您还不想回去呀？把大桂跟柜上的人们都急死了。"

杜娟说："我师哥说，老爷子让人关在这里头，眉头都不皱。他还真不想回去。"

杜四问："是吗？"

三爷说："是。我就想问问他们，凭什么绑我？弄不清楚我就不走！"

杜四说："走吧，回去再问吧。"

三爷说："杜娟，你那个师哥真不错。人好，心眼儿也好。交个朋友吧。"

杜娟说:“姨父,您别来劲啊。要不走没人救您了。”

三爷说:“老四,那个男孩儿也是学西餐的,真不错。”

杜四说:“走吧,别说闲白儿了。”

三爷站起来,跟着他们往外走,嘴里还嘟囔:“那孩子就是不错。”

四楼的茶房见他们出来,迎过去问:“这位老爷子早晨要的是西餐。中午订西餐还是中餐?”

杜四说:“嘛也不订了,给你们省一顿吧。”几个人赶紧下楼,经过一楼大台,四爷说:“费用记市党部账上。”

四个人出去了。

大台的女孩儿嘴里嘟囔着:“记市党部账上还不是白记,谁给呀!”

大桂回到美丰厚,走进经理室坐下就说:“三爷让绑票儿的关在皇宫饭店了!”

薛继承问:“谁说的?”

大桂说:“是杜娟告诉的。你说他这个人,关在皇宫饭店,能把在利顺德学西餐的杜娟找出来,多能耐!”

薛继承说:“刚才李鉴三来了。三爷的事是市党部侦缉队干的,想敲咱一笔钱!李鉴三张嘴就要十根金条,一万美金。我没答应他!”

大桂一听就急了:“他要个屁!四爷还想花钱赎他呢,要是市党部侦缉队干的,一分钱不给!我去找市党部要人!魏爷还在客房吗?他没事吧?”

薛继承说:“没事。这事除了咱俩跟九姑,谁也不知道。”

大桂说:“四爷跟九姑去皇宫饭店了。只要三爷平平安安,咱就忍了这口气。走,食堂吃饭去,一会儿就许有准信儿。”

正说着九姑回来了。

薛继承看着九姑问:“看见三爷了吗?”

九姑说:“送回家了!四爷带着我们俩进了皇宫饭店,找到四楼那个房间,三爷正睡着呢。四爷让他回家,他还不愿走,净跟人家说杜娟的事儿。”

大桂问:“杜娟的什么事?”

九姑说:“三爷想让杜娟跟给他送信儿的小伙子交个朋友。我说您就回家吧,把人都快急死了。这才把他送回去。”

大桂笑着说："亏了是你去，要是别人谁能说动他！"

九姑说："四爷也真行。在皇宫饭店临出来，跟前台的人说，费用记市党部账上。我们几个大摇大摆就出来了。杜娟还直乐呢。"

大桂问："四爷呢？"

九姑说："把三爷送回家，他就回码头了。我就佩服我师哥，什么事也难不倒。四爷也是，别看平常没事，出手就是高招儿。"

薛继承说："九姑，我忘告诉你了。瑞芳把咱美丰厚的事办成了。"

大桂问："瑞芳把事办成了？"

薛继承说："是啊，早晨她来电报，我就告诉您了。"

大桂说："我给忘了吧。这事得赶紧告诉三爷。"

说完就赶紧走了。

三爷回到家，表面上很平静，心里却是怒气不息。把成信叫过来说："你去一趟河东，让夏磊到咱家来一趟。"

成信问："现在就来？"

三爷说："晚上来吧。"

大桂回到家，刚把瑞芳发来的消息告诉三爷，没等三爷说话，寇二嫂背着寇奶奶进来了。

大桂说："寇奶奶来了，快放下吧。"

寇二嫂把老奶奶放在客厅椅子上坐下。老奶奶正喘大气，寇二背着包袱进来说："三爷、三奶奶，我们上您这儿避难来了。"

大桂问："这么远的路，你俩跟奶奶怎么来的？"

寇二放下包袱说："我听说西边打得厉害，就叫上我家里回去看了看。如意庵往西，老远就能看见解放军的大炮。那炮口，有大海碗那么粗。一炮过来整个如意庵就得平了。我拉了个排子车，铺上炕褥子就把奶奶拉来了。进胡同我家里非要背奶奶，说胡同里坐车颠得慌。"

寇二嫂说："什么家里外头的！下边胡同都是砖铺地，让奶奶坐你那木头轮子车，不得把屁股颠烂了！"

寇奶奶笑着说："你看你看，她俩逃难都没个正行。三爷、三奶奶，让您笑话了。"

三爷说:“天津让解放军围起来,我就想着西头准比这儿危险。大桂前两天还要去接寇奶奶呢。”

大桂说:“我这两天就是没工夫。打美丰厚存上军粮,我就提心吊胆,总怕出事。这不刚才三爷……”

正要往下说,三爷拦着他说:“谁家都一样,提心吊胆的,日子都过不好。”

寇二说:“我看出来了。三奶奶家里、柜上两头儿都得操心。”

大桂说:“寇奶奶,您就踏踏实实住这儿吧。您有福气。您来了我心里也踏实了。”

寇二说:“奶奶不愿意来,我说半天才来的。我跟奶奶说,眼看要打仗了,您去下边儿得了,租界还是比咱西头保险。给您添麻烦吧。”

寇奶奶说:“你当光给三爷、三奶奶添麻烦?还添了张嘴呢!要说也是,谁让咱赶上这年头儿呢。市面儿上贵贱没卖粮食的,到哪儿都没吃的。咱就舔着脸跟三爷、三奶奶一块儿凑合吧,有嘛法子呢。”

老太太说着自个儿也乐了。

大桂说:“我就爱看您乐。不管多愁的事,您也是乐。没吃的咱也不怕,咱那儿存着国民党的军粮,扫扫垛底子就够咱娘儿几个喝粥的。您坐会儿,我到楼上给您收拾屋子去。”

寇二赶紧拦着说:“别、别,可别上楼。您别当这是走亲戚,这是逃难。大炮一响都得防着点儿。这屋里就好,报上不是说嘛,屋里靠墙待着最保险。三爷,我把这儿收拾收拾。”

三爷笑着说:“你收拾吧。”

寇二爷把带来的褥子铺到南墙根儿,让寇奶奶坐在褥子上。自言自语地说:“晚上就在地铺上睡觉,满好。”

大桂说:“二爷,要不我靠墙给奶奶搭个铺,地下多潮啊。”

寇奶奶摆手说:“我们老二有主意,咱就听他的吧。”

老太太坐在墙根儿地下,寇二爷左看右看还觉着不行,叫二嫂跟他把八仙桌抬过去架到老娘头顶上。又看了看,这才放心。

寇奶奶坐在桌子底下问:“三奶奶,老二两口子在您那儿干得行吗?”

大桂蹲下跟她说:“他俩可能干了,二爷、二嫂都勤快,柜上的人们都说我找的这俩人,真太得力了。”

寇奶奶说:"能在柜上待住就行。要在如意庵那儿,有受不完的气。"

大桂问:"平白无故的,谁给咱气受?"

寇二接过去说:"奶奶说的是那帮国民党兵。仗还没打,民房拆了不少。那帮南方来的兵说话咱也不懂,在如意庵横吃横喝,一不对付就动手打人。"

吃完晚饭,大桂在里屋小声告诉三爷:"早晨的事是市党部的人干的。"

三爷一听,皱起眉头,"哼"了一声,什么话也没说。

大桂还要说什么,夏磊来了。

进客厅见桌子底下躺着个老太太,朝里屋轻轻喊了声:"三叔!"

三爷出来说:"你来了,咱楼上说去吧。"

大桂跟出来说:"我去让成信下来。"

说完自己先噔噔噔上了楼。

不大一会儿成信和他娘都下了楼。

成信睡得迷迷糊糊,看着夏磊笑着说:"夏磊哥,你来了。"没等夏磊说话,就进里屋睡觉去了。

夏磊扶着三爷上了楼,走进成信住的小屋,一个单人床、一个书桌,两把椅子,还有个放着书籍和生活用品的小书架。屋里收拾得干干净净。

大桂端着茶壶、茶杯也上来了。给他俩斟上茶说:"你们爷儿俩在这儿聊吧。等会儿我给你们做夜宵。你们爷儿俩都爱吃面。我跟苗姑学的,擀面,再炖点儿肉。"

夏磊说:"哎呀,我老没吃家里做的肉面了。小姨,您给我准备两瓣蒜。"

大桂说:"我知道。你三叔就说,吃面要没蒜,不如吃顿小米儿饭。"说完就笑着下楼去了。

夏磊坐下说:"三叔,您的事我下午才听说。您受惊了。"

三爷苦笑着说:"没事,我就是心里憋闷,想跟你聊聊。"

夏磊见三爷想跟他谈,也笑着说:"我从来天津,还没跟您好好聊过呢。"

三爷开门见山地说:"我就想问问你,共产党跟国民党究竟有什么不同,共产党要得了天下,也会像国民党这么干吗?"

夏磊笑着说:"三叔,您问的这件事,太深奥了。这也是现在很多人想问的问题。我只能按我的理解跟您说说。"

三爷点头点头。

夏磊说:“共产党跟国民党的区别,首先在于信仰不同。国民党信仰的是中山先生倡导的三民主义,追求‘天下为公,世界大同’。共产党信仰的是马克思主义,最终是要达到消灭剥削,各尽所能,各取所需,满足人们不断增长的物质文化需要,也就是家家户户都富起来。”

三爷说:“这倒是。咱们盼的就是家家都富起来。过大年到处贴‘福’字。墙上贴着‘日进斗金’,见面说‘恭喜发财’,就是为个富字嘛。”

夏磊说:“马克思主义认为,‘富’是生产力高度发达才能实现的。我在延安抗大的一位老师跟我说,夺取政权并不是共产党人的最终目的。夺取政权为的是消灭剥削,发展生产力。因为只有生产力提高了,民众不受剥削了,生活水平才能真正提高。”

三爷点头说:“这是你们的信仰,也是一种主张。”

夏磊说:“至于夺取政权以后,会不会有人贪污腐化,侵害社会和个人的权益,那就难说了。去年中共报纸《新华日报》连载郭沫若写的《甲申三百年祭》,就是想让共产党人提高警惕,避免犯李自成进北京被腐蚀的错误!”

三爷感慨地说:“孙中山成立国民党的本意也不错,就是让这些当官儿的给糟蹋了。”

夏磊说:“国民党太腐败了。几乎没有不贪赃的官、不腐败的事。让他们把持政权,中国只会越来越衰败,老百姓只会越来越痛苦。他们不可能主动让位。所以非用暴力推翻这个腐败政权不可。”

三爷点头说:“眼下中国的内战,也就是为这个。在共产党的队伍里,你说的这些理论也不是人人都懂吧?”

夏磊说:“您说的对。文化程度很低的听不懂。有些光为找国民党报仇的,没有更高的理想,也不愿意钻研这些理论。共产党提出,打倒国民党不是改朝换代,是为成立新中国。就有人说,咱抛头颅洒热血,不为改朝换代坐天下,为的是什么?”

三爷苦笑说:“这也是实话。”

夏磊说:“权力对人的诱惑太大了。以往的历史,可以说就是一部争权夺利的历史。夺权之前说的那些话,往往掌权之后就变了。所以我说,您问的这件事很深奥,也许谁也答复不了。”

三爷叹了口气说:“你说的是实话。太远的事咱就不说了。我跟他们常说，咱不靠哪个党、哪个派。谁办好事咱就支持，谁办坏事咱就反对。眼下国民党这么糟害百姓，我是非反他不可！”

这爷儿俩一直聊到很晚。

夏磊吃了一碗面就要走，大桂说：“你在成信这屋睡吧，天亮再走。”

夏磊看了看表说：“这才十点多。大光明的摆渡下一点才停，这时候过河倒方便。”

三爷说：“他住下也不放心。”

送走夏磊，老两口回到卧室，三爷刚坐下，大桂说：“今天瑞芳来电报说，她去英国了。这是给咱的暗号，美丰厚的事办成了。”

三爷的眼睛都亮了，问：“咱就没事了？”

大桂点头说：“没事了。”

这时三爷猛地站起来说：“你在家照顾着，我去柜上看看。”

寇二爷在外屋见三爷要出去，站起来问：“您去哪儿？”

三爷说：“去柜上。”

寇二说：“我跟您一块儿走，门房那儿总托人看着也不行。”

寇二嫂说：“三奶奶，我也得回去看看。”

三个人一块儿走了。

寇奶奶笑着说：“三奶奶，你看我们老二两口子，真没把自个儿当外人。”

寇二扶着三爷，二嫂在后边跟着，三个人摸着黑走出安仁里，首善街的路灯也不亮。走到小白楼大街，马路上空荡荡的，一个人也没有。远处的炮声时隐时现。三爷和寇二干脆就在马路中间大步往前走，一身赘肉的寇二嫂在后边跟着一路小跑，累得满头大汗气喘吁吁。

来到美丰厚大门外，已经是半夜了。

寇二嫂按响电铃，段师傅在大门里小声问：“谁？”

二嫂说：“三爷来了。”

三爷走进门房，见薛继承也在这儿，坐下就说：“继承，段云，马上带人把那八百吨军粮往西货场搬。库房放不下，打包房、工具房、修理车间，哪儿有地方就往哪儿搁。一定不能露在外边。告诉蔡师傅准备饭，干完活儿让大伙吃饱了再睡。”

薛继承问:“这就搬?”

三爷点点头。

不一会儿货栈的人都出来了。三爷站在院子里,看着薛继承、许南生、范斌、段云、九姑带着业务室、财务室、勤杂工和搬运工一起,扛的、抬的,小车拉的、铲车推的,齐心协力把那批军粮往西货场运。

寇二嫂扛着两包还走得飞快。

西货场的所有机械设备也都开动起来。叉车、传送带、电梯都在转移粮食。一夜之间东货场存放的军粮都不见了。

军粮搬完了,三爷把段云叫到门房小声说:“货场别收拾,就这么乱着。你找几个工人,给他们做点儿伤。”

段师傅明白了,点点头,一声不吭办去了。

三爷看了看在一旁听着的寇二。

寇二向三爷点了点头,表示他也明白了。

薛继承进来了,三爷问:“刚才这事,你明白吗?”

薛继承点头说:“明白。”

寇二说:“薛经理,都下半夜了,让三爷到客房歇着吧,那儿没电话,清静。”

第一百一十八章

三爷问："魏爷还在吧？"

薛继承说："在。刚才大伙儿搬粮食，他还在那儿看呢。"

三爷说："走，去客房。我看看他。"

薛继承陪着三爷往客房走，路上三爷把自己的想法又跟他说了一遍。

三爷说："不管他们怎么闹，扛他几天，一打起来他们就完了。"

薛继承小声说："瑞芳去英国的事，魏爷还不知道呢。"

三爷说："查理特别器重瑞芳，说她沉稳聪明，办事牢靠。要是到了英国，前途不可限量。"

正往前走，三爷忽然站住问："市党部绑我的事，柜上的人知道吗？"

薛继承说："除了三奶奶、九姑跟我，别人都不知道。"

三爷说："对，这种事知道的人多并不好。弄不好就可能帮了倒忙。"

薛继承心想，三爷这才叫处变不惊，提起来就像说别人的事。

他俩走到客房门前，魏爷正站在那儿听炮声。

三爷说："魏爷，夜深了，您还没休息。"

魏爷说："我在这儿听打炮呢。你听这炮，稳稳当当，一点儿不慌。不像是急着打天津，倒像是给守城的发信号，让他们听着点儿，我可还在这儿！"

三爷笑着说："您真会听。我看这就叫主动。先把他围住，想拿再动手，暂时不拿就时不时地打几炮，让他提心吊胆，不得安生。让人家戏弄成这样，国民党的气数是要尽了！"

魏爷说："还是你看得透彻。"

三爷问："您在这儿住得还行吧。"

魏爷说："这怎么不行！单间儿，吃饭喝茶都有人伺候。我都成老太爷了。"

薛继承说："您就是我们的老太爷。"

三爷问："魏爷，瑞芳去南京了，您知道吧？"

魏爷点头说："知道，走之前她跟我说了。是查理先生临走跟她交代的。

咱天津人就得这样，受人之托，忠人之用。”

三爷问：“听说她办完事就去英国？”

魏爷看着他：“这我也知道。兵荒马乱的，她没法儿回来。在南京两眼一抹黑，就得去英国。人挪活，树挪死。在那儿有活儿干，比困在家听炮响强。”

三爷说：“咱闺女，就是争气。”

魏爷得意地：“咱天津不有句话嘛，不怕天不怕地，就怕孩子不争气！”

说完两个老人都哈哈大笑。

薛继承说：“我去让寇二嫂给三爷安排个房间。”

寇二嫂打着哈欠过来说：“俩老爷子在这儿说得这么热闹，我没敢过来。房间都收拾好了。两位老爷子，外头多冷啊，进屋歇着吧。一会儿天就亮了。”

第二天一早，大桂上楼看了看孙子小狗儿，下来跟寇奶奶说了几句话，心里惦着三爷，吃完早点就来美丰厚了。到门口见大门关着，按响电铃，寇二爷打开门上的小窗口看了看，这才把门打开。

大桂进来一看，货场都空了。问寇二：“这是怎么回事？”

寇二爷伸出一个指头放在嘴上，小声说：“三爷让把粮食连夜都搬西边去了。”

大桂小声问：“三爷呢？”

寇二指了指说：“在客房屋里歇着呢。”

大桂问：“魏爷呢？”

寇二说：“一大早就出去了。”

大桂说：“兵荒马乱的，老爷子出去您也没拦着？”

寇二说：“我拦着了。老爷子说他有件要紧的事，非办不可。”

大桂问：“什么要紧的事？您也没问问？”

寇二小心翼翼地四处看了看说：“我问了，他也说了，就是不让告诉你们。”

大桂着急地问：“究竟是什么事啊？”

寇二凑到她跟前小声说：“是腊月初三给三爷过七十大寿的事！他说这是瑞芳临走一再嘱咐让他办的。”

大桂心想，魏爷跟瑞芳这爷儿俩，真是有心人哪！

瑞芳临走那天晚上，把去南京找英国大使馆的事都跟魏爷说了。爷儿俩把办这事的每个步骤都研究了一遍。连实在行不通，就豁出命去惊动蒋介石父子和宋美龄，都想到了。

瑞芳说："遇上成三爷，是咱爷儿俩今生今世最大的幸运。没有成三爷，我还得拾破烂儿，您也不会有这么好的日子。咱对三爷，怎么报答都不过分。您放心，我到南京非把三爷这件事办成不可，完事就去英国。"

魏爷说："你去吧。去英国是人往高处走，好事，我放心。"

瑞芳说："我心里惦记的，是想给三爷过个生日。"

魏爷问："什么时候？"

瑞芳说："快了，腊月初三是三爷六十九岁的生日。老话说，过九不过十。那天是三爷的七十大寿，我就惦记着到那天给他老人家好好过个生日，尽尽我的孝心。"

魏爷说："这事你就放心吧。你爸爸别的本事没有，过生日祝寿这类喜庆事，准能给你办得风风光光的。"

瑞芳走了，魏爷一直盘算着三爷这个生日该怎么办。那天晚上薛继承告诉他瑞芳已经去了英国，魏爷心想明天是阴历十一月二十七，离腊月初三还有六天，给三爷过生日的事也该动手了。那一夜他也没睡好，天一亮就要回南市筹办这件事。

门房寇二爷一再劝他别出去，也没拦住他。

大清早魏爷在南市一家早点铺喝了碗杂合面粥，就去一个胡同里敲范七爷家的门。

范七爷叫范晓轩，是粹园饭庄的掌柜，也是南市有绝活的一位名厨。会吃爱吃的魏爷年轻时就跟他有交情，是结拜弟兄。

魏爷说完来意，范晓轩说："这位成三爷我知道。我有个堂兄就在他那儿干。为资助抗日，他让日本宪兵队抓去，把货栈也封了。我堂兄怕沾包，溜了。没活儿干，家里大人孩子都挨饿。日本投降成三爷又把他找回去，这是多大的肚量！"

魏爷说:“没有成三爷,我们爷儿俩也到不了今天。”

范晓轩说:“这事我办。要来桌像样儿的宴席,就得有东西。市面儿上嘛也买不着,拿什么做?”

魏爷问:“租界的大饭店你都有熟人,找他们淘换行吗?”

范晓轩说:“行是行,那得用美金。”

魏爷问:“咱办一桌得用多少?”

范七爷想了想说:“怎么也得一百多块。”

魏爷说:“我拿一百五,行吧?”

七爷看着他:“大哥,您哪儿来这么多美金?”

魏爷说:“闺女去英国了,临走给我留下五百美金养老用。”

范晓轩说:“行! 您舍得这笔钱,我就给您往好里办。到时候来我这儿吧。”

魏爷摇头说:“不行。那天得在我那儿。魏家胡同那所房子,是光复那年三爷给重建的。三年了他还没去过呢。”

七爷说:“行,大灶还得现垒。头两天我带俩徒弟去。”

魏爷说:“圆桌面儿,吃饭的家伙什儿,你都得带上。”

七爷说:“行,腊月初三中午,对吧? 您就赌好儿吧!”

天津外围的炮声还在响,人们听得好像也习惯了。

河东大王庄王记大车店里,夏磊跟大伙儿说:“离咱这儿不远的民权门,就是攻城部队的一个突破口。”

金锁问:“部队往里攻,咱们能干嘛?”

夏磊说:“带路。突进来的部队,要尽快拿下东局子跟小孙庄新仓库这几个目标。咱们最好能带着先头部队从小路插过去。既减少伤亡,也能出其不意地扩大战果。”

金锁说:“要带路我算一个。”

夏磊说:“你别去。找几个机灵点儿的就行。国民党军队在天津设防多年,一旦打起来,说不定就遇上难啃的地方,你就等着更艰巨的任务吧。”

那天晚上,三爷和大桂在客厅跟寇奶奶说闲话,夏磊进来了。

三爷问他:“这么晚了,你怎么来了?”

夏磊说:“有个急事想找您跟我三婶儿帮忙。”

大桂说:“你还没吃饭吧。大红,给夏磊热饭去。玉珍,把孩子抱楼上,哄着他睡觉。夏磊,咱里屋说去。寇奶奶,您早点儿歇着吧。”

进了里屋,夏磊小声说:“天津外围攻城部队都准备好了。昨天中央来电指示,进攻天津务必尽量减少对经济文化设施的破坏。平津前线指挥部要求我们尽快把国民党军队在市内的兵力部署图搞到,好让我方只对敌人的炮兵阵地和军事目标开炮。图已经搞到了,中间人要五根金条。明天晚上十点以前,一手交钱一手交货。”

大桂说:“我明白了。五根金条我拿,怎么交法?”

夏磊说:“要找个既隐蔽又方便的地方,拿到图马上就能走。我也不知道哪儿好,您出个主意吧。”

大桂想了想问:“你有今天的报吗?”

夏磊说:“我带着一份。”

大桂拿过来看了看:“行。明天中国大戏院演《连环套》,好戏。咱就在中国大戏院二楼右手的特座儿交钱。”

夏磊疑惑地问:“那儿合适吗?”

大桂说:“别看天津眼看就打起来,有好角儿、好戏,看的人还不少。那儿离台口近,票还便宜,戏迷都爱坐那儿。说话、递钱、拿货没人理会。那儿有个通着后台的小门儿。咱的人拿上图,从小门儿就出去了。”

夏磊看了看三爷,郑重地说:“三婶儿,这事就看您的了。”

大桂说:“你找我就是信得过我。吃完饭你走你的。明天晚上七点开戏,咱中国大戏院二楼见。三爷,你看行吗?”

三爷说:“办这事,把成信带上。带着孩子看戏,可以掩人耳目。万一遇上意外,他也可以把图送出来。”

夏磊见三爷下这么大的决心,感动地说:“三叔,这可就让她们娘儿俩都得担风险了。”

三爷严肃地说:“这时候,什么都得豁得出去。不怕风险,咱要的是保险!”

第二天下午，大桂让成信跟她早点儿吃饭。

成信问："娘，今天有事？"

大桂说："有好事。"

成信当时就猜着了："看戏！咱去哪儿？天华景？还是中国大戏院？"

大桂说："中国。"

成信问："还是从后门儿上去？"

大桂点点头。

当天晚上，大桂领着成信又去找大雁。见了面就说："我这个小子就是爱看戏。"

大雁说："我那个小子就不行。锣鼓家伙一响就往外跑。要爱看就看去吧，台上都打了两通了。"

大桂跟成信说："你先过去，我跟你雁姨说会儿话。一开戏我就去。"

成信从铁架子上的小门儿进去，自己坐在特座上。刚坐稳，有人拍了他肩膀一下。回头一看，是小姚。他挨着成信坐下就问："刚才戏台上敲打了半天，怎么还不开戏？"

成信说："那是打通。打完三通才开戏呢。"

小姚笑嘻嘻地拍着成信说："你小子还挺懂行。"

又打了一通锣鼓，看戏的人们才陆陆续续走进来。

穿长袍儿的夏磊来了就挨着小姚坐下。另一个穿长袍的挨着夏磊坐下。

大桂进来了。小姚站起来说："三奶奶，您坐这儿，您坐这儿。"

大桂坐下才发现让座儿的是小姚。就问："你也爱看戏？"

小姚笑眯眯地说："我路过这儿，海报上写着今天演的是《连环套》，有黄天霸、窦尔敦，我看是武戏就进来了。三奶奶，玉环心可细了。路上把苗姑照顾得特别周到。"

大桂看着这个年轻人，也笑了。问他："你坐哪儿？"

小姚说："我坐您后头吧。看不明白，成信还能给我说说。"

大桂看着成信说："他还能给你说戏？"嘴里说着，手从下边伸过去，把一个纸包递给身旁的夏磊。

成信得意地说："《连环套》我看过好几回了。这里边谁是怎么回事，我都知道。"

夏磊不动声色地把纸包递给旁边那个人。

开戏了，几个龙套出来站在两旁。又有个红脸的出来了。

小姚小声问："成信，这是谁？"

成信小声说："是梁九公。皇上给了他一匹好马，他要骑着打猎去。"

大桂笑着说："他还真说得上来。"

一边说，一边用眼瞟着夏磊。

一会儿台上红脸的进去了。锣鼓紧打了一阵，花脸的窦尔敦一出场，全场观众一齐喊了声："好！"

随着这声"好！"，小姚从夏磊身后接过个纸卷儿，顺手揣进怀里。

台上的窦尔敦还在唱。小姚显得挺腻歪："怎么光唱，老不开打呀！我不看了。成信，咱走吧。"

成信说："别走。这才是坐寨，后边还有盗马呢！"

大桂捅了他一把，成信赶紧站起来说："那咱走吧。"

成信、小姚一前一后，走过去拉开身旁那个小门儿，出去了。

待了会儿，大桂自言自语地说："这孩子，看个戏也不安生。"

站起身来，也从小门儿走了出去。

成信领着姚锐趁着台上的灯光，从铁架子上走过去，拉开那个铁门，一出去就赶紧把门关上。外边的梯子周围一片漆黑。他俩摸着黑往下走了几蹬。

成信小声说："我娘怎么还不出来？"

小姚小声说："别说话，等会儿就出来了。"

上边的铁门一开，射出一片亮光，转眼又黑了。

大桂在黑暗中小声问："姚锐，没错儿吧。"

小姚小声说："董事长，没错儿。成信扶着你娘，我得赶紧走。"

大桂小声说："刘师傅在门口吉普车上等着呢。挂着军车牌照，哪儿都能去。"

小姚小声说："好。您慢着点儿。"

三步两步跑下去。

下边的门轻轻响了一声，小姚出去了。

中国大戏院门外马路上，行人稀少，路灯闪烁。

大桂问："这回看《连环套》，没过瘾吧？"

成信小声说："娘，今天我特过瘾。"说着，竟唱了起来："将酒宴摆至在分金亭上……"

东北野战军的五个纵队三十二个师，三十多万人和华北野战军的部队把天津团团围住。

国民党军队在天津构筑的城防工事，也非同小可。大碉堡三百八十多座，小碉堡有上千个。市区里的地堡群跟有的核心工事都连着，关键地段还设置了不少炮兵阵地。不打则已，打起来就是一场恶仗。

天津的地下党也活跃起来。被服厂不仅罢了工，工人纠察队把原料库、成品库、给养库都控制起来了。还组织工人在厂区周围昼夜巡逻。带头的就是米大锁。对这个敢冲敢闯，又特讲义气的小伙子，大伙儿都很佩服。国民党特务几次要抓他，有工人们掩护，都扑空了。

这些天大锁总没信儿，姐姐大红想去看看他。大桂说："要去就赶紧去，往后一打起来，想去也去不了啦。"

大红到了被服厂，才知道这几天大锁跟他几个哥们儿闹别扭，正躺在工人宿舍怄气呢。

原来一次大锁看见有几个人在一块儿开会，主持的竟是他结拜弟兄岳光。大锁质问岳光："你们开会怎么没通知我？"

岳光悄悄地说："我们几个都是共产党员。"

大锁一听就火了："咱们是磕过头的弟兄，有福同享，有难同当。你一个人在了党，不就跟咱哥们儿都在党一样吗？为什么还背着我？"

岳光一再解释，他也想不通，自己的弟兄竟然背着他开会，索性就撂挑子不干了。大红来的时候他还在生气。跟姐姐说："我从来不把他们当外人，可他们不把我当自己人。"

说着说着，竟激动地哭起来。

大红知道兄弟对谁也是直肠子，想劝他也不知道怎么说。自己也跟着生了一肚子气，回到家就把这个事跟大姑说了。

大桂说："在党跟拜把子可不一样。人家党里的事，跟谁都不能随便说。

他生哪门子气！”

晚上成礼回来，大红又跟他说起这个事。

成礼说：“今天我们班长还跟我提加入共产党的事呢。”

大红问：“你跟他们怎么说的？”

成礼说：“这我就不能告诉你了。”

气得大红狠狠地捶了他一拳，冲着他说：“你爱入不入，我才不管你的事呢。”

大桂惦记着大锁，自己去了被服厂。进了他们宿舍，大锁还在睡觉。听见有人来了，睁眼一看是大姑。急忙坐起来说：“外边这么乱，您怎么来了！”

还要说什么，身子一软就倒下了。

第一百一十九章

大桂见大锁把自己折磨成这样了，就说："你赶快收拾一下，上我那儿养着去吧。"

岳光和两个工友来看他，见了大桂脸就红了。小声说："是我把哥哥气病了。"

大桂说："我早就看出你跟他们不一样。你说话办事有分寸，不像大锁那么莽撞，我把他带走吧。省得你们总分心。"

岳光说："那就谢谢您了。我找个车给我哥带点儿东西，把您一块儿送回去。"

不一会儿来了辆吉普车，岳光架着大锁，三奶奶跟在后面一起上了车。坐在车上才看见，后边座位上放了一袋面、一袋米。

大桂把大锁接回来，宫氏见儿子瘦成这样了，以为是得了什么病。大桂让嫂子把楼上成信住的小屋收拾出来，扶着大锁上了楼。安顿好了，大锁说："大姑，您歇会儿吧。"

大桂让嫂子也坐下，跟她说："你儿子没病，是他自个儿想不开，折腾的。"

这才把大锁跟岳光他们闹别扭的事，当着他的面跟宫氏说了一遍。

大桂说："大锁，共产党是国民党的死对头，在天津都是干地下工作，让人家逮着就没命了。跟磕头拜把子根本就不是一回事！人家背着你是应该的。你满脑袋糊涂糨子，连这个都不懂，还跟人家怄气！眼看解放军就打进来了，正用人的时候你倒耍起了小性子！好好养两天，跟人家干去吧！"

听了大桂这番话，宫氏也埋怨他糊涂。大锁脸红一阵白一阵，心里也后悔了。

那年腊月初三，正是1949年1月1日。魏爷头三天跟就三爷、三奶奶说，瑞芳临走留下话，初三中午在他那儿给三爷过生日。听说是瑞芳的心意，三爷夫妇当时就满口答应。

魏爷接着又逐个请了薛经理、陈经理、九姑和庞二。听说三爷、三奶奶那天去，这几个人也都答应了。

魏爷去请段师傅，段云说："魏爷，您父女的好意我心领了，可是那日子口儿，货场离不开人。我去了心里也不踏实。谢谢您，我就免了吧。"

魏爷感慨地说："段爷，您在美丰厚真是忠心耿耿。我佩服您，我跟我闺女谢谢您。"

初三那天，大桂早晨起来就到楼上让大红给小狗儿换上一身新衣裳，教给他怎么给爷爷拜寿，带孩子下楼看见三爷就说："小狗儿，给爷爷拜寿！"

两岁的小狗儿看着爷爷跪下就磕头，嘴里说："爷爷，我给您白秀。"

大桂一听，笑得前仰后合。

大红过去说："什么白秀！是拜寿！"

小狗儿瞪着妈妈大声说："白秀！"

大桂笑着说："就是白秀。看你爷爷，又白又秀气。"

说完她跟大红娘儿俩都笑起来。

三爷忍着笑高兴地说："小狗儿，起来吧，白秀就白秀吧。"

大红、成礼、玉珍、成信，一家人围着小狗儿笑成一团。

成礼说："爸爸，我得到码头看看去。"

大桂说："吃点东西再去。我跟你爸爸中午去趟南市，晚上咱一家给你爸爸过生日，吃捞面。"

一家人梳洗完吃了早点，大桂跟三爷说："我带着成信去柜上看看，叫上九姑提前去魏爷那儿。十点半让庞二来接你。"

三爷说："带上点儿东西吧。"

大桂说："我跟魏爷商量好了，什么也别买，吃完这顿饭，收拾利索一起回美丰厚，接着住客房。带什么也是累赘。"

三爷点点头，什么也没说。

上午十点多，大桂、九姑带着成信就到了南市。这里楼房很少，都是平房，能清晰地听到西营门外传来的阵阵炮声。

走进魏家胡同魏爷家，一进门就觉得原来破败不堪的这座院子，变得宽绰敞亮，很有气派。正要往上房走，魏爷系着围裙从东厢房迎出来。

大桂一见就说:“老爹,您这是亲自下厨啊!”

成信赶紧喊:“魏伯伯!”

魏爷笑着答应:“哎!你们好,你们好。我不是下厨,是帮着范掌柜打下手。七爷,三奶奶来了,你出来见见。”

这时从东厢房出来个人,六十来岁中等个儿,分头,青棉裤棉袄,戴着围裙套袖,显得干净利索。笑着抱拳说:“三奶奶,久仰久仰。”

大桂笑着说:“范掌柜,听我老爹说您跟他是多年的交情。我得叫您范叔吧。您来下厨,这是我们多大的福气呀!”

范掌柜说:“不敢当、不敢当。您是美丰厚董事长,我可不敢高攀。我大哥说三爷七十大寿,非让我露露手。多年不摸这个了,就怕手生做不地道,让您见笑。”

魏爷说:“七爷,都是自己人,别这么客气。一会儿三爷来了,咱到上房坐。先让她们开开眼。”

大桂这才发现,东厢房里外两间都空空朗朗。里间摆了个大圆桌,外间靠南墙搭了个大案板,还垒了个大灶。上边架着个热气腾腾的大笼屉。

九姑说:“嗬!整个厢房都腾出来了。魏爷,您这动静够大的呀!”

魏爷说:“像不像,三分样。咱办事就得像办事的样。”

大桂说:“怪不得您好几天都没回去。”

魏爷笑着说:“这都是我兄弟帮着弄的。”

大桂说:“七爷,我们进去看看,您不怕偷您的手艺吧。”

范晓轩说:“我这手艺都是老辈儿传下来的,没嘛。您看吧。”

大桂、九姑领着成信走进东厢房,见案板上摆着油盐调料,盆里、碗里、笼屉里都是市场上早就见不到的各种食品。

魏爷说:“这都是七爷托人淘换来的干货、冻货。有的得水发,有的得解冻。都是好东西,头一步弄不到位,也吃不出好来。”

正说着,陈昆和薛继承进来了。

魏爷高兴地迎出去说:“你们二位也够早的。”

陈昆说:“三爷、三奶奶要来,我们俩晚了哪行啊!”

范晓轩和大桂、九姑都出来了。

魏爷说:“七爷,这两位是陈经理、薛经理。”

陈昆说："七爷，魏爷带我去您的粹园吃过饭。"

范晓轩笑着说："我见过您。我大哥这所房子都是您张罗翻新的。美丰厚三爷手下净是能人。"

陈昆说："过奖了，您范七爷才是天津勤行(厨师)里的能人。您做的菜不光味道是一绝，看着就与众不同。不俗气，那叫一个雅。要不南市书寓的一姐儿都爱点粹园的外卖!"

大桂小声问九姑："书寓一姐儿是什么人?"

九姑噗嗤一声笑着说："回去我再告诉你。"

大桂多聪明，九姑一笑她就明白了，自己也笑起来。正要说什么，忽然门外车铃响。

陈昆说："三爷来了!"

人们都出去迎接，三爷笑嘻嘻地走进来说："你们都到了。"

成信从屋里跑出来，拉着三爷的手说："爸爸，魏伯伯这儿可好了。"

三爷笑着说："要不咱都上这儿来。今天是阳历新年，咱都上魏伯伯这儿过年来了。"

说得大家都笑起来。

魏爷赶紧介绍："这位是咱今天的大厨范掌柜。"

三爷两只手握着范晓轩的手说："范爷，辛苦你了。"

范晓轩把另一只手搭上去，激动地说："三爷，久闻大名，幸会呀!"

魏爷把三爷和人们都让进正房堂屋。

这是精心布置的寿堂，迎面正中墙上挂着一幅寿星图。笑容满面老寿星拄着拐杖站在有松树、仙鹤、鲜花、巨石点缀的环境里，看着几个捧着寿桃的孩子在那里嬉戏。两边是一幅对联：福如东海长流水，寿比南山不老松。

靠墙的条案上摆着三盘供果和一对蜡扦，上边插着红蜡烛。

正中是一张八仙桌，左右各有一张太师椅。两边各摆了两把椅子一个茶几。还有几个零散放着的方凳。

魏爷请三爷坐在八仙桌右边的上手座，让成信站在三爷身旁。自己坐在桌子左边。

陈昆把范七爷让到右手茶几旁的椅子上，请三奶奶坐在他旁边，九姑挨着大桂坐下。拉着薛继承坐在左手茶几旁，让庞二挨着自己坐下。

魏爷看着人们都坐下,站起来清了清嗓子,掸了掸身上沾的面粉,大声说:“今天是三爷七十诞辰,咱们一起给三爷祝寿。请我老弟范七爷掌勺,给三爷备一桌寿宴。这也是我闺女瑞芳对三爷的一片孝心。三爷,把红蜡点着,咱们就祝寿吧。”

三爷笑着说:“魏爷,您办得太隆重了。”

陈昆走过去点亮红彤彤的两支蜡烛。

大桂说:“成信,你先给爸爸拜寿。”

成信走过去跪下说:“爸爸,祝您福如东海,寿比南山。”说完磕了三个头。

他刚要站起来,大桂说:“你谢谢魏伯伯。”

成信说:“谢谢魏伯伯。”说完又磕了三个头。

大桂说:“起来吧。成信都代表了,咱们拜寿就拜完了。”

陈昆说:“我们还没磕呢。”

大桂说:“你还磕嘛?别耽误工夫了,下边就看七爷的了。”

范晓轩一听站起来笑着作揖说:“三爷,我给您拜寿了。您跟这几位说会儿话,我该忙去了。”说完赶紧走了。

魏爷见范晓轩走了,站起身来压低声音说:“三爷,今天把您请来,还有一层意思,想让您亲眼看看这座院子。往后美丰厚再有风吹草动,这就是您待的地方。”

三爷激动地站起来,眼含热泪紧紧握住这位老人的手说:“魏爷,您这句话我全明白。您父女对我成子和、对我们美丰厚,都有再造之恩,我们永远忘不了您!”

大桂、薛继承、陈昆、九姑、庞二都激动地站起来,深情地看着这位魏爷,不知道说什么好。

魏爷也很激动,他看着三爷说:“行了,我就想说这句话。您再歇会儿,我过去看看。”说完就去了东厢房。

伴随着远处的炮声,三爷坐在那儿想到三年前被人从日本宪兵队抬出来,几次昏死过去,就是在这间屋里活过来的!真是九死一生。这一年又被国民党帮了票,美丰厚差点被夺走。魏瑞芳为美丰厚远走他乡,魏爷还为我办七十大寿,怎么能不感动呢!

在场的几个人见三爷热泪盈眶,知道老人准是百感交集,谁也不愿打搅他。

过了一会儿,魏爷在院子里喊:“请各位来这儿吧!”

大家陪着三爷走进东厢房,见铺着红桌布的圆桌上,摆了八个下酒的凉菜,有熏鱼、腊肠、松花、海蜇、拌鸡丝、焖蚕豆、炸果仁、五香豆腐干儿。几个人都很惊讶,天津被围几个月,这类东西早就绝迹了。这儿除了这些凉菜,还有两小罐儿黄酒!

魏爷见人们奇怪,笑着说:“这都是七爷找租界饭店熟人淘换的。三爷岁数大了,没备白酒,就喝点儿黄酒吧。”

三爷叹了口气说:“魏爷,你真用心。这都来之不易!九姑,把酒杯都斟满,咱们先敬魏爷跟范七爷。”

魏爷说:“您是寿星,怎么能先敬我们俩?”

三爷说:“你俩劳苦功高,该敬!”

范晓轩干了一杯酒说:“三爷您喝着,咱这就走热菜!”

接着又上了烹大虾、独面筋、爆三样、八珍豆腐,这都是要味儿有味儿、要样儿有样儿的天津名菜。三爷喝着酒、品着菜,不住地说:“不错,不错。”

大桂和美丰厚的几个人,很长时间没见过三爷这么高兴了。坐在三爷身旁的成信,也觉得爸爸今天好像变了一个人。

魏爷说:“三爷,范七爷该露绝活了,您不过去看看?”

三爷站起来说:“好啊,走,咱们都过去看看。”

几个人一起离席,远远地围在大灶前的范晓轩身后。只见他一只手握着大炒勺,一只手用长把勺舀上油洒在炒勺里,又往炒勺里撒了些葱姜蒜末和调料,接着就把一只处理过的整鸡放进去,整鸡在热油里晃了晃,砰的一声灶口喷出一股火苗。转眼间只见他把炒勺交到右手,猛地向上一撩,那只鸡突然飞出勺外,炒勺随着下落的鸡,划出一道漂亮的弧线,那只在空中翻了身的整鸡,稳稳地落在炒勺里。

整鸡滑进盘子,汤汁勾芡浇在鸡身上。这支昂着头、翘着尾、浇了汁、闪着亮的整鸡,就成了绵软酥烂,被称为“扒鸡”的美味佳肴。

三爷和这几个人看到这里,不由得拍手称赞。

魏爷说:“三爷,您看见了吧,刚才七爷这套动作,就是外地同行赞不绝口的‘天津大翻勺’!”

在场的人们都高兴地哈哈大笑。

范七爷擦着汗说:“三爷,您落座吧,还有几道菜呢。”

三爷笑着说:“七爷,我们在这儿既饱口福,也饱眼福。您这么辛苦,我们坐不住啊,还是接着看吧。”

范掌柜笑着摆手招呼两个徒弟把火挑旺,又连续做了扒鸭子、扒肉条、扒鱼翅这三道。有名的天津“四扒”就都齐了。三爷一再把范七爷让到席上,亲自敬酒、布菜,表示谢意。那两个徒弟接着又端上一盆乌鱼蛋汤,一盆江米小枣蒸的大寿桃作主食。

这顿寿宴,三爷和在场的几个人吃得兴高采烈,喝得酣畅淋漓。魏爷和范七爷都非常高兴。

吃完饭,三爷给七爷的两个徒弟每人一块大洋作赏钱。让大桂和九姑留下帮着收拾完,接魏爷回美丰厚休息。一再叮嘱范七爷,往后多多亲近。临走把这座院子又看了看,这才高高兴兴带着成信和薛继承、陈昆一起回去。

天津外围炮声越来越密,守卫天津总指挥陈长捷下命令,要坚守三个月,没有总指挥部的号令,不准随意行动。从外地调来的中央军,一到天津就糗在碉堡、工事里,这座城市是什么样也没见过,上上下下都憋着一肚子怨气。

有个中央军的师长看着堆在碉堡里的粮食说:“陈司令让坚守三个月,弹药给了不少,粮食才这么点儿。弹药打起来才用,粮食天天都得吃。咱也不是后娘养的!军需官,赶紧到警备区要去!”

那天中央军的几个师一串通,七八个军需官都去警备区要粮食。到了警备区司令部,都冲着管军需的靳四全喊:“靳四全!让我们坚守三个月,你不拨够粮食,我们怎么跟师里交代!”

靳四全举着手解释说:“各位,各位!粮食咱有,还是专门给咱中央军发来的,在海河码头货栈里存着呢。这几百吨粮食都在陈司令手里攥着,那是决战用的储备粮。”

军需官们大声喊:“大炮都响一个月了,还等决战呢!没粮吃能守得住嘛!”

靳军需赶紧说:“你们等一会儿,我去请示,司令点了头,开完单子咱就去货栈提去。”

靳四全没敢去找陈司令,找参谋长去了。

警备区参谋长听他说完就皱起眉头说:“这帮中央军就是事多。你拿上调拨单,叫上他们去货栈看看。能拨就给他们拨点儿,先把他们稳住再说。”

靳军需拿着调拨单,带着这几个军需官来到美丰厚货栈门前,见大门紧闭,叫了半天,寇二从大门上的小窗口露出脸来说:“靳军需,您怎么才来呀?您存的粮食,都让你们军队的人拉走了!”

靳四全当时就急了,站在门外问:“谁拉走的?”

寇二说:“我问了,有62军的、86军的、94军的,反正都是国军,都是拿枪逼着我们拉走的。”

靳军需一听,这几个部队都是中央军。他仰着头问:“没跟他们说,有警备区的条子才能动粮食吗?”

寇二说:“说啦,谁听啊!那些个当兵的,一个比一个横,张嘴就骂街,动手就打人。拿冲锋枪冲着我们董事长说,警备区算什么!老子钻碉堡卖命,他们在大楼里享福。三个月没粮吃人怎么活?不让拉就硬抢。大门都让他们撞散了,今天刚修好。董事长怕再出事,让把大门锁上,连钥匙也没给我。”

站在大门里边的薛继承,听寇二爷说得活灵活现,捂着嘴生怕乐出声来。他伸手捅了捅寇二爷。

寇二这才说:“要不您从墙上爬进来看看?您跟薛经理见个面,商量商量该怎么办。”

第一百二十章

几个军需官站在那儿都听见了，你看我、我看你，谁也不知道究竟出了什么事。

靳四全无奈地点点头，让一个军需官托着他，爬上围墙跳进院子里。

这时他才看到货场里空空荡荡，地下也是一片狼藉。苫布苇席扔了一地，那一片粮食垛一个也没了。有的工人头上缠着纱布，有的工人用纱布挎着胳膊，懒散地坐在枕木上晒太阳。

薛经理迎过去说："靳军需，您可来了。昨儿找了您一天。董事长都急病了。粮食都让军队拉走了，人也给打伤了，您说该怎么办？"

靳四全干瞪着眼，急得一点儿办法也没有。

薛经理说："要不您找市政府梁秘书长说说？这事是他张罗的。杜市长、陈司令也怪罪不到您头上。我们董事长说，事出在美丰厚，要追究责任，把她抓起来也不能让您受连累。"

靳军需听到这儿，感动的眼泪都快出来了。小声问："这事能这么办吗？"

薛继承见憨厚的靳军需急得没办法，故意叹了口气说："这也是没办法的办法，我们董事长就这么厚道。"

靳军需说："外边还有好几个师的军需官呢，那我就带他们到市政府去一趟。"

说着就往围墙那儿走。

薛继承说："我带着钥匙呢，您从大门出去吧。"

大门打开了。靳四全一露面儿，那几个军需官就围着他问："怎么样？今天能提点儿吗？"

靳军需说："你们往里看看，货场存的粮食不知道让哪个部队全都拉走了！是拿枪逼着拉走的，你们有知道的吗？谁干的？"

有个军需官气愤地说："是哪个王八蛋来这儿吃独食！有种的站出来！"

那几个军需官还是你看我、我看你，除了骂大街，谁也说不清这是怎么回事。

靳军需说："别骂了，谁干了这种事还敢到这儿来？在这儿存粮是市政府让来的，咱去找市政府说说去。他们要给解决点儿，跟你们师里也好有个交代。"

几个军需官听他这么说，觉得也只好这样了。跟着靳军需就去戈登花园找政府的梁秘书长。

靳四全把这事汇报完，梁子青疑惑地问："在海河码头美丰厚货栈存的粮食，昨天让守城的中央军部队都拉走了？"

靳军需说："千真万确。刚才我去货栈亲眼看见货场都空了。打伤的好几个工人还在那儿呢。"

梁子青问："你没问他们这事该怎么办？"

靳四全小声说："他们说实在过不去，就先把董事长扣起来，让这几位回去有个交代。"

梁子青说："这可是个大事，我得跟市长说一声。"他走进市长办公室说："市长，警备区军需官报告，存在海河码头美丰厚货栈的八百吨军粮，都让部队抢走了。"

杜建时问："是哪个部队，怎么这么野蛮？"

梁子青小声说："说的几个番号都是中央军，究竟是不是也不确定。可别的中央军守城部队都到市政府来要粮食。好几个师的军需官都在我那儿等着呢。"

杜建时说："咱哪有粮食，你说该怎么办？"

梁子青说："要不然当着他们的面儿给特一区警察局打个招呼，先把负看守责任的美丰厚董事长抓起来，好歹也算给部队一个交代。平息了这股怨气，再给董事长道歉。眼下这个形势，事闹大了也不好收拾。"

杜建时叹了口气说："真是添乱。你看行就这么办吧，真对不起那位董事长。"

梁子青回到他的办公室，拿起电话说："要特一区警察局局长。"电话接通了，梁子青说："局长吗？海河码头美丰厚货栈的八百吨军粮让人抢走了，你们怎么没报告？"

对方说："那批军粮归警备区的警卫部队管。他们每天都去那儿巡逻。听说是好几百吨呢，怎么能让人抢走？是军队派车拉走的吧？"

几个军需官都在那儿听着。

梁子青说:“对,就是军队的车拉走的。可他们货栈军粮失盗隐瞒不报,也是重大失职。市长有指示,让你们把美丰厚的董事长抓起来,押进看守所从重惩办!”

对方说:“是!我马上就办。”

梁子青放下电话,看着靳军需说:“你们几位跟着去看看?”

靳军需看着那几个军需官说:“走,咱们看看去。”

这几个人刚走,梁子青拿起另一个电话,拨完号码说:“薛经理吗,军粮被抢的事,军需官们都闹到市政府来了。没别的办法就先委屈一下你们董事长吧……”

几个军需官走出市政府办公大楼。

有的说:“抓个董事长就能拿出粮食来?”

有的说:“你还不明白,这也就是个障眼法,不过是让咱回去有个交代。”

军需官们漫不经心地出了楼门,站在那儿看起了戈登花园里的景致。

一个说:“这地方不错,花草树木,假山、藤萝架,真像个花园儿。”

另一个说:“这都是英国人修的,本来就叫戈登花园儿。”

有个老军需问:“你们部队在哪儿驻防?”

另一个说:“在李七庄,你们呢?”

老军需说:“在宜兴埠。你们的粮食够吃几天的?”

另一个说:“嗐,也就够十天八天的。”

老军需说:“我们也是,我看这事是咱中央军干的。哪儿的军队都一样,撑死胆儿大的,饿死胆儿小的。”

另一个说:“咱别跟着看去了,没劲。你没听说嘛,人家一总攻,打不了几天也就完了。”

有人问:“大哥,你看见过那边儿的吗?”

老军需小声说:“见过,隔着护城河拿望远镜看的。四野的,都戴着大皮帽子。人家成天忙忙活活练过河,不像咱钻在碉堡里胡吃闷睡,就等着死呢。”

靳军需说:“瞎扯什么!走吧,不看就回去听信儿。胡说八道让军统的人听见，还不扒了你的皮！”

过了一会儿，一辆警车开进美丰厚货栈，停在经理室门外。车上下来的警察走进经理室说：“哪位是董事长？”

薛继承问：“您找董事长有事？”

警察说：“你们货栈把军队存的军粮弄没了，市长让你们董事长到警察局去一趟。”

薛继承往外看了看说：“不对吧？怎么用警车接我们董事长？”

警察问：“您是这儿管事的吧？您贵姓？”

薛继承说：“我姓薛，是这儿的经理。”

警察说：“薛经理，局长是这么交代的，我就得这么说。听说这位董事长还是女的？”

薛继承说：“是啊，非去一趟不可？”

警察说：“不去我怎么交差呀？”

薛继承凑过去小声说：“我们董事长要去，也别大张旗鼓的。弄得整个货栈都不安生，也不大好看。没听说嘛，天津四郊大炮都响了。”

警察赶紧说：“是，是。让董事长就在咱门口儿上车，谁也别惊动。去一趟就行，我看也待不了几天。要不我到车上等着去？”

薛继承说：“对，这么办好。您把警车调个头，让门对着门。我跟董事长说说，出去就上车，您看行吗？”

警察说：“行，能把人接走就行。”

说完赶紧出去把警车调了头。把后边的两扇车门打开，自己坐在驾驶室等着。

工夫不大，薛经理陪着一位穿旗袍的女士走出来，迈步上了警车。

薛经理把那两扇车门关上，还把插销插好。走到车前边跟那个警察摆了摆手说：“拜托，拜托！”

警察点点头，警车开出大门，真有个没走的军需官在那儿看着。直到警车走远了他才回去。

当天晚上，天津四周的炮声像是越来越密了。

梁子青走进市长办公室说:“美丰厚的董事长下午就抓来了,该放了吧?”

杜建时问:“那几个军需官再也没来?”

梁子青说:“没来。形势吃紧,我看他们也顾不上了。”

杜建时长叹一声说:“军队抢粮,货栈董事长管得了吗?挺熟的朋友,随便就把人家押起来,往后怎么见面?你赶紧去看看,当面道歉,尽快放人。”

看守所就在市政府大楼地下室。

梁子青来到女牢,跟值班的女看守说:“我是市府秘书长梁子青,来看看今天收押的美丰厚米董事长。”

女看守说:“今天就收了一个女的,高个子,胖胖的。”

梁子青说:“我说的就是她。”

女看守说:“她不姓米呀,进来的时候登记姓名,她说姓李。从小就是人见人爱的胖闺女,起名叫李爱。平时没人知道她的名字,都叫她二嫂子。”

梁子青听着不大对劲,就问:“这人怎么样?”

女看守说:“别提了,这个女的块头儿大,饭量特大,说话挺横。号子里的女犯人,谁也不敢惹她。”

梁子青很纳闷,跟看守说:“我去看看。”

女看守把梁子青领进女牢房,指着一个人让他看。

梁子青见一个又黑又胖的女人,正四仰八叉地躺在那儿呼呼大睡。这才发现抓来的肯定不是米董事长。赶紧说:“告诉你们局长,杜市长让把她放了。”说完就走了出去。

寇二奶奶睡得正香,女看守过去把她叫醒说:“李爱,杜市长让把你放出去!”

这位二奶奶嘟囔着说:“刚睡着,你叫我干嘛!等会儿我睡醒再说。”

说完翻了个身,又打起了呼噜。

美丰厚货栈的院子里,听到天津周围隆隆的炮声,越打越激烈了。

天快黑了,寇二嫂才从特一区警察局回来。一进大门,寇二爷就问:“二奶奶,挨打了吗?”

寇二奶奶瞪了他一眼:“我不抽他们就够客气的了,谁敢打我!是杜市长非让我出来。在那里头吃饱了就睡,挺美的。”

货场的人们见寇二嫂那个样儿，都哈哈大笑。

寇二嫂走进董事长办公室，大桂看见她就心里一热，迎过去拥抱着她说：“二嫂，让你受委屈了。”

寇二嫂说：“委屈嘛，不就是进去待一天嘛。”

九姑说：“三奶奶听说你替她让警察局抓走了，一直为你揪着心。你就不害怕？”

寇二嫂说：“害怕？打小我就不知道嘛叫害怕！不就是坐几天大狱嘛，挨打挨骂我都扛得住。不过堂就露不了馅儿。要露了馅儿，哭着闹着我也能出来。”

大桂擦着眼泪说：“二嫂，真有你的。”

正说着三爷进来了。

薛继承问：“三爷，天都黑了，您还没歇着？”

三爷说：“听说寇二嫂回来了，我得来看看她。她不回来我就塌不下心来。”

寇二嫂瞪着眼说：“三爷，您怕嘛！我在这儿让人把三奶奶抓走关进去，老娘还不把我骂死！”

这句话说得三爷、大桂和在场的人们都热泪盈眶。

九姑故意把话岔开，问她：“那里边还关着什么人？”

寇二嫂说：“偷东西的，抽白面儿的，浪娘们儿卖……”说到这儿忽然看见三爷也在这儿，就不往下说了。

薛继承问：“里边有政治犯吗？”

二嫂子问：“嘛叫政治犯？我看不出来，有个穿得挺不错的娘们儿说，她们两口子在海河码头花五根儿金条买了两张船票，刚拿到手就让特务给抓了。船票抢走还不算，还说她们俩通匪，送进去就关到那儿了。”

大桂问：“是去哪儿的船？”

二嫂子说：“她说是去上海的，牢房里有人说，哪是去上海，明明是要去什么来着？我想不起来了。哦，好像是鸡笼。”

三爷说：“是基隆，台湾的一个港口。”

二嫂子说：“对，就是去台湾。人家这条船根本不卖票，是专门给大官儿跟他们家眷预备的，今天夜里就走。”

大桂咬牙切齿地说:“这些国民党的脏官,要往台湾跑?”

三爷说:“九姑,四爷他们还在码头上盯着呢,你给他送个信儿,让他们截住这条船。不能让这些贪官在咱眼皮底下跑了!”

在海河码头停靠的一艘客轮,灯火通明。携家带口提着皮箱的官员们,争着往舷梯上挤。甲板上非常混乱。船员们大声喊叫着,疏导这些乘客进入船舱。

一台从远处驶来的吉普车停在舷梯旁,警备区那位参谋长佩戴着中将军衔,下车把太太和两个孩子接下来。司机从后背箱里搬下两个大皮箱、一个小皮箱。东西搬完了,司机给这位中将敬礼说:“参谋长,还有别的事吗?”

这位参谋长摆手让司机把车开走,自己整了整军装,扛起大皮箱,提着小皮箱,回头看了看太太,冲着她喊:“你还不伸伸手!动作快点儿!”

太太提起另一个大皮箱,一家四口挤上舷梯走到甲板上。

太太放下皮箱跟那位参谋长说:“你这个人,都这时候了还穿你这身皮干什么!”

那位参谋长说:“我是南京特批请了假的。”

太太凑过去小声说:“你这身皮太扎眼,脱下来吧!”

那位参谋长赶紧放下扛着的、提着的皮箱,脱掉军上衣,打开皮箱掏出一件西装穿上,把带军衔的上衣和军帽塞进皮箱里,一家人这才进了船舱。

岸上的人都上了船,有个船员搬动手闸正在拉起舷梯,杜四手下的搬运工跑来了。

九姑也来了,见舷梯正往上升,冲出人群纵身跳上正在扬起的舷梯,飞也似的跃上甲板,大声喊:“把舷梯放下去!”

升舷梯的船员吓了一跳,不知道这是什么人,手一松舷梯落到岸上。

许大全带着人冲上甲板,成礼也上去了。

许大全喊:“去几个人下机舱,把机器熄了火!”转身冲进驾驶室。

这时船长正对着话筒喊:“轮机长注意!轮机长注意!”

许大全过去按住话筒说:“别起锚!”

船长回头看,驾驶室已经站满了人。

许大全问:“你这船上都是什么人?”

船长说："回上海的老乡。"

许大全指着下边的船舱问："这里边的政府官员、军队长官，都是你老乡吗？"

船长愣住了，结结巴巴地问："你、你们是什么人？"

许大全说："我们是海河码头的搬运工，不能让这些国民党政府、军队的赃官从这个码头溜走！"

这时机舱里轰轰隆隆的机器声突然停了下来。

昏暗的灯光下，船舱里的人们有的抱着箱子，有的抱着包袱，挤在一起乱乱哄哄。有人爬上扶梯使劲砸着舱盖大声喊："不是马上就开船嘛！怎么机器都停了！"

上边有人说："航道看不清，天亮再开船。"

砸舱盖的人大声喊："老子拿金条淘换船票，为的就是快走，你们磨磨蹭蹭是等着共产党抓我们哪！"

许大全在上边说："你们把天津的地皮都刮薄了，带着金银财宝往外跑，能让你们溜走嘛！"

天刚亮，薛继承走进客房，三爷正在屋里坐着。

薛继承说："三爷，大炮声越来越密了，您一夜没睡吧？四爷他们干得挺漂亮，愣把那条客轮截住了，没让它开出去！"

三爷说："这就好。这一夜没事吧？"

薛继承说："没事。半夜里警备区那个军需官来了，非要找董事长。三奶奶刚睡下。"

三爷说："让他到这儿来吧。"

薛继承把靳四全领来了。

靳四全见了三爷就脱帽鞠躬："三爷，我早就听说您，没见过。听说您跟共党那边儿有关系，我就是个管军需的，没干过坏事。到时候想求您给说句话。我上有老下有小，求那边儿给我条活路，也、也就是这个意思。"

三爷说："我就是个生意人，跟共产党没关系，跟哪个党也没关系。我听说过你，人还不错。夜里码头上截住一条船，上边有政府的人，也有军官。这些人一定都换了便衣，你去一趟，不用露面儿，帮着他们把你认识的官员认出来就行，这也是你立功的机会，能办到吗？”

靳四全赶紧点头说：“能，能办到。”

薛继承说：“我这儿有便衣，你换上。我找人带你去。”

靳四全换了便衣，跟着美丰厚的人到海河码头上了那条客轮。九姑把许大全和成礼找来，让靳四全从上边的窗口看船舱里有哪些他认识的长官。

他看了看说：“对面靠墙那个穿灰大衣的，是个中央军的副军长，中将。”

九姑悄悄说：“中将副军长，官儿不小呢。”

靳四全又看了看，回过头来说：“离他不远那个穿西装的，是我们原来的参谋长，现在叫参军，中将。国军里净这些吃干饭的。”

九姑说：“小点儿声，别说没用的！你就接着看吧，大官儿找完了再踅摸小官儿。”

许大全乐了，小声说：“嗬，咱逮住俩中将了。”

九姑问：“这些人怎么处置？”

许大全说：“别掀舱盖儿他们就出不来。解放军来了，交给他们就行。”

九姑指着靳四全说：“让他在这儿接着查吧，我回去跟老爷子说一声。成礼，你有事吗？”

成礼说：“没事，我正看着这几个人呢。”

第一百二十一章

九姑回到美丰厚,没见大桂,就问:“三奶奶呢?”

三爷说:“炮响得越来越密,她回去了。”

九姑说:“她就是惦着家里那一摊儿。刚才咱截住好几个国民党的大官儿。”

三爷笑着说:“都说兵熊熊一个,将熊熊一窝。国民党这些带兵的官儿,还没打就忙着跑。这种军队除了吓唬老百姓,还能顶什么用！这些人都是那个军需官认出来的吗?”

九姑说:“是啊,您这一招儿真管用。姓靳的一去就认出好几个军官。”

三爷说:“刚才我就想着这事,一大早他就找上门,这也是天助。他毕竟是军队的军需,政府里的赃官他就不认识。还是等着交给解放军处置吧。现在谁在那儿看着?”

九姑说:“码头上的许师傅带着人在那儿,成礼也在船上。反正盖着盖子他们就跑不出来。那条船上的船员们弄明白这个事,都挺感谢咱们。真要跟着船长跑到台湾,家里还不得急死！”

三爷说:“我回去看看吧。”

九姑知道三爷也不放心家里,就把三爷送回去。

天津冬季早晨常常是浓雾弥漫,对面什么也看不见。每天9点左右朝阳升起,浓雾才渐渐消失。平津前线指挥部经过反复研究,总攻开始时间定在能见度最好的上午10点。

1949年1月14日上午10点,围困天津的解放军攻城部队上空,三发红色信号弹腾空而起。总攻开始了！上千门大炮齐声怒吼,顷刻间天津国民党军队的炮兵阵地和许多碉堡被炸得四下崩塌。

总攻采取三面突击,先吃肉后啃骨头的办法。五个纵队由东、西、南三个方向突入市区,对国民党守城部队穿插分割。遇到坚固的楼房据点,由小部队看管,主力部队集中力量迅速插向纵深。

攻城部队在炮火掩护下冲向天津外围的第一道屏障——又宽又深的护城河。先头部队携带渡河器材赶到河边,才发现当年少有的严寒,已经把河水结成厚厚的一层冰。

担负攻城任务的解放军各野战军一线部队冲过河面,以血肉之躯面对国民党军布设的地雷区、碉堡群和各种火力点构成的重重壁垒,以攻坚、爆破、枪战、肉搏等激烈的战斗杀进市区。这就是解放战争中最壮烈的天津方式!

坐落在市中心戈登花园原英国工部局大楼里的市长办公室,已经能清晰地听到枪炮声。

杜建时市长听着收音机里传出的战报,跟秘书梁子青说:"陈介山(陈长捷)判断共军主攻方向是宜兴埠,是个错误。人家是从东、南、西三个方向往里打!"

梁子青默默地点点头。

杜建时问:"市府机关和直属团体、学校的资产统计,整理好了吗?"

梁子青说:"整理好了。"

杜建时指着自己的办公桌:"拿来放到这儿吧。人家来了把它拿走,咱也算有个交代。"

薛继承、九姑、庞二和蔡师傅站在货场,听着远处的枪炮声。

蔡师傅说:"解放天津的战役打响了,咱们把工人纠察队的袖章带上吧。"

几个人和门房寇二爷、留在货场的装卸工,都戴上了天津工人纠察队的红袖章。

金锁和河东王记大车店的伙计们也戴上了红袖章。

金锁问:"夏先生呢?"

有个伙计说:"去平津前线指挥部了。陈昆去了东局子、新仓库那边儿。让你护着咱大车店的库房,千万别出去。有急事再动你。"

躺在楼上小屋里的大锁,听见枪炮声忽然想起岳光跟他说过,解放军打进市区要有人带路。腾地从床上坐起来,穿上那件棉军装就往外跑。

西线攻城部队的尖刀连突进市区正向前猛冲，在墙子河边碰上穿军装的大锁，连长举起手枪大声喊："不许动！"

大锁愣了一下，这才发现自己没戴袖标。赶紧掏出工人纠察队的红袖标戴在胳膊上说："我是被服厂的工人，是来给你们带路的。"

连长问："警备司令部怎么走？"

大锁指着前边说："就在中原公司后头，穿胡同走近，我带你们去。"

连长挥着手喊："一班长，你们跟这位同志跑步过去！"

九姑和庞二冒着密集的枪炮声来到小白楼三爷家："三爷，眼看打进市区了。我们接您到柜上去，那儿人多，又是平房，比家里保险。"

三爷说："一大家子人都在这儿，我就不去了吧。"

九姑问："三奶奶呢？"

三爷说："隔壁三哥不行了，她跟成信都去了。"

九姑说："您还是去柜上吧。庞二拉着车在门口儿等您呢。附近的工人家属也都接过去了。您要不去，大伙儿也不放心。"

大舅母也跟着说："大姑父就去吧，家里有我们呢。一会儿大姑回来，让她带着成信也过去。"

三爷说："寇奶奶，那我就跟他们走了。"

寇奶奶说："去柜上吧，要不看着你那一摊儿，你也不放心！"

枪炮声中大桂、成信和张太太、赵妈一起守着骨瘦如柴、气息奄奄的三哥张修德。

张太太擦着眼泪说："他从收音机里听说解放军正在往市里攻，就想把成信叫过来，一高兴他倒晕过去了。"

赵妈抹着泪说："三少爷就是饿的。总躺着，身子这么不好，成天连杂合面儿糊糊也吃不饱。生把身子给糟蹋坏了。"

三哥听见说话声，睁开眼拉着成信用尽最后的力气说："天津一解放，你四哥，修武，就回来了。"

说完这句话，头一歪闭上眼就再也没睁开。

张太太轻轻地摇晃着他喊："修德！修德！"

大桂捂着脸哭了。

赵妈哭着说："你呀，罪受到头儿了。"

成信趴在三哥床边大哭起来。

枪炮声中三爷、魏爷、大桂、成信和货栈的人们都挤在经理办公室听收音机。

一个女播音员正在说："不成功，便成仁……"就听有个男人大声说："别说了，站起来！出去！"

过了会儿有个响亮的男声宣布："我第四野战军攻城部队，已全面突破天津守军防线。进入市区的部队，成功突入天津警备司令部，俘获敌警备司令陈长捷等百余人，本市绝大部分地区已回到人民手中……"

三爷问："还有哪儿没打下来？"

薛继承说："听说解放军怕炸毁了学校不敢用炮轰，耀华中学里的好几个地堡还硬扛着。"

三爷问："怎么没提杜建时？他怎么样了？"

薛继承说："听说杜市长和梁秘书是从办公室带走的。前几天蒋介石派专机来接他，他没走。"

三爷叹了口气说："那时候他要撒手一走，天津就大乱了。"

魏爷说："人做点儿好事就有人惦记。瑞芳临走找过他，我就惦记他。你说怪不怪。"

三爷说："我就恨那帮贪官、赃官，从孙中山的同盟会到改组国民党，四十多年了。推翻清朝，建立民国，多不容易呀。到现在，执政的国民党为弄钱，竟然绑老百姓的票儿！国家全毁在这帮贪官污吏的手里！"

庞二进来问："三爷，大炮不大响了，您回去吗？"

三爷说："先不回去。人家不是说还有地方没打下来嘛，我想再等等。咱这儿没事了，我带成信在货场转转，也看看海河码头跟小白楼。"

大桂说："还是先让继承、九姑陪着你好好看看你的美丰厚吧。"

三爷笑着说："还是你们董事长知道我的心思。"

老爷子这句话，逗得在场的人们都笑了。

三爷跟薛继承说："那几百吨粮食先别动。这场仗打完，消停了再往外搬。搬上搬下人们都出了不少力，到时候给大伙都分点儿。给寇二嫂拿一袋子，人家为它还局子关了一整天呢。”

这句话说得人们都笑了。

三爷说：“等新政府支起摊子，把这事跟政府报一下。咱扣了他多少，动了他多少，数字弄清楚，其余都交政府，往后赈灾、救济就能用上。”

三爷带着成信刚出经理室的门，陈昆风风火火地跑过来，跪下就磕头。

三爷问：“陈昆？起来、起来。你从哪儿来的？这是怎么回事？”

陈昆站起来说：“我从河东家里来，我爸走了！”

三爷问：“我陈叔没了？”

陈昆点点头。

三爷问：“他多大岁数？”

陈昆说：“八十。”

三爷感慨地说：“我过年七十，他可不八十嘛，也是高寿！”

说着，老人眼里露出了泪花。

陈昆说：“他身子骨挺好的，成天嘛也不想到处看热闹，夜里新仓库那儿打得特厉害，他自个儿就去了。说是听了这么些日子炮，要去看看打枪的。我在大车店，我家里拦不住他。去那儿看了会儿，一不留神就让流弹打着了。”

三爷说：“仗还没打完他就往外跑！我陈叔打年轻就没心没肺，要不叫他傻子呢。”

陈昆难过地说：“金锁也走了。”

大桂着急地问：“金锁没了？”

陈昆说：“民权门有个暗堡，轻机枪、重机枪就是打不掉。多少解放军都倒在那儿了。实在不行，夏磊让他去了。他蹿到暗堡顶上，趴着往里塞爆破筒。塞进去人家顶出来，连着塞了好几回。最后他就没撒手，暗堡跟他一块儿炸飞了！”

大桂哭了，擦着眼泪说：“他就是拼命去的！”

陈昆说：“打进民权门我去看了看，连个尸首也没找见。捡回他半截棉袄，口袋里装着他媳妇留下的那根簪子……”

陈昆说着也哭了。

成信在一旁呜呜地哭。

三爷也掉泪了，摇着头说："他真是条汉子！"

待了会儿陈昆摇着头说："小姚也撂那儿了。"

大桂瞪着一双泪眼问："他怎么也去那儿了？"

陈昆摇着头说："我们也不知道。准是天津地下党派去的。"

三爷叹了口气说："多好的孩子，有灵气，也有股子勇气。"

陈昆说："河东大车店那儿还缺个人管呢。"

大桂看着三爷说："让段师傅去吧。我看眼下除了他，别人接不了那一摊儿。"

三爷点了点头："眼下也就是他还行。"

魏爷出来了。看见陈昆，过来就拉着他的手说："陈经理，怎么总没来呀！我跟瑞芳都惦着你。"

陈昆说："我也老想您。瑞芳还在这儿吗？"

魏爷说："她给咱们办了件大事，去英国了。"

"市里到处都是兵，你怎么过来的？"

陈昆从口袋里掏出个红袖标，递给三爷说："这是夏磊给我弄的。"

三爷看了看问："夏磊呢？"

陈昆说："去解放军指挥部了。他让我赶紧来看看您，看咱美丰厚有事没有，还说有事要找咱呢。"

三爷说："咱这儿没事，人、货都平平安安。河东倒是得安排一下。我陈叔、金锁、小姚的后事要办好。柜上的事，让段师傅带个管账的去管。你把这些事办完就赶紧回来，跟薛继承你俩把美丰厚管起来。三奶奶就别在柜上盯着了。家里老的老、小的小，事也不少。"

陈昆把三爷拉到一旁，小声说："三哥，那天我们议论过，三奶奶脑子灵活，思路、魄力、待人处事比我跟继承都强，咱美丰厚上上下下，连四爷那一块，没有不佩服她的。往后海河码头还不一定怎么样呢，美丰厚离不开她。"

三爷很惊讶："是吗？"

陈昆说："您没看出来？这几年为难的事都是她扛过来的。美丰厚看着风平浪静的，实际过的是一座座火焰山。"

三爷点点头说："是这么回事。家里，柜上，亲戚朋友，连邻居都信服她。

大爷说过,美丰厚交给她放心。"

陈昆说:"对呀,您就放心吧。"

三爷问:"你还没吃饭吧?"

陈昆说:"没有。"

三爷说:"快去厨房吃点儿,今天说不定还有什么事呢。"

陈昆答应着就走了。

三爷说:"淑桂,你去跟薛继承说一下,也许夏磊还得找你们。"

大桂也走了。

这时三爷心里觉得特别豁亮,看了看周围,兴奋地说:"魏爷,您猜我昨儿夜里炮声响得最大的时候,想的是什么?"

魏爷问:"怕把你的货栈炸毁了?"

三爷笑着说:"我想的是那天在您那儿吃的天津四大扒!范师傅大勺翻得真漂亮。那天我就特别想翻一回。"

魏爷也来了精神儿,看着三爷说:"你猜怎么着?那天我还想来一下呢。"

三爷问身边的人们:"天津的扒菜你们知道吗?"

在场的除了魏爷,几个人都摇头。

三爷说:"当年袁世凯在天津小站练兵,他娘过生日。老太太岁数大了,牙口不大好。他想让厨房做几样香酥软烂的好菜。几位掌勺的大师傅没做过,都很发愁。有位师傅想出个办法,把用佐料腌过的鸡鸭,蒸熟过油炸定形,小火煨烂,再用大炒勺过油、勾芡,一翻个儿,油光瓦亮的整鸡整鸭溜到盘子里。这门手艺,就叫扒。"

九姑说:"得,您别说了。这么扒准能把鸡呀、鸭呀,扒得又酥又烂。我都馋出哈喇子(口水)来了。"

三爷问:"咱厨房有大勺吗?"

九姑说:"不就是炒菜的铁勺嘛,有。大小号的都有。"

三爷说;"魏爷,咱拿小号的炒勺翻?"

魏爷说:"行啊,咱俩一块儿翻一个。"

九姑说:"我去厨房给您找铁勺去。"

三爷说:"告诉蔡师傅,把火挑开,给我们预备点儿东西!"

几个人拥簇着三爷和魏爷,边走边聊。还没到饭时,厨房没几个人。蔡师傅已经把炒勺擦干净，在案板上摆好葱、姜、蒜末儿，油瓶和调料。盘子里放着两张棒子面儿饼。

蔡师傅说："三爷、魏爷，外边还打着呢，您二位就想露一手？"

三爷笑着说："国民党还剩不大点儿地方了，说不定这会儿就把天津打下来了，咱还不乐一乐？看你摆的这些东西，就知道你会这个。"

蔡师傅笑着说："我学徒那会儿见过。"

三爷说："魏爷，看见了嘛，蔡师傅让咱俩扒一回棒子面儿饼。"

魏爷笑着说："蔡师傅，你可真吃透三爷的意思了。"

蔡师傅说："就是没处找那些东西。咱就有嘛扒嘛呗。火起来了，您二位谁先上？"

三爷说："魏爷，您先来。"

魏爷高兴地说："你唱大轴，我来个压轴。"

隆隆的炮声中，魏爷系上围裙拿起炒勺在火上燎了燎，淋上底油，放上葱姜蒜末炒出香味儿。接着就把棒子面饼搁进去，晃了晃说了声："走！"把炒勺猛地向上一撩，饼飞出去老高，没翻个儿，原样儿掉进勺里。

魏爷放下炒勺，喘着粗气笑着说："演砸了，演砸了！"

大桂过来说："老爹，这么重的铁勺，您把他举那么高，这就不错了。"

蔡师傅说："翻勺是腕子上的劲儿。往上撩，还得往回撤一下。得有个寸劲儿。"

魏爷解下围裙递给三爷说："我唱的是压轴，还是让大轴上吧。"

三爷笑着点了点头，把围裙系好，拿起炒勺，也是燎勺、淋油、放进葱姜蒜末，溢出香味儿就把棒子面饼放进去。晃了晃勺，喊了声："走！"握勺的手一扬一撤，那张饼飞出去，在空中翻了个个儿，稳稳地落在炒勺里。

三爷把它滑进盘子里，那张饼金灿灿、油汪汪，显得特别漂亮。这一套精彩的动作，把人们都看呆了。

三爷高兴地大声说："海河码头的扒棒子面饼！我就是天津的厨子，大翻勺！"

人们都笑了。谁也没见过三爷这么高兴。

大桂眼含热泪看着三爷，酸甜苦辣一起涌上心头，激动地说不出话来。

挂在食堂墙上的喇叭还在广播："天津战役1949年1月14日上午10点发

起总攻，1月15日下午4时结束，历经29个小时。共歼灭国民党军1个警备司令部、10个整师和特种部队、地方保安团等13万多人。缴获各种火炮1100多门，轻重机枪3500多挺，步马枪54000多支，汽车800多辆……”

在场的人们兴高采烈地欢呼、鼓掌。

三爷说：“成信，咱到海河码头看看去。”

人们都跟着三爷往外走，成礼来了。

大桂问：“成礼，你怎么来了！码头上有事吗？”

成礼笑着说：“没事。有两条船想跑，都让我们纠察队给截住了。船上净是当官儿的，抓住两个少将。”

三爷问：“你们没事吧？”

成礼说：“没事。我们许班长说，军管会要在我们码头工人里挑几个人，去南下工作团，跟着解放军到南方。解放哪儿，就留在那儿工作。”

大桂奇怪地问：“去当接收大员？”

成礼笑着说：“是接收，可跟国民党不一样，是去为人民服务。”

大桂看着他小声问：“你入共产党了？”

成礼悄悄说：“我们许班长早就是地下党员。去年发展的我。”

大桂问：“人家南下工作团选上你了？”

成礼点点头。

大桂急着问：“你跟大红说了吗？”

成礼说：“说了，她让我问您。”

大桂看了看三爷说：“人家看上你，这是好事。出去闯闯好。你爸爸也准乐意。”

三爷笑着点了点头。

成礼说：“妈，大红、小狗儿就交给您了。”

大桂说：“不交给我，你交给谁？”

十几个解放军押着一队俘虏沿着海大道往南走。有个带队的军人过来问成信：“小同志，去三义庄路口的小花园怎么走？”

成信说：“往前走见路口向右拐，我带你们去吧。”

那位军人笑了。

三爷看了看他：“成信，送到就回家吧。一会儿我就回去。”

成信带着那位解放军押着俘虏走了。

三爷和魏爷来到他几十年呕心沥血的海河码头,真是百感交集。

杜四过来问:“三哥,您没事吧?”

三爷说:“没事,你这儿有事吗?”

杜四说:“就是那两条船的事。解放军把船上的国民党军官押走了。幸亏您那儿来的人。这位是……”

三爷说:“这位是魏爷。”

杜四抱拳说:“魏爷,听说您有个好闺女。”

魏爷得意地笑着说:“咱天津的孩子都这样,认准的事嘛也不怵。”

杜四问:“三哥,成礼要走,您听说了吗?”

三爷说:“听说了。他算遇上好时候了。天津打下来,北平也快了,全国解放也不远了,让他跟着干去吧。”

这时几台载着解放军伤员的汽车开过去。

杜四看着车上说:“拿下天津,解放军的伤亡也不小。行了,您也该踏实了。往后柜上的事,就让大桂他们接着干吧。”

三爷点头说:“是得让他们接着干。为解放天津,解放军、老百姓,费了多大劲、吃了多少苦、死伤多少人!天津让国民党糟蹋成这样,再过上好日子,还得靠海河里的船来船往,靠咱海河这几个码头。”

魏爷说:“往后美丰厚大有可为呀!”

三爷看着波浪滔滔的海河,微笑着说:“让他们干吧,我是干不动了!”

千年万载川流不息的海河水,承载着天津人对未来的向往,冲过停泊在海河码头的大小船只,形成一个个旋涡,波涛汹涌奔腾向前,汇入茫茫大海。